आज का समाज

आज का समाज

मनोहर श्याम जोशी

राजकमल प्रकाशन

ISBN : 978-81-267-1247-2

मूल्य : ₹1495

पहला संस्करण : 2006
तीसरा संस्करण : 2021
पहली आवृत्ति : 2022

प्रकाशक : राजकमल प्रकाशन प्रा. लि.
1-बी, नेताजी सुभाष मार्ग, दरियागंज
नई दिल्ली-110 002

शाखाएँ : अशोक राजपथ, साइंस कॉलेज के सामने, पटना-800 006
पहली मंजिल, दरबारी बिल्डिंग, महात्मा गांधी मार्ग, प्रयागराज-211 001

वेबसाइट : www.rajkamalprakashan.com
ई-मेल : info@rajkamalprakashan.com

मुद्रक : बी.के. ऑफसेट
नवीन शाहदरा, दिल्ली-110 032

AAJ KA SAMAJ
by Manohar Shyam Joshi

निवेदन

यह जोशी जी के उन लेखों का संकलन है जो उन्होंने साप्ताहिक *आउटलुक* के लिए लिखे थे; सामाजिक-राजनीतिक परिस्थितियों तथा घटनाओं को ध्यान में रखकर लिखे गए इन लेखों में कुछ विषयों और प्रसंगों का दुहराव भी हुआ है। इसे ध्यान में रखकर ही वे इन लेखों को विषयवार अलग करके जरूरी परिवर्तन-परिवर्द्धन तथा सम्पादन के उपरान्त प्रकाशित कराना चाहते थे, किन्तु उनके आकस्मिक निधन से सभी कुछ जहाँ का जहाँ धरा रह गया। अब यह सोचा गया कि इन लेखों को बिना किसी परिवर्तन के प्रकाशन क्रम से रखा जाए, सो यह उसी रूप में पाठकों के सम्मुख है। इसमें कहीं-कहीं पुनरावृत्ति हो सकती है।

अपने लिखे एक-एक शब्द और वाक्य के लिए सतत् सजग जोशी जी शायद इससे सन्तुष्ट नहीं हो पाएँ, पर उनके प्रेमी पाठक इन लेखों को पुस्तक रूप में पाकर निश्चय ही प्रसन्न होंगे—ऐसी आशा है। अन्त में,

त्वदीयं वस्तु गोविन्द तुभ्यमेव समर्पयेत।

—भगवती जोशी

आज का समाज

अनुक्रम

ओसामा जीता लोकतंत्र हारा

मनहूस मंगलवार 11 सितंबर, 2001 की पहली सालगिरह की तैयारियों में जुटे अमेरिकी नेता इधर दोहराते रहे हैं कि 'लोकतंत्रात्मक संसार' को आतंकवादी खतरा अपनी निगाह से ओझल नहीं होने देना चाहिए। ओझल हो कैसे? 'लोकतंत्रात्मक संसार' के चौधरी अमेरिका को तो मनहूस मंगलवार आतंकवाद से आक्रांत मन:स्थिति में छोड़ गया है। हाल में मायमी के हवाई अड्डे में लोगों को हवा में कुछ मिलावट-सी लगी तो उसे 'रासायनिक आतंकवाद' मानकर सारा हवाई अड्डा खाली करा लिया गया, जबकि बाद में पता चला कि किसी मसखरे ने मिर्च का छिड़काव कर दिया था। कभी अमेरिकी हवाई अड्डों में आप उड़ान से कुछ मिनट पहले भी पहुंचकर विमान पकड़ सकते थे। पिछले दिनों बाल्टीमोर से शिकागो के लिए विमान पकड़ने दो घंटे पहले पहुंचना पड़ा। सारी जांच के बाद मैं और मेरी पत्नी विमान पर सवार होने के लिए बढ़े तो बताया गया कि कंप्यूटर ने हमें विस्तृत तलाशी के लिए चुना है। उधर एक पाकिस्तानी युवक की तलाशी ली जा रही थी। वह मुस्कुराकर बोला, 'इनके कंप्यूटर को हम लोगों के नाम बहुत पसंद हैं।' तो हमारे जूते उतरवाए-जांचे गए, तलुवे भी। हमें और हमारे सामान को टटोला गया। 'संदिग्ध सामग्री' मांगी गई। श्रीमती जी की बिंदिया और मेरी दवाएं इसी श्रेणी में आईं। बाद में उस पाकिस्तानी ने कहा, 'गनीमत है कि उन्होंने जब्त नहीं कर ली। ये तो हम लोगों के पीछे ही पड़ गए हैं। पिछली बाईस उड़ानों में आठवीं बार इनके कंप्यूटर ने मेरा चुनाव किया। हर मुसलमान इनके लिए टेररिस्ट है। आपको पता है न कि मुस्लिम मुल्कों से आने वालों का अब हवाई अड्डों में पूरा हुलिया दर्ज किया जाएगा और उनकी अंगुलियों के निशान लिए जाएंगे।'

सच तो यह है कि अमेरिकी हवाई अड्डों के सुरक्षाकर्मियों को अब हर इंसान ही आतंकवादी नजर आने लगा है। बुजुर्ग डेमोक्रेट नेता मैक्गबर्न ने हवाई अड्डों पर सुरक्षा के नाम पर होती ज्यादती की शिकायत करते हुए लिखा है कि इधर दो बार मुझे अपने ही राज्य और चुनाव-क्षेत्र के हवाई अड्डों में विमान पर इसलिए नहीं चढ़ने दिया गया कि 'विस्तृत तलाशी के लिए पर्याप्त समय नहीं बचा है।' इस लेख के छपने के कुछ ही दिन बाद टीवी चैनलों पर एक ऐसी महिला का इंटरव्यू आया जो सबके सामने स्तनपान न कराना पड़े, इस खयाल से अपना दूध बच्चे के लिए बोतल में भरकर ले जा रही थी और जिससे हवाई अड्डे पर कहा गया कि अगर यह संदिग्ध पदार्थ दूध ही है तो बोतल से ही पीकर दिखाइए। नहीं, हथेली पर टपकाकर चाट लेना पर्याप्त न होगा।

अगर इस तरह की घटना मनहूस मंगलवार से पहले घटी होती तो बड़ा बावेला

मचता और वह महिला मुकदमा ठोक देती। अब यही हुआ कि उस महिला ने और अमेरिकी मीडिया ने इसे नासमझ और आपत्तिजनक दफ्तरशाही का एक दुर्भाग्य-पूर्ण नमूना ठहराकर बात आई-गई कर दी। व्यक्ति को ज्यादा से ज्यादा अधिकार देने और उसकी स्वतंत्रता, सुख-सुविधा और निजता की रक्षा करने में अमेरिकी राजनीति की अनन्य आस्था थी। आज मैक्गबर्न जैसी पुरानी चाल के वामपंथी और जॉन बर्च सोसायटी जैसी संस्थाओं से जुड़े बूढ़े दक्षिणपंथी ही पुलिस राज की आशंका को आतंकवाद की आशंका से बड़ा मान रहे हैं। शेष नेता पब्लिक का मूड भांपते हुए कह रहे हैं कि हमें आतंकवादियों से लड़ने के लिए अपनी व्यवस्था को बदलना होगा।

यही कारण है कि राष्ट्रपति बुश द्वारा 'गृहभूमि सुरक्षा' के लिए ऐसा महाविभाग बड़ी खुशी से खोलने दिया जा रहा है जिसकी न्यायपालिका और विधायिका के सामने जवाबदेही बहुत कम रहेगी और जिसकी तुलना पुरानी चाल के दक्षिण और वामपंथी क्रमशः स्तालिन और हिटलर के गृहविभागों से कर रहे हैं। सीमा और सुरक्षा से दूरदराज तक का संबंध रखने वाला हर विभाग इस महाविभाग में शामिल किया जा रहा है। शक्तिशाली खुफिया संस्थाएँ एफबीआई और सीआईए बहुत रो-गाकर ही अपना स्वतंत्र अस्तित्व बनाए रख पाई हैं। लेकिन उन्हें भी हर मामले में हर जानकारी नए महाविभाग को बिना मांगे भेजते रहनी होगी। यही नहीं, सेना भी गृहभूमि को मोर्चे का दर्जा देते हुए एक नई कमान स्थापित करेगी जो इस महाविभाग की सेवा में प्रस्तुत रहेगा, जबकि अब तक अमेरिका में घरेलू मोर्चे पर सेना का उपयोग कानून द्वारा निषिद्ध रहा है।

अमेरिका में ही नहीं, सारे लोकतंत्रात्मक संसार में आज तीन तरह की बातें सुनने में आ रही हैं। पहली यह कि मनहूस मंगलवार के बाद उदार मुसलमानों तक ने खेद प्रकाश करते हुए भी ऐसा जताया कि ज्यादतियां पहले 'स्वतंत्र संसार' ने मुस्लिम देशों पर कीं। यह 'हां— लेकिन' प्रतिक्रिया जताती है कि सभी मुसलमान ओसामा के मन ही मन प्रशंसक हैं और ऐसा इसलिए है कि इस्लाम स्वयं एक हिंसक धर्म है। पश्चिमी मीडिया में इस्लाम के विरोध में इतनी खुलकर बातें की जाती रही हैं कि सुन-पढ़ कर हैरानी होती है। वामपंथ के झंडावरदार फ्रांस तक में इस समय मशहूर इतालवी पत्रकार आरीना फालाची की इस्लाम-विरोधी किताब धड़ाधड़ बिक रही है। अमेरिकी मीडिया अब सऊदी अरब की खबर लेने पर जोर दे रहा है क्योंकि 'वही आतंक के लिए पैसा देता रहा है।'

दूसरी बात यह कही जा रही है कि जो लोग आधुनिक कानून मानते ही नहीं, उन्हें आधुनिक कानूनों का लाभ क्यों उठाने दिया जाए? ब्रिटेन में इस बात को लेकर बहुत रोष है कि नई आतंकवाद-विरोध मुहिम के तहत चले पहले मुकदमे में ही

जज ने अभियुक्त को बरी कर दिया। तीसरी बात यह कही जा रही है कि जिन्होंने हमारे खिलाफ जेहाद छेड़ रखा है, उनके प्रति हर नागरिक को सजग रहना होगा। राष्ट्रपति बुश के शब्दों में सुरक्षा अभियान के आंख, कान बनना होगा। यानी अपने पड़ोसियों, सहकर्मियों, सहयात्रियों की जासूसी करनी होगी। ओसामा की मूल स्थापना यह थी कि 'उम्मा' एक तरफ है और काफिर दूसरी तरफ। लगता है लोकतंत्रात्मक संसार ने भी इसे स्वीकार कर लिया है। ओसामा से लड़ने के लिए वह स्वयं ओसामा बनना चाहता है।

(नमूना प्रति)

अचूक बम बनाम आत्मघाती बम

इस स्तंभ में अमेरिका की चर्चा मैं अक्सर करूंगा। इसलिए नहीं कि आजकल मैं अमेरिका में हूं, बल्कि इसलिए कि अमेरिकी संस्कृति आज हर कहीं छाई हुई है। अमेरिका को आज ऐसी विश्व चौधराहट प्राप्त हो गई है जैसे विश्व के इतिहास में पहले कभी किसी देश को प्राप्त नहीं हुई थी। अमेरिका का प्रतिरक्षा-बजट इतना है जितना कि उसके बाद के शक्तिशाली बीस देशों का मिलकर भी नहीं है। इतिहास-कार पॉल कैनेडी के अनुसार सैन्यशक्ति-संतुलन में यह विषमता अभूतपूर्व है और अफगानिस्तान युद्ध के बाद सभी देशों ने अपनी पुरानी प्रतिरक्षा योजनाएं कूड़ेदान में डाल दी हैं।

आज अमेरिका अपनी इस अपार शक्ति पर जितना खुश है, उतना ही हैरान इस बात को लेकर है कि चंद सिरफिरे कट्टरपंथी हमें परेशान करने के लिए आत्मघाती बम बनने को तैयार बैठे हैं। पढ़े-लिखे होते हुए भी मध्ययुगीन विचारधारा पर जान न्यौछावर करना चाहते हैं कि हमें जन्नत मिलेगी। अरे तुम ग्रीन कार्ड का जुगाड़ करके अमेरिका में बस जाओ और धरती पर ही स्वर्ग भोग लो। यहां तो मुक्तमंडी है जिसमें तुम चाहे जितना कमा और भोग सकते हो।

इस हैरानी की जड़ में मुक्तमंडी की यह सीख है कि जान है, तो जहान है। सुखभोग एकमात्र आदर्श है और वह मरने के बाद तो हो नहीं सकता। इसलिए नया इंसान अपनी जान जोखिम में डालने की बात 'थ्रिल' या 'किक' देने वाले किसी खतरनाक खेल या नशे के संदर्भ में ही सोच सकता है। और उसमें भी ऐसा है कि अगर दांव चल जाए तो वह हर्जाने के लिए मुकदमा ठोक सकता है। जैसे उसने सिगरेट-निर्माताओं पर ठोके कि आपने तो कैंसर से मरवा दिया।

तो उत्तर आधुनिक इंसान हैरान होता है कि वे कौन हैं जो किसी तथाकथित उच्चतर वर्ग के लिए धरती के स्वर्ग अमेरिका को नष्ट करने के लिए जान गंवाना चाहते हैं? और वे भला किस आधार पर यह कल्पना करते हैं कि इस तरह अमेरिका नष्ट हो सकता है? इसका उत्तर यह है कि आतंकवादी जानते हैं कि अमेरिकी सैनिक लगभग इस मन:स्थिति में पहुंच गया है कि सेना पर मुकदमा ठोके कि आपने तो युद्ध में मरवा दिया। हम उस देश के वासी हैं जिसमें बतौर शुभकामना 'हैव फन' कहा जाता है, मरने में क्या 'फन' है भला।

वियतनाम युद्ध के बाद हर अमेरिकी नेता और सेनापति जानता है कि सैनिकों को मरवाना अपनी राजनीतिक मौत बुलाना है। इसीलिए इराक पर हमले का विरोध करने वाले भी बस अमेरिकी — इराकी नहीं — जवानों को मारे जाने का मुद्दा उठा रहे हैं और बुश के समर्थक इस ओर ध्यान दिला रहे हैं कि अब हम बिना अपने

सैनिकों को झोंके युद्ध जीतना सीख गए हैं। अफगानिस्तान में हमारे कुल 17 सैनिक मरे, हम अचूक बमों के सहारे चुटकियों में जीत गए। हमने अपने 'फन लविंग' जवानों के लिए युद्ध को एक वीडियोगेम बना दिया है कि बटन दबाओ और दुश्मन को खाक में मिलाओ।

अमेरिकी मुक्तमंडी भी कह रही है कि युद्धरूपी वीडियोगेम अर्थव्यवस्था के लिए टॉनिक का काम करता है। उधर आत्मघाती बम बनने वाली बिरादरी जानती है कि यह वीडियोगेम अमेरिका की कायर और क्रूर छवि बनाने में तथा और भी अधिक जवानों को जिहाद के लिए तैयार करने में सहायक सिद्ध होता है। उसके हौंसले बुलंद ही तब से हुए हैं जब से उसने सोमालिया में अमेरिकी सैनिकों को माहौल जरा गरमाते ही दुम दबाकर भागते देखा था।

यह बिरादरी जानती है कि तोरा-बोरा में अपनी अपार सैन्यशक्ति के बावजूद अमेरिका ओसामा को इसलिए नहीं पकड़ सका कि उसने अपने सैनिकों को मैदान में उतारा ही नहीं। 'ओसामा : जिंदा या मुर्दा' की गर्जना करते हुए गए और जब मौका आया तब उसे पकड़ने में जान गंवाने की जिम्मेदारी अफगानों पर डाल दी। अमेरिकी सैनिक उतना ही डरपोक और निकम्मा हो चला है जितना कि निडर और सूझबूझ वाला उसे हॉलीवुड की फिल्मों में दर्शाया जाता रहा है। जरा-सा खतरा दिखते ही वह धुआंधार वीडियोगेम शुरू कर देता है फिर चाहे गलत ठिकाने क्यों न नष्ट हों, बेकसूर नागरिक क्यों न मरें।

बुश समझते हैं कि अचूक बमों के सहारे मुझे इतिहास में स्थान और देश को विश्व का प्यार और आदर मिलेगा। ओसामा सोचते हैं कि आत्मघाती बमों के सहारे धर्म की स्थापना कर सकूंगा। साधारण लोगों की असाधारण रूप से मूर्खतापूर्ण महत्त्वाकांक्षाओं के हाथों मारा जाएगा उत्तर-आधुनिक संसार।

(14 अक्टूबर, 2002)

प्रेसिडेंट वही जिसे टी.वी. बनाए

कुछ साल पहले जब मेरे मित्र अनिल गुप्ता ने 'कौन बनेगा मेरा पति उर्फ स्वयंवर' नामक 'शो' बनाने की बात मुझसे की तब मैंने व्यंग्य में कहा कि उसके बाद 'कौन बनेगा देशपति' बनाइएगा! बलिहारी है आज के समाज की कि वह व्यंग्यकार की असंभवतम कल्पना भी चटपट साकार कर डालता है। जी हां, भाइयो-बहनो! मुल्क अमरीका में मीडिया मुगल मर्डोक के फॉक्स चैनल ने एक ऐसा कार्यक्रम बनाने की ठानी है जिसे 'कौन बनेगा प्रेसिडेंट?' कहा जा सकता है! चैनल यह कार्यक्रम अपने हाल में प्रसारित शो 'अमेरिकन आयडल' की हंगामी कामयाबी से प्रेरित होकर बनवा रहा है। 'अमेरिकन आयडल' कुछ वैसा ही था जैसा भारत में स्टार द्वारा लड़कियों का बैंड चुनने के लिए किया गया कार्यक्रम। फॉक्स ने देशव्यापी प्रतियोगिताएं कराके जनता की राय के आधार पर पॉप-स्टार बनाने के लिए एक गायिका चुनी। चैनल का तर्क यह है कि अगर हम किसी अनजान लड़की को सारे अमेरिका की 'आयडल' उर्फ आराध्या बनवा सकते हैं तो क्या किसी अनजान नागरिक को 2004 के चुनाव में राष्ट्रपति पद का तगड़ा उम्मीदवार नहीं बना सकते? बेशक!

'अमेरिकन कैंडिडेट' नामक इस कार्यक्रम में 35 साल से बड़ा हर नागरिक हिस्सा ले सकता है। उसे चैनल की एक विस्तृत प्रश्नावली के उत्तरों के साथ-साथ पचास मतदाताओं के समर्थन पत्र और अपना आधा घंटे का प्रचार वीडियो भिजवाना होगा। हर विचार और प्रकार के विशेषज्ञों का एक मंडल प्राप्त आवेदनों की जांच करके श्रेष्ठतम सौ का चुनाव करेगा जो जनवरी 2004 में प्रसारित पहले एपिसोड में देश के सामने पेश किए जाएंगे। शो का हर एपिसोड राजनीतिक-ऐतिहासिक महत्त्व की किसी स्थली में मंचित किया जाएगा। हर एपिसोड में जानकारी, सूझबूझ और बोलने-बहस करने तथा दिशा देने की क्षमता परखने के लिए कुछ दिलचस्प प्रतियोगिताएं की जाएंगी। एपिसोड के अंत में देशव्यापी दर्शकों के वोट और निर्णायकों के दिए अंकों के आधार पर सबसे कमजोर उम्मीदवारों की छंटनी कर दी जाएगी। होते-होते फाइनल के लिए कुल तीन प्रतियोगी बचेंगे जिनमें से किसी एक का चुनाव केवल दर्शकों के वोट के आधार पर किया जाएगा। यह एपिसोड राजधानी वाशिंगटन की मॉल से स्वतंत्रता दिवस 4 जुलाई के आस-पास प्रसारित किया जाएगा। जुलाई-अगस्त में ही दोनों मान्य पार्टियां अपना उम्मीदवार धूमधाम से तय किया करती हैं। अगर दर्शकों का चुना व्यक्ति स्वतंत्र उम्मीदवार के रूप में खड़ा होगा तो फॉक्स चैनल प्रचार अभियान में उसे मदद देगा लेकिन चुनाव लड़ने का खर्च नहीं उठाएगा। अब खर्च का ऐसा है कि बुश ने पिछली बार मात्र 18.6 करोड़ डॉलर चुनाव अभियान में लगाए थे! फिर भला क्यों

कोई इस प्रतियोगिता में हिस्सा लेना चाहेगा? अपनी पहचान बनाने के लिए जनाब। अब तो बस वही इंसान पहचाना जाता है जिसकी टी.वी. पहचान बनाता है। अगर आप टी.वी. पर नहीं होते तो गोया होते ही नहीं! इसीलिए आज हर विद्वान चाहता है कि विशेषज्ञ के रूप में टी.वी. न्यूज में दिखाई पड़ता रहे।

बेचारा आम इंसान तो टी.वी. पर आने के लिए कुछ भी करने को तैयार हो चला है। हाल में अमेरिका में एक आदमी ने इस सिलसिले में एक बेसबॉल मैच के राष्ट्रीय प्रसारण में कोच की धुनाई कर दी। गिरफ्तार हुए तो क्या, दुनिया की निगाह में तो आए! 'अमेरिकन कैंडिडेट' में तो प्रतियोगिताएं छह महीने चलेंगी और विजेता उसके बाद भी कुछ समय मीडिया पर छाया रहेगा। कुशल और लोकप्रिय नेता के रूप में उसकी राष्ट्रव्यापी पहचान फोकट में बन चुकी होगी जबकि दोनों दलों के उम्मीदवारों को इस सिलसिले में करोड़ों डॉलर टी.वी. विज्ञापनों पर खर्च करने होंगे।

संभव है कि दर्शकों के चुने इस उम्मीदवार को किसी मान्य दल का उम्मीदवार अपने प्रतिद्वंद्वी के वोट कटवाने के लिए चुनाव लड़ने का थोड़ा बहुत खर्चा-पानी दे दे। या बाद में कोई राजनीतिक दल किसी अन्य चुनाव में उसे अपना उम्मीदवार बनाए। इसमें तो कोई संदेह ही नहीं है कि वह व्यक्ति लोकप्रिय नेता के रूप में प्रतिष्ठित हो जाएगा। आपत्ति की जा सकती है कि फॉक्स चैनल अमेरिकी प्रेसिडेंट के चुनाव को एक तमाशा बना रहा है। लेकिन वह तो बहुत पहले से ही टी.वी. के लिए किया जाने वाला तमाशा बन चुका है। और वही क्यों, हर देश में राजनीति का यही हाल है। टी.वी. कार्यक्रम कहलाते ही 'शो' यानी तमाशा हैं। उनका उद्देश्य हर चीज को जन-रंजन पर न्यौछावर करना है। आतंकवादियों का न्यूयॉर्क-वॉशिंगटन में धमाका करना एक तमाशा है तो आतंकवाद से लड़ने के लिए अमेरिका का किसी देश को तबाह कर देना भी एक तमाशा है। हर सुख एक तमाशा है और हर दुख भी एक तमाशा है। कौन है जो टी.वी. को भोंदू बक्सा कहता है? अरे इस सयाने ने तो बच्चे-बच्चे को उस दार्शनिक ऊंचाई पर ला बिठाया है जहां से मिर्जा गालिब को दुनिया बच्चों का खेल नजर आई थी।

(21 अक्टूबर, 2002)

टीपना छात्र का स्वयंसिद्ध अधिकार

कुछ वर्ष पहले जब उत्तर प्रदेश की जनवादी राजनीति ने बोर्ड परीक्षाओं में नकल चलने देना इज्जत का सवाल बना दिया था तब मेरे-जैसे मूर्खों ने इसे 'ऊपी' के 'बैक्वड' होने की निशानी माना था। यह तो अब यू.एस. में आकर पता चला है कि मेरा उत्तर प्रदेश इस मामले में उत्तरआधुनिक फंडे पेल रहा था। इस मोस्ट अगड़े अमेरिका में, एक ताजा सर्वेक्षण के अनुसार, लगभग 80 प्रतिशत विद्यार्थी किसी-न-किसी परीक्षा में बेईमानी अवश्य करते हैं! और अगर उन्हें पकड़ कर दंडित किया जाए तो उनके अभिभावक वकील समेत मुर्दाबाद के नारे लगाते आ पहुंचते हैं।

सरकारी सहायता-प्राप्त अमेरिकी स्कूलों का संचालक मंडल नागरिकों के वोट से चुना जाता है, लिहाजा ऐसी मुर्दाबाद-मुर्दाबाद से उसके सदस्य बहुत घबराते हैं। तो बावजूद इसके कि अमेरिकी विद्यालयों में छात्रों को बाकायदा शपथ दिलाई जाती है कि परीक्षा में कभी बेईमानी नहीं करेंगे, बेईमानी न केवल हो रही है, बल्कि होने भी दी जा रही है। इधर लगभग एक वर्ष से क्रिस्टीन पेल्टन नामक एक अभूतपूर्व अध्यापिका की चर्चा होती रही है जो इस मारे भूतपूर्व श्रेणी में आ गई कि उसने 'इंटरनेट' से टीप कर 'टर्म पेपर' देने वाले छात्रों को फेल कर दिया।

कुछ लोग पूछ सकते हैं कि 'टर्म पेपर' क्या बला है? तो ऐसा है, जहां हमारी शिक्षा हमें रट्टू तोता बनाने पर समर्पित थी, वहां अमेरिकी शिक्षा छात्रों को रचनात्मक बनाना चाहती है। इसीलिए हर परीक्षा में 50 प्रतिशत अंक किसी दिए हुए विषय पर लिखे गए शोध-प्रबंध उर्फ 'टर्म पेपर' के लिए रखे जाते हैं। अब दिक्कत यह है कि रचनात्मकता को समर्पित यह शिक्षा उस समाज में दी जा रही है जो उपभोग संस्कृति से ग्रस्त है। तो बेचारे किशोर-किशोरियां कब तो टर्म-पेपर के लिए शोध या परीक्षा करें और कब मौज-मस्ती? ऐसे में इंटरनेट सदा सहाय!

विद्यार्थियों की सेवा में 'पेपर मिल्स' कही जाने वाली ऐसी अनेक वेबसाइटें प्रस्तुत हैं जो चोखा दान लेकर चोखा काम कर देती हैं। इनसे टर्म पेपर खरीद लेने का जबरदस्त प्रलोभन यों है कि बिना बहुत अच्छे अंक पाए उच्चतर शिक्षा के लिए दाखिला और वजीफा नहीं मिल पाता। मैं बारहवीं का छात्र बनकर एक ऐसी साइट पर पहुंचा। पूछा गया – तैयारशुदा चाहिए कि नया लिखवाना है? तैयारशुदा। 'सब्जेक्ट' पर 'क्लिक' करके देखें कोई तैयार पेपर आपके काम का है क्या? मैंने 'इंडिया' पर क्लिक किया। 'गांधी के सत्याग्रह' से लेकर 'हिंदुओं के विभिन्न संस्कार' तक लगभग सवा सौ निबंधों की सूची आ गई जिनके दाम 25 से 150 डालर तक थे!

वेबसाइट का नाम था – 'स्कूल्स सक' अर्थात 'स्कूल बकवास होते हैं।' ऐसी

साइटें रचनात्मकता को समर्पित शिक्षा पद्धति को निरर्थकता प्रदान कर रही हैं। यह देख कुछ विशेषज्ञों ने इन वेबसाइटों से की गई नकल पकड़ने वाली वेबसाइटें खोल डाली हैं। पैसा दो और किसी भी 'टर्म पेपर' के बारे में यह पता कर लो कि वह किसी वेबसाइट से टीपा हुआ तो नहीं है? तो जब अध्यापिका क्रिस्टीन के 114 में से 28 छात्रों ने बहुत अच्छे टर्म-पेपर लिखकर 'ए' ग्रेड पाया तब उसने एक ऐसी ही वेबसाइट से उनकी मौलिकता जांचने के लिए कहा। वेबसाइट ने सिद्ध कर दिया कि सब टीपे हुए हैं।

तो क्रिस्टीन ने 'ए' ग्रेड काटकर 'एफ' यानी फेल कर दिया और सारे अभिभावक 'मुर्दाबाद-मुर्दाबाद' करते आ पहुंचे! क्रिस्टीन ने उनसे कहा कि अगर आपका बच्चा दुबारा खुद लिखकर टर्म-पेपर दे दे तो मैं 'डी' ग्रेड देकर उसे पास करने के लिए तैयार हूं। लेकिन अभिभावक तो 'ए' ग्रेड मांग पर अड़े थे। क्रिस्टीन को धमकियां-भरे फोन मिलने लगे। वकील मानसिक आघात और मानहानि के मुद्दे उठाने लगे। संचालक मंडल के सदस्यों को अगला चुनाव हारने के आसार नजर आए तो उन्होंने क्रिस्टीन को आदेश दिया कि 'ए' ग्रेड बहाल कर दे। क्रिस्टीन ने त्यागपत्र दे दिया। मीडिया में विवाद और सर्वेक्षण का दौर चल निकला। कुछ दिलचस्प बातें कही गईं। जैसे एक छात्र ने कहा, 'इंटरनेट युग में ऐसी चोरी तो होगी ही, परीक्षक को यही देखना चाहिए कि होशियारी से चोरी करना किसे आता है', इससे भी अर्थवान बात एक अन्य छात्र ने कही, 'जो अपने हित के लिए बेईमानी सीखेगा ही नहीं, वह आज की दुनिया में सफल कैसे होगा?' जी हां, इस उत्तर-आधुनिक दुनिया में व्यक्ति की जिम्मेदारी पर नहीं, व्याक्ति के अधिकारों पर जोर दिया जाता है और सबसे बड़ा अधिकार सुख-भोग को माना जाता है। अगर सुख-भोग के लिए बेईमानी जरूरी हो तो बेईमानी करने का अधिकार भी होना ही चाहिए। प्रसंगवश अगर भारतीय अध्यापक अमेरिकी छात्रों के सुख-भोग के लिए अपेक्षाकृत कम दरों पर ट्यूशन-लेऊ-एवं-टिपाऊ कोई साइट खोलकर विदेशी मुद्रा कमाएं तो कैसा?

(28 अक्टूबर, 2002)

अपना बच्चा पालूं कैसे, विशेषज्ञ से पूछ ले

जब 1966 में पहली बार पिता बना था मैं तब मेरे सहयोगी रमेश वर्मा ने डॉ. बेंजामिन स्पॉक की 'बेबी एंड चाइल्ड केयर' यह कह भेंट की कि इस किताब को अमेरिका में बाइबिल-जैसी श्रद्धा और लोकप्रियता मिली है। किताब देखकर घर में सभी लोग हंसे कि वाह अब बच्चा पालने के लिए भी किताब पढ़नी होगी। अरे स्त्री को बच्चा पालना सहज संस्कार से आ जाता है। कहीं कोई शंका उठे तो घर में किसी भी बुजुर्ग स्त्री से पूछ सकती है।

मगर मैं किताबी कीड़ा हूं। लिहाजा डॉ. स्पॉक की किताब पढ़ता गया और कुछ अंश उत्साह से सुनाता भी गया। मेरी दादी बोली, 'ये बातें मर्दों के लिए नई होंगी, औरतों के लिए नहीं हैं।' तब मेरे दिमाग में यह विचार कौंधा कि इस किताब को अमेरिका में बाइबिल का दर्जा मिला ही इसलिए होगा कि वहां अब परिवार पति-पत्नी तक सीमित हो चला है। घर में जच्चा को बताने-सुझाने वाली अन्य स्त्रियां नहीं होतीं वहां।

और हों भी तो जच्चा दो कारणों से उनकी नेक सलाह नहीं सुनना चाहती होगी। पहला यह कि आधुनिकता बुजुर्गों के विचारों को पुराना और अक्सर अवैतनिक ठहराती है। परंपरागत साझा जानकारी को वह 'ओल्ड वाइव्स टेल्स' (बुढ़ियाओं के मिथक) का दर्जा देती है। दूसरा कारण यह कि आधुनिकता 'स्वतंत्र व्यक्तित्व और अस्तित्व' में आस्था रखती है। आधुनिक इंसान को किसी बुजुर्ग की सलाह मान लेना खासा तकलीफदेह लग सकता है। तो अमेरिकी युवती अपनी सास क्या, मां से भी यह कहने में सुख अनुभव करती होगी कि आप डॉ. स्पॉक से ज्यादा नहीं जानतीं।

उधर अमेरिकी दादी और नानी भी 'स्वतंत्र अस्तित्व' के अंतर्गत यह कहने से न चूकती होगी कि मैं कोई नौकरानी हूं जो तेरे भी बच्चे पालूं? डॉ. स्पॉक की पोथी की लोकप्रियता की एक और वजह मुझे यह नजर आई कि स्त्रीवादी विमर्श ने शिशुपालन को स्त्री का सहज संस्कार और दायित्व बनाना पुरुषों का षड्यंत्र ठहरा दिया था। इसलिए अमेरिकी पिता डॉ. स्पॉक की पोथी बांच लेने में ही अपनी खैर समझता होगा।

फिर देखते ही देखते भारत में भी कई परिवार 'मैं और मिसेज' तक सीमित होने लगे। बाहैसियत संपादक मैंने डॉ. सुभाष आर्य को आमंत्रित किया कि शिशुपालन पर डॉ. स्पॉक जैसा कुछ लिखें। वे बोले, 'स्पॉक तो कुछ आउट ऑफ डेट हो गए हैं। मैं ताजातरीन जानकारी दूंगा।' बाद में डॉ. आर्य की किताब भी छपी लेकिन वह 'गीता' का दर्जा नहीं पा सकी। सो इसलिए कि हमारी आधुनिका जच्चा

अभी इतनी 'स्वतंत्र अस्तित्व' वाली नहीं हुई थी कि सासूजी के साथ-साथ मम्मीजी की भी नेक सलाह न माने। और उधर मम्मीजी भी इतनी 'मॉड' नहीं हो गई थीं कि कह दें, 'बेटी मैं तेरे बच्चे की नानी हूं, 'नैनी' उर्फ आया नहीं।'

पिता बनने के 36 वर्ष बाद मैं दादा बना हूं और सो भी उस अमेरिका में जिसमें डॉ. स्पॉक '66 में ही आउट ऑफ डेट हो चले थे। अब यहां स्थिति यह है कि गर्भस्थ से लेकर पांच वर्ष तक के बच्चे के पालन के बारे में विशेषज्ञों की लिखी हुई नई किताबें हर साल छपती हैं और पुरानी किताबों के नए संस्करण निकलते हैं। धारणाएं इतनी तेजी से बदलती हैं कि हर पोथी का पुराना संस्करण रद्दी में फेंक दिया जाता है। गर्भाधान की पुष्टि होते ही मेरे बेटा-बहू को 'व्हाट टू एक्स्पेक्ट ह्वेन एक्स्पेक्टिंग' नामक किताब थमा दी गई थी ताकि वे घबराकर बार-बार डॉक्टर को फोन न करें। फिर प्रसव के लिए तय किए गए अस्पताल ने बेटा-बहू को विशेष कक्षाओं के लिए आमंत्रित किया, जिनमें बबुए की मदद से नन्हे बच्चे को पकड़ने, नहलाने, स्तनपान कराने और उसके पोतड़े बदलने-जैसे काम सिखाए गए। उधर शिशु-पालन की विशेष पत्रिकाएं छापने वालों ने अपनी नमूना प्रतियां और बच्चों के लिए पाउडर दूध, टॉनिक आदि बनाने वालों ने प्रचार साहित्य के साथ-साथ 'डॉक्टरों की सलाह' भेजना शुरू कर दिया। प्रसव होते ही 'आपके बच्चे का पहला वर्ष' और 'शिशु को कैसे स्मार्ट बनाएं' जैसे नामों वाली किताबें खरीदवा दी गईं।

अगर फिर भी शिशुपालन का गूढ़ातिगूढ़ रहस्य समझ में न आ रहा हो तो इंटरनेट पर सलाह देने वाली पचासियों साइटें मेरे बेटा-बहू के लिए उपलब्ध हैं। व्यस्त माता-पिता किसी तरह समय निकाल कुछ साहित्य पढ़ते हैं। कभी-कभी विशेषज्ञों में परस्पर विरोध पाकर चक्कर में पड़ते हैं। और अक्सर घबराते भी हैं क्योंकि हर्जाने के लिए ठोके जाने वाले मुकदमों की आशंका से यहां शिशुपालन से जुड़ी हर सलाह और सामग्री के साथ चेतावनी भी आती हैं कि इन-इन खतरों से सावधान। तो आज के समाज में शिशुपालन के लिए फैशन की तरह बदलने वाली ढेरों नई सलाह हैं, एक से एक सुविधाजनक उपकरण हैं, कुछ नहीं है तो बस सहजता और सामुदायिकता नहीं है।

(4 नवंबर, 2002)

एक राक्षसी वृत्ति का रोजमर्रापन

अमेरिकी मीडिया पर इधर दो शैतान छाये रहे हैं। एक है 'से-डैम' जो 'महाविनाश के अस्त्रों से सभ्य संसार का ध्वंस करना चाहता है।' दूसरा कोई अनाम जो 'सभ्य संसार' के अच्छे-भले मर्दों को बच्चे-बच्चियों का यौन-शोषण करने वाला राक्षस बनाए दे रहा है। वह महानगरों में ही नहीं, छोटे कस्बों तक में सक्रिय है। बल्कि वहां तो और भी ज्यादा क्योंकि उनमें लोगबाग आज भी न घरों-कारों को ताला लगाते हैं और न अपने बच्चों को अकेले घूमने से रोकते हैं।

धर्मभीरु किसानों के जिस पिछड़े अमेरिकी राज्य में इन दिनों मैं हूं, उसमें भी 'गुमशुदा की तलाश' के बोर्ड पर तीन-चौथाई से ज्यादा तस्वीरें छोटी लड़कियों की हैं। यहां भी एक 'भला मानस' दो लड़कियों को अगुआ करने के आरोप में पिछले दिनों गिरफ्तार हुआ है। शैतान नंबर दो न केवल 'संभ्रांत नागरिकों' से अबोध बच्चे-बच्चियों का यौन-शोषण करवा रहा है बल्कि पकड़े जाने के भय से हत्या भी। हाल में एक पचासवर्षीय इंजीनियर को अपने पड़ोस की सातवर्षीय लड़की के अपहरण और हत्या के अभियोग में सजा सुनाई गई।

प्रसंगवश इस इंजीनियर के कंप्यूटर की जांच से पता चला कि वह शैतान नंबर दो की खुलवाई हुई बाल यौन शोषण की वेबसाइट से अश्लील चलचित्र डाउनलोड करता था। जी हां, कंप्यूटर का विश्वव्यापी वितान (वर्ल्डवाइड वेब) बच्चेबाजों की सेवा में भी प्रस्तुत है। कुछ वेबसाइटें ऐसी हैं, जिनसे आप पैसा देकर बच्चों से जुड़ी अश्लील फिल्में डाउनलोड कर सकते हैं। कुछ ऐसी हैं कि सौ-एक डालर का सदस्यता शुल्क भर कर आप अपने मनपसंद गरीब देश में बच्चों के यौन शोषण का सारा इंतजाम उनसे करवा सकते हैं। 'बालवेश्यावृत्ति सैलानी उद्योग' अरबों डालर प्रतिवर्ष का धंधा बन चला है।

शैतान नंबर दो सभ्य संसार के मुर्दों से चैट-साइटों यानी बतकही मंचों का उपयोग भी बाल यौन शोषण के लिए करा रहा है। इंटरनेट की इन चैट-साइटों पर कुछ लोग पहले बच्चों से बच्चों की-सी बातें करते हैं और फिर बातचीत का रुख सेक्स की ओर मोड़ते हैं। टीवी और इंटरनेट की कृपा से बच्चे भी अब उतने अबोध नहीं रह गए। इसलिए उनमें से इक्का-दुक्का केवल वयस्कों वाली बातों और कामों के लिए तैयार हो ही जाते हैं। वेब किसी खास शौक से जुड़े लोगों को अपनी नेट-बिरादरी बनाने का अवसर भी प्रदान करता है। तो सभ्य संसार में फैली ऐसी कुछ बिरादरियां बच्चों से अपने संभोग के चित्रों और चलचित्रों का आदान-प्रदान करने में जुटी हुई हैं।

हाल में अमेरिका और यूरोप में फैली एक ऐसी नेट बिरादरी पकड़ी गई जिसके

सदस्य जघन्यता की पराकाष्ठा पार करते हुए अपनी ही संतानों से संभोग के चलचित्र एक-दूसरे को भेजते थे। शैतान नंबर एक को तो बुश मिसाइलों से मटियामेट कर देंगे। शैतान नंबर दो का क्या करें? धर्मगुरुओं से नैतिक मिसाइल बरसवाएं? अरे मीडिया स्वयं कुछ धर्मगुरुओं को, खासकर कैथलिक पादरियों को, इसी घिनौने शौक का मारा बता रहा है। सच तो यह है कि मुक्त समाज में हर नैतिक सत्ता का पर्दाफाश हो चुका है।

शायद यों कहना चाहिए कि मुक्त समाज में नैतिक सत्ता-जैसी कोई चीज हो ही नहीं सकती। उसमें तो केवल कानून और पुलिस का भय होता है। कानून सख्त है, पुलिस सक्रिय, लेकिन शैतान नंबर दो का असर है कि बढ़ता ही चला जा रहा है। 'विशेषज्ञ ' माता-पिता को सलाह दे रहे हैं कि अपने बच्चों को अजनबी ही नहीं, पहचान वाले इंसान के साथ भी अकेले न जाने दें। उन्हें इंसान पर अविश्वास करना सिखाएं। कुछ माता-पिता अपने बच्चों की चमड़ी के नीचे उनकी खोज-खबर देते रहने वाला 'चिप' लगाने की सोच रहे हैं।

यह सही है कि ऐसी राक्षसी वृत्ति रखने वाले हर देशकाल में हुए हैं। उस ओसामा के देश में भी हैं जो पश्चिम को हैवानों का देश बताता है। किंतु यह भी सही है कि पूंजीवादी छाप आधुनिकता इंसान को स्वतंत्र और निडर होकर भोग करना सिखाती है और नैतिकता-निरपेक्ष होकर जमाने भर की भली-बुरी चीजें उसके उपयोग के लिए परोसती है। यही नहीं, मुक्तमंडी में मीडिया भी मुनाफे की दृष्टि से राक्षसों के समाचार देवताओं के समाचारों से अधिक उपयोगी पाता है और इस तरह राक्षसी वृत्तियों को एक रोजमर्रापन प्रदान करता है।

तो आज एक तरफ अतिनैतिकतावादी मध्ययुगीन कट्टरपंथ है और दूसरी तरफ नीतिनिरपेक्ष मुक्तमंडी और मुक्तमंडी में उन्मुक्त इंसान अधिकतर घटियापन ही चुन रहा है। आपने गौर किया होगा कि छंद का बंधन न रहने पर ढेर सारे लोगों को घटिया कविता लिखने की छूट मिल जाती है।

(11 नवंबर, 2002)

मुल्ला पीछे एम. टी.वी. आगे

अभी उस दिन बेटे के कार-रेडियो ऑन करने पर जब एम.टी.वी. छाप वह पॉप म्यूजिक सुनाई दिया जिसमें कर्णकटुता को वादी और अश्लीलता को संवादी माना जाने लगा है, तब मैंने स्टेशन बदलने का अनुरोध किया। बेटे ने समाचार-विचार-स्टेशन एन.पी.आर. लगा दिया और विडंबना कि उसमें एम.टी.वी. का ही बखान हो रहा था कि कैसे कुल बीस वर्ष में उसने सारा जग जीत लिया और अमेरिका-वत् बना दिया है।

एम.टी.वी. की नई इंडोनेशियाई सेवा के संदर्भ में प्रस्तुत इस स्टोरी में संवाददाता ने इस बात पर सुखद आश्चर्य व्यक्त किया कि स्थानिक एम.टी.वी. पर भी सेक्स और इश्क-मोहब्बत की चर्चा खुलकर की जा रही है और इंडोनेशियाई युवा भी अमेरिकी पॉप स्टारों पर जान छिड़क रहे हैं। अमेरिकी मीडिया दूसरे देशों की संस्कृति भिन्न होने पर असमंजस में पड़ता है और उनके अमेरिकी रंग में रंग जाने पर आनंद व्यक्त करता है। एम.टी.वी. का प्रचार-प्रसार अमेरिका के लिए सुख-संतोष का विषय इसलिए है कि एम.टी.वी. संस्कृति मुक्तमंडी की दृष्टि से आदर्श संस्कृति है। वह हर तरह की सत्ता को ठेंगा दिखाते हुए उन्मुक्त भोग करना सिखाती है। वह हर किशोर-किशोरी से कहती है कि अपने को अलग-अनूठा व्यक्ति मानकर नए-नए फैशन भोगा करो। फैशन किशोरोचित विद्रोह को निरापद बनाता है और ग्राहक जुटाता है।

यह अमेरिकी पॉप कल्चर का ही प्रताप है कि आज हर कहीं नई पीढ़ी 'अनूठेपन' का संधान करते हुए एक-जैसी उपभोक्ता-सामग्री खरीदने वाली ग्राहक बिरादरी में शामिल होती जा रही है। भूमंडलीकरण संस्कृति के अमेरिकीकरण का पर्याय बनता जा रहा है। तो भले ही एम.टी.वी. इंडोनेशिया के संचालक ने यह दावा किया कि हम एम.टी.वी. को इंडोनेशियाई रंग में रंग रहे हैं। इंडोनेशिया के एक प्रमुख मुल्ला की यह शिकायत ज्यादा सही रही होगी कि वह अमेरिकी संस्कृति ला रहा है।

मेरे लिए गौरतलब यह रहा कि इन हजरत ने अमेरिका को शैतान का शागिर्द ठहराते हुए कहा कि वह एम.टी.वी. के जरिये इस्लामी संस्कृति पर आक्रमण कर रहा है। उन्होंने इंडोनेशियाई संस्कृति की बात नहीं की क्योंकि कट्टरपंथियों के अनुसार मुसलमानों के लिए स्थानिक संस्कृति-जैसी कोई चीज हो ही नहीं सकती। कट्टरपंथियों के लिए इस्लाम की सऊदी अरब द्वारा प्रचारित बहावी व्याख्या ही मान्य है जिसका कुछ ऐसा आग्रह है कि जो आधुनिक है, सो मुसलमान नहीं है और स्थानिक संस्कृति से जो जुड़ा है, सो काफिर है।

विडंबना कि अमेरिका ने ही मुस्लिम जगत को 'समाजवाद की बीमारी' से बचाने के नेक इरादे से सऊदी अरब को इस कट्टरपंथ का निर्यात करने दिया। उसी का नतीजा है कि एम.टी.वी. संस्कृति की टक्कर में एक अदद मुल्ला संस्कृति भी भूमंडलव्यापी हो चली है।

जग जीतने की महत्त्वाकांक्षा से ग्रस्त दो संस्कृतियां टकरा रही हैं। एक आधुनिकता की उपभोक्तावादी व्याख्या करती है और दूसरी इस्लाम की आधुनिकता-विरोधी व्याख्या करती है। इस टक्कर के चलते आज इंडोनेशिया में ही नहीं, हर कहीं मुस्लिम युवा के लिए किसी आदर्शोन्मुख आधुनिक और स्थानिक संस्कृति से जुड़ सकना असंभव हुआ जा रहा है। मुक्तमंडी के उन्मुक्त भोग से लड़ने के लिए बस एक मध्ययुगीन जीवन-दृष्टि बची है और स्वयं मुक्तमंडी के देश में मध्ययुगीन कट्टरपंथ पनप रहा है। अगर ओसामा-समर्थक मुल्ला अमेरिका को शैतान का शागिर्द बता रहे हैं तो बुश-समर्थक पादरी इस्लाम को ही आतंकवादी धर्म ठहरा रहे हैं।

पहले से ही एक विभाजन के मारे हुए भारत के लिए यह नया विभाजन बहुत खतरनाक साबित होगा। सो इसलिए कि मुसलमानों की दूसरी सबसे बड़ी आबादी भारत में है और इस आबादी को अलगाववादी बनाना और आतंकवाद से जोड़ना पाकिस्तानी रणनीति का अहम हिस्सा है। वोट बैंक की राजनीति भारत में लोगों को बांटने में जुटी रही है, जोड़ने में नहीं। एक सांस में साझा संस्कृति का सही मुद्दा उठाया जाता है तो दूसरी में अलग पहचान के नाम पर मुसलमानों को आधुनिक मुख्यधारा से काटने का समर्थन। हमारे दक्षिणपंथी चाहते हैं कि हिंदू कट्टरपंथी आतंकवाद जैसी कोई चीज पैदा की जाए और हमारे वामपंथी मानते हैं कि वह तो शुरू से मौजूद है और सभी मुसीबतों की जड़ है। हिंदू फासीवाद से लड़ते हुए वे मुक्तमंडी की पीठ पर सवार होकर आई वेलेंटाइन डे छाप संस्कृति तक का समर्थन कर डालते हैं। इस तरह दक्षिण और वाम दोनों के नेता परोक्ष और प्रत्यक्ष रूप से दोनों ही समुदायों के कट्टरपंथ के विकास में योगदान करते रहे हैं।

और दुर्भाग्य कि हमारे किसी भी नेता में न सांप्रदायिक सद्भाव बढ़ाने की सूझबूझ है और न आतंकवाद के देसी और पाकिस्तानी ठिकाने नष्ट कर सकने का दमखम।

(18 नवंबर, 2002)

भीख मांगिए, गुच्ची बैग खरीदिए

जब अगस्त, 1991 में यूरोप और अमेरिका के भौतिकशास्त्रियों ने अपने संस्थानों के कंप्यूटर आपस में जोड़ने के लिए एक नई विधि अपनाई थी तब उन्होंने यह कल्पना न की थी कि इससे कुछ ही वर्षों में एक विश्वव्यापी वितान उर्फ वर्ल्ड-वाइड वेब बन जाएगा जिसे संक्षेप में डब्ल्यू डब्ल्यू डब्ल्यू लिखा और डब डब डब पुकारा जाएगा। और वह हर तरह के आदान-प्रदान और क्रय-विक्रय का एक विश्वव्यापी बाजार खोल देगा जिसमें हर कंप्यूटर वाला चाहे जब घर बैठे आ-जा सकेगा। और हां, सन 2002 में एक चतुर नार को उस बजरिया बीच बैठ भीख मांगने की सूझेगी।

किंतु यह तो होना ही था। इसी का नाम तो है प्रगति। तो आइए आपको मिलवाएं न्यूयॉर्क की 29 वर्षीया केरेन बॉस्नाक से जिसने इधर कंप्यूटर युग की पहली भिखारिन के रूप में बड़ा नाम कमाया है। उस पर लेख छपे हैं और टी.वी. पर उसके इंटरव्यू आए हैं। केरेन फ्रीलांस टी.वी. प्रॉड्यूसर हैं। उनकी फीस 900 डालर प्रति सप्ताह है। कभी-कभी कुछ हफ्ते बेरोजगारी में भी कटते हैं। फिर भी न्यूयॉर्क-जैसे महंगे शहर तक में उसकी आय पर बढ़िया गुजर-बसर संभव है क्योंकि उस कुंआरी पर बस एक अदद बिल्ली को ही पालने की जिम्मेदारी है।

आप पूछेंगे तो उसके लिए भीख मांगने की नौबत आ कैसे गई? इसलिए कि उपभोक्ता संस्कृति बढ़िया गुजर-बसर को नाकाफी ठहराती है और पूछती है कि सबसे बढ़िया क्यों नहीं? व्हाइ नॉट द बैस्ट? और केरेन उन फैशन-सजग सुरुचिपूर्ण युवतियों में से है जिन्हें पता रहता है सबसे बढ़िया और महंगा माल किस ब्रांड का है और कहां बिक रहा है? फर्ज कीजिए केरेन को नया बैग खरीदना होता तो वह 'वॉलमार्ट' जाकर सेल में बिकता कोई मेड इन चाइना सस्ता बैग नहीं खरीदती; वह 'ब्लूमिंग्डेल' जाकर इताल्वी कंपनी गुच्ची का बैग ही खरीदती।

उसके लिए पैसा? नो प्राब्लम। उपभोक्ता संस्कृति ने हमारे प्राचीन दार्शनिक चार्वाक के मूलमंत्र 'ऋणम् कृत्वा, घृतम् पिबेत।' के वजन पर केरेन समेत सभी ग्राहकों को यह मंत्र दिया है कि 'क्रेडिट कार्ड्स लब्ध्वा, गुच्ची बैगम् क्रयेत।' प्लीज आप पैसा बचाएं नहीं, खर्चें। पैसा न हो तो भी खरीदें और भोगें। किसी चीज को बस एक बार खरीद कर न रह जाएं। मॉडल और फैशन बदलने पर उसे बार-बार खरीदें। यह सब न कीजिएगा तो धंधा मंदा हो जाएगा। हमने क्रेडिट कार्ड ईजाद कर दिया है। उधार खाते में ठाठ करें।

एक जमाना था कि दुकानों पर तख्ती टंगी रहती थी कि उधार मांग कर शर्मिंदा मत कीजिएगा। आज हर वह दुकानदार शर्मसार होता है जो क्रेडिट कार्ड पर माल

नहीं बेचता। कभी अक्लमंदी कल के लिए बचाने में थी, अब अक्लमंदी कल को गिरवी रखकर आज ही भोग लेने में है। अजी कल देखा किसने है? और भोग करने की उम्र में भोग नहीं करोगे तो कब करोगे? मर मरा गए तो तुम्हारा बचाया हुआ किसके काम आएगा? बच्चों के? अजी वाह; कमाओ तुम, मौज करें वे। भोग करने की उम्र किशोरों-नौजवानों की होती है। इसी कारण कभी उन्हें ब्रह्मचारी बनकर लालसा पर लगाम देने की सीख दी जाती थी और आज उपभोक्ता संस्कृति उन्हें क्रेडिट कार्डधारी बन कर लालसा बेलगाम छोड़ देना सिखा रही है। आज अमेरिका में 83 प्रतिशत विद्यार्थी ऐसे हैं जो क्रेडिट कार्ड इस्तेमाल कर चुके हैं। क्रेडिट कार्ड कंपनियां 'उनके' 'मां-बाप की हैसियत' और उनकी स्वयं 'आगे कमा सकने की क्षमता' के आधार पर उन्हें गिफ्ट समेत कार्ड बांट रही हैं।

आज औसत अमेरिकी विद्यार्थी पर क्रेडिट कार्ड की मेहरबानी से दो-ढाई हजार डालर का कर्ज चढ़ा हुआ है। तो अगर हमारी कमाऊ केरेन पर बीस हजार से कुछ ज्यादा का चढ़ गया तो क्या आश्चर्य। बिचारी अपने और बिल्ली के लिए खाने-पीने की चीजें लेने पहुंची तो बैरंग लौटा दी गई। लेकिन उसी के शब्दों में, 'मैंने इस शिटी उर्फ गू-तुल्य स्थिति से उबरने की ठानी।' कैसे? वेब पर यह अपील जारी करके कि अगर बीस हजार लोग चार-चार डालर दे दें तो इस क्रेडिट कार्ड की मारी दुखियारी केरेन का कल्याण हो जाए।

केरेन इस वेबसाइट पर वह माल भी बेचती रही हैं जिसकी वजह से कर्ज चढ़ा और यह भी बताती रही हैं कि कर्ज चुकाने के लिए मैंने कैसे और कितनी बचत की है? पंद्रहवें सप्ताह तक उसे लोगों से 12 हजार डालर और कई उपहार मिल चुके थे। केरेन बिंदास और पुरमजाक है। आपका उसे भिक्षा या शिक्षा देने का मन करे तो उसकी साइट www/savekaryn.com पर उससे संपर्क करें। बस यह शिक्षा न दें कि भीख मांगना शर्म की बात है। अब तो शर्माना शर्म की बात है। प्रसंगवश आदर्शवादी केरेन अपना कर्ज चुक जाने पर क्रेडिट कार्ड के मारे किसी अन्य बिचारे का कल्याण कराने का संकल्प ले चुकी हैं। कहीं वह खुश या बद किस्मत आप तो नहीं।

(25 नवंबर, 2002)

हर साल दस लाख गर्भवती किशोरियां

हर किसी पिछड़े देश में नहीं, अपने को सबसे अगड़ा-तगड़ा मानने वाले अमेरिका में सन् 99 का यह आंकड़ा नए वामपंथ ने यह दर्शाने के लिए पेश किया है कि स्कूलों में सेक्स और गर्भनिरोध की जानकारी दिए जाने से टीन प्रेग्नेंसी 17 प्रतिशत घट गई है। जय हो! अब कुछ प्रगतिशील यूरोपीय देशों की तरह स्कूलों में निरोध और गोलियां बांटी जानी चाहिए। फिर भी गर्भ ठहर जाए तो सरकार को गर्भपात करवाना चाहिए।

नए वामपंथ ने ये बातें गरीबों के हितचिंतक के रूप में कही हैं। सो कैसे? जी ऐसे कि अमेरिका में गर्भवती किशोरियों में से 56 प्रतिशत माताएं बनने के लिए मजबूर होती हैं और उन बिन-ब्याही और बीमार माताओं में से 83 प्रतिशत गरीब घरों की होती हैं। अक्सर उनके पढ़-लिख कर कुछ बन सकने के सपने धरे रह जाते हैं और वे पहले से भी अधिक गरीबी के लिए अभिशप्त हो जाती हैं। पूछिएगा बीमार के क्या माने? जी, बताना भूल गया कि हर साल तीस लाख किशोर-किशोरियों को कोई-न-कोई यौन रोग भी हो रहा है।

पूछिएगा कि अगड़े अमेरिका में आधी से कुछ अधिक गर्भवती किशोरियां गर्भपात क्यों नहीं करा पातीं? इसलिए कि नया दक्षिणपंथ 'प्रो-लाइफ' उर्फ 'जीवन का पक्षधर' है और अमीरों की मेहनत और गाढ़ी कमाई पर टैक्स लगाकर गरीबों में अनैतिकता बढ़ाने पर सरकारी पैसा बर्बाद नहीं करना चाहता। गर्भपात को 'भ्रूण हत्या' कौन-सा दक्षिणपंथ कहता है? जी वही जो 'सभ्य संसार की सुरक्षा' के लिए इराकी बच्चों को भूखा मरवाता है। नया दक्षिणपंथ कहता है कि सारी मुसीबत नए वामपंथ द्वारा स्कूलों में सेक्स शिक्षा लागू करवाने से हुई है। स्कूलों में ब्रह्मचर्य का पाठ पढ़ाया जाना चाहिए। किशोर-किशोरियों को नरक, यौन-रोग और कच्ची उम्र के गर्भाधान के कुप्रभाव से डराने वाली सामग्री दिखा-पढ़ाकर यौन-व्यापार से विमुख किया जाना चाहिए। उसके कुछ विशेषज्ञों ने यौन-रोगों की भयावहता के वृत्तचित्र स्कूलों में दिखाए हैं और दावा किया है कि इसका बड़ा अच्छा असर पड़ा।

नया दक्षिणपंथ यह भी चाहता है कि माता-पिता बच्चों पर ज्यादा ध्यान दें—खासकर माताएं। उसके विशेषज्ञ प्रमाणित कर रहे हैं कि जो माताएं अपनी लड़कियों पर कड़ी निगाह रखती हैं और उनसे सहेलीवत व्यवहार करके उनके निजी जीवन में हस्तक्षेप करती रहती हैं, वे जवानी में ही दादी बन जाने के अभिशाप से मुक्त रह पाती हैं। तो सबसे अच्छा तो यह है कि औरतें नौकरी करें ही नहीं। मजबूरी ही हो तो बच्चों के दस-ग्यारह साल के होते ही जरूर घर बैठ जाएं। सवाल यह है कि स्वयं किशोर-किशोरी इन तमाम सद्प्रयासों के बारे में क्या कह रहे हैं?

सर्वेक्षणों से पता चलता है कि कुल मिलाकर उन्हें अपने बुजुर्गों पर कभी हंसी और कभी रोना आ रहा है। मुक्तमंडी की संस्कृति की कृपा से जग इतना वासनामय हो चुका है कि बच्चा-बच्चा सेक्स के बारे में बहुत कुछ जानता है। वह व्यावहारिक ज्ञान के लिए लालायित रहता है, किताबी ज्ञान के लिए नहीं। आप उसे नरक और यौनरोग वगैरह से डराने की जहमत क्यों उठा रहे हैं जबकि आप स्वयं नहीं डर रहे हैं। जब 90 साल के दादाजी तक किसी 'गर्लफ्रेंड' की तलाश में रहते हैं तब 9 साल की पोती क्यों न 'बॉय फ्रेंड' का चक्कर चलाए?

इन सर्वेक्षणों में किशोर-किशोरियों ने बार-बार यह कहा है कि हम टीवी में और अपने आस-पास के समाज में यही देखते-सुनते हैं कि सेक्स से बड़ा सुख कोई नहीं है। सभी बच्चियों का यह कहना था कि अगर हम सेक्स से घबराती हैं तो लड़के तो लड़के, अनुभवी लड़कियां तक हम पर लानत भेजती हैं। तो क्या आश्चर्य कि अमेरिका में 30 प्रतिशत लड़के और 20 प्रतिशत लड़कियां पंद्रह साल से पहले ही संभोग करने लगते हैं। उन्नीस साल तक पहुंचते-पहुंचते 85 प्रतिशत लड़के और 77 प्रतिशत लड़कियां यह सुख भोग चुके होते हैं।

और भी सुनें : अमेरिका में जो किशोरियां मां बन जाती हैं उनमें से कुल 12 प्रतिशत इतनी सौभाग्यशाली होती हैं कि उनके तथाकथित प्रेमी उन्हें सौभाग्यवती बनाने को तैयार होते हैं। इससे याद आया। आजकल कई अमेरिकी चैनलों पर ऐसे शो आते हैं जिनमें बिनब्याही माता और उसके 'प्रेमी' का आमना-सामना कराके डी.एन.ए. टेस्ट का नतीजा सुनवाया जाता है। लड़की टेसुए बहाती है, लड़का उसे औरों से भी फंसी हुई ठहराता है, गोद का बच्चा टुकुर-टुकुर देखता है। टेस्ट का नतीजा खिलाफ जाता है तो मरा आशिक जरा-मरा झेंपता है, पक्ष में जाता है तो वह कूदता-चिल्लाता है। क्या नया दक्षिणपंथ बाल-विवाह की पैरवी करेगा? क्या नया वामपंथ यह कहेगा कि बाकायदा विवाह तो नहीं 'बिना बच्चा पैदा किए सेक्स भोगने' का अनुबंध करा देना चाहिए? मैं सांस रोके प्रतीक्षा कर रहा हूं और मुझे एक लेख याद आ रहा है जिसके मुताबिक भारतीय स्कूलों में भी सेक्स होने लगा— कुछ इस अंदाज से कि हमहुं माडन हुई गए हैं।

(2 दिसंबर, 2002)

छीने इम्तिहान बच्चों का स्वाभिमान

अमेरिकी नव–वामपंथ ने स्कूलों में इम्तहान लिया जाना बालमनोविज्ञान के नाम पर बंद करा दिया था। बच्चे बिना परीक्षा दिए दसवीं तक दर्जा चढ़ते जाते थे और दसवीं–बारहवीं में भी बोर्ड–परीक्षाओं का कोई चक्कर नहीं रह गया था। अब नव–दक्षिणपंथ परीक्षाएं फिर शुरू करवा रहा है और विवाद छिड़ गया है। यह विवाद हमें बताता है कि कैसे दक्षिण और वामपंथ के नए संस्करण सारी आधुनिक समझ की मिलकर हत्या कर रहे हैं। नए वामपंथ ने परीक्षाएं बंद कराने के लिए कहा कि उनसे बच्चों के स्वाभिमान को ठेस पहुंचती है। 'सेल्फ एस्टीम' में कमी आने के कारण ही बच्चा कुकर्मों में रत होता है। तो परीक्षाएं कम लीजिए, सामाजिक संकट दूर होने लगेंगे। परीक्षाएं बच्चों में गैर–बराबरी पैदा करती हैं। परीक्षाएं मत लीजिए, समता बढ़ने लगेगी। नया वामपंथ ये बातें गरीब और पिछड़े वर्गों से आए छात्रों का हितचिंतक बन कर कह रहा था। उसका 'सामाजिक क्रांति' कराने का यह सस्ता नुस्खा दक्षिणपंथ को जंचा।

यों भी परीक्षा–बहिष्कार में निहित बौद्धिकता–विरोध दक्षिणपंथ को परंपरा समर्थित नजर आया। सामंती यूरोप के विरोधी अमेरिकी बुजुर्ग बौद्धिक ऊंच–नीच के खिलाफ थे और किताबी कीड़े नहीं, व्यवहारकुशल व्यक्ति तैयार करने वाली शिक्षा के पक्षधर थे। तो जब नए वामपंथ ने कहा कि परीक्षाएं 'सोशल स्किल्स' (सामाजिक कुशलता) बढ़ाने की जगह गैर–रचनात्मक रट्टू तोतापन बढ़ाती हैं तब उस पर बुश परिवार ने दाद दी जिसके लाल परीक्षकों द्वारा बुद्धू ठहराए जाने के बावजूद 'सोशल स्किल्स' के सहारे गवर्नर और प्रेसिडेंट बन सके थे।

तो नए वामपंथ ने स्कूलों में 'स्वाभिमान–वृद्ध–सलाहकार' नियुक्त कराए जो उद्दंड और फिसड्डी बच्चों का हौंसला बढ़ाते रहे और अध्यापकों को समझाते रहे कि अनुशासन बच्चे की रचनात्मकता और स्वाभिमान दोनों के प्राण हरता है। न बच्चों पर कोई सख्ती बरतें और न उन पर कोई जीवनमूल्य थोपें। स्वस्थ विकास के लिए आवश्यक है कि बच्चा ना कहना उर्फ 'रिफ्यूजल स्किल्स' सीखे और अपने स्वतंत्र निर्णय ले। दक्षिणपंथ ने दाद दी क्योंकि यह नीति ऐसी नई पीढ़ी तैयार कर सकती थी जो मुक्तमंडी के नजरिए से आदर्श थी। एक ऐसी पीढ़ी जिसका सारा स्वाभिमान सुख–सुविधा–भोग में सिमट आया हो और जिसमें मुक्त भोग के लिए मना करने वाले माता–पिता को धता बताने वाली 'रिफ्यूजल स्किल्स' मौजूद हों। नए दक्षिणपंथ को नए वामपंथ की यह स्थापना भी पसंद आई कि अगर बच्चा पढ़ाई पर ध्यान नहीं देता तो सारा कसूर उसके मस्तिष्क के जैव–रसायनों का होता है। 'अटेंशन डेफिशियेंसी डिस्ऑर्डर' नामक इस नई बीमारी के इलाज के लिए अमेरिकी स्कूलों में बच्चों को

दवा बांटी जाने लगी और दक्षिणपंथ के चुनाव कोष में पैसा डालने वाली दवा कंपनियां इस मद में अरबों डॉलर का धंधा पीटने लगीं। सारी लड़ाई लफ्फाजी के स्तर पर लड़ने वाले नव-वामपंथ के तर्कों में कितना दम था, इसका एक प्रमाण तब मिला जब परीक्षा नहीं, परिणाम (आउटकम) पर आधारित शिक्षा देने वाले कोलंबाइन स्कूल के एक छात्र एड हैरिस ने, 99 में कत्लेआम मचा दिया। इस भले लड़के को दो साल से स्कूल में दवा भी दी जा रही थी। आप यह न समझें कि नए दक्षिणपंथ को परीक्षाएं फिर शुरू कराने की बात इस तरह की घटनाओं के कारण सूझी। उसने तो यह कदम बेचारे अमीरों पर टैक्स लगाकर आम जनता पर सरकारी पैसे की बरबादी रोकने के अपने अभियान के तहत उठाया। हो यह रहा था कि स्कूलों से ऐसे बहुत से विद्यार्थी विश्वविद्यालयों में पहुंचने लगे थे जिनका भाषा और गणित का ज्ञान सिफर था। उन्हें विश्वविद्यालय में पढ़ सकने योग्य बनाने के लिए विशेष कक्षाएं लगानी पड़ रही थीं।

तो नए दक्षिणपंथ ने कहा कि ये विशेष कक्षाएं बंद की जाएं और जो स्कूल बच्चों को योग्य न बना रहे हों उन्हें सरकारी अनुदान न दिया जाए। बोर्ड परीक्षाएं फिर से शुरू की जाएं ताकि पता चल सके कि यूनियनबाज अध्यापक कुछ पढ़ाते-वढ़ाते भी हैं कि नहीं? नए दक्षिणपंथ का बस चलेगा तो वह सरकारी अनुदान पर चलने वाले स्कूल खत्म कराके सरकारी ठेके पर स्कूल चलाने वाली कंपनियों को प्रश्रय देगा। वह गरीब और पिछड़े वर्गों के बच्चों पर सरकारी पैसा बरबाद नहीं होने देगा। इस पर नए वामपंथ की प्रतिक्रिया? मुकदमेबाजी और हंगामा।

जब दक्षिणपंथियों के गढ टेक्सास में बोर्ड परीक्षाओं का सिलसिला फिर शुरू कराया गया तब नए वामपंथ ने इसे निर्धन-विरोधी और भेदभाव बढ़ाने वाला कदम ठहराते हुए मुकदमा दायर किया। और हार गए। परीक्षाओं के विरोध में उसके तर्क कानून की समझ से परे थे। कृपया ध्यान दें कि पुराने वामपंथ को बौद्धिक ऊंच-नीच स्वीकार करने में कभी हिचक नहीं हुई। सोवियत संघ में तो चौथे दर्जे के बाद ही कड़ी परीक्षा लेकर यह तय कर दिया जाता था कि कौन विद्यार्थी किस तरह की उच्चतर शिक्षा पाने के अधिकारी हैं और कौन ऐसे हैं जिन्हें दसवीं तक पढ़ा कर किसी धंधे से लगा देना ठीक रहेगा? ऐसे विद्यार्थी नौकरी करते हुए ट्रेड यूनियन के कॉलेज में पढ़ाई जारी रख सकते थे। जहां तक समता का सवाल है सोवियत संघ में उसकी व्यवस्था सबको अच्छा वेतन देकर की जा रही थी। सबको बिना परीक्षा लिए दर्जा चढ़ाकर नहीं।

(9 दिसंबर, 2002)

नये सामंतों की दरिद्रता

मेरी मां दरिद्र शब्द का उपयोग ऐसे लोभी के लिए किया करती थी जो माले मुफ्त पर दिले बेरहम होकर टूट पड़ता हो। इस अर्थ में आज के सामंतों यानी नेताओं-पूंजीपतियों-जैसे दरिद्र न पहले कभी देखे गए थे और न, यदि मानवता के विवेक ने चाहा तो, आगे कभी देखे जाएंगे! गरीब और पिछड़े देशों को तो छोड़िए, सबसे अगड़े और सबसे अधिक समतावादी समझे जाने वाले अमेरिका में भी पिछले तीस सालों में ये नए सामंत बहुत तेजी से पनपे हैं। कैसे? गरीबों को और गरीब बनाके!

अमेरिकी जनगणना विभाग द्वारा जारी किए गए आंकड़ों से पता चलता है कि जहां तीस वर्ष पहले उच्चस्तर का वेतन मजदूर-स्तर के वेतन से 39 गुना ही था, अब वह हजार गुना से भी ज्यादा है। हाल में जब जी.ई. कंपनी के अवकाशप्राप्त सी.ई.ओ. जैक वेल्थ की वकील पत्नी ने तलाक अदालत से कहा कि मुझे 35 हजार डॉलर माहवार का जो भत्ता दिया जा रहा है, वह उस जीवन-स्तर के लिए सख्त नाकाफी है जिसकी मैं आदी हो चुकी हूं, तब अमेरिकी मध्यवर्ग तक स्तब्ध रह गया। अमेरिका की आधी आबादी की सालाना आमदनी इससे कम है।

पत्नी ने अदालत में कहा कि हम दोनों का सालाना खर्च 25 लाख डॉलर था तो उसका आधा मुझे मिलना चाहिए। वेल्थ को स्वीकार करना पड़ा कि रिटायर होने पर भी टैक्स के बाद मेरी वार्षिक आय 21 लाख डॉलर प्रतिमाह है। मुक्तमंडी बराबर यह दावा करती आई है कि सरकारी नियंत्रण खत्म किए जाने से सबकी खुशहाली बढ़ती है लेकिन ये आंकड़े साबित करते हैं कि उनसे वेल्थ-जैसे नए सामंतों की ही खुशहाली दिन-दूनी बढ़ती है। आज अमेरिका में सबसे ऊपर के 20 प्रतिशत लोग राष्ट्रीय आय का 50 प्रतिशत डकार रहे हैं जबकि सबसे नीचे के 20 प्रतिशत को कुल 3.5 प्रतिशत मिल रहा है। उनकी वास्तविक आय पिछले तीस सालों में बढ़ी नहीं, घटी है।

इसी का नतीजा है कि अमेरिका में गरीबी की रेखा से नीचे रहने वालों की संख्या बढ़कर लगभग चार करोड़ हो गई है। बेरोजगार तो बेरोजगार, धंधे-रोजगार वालों में से भी एक-चौथाई इतना नहीं कमा पा रहे हैं कि गरीबी रेखा से ऊपर आ सकें। उधर अमीर तेजी से अमीर हो रहे हैं। जो जितना ज्यादा अमीर, वह उतनी ही तेजी से! सबसे ऊपर के .001 प्रतिशत लोगों की औसत वार्षिक आय एक करोड़ सत्तर लाख डॉलर हो चली है। ये नए सामंत मुक्तमंडी के नए 'हीरो' हैं। हर नेता इनका समर्थक है, सारा मीडिया इनका प्रशंसक है।

कहा जाता है कि ये लोग इस बात के जीते-जागते सबूत हैं कि योग्यता के बूते मुक्तमंडी में कोई भी इनसान कहीं भी पहुंच सकता है। अगर हर्षद मेहता मार्का

हेरा–फेरी को योग्यता कहा जाता हो तो यह कथन सौ पैसे सही माना जा सकता है। इन लोगों का ही काम रहा है–भ्रष्ट तरीकों से स्वयं पैसा कमाना और दूसरों का पैसा डुबवा देना। एंटान कंपनी के सी.ई.ओ. ने जिन अंतिम दो वर्षों में जबर्दस्त हेरा–फेरी की, उनमें दस करोड़ डॉलर नकद और तमाम तरह की सुख–सुविधाएं प्राप्त कीं।

उनकी 'योग्यता' से कंपनी के पांच हजार कर्मचारियों की नौकरी गई और उनका 80 करोड़ डॉलर का पेंशन फंड मारा गया। शेयरधारियों का कितना नुकसान हुआ, इसका कोई ठिकाना नहीं। ऐसे कई लायक इनसानों ने अपना सबकुछ शेयरों में लगाए हुए अवकाशप्राप्त लोगों को बुढ़ापे में दाने–दाने के लिए मुहताज बनाने का गौरव प्राप्त किया है। ये सुयोग्य नवसामंत चाहते हैं कि सरकार हम पर कम से कम टैक्स लगाए और हमारी गाढ़ी मेहनत की कमाई का जो हिस्सा वह ले, उसमें से धेला भी निकम्मे निर्धनों पर खर्च न करे।

सभी पंथों के नेता अपने इन चुनाव–कोषदाताओं की बात रखने की पूरी कोशिश करते हैं। फिर भी ये भलेमानस टैक्स से बचने के लिए अपनी कंपनियों को और स्वयं अपने को किसी ऐसे देश का पता दिला देते हैं जिसमें टैक्स नहीं के बराबर हो। उनकी इस होशियारी से अमेरिकी सरकार को कम से कम 70 अरब डॉलर प्रतिवर्ष का चूना लग रहा है। लुत्फ की बात यह है कि नेता–बिरादरी उन सुयोग्य और बुद्धिमान लोगों पर अंकुश लगाना पाप समझती है। इसीलिए उसने अमेरिकी नागरिकता छोड़ने वालों पर टैक्स लगाने और अमेरिकी कंपनियों को अपना मुख्यालय देश से बाहर ले जाने से रोकने के प्रस्ताव 'फासीवादी' ठहराए।

नवसामंतों के पास मीडिया और उससे जुड़े बुद्धिजीवियों को खरीद लेने की भरपूर क्षमता है और बुद्धिजीवियों में बिककर स्वयं सामंत बनने का अभूतपूर्व उत्साह है। इसीलिए जनमानस में समाजवाद को बदनामी और हेराफेरी को नेकनामी मिल रही है। अमेरिकी नेता और मीडिया कहते हैं कि स्वीडन समाजवाद के मारे ही संपन्नता की दौड़ में अमेरिका से हार गया है। वे भूल जाते हैं कि स्वीडन में शिक्षा, चिकित्सा आदि की सारी जिम्मेदारी सरकार के ले लेने के कारण आम आदमी का जीवन–स्तर बहुत ऊंचा है और सबसे गरीब स्वीडनवासी सबसे गरीब अमेरिकी से 60 प्रतिशत अधिक कमाता है। दरिद्र नवसामंत निर्दय भी हैं। वे 'माई–बाप' वाली भूमिका में भी गरीबों की सुध नहीं लेना चाहते। उनके लिए शोषित प्रजा बेचेहरा है।

(16 दिसंबर, 2002)

मिर्जा गालिब गलत फरमा गए हैं!

मेरे समस्त विवाहित भाइयो-बहनो! मेरी तरह आपको भी यह तो पता था कि अग्नि के फेरे लगाकर एक अदद बीमारी मोल ले रहे हैं लेकिन यह नहीं पता था कि उस बीमारी का नाम है क्या? तो आपके लिए यह खुशखबरी है कि अमेरिकी मनो-चिकित्सक संघ ने न केवल उस बीमारी को नाम दे डाला है बल्कि वह उसके इलाज के पैसे बीमा कंपनियों से वसूली की व्यवस्था करने में जुटा हुआ है। बीमारी का नाम है— जीवनसाथी-जनित-तनाव और वह संबंध-जनित-तनाव नामक बीमारी का एक अहम हिस्सा है।

जी क्या कहा? ऐसे तो जिंदगी को ही एक बीमारी ठहरा दिया जाएगा। तो क्या गलत होगा? सभी सिद्धजन यही न बता गए हैं कि होना ही दुखों में डूबा होना है? बकौल गालिब, 'मौत से पहले आदमी गम से नजात पाए क्यों?' भला हो आधुनिकता का कि वह जिंदगी नामक बीमारी का इकलौता इलाज मौत नहीं माने ले रही है। उसका बस चलेगा तो गम तो गम, वह इनसान को मौत से भी छुटकारा दिला देगी। आखिर आधुनिकता ही है ना जिसने पुरानी सभ्यताओं की यह मान्यता ठुकरा दी हैं कि सुखों से सराबोर स्वर्ग बस चंद पुण्यात्माओं को परलोक सिधारने पर ही मिलेगा।

आधुनिकता इहलोक में ही हर अच्छे-बुरे इनसान के लिए स्वर्ग बसाने के लिए वचनबद्ध है। आधुनिकता के गढ़ अमेरिका में 'पर्सूट ऑफ हैप्पीनेस' (सुख-संधान) मूल अधिकारों में शामिल किया गया है। सुख की परिभाषा? हर तरह के अभाव और बंधन से मुक्ति। आधुनिकता के लिए पैसा सबसे बड़ा सुखदाता है क्योंकि उन्मुक्त भोग और स्वच्छंद जीवन से बड़ा कोई सुख नहीं है। हर कोई चाहता है कि अपने मन की कर सकूं — 'डूइंग माई ओन थिंग'। इस आदर्श लक्ष्य की प्राप्ति में नियति ही नहीं, 'अपने मन की करते' दूसरे भी रोड़े अटकाते हैं।

और यों जन्म लेती है एक नई बीमारी संबंध-जनित-तनाव। सुख-संधान करता इनसान मनोचिकित्सक-संधान करने को बाध्य होता है। मनोचिकित्सा में एक अतिरिक्त सुख यों है कि वह आपके दुखों के लिए दूसरों को जिम्मेदार ठहराकर आपको अपराध-बोध से मुक्त कराती है। फ्रायड और उसके चेलों का अमेरिकी वामपंथ ने भी इसलिए स्वागत किया था कि वे व्यक्ति के दुखों के लिए सामाजिक परिस्थितियों को जिम्मेदार ठहरा रहे थे। समाज-सुधार की मांग को उनसे बल मिल रहा था।

इधर जब से यह पता चला है कि स्वभाव बहुत हद तक मस्तिष्क के जीव-रसायनों पर निर्भर करता है, तब से मनोचिकित्सा व्यक्ति के दुखों के लिए उनके मस्तिष्क के जीव-रसायनों को भी जिम्मेदार ठहराने लगी है। तो गोलियां खाकर मस्तिष्क का जीव-रासायनिक संतुलन ठीक करा लें, दुखों से मुक्ति मिल जाएगी। नया दक्षिणपंथ इस नुस्खे

का समर्थक है क्योंकि सामाजिक परिस्थितियां सुधारने पर सरकारी पैसा बर्बाद करने की इसके बाद कोई जरूरत नहीं रह जाती और गोलियां बनाने वाली उन कंपनियों की चांदी हो जाती है जो चुनाव कोष के लिए तगड़ा पैसा देती हैं। बीमा कंपनियां भी नहीं चाहतीं कि मनोचिकित्सक परिस्थितियों का विश्लेषण करने वाला लंबा खर्चीला इलाज करें। वे कह रही हैं कि फ्रायड को गोली मारो और गोली खिलाकर इलाज करो। मनोचिकित्सक हर संबंध को तनाव और हर जिम्मेदारी को जी का जंजाल ठहराते हुए स्वस्थ लोगों को बीमार और गोलियों का हकदार बना रहे हैं। हाल में मैंने एक 'टॉक शो' देखते हुए यह खोज की कि अब बच्चा पैदा करना तनाव मोल लेने का पर्याय बन चला है। कई अमेरिकी माताओं ने आंसू बहाते हुए कहा कि हम बिचारियों ने बच्चा पैदा करने-पालने में तनाव झेला, जिंदगी तबाह की और हमें हमदर्दी का नहीं, तानों का पात्र समझा गया। लीजिए, एक और बीमारी मातृत्व-जनित-तनाव। कभी-कभी ऐसा लगता है कि 'सुख-साधक' समाज में बच्चे माता-पिता के लिए और माता-पिता बच्चों के लिए एक समस्या हैं। शायद इसी कारण आज अमेरिका में 50 लाख बच्चों को मनोचिकित्सकों से दवा दिलवाई जा रही है।

जिसे पहले बेध्यानी, चंचलता, उद्दंडता कहा जाता था, उसे अब 'एटेंशन डेफिशिएंसी डिसऑर्डर' नामक रोग माना जाने लगा है। अगर मनोचिकित्सक बच्चे को इस माने में 'रोगी' ठहरा दे तो गरीब माता-पिता को उसके इलाज के लिए भत्ता मिलता है। यही नहीं, इस तरह के अमीर-गरीब सभी बच्चों को सभी परीक्षाओं में उत्तर देने के लिए औरों से अधिक समय दिया जाता है। क्या अचरज जो माता-पिता बच्चे को 'रोगी' ठहराने के लिए लालायित होते हों, खासकर इसलिए कि गोली के सेवन से वह शांत हो जाता है।

यहां तक कि चार साल के शिशुओं तक को तनाव और उदासी भगाने वाली गोलियां दी जाने लगी हैं। चोटी के चिकित्सक दवाओं के इस दुरुपयोग पर भयंकर चिंता व्यक्त कर रहे हैं। कुछ नेता बच्चों-किशोरों को ऐसी दवाएं देना अपराध ठहराने का बिल लाना चाहते हैं क्योंकि प्रशासन से केवल वयस्कों पर ही इनके प्रयोग की अनुमति मिली थी। लेकिन वही बुश सरकार जो कैंसर रोगियों को पीड़ा-मुक्ति के लिए गांजा लेने-देने पर हाय-तौबा मचा रही है, बच्चों को तनाव-मुक्ति गोली देने वालों को खरबों डॉलर का धंधा करने दे रही है। जय हो!

(23 दिसंबर, 2002)

नारी तुम केवल भोग्या हो

एक जमाना था कि स्त्री को 'सेक्स ऑब्जेक्ट' उर्फ मात्र भोग्या बनाए जाने पर आधुनिक नारी को बहुत आपत्ति हुआ करती थी । पर अब नहीं। अमेरिकी चैनल बदलते हुए ऐसा लगता है कि सभी विशेषण 'सेक्सी' में सिमट आए हैं और आधुनिक नारी सेक्सी होने के लिए मरी जा रही है। तीसरी दुनिया के देशों तक में ग्लोबल मीडिया की कृपा से यही स्थिति है। मुंबई में जब एक दिग्दर्शक के बातूनी बच्चे को उसकी मां ने टोका कि जोशी अंकल को पापा से बात करने दो, जाओ। तब सनी उवाच, 'मम्मी एक बात कहके चला जाऊंगा, आप आज बहुत सेक्सी लग रही हो।'

आप चाहें इस पर हंस लें, चाहे रो लें। आज अमेरिकी चैनलों पर रीयल्टी उर्फ यथार्थ टीवी के नाम पर ऐसे शो आ रहे हैं कि बुजुर्गों को उन्हें देखते हुए अपने आंख-कान पर विश्वास नहीं होता। 'बैचलर' नामक 'शो' में किसी कन्यार्थी को 25 सौभाग्याकांक्षणियों के तन-मन को वस्तुतः ठोंक-बजा कर देखने का सुअवसर प्रदान किया जाता है। हर हफ्ते वह उनमें से कुछ को कंडम ठहराता जाता है और अंत में किसी एक का वरण कर लेता है। वह धन्य होती है। शेष कैमरे पर आंसू बहाती हैं।

इन आधुनिकाओं में से कोई भी उस 'बैचलर' से यह नहीं कहती कि जरा परे को बैठ और चूमाचाटी की कोशिश मत कर। अब तक केवल एक भारतीय और एक चीनी स्त्री ने बैचलर को ही कंडम ठहरा कर शो से हट जाने का दुस्साहस किया है और उन्हें कायर ठहराया गया है। 'बैचलर' से भी बदतर है 'यू आर डिस्मिस्ड!' सेक्समय प्रेम-त्रिकोण के इस शो में दो लड़कियां एक लड़के को रिझाने के लिए किसी सुरम्य स्थल पर भेजी जाती हैं। उससे पहले तीनों कैमरे को अपना-अपना परिचय देते और रणनीति बताते हैं। फिर दोनों लड़कियों को आपस में मिलाया जाता है और वे हाई-हुई करती हुईं एक-दूसरे का झूठ-मूठ गुणगान करती हैं। बाद में कैमरे को अलग-अलग बताती हैं कि मैं इस दूसरी को कैसे चुटकियों में दफा कर दूंगी। फिर लड़का दोनों लड़कियों से झप्पी डालते हुए मिल चुकने के बाद राजदां कैमरे से कहता है कि भैया जी अपने तो दोनों ही हाथों में लड्डू हैं। अब शुरू होता है तत्काल प्रेम और सेक्स का खेल। कभी तिकेले तो कभी दुकेले।

इस खेल में दोनों लड़कियां उस लड़के का दिल जीतने के लिए कुछ भी करने को तैयार रहती हैं मानो वह न मिला तो भविष्य अंधकारमय हो जाएगा। अगर यह स्त्री को सेक्स आब्जेक्ट बनाना नहीं है तो क्या है? इन कार्यक्रमों से यही संदेश तो

मिल रहा है न कि पुरुष ही स्त्री के लिए सर्वोत्तम उपलब्धि है और उसे प्राप्त करने के दो ही हथियार हैं— गरमागरम सेक्स अपील और नरमानरम व्यवहार। उपभोग को समर्पित मुक्तमंडी नारी को केवल भोग्या और प्रेम को केवल सेक्स बना देने को संकल्पबद्ध है।

कुछ वर्ष पहले किसी अमेरिकी पत्रिका में नई चेतना के विकास की यह बानगी पढ़ने को मिली थी। पहले बच्चियां बच्ची-जैसी गुड़िया से खेलती थीं। फिर ऐसी गुड़िया से खेलने लगीं जो सेक्सी औरत-सी दिखती हों। और अब वे स्वयं सेक्सी औरतों-सी दिखना चाहती हैं और फैशन उद्योग उनकी इस 'मांग' की पूर्ति में जुटा हुआ है। सवाल यह है कि वे नव-वामपंथी महिलाएं कहां बिला गईं जो मीडिया की इस बदतमीजी को खत्म कराने के लिए कमर कसे हुए थीं? वे भाषा में 'ही' की जगह 'शी', 'मैन' की जगह 'पर्सन' कराने, साहित्य का पाठ्यक्रम बदलवाने-जैसे महत्त्वपूर्ण कार्यों में जुटी हुई हैं। ऐसा लगता है कि मुक्तमंडी की विश्वविजय के बाद स्वयं नव-वामपंथ ने जरूरी को गैर-जरूरी और गैर-जरूरी को जरूरी बनाने के मुक्तमंडी-अभियान में हाथ बंटाना शुरू कर दिया है। इधर अमेरिकी स्त्रियों का सर्वोच्च संगठन महिलाओं को मेंबर न बनाने वाले एक गोल्फ क्लब के पीछे लट्ठ लेकर पड़ा हुआ है। मुक्तमंडी का मीडिया इस मुद्दे को खूब उछाल भी रहा है।

वह जानता है कि ऑगस्टा गोल्फ क्लब अगर स्त्रियों के लिए अपनी सदस्यता खोल भी देगा तो कोई सामाजिक क्रांति नहीं हो जाएगी। आखिर मेहमानों की हैसियत से स्त्रियां वहां पहले से ही गोल्फ खेलती आई हैं। और हां, इस तरह के प्रतीकात्मक मुद्दे उछाल कर यह तो सिद्ध किया ही जा सकता है कि आधुनिकाएं सिरफिरी और लड़ाकू हैं और सारे वामपंथी सामाजिक दृष्टि से अतिवादी हैं। इस पर तुर्रा यह कि नया वामपंथ मुक्तमंडी की उच्छृंखलता के विरोध को स्वतंत्रता-विरोध ठहराते हुए आपको दक्षिणपंथी साबित करने लगता है। अब जैसे किसी अमेरिकी कैंपस में मैं अमेरिकी किशोरियों की दुर्दशा का जिक्र कर रहा था तो एक भारतीय प्राध्यापिका बोलीं, 'मिस्टर जोशी, आपके यू.पी. में कच्ची उम्र में ब्याह दी जाने वाली और सती के लिए मजबूर की जाने वाली स्त्रियों से तो वे कहीं बेहतर स्थिति में हैं।' सठियाये हुए मिस्टर जोशी सोचा किए, 'क्या सचमुच?'

(30 दिसंबर, 2002)

अब नेता में वो बात कहां!

रघुवीर सहाय के सुर में सुर मिलाकर कभी कह उठता हूं कि नेता में वो बात कहां है जो नेता में होती थी। इसे आप अतीत को आदर्श मानने वाली बुढ़ौती का नमूना मान सकते हैं। लेकिन इतना तो आप भी मंजूर करेंगे कि आमतौर से जनजीवन के हर क्षेत्र में और खासतौर से राजनीति में आम इनसान के दिल में बड़े आदमी के लिए वैसी इज्जत रह नहीं गई है जैसी कि एक जमाने में हुआ करती थी। अब जैसे हमारे जमाने में अगर कोई कहता कि महात्मा गांधी अपने बुढ़ापे में ब्रह्मचर्य परीक्षण का कोई विचित्र-सा प्रयोग कर रहे हैं या कि विधुर नेहरू जी के प्रेम-प्रसंग चल रहे हैं तो हम उसकी जबान खींच लेते और उसे निहायत कमीना ठहराते। आज यह आलम है कि किसी बड़े आदमी की ओछी हरकत की पोल-पट्टी खोली जाए, किसी नेता को घूसखोर और लंगोट का कच्चा बताया जाए तो सुनने वाला मुदित होता है और यदि वह उसका चमचा हुआ तो पलट कर पूछता है, 'अरे पावरफुल मनई भोग-विलास नहीं करेगा तो क्या आप जइसन भुक्खड़ करेंगे?' गोया अब नेता वही है जो सत्ता के दुरुपयोग से मौज खुद भी करे और चमचों को भी करवाए। बड़प्पन का एकमात्र पैमाना अब सत्ता है। नैतिकता-आदर्शवादिता-विद्वत्ता इन सबका इससे कोई लेन-देन नहीं।

मैं समझता हूं कि मेरे बचपन और मेरे बुढ़ापे के नेताओं के कद में फर्क आ जाने का एक कारण तो ऐतिहासिक है। तब के सारे नेता ऐसे थे जिन्होंने या तो दूसरी लड़ाई में जीत दिलाई थी या उसके बाद के शीतयुद्ध में जूझ रहे थे पर अपने देश में क्रांति की थी, या उसे स्वाधीन कराया था। आज के नेता के सामने अगर कोई चुनौती बची है तो सामाजिक न्याय की। लेकिन समाजवाद पर मुक्तमंडी की विजय हो जाने के बाद सरकारें इस चुनौती से विमुख होती जा रही हैं। यह मान्यता जोर पकड़ती जा रही है कि सामाजिक चुनौतियां समाज पर छोड़ देनी चाहिए। सरकार को किसी तरह की पहल या दखलंदाजी से दूर रहना चाहिए। शौचालय से लेकर विद्यालय तक सभी चीजें निजी क्षेत्र के लिए सुलभ कर देनी चाहिए ताकि सरकार की भूमिका सीमित हो। सरकार की भूमिका सीमित होने का मतलब है समाज में नेता की भूमिका सीमित होते चले जाना। अगड़े देशों में यही हो रहा है। मुक्तमंडी ने राजसत्ता का कद प्रशासनिक दृष्टि से तो घटाया ही है नैतिक-राजनीतिक दृष्टि से भी जनता की निगाहों में उसे बौना बनाया है।

मनोरंजन को समर्पित मुक्तमंडी का मीडिया समाचारों को भी दिलचस्प बनाना चाहता है। इसलिए वह बहुत उत्साह से नेताओं की पोल-पट्टी खोलने में जुटा रहता है। सच पूछा जाए तो मुक्तमंडी एक तरह से श्रेष्ठ और आदर्श की मूलतः विरोधी

है। वह इस मायने में भयंकर रूप से लोकतंत्रात्मक है कि सबको एक-सा सड़कछाप बनाना चाहती है। इसी से उसका अपने माल के लिए बड़े पैमाने पर ग्राहक जुटाने का स्वार्थ सध पाता है। इसीलिए मुक्तमंडी का मीडिया आदर्श और श्रेष्ठ की या तो उपेक्षा करता है या फिर उसकी हंसी उड़ाता है। जैसे एम.टीवी में कभी भूले से शास्त्रीय संगीत सुनने को मिलता है तो किसी परिहासपूर्ण विज्ञापन में ही। तो मुक्तमंडी का मीडिया संस्कृति में सुरुचिहीन भेड़चाल को और राजनीति में विवेकहीन भीड़वाद को बढ़ावा देता है। उसे गंभीर विचारशील नेता पसंद नहीं है क्योंकि गंभीरता और विचारशीलता दोनों ही निहायत ऊबाऊ रेटिंग घटाऊ होते हैं।

ऐसे में क्या ताज्जुब जो हर इनसान किसी को पद के नाते भले ही अपने से बड़ा मान ले, गुणों के नाते नहीं मानता। पद के विषय में भी उसकी धारणा यह बन चुकी है कि वह सोर्स, सिप्पा, पैसा-पॉलिटिक्स से मिलता है। इसीलिए आज राजनीति ही नहीं, जनजीवन के हर क्षेत्र में इनसान अपने से बड़ों को अगर किसी अर्थ में बड़ा मानता है तो चोर और चालू किस्म का होने में। नेता का कद घटने से मुक्तमंडी को बहुत संतोष है। उसे लोभी और मूढ़ नेता की दरकार है क्योंकि वह कठपुतली बन सकता है। अपनी गांठ की अकल रखने वाला नेता बहुराष्ट्रीय कंपनियों के लिए अड़ंगेबाज साबित हो सकता है। यह गौरतलब है कि आज बहुराष्ट्रीय कंपनियों को नेता की जितनी जरूरत है, उससे ज्यादा जरूरत नेता को बहुराष्ट्रीय कंपनियों से मिलने वाले चुनाव फंड की और उसके द्वारा संचालित मीडिया के समर्थन की है।

सारा चुनाव मीडिया से की गई परोक्ष और प्रत्यक्ष होने वाली विज्ञापनबाजी के सहारे लड़ा जाता है। परोक्ष विज्ञापनबाजी के लिए मीडिया वालों की कृपा खरीदनी होती है और प्रत्यक्ष विज्ञापनबाजी के लिए जगह खरीदनी होती है। इस सबके लिए पैसा चाहिए और पैसे के लिए नेता मुक्तमंडी का मोहताज होता है। इधर अगड़े देशों में बहुराष्ट्रीय कंपनियां इस नतीजे पर पहुंची हैं कि जब चुनाव का फंड भी हम ही देती हैं और मीडिया भी हमारे हाथ में है, तब हम अपनी पसंद के अयोग्य से अयोग्य व्यक्ति को चुनाव लड़वा और जितवा सकती हैं। यह एक दिलचस्प तथ्य है कि इधर अमेरिका में चुनाव के दौरान की जाने वाली विज्ञापनबाजी में उम्मीद-वार अपनी-अपनी खूबियों की नहीं, अपने प्रतिद्वंद्वी की खामियों की चर्चा करते रहे हैं। अब अपनी कोई खूबियां हों तब न बताएं।

अयोग्य नेताओं के गद्दी पर बैठ जाने से अगड़े देशों को फिलहाल कोई परेशानी इसलिए नहीं हो रही कि बहुराष्ट्रीय कंपनियां उनकी अपनी हैं, जनसाधारण खासा खुशहाल है और कोई भी समस्या विकराल रूप में प्रस्तुत नहीं है। लेकिन अफसोस कि नेतृत्वशून्यता की यह बीमारी उन पिछड़े देशों तक में फैल चुकी है जिनमें आबादी के एक बड़े हिस्से के लिए पीने के पानी, चूल्हा जलाने के ईंधन, पेट भरने की रोटी

जैसी चीजों का भी जुगाड़ नहीं हो पाया। और हर समस्या अपने विकरालतम रूप में प्रस्तुत है। मेरा भारत महान भी एक ऐसा ही पिछड़ा देश है। इसमें आज राष्ट्रीय स्तर पर पहचान रखने वाले नेता कुल जमा दो हैं। और सो भी ऐसे नहीं कि देश के आधे लोगों के हृदयसम्राट कहला सकें। वयोवृद्ध और अनुभवी अटल जी के लिए समझा जाता है कि दक्षिणपंथी भाजपा ने केंद्र में मिली-जुली सरकार चलाने के लिए उन्हें अपना उदार मुखौटा बना रखा है। विदेशी और अनाड़ी सोनिया जी के बारे में ऐसा माना जाता है कि वह महज इसलिए नेता बन गई हैं कि छुटभैये कांग्रेसी सामंत तभी एकजुट हो पाते हैं जब गद्दी पर नेहरू परिवार से किसी को बैठा दिया जाए।

हमारा ध्यान इस ओर भी जाता है कि ये दोनों नेता भी ऐसे नहीं हैं कि देश के सभी राज्यों में अपने-अपने दल को जितवा सकें। आज हर कहीं क्षेत्रीय पार्टियों और नेताओं का बोलबाला है। इसकी वजह यह है कि हमारे यहां कांग्रेस का, सवर्णों का और नेहरू परिवार का वर्चस्व तोड़ने के लिए जाति और क्षेत्रीय वोट बैंक के माध्यम से 'सामाजिक क्रांति' कर दिखाने का प्रयोग लोहियावादियों की प्रेरणा से हुआ। न इससे कोई क्रांति हो सकती थी और न हुई। सत्ता में परिवर्तन अलबत्ता हुआ। यह परिवर्तन बहुत हद तक स्वागतयोग्य है। पूरी तरह स्वागतयोग्य भी हो सकता था लेकिन अफसोस, सवर्णों का वर्चस्व खत्म करने के लिए जिन्हें एकजुट किया गया, वे स्वयं एक-दूसरे को मित्र नहीं, शत्रु ही मानते रहे।

पहले तो दलित और पिछड़े कहीं एक न हो सके और दलितों और पिछड़ों में भी यह स्थिति रही कि राष्ट्रीय तो दूर, क्षेत्रीय स्तर पर भी वे सब एक न हो सके। दलित और पिछड़ी जातियों में भी अगड़ों और पिछड़ों के आधार पर विभाजन होता चला गया और फिर इस तरह बने अपेक्षाकृत छोटे गुटों का भी कोई सर्वमान्य नेता नहीं बन पाया। अब जैसे यही संभव न हुआ कि मुलायम सिंह जी और लालू प्रसाद जी में से कोई एक सभी यादवों के नेता के रूप में उभर कर आता। या कांशीराम जी उत्तर भारत के सभी दलितों के नेता हो जाते। तो इस तरह, सामाजिक क्रांति के नाम पर सामाजिक बंटवारे ही हुए और हल्दी की गांठ लेकर पनसारी बन जाने की राजनीति चल निकली। बल्कि गांठ की कहां, गांठ के टुकड़े की।

यह भी गौरतलब है कि कांग्रेस को उखाड़ फेंकने के लिए समाजवादी मुहिम के तहत कांग्रेस के तथाकथित मुस्लिम वोट बैंक को रिझाने की कोशिश भी की गई। इसके चलते संघियों को यह कहने का मौका मिला कि इन लोगों की तथाकथित धर्मनिरपेक्षता हिंदुओं को जाति और क्षेत्र के नाम पर बांटने और मुसलमानों को धार्मिक आधार पर एकजुट करने में लगी हुई है। मंडल-कमंडल की इस टक्कर के चलते न जनता पार्टी का और न समाजवादियों का कोई राष्ट्रव्यापी संगठन बचा। कांग्रेस के राष्ट्रीय विकल्प के रूप में समाजवादी नहीं, भाजपाई उभरे। कांग्रेस का

नेतृत्व उसी नेहरू परिवार के हाथ में बना रहा और विडंबनाओं की विडंबना कि गुजरात के चुनाव और उसके बाद के दौर में हिंदुत्व को हराने के लिए सभी पुराने गैर कांग्रेसवादी धीरे-धीरे सोनिया जी की कांग्रेस के झंडाबरदार बनते जा रहे हैं।

मुझ सठियाए के लिए यह तय करना मुश्किल हो रहा है कि जाति और क्षेत्र के आधार पर समाजवादी क्रांति कराने की मुहिम की इस परिणति पर हंसूं कि रोऊं? प्रसंगवश बहुराष्ट्रीय कंपनियों के निरंतर दबाव के बावजूद हमारी नेता-बिरादरी में समाजवाद एक लोकप्रिय शब्द और तेवर बना हुआ है। हमारे सामने इतनी बड़ी-बड़ी समस्याएं हैं कि उनके समाधान के लिए सरकारी हस्तक्षेप और पहल दोनों बहुत जरूरी हैं। इसलिए यह तेवर स्वागतयोग्य ही माना जाना चाहिए। अफसोस कि दो बातें हमारे समाजवाद का गुड़-गोबर किए हुए हैं। पहली यह कि जहां अगड़े देशों में यह माना जा चुका है कि ऐसी कोई समस्या बची नहीं है जिसके समाधान के लिए सरकारी पहल जरूरी हो, वहां हमारी नेता-बिरादरी मान चुकी है और अपने-अपने शासनकाल में बता भी चुकी है कि हमारी समस्याओं का समाधान अब किसी सरकार के बस का है नहीं।

दूसरी बात हमारे यहां भी चुनाव महंगे होते जा रहे हैं और सभी दल पैसा जुटाने के लिए पूंजीवादियों पर निर्भर हैं। साथ ही, ग्लोबव्यापी अर्थव्यवस्था में बहुराष्ट्रीय कंपनियों का दबाव मानने की कुछ बाध्यता-सी भी होती जा रही है। ऐसे में हमारे नेताओं के लिए समाजवाद का अर्थ सरकार को लूटने का अधिकार स्वयं को अपने चमचों को दिलाने तक सीमित होता जा रहा है। लोक कल्याण अपनी-अपनी जाति के लोगों को सरकारी नौकरी और ठेकों की रेवड़ी बांटने का पर्याय बन चुका है। समाजवाद के सरकारी तंत्र की लूट में बदल जाने से शुरू में नेता लुटेरे बने और अब तो लुटेरे ही नेता बनने लगे हैं।

कभी यूपी, बिहार देश को राष्ट्रीय नेतृत्व देने के लिए प्रसिद्ध थे, आज वे अराजकता और माफिया के लिए प्रसिद्ध हैं। हिंदीभाषी क्षेत्रों को बीमारू प्रदेश कहा जाने लगा है। दक्षिण भारत के अंग्रेजीदां पत्रकार बाकी देश की सुख-समृद्धि के लिए इस इलाके को काट फेंकने की बात करने लगे हैं। हमारे जनजीवन के हर क्षेत्र में निकृष्टता श्रेष्ठता पर हावी होती जा रही है और निकम्मे और भ्रष्ट लोग सर्वोच्च पदों पर पहुंच रहे हैं। विडंबना कि हमारे यहां मुक्तमंडी को ही नहीं, क्रांतिकारिता को भी श्रेष्ठता की बात से सामंती अहंकार की बू आ रही है। तो मुझ जैसे बूढ़ों से निवेदन है कि आह भरकर न पूछें कि 'हर शाख पे उल्लू बैठा है अंजामे गुलिस्तां क्या होगा?' अपनी उदारता का परिचय देते हुए कहें कि उल्लुओं का भविष्य उज्ज्वल है।

(6 जनवरी, 2003)

हेप्पी क्रिसमस अंकल जी

जब घर में सफाई करने वाली लड़की ने मुझसे 'हैप्पी क्रिसमस, अंकल जी!' कहा तब मेरा हृदय अपार हैप्पीनेस से भर आया कि एक पिछड़े देश की गरीब हिंदू बच्ची एक अन्य धर्म के त्योहार पर मुझे एक विदेशी भाषा में शुभकामनाएं दे रही है। मेरे पिछड़े भारत का पिछड़ा तबका तक सांस्कृतिक दृष्टि से अगड़ों की श्रेणी में आने लगा है! इस बच्ची को सिर्फ इतना बताने की जरूरत रह जाती है कि क्रिसमस पर 'हैप्पी' नहीं 'मैरी' कहा जाता है। खैर, यह जरूरत तो वर्गभेद बनाए रखने के लिए जरूरी भी है।

मैंने मन ही मन धन्यवाद किया मुक्तमंडी के मीडिया का जो समाज को 'हैप्पी-नेस' और 'एंजॉयमैंट' की राह दिखा रहा है। जिस पिछड़े समाज में मैं पला-बढ़ा, उसमें क्रिसमस हमारे लिए ईसाइयों का बड़ा दिन हुआ करता था। हम ईसाई परिचितों को बड़ा दिन मुबारक कह देते और मिशन कंपाउंड में 'उनकी जन्माष्टमी' की झांकियां देख आते। जिनका अंग्रेज साहबों के साथ उठना-बैठना होता, वे उन्हें फल-मेवा-उपहार की डाली भिजवा देते। और बस। न सांता क्लाज, न सजे-धजे होटल-बाजार, न धूम-धड़ाके वाली पार्टियां।

न्यू ईयर को हम न्यू ईयर मानते ही न थे। हमारा तो कोई नव संवत्सर हुआ करता था मार्च-वार्च में। पंडित जी पंचांग लेकर आते और राशिफल सुना जाते। दैट्स ऑल। नो नाच-गाना, नो हुड़दंग एंड नो चूमाचाटी एट मिडनाइट। जनजीवन में कोई 'फन' नहीं था तब और लोग इतने 'नैरोमाइंडेड' थे कि दूसरों का त्योहार अपना नहीं मानते थे। बोरीबंदर की बुढ़िया से दिल्ली की डिस्को दीवानी बने *टाइम्स ऑफ इंडिया* ने क्रिसमस पर अपने संपादकीय में बिल्कुल सही फरमाया है कि अब सभी धर्मों के त्योहार सभी के द्वारा मनाए जाने से धर्मनिरपेक्षता और सांप्रदायिक सद्भाव को बढ़ावा मिल रहा है।

वैलेंटाइन्स डे को भारत में लोकप्रिय बनाने में अहम भूमिका निभाने वाले इस अखबार ने यह भी कहा है कि कार्ड-उपहार-होटलबाजी मार्का त्योहारों का व्यवसायीकरण निंदनीय नहीं, वंदनीय है क्योंकि उससे अर्थव्यवस्था को गति मिलती है और भाईचारा बढ़ता है। यह भी ठीक है, चलो कार्ड भेजकर ही सही, रिश्ते-नाते निभा तो रहे हैं! अगर व्यवसायीकरण से पर्व की आत्मा नष्ट हो रही है तो ऐसा है कि वह तो है धार्मिक और धर्म ही सब झगड़ों के मूल में है।

तो मुक्तमंडी की गोद में बैठे इन प्रगतिशील मीडिया महानुभावों के साथ-साथ मैं भी देश में बढ़ती हैप्पीनेस से गद्गद हूं। हां, उनकी तरह ही मुझे भी खासी हैरानी इस बात को लेकर है कि हैप्पीनेस के इतने जबर्दस्त प्रचार-प्रसार के बावजूद

गुजरात में हिंदुत्व की संकीर्णतम व्याख्या करने वाले लोग जीत कैसे गए? अब इसे मेरे सठिया जाने का सबूत ही मान लीजिए, कभी-कभी लगता है कि इतनी हैप्पीनेस न फैलाई होती तो आज हैरान होने की नौबत न आई होती।

आज हमारा मीडिया कुछ ऐसी स्थापनाएं कर रहा है जो गांधीजी-जैसे राष्ट्रवादियों को ही नहीं, माओ-जैसे कम्युनिस्टों को भी गलत लगतीं। पहली यह कि पश्चिमी संस्कृति और आधुनिकता पर्यायवाची हैं और दूसरी यह कि हम कुरीतिग्रस्त पिछड़ों को अंधेरे से उजाले में पश्चिम ही ले जा सकता है। यह दूसरी स्थापना हमारा मीडिया खुल्लम-खुल्ला तो नहीं करता लेकिन इस ओर परोक्ष संकेत करता रहता है।

जैसे प्रतिवर्ष होली-दीवाली से पहले उन्हें खासे खतरनाक त्यौहार ठहराना या कभी कोई सतीकांड हो जाने पर उस पर दीर्घ विमर्श करना। या वैलेंटाइन्स डे की पैरवी करते हुए कहना कि वह हमारे युवा समाज को परंपरा की बेड़ियों से मुक्त कर रहा है और स्त्री-पुरुष संबंध को प्रेम का स्पर्श दे रहा है! खैर, लुत्फ की बात यह है कि आज से पचासेक साल पहले जब मैं वामपंथ में दीक्षित हो रहा था, ये दोनों ही स्थापनाएं पश्चिम के सांस्कृतिक साम्राज्यवादियों की मानी जातीं।

उस दौर में 'कॉलोनाइजेशन' के वजन पर एक फिकरा 'कोकाकोलाइजेशन' चल पड़ा था। भारत में वैलेंटाइन्स डे की पैरवी तब उसी कोकाकोलाकरण का नमूना ठहराई जाती! कम्युनिस्ट देशों के लिए तब मुक्तमंडी की फैलाई संस्कृति ह्रासोन्मुख हुआ करती थी और उन्होंने इस पर पूरी रोक लगा रखी थी। जब ईरान में मुस्लिम कट्टरपंथ ने सिर उठाया, तब हमने यही कहा (आज भी मीडिया आतंकवाद के संदर्भ में उसी तर्क को दुहरा रहा है) कि यह पश्चिम की चौधराहट और सांस्कृतिक साम्राज्यवाद पर और शाह ईरान समेत सभी ऊंचे लोगों के पश्चिमी बन जाने पर आम आदमी की सहज प्रतिक्रिया है।

अगर ऐसा है तो क्यों नहीं मीडिया भारतीय समाज को अपने ढंग से और सच्चे अर्थों में आधुनिक बनने के लिए प्रेरित करने वाला कोई अभियान उसी उत्साह से छेड़ता जिससे उसने वैलेंटाइन्स डे की स्वीकृति के लिए छेड़ा। और नहीं छेड़ता तो वैलेंटाइन्स डे का विरोध करने वाले फासीवादियों की विजय पर आश्चर्य क्यों व्यक्त करता है? या कि वह भी हिंदुत्ववादियों के इस प्रोपेगेंडा में आ गया है कि 'हिंदू सबसे न्यारे हैं।'

(13 जनवरी, 2003)

मार-तमाम अराजकताएं

अगड़े अमेरिका से लौटा चाहे पिछड़े कंबोडिया से, अनुभूति यही हुई कि मेरा भारत महान मार तमाम लोगों से भरा पड़ा है और ये मार तमाम लोग मार तमाम अराजकताएं मचाए हुए हैं क्योंकि इनके लिए लोकतंत्र वह स्थिति है जिसमें हर कोई अपनी सत्ता चला सकता है। इस बार लौटते ही शादियों के सिलसिले में कई सफर करने पड़े और मार तमाम अराजकताओं के चलते मुझे हर सफर में खासा 'सफर' करना पड़ा।

पुरानी दिल्ली रेलवे स्टेशन के ओवर ब्रिज पर इतनी भीड़ थी कि आगे-पीछे के धक्के लगते रहने के बावजूद मेरे लिए एक कदम भी आगे बढ़ाना असंभव हो गया। इस भीड़ की हर इकाई इतनी आत्मलिप्त थी कि उसे सिवाय अपने और कोई दिखाई ही नहीं पड़ रहा था। दूसरे का आदर करना सभ्यता का पहला तकाजा है किंतु हम व्यक्ति-स्वतंत्रता को व्यक्तिगत स्वार्थ का पर्याय बनाकर दूसरे के अस्तित्व को अनदेखा करने लगे हैं। मैंने पायदान पर कदम रखा ही था कि एक नौजवान मुझे धकियाते हुए गाड़ी पर चढ़ा और इस क्रम में मेरा चश्मा गिराता गया। जब मैंने उसे थोड़ा डांटा तो वह और उसके साथी इसे मेरी बदतमीजी का नमूना ठहराते हुए बोले कि क्या आप कोई वी.वी.आई.पी. हैं कि सब रास्ता छोड़कर आपको सैल्यूट मारें?

समतावादी दर्शन प्रतिपादित करते हुए उन बालकों ने मुझे समझाया कि भीड़ में सब बराबर होते हैं और सबको धक्के खाने पड़ते हैं। इस दर्शन के बढ़ते प्रभाव का एक प्रमाण इस बात से मिला कि अब आरक्षण कराने वालों और न कराने वालों में कोई भेद नहीं रह गया है। काठगोदाम से दिल्ली लौट रहा था तो रामपुर में अधरात सैनिकों की एक टुकड़ी शोर मचाती हुई रिजर्व्ड डिब्बे में घुसी और देखते ही देखते उसने पूरे फर्श पर कब्जा कर लिया। मुझे बहुत आश्चर्य हुआ कि देश के सैनिक ऐसा व्यवहार कैसे कर सकते हैं? इस पर उनके प्रवक्ता ने आश्चर्य व्यक्त किया कि आप लोग कैसे हैं कि हम, देश के रक्षकों, को सिर-आंखों पर बैठाने के बजाय फर्श पर भी नहीं बैठने देना चाहते? दिल्ली से लखनऊ जा रहा था तो 'अनुशासनबद्ध' संघ परिवार की अखिल भारतीय विद्यार्थी परिषद् ने रिजर्व्ड डिब्बों के फर्श पर ही नहीं, 'थोड़े अडजस्ट हुई जाने' के नाम पर बर्थों पर भी कब्जा कर दिखाया। मैं चीखा-चिल्लाया तो उन लड़कों-लड़कियों ने बड़ी हैरानी व्यक्त की और मेरा आचरण समाज-विरोधी ठहराया।

रेल-यात्रा के अनुभव से परेशान होकर मैंने रुड़की जाने के लिए सड़क से यात्रा करने की सोची। मैंने पाया कि मार तमाम लोग हाइवे के दोनों छोरों को अपना

घर और अपना बाजार बना चुके हैं। खैर टैक्सी किसी तरह कुचलने पर आमादा मार तमाम लोगों को बचाने के लिए ब्रेक लगाते-लगाते मुजफ्फरनगर से आगे रुड़की की ओर बढ़ी तो पता चला कि किसान नेता टिकैत के मार तमाम अनुयायियों ने आगे चक्का जाम कर रखा है। अपनी सलामती चाहते हैं तो फौरन लौट जाइए। लीजिए, सड़क से क्या गए सड़कछाप राजनीति की चपेट में आ गए। मार तमाम लोगों के इस मुल्क में नेताओं को संसद से ज्यादा सड़क की राजनीति पर विश्वास है और वे अपनी 'जनहितकारी' मांगें पूरी कराने के लिए जन-जन को मुसीबत में डालने वाले आंदोलन छेड़ते हैं। उनका तर्क यह है कि जनतंत्र में किसी मांग की ओर सरकार का ध्यान खिंचता ही तब है जब जन-जन को कष्ट में डाल दिया जाए।

तो मेरी 'सफरिंग' की पराकाष्ठा तब हुई जब लखनऊ से दिल्ली लौटने पर पता चला कि आटो चालकों ने लोक को कष्ट में डालने के अपने लोकतांत्रिक अधिकार का प्रयोग करते हुए हड़ताल कर डाली है। उनकी जनहितकारी मांग यह है कि हमें इलेक्ट्रॉनिक मीटर लगाने के लिए मजबूर करके हम पर ईमानदारी न थोपी जाए। मुझे कभी-कभी ऐसा लगता है कि हमारे समाज ने वह परंपरागत संस्कृति तो बिल्कुल त्याग दी है जिसमें बिरादरी-जैसी कोई चीज होती थी और नाक कट जाने का भय होता था। उसकी जगह उसने आधुनिकता के नाम पर केवल उपभोक्ता संस्कृति ही बहुत उत्साह से अपनाई है। आधुनिकता के सारे शेष तंत्र के प्रति उसका दृष्टिकोण गांवों से विस्थापित होकर शहरी झोंपड़पट्टियों में आ बसे अनपढ़ लोगों का जैसा है। ऐसे लोग अनुभव करते हैं कि सारा तंत्र पराया और शत्रुतापूर्ण है और उसके बनाए कायदेकानून हमें परेशान करने के लिए ही हैं। इस तरह का इनसान किसी बड़े पाइप में छेद करके पानी की, कांटा डालकर बिजली की और मालगाड़ियों से चुराकर राशन-ईंधन की व्यवस्था करना अपना अधिकार समझता है।

झोंपड़पट्टी का इनसान यह भी मानता है कि सारा सरकारी तंत्र ही घूस ले-देकर चलता है। भ्रष्टाचार पर विश्वास, आधुनिक कानूनों की अवहेलना, सार्वजनिक तंत्र को पराया मानकर लूटना और तोड़ना-फोड़ना ये सब समाजशास्त्रियों के अनुसार शहरों के घोर गरीबी में जी रहे अनपढ़ गंवारों की 'दैन्य की उपसंस्कृति' के लक्षण हैं। अब इस विडंबना को क्या कहिए कि हमारे समाज में अमीर से अमीर आदमी और प्रकांड से प्रकांड बुद्धिजीवी तक दैन्य की इस उपसंस्कृति से ग्रस्त होने लगा है। अगर गरीब मालगाड़ी से परिवार के लिए राशन-ईंधन जुटा रहे हैं तो अमीर सरकारी खजाने को लूटकर अपनी सात पीढ़ियों के लिए उन्मुक्त उपभोग करने की व्यवस्था में लगे हैं।

आधुनिक उपभोक्ता संस्कृति और दैन्य की उपसंस्कृति का यह घातक मिश्रण

मार–तमाम अराजकताओं को जन्म दे रहा है। ये अराजकताएं हमारी आधुनिक हर उपलब्धि पर पानी फेर रही हैं। यही वजह है कि अगड़ा अमेरिका हो कि पिछड़ा कंबोडिया, भारत का कहीं कोई जिक्र होता नहीं है। हां, जिस चीन को हम आबादी के मामले में पीछे छोड़ने वाले हैं उसका जिक्र हर अगड़े–पिछड़े देश में खूब होता रहता है – कारण वहां के मार तमाम लोग कन्फ्यूशियस की दी हुई सदियों पुरानी शिष्टाचार नीति से बंधे हुए हैं और कम्युनिस्ट पार्टी उन्हें अनुशासन-बद्ध रखे हुए है।

(20 जनवरी, 2003)

हमारे भी हैं हीरो कैसे-कैसे

अक्सर ऐसा होता है कि असली महत्त्व के समाचार अखबारों में दिलचस्प चुटकुले की हैसियत से किसी कोने में छाप दिए जाते हैं। पिछले दिनों मुझे तीन ऐसे ही दिलचस्प किंतु महत्त्वपूर्ण समाचार पढ़ने को मिले। पहला यह कि बिहार में इस बात को लेकर बावेला मचा कि किसी पाठ्यपुस्तक में अन्य महापुरुषों के साथ-साथ एक ठो लेख लालूजी पर भी लिया गया और बोर्ड परीक्षा में अन्य महापुरुषों से दुगुने अंकों का प्रश्न लालूजी पर पूछा गया! सफाई में शिक्षा मंत्री ने कहा कि लालूजी विश्वविख्यात पर्सनालटी हैं और पर्चा सरकार नहीं न बनाती।

दूसरा समाचार यह था कि अमेरिका में कला-संस्कृति-इतिहास के संरक्षण के लिए बने संस्थान *स्मिथसोनियन* के प्रबंधकों और विशेषज्ञों में इस मुद्दे पर भयंकर विवाद छिड़ गया है कि क्या हम अपने संग्रहालयों के विकास के लिए विराट अनुदान देने को तैयार बैठे लोगों की यह शर्त मान लें कि खरबों डॉलर कमाने वालों को भी इतिहास-पुरुष माना जाए? प्रबंधक कह रहे हैं कि क्यों नहीं और विशेषज्ञ कह रहे हैं हरगिज नहीं।

तीसरा समाचार यह था कि ब्रिटेन में सरकार पॉप-स्टारों और फुटबाल खिलाड़ियों को स्कूली बच्चों को अच्छा विद्यार्थी और नागरिक बनने की प्रेरणा देने भेज रही है। चंद मसखरों के यह पूछने पर कि क्या वे बच्चों से यही कहेंगे कि हमारी तरह नहीं पढ़ोगे तो मजे करोगे, शिक्षा मंत्री ने कहा कि नई पीढ़ी की नसीहत तो उसके आराध्यों से ही दिलवाई जा सकती है।

सही फरमाया। तो इन तीनों खबरों का संबंध इस अहम सवाल से है कि स्कूली बच्चों को अब किन आदर्श पुरुषों से परिचित कराया जाए? कोई कह सकता है कि समता के दौर में आदर्श पुरुषों वाला चक्कर रखा ही क्यों जाए? लेकिन वह क्या है नृतत्व और मनोविज्ञान बताते हैं कि नई पीढ़ी के आगे आदर्श हीरो पेश न किए जाएं तो वह जीरो रह जाती है। इसीलिए तो इनसान ने शुरू में देवी-देवताओं से भरे मिथक-पुराण रचे थे और उसके बाद बिरादरी को गौरव दिलाने और नई दिशा देने वालों को महानायकों के रूप में प्रस्तुत किया था।

आधुनिक दौर में जिन राजनेताओं ने इतिहास को निर्णायक मोड़ दिया वे भी स्कूली छात्रों के सामने आदर्श के रूप में रखे गए। तानाशाहियों और पिछड़े लोकतंत्रों में तो चाटुकारों ने हर सत्तारूढ़ व्यक्ति को पाठ्यपुस्तकों में महान का दर्जा देने की परंपरा डाली। जाहिर है कि इससे वहां समूचे महानायकवाद का ही अवमूल्यन हुआ। जहां ऐसा नहीं भी हुआ वहां तेजी से बदलती परिस्थितियों में पुराने नेता अप्रासंगिक-से होते चले गए। मुक्त मंडी के चलाए 'एंजॉय-वादी'

समाज में पुराने यशस्वी नेताओं के बारे में भी आम नजरिया वही हो चला है कि किस-किसको को याद कीजिए किस-किस को रोइए। गांधी-जैसे महान नेता तक को चंद ऊबे नेता साल में एक बार राजघाट जाकर बड़े औपचारिक ढंग से याद कर आते हैं। मीडिया उसकी एक झलक भर दिखा देता है और बस!

इतिहास की यह स्थिति है कि अगड़े अमेरिका में जे लेनो अपने शो में अक्सर यह दिखाते हैं कि कैसे आज के कालेज छात्र ऐसे प्रश्नों के भी उत्तर नहीं दे पाते जो चौथे दर्जे की इतिहास पुस्तक से लिए गए हों! मिथक-पुराण का ऐसा है कि पिछड़े भारत के प्रतिष्ठित कालेज में मेरी पत्नी ने पाया कि हिंदी ऑनर्स करने आई छात्राओं को यह भी नहीं मालूम कि विष्णु और लक्ष्मी में क्या संबंध है? इतिहास और मिथक-पुराण वाले महानायकों के विस्तृत हो जाने की स्थिति में यह आवश्यक हो जाता है कि इक्कीसवीं सदी के बच्चों के लिए 'ब्रांड न्यू हीरो' खोजे जाएं।

अगर राजनेताओं के बारे में पढ़ाना जरूरी हो तो क्यों न लालूजी, मोदीजी, ब्लेयरजी, बुशजी, जयललिताजी के बारे में पढ़ाया जाए जिन्होंने जबर्दस्त सफलता प्राप्त की है? और अगर मुक्त मंडी के दौर में नेताओं की महत्त्वहीनता को देखते हुए उन्हें नजरअंदाज ही कर दें तो फिर उन्हें ही क्यों न जिनका मुक्त मंडी बहुत आदर करती है। ऐसे या वैसे चाहे जैसे पैसे कमा दिखा कर चकित-चमत्कृत करने वालों का और जन-जन का महारंजन करने वालों को आदर्श महानायक बनाए?

बिल गेट्स या अंबानी-जैसे देखते ही देखते खरबोंपति बनने वाले उद्यमियों को क्या आज के महानायक नहीं? मुक्त मंडी के आदर्श ग्राहक उनके बारे में जानना चाहते हैं किन्हीं मर-खप गए महापुरुषों के बारे में नहीं। अमीरों के जीवन की झांकियां प्रस्तुत करने वाले शो अमेरिकी टी.वी. में बेहद लोकप्रिय हो रहे हैं। तो भला 'स्मिथसोनियन' के विशेषज्ञ लक्ष्मी जी सिद्ध करने वालों को ऐतिहासिक महापुरुष मानने में नाक-भौंह क्यों सिकोड़ें?

रहे जनरंजक पॉप सिंगर, खिलाड़ी और फिल्मी सितारे तो उनसे अधिक लोकप्रिय तो आज कोई है ही नहीं। वे पैसा ही नहीं, ग्लैमर भी कमाते हैं। उनसे कहीं अधिक पैसे वाले पूंजीपति और कहीं अधिक सत्ता वाले राजनेता तक उनकी सोहबत में धन्य होते हैं। वे उनका उपयोग क्रमशः अपने माल की विज्ञापनबाजी और अपने चुनाव-अभियान में करना चाहते हैं। ऐसे में अगर ब्रिटेन की सरकार फुटबाल खिलाड़ियों और पॉप गायकों से स्कूली बच्चों के कानों में प्रेरणा मंत्र फुंकवा रही है तो क्या गलत कर रही है? बच्चे उन्हें अपने मध्य पाकर उनके ऑटोग्राफ लेकर और उनके साथ फोटोग्राफ खिंचवाकर धन्य हो रहे हैं। अगर वे कोई नेक सलाह दे रहे हैं तो कम से कम उसे सुन तो रहे हैं। हमारे यहां सचिन तेंदुलकर और अमिताभ बच्चन मिलकर अगर कोई कोला बेच सकते हैं तो स्कूली बच्चों को आदर्शवादिता

क्यों नहीं बेच सकते ? यह बात अलग है कि बच्चे उनसे खूब पैसा और ग्लैमर कमाने की ही प्रेरणा लेना चाहेंगे। तो भी क्या गलत होगा ? आखिर पैसे और ग्लैमर में विश्वास करने वाले ही मुक्त मंडी के आदर्श ग्राहक, इसलिए नए संसार में आदर्श नागरिक बन सकते हैं। कुछ निराशावादी मसखरे कह सकते हैं कि ऐसी प्रेरणा पाकर बच्चे और कुछ नहीं तो पैसे वाले माफिया डॉन ही बन जाएंगे जो फिल्मों में पैसा लगाते हैं और क्रिकेट पर सट्टा खेलते हैं। सतत प्रगतिशील समाज में न ऐसे निराशा के लिए स्थान हो सकता है, न ऐसे मसखरों के लिए।

(27 जनवरी, 2003)

ये देखिए – विज्ञापन

एक विज्ञापन आता है न जिसके पहले भैंस कहती है – ये देखो विज्ञापन! उसमें इतना और जोड़ा जाना चाहिए कि 'नहीं देखिएगा तो कहां जाइएगा, जहां जाइएगा वहीं पाइएगा – विज्ञापन।' आज हर कहीं विज्ञापन है और सबकुछ विज्ञापित है, प्रायोजित है। चीन में मुक्त मंडी के चरण प्रभावी रूप से पड़ने के प्रमाणस्वरूप पिछले दिनों बताया गया था, वहां एक जोड़े ने अपना विवाह ही प्रायोजित करा लिया!

नेता हो या लेखक हर कोई विज्ञापन के माध्यम से बेचा जा रहा है आज। आत्म-विज्ञापन से संकोच महामूर्खता में शामिल हो चुका है। अमेरिकी लेखक नार्मन मेलर ने तो अपनी किताब का नाम ही *एडवर्टाइज्मेंट्स फॉर माइसेल्फ* रख डाला। ब्रिटेन में एक लेखक ने पहला प्रायोजित उपन्यास लिख मारा है। एक जमाना था कि आगे-पीछे विज्ञापन लटकाकर घूमने वाले मजदूर अपने को अभागा और हास्यास्पद मानते थे। आज हमारे क्रिकेट खिलाड़ी विज्ञापन बनकर मैदान में उतरना परम सौभाग्य समझते हैं।

मेरे बचपन में असली तमंचा, बालसफा साबुन आदि फूहड़-सी चीजों के ही कुछ फूहड़-से विज्ञापन छपा करते थे। उनमें सबसे चर्चित वह था जिसमें कोई रामप्यारी अग्रवाल यों शुरू होती थी कि प्यारी बहनो न तो मैं कोई नर्स हूं, न डॉक्टर! सिगरेट और चाय का चलन बढ़ाने के लिए इनामी कूपन योजनाओं और विदेशी कंपनियों द्वारा निर्मित साबुन-तेल के विज्ञापनों को छोड़ बाकी सब तब ऐसे नहीं होते थे कि निगाह उन पर टिके। लेकिन आज आकर्षक और प्रभावशाली विज्ञापन तैयार करवाने के लिए चोटी की प्रतिभाएं एकत्र की जाती हैं और पैसा पानी की तरह बहाया जाता है। टीवी कार्यक्रमों के साथ दिखाई जाने वाली छोटी-छोटी विज्ञापन-फिल्मों की लागत इतनी होती है कि उसमें कार्यक्रम की सैकड़ों कड़ियां बन जाएं। विज्ञापन उद्योग में वेतनमान आसमान को छूते हैं। वहां महीने में एक-दो बार कोई फड़कता-सा हुआ नारा सुझाने और उसके साथ ही चंद चुस्त पंक्तियां लिखने का इतना पैसा मिलता है जितना कि कई लेखकों को पोथे लिख के पोथे मारने पर भी नहीं मिलता।

पुरानी पीढ़ी के कई लोगों को यह बात समझ में नहीं आती कि मीडिया का खर्चा-पानी-मुनाफा सब विज्ञापनों पर निर्भर है। वे संपादकों और टीवी कार्यक्रम निर्माताओं से शिकायत करते हैं कि जी आप तो विज्ञापन ही विज्ञापन भर देते हैं! लेकिन मुक्त मंडी की गोदी में पले-बढ़े बच्चे सारे संसार में विज्ञापनों को मुग्ध होकर देखते हैं। एक जमाना था कि विज्ञापन बनाने वालों से कहा जाता था कि उसमें किसी

आकर्षक औरत को ले लेने की कोशिश करें प्लीज। अब ऐसा ही अनुरोध किसी बच्चे को ले लेने के लिए किया जाने लगा है। कुछ इसलिए कि उनके मन में बचपन से ही 'ब्रांड पहचान' बन जाएगी। लेकिन मुख्यतः इसलिए कि हम दो हमारे दो तक सीमित घरों में चीजें खरीदने के मामले में बच्चों की ही जिद चलती है।

अबोध बच्चों को पटाने के लिए बनाए गए विज्ञापन का निकृष्टतम नमूना अमेरिका में कार्टून शैली के उस विज्ञापन ने प्रस्तुत किया जिसमें मेढक बीयर की एक ब्रांड विशेष पीकर उसका नाम टर्राते दिखाए गए। सठियायी बिरादरी ने इस पर बावेला मचाया। उसके विशेषज्ञों ने कहा विज्ञापन उद्योग नई पीढ़ी को निहायत गड़बड़ जीवनमूल्य और जीवनशैली में दीक्षित कर रहा है। मुक्त मंडी मुनाफे के लोभ से इतनी आक्रांत है कि विज्ञापन जगत ने हर तरह की नैतिकता से अपने को परे मान लिया है।

सठियायी बिरादरी यह भी बोली कि विज्ञापन-उद्योग नई पीढ़ी को रचयिता नहीं, उपभोक्ता बनने की और संसार को भोग-उपभोग का शॉपिंग मॉल या मेला मानने की सीख दे रहा है। सबसे दुखद यह है कि मुक्त मंडी का मीडिया, व्यक्ति और विचारों को भी विज्ञापनबाजी के हथकंडों से बेच रहा है। प्रोपेगेंडा की इस बाढ़ में जनसाधारण का विवेक डूबता चला जा रहा है। इस तरह विज्ञापनवाद, राजनीति और संस्कृति दोनों को प्रदूषित कर रहा है और मानवतावादी विवेकशील लोकतंत्र के भविष्य के लिए खतरा बन रहा है।

इसके जवाब में विज्ञापन जगत के विशेषज्ञों का कहना है कि विज्ञापन का विरोध आधुनिक लोकतंत्र और तौर-तरीकों का विरोध है। विज्ञापन न हों तो ग्राहक को न विभिन्न ब्रांडों का परिचय मिले और न उनके तुलनात्मक अध्ययन का अवसर। जहां तक विचारों और मूल्यों का सवाल है हम शुद्ध जनहित की दृष्टि से भी कई विज्ञापन बनाते हैं। इस पर सठियायी बिरादरी का कहना है कि आप लोग विज्ञापनबाजी के माध्यम से किसी एक ब्रांड को चलवा देते हैं और विज्ञापनबाजी का खर्चा जुड़वाकर उसे महंगा भी करवा देते हैं। जनहितकारी विज्ञापन सरकारों के आग्रह पर बनाते हैं और समझते हैं कि मात्र इस सांकेतिकता से आपके पापों का प्रायश्चित्त हो सकता है।

सार्वजनिक हो या निजी, सारे मीडिया क्षेत्र पर विज्ञापनदाताओं का शिकंजा पूरी तरह कस चुका है। कुछ वर्ष पहले फिल्म और विज्ञापन की दुनिया से जुड़े कनाडा के एक प्रबुद्ध अधेड़ बुद्धिजीवी ने विज्ञापनों से फैले प्रदूषणों से परेशान होकर विज्ञापनों का विरोध करने के लिए एक संस्था बनाई। सिगरेट के विज्ञापन पर लगी रोक की ओर ध्यान दिलाते हुए उसने कहा कि अगर लोग मिलकर विरोध करें तो स्वास्थ्य के लिए हानिकारक अन्य फालतू चीजों के विज्ञापनों पर भी रोक लग सकती

है। और जरूरी चीजों के लिए की जाने वाली फालतू विज्ञापनबाजी पर भी थोड़ा अंकुश लगवाया जा सकता है और उसमें सच के सिवा और कुछ न कहने की शर्त रखी जा सकती है। यही नहीं, जिस तरह प्रदूषण रोकने के लिए शहरों के कुछ क्षेत्रों में कुछ दिन गाड़ी नहीं चलने दी जाती है उसी तरह हफ्ते में एक दिन विज्ञापन-मुक्त बनवाया जा सकता है। अपने विचारों को विज्ञापित करने के लिए इस संस्था ने प्रेस और टीवी के लिए सशक्त विज्ञापन बनाए और पाया कि कोई भी समाचार पत्र, कोई भी चैनल उन्हें पैसे देने पर भी छापने-दिखाने के लिए तैयार नहीं है।

(3 फरवरी, 2003)

मैडम ने कंबल क्यों नहीं बांटे?

मायावती बहनजी के बर्थडे बैश पर उठे विवाद के बारे में इतने विलंब से कलम चलाने की सफाई में दो बातें शुरू में ही कह देना चाहता हूं। पहली यह कि मुझे यह विवाद ही बेबुनियाद लगा था और मैं इस पर टिप्पणी नहीं करना चाहता था। मैं मायावतीजी के मुंहबोले भाई लालजी टंडन द्वारा बहैसियत अंग्रेजी पत्रकार टाइम्स ऑफ इंडिया में की गई इस टिप्पणी से पूरी तरह सहमत हूं कि हर किसी को हक है कि अपना जन्मदिन मनचाहे ढंग से मनाए। सफाई में दूसरी बात मुझे यह कहनी है कि मुझे कल ही एक विदेशी महिला मिली जो यही दोहराती चली गई कि क्या लोकछवि बनाने की दृष्टि से यह बेहतर न होता कि मायावतीजी इस पैसे से ठंड से ठिठुरते लोगों में कम्बल बंटवा देतीं?

मैंने उनसे कहा, 'नहीं! उस हालत में तो उनके समर्थक कहते कि जब वह सत्ता का दुरुपयोग अपने हित में नहीं कर पाती हैं तब हमारे हित में क्या खाक करेंगी!' वह समझीं मैं मजाक कर रहा हूं। मैंने उनसे कहा कि मैं पूरी गंभीरता से बात कर रहा हूं। आप लालजी टंडन की इस दूसरी स्थापना को भी मजाक न समझें कि अगर कोई समारोह राज्य द्वारा प्रायोजित हो तो उसमें राजतंत्र का उपयोग होगा ही, इसमें अनुचित की क्या बात है? विदेशी महिला समझ नहीं पाईं। मैंने कहा कि इसका गूढ़ार्थ यह है कि पब्लिक के चुने नेता का बर्थडे पब्लिक के खर्च पर क्यों न मनाया जाए 'पब्लिकली'?

टंडनजी की इस बात में भी दम है कि जब तमाम अन्य नेता भी निजी समारोह, सार्वजनिक रूप से और सार्वजनिक खर्च पर मनाते रहे हैं तब दलितों के स्वाभिमान की मूर्ति के ऐसा करने पर क्यों तिल का ताड़ बनाया जा रहा है। विदेशी महिला बोली कि राष्ट्रपति बुश भी पब्लिक के चुने नेता हैं और खासे मूर्ख और लोभी हैं लेकिन पब्लिक के पैसे से पब्लिकली बर्थडे मनाने की मूर्खता वह कभी नहीं करेंगे। मैंने उससे कहा कि अमीर और गरीब देश के नेता में इतना अंतर तो स्वाभाविक है। मैंने उसे समझाया कि हम सवर्ण सचमुच आभारी हैं कि पिछड़ों और दलितों के नेतागण हमारी चलाई अधकचरी आधुनिकता और अर्द्ध सामंतशाही में खरोंच तक नहीं लगने दे रहे हैं।

दलितों की यह नेता भी मैडम और बहनजी दोनों कहलाना चाहती हैं। बर्थडे पर परंपरा के लड्डू बांटने के बाद आधुनिकता का केक भी काटती हैं। लोकतंत्र के रास्ते नेता चुनी जाती हैं किंतु सामंतों की तरह जन्मदिन सार्वजनिक रूप से मनाती हैं। हिंदुओं में तो महापुरुषों तक के जन्मदिन सार्वजनिक रूप से उनके मरने के बाद ही मनाए जाते थे। यही कारण है कि जब स्वाधीनता मिलने के बाद दरबारी किस्म

के प्राणियों ने नए सामंतों यानी सत्ताधारी नेताओं के जन्मदिन सार्वजनिक रूप से मनाने की पेशकश की तब वह ठुकरा दी गई।

किंतु दरबारी भी आसानी से हार मानने वाले नहीं थे। उन्होंने नेहरूजी के जन्मदिन को बालदिवस के रूप में सार्वजनिक समारोह बना ही डाला। नेहरू युग के बाद हम ऊपर से जितने आधुनिक बनते गए भीतर से उतने ही सामंती होते चले गए। इधर मध्यवर्गीय घरों में जन्मदिन पर केक कटने और 'हैप्पी बर्थडे टू यू' के स्वर गूंजने लगे उधर हमारे नेता अपना जन्मदिन सार्वजनिक रूप से मनाने के लिए सामंतों की तरह सरकारी तंत्र का उपयोग करने और प्रजा से नजराना वसूलने लगे।

नए सामंतों के जन्मदिन पर हमारे आधुनिक प्रबुद्ध जन अपने परंपरा-प्रेम का परिचय देते हुए चारणों की तरह उनके गुण गाने लगे। हमारे यहां हाल के दशकों में कुछ ऐसी क्रांति हुई है कि बड़े आदमियों की बिरादरी में लाज-संकोच जड़ से नष्ट हो गया। नेतागण लाभ की आशा रखने वाली कंपनियों और अपने मंत्रालय से जुड़ी स्वायत्त संस्थाओं की बड़े-बड़े विज्ञापनों में छपवाई गई जन्मदिन की बधाई निस्संकोच स्वीकार करने लगे। निजी समारोह के लिए पैसा वसूली और सरकारी तंत्र का उपयोग उन्हें उचित लगने लगा।

जाने-माने लोगों तक में रागदरबारी के सुर साधकर नेता के गुण गाने में नाक कट जाने का कोई भय नहीं रहा। जो उनके स्वार्थों की चिंता कर रहा हो ऐसे हर नेता को उन्होंने बेहिचक महान चिंतक ठहरा दिया। तुकबंदी कर लेने वाले को महाकवि तो ड्राइंग कर लेने वाले को महान चित्रकार कह डाला। उन्होंने यह जान लिया कि हमारा लोकतंत्र सवर्णों की तरह मूलत: सामंती है और सामंती व्यवस्था में सभी गुण सत्ता में बसते हैं। ऐसा नहीं है कि यह परिष्कृत चमचा अपने आधुनिक होने की बात भूल ही जाता है। वह उसे बस तभी याद आती है जब प्रतिद्वंद्वी चमचों का परोपकारी नेता सामंती तेवर अपनाता है।

हमारे समाज में आज हर कोई जान गया है कि जो भी मालमत्ता मिलता है सत्ता से जुड़कर ही मिलता है और खूब मालमत्ते बगैर जीवन नरक बनता है। इसीलिए तो आज दिल्ली दरबार में एक पांव कब्र में लटकाए और जीवन में बहुत कुछ पा चुके प्रबुद्ध-प्रतिष्ठित जन तक कुछ और पा जाने की उम्मीद में सत्ताधारी क्या उसकी प्रिय संतान, पत्नी, प्रेमिका, पालतू कुतिया-बिल्ली तक की विरुदावली गाते सुने जा सकते हैं।

मैंने विदेशी महिला से कहा कि ऐसे चमचों के रहते हमारे लोकतंत्र में लोकप्रियता पाने और लोकछवि बनाने के लिए सार्वजनिक बर्थडे बैश में केक काटना कम्बल बांटने से हर हाल में बेहतर है। पहले तो यही देखिए कि गरीबों को कम्बल बांटना निहायत ही परंपरागत किस्म का परोपकारी कार्य है जिससे कोई न्यूज

नहीं बनती। दूसरे यह कि अगर हमारे नेता कम्बलों और रैन बसेरों पर खर्च करने की सोचने लगेंगे तो हम तमाम चमचे स्वयं अपना बर्थडे कैसे मना पाएंगे। बहुतों को कम्बल बांटने की कोशिश में बेचारा सत्ता–प्रतिष्ठान खुद गरीबी की गिरफ्त में आ जाएगा। समझीं आप? दुर्भाग्य कि वह समझी नहीं। मैं उन्हें भाईजी लालजी के पास भेजने की सोच रहा हूं।

(10 फरवरी, 2003)

हिंदू मौलाना, हिंदू तालिबान

जब अमेरिकी राष्ट्रपति बुश ने जिहाद के खिलाफ क्रूसेड शुरू किया था तब मैंने लिखा था कि इसका सबसे बुरा असर भारतीय उपमहाद्वीप पर पड़ेगा और पड़ा भी। पाकिस्तान में तालिबान के समर्थक राजनीति पर छाने लगे और भारत में गुजरात की घटनाएं घटीं। अब जबकि अमेरिका द्वारा इराक पर हमला किया जाना लगभग तय है, मुझे आशंका है कि पाकिस्तान और भारत दोनों की हालत खस्ता होने वाली है। इसका कारण यह है कि बुश की कारगुजारियां जिस मुस्लिम-गैरमुस्लिम भावना को भड़का रही हैं, वह इस उपमहाद्वीप में घातक रूप में सदियों से मौजूद हैं।

स्वाधीनता संघर्ष ने हमारे यहां हिंदू-मुस्लिम एकता और सांझा संस्कृति के विमर्श को जन्म दिया जरूर लेकिन उसमें हिंदुओं की दो विशेषताओं के कारण पेंच पड़ता रहा। पहली, सांस्कृतिक स्तर पर दूसरों को पचा लेने की विलक्षण क्षमता और दूसरी, अन्यों को अछूत मानने की विस्मयकारी वृत्ति। पहली के चलते सांझा संस्कृति का अभियान मुसलमानों की अलग पहचान मिटाने की चाल लग सकता था। दूसरी के रहते यह पूछा जा सकता था कि जो हमनिवाला न हो सके वह बिरादर कैसा? यही नहीं, ज्यादातर मुसलमान गरीब थे और उनके मन में हिंदू की छवि सूदखोर लाला वाली थी।

भाईचारे में पूरा पलीता लगाया 'एक आदमी एक वोट' के आधुनिक सिद्धांत ने। यद्यपि संसार की मुस्लिम आबादी का एक बहुत ही बड़ा हिस्सा यहां रहता था वह हिंदुओं के मुकाबले में अल्पसंख्यक था। मुसलमान 'छोटा भाई' होने के लिए अभिशप्त था। इसीलिए हमारे यहां आधुनिक मुस्लिम विमर्श 'दो धर्म दो राष्ट्र' के अलगाववादी विमर्श के रूप में शुरू हुआ। अल्पसंख्यक होने के अहसास को दूर करने के लिए भारतीय मुसलमान को वृहत्तर मुस्लिम जगत से जोड़ा गया और धर्मनिरपेक्षता को आधुनिक हिंदू नेताओं की चतुराई का नमूना ठहराया गया।

तो आधुनिक मुस्लिम नेताओं ने पाकिस्तान की मांग उठाई और कहा कि वह संसार के मुसलमानों की अगुवाई करके इस्लाम का खोया गौरव लौटाएगा। तो धर्म के आधार पर उपमहाद्वीप का विभाजन कर दो धर्मनिरपेक्ष लोकतंत्र स्थापित किए गए। धर्म के आधार पर आबादी की अदला-बदली की कोई बात नहीं थी इसीलिए भयंकर खूनखराबा हुआ। समस्या बनी रही, कटुता कुछ और बढ़ गई। मुसलमानों के आधुनिकतम नेता जिन्ना का धर्मनिरपेक्ष और लोकतंत्रात्मक पाकिस्तान देखते-ही-देखते मुस्लिम कट्टरपंथ और तानाशाही का देश बन गया। जब अमेरिका ने इस्लाम को साम्यवाद-विरोधी अस्त्र बनाया तब पाकिस्तान आतंकवादी कट्टरपंथियों का सबसे बड़ा केंद्र बना। पाकिस्तान ने आतंक का उपयोग करके भारत की वह

धर्मनिरपेक्षता ध्वस्त करने की नीति अपनाई जिसके आगे वह सदा से प्रश्नचिह्न लगाता आया था। उसके लिए भारत हिंदू राष्ट्र था और है।

अब जबकि अमेरिका उसी कट्टरपंथ को कुचलने में जुट गया है और उसने जनरल मुशर्रफ को इस मुहिम में शामिल होने के लिए मजबूर कर दिया है तब यह मानकर चला जा सकता है कि पाकिस्तान में तालिबान वाली मानसिकता जोर पकड़ती जाएगी और उसी अनुपात में अमेरिकी सेना पाकिस्तान पर अपना शिकंजा कसती चली जाएगी क्योंकि अमेरिका किसी भी हालत में पाकिस्तान के परमाणु अस्त्र पाकिस्तानियों के भरोसे नहीं छोड़ना चाहेगा। दूसरे शब्दों में पाकिस्तान के बुरे दिन आ गए हैं।

भारत के लिए भी संकट गहराएगा क्योंकि यहां हिंदू मुस्लिम समस्या उसी रूप में उन्हीं कारणों से अब भी मौजूद है। आतंकवाद और आतंकवाद-विरोधी अभियान उसे कुछ और उग्र बना रहे हैं। इंडोनेशिया के बाद दूसरी सबसे बड़ी मुस्लिम आबादी यहीं है और वह बदस्तूर पिछड़ी हुई है। उसका नेतृत्व करने वालों में अधिकतर ऐसे हैं जो अलग पहचान बनाए रखने को सबसे जरूरी बात समझते हैं। हमारे हिंदू नेता भी उन्हीं दो तेवरों पर कायम हैं जिन्हें उन्होंने आजादी की लड़ाई के दौरान हिंदू-मुस्लिम समस्या से निपटने के लिए अपनाया था। इन्हें आज के संदर्भ में मैं क्रमशः मौलाना मुलायम और तालिबान तोगड़िया दृष्टि कहना चाहूंगा।

पहले के तहत मुसलमानों का वोट जीतने के लिए मुल्लाओं का दिल जीतने का यत्न किया जाता है। इसके चलते मुसलमानों की अलग पहचान की हर मांग की रक्षा की जाती है। बहुसंख्यकों की सांप्रदायिकता को अल्पसंख्यकों की सांप्रदायिकता से कहीं अधिक खतरनाक और निंदनीय बताया जाता है और तालिबान तोगड़िया का भय दिखाकर मुसलमानों के संरक्षक की भूमिका की दावेदारी की जाती है। इस राजनीति में आधुनिक मुसलमान के लिए कोई गुंजाइश नहीं रहती। द्रष्टव्य है कि आजादी की लड़ाई के दौरान कांग्रेस पुरातनपंथी मुसलमानों का ही समर्थन ले सकी और आधुनिक मुस्लिम नेता लीगी बन गए।

तालिबान तोगड़िया राजनीति में 'छोटे मगर निहायत खोटे' भाई का हौव्वा खड़ा किया जाता है कि वह पाकिस्तान और बृहत्तर मुस्लिम जगत से जुड़ा है तुम पर भारी पड़ेगा। हिंदुओं पर हुए अत्याचार गिनवाता है और मुस्लिम पाकिस्तान की तरह हिंदू भारत न होने का दुख मनाता है। इस तरह हमारी राजनीति का हर तेवर कुल मिलाकर अलगाव को मजबूत करने वाला साबित होता रहा है। पाकिस्तान भारतीय मुसलमानों का शुभचिंतक बन कर उस अलगाव को बढ़ाता रहा है।

ऐसे में अमेरिकी अभियान से भारत में सांप्रदायिक तनाव काफी उग्र रूप ले सकता है। अमेरिका से पाकिस्तानी झुंझलाहट भारत में आतंकवादी गतिविधियों के

रूप में फूटेगी और तोगड़ियाओं की हिंदू तालिबान बनाने की मुहिम को गति मिलेगी, जनसमर्थन मिलेगा। वामपंथ के पास जपने के लिए वही मंत्र होंगे और तोगड़िया तालिबान उसे छद्म धर्मनिरपेक्षतावादी ठहराकर मजबूत होते जाएंगे। कहीं कोई ऐसा दल या नेता नहीं है जो गरीब देश और पिछड़े समाज को मध्ययुगीन मानसिकता और अर्थव्यवस्था से उबारने का भगीरथ प्रयत्न करने का धैर्य या साहस रखता हो और मानता हो कि दोनों ही संप्रदायों को आधुनिकता की मुख्यधारा में लाए बगैर सांप्रदायिक समस्या का समाधान नहीं हो सकता।

(17 फरवरी, 2003)

नए दर्द खोजो दवा के लिए अब

लोभ से लाभ होता है और लाभ ही है लक्ष्य जीवन का, मुक्त मंडी के इस मूल मंत्र को जितना दवा बनाने वाली कंपनियों ने दिल में उतारा है, उतना अन्य किसी ने नहीं। हाल में ब्रिटेन के डॉक्टरों की एक पत्रिका के संपादक ने इन कंपनियों पर यह आरोप लगाया है कि वे अब नई दवाएं खोजने के बजाय ऐसी नई बीमारियां खोज रही हैं जिनके इलाज के नाम पर अमीर देशों के नादान ग्राहकों से तगड़े पैसे वसूल किए जा सकें। पत्रिका के संपादक डॉक्टर ने यह टिप्पणी औरतों के लिए वियाग्रानुमा एक दवा चलाने की कोशिश के संदर्भ में की है।

सबसे पहले तो दवा उद्योग ने संयोगवश वियाग्रा की खोज हो जाने पर नामर्दी को 'मेल सेक्सुअल डिस्फंक्शन रोग' नाम दिया और भले ही उससे नामर्दी के एक खास पहलू का ही उपचार संभव था, ऐसा जताया कि उससे सभी समस्याओं का समाधान हो जाता है। फिर जबर्दस्त प्रचार के कारण वियाग्रा नामर्दी का एक पहलू दूर करने वाली दवा की जगह मर्दानगी बढ़ाने वाली दवा बन गई। इस दुरुपयोग के चलते जहां कई लोगों की जानें गईं वहां दवा उद्योग ने खरबों डालर का मुनाफा कमाया। इसी से प्रेरित होकर उसने औरतों के लिए भी वियाग्रानुमा दवा बना देने की ठानी।

इस सिलसिले में उसने पहले अपने ही दिए हुए फंड पर अनुसंधान करने वाले शोधार्थियों द्वारा 'वैज्ञानिक ढंग' से यह प्रमाणित करवाया कि 'फीमेल सेक्सुअल डिस्फंक्शन' उर्फ नाऔरती, जैसा भी एक रोग होता है और वह व्यापक रूप से फैला हुआ है। अमेरिका में ही लगभग 50 प्रतिशत स्त्रियां इसकी गिरफ्त में हैं! इसके बाद अपने ही पाले-पोसे कुछ शोधार्थियों से यह सिद्ध करवाया कि जीवन का सारा सुख छीन लेने वाले इस रोग से मुक्ति दिलाने में वियाग्रानुमा यह दवा चमत्कारी है। फिर सभी डॉक्टरों को नई दवा और नई बीमारी का कायल बनाने पर प्रेमपूर्वक पैसा बहाया गया।

इसी पर टिप्पणी करते हुए संपादक डॉक्टर ने लिखा कि अमीर देशों में कैंसर, एड्स, अल्झाइमर्स जैसी जो बीमारियां बची हैं, उनके लिए बहुराष्ट्रीय कंपनियां कोई चमत्कारी दवा खोज नहीं पा रही हैं कि पेटेंट लेकर वर्षों तक तगड़ी कमाई कर सकें। तीसरी दुनिया में प्रचलित रोगों के लिए अधिक कारगर दवा खोजना उन्हें इसलिए बेकार लगता है कि वहां से कोई खास कमाई हो नहीं सकती। इसीलिए वे अमीर देशों के लिए 'फीमेल सेक्सुअल डिस्फंक्शन'-जैसी बीमारियां ईजाद करने और उनके इलाज के लिए महंगी दवाइयां उपलब्ध कराने में जुट गए हैं।

'डिस्फंक्शन' का अर्थ है 'न किया जा सकना'। अब यौन क्रिया में ऐसा क्या

है कि स्त्री को 'न कर सकने का' रोग हो जाए! यह सही है कि कुछ औरतों को इस मामले में अरुचि हो सकती है या वह पीड़ा पाती हैं लेकिन उसके लिए तो मनोवैज्ञानिक उपचार और सस्ती दवाएं पहले से ही उपलब्ध हैं। नामर्दी के वजन पर नाऔरती जैसा जब कोई रोग हो ही नहीं सकता तब दवा उद्योग लाभ के लोभ में इस बेबुनियाद बीमारी को लगभग महामारी का रूप देकर वियाग्रा विमेन चलवा देने में जी-जान से क्यों जुटा हुआ है? क्यों खिलवाड़ कर रहा है वह औरतों के स्वास्थ्य से?

इसकी सफाई में अव्वल तो दवा उद्योग कुछ कह ही नहीं रहा है, अगर उसके किसी प्रवक्ता को घेर लिया जा रहा है तो वह उत्तर-आधुनिक शब्दजाल बुन कर यही कह रहा है कि जिस चीज से पुरुषों को लाभ हुआ, उससे स्त्रियों को क्यों वंचित रखा जाए? यह भी कि क्या डॉक्टर बिरादरी इतनी विवेकहीन है कि बेबुनियाद रोग के लिए बेकार की दवा लिखकर देगी? इस उत्तर में निहित स्त्रीवादी विमर्श को नजरअंदाज कर दें तो बस इतना ही बचा रहता है कि दवा कंपनी और आम जनता के बीच डॉक्टर का विवेक मौजूद है, इसलिए चिंता कैसी?

अब विवेक का ऐसा है कि उसे फुसलाया-बहलाया जा सकता है और दांव लग जाए तो बाकायदा खरीदा भी जा सकता है! दवा बनाने वाली बहुराष्ट्रीय कंपनियां डॉक्टरों के सम्मेलनों का बहैसियत प्रायोजक खर्च उठाने के लिए सदा तत्पर रहती हैं। वे डॉक्टर बिरादरी को रिझाने के लिए और अपनी बात का कायल बनाने के लिए जनसंपर्क और प्रचार का हर हथियार अपनाती हैं। इस प्रवृत्ति पर डॉक्टरों के संगठन बीच-बीच में चिंता भी व्यक्त करते रहे हैं। लेकिन इसके बावजूद डॉक्टरों के संगठन के संरक्षक के रूप में दवा कंपनियों की भूमिका बढ़ती ही चली गई है।

यह दवा कंपनियों का ही चमत्कारी प्रभाव है कि आज विवेकशील अमेरिकी मनोचिकित्सक छोटे-छोटे तनावों और उदासियों तक के लिए बड़ी तेज दवाओं का नुस्खा बेहिचक लिखे दे रहे हैं! तनावों से पैदा होने वाले तमाम नए मनोरोगों का निरूपण कर रहे हैं और हां छोटे-छोटे बच्चों तक को सीधे मस्तिष्क पर प्रभाव डालने वाली दवाएं खिलवा कर उन्हें गमे जिंदगी के इलाज के लिए दवा कंपनियों का हमेशा के लिए मुंहताज बनवा दे रहे हैं। यहां यह भी गौरतलब है कि मस्तिष्क पर प्रभाव डालने वाली इन तमाम दवाओं का नई पीढ़ी बड़े पैमाने पर नशीले पदार्थों के रूप में सेवन कर रही है। लेकिन न दवा कंपनियां और न मीडिया इस पर उतनी चिंता व्यक्त कर रहा है जितनी कि जड़ी-बूटियों पर आधारित दवाओं का अमीर देशों में प्रचलन हो जाने पर।

प्रसंगवश एक बड़ी मजेदार बात यह है कि पहले जड़ी-बूटियों को इसलिए

खतरनाक बताया जाता कि कहीं अपनी पेटेंट दवाओं की दुकानदारी पर आंच न आ जाए। लेकिन इस प्रोपेगेंडा के बावजूद जब उनका चलन बहुत बढ़ जाता है तब ये कंपनियां उनके 'अधिक शुद्ध' और जाहिर है अधिक महंगे संस्करण स्वयं बनाने में जुट जाती हैं! तो डॉक्टरों और ग्राहकों के पूरे विवेक के बावजूद वियाग्रा फॉर विमेन शीघ्र ही जोर-शोर से चल निकलेगा और हर संपन्न स्त्री जीवन-सुख बढ़ाने के लिए उसका नियमित उपयोग करने लगेगी। पता नहीं दवा उद्योग को इसके बाद कौन-सा नया रोग सूझे? क्यों न हम-आप ही उसे नए-नए रोग सुझा कर उसकी मदद करें।

(24 फरवरी, 2003)

संसार-सुधारक मिशनरी बुश

आज अन्य देशों में ही नहीं, स्वयं अमेरिका में बहुत से लोगों को इस बात पर बड़ी हैरानी है कि राष्ट्रपति बुश इराक पर अकारण ही हमला करने पर क्यों आमादा हैं और इस बारे में उनकी देश-विदेश में जो आलोचना हो रही है उसका उन पर जरा भी असर क्यों नहीं पड़ता है? जहां तक स्वयं बुश का संबंध है वह कई बार बता चुके हैं कि हमला करना इसलिए अनिवार्य हो गया है क्योंकि सद्दाम साक्षात शैतान है।

बुश के आलोचकों को यह सफाई संतुष्ट नहीं कर सकती लिहाजा, वे इस बारे में कई तरह की अटकलें लगाते रहे हैं। इनमें से एक मनोवैज्ञानिक अटकल है कि वर्तमान राष्ट्रपति बुश चाहते हैं कि अपने पिता भूतपूर्व राष्ट्रपति बुश के शुरू किए हुए सद्दाम-विरोधी यज्ञ में पूर्णाहुति दूं। बेटा बाप से भी आगे निकलना चाहता है, इसीलिए उसने बाप के सलाहकारों की यह नेक राय ठुकरा दी कि इराक के मामले में धैर्य से काम लो। बेटा समझता है कि बाप इन सलाहकारों की वजह से ही सद्दाम का तभी सफाया कर देने से और मध्यपूर्व में अमेरिका की धाक जमाने से चूक गए और अगला चुनाव हार गए।

कुछ लोग इस सारे मसले को आर्थिक नजरिये से परख रहे हैं और तीन बातों की ओर ध्यान दिला रहे हैं। पहली यह कि इराक से लड़ाई होने की दशा में तेल के कुँओं को क्षति पहुंचेगी और युद्धनीति के सबसे बड़े समर्थक वर्तमान उप राष्ट्रपति डिक चेनी पिछले इराक युद्ध के दौरान ध्वस्त हुए तेल-कुंओं की मरम्मत के धंधे से जुड़े हैं, पिछली बार उन्होंने तगड़े पैसे पीटे थे, इस बार भी पीटेंगे। दूसरी यह कि युद्ध पर होने वाले अनापशनाप खर्च से अमेरिका में आर्थिक मंदी दूर हो सकेगी और उद्योगपति तगड़ा मुनाफा कमा सकेंगे। तीसरी यह कि इराक तेल-उत्पादन की दृष्टि से सऊदी अरब के बाद दूसरे नंबर का देश है और अगर अमेरिका वहां अपनी मनपसंद सरकार बनवा ले तो मार-तमाम कारों वाले अमेरिकावासियों के पौ-बारह हो जाएंगे। अगर आप बुश को झूठा भी साबित कर दें तो इससे उनको कोई फर्क पड़ने वाला नहीं है। कुछ इसलिए कि वह पूरी मजबूती से अपने सच पर कायम रहने वाले अमेरिकी स्वभाव के धनी हैं और उससे भी ज्यादा इसलिए कि आज की दुनिया में अगर कोई झूठ मीडिया के माध्यम से बार-बार दोहराया जाता है और दोहराते हुए देशप्रेम की भंगिमा धारण की जाती है तो वह अपने अधिकतर मतदाताओं के लिए सच बनकर रहता है।

ये सब कारण अपनी जगह पर सही हैं लेकिन मैं समझता हूं असली कारण है बुश महोदय का धर्मनिष्ठ किस्म का अमेरिकी प्रोटेस्टेंट होना। अमेरिका कैथलिक सामंतों के सताए हुए यूरोपीय प्रोटेस्टेंटों ने बसाया था और वहां कर्मठता और

आक्रामकता के कारण अपार सफलता और संपन्नता प्राप्त की थी। उन्होंने सबकी समानता पर आधारित लोकतंत्र स्थापित किया था और उन्हें लगा था कि खुदा ने इस नई दुनिया की खोज प्रोटेस्टेंटों द्वारा सच्ची ईसाइयत के वापस ले आने के बाद इसीलिए करवाई है कि हम यहां से उसका सही पैगाम दुनिया के कोने-कोने तक पहुंचाएं।

तो भले ही अमेरिकी लोग साम्राज्यवाद के विरोधी थे, उनमें शुरू से यह भावना रही थी कि प्रोटेस्टेंट मत और लोकतंत्र सारे संसार में फैलाने की जिम्मेदारी हम पर है। हम इस काम के लिए खुदा द्वारा चुने गए खास बंदे हैं। 19वीं शताब्दी के अंतिम दशकों के अमेरिकी धर्मगुरु यही कहते रहे कि हम शुद्धतम ईसाइयत और उच्चतम यूरोपीय सभ्यता को परवान चढ़ा रहे हैं। और अगली सदी में हम बेपनाह दौलत और ताकत के सहारे सभी कमतर धर्म और सभ्यताओं पर पूरी तरह हावी हो जाएंगे। तभी से अमेरिकी विदेश नीति दुनिया को अपने रंग में रंगने का मिशन लेकर चली। शुरू में उसने उत्तर और दक्षिण अमेरिका में तथा प्रशांत महासागर में इस्पहानी कैथलिकों से टक्कर ली। उन्हें परास्त करने के लिए अपनी अधुनातन नौसेना का उपयोग किया।

नौसेना के साथ-साथ प्रोटेस्टेंट व्यवसायी और मिशनरी भी इस क्षेत्र में सर्वत्र फैलने लगे और वहां पर अमेरिका का झंडा गाड़ते रहे। अब जैसे हवाई द्वीप में धर्म-प्रचारकों ने प्रोटेस्टेंट गिरजाघर बनाए तो व्यवसायियों ने गन्ने के खेत लगाए। जैसे ही स्थानिक रानी ने उनका जरा-सा विरोध किया उन दोनों ने मिलकर एक अमेरिकी को हवाई का प्रेसीडेंट बना दिया और 7 वर्ष बाद सुदूर हवाई को अमेरिका का ही एक अंग बना दिया।

इस तरह अपने से अलग मत रखने वालों को हराना और अपने व्यावसायिक हितों की रक्षा करना शुरू से अमेरिकी विदेश-नीति के अंग बन गए। कभी लड़ाइयां लड़कर तो कभी खरीदफरोख्त करके प्यूर्टोरिको से लेकर फिलीपींस तक कई इस्पहानी उपनिवेश अमेरिका ने अपने बना लिए और इसे भी सामंती और औपनिवेशिक शोषण से लोगों को मुक्ति दिलाने का अभियान ठहराया। फिलीपींसवासियों तक को स्पेन के शासक कैथलिक बना चुके थे। तत्कालीन अमेरिकी राष्ट्रपति मैकिंली ने फिलीपींस के अधिग्रहण से पहले कहा कि कई दिन तक प्रार्थना करने पर मुझे प्रभु से आदेश मिला कि फिलीपींस के लोगों को ईसाई और सभ्य बनाना अमेरिका का कर्तव्य है। गोया ईसाइयत और सभ्यता वही है जो अमेरिका वाले दुनिया को देते हैं।

अमेरिकी मिशनरी और नेता दोनों ही शुरू से यूरोप को नैतिक दृष्टि से गिरा हुआ और अमेरिकियों को उनसे लाख गुना बेहतर समझते आए। इसीलिए उन्होंने

यूरोपीय साम्राज्यवाद की हमेशा निंदा की और यूरोपीय देशों के आपसी झगड़ों से अपने को दूर रखा। यूरोप के छेड़े हुए दोनों विश्वयुद्धों में अमेरिका देर से और लगभग अनचाहे शामिल हुआ और दोनों से ही उसने भरपूर आर्थिक लाभ उठाया। दूसरी बड़ी लड़ाई के बाद वह यूरोप से कहीं बड़ी शक्ति बन गया और किसी प्रोटेस्टेंट धर्म-प्रचारक की तरह विश्व की आत्मा को साम्यवादी शैतान के चंगुल से बचाने में जुट गया। और अंततः विश्व-चौधरी बना।

तो विश्व-चौधरी अमेरिका के बाइबिल बैल्टवासी चौधरी बुश चाहते हैं कि आतंकवादी अमेरिकी सभ्यता को चुनौती देने वाले आतंकवादी मुजाहिदीन को हराएं, उन्हें सभ्यता और लोकतंत्र का वरदान दें इसी से परलोक सुधरेगा। तेल के भंडार अपने नियंत्रण में आ जाने से इहलोक सुधरेगा तो वह भी ठीक है। आखिर खुदा के बंदों को कुछ-न-कुछ मिलते रहना चाहिए।

(3 मार्च, 2003)

हो चुका अब गर्क बेड़ा तर्क का

अमेरिका को इस बात पर नाज है कि समानता, मानवीयता और तर्कसंगति में अटूट आस्था रखने वाली आधुनिकता का शुरू से वही पैरोकार और झंडाबरदार रहा है। तो जब उस दिन अमेरिकी प्रतिरक्षा बजट में बढ़ोतरी की पेशकश के समाचार के तुरंत बाद यह पढ़ा कि शिकागो में फोर्ड कंपनी द्वारा मजदूरों की भरती की अफवाह उड़ने पर बेरोजगारों की ऐसी भीड़ उमड़ी कि यातायात रुक गया तब मुझे लगा कि या तो दूसरा समाचार गलत है या इस बीच समानता, मानवीयता और तर्क तीनों का ही बेड़ा गर्क हो चुका है।

समाचार न्यूयॉर्क टाइम्स में छपा था लिहाजा निराधार नहीं हो सकता था। बेरोजगारी के बारे में सरकारी आंकड़े देखे। पता चला जनवरी 2003 में लगभग एक करोड़ अमेरिकी नागरिक बेरोजगार थे। छंटनी की महामारी कुछ ऐसी फैली हुई थी कि उसके डर से रोजगार वाले लोग भी वार्षिक वेतनवृद्धि और बोनस न मांगने के लिए खुशी-खुशी राजी हो रहे थे। कई जगह तो लोगों को उल्टे अपने वेतन में कुछ कटौती के लिए तैयार करा लिया गया था।

छंटनी हुए लोग ऐसी नौकरियां ले-ले रहे हैं जो उनसे कहीं कम योग्यताओं वालों के लिए हैं। इसके चलते बेरोजगारी सबसे तेजी से कम पढ़े-लिखे गरीब युवाओं में बढ़ रही है। समानता और मानवीयता का तो तकाजा यह है कि ऐसे में राष्ट्रपति बुश गरीबों की सहायता पर सरकारी खर्च बढ़ाएं लेकिन वह तो बजट संतुलित करने के लिए सारी कटौती समाज-कल्याण की मदों में ही करना चाहते हैं। इस मामले में उनके उत्साह पर हंसना और रोना, दोनों ही आता है।

जैसे अब तक यह व्यवस्था थी कि अगर किसी गोद के बच्चे वाली किसी गरीब महिला के लिए केंद्र सरकार ने रोजगार जुटाया हो तो उससे औरों के मुकाबले हफ्ते में दस घंटा कम काम लिया जाएगा। बचत के नाम पर यह छूट खत्म करा दी गई है। बजट-संतुलन के लिए अमेरिकी नेता अमीरों पर टैक्स बढ़ाए जाने के विरुद्ध हैं। वे तो टैक्स घटवा रहे हैं ताकि अर्थव्यवस्था में उछाल आए। यही वजह है कि जिस अमेरिका के हिस्से संसार की चौथाई खुशहाली और कुल 5 प्रतिशत आबादी आती है उसमें करोड़ों लोग गरीबी और बेरोजगारी का सामना कर रहे हैं।

अब जरा यह देखें जिन बुश को गरीब माताओं को बच्चा खिलाने के लिए दस घंटा कम काम करने की छूट देने की फिजूलखर्ची खल रही है, वही प्रतिरक्षा पर दसियों खरब और खर्च करवाना चाहते हैं। आज भी अमेरिका प्रतिरक्षा पर अकेला उतना खर्च कर रहा है जितना बाकी तमाम देश मिलकर। अमेरिका और उसके मित्र यूरोपीय देशों का प्रतिरक्षा-व्यय संसार के समूचे प्रतिरक्षा-व्यय का दो-तिहाई है।

अर्थात बाकी सारी दुनिया मिलकर भी अमेरिका से लड़ाई मोल लेने की स्थिति में नहीं है। फिर भला क्या बुश प्रतिरक्षा बजट बढ़ाना और समाज कल्याण-बजट घटाना चाहते हैं ?

मुक्तमंडी समानता को नहीं सफलता को समर्पित है और सफल होने के लिए कुछ भी करने से पहले अपने से यह पूछना जरूरी है कि इससे मुझे क्या मिलेगा ? गरीबों का, जो मुक्तमंडी के अनुसार, निकम्मे इसलिए नाकामयाब और महत्त्वाकांक्षाहीन इसलिए महत्त्वहीन होते हैं, कल्याण करने से क्या हासिल हो सकता है ? तो क्यों न सफल और संपन्न लोगों के समाज का कल्याण कराया जाए ?

यही कारण है कि हर रंग और ढंग के अमेरिकी नेताओं को इधर समाज-कल्याण का बजट घटाने और प्रतिरक्षा का बजट बढ़वाने में कोई नैतिक परेशानी नहीं हुई है। सैनिक साज-सामान बनाने वाली विराट कंपनियों से उन्हें हर तरह की सुख-सुविधा और चुनाव फंड के लिए तगड़ी रकम मिल सकती है। सुख-सुविधाओं का तो यह आलम है कि कंपनियों के जनसंपर्क विभाग अपने लिए काम के सांसदों के कार्यालय में बढ़िया लंच-डिनर तक भिजवाते रहते हैं।

यही नहीं, प्रतिरक्षा-बजट में अपने चुनाव क्षेत्र की भी कोई योजना शामिल करवा लेने से सांसद को बड़ी लोकप्रियता मिल सकती है। साथ ही, उसे देश को शक्तिशाली ही नहीं, संपन्न बनवाने के श्रेय में भी हिस्सा मिलता है क्योंकि अचूक शस्त्रास्त्र बनाने के सिलसिले में हुए वैज्ञानिक शोध से अमेरिकी उद्योग के विकास के नए रास्ते खुलते हैं। इसीलिए प्रतिरक्षा बजट बढ़ाने के मामले में बुश को अपार समर्थन मिलता रहा है।

बुश यह भी मानते हैं कि अमेरिका को दुनिया में अपना डंका बजवाने का जैसा अवसर दूसरे विश्वयुद्ध ने दिया था, वैसा ही अब प्रस्तुत है। अगर मैंने आतंकवादियों और अन्य विरोधियों को अपार सैन्य शक्ति से आतंकित कर दिखाया तो अमेरिका दुनिया को हमेशा-हमेशा के लिए मनमाफिक बना सकेगा। मुझे 'चुनाव-चोर मूर्ख राष्ट्रपति' बताने वाले मुझे सबसे दूरदर्शी और महत्त्वपूर्ण राष्ट्रपति मानने के लिए मजबूर हो जाएंगे।

इस महत्त्वाकांक्षा के चलते लाखों-करोड़ों का अहित होता हो तो हुआ करे-ऐसा कहता है तर्क मुक्तमंडी का।

(10 मार्च, 2003)

भला क्यों खुश रहते हैं खुराना

मदनलाल खुराना को मैंने जब भी देखा है, हंसते हुए पाया है। वह इतना खुश रहते हैं कि कवि होते तो अपने को मदन लाल मुदित कह सकते थे। मैं एक अर्से तक समझ ही नहीं पाया कि जिस दिल्ली में मुझे सदा हर बात का रोना रोते देखा जाता है उसमें बंधु खुराना सदा मुंह फाड़ कर हंसते क्योंकर नजर आते हैं? अब खासी देर से, मगर उम्मीद है बिल्कुल दुरुस्त समझा हूं कि यह प्रफुल्लता उनकी परोपकारी वृत्ति की देन है। जो दूसरों का भी भला कराते हों वे हंसते हैं सदा; जो अपना तक भला न करा पाते हों वे रोते ही रहते हैं।

अनेक प्रफुल्लित खुरानाओं से सुशोभित हमारी नेता-बिरादरी परोपकार को परम धर्म मानती है क्योंकि परोपकार से मिलती है लोकप्रियता और लोकप्रियता से ही लोकतंत्र में मिलती है सत्ता और सत्ता के अभाव में स्वयं अपना तक उपकार नहीं हो पाता। परोपकार का एक तरीका तो है सोर्स-सिप्पा की भूमिका में प्रस्तुत होना क्योंकि हमारे समाज में जन-जन को ऐसे व्यक्ति की तलाश रहती है जो काम करवा दे। अक्सर इसका मतलब यह होता है कि कतार में सबसे आगे लगवा दे या किसी योग्य उम्मीदवार का हक मार कर अयोग्य को पद दिलवा दे।

कतार तुड़वाने और योग्यता को बेमतलब बनाने वाले इस परोपकार का प्रभाव सीमित रहता है क्योंकि इसमें एक समय में आप एक ही व्यक्ति का उद्धार करा रहे होते हैं। और हां जिनका हक मारा गया हो उन्हें दुखी भी करते हैं। इसीलिए हमारी नेता-बिरादरी सदा सामूहिक उपकार के किसी उपाय की खोज में रहती है। आरक्षण करवा देना सामूहिक उपकार का जाना-माना उपाय है। दूसरा है, बड़े पैमाने पर हुई किसी अवैध कार्रवाई को वैध बनवा देना। पहले तरह के परोपकार में केवल कतार तुड़वाना निहित है तो इसमें कानून के दांत तुड़वाना।

प्रसन्नवदन खुराना दिल्ली में इस दूसरी तरह के परोपकारी अभियान में हमेशा सबसे आगे रहे हैं। जब अदालती आदेश पर दिल्ली के रिहाइशी इलाकों से फैक्ट्रियां हटवाई जा रही थीं तब खुरानाजी कानून और व्यवस्था के इस 'अत्याचार' को ललकारते हुए सीना ताने सड़क पर उतर आए थे। अवैध बस्तियों का सवाल हो या अवैध निर्माणों का, परोपकारी खुरानाजी ने सदा उनका साथ दिया है जिनके मन में कानून तोड़ देने का लोभ जागा है। खुरानाजी इधर निश्चय ही और भी प्रसन्न दीख रहे होंगे क्योंकि डी.डी.ए. की बस्तियों में अवैध निर्माणों को गिराने पर कमर कसे श्री जगमोहन को शहरी विकास मंत्रालय से हटवाने के बाद अब उन्होंने अवैध निर्माण को जुर्माना भरकर वैध करा सकने का आदेश भी निकलवा दिया है।

अवैध को वैध करवा देने का हमारे यहां एक पूरा कर्मकांड बन चला है। पहले

चरण में अपनी जरूरत किसी भी तरह पूरी कर लेने के लालच में पड़े निडर व्यक्ति नेताओं और दफ्तरशाहों की शरण में जाते हैं और उनसे चढ़ावे की एवज में पूरा बढ़ावा पाते हैं। फिर वे गैरकानूनी अभियान में पहल करते हैं और जब उन पर कोई कार्रवाई नहीं होती है तो कानून से डरने वाले दब्बू भी उनकी राह पर चल पड़ते हैं। सबको पता चल जाता है कि किसको कितनी घूस देनी है और किसका राजनीतिक समर्थन करना है। दूसरे चरण में कानून तोड़ने पर थोड़ा हो-हल्ला होता है। व्यवस्था आधे-अधूरे ढंग से किसी अदालत के आदेश पर हरकत में आती है। कानून तोड़ने वाले व्यवस्था के सताए हुए बनकर टीवी कैमरे के आगे कहते हैं कि तगड़ी घूस देने और पूरा आश्वासन पाने के बाद हमने अपनी गाढ़ी मेहनत की कमाई यहां लगाई है अब हमें बेघर और बर्बाद किया जा रहा है।

तीसरे चरण में कोई परोपकारी नेता व्यवस्था के बुलडोजर के आगे सीना तान कर खड़ा हो जाता है और अत्याचार के खिलाफ अपनी आवाज बुलंद करता है। चौथे चरण में जनता की मांग पर जनता के लिए सरकार गैरकानूनी को कानूनी बना देती है। नेता और दफ्तरशाह इस कर्मकांड में पुरोहिताई तो वसूल कर ही लेते हैं साथ में अपने रिश्तेदारों और चेलों के मार्फत अवैध के वैध कर दिए जाने के लाभ के हिस्सेदार भी बनते हैं।

इस कर्मकांड के प्रताप से जन-जन तक सफल जीवन का एक नया सूत्र पहुंचा है कि जुर्माना भर दो और कानून तोड़ दो। इसे पहुंचाने वाले हैं हमारे सत्ताधारी परोपकारी नए सामंत। सत्ताधारी सामंत हैं इसलिए अपने को तो कानून से परे मानते ही हैं। लेकिन साथ ही परोपकारी लोकतंत्रात्मक नेता भी हैं, इसलिए प्रजा से भी कह रहे हैं कि तुम पर भी कानून की कोई कैद नहीं है, जुर्माना भर दो कानून तोड़ दो। सामंती व्यवस्था में राजा और प्रजा में अंतर अनिवार्य है, इसलिए प्रजा के लिए जुर्माना भरने की शर्त रख दी है राजा के लिए नहीं।

सामंती समाज में राज-भय और लोकलाज के कारण प्रजा कायदे-कानून का पालन करती थी। लोकतंत्र लाने वालों ने हर व्यक्ति को स्वतंत्र इकाई के रूप में विकसित होने का अवसर दिया और दूसरों के भय से मुक्त किया। उन्होंने यह माना कि इस तरह के स्वतंत्र व्यक्ति अपने चुने हुए प्रतिनिधियों द्वारा सबकी भलाई के लिए बनाए गए कानूनों का पूरा पालन करेंगे। कानून के आगे सब बराबर होंगे और कानून तोड़ने पर हर किसी को सजा मिलेगी। सफल लोकतंत्रों में ऐसा होता भी है। वहां की पुलिस प्रधानमंत्री, राष्ट्रपति के बच्चों को भी छोटे-से-छोटा जुर्म करने पर धर पकड़ने में जरा भी नहीं हिचकती। अमेरिका में मकान में जरा-सा भी परिवर्तन कराने से पहले तमाम पड़ोसियों की लिखित अनुमति के साथ नगर परिषद में अर्जी लगानी पड़ती है।

हमने एक ऐसा अद्‌भुत लोकतंत्र स्थापित किया है जिसमें लोकप्रियता अर्जित करने के लिए कानून तोड़ने देना आवश्यक समझा जाता है और कानून का पालन कराने वाले नेताओं और अधिकारियों को दंडित किया जाता है। इसके बावजूद मेरे मित्र बेजान दारूवाला के अनुसार भारत का भविष्य बहुत उज्ज्वल है और मेरे सहपाठी कृष्णचंद्र पंत के अनुसार खासा उज्ज्वल है। तो इस बीच क्या किसी हादसे से हमारे परोपकारी नेता अपनी प्रफुल्लता खो बैठने वाले हैं?

(17 मार्च, 2003)

मुरीद क्यों हूं मायावती का

ढोंग को हमारे यहां हराम-हजम चूरन की हैसियत मिल चुकी है। त्याग के प्राचीन आदर्श पर चलते हुए हमारे समाज के नेता और तो और लज्जा का भी त्याग कर चुके हैं और पा रहे हैं कि जो लज्जा त्याग देता है वह मानो सशरीर और सो भी बिना किसी विमान पर सवार हुए स्वर्ग पहुंच जाता है। लेकिन हाय ढोंग का त्याग वे भी कर नहीं पा रहे हैं कि कहीं इतनी ऊंची न हो जाए नैतिक सत्ता हमारी कि ईर्ष्यालु देवताओं की नजर लग जाए।

अगर आप मुझे भरोसा दिला सकें कि कहीं कोई खुफिया कैमरा-रिकॉर्डर नहीं लगा हुआ है तो मैं निवेदन करूं कि आज ऐसा कौन अभागा नेता-बुद्धिजीवी-उद्यमी होगा जो हराम की न खा पा रहा होगा और उसे पचाने के लिए ढोंग का चूरन न फांक रहा होगा? ऐसे वातावरण में अगर कोई सत्तावान व्यक्ति ढोंग न कर रहा हो तो वह निश्चय ही मेरी विस्मित श्रद्धा का अधिकारी है। इसीलिए मैं मुरीद हूं मायावती का!

बहनजी ने बसपा के सांसदों-विधायकों से अगर यह कहा कि सरकार से मिलने वाले विकास फंड का जो पैसा आप मार जाते हैं उसका एक हिस्सा उस दल को दें जिसने आपको फंड-मारू हैसियत दिलवाई तो सारे ढोंगी उनके पीछे पड़ गए कि अरे यह क्या नंगई है। नैतिकता त्यागो, नैतिकता के ढोंग को तो बना रहने दो समाज में। सत्ता के हमाम में आराम से नंगे नहाते हमारे नेता जरूरी समझते हैं कि पब्लिक को दर्शन देने से पहले ढोंग का लंगोटा पहन और राम, गांधी या मार्क्स नामी चादर ओढ़ ली जाए।

लुत्फ यह है कि इन्हीं नेताओं ने हमाम के भीतर एक-दूसरे की नंगई की खुफिया रिकॉर्डिंग कराने का शौक भी पाल रखा है ताकि उसे पब्लिक पर उजागर किया जा सके। मेरे लिए तो लाख टके का सवाल यह है कि बहनजी की खुफिया रिकॉर्डिंग कराने के लिए किस नंगे ने किस नंगे को कितने लाख टके दिए? और क्यों? क्या उसे यह नहीं मालूम कि ऐसा हर तहलका अब समाज के लिए उद्विग्न चिंता का नहीं, सरस मनोरंजन का विषय बनता है?

क्या उस नंगे को तमाम नंगों में हो चुके इस अलिखित समझौते की जानकारी न थी कि कोई नंगा किसी दूसरे नंगे को नंगई के लिए सजा नहीं दिलवाएगा? वैसा करने से तो नंगों के लोकतंत्र की जगह किसी एक नंगे की तानाशाही आ जाएगी। तो मैं मायावती का इसलिए भी मुरीद हूं कि उन्होंने राजू भैया को पोटा में धरकर इस समझौते को तोड़ने का साहस दिखलाया। लेकिन वाह रे ढोंग! सार्वजनिक रूप से उपलब्ध सैनिक जानकारी घर में रखने वाले मुस्लिम पत्रकार की पोटा में

गिरफ्तारी पर जिन राजनाथ सिंह को कोई कष्ट नहीं हुआ था उन्हें देश के विधान-संविधान को ठेंगा दिखाने वाले को देशद्रोही मान लिए जाने पर भयंकर पीड़ा हुई।

क्यों? क्या इसलिए कि उन्हें मुस्लिम नहीं, राजपूत वोट की चिंता है। तो क्या यह उनकी समझ से परे है कि मायावती को दलित वोट की चिंता है और अत्याचारी जमींदार के खिलाफ कार्रवाई दलितों का दिल जीत सकती है। मेरा तो ऐसा मानना है कि अगर हमारे नेताओं ने अपने रकीबों को दंड दिलाने वाले के लिए देश के कानूनों का इस तरह पूरे साहस से उपयोग किया होता तो या तो अब तक देश की राजनीति साफ-सुथरी हो चुकी होती या फिर लोकतंत्र का ही सफाया हो गया होता। बताइए क्या बुरा होता?

अगर सभी नेता मायावती की तरह सच्चे मानों में यथार्थवादी ही होते तो हमारे समाज में उच्चतम सदाचार के ढोंग के रिवाज की जगह अब तक भ्रष्टाचार और अत्याचार के न्यूनतम सर्वमान्य राष्ट्रीय मानक स्थापित हो चुके होते। सब जानते कि क्या किया जा सकता है, क्या नहीं? सबको कुछ-न-कुछ मिलता, किसी का कोई काम न अटकता, बहुत ईमानदारी से और सबकी जानकारी में बेईमानी होती रहती। राष्ट्र का कम से कम नुकसान होता।

लेकिन हत्तेरी की ढोंग की कि रात-दिन भ्रष्टाचार करने वाले दिन-रात नैतिक वेदांत भी झाड़ना चाहते हैं। तो भ्रष्टाचार के हर कांड की वह भर्त्सना करते हैं और देवियों को दंड दिलवाने के लिए 'बे-दांती' कर्मकांड तुरंत शुरू कराते हैं। जांच आयोग सालों सिर खपा कर बड़ी मुश्किल से किसी नतीजे पर पहुंचता है जिसकी जांच करके सरकार यह पाती है कि नतीजों पर पहुंचना लोकतंत्र के स्वास्थ्य के लिए हानिकर होता है।

आश्चर्य कि मायावती को सुखद अपवाद के रूप में छोड़ हमारे नई पीढ़ी के नेता भी ढोंग को गले लगाए हुए हैं। जिन बूढ़ों ने अपनी जवानी में कभी चर्खा काता था या कॉफी के प्यालों में कम्युनिस्ट मैनिफेस्टो घोलकर पीया था या निक्कर पहन कर शाखा में डंड पेले थे उनके लिए आदर्शवादिता का ढोंग करना एक आदत, एक मजबूरी हो सकती है। लेकिन आधुनिक फैशन और जीवनपद्धति अपना चुकी नई पीढ़ी भी क्यों पब्लिक में वही पुराने मंत्र जपते रहना जरूरी समझ रही है?

प्रेस द्वारा नए दौर के नए नेता के रूप में प्रस्तुत किए गए दिग्विजय सिंह को गांवों में कंप्यूटरों का जाल बिछवाकर किस चमत्कार से यह बोध होता है कि ग्रामवासिनी भारतमाता का उद्धार गोमाता का वध राष्ट्रीय स्तर पर रुकवा कर ही हो सकता है? नई पीढ़ी के पास भी पुराने मुद्दे ही क्यों बचे रह गए हैं? इसलिए कि मायावती की साफगोई का मखौल करने वाली बिरादरी ने अतीत-पूजक, प्रतीक-पूजक ढोंग जन-जन के मन में पूरी तरह रचा-बसा दिया है।

यह सब जानते हैं कि असलियत कितनी घिनौनी है लेकिन सभी यह मानते हैं कि पुनीत आदर्शों का जयघोष किए बिना इस समाज में ताली बज और गाड़ी चल नहीं सकती। आदर्शवादिता के इस कर्मकांड में भले ही न नेता को आस्था हो, न जनता को, उसे छोड़ा नहीं जा सकता है क्योंकि वैसा करने वाला सत्ता की जात-बिरादरी से बाहर हो जा सकता है। तो सारी लड़ाइयां अतीत के प्रतीकों के इर्द-गिर्द ही लड़ी जा रही हैं।

इन लड़ाइयों पर ही देश का समय, देश की शक्ति बरबाद कराई जा रही है। पिछले दिनों संसद में वीर सावरकर का चित्र टांगे जाने पर भयंकर संग्राम छिड़ा जबकि किसी से यह छिपा नहीं है कि अटल जी को सावरकर में उतनी ही श्रद्धा है जितनी कि सोनिया गांधी को महात्मा गांधी में – साल में एक बार फूल चढ़ाकर हाथ जोड़ देने भर की। ज्यों-ज्यों समय बढ़ रहा है त्यों-त्यों हमारी ढोंगी बिरादरी प्रतीकों की खोज में और-और पीछे जा रही है। 'हिंदुत्ववादी' श्रीराम तक लौट गए हैं और 'धर्मनिरपेक्षतावादी' बाबर तक।

21वीं सदी के भारतीय समाज के लिए अयोध्या में मंदिर कि मस्जिद का प्रश्न ही जीवन-मरण का प्रश्न बना दिया गया है जिसका बुनियादी हल ढूंढ़ने के लिए अदालत वहां खुदाई करवा रही है। ढोंग ने क्या हाल किया है हमारा कि अब हमें अपने हर दर्द की दवा पुरातत्व में ही खोजनी होगी। प्रतीक-पूजक बिरादरी का यह सदाचार का ढोंग हमारे समाज के लिए उनके भ्रष्टाचार से भी अधिक घातक है क्योंकि वह हमें वर्तमान से काटता है और भविष्य के लिए निकम्मा बनाता है।

इसीलिए मैं ढोंग न करने वाली मायावती की दाद देता हूं। ढोंग हमें इस कदर जकड़ चुका है कि मेरी इस प्रशंसा को भी व्यंग्य का नमूना कहा जाएगा और अगर मैं कहूंगा कि यह व्यंग्य नहीं है तो उल्टा मुझे समाज के लिए खतरनाक अनास्थावान व्यक्ति करार दे दिया जाएगा।

(24 मार्च, 2003)

झूठ है सच, भारी हल्का है

अब जबकि राष्ट्रपति बुश इराक पर हमला और कब्जा करने के लिए कदम बढ़ा चुके हैं अगर आश्चर्य का कोई विषय है तो यही कि सद्दाम को खतरनाक दुश्मन नं. वन सिद्ध करने के लिए उनका बोला हुआ हर झूठ कैसे अमेरिकी जनमानस के लिए सच बनता चला गया। उनके विरोधियों तक को अगर थोड़ी-सी आपत्ति थी तो यह कि शैतान सद्दाम को हराने के लिए मित्रों को साथ लिए बगैर सैनिक कार्रवाई करना ठीक न होगा। अब जब हमला हो ही गया है तब तो सैनिकों का मनोबल बनाए रखने के लिए सर्वसम्मति आवश्यक है ही।

ध्यान रहे कि जब बुश ने संसदीय चुनावों से पहले इराक पर हमला करने का मुद्दा उठाया था तब सभी विरोधियों ने यह कहा था कि बिगड़ती अर्थव्यवस्था पर से मतदाता का ध्यान हटाने के लिए वह बिना बात युद्ध का नगाड़ा बजा रहे हैं। लेकिन देखते ही देखते उनके लिए भी सद्दाम शत्रु नं. वन बन गया जिसका तख्ता पलटना स्वयं इराक के हित में है। यह चमत्कार मीडिया की मेहरबानी से हुआ है।

दूसरी बड़ी लड़ाई के दौरान हिटलर के सूचनामंत्री गोबेल्स के बारे में कहा जाता था कि वह स्वार्थी झूठ को परमार्थी सच बना डालने का उस्ताद है। लेकिन सद्दाम को हिटलर सिद्ध करते हुए अमेरिकी मीडिया ने हिटलर के सूचना मंत्री को मात दे डाली और मेरा यह भ्रम पूरी तरह तोड़ डाला कि लोकतंत्र में स्वतंत्र मीडिया के रहते गोबेल्स का काला जादू चल नहीं सकता।

अमेरिका में ही नहीं, सर्वत्र अब मीडिया अपनी तटस्थता तेजी से खो रहा है। वह झूठ को सच बना रहा है और भारी को हल्का। इसका एक कारण तो यह है कि स्वतंत्र मीडिया अब पूरी तरह विज्ञापनदाता बहुराष्ट्रीय कंपनियों और पूंजीपतियों द्वारा गुलाम बना लिया गया है। दूसरा कारण यह है कि टीवी ने रेटिंग्स बढ़ाकर विज्ञापन जुटाने की कोशिश में समाचारों-विचारों को तटस्थ और गंभीर चिंतन-विश्लेषण का नहीं, मनोरंजक मौखिक मारामारी का विषय बना दिया है।

जीवन-मरण के जटिल प्रश्नों को लेकर पेशेवर और पक्षधर पत्रकारों और पंडितों में आमंत्रित जनता की उपस्थिति में बहस कराई जाती है। लोकतंत्रात्मकता का अतिरिक्त सबूत देने के लिए आम नागरिक को अपना नजरिया फोन-फैक्स-ई-मेल से पेश करने की सुविधा दी जाती है। इस तरह की ताली-तलब बहस में एकांगी बातें चीख-चीख कर कहने वाले पक्षधर मूर्ख हीरो नजर आते हैं और निष्पक्ष विश्लेषण संयत ढंग से करने वाले विद्वान जीरो। सरल से सरल सड़क-छाप कोई नुस्खा अंत में अंगूठा-छाप जनता को थमा दिया जाता है।

यह अतिवादी विमर्श बीच के सभी रास्ते बंद करता जाता है। पेशेवर पंडित

पत्रकार तो तगड़ी फीस जेब में और बांहें एक-दूसरे के गले में डाल मधुशाला की ओर बढ़ जाते हैं और जनता को मौखिक मारामारी के वास्तविक नतीजे भुगतने छोड़ जाते हैं। मंदिर-मस्जिद प्रसंग में हम भारत में ऐसी कई जानलेवा 'बिग फाइट' भुगत चुके हैं। तो बुश द्वारा इराक का मुद्दा उठाए जाते ही अमेरिकी मीडिया ने यह सवाल उठा दिया गरमागरम बहस के लिए कि क्या इस मामले में राष्ट्रपति का साथ न देना एक तरह से राष्ट्रविरोधी न होगा?

आगे जब संयुक्त राष्ट्र के निरीक्षक सद्दाम के पास महाविनाशकारी अस्त्र होने का कोई ठोस सबूत न जुटा सके तो यह दिलचस्प सवाल उठाया गया कि क्या निरीक्षकों को और समय देना, सद्दाम को और भी अधिक खतरनाक बनने का अवसर देना न होगा? जब सुरक्षा परिषद में तुरंत हमला करने के मामले में अमेरिका को समर्थन मिलता नजर नहीं आया तब सौ सवालों का एक सवाल यह उठाया गया कि क्या अमेरिका-जैसी भूतोनभविष्यति महाशक्ति को इराक पर हमले के लिए सुरक्षा परिषद की अनुमति लेने की कोई जरूरत है?

और सो भी तब जबकि यह हमला सारे विश्व के और स्वयं इराक के हित में होगा! आज जो हमें गाली दे रहे हैं कल दुआएं देंगे। लोग-बाग तो हिटलर से भी न लड़ने को कहते थे। लीजिए गरमागरम बहस में सद्दाम हिटलर बन गया और फ्रांस-जैसे वे देश नाशुक्रगुजार जिन्हें अमेरिका ने हिटलर से मुक्ति दिलाई थी। तथाकथित पंडित पत्रकारों की यह मौखिक मारामारी कितनी मूर्खतापूर्ण हो सकती है, इसकी एक बानगी तब मिली जब गरमागरम बहस में बुश-समर्थकों ने शांतिमार्च करने वाले नागरिकों को नासमझ, देशद्रोही और फ्रांसीसी वाइन का बहिष्कार करने वालों को समझदार देशप्रेमी ठहराया।

मीडिया-प्रेरित इस मनोरंजक देशप्रेम की पराकाष्ठा तब हुई जब अवर सदन के एक बुश समर्थक सदस्य बॉब नाइ ने संसद भवन की तीन रेस्तराओं में 'फ्रेंच फ्राइज' और 'फ्रेंच टोस्ट' का नाम बदलवाकर 'फ्रीडम फ्राइज' और 'फ्रीडम टोस्ट' रखवा दिया! मौखिक मारामारी में मनोरंजक के साथ-साथ एक भयानक बल्कि वीभत्स पहलू भी होता है। अब जैसे यही लीजिए कि मीडिया में सैनिक विशेषज्ञों ने अमेरिकी सैनिकों की जान जोखिम में डाले बगैर इराक पर विजय पाने की रणनीति का बखान करते हुए कहीं यह नहीं कहा कि ऐसी धुआंधार बमबारी से कितने निर्दोष इराकियों की जान जाएगी?

इसी तरह जब 'कृतघ्न' फ्रांसीसियों ने यह सवाल उठाया कि अंतर्राष्ट्रीय एजेंसियों के अनुसार, इराक पर अमेरिका के आग्रह पर लगाए गए आर्थिक प्रतिबंधों से इतने इराकी नागरिक खासकर बच्चे मर चुके हैं जितने सद्दाम ने भी नहीं मारे तब मनोरंजन प्रधान मीडिया के एक महापंडित ने पूरी गंभीरता से कहा कि सद्दाम

प्रोपेगेंडा युद्ध जीतने के लिए नागरिकों को मरने देता रहा है और आइंदा भी देता रहेगा; उस तरह जितने इराकी मरेंगे उनके एक बहुत ही छोटे हिस्से भर हमारे बमों से मरेंगे, इसलिए इराक पर हमला करके सद्दाम को हराना हमारी हृदयहीनता का नहीं, अगाध मानवीयता का सबूत होगा।

जय हो उस मनोरंजक मीडिया की जिसकी मानवीयता और रेटिंग्स दोनों युद्ध से परवान चढ़ेंगी!

(31 मार्च, 2003)

बलबीर पाशा, एक दुराशा

देश-विदेश की परोपकारी संस्थाएं भारतीय समाज की समस्याओं के समाधान के लिए गाहे-बगाहे कुछ महत्त्वपूर्ण सवाल उठाती आई हैं। बीबीसी विश्व सेवा की परोपकारी शाखा और मुंबई की एक प्रबुद्ध स्वयंसेवी संस्था ने इसी तरह का एक सवाल उठाया है – बलबीर पाशा को एड्स होगा क्या? एड्स की रोकथाम के इस्तेमाल पर जोर देने वाले इस जोरदार विज्ञापन अभियान पर जो बवाल मचा उससे संबद्ध देसी-विदेशी विशेषज्ञ और हमारा अंग्रेजी मीडिया हैरान हुआ। एक दैनिक ने तो 'सेक्स के नाम से ही बिदकने वाले' अतिनैतिकतावादी नेताओं और फालतू-सा स्त्रीवाद झाड़ने वाली महिलाओं पर अपने संपादकीय में कसकर व्यंग्य किया है।

मैंने टीवी पर इस अभियान का कुल एक ही विज्ञापन देखा जो अपनी भाषा और तेवर से मुझे अपने मित्र जगदंबा प्रसाद दीक्षित के उपन्यास 'मुर्दाघर' की याद दिला गया। पलंग पर बैठी जूड़ा ठीक करती वेश्या बगल में पसरे ग्राहक से यह पूछती नजर आई कि जब बलबीर पाशा बस अपनी रैगुलर के साथ ही 'बैठता' है तब उसे एड्स का खतरा कैसे हो सकता है? संदेश यह है कि जिस वेश्या के साथ बलबीर पाशा नियमित सहवास कर रहा है, वह तो दूसरों के साथ भी सहवास करती है, इसलिए बिना कंडोम के एड्स का खतरा जरूर है।

मेरी आधुनिकता को यह स्वीकार करते हुए बड़ी शर्म आ रही है कि मुझे भी यह विज्ञापन आपत्तिजनक और उससे भी ज्यादा निरर्थक लगा। पहली आपत्ति तो यही है कि एड्स जैसे भयानक रोग के संदर्भ में ऐसा चटक-मटक वाला विज्ञापन क्यों? दूसरी यह कि बलबीर पाशा की जो रैगुलर अन्य ग्राहकों के साथ भी बैठती है, उसकी मजबूरी के प्रति जरा भी करुणाभाव क्यों नहीं? और तीसरी यह कि क्या इसमें और इसी अभियान के एक अन्य विज्ञापन में, जिसमें सुनता हूं पिताजी पुत्रजी को नेक सलाह देते हैं कि हमेशा कंडोम इस्तेमाल किया कर, यह निहित नहीं है कि स्त्रियां एड्स फैलाती हैं? इससे उलट विज्ञापन क्यों नहीं जिनमें स्त्रियों को सलाह दी गई हो कि अपने चाहने वालों से कहो कंडोम धारण करके आएं क्योंकि आप मर्दों का कोई भरोसा नहीं, कहां-कहां मुंह मारते हों?

मुझे इस पर भी आपत्ति है कि जहां इन विशेषज्ञों ने वेश्यावृत्ति और बहुत से लोगों से यौन संबंध रखने की प्रवृत्ति को एड्स फैलने का एक बहुत बड़ा कारण माना और इसलिए कंडोम के इस्तेमाल पर जोर दिया वहीं इस वृत्ति-प्रवृत्ति की रोकथाम का मुद्दा उठाया ही नहीं। बलबीर पाशा से कभी कहा ही नहीं कि भाई मेरे कोठेवाली के साथ बैठेगा तो एड्स की मुसीबत मोल ले बैठेगा। पिताजी से पुत्रजी को यह सलाह क्यों नहीं दिलाई कि बेटे शादी कर और घरवाली के साथ सुखी रह।

शायद इसके उत्तर में वे यह कहना चाहेंगे कि हम यथार्थवादी हैं, आधुनिक हैं और व्यक्ति की स्वतंत्रता पर अंकुश लगाया जाना गलत समझते हैं। दूसरे शब्दों में यह कि न अनादिकाल से चली आई वेश्यावृत्ति रोकी जा सकती है और न बहुत से लोगों से यौन संबंध रखने की आधुनिक प्रवृत्ति। व्यक्ति-स्वतंत्रता आधुनिकता की पहली शर्त है और किसी को भी यह अधिकार नहीं कि दूसरों पर अपने नैतिक प्रतिमान थोपे।

प्रत्युत्तर में पोंगापंथी बिरादरी भी यथार्थवादी होने के नाते पहले तो यह निवेदन कर सकती है कि अगर इस वृत्ति-प्रवृत्ति पर अंकुश नहीं लगाया जा सकता तो केवल कंडोम का प्रचार करके एड्स पर भी रोक नहीं लगाई जा सकती क्योंकि गरीब देशों में कंडोमों की कमी है, कंडोम सर्वथा अचूक नहीं है और व्यक्ति-स्वतंत्रता के अंतर्गत आप किसी पर कंडोम थोप भी नहीं सकते हैं। वह यह भी पूछ सकती है कि क्या अनैतिकता या नीति-निरपेक्षता को आधुनिकता की अनिवार्य शर्त बताना, बेलगाम लोभ और भोग को जीवनमूल्य बनाने वाली मुक्त मंडी की चाल नहीं है? मीडिया की समझ रखने वाले मेरे एक मित्र इस बात से हैरान हैं कि बलबीर पाशा के हितचिंतक यह क्यों नहीं समझ पाए कि इस विज्ञापन-अभियान पर बलबीर पाशा के देश में बवाल मच सकता है। कोई भी विज्ञापन अभियान शुरू करने से पहले उन लोगों का सांस्कृतिक-सामाजिक अध्ययन किया जाता है जिन्हें संबोधित किया जाना हो। बीबीसी वालों को देसी विशेषज्ञ क्यों नहीं बता पाए कि हमारा समाज 'दकियानूसी' है। मैंने उन्हें बताया कि इन मामलों में अक्सर देसी विशेषज्ञ विदेशी विशेषज्ञों की हां में हां मिलाते हैं। कुछ इसलिए कि पैसा उन्हीं के हाथ में होता है और उनकी कृपा से आइंदा देश-विदेश में काम मिलता रह सकता है और कुछ इसलिए कि वे भी उनकी तरह पूरी तरह पश्चिम के रंग में रंगे हुए होते हैं।

मुझे याद है कि आज से 25 साल पहले पेरिस में यूनेस्को के परोपकारी विशेषज्ञों ने एक अत्यंत महत्वपूर्ण सवाल यह उछाला कि भारतीय गांवों के बच्चों के दांतों की सुरक्षा कैसे की जाए? उन्होंने तय पाया कि इसके बारे में टीवी पर फिल्में दिखाई जाएं। दांतों की सुरक्षा का संदेश कैसे दिया जाए, इस बारे में अपने दिशा-निर्देशों से लैस एक विदेशी फिल्मकार उन्होंने 10 मिनट की फिल्म बनाने के लिए साल भर के लिए भारत भेजा। विभिन्न मंत्रालयों के देसी विशेषज्ञ उस विदेशी विशेषज्ञ की सेवा में जा पहुंचे। उन्होंने उसे पहले भारतीय गांव दिखाए। उसने पटकथा लेखक यानी मुझसे कहा कि कठपुतली का खेल और दांतों से गन्ना छीलती लड़की का बिंब मैं इस फिल्म में अवश्य लेना चाहता हूं तो मैंने कठपुतली का खेल केंद्र में रखकर पटकथा लिख दी। देसी विशेषज्ञों ने उस पर यह आपत्ति की कि

आपने न यूनेस्को के इस दिशा-निर्देश पर ध्यान दिया है कि बच्चों को मिठाइयां ज्यादा न खाने की सीख दी जाए और न दांत ब्रश करने का सही तरीका दर्शाया है। आपने तो दातुन की बात कर दी है। यही नहीं, फिल्म में बिंबों और भाव-भंगिमाओं से बात प्रेषित की जाती है जबकि आपकी पटकथा में बक-बक ही है। मैं यह कहकर चला आया कि जब यूनेस्को हमारे देहाती बच्चों के लिए बड़े पैमाने पर चॉकलेट और टूथपेस्ट-ब्रश भिजवा दे और कठपुतलियां भाव-भंगिमाएं प्रेषित करने लगें तब आप मुझे बुलवा लीजिएगा।

(7 अप्रैल, 2003)

आधुनिकता की अमानुषिकता

गत सितंबर में किसी अमेरिकी बाजार के कार पार्क में एक चिड़चिड़ी मां ने अपनी जिद्दी बच्ची को पीट दिया। खुफिया कैमरे द्वारा अंकित यह दृश्य समाचार चैनलों पर देखकर अमेरिकी बहुमत ने उस मां को कठोर सजा दिए जाने की मांग की। कहा कि बलवान मां-बाप द्वारा निर्बल बच्चों को पीटा जाना बर्बरता का नमूना है। यह था आधुनिकता का गोद के बच्चों तक के मानवीय अधिकारों के लिए चिंतित रहने वाला सुंदर पक्ष।

लेकिन जरा इधर भी ध्यान दें। बताया जाता है कि आर्थिक प्रतिबंधों के कारण अब तक कोई चौदह लाख इराकी बच्चे मर चुके हैं। ताजा अमेरिकी हमले में कुछ और मारे जाएंगे। आधुनिक अमेरिका का बहुमत इसे क्या मानता है? इराक को शैतान सद्दाम की बर्बरता से बचाने का मानवीय अभियान! दक्षिणपंथी बुश प्रशासन की तो बात ही छोड़िए, वामपंथी क्लिंटन की सहयोगी मैडलिन ऑलब्राइट तक को इराकी बच्चों के मानव अधिकारों की चिंता न थी। 1996 में संयुक्त राष्ट्र की एक रिपोर्ट का हवाला देते हुए जब उनसे पूछा गया कि क्या इराक को राह पर लाने के लिए आर्थिक प्रतिबंधों द्वारा लगभग पांच लाख बच्चों को मरने देना उचित था, तब उन्होंने कहा कि 'जी, कभी कठोर फैसले लेने पड़ते हैं।' कब? जबकि अगला आपके ईश्वर के आगे शीश नवाने को तैयार न हो रहा हो! आधुनिकता के लिए भी अपने प्रभु को न मानने वाला काफिर है जिसकी 'आत्मा को बचाने' के पुण्य कार्य के लिए वह बड़ी-से-बड़ी कीमत चुका सकती है। प्रेसिडेंट बुश इराक युद्ध के लिए पहली किस्त में ही 75 अरब डॉलर मांग चुके हैं।

पश्चिमी विद्वान यह कहते नहीं थकते कि आधुनिकता यूरोप के ईसाइयों खासकर प्रॉटेस्टेंटों की देन है। वही संसार को सामंतशाही के तमस से निकालकर लोकतंत्र के आलोक में लाए। उन्होंने मानव मात्र की मुक्ति का अभियान छेड़ा। अफसोस कि आधुनिकता का यह एकेश्वरवादी मानवीय अभियान भी खासा अमानुषिक साबित होता रहा है। उसने महाद्वीप के महाद्वीप लूट लिए, संस्कृतियां नष्ट कर दीं। विचारधारा के नाम पर उसने इतना नरसंहार अकेली बीसवीं सदी में किया जितना तमाम पिछली सदियों में नहीं हुआ था। इस आधुनिकता के दो प्रमुख पंथों में से वह पिट चुका है जो मार्क्स-लेनिन द्विमूर्ति भजता है। और अब 'असभ्य संसार' का एकमात्र मुक्तिदाता बन बैठा है प्रभु-मसीहा-मुनाफा त्रिमूर्ति भजने वाला वह पंथ जिसका अगुआ अमेरिका है। कैथलिक और सामंती यूरोप में सताए गए प्रॉटेस्टेंटों ने अमेरिका में एक ऐसी नई दुनिया बसाई जिसमें धार्मिक स्वतंत्रता, व्यक्तिगत अधिकार और समता पर जोर दिया गया। लेकिन साथ ही, अमेरिका के

संस्थापक बात-बात में बाइबिल का साक्ष्य देने वाले कट्टरपंथी प्रॉटेस्टेंट भी थे।

जहां एक ओर उन्होंने समता की बात की तो वहीं दूसरी ओर गुलाम हब्शी और आदिवासी रेड इंडियन उन्हें कमतर ही लगे अपने से। जाहिल आदिवासियों का उन्होंने निस्संकोच संहार किया। उनका संविधान धर्म-निरपेक्ष था लेकिन धर्म परिवर्तन के मामले में वे सदा उत्साही रहे। अपनी आदर्श लोकतंत्रात्मकता और अपार प्राकृतिक संपदा के कारण अमेरिका सारे संसार से आप्रवासी आकर्षित करता रहा है लेकिन साथ ही, उसमें धार्मिक कट्टरपंथ बराबर जनजीवन के केंद्र में रहा है। आज भी वहां गैर-ईसाइयों की 'आत्माएं बचाने' के लिए पैसा मांगा और उत्साह से दिया जा रहा है। राजनीति में हर कोई अपनी धार्मिकता का प्रमाण देने के लिए लालायित रहता है। ईश-प्रेरणा की बात करना वहां के नेताओं के लिए बहुत लाभप्रद सिद्ध होता रहा है। बुश प्रॉविडेंस (विधाता) की बात कर-करके ही लोकप्रिय हुए हैं, 'विधाता ने मेरी लत न छुड़वाई होती तो आज मैं व्हाइट हाउस में नहीं, किसी 'बार' में बैठा मिलता। मेरे-जैसे मामूली इनसान को विधाता ने इतनी ऊंची गद्दी दिलवाई ही इसलिए है कि वह मुझ नाचीज से कोई बड़ा काम करवाना चाहता है।'

कौन-सा काम? इराकियों को शैतान सद्दाम से मुक्ति दिलाकर लोकतंत्र और मुक्तमंडी के सुख दिलवाना ताकि उनसे प्रेरणा लेकर शेष मध्ययुगीन मुस्लिम मध्यपूर्व भी आधुनिक सभ्य संसार का हिस्सा बने। तेल कुंओं को पाने के अमेरिकी स्वार्थ की बात मत कीजिए। वे इराकियों के हैं और उनके मुक्तमंडी के हाथ में आ जाने से इराकियों की ही खुशहाली बढ़ेगी। यह स्वार्थ साधने का नहीं, इराकियों को न्याय दिलवाने का मामला है। सारे संसार को महाविनाश के अस्त्रों से लैस आतंकवाद से बचवाने का मामला है। इसीलिए हमने इराक में अपने जवानों की जान बाजी पर लगा दी है और उसके महाविनाश के अस्त्रों को नष्ट करने के अभियान में दो-ढाई अरब डॉलर रोजाना खर्च कर रहे हैं। जी, यह सही है कि हम महाविनाश के अस्त्र बरसा रहे हैं लेकिन वे हमारी तरह सदय और सभ्य हैं। सैनिकों और नागरिकों में भेद करना जानते हैं। भूल-चूक किससे नहीं होती? और हो भी गई तो क्या? कठिन रोग से मुक्ति पाने के लिए इराक को थोड़ी कड़वी दवा तो पीनी ही होगी।

अगर हम बर्बर होते तो केवल बम ही बरसाते। हम तो मानवीय सहायता और मुक्तमंडी के प्रभु का संदेश भी बरसा रहे हैं। माना कि विध्वंस हो रहा है किंतु यह न भूलें कि पुनर्निर्माण की योजनाएं बन चुकी हैं। ठेके लेने के लिए बहुराष्ट्रीय कंपनियां आगे बढ़ चुकी हैं। अमेरिका में बसे एक इराकी ने उन्हें अपने देश से परिचित कराने के लिए परामर्शदाता के रूप में दुकान जमा ली है। प्रभु मुक्तमंडी को जिताएंगे और प्रसाद सबको मिलेगा!

(14 अप्रैल, 2003)

पत्रकार का नया अवतार : ब्लॉगर

पत्रकारिता के धंधे में बुरी खबर से अच्छी और कोई खबर नहीं। तो क्या अचरज कि युद्ध मीडिया को माफिक आता है और संवाद भेजने की नई तकनीकें युद्धों में ही उभर कर आती हैं। बिल्कुल शुरू में 'जर्नल' यानी डायरी में आंखों-देखा हाल अपनी टिप्पणियों के साथ दर्ज करने की विधि अपनाई गई जिसके चलते आज भी पत्रकार जर्नलिस्ट कहलाते हैं। फिर 19वीं सदी के अंत में स्पेन-अमेरिका युद्ध के दौरान अखबारी पत्रकारिता उभरी और पहले विश्वयुद्ध में पूरे निखार पर पहुंची। दूसरे विश्वयुद्ध में रेडियो पत्रकारिता चमकी। मुझे याद है कि तब मेरे पिता अजमेर में गिने-चुने रेडियो सैट मालिकों में से थे और खबरें सुनने के लिए हमारे यहां बड़ी भीड़ जुटती थी। वियतनाम युद्ध से टीवी पत्रकारिता चमकी। पहले खाड़ी युद्ध में सीएनएन ने इस विधा को दुनिया के कोने-कोने में पहुंचाया। भारतीय टीवी पत्रकारिता कारगिल युद्ध से पूरे उभार में आई। और अब इराक युद्ध ने 'ब्लॉग' पत्रकारिता को प्रतिष्ठित कर दिया है।

ब्लॉग उर्फ वेब-लॉग यह नाम 80 के दशक में सिल्कॉन घाटी के कंप्यूटर-बाजों ने उस रोजनामचे के लिए गढ़ा था जिसे वे एक-दूसरे को कार्य प्रगति की जानकारी देने के लिए भरा करते थे। तब उन्होंने सपने में भी न सोचा होगा कि इक्कीसवीं सदी में ब्लॉग भरने का रिवाज बड़ी तेजी से फैलेगा और नई सदी का पहला युद्ध ब्लॉग पत्रकारिता के लिए याद किया जाएगा। लेकिन देखा जाए तो ऐसा तो होना ही था। आज इनसान के लिए कोई भी अपना नहीं है और साथ ही, सभी अपने भी हैं। जब वह वेब कैमरा से अनजान लोगों के सामने अपना तन उघाड़ने में नहीं हिचकता तब उसे वेब डायरी भर कर अपना मन उघाड़ने में क्यों संकोच होता? तो क्या ताज्जुब जो आज हर उम्र, विचारधारा और अच्छे-बुरे शौकों वाले लाखों लोग ब्लॉग भर रहे हैं जो भरना चाहते हैं उनकी मदद के लिए साइटें खुली हुई हैं – जैसे भारत में रिडिफ डॉट कॉम।

बता चुका हूं कि पत्रकारिता डायरी भरने के रिवाज से ही शुरू हुई थी। तो क्या अचरज कि ब्लॉगरों को पत्रकार बनने की सूझी और पत्रकारों को ब्लॉगर। कई ब्लॉगर अपने साथ-साथ दुनिया की खबरें भी देने लगे और उन पर टीका-टिप्पणी करने लगे। एक ऐसे ही गैर-पत्रकार ब्लॉगर जिम बार्टलेट ने 95 में बोस्निया से युद्ध स्थल की दारुण झांकियां मानवीय ब्यौरों के साथ अपने ब्लॉग *बरजर्किस्तान* में प्रस्तुत करके बहुत नाम कमाया। फिर तो पत्रकारों और पंडितों में ब्लॉग भरने का रिवाज तेजी से फैला। क्यों? *इंस्टापंडित* शीर्षक ब्लॉग भरने वाले एक कानूनविद के शब्दों में इसलिए कि यहां न मालिक या विज्ञापनदाताओं का दबाव है और न संपादकीय कैंची का भय। प्रसंगवश *इंस्टापंडित* उन ब्लॉगरों में से हैं जो भले ही इराक खुद न

गए हों वहां से मिलते हर समाचार पर कान लगाए रहे हैं और ताजातरीन स्थिति अपनी और अपने पाठकों की टिप्पणियों के साथ प्रस्तुत करते रहे हैं।

जो पत्रकार युद्ध क्षेत्र में गए उनमें से बहुत से ब्लॉग करते रहे हैं। *टाइम* के संवाददाता इस विधा से अनजान थे लेकिन रवाना होने से पहले सीख कर गए। उनका ब्लॉग उनके प्रकाशित संवाद से कहीं अधिक जानकारी देता रहा है। इस बार अमेरिकी मीडिया देशभक्ति के मूड में कुछ ज्यादा ही है। इसलिए पत्रकारों का ब्लॉग भरना उसे थोड़ा अखरा है। सीएनएन और एम एसएनबीसी ने तो उन पर बाकायदा रोक ही लगा दी है। उधर बीबीसी ने अपने संवाददाताओं के ब्लॉगों के लिए भी एक साइट बनाकर दर्शकों का सम्मान अर्जित किया है।

इराक की अच्छी जानकारी रखने वाले पत्रकार क्रिस्टोफर एलन ने एक नया ही रास्ता अपनाया है। उसने अपने ब्लॉग के पाठकों से अपील की कि मुझे अपने आंख-कान बनाकर इराक भेजने के लिए चंदा दीजिए। दस हजार डॉलर जमा हुए और वह अपना लैप-टॉप और किसी मित्र का सैटेलाइट फोन लेकर इराक जा पहुंचा। इस बार अनेक अमेरिकी सैनिकों ने भी छद्‌म नामों से ब्लॉग भरे। दक्षिण इराक से सैनिकों की परिस्थिति और मन:स्थिति की जानकारी देने वाला एलटी स्मैश बहुत मशहूर हुआ है। सबसे ज्यादा चर्चित हुए बगदाद स्थित ब्लॉगर सलाम पैक्स जिसके इस छद्‌म नाम के दोनों ही शब्दों का अर्थ है शांति। इस बेहतरीन अंग्रेजी लिखने वाले अरब ने इधर सद्दाम पर छींटाकशी की तो उधर अमेरिका पर भयंकर व्यंग्य-प्रहार। उसे कभी सीआईए का तो कभी सद्दाम का एजेंट बताया गया। अफसोस कि बमबारी के कुछ दिन बाद समाचारों का यह निष्पक्ष स्रोत बंद हो गया। या तो वह शांतिप्रिय व्यक्ति युद्ध की भेंट चढ़ गया या उसका वेब कनेक्शन।

इस युद्ध में वेब ने पत्रकारिता का स्वरूप दो तरह से बदल डाला है। पहले तो यों कि अमेरिकी कंप्यूटर बिरादरी में से 77 प्रतिशत ने इस बार युद्ध समाचार ऑन लाइन पढ़े और बहुतों ने ब्लॉगों पर भी नजर मारी। दूसरे यों कि ब्लॉगों और ई-मेल के चलते युद्ध के झूठे समाचार देना असंभव-सा हो गया है। यद्यपि ज्यादातर ब्लॉगर अमेरिका के पक्षधर थे, उनका आंखों-देखा हाल मीडिया-प्रसारित सरकारी झूठ की पोल खेल दे रहा था। सैनिकों की ई-मेल पाने वाले माता-पिता सेना द्वारा किसी भ्रम में नहीं रखे जा पा रहे थे।

जब केवल शब्दों वाले ब्लॉग का यह प्रभाव है तब वीडियो दिखाने वाला ब्लॉग क्या चमत्कार करेगा? प्रतीक्षा करें – अगले युद्ध की।

(21 अप्रैल, 2003)

इस्लाम के दो चेहरे

मनहूस मंगलवार 9 सितंबर, 2001 के संदर्भ में अमेरिका में छपी किताबों में सबसे ज्यादा विवादास्पद रही है पत्रकार-इतिहासकार स्टीफन श्वाट्र्स उर्फ सुलेमान अली की *द टू फेसेस ऑफ इस्लाम*। यहूदी स्टीफन ने बोस्निया-कोसोवो में मुसलमानों पर हुए अत्याचार देखने के बाद वहां के सूफियों के प्रभाव में इस्लाम स्वीकार किया। अपनी पुस्तक में उन्होंने स्थापित किया है कि इस्लाम में आतंक के लिए कोई स्थान नहीं है और इस्लाम को आतंकवादी बनाने के लिए सऊदी राजपरिवार ही पूरी तरह जिम्मेदार है।

पुस्तक में हजरत मोहम्मद और इस्लाम की इतनी तारीफ की गई है कि जो लोग इस्लाम और आतंक को यथार्थवादी ठहराते हैं वे बौखला उठे। स्वाभाविक है कि वे बौखला भी रहे हैं। लेखक ने इस ओर ध्यान दिलाया है कि मुसलमानों ने यहूदियों और ईसाइयों को अहलेकिताब मानते हुए उन पर कभी अत्याचार नहीं किया जबकि ईसाइयों ने यहूदियों और मुसलमानों पर बीसवीं सदी तक में भयंकरतम अत्याचार किए। अन्य धर्मों के लोगों के प्रति भी इस्लाम ने ईसाइयत से कहीं अधिक सदय व्यवहार किया।

स्टीफन अरब देश को इस्लाम और इस्लाम विरोधी कट्टरपंथ दोनों की जन्मभूमि बताते हुए इस ओर ध्यान दिलाते हैं कि हजरत मोहम्मद का सबसे ज्यादा विरोध अपने ही लोगों ने किया था। बाद में हर दृष्टि से उनके सच्चे वारिस हजरत अली की हत्या करने वालों ने न केवल सुन्नी-शिया विभाजन कराके इस्लाम को कमजोर बनाया बल्कि अति शुद्धतावादी कट्टरपंथी धारा की नींव भी रखी। सौभाग्य से कट्टरवाद सुन्नियों में भी पनप न सका। अरब देश से बाहर जाकर इस्लाम प्राचीन संस्कृतियों के संपर्क में आया और इस संगम से इस्लामी कला-संस्कृति का विकास हुआ।

ईरान और तुर्की इस्लामी संस्कृति के गढ़ बने और इन दो देशों ने ही इस्लाम और उसकी संस्कृति को एशिया और यूरोप में दूर-दूर तक पहुंचाया। बीच-बीच में कोई सिरफिरा यह कहता रहा कि इस्लाम को अन्य धर्मों-संस्कृतियों की छाया से मुक्त किया जाए लेकिन उसकी बात नहीं चली। इस तरह का कट्टरपंथी स्वर अक्सर अरब देश के गरीब पठारी इलाके नज्फ से उठा। अठारहवीं सदी में वहीं अल वहाब नामक व्यक्ति ने फिर कट्टरपंथी स्वर छेड़ते हुए कहा कि इस्लाम में मूर्ति, पैगंबर और फकीर, औलिया पूजक विधर्मी तत्त्व आ गए हैं उन्हें निकाल फेंका जाए। उनके कारण ही इस्लाम कमजोर पड़ा है। कट्टरपंथी अल वहाब को शक्ति मिली अल सऊद से समझौता करके कि हमारे परिवार आपस में विवाह-बंधन से जुड़े रहेंगे और धर्मसत्ता अल वहाब के तथा राजसत्ता अल सऊद के वंशजों के हाथ में रहेगी।

अल वहाब ने तुर्कों के खिलाफ जिहाद छेड़ने के लिए फतवा दिया और तुर्की-विरोधी अंग्रेजों ने सऊदियों को गले लगाया। सऊदियों की सहायता से अंग्रेजों ने कुवैत जीत लिया तथा अंग्रेजों का वरदहस्त पाकर सऊदी-वहाबी गठबंधन ने उन्नीसवीं सदी में मक्का-मदीना पर कब्जा कर लिया और वहां के उनके गौरवशाली इस्लामी स्मारकों को इस्लाम-विरुद्ध ठहराकर लूटा या तोड़ा। तुर्कों द्वारा फिर खदेड़ दिए जाने पर सऊदी कुवैत में अंग्रेजों के संरक्षण में रहे और वहीं से विजय अभियान पर निकल कर उन्होंने 1924 में मक्का-मदीना फिर जीत लिए। इस्लाम के दोनों बड़े तीर्थ जीत लेने के बाद सारे मुस्लिम जगत के वहाबीकरण का बीड़ा उठाया सऊदियों ने। इसके लिए सबसे पहले उन्होंने हज के संदर्भ में अपने नियम लागू किए, उदाहरण के लिए किसी भी तरह के संगीत की मनाही करा दी। फिर तीन बातें ऐसी हुईं जिनसे वहाबियों की बन आई। 1948 में एक अमेरिकी कंपनी द्वारा सऊदी अरब में विश्व के सबसे बड़े तेल भंडार की खोज, 78 में अफगानिस्तान में मार्क्सवाद की जीत और 79 में शिया ईरान में इस्लामी क्रांति। पहली घटना ने अमेरिका को सऊदियों का संरक्षक बनाया और शेष दो ने उसे इस्लामी और मार्क्सवादी क्रांतिकारियों से निपटने के लिए वहाबी जिहाद का सहारा लेने के लिए प्रेरित किया। सऊदी राजपरिवार खुश हुआ क्योंकि उसकी एक ही नीति रही है सदा से अपने को चुनौती दे सकने वाली कोई क्रांतिकारी या आधुनिक मुस्लिम शक्ति न उभरने दे और सारे मुस्लिम जगत को वहाबी रंग में रंग दे। तेल से मालामाल सऊदी राजकुमार परम विलासी होते हुए भी वहाबी अतिनैतिकता और मध्ययुगीन दंड संहिता न केवल अपने देश में लागू किए हुए हैं बल्कि चाहते हैं कि सारा मुस्लिम जगत उसे अपनाए और उनकी मुट्ठी में आ जाए।

उन्होंने अमेरिका समेत सभी देशों में वहाबी प्रचार के लिए मदरसे, मस्जिदें और इस्लामी केंद्र खुलवाने, कुरान शरीफ की वहाबी व्याख्या वाली प्रतियां बंटवाने तथा मुस्लिम नेताओं और बुद्धिजीवियों को रिझाने में अरबों पेट्रो डॉलर खर्च किए हैं। लेखक के अनुसार, भारतीय उपमहाद्वीप तो वहाबियों के लिए ग्लोबीकरण की प्रयोगशाला का काम करता आया है। पहला वहाबी केंद्र पटना में हज करके लौटे सईद अहमद ने 1822 में खोला। उन्होंने मुसलमानों को अंग्रेजों और हिंदुओं दोनों से लड़ने की सलाह दी तथा सिख शासकों के खिलाफ जिहाद छिड़वाया। फिर 1831 में टीपू मीर ने बंगाल में अंग्रेजों और हिंदुओं के ही नहीं, उन मुसलमानों के खिलाफ भी बगावत कराई जो गौरवशाली सांझा संस्कृति के कायल थे। जमाते इस्लामी के संस्थापक मौलाना मवदूदी ने हिंदुओं से घुल-मिल जाने को मुसलमानों की दुर्दशा का प्रमुख कारण ठहरा कर आजादी की लड़ाई में सांप्रदायिक रंग भरा। उन्होंने पश्चिमी आधुनिकता को नकारा और इस्लाम को विश्वव्यवस्था बदल डालने के लिए

कृतसंकल्प क्रांतिकारी धर्म ठहराते हुए गर्जना की, 'इस्लाम को जमीन के एक कत्ते से तसल्ली नहीं हो सकती, उसे तो पूरा जहान जीतना है।' मौलाना मवदूदी ने वहाबी मत को बौद्धिक बना दिया, इस नाते सऊदियों ने उन्हें बहुत मान-सम्मान दिया।

मौलाना मवदूदी जैसे अन्य पढ़े-लिखे प्रचारक अमेरिका में वहाबी झंडा गाड़ने में जुटे रहे और अमेरिका को कोई आपत्ति नहीं हुई। लेखक का आरोप है कि हर आतंकवादी संगठन सऊदी पेट्रो डॉलरों पर पनपा है। कश्मीर से लेकर कोसोवो तक जहां भी उदार स्थानिक मुसलमानों ने कोई संघर्ष शुरू किया है, वहाबी उसे आधुनिकता-विरोधी वहाबी रंग में रंगने आ धमके हैं। अफसोस कि अमेरिकी नेताओं और इस्लाम के जानकार विद्वानों और पत्रकारों को सऊदी राजपरिवार इतना प्रसन्न कर चुका है कि वे वहाबियों को सुधारवादी मुसलमान ठहराते हैं और सऊदियों को पश्चिम का अन्यतम मित्र मानते हैं।

स्टीफन का कहना है कि वहाबियों पर अंकुश लगाकर, ईरान से संबंध सुधारकर और तुर्की तथा मध्य एशिया में आधुनिक मुसलमानों को भरपूर समर्थन देकर ही अमेरिका आतंकवाद से मुक्ति पा सकता है। जाहिर है कि वहाबियों के समर्थक उसे इस्राइल अथवा ईरान का एजेंट ठहरा रहे हैं।

(28 अप्रैल, 2003)

डेमोक्रेसी, ह्विस्की और सेक्सी!

अमेरिकी प्रतिरक्षा मंत्री रम्सफेल्ड दोटूक बातें करते हैं। तो जब उनका ध्यान बगदाद में मची लूट की ओर दिलाया गया तब वह मुस्करा कर यों बोले, 'आजादी का नाम अव्यवस्था! इराकी अब आजाद हैं— गलती और जुर्म करने के लिए भी।' उसी दिन सीएनएन संवाददाता के यह पूछने पर कि आपको अमेरिका से क्या मिलने की उम्मीद है, एक आजाद इराकी यों बोला बत्तीसी दिखाकर, 'तीन चीजें – डेमोक्रेसी, ह्विस्की और सेक्सी।' ये दो टिप्पणियां उजागर कर गईं मुक्तमंडी के दो बुनियादी लक्ष्य – ज्यादा से ज्यादा छूट और ज्यादा से ज्यादा भोग।

मुक्तमंडी के लिए आजादी का अर्थ छूट ही है। सामाजिक बंधन उसकी आधुनिकता को मंजूर नहीं और सरकारी अंकुशों को वह विफल समाजवाद की निशानियां मानती है। डेमोक्रेसी वह उस व्यवस्था को पुकारती है जिसमें हर इनसान को ज्यादा से ज्यादा कमाने और उसे स्वयं ही भोगने की पूरी छूट हो। मुक्तमंडी कानूनों का विरोध नहीं करती लेकिन वह उद्यमी व्यक्ति को छूट देना अपनी प्राथमिकता मानती है। इसीलिए उद्यमी अमेरिका पर्यावरण की रक्षा के अंतर्राष्ट्रीय कानूनों की चिंता नहीं करता।

इसीलिए वह शैतान सद्दाम से इराकियों की मुक्ति का उद्यम करने के लिए संयुक्त राष्ट्र को धता बताकर इराक पर भयंकरतम बमबारी करने की छूट लेता है। और इसीलिए अगर रम्सफेल्ड इराकियों द्वारा बगदाद लूटने की छूट लिया जाना डेमोक्रेसी की सुगबुगाहट का लक्षण मानते हैं तो कुछ गलत नहीं करते। और उस आजाद इराकी की अंग्रेजी भले ही थोड़ी गड़बड़ रही हो – वह 'सेक्सी' का मतलब यौन-भोग मान बैठा था, बात वह भी खरी कह रहा था। मित्र देश इराक को डेमोक्रेसी और बेहतर जीवन दोनों ही देने आए हैं। जैसा कि ब्रिटेन के प्रधानमंत्री ने हैरान होकर पूछा, अगर हम इराकियों के लिए बेहतर जीवन के निमित्त बन रहे हैं तो इसमें जबर्दस्ती वाली क्या बात है। बेहतर जीवन मुक्तमंडी के अनुसार, वही होता है जिसमें अपार उपभोग करने को मिले। इस वक्त भले ही इराकी पानी को भी तरस रहे हों अगर वे मुक्तमंडी के मार्ग पर चले तो उनके बच्चों तक को शराब मिल सकेगी एक दिन।

स्वयं सरकारी अनुमान बताते हैं कि अमेरिका में 116 अरब डॉलर से कुछ ज्यादा की जो दारू बिकती है उसका दस प्रतिशत उन किशोर-किशोरियों के पेट में जाता है जिनका दारू पीना और जिन्हें दारू बेचना दोनों गैरकानूनी है। अमेरिकी डॉक्टरों की पत्रिका *जामा* के अनुसार, सही आंकड़ा 22.5 प्रतिशत है। बच्चों को पीने की छूट है और उन्हें शराब बेचने वालों को चाहे जैसे पैसा कमाने की। जहां सन् 75 के मुकाबले

में अब अन्य मादक पदार्थ आजमा चुके स्कूली बच्चों का अनुपात महज (!) 40 प्रतिशत रह गया है, वहां शराब आजमा चुकों का अनुपात 93 प्रतिशत पर पहुंच गया है। 12 से लेकर 20 साल तक के अमेरिकियों में से अब आधे बाकायदा पीने वाले माने जा सकते हैं। पीना शुरू करने की औसत आयु घटकर 14 रह गई है और लाखों किशोर-किशोरियों को शराब की लत छुड़वाने के लिए इलाज कराना पड़ रहा है। 'चगिंग' यानी जल्दी-से-जल्दी-ज्यादा-से-ज्यादा दारू गटकने की प्रतियोगिताओं में 30 प्रतिशत छात्र-छात्रा पांच पैग लगाकर अपना मर्द बच्चा होने का सबूत दे चुके हैं। ह्विस्की के बाद सेक्सी! सर्वेक्षणों से पता चलता है कि किशोर-किशोरियों में से बहुत-से नशे के असर में ही पहली बार संभोग करते हैं। आज 80 प्रतिशत अमेरिकी बच्चे स्कूली-जीवन में ही सेक्स का सुख ले लेते हैं। इस क्षेत्र में कदम रखने की उम्र भी तेजी से घट रही है। दस साल के बच्चे तक यौन-संबंधी समस्याओं के समाधान के लिए चिकित्सकों-मनोचिकित्सकों के पास लाए जाने लगे हैं। तीन-चौथाई बच्चों का कहना है कि हमें सेक्स आजमाने की प्रेरणा मीडिया खासकर टीवी से मिली।

मुक्तमंडी के रम्सफेल्ड-जैसे दक्षिणपंथी झंडाबरदार सेक्स के मामले में अपने को पुराने खयाल का बताते हैं और स्कूलों में ब्रह्मचर्य की शिक्षा देने की पेशकश करते हैं। लेकिन वह क्या है कि ब्रह्मचारी के लिए तो हर तरह के विलास की मनाही है और अगर विलास होगा ही नहीं तो मंडी में तो महंगी विलास सामग्री बिकेगी कैसे और हमारा बैंक बेलैंस बढ़ेगा कैसे? तो दक्षिणपंथी बिरादरी अति-नैतिकतावादी होते हुए भी पैसा कमाने के मामले में अपने को नैतिकता से मुक्त किए लेती है। वे जानते हैं कि 'सेक्स सेल्स' — सेक्स स्वयं तो बिकता ही है उसके सहारे विलासिता की पूरी जीवनशैली भी बेची जा सकती है।

तो मुक्तमंडी के मीडिया ने 'समानता' की जगह ' ह्विस्की और सेक्सी' को नई पीढ़ी के लिए डेमोक्रेसी का अन्यतम आकर्षण बना दिया है। नशा करने और यौन-सुख पाने की छूट सदा से सयाना हो जाने की निशानी के रूप में किशोर-किशोरियों के लिए आकर्षक रही है। लेकिन पहले सयाना होना जिम्मेदार हो जाना भी था कि लगो धंधे से और करो शादी। मुक्तमंडी का मीडिया न केवल 'व्हिस्की और सेक्सी' को सयाना हो जाने की पहली और आखिरी निशानी बनाता रहा है बल्कि भोग को जिम्मेदारी से मुक्त भी करता रहा है। वह इनसान को एक गैर-जिम्मेदार, सदा अपने को सही ठहराने वाला स्वार्थी चिरकिशोर बने रहने की प्रेरणा देता है।

किसी भी अंतर्राष्ट्रीय संधि को न मानने वाले और 'ओल्ड यूरोप' की लू-लू बोलने वाले मौजूदा अमेरिकी नेता भी चिरकिशोर हैं। अपने लिए किसी वीडियोगेम जितने रोचक और निरापद युद्ध के सहारे वे इराक को बरबाद कर चुके हैं। उसके

पुनर्निर्माण के ठेके वे उन कंपनियों को बांट रहे हैं जिनसे उनके आर्थिक नाते हैं। 'डेमोक्रेसी, ह्विस्की और सेक्सी' दिलाने के लिए इराक को बरबाद उन्होंने कराया है लेकिन वे चाहते हैं कि पुनर्निर्माण का खर्च इराकी तेल की बिक्री से निकाला जाए। और इसके बाद भी वे पूरे विश्वास से कहते हैं कि हमने आमतौर से सभी को और खासतौर से इराकियों को खतरे से बचाने के लिए निस्स्वार्थ सैनिक कार्रवाई की।

(5 मई, 2003)

मोटापा घटवाने में मोटी कमाई

दुबला होने के कारण मैं पच्चीसवें साल तक 'मरघिल्ला', 'डेढ़ पसली का' या 'सींकिया पहलवान' पुकारा जाता रहा। शुरू से ही मानव समाज में दुबला होना बीमार या कंगला होने का सूचक रहा था। माना जाता था कि लोगबाग दुख-अंदेशे के मारे दुबले और सुख-चैन के रहते मोटे होते हैं। यही नहीं, दुबला होना भद्देपन का और मोटापा सुंदरता का पर्याय रहा था शुरू से। संस्कृत कवियों से लेकर यूरोपीय चित्रकारों तक सभी 'भारी सो ही प्यारी' का सौंदर्यबोध प्रतिष्ठित करते आए थे।

सपने में भी नहीं सोच सकता था तब कि मेरे बुढ़ापे में मोटापा बीमारी, दुख, गरीबी और भद्देपन से जुड़ जाएगा और यार लोग मोटापा छंटवाने के धंधे में मोटी कमाई कर सकेंगे। इस जबर्दस्त उलट-फेर का कारण यह है कि जहां पिछले गिने-चुने ही मोटे होते थे आज टके के तीन मिलने लगे हैं। बच्चे पहले से ज्यादा मोटे पैदा हो रहे हैं और उनमें से बहुत-से किशोरावस्था में कदम रखते-रखते सींकिया नहीं, जापानी 'सूमो' पहलवान नजर आने लगे हैं। अमेरिका में आज 61 प्रतिशत आबादी सामान्य से अधिक वजन वाली है और हर तीसरा व्यक्ति भयंकर रूप से भारी है। इसी के चलते बने-बनाए कपड़ों की दुकानों में 'एक्स्ट्रा लार्ज' से ऊपर की श्रेणियों की भी पोशाकें रखी जाने लगी हैं। और हां, सस्ते में सफर कराने के लिए मशहूर साउथ वेस्ट एयरलाइंस को ऐलान करना पड़ा है कि जिन्हें अपने पिछवाड़े को टिकाने के लिए सीट का हत्था उठाकर बगल वाले की जगह हथियाना जरूरी लगता हो वे कृपया दो टिकट खरीदा करें। जानकारों के अनुसार, मोटापे के इतनी तेजी से फलनेफूलने का एक कारण तो यही है कि आधुनिक रहन-सहन में इनसान अपनी काया को कष्ट देना भूलता जा रहा है। पहले लोगों को अपने धंधे में, घर के कामकाज में और आने-जाने में ही खासी मशक्कत करनी पड़ जाती थी। अब नहीं। आज अमेरिका में 40 प्रतिशत नागरिक अपना लगभग पूरा दिन टीवी या कंप्यूटर के आगे बैठे गुजार देते हैं। गोया इनसान वस्तुतः बैठा-बैठा रोटियां तोड़ रहा है। और रोटी होती तो भी गनीमत, वह तो उपभोक्ता संस्कृति द्वारा बड़े पैमाने पर परोसा जाने वाला 'कचारा आहार' चर रहा है।

ऐसे लोगों की संख्या घटती जा रही है जो घर में पौष्टिक आहार बनाकर खाते और बच्चों को खिलाते हों। रेस्तराओं में खाना या घर में 'फ्रोजन फूड' से खाना बनाना मोटापा बढ़ाने वाला साबित हो रहा है। लेकिन मोटापा बढ़ने का सबसे बड़ा कारण यह है कि इनसान मोटा-झोटा खाकर जीते रहने के लिए और कभी तर माल मिले तो उसे भुखमरी के किसी आइंदा दौर के लिए बतौर मोटापा संभाले रखने के

लिए बना है। आज उपभोक्ता संस्कृति में वह जरूरत से ज्यादा तर माल भकोस रहा है और उसका 'भुखमरी जीन' इस अतिरिक्त आहार को किसी आइंदा अकाल के लिए बतौर चर्बी संभालता जा रहा है।

'भुखमरी जीन' सिद्धांत के सही होने का एक बड़ा प्रमाण यह है कि संपन्न समाजों में गरीब लोगों में आम तौर से और 'पिछड़ी' नस्लों के लोगों में खासतौर से मोटापा सबसे तेजी से बढ़ रहा है। अमेरिका में इधर आकर बसे मैक्सिको आदि देशों के लोग सबसे तेजी से मुटा रहे हैं। लीजिए, मोटापा गरीबी से जुड़ गया। कभी 'मोटे' के साथ 'लाला' शब्द जुड़ता था आज 'कंगला' जुड़ रहा है।

यही नहीं, मोटा होना 'बीमार' होने का भी पर्याय बन चला है क्योंकि ऊंचे रक्तचाप से लेकर जोड़ दर्द तक तमाम बीमारियां मोटापे से जोड़ दी गई हैं। यह भी कहा जा रहा है कि उदासी का मारा इनसान गम गलत करने के लिए चॉकलेट-आइसक्रीम खाता जाता है और व्यायाम के प्रति उदासीन रहता है। तो लीजिए, मोटापा उदासी से भी जुड़ गया। लेकिन सबसे बुरी बात तो यह हुई है कि मोटापा निहायत भद्दा माना जाने लगा है। असली घी खाई तमिल सिनेमा हीरोइनों के दिन लद चुके हैं, अब तो 'ट्विगी लुक' चलती है। ट्विगी (ट्विग-तिनका) अपने नाम के अनुरूप मॉडलों में पहली सपाट सुंदरी थीं।

'ट्विगी लुक' बनाए रखने की खातिर आज अनेक फैशन मॉडल और सिनेमाई हस्तियां सामान्य का 20 प्रतिशत खाना ही खाती हैं और भूख मारने के लिए कोकेन सूंघती हैं। मुक्तमंडी एक ओर कचरा आहार का प्रचार कर रही है तो दूसरी ओर कटि का कंचन काट कर जरा-मरा-सा इधर और उधर लगाकर बाकी सारा फेंक देने का। इसी के चलते तो अकेले अमेरिका में 50 अरब डॉलर की वेट-लॉस-इंडस्ट्री उर्फ मोटापा घटवाने का धंधा चल रहा है। मुक्तमंडी गोया मोटापे का दर्द देने में भी पैसा पीट रही है और उस दर्द की दवा देने में भी।

इस धंधे में पैसा पीटने के जितने भी तरीके निकाले गए हैं वे सबके सब मुक्तमंडी के हाथों न बिके डॉक्टरों के अनुसार, बेकार और खतरनाक दोनों ही हैं। अब जैसे 'कचरा आहार' को बेहतर रूप में बेचा जाता है कि साहब 'डायट कोला'। कचरा चर्बी रहित और विटामिन सहित हो, है तो कचरा ही। इसी तरह किसी विशेषज्ञ की निकाली वजन घटाने के लिए अचूक 'डायट' का ढोल पीटा जाता है। जबकि ऐसी हर 'डायट' असंतुलित होने के कारण खतरनाक होती है। उससे वजन इसलिए घटता है कि 'अकाल' मानकर शरीर अपनी जमापूंजी खाने लगता है। लेकिन सामान्य आहार लेना शुरू किया जाता है, वजन दुगुनी तेजी से बढ़ता है कि कहीं फिर 'अकाल पड़ा तो'।

चमत्कारी दवाएं और जड़ी-बूटियां भी बड़े पैमाने पर बेची जाती हैं। एक के

बारे में यह दावा है कि रोजाना खाकर सो जाइए रातोंरात वजन घटा देगी तो दूसरी के बारे में यह कि इसकी पट्टी चिपका लीजिए चर्बी चूस लेगी। इस तरह की दवाएं और जड़ी-बूटियां कुछ कारगर होती भी हैं तो इसलिए कि या तो वे शरीर का पानी निकाल देती हैं,या रेचक होती हैं या उत्तेजना बढ़ाती और भूख मारती हैं। इनमें से कुछ के जैसे 'एफिडेरा' के इस्तेमाल से तो मौत तक हो सकती है।

आखिरी अस्त्र सर्जरी। 'लियो-सक्शन' द्वारा चर्बी निकलवा फेंकें। या पेट बंधवा लें कि उसमें सामान्य का 6 प्रतिशत भोजन ही अटा सके। या आंतों का 'बाईपास' करा लें। स्थायी लाभ भले ही न हो सर्जरी में मौत होने का डर जरूर रहेगा और बाद में बीमार रहने का भी। फिर भी अमेरिका में पिछले वर्ष 63 हजार लोगों ने 'पेट कटवाया' सुंदरता की खातिर। और पिछले ही वर्ष तीसरी दुनिया में प्रतिदिन तीस हजार लोग ज्यादातर बच्चे भूख और कुपोषण से मरे।

(12 मई, 2003)

होता नहीं कुछ खास, आम आदमी!

अमेरिका की राजनीतिक-बौद्धिक बिरादरी में भारतीय मूल के किसी भी व्यक्ति का वैसा जल्वा आज तक नहीं हुआ था जैसा *न्यूजवीक इंटरनेशनल* के संपादक 39 वर्षीय फरीद जकरिया का हो रहा है। बंबइया कांग्रेसी बुद्धिजीवी रफीक और पत्रकार फातिमा के इस सपूत को 21वीं सदी के 21 सबसे महत्त्वपूर्ण व्यक्तियों में गिना गया है और प्रशंसक उन्हें अमेरिका का पहला मुसलमान और एशियाई विदेश मंत्री बनता देख रहे हैं। मीडिया हार्वर्ड के पी-एच.डी. फरीद के पांडित्य का ही नहीं, सुंदरता और चितचोर व्यक्तित्व पर भी मर-मिट रहा है हालांकि वह किसी आम हिंदुस्तानी-से ही लगते हैं और उसकी तरह ही अंग्रेजी बोलते हैं।

इन दिनों उनकी नई पोथी द *फ्यूचर ऑफ फ्रीडम* की चर्चा है जो लोकतंत्र को पश्चिम की प्रोटेस्टेंट और पूंजीवादी संस्कृति की देन ठहराते हुए उसे अन्य देशों पर लादना अराजकता को न्यौतना बताती है। यानी वह इराक में लोकतंत्र जल्दबाजी में न लाने की एक सामयिक चेतावनी है। फरीद इस ओर ध्यान दिलाते हैं कि पश्चिम में प्रोटेस्टेंटों ने पहले सामंतशाही को ही नहीं, सामंती मिजाज को भी खत्म करने के लिए सुधारवादी आंदोलन चलाया, आजादी और बराबरी के सिद्धांतों का पालन कराने वाला निष्पक्ष तंत्र बनाया और जन-जन के मन में उद्यम और सूझ-बूझ से पैसा कमाने का आदर्श बसाया और फिर धीरे-धीरे लोकतंत्र लागू किया।

हर वयस्क को वोट का अधिकार देने वाला लोकतंत्र तो यूरोप और अमेरिका के लिए भी अभी सौ साल पुराना नहीं है। उसे भूतपूर्व उपनिवेशों और कम्युनिस्ट देशों में फौरन लागू कर देने से जाति, नस्ल और धर्म की राजनीति पनपी, भ्रष्टाचार फैला, नरसंहार हुआ। खूब संपन्न मध्यवर्ग के अभाव में लोकतंत्र चल नहीं सकता इसलिए जहां पांच हजार डॉलर प्रति व्यक्ति आय न हो वहां चुनाव-वुनाव के चक्कर में नहीं पड़ना चाहिए। कृपया फरीद को यह कह कर न टोकें कि भारत में तो वह पांच सौ डॉलर भी नहीं है लेकिन लोकतंत्र चल रहा है। फरीद के लिए हमारा लोकतंत्र कांग्रेस के ह्रास के बाद डाकू-छाप हो गया है जिसमें गुंडे-गंवार कहीं बैलेट-बक्से लूट के तो कहीं अल्पसंख्यकों के गले काट के सत्ता पा जाते हैं।

फरीद कहते हैं कि न लोकतंत्र अपने में अच्छा होता है और न तानाशाही अपने में बुरी। हिटलर, मुसोलिनी जैसे जालिम तानाशाह बाकायदा चुनाव जीत कर सत्ता में आ सके। उधर ली कुआन यू तानाशाही तेवर अपना कर निहायत छोटे और पिछड़े देश सिंगापुर को महान आर्थिक शक्ति बना सके। दक्षिण कोरिया और ताइवान भी कठोर सैनिक शासन में ही आधुनिक और संपन्न बने। तो भले ही फरीद इस्लाम को लोकतंत्र-विरुद्ध नहीं, बेहद लोकतंत्रात्मक धर्म मानते हों, उनकी नेक सलाह यह है

कि पश्चिमी देश मध्य-पूर्व के मुस्लिम देशों पर अपना लोकतंत्र न लादें।

बेहतर यह हो कि जॉर्डन के शाह अब्दुल्ला या पाकिस्तान के जनरल मुशर्रफ जैसे शासकों को हर जगह उभरने दिया जाए जो कठमुल्लापन खत्म करके अपने समाज को आधुनिक पूंजीवादी सांचे में ढाल सकते हों। फरीद तेल-कुंओं को मुस्लिम देशों का दुर्भाग्य मानते हैं कि उनके कारण उन्हें उद्यम और सूझ-बूझ पर आधारित पूंजीवाद विकसित करने की जरूरत ही नहीं महसूस हुई। स्वेज नहर की आय ने मिस्र का बंटाधार कराया। तो इराक के बारे में फरीद अमेरिका को वही सलाह दे रहे हैं जो वह सुनना चाहता है— इराकियों की भलाई के लिए अब इराक में जमे रहो। उसकी तेल की आय शिक्षा, चिकित्सा, संचार पर लगाओ, पूंजीवादी उद्यम जगाओ और चुनाव तभी कराओ जब प्रति व्यक्ति आय पांच हजार डॉलर पार कर जाए। नहीं तो शिया-सुन्नी, अरब-कुर्द खून-खराबा होगा और बहुसंख्यक शिया वोट से इराक भी ईरान-जैसी कठमुल्ला सरकार बन जाएगी। भले ही हमारे कुछ वामपंथी भी फरीद की जयकार कर रहे हों, यह फरीद-बानी वही पुरानी साम्राज्य-वादी-बानी है कि पहले जाहिलों को अपना-सा सभ्य बनाओ फिर उन्हें आजादी दो।

ऐसे विचार रखने वाले फरीद अमेरिकी दक्षिणपंथ के लाड़ले होने ही थे। पुराने दक्षिणपंथियों की तरह वह भी इस बात से चिंतित हैं कि लोकतंत्र की अति कर देने से अब आधुनिक अमेरिका के संस्थापकों के आदर्श खतरे में पड़ रहे हैं। विचार का महत्त्व घट रहा है और विज्ञापनबाजी का बढ़ रहा है। नेता के लिए लोकप्रियता लोकहित से ज्यादा जरूरी हो चली है। वह जनता को दिशा नहीं देता, 'जनमत संग्रहों' से दिशा लेता है और उसे चुनाव के लिए तगड़ा फंड देने वाले जनमत को दिशा देने का अभियान चलाते हैं।

'विराट मंडी' आम जनता के नाम पर विशिष्टता का विरोध करके सारी राजनीति और संस्कृति को बाजारू बनाकर एक विशिष्ट वर्ग का हित साधने में लगी है। इस बाजारूपन के प्रहार से वह निष्पक्ष व्यवस्था चरमरा रही है जिससे लोकहित की रक्षा की उम्मीद की जाती है। तो फरीद आज से कोई 70 वर्ष पहले इस्पहानी चिंतक ओर्तेगा ई गास्से के इस तर्क के भी कायल लगते हैं कि आम आदमी कभी खास नहीं हो सकता और आम आदमी को खास मानने वाला आधुनिक लोकतंत्र बाजारूपन और जहालत से बच नहीं सकता। लेकिन ओर्तेगा इस बीमारी के लिए जितना जिम्मेदार समाजवादियों को ठहरा रहे थे उतना ही अमेरिकी किस्म के उस पूंजीवादी लोकतंत्र को भी जिसके फरीद प्रशंसक हैं। फरीद यह देखने को तैयार ही नहीं कि 'विराट मंडी' उसी पूंजीवाद का विकसित रूप है और बाजारूपन लोकप्रियता की तलाश की नहीं, लोकहितकारी व्यवस्था को खत्म करते पूंजीवादी लोभ की देन है।

(19 मई, 2003)

और अब पेश है – अविवाह!

अगर अकविता कविता हो सकती है तो अविवाह विवाह क्यों नहीं? अमेरिका में यह दिलचस्प कानूनी मुद्दा उठाया है सोलोन और मिलर की बिन ब्याही जोड़ी ने जिसने गत नवंबर में प्रकाशित, अपनी पुस्तक *अनमैरिड टू ईच अदर* में बिन ब्याहे 'सहवास' करने को 'कोहैबिटेशन' की जगह 'अन मैरिज' यानी 'अविवाह' की संज्ञा दी। इन अपति–अपत्नी का कहना है कि आज भी अमेरिका की पारिवारिक अदालतों में 20 प्रतिशत मुकदमे अविवाहित जोड़ों के 'तलाक' से उत्पन्न होकर आ रहे हैं। जरूरी है कि अमेरिकी कानून अविवाह को विवाह न मानने की जिद छोड़ दे। अमेरिका में अविवाहितों की गिरस्तियों की संख्या में पिछले पांच वर्षों में 125 प्रतिशत की वृद्धि हुई है और एक करोड़ दस लाख का आंकड़ा पार कर चुकी है। इनमें से कोई बारह लाख समलैंगिक गिरस्तियां हैं लेकिन बाकी सब स्त्री–पुरुष वाली। स्वीडन का अनुभव बताता है कि यह संख्या उत्तरोत्तर तेज गति से बढ़ेगी। वहां पिछले तीस वर्षों में अविवाहित जोड़ों की संख्या 25 गुनी हो चली है। बिल्कुल नई पीढ़ी तो अविवाह के और भी ज्यादा पक्ष में है। स्वीडन में 20 से 25 वर्ष के वर्ग में 77 प्रतिशत, फ्रांस में 63 प्रतिशत, कनाडा में 46 प्रतिशत और अमेरिका में 25 प्रतिशत जोड़े अविवाहितों के हैं।

अविवाह का चलन दो कारणों से दिन–दूना बढ़ता रहा है। पहला यह कि उत्तर आधुनिक दौर में विवाह का कोई खास मतलब नहीं रह गया है और दूसरा यह कि उसे 'दिल दा मामला' बनाकर कुछ ज्यादा ही महत्त्व दे दिया गया है। पहले शादी इसलिए की या कराई जाती थी कि जवानी में कदम रखते ही सेक्स भोगने का अवसर मिले और उसके चलते जो बच्चे हों उन्हें सामाजिक स्वीकृति पाया बाप मिल सके। गर्भनिरोध के उपाय न होने के कारण तब बदनामी का खतरा उठाए बगैर यौनसुख मिल ही नहीं सकता था। गर्भनिरोध ने सेक्स और प्रजनन का अनिवार्य नाता तोड़ दिया है। विवाहेतर यौन संबंध में कोई खतरा नहीं रह गया है। बदनामी का तो सवाल ही नहीं उठता क्योंकि ताजातरीन सर्वेक्षण के अनुसार, अमेरिका में 94 प्रतिशत व्यक्ति यह मानते हैं कि दो व्यक्ति आपसी रजामंदी से क्या करते हैं क्या नहीं इससे समाज का कोई लेना–देना नहीं हो सकता। शादी का मुख्य उद्देश्य, इसी सर्वेक्षण के अनुसार, अब लगभग सभी लोगों के लिए 'प्यार पाना–देना' हो चुका है, बच्चे पैदा करना–पालना नहीं। उन्हें तलाश रहती है एक अदद 'पर्फेक्ट सोलमेट' की।

सवाल यह है कि कैसे पता चले जो मिला या मिली है उसकी आत्मा से अपनी आत्मा का 36 गुणों वाला साम्य है कि नहीं? पहले इसका उत्तर यह था कि शादी

करके देख लो 'पर्फेक्ट सोलमेट' न निकले तो तलाक ले लो। लेकिन क्या इससे बेहतर यह नहीं कि पहले साथ रहकर आजमा लो कि घरेलू परिस्थितियों में कैसी निभती है। अकेलापन मिटेगा, गिरस्ती का काम और खर्च दो में बंटेगा। विवाह के सारे सुख लूटो, बंधन एक न मानो। तो क्या अचरज कि अविवाह का चलन बढ़ रहा है। आज स्थिति यह है कि 'फेंटेस्टिक सेक्स' और 'अमेजिंग लव' देने वाले या वाली की तलाश स्कूल-कॉलेज से शुरू हो जाती है। कॅरिअर के शुरुआती दिनों में उनमें से किसी को घरेलू परिस्थितियों में आजमा लिया जाता है। जम गया तो दो-एक साल में बाकायदा शादी कर ली जाती है, नहीं तो अलग होकर किसी और को आजमाना शुरू कर दिया जाता है। ताज्जुब कि आजमा लेने के बाद शादी करने वालों में तलाक की दर सीधे ही शादी कर लेने वालों से ड्योढ़ी है।

चलिए उनके तलाक से निपटने के लिए तो कानून हैं। लेकिन जो अविवाहित जोड़े झगड़ा कर जुदा होते हैं उनके मुकदमों का निपटारा करने के लिए कोई कानून अमेरिका में नहीं है। जबकि स्वीडन वगैरह में अविवाह को विवाह-सा ही माना जा रहा है। तो सोलोन और मिलर इन दिनों प्रसन्न हैं कि अमेरिका में अविवाह को मान्यता दिलाने के लिए उनका संघर्ष रंग लाया है और अमेरिकन लॉ इंस्टीट्यूट ने अपनी ताजा रिपोर्ट में सिफारिश की है कि जो भी साथ गिरस्ती बसाए हुए हों उन्हें कानूनी दृष्टि से विवाहित ही माना जाना चाहिए।

अमेरिकी दक्षिणपंथ 'पाप में जीने' को कानूनी मान्यता देने की इस सिफारिश पर बावेला मचा रहा है कि यह पारिवारिक जीवन मूल्यों पर वामपंथी अनैतिकता का हमला है। दक्षिणपंथ के ढोंग का यह आलम है कि उसे सारी अनैतिकता 'सेक्स' के मामले में ही नजर आती है। क्लिंटन-मोनिका लुइनिस्की कांड पर वह वर्षों तक गला फाड़-फाड़ कर चिल्ला सकता है लेकिन बुश के इराक पर हमला करने की नैतिकता पर जरा-सा भी उंगली उठाने वाले को देशद्रोही ठहराता है। वह देश को पापमुक्त बनाने के नाम पर छोटे-मोटे अपराध करने वालों से जेलें भर देता है लेकिन जनता को अरबों का चूना लगाने वालों को गले लगाता है।

'सेक्स' के बारे में उसके ढोंग पर पहले भी लिख चुका हूं कि कैसे वह एक ओर खराब ठहराता है और दूसरी ओर मुक्तमंडी के मीडिया द्वारा यौन सुख-भोग का ज्यादा से ज्यादा प्रचार करता है कि उपभोग की संस्कृति फूले-फले। और सबसे विचित्र बात यह है कि वह यह देख ही नहीं पाता कि अमेरिका के संस्थापकों में जिन आदर्शों की वह दुहाई देता है 'अविवाह' उसकी ही तार्किक परिणति है। उन्होंने ही व्यक्ति की स्वतंत्रता को धार्मिक, सरकारी या सामाजिक नियंत्रण से ज्यादा जरूरी ठहराया था। उन्होंने ही बिरादरी और संयुक्त परिवार की जगह मियां-बीवी-बच्चों वाले सीमित परिवार की प्रतिष्ठा कराई।

उन्होंने ही विवाह को सामाजिक की जगह व्यक्तिगत नाता बनाया। रूमानी प्यार को उसका आधार बनाया। स्त्री को पुरुष के बराबर का दर्जा देने की बात की। उन्होंने ही वह मुक्तमंडी बनाई जो हर तरह की लूट की छूट देती है और पैसे और भोग को जीवन का मुख्य उद्देश्य बनाती है। फिर भी वह उम्मीद करते हैं कि परंपरागत विवाह चल सकेगा, स्त्री अपनी सार्थकता परिवार की देख-रेख करने वाली की भूमिका में ही देखती रहेगी और केवल सेक्स के मामले में लोग अतिनैतिकतावादी बने रहेंगे। तो जहां समाजवादी स्वीडन परंपरागत विवाह के गैरजरूरी हो जाने की वास्तविकता को स्वीकार करते हुए सारा ध्यान बच्चों के उचित लालन-पालन की सरकारी व्यवस्था पर लगा रहा है वहां पूंजीवादी अमेरिकी नैतिकता की दुहाई देते हुए समाज-कल्याण का बजट काट रहा है।

(26 मई, 2003)

इतिहास-धारा को उल्टी दिशा

हाल में किसी देश के सबसे बड़े राज्य में कोई दल दोनों सदनों में बहुमत पा गया और राज्यपाल भी उसी का बन गया। उस राज्य के गरीब जिनमें से अधिकतर अन्य नस्लों के थे, प्रतिपक्ष को वोट दिया करते थे। तो भले ही नई जनगणना के आधार पर चुनाव क्षेत्रों के पुनर्निर्धारण का काम दो साल पहले ही हो चुका था उसने चुनाव क्षेत्रों की सीमाएं फिर से इस तरह बदलनी चाहीं कि गरीबों का वोट कहीं निर्णायक न रह जाए। इस सिलसिले में उसने संसदीय चुनाव क्षेत्रों के नाम पर सैकड़ों मील लंबे और दो-एक मील चौड़े गलियारे तक बनवा डाले।

वह इस समझौते के लिए भी तैयार न हुआ कि इस बारे में जनमत संग्रह करा लिया जाए। तब प्रतिपक्ष के सारे विधायक सत्र की अवधि की समाप्ति तक के लिए छिप गए कि कोरम के अभाव में पुनर्निर्धारण प्रस्ताव धरा रह जाए। राज्यपाल ने हथियारबंद पुलिस को उन्हें पकड़कर विधानसभा में पेश करने का आदेश दिया और जब यह संकेत मिला कि राज्य पुलिस से बचने के लिए वे पड़ोसी राज्य में छिपे हुए हैं तब वहां के राज्यपाल और केंद्र सरकार से सहयोग मांगा गया। लेकिन वे सत्रावसान से पहले पकड़े न जा सके। अब राज्यपाल विशेष सत्र बुलाने की धमकी दे रहे हैं।

यह किस्सा भला किस पिछड़े देश के किस बीमारू प्रदेश का है? जी यह 'सबसे अगड़े सबसे तगड़े' अमेरिका के उस टेक्सास राज्य का है जिसके सपूत राष्ट्रपति बुश अपने प्रशंसकों के अनुसार, अफगानिस्तान और इराक में अपनी कार्रवाई से नया इतिहास बना रहे हैं। शायद उनके लिए इतिहास बनाने का अर्थ इतिहास-धारा को उल्टी दिशा में बहाना है। बुश और उनके सलाहकार शक्ति के सहारे नक्शा बदल देने में आस्था रखते हैं फिर वह चाहे अपने चुनाव क्षेत्र का हो या दूसरों के देश का। शक्ति का यह तर्क आधुनिक सभ्यता से नहीं, बड़ी पुरानी बर्बरता से जुड़ा है।

विदेशी मामलों में बुश अमेरिका को वही भूमिका दिला रहे हैं जो यूरोपीय साम्राज्यवादियों ने दूसरे विश्वयुद्ध के बाद तज दी थी। और जैसा कि एक अंग्रेज विद्वान ने हाल में कहा, 'साम्राज्यवादी की भूमिका को अमेरिका अनाड़ी और गैर जिम्मेदाराना ढंग से अपनाकर इराक और अफगानिस्तान के लोगों की मुसीबतें और भी ज्यादा बढ़ा दे रहा है। यही नहीं, बुश-मंडली हर अंतर्राष्ट्रीय समझौते से अमेरिका को मुक्त रख कर यह संदेश भी देना चाहती है कि महाशक्ति अमेरिका किसी की बात नहीं मानेगा लेकिन सारी दुनिया को उसकी हर बात माननी होगी।'

बर्बर दृष्टिकोण की ओर यह वापसी बुश की घरेलू राजनीति में भी नजर आ

रही है। अमेरिकी लोकतंत्र इसलिए आदर्श समझा जाता था कि उसमें बहुमत का मतलब मनमानी की छूट नहीं होता था। सारी संसदीय राजनीति समझौतों-सौदों के सहारे चलानी पड़ती थी। बुश और साथी इस परंपरा को तोड़ रहे हैं। सत्ता का किसी एक व्यक्ति या संस्थान में केंद्रित न होना अमेरिकी लोकतंत्र की सबसे बड़ी खूबी मानी जाती थी। बुश उसे पूरी तरह राष्ट्रपति केंद्रित बना चुके हैं। अमेरिकी राष्ट्रपति प्रमुख सेनापति माना तो जाता रहा था लेकिन बुश पहले हैं जिन्होंने सचमुच प्रमुख सेनापति होने का नाटक किया। इराक-विजय की घोषणा करने वह लड़ाकू विमान से विमानवाहक पोत पर पायलट के भेस में कुछ इस ठस्के से उतरे मानो सद्दाम से चीं बुलवाने वाला महाबम गिराकर चले आ रहे हों।

बुश-मंडली के लिए अपने सभी देसी-विदेशी विरोधी नासमझ या अनैतिक या दोनों हैं। उसका सारा विमर्श बाइबिल और मुक्तमंडी के कट्टरभक्तों का विमर्श है। बुश रोजाना अपने कर्मचारियों के साथ बाइबिल पढ़ते हैं और प्रशंसकों के अनुसार, जो भी करते हैं प्रभु-प्रेरणा से करते हैं। ऐसा लगता है कि प्रभु को सबसे ज्यादा चिंता कर्मठ अमीरों पर लगे टैक्सों-अंकुशों और निकम्मे गरीबों के कल्याण पर पैसे की बर्बादी की है। तो बुश-मंडली इस माने में भी इतिहास को पीछे ले जा रही है कि व्यक्तिगत लाभ से प्रेरित निर्मम पूंजीवाद को मानवीय चेहरा देने के लिए अमेरिका में जो भी कदम उठाए गए थे उन्हें वह वापस ले रही है।

और सो भी धर्म और नैतिकता के नाम पर। टेक्सास में बजट घाटा कम करने के लिए वहां की बुश-मंडली ने गरीब बच्चों के लिए स्वास्थ्य बीमा की वह योजना तक खत्म कर डाली जिसके लिए पैसा केंद्र से मिल रहा था और इस पर अंगुली उठाने वालों से कहा, 'जानते हैं यह मुफ्त चिकित्सा, मुफ्त शिक्षा, मुफ्त सब कुछ का विचार आया कहां से – रूस से, साम्यवादी नरक से।' ऐसी बुश-मंडली के राज में सरकारी अनुदान की कमी से स्कूल बंद हो रहे हों और विश्वविद्यालयों की हालत खस्ता तो क्या अचरज।

बुश-मंडली का सरोकार नैतिकता से है। ज्ञान-विज्ञान से नहीं। अमेरिकी प्रयोगशालाओं में चार लाख टेस्ट ट्यूब-भ्रूण बेकार पड़े हैं लेकिन इस मंडली के चलते वैज्ञानिक उनका उपयोग चिकित्सा-अनुसंधान में कर नहीं पा रहे हैं। यह मंडली गर्भपात पर भी रोक लगवाना चाहती है। ऐसा लगता है मानो आधुनिकता का हर पक्ष उसे अनैतिक लगता है, बस वह मुक्तमंडी ही नहीं जो खरबों डॉलरों के घोटाले करती है। उस पर से तो वह रहे-सहे अंकुश भी हटवाना चाहती है। समाजवाद तो उसके लिए पाप का मूल है क्योंकि वह आराम से हराम की रोटी खाना सिखाता है।

उसके अनुसार, समाज कल्याण की सरकारी व्यवस्था खत्म करने से ही समाज

का कल्याण हो सकता है। अब जैसे गरीबों को बच्चे पालने के लिए सरकारी खैरात देना बंद कर दीजिए फिर देखिए गरीबों में कुंआरी माताओं की संख्या किस तेजी से घटती है। बुश-मंडली के अनुसार, खैरात बांटने का काम चर्च का होना चाहिए जो खैरात देने के साथ-साथ निकम्मों को कर्मठता का और पापियों को प्रायश्चित्त का मार्ग भी दिखाता है। बुश-मंडली की नैतिकता एक राजनीतिक ढोंग तो है ही, उसका हर सदस्य पूरा पाखंडी भी है। हाल में उसकी ओर से नैतिकता के सबसे अधिक प्रवचन पेलने वाले बैनेट नामक सज्जन के बारे में पता चला कि 'पाप नगरी' कहलाने वाले लास-बेगास में 80 लाख डॉलर जुए में हार चुके हैं।

यह कट्टरपंथी पाखंड और पैसे वाले नवसामंतों का अंध समर्थन सर्वथा मध्ययुगीन है। अगर अमेरिकी विद्वानों ने गोधरा कांड के जवाब में हुए नरसंहार को हमारी बर्बरता और उसके बूते भाजपा की जीत को हमारे लोकतंत्र की अपरिपक्वता का नमूना ठहराया था तो आतंकवादियों से बदला लेने के लिए दो-दो मुस्लिम देशों को बर्बाद करने वाले बुश के 77 प्रतिशत अमेरिकियों के हीरो बन जाने को अगड़े अमेरिका के हमसे भी अधिक पिछड़ जाने का नमूना क्यों न माना जाए?

(2 जून, 2003)

मिस्टर मॉम : पिताजी बने माताजी

पिछले साल इस अमेरिकी मोहल्ले के शिशुपार्क में बच्चे खिलाते कुछ पिताओं को लगातार कई दोपहर देखकर मैं पूछ ही बैठा कि आजकल आप लोग छुट्टी पर हैं? उनमें से एक ने मुस्कराकर कहा, 'हम घर-बैठे बच्चे पालने वाले पिता हैं।' उसके इस मजाक पर मैं भी मुस्करा दिया। यह तो इधर पत्र-पत्रिकाओं और वेब से पता चला कि अमेरिका में घर-बैठे बच्चे पालने वाले पिताओं की संख्या पच्चीस लाख पार कर चुकी है। ये 'स्टे एट होम डैड' शिशुपालन की कार्यशालाओं में जाते हैं, एक-दूसरे की मदद के लिए गोष्ठियां करते और वेब-साइटें चलाते हैं और हां, इन्हें 'फादर्स डे' पर उपहार देने के लिए अब घरेलू उपकरण 'मर्दाना' डिजाइनों में भी बनाए जाते हैं।

गिरस्ती में गिरफ्तार पति सदा से प्रहसन का पात्र रहा है। स्वयं अमेरिका में कुछ ही वर्ष पहले 'मिस्टर मॉम' नामक हिट कॉमेडी में बच्चे पालने और कामकाज करने में नायक का अनाड़ीपन दर्शाया गया था। घर-बैठे पतियों को अन्य मर्द 'मिस्टर मॉम' ही पुकार रहे हैं। इक्कीसवीं सदी में भी हमारी मान्यता यही है कि नर की भूमिका जंगल में जाकर आहार जुटाने की है और मादा की घर बैठकर बच्चे पालने की। यह तब जबकि आधुनिकता स्त्री-पुरुष को हर तरह से समान अवसर देने की दावेदारी करती है और आधुनिक गिरस्ती का खर्च चलाने के लिए पत्नी को भी घर से बाहर निकलना पड़ता है। मेरे जैसे सयाने पति पत्नी के नौकरी करने के पक्ष में हैं बल्कि वे तो चाहते हैं कि पत्नी लगे हाथ बाहर के चार और काम भी कर आए। उनका निवेदन इतना मात्र है कि प्रभु ने मां और गृहिणी की भूमिका के लिए ही उसे रचा है। हमारे यहां आधुनिकाएं भी सास की भूमिका में कुछ ऐसा ही कहती सुनाई देती हैं। उन्हें अपने लाड़ले को घरेलू काम करते देख दुख होता है और बहू को कुछ न आने का रोना वह सदा रोती रहती है।

पश्चिम में भी कुल मिलाकर यही हाल है। अमेरिकी दक्षिणपंथ स्त्री को अपनी परंपरागत भूमिका पहचानने के लिए प्रेरित कर रहा है। हाल में एक सर्वेक्षण में 87 प्रतिशत नौकरीपेशा अमेरिकी पत्नियों ने यह कहा कि अगर पति की कमाई से ही घर-खर्च चल सके तो हम सभी नौकरी छोड़ दें। यानी वे भी यही मानती हैं कि हम घर रहकर बच्चे पालने के लिए ही बनी हैं। एक ब्रितानी महिला समाजशास्त्री के अनुसार आधुनिक मर्द का नौकरीपेशा स्त्री के लिए दो टूक संदेश यही है कि या तो घर और बाहर के मोर्चे एक-साथ सम्हालने के लिए तैयार रह या फिर पत्नी और मां बनने का इरादा छोड़ दे।

इसीलिए सफल सुयोग्या स्त्रियां शादी करते हुए हिचक रही हैं। मां बनते हुए

तो और भी ज्यादा। कुछ ही वर्षों में ब्रिटेन की स्त्रियों में संतानहीनों का अनुपात एक-तिहाई से ज्यादा हो जाएगा! और जो स्त्रियां मां नहीं बन रही होंगी वे समाज की श्रेष्ठतम स्त्रियां होंगी। यह स्थिति समाज के लिए दुर्भाग्यपूर्ण और सुयोग्य स्त्री के लिए अन्यायपूर्ण है। इससे निपटने के लिए ही अमेरिका में 'सेंसेटिव न्यू एज गाय' कहलाने वाले मर्द उसी उत्साह से जनाना भूमिका अपनाने को तैयार हो रहे हैं जिससे आधुनिक स्त्री ने मर्दाना भूमिका अपनाई है। पत्नी 'आहार जुटाने' के मोर्चे पर उनका हाथ बंटाती है तो वे भी 'बच्चे पालने' के मोर्चे पर पत्नी का हाथ बंटाते हैं।

यही नए युग का संवेदनशील पुरुष कुछ खास परिस्थितियों में 'मिस्टर मॉम' भी बन जा रहा है। वे कौन-सी हैं यह बताने से पहले दो बातों की ओर ध्यान दिलाना चाहूंगा। पहली यह कि आज अमेरिका में 33 प्रतिशत से अधिक गिरस्तियां ऐसी हैं जिनमें पत्नी पति से ज्यादा कमा रही हैं और दूसरी यह कि स्त्री मां और गृहिणी की भूमिका में घर-बैठे जो काम करती है उसे संतोषप्रद ढंग से दूसरों से कराने का खर्च अमेरिका में तीन हजार डॉलर माहवार बैठता है।

तो जैसे पहले तगड़ी कमाई करने वाले पति अपनी पत्नी से कहा करते थे कि अब मां बनने वाली हो, जितना कमा रही हो उससे ज्यादा खर्चना पड़ जाएगा इसलिए नौकरी छोड़ दो; वैसे ही अब तगड़ी कमाई करने वाली स्त्री भी कह सकती है कि अब बाप बनने वाले हो, आदि आदि! जैसे पहले अत्यंत सफल मर्दों की पत्नियां अपना धंधा-रोजगार छोड़ देती थीं कि पति को घर और बच्चों की चिंता से पूरी तरह मुक्त कर दूं वैसे ही आज अत्यंत सफल स्त्रियों के पति अपना धंधा-रोजगार छोड़कर 'मिस्टर मॉम' बन जा रहे हैं।

उल्लेखनीय है कि इन संवेदनशील 'जनाना' मर्दों की गिरस्ती में अपेक्षाकृत अधिक प्रेम और स्थायित्व पाया जा रहा है और बच्चों की परवरिश कहीं बेहतर हो रही है। तो जिस अमेरिकी दक्षिणपंथ को इस बात का बड़ा दुख था कि हमारी सुयोग्य स्त्रियां मां न बनकर नस्ल को बरबाद करा रही हैं और पति-पत्नी में प्रेम न रहने से बच्चे बिगड़ रहे हैं उसे इस नए ढंग से मर्द की पीठ थपथपानी चाहिए। लेकिन वह तो उसे 'प्रकृति-विरुद्ध' काम करने वाली शैतान या शागिर्द ठहरा रहा है। विडंबना यह कि 'मिस्टर मॉम' बिरादरी में इधर जबर्दस्त वृद्धि इसलिए हुई है कि इन दक्षिणपंथियों में अमानवीय आर्थिक नीतियों के चलते बेरोजगारी बढ़ रही है। जिस बेरोजगार मर्द की पत्नी अच्छा कमा रही हो वह कोई मामूली नौकरी करने की जगह घर-बैठे बच्चे पालना बेहतर समझ रहा है।

एक और विडंबना यह कि दक्षिणपंथी नेता स्त्री द्वारा मां और गृहिणी की भूमिका में किए काम को बताते तो 'अनमोल' हैं मगर समझते 'अमूल्य' हैं। वे स्त्री

को मां बनने और घर बैठकर बच्चे पालने के लिए सुविधाएं या पैसा देना भी नीति-विरुद्ध मानते हैं। सच तो यह है कि उनके लिए स्त्री का पुरुष से समानता करना ही 'प्रकृति-विरुद्ध' और 'धर्म-विरुद्ध' है। इधर वे इस बात का रोना रोने लगे हैं कि स्त्रीवाद के चलते मर्दों पर अत्याचार हो रहा है। उसके बारे में फिर कभी।

(9 जून, 2003)

लड़कियां लड़कों से आगे क्यों?

हमारे देश में इधर कई वर्षों से इस मौसम की एक खास खबर यह रही है कि बोर्ड की परीक्षाओं में लड़कियां लड़कों से बाजी मार ले गई हैं। इसी तरह उच्चतर शिक्षा और नौकरी-व्यवसाय के मामले में लड़कियों का लड़कों की बराबरी में पहुंचना भी समाचार बनता रहता है। मानो लड़कियों का किसी भी मामले में लड़कों की बराबरी करना या उन्हें पीछे छोड़ जाना इक्कीसवीं सदी में भी सुर्खी देकर छापने लायक बात हो! लड़कियों की इस तरक्की पर हम 'पिछड़े' देश के वासियों को थोड़ा कुतूहल तो होता है लेकिन इतना हम आसानी से समझ जाते हैं कि आज की दुनिया में हमारे बेटियां पढ़-लिखकर अपने पांवों पर खड़ी न हो सकेंगी तो कहीं की न रह जाएंगी। हम 'पिछड़ों' के यहां स्त्री की प्रगति का घोरतम विरोधी भी जल-भुन कर केवल इतना कहता है कि ये मॉडर्न लुगाइयां तो जी बिस्तरे गरम करके कुर्सियां पा रही हैं। लेकिन अमेरिका और ब्रिटेन-जैसे 'अगड़े' देशों के दक्षिणपंथी पुरुषों के लिए तो लड़कियों का लड़कों को पटकनी देने का हर समाचार 'स्त्रीवाद मुर्दाबाद' का नारा बुलंद करने का कारण बनता रहा है। और महान आश्चर्य कि जहां हम 'पिछड़ों' के यहां स्त्री की भलाई के मामलों में दक्षिणपंथी दलों की महिलाएं भी वामपंथी महिलाओं का साथ देती हैं वहीं सबसे 'अगड़े' अमेरिका में स्त्रीवाद को कोसने में दक्षिणपंथी महिलाएं ही सबसे आगे हैं।

अमेरिकी स्कूल-कॉलेजों में लड़के जिस बुरी तरह लड़कियों के हाथों पिट रहे हैं उतने किसी और देश में नहीं। भौतिकशास्त्र और गणित को छोड़ बाकी सभी विषयों में अमेरिकी स्कूलों की लड़कियां लड़कों से ज्यादा नंबर पाने लगी हैं। खेलकूद को छोड़ बाकी सभी पाठ्यक्रमेतर गतिविधियों में वे लड़कों पर हावी हो चली हैं और पुरस्कार-सम्मान उन्हें ही ज्यादा मिल रहे हैं।

बोर्ड-परीक्षा जैसी कोई चीज तो अमेरिका में होती नहीं लेकिन यह देखा जा रहा है कि हाईस्कूल के बाद जो कुल 40 प्रतिशत बच्चे ऊंची शिक्षा लेते हैं उनमें लड़कियों का अनुपात देखते-ही-देखते 50 प्रतिशत से आगे निकल चुका है। कला संकायों में छात्राओं की संख्या छात्रों से तिगुनी हो गई है और विज्ञान संकायों में बराबर। बस इंजीनियरी में ही छात्राएं छात्रों के मुकाबले बहुत कम हैं। तो लड़के अब आगे हैं केवल खेलने में, फेल होने में और बाल-अपराधियों के रूप में जेल जाने में।

इस सिलसिले में अमेरिकी दक्षिणपंथ की प्रभावशाली प्रवक्ता प्रो. सोमर्स का कहना है कि स्त्रीवाद ने लड़कों के लिए लड़का होना एक अभिशाप बना दिया है। स्कूलों में ऐसा वातावरण बनवा दिया है कि लड़का या तो आत्म-हत्या कर ले या

फिर हत्या कर बैठे किसी की। तभी तो स्कूली बच्चों में लड़कियों के अपेक्षा चौगुने लड़के आत्महत्या कर रहे हैं और हत्या करने वालों में वे दस गुने हैं। आप पूछेंगे कि स्त्रीवादियों ने ऐसा क्या कर दिया है कि अब अमेरिकी लड़के 'घोर सामाजिक अत्याचार के शिकार' बताए जा रहे हैं?

जी एक तो उन्होंने पाठ्यपुस्तकों में महिला-महिमा भरवा दी है उनके पुरुष-केंद्रित होने पर विरोध कर करके। वे भाषा तक में से 'मैन' का बोलबाला निकलवा कर री हैं कि जी चेयरमैन मत पुकारो। बच्चे के मन में यह भावना डलवा रही हैं कि मर्द होना ही गुनाह है। वे लड़कों के लिए यह संदेश भिजवा रही हैं कि लड़कियों-जैसा बनना सीखें क्योंकि लड़के तो जंगली होते हैं। दूसरे उन्होंने परीक्षाओं में भाषा-ज्ञान और अभिव्यक्ति समता पर जोर बढ़वा दिया है। लड़कियां स्वभावत: भाषा सीखने और निबंधनुमा उत्तर देने में लड़कों से बेहतर होती हैं, इसलिए लड़के बेचारे पिट रहे हैं।

'सही जवाब पर सही का निशान लगाओ' पद्धति से बच्चों के 'ज्ञान' की परीक्षा लीजिए न, भाषा ज्ञान में परीक्षा क्यों लेते हैं? इसलिए कि लड़कों के मन में बैठा दें कि तुम पढ़ाई-लिखाई के मामले में लड़कियों से कमतर हो? 'होम वर्क' पर जोर बढ़ाकर भी यही लक्ष्य सिद्ध किया जा रहा है क्योंकि चंचल लड़कों का मन घर जाकर खेलने का होता है लड़कियों की तरह शाबाशी पाने की खातिर फिर कापी-किताब लेकर बैठ जाने का नहीं। तो हमारे बालकों के लिए स्कूली सफलता पूरी तरह 'जनाना' चीज बन चली है और जैसे कभी पढ़ाकू लड़की अन्य लड़कियों के लिए परिहास की पात्र बनती थी, वैसे अब हमारे पढ़ाकू बालक बन रहे हैं।

दक्षिणपंथियों के अनुसार, स्त्रीवादियों ने सबसे बड़ा जुल्म यह किया कि छात्रों के हाथों छात्राओं के सताए जाने का शोर मचा-मचा कर अनुशासन सख्त करवा दिया। दुर्भाग्य से स्कूलों में भी अब अध्यापिकाओं का ही बोलबाला है और उनका नजरिया पूरी तरह स्त्रीवादी है। वे हर लड़के में स्त्री पर अत्याचार करता आया पुरुष देखती हैं इसलिए थोड़ी-सी शरारत या जरा-सी छेड़छाड़ करने पर उन्हें कठोर सजा देती हैं। लड़कों को प्रकृति ने ही लड़ाकू और शरारती बनाया है। किशोरावस्था में कदम रखते ही उनके हार्मोन उन्हें सेक्स-सुख भोग के लिए उकसाते हैं और इसी के चलते वे लड़कियों के पीछे पड़ते हैं। जो कुदरती है उसे वहशी ठहराना, उसके लिए लड़कों को दंडित करना उनके स्वाभिमान की हत्या करना है। इस सिलसिले में दक्षिणपंथी बिरादरी प्राइमरी स्कूलों की अध्यापिकाओं को विशेष रूप से कोस रही है। छुटपन में लड़कियों का मानसिक विकास लड़कों से ज्यादा तेजी से होता है जिसका लाभ उठाकर वे रोजाना बेचारे बालकों को बुद्धू-बुद्धू कह कर बुद्धू ही बना देती हैं।

लड़कों को 'बधिया करने का यह स्त्रीवादी प्रयास' ही दक्षिणपंथियों के अनुसार लड़कों का और समाज का बंटाढार करा रहा है। वामपंथी कह रहे हैं कि लड़कों को यह सिखाना जरूरी है कि आज की दुनिया में कोई मर्दानगी किसी काम की नहीं है। मेड इन मुक्तमंडी मर्द उसका भी रोना रो रहे हैं और सारी आधुनिकता को ही नकार देने के अभियान में जुट गए हैं। शायद इसीलिए वे मांग कर रहे हैं कि लड़कों के लिए अलग स्कूल खुलें जिनमें केवल पिता-प्रतीक पुरुष ही पढ़ाएं।

(16 जून, 2003)

महाविनाशकारी मीडिया-दैत्य!

एक ताजा सर्वेक्षण के अनुसार, 41 प्रतिशत अमेरिकियों को विश्वास है कि इराक में महाविनाशकारी अस्त्र भी मिल गए हैं और अल-कायदा से सद्दाम की सांठगांठ के सबूत भी। शेष 59 प्रतिशत सुजानों में से भी अधिकतर का यह मानना है कि देर-सबेर मिल ही जाएंगे क्योंकि थे जरूर। अमेरिका में बहुमत कह रहा है कि बुश ने बचवा दिया वरना सद्दाम और ओसामा हम पर महाविनाशी अस्त्र गिरवा देते। बुश को हीरो बनाया है निडर होकर खरा सच सुनाने का दावा करने वाले उस अमेरिकी मीडिया ने जो निर्लज्ज होकर निरा झूठ दुहराता चला गया।

और तो और, जिस सीएनएन ने पहले खाड़ी युद्ध के दौरान अपनी निष्पक्षता की साख सारी दुनिया में जमाई थी, उस तक ने दूसरे खाड़ी युद्ध में बुश के भोंपू की भूमिका निभाई। सीएनएन के स्वर में यह परिवर्तन पूंजीवाद के स्वरूप में हुए खतरनाक परिवर्तन का लक्षण था। पहले खाड़ी युद्ध के समय सीएनएन एक उद्यमी टैड टर्नर का चैनल था जो सूझबूझ, नएपन और साख के सहारे मंडी में धाक जमाकर पैसा कमाने के पुराने पूंजीवादी आदर्श का कायल था। दूसरे खाड़ी युद्ध के समय वह दुनिया के सबसे विराट मीडियादैत्य एओएल-टाइम-वार्नर का हिस्सा बन चुका था।

विराट बहुराष्ट्रीय निगमों का नया पूंजीवाद उद्यम और सूझबूझ से नहीं, राजनीतिक सत्ता की मदद से मालमत्ता बनाना चाहता है। प्रभावशाली व्यक्तियों के लिए उसका खुला निमंत्रण है — तुम मुझसे जेब भरवा कर मेरी जेब में आ गिरो और फिर मेरे हित में सारे नियम-कायदे बदलवाते रहो। तो एक सुंदर सौदे के अंतर्गत इस नवपूंजीवाद ने राष्ट्रपति बनने में बुश की भरपूर मदद की तो बदले में बुश ने उस पर से टैक्स कम करवाए। उसके मीडिया ने बुश को इराक विजेता हीरो बनाया तो बदले में मीडिया-नियमन संस्था एफसीसी के तीन बुश समर्थक सदस्यों ने दो जून को शेष दो सदस्यों और जनता के घोर विरोध के बावजूद उसे एकाधिकार बढ़ाने के लिए कुछ और छूट दे डाली।

नए दक्षिण और मध्यपंथी हर क्षेत्र में एकाधिकार बढ़ाने की छूट दे रहे हैं जबकि पुराना अमेरिकी दक्षिणपंथ उसका घोर विरोधी था और है क्योंकि उसे उसमें सामंतशाही की वापसी का खतरा नजर आता है। वह मंडी में प्रतियोगिता के लिए खुली छूट चाहता है। मीडिया पर एकाधिकार का तो वह विशेष रूप से विरोधी है और उसे लोकतंत्र-विरोधी मानता है। इसीलिए एफसीसी के फैसले के विरुद्ध आंदोलन करने में वह वामपंथियों का पूरा साथ दे रहा है। लेकिन नए दक्षिणपंथी प्रसन्न हैं।

वे भी अपना हित इसी में देखते हैं कि मीडिया पर नवपूंजीवाद के वाहक दैत्य निगमों का एकाधिकार बढ़े अमेरिका में ही नहीं, सारे संसार में। टेलीविजन, उपग्रह और केबल ने मीडिया की पहुंच विश्वव्यापी बनाकर उसे मुनाफे की दृष्टि से अग्रणी बिजनेस बना दिया है। विदेशी मीडिया की घुसपैठ रोक सकना किसी भी देश के लिए आज वैसे ही मुश्किल है और नया दक्षिणपंथ आईएमएफ जैसी संस्थाओं से जोर डलवाकर 'सुधार' के नाम पर विदेशी मीडिया के प्रवेश पर से रोक हटवा रहा है।

तो मीडिया पर एकाधिकार से जबर्दस्त कमाई हो सकती है। और इससे भी बड़ी बात यह है कि मीडिया पर एकाधिकार जनमत को मनपसंद मोड़ देने में सहायक होता है। तो नवपूंजीवाद और नई दक्षिणपंथी राजनीति अमेरिका में सन 1934 से लगे वे अंकुश हटवाने में जुट गए जो मीडिया पर एकाधिकार नहीं होने देते थे। पहले यह असंभव था कि किसी नगर, इलाके या समूचे देश में किसी एक प्रसारण कंपनी का वर्चस्व हो जाए। ताजातरीन सुधार के बाद कोई कंपनी 45 प्रतिशत तक दर्शकों को अपने कब्जे में ले सकती है।

पहले एक ही कंपनी के मीडिया के हर क्षेत्र में घुस जाने पर रोक थी, आज एओएल-टाइम-वार्नर-जैसे मीडिया-दैत्य इंटरनेट, पत्र-पत्रिका-प्रकाशन, रेडियो, टेलीविजन, फिल्म, संगीत हर क्षेत्र में सक्रिय हैं। एकाधिकार किस तेजी से बढ़ रहा है इसका अंदाजा इसी से लगाएं कि '83 में अमेरिकी मीडिया पचास कंपनियों के हाथ में था और आज कुल पांच मीडिया दैत्य उस पर हावी हैं। विश्वव्यापी पहुंच रखने वाले मीडिया-दैत्यों में इन अमेरिकी निगमों का ही प्रमुख स्थान है। एओएल-टाइम-वार्नर की 20 प्रतिशत आय विदेशों से ही हो रही है।

नए सुधार से एकाधिकार और बढ़ेगा। बस दो-चार मीडिया-दैत्य ही यह तय करने लगेंगे कि बतौर समाचार और मनोरंजन दुनिया क्या देखे-सुने-पढ़ेगी। वही सामाजिक सोच और राजनीति की दीक्षा देंगे। उनसे ही मिलेंगे लोगों को जीवन-मूल्य। और ये मूल्य कैसे हैं इसकी बानगी इराक में तेल कुंओं की चौकीदारी करने और बेबिलोनी सभ्यता की अमूल्य धरोहर लुटवा देने वाला बुश प्रशासन प्रस्तुत कर चुका है। सच तो यह है कि मीडिया-दैत्य इतिहास की पहली ऐसी सामाजिक-राजनीतिक क्रांति कराने में जुटे हुए हैं जो अमीरों को और अमीर तथा ताकतवर को और ताकतवर बना रही है।

पिछली तमाम क्रांतियां किसी आदर्श को समर्पित थीं, यह पहली क्रांति है जो भ्रष्टाचार को शिष्टाचार बनाने के लिए की गई है। और लुत्फ यह है कि इसका कहीं विरोध होता नहीं दिख रहा है। बल्कि यह कहना चाहिए कि मीडिया-दैत्य उसे दिखा नहीं रहे हैं। सन '34 के कानून में इस बात पर जोर दिया गया था कि प्रसारण का लाइसेंस पाने वाले यह न भूलें कि रेडियो तरंगों का स्वामी समाज है,

वे नहीं। उन्हें हर मुद्दे के दोनों पक्ष प्रस्तुत करने होंगे, सबकी राय को जगह देनी होगी, किसी पर आरोप लगाएंगे तो उसे जवाब देने का मौका देना होगा।

इसकी आज मीडिया-दैत्यों को चिंता ही नहीं है। आर्थिक-राजनीतिक मामलों में नवपूंजीवादी और सामाजिक मामलों में उन्मुक्त भोगवादी विचार वह समाज पर थोपते जा रहे हैं। समाचार भी इसी नजरिए से पेश किए जाते हैं। प्रतिपक्ष को या तो बोलने के लिए बुलाया ही नहीं जाता और अगर बुलाया जाता भी है तो मखौल उड़ाकर 'बोलतीबंद' करने के लिए। मीडिया-दैत्यों ने '34 के कानून का यह आग्रह भी भुला दिया है कि जनहितकारी और स्थानिक महत्त्व के कार्यक्रम दिखाए जाएं और बच्चों को सुसंस्कृत बनाने का खास ध्यान रखा जाए।

अच्छे कार्यक्रम तो अब वे दिखावा करने तक के लिए नहीं दिखाते और 'सभी जगह बिकने वाले' सेक्स और हिंसामय कार्यक्रमों की मात्रा बढ़ाते ही जाते हैं। इस तरह का घटिया मनोरंजन परोसने वाले ये मीडिया-दैत्य इराक के महाविनाशकारी अस्त्र – जैसे हवाई मुद्दे पूरे विश्वास के साथ उछाल कर और अमेरिकी अस्त्रों से बरबाद इराकी नागरिक की ठोस व्यथा को हवा में उड़ाकर सामाजिक सोच को अमानवीय सांचे में ढाल रहे हैं। महाविनाशकारी तो वे स्वयं हैं।

(23 जून, 2003)

राम नाम जपने की राजनीति

विदेश में बैठकर यह पढ़ना-सुनना आश्वस्त करता है कि सब कुछ वैसा ही है देश में जैसा कि मैं छोड़ आया था। सरकारें राम-राम करके चल रही हैं और देश राम-भरोसे। भाजपा के बाहर-भीतर सारी राजनीति राम के इर्द-गिर्द घूम रही है। भाजपा में भीतरी लड़ाई अयोध्या में विराम वाले अटलजी, अयोध्या में रामलला ज्यू वाले आडवाणीजी और अर्द्धविराम सरीखे मुरली मनोहरजी के बीच है जिसका संकेत देने के लिए भाजपा अध्यक्ष और विश्लेषण करने के लिए कुछ भाजपाभक्त संपादक बदस्तूर मौजूद हैं।

राजनीति में राम को घसीटने का विरोध करने वाली सेक्युलर ताकतों में आपस में कोई समझौता हो नहीं पा रहा है पर वे अल्लाह के बंदों के वोट पाने के लिए गला फाड़-फाड़ कर सदा की तरह कहती जा रही हैं कि रामभक्तों से आप लोगों को जान-माल का खतरा है। 'रामनामी ताकतें' इन 'सूडो सेक्युलर ताकतों' को राम-विरोधी और अल्लाह-पक्षपाती ठहरा रही हैं। नेता-बिरादरी तर माल खा रही है। गरीब अब भी भूखों मर रहे हैं। अफसोस कि यही स्थिति आज अन्य देशों में भी है। वहां धर्म राजनीति की धुरी बन रहा है और राजनेताओं का अपना कोई धर्म-ईमान नहीं बचा है।

'धार्मिक' देशों में सबसे कट्टरपंथी है सऊदी अरब और वहां के शासक व्यक्तिगत जीवन में सबसे अधिक विलासिताप्रिय हैं। 'धर्मनिरपेक्ष' देशों में राजनीति में धर्म-सम्मत नैतिकता लाने की बात सबसे ज्यादा अमेरिका में की जाती है और वहीं आज सबसे ज्यादा राजनीतिक भ्रष्टाचार होने लगा है। संसार में 'धार्मिक' और 'धर्मनिरपेक्ष' ताकतों के तथाकथित संघर्ष का यह दौर ही अमीर-गरीब व्यक्तियों और देशों में फासला बढ़ने का और हर कहीं बेईमानी पनपने का दौर रहा है। तो एक सवाल मन में उठता है कि 'धर्मनिरपेक्ष ताकतों' ने राजनीति में राम, अल्लाह या ईसा का नाम घसीटे जाने पर आपत्ति करते रहने की जगह कभी यह क्यों नहीं पूछा कि क्या आपका धर्म नफरत, नाइंसाफी, बेईमानी और खून-खराबे को उचित ठहराता है?

विडंबना कि यह सवाल अमेरिका में बॉब राइली नामक एक ऐसे नेता ने उठाया है जो 'धर्मनिरपेक्ष समाजवादी' ताकतों को शैतान की औलाद ठहराता रहा है। यही नहीं, वह उस अल्बामा राज्य का है जो कट्टरपंथी ईसाइयों का गढ़ है। बॉब पिछली सदी के आखिरी दशक में लगातार दो बार संसद के लिए रिपब्लिकन पार्टी के टिकट पर चुने गए जहां उन्होंने 'क्रिश्चियन कोएलेशन' नामक उस मोर्चे की आवाज बुलंद की जो अमेरिकी समाज और सरकार को ईसाइयत के रंग में रंगना चाहता है।

उन्होंने कहा कि व्यक्ति-स्वतंत्रता के नाम पर गर्भपात और समलैंगिकता की छूट देना धर्म-विरुद्ध और अनैतिक है। सरकारी संस्थाओं में प्रार्थना न करने देना सरासर गलत है। गरीबों को सरकारी अनुदान सीधे दे देना उन्हें निकम्मा बनाता है, यह काम तो चर्च के माध्यम से करवाया जाना चाहिए। उन्होंने कहा कि हर नेता को आदर्शवादी और धार्मिक होना चाहिए। फिर आदर्शवादिता के अंतर्गत उन्होंने दो बार के बाद संसदीय चुनाव नहीं लड़ा और 2002 में अल्बामा के पहले रिपब्लिकन राज्यपाल बने। उम्मीद की जाती थी कि वह भी 'क्रिश्चियन कोएलेशन' के चहेते राष्ट्रपति बुश की आर्थिक नीतियों पर चलेंगे।

लेकिन जब राज्य का बजट-घाटा पूरा करने के लिए बॉब को भी बुश की तरह समाज कल्याण पर खर्च कम करने और अमीरों पर टैक्स भार घटाने की नेक सलाह दी गई, तब उसने यह पूछकर सबको स्तब्ध कर दिया कि क्या बाइबिल के हिसाब से ऐसा करना अनैतिक न होगा? आज हमारे राज्य में एक ओर, सिर्फ 4,600 डॉलर वार्षिक आय वाले तक टैक्स देने के लिए मजबूर किए जा रहे हैं और रोजमर्रा की जरूरत की चीजों पर बिक्री कर लगा कर गरीबों पर भार डाला जा रहा है तो दूसरी ओर, करोड़ों डॉलर कमाने वाले कृषि फार्म और इमारती लकड़ी कारखाने टैक्स कम से कम देने की छूट पा रहे हैं।

तो बॉब ने गरीबों पर से टैक्स भार हटाने और अमीरों पर टैक्स भार बढ़ाने के प्रस्ताव रखे जिन पर सितंबर में जनमत संग्रह होना है। बॉब ने अल्बामा के बाइबिलभक्त मतदाताओं को याद दिलाया है कि बाइबिल का सार यही है कि जो तुममें सबसे कमतर है, उसका सबसे ज्यादा खयाल रखो। बॉब के प्रस्ताव मान लिए जाने की पूरी संभावना है और दक्षिणपंथ-कट्टरपंथ का गठबंधन दुखी हो रहा है। इस गठबंधन की बुनियाद में यह समझौता है कि एक नोट जुटवाएगा, दूसरा श्रद्धालुओं के वोट। वोट के बदले दक्षिणपंथ सेक्स वगैरह के मामले में कट्टरपंथ की मांगें पूरी कराएगा और नोट के बदले कट्टरपंथ 'गरीबों को लूटकर पैसा अमीरों में बांटने' की नई दक्षिणपंथी आर्थिक नीति को धर्मशास्त्रसम्मत ही मानेगा, जबकि वह डाकू-शास्त्र-सम्मत तक नहीं है।

सच तो यह है कि ऐसा करना स्वयं पूंजीवाद-सम्मत नहीं है क्योंकि पूंजीवाद को पनपने के लिए लोकतंत्र चाहिए और लोकतंत्र वहां पनप ही नहीं सकता जहां भयंकर गैर-बराबरी हो और नीचे वालों को ऊपर उठ सकने की कोई उम्मीद ही नजर न आती हो। तो स्थिति यह है कि दक्षिणपंथ-कट्टरपंथ के नेता राजनीति को बाइबिल-सम्मत बनाने की बातें कर रहे हैं और उसे लोकतंत्र-सम्मत भी नहीं रहने दे रहे हैं। वह परंपरागत नैतिकता का सवाल प्रतिपक्ष, शत्रु देश और गरीब लोगों के संदर्भ में ही उठाते रहे हैं, अपनी या अमीरों की हेराफेरी के संदर्भ में कभी नहीं।

गठबंधन के लिए सबसे आदर्श हैं अवर सदन में रिपब्लिकनों के नेता टॉम डी ले जिन्होंने क्लिंटन को बाइबिल की दृष्टि से पापी ठहराने में कोई कसर नहीं उठा रखी थी, जो छात्रों के गोली चला देने की घटनाओं का संबंध बंदूकों की बिक्री से नहीं, स्कूलों में बाइबिल की जगह डार्विन का सिद्धांत पढ़ाए जाने से जोड़ते हैं, जो गर्भपात के कानूनी होने से इतना परेशान हैं कि भ्रूण को मां से अलग इकाई का दर्जा दिलवाने में जुटे हुए हैं ताकि गर्भपात भ्रूण-हत्या का अपराध बन जाए; और हां, जिन्होंने चुनाव के लिए फंड जुटाने के काम में दो जबर्दस्त सुधार कर डाले हैं।

पहला यह कि दलालों से साफ-साफ सौदे किए जाएं कि इतना-इतना दिलवाओगे तो जीतने पर ये-ये काम करा दिए जाएंगे। दूसरा यह कि उन्हें आगाह कर दो कि अगर हमारे विरोधियों को थोड़ा भी दिलवाओगे तो हमारा बहुत बड़ा विरोध मोल लोगे। जाहिर है कि 'बाइबिलभक्त' टॉम डी ले के किए-धरे पर बॉब की बाइबिलभक्ति झाड़ू फिरवा सकती है। इसीलिए तमाम बिके हुए नेता और बुद्धिजीवी बॉब के बजट-प्रस्तावों पर बावेला मचा रहे हैं। नए दक्षिणपंथ और धार्मिक कट्टरपंथ का गठबंधन हर कहीं 'राम नाम जपना, सारा माल अपना' की राजनीति चलाना चाहता है, राम की वह राजनीति नहीं जिसके लिए गांधी ने राम का नाम लेते हुए प्राण दिए।

(30 जून, 2003)

कंप्यूटरी जिंदगीनामा : लाइफलॉग

कुछ वर्ष पहले के दो अमेरिकी अनुभव। हमें एक मॉल में कुछ चीजें इतनी सस्ती लगीं कि हमने मझले बेटे के क्रेडिट कार्ड से थोक में खरीद डालीं। घर लौटे तो फोन की मशीन पर क्रेडिट कार्ड वालों का संदेश मिला कि जरा देख लें, कहीं आपका कार्ड किसी और के हाथ तो नहीं पड़ गया। चेतावनी उनके कंप्यूटर ने दी क्योंकि वह 'जानता' था कि यह ग्राहक विशेष इस तरह खरीदारी नहीं करता जबकि क्रेडिट कार्ड चुराने वाले ऐसे ही एक जगह से बहुत कुछ खरीद डालते हैं।

दूसरा : मेरा बड़ा बेटा आखिरी क्षण में नकद खरीदा हुआ इकतरफा टिकट लेकर विमान पकड़ने पहुंचा। कंप्यूटर ने उसे 'पूरी तलाशी' के लिए चुन लिया क्योंकि कंप्यूटर 'जानता' था कि इस तरह टिकट लेकर चढ़ने वालों में विमान अगुआ कर ले जाने वालों का अनुपात बहुत रहता है। इन दोनों ही अवसरों पर जो भी हुआ, 'डाटा माइनिंग' के प्रताप से हुआ।

आज आम इनसान यह तो जान गया है कि हर कहीं कंप्यूटर इस्तेमाल हो रहे हैं लेकिन वह अब भी इस बात से अनजान है कि कंप्यूटर से जब कोई काम किया जाता है, वह उसमें बतौर, 'डाटा' (तथ्य) दर्ज हो जाता है और इस तरह के 'डाटा' को 'माइन' (खोद) करके उपयोगी जानकारियां हासिल की जा सकती हैं। चीजों में ऐसे आपसी संबंध ढूंढ़े जा सकते हैं जो सहज नजर न आते हों। कंप्यूटरों को किसी खास ढंग का व्यापार-व्यवहार करने वालों को पकड़ना-पहचानना सिखाया जा सकता है और अमेरिका-जैसे देशों में जहां हर काम के लिए ही अपनी पहचान देनी होती है, हर व्यक्ति के व्यवहार-व्यापार का नक्शा जाना जा सकता है।

'डाटा माइनिंग' आज अमेरिका में अरबों डॉलर का धंधा है क्योंकि उससे कंपनियां अपने कामकाज के लिए तमाम तरह की उपयोगी जानकारियां तुरंत प्राप्त कर सकती हैं। इन जानकारियों में अपने हर ग्राहक की पसंद-नापसंद की जानकारी भी शामिल है जिसका 'डाटा' पाने के लिए वे अपने स्टोरों पर ग्राहकों को डिस्काउंट पाने के लिए सदस्यता कार्ड पाने की नेक सलाह देती हैं। सरकारी-गैरसरकारी एजेंसियां भी 'डाटा माइनिंग' का धोखाधड़ी पकड़ने जैसे कुछ नेक कामों में सदुपयोग करती रही हैं। लेकिन 'डाटा माइनिंग' के इस भयंकर दुरुपयोग की आशंका भी शुरू से बनी हुई है कि उससे हर नागरिक की जासूसी की जा सकेगी। खासकर उन्नत देशों में जहां हर इनसान हर कहीं बतौर 'डाटा' अपनी कोई निशानी छोड़ जाता है और जहां सभी सार्वजनिक स्थलों पर अब खुफिया कैमरे लगे रहते हैं। तो अमेरिका पर आतंकवादी हमले के बाद अमेरिकी प्रतिरक्षा विभाग की सर्वोच्च शोध संस्था 'डारपा' ने जब 'टोटल इन्फॉर्मेशन अवेयरनैस' नामक एक प्रोजेक्ट

प्रस्तावित किया कि जहां भी जो भी 'डाटा' उपलब्ध है, उसे एक साथ 'माइन' करके उपयोगी जानकारियां देने का उपाय निकाला जाए, तब बड़ा हंगामा मचा कि यह नागरिकों के जीवन में ताक-झांक करने की नाजायज कोशिश है।

संसद ने इस प्रोजेक्ट के लिए फंड देने के इनकार किया। 'डारपा' ने प्रोजेक्ट के नाम में 'टोटल' की जगह 'टैरेरिस्ट' कर दिया और कहा कि केवल संभावित आतंकवादियों पर ही नजर रखी जाएगी। और अब उसी 'डारपा' ने अमेरिकी कंप्यूटर-विशेषज्ञों को जबर्दस्त अनुदान का लोभ देकर 'लाइफलॉग' यानी किसी व्यक्ति के एक-एक क्षण का कंप्यूटरी जिंदगीनामा तैयार करने के बारे में कारगर प्रस्ताव दे दिया। लाइफलॉग-जैसी कोई चीज बना सकने का सपना कंप्यूटर वैज्ञानिक इधर कई वर्षों से देखते आए हैं। माइक्रोसॉफ्ट से जुड़े गॉर्डन बैल नामक एक विशेषज्ञ तो 'माई लाइफ बिट्स' नामक कंप्यूटर डायरी बना चुके हैं जो उनकी सारी लिखा-पढ़ी, ई-मेल व्यवहार, वेब सर्फिंग और बातचीत को दर्ज करती जाती है। वह उसे अपनी 'अतिरिक्त स्मृति' पुकारते हैं।

इसी तरह टोरेंटो विश्वविद्यालय के प्रोफेसर स्टीव मान और उनके कुछ शोध छात्र चश्मे से जुड़ा सूक्ष्म कैमरा और माइक्रोफोन तथा गतिविधि अंकित करने वाले कुछ और आले लगाकर सेटेलाइट के जरिये अपना जिंदगीनामा अपने कंप्यूटर में दर्ज करते आए हैं। उन्होंने अपने प्रोजेक्ट को 'साइबोंग' (जुड़वां मानव-मशीन) नाम दिया है। 'डारपा' ने जिस 'लाइफलॉग' के लिए प्रस्ताव आमंत्रित किए हैं, वह और भी आगे की चीज होगी। तमाम तरह के सूक्ष्म बेतार यंत्रों से लैस व्यक्ति अपने कंप्यूटर से बेतार संबंध निरंतर बनाए रख पाएगा, चौबीसों घंटे उसकी हर गतिविधि कंप्यूटरी जिंदगीनामा में दर्ज होती रहेगी।

बाहरी गतिविधि ही नहीं, शरीर के भीतर की भी। लाइफलॉग रखने वाला व्यक्ति रक्तचाप वगैरह नापने के सूक्ष्म आले भी लगाए रहेगा। क्या देखा-सुना-कहा-किया-दिया-पाया-छुआ-खाया-पिया-लिखा-पढ़ा? गए कहां? मिले किन-किन से? क्या उनसे बात हुई? क्या उनके साथ किया? और हां, इस दौरान शरीर के भीतर क्या हुआ? सब कुछ दर्ज करेगा लाइफलॉग। एक स्थायी, प्रामाणिक दस्तावेज होगा वह आपकी जिंदगी का। उसे 'अतिरिक्त स्मृति' नहीं अचूक स्मृति मानेंगे आप क्योंकि स्मृति तो धोखा देती है, स्मृति को तो अक्सर संपादित कर देता है हमारा मन। आपके चिकित्सकों-मनोचिकित्सकों के बहुत काम का होगा लाइफलॉग। आपके लिए भी क्योंकि आप 'री प्ले' करके देख सकेंगे कि आपसे कहां क्या गलती हुई? यही नहीं, 'लाइफ-लॉग' आपके 'डाटा' को माइन करके आपके लिए तमाम तरह की उपयोगी जानकारियां भी जुटाता रहेगा। वह आपके निरंतर चलते जीवन-नाटक का पूरा अर्थ समझेगा, अनुभव से जानेगा-सीखेगा,

थोड़ा सयाना हो जाने पर उपयोगी टीका-टिप्पणी भी करने लगेगा, आपसे संवाद भी कर सकेगा।

दूसरे शब्दों में लाइफलॉग, 'अतिरिक्त और अचूक स्मृति' होने के साथ-साथ एक अदद 'अतिरिक्त मस्तिष्क'-नुमा आपका सहायक भी बन सकेगा। जाहिर है कि 'डारपा' के इस प्रोजेक्ट के लिए तो और भी ज्यादा हंगामी डाटा माइनिंग दरकार है। इसलिए कुछ लोगों ने इसके खिलाफ आवाज उठाना शुरू कर दिया है। लेकिन ज्यादातर नेता, जो इससे बेखबर हैं कि हंगामी डाटा माइनिंग संपूर्ण जासूसी की विधि बन सकती है, 'डारपा' की यह सफाई मान लेंगे कि 'लाइफलॉग' जो भी करेगा अपनी मर्जी से ही। अगर वह उसमें कोई बात दर्ज न करना चाहता हो तो कनेक्शन थोड़ी देर के लिए काट देगा। यही नहीं, वह यह अपनी डायरी कूटभाषा में भर सकेगा और अमेरिकी कानून के अनुसार अपने ही खिलाफ गवाही जुटाने के लिए किसी को कोड की कुंजी देने के लिए बाध्य नहीं किया जा सकेगा।

खैर, तो सवाल यह है कि क्या लाइफलॉग सचमुच बन सकेगा? और जवाब यह है कि अमेरिका का प्रतिरक्षा विभाग जिस वैज्ञानिक खोज के लिए आगे बढ़ता है, वह होकर रहती है। इसी 'डारपा' ने कभी 'इंटरनेट' ईजाद करवाया था। अमेरिका ने ही तमाम वैज्ञानिक इकट्ठा झोंक कर परमाणु बम बनवाया था।

(7 जुलाई, 2003)

आधुनिकता और बुर्कानशीं!

कविताओं में गरमागरम यौन-प्रसंग परोस चुकीं कमलादास ने जब कुछ वर्ष पहले बुढ़ापे में मुसलमान बन कर बुर्का पहन लिया था, तब उसे उनके अपनी ओर ध्यान खींचने को आखिरी स्टंट का दर्जा दिया गया था। लेकिन इसे क्या कहिए कि आधुनिक भारतीयों और पाकिस्तान की अमेरिका में पैदा हुई और पढ़ी-लिखीं बहू-बेटियां बड़े उत्साह से बुर्का धारण कर रही हैं! फ्रीमोंट, कैलिफोर्निया में बसे पाकिस्तानी मूल के हक दंपति की अमेरिका में जन्मी बिटिया फातिमा को ही लीजिए जो पिछले दिनों अपने सहशिक्षा स्कूल की मुस्लिम छात्राओं के लिए एक अलग 'प्रॉम' (विदा समारोह) आयोजित करके *न्यूयार्क टाइम्स* तक के लिए महत्त्वपूर्ण समाचार का विषय बनीं।

जब फातिमा के स्कूल में 'प्रॉम' के लिए चंदा लिया जाने लगा, तब उसने साफ कहा कि प्रॉम में मुख्य रूप से बॉल-डांस होता है और हमारा मजहब लड़कियों को लड़कों के साथ नाचने की इजाजत नहीं देता। फिर आप लोग उसमें पीते-पिलाते भी हैं जो हम लोगों के लिए हराम है। लिहाजा मैं मुस्लिम लड़कियों के लिए अलग 'प्रॉम' करूंगी जिसमें चाहें तो दूसरी लड़कियां भी आ सकती हैं। फातिमा ने, जो हाई स्कूल के छात्र-संगठन की अध्यक्षा रह चुकी थीं, आनन-फानन अलग जनाना प्रॉम आयोजित कर डाला। इस प्रॉम के लिए फातिमा समेत सभी मुसलमान लड़कियों ने वैसा ही सिंगार किया और वैसे ही कपड़े पहने जैसे प्रॉम के लिए अन्य अमेरिकी किशोरियां पहनती हैं। थिरकीं भी वैसे ही संगीत पर। लेकिन दो बातें अनूठी हुईं— छात्राएं समारोह स्थल तक आते-जाते बुर्का पहने रहीं और सूर्यास्त होते ही उन्होंने अरब लबादा 'अयाब' पहन कर नमाज अदा की।

फातिमा के वाल्देन ऊंची शिक्षा पाए नौकरीपेशा व्यक्ति हैं जिनका रहन-सहन पूरी तरह आधुनिक है। उसकी अम्मी शाहिदा ने जिंदगी में कभी बुर्का नहीं पहना है। जब फातिमा ने किशोरावस्था में कदम रखते ही 'अपनी अलग पहचान जताने और उसका समुचित आदर कराने' के नेक इरादे से बुर्का पहनने का फैसला किया, तब उसके अब्बा-अम्मी चौंके जरूर मगर औसत अमेरिकी वाल्देन की तरह अपने खयालात बिटिया पर थोपना मुनासिब नहीं समझा। फातिमा कोई अजूबा नहीं है। मुस्लिम वेब-साइटें पश्चिम में पले-पढ़े उन किशोर-किशोरियों के गुणगान से भरी पड़ी हैं जो अपने भटके वाल्देन को खरा मुसलमान बनने की प्रेरणा दे रहे हैं।

सबसे अधिक प्रेरक मेरे विचार से अमेरिका में जन्मी वह हिंदू लड़की रही होगी जिसने एक अग्रणी विश्वविद्यालय में उच्चशिक्षा ग्रहण करते हुए अपने मुस्लिम सहपाठी से विवाह करने के बाद बुर्का तो पहना ही, भारत भिजवाने के लिए दुल्हन के भेस में अपना फोटो इसलिए नहीं खिंचवाया कि उस पर पराए मर्दों की नजर पड़ेगी! सवाल

यह है कि जिन औरतों ने रूढ़िग्रस्त देशों में पलने के बावजूद कभी पर्दा नहीं किया, उनकी बेटियां उन्मुक्त आधुनिक देशों में पल कर भी क्यों पर्दानशीं बन रही हैं? इसका एक जवाब तो यही है कि औसत इनसान किसी भी चीज की अति से विद्रोह कर सकता है, वह चाहे बंदिशों की हो या छूट की।

इसमें कोई संदेह नहीं कि मुक्तमंडी ने आधुनिकता का जो संस्करण सब पर लादा है, वह 'नारी तुम केवल भोग्या हो' कहता है और साथ ही, यह भी कहते रहना चाहता है कि नारी तुम केवल गृहिणी-जननी हो। उसमें नारी का दुहरा शोषण निहित है। यही नहीं, उसमें मर्द कुल मिलाकर औरतों को उतना भी आदर नहीं दे रहे हैं जितना कि परंपरागत समाजों में देते थे। परिवार टूट रहे हैं और अनैतिकता बढ़ रही है। हर कहीं दक्षिणपंथी बिरादरी इसे मुक्तमंडी के 'स्वार्थ ही सभी कुछ है' के जीवन-दर्शन से न जोड़कर 'धर्म की ग्लानि' से जोड़ रही है।

मर्दों को तो यह बात खैर समझ में आनी ही थी कि औरत को ज्यादा छूट दे देने से ही सारा बंटाढार हो रहा है लेकिन मर्दों से बराबरी तो न पा सकीं तथापि उनका संरक्षण गंवा चुकीं औरतों को भी ठीक-सी लग रही है। उल्लेखनीय है कि गरीब अमेरिकी अश्वेतों ने जिनके यहां आधुनिकता के दौर में किशोरियों को गर्भवती बनाकर भाग जाने की महामारी-सी फैली हुई है, कट्टरपंथी इस्लाम उत्साह से अपनाया है। आज अमेरिका के 60 लाख मुसलमानों में से 18 लाख ईसाई से मुस्लिम बने अश्वेत हैं। जैसा कि एक अश्वेत मुस्लिम विदुषी ने हाल में कहा, 'हिजाब और अयाब धारण करके हम अपना 'सेक्स ऑब्जेक्ट' नहीं, इज्जतदार औरत होना घोषित कर रही होती हैं।'

आधुनिकता का इस तरह अपनी मर्जी से बुर्कानशीं हो जाना कट्टरपंथियों की स्त्री-विरोधी आत्मा को बहुत तोष दे रहा है। दिलचस्प बात यह कि स्त्रीवादी विमर्श के कुछ उत्तर आधुनिक झंडाबरदार भी बुर्के के समर्थन में बोल रहे हैं। इसलिए नहीं कि वह औरत की रक्षा करता है बल्कि इसलिए कि वह मुस्लिम महिला को अपनी सदियों पुरानी पहचान से जुड़े रहकर पश्चिमी सांस्कृतिक साम्राज्यवाद अस्वीकार करने का अवसर देता है। इन वामपंथी स्त्रीवादियों के अनुसार, हम 'प्रगति' के यूरोप-केंद्रित विराट आख्यान के आधार पर बुर्के को मुस्लिम स्त्री की 'दुर्गति' का नमूना नहीं ठहरा सकते। मुस्लिम स्त्री अपनी अलग सांस्कृतिक पहचान बनाए रखने के बावजूद आपसे अधिक आधुनिक हो सकती है! फातिमा-जैसी सैकड़ों युवतियां आधुनिक के साथ-साथ पक्की तरह से मुस्लिम होने को अपने स्वाभिमान के तकाजे के रूप में प्रस्तुत कर रही हैं और वामपंथियों का समर्थन पा रही हैं। तो जहां फातिमा की अम्मी-दादी के जमाने में उदारपंथ यह आग्रह कर रहा था कि पर्दा-प्रथा का इस्लाम से कोई लेना-देना नहीं है, वहां आज वह यह आग्रह करता लग रहा है कि पर्दा-प्रथा और आधुनिकता परस्पर विरुद्ध नहीं हैं! जैसे पोंगापंथियों से यह पूछना बेकार है कि पूंजीवादी समाज में स्त्री अगर मात्र भोग्या ही रह गई है तो क्या

इसीलिए कि वह बेपर्दा हो गई, वैसे ही उत्तरआधुनिकों से यह पूछना बेकार है कि क्या मुस्लिम स्त्री–जैसी कोई अलग चीज है या कि आप भी किसी वहाबीकेंद्रित विराट आख्यान के मानक हर मुस्लिम स्त्री पर थोपना चाहते हैं?

यह भी कि यूरोप–केंद्रित आधुनिक संस्कृति में जो अच्छाइयां हैं, उनका गैर–यूरोपियों द्वारा भी अपना लिया जाना आप क्यों गैर जरूरी समझते हैं? क्या आप उन कट्टरपंथियों के हाथ मजबूत नहीं कर रहे हैं जो पश्चिम में वही पर्दा पीढ़ी द्वारा 'गर्व से कहो हम मुस्लिम हैं' की नीति अपनाए जाने से इसलिए प्रसन्न हैं कि उन्हें इससे 'इस्लाम के सबसे बड़े दुश्मन' पश्चिम पर पश्चिम में ही विजय मिल सकने की संभावना दिख रही है। अमेरिका में बसे एक पाकिस्तानी विद्वान शमीम सिद्दिकी ने अपनी पुस्तक में लिखा है कि हमें दुनिया के सबसे खुशहाल देश अमेरिका में बसने का मौका मिला ही इसलिए है कि हम यहां सबसे पाक मजहब इस्लाम का झंडा गाढ़ कर दिखा दें।

(14 जुलाई, 2003)

मर्द अब रह गए बस नाम के!

शक्तिशाली संरक्षक होने के नाते पुरुष का दर्जा स्त्री से सदा ऊंचा रहा है और रहेगा। इस मान्यता को स्त्री–पुरुष की बराबरी की पैरवी करती आधुनिकता से चुनौती मिली और 'जेंडर वॉर' उर्फ 'नर–नार तकरार' का सिलसिला शुरू हुआ। हाल में 96 वर्ष की होकर सिधारीं अभिनेत्री कैथरीन हैपबर्न इस 'वॉर' के पहले दौर की प्रतिनिधि आधुनिका थीं — मंच और पर्दे पर ही नहीं, वास्तविक जीवन में भी। उन्होंने एक ऐसी औरत की भूमिका निभाई जो घर में और बाहर मर्द से बराबर की टक्कर लेती है और जो न मर्द को रिझाने में विश्वास करती है और न उसका हुक्म बजाने में।

वास्तविक जीवन में कैथरीन कभी सजी–संवरीं नहीं, सदा सादे–सपाट पतलून–कमीज पहने रहीं, किसी भी मर्द के आगे झुकीं नहीं और पहली शादी जल्दी टूट जाने के बाद विवाह–बंधन में नहीं बंधीं। शादीशुदा और कैथलिक होने के कारण तलाक लेने में असमर्थ स्टुअर्ट ग्रेंजर से जब पर्दे से बाहर भी उनकी जोड़ी बन गई, तब उन्होंने दूसरों को इस रिश्ते की छीछालेदर कर सकने का कोई मौका नहीं दिया। पढ़ी–लिखी होने के नाते वह हमेशा एक प्रबुद्ध महिला ही बनी रहीं, ग्लैमर गर्ल बनने से उन्होंने इनकार किया। स्टुअर्ट से अपना प्रेम–संबंध उन्होंने पूरी निष्ठा से निभाया और आखिरी बीमारी में उसकी पांच वर्ष तक रात–दिन सेवा की।

कैथरीन–जैसी आधुनिका के प्रति मर्द की प्रतिक्रिया वही थी जो पर्दे पर पति या प्रेमी की भूमिका निभाते स्टुअर्ट की हुआ करती थी। भयंकर खीझ की, कि मुझसे प्रेम करने वाली मुझसे पंगा क्यों ले रही है। प्रेमिका की प्रबुद्धता पर भी हीरो खीझता लेकिन थोड़ा गर्व भी करता कि इतनी सुघड़ और चतुर नार मुझसे प्यार करती है। दूसरे शब्दों में यह कि कैथरीन का आदर्श प्रेमिका होना स्टुअर्ट की मूंछों की लाज रख रहा था। वह जानता था, सारे मर्द जानते थे कि यह आधुनिका 'द एंड' से पहले हीरो के सीने में सिर छिपाती नजर आएगी।

अफसोस कि बाद में आईं स्त्रीवादियों ने मर्द के प्यार के स्वार्थी होने का पर्दाफाश करते हुए बहनों को मर्द बच्चों से सावधान रहने की सीख दी। औसत मर्द इससे क्रुद्ध तो हुआ लेकिन चिंतित नहीं। सो इसलिए कि स्त्रीवाद का बखान करने वाली महिलाएं पंडिता किस्म की थीं जिनका पुरुष–विरोध आम स्त्री की समझ से परे था। फिर उनमें से बहुत–सी फैशन, साज–सिंगार और मर्द से सेक्स–रोमांस का संबंध जोड़ने का भी विरोध करती नजर आ रही थीं। तो स्त्रीवाद के प्रहार के बावजूद आधुनिक मर्द बिरादरी आश्वस्त रही कि सेक्स–रोमांस के मामले में प्रमुख भूमिका हीरो की ही रहेगी। आधुनिकाएं भले ही बोर्डरूम तक में हमें चुनौती देने पहुंच जाएं, बैडरूम में तो हम ही हावी रहेंगे।

मैन ओनली, *एस्क्वायर* और *प्लेबॉय*–जैसी पत्रिकाएं इसीलिए चल निकलीं कि सफल संपन्न आधुनिक मर्द यह माने हुए था कि कम से कम विलासिता के मामले में तो आज भी मैं सामंती बना रह सकता हूं। विलासिता और कामुकता का संसार सदा मर्द का अपना संसार बना रहेगा क्योंकि स्त्रीवाद उसके विरुद्ध है और परंपरा से भी भली लड़कियां इन सबसे परहेज ही करती आई हैं क्योंकि प्रकृति ने उन्हें मां की भूमिका के लिए बनाया है। फिर '60 के दशक में एक ऐसी स्त्री उभरी जिसने यह फतवा देकर सारा नक्शा ही बदल डाला कि 'भली लड़कियां, हो सकता है, स्वर्ग पाती हों लेकिन बुरी लड़कियां निश्चय ही सब कुछ पा जाती हैं।'

वह थी हेलन ब्राउन। पढ़ी–लिखी, लेकिन पंडिता नहीं, 'पटाखा!' साधारण घर में जन्मी और दृढ़ संकल्प से आगे बढ़ी लगभग चालीस वर्ष तक कुआंरी रही और सेक्रेटरी–जैसे छोटे पदों पर काम कर चुकी महिला जो विज्ञापन एजेंसी में बड़ा पद और एक सफल हॉलीवुड निर्माता पति पा गई थी। उसने सन् '62 में अपनी रामकहानी *सेक्स एंड सिंगल गर्ल* लिखी जिसका संदेश यह था– लड़कियो! अपने स्वास्थ्य, पहनावे, बनाव–सिंगार और नौकरी–धंधे पर पूरा ध्यान दो, सफलता को अपना लक्ष्य बनाओ घर–गिरस्ती को नहीं, शादी में जल्दबाजी न करो और सेक्स–रोमांस को अपना हथियार बनाओ, पुरुष के आगे अपनी लाचारी न समझो उसे।

हेलन ने प्यारी बहनों को यह भी बताया कि मैं भी आपकी तरह कुछ खास न थी लेकिन मैंने अपने आपको मेहनत से आकर्षक और शक्तिशाली बना लिया है। मैं पुरुषों से टक्कर ले सकी हूं, आप भी ले सकती हैं। सन् '65 में हेलन प्रबुद्ध महिलाओं की पत्रिका *कॉस्मोपॉलिटन* की संपादिका बना दी गईं। बंद होने के कगार पर पहुंची इस पत्रिका को उन्होंने *एस्क्वायर* और *प्लेबॉय* का जनाना संस्करण बनाकर स्त्रीवाद का सेक्स और ग्लैमर से भरा संस्करण बनाकर साधारण स्त्रियों तक पहुंचा दिया। पत्रिका सफल होने लगी। विलासिता के इस पाठ की पराकाष्ठा तब हुई जब सन् '72 में हेलन ने पत्रिका के बीच के पृष्ठों पर अभिनेता बर्ट रेनल्ड्स का नग्न चित्र छाप दिया।

मर्दों ने पहले इस नई आक्रामक महिला को हास्य–व्यंग्य की पात्रा बनाया। *एस्क्वायर* ने एक आवरण कथा में पूछा, 'नर–नपुंसकता ने अब तक आपको धरा कि नहीं?' उसने कहा कि यह नई औरत रोमांस की हत्या कर रही है और असली मर्द इसकी प्यास को दूर से ही प्रणाम किए दे रहे हैं। अफसोस कि सेक्स के मामले में मर्द से टक्कर लेने वाली औरत के आगे प्रबुद्ध विलासी मर्दों ने ही नहीं, *एस्क्वायर* ने भी घुटने टेक दिए और उधर *कॉस्मोपॉलिटन* भारत समेत अनेक देशों में झंडा गाड़ती गई! *एस्क्वायर* छापने लगा, 'औरत को कैसे वश में करें?' – जैसी आवरण कथाएं और *कॉस्मोपॉलिटन* ताल ठोक कर पूछने लगी, 'कौन कहता है मर्द को भोगने के

लिए उससे बंधना जरूरी है?'

'जेंडर वॉर' के ताजा दौर की प्रतिनिधि आधुनिका निश्चय ही हेलन हैं जिन्होंने फरवरी में अपने 81वें जन्मदिन पर यह बताया कि मैं सेक्सी बने रहना आज भी बेहद जरूरी समझती हूं और मैंने इधर 'टैंगो' इसलिए सीखा है कि वही सबसे सेक्सी नृत्य है! जो गुड़िया नहीं है ऐसी सफल, शक्तिशाली और सेक्सी आधुनिका से घबराकर पुरुष हाल तक खतरनाक खेलों में और पुलिस तथा सेना में अपनी मर्दानगी सिद्ध करने के लिए जाते रहे थे लेकिन वहां भी स्त्री आ धमकी है। सेना उनका सबसे बड़ा गढ़ था लेकिन सैनिक कार्यों में आज 'मर्दाना' ताकत या हिम्मत की कोई खास जरूरत नहीं रह गई है। सवा सत्यानाश यह कि मर्द को अब यौन-सुख देने के मामले में भी खासा निकम्मा सिद्ध किया जा चुका है।

तो फिर अब मर्द किस काम का? इस सवाल से परेशान होकर खामोश, जांबाज मर्द की भूमिका में नाम कमा चुके क्लिंट ईस्टवुड ने कहा है, 'मर्द की अब कोई जरूरत नहीं रही। उसकी जगह शुक्राणु-बैंक ले सकते हैं।' 'जेंडर वॉर' जोर पकड़ रही है। पिटे मर्द या तो स्त्री को सचमुच पीट देने का रास्ता अपना रहे हैं या स्त्री को परंपरागत भूमिका अपनाने के लिए प्रेरित करने वाले धार्मिक आंदोलन चला रहे हैं या वैज्ञानिक ढंग से सिद्ध कर रहे हैं कि स्त्री पुरुष के बराबर हो ही नहीं सकती। बस स्त्री से कोई उचित-सी संधि कर लेने में ही उन्हें कष्ट हो रहा है।

(21 जुलाई, 2003)

माननीय दुर्घटना मंत्री महोदय!

विदेशों में बसे कुछ भारतीयों को न देशभक्ति का खयाल रहता है और न देश के नेताओं का लिहाज। तो अभी उस दिन अमेरिका में बसा एक भारतीय मित्र कहने लगा कि भारतीय रेल का नया नारा होना चाहिए— 'हफ्ते की एक दुर्घटना : चुस्त-दुरस्त बनने की प्रेरणा।' फिर वह मसखरा बोला, 'माननीय रेल दुर्घटना मंत्री महोदय नीतीश कुमारजी को अब तो इस्तीफा दे ही देना चाहिए।' मैंने उससे कहा, 'देखो मित्र, दुर्घटना उसे कहते हैं जो दैवयोग से कभी हो जाती हो। जो आए-दिन होती हो उसे घटना ही कहा जाता है। अब क्योंकि रेल घटना मंत्री सुनने में बहुत अटपटा लगता है इसलिए रा.लो.मो. सरकार के रहते नीतीशजी रेलमंत्री ही रहेंगे हमारे लिए। और उनका इस्तीफा किस खुशी में मांग रहे हो तुम?'

वह बोला, 'खुशी में नहीं, दुर्घटना में मरने वालों के गम में।' मैंने कहा, 'क्या नीतीशजी ने उन्हें मारा? वह क्या गाड़ी चलाते, सिग्नल देते और डिब्बा-इंजन-पुल-पटरी की जांच करते हैं?' उस मूर्ख ने कहा, 'अरे रेल मंत्रालय तो चलाते हैं?' मुझे उसे बताना पड़ा कि 'नीतीशजी एक ठो राजनेता हैं और आज के समाज और संसार के हर नेक नेता की तरह वह भी अगर कुछ चलाते हैं तो सबको उल्लू बनाकर अपना उल्लू सीधा करने की राजनीति।' फिर मैंने उसे समझाया कि आधुनिकता के मुक्तमंडी संस्करण के सारे संसार पर छा जाने के बाद हर आम और खास इनसान दीक्षा में यही मंत्र ले रहा है कि स्वार्थ साधो और इसी जन्म में स्वर्ग भोगो। दो साल पहले काठगोदाम में मेरा पाला एक ऐसे जीप-टैक्सी-ड्राइवर से पड़ा जिसे इस मंत्र में दीक्षित आम आदमी का प्रतिनिधि माना जा सकता था। वह अल्मोड़ा के लिए सवारियां ले जा रहा था। मैं अपनी पत्नी के साथ उसके पास पहुंचा और उससे कहा कि हमें आगे की दो सीटें चाहिए और हम चाहेंगे कि आप नियमानुसार तीसरी सवारी आगे न बैठाएं। उसने जानना चाहा कि नियम मानने का रिवाज किस दुनिया में चला हुआ है और यह भी कि क्या तीसरी सवारी न बैठाने के लिए मैं अतिरिक्त भाड़ा देने को तैयार हूं? मैं तैयार हो गया। उसने बाकी सीटों पर नियम से तीन ज्यादा सवारियां ठूंसीं और चल पड़ा।

भवाली में एक सवारी उतरी और एक दादी-पोता चढ़ने आए। ड्राइवर ने पोता पीछे फिट कर दिया और दादी को आगे न बिठाने से अपने को होने वाली आर्थिक हानि का सवाल तो उठाया ही, साथ ही, मेरी मानवीयता को भी लानत भेजी कि एक बुढ़िया को जरा-सी जगह देने में आसमान सिर पर उठा रहा हूं। तो मेरी पत्नी जरा-सी खिसक कर आधी मेरी गोद में आ गई और दादी आधी मेरी पत्नी की गोद में। और हां, गियर मेरी टांगों के बीच आ गया। जीप फिर चल पड़ी। खैरना से

आगे किसी परिचित ने ड्राइवर को हाथ दिया और ड्राइवर ने उसे आधा मेरी टांग पर और आधा अपनी गोद में बिठा लिया। वह एक कूल्हा अधर में लटकाए टेढ़ा होकर बैठ गया और फर्राटे से जीप दौड़ाने लगा।

पत्नी ने लाख टोका पर अब मैं प्रचंड प्रवचन झाड़ते हुए ड्राइवर की नैतिकता पर उंगलियां उठाने लगा। इस पर उस सयाने ने मुझसे कहा, 'अगर मैं दो से ज्यादा सवारियां बैठाने के बाद भी आपसे ज्यादा भाड़ा लूं तो नेता-टाइप की बातें करना। आप कैसे इनसान हैं, मैं नहीं जानता लेकिन मैं उन इनसानों में से हूं जो हमेशा आपकी तरह अपनी ही नहीं सोचते! आपके लिए न इस सवारी से मेरी पहचान का कोई मतलब है, न उस सवारी के बुढ़िया होने का। आपको तो बस अपने आराम की फिकर है। अरे मैं पैसा कमाने में लगा हूं तो क्या जुर्म कर रहा हूं? कानून कौन मान रहा है आज की तारीख में? सजा? वह तो उन्हें मिलती है जो घूस नहीं दे पाते! अच्छा, मिलेगी भी तो मुझे मिलेगी आप क्यों फिक्र कर रहे हैं!

'मैं इस इलाके का सबसे अच्छा ड्राइवर हूं, अभी एक और सवारी भी आगे बैठा लूं तो भी जीप चलाने में मुझे कोई दिक्कत नहीं होगी। अरे जब मैं चला रहा हूं तो अकेली आपकी जान ही तो खतरे में नहीं है ना, मेरी भी है। कोई एक्सीडेंट नहीं होगा और हो ही गया तो मैं भी खतम, आप भी खतम, सारी बहस खतम। उसके बाद की किसने देखी है?' अगर वह ड्राइवर आज का प्रतिनिधि आम इनसान था तो आज के प्रतिनिधि खास इनसान हैं। विश्व चौधरी देश के चौधरी बुश जो स्वार्थ को परमार्थ की तरह पेश करते हैं, कायदे-कानून उनके हिसाब से भी केवल गरीब देशों और व्यक्तियों के लिए ही हैं। उनके लिए भी अपना हर विरोधी मानवता का शत्रु है। उनकी भी अपने बारे में बहुत अच्छी राय है। वह भी भगवान और समाज की बहुत बातें करते हैं लेकिन उन्हें भी न भगवान का भय है और न समाज का लिहाज! उनके लिए भी जो है सो आज और अभी है क्योंकि कल किसने देखा है? और हां, उनकी भी जवाबदेही और जिम्मेदारी बस अपनी सफलता-संपन्नता के प्रति ही है।

बुश अफगानिस्तान और इराक को ध्वस्त करके लचर राष्ट्रपति से एक ही छलांग में सफल-सबल राष्ट्रपति बन गए हैं और उनकी संपन्नता भी असंदिग्ध है क्योंकि हर धनी व्यक्ति, हर बहुराष्ट्रीय निगम बस उन्हें ही चंदा देना चाह रहा है! तो उन्हें इससे कोई फर्क नहीं पड़ता कि अफगानिस्तान में वह आधुनिक लोकतंत्र नहीं, कबायली सरदारों का राज ही ला सके हैं। काबुल हवाई अड्डे तक की सुरक्षा के लिए स्वयं अमेरिकी सेना एक कबायली सरदार को तगड़ी घूस दे रही है। पुनर्निर्माण का कोई ठोस काम कहीं नहीं हो रहा है और सहायता की रकमें भ्रष्ट लोगों की जेबों में जा रही हैं।

बुश इराक के महाविनाशकारी अस्त्रों के बारे में झूठ बोलने के लिए जवाबदेह नहीं हैं। न वह इसके लिए जिम्मेदार हैं कि उन्होंने इराकियों की जिंदगी बेहतर बनाने की जगह भयंकर रूप से बदतर बना दी है। इसके लिए भी नहीं कि वहां कट्टरपंथ सिर उठा रहा है और विद्यालयों में छात्राएं और अध्यापिकाएं तथा अस्पतालों में डॉक्टरनियां पर्दा करने के लिए बाध्य की जा रही हैं। इसके लिए भी नहीं कि इराक में लोकतंत्र-स्थापना की आशा क्षीण है और शिया-सुन्नी, अरब-कुर्द जनसंहार की आशंका प्रबल। बुश खुश हैं क्योंकि भले ही न ओसामा पकड़ा गया हो, न सद्दाम, वह 'आतंक के खिलाफ जंग' में कामयाब हुए हैं और इस नाते अगला चुनाव जीत सकेंगे। थोड़ी भी शंका हुई जीत में तो ईरान पर हमला कर देंगे।

अंत में मैंने बुश के देश के नागरिक बन चुके भारतमाता के उस सपूत से कहा कि आदर्श निर्लज्ज और आत्मतुष्ट मुक्तमंडी मानव तो तुम्हारे राष्ट्रपति हैं, हमारे नीतीशजी को काहे कोस रहे हो? बुश को विश्व दुर्घटना मंत्री कहो न!

(28 जुलाई, 2003)

जे पीर पराई न जानें रे!

जब से इराक में इक्का-दुक्का अमेरिकी सैनिक के मारे जाने की खबर दूसरे- तीसरे दिन आने लगी है, तब से अमेरिकी मीडिया को इराक युद्ध का इनसानी दुख-दर्द भयंकर रूप से सताने लगा है। उसके लिए हर मरे सैनिक का एक नाम है, चेहरा है, परिवार है और कैमरे के आगे सिसकने के लिए दोस्त और रिश्तेदार हैं। हर सैनिक की मौत एक दर्दनाक कहानी है और मीडिया उसे इस तरह पेश कर रहा है कि अमेरिकी दर्शक बहुत दुखी हो रहे हैं। दक्षिणपंथी मीडिया तो साथ ही यह भी कह रहा है कि इस मुसीबत की घड़ी में कोई हमारी मदद के लिए नहीं आ रहा है, उल्टे सब मजे ले रहे हैं।

चीख-चिल्ला कर सबकी बोलती बंद करने में महारत हासिल कर चुके अमेरिकी एंकर मृत सैनिकों के परिवारों का दुख बर्दाश्त नहीं कर पा रहे हैं और उन्हें इस बात पर बहुत गुस्सा आ रहा है कि जिस दुनिया को शैतान सद्दाम से बचाने के लिए हमने अकेले अपने बूते एक महंगी लड़ाई लड़ी, वह हमारा अहसान मानने की जगह हमें नसीहत देने में लगी है। फ्रांस और जर्मनी पर तो लानत भेजी ही जा रही है लेकिन कभी-कभी अन्य देश भी लपेट में ले लिए जा रहे हैं। जैसे अभी उस दिन फॉक्स चैनल के एंकर ने गरज कर पूछा, 'क्या यह कम है कि हमने सद्दाम का खतरा दूर कर दिया। अब भी हमारे सैनिक क्यों मरें इराक में? वो पाकिस्तान, भारत, पुर्तगाल वगैरह कहां गए जो अपनी फौजें इराक भेजने वाले थे?'

अमेरिकी मीडिया मृत सैनिकों के परिवार वालों के आंसू-डूबे बयानों के साथ-साथ अब इराक में तैनात सैनिकों की पत्नियों के भी बयान प्रसारित कर रहा है। ये कुछ इस तरह के होते हैं, 'सच मुझे अपने पति बिचारे पर बड़ा तरस आ रहा है और हमारे सैनिकों को मारने वाले अहसान फरामोश इराकियों पर बहुत गुस्सा। हमारी यह पहली औलाद अभी मेरे पेट में ही थी कि मेरे पति को इराकियों को जालिम सद्दाम से छुटकारा दिलाने के लिए जाना पड़ गया। लड़ाई खत्म हो चुकी है लेकिन वह बच्ची को देखने नहीं आ पा रहा है क्योंकि उसे अभी इराकियों को लोकतंत्र दिलाने का काम करना है। तपते रेगिस्तान में रहना पड़ रहा है बिचारे को जबकि वहां पानी-बिजली का संकट है। जबसे उसके दो साथी मारे गए हैं, वह और मैं दोनों भयंकर तनाव में हैं। मैं तो कहती हूं उन नाशुक्रगुजारों को भाड़ में जाने दो और हमारे सैनिकों को वापस बुला लो।'

मैं समझता हूं कि अमेरिकी मीडिया में होते इस तरह के प्रलाप को ज्यों का त्यों प्रस्तुत कर दिया जाए तो उसे किसी इराकी का लिखा जोरदार व्यंग्य मान लिया जाएगा। मृत इराकी सैनिकों की तो बात ही छोड़िए, इस मीडिया के लिए अब तक

उन लगभग सात हजार इराकी नागरिकों का भी कोई अस्तित्व नहीं है जो अमेरिका द्वारा 'केवल सैनिक ठिकानों तक सीमित' अचूक बमबारी में मारे गए। युद्ध से पहले लगे हुए आर्थिक प्रतिबंधों के चलते इराक में जो कुछ लाख बच्चे-बूढ़े दवा और अच्छी खुराक की कमी से मरे, उनका भी इस मीडिया ने कभी जिक्र नहीं किया। अपने मृतक उसके लिए इनसान हैं, इराकी मृतक आंकड़ा तक भी नहीं।

पराए इनसान को, खासतौर से दुश्मन को इनसान ही न मानना बड़ी पुरानी इनसानी कमजोरी है। यह सच है कि पराई पीर जानना इनसानियत का असली सबूत माना जाता रहा है क्योंकि बुद्धिमान होने के नाते इनसान ही एक ऐसा जानवर है जो दूसरे की तकलीफ समझ सकता है। लेकिन अफसोस कि बुद्धिमान होने के नाते इनसान यह भी समझता है कि पराए की पीड़ा महसूस करने का चक्कर अपनों को मुसीबत में डाल सकता है। इसीलिए जंगल में रहते हुए उसने यह सूत्र पकड़ लिया—करुणा अपनों तक सीमित रखो। पराया पूरी तरह से इनसान है ही नहीं, उस पर अपनी करुणा बर्बाद मत करो।

बहरहाल जिस यूरोपीय आधुनिकता का झंडाबरदार आज अमेरिका है उसका शुरू से यह दावा रहा है कि वह इनसान-इनसान के बीच किया जाने वाला हर भेदभाव मिटा रही है। ऐसे में अमेरिकी मीडिया का अमेरिकी हमले के शिकार बेकसूर इराकी नागरिकों के लिए हमदर्दी का एक आंसू भी न बहाना और चंद अमेरिकी सैनिकों के मरने पर सियापा करना आश्चर्यजनक लगता है। लेकिन शायद लगना चाहिए नहीं क्योंकि आधुनिकता के झंडाबरदार स्वयं आधुनिकता को ही अपनी नस्ल की श्रेष्ठता का सबूत मानकर परायों को कमतर बल्कि लगभग पशुवत इनसान शुरू से ठहराते आए हैं। अमेरिकी महाद्वीप और आस्ट्रेलिया-न्यूजीलैंड के आदिवासियों का लगभग सफाया करके उनकी धरती अपनी बना लेने में उन्हें कोई संकट नहीं हुआ क्योंकि वे 'जंगली और जाहिल' थे।

आज भी अमेरिकी मीडिया 'हम और वे' वाली शैली में यह सवाल उठाता है कि 'व्हाई डू दे हेट अस?' और फिर बताता है कि वे मुसलमान गरीब, पिछड़े और जहालत में डूबे हुए हैं इसलिए हमारी अमीरी से जलते हैं और हमारी आधुनिकता और वैचारिक स्वतंत्रता से चिढ़ते हैं। आधुनिक देश शुरू से इसे भी अपनी श्रेष्ठता का प्रमाण मानते आए हैं कि हमारे पास ऐसे अस्त्र हैं जिनका पिछड़े वहशियों के पास कोई जवाब ही नहीं है। पहली लड़ाई के बाद जब ब्रिटेन ने इराक हथिया लिया, तब स्थानिक विद्रोह कुचलने के लिए उसने नई-नई चली हवाई हमले की विधा आजमाई और गर्व से कहा, 'अरब और कुर्द अब समझ गए हैं कि कुल चार-पांच ऐसे उड़नखटोले न जिन पर निशाना साधा जा सकता है, न जिनकी मार से बचा जा सकता है और न जिनसे लड़कर वीरगति पाई जा सकती है, देखते-ही-

देखते हमारे गांव के गांव तबाह कर सकते हैं।'

आधुनिकों को शत्रु को आतंकित कर देने के लिए क्रूरतम उपाय अपनाने में भी कभी परहेज नहीं हुआ है। अमेरिका ने दूसरी बड़ी लड़ाई के लगभग खत्म हो जाने के बावजूद जापानी नागरिकों पर इसलिए एटम बम गिराए कि जापान ही नहीं, सारी दुनिया आतंकित हो जाए और जापानी फौज से कुछ और लड़ने में हमारे सैनिकों की जानें न जाएं। पश्चिमी दर्शकों के लिए जापानी नागरिकों की यातना कुकुरमुत्ता-बादल का दिलचस्प चित्र बन कर रह गई। दूरमारक अस्त्र पराए की पीड़ा से मनोवैज्ञानिक दूरी बढ़ाते हैं और आधुनिक मीडिया उसे एक दिलचस्प और देखने लायक नजारे के रूप में प्रस्तुत करता है।

इराक-विध्वंस अमेरिकी चैनलों के दर्शकों के लिए दुश्मन के ठिकाने का कंप्यूटर के निशाना-साधक-यंत्र के ठीक बीचोबीच आना और फिर एक चमक के साथ फटाक से गायब हो जाने का खेल भर बन गया। खून-खराबा तो अल जजीरा ने दिखाया जो परायों की चैनल थी और इसलिए झूठा प्रॉपेगेंडा कर रही थी। मुक्तमंडी का मीडिया हिंसाप्रेमी इसलिए युद्धप्रेमी है। उसका नारा है 'इफ इट ब्लीड्स, इट लीड्स' (खून-सनी हो अगर, बनेगी पहली खबर)। और वह युद्ध को एक दिलचस्प खेल की तरह प्रस्तुत करके पराई पीड़ा के प्रति हमारी संवेदन-शीलता पूरी तरह खत्म ही कर देता है।

(4 अगस्त, 2003)

साइबर प्रेम, सेक्स और शादी

असार साइबर संसार से अपरिचित मेरे-जैसे कुछ लोग भले ही अचरज करें पर कम्पूटैत बिरादरी जानती है कि रिश्ते ही रिश्ते कराने के मामले में जो धाक कभी दिल्ली वालों में किन्हीं पाठकजी की हुआ करती थी, वही आज दिल वालों में 'इंटरनेटजी' की है। पाठकजी बेचारे तो शादी के लिए दो-चार रिश्ते ही सुझा सकते थे, इंटरनेटजी सेक्स-रोमांस का भी जुगाड़ कराते हैं और कुछ इस दरियादिली से कि एक ऑस्ट्रेलियाई मजनू एक साथ बीस अमेरिकी लैलाओं से प्रेमलीला रच सका। जब वह उन्हें मौके पर जाकर जांचने-परखने पहुंचा तब उसके साथ-साथ टीवी वालों की टोली भी घूमी और एक जोरदार वृत्तचित्र बना! यदि आप केवल विवाह के ही इच्छुक हों तो इंटरनेटजी के पास परंपराप्रेमियों के लिए वैवाहिक या व्यक्तिगत विज्ञापन देने की और आधुनिकों के लिए 'ऑनलाइन डेटिंग' की सुविधा है। किसी खास बिरादरी, आयु वर्ग या शौक के लोगों की जो अपनी साइटें हैं, उनमें जाकर आप अपने पंथ और पसंद के लोगों से संपर्क और लिखा-पढ़ी कर सकते हैं। अब जैसे बूढ़ों की साइटें कई विधुर और विधवाओं की जोड़ियां बना रही हैं! भारतीयों की साइटें देश-विदेश के भारतीयों को विवाह सूत्र में बांध रही हैं। अपने यहां के लोगों को 'फास्ट' मानने वाले पश्चिम वाले एशियाई और पूर्व यूरोपीय साइटों में जाकर वर-वधू तलाश पा रहे हैं। खैर, शादी तो पत्र-पत्रिकाओं के माध्यम से भी होती आई थी, इंटरनेटजी का चमत्कार यह है कि उन्होंने सेक्स और रोमांस की-बोर्ड पर रखी आपकी अंगुलियों तक पहुंचा दिया है।

दुखद है लेकिन सच है कि संप्रेषण की सबसे नई विधा इंटरनेट का सबसे ज्यादा इस्तेमाल इनसान की सबसे पुरानी वृत्ति सेक्स के लिए ही हो रहा है। अश्लीलता का धंधा, जो अब अपने को 'वयस्क मनोरंजन उद्योग' कहता है, इंटरनेट का सफलतम धंधा है। अकेले अमेरिका में वह सालाना एक अरब डॉलर से ज्यादा कमा रहा है जिसमें 30 प्रतिशत शुद्ध मुनाफा है। इसी उद्योग के प्रताप से इंटरनेट से टाइप किए हुए संदेश ही नहीं, आवाज और चलती-फिरती तस्वीर भेजने की विधियां, वेब फोन और वेब कैमरा, तेजी से विकसित हो सकीं। इनके सहारे कुछ सेक्स साइटों के ग्राहक बहैसियत निर्देशक दूसरे सिरे पर बैठे पात्र-पात्राओं से अपने कहे के अनुसार 'वयस्क मनोरंजन' करा सकते हैं। या इस सिरे से अपना भी कैमरा ऑन करके उसमें दूर से ही सही शामिल भी हो जा सकते हैं।

पेशेवर सेक्स से परहेज करने वालों के लिए इंटरनेटजी के पास चैट रूम हैं जो बनाए इसलिए गए हैं कि साइट के ग्राहक वहां आकर अपनी रुचि के विषय पर दूसरों से टाइप किए संदेशों की मार्फत बतिया सकें। लेकिन इनका ज्यादातर उपयोग

सेक्स–रोमांस के लिए ही होता रहा है। कुछ चैट रूम तो खैर एलानिया हैं ही प्यार–मोहब्बत के लिए लेकिन जो 'समसामयिक राजनीति' या 'कुम्हार कला' जैसे नीरस विषयों के लिए है, उनमें भी कुशल व्यक्ति बात का रुख रोमांस की ओर मोड़ ही सकते हैं। कई चैट रूमों में यह सुविधा रहती है कि दो व्यक्ति जब चाहें 'निजी कक्ष' में जाकर औरों की नजरों से छिपाकर संदेश भेज–पा सकते हैं।

ई–मेल की साइटें 'इंस्टेंट मैसेंजर' की सुविधा देती हैं जो आपका अपना प्राइवेट चैट रूम होता है। अगर आपके और उस दूसरे के पास वेब फोन और वेब कैम हो तो आप एक–दूसरे से सचमुच बतिया सकते हैं और एक–दूसरे को देखते भी रह सकते हैं। सबसे बड़ी बात यह है कि अगर आप चाहें तो अपना नाम–पता सब कुछ उससे छिपाए रह सकते हैं। सो ऐसे कि चैट रूम में जाया ही किसी गढ़े हुए नाम से जाता है और आपका ई–मेल का पता आपके घर का पता नहीं होता! इसी वजह से इंटरनेट देखते ही देखते रिश्ते जोड़ने का सबसे सुविधाजनक, आकर्षण और खतरनाक माध्यम बन गया है। सबसे बड़ी सुविधा यह है कि साथी ढूंढ़ने के लिए आपको कहीं भटकना नहीं पड़ता। और मिल जाए तो उससे दिल के तार मिलाने की कोशिश में उसे सिनेमा–रेस्तरां वगैरह ले जाने में पैसा और वक्त बर्बाद नहीं करना पड़ता।

किसी भी समय किसी भी चैट रूम में घुसें और घर बैठे सारे संसार में तब उपलब्ध जोड़ीदारों से जुड़ जाएं, किसी से बात बने तो प्राइवेट रूम में बुला लें और बस! पकड़े जाने का कोई खतरा ही नहीं है और न यह संकोच करने की आवश्यकता है कि वह दूसरा क्या सोचेगा। तो कह डालिए दिल की बात! क्या अचरज जो चैट रूमों में अंतरंगता चटपट पनपती है। नाम तो फर्जी होता ही है आप चाहें तो अपनी उम्र, पेशे, रूप–रंग, शिक्षा–दीक्षा वगैरह के बारे में कसकर झूठ बोलते हुए एक नितांत आकर्षक फर्जी व्यक्तित्व भी गढ़ सकते हैं। असार साइबर संसार में कंगला अपने को करोड़पति बता सकता है तो मोटी भैंस अपने को छरहरी मॉडल! साइबर सेक्स–रोमांस के लिए बस प्यार–वासना जताने–जगाने वाली लच्छेदार बातें बनाना आना चाहिए। न आता हो तो परेशान न हों। सैकड़ों ऐसी साइटें हैं जिनमें बने–बनाए प्रेम पत्र, गीत, कविताएं और उक्तियां मुफ्त उपलब्ध हैं। सारा खेल कहने भर का है, करना कुछ भी नहीं है इसलिए हर कोई तसल्लीबख्श ढंग से तन–मन की प्यास बुझाने वाले/वाली आदर्श प्रेमी/प्रेमिका की भूमिका निभा सकता है। इन सब बातों का अपना जबर्दस्त आकर्षण है और खतरा भी! खतरे की आशंका तब बहुत जोर पकड़ लेती है जब इंटरनेट पर काल्पनिक स्तर पर मिलने वाला सेक्स–रोमांस आपको इतना भा जाए कि आप उसे देने वाले से सचमुच मिलने की ठान लें।

हजारों मामलों में वह दूसरा कोई अपराधी या ठग निकलता है जो बाद में चूना लगा कर चला जाता है। कई ऐसे मामले सामने आए हैं जिनमें शादी करने के लिए गरीब देश से बुलाई प्रेमिका वेश्यावृत्ति में डाल दी गई। कमसिनों को स्वयं भी किशोर बन कर इंटरनेट में फुसला लेने के घिनौने मामले आए-दिन प्रकाश में आते हैं। हाल में एक 31 वर्षीय अमेरिकी भूतपूर्व सैनिक 12 साल की एक ब्रितानी लड़की को इंटरनेट पर रोमांस लड़ाने के बाद ब्रिटेन आकर ले भागा और पकड़ा गया। उसकी सफाई? लड़की ने कहा था मैं 19 की हूं! ज्यादा संभव यह है कि खुद उसने कहा हो कि मैं 19 का हूं। चैट रूम में बोले गए इस तरह के झूठ आमने-सामने की मुलाकात में निराशा के कारण बनते हैं।

बहुत जबर्दस्त झूठ न बोले गए हों तो भी इतना तो तय है कि वास्तविक परिस्थितियों में न कोई निरंतर लैला-मजनू-संवाद बोलते रह सकते हैं और न ऐसी शारीरिक तुष्टि दे सकता है 'जैसी पहले कभी मिली ही न थी जीवन में' (प्रसंगवश यह साइबर-प्यार में सबसे ज्यादा सुना जाने वाला फिकरा है।) तो कई रिश्ते वास्तविकता के धरातल पर आते ही कुम्हला जाते हैं। इसीलिए कई लोग काल्पनिक स्तर तक ही सीमित रहना चाहते हैं। उसमें भी दो खतरे हैं। पहला यह कि आपको साइबर-सेक्स की लत लग जाए! आप अपने आस-पास से कट कर ज्यादा समय चैट रूमों में ही घुसे रहें! दूसरा यह कि अगर आप विवाहित हों तो बेवफाई का सवाल उठे। अमेरिका में एक मुकदमे में इसी को तलाक का आधार बनाया गया लेकिन जज ने मामला खारिज कर दिया। सुनता हूं, साइबर बेवफाई पर टाइम्स एफएम ने परिचर्चा की । वाह तो टाइम्स की तरह मेरा इंडिया भी अमेरिकी हुआ जा रहा है।

(11 अगस्त, 2003)

हड़ताल तो हाय सिधार गई!

पूंजीवादी अमेरिका में तो हड़ताल बरसों पहले मृतप्राय हो चली थी और इधर एक अर्से से हमारे 'समाजवादी ढंग के समाज' में भी उसकी हालत खासी खराब चल रही थी। फिर भी बुधवार 6 अगस्त को हमारे सर्वोच्च न्यायालय द्वारा उसे विधिवत मृत घोषित कर दिए जाने से मैं स्तब्ध रह गया। हमारे सभी मजदूर संगठन, चाहे वे भाजपाई हों चाहे माकपाई, इस फैसले से विस्मित और विक्षुब्ध हैं और मैं ऐसा मानना चाहूंगा कि वे सब मिलकर किसी तरह यह सिद्ध कर दिखाएंगे कि हड़ताल की नाड़ी अब भी चल रही है और न्यायाधीशों को उसे 'ब्रेन-डैड' घोषित करने का कोई हक नहीं है।

मैंने सन् '49 के आस-पास लखनऊ विश्वविद्यालय में राजनीतिक-साहित्यिक होश बड़े जोश से हड़ताल का जयघोष करते हुए ही संभाला था। 'हर जोर जुल्म से टक्कर में, हड़ताल हमारा नारा है!' चिल्लाने में ही मुझे चरम क्रांतिकारिता की अनुभूति हो सकी थी। इसलिए यह स्वाभाविक था कि सर्वोच्च न्यायालय का फैसला सुनकर मैं हड़ताल की आत्मा की शांति के लिए प्रार्थना करने दो मिनट मौन खड़ा हो गया। लेकिन जैसा कि अक्सर ऐसे अवसरों पर मेरे साथ होता है उस चुप्पी के दौरान मेरा दिमाग प्रार्थना करने की जगह कभी इधर की तो कभी उधर की चपड़-चपड़ करता चला गया।

सबसे पहले मेरा ध्यान इस ओर गया कि पूंजीवादियों ने शुरुआती दौर में मजदूरों का इतना शोषण किया जितना शायद जमींदारों ने किसानों का नहीं किया था और इस जुल्म के आगे लाचार मजदूरों को ट्रेड यूनियनों ने साहस और संकल्प का मंत्र और हड़ताल का अमोघ अस्त्र दिया। इस चुनौती से पूंजीवादी बहुत पिनपिनाए और उन्होंने मजदूर संगठनों को तोड़ने के लिए साम, दाम, दंड, भेद सबका उपयोग किया। अमेरिका में तब के हर बड़े पूंजीवादी ने हड़ताल तुड़वाने के लिए कभी न कभी गुंडागर्दी का सहारा लिया। उनमें से जो रॉकफेलर की तरह महा लालची और कंजूस थे वे तो मजदूरी बढ़वा सकने वाली ट्रेड यूनियनों के सिद्धांततः खिलाफ थे। जिन्हें फोर्ड की तरह चोखे काम के लिए चोखा पैसा देने से कोई परहेज न था वे भी यह मानते थे कि जो देना होगा, हम देंगे खुश होकर, ट्रेड यूनियनों का हमारे यहां कोई काम नहीं।

जब तरुण मजदूर-नेता रॉयथर ने फोर्ड कारखाने के मजदूरों को संगठित करना शुरू किया तब फोर्ड ने गुंडों से उसे बेरहमी से पिटवाया। लेकिन वह साहस-पूर्वक मोर्चे पर डटा रहा। मजदूर नेताओं ने ऐसे साहस और सौदेबाजी में पैनी सूझबूझ से मजदूरों की हालत में बड़ी तेजी से सुधार कराया। उनकी अथक कोशिशों

से ही पूंजीवाद को एक मानवीय चेहरा मिल सका यूरोप और अमेरिका में। लेकिन फ्रांस से शुरू हुए 'सिंडिकेल' अभियान की यह अवधारणा वहां पूरी नहीं हुई कि कई छोटी-छोटी हड़तालों के बाद एक महाहड़ताल होगी जो पूंजीवाद की कमर तोड़ देगी और उत्पादन और वितरण के सारे साधन पूंजीवादियों के हाथ से निकल कर मेहनतकश मजदूरों के हाथों में आ जाएंगे।

मेरा ध्यान फिर इस ओर गया कि हड़ताल की अवधारणा मेरे मन में इतनी ज्यादा मार्क्सवादियों खासकर बंगाली साम्यवादियों से जुड़ी है कि मैं उसे 'हॉड़ो ताल' के नाम से याद कर रहा हूं और भूल चुका हूं कि हड़ताल को क्रांतिकारी हथियार कम्युनिस्टों से कहीं पहले 'सिंडिकेलवादी' बना चुके थे और इस हथियार का सबसे ज्यादा जल्वा घोर पूंजीवादी अमेरिका में हुआ था। अमेरिकी साहित्य और सिनेमा का एक बहुत लंबा दौर ऐसा है जो मेहनतकश मजदूरों के साहसी और मर्मस्पर्शी संघर्ष का चित्रण करता है। उधर रूस में क्रांति से पहले हड़ताल के लिए कोई खास गुंजाइश इसलिए न थी कि वहां सामंतशाही थी, पूंजीवाद नहीं। क्रांति के बाद यों न रही कि सोवियत नेताओं ने कहा कि अब क्रांति के हथियार का क्या काम?

कमरतोड़ मजदूरी और कुर्सीतोड़ सफेदपोशी करने वालों की आय का अंतर सोवियत नेताओं ने बहुत कम करा दिया और श्रमिकों के लिए शिक्षा-चिकित्सा की सुविधाएं जुटा दीं। बाद में मजदूर संगठनों से कहा गया कि आप हर मजदूर को देश और पार्टी के नाम पर ज्यादा से ज्यादा मेहनत करने का मंत्र देने के लिए ही हैं। तो यह दोमुंही नीति शुरू हुई कि मजदूर संगठन साम्यवादी देशों के मजदूरों को श्रमवीर बनने का मंत्र देंगे और पूंजीवादी देशों के मजदूरों को हड़ताल करने का। आज भी साम्यवादी चीन इसलिए बेहिचक आर्थिक उदारीकरण की नीति अपना रहा है कि वहां मजदूर हड़ताल नहीं कर सकते जबकि भारत इस सिलसिले में कोई भी कदम उठाते हुए इसलिए घबराता है कि यहां हड़ताल होकर रहती है। हड़ताल की हालत खस्ता बनाने में इस दोहरे मानदंड का भी बड़ा हाथ रहा है।

इस नीति के चलते पूंजीवादी पश्चिम में मजदूर संगठन राजनीतिक दृष्टि से शक्तिशाली होते गए। यूरोप में तो वे राजनीति पर ऐसे छाए कि कई देशों में समाजवादी सरकारें बनने लगीं। लोकहित सरकारी कार्यसूची में प्राथमिकता पा गया। अमेरिका में भले ही समाजवादी सरकार न बनी हो शक्तिशाली मजदूर संगठन स्वयं सत्ता प्रतिष्ठान के हिस्से बन गए और पूंजीवादियों ने शीतयुद्ध के दौरान मानो आत्मरक्षा के लिए लोकहितकारी राज के तेवर कवच के रूप में धारण कर लिए। स्थितियां इतनी तेजी से बदलीं कि जब फोर्ड की पोती ने रॉयथर के पोते से हरे राम हरे कृष्ण मंदिर में शादी की तब उसका समाचार ग्लैमर पृष्ठों पर मोटी सुर्खियां देकर छापा गया! मजदूर संगठन सत्ता प्रतिष्ठान के अंग बन गए। हड़ताल की जगह

सौदेबाजी ने ले ली। संपन्न पूंजीवादी देशों के मजदूर भी खुशहाल होते चले गए।

हड़ताल का भयंकरतम अवमूल्यन तब हुआ जब आत्मलिप्त तानाशाही और अकुशल दफ्तरशाही द्वारा मुर्दों का टीला बना दिया गया सोवियत साम्राज्य विश्व-व्यापी पूंजीवाद के प्रहार से ढह गया। क्रांति हार गई तो क्रांति का हथियार हड़ताल दम तोड़ने लगा। उसके लिए अमेरिका में तो कोई जगह ही नहीं रह गई क्योंकि विश्वव्यापी पूंजीवाद हड़ताल की धमकी के आगे झुकने की जगह अपना उद्यम कहीं और ले जाने में विश्वास करता है। अमेरिकी कंपनियों के लिए मेहनत-मजूरी का एक बड़ा अंश आज चीन, भारत और दक्षिणी अमेरिकी देशों के लोग कर रहे हैं और कहीं कम वेतन पर! फ्रांस में आज भी हड़ताल की महिमा है लेकिन वहां भी उससे परेशान लोगों की संख्या उसके प्रशंसकों से कहीं ज्यादा होती जा रही है।

हड़ताल का बोलबाला नेहरूजी के बनाए 'समाजवादी ढंग के समाज' भारत में है जहां एयर इंडिया के मोटी तनख्वाह वाले पायलट तक सितमजदा मेहनतकश मजदूर बने हुए हैं और छोटे-से-छोटे मुद्दे पर हड़ताल करने को तैयार बैठे रहते हैं। क्या अचरज जो इसके चलते स्वयं हड़ताल जनता के साथ किया जाने वाला जोर-जुल्म बनती चली गई है। सर्वोच्च न्यायालय को कहना पड़ा कि किसी को यह अधिकार नहीं दिया जा सकता कि अपनी मांग पूरी कराने के लिए पूरे समाज को बंधक बनाए। स्वार्थी संगठित वर्गों की चहेती हड़ताल ऐसे समय में स्वर्ग सिधारी है जबकि असंगठित क्षेत्र के मजदूर आज भी अमेरिका तक में भयंकर शोषण के शिकार हैं और ग्लोबीकरण से आय में असमानताएं हर कहीं तेजी से बढ़ रही हैं।

(18 अगस्त, 2003)

अराफात-हत्या का बाजार भाव!

जरा कल्पना करें किसी ऐसे देश की जो अपनी प्रतिरक्षा के लिए दूसरे देश की भावी घटनाओं के बारे में सरकारी सट्टाबाजार चलाना जरूरी समझे। और सट्टा इस तरह की घटनाओं की संभावना पर खोला जाना हो— फिलिस्तीनी नेता अराफात की हत्या या जोर्डन के शाह का तख्तापलट! सटोरियों से पूछा जाना हो कि अराफात के अगले तीन महीनों में मार दिए जाने पर किस भाव पर क्या लगाओगे? हत्या के बारे में जिन सटोरियों का अनुमान सही निकले उन्हें तगड़ा मुनाफा हो! अगर आप ऐसी कल्पना को ही बेहूदा समझते हों तो मुझे कहना पड़ेगा कि आपकी शराफत मुक्तमंडी के इस दौर में सख्त आउट ऑफ डेट हो चली है।

अमेरिकी प्रतिरक्षा विभाग ने मध्य-पूर्व के देशों की भावी घटनाओं के बारे में पहली अक्टूबर से 'पॉलिसी एनेलेसिस मार्केट' नाम से ऐसा वायदा बाजार शुरू करने की पूरी तैयारी कर ली थी और उसके लिए पंजीकरण पहली अगस्त को होने वाला था। इस मार्केट के वेब-पेज पर वायदे के सौदे के लिए प्रस्तावित घटनाओं के उदाहरण के रूप में 'अराफात की हत्या' भी दर्ज थी! पत्रिका इकॉनॉमिस्ट और सॉफ्टवेयर कंपनी 'नेट एक्सचेंज' की मदद से इस बाजार की परिकल्पना करने पर प्रतिरक्षा विभाग छह लाख डॉलर खर्च कर चुका था और अगले दो वर्षों में 80 लाख डॉलर से भी ज्यादा खर्च करने का मन बना चुका था।

अफसोस कि दोनों ही राजनीतिक दलों के दकियानूसी किस्म के कुछ सीनेटरों ने हो-हल्ला मचवाकर आतंकवाद से निपटने के इस नए 'अस्त्र' का विकास रुकवा दिया। अफसोस इसलिए कि मुक्तमंडी का गुणगान करने वाले पंडित और पत्रकार कह रहे हैं कि यह अस्त्र अमेरिका को आतंकवादियों से बचाए रखने के लिहाज से बहुत कामयाब होता क्योंकि आगामी घटनाओं का पूर्वानुमान करने में वायदा बाजार तमाम अन्य विशेषज्ञों से ज्यादा सफल होता रहा है। खनिज तेल का भाव कितना चढ़ेगा या गिरेगा इसका सबसे अच्छा अंदाजा ऐसे बाजार से ही मिलता आया है। 'आयोवा इलेक्ट्रॉनिक मार्केट' नामक साइट चुनाव नतीजों के बारे में भविष्य-वाणी करने में गैलप पोल आदि से अधिक सही निकलती रही है।

सो इसलिए कि वायदा बाजार में अपने अनुमान पर आपको अपना पैसा लगाना पड़ता है और अनुमान सही निकलने पर आपको मुनाफा पहुंचता है तो गलत निकलने पर पैसा डूब जाता है। इसीलिए सटोरिया अपनी पूरी अक्ल लड़ाता है और सोच-समझकर बाजी बदता है। प्रतिरक्षा विभाग की इस योजना के परीक्षण चरण में केवल सौ मध्य-पूर्व विशेषज्ञों को ही सटोरियों के रूप में न्यौता दिया जाना था। तो सवाल उठाया गया कि आप उन्हें दक्षिणा देकर उनकी राय वैसे ही क्यों न ले

लें? जवाब मिला, जी नहीं, उससे बात नहीं बनेगी। क्यों?

इसलिए कि दांव पर पैसा लगाने में जोखिम है, साख लगाने पर नहीं। जी हां, मुक्तमंडी में साख की अब कोई खास कीमत नहीं रही। और भी सुनें— कोई विशेषज्ञ मुनाफे के लालच में जितना बढ़िया काम कर सकता है उतना मानदेय की खातिर नहीं। मुक्तमंडी का मानना है कि लाभ के लोभ से बड़ा कोई प्रेरणा-स्रोत नहीं है। तो इस वायदा बाजार से अमेरिका को मध्य-पूर्व की आगामी घटनाओं का बहुत सही पूर्वानुमान हो सकता था। परीक्षण दौर के बाद जब वेबसाइट के रूप में चलने वाला यह बाजार ग्यारह हजार सटोरियों के लिए खोल दिया जाता तब तो वह जासूसी का और भी बढ़िया साधन बन जाता क्योंकि तब साइट पर जाने के लिए बस कोई भी नाम और पासवर्ड गढ़ लेने भर की जरूरत रहती।

यह जानकर आउट ऑफ डेटों ने शंका की थी कि क्या आप आतंकवादियों को प्रेरणा न दे रहे होंगे कि किसी घटना के होने पर पैसा लगाएं और फिर उसे कर दिखाएं? अपटूडेटों ने माथा ठोक कर कहा था कि हम तो खुद चाहते हैं कि वे सट्टा खेलें। बाजार में सहसा तेजी इस बात की निशानी होती है कि कुछ सटोरियों को ठोस अंदरूनी जानकारी है। अगर किसी आतंकवादी घटना का बाजार भाव सहसा उठा तो हम फौरन उसे रोकने का उपाय करने में जुट जाएंगे। अब आउट ऑफ डेट बोले कि अगर कोई देश हमारे यहां की घटनाओं पर ऐसा वायदा बाजार चलाए तो हमें कैसा लगेगा? क्या हत्या-जैसी घटनाओं पर सट्टा खिलवाना कुरुचिपूर्ण नहीं है?

अपटूडेटों में थोड़ी-सी झिझक अभी बची है, नहीं तो कह देते कि सऊदी अरब में ऐसा वायदा बाजार खुले और हमें पता चलता रहे कि अल कायदा वाले अमेरिका-विरोधी किस घटना पर क्या भाव लगा रहे हैं तो हमें बहुत फायदा है। वे तो बस इतना कह कर रह गए कि पहले देश की सुरक्षा की चिंता करें, फिर सुरुचि की। शायद कान में उन्होंने यह भी फुसफुसाया हो कि अपने स्वार्थ की भी चिंता करें क्योंकि आतंकवाद से बचाव के नाम पर प्रतिरक्षा बजट बढ़ने से ठेकेदारों से ज्यादा चुनाव फंड मिलता है और आपके चुनाव क्षेत्र में ठेके की रकमों का कुछ-न-कुछ अंश खर्च होता है।

इस मामले में तो अब इतना खुलापन आ गया है कि जब मनहूस मंगलवार के आतंकवादी हमले के बाद देश को प्रक्षेपास्त्रों की मार से बचाने की उस स्टारवार योजना को दुबारा शुरू कराया जाने लगा जिसे जानकार गैर-जरूरी और जोखिमभरी ठहराते रहे थे तब संबद्ध कंपनियों ने सांसदों को बाकायदा नक्शे-चार्ट बनाकर यह समझाया कि इससे आपके इलाके में कहां-कहां कितना पैसा खर्च होगा। मुक्तमंडी स्वार्थ की कायल है, सुरुचि की नहीं। उसका मीडिया सुरुचि और आदर्शवादिता

को एक बेकार का ढकोसला ठहराने में जुटा रहता है, कहता है कि सफलता सदा उनको मिली है जिन्होंने व्यावहारिक स्तर पर स्वार्थ का ही ध्यान रखा। आज की तारीख में आदर्श का ढोंग करना भी अपने पर बेकार का-सा बंधन लगा देना है।

हाल में एक अमेरिकी पत्रकार ने उन लोगों को महामूर्ख ठहराया है जो यह पूछ रहे हैं कि सद्दाम के बेटों को जिंदा पकड़कर उन पर मुकदमा चलाने की जगह उनकी हत्या क्यों कर दी गई। इस महापंडित ने कहा है कि उन्हें अदालत में पेश किए जाने की पड़ी होती तो हथियार डालकर बाहर न आ जाते। उसने जानना चाहा है कि क्या सद्दाम और उसके बेटे अपने विरोधियों को अदालत से सजा न दिलाते थे। उसने गिनवाया है कि मध्य-पूर्व में कब-कब तख्ता पलट होने पर किस-किसकी इसी तरह हत्या की गई। मुक्तमंडी के महापंडित आउट ऑफ डेट महामूर्खों को समझा रहे हैं कि आधुनिक सभ्यता के तकाजे आधुनिक सभ्यता के लिए खतरनाक हो चले हैं। तो बर्बर बन जाओ!

(25 अगस्त, 2003)

मरो मत, खरीद लो मरने वाले!

बुढ़ापे में अजीबोगरीब खयाल मन में आते हैं। अभी उस दिन मैं सोच रहा था कि अगर कभी यम के यहां अपने मरने की बारी किसी और को दे सकने की व्यवस्था हो सकी तो क्या संपन्न समाजों के लोग किसी गरीब से यह न पूछेंगे कि क्यों भई क्या लेगा हमारी जगह मरने का? वैसे ही जैसे इस समय वे अपने गुर्दे फेल होने पर उसके गुर्दे का सौदा करते हैं! या जैसे संपन्न स्त्रियां, गरीब महिलाओं का गर्भाशय भाड़े में लेने लगी हैं कि हमारा टेस्ट ट्यूब बेबी तुम अपने पेट में पाल लो बहन। अगर बाल-बच्चों की बढ़िया परवरिश का जुगाड़ होता दिख रहा हो तो क्या कोई गरीब किसी अमीर की जगह खुशी-खुशी यमदूत के साथ चले जाने को राजी न हो जाएगा?

अमीर पहले भी नहीं मरना चाहते थे और आधुनिक अमीर तो मौत का नाम सुनना तक पसंद नहीं करते। इसीलिए तमाम दवा कंपनियां चमत्कारी आयुवर्द्धक नुस्खों की तलाश में जी-जान से जुटी हुई हैं। मौत को टाले रखने की चाह में अमीर बूढ़े इलाज और दवाओं पर बेपनाह पैसा खर्च कर रहे हैं। जाहिर है कि सेना में भर्ती होने की बात अमीर नौजवान सपने में भी नहीं सोच सकते। अमेरिका-जैसे अमीर देशों के तो गरीबों का भी यह हाल हो गया है कि सेना में भर्ती होकर पैसा और कुछ सीख-पढ़ सकने की सुविधा तो पाना चाहते हैं, मगर लड़ते हुए मरना नहीं। वह मानो मारने ही मारने के लिए सैनिक बने हों, मरने के लिए नहीं। इसीलिए अमेरिकी सेना अपने महाविनाशकारी अस्त्रों से दुश्मन को दूर से ही मार गिराने में विश्वास करती है। इस नीति पर चलते हुए उसने बोसनिया में सैनिकों से चौगुने असैनिक मार डाले!

लेकिन परेशानी क्या है कि दूर से लड़कर जीत जाने के बाद कब्जा करने और बनाए रखने के लिए आमने-सामने होना ही पड़ता है और जान जाने का खतरा सिर पर मंडराने लगता है। इस खतरे से निपटने के लिए अमेरिकी सैनिक 'मार फौरन, नहीं तो मारा जाएगा' सिद्धांत अपना चुके हैं जिसके चलते वे दुश्मन के धोखे में कभी-कभी दोस्त को भी मार देते हैं। हाल के युद्धों में उन्होंने अपने साथियों और मित्र देशों के सैनिकों को भूल से मार देने में इतनी महारत दिखाई है कि 'फ्रेंडली फायर' में मारे जाने का एक नया मुहावरा गढ़ना पड़ा है! औसत अमेरिकी सैनिक मौत से कितना डरा हुआ है इसकी ताजा बानगी तब मिली जब *रॉयटर* के एक मशहूर कैमरामैन को इसलिए गोलियों से भून दिया गया कि 'उसका कैमरा मिसाइल छोड़ने वाला यंत्र लगा'!

जो दोस्त पर भी गोली दाग सकते हों वे दुश्मन के असैनिकों को भूल-चूक

से मार डालने में क्यों परहेज करने लगे! तो अमेरिकी सैनिकों ने एक इराकी हाट में इसलिए दनादन गोलियां चला दीं कि 'वहां हथियार बेचे जाने की खबर' मिली थी। बेचे जा रहे थे तो उनके खिलाफ इस्तेमाल भी तो हो सकते थे ना! जरा-सा भी अंदेशा होते ही आत्मरक्षा के लिए गोली चला देने की इस नीति को अपना लेने के बावजूद अमेरिकी सैनिक स्वयं भी कभी-कभी मारे जाते हैं। अमीर देशों के लिए अपने जवान सैनिकों का मारा जाना अब बर्दाश्त से बाहर की चीज हो गई है। अमेरिकी चैनलों पर रोजाना राजनीतिक और सामरिक पंडितों से यह पूछा जा रहा है कि हमारे कितने और सैनिकों के इराक में मर जाने के बाद मामला बर्दाश्त से बाहर हो जाएगा? मुझे उस भूतपूर्व जनरल का जवाब बहुत ही पसंद आया जिसने कहा कि बस अब एक भी और नहीं!

सैनिकों की जान जोखिम में न डालने के चक्कर में अमेरिकी सेनापति आमने-सामने की लड़ाई किस अद्‌भुत तरीके से लड़ते हैं इसकी एक बानगी सद्दाम के बेटों के खिलाफ की गई कार्रवाई में मिली। वे सद्दाम के कृपापात्र एक ठेकेदार के मकान में शरण लिए हुए थे जिसने अपने भाई को छुड़वाने और तीन करोड़ डॉलर का इनाम पाने के लालच में अमेरिकियों को बता दिया कि सद्दाम के दो बेटे और 14 साल का पोता मेरे घर में हैं। तो दो सौ अमेरिकी सैनिकों और गोलाबारी करने वाली बख्तरबंद गाड़ियों ने सुबह 10 बजे उस मकान को घेर लिया। नाकेबंदी करने के बाद पैदल सैनिकों ने दरवाजा खटखटाया और भोंपू से अरबी में आदेश दिलवाया कि हाथ ऊपर उठा कर बाहर आओ, नहीं तो भून दिए जाओगे। इस हो-हल्ले से भीड़ जमा हो गई। तमाशबीनों के अनुसार तब मकान-मालिक और उसका बेटा बाहर निकल आए और अमेरिकी सैनिक उन्हें फल-वल खिलाते रहे। इसके बाद वे मकान के भीतर घुसे। दूसरी मंजिल पर जाने के लिए सीढ़ियां चढ़े तो ऊपर से गोलियां चलीं। तीन सैनिक घायल हुए और सेना पीछे हट गई। बख्तरबंद गाड़ियों से मकान की दूसरी मंजिल को निशाना बनाया गया।

इसे नाकाफी समझते हुए अब मकान पर हेलीकॉप्टरों से गोलियां और रॉकेट छोड़े गए। इसके चलते पड़ोस के मकान नष्ट होने लगे और तमाशबीन घायल, तो बमबारी रुकवा दी गई। अमेरिकी सैनिक दुबारा मकान में घुसे और गोली चलते ही लौट आए। अंत में दिन में एक बजे दूसरी मंजिल पर दस टैंकभेदी मिसाइलें दागी गईं। आलीशान मकान जलता हुआ खंडहर बन गया। अब सैनिक पूरे आश्वासन से दूसरी मंजिल पर पहुंचे। केवल सद्दाम का पोता जिंदा था, उसके 'फायर' से बचने के लिए उन्होंने उसे भी मार दिया!

युद्ध करने का यह तरीका महंगा, मूर्खतापूर्ण और अमानवीय है। आंसू गैस के चंद गोले छोड़कर सद्दाम के बेटे जिंदा पकड़े जा सकते थे। जब यह सवाल

अमेरिकी कमांडर के सामने रखा गया तब उसने बड़ी मासूमियत से कहा कि वैसा करने से पास-पड़ोस के लोगों को परेशानी होती।

कुछ वर्ष पहले बोसनिया युद्ध के संदर्भ में ब्रिटेन के लोकप्रिय उपन्यासकार फ्रेड्रिक फोर्साइथ ने लिखा था कि अमीर पश्चिम को, खासकर अमेरिका को, अब यह मान ही लेना चाहिए कि हमारे जवान छक कर जीने में यकीन करते हैं, यहां-वहां किन्हीं आदर्शों की खातिर लड़ने-मरने में नहीं। लिहाजा अब बिना देर किए भाड़े के सैनिकों की फौजें खड़ी कर ली जानी चाहिए।

इधर कई मिलिट्री कंपनियां बन गई हैं जो हर तरह का फौजी साज-सामान, सलाह, प्रशिक्षण, कर्मचारी और सप्लाई करने का ठेका लेती हैं। इनके पास भूतपूर्व सोवियत साम्राज्य के तथा अन्य देशों के एक-से-एक जांबाज और अनुभवी सैनिक भरे पड़े हैं। अमेरिकी खुफिया संगठन इन कंपनियों की सेवाएं बहुत पहले से लेते रहे हैं। बोसनिया के बाद अब इराक में भी अमेरिकी सेना कई काम इनसे ठेके पर करवा रही है। लेकिन दिक्कत यह है कि अमेरिका मरने का काम किसी ऐसी कंपनी को ठेके पर देने में शरमा रहा है। इसीलिए वह भारत-जैसे गरीब देशों के द्वार खटखटा रहा है जिनकी सेना के सिपाही तो सिपाही, जरनैल-करनैल भी बेमौत मारे जाने से परहेज नहीं करते।

(1 सितंबर, 2003)

अथ टीवीकांता सन्तति !

किसी दुधमुंहे बच्चे का आंखें फाड़े और मुंह खोले टीवी देखना मैंने सबसे पहले '82 में वाशिंगटन में एक मित्र के यहां देखा था। मुझे बताया गया कि बच्चे टीवी देखकर शांत हो जाते हैं और चुपचाप खा-पी लेते हैं। अकेली मां कब तक बच्चे के पीछे दौड़ती रहे कि बैठ जा, खा ले! यही नहीं, टीवी देखते-देखते बच्चे सो भी जाते हैं। अगर बच्चों को उनके मतलब के कार्यक्रम दिखाए जाएं तो उनका मानसिक विकास होता है।

उन्हीं दिनों किसी ने बताया कि '77 में प्रकाशित मेरी विन की पुस्तक द *प्लग-इन ड्रग* में यह स्थापित किया गया है कि टीवी देखना ही बच्चों के लिए बेहद बुरा है और टीवी की गोद में पली नई अमेरिकी पीढ़ी हर तरह से बदतर हो गई है। मैंने सोचा, चलो अच्छा है, यह बीमारी अभी भारत नहीं पहुंची है। लेकिन तीन-चार साल बाद ही भारत में भी टीवी क्रांति हो गई और एक रविवार सुबह मैं किसी मित्र से मिलने गया तो मुझसे खामोश रहने को कहा गया क्योंकि उसका ढाई साल का पोता 'महाभारत' देख रहा था। बताया गया कि जरा भी विघ्न पड़े तो वह महाभारत मचा देता है!

लेकिन पिछले दिनों मेरी विन की पुस्तक का 2002 का संशोधित संस्करण पढ़ने को मिला। मेरी का कहना है कि भले ही 25 वर्ष पहले मनोवैज्ञानिक और डॉक्टर मुझसे सहमत न रहे हों अब मीडिया मुगलों के चाटुकारों को छोड़ हर शोधकर्ता यही कह रहा है कि टीवी बच्चों के लिए एक नशा है और इसकी लत उन्हें बहुत नुकसान पहुंचा कर रहती है।

अब सभी विशेषज्ञ यह कह रहे हैं कि तीन साल से छोटे बच्चे को तो टीवी के सामने आने ही नहीं दिया जाना चाहिए। पांच महीने की उम्र से बच्चों की निगाह टीवी के पर्दे पर टिकने लगती है और सालभर का होने पर वह बाकायदा उसे देखने लगता है। भाषा का ज्ञान न होने के कारण वह कार्यक्रम का मतलब भले ही न समझ पाए, चलती-फिरती, निरंतर बदलती तस्वीरों के बिंब जरूर ग्रहण करता है और वे उसे मंत्रमुग्ध करते हैं। इसीलिए वह शांत हो जाता है और कभी-कभी सो भी जाता है। लेकिन टीवी देखते-देखते आई नींद, कहानी या लोरी सुनते-सुनते आई नींद के मुकाबले में बहुत कच्ची साबित होती है। बच्चों और किशोरों में अनिद्रा का रोग बढ़ने का सीधा संबंध ज्यादा टीवी देखने से है।

टीवी के पर्दे पर छवियां तेजी से बदलती हैं और रिमोट से चैनल भी बदली जा सकती हैं। यही नहीं, कार्यक्रम के बीच-बीच में विज्ञापन आते रहते हैं। इससे चंचल बच्चों का चंचलताप्रेम इतना बढ़ जाता है कि उन्हें असली जीवन उबाऊ

लगने लगता है। वे चाहते हैं कि टीवी की तरह जीवन में भी हर पल कुछ नया घटे! इसीलिए वे किसी भी काम में, खासकर पढ़ने-लिखने में, जरा भी मन नहीं लगा पाते। क्लास में अपनी सीट पर चुपचाप बैठे रह सकना उनके लिए असंभव हो जाता है। खेल के मैदान तक में उनका मन बस मारपीट करने में ही लग पाता है। ऐसे बच्चों को 'ध्यान और धैर्य की कमी' के रोग का शिकार बताकर डॉक्टर 'रिटेलिन' की गोलियां खिलवाते हैं। मगर उसी 'रोगी' बच्चे के मुंह में टीवी की चुस्की दे दो तो वह शांति से पड़ा देखता रहता है।

टीवी न हुआ, अफीम का नशा हुआ! पड़े-पड़े टीवी देखते बच्चे अक्सर कुछ-न-कुछ चरते भी रहते हैं। यही नहीं, टीवी उनके खेलने-कूदने के वक्त में जबर्दस्त कटौती भी कर देता है। नतीजा मोटापा तेजी से बढ़ रहा है और मधुमेह का रोग भी! पहले नन्हे-मुन्नों को अपना खाली समय बिताने के लिए माता-पिता या हमउम्र बच्चों के साथ खेल-खेल में एक ऐसा काल्पनिक संसार रचना पड़ता था जो उनके लिए बेहद वास्तविक होता था और जिससे गुजरते रहकर वह वास्तविक संसार में जीना सीखते थे। अब उनके लिए टीवी एक ऐसा पका-पकाया वास्तविक संसार परोसता रहता है जो बेहद काल्पनिक ही नहीं, भ्रामक भी है।

थोड़े बड़े हो जाने पर पहले बच्चों को खाली समय काटने के लिए कोई शौक पालना पड़ता था। पढ़ने का हो, डाक टिकट जमा करने का हो, ऐसे हर शौक में अपना दिमाग लड़ाना पड़ता था और खुद भी कुछ करना पड़ता था। टीवी ऐसा शौक है जिसके लिए अपनी तरफ से कुछ भी नहीं करना पड़ता। दरअसल टीवी देखना बच्चे के लिए सोए और जागे हुए के बीच की-सी चीज है। तो भले ही टीवी कार्यक्रम शिक्षाप्रद क्यों न हों, उन्हें देखकर बच्चे उतना ग्रहण नहीं कर पाते जितना कि किताब पढ़कर। सो इसलिए कि पढ़े हुए को अपने लिए साकार करने के वास्ते बच्चे को अपनी कल्पना पर जोर देना पड़ता है जबकि टीवी में वह उसे साकार हुआ मिलता है। जानकारों का कहना है कि नन्हे-मुन्ने टीवी कार्यक्रम तस्वीरों के रूप में देखते ज्यादा हैं, शब्दों के रूप में सुनते-समझते कम। वह एक माने में भाषाबोध से पहले की स्थिति में चले जाते हैं।

भाषा-क्षमता का विकास रिश्तेदारों, पड़ोसियों और साथियों से खूब बतियाने और ज्यादा से ज्यादा किताबें पढ़ने से ही होता है। टीवीकांता संतति की अच्छा बोल, पढ़ और लिख सकने की क्षमता पिछली पीढ़ियों के मुकाबले बहुत कम हो चली है। अमेरिका में कॉलेज दाखिले के लिए भाषा-ज्ञान की जो परीक्षा ली जाती है उसमें टीवी आने के बाद की पीढ़ियों के औसत अंक टीवी से पहले की पीढ़ियों के मुकाबले में खासे घट गए हैं। और बहुत अच्छा भाषा ज्ञान रखने वाले हाईस्कूल पास बच्चे तो अब ढूंढ़े नहीं मिलते! भाषा इतनी गैरजरूरी चीज हो चली है कि

लोगबाग कुछ रटे-रटाए फिकरे बोल कर बाकी सारा ध्वनियों और भंगिमाओं से चला रहे हैं। अमेरिका समेत हर देश में हाथ-मुंह मटकाकर बोला गया 'आइ एम लाइक वॉव!' आज टीवी संतति का चहीता फिकरा है।

टीवी देखने के चक्कर में मां-बाप, भाई-बहन और पास-पड़ोस के संपर्क में अपेक्षाकृत कम आने वाले बच्चे न सामाजिक शिष्टाचार सीख पाते हैं और न बिरादरी-भावना से जुड़ पाते हैं। रॉबर्ट पटनम जैसे कई विद्वानों ने यह दर्शाया है कि टीवी का चलन हो जाने के बाद आई पीढ़ियों में स्वार्थ बढ़ गया है और सामुदायिकता घट गई है। हर कोई 'डूइंग माई ओन थिंग' (मन की मौज पूरी करने) का कायल है, समाज की किसी को चिंता नहीं है। कई लोग खुश हैं कि टीवी की गोद में पले बच्चे बड़ी जल्दी 'सयाने' होते जा रहे हैं। लेकिन सच यह है कि वे सयानों जैसी बातें-हरकतें भले ही करने लगें, रह नासमझ और बचकाने ही जा रहे हैं। यही वजह है कि टीवी पर पली पहली बुजुर्ग पीढ़ी में बेहद लड़कपन है। उसकी राजनीति तक में धैर्य और ध्यान की कमी है और वह एक के बाद दूसरा तमाशा करना चाहती है।

(8 सितंबर, 2003)

दास्तान दो दिलेर देवियों की

युद्ध के सिलसिले में दो दिलेर अमेरिकी देवियां इराक गईं। सिपाही-क्लर्क जेसिका लिंच और समाजसेविका मार्ला रुजिका। जेसिका का नाम आज हर किसी की जबान पर है, मार्ला गुमनामी में ही खोई हुई है। ऐसा मुक्तमंडी मार्का उस मीडिया की मेहरबानी से हुआ है जिसके अपने खास जीवनमूल्य हैं। पहले मिलें 26 वर्षीया मार्ला से जो दस साल से समाजसेवा कर रही हैं। शांति सेनानी मार्ला ने अफगानिस्तान जाकर सैनिक कार्रवाई में मरे बेकसूर नागरिकों की गिनती की थी और उनके परिवार का दुख-दर्द वाशिंगटन में पत्रकारों और नेताओं तक पहुंचाया था। उसकी कोशिशों से उन पर उजागर हुआ कि जिसे वे 'अचूक बमबारी' में हुई भूल-चूक का एक आंकड़ा भर मानते हैं, वह किसी परिवार के आंसुओं का दस्तावेज होता है। डेमोक्रेटिक पार्टी के सीनेटर पेट्रिक लीही ने मार्ला की वकालत से प्रभावित होकर पुनर्निर्माण व्यय-प्रस्ताव में मृत नागरिकों के परिवारों को मुआवजा देने की व्यवस्था करवा दी।

तो इधर अमेरिका ने इराक पर हमले का मन बनाया और उधर मार्ला ने इराक जाने के लिए जॉर्डन में कदम रखा। संयोग कि अमेरिकी बमबारी का पहला शिकार जॉर्डन-इराक सीमा पर रहने वाला एक टैक्सी-ड्राइवर ही हुआ। अमेरिकी राजदूत ने उसके परिवार के लिए संवेदना-पत्र भिजवा देना ही काफी समझा लेकिन मार्ला अमेरिकी इनसानियत की नुमाइंदगी करती हुई मृतक के घर गई और उसके परिवार को मुआवजा दिलाने के लिए लड़ी। बगदाद में मार्ला ने उसी दिन कदम रखा जिस दिन सद्दाम का बुत गिराकर नाचते-गाते इराकियों का वीडियो दिखाकर यह साबित किया जा रहा था कि अमेरिका की अचूक बमबारी ने इराकी नागरिकों को, उन्हें बिना कोई क्षति पहुंचाए, एक जालिम से मुक्ति दिलाई है। अरब टीवी चैनल अल जजीरा जिन मृत नागरिकों को दिखाता रहा है, वे सादा कपड़ों में लड़ते सैनिक ही थे। नागरिकों के मन में अमेरिका के प्रति जबर्दस्त गुस्सा होने के बावजूद दिलेर और दयावान मार्ला ने गली-गली, गांव-गांव घूम कर ऐसे मृतकों की सूची बनानी शुरू की जो असंदिग्ध रूप से असैनिक थे। उसने अपने 150 इराकी स्वयंसेवकों की मदद से इन मृतकों के परिवारों की पूरी दुख भरी कहानी दर्ज की और उनकी अर्जियां अमेरिकी सैनिक-असैनिक अधिकारियों तक पहुंचाईं। इस काम के लिए वह अपनी गांठ का और मुट्ठीभर हमदर्दों से चंदे में मिला पैसा खर्च करती रही और एक बार तो ऐसी हालत आई कि उसके पास कुल 50 डालर ही बचे रह गए। प्रसंगवश यदि आप मार्ला से संपर्क करना चाहें तो उसका पता है— marlainiraq@yahoo.co.in

मार्ला अब तक लगभग चार हजार मृतकों की सूची बना चुकी है और अनेक दर्द भरी घटनाएं मीडिया तक पहुंचा चुकी है। इनमें से एक है पांच अप्रैल को

रशीदिया नामक एक गांव में सौ लोगों का अमेरिकी बमबारी से मारा जाना। उनमें से ज्यादातर बगदाद से वहां शरण लेने आए थे कि इस गांव पर तो क्या ही हमला होगा। इराक-ईरान युद्ध में एक हाथ गवां चुका सईद भी अपनी बीवी और 6 बच्चों को लेकर वहां आया था। वह स्वयं घायल ही हुआ, उसके बीवी-बच्चे मारे गए। मार्ला ने इस मामले की ओर सैनिक अधिकारियों का ध्यान दिलाया और यह जवाब पाया कि इस भूल की जांच करवा दी जाएगी लेकिन मृतकों के परिवार वालों को मदद देने की हमारे यहां कोई व्यवस्था नहीं है। फिर भी मार्ला मदद दिलाने के लिए कमर कसे रही। उसकी कोशिशें इस माने में कामयाब हुईं कि इराक में भी पुनर्निर्माण के बजट में ऐसे लोगों की सहायता की व्यवस्था कर दी गई। मीडिया ने मार्ला का जिक्र नहीं के बराबर किया और दक्षिणपंथी वेबसाइटें उसे अमेरिका-विरोधी कम्युनिस्ट ठहराती रहीं।

वीरांगना ठहराया गया जेसिका को जो नसीरिया में हुई एक मुठभेड़ में बंदिनी बना ली गई थी। सेना के सुर में सुर मिलाकर मीडिया ने बताया कि घायल जेसिका अंतिम कारतूस तक शत्रु से लड़ती रही। यह भी कि शैतान सद्दाम निश्चय ही उसे शारीरिक और मानसिक यंत्रणा दे रहा होगा। जेसिका की दुर्दशा की बात सोच कर समूचे अमेरिका का खून खौल उठा। दस दिन बाद सेना ने यह शुभ समाचार दिया कि 'एक इराकी से मिली सूचना के आधार पर कल रात हमारे जांबाज कमांडो जान हथेली पर रख कर नसीरिया के एक ऐसे अस्पताल से जेसिका को छुड़ा लाए जिसे शत्रु ने छावनी बना रखा था।'

अंधेरे में की गई इस कमांडो कार्रवाई की विशेष कैमरा से उतारी गई फिल्म का छह मिनट का संपादित संस्करण संवाददाताओं को दिखाया और दिया गया। इसी के साथ उन्नीस वर्षीया जेसिका से मिलने और उसकी कहानी मुंहमांगी रकम देकर खरीदने के लिए मीडिया-दैत्यों में होड़-सी मच गई लेकिन पता चला कि कैद में मिली यंत्रणा के कारण जेसिका हाल की घटनाओं के बारे में अपनी याददाश्त खो बैठी है और किसी से मिल सकने की स्थिति में नहीं है। महीनेभर बाद बीबीसी ने अपने एक वृत्तचित्र में बताया कि जेसिका की रिहाई की सारी कार्रवाई कैमरा के सामने की गई नाटकबाजी थी। शहर से इराकी फौज हट चुकी थी और जेसिका को, जिसकी याददाश्त बिल्कुल दुरुस्त थी, डॉक्टर खुद अमेरिकी सेना को सौंपना चाहते थे।

सवा सत्यानाश यह कि इसी के बाद नसीरिया मुठभेड़ की सैनिक जांच की रिपोर्ट छप गई जिससे पता चला कि यह सारा कांड बेवकूफी और बदइंतजामी का नमूना था, बहादुरी का नहीं। सैटेलाइट से राह दिखाने वाले आले के बावजूद वह दस्ता नसीरिया के बाहर-बाहर निकल जाने की जगह शहर में ही घुस गया। उसके

सैनिकों की राइफलें जाम हो गईं, उसकी कुछ गाड़ियों का पेट्रोल खत्म हो गया और जिस गाड़ी में क्लर्क जेसिका बैठी थी वह राकेट बरसने पर आगे वाली गाड़ी से जा टकराई।

सेना ने उस रिपोर्ट को फौरन वापस ले लिया कि जांच पूरी नहीं हुई है। बीबीसी तो खैर पूर्वाग्रह-ग्रस्त था ही। लगभग चार महीने के इलाज के बाद जेसिका को वीरता के तीन पदक देकर घर वापस भेजा गया। उसकी घर वापसी एक राष्ट्रीय महत्त्व की घटना बनी जिसका आंखोंदेखा हाल प्रसारित किया गया। जेसिका को जन-जन से इतने उपहार मिले कि सेना ने नियम बदला ताकि वह उन्हें ले सके। नसीरिया संग्राम में मारी गई एक अन्य युवती की मां ने जरूर जानना चाहा कि अगर जेसिका का इतना सम्मान किया जा रहा है तो इराक में मरे सैनिकों का क्यों नहीं? बाकी सब जेसिका जयकार में शामिल हुए! अब सवाल यह है : क्यों मुक्तमंडी के मीडिया के लिए जेसिका हीरोइन है और मार्ला नहीं? जवाब यह है कि मुक्तमंडी हर आम और खास को आदर्शों के प्रति अनास्थावान तथा मक्कारी और लालच के प्रति आस्थावान बनाना चाहती है!

(15 सितंबर, 2003)

लव-वव, सेक्स-वेक्स हमारे यहां नहीं चलता जी

प्यार और वासना स्त्री-पुरुष संबंध के महत्वपूर्ण आयाम हैं और मुझे अक्सर यह सोचकर अचरज होता रहा है कि हिंदी में इन्हें केंद्र में रखकर रचा गया साहित्य नहीं के बराबर है। इस अभाव की ओर मेरा ध्यान सबसे पहले तब गया था जब मेरी हिंदी प्राध्यापिका पत्नी ने कोई बाईस वर्ष पहले मुझे यह नेक सलाह दी कि अंटशंट लिखना छोड़कर कोई वैसी प्रेमकथा लिखूं जैसी बंगला और अंग्रेजी में लिखी जाती रही हैं अर्थात हिंदी में नहीं। सच, हिंदी समाज की कई पीढ़ियों ने प्रेम का पाठ बंगला और अंग्रेजी साहित्य से ही पढ़ा। मेरे पहले गुरु नागरजी शरत् की तमाम नायिकाओं और फ्लाबेयर की *मादाम बोवारी* से बहुत अभिभूत थे। सामंती और बंबइया फिल्मी समाज के भोग-विलास को उन्होंने निकट से देखा-जाना था। किंतु फिर भी न उन्होंने शरत् की जैसी कोई नायिका रची और न प्रेम या सेक्स-प्रधान कोई उपन्यास लिखा। मेरे दूसरे गुरु अज्ञेय ने अलबत्ता *नदी के द्वीप* के रूप में ऐसा एक उपन्यास रचा। उसे कई लोगों ने तब 'पतनोन्मुख साहित्य' का नमूना ठहराया। आज भी मुद्राराक्षस उसे *भांग की पकौड़ी* सरीखा उपेक्षणीय अश्लील उपन्यास ठहरा रहे हैं। प्रसंगवश *नदी के द्वीप* की एक नायिका बंगलाभाषी है और दोनों ही नायिकाएं अंग्रेजी साहित्य से परिचित हैं। इसके चलते प्रेम-प्रसंगों में बंगला और अंग्रेजी प्रेम-साहित्य प्रेमपूर्वक उद्धृत किया जा सका है।

कहा जा सकता है कि हिंदी वाले एक लंबे अर्से तक प्रेम की रसगुल्ले के रूप में और प्रेमिका की बंगालन के रूप में ही कल्पना करते रहे। सुना था कि प्रेम को केंद्र में रखकर कथानक रचने वाले एकमात्र यशस्वी उपन्यासकार जैनेंद्रजी को भी शरत् की नायिका-सरीखी एक ओड़िया डाक्टरनी कवयित्री से बहुत प्रेरणा मिली थी और ओड़िया को तीन-चौथाई बंगालन तो माना ही जा सकता है। गांधीवादी जैनेंद्र जी ने अपने चिंतन में भी प्रेम और वासना का अक्सर उल्लेख किया। प्रेम से उनका यह प्रेम हिंदी समाज के लिए श्रद्धा के साथ-साथ विस्मय और विनोद का विषय भी रहा।

जब उन्होंने एक वक्तव्य में लेखक के लिए पत्नी के साथ-साथ प्रेमिका का होना भी जरूरी ठहरा दिया था तब भारती जी ने *धर्मयुग* में इस पर फौरन एक परिसंवाद करा डाला। अपने नटखट अंदाज में उन्होंने मुझसे कहा कि तुम अपनी टिप्पणी जरा मजे ले-लेकर लिखना माइ डियर। तो मैंने 'पति-पत्नी और वह' के बारे में निहायत सिरफिरी-सी बातें जैनेंद्रजी के फलसफाना अंदाज में और उनकी ही-सी भाषा और शैली में लिख भेजीं। कुछ मित्रों ने मुझे बड़ा 'सारगर्भित वक्तव्य' देने पर बधाई दे डाली जिससे मेरी यह धारणा पुष्ट हुई कि हिंदी में गंभीरता से कही

गईं मूर्खतापूर्ण बातों को भी गंभीरता से और हल्के-फुल्के अंदाज में कही गईं महत्त्वपूर्ण बातों को भी अगंभीरता से ग्रहण किया जाता है।

तो मुझसे पहले की और बाद की भी पीढ़ी प्रेम के संधान में बंगला और विदेशी साहित्य की शरण में गई। हिंदी से कट चुकी नई पीढ़ी अंग्रेजी में छपे बारबरा कार्टलैंड और मिल्स ऐंड बून मार्का लोकप्रिय साहित्य से प्रेम का पाठ पढ़ रही है। इससे याद आया कि हिंदी में लोकप्रिय रूमानी उपन्यास भी नहीं लिखे जाते जबकि विदेशों में 'सस्ता साहित्य' के क्षेत्र में रूमानियत रहस्य-रोमांच से बराबर की टक्कर लेती रही है। यह सही है कि हिंदी में एक बार प्यारेलाल आवारा, कुशवाहाकांत और गुलशन नंदा ने इस तरह की कुछ चीजें लिखकर लोकप्रियता पाई थी लेकिन उनके साहित्य को बदनाम साहित्य का ही दर्जा मिला था। सच तो यह है कि हमारे समाज में प्रेम स्वयं ही एक बदनाम-सी चीज रहा है और हिंदी साहित्यकार अपने व्यक्तित्व अथवा कृतित्व से उसे नेकनामी दिलाने में असमर्थ सिद्ध होता आया है।

आज से कोई 55-60 साल पहले के जिस अजमेर में मैं किशोर हुआ था उसमें प्रेम एक साथ बेहद आकर्षक और उतना ही खतरनाक समझा जाता था क्योंकि पकड़े जाने पर 'शेम-शेम' की नौबत आ सकती थी। आस-पास की छतों से या आमने-सामने की खिड़कियों से एक-दूसरे को कभी देख लेने वाले लड़का-लड़की तक चर्चा के विषय बन जाते थे। बड़ी सावधानी से मोड़-माड़कर प्रेम पत्र किसी किताब में रख कर एक-दूसरे को देना तो भयंकर जोखिम उठाना था और किसी सहेली या दोस्त को राजदां बनाना अपना सत्यानास करवाना। तो मेरे '49 में अजमेर छोड़ देने तक मेरे सुनने में कुल जमा साढ़े तीन प्रेम कहानियां आईं और सभी की नायिकाएं बदनाम हुईं।

ऐसा नहीं कि उनमें से किसी की भी नायिका ने 'खुल्लम-खुल्ला प्यार करने' की निडर नीति अपनाई थी। बस इतना ही कि वह अपने प्रेमी से सरेआम मिलते और बातें करती देखी गई थी। इनमें से एक ही कहानी का अंत प्रेम-विवाह में हुआ, सो भी बहुत बाद में जबकि नायिका किसी शक्तिशाली व्यक्ति की कृपादृष्टि पाने के कारण बदनाम कर दी गई थी और नायक उसका दलाल ठहरा दिया गया था। दूसरी का नायक किशोरी नायिका को अधर में छोड़कर किसी अन्य नगर में एक अन्य प्रेमकथा का भगोड़ा नायक बनने चला गया और नायिका ने आत्महत्या कर ली। तीसरी की नायिका एक दबंग कांग्रेसी छात्रा थी लेकिन नायक अपने परिवार की इच्छा के विरुद्ध उससे शादी करने का साहस न जुटा पाया।

साढ़े तीनवीं प्रेमकथा तो पूरी तरह 'शेम' कथा मानी गई क्योंकि उसकी नायिका शहर में बिल्कुल अकेली पड़ गई एक अन्य प्रांत की विधवा महिला थी और नायक उसके स्वर्गवासी पति के मित्र का एक परिचित कुंआरा जो उस विधवा

और उसके छोटे बच्चे का सहारा बना हुआ था। मदद की एवज में वह विधवा उस कुंआरे को क्या देती होगी इसके बारे में किसी को कोई संशय न था। वह कुंआरा तो विधवा को बदनाम करने के बाद अपना अलग घर-संसार बसा सका, उस विधवा बेचारी को 'धंधेवाली' का दर्जा मिलकर रहा। तो अजमेर में यह माना जाता था कि प्रेम-विवाह केवल फिरंगी, भारतीय ईसाई और चंद सिरफिरे सुधारवादी ही करते हैं।

प्रेम के बारे में ऐसी मान्यता थी कि वह एक बड़ी दिव्य किस्म की चीज भी हो सकती है बशर्ते वह प्रभु को समर्पित हो। बहरहाल यह भी स्पष्ट था कि 'दिव्य' न साधारण इन्सान के बस का है और न वह रोजमर्रा के जीवन का हिस्सा ही बन सकता है। जहां तक सेक्स का सवाल है, एक ओर कुछ स्त्रियों को 'गम्या' और कुछ को 'अगम्या' मानने की सामंती परंपरा चली आ रही थी तो दूसरी ओर अंग्रेजी शासकों का वह विक्टोरियाई नजरिया भी हम पर हावी हो चुका था जो सेक्स को एक शर्मनाक-सी चीज मानता था। इसीलिए रसिक सहृदयजन अपनी प्रेमिका से कोई अन्य रिश्ता जोड़े रखना बहुत जरूरी समझा करते थे। बद अच्छा, बदनाम बुरा। इसीलिए प्रेमिका को मुंहबोली बहन बताने का रिवाज हिंदी समाज में बहुत दूर-दूर तक और देर तक चला।

पत्रकारिता में मेरा पाला एक ऐसे बुजुर्ग सहायक से पड़ा जो सीधे मुझसे मिलने आ गई हर लेखिका के विषय में यह बता जाते थे कि इन देवीजी के हृदयदेश में वेश्या और विषकन्या का मनै संगम हुआ है, इनसे जरा दूर ही रहें। छठे-छमाहे वह अपने साथ अपनी किसी ऐसी नई मुंहबोली बहन को लेकर प्रकट होते थे जो नितांत प्रतिभाशाली और प्रोत्साहन की मनै सुयोग्य पात्रा हुआ करती थी। उसे विदा करने के बाद वह मुझे यह बताना जरूरी समझते थे कि ये मनै नितांत संभ्रांत परिवार की संस्कारी युवती है। अन्यथा न लें आप जरा मनै आधुनिक टाइप के हैं तो निवेदन है कि इनसे कुछ ऐसा-वैसा न कह दें। आजादी के ठीक बाद के दौर में जब मैं विश्वविद्यालय में था, ऐसा विश्वास किया जा रहा था कि अब समाज भी रूढ़ियों से मुक्त हो जाएगा और 'ऐसा-वैसा' मान्य हो जाएगा। लेकिन भले ही प्रेम की चर्चा पहले ज्यादा होने लगी लेकिन प्रेम-विवाह करने वालों की संख्या में कोई जबर्दस्त उछाल नहीं आया। मेरे-जैसे तथाकथित विद्रोही प्रेम के आयाम में थोड़ा व्यायाम तो अवश्य करते लेकिन प्रेम-विवाह से परहेज ही बरतते क्योंकि वे अपने माता-पिता का दिल नहीं दुखाना चाहते थे। प्रेमिका का दिल तो खैर बना ही तोड़ने के लिए था। वही चंद सुधारवादी और क्रांतिकारी किस्म के लोग प्रेम को विवाह की मंजिल तक ले जा रहे थे। एक दिलचस्प सवाल यह था कि बाकी लोग प्रेम किसलिए कर रहे थे। इसका एक भौंड़ा-सा लेकिन काफी हद तक सच जवाब पचास के दशक में मेरे

कान में एक पत्रकार ने फुसफुसाया था कि प्रेम, बंधुवर, सेक्स-सुख प्राप्त करने का सस्ता-सुगम उपाय है। यह सज्जन अपने खून से प्रेम पत्र लिखने के लिए मशहूर रहे थे। लेखक-टाइप लोग अधिक परिष्कृत स्तर पर यह कहते सुने जाते थे कि प्रेम रचनात्मक स्फूर्ति प्राप्त करने के लिए किया जाता है। जो हो, उस दौर में मुझे पूरा विश्वास था कि हम लोग जो समाजवादी क्रांति करा रहे हैं उसके प्रताप से अगली पीढ़ी में प्रेम-विवाह बड़ी आम-सी चीज हो जाएगी। लेकिन ऐसा कुछ नहीं हुआ और शायद हो भी नहीं सकता था। आध्यात्मिक की जगह रूमानी प्रेम की धारणा पश्चिम में भी बहुत धीरे-धीरे विकसित हुई थी। पहले योद्धा द्वारा और फिर कवि-गायक द्वारा सामंती सुंदरी को दूर ही दूर से समर्पित प्यार के रूप में विकसित रूमानी प्रेम की इस अवधारणा को रोजमर्रा के जीवन से विवाह की प्रक्रिया से जोड़ा जाना तो आधुनिकता की शुरुआत के साथ ही संभव हुआ। अंग्रेजों के प्रभाव में हमने आधुनिकता ओढ़ी जरूर लेकिन उसे न अपने भीतर से विकसित किया और न उसके लिए कोई व्यापक आंदोलन ही छेड़ा। अगर ऐसा हुआ होता तो पश्चिम की तरह यहां भी युवक-युवतियों के लिए माता-पिता की पूरी जानकारी में आपस में मिलकर अपना मनपसंद जीवनसाथी चुन सकने की कोई मान्य देसी पद्धति चल निकली होती।

क्रांतिकारी परिवर्तन कुछ हुआ है तो यह कि मीडिया की मेहरबानी से आज लव उर्फ मुहब्बत का नाम बच्चा-बच्चा जप रहा है। एक दिन किसी मित्र के यहां गया तो उसकी नन्ही-सी पोती ने अपनी मम्मी के अनुरोध पर अंकलजी को यह गा-गा कर अपना डांस दिखाया कि मुहब्बत नाम है जिसका, शुरू आंखों से होती है! तो प्रेम के संत वेलेन्टाइन हमारे बीच भी आ पहुंचे हैं लेकिन किसी सामाजिक क्रांति के पैगंबर बनकर नहीं, उपभोक्ता संस्कृति के मार्केटिंग मैनेजर बनकर। उनके आराधक उच्चवर्ग में ही नहीं, मध्यवर्ग में भी, दिल्ली में ही नहीं, देवरिया में भी पैदा हो चुके हैं। लेकिन अखबार जहां वेलेन्टाइन डे के संदेश दे रहे हैं, वहीं वैवाहिक विज्ञापन भी छाप रहे हैं जिससे प्रमाणित होता है कि संत वेलेन्टाइन की नाजुक उंगलियां रूढ़ि के बंधन खोल देने में असमर्थ रही हैं। जब हिंदी समाज में ही प्रेम को व्यापक मान्यता न मिली हो तो हमें हिंदी साहित्य में प्रेम के कथानक न मिलने पर बहुत आश्चर्य नहीं होना चाहिए।

इसमें इतना और जोड़ दूं कि हिंदी के अधिकतर लेखक प्रगतिशील हैं और प्रगतिशील मानते रहे हैं कि 'और भी गम हैं जमाने में मुहब्बत के सिवा'। उन गमों को दूर करने के जुझारू संघर्ष में जुटे लोग इश्क-मुहब्बत पर वक्त बर्बाद करें यह सरासर गलत है। प्रेम चूंकि दो व्यक्तियों के बीच होता है इसलिए साहित्य को उसी पर केंद्रित कर देना और सामुदायिकता से कट जाना प्रतिक्रियावादी ही हो सकता है।

रहा सेक्स तो वह तो प्रेम से भी हल्की-फुल्की बल्कि कहना चाहिए घटिया चीज है। हिंदी समाज और साहित्य में दक्षिणपंथी और वामपंथी दोनों का ही उस जीवनदृष्टि से कभी कोई संबंध नहीं रहा जो शृंगार को एक महत्त्वपूर्ण रस मानती थी और जो काम को भी धर्म, अर्थ और मोक्ष के समकक्ष रखती है। आधुनिकता को पश्चिमीकरण से जोड़ने वाला मीडिया कह रहा है कि हमारा समाज सेक्स के मामले में बहुत उदार हो गया है। लेकिन यह वही समाज है जिसने पहले पश्चिमी होने के लिए विक्टोरियाई अतिनैतिकता अपनाई थी और अब पश्चिम से परमिसिवनेस उर्फ खुली छूट आयात करना चाहता है।

जो हो, इसका हिंदी साहित्य पर कोई खास असर पड़ा नहीं है और सेक्स का हर उल्लेख उसमें आज भी अश्लीलता का ही सूचक माना जा रहा है।

समलैंगिकता और वेश्यागमन का जिक्र करने वाले 'उग्र' को घासलेटी साहित्यकार ठहराने का अभियान छेड़कर बनारसीदास चतुर्वेदी ने जो पवित्र परंपरा कायम की थी वह निर्बाध आगे बढ़ती रही है। इसकी पराकाष्ठा तब हुई जब मृदुला गर्ग को अश्लीलता के फौजदारी मुकदमे में फंसाने की कोशिश इसलिए की गई कि उनके उपन्यास *चितकोबरा* में नायिका का अपने पति के साथ संभोगरत होने का वर्णन कर दिया गया है।

ऐसा नहीं है कि हिंदी लेखक इस बात से अपरिचित है कि प्रेम से सेक्स भी जुड़ा हुआ है। सच तो यह है कि हिंदी समाज के औसत मर्द की तरह उसका भी काफी समय अपनी वास्तविक नायिकाओं को यह समझाने में बीता होता है कि जो कुछ मैं प्रस्तावित कर रहा हूं वह विशुद्ध वासना नहीं, हमारे पवित्र प्रेम की ही परिपूर्ति है। अब एक दिलचस्प सवाल यह उठता है कि सेक्स से परहेज करने वाली प्रेमकथा कैसे लिखी जा सकती है? इसका उत्तर जानने के लिए भारती जी का *गुनाहों का देवता* पढ़ा जा सकता है जो हिंदी का सबसे प्रसिद्ध और अधिक बिकने वाला प्रेमाख्यान है। इसमें नायक एक नहीं, दो-दो नायिकाओं को यह समझाने में सफल होता है कि प्यार की पवित्रता के लिए आवश्यक है कि हम उसमें शारीरिक आयाम न आने दें। वही नायक एक ईसाई टाइपस्टि के साथ मामला किंचित शारीरिक होने देता है। इसकी उसे बड़ी ग्लानि रहती है। इस नायिका का ईसाई बनाया जाना बहुत अर्थवान है। हम लोगों में ई सब नहीं चलता, उन लोगों में चलता है!

स्थिति यह है कि हम लोगों में ऊ सब अबहुं नहीं चलता हिंदी लेखकों के साहित्य में! राजेंद्र यादव आज भी यह जरूरी समझते हैं कि लेखक-नायक द्वारा किसी और नगर से मिलने आई प्रशंसिका को शराब पिलाकर पटाने की कहानी के अंत में यह दर्शाएं कि जब वह हमबिस्तर होने को राजी हो गई तब लेखक-नायक को सहसा अपनी बेटी याद आ गई! उल्लेखनीय है कि हिंदी समाज और साहित्य,

दोनों में स्त्रियां पुरुषों से कहीं अधिक दबंग साबित हुई हैं और उन्होंने आधुनिकता को सहजता से ग्रहण किया है। जब मैं अपनी बिरादरी पर नजर डालता हूं तो पाता हूं कि लड़कों से कहीं ज्यादा लड़कियों ने प्रेम-विवाह करने का साहस दिखाया है। हाल में उत्तरांचल का दौरा करते हुए मैंने पाया कि समाज और पर्यावरण सुधार की मुहिम में स्त्रियां उत्साह से भाग ले रही हैं और दुकानों में बैठे ताश खेलते पुरुष उन पर फब्तियां कस रहे हैं।

हिंदी साहित्य में स्त्री-पुरुष संबंध का जितना यथार्थ सशक्त चित्रण हिंदी लेखिकाएं करती आई हैं उतना लेखक नहीं। जहां मोहन राकेश का नायक प्यार की भूखी नायिका के दरवाजे पर खड़ा होकर उसकी हर बात पर 'मिस पाल-मिस पाल' ही करता रह जाता है वहां कृष्णा सोबती की *मित्रो मरजानी* उस तरह का कोई संकोच नहीं करती। हिंदी के मठाधीश लेखक तो स्त्री के संदर्भ में कुल मिलाकर वही 'संरक्षक' दृष्टि रखते हैं जो हिंदी समाज के तमाम अन्य अर्द्धसामंती नेतागण। आपत्ति की जा सकती है कि मैं क्यों ऐसा जता रहा हूं मानो हिंदी समाज अन्य भाषभाषी समाजों से भिन्न है। इस संबंध में तीन बातें कहना चाहूंगा। पहली यह कि जहां अन्य भाषाभाषी क्षेत्रों की हिंदी समाज को पिछड़ा होने के अर्थ में अलग मानते हैं वहां हममें से भी कुछ लोग आदर्शवादी होने के अर्थ में! जब मेरे उपन्यास *हमजाद* को लेकर हो-हल्ला मचा कि वह अश्लील है तब मेरे शुभचिंतक एक बुजुर्ग साहित्यकार ने मुझसे उसकी प्रति ली और पढ़कर बताया कि यह अश्लील तो नहीं है लेकिन हिंदी में नहीं लिखा जाना चाहिए था। बंगला में लिखते, मराठी में लिखते, मलयालम में लिखते तो ठीक था। यह हिंदी समाज के स्वभाव के अनुरूप नहीं है।

दूसरी बात यह कि हिंदीभाषी क्षेत्र ही ऐसा है जिसमें 'इंगलिश मीडियम टाइप' और हिंदी मीडियम टाइप दो अलग-अलग वर्गों के होने की चर्चा की गई है। यानी यह मान लिया गया है कि जो हिंदी के माध्यम से पढ़ा होगा, हिंदी बोलता या लिखता होगा वह अनिवार्य रूप से पोंगापंथी होगा। तीसरी बात यह कि हिंदीभाषी क्षेत्र में ही समाज सुधार के प्रभावशाली आंदोलन सबसे कम हुए हैं और जो हुए भी हैं उनमें हिंदी लेखक की भूमिका नगण्य-सी रही है। वह किसी राजनीतिक विचारधारा से जुड़ा भी है तो सामाजिक या सांस्कृतिक क्रांति कराने के लिए नहीं बल्कि साहित्य की राजनीति करने के लिए।

(22 सितंबर, 2003)

अंग्रेजी का सबसे बड़ा गढ़ भारत

एक पाठक ने मुझे नेक सलाह दी है कि मैं दुनिया की दुर्दशा पर विलाप करते रहने की जगह इस ओर ध्यान दूं कि कितना कुछ ऐसा हो रहा है जो हर अर्थ में अच्छा है। मैं स्वीकार करता हूं कि कोई भी परिवर्तन न पूरी तरह अच्छा होता है, न पूरी तरह बुरा। जिसे मौत की ओर कदम बढ़ाती हुई पीढ़ी भयंकर रूप से आशंकाप्रद परिवर्तन मानती है उसे ही जवानी में कदम रखती पीढ़ी नितांत आशाप्रद समझ सकती है।

अब जैसे ऐन हिंदी दिवस के मौके पर मुझे यह दिलचस्प सूचना मिली कि अंग्रेजी भाषा बोलने वालों की संख्या के मामले में भारत अब बस अमेरिका से ही पीछे है। यह एक ऐसी सूचना है जिस पर हर 14 सितंबर को हिंदी को भारतमाता की बिंदी बताने का दस्तूर निभाने वाले रोने को ही बाध्य हो सकते हैं। लेकिन भारत के हिंदी-भाषी क्षेत्र की भी नई पीढ़ी तक अगर इसे बड़ी खुशी की बात समझे तो अपनी जगह वह भी सही है।

सही-गलत की बहस में पड़ने से पहले मैं यह विश्वास व्यक्त करना चाहूंगा कि जिस रफ्तार से अंग्रेजी भारत में लोकप्रिय हो रही है उसे देखते हुए बीस-तीस साल में भारत संसार का नंबर वन अंग्रेजीदां देश बन जाएगा। ऐसा विश्वास करने के कई कारण हैं। पहला तो यही कि भारत की आबादी अमेरिका की आबादी से कहीं ज्यादा तेजी से बढ़ रही है। उधर अमेरिका में पिछले दशकों में जिन लोगों के कारण आबादी का बढ़ना जारी रह सका है उनमें से ज्यादातर इस्पहानी-भाषी हैं। उनका वोट इतना महत्त्वपूर्ण है कि इस्पहानी को अब एक तरह से अमेरिका की दूसरी भाषा का दर्जा मिल चुका है।

दूसरा कारण यह है कि भारत में अंग्रेजी सीखने के प्रति उत्साह जिस तेजी से बढ़ रहा है, अमेरिका में नई पीढ़ी का उसी तेजी से घट रहा है। भारत में अंग्रेजी के प्रति उत्साह बढ़ने का इससे बड़ा क्या सबूत हो सकता है कि जिन राज्यों में अंग्रेजी तीसरी कक्षा से ही पढ़ाने की परिपाटी राष्ट्रवादी उत्साह में खत्म कर दी गई थी वहां स्वयं जनता अंग्रेजी की वापसी की मांग करती रही है और अनेक राज्यों में शिक्षा में अंग्रेजी को वही दर्जा मिल चुका है जो अंग्रेजों के जमाने में था।

अंग्रेजी माध्यम से शिक्षा देने वाले प्राइवेट स्कूल तो खैर भारत के कोने-कोने में कुकुरमुत्तों की तरह उगते ही रहे हैं। आज सभी माता-पिता चाहते हैं कि उनका बच्चा शुरू से अंग्रेजी में शिक्षा पाए। इसीलिए हर गली में अंग्रेजी माध्यम वाले नर्सरी स्कूल खुल रहे हैं। मुहल्लों के पार्कों में तरुण माताएं अपने नौनिहालों से 'नो-नो बेबी' और 'डॉगी-बर्ड़ी' शैली में बतिया कर अंग्रेजी को बच्चे के लिए

मातृभाषा बना देने की नेक कोशिश में जुटी दिखाई देती हैं। हिंदी मीडिया भी हिंदी के पिछड़ेपन से इतना आक्रांत हो चला है कि वह भी हिंदी की थाली में जमकर अंग्रेजी परोस रहा है। अंतर्राष्ट्रीय रुझानों का अध्ययन करने वाले अमेरिकी विशेषज्ञों के अनुसार भारत में समाज को दिशा देने का काम 'इंग्लिश मीडियम टाइप' यानी अंग्रेजी के माध्यम से शिक्षा पाया हुआ वर्ग कर रहा है और 'हिंदी मीडियम टाइप' अमीर वर्ग तक हर मामले में, थोड़ा झिझकते हुए ही सही, उसके पदचिह्नों पर चल रहा है।

गोया स्थिति वही है कि अंग्रेजी वाले बढ़ गए, हिंदी वाले पिछड़ गए। ऐसे में जाहिर है कि 'पिछड़ों' में भी अंग्रेजी सीखकर अगड़ा बनने की ललक तेजी से बढ़ रही है और भविष्य में और भी तेजी से बढ़ेगी। और यही है तीसरा और सबसे बड़ा कारण मेरे इस विश्वास का कि देखते ही देखते भारत अंग्रेजी का राष्ट्र नंबर वन बन जाएगा। बेचारे 'हिंदी मीडियम टाइप' लोग 'इंग्लिश मीडियम टाइप' बनने की साधना में उन पुस्तकों की शरण में जा रहे हैं जो हिंदी के माध्यम से अंग्रेजी सिखाती हैं। सुनता हूं कि प्रकाशन संस्थान 'देहाती पुस्तक भंडार' को शहराती सुख-समृद्धि 'रैपिडेक्स इंग्लिश स्पीकिंग कोर्स' से ही प्राप्त हुई। बोलचाल की मुहावरेदार अंग्रेजी सिखाने और उनका उच्चारण अंग्रेजों या अमेरिकियों-जैसा बनाने वाले संस्थान बड़े पैमाने पर ग्राहक आकर्षित कर रहे हैं।

लोगबाग अंग्रेजों या अमेरिकियों की तरह अंग्रेजी बोलना इसलिए सीख रहे हैं कि अंतर्राष्ट्रीय कंपनियों में नौकरी पाकर देश-विदेश घूम सकें और विदेशों में बस सकने के मार्ग का एक बड़ा रोड़ा खत्म हो। और कुछ नहीं तो कॉल सेंटरों में ही नौकरी मिल जाए। दूसरे शब्दों में अंग्रेजी का सबसे बड़ा आकर्षण यह है कि अंतर्राष्ट्रीय भाषा को अपना लेने से उन्नति के अवसर कई-कई गुना बढ़ जाते हैं। बहस का मुद्दा यह है कि जब समसामयिक समाज में संपन्नता से ही सफलता मापी जाती है तब उन्नति की इस कामना को गलत कैसे कहा जा सकता है? फर्ज कीजिए कोई हिंदी और अंग्रेजी, दोनों में लिख सकता हो और वह धन और यश की खातिर अंग्रेजी में लिखना पसंद करता हो तो इसमें क्या बुराई है? जब हमारा अंग्रेजी ही नहीं, हिंदी भी किसी अन्य हिंदी-भाषी लेखक से कहीं ज्यादा चर्चा उस विक्रम सेठ की करता है जिसे अपनी नई रचना के लिए दस करोड़ पेशगी दिया गया है तब किसी अंग्रेजीदां का 'अपनी जड़ों से' जुड़े रहने की खातिर हिंदी में लिखना बेवकूफी नहीं है क्या?

आज अंग्रेजी में सारी दुनिया के ज्ञान-विज्ञान और साहित्य का भंडार मौजूद है और वह इंटरनेट और भूमंडलीकरण की मुख्य भाषा बन ही चुकी है। उससे तथाकथित राष्ट्रवाद की खातिर परहेज करना या उसे बढ़ावा देने में संकोच करना

सरासर मूर्खता है। गुलामी में रह चुकने के प्रताप से इस भाषा पर हमारी पकड़ बहुत अच्छी है और इसी के चलते हर कहीं हमारी पूछ हो रही है। इस पर गांधीवादियों से लेकर घोर वामपंथियों तक पुरानी पीढ़ी के लोग झल्लाकर कह रहे हैं कि अंग्रेजी का ज्ञान हमें भूमंडल में अधिपति का नहीं, कुली का दर्जा दिला रहा है। इस प्रसंग में कुछ लोग तो इस बात तक का रोना रो रहे हैं कि हमारे नौजवान कम वेतन पर काम करके पश्चिम के लोगों की रोजी-रोटी छीन रहे हैं।

नई पीढ़ी पूछती है कि क्या इसका रोना रोने के लिए पश्चिम के मजदूर संगठन काफी नहीं हैं? अगर बहुराष्ट्रीय कंपनियों के दौर में पश्चिम को राष्ट्रवाद की चिंता नहीं है तो हम क्यों राष्ट्रवाद के नाम पर मातृभाषा से चिपके रहकर रोजगार के अवसर खोएं और क्या यह सही नहीं है कि सॉफ्टवेयर जैसे क्षेत्रों में हम कुली ही नहीं, मालिक भी बन सके हैं?

मेरे-जैसे लोग टसुवे बहाते हुए फिर यह कहते हैं कि अपनी भाषा को छोड़ना अपनी संस्कृति से मुंह मोड़ना है। अंग्रेजी अपनाकर हम अंग्रेजी-भाषी दुनिया के दूसरे दर्जे के नागरिक ही बन सकते हैं। इसके जवाब में नई पीढ़ी कह रही है कि आज अंग्रेजी के माध्यम से एक ग्लोबव्यापी संस्कृति फैल रही है। उसमें अपनी संस्कृति को स्थान दिलाने के लिए अंग्रेजी से जुड़ना निहायत जरूरी है। अगर भारत सबसे बड़ा अंग्रेजी-भाषी देश बन जाएगा तो शीघ्र ही ग्राहकों की तलाश में रहती साहित्यिक और सांस्कृतिक मंडी भारतीयों को दूसरे दर्जे की नागरिकता कैसे दे सकेगी? अंग्रेजी भाषा और पश्चिमी संस्कृति और ग्लोबव्यापी संस्कृति दोनों हमसे प्रभावित होंगे, न कि उनसे हम।

(29 सितंबर, 2003)

पहरेदारों के पहरेदार भी बेकार!

इधर एक दिलचस्प खबर यह सुनी गई कि 'रेड डालने' का काम आयकर विभाग से छीनकर किसी प्राइवेट एजेंसी को सौंपने का प्रस्ताव है जिसके विरोध में विभाग के अधिकारी-कर्मचारी हड़ताल करने का मन बना चुके हैं। संभावित टैक्स- चोरों पर छापा मारने का काम आयकर विभाग से छीनना बेहद बेतुकी-सी बात लगती है लेकिन अनुभवी लोगों का कहना है कि इन रेडों से राजस्व तो बढ़ता नहीं, छापे मारने वालों का जीवनस्तर अलबत्ता बड़ी तेजी से सुधरता है।

यह भी कि रेड पड़ने से उद्यमी-व्यवसायी बिरादरी परेशानहाल और बदनाम होती है और अपने खिलाफ बनाए गए झूठे केस से बचने के लिए घूस देने को मजबूर की जाती है। यह ठीक है कि निराधार देनदारी निकाली गई हो तो आप अपील कर सकते हैं लेकिन अपील प्राधिकरण की तो घूस की दर सुना और भी ऊंची होती है— आखिर उच्चतर संस्था जो है वह!

कहां कितना लिया-दिया जाता है, इसकी खबर देने वाले टैक्स-विशेषज्ञ और सी.ए. हुआ करते हैं जिनके अनुसार टैक्स बचाने का सुगमतम उपाय घूस देना है। शायद इसी कारण यह सुनने में आता है कि राजस्व-वसूली विभागों में कुछ नियुक्तियां उसी तरह 'नीलाम' की जाती हैं जिस तरह पुलिस विभाग में 'अच्छे' थाने! तगड़ी दक्षिणा देकर मिली पोस्टिंग में रहते हुए जो उससे कई गुना दक्षिणा स्वयं न कमाए ऐसा मूर्ख कौन होगा भला? और आप जानिए इन सेवाओं के लिए तो संघीय परीक्षा द्वारा अत्यंत मेधावी उम्मीदवार ही चुने जाते हैं। इधर ऐसा सुना जाता रहा है कि अधिक समझदार उम्मीदवार अब आईएस आईएफएस की जगह आयकर, कस्टम लेना पसंद करने लगे हैं।

तो एक सरकारी विभाग है आयकर वसूलने के लिए। उसकी एक पहरेदार शाखा है जिसे रेड डालकर टैक्स-चोरों को पकड़ने का अधिकार है। इस पहरेदार पर भी नजर रखने के लिए एक अपील ट्राइब्यूनल है। फिर भी सरकार रेड डालने का काम किसी प्राइवेट एजेंसी को सौंपकर यह स्वीकार करना चाहती है कि पहरेदारों के पहरेदार भी बेकार हैं! यदि ऐसा है तो सरकार इस बारे में कुछ कर क्यों नहीं रही है? या कि वह मान चुकी है कि शासन चलाना अब किसी के बस का रहा नहीं! और तो और, अदालतें तक अब शासन को चलने के लिए मजबूर नहीं कर सकतीं। पटना हाईकोर्ट ने शायद इसीलिए हाल में राज्यपाल को लिखा था कि यहां तो हमारे हुक्म की भी कोई सुनवाई नहीं!

आर्थिक सुधारों के पैरोकारों के अनुसार ईमानदारी तो बस निजीक्षेत्र में ही बच रही है! टैक्स-चोरी करने वाले क्या निजी क्षेत्र में नहीं? प्राइवेट एजेंसी को घूसखोरी

करने से कौन रोकेगा? राजस्व बढ़ाने के लिए प्राइवेट एजेंसी को बाध्य करने के लिए क्या सरकार पहले टेंडर मांगेगी कि बोलो कितनी टैक्स-चोरी पकड़ कर दोगे? या कहीं ऐसा तो नहीं कि निजीकरण के समर्थक नेताओं-अधिकारियों को मलाल यह है कि मलाई का एक बड़ा हिस्सा हमसे नीचे बैठे बिल्ले-चिल्ले चट किए ले रहे हैं। प्राइवेट एजेंसी से कहा यह जाने वाला है कि हमारे हिसाब से विभाग वाले इतनी-इतनी रकम घूस के रूप में डकार रहे हैं, वह पूरी आप हमें दिलाया करें।

निजी क्षेत्र के समर्थक वे नेता हैं जो सरकारी खजाना सीधे न लूटकर निजी क्षेत्र की मार्फत लूटना पसंद करते हैं। जैसे कुछ वर्षों से अमेरिकी प्रतिरक्षा विभाग ने विदेशी मोर्चों पर सैनिक साज-सामान के रख-रखाव और मरम्मत का काम एक कंपनी को सौंपना शुरू किया है और सेना को शिकायत है कि इस कंपनी के संत-चरण पड़ते ही इस मद पर खर्च कई-कई गुना बढ़ गया है। इस अतिरिक्त कमाई से वह कंपनी अपने शुभचिंतकों की जेब-गरमाई न करती होगी क्या? निजी क्षेत्र के विरोधी वे नेता हैं जिन्हें सार्वजनिक को अपना ही मानकर लूट लेने में संकोच नहीं होता और वे कर्मचारी हैं जो मानते हैं कि वेतन काम न करने के लिए मिलता है, काम करने के लिए तो घूस ली जाती है।

अब जैसे हमारी नेता बिरादरी एयर इंडिया और इंडियन एयरलाइंस के निजीकरण का विरोध करती आई है क्योंकि वह विमानों की खरीद में होने वाली सौदेबाजी, मुफ्त में यात्राएं करने-कराने, लोगों को नौकरियां दिलवाने और उड़ान को अपने खातिर रुकवाए रखने का सुख छोड़ना नहीं चाहती। उधर अमेरिकी बिरादरी विमान सेवाओं के निजीकरण का विरोध सपने में भी नहीं सोच सकती। उसे मुफ्त यात्रा का निश्चय ही कोई बड़ा आकर्षण नहीं लेकिन निजी विमान सेवाओं के पैरोकार उसे क्या, उसके हर चमचे, कर्मचारी और रिश्तेदार को मुफ्त यात्राएं करवाने के लिए सदा तैयार बैठे रहते हैं। बल्कि वहां तो 'लॉबी' करने वाली बिरादरी नेताओं और उनसे जुड़े लोगों को अध्ययन-दौरों के लिए अपने खर्च पर भेजती ही रहती है। यानी टिकट ही नहीं, होटल, सैर-सपाटा सब मुफ्त। पिछले दिनों एक खोजी पत्रकार ने इस बात का पर्दाफाश किया था कि विषय चाहे जो हो, नेता और चमचे अध्ययन के लिए लास वेगास और पेरिस जैसी देश-विदेश की विषय-वासना स्थलियों में ही जाना पसंद करते रहे हैं!

विमान सेवाओं की लॉबी चुनाव फंड के लिए तगड़ा चंदा दिलवाती रहती है सो अलग! इसके बदले में नेताओं को बस विमान सेवाओं के हितों का पूरा ध्यान रखना होता है। जैसे इधर उन्होंने कई बड़ी विमान सेवाओं को सरकारी कर्ज दिलवाने में और उसके बावजूद अपने को दिवालिया घोषित करने में नैतिक और राजनीतिक सहायता दी! सच तो यह है कि जेआरडी टाटा जैसे व्यक्ति, जिन्होंने

अपना निजी उद्योग ही नहीं, सार्वजनिक उद्यम एयर इंडिया भी पूरी ईमानदारी से और नफे में चलाकर दिखा दिया था, मुक्तमंडी के इस दौर में न कहीं रह गए हैं और न कहीं पनपने दिए जा रहे हैं। सारा आधुनिक समाज दो विश्वासों के सहारे चलता रहा है। पहला यह कि व्यक्ति पूरी तरह स्वतंत्र इकाई होते हुए भी अपने और समुदाय के हित में अपने को अपनी चुनी हुई सरकार के बनाए हुए कायदे-कानून से बंधा हुआ मानेगा। दूसरा यह कि हर व्यक्ति अपने और समुदाय के एक बेहतर भविष्य के स्वप्न से अपने को जोड़े रहेगा और उसे सच बनाने के लिए पूरा प्रयत्न करेगा। लेकिन आज मुक्तमंडी और उसके रहनुमा विकसित देश स्वार्थ को कायदे-कानून से बड़ा मानने की सीख दे रहे हैं। सबके लिए सुखद भविष्य के स्वप्न-जैसी कोई चीज 'इतिहास की समाप्ति' के बाद रह नहीं गई है। हर कोई अपने भविष्य के लिए सोचने को प्रेरित किया जा रहा है। इस विकट स्थिति से पार पाने के लिए राजनीतिक नहीं, नागरिक आंदोलन की आवश्यकता है क्योंकि जनतंत्र में पहरेदारों के सबसे बड़े पहरेदार जन-जन ही होते हैं।

(6 अक्टूबर, 2003)

जो है सुहावनो सो है नेटबाजन को!

मुझ बूढ़े पत्रकार को यह सुनकर कोई आश्चर्य नहीं हुआ कि इंटरनेट के माध्यम से कॉपीराइट संगीत मुफ्त बांटने के मामले में अमेरिकी रिकार्ड उद्योग के संघ 'रीआ' ने जिन नेटबाजों को जुलाई में कानूनी नोटिस भिजवाए थे उनमें बहुत से किशोर थे और अदालत के बाहर जो सबसे पहला मुकदमा पिछले दिनों रफा-दफा किया गया वह न्यूयार्क की 12 वर्षीया ब्रियाना लाहारा के खिलाफ था जिसकी मां ने उससे माफीनामा लिखवाकर और दो हजार डॉलर का प्रतीकात्मक हर्जाना देकर पिंड छुड़वाया! मेरी शुरू से यह धारणा रही है कि कंप्यूटर और इंटरनेट निहायत ही किशोर किस्म का माध्यम है। न केवल इसलिए कि वह अभी अपनी किशोरावस्था से ही गुजर रहा है बल्कि इसलिए भी कि उसके प्रति सबसे ज्यादा उत्साह किशोरों और चिरकिशोर उत्तरआधुनिक इनसानों में ही पाया जाता है।

किशोरों के इस उत्साह के मुझे तीन कारण नजर आते हैं। पहला यह कि कंप्यूटर मात्र यंत्र नहीं, ऐसा बहुधंधी खिलौना भी है जो किशोर-मन में अपार कुतूहल जगाता है। दूसरा यह कि वह यांत्रिक खिलौना होने के साथ-साथ एक स्तर पर दुनिया-जहान की बातें जानने-बता सकने वाला माई डियर मार्का इनसान भी है। एक सदा उपलब्ध मित्र और सो भी ऐसा जो आपकी आप-जैसों से मित्रता भी करा देता है। और हां, एक ऐसा विश्वासपात्र भी जो आपके भेद किसी पर कभी नहीं खोलता। तीसरा यह कि नेटबाज बिरादरी किशोरों की तरह चीजें मिल-बांटने में विश्वास करती है। जैसे हॉस्टलों में लड़के-लड़कियां एक-दूसरे के कपड़ों और तेल-फुलेल का प्रेमपूर्वक बेहिचक इस्तेमाल करते हैं वैसे ही नेटबाज 'फाइल शेयर' करते-कराते हैं। यानी अपना डाउनलोड किया संगीत या वीडियो दूसरों को टीपने देते हैं।

किसी एक ने रिकार्ड या फिल्म वीडियो खरीदा और लीजिए वह सैकड़ों हजारों में बंट गया मुफ्त में। जाहिर है कि इस कॉपीराइट उल्लंघन से मनोरंजन उद्योग को खासा नुकसान होता रहा है। जहां फिल्म उद्योग इस सिलसिले में कुछ नामी सितारों की अपीलें विज्ञापित करके रह गया कि हम लोगों की रोटी-रोजी मत मारो प्रशंसको, वहां रिकार्डिंग उद्योग ने मुकदमेबाजी का रास्ता अपनाया।

रिकार्डिंग कंपनियों के लिए मुश्किल यह थी कि नेट-जासूसी करके वे केवल इतना ही मालूम कर सकती थीं कि जिस कंप्यूटर से संगीत की लूट कराई गई है उसका लंबी-चौड़ी संख्याओं के रूप में दिया जाने वाला 'आई.पी.' पता क्या है? लेकिन उस पते वाला कंप्यूटर कहां और किसका है— यह केवल उसे नेट-सेवा प्रदान करने वाली संस्था ही बता सकती है। ये संस्थाएं अपने ग्राहकों की गोपनीयता

बनाए रखने के लिए वचनबद्ध होती हैं। इस दिक्कत से पार पाने के लिए रिकार्डिंग उद्योग का संघ 'रीआ' एक केंद्रीय अदालत की शरण में गया जिसने इस साल फरवरी में नेट-सेवा प्रदान कराने वाली विराट कंपनी 'वेरीजौन' को मजबूर किया कि वह 'रीआ' को बड़े पैमाने पर संगीत लुटाने वाले एक कंप्यूटरविशेष के मालिक का नाम बताए।

इस जीत से उत्साहित होकर 'रीआ' ने सभी नेट-सेवाओं और विश्व-विद्यालयों को नोटिस दे डाला कि या तो संगीत लूटने-लुटाने वालों को पकड़ने में मदद दें, नहीं तो मुकदमे के लिए तैयार रहें। ज्यादातर ने घुटने टेक दिए। और 'रीआ' ने जुलाई में कुल 261 संगीत लुटेरों पर मुकदमे दायर कर दिए। उसकी मंशा हर्जाने की लंबी-चौड़ी रकम वसूलने की नहीं, संगीतलुटेरों और उनके अभिभावकों के मन में दहशत बैठा देने की थी।

इसमें वह विफल हुआ है क्योंकि नेटबाज बिरादरी बगावत के मूड में है। वह इस दहशतगर्दी को उन पूंजीपतियों की तानाशाही का नमूना ठहरा रही है जो इक्का-दुक्का अच्छे गानों के साथ ढेर सारे कूड़ा गाने जोड़कर महंगे दामों वाले एलबम बाजार में लाते हैं। उसे इस बात पर बहुत क्रोध आया है कि 'रीआ' ने नेट की दुनिया का गुमनामी और गोपनीयता बनाए रखने का शिष्टाचार कानून की शरण में जाकर तुड़वा दिया है। 'फाइल शेयर' करने का सॉफ्टवेयर बनाने वालों ने ब्रियाना की मां को दो हजार डॉलर स्वयं देने की पेशकश की है। यही नहीं, उन्होंने 'रीआ' को मुंह बिराते हुए इस आशय के बयान दिए हैं कि ऐसे सॉफ्टवेयर बन चुके हैं और बनाए जा रहे हैं जिनसे 'फाइल शेयरिंग' करने वाले का 'आई.पी.' पता भी किसी को मालूम नहीं हो सकेगा।

रिकॉर्डिंग उद्योग जानता है कि हम डाल-डाल तो नेटबाज पात-पात। अब जैसे वह 'फाइल शेयरिंग' करवाने वाले नेपस्टर का धंधा तो मुकदमा करके इसलिए चौपट करा सकी थी कि वह एक जगह से चलता था। लेकिन उसकी जगह जो 'काजा' सॉफ्टवेयर चला है उसे वह मुकदमे के बावजूद इसलिए नहीं बंद करवा पाई कि काजा केवल सॉफ्टवेयर बेचता है, फाइल शेयरिंग में मदद नहीं करता। यही वजह थी कि रीआ ने नेट सेवा प्रदान करने वालों को आई. पी. पतों की गोपनीयता भंग करने पर मजबूर किया। लेकिन इस मुकदमेबाजी से वह सौ-पचास नहीं, लगभग 6 करोड़ संगीत-लुटेरे संगीत प्रेमियों को अपना शत्रु बना चुकी है। बकौल शख्से अरे इससे कुछ कम ही अमेरिकियों के समर्थन से बुश राष्ट्रपति बन गए थे।

तो रिकॉर्ड उद्योग संगीत डाउनलोड करने की विधि-सम्मत दो साइटों को भी बढ़ावा दे रहा है। इनमें से पहली काफी समय से फी गाना 99 सेंट लेकर डाउनलोड करने की सुविधा दे रही है। दूसरी अभी जुलाई में खुली। उसमें दर 79 सेंट है।

लेकिन एक तो इनमें सीमित गाने ही हैं और दूसरे किशोर मन को मुफ्त के मुकाबले में 79 सेंट भी बहुत ज्यादा लगते हैं। सच तो यह है कि कंपू और नेट का यह किशोर माध्यम स्वयं ही हर प्रकार के कॉपीराइट के विरुद्ध है। धुरंधर नेटबाज और प्रोग्रामर रिचर्ड स्टॉलमैन ने कॉपीराइट की जगह कॉपीलेफ्ट की अवधारणा प्रस्तुत की थी कि हर नेटबाज अपने विचार और अपना बनाया सॉफ्टवेयर दूसरों के लिए प्रस्तुत करेगा और दूसरे उसका अपने ढंग से विकास करके सबको बताते जाएंगे। बिलगेट्स माइक्रोसॉफ्ट की विंडोज को चुनौती देने वाला लाइनेक्स सॉफ्टवेयर इसी तरह विकसित होता रहा है।

कॉपीलेफ्ट के कायल नेटबाज मानते हैं कि सबकुछ हर किसी का होना चाहिए और पूंजीवादियों को किसी प्रतिभावान की रचनात्मकता पर मनमाना मुनाफा कमाने की छूट नहीं दी जानी चाहिए। वे प्रतिभावान से सीधा आर्थिक संबंध बनाने की बात जरूर सोच सकते हैं। पिछले दिनों एक ब्रितानी बालक ने भुला दिए गए गायकों का संगीत और अमेरिकी लेखक स्टीफन किंग ने अपना उपन्यास इंटरनेट से सीधे ग्राहकों को बेचने का सफल प्रयोग किया था।

(13 अक्टूबर, 2003)

ऊबी पीढ़ी के ये विचित्र विद्रोह!

मेरे चारों तरफ शोर बढ़ता जा रहा है और इसमें से ज्यादातर शोर ऐसा है जो युवा पीढ़ी अपनी खुशी या नाराजगी जाहिर करने के लिए मचा रही है। माना कि इनसान नाम का जानवर अपनी भावनाएं चीख-चिल्ला और उछल-कूदकर व्यक्त करने की क्षमता रखता है और यह भी कि इनसान का बच्चा पैदा ही चीखते-चिल्लाते होता है। उसकी तमाम उछल-कूद प्रीतिकर बाल-लीला के रूप में सराही जाती है। लेकिन यह भी गौरतलब है कि पहले सभ्य समाजों में नौ-एक साल की उम्र होते-होते हर बच्चे को बचपना छोड़ने की नेक सलाह दी जाती थी और कई समाजों में तो इस उम्र के बच्चे को बाकायदा बड़ों में शामिल कर लेने वाले किसी-न-किसी संस्कार का विधान था। तो जिस समाज में मेरा बचपन बीता उसमें किशोरों को शोर मचाने की तो दूर, ज्यादा बोलने की भी अनुमति नहीं थी।

और तो और खेल के मैदान में भी हम न मैच के दौरान ज्यादा शोर मचा सकते थे और न मैच जीत जाने पर ढोल बजाकर नाच-गा सकते थे या हारी हुई टीम को नीचा दिखाने के लिए कोई भद्दी हरकत कर सकते थे। अंग्रेज हाकिमों का अनुकरण करते हुए हम 'थ्री चीयर्स हिप-हिप-हुर्रे' अवश्य बोल सकते थे जिसका अनुवाद हमारे संस्कृत पंडित जी ने तीन बार हर्षनाद शिव-शिव हरे कर छोड़ा था! यह कहना गलत होगा कि हमारा किशोर मन इस तरह की मनाही से कुंठित नहीं होता था। सच तो यह है कि कुछ उद्दंड किस्म के छात्र बुजुर्गों की अनुपस्थिति में किसी को नीचा दिखाने के लिए एक अजीबोगरीब नारा लगवाया करते थे—'लगे-लगे-लगे-लगे-ए डू'! लेकिन ऐसे छात्र बिगड़े हुए माने जाते थे और इस श्रेणी में आना तब कोई भी पसंद नहीं करता था।

आज हमारी मॉड 'मेट्रो' बिरादरी ने शोर मचाने को जन्मसिद्ध अधिकार मान लिया है। पश्चिमी युवा पीढ़ी की तरह वह भी अपने चहीते सितारे या गायक को देखकर खुशी से दोहरी होते हुए एक ऐसी आवाज निकालने लगी है जिसके लिए अभी तक कोई संज्ञा गढ़ी ही नहीं गई लेकिन जो कातर चीखनुमा होती है। युवा पीढ़ी मारे खुशी के इस तरह 'सियापा' क्यों करने लगी है? सोचने लगता हूं तो दो कारण नजर आते हैं। पहला यह कि मुक्तिविश्वासी मनोविज्ञान और मुक्तमंडी की उन्मुक्त संस्कृति दोनों ही एक ओर 'सहज और रचनात्मक बचपन' को लंबा खींचने का आग्रह कर रहे हैं तो दूसरी ओर बच्चों को बहुत जल्दी स्वतंत्र इकाई समझे जाने का अधिकार दिला रहे हैं। दूसरा और ज्यादा बुनियादी कारण यह है कि इतिहास की समाप्ति के बाद इस उत्तरआधुनिक दौर में किशोर मन की विद्रोह की सहज भावना व्यक्त करने के गंभीर रास्ते नहीं के बराबर बचे हैं। विद्रोही मन विचित्र की

शरण में जा रहा है।

लुत्फ यह है कि मुक्तमंडी का मीडिया इस तरह के विचित्र विद्रोहों को बड़े उत्साह से अंकित और प्रसारित करता रहता है। आज सारी दुनिया में टीवी कैमरा सामने आते ही चीखने-चिल्लाने, उछलने-कूदने और कोसने-गरियाने की विचित्र रीति चल निकली है। विचित्र विद्रोह के अंतर्गत हमारे यहां की 'मेट्रो' युवा बिरादरी ने नाक-कान छिदवाने का वह रिवाज फिर अपना लिया है जिसे वह गंवारू मानकर छोड़ चुकी थी। बल्कि पश्चिमी विद्रोहियों की नकल में उसने भौंहें, नाभि और कुचाग्र छिदवा कर उनमें भी बाली पहनना शुरू कर दिया है। ऊबी पश्चिमी युवा पीढ़ी अपना विद्रोह व्यक्त करने के लिए अब एक और उपाय अपना रही है। कोई भी व्यक्ति अपने मित्रों को एसएमएस कर देता है कि फलां तारीख को फलां वक्त, फलां जगह पर पहुंच कर ऐसा-ऐसा किया और कहा जाए। वह अनुरोध करता है कि 'जमावड़े' का यह संदेश अपने अन्य मित्रों को पहुंचाएं और उनसे भी अन्य मित्रों को पहुंचाने के लिए कहें।

इस तरह जब तयशुदा जगह पर भीड़ जुटती है तो तमाशाई भी यह देखने को खड़े हो जाते हैं कि आखिर माजरा क्या है? लेकिन माजरा तो यह है कि अब कोई माजरा ही नहीं है! जैसे हाल में एक महानगर के डिपार्टमेंटल स्टोर में डाइनासॉरनुमा एक बड़ा-सा खिलौना जब रख दिया गया तब वहां एक युवक ने ऐसी भीड़ जुटा दी जो उस खिलौने के आगे हाथ जोड़ कमर के बल झुकती रही और कोई अगड़म-बगड़म मंत्र जपती रही। मुझे पूरा विश्वास है कि हमारी 'मेट्रो' युवा पीढ़ी इस उपाय को भी आजमा देखेगी और हमारा मीडिया उसे उसी तरह उछालेगा जिस तरह पश्चिम का मीडिया उछालता रहा है। ऊबी हुई युवा पीढ़ी में मादक द्रव्यों का बढ़ता चलन भी विद्रोह का ही नमूना है। उसमें बढ़ती हुई अपराध प्रवृत्ति और हत्या तथा आत्म-हत्या की घटनाएं भी उसी ऊब से उपजी हुई मालूम होती हैं। एक भी साल ऐसा नहीं जाता कि पश्चिम में दो-चार स्कूलों से यह समाचार न मिले कि किसी छात्र ने आकर अंधाधुंध गोलियां चलाईं या यह कि हर तरह से खुशहाल और खुशनसीब किसी छात्र-छात्रा ने आत्महत्या कर ली।

नेटबाज बिरादरी ऊब से जन्मा अपना विद्रोह संगीत-फिल्म आदि मुफ्त बांटने, इंटरनेट में कोई विषाणु फैलाने या बड़े प्रतिष्ठानों के कंप्यूटरों में बंद गोपनीय फाइलों की किलेबंदी तोड़ दिखाने के रूप में व्यक्त करती रही है। यह बड़े अचरज की बात है कि सारे संसार में आज युवा पीढ़ी व्यक्ति स्वतंत्रता से घबरा कर सामुदायिकता की तलाश में किसी-न-किसी अजीबोगरीब पंथ में शामिल हो रही है। मिसाल के लिए अमेरिका में हार्ले डेविडसन चलाने वालों ने अपनी एक बिरादरी बना ली है। ऐसी बिरादरियों में शामिल होने तक तो फिर भी गनीमत है लेकिन अनेक युवा

कट्टरपंथ की भी शरण में जा रहे हैं और विद्रोह को प्रतिक्रियावादी मोड़ दे रहे हैं। इधर पश्चिमी मीडिया की नकल में हमारा मीडिया भी इस बात पर अचरज व्यक्त करता रहा है कि पढ़े-लिखे मध्यमवर्गीय लोग आज आतंकवाद और सांप्रदायिक दंगों की घटनाओं में हिस्सा ले रहे हैं। उन्हें यह बताने की जरूरत है कि इस तरह की चीजों के लिए आवश्यक फितरत और फुर्सत बस है ही उनके पास। अनपढ़-गंवार किस्म के लोग तो रोजी-रोटी के संघर्ष से ही फुर्सत नहीं निकाल पाते।

पर्यावरण की रक्षा, दलितों का उद्धार, ग्लोबीकरण का विरोध जैसे कुछ मुद्दों पर ऐसे आंदोलन जरूर हो रहे हैं जिनसे आदर्शवादी युवा जुड़ सकते हैं और जुड़ भी रहे हैं। लेकिन ये सब भी अंततः एनजीओबाजी और दफ्तरशाही के शिकार हो जाते हैं। नई पीढ़ी के लिए आज अंतर्राष्ट्रीय समाजवाद जैसा कोई विराट स्वप्न रह नहीं गया है। साम्यवादी दल बंदूक की जगह बैलट बक्से का रास्ता अपना चुके हैं और जो अब भी हथियारबंद संघर्ष कर रहे हैं, बदले अंतर्राष्ट्रीय हालात में कोई स्थायी क्रांति करा नहीं सकते। इसलिए उन्हें भी कट्टरपंथी आतंकवादियों का ही दर्जा मिल रहा है। इन विषम परिस्थितियों में ही युवा मन का विद्रोह निरे बचपने या खतरनाक कट्टरपंथ में खोता जा रहा है।

(20 अक्टूबर, 2003)

लक्ष्मी जी ही सदा सहाय होती हैं!

आज भी हमारे यहां किसी जच्चा-बच्चा अस्पताल से किसी का नवजात सपूत गायब कर दिए जाने की खबर कभी-कभी छप ही जाती है और साल में कम से कम एक बार आधुनिक विज्ञान की मदद से गर्भ में आई बच्ची की पहचान और सफाई पर किसी पत्र-पत्रिका या चैनल में खोजी 'स्टोरी' आती है। यानी मादा बच्चे को बोझ और नर बच्चे को बुढ़ापे का सहारा मानने की परंपरा समाज में कमोबेश आज भी जीवित है। माना अब भी यही जा रहा है कि संसार तो मर्द चलाते हैं। औरत गिरस्ती जरूर चलाती है, सो भी मर्द की कमाई के बलबूते पर ही।

करतार-भरतार जो भी है, मर्द है। औरत तो बस घर बैठी रोटियां पाथ और बच्चे जन सकती है क्योंकि वह घर बैठी रोटियां तोड़ने और बच्चे पालने के सिवा और किसी मतलब की है नहीं! पुरुष सक्रिय है, स्त्री निष्क्रिय। श्रीवृद्धि का कारक पुरुष ही है! उसी के दम पर सबका पेट पलता है। अगर ऐसा है तो हमारे यहां चले आ रहे इस रिवाज को क्या कहिए कि भले ही किसी घर में बेटी का जन्म हो जाने पर परंपरावादी पति और सास के साथ-साथ स्वयं जच्चा भी उदास हो रही हो लेकिन तमाम पास-पड़ोसी और रिश्ते-नातेदार यही कहते हैं कि बधाई हो आपके घर लक्ष्मी आई है! बेटे का जन्म होने पर कोई नहीं कहता कि बधाई हो आपके यहां कुबेर प्रकट हुआ है! अगर ऐसा मान लिया जाए कि लक्ष्मी वाली बात महज आंसू पोंछने के लिए की जाती है तो भी यह सवाल उठता है कि हमारे व्यापारी-व्यवसायी अपनी तिजोरियों और बहीखातों पर शुभ-लाभ के साथ-साथ यह क्यों लिखते आए हैं कि 'लक्ष्मी जी सदा सहाय!' नारायण जी सदा सहाय लिखने में क्या कष्ट है?

इसका जवाब यह है कि व्यावहारिक स्तर पर हम भले ही कुछ मानते आए हों, दार्शनिक स्तर पर हमारी यही मान्यता रही है कि निराकार ब्रह्म स्वयं निष्क्रिय हैं और इस सृष्टि को उसका स्त्री रूप, उसकी शक्ति ही चलाती है। और अगर हम निष्पक्ष होकर देखें तो व्यावहारिक स्तर पर भी औसत औरत औसत मर्द से कहीं ज्यादा कर्मठ होती है और घर की ही नहीं, बाहर की भी तमाम जिम्मेदारियों से उसे मुक्त करती है। मेरे क्षेत्र उत्तरांचल में तो स्थिति यह है कि गांव-देहात की औरतें घर-बाहर का लगभग तमाम काम स्वयं करती हैं क्योंकि ज्यादातर मर्द रोटी-रोजी कमाने के लिए मैदानों में चले गए होते हैं।

औरत घर में जो काम करती है उसकी कीमत आंकने और महत्त्व समझने का मुद्दा हमारे यहां कभी उठा ही नहीं। औरत बाहर काम करके भी कमाती है। गरीब तबकों में तो खैर शुरू से कमाती आई है। अब हमारे मध्यवर्गीय घरों की भी

ज्यादातर स्त्रियां कमाऊ होने लगीं। यह बात अलग है कि मर्दाना नजरिए का बोलबाला होने के कारण अभी भाषा में 'कमाऊ सुपुत्री' जैसा कोई मुहावरा चल नहीं पाया है। औरत की कमाई आज भी आमतौर पर घर के मर्द के हाथ में ही जाती है— भले वह पिता हो या पति। ऐसी तमाम कहानियां हम अपने आस-पास घटते देखते हैं जिनमें मामूली हैसियत वाले पिता के बाकी सभी बच्चों को कमाऊ बड़ी बेटी पढ़ा-लिखाकर किसी लायक बना देती है, उनका घर-संसार बसा देती है और अंत में स्वयं एक उपेक्षित कुंवारी बुढ़िया का जीवन जीने के लिए अभिशप्त होती है।

विदेशों में हुए सर्वेक्षण इधर बराबर लड़कियों की कर्मठता और रचनात्मकता का गुणगान करते रहे हैं। मिसाल के लिए अभी हाल में ब्रिटेन और ऑस्ट्रेलिया में किए गए सर्वेक्षणों से पता चला कि लड़कों से कहीं ज्यादा लड़कियां उच्चतर शिक्षा पाने की कोशिश कर रही हैं, उनसे बेहतर नौकरियां पा रही हैं और नौकरी-पेशे में उनसे कहीं ज्यादा तेजी से तरक्की कर रही हैं। हमारे यहां भी आप पाएंगे कि ऐसे मध्यमवर्गीय घरों की संख्या बढ़ती जा रही है जिनमें कर्मठ बेटियां कमाऊ हैं और निकम्मे बेटे मटरगश्ती और मौजमस्ती करते रहते हैं।

तो बेटी को लक्ष्मी ठहराना गलत नहीं है। औरत इसलिए भी लक्ष्मी है कि वह पैसा बचाना जानती है। भले ही इसके चलते उसे कभी-कभी पक्की गिरस्तन मगर ज्यादातर पक्की कंजूस कहा जाता रहा हो। ब्रिटेन में हाल के एक सर्वेक्षण से यह पता चला कि खरीदारी करते वक्त मोल-भाव करना, चार दुकानों पर पूछकर आना और अलग-अलग ब्रांड खरीदने में नफे-नुकसान का जायजा लेना मर्दों को नहीं आता। वे बस कोई खास ब्रांड की चीज खरीदने निकलते हैं और उसे ले आते हैं। औरत पूरे धैर्य से खरीदारी करती है और जरूरत की अन्य चीजों पर भी निगाह मारती जाती है कि सस्ती मिल रही हों तो ले लूं। आधुनिक पश्चिम तो पश्चिम, आज जापान जैसे परंपरावादी देश तक में बेटी को बेटे से बेहतर इसलिए भी माना जाने लगा है कि बेटों की अपेक्षा उसे अपने माता-पिता की ज्यादा चिंता रहती है। सर्वेक्षण बता रहे हैं कि औरत अपने घर-परिवार के, अपने बच्चों के और अपने आस-पास की दुनिया के भविष्य के बारे में मर्द से ज्यादा चिंतित रहती है।

यही वजह है कि आज हर कहीं समाज की बेहतरी और पर्यावरण की रक्षा के आंदोलनों की अगुवाई ज्यादातर स्त्रियां ही कर रही हैं। पर्यावरण सुरक्षा के लिए गढ़वाल की ग्रामीण महिलाओं का 'चिपको आंदोलन' विश्वविख्यात हुआ था। इसी तरह लिज्जत पापड़ सहकारी उद्योग भी बिजनेस ऐडमिनिस्ट्रेशन बिरादरी में हर कहीं चर्चा का विषय बना। बांग्लादेश का औरतों को कर्ज देने वाला ग्रामीण बैंक अंतर्राष्ट्रीय वित्तीय संस्थानों द्वारा सराहा गया और उसकी जैसी संस्थाएं अन्य देशों में भी

बनाई गईं। पिछले दिनों मुझे उत्तरांचल के गांवों में औरतों के शुरू किए गए आंदोलन के परिणाम देखने को मिले। वे वन, खनन, और शराब माफिया से लोहा ले रही हैं, नए जंगल लगा रही हैं, सिंचाई का इंतजाम कर रही हैं, बालवाड़ियां चला रही हैं और शौचालय बना रही हैं। जनता से ज्यादा ठेकेदारों के शुभचिंतक वन विभाग की इस स्थापना को उन्होंने गलत सिद्ध कर दिखाया है कि उत्तरांचल के ज्यादातर क्षेत्र में चीड़ ही उग सकता है, बांज नहीं जो पर्यावरण की रक्षा करता है और गांव वालों के लिए तमाम तरह की चीजें मुहैया कराता है।

आज हर देश के इस तरह के आंदोलनों में पहल और मेहनत स्त्रियां कर रही हैं, मर्द कुल मिलाकर उदासीन हैं या उन्हें राजनीति से ही फुर्सत नहीं मिल पा रही है। तो हमारे प्राचीन दर्शन में ही नहीं, आज के वास्तविक जीवन में भी हर कहीं औरत सक्रिय है, मर्द निष्क्रिय। रचनात्मकता में औरत आगे है और विध्वंस में मर्द। आधुनिक विज्ञान ने भी इस मान्यता पर मुहर लगा दी है कि मादा नर से महत्त्वपूर्ण है। लंदन में आनुवंशिकी के प्राध्यापक स्टीव जोंस के अनुसार नर हमेशा परजीवी रहा है और प्रकृति की दृष्टि में उसका महत्त्व बहुत तेजी से घटता चला जा रहा है। तो आशा करता हूं कि हम भारतीय मर्द पुत्री, पत्नी और बहन-रूपी लक्ष्मी जी का महत्त्व पहचानने की कोशिश करेंगे।

(27 अक्टूबर, 2003)

गरमा रहा है धर्म का बाजार हर कहीं

यह एक अजब-सी घटना है कि 21वीं सदी के आरंभ में हर कहीं धर्म का राजनीतिक बाजार गरमा रहा है। पिछली सदी तो इस विश्वास के साथ शुरू हुई थी कि आधुनिक सभ्य संसार में धर्म का सार्वजनिक जीवन में कोई महत्त्व ही नहीं रह जाएगा। जरा ध्यान दें— अगर इधर 'पिछड़े' भारत में अयोध्या का राममंदिर चुनाव राजनीति के केंद्र में है तो 'अगड़े' अमेरिका में अल्बामा न्याय भवन की 'दस आदेश शिला'! हुआ यह कि बाइबिल भक्तों के गढ़ अल्बामा राज्य के उच्चतम न्यायालय के मुख्य न्यायाधीश रॉय मूर को यह सूझी कि न्याय भवन में ग्रेनाइट की एक ऐसी विराट शिला लगवाई जाए जिसमें बाइबिल में दिए गए प्रभु के दस आदेश 'टेन कमांडमेंट्स' अंकित हों ताकि हर आता-जाता पढ़े और कानून के साथ-साथ खुदा से भी डरे।

सेकुलर बिरादरी ने बावेला मचा दिया क्योंकि इधर अमेरिका में दक्षिणपंथियों द्वारा सार्वजनिक स्थलों पर दस आदेश शिलाएं लगवाने का काम कुछ उसी उत्साह से किया जाता रहा है जिस उत्साह से उत्तर प्रदेश में मनु विरोधियों द्वारा आंबेडकर की मूर्तियां लगवाने का। सन 2000 के बाद से अब तक 'टेन कमांडमेंट्स रॉक्स' को लेकर केंद्र सरकार की अदालतों में 24 से ज्यादा मुकदमे दायर किए जा चुके हैं। पिछले साल मेरीलैंड राज्य के एक मेधावी हाईस्कूल छात्र ब्लेक ने अपने कस्बे फ्रेडरिक की नगर पालिका पर मुकदमा किया था कि सन 58 से नगर पार्क में हॉलीवुड मुगल सेसिल बी डेमिल द्वारा अपनी फिल्म *टेन कमांडमेंट्स* के प्रचार के लिए दान की गई जो शिला लगी हुई है वह फौरन हटाई जाए क्योंकि सरकारी जमीन पर किसी खास धर्म के प्रतीक की स्थापना संविधान के विरुद्ध है। नगर पालिका ने शिला के आसपास की जमीन की फांक बाइबिल भक्तों की संस्था को बेचकर पल्ला झाड़ लिया। बेचारा ब्लेक नगरवासियों के लिए ही नहीं, सारे देश के लिए खलनायक का दर्जा रखने लगा।

उधर न्यायमूर्ति रॉय मूर इसलिए हीरो बन गए कि उन्होंने एक केंद्रीय अदालत के आदेश के बावजूद अल्बामा के न्याय भवन से ग्रेनाइट की विराट दस आदेश शिला नहीं हटाई। केंद्रीय अदालत ने अंतिम तारीख तय कर दी। दूर-दूर के बाइबिल भक्त इस मूड में आ पहुंचे कि भले ही जान चली जाए, इस शिला को न्याय भवन से हटाने न देंगे। बहरहाल राज्य सरकार ने केंद्र से टकराव टालने के लिए रातोरात शिला हटवा दी। न्यायमूर्ति मूर ने इसे सरासर ज्यादती ठहराते हुए केंद्र के सुप्रीम कोर्ट से अपील कर डाली कि शिला को फिर न्याय भवन में लगाए जाने की अनुमति दें। न्यायमूर्ति मूर जनता की नब्ज किस हद तक सही पहचानते हैं इसका अंदाज

आप इसी से लगा सकते हैं कि ताजातरीन सर्वेक्षण के अनुसार पूरे 73 प्रतिशत अमेरिकी मतदाता यह मानते हैं कि अदालत में 'टेन कमांडमेंट्स' की शिला लगाए जाने में दूसरे धर्मों के प्रति नाइंसाफी की कोई बात नहीं।

औसत अमेरिकी नागरिक औसत यूरोपीय के मुकाबले में शुरू के ज्यादा धार्मिक रहा है। लेकिन साथ ही, अमेरिकी संविधान में यह स्पष्ट निर्देश दिया गया है कि ऐसा कुछ न किया जाए जिससे किसी एक धर्म को बढ़ावा मिलता हो या किसी भी धर्म का पालन करने पर रोक लगती हो। तो अमेरिका में ऐसे सेकुलर लोग दस प्रतिशत भी नहीं हैं जो यह कहते हों कि भगवान के वास्ते सार्वजनिक विमर्श में भगवान का नाम न लो। उन्हें न अमेरिकी सिक्कों पर *इन गॉड वी ट्रस्ट* लिखे जाने पर आपत्ति है और न सार्वजनिक भाषणों के अंत में *गॉड ब्लेस अमेरिका* कहे जाने पर। सार्वजनिक स्थलों पर सर्वधर्म प्रार्थना सभाएं उन्हें भी अच्छी लगती हैं और वे दस आदेश शिलाएं लगाने के पक्ष में भी हो सकते हैं बशर्ते कि अन्य धर्मों की सीखों की शिलाएं भी वहां लगाई जाएं।

जहां तक दक्षिणपंथी बिरादरी का सवाल है, उसका तेवर इधर यह रहा है कि जब इस देश में ईसाई बहुसंख्यक हैं तो यह देश अपने को ईसाई कहने में संकोच क्यों करे। वह इस बात के लिए लड़ती रही है कि सार्वजनिक स्थलों पर हमें प्रार्थना करने दी जाए, सरकारी कर्मचारियों को धर्म प्रचार करने दिया जाए, स्कूलों में धार्मिक शिक्षा दी जाए और पार्कों में दस आदेश शिलाएं लगाई जाएं। वह इन सब बातों को चुनावी राजनीति में केंद्रीय महत्त्व दिलवाना चाहती रही है। जैसा कि न्यायमूर्ति मूर के समर्थक ने कहा, 'मैं समझता हूं कि दस आदेश शिला का यह मुद्दा आज हमारे सामने प्रस्तुत सबसे महत्त्वपूर्ण मुद्दा है।' सवाल यह है कि इधर ऐसा क्या हुआ जो इसी तरह के गैर-मुद्दे अगड़े-पिछड़े हर किस्म के देशों में सबसे महत्वपूर्ण मुद्दों का दर्जा पाने लगे हैं। इसका जवाब खोजते हुए हमारा ध्यान तीन बातों की ओर जाता है। सबसे पहली यह कि हर कहीं समाज में अनैतिकता भयंकर रूप से बढ़ रही है और लोग-बाग उसे आधुनिकता के धर्म-विरोध से जोड़कर दिखा पा रहे हैं। खासकर वे दक्षिणपंथी जिनके लिए समाजवाद-साम्यवाद इसलिए बुरे थे कि उन्हें धर्म में आस्था नहीं थी। इस दक्षिणपंथी बिरादरी के हित में है कि लोग यह समझ ही न पाएं कि आज की अतिअनैतिकता की जड़ में निरंकुश पूंजीवाद ही है।

दूसरी बात यह है कि इन गैर मुद्दों को मुख्य मुद्दा बनाने में नया वामपंथ भी पूरा सहयोग देता है। एक तो वह भी इन्हें जीवन-मरण का प्रश्न बना डालता है। जैसे फ्रेडरिक में दशादेश शिला के आसपास की जमीन के बेच दिए जाने के बाद ब्लेक तो खामोश हो गया लेकिन एक अन्य संगठन ने फिर मुकदमा दायर कर दिया

कि आम आदमी के लिए यह जान सकने का कोई तरीका नहीं है कि शिला जिस जगह है वह सरकारी पार्क का हिस्सा नहीं है। इसी तरह हमारे यहां अयोध्या का मामला अदालत में चले जाने के बावजूद उसे गरमाए रखने में कट्टरपंथी सेकुलर बिरादरी भी उतना ही उत्साह दिखाती रही है जितना कि विश्व हिंदू परिषद। फिर यह भी है कि इस तरह के मामलों में नए वामपंथी हमेशा बहुसंख्यकों का विरोध और अल्पसंख्यकों का समर्थन करना अपना क्रांतिकारी कर्तव्य समझते हैं। वे यह भूल जाते हैं कि आम इनसान को अपने धर्म का विरोध और दूसरों के धर्म का समर्थन किया जाना नागवार गुजर सकता है।

तीसरी बात है मुस्लिम जगत में कट्टरपंथी वहाबी पंथ का बोलबाला जिसके लिए बड़ी हद तक स्वयं अमेरिका जिम्मेदार रहा है। इस पंथ ने एक ओर आतंकवाद को बढ़ावा दिया है तो दूसरी ओर हर देश में ऐसे मुस्लिम नेतृत्व को जिसके तेवर आधुकिताविरोधी हों और जो मुसलमानों के लिए अलग कानून और अलग पहचान का आग्रह करते हों। अब जैसे सभी पश्चिमी देशों में मुस्लिम नेतृत्व मुस्लिम छात्रों के लिए अलग पोशाक और धार्मिक शिक्षण की मांग उठा रहा है तथा दफ्तरों में भी नमाज पढ़ने के लिए कोई अलग कमरा दिए जाने आदि की मांग करता रहा है। इस तरह की मांगें कहीं-कहीं पूरी कर दी गई हैं। इससे उन दक्षिण-पंथियों को बढ़ावा मिलता है जो बहुसंख्यकों का धर्म सरकारी धर्म बना देना चाहते हैं और अल्पसंख्यकों को विशेषाधिकार दिए जाने के बिल्कुल विरुद्ध हैं।

(3 नवंबर, 2003)

अल्लाह हाफिज ऐ खुदा हाफिज!

पंजाब से बेघर होकर आए बुजुर्गों से पूछ-पाछ और पुरानी किताबों से पढ़-पढ़ाकर मैंने धारावाहिक *बुनियाद* में 'पूरब के पेरिस' लाहौर का अंकन कर तो डाला था लेकिन उसे कभी अपनी आंखों देखा नहीं था और आप जानिए कहावत यह है कि जिसने लाहौर नहीं देखा, वह जन्मा ही नहीं। तो जब सवा लाख लेखकों के बराबर की टक्कर की अकेली लेखिका अजित कौर ने, जो प्रसंगवश जन्म से लाहौरी उर्फ 'लौरी' हैं, मुझे भारतीय लेखकों की टोली में लाहौर और इस्लामाबाद चलने का न्यौता दिया, मैं नया जन्म पाने की खातिर खुशी से उनके साथ हो लिया।

इस नए जन्म में मुझे नया बोध यह हुआ कि धर्म की तरह भाषा भी जन-भावनाएं भड़काने का उपाय बन सकती है। इस उपाय का पाकिस्तानी राजनीति में जमकर इस्तेमाल हुआ है और हो रहा है। इसकी वजह यह है कि भले ही पाकिस्तान बनवाने में उर्दू बोलने वालों की अहम भूमिका रही, जिन सूबों को मिलाकर पाकिस्तान बनाया गया उनमें से किसी में भी उर्दू मातृभाषा का दर्जा नहीं रखती थी। यह ठीक है कि पश्चिमी पाकिस्तान में फारसी लिपि का प्रयोग होता रहा था और वहां उर्दू साहित्य भी रचा जाता रहा था लेकिन दिल्ली-लखनऊ वाले वहां के बड़े-से-बड़े शायर की जबान तक में खोट निकाला करते थे। फिर भी उर्दू 'इस उपमहाद्वीप के मुसलमानों को जोड़ने वाली' भाषा के रूप में पाकिस्तान में राजभाषा बना दी गई। बांग्लाभाषी पूर्वी पाकिस्तान में इसका विरोध हुआ और पूर्वी पाकिस्तान बांग्लादेश के रूप में अलग हो गया।

मौजूदा पाकिस्तान में भाषा की राजनीति के दो पहलू हैं। पहला यह कि राजनीति और संस्कृति पर मेहनती, तेज-तर्रार और जिंदादिल पंजाबी छाए हुए हैं और वे इस बात को भूले नहीं हैं कि दिल्ली-यूपी-बिहार से आए लोग उनकी उर्दू का मखौल उड़ाया करते थे। हमारे दल के कुछ लेखकों के यह कहने पर कि दोनों देशों के बीच एक अटूट रिश्ता उर्दू के वसीले से बना रहा है, अजित कौर ने पंजाबी में आपत्ति की, उर्दू की बात क्यों की जा रही है, हम पंजाबी के वसीले से नहीं जुड़े हैं क्या? इस टिप्पणी पर श्रोताओं ने देर तक तालियां बजाईं। कुछ लोग तो फिर पंजाबी में ही बोले। सम्मेलन में आए दोनों तरफ के पंजाबी मुझे इस बात पर भी बहुत खफा नजर आए कि मुल्तान और आसपास के लोग अपने को पंजाबी की जगह सरायकी बोलने वाला बताने लगे हैं। वे इसे पंजाबियों के विरोधी सिंधी नेताओं की साजिश का नमूना ठहराते हैं।

यह तो हुआ भाषा की राजनीति का उर्दू-विरोधी पक्ष। लेकिन उसका एक उर्दू-समर्थक पक्ष भी है और वह कट्टरपंथी राजनीति से जुड़ा हुआ है। बता चुका हूं कि

कट्टरपंथी बिरादरी उर्दू को इस उपमहाद्वीप के मुसलमानों को जोड़ने वाली भाषा समझती है बल्कि यों कहना चाहिए कि इस उपमहाद्वीप के मुसलमानों की असली भाषा समझती है। इसके साथ ही वह यह भी मानती है कि इस उपमहाद्वीप की सांझा संस्कृति की जबान भी उर्दू ही है। इसका मतलब यह है कि भारत में जो उर्दू नहीं बोल सकता वह सांझा संस्कृति का हिमायती हो ही नहीं सकता। इस स्थापना के बाद यह जरूरी हो जाता है कि सरल-से-सरल हिंदी को मुसलमानों की समझ से परे ठहराया जाए।

पाकिस्तान गए हमारे दल में तीन हिंदी लेखक थे। दो ने सरल हिंदी में अपनी बात कही और मैंने तो 'मोहतरम, खवातीन और हजरात' वाली शैली में टूटी-फूटी उर्दू ही बोली लेकिन अगले दिन अंग्रेजी दैनिक *डॉन* के एक नौजवान संवाददाता ने फरमाया कि भारत से जो हिंदी लिखारी आए हैं उनकी जबान यहां किसी के पल्ले नहीं पड़ी जिससे साबित होता है कि भारत में उर्दू मुसलमानों तक महदूद रह गई है। इत्तफाक से अगली शाम वह नौजवान मुझे एक पार्टी में मिल गया। मैंने उससे पूछा कि अगर मुझ हिंदी लेखक की जबान आपकी समझ से परे है तो मेरे बारे में 'त आरूफ' कराते हुए हर कहीं यह क्यों कहा जा रहा है कि यह वही हैं जिनका लिखा *बुनियाद* पाकिस्तान में बहुत पसंद किया गया था। अगर भारत में उर्दू अब बस मुसलमान ही बोलते-समझते हैं तो क्या वजह है कि वहां उर्दू शायरों का देवनागरी लिपि में छपा कलाम खूब बिकता है?

मैंने उससे यह भी पूछा कि उसी सभा में मशहूर व्यंग्यकार मुश्ताक अहमद युसफी साहब ने अपनी पुरअसर और पुरलुत्फ तकरीर में जो फारसीनुमा उर्दू बोली थी, वह यहां आपमें से कितनों के पल्ले पड़ती है। उस अंग्रेजीदां नौजवान ने बत्तीसी दिखाकर कहा कि आपकी कही बातें तो मुझे अच्छी तरह से समझ में आईं बल्कि मैं तो आप पर अलग से लिखने की सोच रहा हूं। फिर वह 'नाइस मीटिंग यू' कहकर अपने साथियों की तरफ बढ़ गया। वह चला गया और मैं अपने आस-पास खड़े इस्लामाबाद के संपन्न और सुसंस्कृत वर्ग के प्रतिनिधियों को अंग्रेजी और पंजाबी में 'गल-बातां' करते हुए सुनता रहा, झप्पी-शप्पी डालकर अपनी पंजाबियत का और गालों का चुंबन लेकर अपनी आधुनिकता का परिचय देते हुए देखता रहा। बीच-बीच में उनकी ऐसी उर्दू-जबान भी सुनता रहा जो मेरे लखनवी कानों को खटक रही थी। इस उर्दू में 'आइए-बैठिए-खाइए आदि की जगह 'आएं-बैठें-खाएं'-जैसे क्रियापद प्रयुक्त होते हैं और 'मेरी बात का बुरा न मनाएं' और 'मैंने उसे समझा लेना है'-जैसे प्रयोग किए जाते हैं।

यह एक दुखद सत्य है कि दिल्ली-यूपी के मुस्लिमलीगी नेताओं ने जिस नफीस जबान में पाकिस्तान बनाए जाने की पैरोकारी की थी उसके लिए आज

पाकिस्तान के शासन-प्रशासन में और धार्मिक प्रतिष्ठान में कोई जगह नहीं बची है। भारत में आरोप लगाया जाता रहा है कि हिंदी को संस्कृत बनाने की सरकारी कोशिश होती रही है। लेकिन पाकिस्तान में उर्दू को फारसी-अरबी बना देने की जो सरकारी कोशिश हुई उसके सामने वह कुछ भी नहीं है। फिर हमारे यहां तो उसे यह कहकर उचित ठहराया जा सकता है कि भारत की बहुत-सी और भाषाएं भी संस्कृत से ही निकली हुई हैं इसलिए पारिभाषिक शब्दों को संस्कृतनिष्ठ बनाना ही ठीक है। यह भी गौरतलब है कि भारत में हिंदी मीडिया फारसी के शब्दों का जमकर इस्तेमाल करता है। भले ही कभी-कभी उसमें उनसे गलतियां हो जाएं। जैसे कि ब्यौरे के अर्थ में 'तफसील' की जगह 'खुलासा' (सार-संक्षेप)का इस्तेमाल।

पाकिस्तानी सत्ता प्रतिष्ठान उर्दू को साहित्यिक भाषा की जगह धार्मिक उन्माद का अस्त्र बनाना चाहता है। उसे यह पसंद नहीं कि उर्दू भारतीय उपमहाद्वीप से जुड़ाव का माध्यम बने। उर्दू को लोगों के भारतीय उपमहाद्वीप से जुड़ाव का नहीं, अलगाव का माध्यम बनाना चाहता है वह। उसका बस चले तो वह 'ने-का-से-पर-में'-जैसे कारक भी हटा दे। इससे भी आगे बढ़ते हुए वह उर्दू से फारसी हटाकर अरबी भरना चाहता है। अगर उर्दू कटकर पूरी तरह अरबी से जुड़ सके तो उसे बेहद खुशी हो। इस सिलसिले में वह बाल की खाल निकालने को भी तैयार है। जियाउल हक साहब के जमाने से पाकिस्तान में खुदा हाफिज की जगह अल्लाह हाफिज कहने का रिवाज चला दिया गया है। तर्क यह है कि फारसी शब्द खुदा तो किसी भी धर्म के परमेश्वर के लिए इस्तेमाल हो सकता है, कुरआन शरीफ में तो अल्लाह का जिक्र है। लिहाजा मुसलमानों को अल्लाह हाफिज ही कहना चाहिए।

(10 नवंबर, 2003)

मैं और मेरा नुमाइशी टेलीफोन

जब सन् '67 में मैं *साप्ताहिक हिंदुस्तान* का संपादक बना, तब शायद मैं अकेला ऐसा वरिष्ठ पत्रकार था जिसके घर पर फोन नहीं लगा हुआ था। हैरान प्रबंध मंडल ने अस्थायी कनेक्शन लगवाया और मुझसे उम्मीद रखी कि मैं उसे स्थायी करवा सकूंगा। लेकिन पत्रकारों को फोन दिलवाने वाली पत्रकार कमेटी मुझे टालती ही चली गई। तब मैंने अपना दुखड़ा तगड़ी पहुंच रखने वाले अपने मित्र सुरेंद्र तिवारी को सुनाया और उन्होंने उसे *धर्मयुग* के अपने स्तंभ में चुटकुलानुमा पुछल्ले के रूप में पेश किया। दूसरे शब्दों में पत्रकार बिरादरी तक के लिए मेरा दुखड़ा प्रशासन की धांधली का नहीं, मेरी अक्षमता का नमूना था! खैर, किसी तरह कनेक्शन तो स्थायी हो गया लेकिन मेरा फोन बराबर मुझसे रूठा-रूठा ही रहा।

जो भी लाइनमैन आता, वह यही कहता कि आपका इंस्ट्रूमेंट खराब है और टेलीफोन विभाग कहता कि नए इंस्ट्रूमेंट हैं ही नहीं, जब आएंगे तब लगा देंगे। पास-पड़ोसियों ने मुझे समझाया कि लाइनमैन को तगड़ा चाय-पानी करा दीजिए, फिर आपका टेलीफोन आपको कभी परेशान नहीं करेगा। मेरे पड़ोस में जो ठेकेदार साहब रहते थे, उन्होंने अपनी जेब से नोटों की एक गड्डी निकालकर दिखाई कि जोशी साहब, मैं तो हमेशा साथ लेकर चलता हूं और जहां जाता हूं, पहले मेज पर पैसा रखता हूं फिर आगे बात करता हूं। मैंने जेब में गड्डी तो नहीं, लेकिन बताए गए रेट के हिसाब से एक बड़ा-सा नोट रख लिया। पता नहीं, लाइनमैन घूस लेने में शरमाता कि नहीं, लेकिन मैं देने में शरमा गया!

बहुगुणाजी तत्कालीन संचार मंत्री थे। एक दिन उन्होंने मुझे अपने घर खाने पर बुलाया और कहा कि क्या माजरा है जोशी जी कि आपका घर का फोन हमेशा बिजी मिलता है। मैंने उन्हें अपने 'मूडी' फोन की व्यथा-कथा सुना डाली। उन्होंने तुरंत टेलीफोन विभाग के सर्वोच्च अधिकारी को फोन किया कि अगर आपके विभाग में नए इंस्ट्रूमेंट्स खत्म हो गए हों तो मेरे घर से एक इंस्ट्रूमेंट निकालकर जोशी के घर पर फौरन लगवाएं और उनकी लाइन चालू करवाएं, मैं घंटेभर में चेक करूंगा। कहना न होगा कि मेरे घर घंटेभर में नया इंस्ट्रूमेंट लग गया। तब से अब तक मेरा फोन तभी ठीक हुआ है जब संचार मंत्री के यहां से कहलवाया है।

ऐसे हर अवसर पर कई दिनों तक अलग-अलग अधिकारी फोन कर-करके पूछते रहे हैं कि आपका फोन तो ठीक हो गया है ना! इसके बावजूद फोन कभी पूरी तरह ठीक होता नहीं। बिल अलबत्ता ठीक-ठाक आता रहता है और बीच-बीच में मीडिया में इस तरह के बयान पढ़ने को मिलते रहते हैं कि फोन व्यवस्था बिल्कुल चुस्त-दुरुस्त करा देने का बीड़ा उठा लिया गया है और आइंदा किसी को

कोई शिकायत नहीं रह जाएगी! लुत्फ यह है कि मंत्री से कहकर फोन ठीक करवाना नीचे वाले संतरी उर्फ लाइनमैन द्वारा ज्यादती और धांधली का नमूना ठहराया जाता रहा है। यहां आपत्ति की जा सकती है कि समाज में पचासियों समस्याओं के रहते मैं अपना व्यक्तिगत दुखड़ा रोने क्यों बैठ गया हूं? और सो भी आज के चुनावी माहौल में?

विनम्र निवेदन है कि अकुशल प्रशासन से उत्पन्न हुई यह समस्या मेरी ही नहीं, देश के हर नागरिक की है। चुनाव होते हैं, सरकारें बदलती हैं लेकिन भारत दैट इज इंडिया में वही व्यवस्था बनी रहती है जिसमें नागरिक का छोटे-से-छोटा काम भी या तो किसी अदना कर्मचारी को कुछ दे-दिलाकर होता है या किसी सत्तारूढ़ नेता से कह-सुनकर। और अगर काम ऊपर से कहलवाकर कराया जाता है तो वह कभी भी तसल्लीबख्श ढंग से होता नहीं है। यही स्थिति सार्वजनिक कार्यों की भी है। अब जैसे मेरे मुहल्ले साकेत में ऐन पत्रकारों की बस्ती से थोड़ा आगे का मुख्य मार्ग कई बरसों से इस कदर टूटा-फूटा हुआ है कि यातायात के लिए खतरनाक बन चला है। लेकिन उसे ठीक कराए जाने की बारी नहीं आती। और अब यह मान लिया गया है कि वह तो ऐसा ही रहेगा।

इसका मतलब यह है कि हमने मान लिया है कि चाहे कोई विभाग हो, कोई संस्था हो, कोई निगम हो वह केवल दो चीजें करने के लिए होता है— भ्रष्टाचार और उठा-पटक की राजनीति। शासन चलाना, अपने हिस्से की जिम्मेदारियों को निभाना उसका काम नहीं माना जा सकता। और तो और स्वयं मीडिया भी कुल-मिलाकर राजनीति करने और व्यक्तिगत सत्ता पाने के लिए है। जैसा कि मैंने बताया मेरा संपादक होकर भी स्थायी कनेक्शन का जुगाड़ न कर पाना मेरे पत्रकार मित्रों की निगाह में सर्वथा हास्यास्पद ठहरा। लानत है ऐसे संपादक पर जो खुद अपना ही काम न करवा सके। जब-जब मैंने मंत्री जी से कहलवाकर अपना फोन ठीक करवाया और लाइनमैन आकर पिनपिनाया है, तब मुझे लगा है कि उसका पिनपिनाना इस अर्थ में उचित है कि मैंने मंत्री जी की सत्ता से अपने को जोड़कर उसे नीचा दिखाया है। मैं यह सोचने पर भी मजबूर हुआ हूं कि मैं कैसा पढ़ा-लिखा आधुनिक इनसान हूं जो यह मानता हूं कि एक बड़ी आर्थिक सत्ता बनने का स्वप्न देखने वाले मेरे इस देश में सचमुच स्थिति यही है कि घर के फोन जैसी बुनियादी जरूरत की चीज भी घूस या सत्ता की धौंस से ही ठीक तरह से चलती रह सकती है। इस देश का यह कैसा मीडिया है कि पत्रकार ही बस्ती के आगे की मुख्य सड़क का स्थायी रूप से खराब होना सहर्ष रूप से स्वीकार कर लेते हैं।

'विचारधारा की समाप्ति' के बाद के दौर में आज हर कहीं सभी पार्टियां 'गुड गवर्नेंस' (अच्छा प्रशासन) देने की बात करने लगी हैं। लेकिन हमारे यहां यह अच्छा

प्रशासन चुनाव का मौसम आने से ठीक पहले छपने या प्रसारित होने वाले विज्ञापनों तक सीमित रहता आया है। नेता और मतदाता, दोनों ही उसे चुनाव का असली मुद्दा नहीं बनाते। लोकतंत्र और प्रशासन को सही दिशा देने का काम मध्यवर्ग और मध्यमार्गी मीडिया से जुड़े लोग हर कहीं करते आए हैं लेकिन हमारे यहां वे एक ओर तो इस देश की राजनीतिक-सामाजिक जहालत से बहुत ऊंचे उठे होने का नाटक करते हैं और दूसरी ओर उसी जहालत में रस लेकर उसका पूरा लाभ उठाते हैं। इसके चलते ऐसी व्यवस्था पनपी है जिसमें प्रशासनिक कुशलता को सरासर ज्यादती का पर्याय ठहराया जाता है और हर कुशल मंत्री और दफ्तरशाह को वोटबैंक घटाने वाला माना जाता है। ऐसे लोगों की सत्ता छीन लेने में ज्यादा देरी की नहीं जाती।

तो एक विचित्र-सा समीकरण बनता है। पहली स्थापना यह है कि 'विचार-धारा की समाप्ति' के बाद मतदाता के लिए चुनाव के समय कुल एक ही मुद्दा बचता है कि वह सोचे कि किस उम्मीदवार से अधिक कुशल प्रशासन मिल सकने की उम्मीद की जा सकती है? दूसरी स्थापना यह है कि लोकतंत्र में कुशल प्रशासन करने वाला सरकार की लोकप्रियता घटाता है। इसलिए कुशल प्रशासन देने वाले को टिकट दिया ही न जाए और दिया भी जाए तो उसे मंत्री बनाने की भूल न की जाए! ऐसे में चुनाव नागनाथ बनाम सांपनाथ की शक्ल ले लेता है और अक्सर मतदाता अधिक जहरीले नागनाथ को पसंद करते हैं। एक समाज के रूप में हमें विश्वास रह ही नहीं गया है कि हम कुशल प्रशासन की मांग कर सकते हैं और उसे पाने में सफल हो सकते हैं। शहर में झाड़ू लगना तक हम अब सर्वोच्च न्यायालय के भरोसे छोड़ना चाहते हैं।

(17 नवंबर, 2003)

आबादी निर्यात : अंतर्राष्ट्रीय तनाव

पिछले दिनों दो ऐसे समाचार पढ़ने को मिले जिनका संबंध आबादी के आयात-निर्यात के व्यापार से है। पहला यह कि लोकप्रिय गायक दलेर मेहंदी 'कबूतरबाजी' के उस धंधे से जुड़े हैं जिसमें पश्चिम में जा बसने के इच्छुक 'कबूतरों' से तगड़ी रकम वसूल कर उन्हें किसी खेल की टीम या सांस्कृतिक मंडली का सदस्य बनवाकर पासपोर्ट-वीजा दिलवा दिया जाता है और फिर वहां अवैध रूप से मंडराते रहने के लिए छोड़ आया जाता है।

दूसरा यह कि गैरकानूनी ढंग से भारत में घुसे बांग्लादेशियों की संख्या डेढ़ करोड़ से ज्यादा हो चुकी है। इनमें से 80 लाख पश्चिम बंगाल में और 50 लाख असम में हैं। खुफिया विभाग के अनुसार इससे सुरक्षा की दृष्टि से खतरनाक स्थिति पैदा हो रही है क्योंकि पाकिस्तान में ट्रेनिंग पाए कट्टरपंथी आतंकवादी भी उनके साथ भारत में घुस रहे हैं। कबूतरबाजी और एक देश की बढ़ती आबादी का पड़ोसी देश में घुसना, आने वाले दशकों में अंतर्राष्ट्रीय तनाव का सबसे बड़ा कारण बन सकता है।

पहले हमें यह समझना होगा कि आबादी का आयात अमीर देश होने ही क्यों दे रहे हैं। इसलिए कि उनमें आबादी घट रही है और बच्चे बहुत कम पैदा होने के कारण दिनोदिन अधिक बूढ़ी होती चली जा रही है। तो अमीर देशों में नौजवान मजदूर दुर्लभ हैं और न्यूनतम मजदूरी तथा अन्य सुख-सुविधाएं बहुत ज्यादा हैं। ऐसे में अगर गरीब देशों से नौजवान 'गुलाम' आयात न किए जाएं तो इन देशों की बड़ी मुसीबत हो सकती है। अब जैसे स्विट्जरलैंड में किसान मशीनों की मदद से आलू खोद तो ले रहे हैं लेकिन उन्हें धुलाई के लिए उत्तरी इटली भेज रहे हैं जहां अवैध आप्रवासी बड़े पैमाने पर मौजूद हैं। अमेरिकी पूंजीपति आप्रवासियों को पकड़कर बाहर भेज देने का विरोध करते आए हैं और इस ओर ध्यान दिलाते रहे हैं कि सस्ते मजदूर न होने के कारण ही जापानी अर्थव्यवस्था चरमरा उठी है बावजूद इसके कि वहां मशीनी मानवों के विकास पर बहुत पैसा लगाया गया है।

आयात किए गए लोगों का जमकर शोषण किया जाता है। अमेरिका में अक्सर इन नए 'गुलामों' के नारकीय जीवन का पर्दाफाश करने वाले लेख छपते रहते हैं। बहरहाल, वे मजदूर कोई शिकायत नहीं करते। इसलिए कि उनका अमीर देश में रह सकना पूरी तरह उन्हें काम दिलाने वाले की कृपा पर निर्भर करता है। खफा होने पर वह उन्हें पुलिस के हवाले कर सकता है और खुश होने पर कोई अच्छा वकील लगाकर उन्हें वहां बसने की अनुमति दिला देने का जुगाड़ कर सकता है। मगर एक बार बस जाने के बाद उनके मन में बराबर यह भाव बना रहता है कि

यहां हमारा शोषण किया गया। यह बनता है बैर का पहला बिंदु।

बहरहाल, गरीब देशों के भविष्यहीन किस्म के लोग सुनहरे भविष्य की तलाश में जाते ही इसलिए हैं कि वहां का नरक भी उनके मानकों के अनुसार लगभग स्वर्ग-तुल्य ठहरता है। वे अमीर देशों में जाने के लिए कुछ भी कर सकते हैं। जर्मनी में घुसाए गए गरीब नौजवान बड़ी खुशी से अपनी दादी की उमर की किसी बुढ़िया से शादी रचवा लेते हैं कि कुछ वर्ष तक इसकी सेवा करेंगे तो हमारे यहां बस सकने पर कानूनी मुहर लग जाएगी। और तो और, लोगबाग जान जोखिम में डालने के लिए तैयार हो जाते हैं। आजकल उत्तरी अफ्रीका के मुस्लिम देशों के नौजवान बहुत ही खस्ताहाल नावों में ठूंसकर इटली के धुर दक्षिणी टापू की ओर रवाना कर दिए जाते हैं कि जैसे ही इतालवी तटरक्षक तुम्हें रोकने आएं नाव को इस तरह से डुबा देना, इस विश्वास के साथ कि अपना इनसानी फर्ज निभाते हुए वे तुम्हें बचाएंगे जरूर। इस चक्कर में कुछ लोग डूबकर मर भी जाते हैं किंतु ज्यादातर तटरक्षकों द्वारा बचा लिए जाते हैं या खुद ही तैरते हुए किनारे लग जाते हैं। फिर वे राजनीतिक शरण की मांग करते हैं जोकि अंततः मिल ही जाती है।

और यहीं से तनाव का एक नया बिंदु उभरता है। अमीर देशों का आम इनसान कहता है कि हमारी रोटी-रोजी छीनने आए ये लोग हमारी मानवीयता का नाजायज फायदा उठाते हैं। वह शिकायत करता है कि ये जाहिल हमारे सार्वजनिक स्थलों को गंदा कर रहे हैं और जब से ये आए हैं हमारे यहां अपराध बढ़ रहे हैं। उनके दोनों ही आरोप बहुत हद तक सच भी होते हैं। गरीब देशों की आबादी को अमीर देशों में घुसाने-बसाने का धंधा स्वयं ही अवैध है जिसके चलते उसका तमाम तरह के काले धंधों से सहज ही संबंध जुड़ गया है। इसका एक घिनौना परिणाम है वेश्यावृत्ति को आमतौर से और बाल-वेश्यावृत्ति को खासतौर से अंतर्राष्ट्रीय आयाम मिल जाना।

गरीब देश की युवतियों को अमीर देशों में बढ़िया नौकरी दिलवाने या वहां उनकी शादी करवाने के बहाने ले जाना और फिर उनसे पेशा करवाना आम-सी बात हो चली है। रूस और अन्य भूतपूर्व सोवियत देशों की स्त्रियां आज सभी संपन्न अमीर देशों के चकलों में नजर आ रही हैं। अपराधी तत्त्व गरीब देशों के मां-बाप को पैसे का लालच देकर उनका कोई बच्चा-बच्ची नादानों से कुकर्म का शौक रखने वालों को गोद दिलवा रहे हैं। यही नहीं, गैरकानूनी ढंग से घुसाए गए जिन गरीब लोगों की हालत बहुत खस्ता हो उन्हें अपने किसी छोटे लड़के या लड़की को वेश्यावृत्ति में डालने को प्रेरित किया जा रहा है। गरीब लड़के-लड़कियों को ड्रग्स बेचने-जैसे धंधों में भी लगाया जा रहा है।

इसके चलते पश्चिम में लोग यह कहने लगे हैं कि ये अवैध आप्रवासी हमारे

लिए वरदान नहीं, अभिशाप हैं। ये तो हमारे समाज और संस्कृति दोनों को बर्बाद कर देंगे। यह सामाजिक स्तर का तनाव स्वयं ही काफी विस्फोटक है लेकिन अब इसमें दो बातें और जुड़ गई हैं। पहली यह कि न केवल बाहर से बड़े पैमाने पर गरीब लोग अमीर देशों में बसने आ रहे हैं बल्कि वहां उनकी जनसंख्या ज्यादा बच्चे पैदा करने के कारण तेजी से बढ़ रही है जबकि मूल निवासियों की जनसंख्या घट रही है। इस तरह चुनाव में बाहर वालों के 'वोटबैंक' का महत्त्व बढ़ना पहले से बसे लोगों को बहुत खतरनाक दिखाई देने लगा है। इससे आप्रवासियों के प्रति घृणा बढ़ रही है और उनको शह देने वाले दलों को कोसा जा रहा है।

इससे भी ज्यादा विस्फोटक दूसरी बात यह है कि संपन्न यूरोप में अवैध ढंग से घुसने वालों में एक बहुत बड़ी संख्या मुसलमानों की रही है और अमेरिका में पाकिस्तान और मित्र अरब देशों के काफी लोग बसे हुए हैं। जब से बुश ने आतंकवाद के खिलाफ जंग छेड़ी है यह समूची बिरादरी शक की निगाह से देखी जाने लगी है। उसके बारे में कहा जाने लगा है कि वह पूरी तरह निकम्मी है और बेरोजगारी भत्ते तथा समाज कल्याण की सुख-सुविधाएं छककर भोग रही है। हमारे कानूनों का भरपूर लाभ उठा रही है और साथ ही यह भी कह रही है कि हमारे लिए अलग किस्म के धार्मिकसामाजिक कानून होने चाहिए। और सबसे खतरनाक बात यह कि पश्चिम में रहते हुए भी वह पूरी तरह पश्चिम-विरोधी इस्लामी कट्टरपंथ का साथ दे रही है। अफसोस कि ये आरोप किसी हद तक सच हैं भी और इसलिए इनके चलते सभ्यताओं की असभ्य सी-टकराहट हो सकती है।

(24 नवंबर, 2003)

दूसरों की गरीबी भुनाकर ऐश करो

उत्तरांचल का छोटा–सा गांव। बच्चे की सिसकारी ने ध्यान खींचा तो देखा प्राइमरी स्कूल के आंगन में मुर्गा बने खड़े छात्रों की मास्टरजी बेंत से सेवा कर रहे हैं और बीच–बीच में बड़े से भगोने में खदबदाता भात करछी से चला रहे हैं। एक साथी पत्रकार ने कैमरा साधा तो मास्टर जी भगोने के नीचे धुंधुंआती लकड़ियों से कहीं तेज धधक उठे और कैमरा छीनने लगे। हमारी मेजबान महिला मंगल दल समिति की सदस्याओं ने बीच–बचाव किया। बाद में बोलीं, 'आप दिल्ली वाले इस अध्यापक को कोसने से पहले उन शिक्षा अधिकारियों को क्यों न कोसें जिन्होंने तीन अध्यापकों वाली इस पाठशाला में एक अध्यापक भेज रखा है? वह बच्चों को पढ़ाए या उनके लिए खाना बनाए? आप राजधानियों में बैठकर गांव वालों के लिए योजनाएं क्यों बनाते हैं? आपको यह तक पता नहीं कि हम गरीबों में *मिड डे मील* जैसी कोई चीज नहीं होती। हम घर से खाना खाकर काम पर जाते हैं।

'कहीं ऐसा तो नहीं कि आप दिल्ली वाले समझते हैं कि हम गरीब अपने बच्चों को भूखे पेट ही स्कूल भेज देते हैं? या यह कि हमें पानी के ही नहीं, खाने के भी लाले पड़े हैं! हमारे मुख्यमंत्री वगैरह तो खैर हैं ही यहीं के, इस समय तो भारत के शिक्षा मंत्री भी पहाड़ी ही हैं। उन्हें यह नहीं पता कि पहाड़ में गरीबी भले हो ऐसी भुखमरी हरगिज नहीं है कि अध्यापक बच्चों को पढ़ाने के बजाय उनके लिए अधपका दाल–भात बनाए।' मैंने उन्हें बताया कि *मिड डे मील स्कीम* चलाने के लिए सुप्रीम कोर्ट का आदेश है। वे बोलीं, 'उसका मतलब बच्चों की खुराक में प्रोटीन वगैरह की कमी को दूर कराना था। आप दिल्ली वाले यह पता क्यों नहीं करवाते कि कंडम चावल और दाल से तैयार खाने से गरीब बच्चों का स्वास्थ्य कितना सुधरा है? आपकी नजर ऐसी खबरों पर कभी नहीं पड़ी कि कई इलाकों में अनाज स्कूलों तक पहुंचता ही नहीं और इससे पहले जो प्रोटीनों से लबालब भरे बिस्कुट, डबलरोटी वगैरह दिए जाते थे उनसे बच्चों की तबीयत खराब हो जाने के कई कांड हुए?

'हमने तो राज्य और केंद्र दोनों सरकारों को लिख दिया है कि बच्चों का स्वास्थ्य सुधारने की यह नाटकबाजी बंद करके अतिरिक्त अध्यापक भेजो नहीं तो हम इस योजना के खिलाफ बाकायदा आंदोलन छेड़ देंगी।' जंगल माफिया और शराब माफिया से इन महिलाओं की साहसिक टक्कर की गाथा मैं सुन चुका था और उसके नतीजे अपनी आंखों से देख चुका था इसलिए सहज ही यह कल्पना कर सका कि इन्होंने ठान ली तो गरीब बच्चों के प्रोटीन डे प्राइवेशन से चिंतित मिड डे मील विशेषज्ञों के खदबदाते भगोने उलटकर दिखा देंगी। वे महिलाएं अमीर शहरी लोगों के बनाए किसी एनजीओ की शौकिया सोशलवर्कर नहीं थीं। ये वहीं की

साधारण घरेलू औरतें थीं जो अपने गांव की बेहतरी के लिए काम कर रही थीं। उनका मार्गदर्शन करने वाला व्यक्ति शहर से एम.एससी. करके जरूर आया था मगर था गांव का ही।

इन औरतों ने अपने गांवों की बेहतरी की योजनाएं सरकार के सहयोग या देश-विदेश से मिले अनुदान के सहारे नहीं, अपने श्रमदान और आपसी चंदे से पूरी की थीं। और हां, उनकी सभी योजनाओं को सरकारी-गैरसरकारी विशेषज्ञों ने अव्यावहारिक ठहराया था। अब जैसे यही लीजिए कि उन्होंने गांव वालों के लिए वरदान बांज के पेड़ लगाकर दिखा दिए जबकि वन विभाग के अनुसार वहां बस ठेकेदारों के लिए वरदान चीड़ ही उग सकता था। इसी तरह उन्होंने छोटे-छोटे बांध बना और गड्ढे खोद बरसाती पानी जमा करने की योजना भी चला दिखाई जबकि विशेषज्ञ बड़े बांध बनाने, नलकूप लगाने तथा पाइपें बिछाकर जगह-जगह पानी पहुंचाने के पक्ष में हैं। उन महिलाओं से ही मुझे पता चला कि विश्व बैंक से तगड़ी सहायता पाया हुआ एक एनजीओ गांवों में नल लगवाने का अभियान ऐसा छेड़े हुए है जिसके अंतर्गत वह हर ग्रामसभा के लिए लाखों रुपये की पच्चीसियों योजनाएं लाता है और गांव वालों से उसके लिए श्रमदान करवाता है। दिव्यदृष्टि संपन्न इस एनजीओ ने अपनी योजनाओं के लिए सूखी जगहों पर भी पानी देख-दिखाकर कुछ कागजी योजनाएं बना डालीं। कहीं-कहीं उसने अपनी योजनाओं के प्रताप से पानी के पुराने स्रोतों को सुखा डालने का चमत्कार भी कर दिखाया।

यहां दो सवाल उठते हैं— पहला यह कि समूचा सरकारी और गैरसरकारी, राष्ट्रीय और अंतर्राष्ट्रीय तंत्र स्वयं गरीबों को ही यह तय करने का अधिकार क्यों नहीं देता कि वे अपनी बेहतरी के लिए क्या कुछ करवाएं? दूसरा, गरीबों के कल्याण की मद में जो रुपया पानी की तरह और डॉलर कोक की तरह बहाया जा रहा है वह सीधा जरूरतमंदों को ही क्यों नहीं दिया जाता? पहले सवाल का जवाब तो बहुत सीधा-सा है वह यह कि आधुनिकता के लिए गरीब इनसान गरीब ही नहीं, गंवार भी होता है। इसलिए वह अपने भले-बुरे का फैसला कर ही नहीं सकता। यह जिम्मेदारी तो पांचसितारा होटलों में बैठकर सेमिनार करने वाले उन पांच सितारा विशेषज्ञों पर ही सौंपी जा सकती है जो स्थानिक परिस्थितियों के बारे में विशेष रूप से 'अज्ञ' होते हैं। दूसरे सवाल का जवाब भी यह है कि आधुनिकता भीख देकर गरीबों को निकम्मा नहीं बनाना चाहती। खैरात करके पुण्य कमाना उसे अंधविश्वास का नमूना लगता है।

सामंती अमीरों को अपने आस-पास के लोगों की गरीबी देखकर घबराहट होती है तो अपनी आय का एक बहुत छोटा-सा हिस्सा भगवान को भेंट चढ़ा आते हैं कि नीले पर्दे वाले मुझे कभी गरीबी मत दिखाना। चंद सिक्के भिखारियों की

झोली में भी डालते हैं कि उनकी दुआएं ही मिलें, आह न लगे। भिखारी रो-रोकर अमीरदाता का ध्यान अपनी दुर्दशा की ओर दिलाते हैं कि वह पसीजे। पीड़ा का यह सार्वजनिक प्रदर्शन आधुनिक इनसान को घिनौना लगा। तो उसने गरीबों पर पैसा खर्च करने का जिम्मा सरकारी विभागों और गैरसरकारी संस्थाओं पर सौंपा। वह सरकार को टैक्स देने लगा और गैरसरकारी संस्थाओं को चंदा। चंदा उसी सीमा तक जिस तक टैक्स में छूट पाने के लिए दिया जा सकता हो।

गोया आधुनिक इनसान ने अपने पुण्य का फल इसी जन्म में लेने की ठानी। अमीर देशों की सरकारें गरीब देशों को दान के पुण्य का फल अपने विशेषज्ञ भिजवाकर, अपना सामान खपवाकर और अपना राजनीतिक प्रभाव बढ़ाकर प्राप्त करने लगीं। आधुनिकता का सारा रवैया कारोबारी और विराट योजना-विश्वासी है। उसने विश्व बैंक और अन्य अंतर्राष्ट्रीय संस्थाओं के माध्यम से खैरात को भी खरबों का धंधा बना दिया है। खरबों में से अरबों या करोड़ों पाने के लिए सरकारी विभाग और गैरसरकारी संस्थाएं गरीबों के दुख-दर्द के दस्तावेज दाताओं में बांटती हैं और गरीबी की ओर ध्यान खींचने वाले विज्ञापन छपवाती और प्रसारित करवाती हैं। आधुनिक दौर में गरीब को खुद अपने भूखे-नंगेपन पर ध्यान खिंचवाकर शर्मसार नहीं होना पड़ता, उसकी ओर से यह काम सहृदय विशेषज्ञ ज्यादा प्रभावप्रद किए देते हैं। इस सिलसिले में गरीबों की गरीबी और जहालत बढ़ा-चढ़ाकर दिखाने में उन्हें संकोच नहीं होता क्योंकि वे जानते हैं कि दान दुख के अनुपात में मिलता है। कारोबारी आधुनिक इनसान मुनाफे और संपन्नता के लिए धंधा करता है। गरीबों के हितचिंतक विशेषज्ञ और दफ्तरशाह लगे हाथ अपनी अमीरी भी बढ़ाते हैं तो कोई ताज्जुब नहीं। मैं समझता हूं, उन महिलाओं की यह सूचना ठीक ही होगी कि उत्तरांचल में 17 हजार से ज्यादा एनजीओ हैं जिनमें लगभग सभी गरीबों का दुख राष्ट्रीय-अंतर्राष्ट्रीय मंडी में बेचकर सुख लूट रही हैं।

(1 दिसंबर, 2003)

राजा और जोगी दोनों कलजुगी

धन्य हैं भाग्य छत्तीसगढ़ के लोगों के जिन्हें कलजुगी जोगी और कलजुगी राजा में से किसी एक को अपना भाग्यविधाता चुनना है। कभी जोगियों के ये तेवर हुआ करते थे कि हम संत हैं, हमें सत्ताधारी मुगलों की सीकरी से क्या काम! किंतु इस कलजुगी जोगी-विशेष पर यह आरोप लगा है कि वह अनुसूचित जनजाति का सदस्य होने के झूठे प्रमाणपत्र के बूते आईएएस अधिकारी और फिर आदिवासी नेता बना। ऐसे जोगी को चित करने के लिए जो कलजुगी राजा प्रतिद्वंद्वियों की ओर से रौबिली मूंछों पर ताव देते हुए चुनावी दंगल में उतरा उसका पांचसितारा होटल में एक स्कॉच-सिक्त संध्या बतौर घूस एक मुट्ठा नोट लेने का वीडियो खींचा और दिखाया जा सका। माना कि राजा नजराना लेते आए हैं लेकिन स्वामिभक्ति के सबूत में। कलजुगी राजा ही किसी चपरगट्टू चमचे के साथ आए चवन्नी छाप दलाल के साथ शराब पीते हुए कोई काम करवा देने के लिए 'नजराना' ले सकता है।

कलजुग में ऐसे आरोप लगने पर किसी का भी आत्मसम्मान न मारे क्रोध के हत्या और न मारे लाज के आत्महत्या के लिए उकसाता है। किसी को भी झूठ का फौरन पर्दाफाश करा देने की जल्दी नहीं रहती। इस जोगी-विशेष का मामला तो एक अरसे से लटका हुआ है। कोर्ट-कचहरी के दरवाजे उसके प्रतिद्वंद्वी खटखटाते रहे हैं, वह नहीं। उधर राजा-विशेष का कहना है कि इस जोगी ने मुझे बदनाम करने के लिए यह फर्जी टेप तैयार करवाया है। नैतिकता का तकाजा है कि जोगी भी मेरी तरह पद की गरिमा बनाए रखने के लिए त्यागपत्र दें। केंद्रीय मंत्री और आदिवासियों के राजा की कलजुगी गरिमा उसे न केवल बढ़िया होटल में घटिया लेन-देन करने की बल्कि रिश्वत में मिली गड्डी को सिर-माथे लगाकर यह कहने की भी अनुमति देती है कि पैसा खुदा तो नहीं पर खुदा की कसम, खुदा से कम भी नहीं। उधर नेहरू-गांधी का नाम जपने वाली पार्टी के एक जोगी मुख्यमंत्री की कलजुगी नैतिकता का यह आलम है कि वह अमेरिकी नागरिकता पाए अपने बेटे को उसी विवादास्पद प्रमाणपत्र के बूते अनुसूचित जनजाति का भारतीय नागरिक भी बनाए हुए है।

राजनीति ही नहीं, हर क्षेत्र में यही हाल है, सच-झूठ, नैतिकता-अनैतिकता, गरिमा-निर्लज्जता का। एक जमाना था कि क्रिकेट गरिमामय लोगों का खेल समझा जाता था और 'इट इज नॉट क्रिकेट' का मतलब अनैतिक व्यवहार हुआ करता था। लेकिन आज क्रिकेट के प्रशासक, खिलाड़ी और टीम चयनकर्ता सभी गरिमाहीनता और अनैतिकता के आरोपों की लपेट में आने लगे हैं। पिछले दिनों महाराष्ट्र के बल्लेबाज अभिजित काले पर दो चयनकर्ताओं ने आरोप लगाया कि वह टीम में

शामिल किए जाने के लिए दस लाख रुपये की घूस देने को कह रहा था! अभिजित का कहना है मुझ जैसा गरीब घर का लड़का दस लाख रुपये देने की बात कर सकता था भला! अभिजित-जैसे कई अन्य उपेक्षित खिलाड़ी अब बता रहे हैं कि हमारे क्षेत्रीय स्तर के चयनकर्ताओं ने हमसे घूस मांगी। हमने बोर्ड के समक्ष शिकायत की मगर यह कुछ नहीं हुआ। एक अफवाह यह भी है कि अभिजित से घूस ली गई और जब उसने चयन न होने पर पैसे वापस मांगे तो उसकी शिकायत कर दी गई।

बोर्ड ने बदस्तूर जांच कमेटी बैठा दी है। लेकिन कलजुगी जांच से सांच तो सांच, और किसी को भी आंच नहीं आती, और आ भी जाए तो आसमान नहीं गिर जाता। मान लिया जाएगा कि भ्रष्टाचार भी चलता है। जैसे जांच-वांच के बाद अब यह मान लिया गया है कि कुछ क्रिकेट खिलाड़ी गरिमामय सटोरियों से सांठ-गांठ कर सकते हैं। इसलिए क्रिकेट के दीवानों के देश भारत में आज लोग-बाग हार के आसार नजर आते ही खराब प्रदर्शन करने वाले खिलाड़ी के बारे में सोचने लगते हैं कि साले ने जरूर किसी सटोरिये से पैसे खाए हैं।

क्रिकेट में घूस चलने के आरोप नए होते हुए भी जन-मन में कोई बड़ी हलचल इसलिए नहीं मचा सके हैं कि भ्रष्टाचार को अब सारे विश्व में व्यापक स्वीकृति मिल चुकी है। जहां तक राजनीति का सवाल है, अब हर कहीं यह मान लिया गया है कि वह तो चलती ही सीधे अथवा चुनाव-चंदे के रूप में दी गई घूस के सहारे है। कलजुगी राजा के इस आरोप में तो खैर कोई दम नहीं है कि महात्मा गांधी भी बिड़लाओं से कुछ लेते थे लेकिन इतना तय है कि आज की राजनीति में कहीं भी कोई महात्मा गांधी नहीं बचा है। ऐसे में क्या आश्चर्य कि अनैतिकता के आरोप लगने के बावजूद कलजुगी जोगी और राजा बदस्तूर मुस्कराते हुए चुनाव मैदान में मौजूद हैं और एक सर्वेक्षण के अनुसार लगभग तीन-चौथाई मतदाताओं के लिए ये आरोप कोई मतलब नहीं रखते। मुझे तो आश्चर्य इस पर है कि *हिंदुस्तान टाइम्स* के संपादक को टेप प्रसारण के बावजूद कलजुगी राजा का राजनीति से संन्यास न लेना आश्चर्यजनक लग रहा है।

इस सिलसिले में उन्होंने अमेरिका में 'वॉटरगेट' कांड का पर्दाफाश हो जाने पर राष्ट्रपति निक्सन का राजनीतिक जीवन समाप्त हो जाने का जिक्र 'वहां और यहां' वाली तुलनात्मक शैली में किया है। वहां निक्सन ने चुपचाप इस्तीफा दे दिया। उसने और रिपब्लिकन पार्टी ने यह सवाल नहीं उठाया कि वॉटरगेट का पर्दाफाश करने वाले अखबार द *वॉशिंगटन पोस्ट* को यह खबर किसने दी। उसके पीछे कौन-सी राजनीतिक और आर्थिक शक्तियां काम कर रही थीं? आदि-आदि। यहां दिलीप सिंह जूदेव और उनका दल दोनों अपने विरुद्ध साजिश रचने वालों का पर्दाफाश

करना ज्यादा जरूरी ठहरा रहे हैं। मेरा मानना है कि अगर वॉटरगेट कांड अमेरिका में आज हुआ होता तो वहां भी स्थिति कुछ ऐसी ही रहती।

राष्ट्रपति क्लिंटन को फंसाने के लिए मोनिका कांड का रिपब्लिकन दल ने जमकर इस्तेमाल किया लेकिन क्लिंटन की राजनीतिक साख में कहीं कोई कमी नहीं आई जबकि कुछ ही दशक पहले तक विवाहेतर संबंधों का आरोप लगने पर राष्ट्रपति पद के उम्मीदवार मैदान से हट जाने के लिए मजबूर होते हुए देखे गए थे। इस बीच विवाहेतर सेक्स संबंधों को अमेरिका में असंभव मानने का ढोंग खत्म किया जा चुका था इसीलिए क्लिंटन पर आंच नहीं आई। इसी तरह अब अमेरिका में सभी इस बात को समझ चुके हैं कि चुनाव फंड के रूप में परोक्ष रूप से घूस ही ली जाती है और नेताओं को प्रत्यक्ष घूस लेने से भी कोई परहेज नहीं होता।

तो आज अमेरिका में भी रिश्वतखोरी से किसी की राजनीतिक सेहत पर बुरा असर नहीं पड़ सकता। जरा ध्यान दें— राष्ट्रपति बुश ने तगड़ा चुनाव फंड देने वाली बहुराष्ट्रीय कंपनियों को बिना टेंडर के इराक के पुनर्निर्माण के ठेके दिए। इराक में अमेरिकियों पर मौत मंडराती देख इन कंपनियों ने अपने जिम्मे का काम किसी उप-ठेकेदार को देकर घर बैठे तगड़ा पैसा पीट लिया। फिर उन उप-ठेकेदारों को भी यही सूझी! *न्यूयॉर्क टाइम्स* की एक रिपोर्ट के अनुसार इसके चलते हुआ यह कि अगर बहुराष्ट्रीय अमेरिकन कंपनी ने इमारतों में हर कमरे में बढ़िया मॉडल का भारी एयर कंडीशनर लगाने का ठेका लिया था तो लगा एक छोटा-सा टेबल फैन! इस पर्दाफाश के बावजूद बुश इस्तीफा नहीं दे रहे हैं और उनके दुबारा राष्ट्रपति चुने जाने की संभावना प्रबल मानी जा रही है। यह नवपूंजीवाद का अभिनव चमत्कार है कि आज कामयाब इनसान के लिए इज्जत माथे का मैल है और पैसा खुदा से कम नहीं, बढ़कर ही है।

(8 दिसंबर, 2003)

गर्व से कहो कि हम सूडो हैं

इधर लगभग एक साथ दो ऐसे समाचार सुनने को मिले जो यह दर्शाते हैं कि आज धार्मिक कट्टरपंथ के जोर पकड़ने में धर्मनिरपेक्ष लोग भी योगदान कर रहे हैं। पहला यह कि पश्चिम बंगाल की वामपंथी सरकार ने तस्लीमा नसरीन की *द्विखंडिता* की प्रतियां जब्त कर उसके प्रकाशन–वितरण पर इसलिए रोक लगा दी है कि वह मुसलमानों की धार्मिक भावनाओं को ठेस पहुंचाकर सांप्रदायिक बैर भड़का सकती है। दूसरा यह कि फ्रांस की वामपंथी सरकार ने सरकारी स्कूल–कालेज, कोर्ट–कचहरी वगैरह में धार्मिक प्रतीकों के प्रदर्शन पर रोक लगाने की पेशकश की है ताकि मुस्लिम लड़कियों–औरतों के 'हिजाब' करके आने से मचा राजनीतिक–सामाजिक बावेला खत्म हो। आइए इन दोनों समाचारों के थोड़े ब्यौरे में जाएं।

बांग्लादेश की तस्लीमा नसरीन आजकल न्यूयॉर्क में रहती हैं और वह अंतर्राष्ट्रीय हस्ती इसीलिए बन सकी हैं कि बांग्लादेश के कट्टरपंथियों ने उनकी *लज्जा* को इस्लाम-विरोधी ठहराकर उनका सिर काटने के लिए फतवा जारी और इनाम घोषित किया था। क्या यह विचित्र नहीं कि धर्म को अवाम की अफीम मानने वाले कम्युनिस्ट भी उन कट्टरपंथियों की तरह तस्लीमा की किताब को इस्लाम–विरोधी ठहराएं? *द्विखंडिता* लेखिका की आत्मकथा का तीसरा भाग है। इसके पहले दो भागों में 'इस्लाम–विरोधी' बातें लेखिका के अनुसार कहीं ज्यादा थीं लेकिन उन पर पश्चिम बंगाल सरकार ने प्रतिबंध नहीं लगाया! *द्विखंडिता* बांग्लादेश में *क* नाम से प्रकाशित और इस आधार पर प्रतिबंधित हो चुकी है कि लेखिका ने कई जानी–मानी साहित्यिक हस्तियों द्वारा अपने को हमबिस्तर बनाए जाने का कच्चा चिट्ठा दिया है।

बताया जाता है उसमें इस्लाम–विरोधी बातें नहीं थीं, भारतीय संस्करण में जोड़ी गईं। क्या इसलिए कि लेखिका को विश्वास था कि 'इस्लाम–विरोधी' होने के नाते पश्चिम बंगाल सरकार इस बार मेरी किताब को जब्त करके उसकी बिक्री जरूर बढ़वाएगी क्योंकि भारतीय वामपंथी भी यह मान बैठे हैं कि मुस्लिम वोट मार्क्स के नहीं, इस्लाम के नाम पर मिलेगा? मार्क्सवाद आधुनिकता का चर्मोत्कर्ष है। और आधुनिकता शुरू ही सामंतशाही और धार्मिक सत्ता के विरोध में हुई थी। आधुनिक 'साहित्य–कला–संस्कृति' में धार्मिक भावनाओं को ठेस पहुंचाने वाली वामपंथी कृतियों का अंबार है। वामपंथी को धार्मिक भावनाओं से कहीं ज्यादा चिंता आधुनिक चेतना की रही है। शायद इसीलिए जब गुजरात के हाल के दंगों के प्रसंग में बीबीसी के एक वृत्तचित्र में मार्क टली के यह कहने पर कि भारत बेहद धार्मिक देश है, उसमें यूरोपीय धर्मनिरपेक्षता लागू करना भयंकर भूल थी, एक वामपंथी पत्रकार ने मार्क पर हिंदुत्ववादी हो जाने का आरोप लगाया।

आधुनिकता यह मांग करती है कि सरकारें किसी दंगे की आशंका से कलाकार की अभिव्यक्ति की स्वतंत्रता का हनन करने की जगह दंगा होने ही न देने के लिए पुलिस बंदोबस्त करेंगी। तो फिर चाहे प्रसंग सलमान रुश्दी की *सैटेनिक वर्सेज* का हो या तस्लीमा की *द्विखंडिता* का, हमारी धर्मनिरपेक्ष बिरादरी क्यों माने लेती है कि उससे मुसलमानों को ऐसी ठेस पहुंचेगी कि वे दंगा कर बैठेंगे और सो भी सलमान या तस्लीमा जैसे धर्मनिरपेक्षों के खिलाफ नहीं, अन्य धर्मों के लोगों के खिलाफ! दुखद पर सत्य है कि इन मामलों में आज की धर्मनिरपेक्ष बिरादरी अक्सर दोहरे मानक अपनाती है। अब जैसे यही देखें कि जहां एक ओर वह मुसलमानों की धार्मिक भावनाओं को ठेस पहुंचने से दंगे हो जाने का खतरा देखते हुए साहित्यिक कृतियां तक जब्त करने की वकालत करती है तो दूसरी ओर केंद्र सरकार की बनाई हुई पाठ्यपुस्तकों में से हिंदुओं और सिखों की धार्मिक भावनाओं को ठेस पहुंचाने वाली बातें हटा देने को आधुनिकता-विरोधी फासीवादी कदम ठहराती है। क्या वह भी यह मान बैठी है कि इन मामलों में मुसलमान बड़े तंगनजर और फसादी होते हैं! या हिंदुत्ववादियों से सहमत हो चली है कि हिंदू मुसलमानों के मुकाबले हजारगुना उदार और शांतिप्रिय होते हैं! उसके इतिहासकार तो यह सिद्ध करने में जुटे रहे हैं कि धार्मिक उन्माद और अत्याचार के मामले में हिंदू किसी से कम नहीं!

यही हाल उनका भी है जो मुस्लिम समुदाय की अलग सांस्कृतिक पहचान और अलग कानून के लिए कट्टरपंथियों की वकालत का समर्थन करते हैं। यूरोप में बसे मुस्लिम समुदाय को कट्टरपंथियों ने इस बात का कायल बनाया कि अपनी बहू-बेटियों से परंपरागत पर्दा करवाओ। इससे उनकी अलग पहचान तो जरूर बनी लेकिन इससे अलगाव की भावना और उनका विरोध भी बढ़ा। दक्षिणपंथी उसका लाभ उठाने लगे। इसीलिए वामपंथी सरकार ने नए कानून की पेशकश की। लेकिन कुछ उदार लोग भी हिजाब पर रोक का विरोध करते रहे हैं। एक यहूदी वकील की मुस्लिम पत्नी से जन्मी बेटियों को जब पर्दा करके आने पर स्कूल वालों ने निकाल दिया तब उसने कहा कि यह व्यक्ति-स्वतंत्रता के आधुनिक सिद्धांत के विरुद्ध है। लेकिन हिजाब का पक्षधर कट्टरपंथ तो आधुनिक कानूनों की जगह पुराने धार्मिक कानून लागू कराना चाहता है।

कुछ ऐसे भी उदार लोग हैं जो हिजाब को मुसलमानों की अपनी अलग अस्मिता और उच्चतर नैतिकता से जोड़ना चाहते हैं। आधुनिक होते हुए भी उन्हें इसमें कहीं आधुनिकता का विरोध नजर नहीं आता। वे इसे यूरोप के सांस्कृतिक वर्चस्व का विरोध ठहराना चाहते हैं। लंदन स्थित भारतीय पत्रकार रश्मि जेड अहमद ने पूछा है कि जिस आधुनिक समाज में औरतें घर से अधनंगी निकलने तक को स्वतंत्र हैं उसमें मुस्लिम स्त्रियों को अपना सिर और चेहरा ढंके रहने से कैसे रोका

जा सकता है। यह दलील निश्चय ही दिलचस्प है लेकिन इस तथ्य को नजरअंदाज करती है कि पर्दा-प्रथा स्त्री को पुरुष की निजी संपत्ति समझने वाली सामंती मानसिकता की देन है जिसका आधुनिकता ने शुरू से विरोध किया है। और हां, आधुनिकता के उपभोगवादी संस्करण ने ही पर्दा-प्रथा से मुक्त हुई स्त्री को चड्ढी-चोली में घूमने की हद तक पहुंचाया है।

अगर आधुनिक मुस्लिम स्त्रियां पर्दा-प्रथा अपना लेने के लिए स्वतंत्र हैं तो फिर आधुनिक लेखिका तस्लीमा नसरीन अपनी बात पाठकों तक पहुंचाने के लिए स्वतंत्र क्यों नहीं हैं? अगर स्त्री का चड्ढी-चोली पहनकर घूमना प्रगति का नहीं, भयंकर दुर्गति और नैतिक पतन की निशानी है तो फिर हमारे वामपंथी उसे नारी-मुक्ति का पर्याय क्यों बना रहे हैं? मुंबई में कोई चड्ढी-चोली टाइप फैशन शो होने के बाद वामपंथी पत्रकार सागरिका घोष ने कुछ इस तरह लिखा था कि इस बार शिव सेना और विहिप वाले शांत रहे क्योंकि वे समझ गए हैं कि हमारी बहू-बेटियां आधुनिकता और स्वतंत्रता की कायल हो चुकी हैं लिहाजा इस बात को तूल देने से फायदा नहीं।

बहुसंख्यकों की सांप्रदायिकता किसी हद तक अल्पसंख्यकों की सांप्रदायिकता से अधिक खतरनाक मानी जा सकती है। लेकिन इसका मतलब यह नहीं कि अधिक खतरनाक चीज से लड़ने के लिए कम खतरनाक चीज का साथ दिया जाए। खासकर आज की परिस्थितियों में। अपनी ढुलमुल आधुनिकता से 'सूडो सेक्युलर' कहलाए जाना महज इसलिए तो गर्व का विषय नहीं माना जा सकता कि ऐसा कहने वाले गए-गुजरे हिंदुत्ववादी हैं।

(15 दिसंबर, 2003)

सेक्स मुक्ति से सिटी मंडी तक

अमेरिकी चैनल एचबीओ ने कुछ कलात्मक फिल्में और सुरुचिपूर्ण धारावाहिक खुद बनाकर बहुत से पुरस्कार और ढेरों प्रशंसा प्राप्त करने के बाद पिछले साल *सेक्स ऐंड द सिटी* नामक धारावाहिक का प्रसारण शुरू करके पहली बार रिकॉर्डतोड़ रेटिंग यानी भयंकर लोकप्रियता भी प्राप्त कर डाली। सो इसलिए कि यह धारावाहिक तीन न्यूयॉर्कवासी सहेलियों के यौन-प्रसंगों के इर्द-गिर्द घूमता है। मुक्तमंडी ने कुछ ऐसा बना दिया है समाज का मिजाज कि एचबीओ के लिए जो बात कलात्मक से न बन सकी सो कामोत्तेजक से बन गई। यह भी मुक्तमंडी का ही प्रताप है कि प्रशंसकों ने इस धारावाहिक को मुक्ति का प्रतीक माना, मंडी का नहीं। पहले अगड़े अमेरिका में और पिछले दिनों पिछड़े भारत में।

कल पता चला कि एचबीओ *सेक्स ऐंड द सिटी* अब भारत में भी दिखाने लगा है। इसका यहां प्रसारण शुरू करने के अवसर पर उसने मुंबई में पार्टी दी जिसमें तमाम तड़कू-भड़कू हस्तियां पधारीं। उनमें से कुछ ने कैमरे के आगे बड़ी चटक-मटक और चहक के साथ इस धारावाहिक का स्वागत कुछ इस अंदाज में किया मानो नारी-मुक्ति की एक और मुहिम छिड़ गई हो! अमेरिका में भी नारी-मुक्ति की समर्थक कुछ पत्रकारों समेत कई सेलिब्रिटीज ने *सेक्स ऐंड द सिटी* को आज की नारी का सही चित्रण करने और उसके सरोकारों से जूझने वाला यथार्थवादी धारावाहिक ठहराया था। इसके प्रसारण को उन्होंने इस बात का प्रमाण माना कि अमेरिकी टीवी पर अतिनैतिकतावादी दक्षिणपंथियों की पकड़ ढीली हो रही है और अमेरिका के लोग भी सेक्स के मामले में यूरोप वालों की तरह प्रौढ़ हो चले हैं।

एक महिला स्तंभकार ने लिखा कि एक तेरहवर्षीय लड़की के मां के रूप में मेरे लिए यह संतोष का विषय है कि यह धारावाहिक शुरू हुआ है और मेरी बिटिया इसे चाव से देखकर पुरुषों और यौन प्रसंगों की असलियत समझ रही है। इस 'शिक्षाप्रद' धारावाहिक का अब तक मैंने कोई एपिसोड देखा नहीं था। कल पहली बार देखा। इस एपिसोड में एक सहेली का प्रेमी 'एक से भले दो, तो दो से भले तीन' का उपभोक्तावादी फलसफा पेश करते हुए प्रस्ताव रखता है कि तुम किसी मनपसंद लड़की को ले आओ कि उसे अपनी रंगरेलियों में शामिल किया करें। सहेली इस बारे में अपनी दोनों अन्य सहेलियों से बात करती है। उनमें से कोई भी ऐसे प्रसंग के लिए तैयार नहीं है लेकिन हमें पता चलता है कि स्वयं उन्हें भी इस बारे में बड़ा कुतूहल है।

तीनों सहेलियां आपस में, उनमें से दो अपने-अपने प्रेमियों से और तीसरी अपने मनोचिकित्सक से तिगड्डा सेक्स और समलैंगिक स्त्री सेक्स के बारे में बहुत

रस लेकर बात करते दिखाए जाते हैं, उनके यौन-व्यापार की झलकें पेश की जाती हैं और अंत में तीनों के अनुभव से यह सिद्ध किया जाता है कि तीन तिगाड़ा काम बिगाड़ा। असली सुख तो दो प्रेमियों को आपस में ही मिल सकता है। इस प्रसंग में ऐसी नैतिक सीख देना प्रौढ़ यूरोप वाले हर्गिज आवश्यक न समझते। इसे या तो हंसाते हुए लोट-पोट करने वाली कॉमेडी के या विकराल यथार्थ से साक्षात्कार के या ऊब और अनीति के दार्शनिक दस्तावेज में प्रस्तुत करते वे। *सेक्स ऐंड द सिटी* का प्रसारण शुरू होने के समय ही प्रकाशित एक फ्रांसीसी बुद्धिजीवी महिला के सेक्स संस्मरणों में कई-कई, जाने-अनजाने पुरुषों से एकसाथ रतिरत होने के अनुभवों को पतन में आनंद और वीभत्स में सौंदर्य देखने वाले दार्शनिक तेवर के साथ प्रस्तुत किया गया है।

अफसोस *सेक्स ऐंड द सिटी* का प्रसारण न समाज के प्रौढ़ होने का लक्षण है और न नारी के मुक्त हो जाने का। यह मामला है उपभोक्ता संस्कृति का। तो भले ही मुक्तमंडी का जनक अमेरिका अतिनैतिकतावादी था और किसी हद तक आज भी है, वह चाहता है कि संसार में जन-जन का मन ऐसी संस्कृति का कायल हो जाए जो भोग-उपभोग को ही सब कुछ मानती हो। इस अभियान में उसके लिए सेक्स ही सफलता की कुंजी है। वह सेक्स-सुख इसलिए बेचता है कि इसके सहारे हर चीज बेच सके। आज ज्यादातर टेलीविजन विज्ञापन ऐसे होते हैं जो या तो बच्चों का ध्यान खींच सकते हों या फिर बड़ों का ध्यान सेक्स की ओर मोड़ सकते हों।

सेक्स के मामले में मुक्तमंडी के अभियानों का अब तक एक स्वरूप निश्चित हो चुका है। सेक्स के मामले में किसी भी बात को वह पहले चिंताप्रद सनसनी-खेज तथ्य के रूप में प्रस्तुत करती है। फिर वह एक विवाद शुरू कराती है कि यह व्यक्ति-स्वतंत्रता का मामला है या सामाजिक पतन रोकने का। सेक्स के मामले में ढोंग बनाए रखना जरूरी है कि यथार्थ का सामना करना, वगैरह-वगैरह। इस विवाद के बाद शुरू होता है विवादास्पद से लाभ उठाने का सिलसिला। लाभ दो तरह से उठाया जाता है। पहला उस यौन-प्रवृत्ति विशेष को लोकप्रिय बनाकर उनका एक अलग बाजार तैयार करके। उदाहरण के लिए बार-बार यह कहा और दिखाया गया कि लड़के-लड़कियां बहुत ही छोटी उम्र से प्रेम और सेक्स के चक्कर में पड़ने लगे हैं और फिर दस-बारह साल के बच्चों के लिए अलग से सेक्सी पोशाक और इत्र-फुलेल बनाकर बेची जाने लगी।

इसी तरह समलैंगिक पुरुष (गे) पहले सनसनीखेज समाचारों का विषय बने। फिर मीडिया ने बताया कि हर क्षेत्र में बहुत सारे लोग 'गे' हैं। यह बहस छेड़ी गई कि क्या 'गे' होना प्राकृतिक नहीं। फिर उनके अधिकारों का मामला उठाया गया। साथ ही, मुहिम छेड़ी गई उनके बूते मुनाफा कमाने की। 'गे' बिरादरी के लिए अलग

क्लब, बार और पब खोले गए। इनकी संख्या कुछ ही वर्षों में सात-आठ गुनी हो गई। 'गे' सैलानी दल ले जाने का धंधा शुरू किया गया जो फौरन एक अरब डॉलर वार्षिक तक पहुंच गया। 'गे' बिरादरी के लिए अलग मुहल्ले, अलग वृद्धावास बनाने का धंधा शुरू हुआ और चमका। एजेंसियों ने विज्ञापनदाताओं को समझाया कि 'गे' लोगों के लिए आपको अलग विज्ञापन देने चाहिए। तो एक ही चीज के लिए दो तरह के विज्ञापन बनाने की फीस मिलने लगी।

लेकिन इस मुहिम में सबसे ज्यादा पैसा फैशन और प्रसाधन उद्योग ने कमाया। यह संभव हुआ इस प्रचार से कि अब लड़के लड़कियों की तरह और मर्द औरतों की तरह बनाव-सिंगार करने लगे हैं। वे भी सेक्सी कपड़े और चड्ढी-बनियान पहनना चाहते हैं। वे भी बेहतर दिखने के लिए कॉस्मेटिक सर्जरी करा रहे हैं। उनमें भी लिपस्टिक-काजल समेत प्रसाधन सामग्री इस्तेमाल करने और गहने पहनने का रिवाज बढ़ रहा है। जितना कहा गया उतना ही होता चला गया। क्या आश्चर्य कि देखते-ही-देखते अगड़े देशों के मर्द फैशनपरस्ती में औरतों को मात करने लगें।

कैसी विडंबना कि जहां नारी-मुक्ति की पहली उठान के समय औरतों को सादा लिबास पहनते, बनाव-सिंगार तजते और ब्रा जलाते देख मुक्तमंडी घबरा उठी थी वहां उसे आज अपार संतोष है कि मीडिया की मेहरबानी से औरतें ही नहीं, मर्द भी अपने यौवन के उभार की ओर ध्यान खींचने वाले महंगे अधोवस्त्र पहनने लगे हैं। इससे भी बड़ी विडंबना यह है कि हमारा मीडिया भी इन मामलों में पश्चिमी मीडिया के नक्शेकदम पर चलता रहा है। हमारे वामपंथी टिप्पणीकार उत्साह से इन मामलों में मुक्तमंडी का साथ दे बैठते हैं। जिस हद तक सेक्स जीवन का महत्त्वपूर्ण अंग है उस हद तक यौन-वर्जनाओं का टूटना मुक्ति का पर्याय माना जा सकता है लेकिन सेक्स ही जीवन नहीं है, मुक्ति और स्वतंत्रता के और आयाम भी हैं।

(22 दिसंबर, 2003)

होने दो बैड, यू तो फील गुड

सारे ग्लोब के एक गांव बन जाने के बाद पश्चिम से ताजातरीन राजनीतिक-सामाजिक तेवर आयात कर लिए जाने में अब ज्यादा देर नहीं लगती। तो अमेरिका और ब्रिटेन की तरह हमारे यहां भी खांटी देसी नेता तक दो अंग्रेजी फिकरे इस्तेमाल करने लगे हैं— *फील गुड फैक्टर* और *गुड गवर्नेंस*। *फील गुड फैक्टर* का मतलब यह है कि सरकार ने ऐसा कुछ किया है या खुद ही हो गया है जिससे जनता खुश है और जिसके बूते चुनाव जीता जा सकता है। मिसाल के लिए भारत में लगातार दो मानसून अच्छे निकल गए हैं। या यह कि सद्दाम पकड़ा गया है और इसके चलते अमेरिकी नागरिक *फील गुड* कर रहे हैं। सद्दाम का भय चले जाने से इराकी भी करेंगे ही। अब भले ही अमेरिका के बिना बात किए गए हमले से आम अमेरिकी नागरिक की आर्थिक स्थिति *बैड* और इराकी नागरिक की *वर्स* हो चली हो, *सैड* होने की कोई बात नहीं क्योंकि बुश के लिए अगला चुनाव जीतना आसान हो गया है। *गुड गवर्नेंस* का मतलब है— अच्छा शासन। विचारधारा की समाप्ति के बाद अगड़े देशों में अच्छे शासन का मतलब कुल मिलाकर यह रह गया है कि अर्थव्यवस्था मजबूत हो, भले ही इसके लिए आम जनता को राहत पहुंचाने वाली योजनाओं में खूब कटौती करनी पड़े। तो *गुड गवर्नेंस* वही है जिसकी शेयर बाजार उछल-उछलकर दाद दे। जैसे इस समय बुश की दे रहा है।

हमारे मीडिया में ये दो फिकरे हाल के विधानसभा चुनाव से सुने जाने लगे हैं। वामपंथी टिप्पणीकारों तक ने इस बात पर खुशी जाहिर की कि भाजपा ने 'हिंदुत्व' की बात न करके *गुड गवर्नेंस* का मुद्दा उठाया। इन्हीं टिप्पणीकारों से हमें पता चला कि अच्छे मानसून, आर्थिक विकास और पाकिस्तान से संबंध सुधार की पहल के कारण प्रधानमंत्री वाजपेयी के प्रति *फील गुड फैक्टर* पैदा हो गया है जिसका लाभ उठाने के लिए भाजपा लोकसभा के चुनाव जल्दी करा सकती है। लुत्फ यह कि ये फिकरे हमारे यहां तब गूंजे जब तरह-तरह के कांड और घोटाले सुर्खियों पर छाए हुए थे और हमारे सुर्खरू नेता और उनके समर्थक टिप्पणीकार टीवी चैनलों पर एक-दूसरे की ओर उंगली उठाते हुए देखे जा सकते थे कि *वी आर गुड बट यू आर बैड*। जैसे भाजपा को इसमें कुछ भी बैड नहीं लगा कि उसका एक मंत्री घूस लेता हुआ प्रतिद्वंद्वियों के कैमरे द्वारा पकड़ लिया गया। उसने उसका इस्तीफा जरूर लिया लेकिन ऐसा भी जताया कि *बैड* वे हैं जिन्होंने ऐन विधानसभा चुनाव के मौके पर हमारे राजनेता का इस तरह पर्दाफाश किया है। बाद में चुनाव जीत जाने पर उसने इसे अपने और राजनेता दोनों के *गुड* होने का प्रमाण ठहराया। *गुडनेस* साबित होने के बाद उसने अपनी *क्लेवरनेस* का

सबूत देने के लिए हारी कांग्रेस के राजनेता को टेप कांड में फंसा लिया।

कांग्रेस ने अपने राजनेता को निलंबित करके *फील गुड* किया और भाजपा को *फील बैड* कराने के लिए उसके द्वारा अपने राजनेता के खिलाफ कार्रवाई न किए जाने पर हंगामा मचाना शुरू किया। दोनों में से किसी ने भी नहीं कहा कि तुम भी *बैड* हम भी *बैड, नेशन* होता रहे *सैड*। यही हाल अन्य पार्टियों का भी है। तेलगी कांड के चलते भारतीय पुलिस बदनाम हो रही थी कि बिहार के पुलिस महानिदेशक ओझा पचासियों केसों में फंसे हुए राजद के सांसद के खिलाफ कार्रवाई करके और फिर इस सिलसिले में राजद नेताओं को शहाबुद्दीन के चरण छूने वाला बताकर हीरो का दर्जा पा गए। इससे पहले कि देश *गुड फील* करता, ओझा जी का पर्दाफाश किया जाने लगा। यह बताया जाने लगा कि चारा घोटाले में लालूजी को बचाने की अपनी कोशिशों के इनाम में पुलिस महानिदेशक पद पाए ओझाजी भी चालू चीज हैं। शहाबुद्दीन के खिलाफ कार्रवाई भी उन्होंने लालूजी के इशारे पर की लेकिन फिर मन में नेतागिरी की चाह कुछ ऐसी जगी कि राजद पर ही हमला करने लगे ताकि अगले संसदीय चुनाव में उन्हें प्रतिपक्ष का टिकट मिल जाए। ये बातें अपनी जगह पर बिल्कुल सही हो सकती हैं लेकिन कोई यह नहीं पूछ रहा है कि गरीबों और मुसलमानों का हित चाहने वाले लालूजी को आपराधिक केसों में फंसे हुए शहाबुद्दीन को अपनी पार्टी का सांसद बनाना क्यों जरूरी लगा या यह कि अब जबकि वह मुख्यमंत्री नहीं हैं सरकार की ओर से किस हैसियत से टीवी चैनलों पर बोलते रहते हैं। ओझा जी और लालू जी दोनों से ही यह भी नहीं पूछा जा सकता कि बिहार में उनके कार्यकाल में कानूनव्यवस्था की स्थिति बद से बदतर क्यों होती चली गई।

बिहार में स्थापित हुए जंगलराज का एक और दुखदायी सबूत राष्ट्रीय राजमार्ग विकास योजना में होते घोटाले और भ्रष्टाचार की पिछले साल नवंबर में प्रधानमंत्री से शिकायत करने वाले ईमानदार इंजीनियर सत्येंद्र दुबे की इस वर्ष नवंबर में हत्या कर दिए जाने से मिला। *गुड गवर्नेंस* पर *फील गुड* करने का मूड ऑफ करने के लिए अकेला यही मामला किसी भी सहृदय समाज के लिए काफी होना चाहिए। लेकिन इसे लेकर भी *आई गुड, यू बैड* वाली बिग फाइट चल रही है। भाजपा और केंद्र सरकार के समर्थक इस हत्या के लिए पूरी तरह बिहार सरकार की लापरवाही और बिहार की बिगड़ी हुई कानून-व्यवस्था को जिम्मेदार ठहरा रहे हैं। लेकिन विरोधी पूछ रहे हैं कि प्रधानमंत्री के नाम लिखी गई गोपनीय चिट्ठी का हत्या कराने वालों को पता कैसे चल गया और ऐसा क्यों हुआ कि राष्ट्रीय राजमार्ग प्राधिकरण ने उस ईमानदार इंजीनियर को प्रधानमंत्री से सीधे शिकायत करने पर फटकारा।

सफाई देने के साथ-साथ इसमें यह भी बताया गया है कि बिहार में कानून और व्यवस्था की बिगड़ी स्थिति के कारण इस योजना से जुड़े लोगों को और क्या-क्या

परेशानियां हुई हैं। लेकिन इसमें कहीं भी इस बात का ध्यान नहीं दिया गया कि प्रधानमंत्री के नाम पत्र में दुबे ने विभाग के जिन अधिकारियों को भ्रष्ट बताया था उनके बारे में क्या जांच की गई और जिन ठेकेदारों को भ्रष्ट ठहराया था उनके खिलाफ क्या कार्रवाई हुई। कानून की बिगड़ी हुई स्थिति हत्या के लिए सुविधा-जनक हो सकती है, भ्रष्टाचार की जिम्मेदारी तो किसी और को ही लेनी होगी। यहां यह उल्लेखनीय है कि केंद्र सरकार के जिन चंद मंत्रालयों ने अच्छा काम किया है उनमें सड़क परिवहन मंत्रालय प्रमुख है। लेकिन वह भी गुड गवर्नेंस का सबूत देने के लिए जनता के पैसों से ऐसे वाहियात विज्ञापन छपवाकर *वी गुड, यू बैड* की उस बिग फाइट में पड़ना चाहता है जो जनता में कानून और राजनीति दोनों के प्रति अनास्था बढ़ाती है। यह एक सरासर बेपेंदे की बिग फाइट होती है जिसमें बुद्धिजीवी चमचे अपनी बुद्धि को लानत भेजते हुए गलत-से-गलत चीज को सही और सही-से-सही चीज को गलत ठहरा देते हैं। हालात जितने ही *बैड* होते जाते हैं वे उतना ही *गुड फील* करते हैं क्योंकि लूट में उनका हिस्सा बढ़ता है और वकालत करने के लिए उनकी पूछ बढ़ती है। अगर हम आज की परिस्थितियों में *गुड गवर्नेंस* और *फील गुड* की बातें कर रहे हैं तो या तो हम निहायत वीभत्स किस्म के व्यंग्य विनोद के कायल हो चले हैं या फिर पूरी तरह से बेरहम, बेशरम और बेईमान।

(29 दिसंबर, 2003)

ज्योतिष तो बकवास है फिर भी उस पर विश्वास है

हैप्पी न्यू ईयर पर वार्षिक राशिफल जानने की 'हिंदुत्ववादी' परंपरा आधुनिक बिरादरी ने भी उत्साह से अपना ली है। फर्क इतना है कि जहां पहले हिंदू संवत्सर शुरू होने पर पुरोहित नए वर्ष का पंचांग बगल में दबाए घर पहुंचता था और चंद्र राशि के अनुसार आपका वार्षिक फल सुना जाता था, आज ईसाई नव वर्ष पर 'सेलिब्रिटी ज्योतिषी' पत्र-पत्रिकाओं में सूर्य राशि के अनुसार वर्षफल छपवाते हैं और बेजान दारूवाला जैसे लोग तो बाकायदा पुस्तक छाप देते हैं। मैं चाहता हूं कि कोई पत्रकार सर्वेक्षण करके पता करे कि जिन लोगों ने भौतिकी के प्रोफेसर रह चुके मुरली मनोहर जोशी की जन्मपत्री बनाने-बांचने की विद्या को विषय के रूप में मान्यता दिलाने की पेशकश का विरोध करते हुए उन पर एक अंधविश्वास पर सरकारी मोहर लगवाने का आरोप लगाया था उनमें से कितने प्रतिशत ने अपना वार्षिक राशिफल पढ़ा है। और उनमें से कितने बतौर सफाई कह रहे हैं कि मनोरंजन के लिए पढ़ डाला।

पश्चिमी देशों में जो सर्वेक्षण हुए हैं वह बताते हैं कि आधुनिक इनसान ज्योतिष विद्या को मानता तो अंधविश्वास है लेकिन उस पर पूरी तरह अविश्वास भी नहीं करता। सच तो यह है कि इस अंधविश्वास को खत्म कर देने की मुहिम कम्युनिस्ट देशों तक में नाकाम हुई। सन 1975 में सोवियत संघ की यात्रा के दौरान जहां किसी से मैंने एकांत में कहा कि मेरा खानदानी धंधा हस्तरेखाएं बांचने का है और सुनने वाले ने फौरन हथेली आगे बढ़ाई! इक्कीसवीं सदी में ज्योतिष के जलवे का सबसे बड़ा सबूत यह है कि इंटरनेट ज्योतिष संबंधी वेबसाइटों से भरा पड़ा है। ज्यादातर लोग अपनी सूर्य राशि से परिचित होते हैं और विश्वास करते हैं कि अमुक राशि वाले की अमुक-अमुक राशि वालों से अच्छी पटती है। दोस्त या जीवनसाथी जुटाने का काम करने वाली वेबसाइट तक कहने लगी हैं कि अपने जन्म का स्थान, समय और तिथि भी दें ताकि आपकी कुंडली बनाकर हम उनसे साम्य रखने वाले लोग आपके लिए ढूंढ़ सकें!

सभी देशों में ज्योतिष सिखाने वाली किताबें बड़े पैमाने पर छप और बिक रही हैं और कई लोगों ने इसके लिए बाकायदा विद्यालय खोल डाले हैं। दिल्ली में भारतीय विद्या भवन डिप्लोमा एक अरसे से दे रहा है। अमेरिका में वाशिंगटन राज्य के उच्च शिक्षा समन्वय बोर्ड ने ज्योतिष विद्या में बी.ए. और एम.ए. की डिग्री को सन् 2000 में मान्यता दे डाली। पश्चिम के मुकाबले भारत में ज्योतिष विद्या कई गुना ज्यादा विकसित है। शायद इसीलिए हमारे मंत्री महोदय के मन में उसकी डिग्री देने की व्यवस्था करके विदेशी छात्र आकर्षित करने का लोभ उठा हो या शायद

वह तमाम हिंदुत्ववादी और धर्मनिरपेक्ष नेताओं की तरह ज्योतिष में आस्था रखते हों और किसी न किसी को अपना खास ज्योतिषी बनाए हुए हों। उनका वैज्ञानिक होते हुए भी एक अंधविश्वास में आस्था रखना आश्चर्य का विषय नहीं होना चाहिए क्योंकि देश-विदेश में पहले के और आज के अनेक वैज्ञानिक इस विद्या में विश्वास करते देखे गए हैं। आधुनिक गणित और भौतिकी के जन्मदाता न्यूटन तक जन्मपत्री बनाते और बांचते थे।

तो ज्योतिष विद्या एक ऐसा पांडित्यपूर्ण अंधविश्वास है जिसमें आस्था रखने वालों की संख्या किसी भी धर्म में आस्था रखने वालों से ज्यादा हो चली है और तेजी से बढ़ती जा रही है। ज्योतिष विद्या को अंधविश्वास और बकवास बताने वाले लोग अक्सर किसी न किसी के गुण गाते रहते हैं कि उन्होंने जो बताया था बिल्कुल सही निकला। आपसे क्या छिपाऊं, कई लोगों का खुद मेरे बारे में यही खयाल है। मैंने यह विद्या कभी सीखी नहीं। जवानी की नादानी में सुंदरियों का सान्निध्य पाने के लिए अपने को खानदानी ज्योतिषी बताने का अचूक उपाय अवश्य अपनाया था। उनके स्वभाव, अतीत और भविष्य के बारे में अटकल से कुछ कहता रहता और पाता कि कभी-कभी मेरे तुक्के फिट बैठ रहे हैं। स्वभाव का मामला तो खैर बहुत ही सीधा था— आप प्रशंसा कर रहे हों तो कौन आपके अनुमान को गलत बताएगा? रहा अतीत, तो अगर मैं जन्मकुंडली बांच रहा होता तो कह देता कि गलत बनी हुई है, हाथ देखते हुए अनुमान गलत निकलता तो हंसते हुए कह देता कि या तो यह आपका हाथ ही नहीं है या फिर आप झूठ बोल रही हैं। रहा भविष्य तो मैं भविष्य में ही सही या गलत साबित हो सकता था, तुरंत तो नहीं। अगर बाद में सही साबित हो जाता तो उस व्यक्ति के लिए महान ज्योतिषी बन जाता!

मैं पूरी विनम्रता के साथ कहना चाहता हूं कि ज्योतिषियों का धंधा अटकल-बाजी सही करा देने वाली प्रभुकृपा से ही चलता है। *साप्ताहिक हिंदुस्तान* में मैंने कई ज्योतिषियों की भविष्यवाणियां छापीं। पाया कि वे दोटूक भविष्यवाणी करने से कतराते हैं और अक्सर अपने अनुमान ज्योतिष विद्या के साथ-साथ अखबारों में छपी या जजमान नेताओं के दरबारों में सुनी बातों के आधार पर करते हैं। तुक्का सही बैठे तो उसका जिंदगीभर ढिंढोरा पीटते हैं, गलत निकले तो बात ही गोल कर जाते हैं या बतौर सफाई कह देते हैं कि क्या करें, टॉप के नेताओं की कुंडली भी ये लोग टॉप सीक्रेट रखते हैं और प्रतिद्वंद्वियों को गुमराह करने के लिए गलत कुंडली मार्केट में चला देते हैं।

पश्चिम के अगड़े देशों में भी राजनीतिक भविष्यवाणियां करने वाले लोग नेता दरबारों के चक्कर काटने वाले पत्रकारों के सुर में सुर मिलाते सुने जाते हैं। वे उनकी तरह ही अलग-अलग दलों और नेताओं के खेमों में बंटे रहते हैं। इराक युद्ध से

अमेरिका को लाभ होगा या हानि, इसके बारे में वे बुश-समर्थक और बुश-विरोधियों की तरह ही बोले। अमेरिका द्वारा हमला किए जाने की तारीख ज्यादातर ज्योतिषी वही बताते रहे जो अखबारों में दी जा रही थी। केवल एक भारतीय ज्योतिषी ने अपनी वेबसाइट पर ऐसी तारीख दी जो कम से कम सही तारीख के आसपास निकली। उससे पहले चुनाव के समय केवल जीन डिक्सन नामक महिला ने सही भविष्यवाणी की कि बुश विवादास्पद ढंग से चुनाव जीतेंगे और उनके राष्ट्रपति बनने से अमेरिका का बंटाढार होगा।

जब हम देखते हैं कि ज्योतिष आधुनिकता लाने वाले देशों की देन नहीं है और पश्चिम में विज्ञान के दौर से पहले ईसाई धर्म उसका विरोध कर चुका था तब आज उनमें इस विद्या का बोलबाला हमें और आश्चर्यजनक प्रतीत होता है। यह सही है कि प्राचीन यूनान और रोम में थोड़ा-बहुत ज्योतिष था लेकिन वह अविकसित था और उसका ईसाई धर्म आने के बाद लोप हो चुका था। अरब देशों की ज्योतिष विद्या, जिस पर भारतीय ज्योतिष का गहरा प्रभाव है, इस्लाम के साथ यूरोप पहुंची और 15वीं से 17वीं शताब्दी तक धार्मिक विरोध के बावजूद उसका जलवा रहा। फ्रांस में 16वीं सदी में नोस्त्रादाम्युस की भविष्यवाणियों की धूम हुई और इंग्लैंड में आज तक की सबसे विख्यात रानी एलिजाबेथ प्रथम ज्योतिषी जॉन डी के तय किए मुहूर्त पर गद्दी पर बैठीं। बहरहाल, 17वीं सदी के बाद यूरोप में यह विद्या लुप्त हो गई और इसके दिन फिरे तब जब तर्क और विज्ञान के झंडे गड़ रहे थे।

आखिर क्यों? कुछ तो इसलिए कि मनुष्य के मस्तिष्क का एक हिस्सा महज तर्क को नाकाफी ठहराता है। वह रहस्य के प्रति आकर्षित होता है। विज्ञान की तरह चीजों को बांटकर नहीं, जोड़कर देखना चाहता है। इसलिए वह चांद-तारों समेत तमाम चीजों में अपनी नियति के संकेत देखता है। तर्कातीत की संभावना नकारने वाली शुद्ध भौतिकता को वह सांस्कृतिक अधूरेपन की निशानी ठहराता है। फ्रायड जितने ही मशहूर मनोचिकित्सक कार्ल युंग ने कहा था कि जैसे खास जगह और समय उगे अंगूर की शराब खास तरह की होती है वैसे ही खास जगह और समय पैदा हुआ इनसान भी खास तरह का होता है, इस दावे को अवैज्ञानिक मानने वाले लोग सांस्कृतिक दृष्टि से सतही और अधकचरे हैं। कुछ विद्वानों ने इस दुखद तथ्य की ओर ध्यान दिलाया है कि आधुनिक इनसान भले वैज्ञानिक खोजों से लाभ उठा रहा हो, विज्ञान उसकी संस्कृति का अंग बन नहीं सका है।

आधुनिक इनसान का मन पूरी तरह मानने को तैयार नहीं हो पाता कि अपना अच्छा-बुरा, दूसरे शब्दों में अपना भाग्य, पूरी तरह अपने हाथ में होता है। इसीलिए नियतिवाद के कई वैज्ञानिक संस्करण भी चल निकले हैं। जैसे आर्थिक नियतिवाद, कि व्यक्ति को उसकी आर्थिक-सामाजिक स्थिति निर्णायक रूप से प्रभावित करती

है। मनोवैज्ञानिक नियतिवाद, कि व्यक्ति का बचपन उसका भविष्य निर्धारित कर देता है। आनुवंशिक नियतिवाद, कि मां-बाप से मिले गुणसूत्र व्यक्ति को बना-बिगाड़ देते हैं। वैज्ञानिक नियतिवादों से वह नियति पूरी तरह निरूपित नहीं हो पाती जो समान परिस्थितियों में पले एक ही मां-बाप के बच्चों में से किसी को सफलता या किसी को विफलता दिलाती है या जो व्यक्ति के जीवन में क्षणभर में क्या से क्या कर डालने वाले हस्तक्षेप करती रहती है। इनसान 'अकारण हुई चीज' का कारण ढूंढ़ने ज्योतिषियों की शरण में जाता है। जहां आधुनिक इनसान कुछ तरह की जिम्मे-दारियों से मुक्ति के लिए नियति का सहारा लेना चाहता है वहीं उसके मन में यह इच्छा रहती है कि नियति पर नियंत्रण का अगर कोई नुस्खा हो तो वह उसे आजमा देखे। वह पुराने भाग्यवादियों की तरह यह नहीं कह पाता कि आगे अच्छा होगा तो ठीक ही है और बुरा होगा तो अभी से जानकर दुखी क्यों होऊं!

तो ईसा से हजारों सदियों पूर्व का साधारण मानव हो या बीसवीं सदी का हेनरी मिलर या डी.एच. लारेंस जैसा लेखक, उसकी मान्यता रही है कि आसमान में घूमने वाले चांद-सितारे हमारी नियति को प्रभावित करते हैं क्योंकि विराट और सूक्ष्म, ब्रह्मांड और व्यक्ति में गहरा संबंध है। बात शुरू से ही शुरू क्यों न करें। मिस्र, मेसोपोटामिया, चीन और भारत में हमारे पूर्वजों को यह शिकायत न थी कि 'वी हैव नो टाइम टू स्टैंड ऐंड स्टेयर'। तो वे फुर्सत से आसमान के चंदोवे को टकटकी लगाए देखते रहे। उनका ध्यान गया कि कुछ तारे हैं जो सदा इकट्ठा टंगे रहते हैं। अगर उन्हें जोड़-जाड़कर गौर से देखा जाए तो कोई जानी-पहचानी आकृति नजर आती है। जैसे एक समूह बबर शेर जैसा दिखता है तो दूसरा तराजू जैसा। इन तारा-समूहों को उन्होंने राशि पुकारा और उन्हें दिखने वाली आकृति के हिसाब से नाम दे डाला— जैसे सिंह और तुला। उन्होंने यह भी पाया कि कुछ और तारे हैं जो एक तो टिमटिमाते नहीं हैं और दूसरे इस चंदोवे में उनकी स्थिति धीमे-धीमे या तेजी से बदलती जाती है। इन सितारों को उन्होंने ग्रह नाम दिया। सूरज, चांद समेत उन्होंने सात ग्रह खोजे और पाया इन ग्रहों के आकाश में घूमने का पथ गोलाकार है, उस 360 अंश के पथ को उन्होंने बारह राशियों के हिसाब से 30-30 अंश के 12 हिस्सों में बांट दिया। उन्होंने ग्रहों के आकाश से गुजरने के बारे में तमाम और जानकारियां इकट्ठा कीं और इस तरह ज्योतिष यानी ऐस्ट्रोनॉमी नामक विज्ञान को जन्म दिया। लेकिन इसके साथ-साथ वे और किसी नियतिवाद के अभाव में मानव नियति को इन ग्रहों से ही जोड़कर देखने लगे और इस तरह जन्म हुआ ऐस्ट्रोनोमी के जुड़वां शास्त्र ऐस्ट्रोलॉजी यानी फलित ज्योतिष का। भारत तो भारत, यूरोप में भी गैलीलियो जैसे ऐस्ट्रोनॉमर साथ ही साथ ऐस्ट्रोलॉजर भी थे।

जिसे जन्मकुंडली कहा जाता है वह और कुछ नहीं, व्यक्ति के जन्म के समय

आकाश में ग्रहों की स्थिति दर्शाने वाला नक्शा होता है। आकाश की तरह इस नक्शे को भी बारह घरों या भावों में बांटा जाता है। पहले भाव पर वह राशि दिखाई जाती है जो जन्म के समय पूर्वी क्षितिज पर हो। इस पहले भाव को लग्न कहा जाता है। दूसरे शब्दों में, जन्मकुंडली एक वैज्ञानिक दस्तावेज है। अवैज्ञानिकता इसमें है कि उसके आधार पर आपके बारे में सब कुछ बता सकने का दावा किया जाता है। बात यह है कि हमारे पूर्वज इतने कल्पनाशील थे कि उन्होंने ग्रहों, राशियों के बारे में मिथक-पुराण रच डाले और उसके सहारे कुंडली की व्याख्या करने लगे। अब जैसे यह कि थोड़े ललछौंहे दिखने वाले मंगल को उन्होंने रक्त और आग से जोड़कर युद्ध, योद्धा, अग्नि, ज्वर, उग्र स्वभाव आदि का प्रतीक बना डाला। इसी तरह बृहस्पति को देवताओं का और शुक्र को असुरों का गुरु बना दिया गया। तो बृहस्पति सदाचार और पांडित्य के प्रतीक बन गए और शुक्र नाच-गाने, नाटक-नौटंकी और भोग-विलास के।

इसी तरह हर राशि को स्वभाव प्रदान किए गए। स्वभाव के सिलसिले में राशियों का दो अन्य रूपों से वर्गीकरण किया गया— पहला उन्हें भूमि, वायु और अग्नि तत्त्वों में बांटना। दूसरा स्थिर-अस्थिर और सम बताना। हमारे स्कूल के पंडित जी क्रिकेट मैच के दौरान कहते थे, 'बालको! अपना यह खिलाड़ी स्थिर लग्न में बैटिंग करने गया है, यह तो जमेगा ही जमेगा।' कल्पनाशीलता पर कुछ और जोर देते हुए जन्मकुंडली के बारह भावों को भी अलग-अलग चीजों का प्रतीक मान लिया गया। दूसरे शब्दों में, उन्हें अलग-अलग रिश्तेदारियों, गुणों, शरीर के अंगों, मकान के कमरों वगैरह से जोड़ दिया गया है। तो पहला भाव स्वयं अपना होता है तो उसके ठीक सामने का, यानी सातवां भाव, जीवनसाथी का। ग्यारहवां आमदनी का होता है तो बारहवां खर्च का।

जब कोई ज्योतिषी कुंडली बांच रहा होता है, वह ग्रह-राशि-भाव की प्रतीकात्मक भाषा का सहारा ले रहा होता है। जैसे सप्तम यानी जीवनसाथी के भाव में उग्र और हिंसक मंगल जीवनसाथी के लिए खतरनाक समझा जाता है। प्रसंगवश हर भाव से दूसरा भाव उसके खात्मे यानी मृत्यु का भाव माना जाता है इसलिए आठवें भाव का मंगल भी खराब कहा जाता है। प्रतीकात्मकता की बानगी देखिए कि एक परिचित पंडित जी कहा करते थे बृहस्पति जिस भाव में बैठा हो उसे चौपट कर देता है लेकिन जिसे देखता हो उसे चमका देता है। मैंने कहा, आप क्या कह रहे हैं, देवगुरु बृहस्पति तो शुभ ग्रह है। उन्होंने समझाया कि देवताओं का हो, है तो मास्टर। किसी मास्टर के घर खुशहाली देखी है तैने? हां! जिस बालक पर गुरु कृपादृष्टि पड़ जावे, वह तो चमके ही चमके।

व्याख्या के खेल को और पेचीदा बनाने के लिए भारतीय ज्योतिष ने तमाम

और उपाय अपनाए हैं। हर भाव के लिए कोई खास ग्रह कारक मान लिया गया है। जैसे शुक्र सप्तम भाव का कारक है क्योंकि वह यौन सुख का प्रतीक है। यह भी तय कर दिया गया कि कौन से लग्न की कुंडली में कौन-कौन से ग्रह शुभ-अशुभ होते हैं, ग्रहों की दशाएं किस क्रम से आती हैं और हरेक ग्रह की दशा कितने वर्ष रहती है। गोचर का, यानी आकाश में ग्रह इस समय जहां हैं उनका, किसी कुंडली से कैसा आंकड़ा बैठ रहा है? इस सिलसिले में आपने साढ़ेसाती का नाम सुना होगा। वह क्या है कि शनि को एक राशि पार करने में ढाई साल लगते हैं। तो जब तक शनि आपके जन्म के समय चंद्रमा की राशि से एक राशि पहले से लेकर एक राशि बाद तक की दूरी तय नहीं कर लेता, आप उसके प्रभाव में बताए जाते हैं क्योंकि चंद्रमा इस प्रतीक भाषा में मन का पर्याय है।

इसके अलावा भी तमाम पेचीदगियां हैं लेकिन यही समझ लेना काफी है कि उन्हें ध्यान में रखते हुए कुंडली बांचने पर हर ग्रह, हर भाव के बारे में परस्पर विरुद्ध बातें हाथ लगती हैं और तय करना मुश्किल होता है कि किस बात को कितना वजन दें! इसीलिए एक ही कुंडली के बारे में अलग-अलग ज्योतिषियों की व्याख्या अलग-अलग रहती है। इसी के साथ वैज्ञानिकता का सारा दावा ढह जाता है। बहरहाल, यूरोप में ज्योतिष की बाकायदा जांच करके उसे वैज्ञानिक दर्जा देने के प्रयास शुरू से होते रहे हैं। सन 1950 में एक फ्रांसीसी सांख्यिकीविद् ने हजारों डॉक्टरों की कुंडलियों का अध्ययन करके बताया कि उनमें से जितने मशहूर हुए उनकी कुंडली में मंगल या शनि की खास स्थिति देखी गई।

बाद में अन्य धंधों के सफल व्यक्तियों अथवा खास रोगों से ग्रस्त लोगों की कुंडलियों में ऐसी ही समानता ढूंढ़ने की कोशिश हुई। दावा किया गया कि इस तरह की जांच में लाखों कुंडलियों में समानताएं मिलना अगर महज संयोग है तो ऐसा है जो कि सांख्यिकी के अनुसार दस लाख में एक बार हो सकता है। हमारे यहां के. एन. राव इसी तरह के 'वैज्ञानिक अध्ययन' करते-कराते रहे हैं। जो हो, यह तो कहीं सिद्ध नहीं हो सका कि जन्म के समय ग्रहों की स्थिति व्यक्ति का पूरा भविष्य निर्धारित कर देती है। जैसा मैंने शुरू में बताया, इस 'विज्ञान को बिल्कुल न जानने वाला' मेरे जैसा व्यक्ति भी अपनी अटकलपच्चू के सहारे कुछ लोगों की निगाह में महान भविष्य-वक्ता ठहर सकता है। इसी तरह यह भी एक सामान्य अनुभव है कि नामी से नामी ज्योतिषी भी अपने 'विज्ञान' के सहारे सभी व्यक्तियों का भविष्य सही नहीं बता पाते।

मेरे ताऊ जी कहा करते थे कि यह भी तो ग्रहों में लिखा रहता होगा कि कौन अच्छा ज्योतिषी बन सकेगा और किस-किसकी कुंडली सही बांचने में सफल होगा। इसीलिए तमाम अच्छे ज्योतिषी अपने विज्ञान पर गर्व न करके अंतर्दृष्टि का सहारा लेते हैं और ईशकृपा का गुणगान करते हैं कि ऊपर वाले से कनेक्शन मिलता है तभी

मुंह से सही बात निकलती है। तो ज्योतिष कोई विज्ञान नहीं है लेकिन 21वीं सदी में इसके प्रति आकर्षण इसलिए बढ़ रहा है कि जिंदगानी के अगले एपीसोड में नाटकीय ढंग से बहुत कुछ हो सकता है, यह जानते हुए आधुनिक इनसान ज्योतिषी को अपनी कुंडली उसी तरह दिखाता है जिस तरह डॉक्टर से अपना चेकअप कराता रहता है। आज नेताओं-अभिनेताओं के धंधे में सबसे ज्यादा अनिश्चय है इसलिए ज्योतिषियों के सबसे बड़े ग्राहक भी वे ही हैं। आधुनिक इनसान ज्योतिषी के पास उसी मूड में पहुंचता है जिसमें मनोचिकित्सक के पास कि अगला फीस जरूर लेगा लेकिन घंटा-आधा घंटा हमारी व्यथा-कथा सुनेगा और कोई न कोई जुगत सुझाएगा। आपाधापी की जिंदगी में दुखड़ा सुनने वाले या दवा-ए-दर्देदिल देने वाले ढूंढ़े नहीं मिलते। ज्योतिषी सुनता है, उपाय सुझाता है और जजमान की दुख-तकलीफों को ग्रह-स्थिति से जोड़कर उसे वैसे ही दोषमुक्त कर देता है जैसे मनोचिकित्सक मनोविकारों के लिए माता-पिता द्वारा की गई गलतियों को जिम्मेदार ठहराकर! तो क्या आश्चर्य कि अगड़े देशों में वहां के मनोचिकित्सकों की तरह भारतीय ज्योतिषियों की भी बड़ी पूछ होने लगी है!

कुल मिलाकर यही कहूंगा कि-

हमको मालूम है जोतिस की हकीकत लेकिन,
दिल के बहलाने को जोशी ये खयाल अच्छा है।

(12 जनवरी, 2004)

इस्लामाबादी आधुनिकता की सीमा

पिछले दिनों हुई अटल–मुशर्रफ वार्ता का सभी भले इंसानों ने हार्दिक स्वागत किया है और ऐसी उम्मीद जताई है कि इसका कोई ठोस या चमत्कारी नतीजा देर–सबेर सामने आएगा। स्वागत मैं भी करता हूं लेकिन जहां तक चमत्कारी नतीजे का सवाल है मैं औरों के जितना आशावादी नहीं हूं। मैं अपने संदेह का जो आधार आपको बताने जा रहा हूं वह खासा बेकार लग सकता है आपको लेकिन है नहीं। तो सुनिए! इस बातचीत का कोई चमत्कारी नतीजा इसलिए नहीं निकल सकता कि यह एक ऐसे शहर में हुई जिसे बसाने वालों ने उसे आधुनिकतम रूप–रंग देने में कोई कोर–कसर न उठा रखने के बावजूद यह जरूरी समझा कि उसका नाम इस्लामाबाद रखें। एक पश्चिमी आर्किटेक्ट के नक्शे–नमूने पर बसाए गए इस्लामाबाद के आगे हमारा अपना आधुनिक नगर चंडीगढ़ कहीं नहीं ठहरता। यही नहीं, इस शहर में बसे लीडरान, अफसरान, व्यवसायी और व्यापारी मॉड होने के मामले में नई दिल्ली के अखबारों के तीसरे पेज के बाशिंदों को कोसों पीछे छोड़ चुके हैं। फिर भी उन्होंने अपनी राजधानी का नाम इस्लामाबाद रखना जरूरी समझा है तो उनके तमाम आधुनिक सरोकारों की सफलता सदा संदिग्ध ही रहेगी।

आधुनिकता और धर्मनिरपेक्षता का चोली–दामन का साथ है। इसीलिए कायदे–आजम जिन्ना और उनके दाहिने हाथ लियाकत अली खां ने धर्म के नाम पर देश का विभाजन कराने के बावजूद यही चाहा था कि पाकिस्तान भी भारत की तरह एक धर्मनिरपेक्ष लोकतंत्र बने लेकिन शीघ्र ही जिन्ना का देहांत और लियाकत अली खां की हत्या हो गई और उसके बाद से अब तक का पाकिस्तान का सारा राजनीतिक इतिहास यही दर्शाता है कि धर्म के नाम पर बने देश में राजनीति धर्म–निरपेक्ष हो ही नहीं सकती। यह भी कि जहां धर्म को धुरी बना दिया जाता है वहां लोकतंत्र का चक्का जाम होकर रहता है। पाकिस्तान की स्थापना को अभी छह वर्ष भी नहीं हुए थे कि कट्टरपंथियों ने अहमदी कादियानी पंथ को गैरमुस्लिम करार देने, विदेश मंत्री जफरुल्ला खां जैसे इस पंथ के लोगों को ऊंचे सरकारी पदों से हटा देने और पाकिस्तान को इस्लामी देश घोषित करने की मांग रखते हुए भयंकर उपद्रव मचाया जिसे दबाने के लिए सैन्य शासन लागू करना पड़ा और वहीं से पाकिस्तानी राजनीति में सेनापति और उलेमा निर्णायक भूमिका पा गए। नेताओं के नाम पर पाकिस्तान में ऐसे दफ्तरशाह, जनरल और जमींदार ही बचे जिन्होंने मुल्लाओं को खुश रखना जरूरी समझा।

राष्ट्रपति मुशर्रफ पाकिस्तानियों के अनुसार बहुत तरक्कीपसंद और रोशन–खयाल हैं लेकिन वह तक अवाम को अपनी रीति–नीति का औचित्य समझाने के लिए

धार्मिक ग्रंथों का ही सहारा लेते हैं। इस्लामाबाद में लेखकों के एक सम्मेलन में हिस्सा लेते हुए मेरा ध्यान इस ओर गया कि मुशर्रफ सरकार से जुड़े लोगों ने अपनी तकरीर शुरू करने से पहले 'बिस्मिल्लाह' पढ़ना जरूरी समझा। ऐसा नहीं कि यह कोई बुरी बात है। स्वयं मेरे घर में हर धार्मिक अनुष्ठान 'श्री गणेशाय नमः' से शुरू होता आया है लेकिन किसी सार्वजनिक अवसर पर 'श्री गणेशाय नमः' करना मुझे अपनी आधुनिकता और धर्मनिरपेक्षता के विरुद्ध लगेगा। फिर यह तो सभी धर्मों के ऐसे लेखकों का सम्मेलन था जिसमें अन्य बातों के अलावा धार्मिक कट्टरपंथ और साहित्य के बारे में भी विचार किया जाना था! इसका मतलब यह है कि रोशनखयाल पाकिस्तानी के लिए भी अपनी धार्मिक पहचान का सार्वजनिक महत्त्व है। यह पहचान ही है जो पाकिस्तान के अलग अस्तित्व को उचित ठहराती है।

मेरे समेत कई लोगों का यह अनुभव रहा है कि साझा संस्कृति और साझा इतिहास की वही बातें जो भारत के पढ़े-लिखे लोगों को धर्मनिरपेक्षता का प्रमाण लगती हैं, पाकिस्तान के बहुत से पढ़े-लिखे लोगों को 'अखंड भारत' की भूमिका-जैसी सुनाई पड़ती है। आपने गौर किया होगा कि जब भारतीय प्रधानमंत्री के सन् 1857 की 150 वीं जयंती मिलकर मनाने के प्रस्ताव पर एक पत्रकार ने पाकिस्तानी प्रधानमंत्री की प्रतिक्रिया चाही तब उनसे यह कहते नहीं बना कि हां-हां क्यों नहीं! जबकि आजादी की वह पहली लड़ाई अंतिम मुगल शासक के परचम तले ही लड़ी गई थी! यहां इस ओर ध्यान देना भी जरूरी है कि पाकिस्तानी शासनतंत्र द्वारा अपनी अलग धार्मिक पहचान का रेखांकित किया जाना अब तक राजनीतिक ही नहीं, आर्थिक दृष्टि से भी बहुत लाभप्रद ठहरता आया था। सऊदी अरब और अमेरिका दोनों ही जेहादी मानसिकता और मुजाहिदीन फौजें तैयार करने के लिए पाकिस्तान को जमकर आर्थिक सहायता देते रहे थे। भव्य और आधुनिक इस्लामाबाद भी उस सहायता का ही एक प्रसाद है।

अमेरिका के बदले हुए रुख से अब वही धार्मिक पहचान और कट्टरपंथ पाकिस्तान के लिए गले में फंसी हड्डी बनता जा रहा है। अमेरिका को सबसे बड़ा डर इस बात का है कि पाकिस्तान के परमाणु अस्त्र कहीं जेहादियों के हाथ न लग जाएं। इराक पर हमला करके वह सिद्ध कर चुका है कि 'महासंहारकारी अस्त्रों' को नष्ट करने के नाम पर वह किसी भी देश को निस्संकोच नष्ट कर सकता है। इसी भय से ईरान और लीबिया ने बड़ी तत्परता से अपने परमाणु-प्रतिष्ठान निरीक्षण के लिए खोल दिए हैं। यही नहीं, उन्होंने साफ बता दिया है कि इस क्षेत्र में हमें पाकिस्तान से मदद मिलती रही है। इसके बाद पाकिस्तान पर अमेरिका का शिकंजा कुछ और भी कस गया है। वह चाहता है कि मुशर्रफ जेहादी संगठनों को नष्ट करके वफादारी का सबूत देते रहें और भारत ऐसा कुछ न करे जिससे मुशर्रफ की

गद्दी जाए। इस दबाव के कारण ही सही, अगर दोनों देशों के लिए सम्मानजनक समझौते की कोई सूरत धीरे-धीरे निकल आए तो अच्छा ही है। लेकिन अभी से दोनों ही देशों में कट्टरपंथी समझौते को समर्पण बताने में जुट गए हैं।

पाकिस्तान के लोकप्रिय दैनिक *नवाएवक्त* ने अपने हाल के एक संपादकीय में भारत के दक्षिण एशिया को यूरोपीय संघ की तरह एक आर्थिक इकाई बनाने के प्रस्ताव को 'अखंड भारत' के स्वप्न का ही नया संस्करण ठहराया है। उसका कहना है कि भारत अमेरिका के सुझाए प्रस्ताव पाकिस्तान के सामने रख रहा है और दोनों देशों की मंशा है कि पाकिस्तान की इस्लामी पहचान को मिटा दें और परमाणु हथियारों के बावजूद उसे भी भूटान या नेपाल जैसा बेबस देश बना दें। अफसोस कि जितना ही पाकिस्तान में कट्टरपंथी इस्लामी पहचान पनपी है उतना ही भारतीय राजनीति में हिंदुत्ववाद को अधिक स्थान मिल सका है। अब ऐसे लोग भी सत्ता के गलियारों में नजर आने लगे हैं जो भारत की राजधानी का नाम 'श्रीराम धाम' रखना चाहेंगे। इनके एक प्रवक्ता को मैंने टीवी पर यह कहते सुना कि समझौता करने के चक्कर में कहीं 'लड़ के लिया है पाकिस्तान, फतह करेंगे हिंदुस्तान' का बरसों पुराना सपना पूरा होने की राह न खोल दी जाए। तो असली बात यही है कि सारे उपमहाद्वीप को आधुनिक धर्मनिरपेक्ष मानसिकता दिए बगैर न कोई चमत्कारी राजनीतिक समझौता हो सकता है, न आर्थिक प्रगति।

(19 जनवरी, 2004)

बेगाना इंसान, दीवानी दुनिया

आज समाचार पढ़ते या सुनते हुए लगता है कि तमाम ऐसी बातें हो रही हैं जिनका आपस में कोई संबंध नहीं है। जैसे पिछले दिनों अगर शेयर बाजार की जबर्दस्त उछाल ने हमें *फील गुड* कराया तो आपस में तू-तू मैं-मैं कर चुके लालू यादव और बाला साहब ठाकरे के समर्थकों ने अपने असामाजिक आचरण से *फील बैड*। हमने कहा हमारा देश और समाज इतना बढ़िया और इतना घटिया, इतना उत्तर-आधुनिक और इतना सामंती एक साथ कैसे हो सकता है! इसमें संदेह नहीं कि समाजवादी लालू और शिवाजी भक्त बाला साहब के समर्थकों ने जो किया वह सामंती और मध्ययुगीन था। लालू जी के भक्त वैष्णो देवी के दर्शन करने के बाद आध्यात्मिकता से इतने सराबोर हुए कि रेल में साथ बैठी जम्मू-कश्मीर की सरकारी नाट्य-मंडली की सदस्याएं उन्हें पराई लगी ही नहीं! मंडली के नेता ने पटना स्टेशन में उनके खिलाफ रिपोर्ट दर्ज करानी चाही तब उन्होंने बताया कि आध्यात्मिक समाजवाद ने उनके लिए पुलिस के डीजी को भी अपना बना दिया है और कानून को भी।

ये तो थे लालू-समर्थकों की समाजवादिता के नमूने। अब वीर शिवाजी के भक्तों की वीरता पर दृष्टि डालें। ठाकरे के शिव सैनिक एक वयोवृद्ध मराठी विद्वान को इसलिए जाकर पीट आए कि उनसे मार्गदर्शन लेकर किसी अंग्रेज इतिहासकार ने शिवाजी पर जो किताब लिखी थी उसकी कुछ बातें उनकी भावनाओं को ठेस पहुंचा गईं! शिवाजी भक्तों की टोली नंबर दो संभाजी सेना ने दो कदम आगे बढ़ाकर पूना के उस शोध संस्थान पुस्तकालय को तहस-नहस कर डाला जिससे इतिहासकार ने सामग्री जुटाई थी।

शेयर बाजार का उछाल और राजनीतिक संरक्षण पाए असामाजिक तत्त्वों का मचाया धमाल, आर्थिक उन्नति और सामाजिक अवनति दोनों का एक साथ होना हमें हैरान करता है और असंबद्ध लगता है लेकिन वह असंबद्ध है नहीं । ये दोनों उस उत्तर-आधुनिक राजनीतिक-सामाजिक सिक्के के ही दो पहलू हैं जिसका चलन मुक्तमंडी ने ग्लोब के कोने-कोने में कर दिया है। उनका एक साथ घट सकना उतना ही विचित्र या सामान्य है जितना कि एक ही सरकार में ग्लोबल अर्थव्यवस्था के भक्त जसवंत सिंह और क्षेत्र और धर्म के नाम पर राजनीति चलाने वाले शिव सैनिकों का मौजूद होना। ऐसा भी नहीं कि यह संयोग केवल राजग सरकार में ही हुआ है, पहले भी स्थिति यही थी और आगे भी यही रहेगी।

फर्ज कीजिए, सोनिया अगले चुनाव के बाद केवल कांग्रेसियों की ही सरकार बना लेती हैं तो उसमें भी वित्तमंत्री भारत में आर्थिक सुधार के जनक मनमोहन सिंह

ही होंगे। गठबंधन सरकार भी ग्लोबव्यापी अर्थव्यवस्था का कोई भक्त ही इस पद के लिए तलाश करेगी। पहले भी उसने चिदंबरम् को ही चुना था। एक विदेशी पत्रकार ने मुझसे ठीक ही कहा था कि आज यह लगभग असंभव है कि कहीं कोई इस तरह का आदमी वित्तमंत्री बना दिया जाए जिस पर अंतर्राष्ट्रीय मुद्रा कोष ने मुहर न लगाई हो। दूसरे शब्दों में, जो बहुराष्ट्रीय निगमों और मुक्तमंडी का मुरीद न हो। उल्लेखनीय है कि आज पश्चिमी देशों में जो मंत्री अन्य सामाजिक मामलों में बड़े वामपंथी तेवर अपनाते हैं वे भी आर्थिक मामलों में बहुराष्ट्रीय कंपनियों का कल्याण करते रहते हैं। हाल में *गार्जियन* ने यह पर्दाफाश किया कि जो विदेश सहायता मंत्री क्लेयर शॉर्ट अपनी क्रांतिकारिता से प्रधानमंत्री ब्लेयर की नाक में दम करती रही हैं वही गरीब देशों को विदेशी सहायता इस शर्त पर देती रही हैं कि ब्रिटेन से माल लें और अपने यहां निजीकरण को बढ़ावा दें!

यह भी जाहिर है कि अगर अगली सत्ता राजग की न होकर किसी और की भी हुई तो उसमें भी ऐसे लोग भरे पड़े होंगे जो राजनीतिक सत्ता को समाजविरोधी आचरण की खुली छूट देने वाली मानते हों या जिन्होंने समाजविरोधी आचरण से ही स्थानिक स्तर पर राजनीतिक सत्ता हासिल की हो। आज हमारे यहां छोटे-बड़े ठेके हथियाने के लिए बाहुबल का उपयोग करना आर्थिक-राजनीतिक सत्ता हासिल करने का सबसे सुगम उपाय माना जाने लगा है। वामपंथ के गढ़ समझे जाने वाले पश्चिम बंगाल तक में बिल्कुल बुनियादी स्तर की राजनीति में दादागिरी का बोलबाला रहा है। ममता बनर्जी मशहूर ही इसलिए हुईं कि उन्होंने कम्युनिस्ट दादाओं से दो-दो हाथ कर सकने वाले तरुण कांग्रेसी दादा जुटाए। तो शेयर बाजार के उछाल की संगत करने के लिए धमाल हमारे यहां बराबर मौजूद रहेगा। कभी धर्म, कभी क्षेत्र, कभी जाति और कभी वर्ग के नाम पर।

कमोबेश यही स्थिति आज सभी विकासशील देशों में है। रहे विकसित देश तो उनमें से ज्यादातर की राजनीति में भी शेयर बाजार के उछाल की बड़ी महिमा है और धमाल का ऐसा है कि कुछ तो वह परदेस में— जैसे पिछले दिनों इराक में— मचा आते हैं, कुछ उनमें आकर बस गए तीसरी दुनिया के लोगों को लेकर मचाने लगे हैं। यही नहीं, वहां सामाजिक मामलों में दक्षिणपंथी धमाल बराबर जोर पकड़ता जा रहा है। सवाल यह है कि इस उछाल और धमाल को जोड़ने वाला सूत्र क्या है? वह है पूंजीवाद का चलाया 'सबसे बड़ा रुपैया' का फलसफा।

मार्क्स ने इस ओर ध्यान दिलाया था कि पूंजीवाद मानवता को सामंती बेड़ियों से मुक्त करके आर्थिक उन्नति की राह पर लगा रहा है और धन को सब चीजों का पैमाना बनाकर मानव को अपने से और अपनों से बेगाना बना रहा है। हर किसी को लग रहा है कि मेरे बंधु-बांधव पैसा कमाने और सुख भोगने की होड़ में मेरे

रकीब हैं। प्यार–मोहब्बत तक पैसे से मिलती है। काम–काज सुख–संतोष पाने के लिए नहीं, पैसा कमाने के लिए किया जाता है। मार्क्स का विचार था कि यह बेगानापन समाजविरोधी आचरण को बढ़ावा देगा। साथ ही, उसे विश्वास था कि उन्नत पूंजीवाद के प्रति समाज में विद्रोह पनपेगा और क्रांति हो जाएगी। ऐसा मानव–समाज बनेगा जिसमें हर इंसान को अपनी जिंदगी भरी–पूरी लगेगी और जो आर्थिक ही नहीं, सामाजिक और सांस्कृतिक दृष्टि से भी बहुत उन्नत होगा।

मार्क्स के अनुमान के विपरीत क्रांति सामंती रूस में हुई लेकिन उसे अंततः पूंजीवाद के आगे घुटने टेकने पड़े। क्रांति का संकट टालने के लिए उन्नत पूंजीवाद ने जो समाजवादी तौर–तरीके अपना लिए थे वे गैर–जरूरी हो चले और इंटरनेट द्वारा सारे ग्लोब को जोड़ दिए जाने के बाद एक ऐसा उत्तरपूंजीवाद विकसित हुआ जिसमें व्यक्ति या समाज क्या स्वयं राष्ट्र बेगानेपन की चपेट में आ गए हैं और अपने को बहुराष्ट्रीय कंपनियों की शक्ति के सामने बेबस अनुभव कर रहे हैं। इसका विरोध करने के लिए खड़े हो रहे हैं, धार्मिक कट्टरपंथी, वामपंथी छापामार संगठन या वे पर्यावरणवादी जिनका अभी मुंबई में अंतर्राष्ट्रीय जमावड़ा हुआ। लेकिन वे भी कुल मिलाकर धमाल ही मचा पा रहे हैं और बेगानेपन की बीमारी से ग्रस्त हैं। तो उत्तरपूंजीवाद ने एक ऐसी दीवानी दुनिया बना दी है जिसमें पैसा ही एक मात्र पैमाना है और जिसमें इंसान कभी पैसा पाने के लिए और कभी पैसे के सामने अपनी कोई हस्ती न रह जाने पर क्रोध प्रकट करने के लिए समाज–विरोधी धमाल मचाने को मजबूर है। मीडिया शेयर बाजार के उछाल और समाज–विरोधी धमाल को एक मजेदार तमाशे के रूप में पेश करके अपनी रेटिंग और हम तमाशबीनों का बेगानापन बढ़ा रहा है। क्या यह बेगानापन हमें किसी सच्ची क्रांति के विस्फोट बिंदु तक ले जाएगा? इसके लिए देखते रहिए 21वीं सदी!

(26 जनवरी, 2004)

बीजल बलात्कार का बीजगणित

हमारे समाज में अधकचरी आधुनिकता उसी तेजी से पनपी है जिस तेजी से भ्रष्ट तरीकों से पैसा कमाकर अमीर हुए लोगों की नई बिरादरी। इस अधकचरी आधुनिकता के अजीब नैतिक बीजगणित का एक बेहद दुखद उदाहरण है बीजल बलात्कार कांड। अहमदाबाद की बीजल जोशी दिल्ली से आए एक धनी परिवार के कुलदीपक और अपने दोस्त सजल जैन के बुलाने पर न्यू ईयर पार्टी में क्या गई, सजल और उसके दोस्तों ने उसकी इज्जत लूट ली। शिकायत की तो थानेदार ने उसे बदचलन ठहराते हुए कार्रवाई जरूरी नहीं समझी। समाज में नाक कट जाने पर बीजल के घरवाले सामूहिक आत्महत्या करने की सोचने लगे। वे सोचते ही रहे, बीजल ने कर डाली।

तब जूं रेंगी समाज की आत्मा, पुलिस के कान और नेताओं की जबान पर। सामूहिक बलात्कार की शिकार बनने के बावजूद बीजल समाज के लिए 'बदचलन' ही रही थी क्योंकि उसने बॉयफ्रेंड बनाया था और उससे मिलने के लिए होटल अकेली चली गई थी। इज्जतलेवा हैप्पी न्यू ईयर को जब उसने जानलेवा भी बना दिखाया तब वह समाज के लिए 'बेचारी' बन सकी। पुलिस हरकत में आई लेकिन सजल फरार हो चुका था। नेता-बिरादरी भी अब जाकर कुछ बोली। अफसोस कि पुलिस की तरह उसने भी इसे कानून का नहीं, नैतिकता का ही मामला माना और ऐसा जताया कि नैतिकता की सारी जिम्मेदारी औरत पर होती है। भाजपा की भावना बेन ने न्यू ईयर ईव पार्टी-जैसे गैर-भारतीय आयोजनों पर प्रतिबंध लगाने और लड़कियों को नैतिक शिक्षा देने की मांग की तो कांग्रेस की गीता बेन बोलीं, 'लड़कियों को छूट देने की भी कोई सीमा होनी चाहिए! कोई लड़की ऐसी पार्टी में घरवालों के साथ न जाकर पराए लड़कों के साथ क्यों जाए?'

हिंदुत्ववादी और सेक्युलर ताकतें सहमत हैं कि औरत के लिए पराया मर्द खतरनाक है और एक सीमा से अधिक आधुनिकता उर्फ छूट जोखिमभरी है औरत के लिए। गौरतलब है कि दोनों ने ही न बलात्कार करने वाले जवां मर्दों के बारे में कुछ कहा और न यह मांग की कि घरों में लड़कों को नैतिकता का पाठ पढ़ाया जाना चाहिए, न पुलिस को धिक्कारते हुए यह कहा कि अगर एक क्षण को यह मान भी लिया जाए कि किसी लड़की का बॉयफ्रेंड बनाना और उससे मिलने रात को अकेले चले जाना 'बदचलन' होने की निशानी है तो यह किस कानून में लिखा है कि बदचलन लड़की से बलात्कार किया जा सकता है! कानून कहता है कि किसी से भी उसकी मर्जी के खिलाफ संभोग करना जुर्म है। कानून को इससे कोई मतलब नहीं होना चाहिए कि शिकायत करने वाली सती-सावित्री है कि नहीं।

सच तो यह है कि सती-सावित्री स्त्री की अवधारणा ही आधुनिक समाज में कोई अर्थ नहीं रखती। यह उस परंपरागत पितृसत्ताक दुनिया की देन है जिसमें औरत को मर्द की मिल्कियत समझा जाता था। लेकिन उस दुनिया में तो घर की बहू-बेटी की इज्जत लुट जाने पर इज्जत लूटने वाले के प्राण लेकर कुल के सम्मान की रक्षा की जाती थी। यही नहीं, उसमें औरतें जनाना ड्यौढ़ी में रखी जाती थीं। घर से बाहर निकलने पर उनसे पर्दा कराया जाता था। मर्दों से उम्मीद की जाती थी कि वे पराई स्त्री को मां-बहन कहकर पुकारेंगे। क्या भावना और गीता बेन उस दुनिया की ओर वापसी चाहती हैं? सो तो असंभव है। तो जरूरत इस बात की है कि मर्दों से यह कहा जाए कि पराई औरतों को मां-बहन कहने का ढोंग तो दें छोड़, बस इतनी मेहरबानी करें कि हर स्त्री को महज इसलिए 'भोग्या' न मानें कि वह सगी मां-बहन नहीं है।

आज हमारे अधकचरे आधुनिक समाज में स्थिति यह है कि शहरों में जहां कोई लड़की घर से बाहर अकेली निकलती है तो मनचले मर्द उसे छेड़ने लगते हैं और मौका मिलने पर दबोच लेना चाहते हैं। स्त्री जहां भी काम करने जाती है वहां साथ काम करने वाले उसे भोग सकने की संभावनाएं टटोलते नजर आते हैं। बड़ी उम्र तक अविवाहित रह गई, तलाक पा चुकी या छोड़ दी गई हर स्त्री का ऐसे मर्दों से पाला पड़ता है जो उसे हमदर्दी देकर हमबिस्तर बनाना चाहते हैं। स्त्री अकेली होने के साथ आधुनिका भी हो तो सवा सत्यानाश! इस मामले में हमारे सुसंस्कृत बुद्धिजीवी तक यह मानते हैं कि जो स्त्री अंग प्रदर्शन करने वाले पश्चिमी कपड़े पहनती है और शराब पी लेती है वह हर मर्द के साथ सोने के लिए तैयार रहती है।

इस नजरिये के चलते ही बॉयफ्रेंड के साथ हैप्पी न्यू ईयर मनाने अकेली गई और जोर देने पर एक गिलास बीयर पी चुकी बीजल सजल और उसके साथियों के लिए सामूहिक बलात्कार की उपयुक्त पात्रा बनी और आत्महत्या करके भी बेचारी ही बन सकी, बेकसूर और नेकचलन नहीं। जरा इस ओर ध्यान दें कि अधकचरे आधुनिक समाज में सत्तावान और धनवान कानून से निडर रह पाते हैं। उनके बेटे आश्वस्त रहते हैं कि हमारा बाप हमें कानून की चपेट से बचा ले जाएगा। समर्थ को कोई दोष नहीं हो सकता। शराब के नशे में धुत होकर गरीबों को गाड़ी से कुचल आओ, बाप कुछ दे-दिलाकर और कह-कहाकर बेदाग बचा ले जाएगा। दलितों को जला दो, कुछ नहीं होगा। स्त्री भी इसी श्रेणी में आती है। बलात्कार कर दो, बचा लिए जाओगे। यहां भी यही कोशिश चली हुई है। बीजल के परिवार वालों का कहना है कि बलात्कारियों के धनी परिवारों ने पैसा देकर हमारा मुंह बंद करने की कोशिश की। पुलिस का तुरंत हरकत में न आना और इसके चलते केस को थोड़ा बिगाड़ना भी उनके प्रभाव की गवाही देता है। सजल के पैसे वाले पिता

ने तो गिरफ्तारी की नौबत आने पर अपने सुपुत्र को एक ऐसे अस्पताल में छिपा दिया जिसमें उनके परिवार की हिस्सेदारी बताई जाती है। छिपा दिया मैं इसलिए कह रहा हूं कि जब सजल के वहां होने का पता चल गया तब अस्पताल वालों ने पुलिस को यह कहकर उसके पास नहीं जाने दिया कि उसने आत्महत्या की कोशिश की है और वह इस हालत में नहीं है कि उसका बयान लिया जा सके। जैसे ही उनका ध्यान इस ओर दिलाया गया कि आत्महत्या की कोशिश का मामला था तो पुलिस को तुरंत खबर क्यों नहीं की गई, उन्होंने सजल को किन्हीं रहस्यमय कारणों से बीमार ठहरा दिया और कहा कि उसे ठीक होने में बहुत समय लगेगा लेकिन ज्यों ही अस्पताल के खिलाफ कानूनी कार्रवाई की धमकी मिली सजल की हालत चमत्कार से ठीक हो गई।

नैतिकता के दोहरे मानदंड वाले अधकचरे आधुनिकों की दृष्टि में सजल जैसे किसी बाल–बच्चेदार अमीर नौजवान का किसी पराए और अपेक्षाकृत गरीब घर की लड़की को फुसलाना और दोस्तों के साथ उससे बलात्कार करना कोई ऐसी बात नहीं थी कि मारे शर्म के आत्महत्या की कोशिश की जाए। गिरफ्तारी हो ही गई तो सजल के पिता ने एक पी.आर. फर्म को पैसा देकर प्रेस कॉन्फ्रेंस बुलवाई। उन्होंने अपने ढंग से साबित करने की कोशिश की कि मेरे बेटे पर लगा आरोप फर्जी है और उसके खिलाफ पुलिस में रपट लिखाने वाली लड़की बीजल बदचलन थी। असली आरोपी मेरा बेटा नहीं एक अन्य लड़का था और झगड़ा पैसों को लेकर था। मानो बदचलन लड़कियों का ग्राहकों से पैसों को लेकर झगड़ा हो जाने पर आत्म–हत्या कर लेना एक आम–सी बात है। एडमिरल नंदा के पोते की तरह सजल भी आश्वस्त रह सकता है कि मुझे बचाने की कोई कसर नहीं उठा रखी जाएगी।

(2 फरवरी, 2004)

जितने ही खुशहाल, उतने खुदगर्ज

पिछले दिनों मुंबई में आम आदमी की आवाज उठाने के लिए दुनिया के कोने-कोने से आए अस्सी हजार आदर्शवादी बंदे 'वर्ल्ड सोशल फोरम' के अंतर्गत नाच-गा-नुक्कड़ नाटक खेल और धुआंधार भाषण पेलकर उन अमीर लोगों और देशों को लानत भेज गए जो गरीब लोगों और देशों का शोषण कर रहे हैं। इसी के तुरंत बाद दावोस (स्विट्जरलैंड) में आर्थिक नीतियां बनाने और सरकार चलाने वाले विभिन्न देशों के व्यावहारिक बंदे इस शोषण को कम करने के सिलसिले में 'वर्ल्ड इकोनॉमिक फोरम' में मंत्रणाएं करते रहे लेकिन रहे ढाक के तीन पात ही। सदाशय पर स्वार्थ भारी पड़ता रहा है। अमीर द्वारा गरीब का और ताकतवर द्वारा कमजोर का शोषण बढ़ता ही रहा है।

आर्थिक-सामाजिक ऊंच-नीच और शोषण यानी इंसान द्वारा इंसान का खून चूसा जाना सभ्यता के आरंभ से चला आ रहा है। पूंजीवादी औद्योगिक क्रांति खुशहाली बढ़ाने और सामंती ऊंच-नीच खत्म करने का वादा लेकर आई। खुशहाली जरूर बढ़ी लेकिन साथ ही शोषण और आर्थिक ऊंच-नीच भी। समाजवादी क्रांति ने भरोसा दिलाया कि खुशहाली बढ़ेगी और नाइंसाफी जड़ से मिटेगी लेकिन उससे खुशहाली खास बढ़ी नहीं और इंसाफ की जगह तानाशाही मिली। उसकी विफलता के बाद खून चूसने का पूंजीवादी चस्का पराकाष्ठा पर पहुंच गया है। संपन्नता जितनी बढ़ रही है उतनी ही आर्थिक विषमता और अमीरों की हृदयहीनता।

पिछले हर दौर में खून चूसने वाले को यह अहसास रहता था कि भगवान मुझे पापी मान रहा होगा और इस बात का डर भी कि जिसके खून से मेरे ओंठ रंगे हुए हैं उसके ओंठों से अनवरत निकलती हाय मुझे लग सकती है। आज दूसरे का खून चूसकर सुर्खरू होना अक्लमंदी की निशानी माना जा रहा है। उत्तर-पूंजीवादी दौर में होशियार प्रबंधक वह माना जाता है जो कंपनी का मुनाफा बढ़ाने के लिए ज्यादा से ज्यादा छंटनी और सुख-सुविधाओं की कटौती करे और इस तरह कर्मचारियों को दुख पहुंचाने के इनाम में अपना वेतन और सुख-सुविधाएं कई गुना बढ़ा ले। उससे भी ज्यादा होशियार प्रबंधक वह कहलाता है जो पहले खातों में हेरा-फेरी करके जबर्दस्त मुनाफा दिखाकर शेयरों के दाम आसमान चढ़वाता है ताकि उसकी चंडाल चौकड़ी को उन दामों पर शेयर बेचकर पैसा पीटने का मौका मिले और फिर डूबती कंपनी से तगड़ा मुआवजा लेता है।

अमीर देश भी इसी 'हमारी अमीरी बढ़े, गरीबों की गरीबी बढ़े' की रणनीति पर डंके की चोट चलने लगे हैं। कृषि क्षेत्र ही लीजिए। वे वर्ल्ड बैंक और आईएमएफ जैसी संस्थाओं से, जिनमें उनका बोलबाला है, गरीब देशों पर दबाव डलवाते हैं कि

कर्ज और अनुदान पाने के लिए बजट–संतुलित करो और अंतर्राष्ट्रीय अर्थव्यवस्था का अंग बनने के लिए आयात पर से प्रतिबंध हटाओ। ये संस्थाएं और अमीर देश एक स्वर में कहते हैं कि बजट–संतुलन का कारगर उपाय है किसानों को आर्थिक मदद न देना और भूमंडल–मंडी से जुड़ने का सबूत है कृषि की उपज के आयात पर कोई पाबंदी या ड्यूटी न रखना। दूसरी ओर स्वयं अमीर देश अपने किसानों को आर्थिक मदद देते रहते हैं और अपने यहां कृषि की उपज के आयात को लगभग असंभव बनाए रखते हैं। वे भले ही कहते यही रहते हैं कि व्यापार के मामले में गरीब देशों के हितों को प्राथमिकता दी जाएगी, उन्हें सारी चिंता अपने हितों की रहती है।

इस दोमुंही नीति के चलते कपास की खेती करने वाले अमेरिकी किसान मालामाल और उनके अफ्रीकी जोड़ीदार कंगाल हो रहे हैं क्योंकि अमेरिकी कपास अफ्रीकी मंडी तक में अफ्रीकी कपास से सस्ती बिक रही है। कपास के प्रसंग में याद आया कि अमेरिकी कंपनियां बेहतर उपज देने वाले ऐसे बीज तैयार करती रही हैं जिन पर उनका पेटेंट है और जिनसे कुल एक फसल ली जा सकती है। कृषि की जो उपज बाहर से आयात की जाती हो उसे देश में ही उगाने के सिलसिले में अमेरिकी सरकार कितना पैसा और हौसलाअफजाई करती है इसका उदाहरण चीनी जड़ी–बूटी 'जिनसेंग' की खेती से मिलता है। इधर ईसबगोल और बासमती जैसी भारतीय चीजों की खेती भी वहां बड़े पैमाने पर शुरू की गई है। इसी तरह यूरोपीय संघ के मुर्गीमालिकों ने अफ्रीकी मुर्गीपालकों का धंधा चौपट कर दिखाया है। कृषि की जो उपज गरीब देशों से सस्ते में आयात हो सकती हो उसे अमीर देश ज्यादा आयात नहीं होने देते। यूरोपीय संघ अपने यहां चीनी के उत्पादन के लिए बेपनाह सहायता देता है ताकि गरीब देशों को चीनी का आयात ज्यादा न करना पड़े। एक मोटा अनुमान यह है कि अमीर देश अपने किसानों को सब्सिडी देकर और तीसरी दुनिया में ऐसी सब्सिडी खत्म कराकर गरीब देशों के किसानों को सालाना 64 अरब डॉलर का चूना लगा रहे हैं।

लुत्फ की बात यह है कि खुशहाल यूरोप और अमेरिका को अपने–अपने किसानों की इतनी चिंता है कि वे एक–दूसरे की कृषि–उपज के आयात में भी अड़ंगे लगाते और इस बात को लेकर आपस में लड़ते रहे हैं। प्रसंगवश अपनी ही बहुराष्ट्रीय कंपनियों के हितचिंतक के रूप में अमीर देश जिन राष्ट्रीय बंधनों को तोड़ने की बात बहुत जोर देकर करते हैं वे उनके नेताओं को तब याद आने लगती हैं जब ये बहुराष्ट्रीय कंपनियां सस्ते मजदूर जुटाकर ज्यादा मुनाफा कमाने के लिए गरीब देशों के लोगों को रोजगार देने लगती हैं। ब्रिटेन और अमेरिका दोनों में आजकल इसीलिए साइबर धंधों के तमाम काम भारत और भारतीयों से कराने का जबर्दस्त विरोध चल रहा है। तो अमीर देश और उनकी तरह ही अमीर लोगों के

स्वार्थ का पेट आज इतना बड़ा हो चला है कि वह कभी भरता ही नहीं है। और तो और, विदेश सहायता अथवा गरीबों को खैरात के नाम पर भी ये देश और ये लोग जो कुछ करते हैं वह भी स्वार्थ से जुड़ा रहता है।

तो क्या मान लिया जाए कि इंसान परमात्मा की अनुकृति नहीं, उसका बनाया सबसे घटिया जानवर है? क्या डार्विन के 'सर्वाइवल ऑफ द फिटेस्ट' सिद्धांत की दुहाई देने वाले पूंजीवाद के जोरदार पैरोकार ऐडम स्मिथ की तरह हम भी यह मान लें कि स्वार्थपूर्ति हर प्राणी का पहला कर्तव्य है और स्वार्थों की इस टकराहट में वही जीतता है जो परिस्थितियों से निपटने में सबसे अधिक समर्थ होता है। और क्या इन हालात से पार पाने के लिए औद्योगिक संस्कृति से मुंह फेर लें या फिर किसी पार्टी की तानाशाही से क्रांति हो सकने की मृगतृष्णा के पीछे भटकें? ये दोनों ही विकल्प उतने ही भयानक हैं जितना भदेस है 'ग्रीड इज गुड' (लोभ लाभकारी है) मानने वाला नवपूंजीवादी दर्शन। तो कोशिश यह समझने की होनी चाहिए कि वैज्ञानिकों के अनुसार इंसान अन्य जानवरों से बहुत कमजोर होते हुए भी सबसे आगे इसलिए निकला कि उसने वक्त-जरूरत एक-दूसरे की मदद करने की और विषम परिस्थितियों से मिलकर निपटने की नीति अपनाई। वह पहचान सका कि स्वार्थ भी सहयोग से ही पूरे हो सकते हैं। भूमंडल को एक मंडी मानने पर जोर देने वाले विश्वव्यापी पूंजीवाद ने वसुधा को एक कुटुंब मानने का नजरिया अपनाते हुए अपने पर अंकुश लगाकर सहयोग बढ़ाने और शोषण घटाने का रास्ता नहीं अपनाया तो वह अपने साथ-साथ दुनिया को भी ले बैठेगा।

(9 फरवरी, 2004)

जगत में जन-जन आज जुगाड़ू

प्रेसिडेंट बुश और प्रेसिडेंट मुश उर्फ मुशर्रफ को लेकर तो कई लतीफे एक अरसे से सुने जाते रहे हैं लेकिन इधर प्रेसिडेंट बुश और प्रधानमंत्री अटल को लेकर भी एक लतीफा सुनने को मिलने लगा है। संक्षेप में वह कुछ यों है कि प्रेसिडेंट बुश ने अपनी भारत यात्रा के दौरान प्रेसिडेंट क्लिंटन के नक्शेकदम पर चलते हुए देहात-दर्शन भी किया। ट्रैक्टर-ट्रॉली, कांटा डालकर लिया गया बिजली कनेक्शन, ट्यूबवेल के इंजन से चलता खटारा जैसी चीजें देखकर बुश दंग रह गए। हर बार उन्होंने सेवा में प्रस्तुत केंद्रीय मंत्री से कहा, इस देहाती से पूछकर बताएं कि यह कैसे कर लेते हो भाई? हर बार मंत्री ने यही बताया कि *ही सेज ही हैज यूज्ड जुगाड़ टेक्नोलॉजी*। दिल्ली लौटकर बुश भारतीय प्रधानमंत्री से बोले कि अटल मैं तुम्हें अमेरिका से हर तरह की टेक्नोलॉजी दिलाने के लिए तैयार हूं बशर्ते तुम बदले में जुगाड़ टेक्नोलॉजी हमें दिला दो। अटल उवाच, 'नॉट पॉसिबल, अजी उसी के सहारे तो मैं गठबंधन का प्रधानमंत्री बनकर सरकार चला रहा हूं।'

इस लतीफे का अनाम रचयिता मेरे खयाल से खासा दुनिया से बेखबर किस्म का प्राणी रहा होगा। उसे इतना भी नहीं पता कि जुगाड़ टेक्नोलॉजी हमारे यहां ईजाद बाद में हुई और अमेरिका पहले ही उड़ा ले गया। यह टेक्नोलॉजी न होती तो बुश राष्ट्रपति की गद्दी कभी हासिल ही न कर पाते। लतीफा गढ़ने वाला शायद समाचार ध्यान से पढ़ता-सुनता न होगा वरना उसे जानकारी रहती कि जुगाड़ का इस बीच भूमंडलीकरण हो चुका है। बुश की बात चल रही थी। पहली बार उन्हें गद्दी इसलिए मिली कि जिस राज्य में उनके भाई गवर्नर थे वहां गड़बड़ किस्म की वोटिंग मशीनें इस्तेमाल की गईं। इस मामले की कानूनी लड़ाई में सुप्रीम कोर्ट ने बुश का साथ दिया क्योंकि उनकी रिपब्लिकन पार्टी उसमें अपने समर्थक जजों की संख्या ज्यादा करने का जुगाड़ पहले ही कर चुकी थी।

फिर से गद्दी पा सकें, इसके लिए बुश ने इराक अभियान का जुगाड़ किया जिससे उन्हें चुनाव फंड देने वालों की चांदी हुई और महाशक्ति के रूप में अमेरिका की धाक जमी। फिर इराक में अमेरिकी जवानों के मरने और महाविनाशकारी अस्त्र न मिलने पर उन्होंने छवि-निर्माण के लिए मंगल ग्रह अभियान का जुगाड़ किया। भले ही रिसर्च फंड और सरकारी ठेके पाने वाले यह कहते रहें कि यह अभियान अंतरिक्ष में उपनिवेश बसाने का रास्ता खोलेगा और विज्ञान तथा प्रौद्योगिकी में चमत्कारी विकास कराएगा, बुश की दिलचस्पी यह है कि इससे मेरा वही जल्वा हो जो कैनेडी का चंद्रमा पर दो अमेरिकी अंतरिक्ष यात्री उतार देने से हुआ था। बुश की टक्कर के ही जुगाड़ू हैं ब्लेयर। इराक में महाविनाशकारी अस्त्र न मिलने से वह जरा

भी चिंतित नहीं हैं। भले ही उन्होंने इराक में ऐसे अस्त्र होने के लिए खुफिया एजेंसियों की जिस रपट का जुगाड़ किया था उसी का हवाला देकर ब्रिटेन और अमेरिका ने संयुक्त राष्ट्र की अवहेलना करते हुए इराक पर हमला और कब्जा किया था।

ब्लेयर इससे अलबत्ता चिंतित रहे थे कि निष्पक्षता के लिए विश्वविख्यात बीबीसी ने इराक मामले में कभी सरकार का साथ नहीं दिया और एक कार्यक्रम में उसके संवाददाता एंड्रु गिलिगन ने किसी अंदरूनी स्रोत के हवाले से यह बताया कि सरकार ने खुफिया विभाग पर दबाव डालकर महाविनाशकारी अस्त्रों की मौजूदगी के बारे में 'सेक्स्ड अप' (बढ़ा-चढ़ाकर) जानकारी पेश की है। ब्लेयर ने बीबीसी को बेबुनियाद आरोप लगाने के लिए लताड़ा। कहीं से यह खबर फैल गई कि डेविड केली नामक एक विशेषज्ञ वैज्ञानिक बीबीसी का अनाम स्रोत था। कमेटी में उसकी भी गवाही कराई गई। बाद में उसे नोटिस दिया गया कि गोपनीयता के नियम भंग करने के लिए आप पर कार्रवाई हो सकती है। केली ने आत्महत्या कर ली। मांग उठी कि ब्लेयर इस आत्महत्या की नैतिक जिम्मेदारी लें। ब्लेयर ने जुगाड़-नीति अपनाते हुए न्यायिक जांच का तुरुप का पत्ता खेल दिया। जांच कराई लॉर्ड हटन नामक जज से जिन्हें सरकार ने ही लॉर्ड का खिताब दिलाया था। अंग्रेजों को अपने न्यायाधीशों की निष्पक्षता पर नाज रहा है लेकिन लॉर्ड हटन इस मामले में सरकार के जबर्दस्त पक्षधर साबित हुए। ब्लेयर के आलोचकों को अपने कानों पर विश्वास नहीं हुआ और समर्थकों की बाछें खिल गईं।

लॉर्ड हटन ने जिस समय यह रिपोर्ट पेश की, इराक में महाविनाशकारी अस्त्रों की मौजूदगी की बात झूठ साबित हो चुकी थी। दूसरे शब्दों में बीबीसी के संवाददाता का आरोप सही सिद्ध हो चुका था लेकिन लॉर्ड हटन ने अपने को इसी तक सीमित रखा कि क्या सरकार ने तब खुफिया एजेंसी पर जोर डलवाकर झूठी रिपोर्ट तैयार करवाई और इसका जवाब दिया कि नहीं। बस एक थोड़ी-सी संभावना यह हो सकती है कि खुफिया एजेंसी का अवचेतन प्रधानमंत्री की ठोस सबूत की आवश्यकता से प्रभावित हो गया हो। लॉर्ड हटन ने अनाम स्रोत के रूप में डेविड केली का नाम उजागर हो जाने के लिए सरकार को जिम्मेदार नहीं ठहराया। उधर उन्होंने बीबीसी को बिना पूरी तहकीकात किए सरकार पर झूठा आरोप लगाने का दोषी ठहराते हुए उसकी संपादकीय शैली में परिवर्तन की आवश्यकता पर जोर दिया।

तो ब्लेयर बेदाग बच गए लेकिन बीबीसी को माफी मांगनी पड़ी और उसके चेयरमैन और महानिदेशक तथा रिपोर्टर गिलिगन तीनों को अपने पद से इस्तीफा देना पड़ा। आखिर लॉर्ड हटन ने इतनी एकतरफा रिपोर्ट देना क्यों जरूरी समझा? क्या उन चुटकुलेबाजों को सही माना जाए जिनका कहना था कि रिपोर्ट मिलने पर ब्लेयर ने शैंपेन की बोतल खोली और एक चमचे ने कहा, इस भले आदमी को अब हमें लॉर्ड

से भी ऊंचा खिताब 'ड्यूक' दे देना चाहिए। चुटकले गंभीरता से नहीं लिए जाने चाहिए लेकिन आज जुगाड़ टेक्नोलॉजी इतने बड़े पैमाने पर अपनाई जाने लगी है कि पिछड़े तो पिछड़े, अगड़े देशों में भी यह माना जाने लगा है कि हर कहीं हर समझदार व्यक्ति हर वक्त किसी-न-किसी जुगाड़ में लगा रहता है। वह जो भी करता है किसी चीज की जुगाड़ में करता है और जो भी पाता है किसी जुगाड़ से ही पाता है। जिन उपाधियों के बारे में पहले समझा जाता था कि वे उल्लेखनीय उपलब्धियों के लिए मिलती हैं, उनके बारे में भी अब यह माना जाने लगा है कि वे जोरदार जुगाड़ करने से मिलती हैं।

यह भी गौरतलब है कि आज़ हर कहीं यह भी माना जा रहा है कि ऐसी कोई चीज नहीं जिसका कुछ दे-दिलाकर जुगाड़ न किया जा सकता हो क्योंकि अब ऐसा कोई माई का लाल नहीं बचा है जो ऊपरी आमदनी के जुगाड़ में न रहता हो। अब देखिए ना, अहमदाबाद में एक पत्रकार ने अहमदाबाद के एक मजिस्ट्रेट से भारत के राष्ट्रपति और सर्वोच्च न्यायाधीश के खिलाफ वारंट का जुगाड़ कर लिया। इससे पहले दिल्ली में एक पत्रकार ने नामी-गिरामी जिंदा हस्तियों के मृत्यु प्रमाणपत्र का जुगाड़ कर दिखाया था। तो क्या अचरज कि जन-जन आज जुगाड़ू हो रहा है और जिधर भी कान लगाइए, लोगों की बातचीत में भी यह शब्द बार-बार सुनाई दे रहा है। प्रसंगवश यह मुझे किसी कोश में मिला नहीं। शायद कोशकार किसी और चीज की जुगाड़ में लगकर यह काम भूल गए हों। कहते हैं कि यह शब्द हमारे कारीगरों ने साधनों के अभाव में भी किसी तरह काम चला ले जाने की विधि के लिए निकाला था। उनकी वह जुगाड़ टेक्नोलॉजी आज सारे भूमंडल में नैतिकता को नजरअंदाज करके किसी तरह ज्यादा सत्ता, ज्यादा पैसा और सुख-सुविधा पा सकने की जुगाड़ मेथडोलॉजी बन चुकी है।

(16 फरवरी, 2004)

बर्बादी पर तुली खुशहाली

हम बचपन में नानी की कहानियों में सुना करते थे कि अलां देश में फलां के राज में घी-दूध की नदियां बहा करती थीं। यूरोपीय बच्चे अपनी नानी से जो कहानी सुनते थे उसमें घी-दूध की जगह दूध-शहद का जिक्र होता था। उन्नीसवीं सदी से यूरोप के गरीब लोगों के लिए अमेरिका दूध-शहद के मिथकीय देश का दर्जा रखने लगा क्योंकि वहां बसे उनके बिरादर कुछ उसी ठाट का रहन-सहन हासिल कर सके जो यूरोप में मध्यवर्गीय लोगों को भी मुश्किल से नसीब था। दूसरे विश्वयुद्ध के बाद तो अमेरिका और भी तेजी से खुशहाल बना और भोगप्रधान जीवनशैली के मामले में और देशों को बहुत पीछे छोड़कर सारी दुनिया के लिए दूध-शहद का देश बन गया। मशहूर अमेरिकी अर्थशास्त्री गालब्रेथ ने दूसरे विश्वयुद्ध के बाद के अमेरिका को 'द एफ्लुएंट सोसायटी' की संज्ञा दी थी। 'एफ्लुएंट' से बहुतायत, अमीरी और बहाव तीनों की ध्वनि निकलती है। एक ऐसा देश जिसमें दूध ही क्या हर चीज की नदियां बह रही हैं कि मटके भर-भरकर ले जाओ!

गालब्रेथ की किताब छपने के बाद के नवपूंजीवादी दौर में तो भोग और उपभोग के स्तर पर अमेरिका और गरीब देशों के बीच की खाई हैरतअंगेज ढंग से चौड़ी होती चली गई है। वाशिंगटन के वर्ल्ड वॉच इंस्टीट्यूट ने अपनी ताजा रिपोर्ट में बताया है कि दुनिया के कुल निजी उपभोग-व्यय में तीस प्रतिशत हिस्सा अमेरिकी लोगों का है। यानी रहने-सहने, पहनने-ओढ़ने, खाने-पीने, वाहन रखने, सैर-सपाटा, मौज-मस्ती करने पर आज दुनिया की आबादी जो भी खर्च कर रही है उसका लगभग एक-तिहाई अमेरिकी कर रहे हैं! अब जरा इस ओर ध्यान दें कि तमाम देशों से लोगों के आ बसने के बावजूद आज भी अमेरिका में दुनिया की कुल साढ़े चार प्रतिशत आबादी ही रहती है। दूसरी ओर दक्षिण एशिया के देशों में दुनिया की कुल साढ़े बाईस प्रतिशत आबादी बसी है लेकिन निजी उपभोग व्यय में उसका हिस्सा कुल दो प्रतिशत है।

खर्च में इतनी बड़ी खाई का असली कारण न यह है कि अमेरिका में महंगाई ज्यादा है, न यह कि वहां के लोग बस टॉप क्वालिटी का माल ही खरीदते हैं और न यह कि गरीब देशों की आबादी में कंगलों और कंजूसों की बहुतायत रहती है। असली कारण यह है कि अमेरिका पर पूरी तरह उपभोक्ता संस्कृति हावी हो चुकी है। जैसे वहां कभी पूंजीवाद ने पैसा बचा-जुटाकर उससे और पैसा कमाने को मानवीय सफलता का इकलौता पैमाना बनाया था, वैसे ही पिछले तीस-पैंतीस वर्षों में नवपूंजीवाद ने उपभोग को ही जीवन की सार्थकता का इकलौता पैमाना बना डाला है। समाज के लिए आदर्श व्यक्ति अब संन्यासी नहीं, रंगीला रईस है। नए

पूंजीवाद का मीडिया लगातार यही संदेश देता है कि जिसने मौज-मस्ती न की उसकी जिंदगी व्यर्थ गई। किसी व्यक्ति का महत्त्व इससे नहीं आंका जाता कि उसमें क्या-क्या गुण हैं। अब तो यह देखा जाता है कि उसके पास क्या-क्या चीजें कितनी-कितनी तादाद में हैं!

इसीलिए आज के विज्ञापन हीनभावना, ईर्ष्याभाव, विफलताबोध और सफल समझे जाने की ललक जगाकर लोगों को खरीदारी के लिए प्रेरित करते हैं। लोगबाग चीजें खरीदने के लिए खरीदते हैं, पड़ोसियों, दोस्तों और रिश्तेदारों का दिल जलाने के लिए खरीदते हैं, और हां इसलिए भी कि उन्हें देख-छू, दिखा-छुआकर अपनी उपलब्धियों का दरस-परस कर-करा सकें। लोगों को जरूरत से ज्यादा खरीदने की राह पर लगाने के लिए कई हथकंडे अपनाए जाते हैं— घटी हुई दरों पर सेल, 'दो खरीदो, तीसरा मुफ्त पाओ'— जैसे अभियान, साधारण ग्राहक के लिए भी थोक में कम दाम पर चीजें बेचने वाले स्टोर, रियायती कूपन और उपहार योजनाएं। मैंने कई ऐसे बच्चे देखे जो 'पोकेमॉन' के चरित्रों का पूरा सेट बनाने के लालच में एक नमकीन-विशेष के पैकेट खरीदे चले जाते हैं। ग्राहकों को हैसियत से ज्यादा खरीदने का साहस देने के लिए नए पूंजीवाद ने 'फौरन खरीदो और कीमत आसान किस्तों में सूद समेत चुकाते रहो' का फॉर्मूला पेश किया है। पुराना पूंजीवाद कहता था कि 'उधार मांगकर शर्मिंदा न करें' अर्थात् शर्मिंदा न हों, नया पूंजीवाद कहता है उधार लेते शर्माएं क्यों!

तो लोग जरूरत और हैसियत दोनों से ज्यादा खरीदते हैं। जरूरत से ज्यादा खरीदी हुई चीज ग्राहक धीरे-धीरे इस्तेमाल न कर ले इसके लिए नए पूंजीवाद ने सील बंद खाद्य और प्रसाधन सामग्री तक पर 'फलां तारीख तक इस्तेमाल कर लेना ही बेहतर' की चेतावनी लगाने का नुस्खा अपनाया है। जहां तक उपकरणों का सवाल है, ग्राहक एक बार खरीदकर सालोसाल न चलाता रहे, इस खयाल से नया पूंजीवाद 'कुछ अलग, कुछ अनूठा' नया मॉडल पेश करता है और पुराने मॉडल से चिपके रहने को जिंदगी में पिछड़ जाने का पर्याय बना डालता है। कंप्यूटर, डिजिटल कैमरा, सेल फोन-जैसे जो उपकरण अभी विकास के दौर में ही हैं। उनमें नया मॉडल पुराने मॉडल से कहीं बेहतर हो सकता है और अमेरिकियों द्वारा हर साल दो-ढाई करोड़ नए कंप्यूटर खरीदने और उतने ही पुराने कंप्यूटर कूड़े में फेंक देने की बात कुछ समझ में आती है लेकिन वहां तो नए मॉडल के लिए पुराना मॉडल कबाड़ में फेंक देने का रिवाज जैसे कार, फ्रिज, वॉशिंग मशीन जैसे उन उपकरणों के मामले में भी चला दिया गया है जिनमें कोई खास परिवर्तन अब संभव नहीं है।

पहनावे के मामले में भी नए फैशन के नाम पर नया मॉडल ले आया जाता है। लुत्फ यह है कि वही-वही फैशन बार-बार आते और लौटते रहते हैं जैसे नीचे से

चौड़ी मुहरी वाली पतलून यानी 'फ्लेयर'। ध्यान रहे, फैशन लौटता तभी है जब उस फैशन के पहले बनाए गए कपड़े कूड़ेदान में फेंके जा चुके हों। कपड़े फेंक देने का रिवाज अमेरिका में आम है क्योंकि ऐसा किए बिना घर की अलमारी में कपड़े रखने के लिए जगह ही न निकलेगी। इस ताजा रिपोर्ट के अनुसार अमेरिका में औसत व्यक्ति हर साल अपने लिए लगभग पचास जोड़ी नए कपड़े खरीदता है। खरीदारी को सुविधाजनक और आकर्षक बनाने में नया पूंजीवाद कोई कसर उठा नहीं रखता। अमेरिका वह देश है जिसमें राजमार्गों पर बने फैक्ट्री आउटलेट मॉल पारिवारिक पिकनिक और रियायती दरों पर खरीदारी इकट्ठा कर लेने का लुभावना न्यौता देते हैं और मीनियापोलीस जैसे शहरों का शॉपिंग मॉल सैलानी आकर्षण का दर्जा रखता है।

नए पूंजीवाद ने शॉपिंग मॉल को लोगों के जीवन में वही केंद्रीय महत्त्व दिला डाला है जो कभी पूजाघरों का हुआ करता था। 'शॉपिंग' अमेरिका में एक राष्ट्रीय व्यसन बन चुका है। वहां अकेले उदास लोगों में यह व्यसन कभी-कभी बाकायदा मनोरोग का रूप ले लेता है। सच तो यह है कि चीजों की बर्बादी में अपनी चांदी देखने वाले नवपूंजीवाद ने सबको ही इस अर्थ में मानसिक रूप से रोगी बना डाला है कि वे प्यार का एक मात्र सबूत उपहार देना-पाना मानते हैं जिसके चलते औसत अमेरिकी घर में बच्चे को साल में लगभग 70 नए खिलौने दिए जाते हैं। उन्हें इसमें कुछ भी गलत नहीं लगता कि अमेरिका दुनिया का एक-चौथाई खनिज तेल खुद इस्तेमाल कर ले रहा है और उनकी अंतरात्मा को इस तथ्य से कोई कष्ट नहीं होता कि हम प्रसाधन सामग्री पर जितना पैसा खर्च करते हैं उतने पैसे में सारी दुनिया से भुखमरी हटाई जा सकती है, सबको साक्षर बनाया जा सकता है और सबके लिए पीने के साफ पानी की व्यवस्था हो सकती है।

(23 फरवरी, 2004)

ललना-लंगोटी: आजादी पूंजीवादी

थोंग्स उर्फ ललना-लंगोटी आज अमेरिका में फैशन के भागते भूत की है तो भारत में सिर पर सवार होते की। जिन्हें ललना-लंगोटी शब्द अटपटा लगता हो उनसे निवेदन है कि जिस वस्त्र-विशेष को करोड़ों अमेरिकी ललनाओं ने बहुत ललक से अपनाया उसके लिए पट्टे, कोड़े, चप्पल और मर्दाना लंगोट के अर्थ में प्रयुक्त हो चुके शब्द 'थोंग्स' का इस्तेमाल करना भाषा का ही नहीं, स्त्रियों का भी अपमान करना होगा। उसे ललना-लंगोटी पुकारने से ही सौंदर्यबोध और यथार्थवाद दोनों की रक्षा हो पाएगी। ललना-लंगोटी प्रसंग इसलिए छेड़ रहा हूं कि अपने यहां से रद्दी में बिकते पिछले दिसंबर के दो अंग्रेजी दैनिकों में मुझे इस पहनावे को अपनाए जाने की पैरवी करते दो समाचार मिले। एक दैनिक ने प्रथम पृष्ठ के अधोभाग में 'वीयर लेस, पार्टी हार्ड' की सुर्खी तले इस अधोवस्त्र को इनथिंग बताते हुए यह लिखा था कि जो ललनाएं लंगोटी नहीं पहनेंगी वे फैशन के मामले में आउट ऑफ डेट समझी जाएंगी। जो पहनेंगी लेकिन दिखाएंगी नहीं, वे गुनाहए-बेलज्जत कर रही होंगी। तो ठंड की परवाह न करें, ऊपर चोली और नीचे थोंग्स और माइक्रो यानी आधी जांघ तक आने वाली स्कर्ट पहनकर जाएं और गर्माहट के लिए जमकर ड्रिंक और डांस करें। रद्दी में जाते दूसरे दैनिक में मुझे यह पढ़ने को मिला कि थोंग्स अब साधारण घरों की ललनाएं भी खरीद-पहन सकती हैं क्योंकि देसी थोंग्स तो सौ रुपये तक में मिलने लगी हैं।

विस्मित हुआ कि अरे कुछ ऐसी ही बातें चार-पांच साल पहले अमेरिकी अखबारों में पढ़ी थीं। तब कहां सोचा था कि मुक्तमंडी हमें ग्लोबल गांव का हिस्सा बनाकर ललना-लंगोटी भारत में भी चला देगी! यह तो अब समझ में आया है कि नया पूंजीवाद उपभोग पर अनाप-शनाप खर्च कराने के लिए वस्तुओं के न केवल नित नए मॉडल निकालता और फैशन चलाता है बल्कि अपने मीडिया से उन्हें विश्वव्यापी स्वीकृति दिलवाता है। उपभोक्तावाद को समर्पित मीडिया किस तरह यह काम अंजाम देता है, इसकी एक दिलचस्प बानगी साधु-संतों और पहलवानों के सदियों पुराने और आधुनिक मर्दों तक के लिए सख्त आउट ऑफ डेट हो चले पहनावे लंगोट को ललनाओं के लिए इनथिंग बना दिए जाने के अभियान से मिलती है जो संक्षेप में इस प्रकार है।

आज से कोई बीस साल पहले चोली-चड्ढी उद्योग इस बात से चिंतित था कि ब्रा-पैंटी के क्षेत्र में कोई नई खोज न होने के कारण हमारा मुनाफा बढ़ नहीं पा रहा है। तभी 'पुशअप' (स्तनों को उठा देने वाली) ब्रा के 'आविष्कार' से मुनाफे का ढलकता ग्राफ खासा पुशअप हुआ। लेकिन किसी नए फैशन के अभाव में चड्ढी की बिक्री में चमत्कारी बढ़ोतरी नहीं हो सकी। तब फैशन गुरुओं से कहा गया कि पैंटी के मामले में भी ऐसा ही कोई नया चमत्कार कराओ। उनका ध्यान गया थोंग्स की

ओर। फैशन के इतिहासकार कहते हैं कि ललना-लंगोटी का आविष्कार सन् 1939 में न्यूयार्क की नाइट क्लब नर्तकियों ने तब किया जब वहां के मेयर ने नग्न-नृत्य पर प्रतिबंध लगा दिया।

लंगोटीनुमा इस पैंटी को तैराकी पोशाक का हिस्सा बनाने की कोशिश अमेरिका में 1974 में की गई। लेकिन वह विफल रही क्योंकि तब स्त्रीवाद से प्रभावित आधुनिकाएं भी नारी को केवल भोग्या बनाने की फैशन जगत की कोशिशों का जमकर विरोध कर रही थीं। यही नहीं, वे इस स्थापना को भी ठुकरा चुकी थीं कि मर्दाना कपड़े पहन लेने मात्र से स्त्री मर्दों की बराबरी का दर्जा पा जाती है। बहरहाल, बीसवीं सदी के फैशन गुरुओं को लगा कि ललना-लंगोटी चला देने का उपयुक्त समय आ गया है। इस बीच मुक्तमंडी का मीडिया दो बातें पूरी तरह स्त्रियों के मन में बैठा चुका था। पहली यह कि सेक्सी होना और दिखाना औरत की आजादी का सबसे बड़ा सबूत है और दूसरी यह कि मर्दों के कपड़े पहनने से औरत को उनकी बराबरी का दर्जा मिलता है। अब जरूरत थी थोंग्स को सेक्सी साबित करने की। तो मीडिया ने बताया कि ब्राजील में कार्निवाल में नाचने वाली औरतें और सागर तट पर स्नान करती दबंग आधुनिकाएं थोंग्स पहनने लगी हैं जिसके चलते ब्राजील में सैलानियों की भीड़ लगने लगी है। मर्द थोंग्स पहनी महिलाओं को देखने जा रहे हैं तो औरतें वहां सागर तट पर थोंग्स धारण करने का अवसर पाने के लिए। कार्निवाल के लाइव टेलीकास्ट किए जाने लगे और ब्राजील के सागर तटों पर सचित्र लेख छपने लगे। स्त्रियों के बयान प्रकाशित और प्रसारित किए गए कि ब्राजील में थोंग्स पहनी तो पति अथवा प्रेमी को बेहद सेक्सी लगी मैं!

दूसरे मोर्चे पर मीडिया ने यह बताने की मुहिम छेड़ी कि लंगोट से अधिक मर्दाना कोई पोशाक हो ही नहीं सकती। और इस तथ्य को ध्यान में रखते हुए ही आधुनिक मर्द 'जॉक स्ट्रैप' के नाम से थोंग्स अपना चुके हैं। यही नहीं, वे जींस इतनी नीचे बांधते हैं कि लंगोट दिखाई दे। तो मर्दों से बराबरी करने के लिए आप या तो जींस नीचीं बांधें या फिर माइक्रो स्कर्ट पहनें। थोंग्स के पट्टे को जेवर वगैरह से सजाकर अपने सेक्सी होने के साइनबोर्ड को अधिक आकर्षक बनाएं। अब शुरू हुई 'सेलिब्रिटी एंडोर्समेंट' यानी जानी-मानी हस्तियों द्वारा मुहर लगवाने की मुहिम। वाहियात चीजों को विख्यात व्यक्तियों की वाहवाही दिलाने के इस हथकंडे में मुक्तमंडी उन्हें विज्ञापन में उतारती है। लेकिन विज्ञापन तो विज्ञापन ही होता है लिहाजा थोंग्स के मामले में भी तगड़ा पैसा देकर सेलिब्रिटी को सार्वजनिक अवसरों पर उन्हें पहनकर आते रहने के लिए मंडी राजी करती है। तो पटाखा गायिका ब्रिटनी स्पीयर्स नीचे बंधी जींस में से थोंग्स दिखाती नजर आने लगीं और सेक्सी टेनिस खिलाड़ी अन्ना कोरिन्कोवा सभी प्रतियोगिताओं में माइक्रो स्कर्ट की मेहरबानी से थोंग्स का एक अदद थिरकता विज्ञापन

बनने लगीं। इस तरह उनका थोंग्स पहनना विज्ञापन का नहीं, समाचार का विषय बना।

यही नहीं, गायक सिस्को उसी जमाने में अपने एक गीत में प्रेमिका से बार-बार यह तकाजा करते सुना गया कि 'लेट मी सी दैट थोंग' (जाने जां लंगोटा दिखा)। तो अमेरिका में सर्वत्र थोंग्स जींस के झरोखे से झांकते नजर आने लगे। लेकिन साथ ही, ललनाओं की यह शिकायत जोर पकड़ने लगी कि ये तो चुभते हैं। फैशन उद्योग ने भी महसूस किया कि अब नया मॉडल लाना चाहिए। तो अब अमेरिका में मुक्तमंडी का मीडिया औरतों को यह नेक सलाह दे रहा है कि या तो मर्दाना जांघिया धारण कर लें या ऐसी पैंटी जिसकी रूप-रेखा कपड़ों के नीचे से दिखती हो। इधर भारतीय मीडिया ललना-लंगोटी का गुणगान कर रहा है और बता रहा है कि किस फिल्म में किस अभिनेत्री ने थोंग्स पहनकर नाच किया है। विकसित देशों में ढलान पर आ चुके फैशन विकासशील देशों में चलाकर उनसे कुछ और पैसे कमाए जा सकें। मुक्तमंडी सारे संसार को जो आजादी देना चाहती है वह बस उपभोग की आजादी है।

(1 मार्च, 2004)

हैप्पी लाफिंग बुद्धा फेस्ट!

सभी पाठकों को मेरी ओर से हैप्पी होली या मेरी बात मान ली गई तो अ वैरी हैप्पी लाफिंग बुद्धा फेस्ट। इस शुभकामना के साथ यह शुभ सूचना कि उजड्ड-गंवार साबित कर दी गई हंसी अब सारे संसार में 'इनथिंग' बन चली है। हंसी की यह वापसी मानव समाज के लिए बहुत आश्वासनप्रद है, आशाप्रद है। एक बार तो ऐसा लगने लगा था कि हंसने-हंसाने का रिवाज आधुनिक समाजों में बचेगा ही नहीं क्योंकि आधुनिकता ने संतोष को व्यक्ति और समाज की प्रगति में रोड़ा मानकर जन-जन को 'संतोष धन धूलि समान' मानने का मंत्र क्या दिया, जितनी ही खुशहाली बढ़ी, उतना ही असंतोष बढ़ता गया और असंतुष्ट इंसान हंसता नहीं, वह शिकायत करता है, अपनी बात या मांग मनवाने के लिए लड़ता है।

अपना सारा ध्यान अपनी प्रगति पर लगा देने की नेक सलाह पाए इंसान को बेकार का हंसी-ठट्ठा वक्त बरबाद करने वाला और निशाने पर से ध्यान हटाने वाला प्रतीत होने लगा था। इसके चलते और तो और, विज्ञापनों तक से हंसी गायब हो चली। वहां भी वही असंतोष, ईर्ष्या और बेहतरी की ललक छा गई। पूंजीवाद ने हंसी की गद्दी पर एक अदद बेहद नकली और मतलबी मुस्कान को बैठा दिया कि सौदे अपने हित में पटाने के लिए इसे अपने चेहरे पर झट-पोतना पट-पोंछना सीखो। अपनी नकली मुस्कान को असली से भी अधिक आकर्षक बनाने के लिए आईने के आगे खड़े होकर अभ्यास करो। बढ़िया पेस्ट-ब्रश इस्तेमाल किया करो और बत्तीसी-सुधारक डॉक्टर की शरण में नियम से जाया करो। नसीहत ध्यान से सुनो, इस तरह हंसो मत। यह मुस्कान का मामला बहुत गंभीर है और तुम्हारी तरक्की से जुड़ा है।

'सीरियस' और 'फोकस्ड' असंतुष्ट इंसानों की इस नई दुनिया में समाज-शास्त्रियों ने 'हंसी की मौत' का एलान कर दिया तो क्या अचरज! हां, यह जरूर अचरज की बात है कि जिस हंसी को वे जानकार खाट से उतार देने की सलाह दे चुके थे वही लाफिंग बुद्धा की दया से अगड़े-पिछड़े हर देश के उद्यानों में फुदकती नजर आने लगी है। इस चमत्कार का राज़ समझने के लिए हमें इस ओर ध्यान देना होगा कि सारा ध्यान अपनी खुशहाली पर लगाए रखने की सीख देने वाली आधुनिकता हर इंसान से यह भी कहती रही है कि ज्यादा से ज्यादा जतन कर अपने को सजाने-संवारने-सुधारने में कोई कसर मत उठा रख, जी भर के भोग करने के लिए ज्यादा से ज्यादा जी इस स्वर्ग रूपी धरा पर। लेकिन मन में असंतोष पालकर रात-दिन प्रगति के लिए खटते रहने से तो तनाव बढ़ता है, तन-मन अस्वस्थ होता है और बीमारी प्रगति-प्रतियोगिता में आपके आगे बढ़ने में रोड़ा अटकाती है। पड़ गया पेच।

इससे पार पाने के लिए पहले तनाव दूर करने वाली गोलियां निकाली गईं लेकिन पता चला कि वे भी सेहत को नुकसान पहुंचाती हैं। तो 'हेल्थ-गुरुज' ने शोधकार्यों का हवाला देते हुए बताया कि हंसी तनाव दूर करने की सबसे बढ़िया दवा है। जोर-जोर से हंसना, तनाव के साथ-साथ उदासी और उत्साहहीनता को भी दूर भगाकर, मन में रचनात्मक ऊर्जा और तन में स्फूर्ति भर जाता है। हंसी हमारे दिल और फेफड़े मजबूत बनाती, तोंद घटाती और रोग से बचाव की शक्ति बढ़ाती है। इसलिए 'योगा के लोभा' की तरह 'लाफ्टर योगा' भी आपके लिए लाभप्रद है। अकेले हंसने से ज्यादा फायदा संगी-साथियों के मिलकर हंसने में है। लेकिन कोई न मिले तो अकेले ही हंस लें जोर-जोर से कहीं खुली हवा में। इस फतवे के चलते अगड़े अमेरिका से पिछड़े भारत तक के पार्कों में दो हाथ ऊपर उठाए आकाशभेदी अट्टहास करती आत्मप्रगतिवादी बिरादरी दिखाई-सुनाई देने लगी। अगर आप भी यह चाहते हैं कि स्वस्थ-संयत रहकर और ज्यादा कमा और भोग सकें तो आज से ही 'लाफ्टर योगा' शुरू कर दें। कुछ लोग ऐसे होते हैं जिन्हें अब किसी बात पर नहीं आती हंसी। बस गुस्सा ही आता है। मैं खुद उनमें से था। उन्हें मेरा सुझाव है कि सवेरे पार्क में अखबार पढ़ते हुए 'लाफ्टर योगा' किया करें। पहले तय करें कि आपको किस समाचार पर सबसे ज्यादा गुस्सा आ रहा है। फिर अखबार को जमीन पर दे मारें। दोनों हाथ ऊपर उठाकर हंसें और अखबार को कूद-कूदकर रौंदें। जैसे एक दिन मैंने यह पढ़ा कि 'बाहुबली' डी.पी. यादव भाजपा में शामिल कर लिए गए तो मैं अखबार पर कूद-कूदकर यह कहता और हंसता रहा कि अरे वाह रे मेरे मद्देनजर मार्का हिंदी पत्रकारो! तुम्हारी फारसी में खुलासा का मतलब पर्दाफाश है तो तुम्हारी संस्कृत में बाहुबली फौजदारी करने वाले को कहते हैं। फिर जब डी.पी. यादव को पार्टी में शामिल करने की सफाई में सुषमाजी ने कहा कि भाजपा मास पार्टी रूपी महासागर है जिसमें विलीन होकर डी.पी. यादव भाजपामय हो गए हैं, भाजपा डी.पी.यादवमय नहीं हुई है, उस दिन मैं यह कह-कह कर हंसता रहा कि सुषमा बेन वीरप्पन को भी भाजपामय बना लो ताकि जंगल के पेड़ों और हाथियों की रक्षा हो। जिस दिन पढ़ा कि यादव को पार्टी से निकाल दिया गया है उस दिन यह कहकर कूदा-हंसा कि थूकने लायक था तो चाटा क्यों। हंसने-कूदने वाली यही स्थिति सपा के सरकारी स्कूलों में बच्चों की शुक्रवार को जल्दी छुट्टी करने के निर्णय को लेकर बनी। मैं पार्क में कहता रहा कि ए जुम्मे को छुट्टी जल्दी मिल जाने से मुस्लिम बच्चों की मेधा बढ़ाने का रास्ता खोलने वाले तू सरकारी संस्थाओं में इतवार की जगह शुक्रवार की छुट्टी कराके सारे मुस्लिम समाज का उद्धार क्यों नहीं करा देता। जिस दिन पढ़ा कि सोनियाजी ने कहा है कि मैं प्रधानमंत्री नहीं बनना चाहती उस दिन मैंने हंसते हुए पूछा पार्क वालों से कि सोनियाजी किसी और को प्रधानमंत्री

बनाने के लिए यू.पी. में सड़क-नाप रोड शो कर रही हैं।

आप भी मेरी यह पेटेंट विधि अपनाएं क्योंकि आज सारे विश्व की नेता-बिरादरी गुस्सैल खड़ूसों के लिए भी लाफ्टर योगा सुलभ बनाने वाली बातें कहने-करने में माहिर हो चली है। तो आप रोजाना हंस सकेंगे और हंसा भी सकेंगे क्योंकि पार्क में निश्चय ही बहुत से नादान आपको पागल मानकर हंस पड़ेंगे और तनाव-मुक्ति पाएंगे। जब भी ऐसा होता है, मैं सोचता हूं मुझे बतौर बोनस परोपकार का पुण्य भी मिल रहा है। खैर बौरते आम के पेड़ों और बौराते आम चुनावों के इस मौसम में मेरी सभी राजनीतिक दलों से यह विनती है कि 'भोगा' और 'योगा' की इस जन्मभूमि में आउट ऑफ डेट हो चली होली को द लाफिंग बुद्धा फेस्ट का रूप दिला दें। इससे देश की सेक्युलर छवि प्रखर होगी, चीन-जापान आदि से संबंध मजबूत होंगे, बौद्ध धर्म अपना चुकी हॉलीवुडी हस्तियां हमारी पार्टियों और मीडिया की शोभा बढ़ाएंगी, चुनाव फंड देने वालों को बंपर सेल का एक और मौका मिल सकेगा और दलित वोट बैंक पर आप लोगों की पकड़ बढ़ेगी। इस फेस्ट के लिए कुछ ऐसे प्रीतिकर किंतु विचित्र रिवाज तय किए जाएं जो सारे विश्व के युवा वर्ग को आकर्षित कर सकें और हमारा उत्सव सारे ग्लोब का उत्सव बन सके। जैसे यह कि दोनों हाथ ऊपर उठाकर 'हा-हा-हा-हाल क्या है जनाब का' कहकर ग्रीट करना, फिर झप्पी डालकर मुक्के मारना पीठ पर और पप्पी लेते हुए काट देना और अंत में गुदगुदी देना। फेस्ट के दिन लाफ्टर क्लबों के लिए नए पार्कों की नींव रखी जाए या उनका उद्घाटन हो। इन पार्कों में भगवान बुद्ध के साथ सभी राजनीतिक दलों को अपने-अपने आराध्यों की भी प्रतिमा लगाने दी जाए। कम्युनिस्ट हंसयोगी ज्योति बसु के आगे हंसने जमा हो सकें और दलित आंबेडकर के।

(8 मार्च, 2004)

कोंगाकोला बनाम बीज्पीकोला

कल पार्क में एक बुजुर्ग ने बहुत खिन्न होकर कहा, 'सुनता हूं बीजेपी की टेलीमार्केटिंग के लिए अटलजी ने कोई संदेश रिकार्ड कराया है ताकि चुनाव के मौसम में आप फोन उठाएं और उधर से सुनें कि हलो, मैं अटल बिहारी वाजपेयी बोल रहा हूं। क्या हो गया है हमारे नेताओं और दलों को?' मैंने कहा, 'कोला-इटिस। वे दल की जगह कोला बन गए हैं। अरे यहां मुख्य टक्कर कोंगाकोला और बीज्पीकोला में है। नेशनल लेवल पर इनकी ही मार्केटिंग हो सकती है क्योंकि कोंगाकोला पर गांधी-नेहरू की मुहर लगी है और बीज्पीकोला पर हिंदुत्व की। लालू कोला जैसी रीजनल ब्रांड्स में नेशनल लेवल पर मार्केटिंग के लिए कुछ भी नहीं है। अमेरिका में केनेडी के जमाने से ही आम चुनाव बतर्ज 'द ग्रेट कोला वार्स' लड़े जाते रहे हैं और अब हमारे यहां भी लड़े जाने लगे हैं।'

बुजुर्गवार पांव पटकते चल पड़े और जाते-जाते कह गए, गरीब अनपढ़ मतदाताओं के इस मुल्क में कुछ नहीं होगा विज्ञापनबाजी से। किसी काम नहीं आएगी अटलजी की टेलीमार्केटिंग। मैंने चिल्लाकर कहा, 'अमेरिकी शोधकर्ताओं ने बताया है कि राजनीतिक विज्ञापनों का सबसे ज्यादा असर पिछड़े और कम पढ़े-लिखे मतदाताओं पर ही पड़ता है। पी.एम. का फोन करना बेकार नहीं जाएगा क्योंकि लोग-बाग इसे अपने लिए फख्र की बात समझेंगे। मेरे यहां उनका छपी हुई दस्तखत वाला नववर्ष कार्ड आया तो एक मित्र अपने घर में सजाने के लिए उठा ले गए थे। देश के एक-तिहाई मतदाताओं तक पहुंच सकेंगे अटलजी के टेलीफोन, एस.एम.एस., टी.वी., रेडियो और इंटरनेट में बीज्पीकोला का विज्ञापन करके। बधाई दें उन्हें कि एक लंबी छलांग आगे लगवाकर अपनी पार्टी को निक्कर युग से साइबर युग में पहुंचा दिया है।'

मैं समझता हूं कि बुजुर्गवार की यह सूचना गलत है कि पी.एम. अपनी बात यों शुरू करेंगे, 'हलो, मैं अटल बिहारी वाजपेयी बोल रहा हूं।' विशेषज्ञों ने उन्हें समझाया होगा कि चुलबुली तुकबंदी, सपाट गद्य से ज्यादा असरदार होती है और श्रोता कुतूहलवश उसे सुनता रहता है। गद्य बोलेंगे तो इस बात का खतरा रहेगा कि अगला पूछ बैठे, 'भैया कौन अटल बिहारी वाजपेयी, वह जो इंडिया का पी.एम. लगा हुआ है?' दूसरे सिरे से जवाब न मिलने पर समझे कि अपना पी.एम. या तो ऊंचा सुनता है या दूसरे की सुने बगैर अपनी ही कहता जाता है। ऐसे में तो उल्टा फील बैड वाला मामला हो जाएगा।

अटलजी स्वयं समर्थ कवि हैं। विशेषज्ञों ने उनकी सहायता के लिए कोई बढ़िया 'जिंगल्स' लिखने वाला बुलवाया ही होगा। कई शायर और कवि यह याद करके

अटलजी की सेवा में स्वयं ही प्रस्तुत हो गए होंगे कि श्रीकांत वर्मा को जो रुतबा अपने समूचे काव्य से न मिल सका था वह इस छोटी-सी तुकबंदी से मिल गया था— 'न जात पर न पांत पर, इंदिराजी की बात पर, मुहर लगेगी हाथ पर।' मैं कवि नहीं हूं और मुझे मालूम है कि देर हो चुकी है फिर भी इस स्तंभ के माध्यम से मैं टेलीमार्केटिंग के लिए एक तुकबंदी अटलजी को भेज रहा हूं— 'हलो, वणकम्म, सतश्रीअकाल, प्रणाम, सलाम, नमस्कार। कहीं की ईंट, कहीं का रोड़ा, एन.डी.ए. ने कुनबा जोड़ा, ऐसे कुनबे की सरकार, चलाके जिसने भली प्रकार, बेटर सबको दिलाई डील, गुड सभी को कराया फील, मैं हूं वही भाजपायी, अटल बिहारी वाजपायी। इंडिया कर रहा है शाइन, एवरी वन इज फीलिंग फाइन, तो दें मुझे एक और मौका, लगाऊंगा चौक्के पर चौक्का, गुड को बेटर, बेटर को बेस्टा, बनाकर ही लूंगा रेस्टा, कर भरोसा अटल पर, मुहर लगाएं कमल पर।'

अटलजी से जरा देरी से ही सही, सोनियाजी भी एक विज्ञापन विशेषज्ञ की शरण में पहुंच गई हैं जो निश्चय ही 'इंडिया डिक्लाइनिंग' कैंपेन चलाकर मतदाता के मन में 'फील बैड फैक्टर' जगाएगा और सोनियाजी की इमेज, इंदिराजी-जैसी बनाएगा। दोनों तरफ के विशेषज्ञ कुछ विज्ञापनों में अपनी ब्रैंड की पैरवी करेंगे और कुछ में दूसरे की ब्रैंड पर प्रहार। पैरवी से कहीं ज्यादा इस्तेमाल प्रहार का किया जाएगा राजनीतिक विज्ञापनों में। सो इसलिए कि पैरवी करने के लिए कुछ खास होता नहीं है और प्रहार करने के लिए ढेरों मसाला आसानी से मिल जाता है। यही नहीं, अगले को सफाई देने और पलटवार करने वाला विज्ञापन निकालने में थोड़ा वक्त लग जाता है और इस बीच आपका लगाया आरोप मीडिया पर छाया रहता है। प्रहारों से माहौल गरमाता है, आपके मतदाताओं का उत्साह बढ़ता है और बेहतर प्रहार करने वाला तटस्थ मतदाताओं का रुख अपनी ओर मोड़ पाता है। पैरवी और प्रहार दोनों के लिए ही फिल्मी सितारों और क्रिकेट खिलाड़ियों का इस्तेमाल अच्छा माना जाता रहा है। उम्मीद की जानी चाहिए कि कोकाकोला और पेप्सीकोला की तरह हमारे राजनीतिक कोला भी पाकिस्तान गई क्रिकेट टीम के खिलाड़ियों से अनुबंध कर चुके होंगे।

अमेरिका में तो इसीलिए नितांत व्यक्तिगत स्तर पर आरोप लगाने वाली विज्ञापनबाजी की जाने लगी है। हमारे यहां भी इसके शुरू होने में अब ज्यादा देर नहीं है। पार्क में मिले उन बुजुर्ग-जैसे सठियाए लोग इस सबसे भले ही दुखी हों लेकिन हकीकत यह है कि इन साठ सालों में मुक्त मंडी और उसके मीडिया ने राजनीति को बिल्कुल बदल डाला है। कभी वाशिंगटन में नेता बिरादरी पर कड़ी नजर रखने वाले एक सामाजिक कार्यकर्ता गैरी रस्किन ने कहा था, 'रिपब्लिकन और डेमोक्रेट अब एक-से हो चले हैं। दोनों में भ्रष्टाचार व्याप्त है। उनका व्यवहार

उन बच्चों का-सा हो चला है जिन्हें कुछ कर दिखाने से ज्यादा दिलचस्पी आपस में लड़ते रहने से होती है।' आज यह बात हर कहीं राजनीतिक दलों पर लागू हो रही है।

तो जैसे सभी ब्रैंडों के टूथपेस्ट बुनियादी तौर पर एक जैसे होते हैं, वैसे ही सभी ब्रैंडों की पार्टियां भी। जितने बेबुनियाद दावे और वादे अलग-अलग ब्रैंडों के टूथपेस्ट बनाने वालों के होते हैं, उतने ही राजनीतिक दलों के भी और जैसे विज्ञापनों के जरिये अनुपयोगी उपभोक्ता सामग्री बड़े पैमाने पर बेच ली जाती है वैसे ही चुनाव रूपी बंपर सेल में राजनीतिक दलों और नेताओं को उनकी ब्रैंड-छवि बेहतर बनाकर उन्हें भारी बहुमत से जिताया जाता है। इस बेबुनियाद विज्ञापनबाजी से उकताकर अगर समझदार किस्म का तटस्थ मतदाता वोट ही नहीं देता है तो क्या? राजनीति में तटस्थता और समझदारी की जरूरत नहीं रह गई है।

(15 मार्च, 2004)

जिसका बाजार, उसके त्योहार

एक और होली आकर चली गई और छोड़ गई वही सवाल कि क्यों साल-दर-साल हमारा उत्साह देसी त्योहारों के लिए घटता और विलायती त्योहारों के लिए बढ़ता जा रहा है ? क्यों हमें अपने त्योहार थोड़े फूहड़, खतरनाक और पिछड़ेपन से जुड़े लगने लगे हैं ? और विलायती त्योहार खासे परिष्कृत, मुक्तिदायी और अगड़ेपन से जुड़े ? क्यों हम मीडिया से सहमत होते हैं कि दीवाली एक चिंताप्रद त्योहार है क्योंकि पटाखे खुद तो खतरनाक होते ही हैं, साथ ही अपने धुएं और धमाकों से खतरनाक प्रदूषण भी फैलाते हैं। यही हाल होली का भी है जिसके रंग चमड़ी के लिए खतरनाक साबित होते हैं और जिसमें होली के हुड़दंग की आड़ में स्त्रियों से घिनौनी छेड़खानी की जाती है। उधर जब मीडिया सलाह देता है कि नए साल की पूर्व संध्या के जश्न में कपड़े कम से कम पहनकर जाओ और गुलछर्रे ज्यादा से ज्यादा उड़ाओ तब हमें न जुकाम हो जाने का खतरा नजर आता है, न नशे में दुर्घटना होने का।

मीडिया फतवा देता है कि तीसरी सदी के ईसाई शहीद वैलेंटाइन प्रेमियों के संरक्षक संत हैं इसलिए वैलेंटाइंस डे प्रेम प्रकट करने के लिए आदर्श दिवस है और हम गिफ्ट और कार्ड लेने निकल पड़ते हैं बगैर यह पूछे कि क्या तीसरी सदी में रूमानी प्यार जैसी कोई चीज हुआ करती थी। बगैर यह जाने कि पश्चिमी विद्वानों के अनुसार मूर्तिपूजक रोम के किसी होलीनुमा मदनोत्सव को ही सेंट वैलेंटाइंस डे बना दिया गया होगा क्योंकि ईसाइयत में तो ऐसे उत्सव की कोई गुंजाइश न थी। बगैर यह समझे कि वर्तमान रूप में यह त्योहार मुक्तमंडी के मीडिया ने ही व्यापार बढ़ाने की नीयत से चलवाया है। हम उस मीडिया के सुर में सुर मिलाकर कहते हैं कि हमारे यहां इस त्योहार का चलन युवाओं द्वारा प्रगतिविरोधी रूढ़ियां तोड़े जाने का शुभ लक्षण है।

यह सरासर औपनिवेशिक मानसिकता है। ऐसी हीनभावना तो हममें तब भी नहीं पैदा हुई जब हम बाकायदा उपनिवेश थे, गुलाम थे विलायत के। तब हमने कभी न्यू ईयर ईव नहीं मनाई। तब हमने नहीं सोचा कि इसे मनाकर हम एक सभ्य आधुनिक संसार के हिस्से बन सकते हैं कि ये देखिए न्यू ईयर ईव न्यूयॉर्क की और ये अपनी दिल्ली की। तब हमने नहीं माना कि मम्मी-पापा-अंकल-आंटी पुकार और घर में भी हमेशा इंग्लिश या हिंग्लिश झाड़कर ही हम अगड़े आधुनिकों की जमात में शामिल हो सकते हैं। तब आप किसी युवती और उसके बच्चे में वह वार्तालाप न सुन पाते जो मुझे हाल में सुनने को मिला : मम्मी जब मैं बौर्न हुआ तब आप किधर थे ? देन तो मैं बेड पर रेस्ट कर रही थी सनी। आप तब सिक थे क्या ?

जब हम गुलाम थे तब कहते थे कि पश्चिमी संस्कृति में जो अच्छा है उसे हम अपने सांचे में ढालकर अपनाएंगे जरूर लेकिन अपनी जड़ों से कटेंगे नहीं। लेकिन अब हमें

अपनी जड़ों से जुड़ा होना जड़ हो जाने-जैसा लग रहा है। राष्ट्रीय हीनभावना में यह हजारगुना बढ़ोतरी क्यों ? इसका जवाब है कि तब विलायत ब्रिटेन के रूप में जितनी बड़ी शक्ति था उससे हजारगुनी बड़ी शक्ति आज अमेरिका के रूप में बन चला है। 'जिसकी लाठी, उसकी भैंस'- जैसा एक अन्य सत्य यह है कि जिसकी शक्ति उसकी संस्कृति। और फिर अमेरिका ने तो अपनी संस्कृति के प्रचार-प्रसार को अपनी कूटनीति का सबसे बड़ा हथियार बनाया है। उसे ब्रिटेन की तरह उपनिवेश बसाने में कोई दिलचस्पी नहीं, वह केवल इतना चाहता है कि हर कहीं लोग-बाग अमेरिकी जीवन-दृष्टि और पद्धति अपना लें, दूसरे शब्दों में सांस्कृतिक उपनिवेश बन जाएं। उसकी मान्यता है कि जिनका रहन-सहन अमेरिकी होगा वे अमेरिकी माल इस्तेमाल करेंगे ही। इसलिए पुराने वामपंथी कहा करते थे कि अमेरिका 'कॉलोनाइजेशन' (औपनिवेशीकरण) कर रहा है 'कोका-कोलाइजेशन' (कोकाकोलाकरण) के रूप में। अमेरिकी बहु-राष्ट्रीय कंपनियों द्वारा अपना टेलीफोन और कंप्यूटर वाला बहुत-सा काम भारत में कराने के आलोचकों को मुंहतोड़ जवाब देने के लिए कहा गया है कि भारतीय युवक-युवती कम वेतन पर ज्यादा बढ़िया काम करके ही नहीं, दफ्तर में हर चीज अमेरिकी इस्तेमाल कर भी अमेरिकी अर्थव्यवस्था मजबूत बना रहे हैं। और तो और, वे बोतलबंद पानी भी 'कोकाकोला' वालों का पीते हैं। तो विश्वव्यापी मुक्तमंडी के चौधरी के रूप में एक हाथ में कोला और दूसरे में महाविनाशक बम का गोला लिए खड़ा हुआ अमेरिका दुनिया के हर बाजार को अमेरिकी शॉपिंग मॉल बनवा रहा है। सत्य यह भी है कि जिसका बाजार उसके त्योहार।

सो इसलिए कि रहन-सहन, रुचि-रुझान और रीति-रिवाज के मामले में एकरूपता बहुराष्ट्रीय कंपनियों के लिए लाभप्रद है। सभी जगह पश्चिमी त्योहारों के चलन से उन्हें दो फायदे हैं। पहला, उन त्योहारों के लिए बनने वाले माल की विश्व-व्यापी खपत हो पाती है। दूसरा, अन्य देशों के लोगों की अपनी अलग धार्मिक-सांस्कृतिक पहचान धुंधली पड़ती है। वे अमेरिकी बन जाते हैं। इस दृष्टि से अमेरिका दक्षिण कोरिया को अपनी सबसे बड़ी उपलब्धि मानता है क्योंकि वहां तो लोगों ने अमेरिकी मिशनरियों से बड़े पैमाने पर धर्म-परिवर्तन ही करवा डाला। इस प्रचंड अमेरिकी अभियान का मुकाबला हम न इस 'वामपंथी' तेवर से कर पाएंगे कि इसका आर्थिक पक्ष ही आपत्तिजनक है, सांस्कृतिक पक्ष तो मुक्तिदायी है। न इस नेता मार्का मध्यपंथी तेवर से कि हमें कोई खतरा ही नहीं है, हम तो पूर्व और पश्चिम की संस्कृतियों का श्रेष्ठ समन्वय जी रहे हैं। वह दक्षिणपंथी तेवर तो और भी ज्यादा बेअसर साबित होगा जो वैलेंटाइंस डे को इसलिए भारतीयता-विरोधी ठहराता है कि उसमें प्रेम और सेक्स का चक्कर है। ये लोग हिंदुत्व को इस्लाम या ईसाइयत की तरह सेक्स के मामले में अतिनैतिकतावादी और कट्टर धर्म बनाने पर तुले हैं और इनका बस चले तो खजुराहो के मंदिरों पर ताला डलवा दें। असरदार जवाबी अभियान चलाने के लिए पहले हमें

समझना होगा कि अमेरिकी जीवन-पद्धति के कुछ पक्ष जैसे सामाजिक ऊंच-नीच का अभाव और सपने देखने और पूरे करने की छूट इतने आकर्षक हैं कि अनेक देशों के लोग अमेरिका में बसने के लिए मरे जाते हैं। तो हमें अपने समाज को, अपने रीति-रिवाजों को अधिक उदार और प्रगतिशील बनाना होगा। युवा वर्ग को कोसते रहने की जगह उसकी उमंगों को समझना और उनसे जुड़ना पड़ेगा। इसके लिए जरूरी है कि हम राजनीति से ज्यादा दिलचस्पी समाजनीति में रखें। अपने समुदाय से जुड़ें और अपने सांस्कृतिक आयोजनों को आज की आवश्यकताओं के अनुरूप और आज के युवाओं के लिए आकर्षक बनाएं। जैसे वे लोग बधाई के पात्र हैं जो अपने मोहल्लों में आपसी चंदे से बड़ी धूमधाम से पार्कों में होली का गाना-नाचना, रंग खेलना और खाना-पीना कर रहे हैं या जो होली के पारंपरिक संगीत की बैठकें अपने घरों में करा रहे हैं। इसी तरह हमें यह भी सोचना होगा कि बाजार सिर्फ ग्राहक संख्या का तर्क समझता है और चीन के बाद सबसे ज्यादा ग्राहक भारत में ही हैं। हम बहुराष्ट्रीय कंपनियों को भारतीय रंग अपनाने के लिए मजबूर कर सकते हैं। हमें यह भी ध्यान में रखना होगा कि बहुराष्ट्रीय कंपनियों की संस्कृति ग्लोबल है और यह हम पर है कि उसमें अपनी उपस्थिति दर्ज कराएं। पंजाबी भंगड़ा ने ऐसा कर भी दिखाया है। थाई देश ने अपनी होली को सैलानी आकर्षण बना दिया है। हम होली को सैलानी आकर्षण ही न बनाएं, निर्यात भी कर दिखाएं।

(22 मार्च, 2004)

उत्तरआधुनिक फतवेबाजी

गत दिसंबर अफगानिस्तान के गजनी शहर में अमेरिकी सेना को यह सूचना मिली कि एक मकान में कोई आतंकवादी छिपा हुआ है। उन्होंने मकान की तलाशी लेने की जगह उसे टैंकभेदी बमों से तबाह कर देना बेहतर समझा। नौ मासूम बच्चे और एक निर्दोष व्यक्ति मारा गया। मानव अधिकारों के पैरोकारों ने हाय–तौबा मचाई। अमेरिकी आलाकमान ने जांच करवाई और फिर फतवा दिया कि इस मामले में युद्ध आचार संहिता का कोई उल्लंघन नहीं हुआ है। संबद्ध सैनिक निर्दोष हैं। गोया कसूर उन दस मृतकों की किस्मत का है कि वे एक ऐसे मकान में थे जिसमें अमेरिकी सैनिकों के लिए घातक कोई आतंकवादी छिपा हुआ हो सकता था। निष्पक्ष अंतर्राष्ट्रीय एजेंसियों ने अब तक इराक और अफगानिस्तान के निर्दोष नागरिकों पर हुए फौजी अत्याचार के जितने भी मामले उठाए हैं, सबमें अमेरिका और ब्रिटेन ने यही फतवा दिया है कि हमारे सैनिक महज अपना फर्ज अदा कर रहे थे।

आधुनिक लोकतंत्र के झंडाबरदार और बड़े आस्थावान किस्म के ईसाई बुश और ब्लेयर की सरकारों के संदर्भ में फतवा शब्द का प्रयोग शायद आपको गलत लगे और आप कहें कि यह तो इस्लाम से जुड़ा हुआ है। देखिए, फतवा का अर्थ है किसी भी मामले में धर्मशास्त्र के जानकार द्वारा दिया गया लिखित निर्णय या आदेश। कैथलिक ईसाइयों में 'डॉक्ट्रिन' (धर्मसिद्धांत) के आधार पर दिया गया पोप का 'बुल' (आदेश) सबको मानना पड़ता है। माना कि बुश और ब्लेयर दोनों ही ऐसे संप्रदायों के हैं जो पोपशाही के विरुद्ध हैं। लेकिन विरोध का आधार ही यह है कि कैथलिक बिरादरी बाइबिल में दिए सच्चे धर्म से भटक गई है। यानी वे और भी कट्टर हैं। ईसाइयों में उनका स्थान वही है जो इस्लाम में वहाबियों का।

इसी आधार पर कुछ अमेरिकी नेताओं और बुद्धिजीवियों ने सऊदी अरब के वहाबियों का गुणगान करते हुए कहा था कि ये भी हमारी तरह के प्रोटेस्टेंट हैं और जैसे हमने ईसाइयों को आधुनिकता की ओर बढ़ाया वैसे ही ये मुसलमानों को बढ़ाएंगे। यह भी गौरतलब है कि बुश–ब्लेयर ने इराक पर हमला उचित ठहराने के लिए जो सिद्धांत गढ़ा उसे 'डॉक्ट्रिन' कहा–'प्रीएंपटिव–डॉक्ट्रिन,' जिसकी ओर से हमले की जरा भी आशंका हो उसे फौरन खुद हमला बोल कर तबाह कर दो। इस अनूठे युद्ध–धर्मसिद्धांत के आधार पर ही यह फतवा दिया जा सकता था कि दस बेकसूर लोगों के प्राण ले लेने वाले कायर अमेरिकी सैनिक निर्दोष हैं। जब इस धर्मसिद्धांत के आधार पर समूचे अफगानिस्तान और इराक को उनकी ओर से आतंकवादी हमले की आशंका के कारण तबाह कर देना न्यायसंगत है तो आतंकवादी के छिपे होने की आशंका से एक मकान तबाह कर देना अन्याय कैसे

हो सकता है ?

इराक पर हमला इस आशंका से किया गया था कि शैतान सद्दाम ने गुपचुप महाविनाशकारी अस्त्रों का भंडार बना लिया है जो वह हमारे खिलाफ इस्तेमाल स्वयं कर सकता है या आतंकवादी अलकायदा से करवा सकता है। न अस्त्र मिले, न सद्दाम-ओसामा गठजोड़ का कोई सबूत मिला। तो क्या, आगे कभी मिल ही सकता है। न मिले तो भी क्या यह कम है कि इराक के लोगों को एक क्रूर शासक से छुटकारा मिला, वे लोकतंत्र की राह पर लगे और संयुक्त राष्ट्र की बात न मानने वाला और हमसे बैर रखने वाला एक खतरनाक शासक समाप्त हो गया ? अगर हमारा हमला मौजूदा अंतर्राष्ट्रीय कानूनों के हिसाब से गैरकानूनी ठहरता हो तो उन कानूनों को बदलने की जरूरत है। ब्लेयर ने इसीलिए सभ्य आधुनिक देशों से 'अंतर्राष्ट्रीय बिरादरी डॉक्ट्रिन' बनाने की जोरदार अपील की जिसके अंतर्गत अंतर्राष्ट्रीय कानूनों और संयुक्त राष्ट्र में परिवर्तन करके इस तरह के हमले न्यायसम्मत बना दिए जाएं।

ओसामा-सद्दाम की बर्बरता, बुश-ब्लेयर की बर्बरता, सभ्यता का तकाजा! अगर इस स्थापना में आपको दोहरे मानक नजर आएं तो जान लें कि ब्लेयर के प्रमुख विदेश नीति सलाहकार कूपर समेत कई पश्चिमी विद्वान कह चुके हैं कि दोहरे मानकों से परहेज अब छोड़ दिया जाना चाहिए। दो साल पहले कूपर ने कहा था कि हम जो ग्लोबल पोस्ट मॉडर्न (ग्लोबव्यापी उत्तरआधुनिक) संसार में जी रहे हैं उन्हें ट्राइबल प्री-मॉडर्न (कबायली पूर्व आधुनिक) संसार में जीने वालों से बहुत खतरा है। इसलिए हमें अब निस्संकोच 'प्रतिरक्षात्मक साम्राज्यवाद' की नीति अपनानी होगी और पूर्व-आधुनिकों पर हमला करना होगा। जो मानव अधिकारों की चिंता नहीं करते उन पूर्व-आधुनिकों के खिलाफ इस अभियान में मानव अधिकारों की चिंता करना न केवल व्यर्थ होगा बल्कि आत्मघाती भी।

आक्रामक साम्राज्यवाद के दौर में यूरोप के जांबाज जहाजियों को उनके राजा-रानी यह फरमान देते थे कि जो भी गैर-ईसाई देश मिले उसे जीत लो और वहां अपने मुल्क और मजहब का झंडा गाड़ दो। प्रतिरक्षात्मक साम्राज्यवाद के दौर में ब्लेयर चाहते हैं कि सभ्य अंतर्राष्ट्रीय बिरादरी अपनी संयुक्त सेना के लिए यह फरमान जारी करे कि जिस देश में भी हमारी बात न मानने वाले जाहिल पूर्व-आधुनिकों का राज हो उसे जीत लो और उसमें हमारी मुक्तमंडी का परचम फहरा दो। आधुनिक साम्राज्यवादी व्यापार में नफे के साथ-साथ काफिरों को ईसा मसीह का संदेश देकर उनकी आत्माओं को नरक में सड़ने के अभिशाप से बचाने का पुण्य कमाते थे, उत्तरआधुनिक साम्राज्यवादी उन्हें अमेरिकी जीवन-पद्धति का संदेश देकर उनकी काया को पिछड़ी अर्थव्यवस्था के अभिशाप से बचाने का। बुश-ब्लेयर जोड़ी के इस दावे पर कुछ लोगों को हंसी आ सकती है कि इराक पर हमला करके उन्होंने

मानवीयता की रक्षा की एक बड़ी जिम्मेदारी निबाही है लेकिन जो लोग इन दोनों महानुभावों को नजदीक से जानते हैं उनका कहना है कि वे दोनों सचमुच ऐसा ही मानते हैं।

आधुनिकता के अभियान में शुरू से एक तरह का मसीहीउन्माद रहा है जो दुनिया को सच्चे धर्म का आशीर्वाद पाए लोगों और काफिरों में बांटता है और काफिरों को कमतर मानता है। बुश–ब्लेयर उसी का एक उत्तर–आधुनिक संस्करण प्रस्तुत करने में जुटे हुए हैं।

उनका यह तेवर हमारे उपमहाद्वीप के लिए बहुत खतरनाक साबित हो सकता है। सो इसलिए कि यहां फतवेबाजी का पूर्वआधुनिक संस्करण न केवल मौजूद है बल्कि सक्रिय है। इस्लाम में फतवा देने की व्यवस्था है और हमारे यहां शुरू से ये फतवे आधुनिकता और उदारता के पक्षधर मुसलमानों के खिलाफ दिए जाते रहे हैं। हिंदुत्व की राजनीति करने वालों को मलाल है कि हमारे यहां फतवे दिला सकने जैसी कोई व्यवस्था क्यों नहीं है। वे जहां बस चलता है, छोटे–मोटे फतवे देते ही हैं और उनके आधार पर भयंकर उपद्रव करते हैं। पाकिस्तान और बांग्लादेश, दोनों में कट्टरपंथ का जबर्दस्त प्रभाव है। ढाका विश्वविद्यालय के बांग्ला विभाग के अध्यक्ष मुझे यही समझाते रहे कि बांग्ला भाषा और लिपि का संस्कृत या भारत से कोई लेना–देना नहीं है। फिर हमारे उपमहाद्वीप में हर कहीं सांप्रदायिक तनाव है और इसके दो देशों के पास ऐटमी हथियार हैं। हमले और हस्तक्षेप के लिए इससे आदर्श स्थल कौन हो सकता है?

(29 मार्च, 2004)

'भोगा' की मंडी में 'योगा' की मांग

चार साल पहले की बात है। एक छोटे-से अमेरिकी कस्बे की प्रॉपर्टी एजेंट ने मुझसे पूछा कि आप लोग 'प्रान्यामा' की कौन-सी टेकनीक अपनाते हैं? मैं समझा नहीं तो उसने दाएं अंगूठे से दायां नथुना दबाया। मुझे कहना पड़ा कि हम लोग प्राणायाम नहीं करते। वह हैरान हुई। ऐसी ही हैरानी पिछले साल एक अन्य अमेरिकी कस्बे के पत्रकार को तब हुई जब मैंने उससे कहा कि 'बिक्रमा योगा' का तो मैंने नाम भी नहीं सुना है। वह बोला कि ये 'हाठायोगा' की एक शाखा है। बाद में इंटरनेट से पता चला कि बिक्रम चौधुरी नामक कोई बंगाली सज्जन हैं जिन्होंने अन्य गुरुओं द्वारा दिए जाते पानी मिले 'योगा' की जगह खालिस 'योगा' सिखाने का दावा किया है। वह भाप द्वारा गर्म किए गए हॉल में चेलों से कठिन योगाभ्यास कराकर उन्हें पसीना-पसीना करा देते हैं। 'बिक्रमा योगा' को लेकर मुकदमेबाजी भी चल रही है क्योंकि बंगाली गुरु इसे अपनी पेटेंट चीज बता रहे हैं और अन्य गुरु कह रहे हैं कि न 'हठयोग' पर किसी का कॉपीराइट है, न गर्मी देकर पसीने छुटवा देने पर!

आप शायद आपत्ति करें कि मैं राहुल गांधी के चुनाव दंगल में कूद पड़ने-जैसे महत्त्वपूर्ण मसले की चर्चा न करके यह बिक्रम-चक्रम चर्चा क्यों शुरू कर बैठा हूं। जिस समाचार को देते हुए अंबिका सोनी की बुझी-बुझी-सी आंखों में नई चमक आ गई, जिसे सुनकर कांग्रेसियों ने जश्न मनाया उसकी उपेक्षा क्यों कर रहा हूं? मेरी सफाई यह है कि नेहरू-गांधी ब्रांड का कांग्रेसी राजनीति में वही स्थान है जो भारतीय घरों में 'लाइफबॉय' साबुन का हुआ करता था- यानी एकमात्र ब्रांड का। उधर योगा ब्रांड हमारे लिए बहुत पुरानी बल्कि भूली-बिसरी ब्रांड होते हुए भी आध्यात्मिकता की अंतर्राष्ट्रीय मंडी के लिए नई है और वहां उसे अनेक अन्य ब्रांडों से भी टक्कर लेनी पड़ रही है। और सौ बात की एक बात, खुद नेहरू-गांधी ब्रांड ने अपने को मार्केट में लाने के साथ ही धीरेंद्र ब्रह्मचारी की मार्फत योगा ब्रांड 'री-लांच' कराई थी।

रही प्रासंगिकता, तो व्यापारजगत की बड़ी खबर यह है कि मुक्तेश (मिक्की) पंत ने बहुराष्ट्रीय निगम 'रीबॉक' में मार्केटिंग के सर्वोच्च पद से इस्तीफा देकर 'योगा-ध्याना-साधना' का पैकेज बड़े पैमाने पर बेचने का बीड़ा उठाया है और इसके लिए एक नया निगम बना लिया है। किस्सागोई की जितनी बड़ी जादूगर शिवानी थीं, उतने ही बल्कि उससे भी बड़े मार्केटिंग के जादूगर हैं उनके सुयोग्य पुत्र मुक्तेश। इसलिए मुझे पूरी उम्मीद है कि वह अपना योगा या कहूं भारतीय आध्यात्मिकता पैकेज पहले अमेरिका में और फिर सारी दुनिया में बहुत बड़े पैमाने पर बेच पाएंगे। जानी-मानी हस्तियों से 'ब्रांड एंडोर्समेंट' कराने के लिए उन्हें ज्यादा

दौड़-धूप नहीं करनी पड़ेगी। अभी कहीं पढ़ रहा था कि जयपुर की कोई वृद्धा एक अर्से से केट विंसलेट, डेमी मूर और शैरन स्टोन-जैसी हॉलीवुड की तारिकाओं की योग शिक्षिका मां बनी हुई हैं। ये तारिकाएं पैकेज का जयकार करने के लिए तैयार हो ही जाएंगी। मुक्तेश 'पेप्सी' ब्रांड भारत में बेच चुके हैं इसलिए उसका एंडोर्समेंट करने वाले क्रिकेट खिलाड़ियों और फिल्मी हस्तियों से अपने पैकेज की प्रशंसा भी करा सकेंगे।

'प्रॉडक्ट फैमिलियेरिटी' यानी उत्पाद से पहचान की यहां कोई प्रॉब्लम ही नहीं है। यह प्रॉडक्ट पश्चिमी ग्राहकों का पहचाना हुआ ही नहीं है बल्कि उनमें पॉपुलर (लोकप्रिय) भी है। अमेरिका में तो आज छोटे कस्बों तक में 'योगा ऐंड ध्याना' सिखाने वाला कोई भारत से आया भारत में सीखा 'गुरू' मिल जाता है। ढेरों लोग-लुगाई आपसे कहते हैं, 'आई ऐम इंटू योगा' (मैं योग का शौकीन हूं)। भारत में अलबत्ता यह प्रॉडक्ट पुराना पड़ जाने के कारण अति परिचय से पैदा हुई उपेक्षा का शिकार हो चला था। मेरे बचपन और जवानी के दिनों में चंद योगी, कसरती या खब्ती किस्म के लोग ही योगासन किया करते थे। हमारे रिश्तेदारों के भी रिश्तेदारों तक में कुल एक बुजुर्ग ही 'इंटू योगा' थे। बच्चे अपने-अपने स्वभाव के अनुसार उनके यहां जाने में घबराते या पुलकित होते कि सिर के बल खड़ा कराएंगे। लेकिन अब योग वाया अमेरिका भारत में लौट रहा है।

इसका एक सबूत तो यही है कि वह अब यहां भी 'योग' नहीं, 'योगा' ही कहलाता है। दूसरा सबूत यह है कि कई वर्ष पहले दिल्ली में एक पंजाबी सज्जन ने लोगों को योग-शिक्षक बनाने और फिर उन्हें अपने-अपने क्षेत्र के मोहल्लों के पार्कों में जा-जाकर लोगों को योग सिखाने और वहां योग-प्रचारक-शिक्षक तैयार करके आंदोलन आगे बढ़वाने का जो सिलसिला शुरू किया था वह अब दिल्ली से बाहर भी फल-फूल रहा है। इधर टीवी में कोई रामदेवजी महाराज प्रकट हुए हैं जिनके प्रवचन सुनने के बाद कई लोग अपनी तोंद को धौंकनी की तरह चलाते हुए नजर आते हैं कि वजन घटाने और तनाव भगाने वाला कोई प्राणायाम कर रहे हैं। यानी प्रॉडक्ट देश-विदेश में अब 'फैमिलियर' ही नहीं 'इन डिमांड' भी है। सुनता हूं कि न्यूयॉर्क में किसी ने पीने-नाचने वाली बिरादरी के लिए एक ऐसा डिस्को खोला जिसमें 'योगा ऐंड ध्याना' से 'स्पिरिचुअल हाई' (आध्यात्मिक नशा) दिया जाता है तो उस पर नौजवानों की भीड़ टूट पड़ी।

'स्पिरिचुअल हाई' की मांग है उन लोगों में जिन्हें भौतिक सुखों की 'हाई' भरपूर मिल चुकी है और जो इन सुखों के लिए मची मारामारी में अपने मन का सारा सुख-चैन गंवाकर तन-मन की कई बीमारियों की चपेट में आ गए हैं। जैसा कि मुक्तेश ने बताया, आज लोगों को वजन और तनाव घटाने वाले असरदार नुस्खों की

तलाश है। मैं समझता हूं कि इस तलाश ने 'स्पिरिचुअल हाई' के लिए जो भूमंडलव्यापी मंडी तैयार कर दी है उसमें भारत आध्यात्मिकता ब्रांड के जनक और मूल कॉपीराइट अधिकारी के रूप में अपने प्रॉडक्ट लांच करके जबर्दस्त लाभ तो कमा ही सकता है, अपना सांस्कृतिक-राजनीतिक प्रभाव भी बढ़ा सकता है। तिब्बती बौद्ध, जिनके 'स्पिरिचुअल प्रॉडक्ट' का रिचर्ड गेर जैसे हॉलीवुड अभिनेता 'ऐंडोर्समेंट कर चुके हैं, न केवल अमेरिकियों को बौद्ध बनाने में सफल हुए हैं बल्कि तिब्बत के पक्ष में बोलने वाली एक लॉबी भी पैदा कर सके हैं।'

'योगा ऐंड ध्याना' ब्रांड की 'इमेज' बनाकर हम भी अमेरिका में 'इंडिया' ब्रांड की पक्षधर लॉबी तैयार कर सकते हैं। आपको भला लगे या बुरा, सारी दुनिया एक मंडी बन गई है और धर्म हो, संस्कृति हो, दर्शन हो, राजनीतिक प्रभाव हो, कुछ भी हो, उसे बेचने के लिए एक ऐसा मार्केटिंग गुरु चाहिए जो मार्केट सर्वे करके रणनीति तैयार करता हो, प्रॉडक्ट पैकेज आकर्षक बनाना जानता हो और कॉर्पोरेट जगत से सुपरिचित हो। मुक्तेश पंत ऐसे ही व्यक्ति हैं। अब तक अमेरिकी जनमानस पर भारत का जो भी प्रभाव पड़ा है आध्यात्मिक गुरुओं के कारण ही पड़ा है। मात्र उसी से कुछ कट्टरपंथी ईसाई चिंतित रहते पाए गए हैं कि योगा-ध्याना की आड़ में हमारे समाज को विधर्मी बना रहे हैं। लेकिन पूरा प्रभाव तभी पड़ेगा इंडिया ब्रांड का जब मुक्तेश-जैसा मार्केटिंग गुरु भी मैदान में होगा। विश्व हिंदू परिषद के प्रतिक्रियावादी और पोंगापंथी पैकेज ने हमारी जो छवि बिगाड़ी है, मंडी में मुक्तेश उसे सुधार सकें ऐसी मेरी कामना है।

(5 अप्रैल, 2004)

किरकिट-किरकिट विकट तमाशा!

हाल में एक बूढ़ा किसी अस्पताल में लंबी बेहोशी से जागा तो उसकी नजर मेज पर रखे दो अखबारों की सुर्खियों पर पड़ी— 'कराची कैप्चर्ड' और 'लाहौर पर तिरंगा लहराया।' गर्दन घुमाने पर पत्रकार बेटा नजर आया तो उससे फौरन पूछा, 'क्या भारत-पाक युद्ध छिड़ गया है?' जब बेटे ने समझाया कि ये सुर्खियां एकदिनिया क्रिकेट मैचों के बारे में हैं। तब बूढ़े ने टिप्पणी की, 'तुम मीडिया वाले अपने होश गंवा बैठे हो।' क्या बूढ़े की टिप्पणी सही है? इस बारे में अपनी राय हमें एसएमएस या ईमेल करें। हमारे क्रिकेट प्रेम को कुछ और दूहने के लिए हमारा मीडिया अंत में अपनी ही की हुई हाइप पर ऐसी बिगफाइट कराएगा। इसमें संदेह नहीं कि हम क्रिकेट के दीवाने हैं और इसमें भी संदेह नहीं कि हमारी दीवानगी को भड़काने के लिए मीडिया ने हाइप की सभी हदें पार कर डाली हैं। इस दौरान स्पेन में अलकायदा द्वारा किए गए विस्फोटों से चुनाव में अमेरिका समर्थकों की हार हो जाने और पाकिस्तान को अलकायदा-विरोध के लिए अमेरिका द्वारा विशिष्ट सैन्य सहयोगी का दर्जा दिए जाने जैसी महत्त्वपूर्ण बातें हुईं लेकिन मीडिया द्वारा क्रिकेट के सामने महत्त्वहीन बना दी गईं।

'महत्त्वपूर्ण विषय' क्रिकेट पर न्यूज चैनलों के सूत्रधारों और संवाददाताओं ने बड़े उत्साह से निहायत लचर सवाल-जवाब करने के मामले में अपने पिछले तमाम कीर्तिमान तोड़ डाले। यथा, 'टिल्लू यह बताएं कि आज की जीत में कैफ की निर्णायक भूमिका पर क्या प्रतिक्रिया है उसके घरवालों की, और कैसा माहौल है उसके घर में?' 'लल्लू जैसा कि आप देख सकते हैं कैफ के घरवाले बहुत खुश हैं और मिठाई बांट रहे हैं। बड़ी खुशी का माहौल है कैफ के घर में।' 'तो ये थे हमारे संवाददाता टिल्लू जो बता रहे थे कि इलाहाबाद में कैफ के घर में बहुत खुशी का माहौल है और मिठाई बांटी जा रही हैं।' इसके बाद यही कहने की तबीयत होती है कि धन्यवाद लल्लू-टिल्लू आपने हमारी यह आशंका दूर की कि पाकिस्तान की हार पर रोना-धोना मचा हुआ होगा।

ऐसे पत्रकारों ने अपने उत्साह की एक और बानगी अच्छा प्रदर्शन करने वाले हर खिलाड़ी से यह पूछकर पेश की कि बताइए आपको कैसा लग रहा है? काश कि कोई खिलाड़ी उनसे पूछता, 'नहीं, आप ही बताएं कि अच्छे प्रदर्शन पर किसको बुरा लगता है?' एक उत्साही ने तो किसी गोद के बच्चे तक से पूछ डाला कि भारत की जीत पर आपको कैसा लग रहा है? इस बच्चे से यह भी पूछा गया कि आज की जीत हमें किसने दिलाई? मानो वह क्रिकेट का पंडित हो! इससे याद आया कि हर अखबार, हर टीवी चैनल ने मैच से पहले अनुमान और मैच के बाद निदान देने

के लिए अपने-अपने विशेषज्ञ हमारी सेवा में प्रस्तुत किए। जहां तक अनुमान का सवाल है, ईमानदारी से एक ही बात कही जा सकती है कि यह क्रिकेट है, इसमें कुछ भी हो सकता है। निदान का ऐसा है, भूतपूर्व खिलाड़ी वर्तमान खिलाड़ियों में कोई-न-कोई खोट निकाल ही लेते हैं। चौथा मैच : 'इंजमाम का पहले बैटिंग करने का फैसला गलत था! उसे पता होना चाहिए था कि रात को ओस से भीगी गेंद से उसके बॉलर अपना करिश्मा नहीं दिखा पाएंगे।' पांचवां मैच : 'इंजमाम ने पहले फील्ड क्यों किया? इस तरह उसने आत्मविश्वास की कमी दर्शायी और भारतीय टीम का हौसला बढ़ाया।'

कविवर त्रिलोचन की एक पंक्ति पैरोडी करूं तो हमारे मीडिया ने किरकिट-किरकिट विकट तमाशा कर डाला! आखिर क्यों? एक क्रिकेट-विरोधी लेकिन रहस्य-रोमांच-प्रेमी पत्रकार ने तो कराची मैच के बाद ही मुझसे कहा कि यह शृंखला अटलजी ने जानबूझकर इस समय रखवाई है ताकि चुनाव प्रचार के दौरान और बातों से ध्यान बंटे, क्रिकेट से भारत-भक्ति बढ़े और उसका बढ़ना भारतीयता-भक्तों को चुनाव जितवाए! इसके सबूत में इस पत्रकार ने मेरा ध्यान उन चुनाव विज्ञापनों की ओर दिलवाया है जिनमें क्रिकेट टीम की जीत को लेकर हमें अटलजी के बारे में फील गुड और सोनियाजी के बारे में फील बैड कराने की परोक्ष कोशिश हुई है। भारत जीता है इसलिए साजिश की बात यहां शायद ही मान्य हो पाए लेकिन पाकिस्तान में हो चली है।

वहां कुछ पत्रकार और जाने-माने पुराने खिलाड़ी शुरू से कहते आ रहे थे कि यह क्रिकेट का नहीं, 'गुडविल' का मामला है। मैच फिक्स हो चुके हैं। बुश के इशारे पर अटल-मुशर्रफ में यह समझौता हुआ कि वन-डे और टेस्ट दोनों शृंखलाएं रोमांचक हों। वन-डे में भारत 3-2 से जीते और टेस्ट सीरीज 1-1 की बराबरी पर छूटे। संयोग से वन-डे सीरीज के प्रसंग में उनकी भविष्यवाणी सही साबित हो चुकी है, अगर टेस्ट सीरीज में भी हो गई तो वे मैच-फिक्सिंग का अपना दावा सिद्ध हुआ मान लेंगे। तब मीडिया को क्रिकेट चर्चा चलाए रखने का कुछ और मसाला मिल जाएगा। 'एक छोटे-से ब्रेक के बाद हम दिखाएंगे हमारी आज की विशेष रिपोर्ट-'मैच फिक्सिंग : कितना सच, कितना झूठ?' कहीं जाइएगा नहीं। निश्चिंत रहें, हम इसी चैनल पर जमे रहेंगे और विज्ञापनों में अपने क्रिकेट खिलाड़ियों की मोहिनी मूरत निहारेंगे और आप भी कृपया जमे ही रहें क्रिकेट के मैदान में।'

भारत-पाक सीरीज फिक्स होने की बात तो शुद्ध बकवास है लेकिन यह बात सौ पैसे सच है कि नए पूंजीवाद के लिए किरकिटिया फील थ्रिल का जबर्दस्त राजनीतिक-सामाजिक महत्त्व है। समाजशास्त्री इस ओर ध्यान दिला चुके हैं कि लोगों को तमाम और बातें भुलाकर शुद्ध उपभोक्तावादी बनाने के लिए यह पूंजीवाद

हर देश में किसी ऐसे खेल की तलाश में रहता है जिसे वहां पसंद किया जाता हो। फिर वह उस खेल और उससे जुड़े खिलाड़ियों को भी मीडिया के माध्यम से ऊंचा, और ऊंचा उछालता ही चला जाता है। उस खेल को और बेहतरीन खिलाड़ियों को उपभोक्ता सामग्री बेचने के लिए इस्तेमाल किया जाता है। खिलाड़ियों को इतना पैसा मिलने लगता है और मीडिया द्वारा उन्हें इतना दिखाया जाता है कि वे नई पीढ़ी के लिए आदर्श हीरो बन जाते हैं। इसी तरह फिल्म, टीवी और लोकप्रिय गायन से जुड़े लोगों को भी जन-गण-मन का अधिनायक बनाकर उपभोक्तावाद के विक्रेता के रूप में इस्तेमाल किया जाता है।

ऐसे लोगों को हीरो बनाकर और ग्लैमर तथा खेल-कूद की चर्चा को केंद्रीय महत्त्व देकर मीडिया लोगों का ध्यान सत्ता के सूत्र संभाले हुए नवपूंजीवाद की काली करतूतों से हटाता है। मार्क्स ने धर्म को जनता के लिए अफीम का दर्जा दिया था और आज 21वीं सदी में कहा जा सकता है कि नवपूंजीवाद ने खेल को जनता के लिए अफीम बना डाला है। अगर उसने भारतीय उपमहाद्वीप में क्रिकेट को जनता की अफीम बनाया है तो ठीक ही किया है क्योंकि भारत और पाकिस्तान दोनों के विशेषज्ञ यह कहते सुने गए हैं कि लोगों के लिए क्रिकेट खेल नहीं, धर्म का दर्जा रखता है। कह चुका हूं कि मीडिया अब यह सवाल भी उठाएगा कि क्रिकेट को हम इतना ऊंचा दर्जा क्यों देते हैं। इसके जवाब में तमाम तरह की बातें कहीं जाएंगी। मिसाल के लिए यह कि क्रिकेट उन अंग्रेजों का खेल था जिनके हम गुलाम रहे, और इस खेल को नफासत और नजाकत प्रदान करके हमने उनकी दाद पाई। लेकिन मैं समझता हूं कि सबसे सही जबाव यह होगा कि क्रिकेट हमारे लिए धर्म-जैसा इसलिए है कि वह सचमुच हमारे बुनियादी चिंतन के अनुरूप है। उसमें हर खिलाड़ी हर क्षण अकेला भी होता है और एक समूह का अंग भी। उसके नियम बहुत जटिल और सूक्ष्म हैं और उनकी व्याख्या करने वाले पंडित या मुल्लारूपी एंपायर का फतवा मानना पड़ता है। और सबसे बड़ी बात, उसमें पुरुषार्थ और नियति का महत्त्व लगभग बराबर रहता है। हम बचपन में कहा करते किरकिट बाइ चांस। यह वह खेल है जिसमें कहीं भी कुछ भी हो सकता है।

(12 अप्रैल, 2004)

नेता है सेवक जनता का!

जिन लोगों को शिकायत है कि हमारा समाज अपने पुराने आदर्श भुला बैठा है वे इस ओर ध्यान दें कि दूसरों की सेवा करने का आदर्श हमारे यहां पहले से कई गुने उत्साह से चल पड़ा है। हमारे यहां और तो और, मिस इंडिया बनने के लिए आई हर युवती भी यही कहती है कि मैं गरीब जनता की सेवा करना चाहती हूं। ऐसी सुंदरी को तो देखभर लेना ही दीन–दुखी को 'फीलगुड' कराना होगा। बकौल गालिब, 'उनके देखे से जो आ जाती है मुंह पर रौनक, वे समझते हैं कि बीमार का हाल अच्छा है।' हमारे इस सेवाधर्मी समाज में आज नेतागण मतदाताओं से बदस्तूर हाथ जोड़कर उनकी सेवा करने का सुअवसर मांग रहे हैं। उनकी बातों से लगता है, गरीब जनता के दुख-दर्द दूर करने की चुनौती ने ही उन्हें चुनाव लड़ने के लिए मजबूर किया है।

सवाल दो हैं। पहला यह कि क्या हमारे नेता बेचारों को हमारी सेवा करने का कोई मेवा भी मिलता है। इस सवाल का जवाब देने के लिए इस ओर इशारा करना ही काफी है कि चुन लिए जाने पर वे पहले से कहीं अधिक स्वस्थ, समृद्ध और सुखी नजर आने लगते हैं। अगर चुन लिए जाने के बाद कोई गद्दी भी पा जाएं तो उनकी श्री में चौगुनी वृद्धि हो जाती है। इन समस्त विटामिनों से युक्त मेवे को पाने के लिए ही तो वे चुनाव जीतने के लिए पैसा पानी की तरह बहाते हैं और अगर केवल दिल जीतने से बात न बनती दीखे तो बूथ जीत लेने का यत्न भी करते हैं। दूसरा सवाल यह है कि इन समर्पित महानुभावों के सतत हमारी सेवा में रत रहने से हमारे क्षेत्र को, हमारे देश को अब तक क्या मिला है। कुछ मसखरे कहते हैं कि सिर्फ दो चीजें मिली हैं— कोरे वादे और उन योजना कार्यों का शिलान्यास जो कभी पूरे नहीं हुए। लेकिन आस्थावान किस्म के प्राणी आंकड़ों की जुबानी स्वाधीनता के बाद देश की अद्‌भुत प्रगति की कहानी हमें सुनाते हैं।

जैसे यही लीजिए कि अब हमारे यहां गरीबी की रेखा से नीचे का जीवन बिताने वालों का आबादी में एक–तिहाई से भी कम हिस्सा रह गया है जबकि एक जमाने में वह लगभग दो–तिहाई हुआ करता था। यह भी न भूलें कि गरीबी की रेखा का हमारा मानक बड़ा ऊंचा है। हम किसी परिवार को तभी गरीबी की रेखा से नीचे मानते हैं जब उसमें प्रतिव्यक्ति आय 375 रुपये मासिक से कम हो। गांवों में अब हम केवल उन्हीं को बेरोजगार मान रहे हैं जिन्हें 50 रुपये दिहाड़ी पर साल में 100–150 दिन काम न मिलता हो! फिर यह देखिए कि हम अनाज के मामले में पूरी तरह आत्म-निर्भर ही नहीं हो चुके हैं बल्कि अब तो करोड़ों टन अनाज हमारे यहां गोदामों में पड़ा–पड़ा सड़ने लगा है। यह बात अलग है कि गरीबी की रेखा से नीचे जीने वाले 29 करोड़ लोगों में हम उसे बांट नहीं पा रहे हैं। देश में साक्षरता तेजी से बढ़ी है और

अब संसार की अनपढ़ आबादी का कुल 30 प्रतिशत हिस्सा ही हमारे यहां रह गया है। साफ-सफाई पर पहले से कहीं अधिक ध्यान दिया जा रहा है और अब तक कुल-मिलाकर 232 शहरों में गंदा पानी गटर से देने का और उसे साफ करके नदियों में छोड़ने का इंतजाम किया जा चुका है। इतना जरूर है कि दिल्ली जैसे महानगरों तक में यह इंतजाम अभी कुछ इलाकों में पूरा नहीं हो पाया है। सुलभ शौचालय बनाए गए हैं और सुलभतम शौचालय अर्थात् खुली जगहों का प्रयोग करने वाले लोगों की संख्या घट रही है। जैसे दिल्ली में अब एक-तिहाई लोग ही शौचालयहीन रह गए हैं। स्वास्थ्य और चिकित्सा के क्षेत्र में अभूतपूर्व प्रगति होने से हमारे यहां पौष्टिक आहार और दवा-दारू की कमी से मरने वालों की संख्या अब कुल मृतकों की संख्या की आधी ही रह गई है।

मैं स्वयं यह समझता हूं कि गिलास को आधा खाली की जगह आधा भरा कहना और मानना समाज की सेहत के लिए बेहतर है। लेकिन एक आंकड़ा ऐसा है जो मेरे लिए इंडिया की शाइन खासी कम किए दे रहा है-'ह्यूमन डेवलपमेंट इंडेक्स' के हिसाब से संसार के 173 देशों में भारत 124वें नंबर पर है। यह इंडेक्स इस आधार पर तैयार किया जाता है कि आम लोगों को बेहतर जीवन देने के लिए किस देश में कितना कुछ किया गया है। तो हम आर्थिक और सामाजिक दोनों ही दृष्टियों से संसार के भयंकर पिछड़े राष्ट्रों में गिने जा रहे हैं जबकि हम तो डॉक्टर-इंजीनियर-वैज्ञानिक निर्यात करने वाले देश हैं। सत्ता के गलियारों में हमारी नुमाइंदगी करने वाले जनसेवक मार्का नेताओं की सेवाधर्मिता में निश्चय ही कोई बड़ा खोट है। लेकिन आश्चर्य कि हम उनसे कभी इस बारे में जवाबतलब नहीं करते। इसीलिए वर्तमान चुनाव से जुड़ी दो खबरों ने मुझे कुछ चौंकाया और खासी उम्मीद जगाई। पहली यह कि उड़ीसा के कालाहांडी क्षेत्र में, जो अकाल और भुखमरी के लिए देश-विदेश में मशहूर हो चुका है, मतदाताओं ने चुनाव-प्रचार के लिए आए नेताओं को पुराने वादे पूरे न करने पर खरी-खोटी सुनाकर भगा दिया। कालाहांडी की जनता ने वोट मांगने आई नेता-बिरादरी का ध्यान इस ओर दिलाया कि इस गरीब इलाके में लोगों को दो वक्त का भरपेट भोजन तभी नसीब होता है जब अकाल और भुखमरी की खबरों से सत्ताधारी दल संकट में पड़ जाता है।

दूसरी यह कि कांग्रेसी और अन्य दिग्गजों के चुनाव क्षेत्र अमेठी में गांव वालों ने शिकायत की है कि हमें विकास के बस वादे ही मिले हैं। उन्होंने टीवी वालों को बिजली के वे खंभे दिखाए जो राजीव गांधी के शासनकाल में लगाए गए थे लेकिन जिन पर बिजली के तार अब तक नहीं लगे हैं। गांव का आम आदमी वोट मांगने आए नेता से पहले पुराने वादों का हिसाब चुकता करने के लिए कहने लगा है। यह भारतीय लोकतंत्र के लिए एक शुभ लक्षण है। इसीलिए ज्यादातर राजनीतिक दल कुछ पुराने

सांसदों-विधायकों का टिकट खुद ही काट देने का उपाय अपनाने लगे हैं। लेकिन नागनाथ की जगह सांपनाथ के उम्मीदवार बन जाने मात्र से कुछ होता नहीं। जरूरत इस बात की है कि हम नेताओं से साफ कहें कि वे हमारी सेवा का ढोंग भूलकर हमारी नुमाइंदगी करने की ओर ध्यान दें। लोकतंत्र में विधायक या सांसद का बस इतना ही फर्ज होता है कि वह अपने क्षेत्र की आवश्यकताएं पूरी कराए और अपने मतदाताओं की राय का हर मामले में आदर करे।

जिस अमेरिका की आज हम हर बात में नकल कर रहे हैं उसमें जनता के चुने हुए प्रतिनिधियों के लिए अपने मतदाताओं की मांग अपने दल के स्वार्थ तक से बड़ी होती है। मतदाताओं के संदेश ध्यान से पढ़े जाते हैं और उनका जवाब दिया जाता है। हम अपने नेताओं पर इस तरह कोई दबाव नहीं डालते हैं और डालें भी तो उनके लिए इसका कोई खास मतलब होता नहीं है। हम चुनाव से पहले जिस नेता को अपना सेवक होने का नाटक करने देते हैं उसी को चुनाव जीत लेने के बाद अपना माई-बाप बनने देते हैं और उसके दरबार में कभी पहुंचते भी हैं तो हाथ जोड़े, अपना कोई निजी काम करवाने के लिए। अगर वह भला होता है तो फरियादियों में से कुछ का कोई छोटा-मोटा काम करा देता है या सारी बात बहुत प्रेम से सुनकर शीघ्र ही कुछ करा देने का आश्वासन देकर टाल देता है। जो भला नहीं होता वह इस सेवा के लिए अपने किसी चमचे या दलाल की मार्फत घूस वसूल करता है। सेवाधर्मी राजनीति चुनाव पूरा होते ही स्वार्थधर्मी बन जाती है और जनता के चुने हुए नुमाइंदे सरकारी पैसा अपने इलाके की नहीं, अपने कुनबे की, अपने मतदाताओं की नहीं, स्वयं अपनी सुख-समृद्धि बढ़ाने में प्रेमपूर्वक लगाते रहते हैं।

(19 अप्रैल, 2004)

वयोवृद्ध वीरबालक जेठमलानी

कुछ वर्ष पहले मैंने सुख-सुविधामय जीवन बिताने वाले लेकिन एक-दूसरे पर सुख-सुविधा की खातिर प्रतिक्रियावादी ताकतों से सौदा-समझौता करने का आरोप लगाते रहने वाले साहित्यकारों को 'वीरबालक' की संज्ञा दी थी। यह नाम मेरे जेहन में उन प्रेरणाप्रद कहानियों से उभरा जिनमें कोई बालक किसी आदर्श या समाज के प्रति फर्ज निभाते हुए वीरगति को प्राप्त होता था। लेकिन उस छोटी उम्र में भी मन के किसी कोने में यह सवाल उठता था कि वीरता के चक्कर में जान गंवाना क्या मूर्खता नहीं है। यह दुविधा आज के उपभोक्तावादी समाज में और भी बढ़ गई है। ऐसे में वीरबालकवाद एक सुविधाजनक उपाय है बगैर जान का जोखिम उठाए औरों की नहीं तो कम से कम अपनी आंखों में अपना मान-सम्मान बनाए रखने का, दूसरे को पतित कहकर आप स्वयं को पुण्यात्मा होने का प्रमाण पत्र देते हैं। वह उलटा आपको पतित कहता है तो उससे यही सिद्ध होता है कि यह पुण्यभूमि पतितों से भरी पड़ी है। पतितों में कौन बेहतर और कौन बदतर!

यह वीरबालकवाद आज हर व्यवसाय में व्याप्त है। सबसे ज्यादा राजनीति में। हर चुनाव के मौसम में हमें अपने नेताओं के वीरबालकवादी तेवर देखने और बोल सुनने को मिलते हैं। हर कोई मानो यही कह रहा है कि 'बुरा जो ढूंढन मैं चला, तुझसे बुरा न कोय'। आज के समाज में व्याप्त इस वीरबालकवाद के दो पहलू खासे हैरतअंगेज हैं। पहला यह कि यद्यपि हर धंधे में लोगबाग एक-दूसरे को पतित बताने में जरा भी परहेज नहीं बरतते तथापि वे अपनी बिरादरी की शान के खिलाफ दूसरों से कुछ भी नहीं सुनना चाहते। उनकी आलोचना करने वाला जिस भी बिरादरी का हो उस बिरादरी को वे अपने से कहीं अधिक पतित सिद्ध करने में जुट जाते हैं। गोया वीरबालकवाद बिरादरी के स्तर पर शुरू हो जाता है।

दूसरा यह है कि हमारे समाज में वयोवृद्ध वीरबालक भी बहुत होने लगे हैं। एक जमाना था कि बूढ़ा होने का मतलब ही बैरागी होना था और बैरागी का तो वही था कि 'चाह गई, चिंता मिटी, मनुआ बेपरवाह, जिनको कछु न चाहिए वे शाहन के शाह'। ऐसा समझा जाता था कि जिसके बाल-बच्चे अपनी घर-गिरस्ती जमा चुके हों उसे कोई सांसारिक चाह या चिंता नहीं रह जाती कि माया के पीछे मारा-मारा फिरे और सत्तावानों के चरण पखारे। वानप्रस्थ में कदम रख चुके बूढ़े से उम्मीद की जाती थी वह तटस्थ होकर चीजों का जायजा लेगा और अपने अनुभव के आधार पर खरी बात कहेगा और सही सीख देगा। उसके कुल दो काम होंगे—भगवत भजन और परोपकार। इसीलिए विलायत में 'वाइज ओल्ड मैन' की बड़ी महिमा थी और हमारे यहां भी वानप्रस्थ संतजन सबसे ज्यादा आदर पाते थे।

आज स्थिति यह है कि भले ही एक पांव कब्र में लटका हो, चाहत वही चंचल किशोरी बनी रहती है। माया के मैदान से कोई हटने को तैयार ही नहीं होता और इस मैदान में निरंतर जो युद्ध चलता रहता है उसमें वीरबालकवाद ही सर्वोत्तम हथियार सिद्ध होता है। हमारे आदरणीय वयोवृद्ध जन अपनी सुख-सुविधाओं की चिंता में और सत्ता की चाह में वीरबालक बनना पसंद कर रहे हैं तो क्या आश्चर्य! इस वयोवृद्ध वीरबालकवाद के एक परम तेजस्वी प्रतीक हैं 'जय श्रीराम' के झुंड से कूदकर 'हे राम' के झुंड में पहुंचे राम जेठमलानी। जेठमलानी पिछले कई दशकों से देश के सफलतम और बहुत ही तगड़ी फीस लेने वाले वकीलों में से हैं। इसलिए 'चाह गई' वाली स्थिति उनके लिए एक तरह से तब भी थी जब वह वानप्रस्थ वाले दौर में थे। चिंता भी उन्हें तब नहीं थी क्योंकि भगवान की दया से संतान भी अपने पांवों पर खड़ी होकर सुखी-सफल जीवन बिताने लगी थी। पुराने आदर्शों के अनुसार तो जेठमलानी का मनुआ तभी बेपरवाह हो जाना चाहिए था। लेकिन राजनीतिक सत्ता की चाह में हो नहीं पाया। आडवाणी के सहारे जेठमलानी राजनीति में आ गए। निहायत ही 'मॉड' किस्म का जीवन व्यतीत करने वाले किसी व्यक्ति के लिए राजनीतिक सत्ता की खातिर हिंदुत्ववाद का चुनाव करना उन्हें असंगत नहीं लगा। वकील की हैसियत से वह इंदिरा गांधी के हत्यारों के बचाव में खड़े हुए।

राजनीति में अपने वीरबालकवादी आक्रामक तेवर दिखाते हुए जेठमलानी ने पहले प्रधानमंत्री चंद्रशेखर के खिलाफ धरना दिया, फिर बोफोर्स मामले में रोज दस सवाल पूछकर राजीव गांधी की नाक में दम किया। इस सबका इनाम उन्हें तब मिला जब वह शिवसेना के समर्थन से राज्यसभा के लिए चुने गए और वाजपेयी के मंत्रिमंडल में कानून मंत्री बनाए गए। इस हैसियत से उनकी उल्लेखनीय उपलब्धि यह रही कि वाजपेयी से उनकी अनबन हो गई। वह देश के कानून मंत्री नहीं रह गए। जो हो, राजनीतिक सत्ता की चाह पूरी हो ही गई थी और उम्र संन्यास वाले दौर में पहुंच रही थी। इसलिए अगर जेठमलानी कुछ देर से ही सही मनुआ बेपरवाह वाली स्थिति में पहुंच जाते और जनता की भलाई के लिए ऐसा कुछ करते कि बाद में देश उन्हें वैसे ही याद करता जैसे उनके द्वारा दस-दस बाणों से प्रतिदिन लांछित किए जाते राजीव गांधी को संचार क्रांति के जनक के रूप में आज याद कर रहा है तो उनका बुढ़ापा सार्थक होता।

मिसाल के लिए वह अपना व्यावसायिक कौशल जनहितकारी मुकदमे लड़ने में लगा सकते थे। लेकिन उन्होंने पैसा कमाते रहना ही उचित समझा। खैर, आज के समाज में ज्यादातर लोग जीवन के अंतिम क्षण तक पैसा कमाने में लगे रहते हैं किंतु विलक्षण यह है कि कानून मंत्री न रह जाने के बाद वह निस्संकोच बोफोर्स मामले में हिंदुजा बंधुओं के वकील बन गए जबकि राजीव गांधी से पूछे जाने वाले

दस प्रश्नों की पृष्ठभूमि में हिंदुजा बंधु पूरी तरह मौजूद रहे थे। चलिए वकील हैं तो किसी का भी मुकदमा ले सकते हैं और उसके पक्ष को मजबूत बनाने वाली बात उठा सकते हैं। लेकिन लुत्फ यह है कि जेठमलानी राजनीतिक बहस में भी बहैसियत वयोवृद्ध वीरबालक राजीव गांधी और सोनिया पर आरोप लगाने वालों के खिलाफ बोलने लगे। हाल तक हिंदुत्ववादी ताकतों से जुड़े रहे जेठमलानी ने सभी सेकुलर ताकतों के साझा उम्मीदवार के रूप में वाजपेयी के खिलाफ चुनाव लड़ने की पेशकश की लेकिन समाजवादियों का समर्थन न मिलने पर पीछे हटते नजर आए। लेकिन फिर कुछ मुस्लिम संगठनों के आश्वासन मिलने पर उन्होंने लड़ने का मन बना लिया।

यह गौरतलब है कि लखनऊ से चुनाव लड़कर जेठमलानी की हारने की संभावना प्रबलतम है लेकिन शायद वह सोच रहे हों कि इससे मुझे वाजपेयी से दस-दस सवाल करके सेकुलर ताकतों से जुड़ने का अवसर मिलेगा। जीतने पर लोकसभा में सीट मिलेगी तो हारने पर राज्यसभा में सीट का जुगाड़ हो सकेगा और भगवान ने चाहा तो मंत्री पद फिर मिल सकेगा लेकिन यह तो उन्हें पहले भी मिल चुका है। रात-दिन दूसरों के दोषों के पर अंगुली उठाने वाले लेकिन सत्ता और समृद्धि की चाहत कभी न छोड़ सकने वाले ऐसे विद्वान और सुसंस्कृत वयोवृद्ध वीरबालक आज जीवन के सभी क्षेत्रों में दिखाई दे रहे हैं। समाज में आदर्शों के प्रति घोर अनास्था जगाने में उनका योगदान राजनीति में घुस आए जाहिल माफिया सरगनाओं से कहीं ज्यादा है।

(26 अप्रैल, 2004)

जनता जिंदाबाद, नेता मुर्दाबाद

जिस समय तक यह अंक आपके सामने आएगा, हमारे देश में लोकसभा चुनाव के लिए मतदान का सिलसिला शुरू हो चुका होगा। चुनाव का क्या नतीजा निकलेगा, इस बारे में तरह-तरह की अटकलें हैं। निर्विवाद है तो यह कि मतदान निष्पक्ष होगा और सरकार संविधान के अनुसार ही बनेगी। इस बात पर हमारा समाज अपनी पीठ थपथपा सकता है। राजनीति के पंडित कहते रहे हैं कि सामाजिक और आर्थिक दृष्टि से पिछड़े देशों में लोकतंत्र का दिखावा तो हो सकता है लेकिन सच्चा लोकतंत्र नहीं। इसीलिए वे चकित हैं कि मतदाता-संख्या की दृष्टि से संसार का सबसे बड़ा हमारा लोकतंत्र भारतीय समाज में व्याप्त तमाम तनावों के बावजूद जैसे-तैसे चलता ही जा रहा है। आपातस्थिति वाला वह अपवाद छोड़ दें तो हमारे देश में कभी ऐसा नहीं हुआ कि साधारण नागरिक अपने संवैधानिक अधिकारों से वंचित कर दिए गए हों। यही नहीं, हमारे यहां कभी उस तरह का चुनाव नहीं हुआ जिसमें सत्तारूढ़ तानाशाह को सौ प्रतिशत वोट मिलता है!

कुछ आलोचक ऐसे हैं जो कहते हैं कि भारत-जैसे पिछड़े देश में लोकतंत्र सामाजिक-आर्थिक विकास में रुकावट का ही कारण बनता है। इसमें संदेह नहीं कि तानाशाही के चलते चीन हमसे कहीं ज्यादा तेजी से आर्थिक प्रगति कर रहा है लेकिन हमारे आलोचक इससे भी इंकार नहीं कर सकते कि तीसरी दुनिया के अन्य कई तानाशाही वाले देशों के मुकाबले भारत में बहुत ज्यादा आर्थिक विकास हुआ है। कुछ ऐसे पंडित भी हैं जो अंगूठा छापों से भरी आबादी वाले देशों के लिए लोकतंत्र निरर्थक-सी चीज समझते हैं। हमारे अंगूठा छापों ने अपने मताधिकार का हमेशा सोच-समझकर प्रयोग करके उन्हें भी राय बदलने पर मजबूर किया है। विद्वान हैरान हैं कि भारत के अंगूठा छाप वोट डालने के लिए बड़े पैमाने पर घरों से निकलते हैं जबकि अमेरिका के कैलकुलेटर छाप वोट डालने में आलस करते हैं! बहुत से लोगों का यह भी कहना था कि धर्म, जात-पात और क्षेत्र के आधार पर बंटे भारत में लोकतंत्र समाज को कटुता और राष्ट्र को विभाजन की ओर ही ले जा सकता है।

इसमें संदेह नहीं कि क्षेत्रीय, जातीय और सांप्रदायिक तनाव हमारे यहां बढ़े किंतु इतिहास गवाह है कि उनसे बगावत की नौबत भले ही आई हो, बंटवारे की नहीं आई। सच तो यह है कि हम अपने यहां विभिन्न राज्यों और केंद्रीय सत्ता में विभिन्न तबकों की आकांक्षाओं को प्रतिनिधित्व दिलाने में काफी हद तक सफल रहे हैं। क्षेत्रीय पार्टियां राष्ट्रीय पार्टियों के साथ मिलकर केंद्रीय शासन चला सक रही हैं। जहां तक जातीय तनावों का सवाल है, हमारे यहां बैलट बक्से के माध्यम

से इस अर्थ में छोटी–मोटी सामाजिक क्रांति हो चली है कि दलित और पिछड़ी समझी जाने वाली जातियों की शासन में न केवल भागीदारी बढ़ी है बल्कि कई क्षेत्रों में तो राजनीतिक सत्ता पूरी तरह उनके हाथ में आ गई है। देखते ही देखते इतनी तेजी से परिवर्तन हुआ है कि कई क्षेत्रों में तो अगड़ी जातियां अपने को उपेक्षित बताने लगी हैं!

बहरहाल जो लोग इस उपलब्धि को भी नकारना चाहते हों वे यह कह ही सकते हैं कि इस तथाकथित सामाजिक क्रांति से केवल इतना हुआ है कि समाज, शासन, राजनीति तीनों में जातिवाद बढ़ा है और परंपरागत जातिवाद न आधुनिकता का वाहक बन सकता है और न सच्चे लोकतंत्र का। उनकी आलोचना सिर–आंखों पर लेकिन जातिवादी किस्म का ही सही, क्षेत्रीयता से ग्रस्त ही सही, हमारे यहां लोकतंत्र चल तो रहा है जबकि गिने–चुने अपवादों को छोड़ बाकी सभी गैर-यूरोपीय देशों में लोकतंत्र या तो कभी लागू हुआ ही नहीं या हुआ भी तो ज्यादा दिन चल नहीं पाया। दूर क्यों जाएं, पड़ोसी पाकिस्तान में तो आज तक सच्चे मायनों में कोई कायदे का संविधान ही नहीं बन पाया। संविधान बनाने वाले नेता आपस में इतना लड़ते रहे कि सैनिक तानाशाहियों का वह सिलसिला शुरू हुआ जिसने आज तक पाकिस्तानियों का पिंड नहीं छोड़ा है। जनरल याहिया ने कह दिया कि अभी पाकिस्तानी जनता पश्चिमी ढंग के लोकतंत्र के लिए तैयार नहीं है!

कुछ आलोचक कहते हैं कि भारत में गरीब और पिछड़े लोगों को मतदान केंद्रों तक पहुंचने ही नहीं दिया जाता। ताकतवर लोग बूथ लूटकर उनके बैलट पेपरों पर थोक के भाव खुद ठप्पे लगा देते हैं। लेकिन वे भी यह जानते हैं कि हमारा निष्पक्ष चुनाव आयोग ऐसी हेराफेरी रोकने का पक्का इंतजाम करता है। इधर उसने 'वोट छापू' बिरादरी पर अंकुश लगाने के लिए वोटिंग मशीनों का चलन शुरू कर दिया है। यह बात अलग है कि बिहार में कुछ 'बूथ लूटू विशेषज्ञ' दावा कर रहे हैं कि हमरे पास इनहु का काट मौजूद है। हम विश्वास कर सकते हैं कि चुनाव आयोग उनकी इस काट की भी कोई काट निकाल ही लेगा। आलोचक तक यह मानने को विवश हैं कि भारत में चुनाव आचार संहिता का कड़ाई से पालन कराया जाता है। आखिर यह वह देश है जिसमें प्रधानमंत्री इंदिरा गांधी जैसी हस्ती का चुनाव महज इस आधार पर रद्द कर दिया गया था कि चुनाव में उनकी मदद करने वाले यशपाल कपूर सरकारी नौकर थे। ध्यान रहे कि लोकतंत्र के झंडाबरदार अमेरिका में न राष्ट्रपति का चुनाव सारे देश में बहुमत के आधार पर होता है और न वहां चुनाव आयोग है। वहां पिछली बार वोटिंग मशीनों में गड़बड़ी का मामला उठने के बावजूद बुश हार को जीत में बदल सके!

जरा इस ओर भी ध्यान दें कि सांप्रदायिक आधार पर हुआ इस उपमहाद्वीप का

विभाजन भले ही भारत में बहुत कटुता छोड़ गया हो तो भी हमने धर्मनिरपेक्ष संविधान बनाया और सिद्धांत रूप में हमारा प्रशासन भी धर्मनिरपेक्ष ही रहा। इसमें जब भी उससे चूक हुई न्यायपालिका ने कार्यपालिका से जवाब-तलब किया जैसा कि हमने हाल में गुजरात की अप्रिय घटनाओं के प्रसंग में देखा। जहां यह सही है कि भारत में मुस्लिम कट्टरपंथ और हिंदू कट्टरपंथ दोनों काफी बढ़ गए हैं वहां यह संतोष का विषय है कि देश की ज्यादातर आबादी धर्मनिरपेक्षता की कायल है। इसमें संदेह नहीं कि मुसलमानों का एक बहुत बड़ा तबका गरीब और पिछड़ा हुआ है लेकिन यह भी निर्विवाद है कि हमारे यहां मुसलमान हर क्षेत्र में सर्वोच्च पदों पर पहुंच सके हैं। उधर पाकिस्तान और बांग्लादेश में धर्मनिरपेक्षता की बात को ही भुला दिया गया है और राजनीति में अल्पसंख्यकों की प्रतीकात्मक उपस्थिति भी नहीं रह गई है।

इसका मतलब यह नहीं कि हमारे लोकतंत्र में कहीं खोट है ही नहीं। लेकिन जो भी कमियां हैं उनके लिए अंगूठा छाप जनता नहीं, सत्ता को मालमत्ता बनाने का जरिया मानने वाली, देश के लिए क्या अपने चुनाव क्षेत्र तक के लिए कोई बड़ा सपना न देखने वाली, पूरी तरह स्वार्थी और सुविधा विश्वासी नेता-बिरादरी जिम्मेदार है। वह अंगूठा छापों का वोट सामंती तेवर और अल्ट्रा मॉड ऐड कैंपेन और शो बिज ब्लित्स से हथियाना चाहती है। ज्यादा से ज्यादा चुनावी-टिकट अपने रिश्तेदारों को देने के बाद बाकी टिकट वह सिने और खेल-जगत के सितारों तथा जाने-माने गुंडों को देती है। सामंती आतंक और खैरात का सहारा चुनावों में लेना हमारी नेता-बिरादरी के लिए इतना आम हो चला है कि प्रधानमंत्री के क्षेत्र में उनका अन्यतम समर्थक किसी आपराधिक छवि वाले व्यक्ति की बनाई तथाकथित नागरिक सेवा समिति से अपने जन्मदिन पर गरीबों को साड़ियां लुटवाता है और इस दान के चलते 22 जानें चले जाने पर डेढ़ आंसू भी नहीं बहाता।

(3 मई, 2004)

मुन्नाभाई का शैदाई मध्यमवर्ग

मुन्ना भाई एमबीबीएस देखते हुए मेरे मध्यमवर्गीय संस्कारों ने बार-बार यह सवाल उठाया कि क्या अपहरण का धंधा करने वाला कोई दादा हेराफेरी से मेडिकल कॉलेज में दाखिला पाकर हर परीक्षा में अव्वल रह सकता है। यही नहीं, उसका कॉलेज का अनुशासन भंग करना, सहछात्रों, डॉक्टरों-नर्सों-मरीजों और फिल्म के दर्शकों की भाषा में बोलें तो क्या उसे हीरो नंबर वन बना सकता है? अनुशासन का आग्रह करने वाला डीन सबके लिए हास्यास्पद किस्म का खलनायक बन सकता है? फिल्म देखने वालों का एक काफी बड़ा हिस्सा मध्यमवर्गीय होता है। तो अगर मेरे मध्यवर्गीय संस्कारों ने इस फिल्म को अयथार्थवादी ठहराया तो यही कहना होगा कि उन संस्कारों और सामाजिक यथार्थ के बीच बहुत बड़ी खाई है। मध्यमवर्ग के बारे में यह माना जाता है कि वह आधुनिकता की दो प्रमुख स्थापनाओं में विश्वास करता है। पहली यह कि कायदे-कानून मानने में ही सबकी भलाई है। दूसरी यह कि शिक्षा, मेहनत और सूझ-बूझ से इंसान चाहे जितनी तरक्की कर सकता है। कहते हैं कि यही मध्यमवर्गीय नजरिया आधुनिक लोकतंत्र की नींव का पत्थर है।

मुन्नाभाई एमबीबीएस का हिट होना यह दर्शाता है कि हमारे यहां मध्यम-वर्गीय नैतिक दृष्टि पूरी तरह पिट चुकी है। मेरे सठियाये संस्कारों को यह फिल्म ऊल-जलूल लगी हो, सच्चाई यह है कि वह सामाजिक यथार्थवाद की एक बेजोड़ कृति है। गत नवंबर रणजीत डॉन नामक जो व्यक्ति 'कैट' का पर्चा लीक करने के आरोप में सीबीआई द्वारा पकड़ा गया था वह पुलिस के अनुसार बिल्कुल मुन्नाभाई स्टाइल में मेडिकल कॉलेज में दाखिल हुआ और एमबीबीएस बना। बाद में मेडिकल और अन्य परीक्षाओं के पर्चे लीक करने वाले माफिया की बागडोर उसने स्वयं संभाली और उसे बिहार से बाहर दूर-दूर तक फैला दिया।

रणजीतभाई एमबीबीएस उर्फ रणजीत डॉन तो इस समय सीबीआई की मेजबानी का मजा लूट रहे हैं। उधर दिल्ली पुलिस को सीबीएसई की प्री-मेड परीक्षा का पर्चा बेचने के आरोप में एक अन्य रणजीतभाई की तलाश है जो अभी एमबीबीएस तो नहीं हुआ लेकिन नागपुर के मेडिकल कॉलेज में पढ़ रहा है। उसके साथ ही दो अन्य आरोपी फरार हैं जिनमें से एक उसका सगा भाई सत्येंद्र वर्मा भी है जो इस वर्ष प्री-मेड में बैठने वाला था। जो दो लोग पकड़े गए हैं उनमें से एक, विकास, नागपुर में रणजीत का सहपाठी है। रणजीत वर्मा का फिसड्डी छात्र होने के बावजूद प्री-मेड पास कर लेना दर्शाता है कि उसने हेराफेरी का सहारा लिया होगा। सत्येंद्र जिस पर्चे को बेच रहा था उसके सहारे खुद भी निश्चय ही इस साल चुन लिया जाता। विकास के बारे में भी यह माना जा सकता है कि वह भी हेराफेरी के

माहात्म्य से सुपरिचित रहा होगा। अर्थात आरोपियों में तीन संभावित मुन्नाभाई एमबीबीएस हैं। साथ ही सीबीएसई के कंप्यूटर ऑपरेटर हेमंत शर्मा और सचदेवा न्यू पी.टी. कॉलेज के मैनेजर एन.के. थपलू भी जेल में हैं। हेमंत शर्मा ने डेढ़ करोड़ रुपये में चार लोगों को पर्चे बेचे थे।

पकड़ा गया राकेश धनबाद के एक व्यापारी का बेटा और रणजीत वर्मा का रिश्ते का भाई है। इस मामले से जुड़ा गौतम भी गिरफ्तार हो गया है। वह दिल्ली में पर्चा आठ-दस लाख में खरीदने की हैसियत रखने वाले अभिभावकों से संपर्क और सौदेबाजी करता रहा था। एक ऐसे ही अभिभावक ने परीक्षा से दो दिन पहले पुलिस से शिकायत की कि मुझे न्यू अशोक नगर के एक मकान में यह कहकर बुलाया गया कि अगर आप अपने बच्चे के मेडिकल में दाखिले की गारंटी चाहते तो यहां आएं। वहां मुझे पता चला कि जिन लोगों से सौदा पट गया है उनके बच्चों को कल शाम यहीं बैठकर रटने के लिए सॉल्व किया हुआ पर्चा दे दिया जाएगा और यहीं से उन्हें परीक्षा केंद्र में जाना होगा।

छापा पड़ते वक्त उस मकान में तेरह चीटू छात्र-छात्राएं अपने 'लीकू सर्स' की छत्रछाया में अगली सुबह आने वाले प्रश्नपत्र के उत्तर रट रहे थे और उनके धर्मभीरु डैडी-मम्मी गॉड का लाख-लाख शुक्र कर रहे थे कि तूने आठ-दस लाख में हमारे बच्चे का डॉक्टर बनने का सपना पूरा करा दिया। इन अभिभावकों में डॉक्टर और सरकारी अधिकारी भी शामिल थे। क्या इससे यह नतीजा नहीं निकलता कि हमारे समाज में डॉक्टरी पढ़ने वाले और डॉक्टरी पढ़ चुके दोनों किस्म के बहुत से लोग अब मेडिकल की पढ़ाई और पेशे दोनों को मुन्नाभाई एमबीबीएस की तरह एक मजाक मान चुके हैं? दस लाख देकर पर्चा खरीदने वाले ये डॉक्टर-अभिभावक अपनी औलाद को डॉक्टर बनाने के लिए इसलिए लालायित हैं कि इस धंधे में आमदनी तगड़ी है। लेकिन वे इस धंधे में आने वालों के लिए मेधावी और नैतिक होना गैरजरूरी मान रहे हैं। मेरे लिए यह कौतूहल का विषय है कि क्या ये डॉक्टर-अभिभावक स्वयं किसी रणजीत डॉन की मेहरबानी से मेडिकल कॉलेज में दाखिल हुए थे।

पर्चा खरीदने वाले कुछ अभिभावक ऐसे थे जो ऊंचे सरकारी पदों पर हैं। सरकारी पदाधिकारियों की एक बड़ी जिम्मेदारी यह समझी जाती है कि वे सरकारी कायदे-कानूनों का पालन कराएंगे। इसी के चलते वे अक्सर आम नागरिकों को नियमों की दुहाई देकर छोटी-छोटी बात के लिए पूरा नाच नचवा देते हैं। लेकिन उनका इस तरह से अपने बच्चों को नाजायज तरीके से मेडिकल कॉलेज में दाखिला दिलाने के लिए लाखों रुपये खर्च करना यह दर्शाता है कि उन्हें स्वयं नियमों में जरा भी आस्था नहीं है और वे भी पैसे वालों के लिए नियम भंग करके तगड़ी ऊपरी आमदनी करते रहे हैं। यह भी गौरतलब है कि इन मध्यमवर्गीय अभिभावकों की

अंतरात्मा को इस बात से कोई कष्ट नहीं हुआ कि लीकशुदा पर्चा लाखों में खरीदकर हम अपनी औलाद के कानों में 'अनीति से ही उन्नति होगी' और 'ग्रीड इज गुड फॉर यू' के मंत्र फूंक रहे हैं। प्रसंगवश पुलिस ने उन अभिभावकों और उनके बच्चों को गिरफ्तार करना जरूरी नहीं समझा। उसका कहना था कि वे आरोपी नहीं, महत्त्वपूर्ण गवाह हैं।

यों अगर पुलिस की यह मान्यता रही हो कि बच्चों का भविष्य सुधारने के लिए लीकशुदा पर्चा खरीदना गुनाह की नहीं, समझदारी की बात है तो कोई आश्चर्य नहीं है। अपनी भलाई के लिए कानून तोड़ना हमारा मध्यमवर्ग अब अक्लमंदी का काम मानने लगा है। पेपर लीक होना हमारी मध्यमवर्गीय नैतिकता के रिसते चले जाने का सबूत है। पिछले साल भी इसी प्री-मेड परीक्षा के पर्चे लीक हुए। तब भी रणजीत और सत्येंद्र से पूछताछ की गई क्योंकि उनके रणजीत डॉन के गिरोह से संपर्क होने के संकेत मिले थे। पिछले साल के मामले की जांच के बाद सीबीआई ने सीबीएसई और शिक्षा मंत्रालय दोनों को उन छात्रों की सूची दी थी जिन्हें लाखों रुपये की एवज में इसी तरह एक बंद कमरे में बैठाकर सॉल्व्ड पेपर रटने को दिया गया था। लेकिन इसके बावजूद वे छात्र मजे से मेडिकल कॉलेजों में पढ़ रहे हैं। ऐसा लगता है कि जैसे इस वर्ग ने चुनाव जीतने के लिए माफिया सरगनाओं को राजनीति में घुस जाने दिया है वैसे ही अब वह अपनी नालायक औलादों के हित में उच्च शिक्षा के क्षेत्र में रणजीत डॉनों को घुसा देना चाहता है। उसका ऐसा करना न केवल मेहनती और मेधावी छात्रों के साथ खिलवाड़ करना है बल्कि बेहतरीन उच्च शिक्षा के कारण चमकते इंडिया की शाइन छीन लेना भी है।

(10 मई, 2004)

‘ब’ से ब्रह्मचर्य, ‘भ’ से भोग

मुक्तमंडी के मुख्यालय अमेरिका में स्कूली छात्र-छात्राओं के संदर्भ में इधर दो बड़ी खबरें छपी हैं। एक का संबंध ‘ए फॉर ऐब्स्टिनेंस’ (ब से ब्रह्मचर्य) का नारा बुलंद करने वाले एक कट्टरपंथी ईसाई नवयुवक को बुश सरकार तथा उसे समर्थन देने और उससे समर्थन पाने वाले पूंजीपतियों और पादरियों द्वारा ढेरों आशीर्वाद और करोड़ों डॉलर के अनुदान दिए जाने से था। दूसरी का संबंध किशोर-किशोरियों द्वारा ‘पसीने की बदबू’ की समस्या से निपटने के लिए ‘बोटॉक्स’ के इंजेक्शन का बगलों में लगवाए जाने से। दूसरे शब्दों में मुक्तमंडी मार्का नवपूंजीवाद किशोर-किशोरियों को दाएं हाथ से ब्रह्मचर्य बेचने में जुटा हुआ है और बाएं हाथ से सेक्स अपील की रक्षा करने वाला ‘बोटॉक्स’ का इंजेक्शन।

पहले ब्रह्मचर्य बेचने वाले उस कट्टर ईसाई नवयुवक की बात करें। उसने अपने मिशन को सफल बनाने के लिए धर्म प्रचारकों वाले हथकंडे भी अपनाए हैं और मार्केटिंग के विशेषज्ञों वाले भी। सच तो यह है कि इस तरह के कई विशेषज्ञ उसके आंदोलन से बाकायदा जुड़े हुए हैं। राजनीतिक संरक्षण और सरकारी-गैर सरकारी अनुदान प्राप्त करने के लिए यह नवयुवक वॉशिंगटन के एक खुर्राट लॉबीइस्ट उर्फ दलाल की सहायता लेता रहा है। वह उसे तथा उसके प्रतिनिधिमंडल में शामिल ब्रह्मचारी किशोर-किशोरियों को यह बताता है कि किस राजनेता या पूंजीपति से क्या कहने पर काम बनेगा।

धर्म-प्रचारकों के चरण-चिह्नों पर चलते हुए यह नवयुवक जगह-जगह शिक्षा संस्थानों में जनसभाएं करता है। ब्रह्मचर्य और सद्गृहस्थ जीवन के बारे में बार-बार बाइबिल के हवाले से बात करके और यौन-स्वतंत्रता की बात करने वाले वामपंथियों को शैतान का शार्गिद ठहराकर वह छात्र-छात्राओं के दिल में खौफ बैठाता है और उनके माता-पिता के मन में धार्मिक जोश जगाता है। वह कहता है कि उदारता के नाम पर अनैतिकता और अराजकता बढ़ा रही है वामपंथी बिरादरी! वह वामपंथियों को शास्त्रार्थ के लिए आमंत्रित करता है। इस काम में उसकी दो प्रमुख सहयोगिनी भी हैं। पहली सहयोगिनी है एक नामी-गिरामी डॉक्टरनी जो वैज्ञानिक तर्कों के तीर चलाकर विरोधियों का मुंह बंद करने की क्षमता रखती है। कच्ची उम्र में बुरा काम करने के बुरे नतीजों के बारे में उसके पास चौंकाने वाले आंकड़ों और दहला देने वाले किस्सों का बड़ा भंडार है। जैसे यह कि अमेरिका में रोजाना आठ हजार किशोर-किशोरियां किसी यौनरोग की गिरफ्त में आ रहे हैं और तीन हजार किशोरियां अनचाहे गर्भवती हो जा रही हैं।

दूसरी सहयोगिनी एक भूतपूर्व मिस अमेरिका है जो यह संदेश देती है कि सेक्सी

होने का मतलब दूसरों को अपने साथ सेक्स-सुख लूटने देना नहीं होता। सही साथी से सही उम्र में विवाह करके जो भोगा जाता है वह पवित्र और प्रेमपगा सेक्स ही देता है सुख-संतोष। यह महिला ब्रह्मचर्य-विरोधियों का मुंह बंद करने के लिए 'हां या ना' में जवाब देने का आग्रह करने की शैली अपनाती है। जैसे यह, 'विवाहपूर्व सेक्स किशोर-किशोरियों के शारीरिक-मानसिक स्वास्थ्य के लिए खराब है— हां या ना?' या यह, 'किशोरों में कंडोम और किशोरियों में गर्भ-निरोधक गोलियां बांटना उन्हें परोक्ष रूप से सेक्स-सुख लूटने को बढ़ावा देना है— हां या ना?'

शास्त्रार्थ के बाद इन सभाओं में पहले कुछ ऐसे किशोर-किशोरी खड़े होते हैं जो बताते हैं कि कैसे हमें सेक्स की लत लग गई थी लेकिन इस नवयुवक ने हमें भगवान की वाणी सुनाकर शैतान के चंगुल से छुड़ा लिया। कुछ दस-बारह साल के बच्चे-बच्चियां भी खड़े किए जाते हैं कि हम शैतान के उकसाने पर सेक्स आजमाने की सोच रहे थे कि इस नवयुवक ने आकर हमें बचा लिया। ये सभी किशोर-किशोरियां बताते हैं कि किस तरह 'द रिंग थिंग' की कृपा से हम पढ़ाई-लिखाई, खेल-कूद और सामाजिक व्यवहार कौशल तीनों में पहले से कहीं बेहतर हो चले हैं और अपार सुख-शांति अनुभव कर रहे हैं।

रिंग थिंग? वह ऐसा है कि हर सभा के अंत में ब्रह्मचर्य व्रत लेने के लिए आगे बढ़े बालक-बालिकाओं को चांदी की एक अंगूठी पहनाई जाती है कि अपना कौमार्य सुहागरात के लिए सुरक्षित रखना। यह हुई ब्रह्मचर्य बेचने की बात। अब आएं बोटॉक्स की मार्केटिंग पर। दशकों पहले प्लास्टिक सर्जनों ने यह पाया कि स्नायुतंत्रों पर प्रहार करने वाला जहर बोटॉक्स अगर अल्प मात्रा में चमड़ी के नीचे इंजेक्ट कर दिया जाए तो कुछ दिनों तक के लिए झुर्रियां गायब हो जाती हैं। फिर क्या था, 'अभी तो मैं जवान हूं' का नारा लगाने की इच्छुक बिरादरी को उन्होंने यह इंजेक्शन बड़े पैमाने पर बेचना शुरू किया। पिछले कुछ वर्षों से उन्होंने बोटॉक्स का वही इंजेक्शन किशोर-किशोरियों को बेचना शुरू किया है कि इसे लगा लेने से पसीने की ग्रंथियों को लकवा मार जाता है। तो इस साल की बड़ी खबर यह थी कि अंतिम वर्ष के छात्र-छात्राओं को दी जाने वाली नाच-गाने की दावत 'प्राम्स' में बहुत से लड़के-लड़कियां अपनी बगलों और हथेलियों में बोटॉक्स का निहायत ही महंगा इंजेक्शन लगवाकर आए। उन्होंने इस बात की कोई परवाह नहीं की कि इंजेक्शन लगाने के बाद कई दिन तक बगलें झनझनाती और दुखती हैं। प्रकृति ने भले ही बदन की बदबू को सेक्स अपील का संदेशवाहक बनाया हो, मुक्तमंडी उसे सेक्स अपील के लिए सबसे बड़ी बाधा ठहरा चुकी है। इसे दूर करने या ढंकने के लिए तमाम तरह के साबुन, परफ्यूम और डीओडोरेंट बेचने के बाद वह अब नाग-विष के जैसे एक जहर का इंजेक्शन बेच रही है क्योंकि उसके सौंदर्यबोध की नाक को पसीने की बदबू से बहुत कष्ट होता है। मुक्तमंडी के लिए

सौंदर्य का मतलब है सेक्स अपील। इसीलिए तो वे प्लास्टिक सर्जन, जिनका धंधा कभी जल जाने से या किसी बीमारी से विकृत हुए अंगों को ठीक करना भर था, आज अमेरिका में अपने को ऐस्थेटिक सर्जन यानी सौंदर्यवर्द्धक सर्जन बता रहे हैं। वे कह रहे हैं कि हम आपके शरीर को नया आकार देने वाले मूर्तिकार हैं। नाक से लेकर गुप्तांग तक, छातियों से लेकर नितंब तक आपके शरीर के किसी भी अंग की सेक्स अपील बढ़ाना वे अपने सौंदर्यबोध का फर्ज मानते हैं। वे ग्राहकों से पूछते हैं कि आपको किस अभिनेता या अभिनेत्री जैसा कौन-सा अंग चाहिए। उनकी नेक सलाह यह है कि सौंदर्यवर्द्धक सर्जरी के लिए 50-55 की उम्र तक इंतजार मत कीजिए, शुरू से ही हमारी शरण में आ जाइए। उनकी सेवाएं लेने के लिए बूढ़े-बच्चे और मर्द सभी दौड़ रहे हैं।

तो मुक्तमंडी का मुख्य धंधा वह भोग-उपभोग बेचना है जिसका सिरमौर संभोग उर्फ सेक्स है। फिर भी परलोक सुधारने की खातिर वह स्कूली बच्चों में ब्रह्मचर्य बेचने का नाटक कर रही है। ब्रह्मचारी भोग-उपभोग नहीं करते। और भोग-उपभोग के बगैर नवपूंजीवाद चल नहीं सकता। प्रसंगवश यह जान सकना बहुत दिलचस्प होगा कि 'द रिंग थिंग' के लिए तगड़ा अनुदान देकर सौंदर्यबोधयुक्त कितने सर्जनों ने टैक्स में छूट पाई है।

(17 मई, 2004)

समरथ को नहिं दोस गुसाईं

एक समाचार भारत से— पटना हाईकोर्ट ने यह सवाल उठाया कि जब जेल में बंद अपराधी को वोट देने का अधिकार नहीं होता तब उसे चुनाव लड़ने का अधिकार कैसे दिया जा सकता है? यह सवाल उठने पर तथाकथित बाहुबली बिरादरी में खलबली मच गई और अलग-अलग पार्टियों के टिकट पर अथवा स्वतंत्र रूप से चुनाव दंगल में कूदे जेल में बंद माफिया डॉन कुछ चिंता में पड़ गए। चुनाव आयोग ने सर्वोच्च न्यायालय में गुहार लगाई कि चुनाव-प्रक्रिया शुरू होने के बाद पटना हाईकोर्ट का इस तरह का सवाल उठाना सही नहीं है और सर्वोच्च न्यायालय ने हाईकोर्ट के आदेश पर रोक लगा दी।

दूसरा समाचार अमेरिका से— इराक में अमेरिकी और ब्रितानी सैनिकों द्वारा जेलों में इराकियों से बर्बर व्यवहार किए जाने का जो आरोप शुरू से सुना जाता रहा था और जिसके विषय में रेड क्रॉस जैसी कई अंतर्राष्ट्रीय संस्थाएं गहन चिंता व्यक्त कर चुकी थीं उसके अकाट्य प्रमाण देने वाले चित्रों के मीडिया द्वारा प्रकाशित कर दिए जाने पर बड़ी खलबली मची। इस बारे में संसद की सेना समिति में सुनवाई हुई जिसमें प्रतिरक्षा मंत्री और प्रधान सेनापति को तलब किया गया। इस सुनवाई में सभी ने कहा कि इराकी जेलों में अत्याचार का पर्दाफाश स्वयं हमारे मीडिया द्वारा किया जाना और हमारा सारे मामले की खुली जांच करना इस बात का सबूत है कि हमारे देश में सच्चा लोकतंत्र है और हम न्याय तथा समता के सर्वोच्च सिद्धांतों पर विश्वास करते हैं।

इन दोनों असंबद्ध समाचारों को टटोलें तो इनमें आज की सामाजिक मन:स्थिति पर प्रकाश डालने वाला सूक्ष्म संबंध नजर आता है। बात शुरू करें माफिया डॉन के लिए हिंदी पत्रकारों द्वारा चला दिए गए शब्द 'बाहुबली' से। यह विस्मय- कारी प्रयोग इतने धड़ल्ले से चल निकला है कि इसके आगे मेरा प्रश्न चिह्न लगाना अब विस्मयकारी ठहरेगा। कोश के अनुसार बाहुबली का अर्थ है— पराक्रमी। दहशतगर्दी और गुंडागर्दी के सहारे हफ्तावसूली, फिरौती, सुपारी, ठेकों पर एकाधिकार और चकला-घर-जुआघर-सट्टा केंद्र संचालन से कमाई करने के लिए किसी पराक्रम की नहीं, राजनीतिक-प्रशासनिक संरक्षण की आवश्यकता पड़ती है।

इटली के धुर दक्षिण में स्थित सिसली द्वीप से अमेरिका आए आपस में खून-खराबा करने वाले जो कुटुंब माफिया कहलाते थे उनके डॉन यानी मुखिया संगठित अपराध के क्षेत्र में नेताओं, पुलिस अधिकारियों और जजों को तगड़ी घूस देकर संरक्षण प्राप्त करते रहे थे। हमारे माफिया डॉन शायद इसलिए पराक्रमी माने जा रहे हैं कि वे राजनीतिक-प्रशासनिक संरक्षण के मोहताज नहीं रहे हैं। यह उनके पराक्रम

का प्रमाण है कि जहां माफिया डॉन अपराध करते हुए भी एक आचार संहिता का पालन करते थे वहां वे कायदे-कानून के साथ-साथ नीति को भी लात मार चुके हैं। वे अपनी ओर अंगुली उठाने वाले शरीफ आदमी को गोली मार देते हैं और अपने चरणों पर गिरने वाले को संरक्षण प्रदान करते हैं।

संभव है, पत्रकारों ने अपनी खैर इसी में समझी होगी कि उन्हें गुंडा, हत्यारा वगैरह न पुकारकर बाहुबली कहें। अब यह बात अलग है कि ये गुंडे-हत्यारे स्वयं भी शब्दकोश नहीं देखते इसीलिए उन्हें बाहुबली कहलाए जाने पर आपत्ति होने लगी है। चुनाव मैदान में कूदे कई डॉन इधर टीवी चैनलों पर यह कहते सुने गए कि आप लोग हमें बाहुबली पुकारते रहें, हम तो गरीब जनता की ओर से लड़ने वाले लोग हैं। अगर इसके चलते कुछ वर्ष बाद हमारे पत्रकार माफिया डॉन का हिंदी अनुवाद जनसेवक करने लगें तो कोई आश्चर्य नहीं।

इन जनसेवकों के चुनाव लड़ने पर हाईकोर्ट की आपत्ति इसलिए अमान्य हुई कि चुनाव-प्रक्रिया शुरू हो चुकी थी। लेकिन यह आपत्ति उससे पहले भी उठाई गई होती तो ऐसा कोई कानून न था जो उन्हें चुनाव लड़ने से रोक सके। एक बार चुनाव आयोग ने आपराधिक छवि के लोगों की उम्मीदवारी पर रोक लगाने के लिए कानून बनाने की सलाह दी थी लेकिन सभी राजनीतिक दलों ने टालमटोल का रुख अपनाया था। उनका कहना था कि इस तरह के कानून का दुरुपयोग सत्ताधारी दल विरोधियों को चुनाव लड़ने से रोकने के लिए कर सकते हैं। लेकिन सभी दलों के नेता यह स्वीकार करने से हिचके कि अपराधियों को चुनाव लड़ने से रोकने का कानून बनने पर हममें से बहुत से चुनाव लड़ने से रोके जा सकते हैं।

वे यह कहने में भी शरमाए कि आतंक के बल पर चुनाव जीत और जिता सकने वाले बूथलूटू बाहुबली अब हमारे लिए राजनीतिक अछूत नहीं रह गए हैं। ये जनसेवक जनता को मतदान केंद्र तक जाने का कष्ट नहीं करने देते और 'पीसफुल रिगिंग' उर्फ शांतिपूर्ण धांधली के अंतर्गत उसकी ओर से मतदान स्वयं कर आते हैं। वे अपने-अपने इलाके में इतनी व्यापक सामाजिक स्वीकृति पा चुके हैं कि हमारा यह लोकतांत्रिक कर्तव्य हो जाता है कि हम उन्हें गले लगाएं! चाहे जिस तरीके से भी जो व्यक्ति जनता की अदालत में चुनाव जीत सकता हो वह न जनतंत्रविरोधी कहा जा सकता है, न जनविरोधी।

अब नजर डालें इराकी कैदियों पर हुए अत्याचार के मामले पर। संसदीय सुनवाई में बुश-समर्थक और विरोधी, दोनों ने ही इसे एक दुखद अपवाद ठहराया और कहा कि हमें कुछ ऐसा कहना या करना नहीं चाहिए जिससे मानवीय मूल्यों पर तनिक भी विश्वास न करने वाले आतंकवादियों को बढ़ावा मिलता हो। दूसरे शब्दों में यह कि इसे हमारी महानता समझा जाए कि हम बंदियों को नंगा करके

रखने, गले में पट्टा डालकर कुत्ते की तरह घुमाने, उनके मुंह में मूतने, उनसे बलात्कार करने जैसी मानवीय बातों को अमानवीय और अक्षम्य बता रहे हैं। लेकिन हमें यह नहीं भूलना चाहिए कि जिन लोगों के साथ ऐसा सलूक किया जा रहा था वे अपने विरोधियों के साथ इससे भी गंदा व्यवहार करते आए हैं।

दोनों पक्षों में अंतर केवल इतना था कि जहां बुश के समर्थक यह कहते रहे कि सरकार से कहीं कोई चूक नहीं हुई और उसने अत्याचारों का पता चलते ही दोषियों को सजा देने के लिए कदम उठाए वहां बुश के विरोधी इस चुनाव वर्ष में यह सिद्ध करने में जुटे रहे कि सरकार से इराक के मामले में हुई भूलों की यह भयंकरतम कड़ी थी। कुछ व्यावहारिक किस्म के टिप्पणीकार यह सवाल उठा रहे हैं कि इस मामले में इतना हो-हल्ला मचाया ही क्यों जा रहा है। विजेता, पराजितों से हमेशा से ऐसा ही व्यवहार करते आए हैं। कुछ ने इस ओर ध्यान दिलाया है कि कैदी शत्रुओं से महत्त्वपूर्ण जानकारी उगलवाने के लिए उन्हें इस तरह अपमानित करना एक जाना-माना नुस्खा है जिसे आधुनिक दौर में भी सब अपनाते रहे हैं। दूसरे शब्दों में यह कि शत्रु से मानवीय व्यवहार करने की बात निरा आदर्शवादी ढकोसला है। अब अगर हम जरा ध्यान दें तो दोनों ही समाचारों को जोड़ने वाला एक सूत्र हाथ लगता है। वह यह कि दोनों ही इस उत्तर-आधुनिक संसार में वही सनातन संदेश समाज को दे रहे हैं कि समरथ को नहिं दोस गुसाईं। इसमें निहित दूसरा संदेश यह है कि इंसान में भगवान और शैतान दोनों ही बसते हैं। आदर्शवाद का तकाजा यह है कि हम भगवान को पूजें। लेकिन व्यावहारिकता और सुविधा-प्रियता की मांग यह है कि हम शैतान की शरण में जाएं। भगवान की आवश्यकता ढकोसले तक ही सीमित है। आज का समाज इस विडंबना में जी रहा है कि जहां विज्ञान उसके लिए सुनहरे भविष्य के द्वार खोल रहा है वहां राजनीति उसे बर्बरता की ओर लौटा ले जाने पर तुली हुई है।

(24 मई, 2004)

गुस्ताखी माफ, सबका सूपड़ा साफ

तो एक बार फिर जनमत का पूर्वानुमान लगाने वाले सभी विशेषज्ञ, राजनीति के सभी पंडित, चोटी के सभी पत्रकार और ज्योतिषी भारतीय मतदाता की मंशा पहचान सकने के मामले में सख्त अनाड़ी साबित हुए। जब भारतीय मतदाता सबके पूर्वानुमान भयंकर रूप से गलत साबित कर देता है तब बड़ा तमाशा होता है। अब यही लीजिए न कि कुछ ही महीने पहले जब मध्य प्रदेश वगैरह में बीजेपी ने विधानसभा चुनाव में कांग्रेस का सूपड़ा साफ कर दिया था तब सारी पंडित-पत्रकार बिरादरी ने महाजन-जेटली के 'हाईटेक चुनाव प्रबंध' और प्रचार का जयकार किया था। अब लोकसभा चुनाव में भाजपा का सूपड़ा साफ हो गया है तो वे उसी हाईटेक तौर-तरीके को ले डूबने वाला बता रहे हैं! अब तक उनका फैसला यह था कि कोई भी नेता ऐसा नहीं है जो अटल जी के मुकाबले में खड़ा हो सके, अब उन्हें सोनिया जी में ही नहीं, राहुल जी में भी गाल में पड़ने वाले गड्ढे समेत तमाम आकर्षक गुण और विशेषताएं नजर आने लगी हैं।

सच तो यह है कि मीडिया के लिए स्वयं चुनाव एक तमाशा बन चला है। न्यूज चैनलों पर चुनाव से पहले, चुनाव के दौरान और चुनाव के बाद चौबीसों घंटे कुछ-न-कुछ कहते रहना होता है। इसीलिए पोल्स्टरों, पंडितों और वाचाल नेताओं की जरूरत पड़ती है कि स्टूडियो में आएं और कुछ न कुछ बक-झक करते रहें। खामोशी भौंदू बक्से से बर्दाश्त नहीं होती। तो तमाम संबद्ध लोग पूर्वानुमानित अथवा घोषित नतीजों के आंकड़ों के आधार पर गरमागरम बहस और पांडित्यपूर्ण विश्लेषण करते हुए बराबर कुछ न कुछ कहते रहते हैं। अगर वे यह कहकर चुप हो जाएं कि भारत जैसे जटिल और बहुरंगी समाज में चुनाव के नतीजों के बारे में न कोई भविष्यवाणी की जा सकती है और न प्राप्त नतीजों का फौरन कोई गंभीर विश्लेषण किया जा सकता है तो न्यूज चैनलों का धंधा भी चौपट हो और खुद उनका भी!

आज सारे संसार में यह देखा जा रहा है कि पत्रकार और पंडित जनता का मिजाज और रुझान समझने के लिए अगर कभी महानगरों से बाहर निकलते भी हैं तो साधारण लोगों से बात करने के बजाय स्थानिक नेताओं और पत्रकारों से बात करते हैं, सो भी किसी वातानुकूलित कमरे में पटियाला पेग पीते और मुर्गी लेग चबाते हुए। छोटे-छोटे कस्बों से लेकर राजधानियों तक पत्रकार और पंडित सत्ता के गलियारों के चक्कर काटने के आदी हो चले हैं और नेताओं से अपने दोस्ताना ताल्लुकात पर नाज करने लगे हैं। वे और नेता सूचनाओं और स्वार्थपूर्ति के लिए एक-दूसरे पर निर्भर हो चले हैं। हमारे जैसे गरीब समाज में तो मीडियाकर्मियों के

लिए सुख-सुविधा और माल-मत्ते की खातिर नेताओं का चमचा बन जाने का लोभ और भी प्रबल हो उठता है। ऐसे में परिस्थिति का तटस्थ मूल्यांकन उनके बस का रह नहीं गया है।

रहे ज्योतिषी। उनके तथाकथित विज्ञान में वैसे ही कोई जान नहीं है लेकिन अगर हो भी तो वे स्वयं मीडिया का एक हिस्सा बन चुके हैं और अक्सर कुछ वैसी ही भविष्यवाणियां करते हैं जैसी कि पत्रकार कर रहे होते हैं। इन लोगों को एक सुविधा यह प्राप्त है कि भविष्यवाणी गलत साबित हो जाने पर ये नेताओं की जन्म-कुंडलियों के प्रामाणिक होने के आगे प्रश्नचिह्न लगा सकते हैं। जैसे अब कहा जा रहा है कि अटल जी का जन्म समय ठीक ज्ञात न होने के कारण उनकी दो-दो कुंडलियां बनी हुई हैं। और 'विदेशी मूल की' सोनिया जी की कुंडली तो गड़बड़ हो ही सकती है! पत्रकार और पंडित कोई सफाई नहीं देते। अगर वे सत्तारूढ़ पार्टी के पक्षधर रहे हों तो चुप्पी साध जाते हैं और घोषित विरोधी रहे हों तो चहकने-कूदने लगते हैं कि वसंत आ गया। 'तटस्थ' बिरादरी फौरन पलटी खाती है कि सत्ता के गलियारों में आना-जाना बना रह सके।

इलेक्शन को वन-डे क्रिकेट मैच बनाने पर तुला हुआ मीडिया न केवल चुनाव से पहले के अपने अनुमानों पर स्वयं विश्वास करता है बल्कि उन्हें कुछ इस विश्वास के साथ पेश करता है कि भौंदू बक्से के भक्तजनों को भी उन पर विश्वास करना पड़ता है। जब नतीजे पूर्वानुमानों के सर्वथा विपरीत आते हैं तब दंग रह गए भक्तजन मीडिया महानुभावों से यह सुनते हैं कि भारतीय मतदाता एक अजीब चीज है। इस अजीब चीज के मत में अप्रत्याशित परिवर्तन हो जाने के अनेक कारण वे सुझाते हैं और यह भी समझने और समझाने की कोशिश करते हैं कि चुनाव से क्या 'जनादेश' मिला है।

जनादेश की बात करना इसलिए निरर्थक-सा है कि हर लोकतंत्र में मतदाताओं का एक बड़ा हिस्सा वोट देता ही नहीं है। अमेरिका में वोट डालने न जाने वालों में बड़ी संख्या गरीबों की होती है जबकि हमारे यहां वोट न डालने वालों में वे पढ़े-लिखे संपन्न लोग आगे रहते हैं जो मुद्दों और जनादेशों की सबसे ज्यादा चर्चा करते हैं। जहां तक हमारे गरीब मतदाता का सवाल है, मुझे पूर्व प्रधानमंत्री वी. पी. सिंह की यह बात दमदार लगती है कि परेशानहाल इंसान जैसे रात को नींद न आने पर करवटें बदलता रहता है वैसे ही अपनी दशा न सुधरने पर चुनाव में सरकारें बदलता रहता है। 'विचारधारा की समाप्ति' के बाद सभी सरकारें अब लगभग एक-सी आर्थिक रीति-नीति पर चलने को मजबूर हो चली हैं। इसीलिए पश्चिमी मीडिया की नकल करते हुए हमारे मीडिया ने भी चुनावों को और महत्त्वपूर्ण बनाने के लिए इतनी ज्यादा नाटकबाजी शुरू कर दी है। जनमत संग्रह करा-कराके चुनाव में जान

डालने का तरीका भी उसने वहीं से आयात किया है।

पश्चिमी समाजों में बड़ी एकरूपता है लेकिन उनमें भी सर्वेक्षण के लिए मतदाताओं का ऐसा नमूना चुनना बहुत मुश्किल हो जाता है जो समाज का सच्चा प्रतिनिधि साबित हो। इसीलिए वहां भी चुनाव के पूर्वानुमान कभी-कभी गलत साबित हो जाते हैं। धर्म, जाति, वर्ग, प्रदेश के आधार पर बंटे हुए भारतीय समाज की संरचना बहुत जटिल है। हमारे यहां मतदाताओं का कोई प्रतिनिधि नमूना चुन सकना लगभग असंभव है। फर्ज कीजिए, नमूना सही भी चुना गया हो तो इस बात की कहां गारंटी है कि कामचोरी जिंदाबाद के माहौल में जनमत-संग्रह के लिए गली-कूचों और गांवों की धूल फांकने भेजे गए दिहाड़ी कर्मचारी कहीं किसी पेड़ की छाया में बैठकर सारे फॉर्मों पर टिक का निशान खुद ही टिका देने के लोभ से अपने को बचा ले जाते हों। तो भी नाटकबाजी के अंतर्गत मीडिया अपने सर्वेक्षणों के नतीजे इस तरह प्रस्तुत करता है मानो वे घोषित परिणाम हों।

चुनाव परिणामों के विश्लेषण में लगे मीडिया पंडित और नेता इस बात की चर्चा ही नहीं करते कि हमने वह पद्धति अपनाई है जिसमें यह जरूरी नहीं कि जीतने वाले को पचास प्रतिशत से अधिक मतदाताओं का समर्थन मिला हो। यही नहीं, ज्यादातर देशों में दो प्रमुख दल होते हैं। हमारे यहां पहले अकेली कांग्रेस थी जिससे टक्कर लेने के लिए गैर कांग्रेसवाद के अंतर्गत तमाम तरह के दल संगठित किए गए। उसका एक ही नतीजा सामने आया कि हाशिये में पड़े हिंदुत्ववादी भाजपा के रूप में सशक्त होकर उभर सके। अब गैर कांग्रेसवाद के साथ-साथ गैर भाजपावाद भी शुरू हुआ। केंद्र में अस्थिरता का सिलसिला शुरू हुआ। अगर इस चुनाव के बाद सभी 'सेक्युलर' दल सच्चे मन से और सच्चे मानों में कांग्रेस के हाथ मजबूत करें या फिर अपने को वामपंथी समझने वाले सारे दल एक हो जाएं और इसी रूप में आइंदा चुनाव लड़ने का फैसला करें तो आने वाले कठिन समय में देश का कुछ भला हो सकता है।

(31 मई, 2004)

महान भारतीय सोप ऑपेरा

हमारी शहरी मध्यमवर्गीय बिरादरी को यह शिकायत रहती आई है कि भारतीय राजनीति और सोप ऑपेरा दोनों बेहद ऊल-जलूल हो चले हैं। लेकिन दिलचस्प बात यह है कि इस ऊल-जलूल की सबसे बड़ी ग्राहक और निर्माता स्वयं वही है। टेलीविजन की रेटिंग्स तय करते समय सबसे ज्यादा वजन महानगरों के दर्शकों को दिया जाता है और हमारी राजनीति पर भी ऐसे ही लोग छाए हुए हैं जो अमीर शहरी हैं या अमीर शहरी बन जाना चाहते हैं। यही वजह है कि चाहे जरूरत से ज्यादा लंबा खिंचता काल्पनिक सोप *जस्सी जैसी कोई नहीं* हो या वास्तविक 'सोनिया जैसी कोई नहीं', हमारे तथाकथित पढ़े-लिखे और आधुनिक लोग उसमें दर्शक या निर्माता के रूप में बहुत रुचि लेते हैं। तो राजनीति और मीडिया से जुड़े हमारे मध्यम और उच्चवर्गीय लोगों ने हमारी राजनीति को पूरी तरह एक बेसिर-पैर का सोप ऑपेरा बना डाला है। ताजातरीन एपीसोडों पर गौर करें।

सबसे पहले तो कांग्रेसियों ने भाजपा की हार का श्रेय पूरी तरह सोनिया जी के महान नेतृत्व को दिया और नए गठबंधन ने उन्हें अपना नेता स्वीकार कर लिया। उधर भाजपाइयों ने अपनी हार के 'शाइनिंग' कारणों पर ध्यान देने के बजाय 'विदेशी' सोनिया के प्रधानमंत्री बन जाने से राष्ट्रीय स्वाभिमान के विरुद्ध 'छाती-कूटन प्रतियोगिता' शुरू कर दी। इसके आयोजक बने अटल जी को मुखौटा बताने वाले संघी बुद्धिजीवी गोविंदाचार्य। उनसे पूछा जाना गैर जरूरी समझा गया कि उनकी निक्करधारी बिरादरी राष्ट्रीय स्वाभिमान बचाने के लिए राजग को चुनाव जितवाने में जी-जान से क्यों नहीं जुटी। क्या उसे सोप ऑपेरा की एक अन्य अंतर्कथा के अंतर्गत इससे कहीं ज्यादा जरूरी 'मुखौटे से मुकुट' बन बैठे अटल जी के पर कतर देना लग रहा था?

मैंने अपने पास-पड़ोस में बहुत से गैर-भाजपाई लोगों को भी यह कहते सुना कि हद हो गई कि इतने बड़े देश में प्रधानमंत्री पद के लिए इतालवी मूल की एक साधारण महिला को छोड़ और कोई नहीं मिला! दिलचस्प तथ्य यह है कि मेरे इन्हीं मध्यमवर्गीय पड़ोसियों ने डेढ़ सौ मीटर के फासले पर स्थित मतदान केंद्र में जाकर वोट डालने का कष्ट नहीं उठाया। राष्ट्रीय स्वाभिमान के लिए इतने ही चिंतित थे तो कांग्रेस के खिलाफ वोट देने क्यों नहीं गए? क्या उन्हें यह नहीं पता था कि शहरी और आधुनिक कांग्रेसी भी एक परिवार विशेष को अपना राजपरिवार मान चुके हैं? सोप ऑपेराबाजी को कुछ और आगे बढ़ाते हुए गोविंदाचार्य की शिष्या रह चुकीं साध्वी उमा भारती ने मध्य प्रदेश के मुख्यमंत्री पद से इस्तीफा देने और ईश-प्रेरणा के लिए पुनः केदारनाथ में तपस्या करने की घोषणा की। इधर उन्होंने संन्यास की

ओर कदम बढ़ाया तो दूसरी ओर सांसारिकता के अंतर्गत अपने छह खास लोगों को सरकारी निगमों के अध्यक्ष पद पर बैठाया। राजनीतिक संन्यासिनी ने अपना त्यागपत्र राज्यपाल को नहीं दिया। दे देतीं तो मंजूर हो जाता और किस्सा आगे नहीं खिंचता। उन्होंने त्यागपत्र दिया भाजपा अध्यक्ष वेंकैया नायडू को जो स्वयं सोप ऑपेरा के बड़े घुटे हुए उस्ताद हैं। वह भाजपा की जीत के लिए तिरुपति में अपना सिर घुटवा आए थे कि हार गए तो बतौर शोक-चिह्न ही काम आ जाएगा।

वेंकैया जी से प्रेरणा लेकर सुषमा स्वराज ने घोषणा की कि अगर सोनिया जी प्रधानमंत्री बनती हैं तो मैं बाल कटवा लूंगी, सिंगार नहीं करूंगी, सफेद कपड़े पहनूंगी, जमीन पर सोऊंगी, भुना अन्न खाऊंगी। मैं और मेरे पति दोनों राज्यसभा से इस्तीफा दे देंगे। गोया वह भी साथ में 'सता' होंगे। ध्यान रहे ये वही सुषमा जी हैं जिन्होंने सूचना प्रसारण मंत्री के रूप में दूरदर्शन के कार्यक्रमों में सुधार करने की दिशा में एक भी ठोस कदम नहीं उठाया, लेकिन अन्य चैनलों के कार्यक्रमों में भारतीय संस्कृति की अवहेलना पर बार-बार आंसू बहाती रहीं। भारतीय संस्कृति में किसी सधवा का शुद्ध सोप ऑपेराबाजी के अंतर्गत यह कहना कि मैं विधवा का बाना धारण कर लूंगी उतना ही कुरुचिपूर्ण है जितना कि राजनीति में किसी विदेशी मूल के व्यक्ति का सर्वोच्च पद पा जाना विस्मयकारी।

सोप ऑपेरा को दिलचस्प बनाने में कांग्रेसी खेमे का योगदान और भी ज्यादा रहा। सोनिया जी नेता चुन ली गईं और सारे अन्य दलों के समर्थनपत्र लेकर राष्ट्रपति से मिलने गईं। इसके तुरंत बाद ही यह सुना गया कि वह प्रधानमंत्री नहीं बनना चाहतीं। इसकी भनक मिलते ही कांग्रेसी नेता अपने समर्थकों के साथ उनकी कोठी के आगे जमा होने लगे। कर्नाटक में कोई भाजपा समर्थक राष्ट्रीय स्वाभिमान के नाम पर आत्महत्या कर चुका था, इसलिए यहां भी सोनिया के प्रधानमंत्री न बनने पर जान दे देने की धमकियां दी जाने लगीं। इस सिलसिले में 'बेस्ट सपोर्टिंग ऐक्टर' का पुरस्कार जीतने लायक अभिनय किया एक ऐसे व्यक्ति ने जो कभी भाजपा का सांसद रह चुका था और अब एक कार की छत पर खड़ा होकर कनपटी पर पिस्तौल ताने ऐलान कर रहा था कि सोनिया जी प्रधानमंत्री नहीं बनीं तो अपने ऊपर गोली चला दूंगा। पुलिस ने उसे पकड़ने की जुगत की। इस दौरान उसने इतने सलीके से गोली दागी कि निशाना चूक गया। अलबत्ता गिरने से उसे थोड़ी चोट आई। अगले दृश्य में वह घर में लेटा कराह-कराहकर यह कहता सुना गया कि सोनिया जी प्रधानमंत्री नहीं बनीं तो हम जान दे देंगे और इस बार हमारा निशाना नहीं चूकेगा। राजनीति को सोप ऑपेरा बनाने पर तुले हुए चैनलों ने फिर इस सोनियाभक्त को वहीं छोड़ अपना कैमरा एक अन्य आत्मघाती भक्त पर लगा दिया जो सोनिया जी की कोठी के सामने के पेड़ की सबसे ऊंची डाल पर चढ़ गया कि जी कूद जाऊंगो।

इसके अगले एपीसोड में भाव-विह्वल सोनिया जी ने बताया कि मेरी अंतरात्मा मुझसे कह रही है कि प्रधानमंत्री पद मत लो। उनकी अंतरात्मा ने राष्ट्रपति से मिलने के बाद ही क्यों मुंह खोला, इस बारे में उन्होंने कुछ नहीं बताया। बस यही कहा कि आप मुझ पर यह निर्णय बदलने के लिए जोर न डालें। राज न करने का यह राजहठ अगर सचमुच अंतरात्मा के आदेश का नतीजा था तो सोनियाभक्तों को उसे चुपचाप स्वीकार करना चाहिए था। अगर यह त्याग अपने और कांग्रेसी राजपरिवार के कद को सहसा बहुत ऊपर उठाकर अगले आम चुनाव में भारी विजय पाने की एक सोची-समझी रणनीति का परिणाम था तो भी उसका सम्मान किया जाना चाहिए था। लेकिन राजहठ के सामने राजभक्त हठ की कोई औकात न होने के बावजूद सारे कांग्रेसी सांसद सोनिया जी से गिड़गिड़ाकर अपील करते रहे कि देश के गरीबों की खातिर अपना निर्णय बदलें। रेणुका चौधरी तो बाकायदा रो ही पड़ीं। मीडिया के मध्यमवर्गीय बुद्धिजीवियों ने इस सिलसिले में कभी सोनिया जी की तुलना महात्मा गांधी से की तो कभी ईसामसीह से। एपीसोड 'महान त्याग' पूरा हुआ कि 'मनमोहन किस्मत वाला उर्फ मुस्लिम राष्ट्रपति, सिख प्रधानमंत्री, मेरा भारत महा सेक्युलर' शुरू हो गया। यहां तक भी गनीमत थी, लेकिन त्याग और महानता की एक झलक दिखा देने के बाद हमारी पढ़ी-लिखी आधुनिक नेता बिरादरी अपनी असली औकात पर आ गई और शुरू हो गया एपीसोड 'मलाईदार मंत्रालय'। अच्छे शासन से ज्यादा जरूरी अच्छा नाटक करना मानने वाले हमारे नेता- जिस उत्साह से सोप ऑपेरा 'यह राष्ट्र रामभरोसे' हमारे मनोरंजन के लिए प्रस्तुत करते हैं वह सराहनीय है।

(7 जून, 2004)

अनन्य अटल, संत सोनिया वगैरह

आधुनिकता की सबसे बड़ी उपलब्धि यह मानी जाती है कि उसने सामंती ऊंच-नीच की जगह समता का सिद्धांत चलाया है। दिक्कत यह है कि कुदरत हर इंसान को बिल्कुल एक-सा नहीं बनाती और झुंड में रहने वाले अन्य जानवरों की तरह इंसानों में भी बिना मुखिया के काम चलता नहीं है। अनुशासन तभी रह पाता है जब उसकी जिम्मेदारी 'राजाओं' को सौंपी जाए। राजा और प्रजा का यह भेद किसी हद तक लोकतंत्र में भी बना रहता है। पूरी समता तो तब हो जब लोकतंत्र में हर काम प्रजा की मर्जी से हो और ऐसा कुछ भी न किया जाए जिसके लिए सब प्रजाजन सहमत न हों।

समता की कसौटी पर सबसे खरा उतरने वाला लोकतंत्र स्विट्जरलैंड का है जहां कोई 'राजा' होता ही नहीं। अन्य देशों से प्रधानमंत्री, राष्ट्रपति वगैरह आते हैं इसलिए उनका स्वागत-सत्कार करने के लिए बारी-बारी से अलग-अलग पार्टियों के नेता सालभर के लिए नाममात्र के राष्ट्रपति बना दिए जाते हैं। वहां चार साल के लिए बनी केंद्र सरकार के जिम्मे बस गिने-चुने काम होते हैं और उन्हें निभाते हुए भी कोई नया कदम उठाने से पहले उसे हर तिमाही में एक बार जनमत संग्रह कराना होता है। तो प्रजा ही प्रतिपक्ष है सरकार की। छोटे-से स्विट्जरलैंड के 26 कैंटन यानी जनपद अपनी सरकार इस तरह चलाते हैं मानो वे स्वतंत्र देश हों। हर कैंटन में हर गांव की ग्राम पंचायत भी स्वतंत्र रूप से कार्य करती है।

जानकार स्विट्जरलैंड के लोकतंत्र को आदर्श नहीं, सिरफिरा पुकारते हैं। उनका कहना है कि स्विट्जरलैंड से बाहर इसे लागू किया जाए तो अराजकता फैल जाएगी। स्वयं स्विट्जरलैंड में लोग इसके प्रति बहुत उत्साही नहीं हैं, न बड़े पैमाने पर वोट डालने जाते हैं और न चुनाव लड़ने के लिए ललकते हैं। भला कौन यह चाहेगा कि राज करने की जिम्मेदारी ले मगर न राजा कहलाए, न राजा के विशेषाधिकार पाए? जीवशास्त्र और समाजशास्त्र दोनों की गवाही के आधार पर जानकार कहते हैं कि बिना मुखिया या राजा के किसी भी जनसमूह का काम नहीं चलता। और जनतंत्र में बस इतना होता है कि कोई भी चुनाव जीतकर राजा बन सकता है और राजसत्ता किसी को विरासत में नहीं मिल पाती। अनुभव बताता है कि चुनाव के रास्ते राजसत्ता तक पहुंचने वाला आदमी कितना ही 'आम' हो दूसरों के मुकाबले में उसके पास कोई न कोई खास ताकत होती है। अक्सर देखा गया है कि पुराने प्रतिष्ठित सामंती परिवारों के लोग जनतंत्र में भी राजा बन जाते हैं। जीतने वाले उम्मीदवार या तो अमीर होते हैं या उन्हें अमीरों से चुनाव-खर्च मिला होता है। या वे ऐसी जाति या कबीले के नुमाइंदे होते हैं जिसे उस क्षेत्र में जबर्दस्त बहुमत प्राप्त हो या फिर उनका अपने

क्षेत्र में किसी कारण से बड़ा दबदबा होता है— भले ही गुंडागर्दी से! 'राजा बनने के अधिकारी' शुरू में किसी न किसी संघर्ष के दौरान उभरते हैं। जैसे कई देशों में आजादी की लड़ाई की अगुवाई करने वाले ही बाद में राजसत्ता पा गए। कई देशों में राजसत्ता उन्हें मिल सकी जिन्होंने लोकतंत्र की स्थापना के लिए संघर्ष किया। किसी भी लोकतंत्र में सत्ता में किसी क्षेत्र, जाति या धर्मविशेष की भागीदारी बढ़ाने के लिए किए गए संघर्षों में आगे रहे व्यक्ति भी अपने-अपने समर्थकों की दृष्टि में राजा बनने योग्य ठहरने लगते हैं। यह भी देखा गया है कि कोई आंदोलन चलाकर इस तरह से राजपद पाए नेताओं का लोकतंत्र में भी राजपरिवार चल निकलता है और उनके सगे-संबंधी तथा वारिस चुनाव लड़ते और जीतते हैं।

एक और गौरतलब बात यह है कि सड़कछाप इंसान की ओर से किए जाने वाले ऐसे तमाम आंदोलनों की अगुवाई करने वाले तमाम नेताओं में से राजपद ज्यादातर उन्हें ही मिलता है जो भले ही सड़कछापों से जुड़े हों स्वयं सड़कछाप न हों। हमने अपने देश में भी देखा है कि अनपढ़ गरीबों के 'मसीहा' अक्सर पढ़े-लिखे अमीर परिवारों के होते हैं। भारत जैसे बहुरंगी देशों में जहां हर दल और हर क्षेत्र में सत्ता के लिए कई छोटे-बड़े गुट टकराते हैं वहां गद्दी पर बैठने के लिए ऐसे संभ्रांत और संपन्न लोगों को उपयुक्त समझा जाता है जिनका कोई अपना गुट न हो, जो किसी खास क्षेत्र, धर्म या जाति से पूरी तरह न जुड़े हों और जो सत्ता के लिए होने वाली सड़कछाप छीना-झपटी से ऊपर माने जाते हों। हमारे यहां इसी के चलते कांग्रेस को नेता पद के लिए मोतीलाल नेहरू के वारिस ही योग्यतम नजर आते रहे हैं।

जब पुराने आंदोलन चुक गए होते हैं और कोई नया आंदोलन छेड़ सकने की उम्मीद नजर नहीं आती है तब राजपद के लिए योग्य उम्मीदवार प्रजा के सामने रखना मुश्किल हो जाता है। इस कठिनाई से पार पाने के लिए दूसरे धंधों के राजाओं को चुनाव मैदान में उतारा जाता है। हमारे यहां भी सिनेमा, क्रिकेट और उद्योग जगत के सितारे राजनीति में आयात किए जा रहे हैं। कठिन परिस्थितियों से निपटने का एक और तरीका यह है कि मीडिया की मदद से नेता को जनता के लिए विशिष्ट-तम बनाया जाता रहे। अमेरिका में इसी तरह अत्यंत साधारण बुद्धि और योग्यता वाले जॉर्ज बुश को राष्ट्रपति पद का योग्यतम अधिकारी बना दिया गया। इसी तरह ब्रिटेन में पहले मार्ग्रेट थैचर और फिर टोनी ब्लेयर को आसमान पर चढ़ाया गया। निश्चय ही अटल जी अनुभवी सांसद, प्रभावशाली वक्ता और निष्पक्ष नेता हैं और सोनिया जी नेकदिल और जुझारू स्त्री, लेकिन हमारे मीडिया ने तो उन्हें क्रमशः अनन्य अटल और संत सोनिया बनाकर रख दिया है।

लोकतंत्र में भी सड़कछाप प्रजा के मन में देवतुल्य राजा के लिए ललक ज्यों

की त्यों बनी हुई है लेकिन हर लोकतंत्र में आज ज्यादातर अयोग्य, तिकड़मी और भ्रष्ट लोग राजपद पा रहे हैं। योग्य उम्मीदवार हार रहे हैं और अयोग्य जीत रहे हैं! ब्रिटेन के वरिष्ठ पत्रकार सर पेरेग्रिन वॉर्सथॉर्न ने, जो स्वयं एक अभिजात परिवार से हैं, कहा है कि सड़कछाप राजाओं का लोकतंत्र लूटतंत्र बनता जा रहा है और लोक-संस्कृति को बहुत तेजी से रसातल में पहुंचा रहा है। राजनीति में सुयोग्य और संपन्न किस्म के खानदानी लोगों की वापसी होनी चाहिए। सामंती ऊंच-नीच बुरी अवश्य थी लेकिन उसके साथ-साथ ही बढ़िया और घटिया का अंतर भी कूड़ेदान में डाल देना समाज के लिए घातक सिद्ध हो रहा है। लोकतंत्र तभी चल सकता है जब नेता अपनी शिक्षा-दीक्षा और संस्कारों से बढ़िया हों और जनता यह भरोसा कर सकती हो कि वे न पक्षपात करेंगे, न भ्रष्टाचार। यह स्थापना जितनी विवादास्पद है उतनी ही पुरानी भी। सदियों पहले अरस्तू ने यह कहा था कि राजपद उन्हें दिया जाना चाहिए जिनके पास गुण अर्जित करने का समय हो और जो अच्छे-बुरे में तमीज कर सकते हों। बीसवीं सदी के आरंभ में इस्पहानी विद्वान ऑर्तेगा ई गासे ने कहा था कि लोकतंत्र के सड़कछाप भीड़तंत्र बनने से मानवता का भविष्य खतरे में पड़ने वाला है, उसे बुद्धि और योग्यता के आधार पर विकसित कोई नई सामंत बिरादरी ही बचा सकती है। अभिजात वर्ग की वापसी की बात निश्चय ही समता के मानवीय आदर्श के विरुद्ध है लेकिन समाज को इस खतरे से सावधान तो रहना ही होगा कि कहीं समता का मतलब सबको घटिया बना देना न मान लिया जाए।

(14 जून, 2004)

आम होना ही नाकाम होना है!

चुनावों में 'फील गुड' बिरादरी की हार होने के बाद 'फील गिल्टी' बिरादरी ने फिर से रोना शुरू कर दिया है कि हमारे गरीब भूख से मर रहे हैं, गरीबी बहुतों को आत्महत्या के लिए मजबूर कर रही है। उधर पश्चिमी देशों में वही 'फील गिल्टी' बिरादरी यह कहते हुए आंसू बहा रही है कि हमारे गरीब गम में घुल-घुल कर हाथी हुए जा रहे हैं, बड़े पैमाने पर मारे जा रहे हैं मोटापे से होने वाले रोगों से। वहां के वैज्ञानिक यह कहते हैं कि मोटापा इसलिए बढ़ रहा है कि आम इंसान को बगैर कोई संघर्ष किए रोजाना खाने को तर माल मिल रहा है। बहुत मेहनत करके भोजन पाने और अक्सर अकाल का सामना करने वाले आम इंसान के भीतर प्रकृति ने एक अदद 'भुखमरी जीन' विकसित कर छोड़ा था कि तर माल कभी तो फौरन चर्बी के रूप में शरीर पर चढ़ जाए और अकाल के दौर में काम आए। वही आज मोटापे की महामारी फैला रहा है।

इधर 'फील गिल्टी' बिरादरी इस महामारी का संबंध अमीरों और गरीबों के बीच बढ़ती हुई आर्थिक खाई से जोड़ रही है। वह इस ओर ध्यान दिला रही है कि पिछले 25 वर्षों में मोटापा और आर्थिक विषमता दोनों तेजी से बढ़ रहे हैं। मोटापे की महामारी अपने उग्रतम रूप में अमेरिका और ब्रिटेन में फैली है और इन दो देशों में ही आर्थिक विषमता सबसे ज्यादा बढ़ी है। नार्वे, स्वीडन और स्विट्जरलैंड में, जहां आर्थिक विषमता सबसे कम है, मोटापे की कोई समस्या ही नहीं है। आर्थिक विषमता गरीब का आत्मसम्मान और आशा छीन लेती है। उसमें अमीरों की तरह व्यायाम और आहार-संयम से मोटापा घटाने का कोई उत्साह नहीं रह जाता। हर मोटा गरीब भारतभूषण अग्रवाल के शब्दों में यह पूछता है, 'किसके लिए, किसके लिए उठकर सुबह दौड़ा करूं, निज वक्ष को चौड़ा करूं?'

उल्टे-पुल्टे उत्तर-आधुनिक संसार में अगड़े देशों में गरीब मोटे पिलपिले हो चले हैं और अमीर दुबले लेकिन पिछड़े देशों में अमीर ही मोटे लाला पिलपिले बने हुए हैं। दोनों ही में 'फील गिल्टी' बिरादरी सरकारों से कह रही है कि गरीबों की भलाई पर खर्चा कम न करें, उल्टा बढ़ाएं और आर्थिक विषमता कम करके गरीबों का आत्मसम्मान लौटाएं। 'फील गुड' बिरादरी की हर कहीं यह मान्यता है कि गरीबी हटाने का एकमात्र कारगर उपाय अमीरी बढ़ाने का हरसंभव उपाय करना है। देश अमीर होगा तो कुछ अमीरी रिसकर गरीबों तक भी पहुंचेगी। 'भीख' देने से गरीब का आत्मसम्मान नहीं बढ़ता। यही नहीं, 'गरीबी हटाने' की हर योजना भ्रष्ट राजनीति और दफ्तरशाही की भेंट चढ़ जाती है। फील गुड बिरादरी की दूसरी आपत्ति में दम है। भारत का ही उदाहरण लें। संयुक्त राष्ट्र के एक जानकार के

अनुसार यहां गरीब को गर्भ में आने से लेकर भगवान के प्यारे होने तक जीवन की हर अवस्था में मदद देते रहने के लिए कोई न कोई सरकारी योजना चालू है।

इन तमाम योजनाओं के बावजूद गरीब के टस से मस न होने का कारण राजीव गांधी ने सही बताया था कि इनके लिए दिए गए हर रुपये में से केवल दस पैसा ही गरीब की देहरी तक पहुंचता है। यही हश्र देश-विदेश से तगड़ा अनुदान पाने वाली स्वयंसेवी संस्थाओं की अधिकतर योजनाओं का होता है। गरीबी हटाने की इन सरकारी-गैरसरकारी योजनाओं की खबर केवल उन 20 प्रतिशत गरीबों तक ही पहुंचती है जो इनसे जुड़े नेताओं और दफ्तरशाहों के चमचे हों। अनुभव यह बताता है कि इनसे अगर किसी की गरीबी हटती और सम्मान बढ़ता है तो बस इन्हें चलाने वालों का। इस आधार पर 'फील गुड' बिरादरी गरीबों की भलाई की मद में किए जाने वाले सरकारी खर्चों में जबर्दस्त कटौती कराती है, आर्थिक विषमता को बेलगाम बढ़ने देती है जिससे जाहिर है गरीब की हालत और खस्ता हो जाती है। 'फील गिल्टी' बिरादरी को यह कहने का ठोस कारण मिलता है कि गरीब का आत्मसम्मान रसातल में चला गया है।

एक दिलचस्प सवाल यह है कि अगर गरीबों की भलाई की हर योजना पूरी ईमानदारी से लागू की जाए तो क्या आम इंसान में आत्मसम्मान पैदा हो जाएगा। नॉर्वे, स्वीडन और स्विट्जरलैंड का अनुभव बताता है कि नहीं। वे दुनिया के सबसे ज्यादा खुशहाल देश हैं, उनमें सबसे कम गैरबराबरी है और उनमें सरकारें आम इंसान की भलाई की पूरी जिम्मेदारी लेती रही हैं लेकिन उनमें आत्महत्या की महामारी फैली हुई है। आत्महत्या वही करता है जिसका आत्मसम्मान चकनाचूर हो। इसका मतलब यह हुआ कि आज के नवपूंजीवादी लोकतंत्र में ही कुछ ऐसा है कि आम इंसान को अपना आत्मसम्मान लुटा-लुटा-सा लगता है। मेरी समझ से वह है उसका दो परस्पर-विरुद्ध संदेश देना— पहला यह कि अब आम ही खास है और दूसरा यह कि जो नहीं है खास वह निरा बकवास है उर्फ जो न करे 'टॉप', समझे अपने को 'फ्लॉप'।

पहला संदेश आम आदमी को यह सीख देता है कि तू अपने को किसी भी बात में किसी से कम मत समझ और तुझमें कोई कमी निकाली जाए तो उसके लिए अपने को नहीं, जमाने को जिम्मेदार ठहरा। इसके चलते आम इंसान भी यह उम्मीद करता है कि मुझे खास मान लिया जाएगा। लेकिन ऐसा होना दो कारणों से असंभव है। पहला तो यह कि अगर आम ही खास हो तो खास होने में कोई खासियत नहीं रह जाती। दूसरा यह कि अपने तमाम समतावादी दावों के बावजूद नवपूंजीवाद आर्थिक ऊंच-नीच का घनघोर पक्षधर है और यह मानता है कि सारी प्रगति का मूल इंसान का लोभ और असंतोष ही है। 'जो नहीं टॉप, सो है फ्लॉप' हर व्यक्ति

से यह कहता है कि तुम्हारा अपने जीवनक्षेत्र में औसत उर्फ आम रह जाना तुम्हारे नाकाम हो जाने का प्रमाण है। तो आज स्थिति यह है कि बारहवीं की परीक्षा में 75 प्रतिशत अंक पाए बच्चे भी मुंह लटकाए नजर आते हैं कि हाय हम 90 प्रतिशत पाने वालों में न हुए।

रणजी खेलने वाला रोता है कि इंडिया की ओर से न खेल सका और इंडिया की ओर से खेलने वाला रोता है कि सचिन जितना नाम और पैसा न कमा सका। ऐसे में 50 प्रतिशत अंक कमाने वाले पढ़ाकू और रणजी में भी जगह न पाए खिलाड़ी की हीनभावना की तो सहज ही कल्पना की जा सकती है। नवपूंजीवाद हर इंसान को यह सीख दे रहा है कि जीवन का सारा अर्थ अर्थोपार्जन में सीमित है। तो कमर कसो और दूसरों को पछाड़ने और पीछे छोड़ने की निर्मम प्रतियोगिता में जी-जान से जुट जाओ और उसमें न बेईमानी से परहेज करो, न बदतमीजी से। जो इंसान ऐसा नहीं कर पाता या करने के बावजूद टॉप पर नहीं पहुंच पाता है वह दूसरों की क्या खुद अपनी नजर में गिर जाता है।

महत्त्वहीनता में खोए इस आम इंसान को कहीं से सहज मानवीय करुणा का स्पर्श मिलने की कोई गुंजाइश नहीं है क्योंकि नवपूंजीवादी जीवनदर्शन ने भाईचारे को स्वार्थपूर्ति के लिए दौड़ते पांवों तले कुचल दिया है और एक क्रूर और अमानवीय मानव समाज रच डाला है। आम इंसान इसमें महत्त्वहीनता का गम गलत करने के लिए मुटाते जाने से लेकर आतंकवादी बन जाने तक तरह-तरह के उपाय आजमा रहा है।

(21 जून, 2004)

बेंगलूर हाय-हाय, गुड़गांव हाय-हाय

अपने को तीनों लोकों से न्यारा मानने वाला अमेरिका दूसरे देशों के बारे में इतना बेखबर रहता आया है कि जब पिछले चुनाव में बुश राष्ट्रपति पद के उम्मीदवार बने थे तब एक इंटरव्यू में भारत के प्रधानमंत्री का नाम तक नहीं बता पाए थे। तो क्या अजब उलटफेर है कि आज जब वही बुश राष्ट्रपति पद के लिए दूसरी बार चुनाव लड़ने निकले हैं तब भारत अमेरिकी राजनीति के लिए एक अहम मसला बन चला है जिसका सबसे बड़ा सबूत यह है कि राजनीतिक कार्टूनों में भी उसका जिक्र होने लगा है। हाल के एक कार्टून में पिता को अपने पुत्र से यह कहता दिखाया गया है कि 'नहीं बेटे, तुम अपना होमवर्क भारत को आउटसोर्स नहीं कर सकते।' जी हां, अमेरिकन कंपनियों द्वारा अपना कुछ काम भारत और चीन जैसे देशों में करवा लिए जाने पर अमेरिका में भारी हंगामा मच गया है। 'आर्थिक देशभक्ति' का नारा बुलंद किया जा रहा है। 'अमेरिकियों की नौकरियां बचाओ' जैसे नाम वाले कुछ नए संगठन यह साबित करने में जुट गए हैं कि अमेरिकी कंपनियां अमेरिकियों की रोटी-रोजी छीनकर बड़े पैमाने पर चीनियों और भारतीयों को दे रही हैं।

बुश के सभी आलोचक इन आंदोलनकारियों के सुर में सुर मिलाकर पूछ रहे हैं कि क्या अब अमेरिकियों को नौकरी की तलाश में भारत और चीन जाना पड़ेगा? स्वयं राष्ट्रपति बुश इस हो-हल्ले से बहुत हिल गए हैं और उन्होंने इस सारे मामले की तह तक जाने का वादा किया है। अमेरिका के बीस से ज्यादा राज्यों में आउट-सोर्सिंग गैरकानूनी ठहरा दी गई है और विदेशियों को नौकरी देने पर पहले से कड़े अंकुश लगा दिए गए हैं। इधर यह कोशिश चल रही है कि केंद्र सरकार कोई ऐसा कानून बना दे जिससे आउटसोर्सिंग करने वाली कंपनियों को उसके ठेके मिलने बंद हो जाएं। यों तो आउटसोर्सिंग अन्य देशों की भी की जा रही है लेकिन आंदोलन-कारी सबसे ज्यादा हायतौबा भारतीयों और चीनियों द्वारा अमेरिकियों की रोजी-रोटी छीन लिए जाने पर मचा रहे हैं।

इन दोनों ही देशों में कंप्यूटर विद्या के जानकार और कुशल कारीगर बहुत बड़े पैमाने और बहुत कम वेतन पर उपलब्ध हैं। इसलिए अमेरिकी कंपनियां कम से कम मजदूरी देकर ज्यादा से ज्यादा मुनाफा कमाने का पूंजीवादी धर्म निभाने के लिए निर्माण और सेवा क्षेत्रों के काम वहां करवा रही हैं। भारतीयों की अंग्रेजी अच्छी है इसलिए सेवा क्षेत्र के धंधे-ग्राहकों के प्रश्नों के उत्तर देना, मेडिकल और अन्य रिकॉर्ड रखना, बहीखाते बनाना, सूचनाओं का विश्लेषण करना, नक्शे-नमूने बनाना भारत के बेंगलूर और गुड़गांव जैसे केंद्रों में कराए जा रहे हैं। चीन के कारीगर भारतीय कारीगरों से बेहतर समझे जाते हैं और उनसे भी कम मजदूरी मांगते हैं

इसलिए निर्माण–कार्य ज्यादातर चीन में करवाया जा रहा है। इससे अमेरिका को लाभ ही लाभ पहुंचा है।

रोजमर्रा के इस्तेमाल की 'मेड इन चाइना' चीजें साधारण हैसियत के अमेरिकी नागरिकों को आकर्षक दामों पर बेचकर 'वॉलमार्ट' जैसे डिपार्टमेंटल स्टोर तेजी से पनप सके हैं। भारत में कॉल सेंटर खोलना अमेरिकी कंपनियों के लिए उन्हें अमेरिका के अपेक्षाकृत गरीब राज्यों के कस्बों में खोलने से भी कहीं ज्यादा सस्ता पड़ा है। स्वयं अमेरिकी विशेषज्ञों का कहना है कि आउटसोर्सिंग के लिए अमेरिका द्वारा भारत पर लगाए गए हर डॉलर पर अमेरिका को 1.14 डॉलर का मुनाफा होता रहा है। यही नहीं, इस सिलसिले में कंप्यूटर और फोन जैसे अमेरिकी माल की भारत में बड़े पैमाने पर खपत होती रही है। साथ ही, अमेरिकी कंपनियों के भारतीय केंद्रों में काम करने वाली युवा पीढ़ी पूरी तरह अमेरिकी सांचे में ढल रही है और अमेरिकी संस्कृति की दूत बन रही है। जानकारों का कहना है कि आउटसोर्सिंग अमेरिका के लिए कूटनीतिक मुनाफा कमाने का सबसे सस्ता नुस्खा बन चला है।

आउटसोर्सिंग की वजह से बेरोजगारी उतनी नहीं फैली है जितनी बताई जा रही है। जो लोग बेरोजगार होते हैं उनमें से भी 80 प्रतिशत से ज्यादा को अपनी कंपनी में ही कोई दूसरी नौकरी मिल जाती है। छोटे–मोटे काम विदेशों में दे दिए जाने से जो बचत होती है उससे बड़े–बड़े कामों के लिए और ज्यादा कर्मचारी रखने की गुंजाइश बनती है। साधारण प्रोग्रामरों की नौकरियां जा रही हैं लेकिन कंप्यूटर इंजीनियरों को पहले से ज्यादा नौकरियां पहले से ज्यादा तनख्वाह पर मिल रही हैं। यही नहीं, ग्लोबव्यापी मंडी के इस दौर में बाहर की कंपनियां भी अमेरिका में अपना काम–काज बढ़ाती रही हैं और जितनी नौकरियां अमेरिका से बाहर गई हैं उससे कुछ ज्यादा ही बाहर से अमेरिका में आई हैं।

अमेरिका में बेराजगारी बढ़ने के कुछ कारण ऐसे हैं जो आज सार्वभौम हैं। जैसे यह कि इस कंप्यूटर युग में सेवा और निर्माण दोनों ही क्षेत्रों में पहले से कम मजदूरों की जरूरत पड़ती है और ज्यादातर काम मामूली पढ़े–लिखे लोगों के बस के रह नहीं गए हैं। जैसे यह कि सन 2000 में कंप्यूटर क्रैश होने की आशंका से प्रोग्रामिंग की साधारण जानकारी रखने वालों को भी बड़े पैमाने पर रोजगार मिल गया था और उसके बाद उनकी छंटनी हर कहीं हो गई। सवाल यह है कि जब अमेरिकी विशेषज्ञों के ही अनुसार आउटसोर्सिंग से अगले छह वर्षों में मुश्किल से हजार में से दो अमेरिकियों का रोजगार जाने की थोड़ी आशंका है और इस दौरान आईटी सेवाओं के बाहर भेज दिए जाने से ही दो–सवा दो सौ अरब डॉलर का मुनाफा होने की पूरी संभावना है तब मुक्त उद्यम और व्यापार के सबसे बड़े पैरोकार अमेरिका में 'आर्थिक देशभक्त' आउटसोर्सिंग करने वालों के बहिष्कार का नारा क्यों लगा रहे हैं।

इसका एक जवाब तो यह है कि कंप्यूटर और दूर संचार क्रांति ने एक देश का लिखा-पढ़ी, जोड़-बाकी वाला हर काम दूसरे देश में हाथ के हाथ करवा लेना संभव बना दिया है। अर्थव्यवस्था की ग्लोबव्यापी मंडी ने इस तरह के काम-काज के अंतर्राष्ट्रीय मानक भी बना डाले हैं। इन दो कारणों से इतिहास में पहली बार अमीर देशों में साधारण मजदूरों की ही नहीं, सफेदपोश अफसरों और पेशेवरों की नौकरी भी खतरे में पड़ने लगी है और उनके वेतनमान घटने लगे हैं। दूसरों को छोड़िए, अमेरिकी डॉक्टर और वकील भी अपना धंधा मंदा पड़ने के बारे में आशंकित होने लगे हैं। यही तबका आउटसोर्सिंग के खिलाफ मुहिम छेड़े हुए है।

दूसरा और ज्यादा सार्थक जवाब यह है कि पश्चिमी देशों को पूंजीवादी दौर में औपनिवेशिक ताकतों के रूप में अन्य देशों का आर्थिक शोषण करने की जो चाट लग गई थी उसे वे नवपूंजीवादी दौर में ग्लोबव्यापी अर्थव्यवस्था के नियमन में दोहरे मानक अपनाकर पूरी कर रहे हैं। वे गरीब देशों को उनके माल और सेवाओं के आयात पर कोई भी रोक नहीं लगाने देना चाहते लेकिन गरीब देशों के माल और सेवा दोनों के आयात पर रोक लगाते हैं। अमेरिका अपने गन्ना उत्पादकों को सुखी रखने के चक्कर में अपने यहां चीनी का भाव अंतर्राष्ट्रीय भाव से सातगुना हो जाने देने के लिए तैयार है लेकिन गरीब देशों का गन्ना आयात करने को तैयार नहीं है। अमेरिका और यूरोप दोनों अपने खेतों की उपज गरीब देशों में सस्ते बेचकर वहां के किसानों को भुखमरी के कगार पर ला रहे हैं लेकिन अपने यहां के चंद सफेदपोशों की नौकरी चले जाना उन्हें बर्दाश्त नहीं है।

(28 जून, 2004)

वेस्ट रहे बेस्ट, रेस्ट जाए भाड़ में

आज से कोई दस साल पहले गरीब देश उरुग्वे में अमीर देशों ने विकासशील उर्फ गरीब देशों को प्यार से पास बैठाकर यह समझाया था कि देखो भाई यह ग्लोबव्यापी अर्थव्यवस्था का दौर है, हमें आपस में रिल-मिल के रहना चाहिए। तो तुमने अपने यहां हमारी कृषि उपज के आयात पर जो ड्यूटी लगा रखी है उसे कम करो क्योंकि ग्लोबव्यापी अर्थव्यवस्था में माल के यहां से वहां आने-जाने में कोई रोक-टोक नहीं रहनी चाहिए। तुम्हारा ऐतराज यही है न कि हमारे यहां किसानों को सरकार से बहुत आर्थिक सहायता मिलती है जिसकी वजह से वह अपनी उपज तुम्हारी मंडी में बहुत सस्ते में बेच सकेंगे। तो चलो हम अपने यहां सब्सिडी में 36 प्रतिशत कटौती कर देंगे। गरीब देश खुश हुए लेकिन जैसा कि शक्तिशाली और शक्तिहीन के समझौतों में अक्सर होता है गरीब देशों ने तो ड्यूटी घटा दी लेकिन अमीर देश सब्सिडी घटाना टालते ही रहे।

नतीजा अमीर देशों के किसान अपनी पैदावार निर्यात करके और अमीर होते गए और गरीब देशों के किसान कंगाल! तो गरीब ब्राजील ने विश्व व्यापार संगठन में यह शिकायत दायर की कि अमेरिका अपने कपास उगाने वाले किसानों को जबर्दस्त रियायतें देकर अपना सस्ता कपास हमारे यहां बेचकर हमारे कपास उगाने वालों को भूखा मार रहा है। इस अंतर्राष्ट्रीय संगठन पर भी अमीर देशों का वर्चस्व है इसलिए अमेरिका ब्राजील के इस मुकदमे के खारिज कर दिए जाने की उम्मीद लगाए बैठा था। लेकिन अब जबकि संगठन ने ब्राजील के हक में फैसला दे दिया है तो अमेरिका बौखला उठा है। वह इसके खिलाफ अपील तो करेगा ही और अपील खारिज हो जाने पर भी इस मामले में झुकेगा नहीं। हर अमेरिकी नेता पूरी तरह से किसान लॉबी की मुट्ठी में है और उनसे तगड़ा चुनाव फंड पाता है।

चुनाव वर्ष में अमेरिका इस मामले में किसी अंतर्राष्ट्रीय संस्था का आदेश मानने से रहा। बल्कि सच तो यह है कि इस तरह के मामलों में अमेरिकी नेता स्वयं राष्ट्रपति की बात मानने को तैयार नहीं रहते। इस बात को ही लीजिए कि उरुग्वे समझौते के अनुसार विकासशील देशों से कपड़ा और तैयार वस्त्र के आयात पर लगी रोक अमीर देश 2005 तक पूरी तरह हटा देने वाले थे लेकिन उसमें 20 प्रतिशत की भी कटौती अब तक नहीं हो पाई है। तो पाकिस्तान के राष्ट्रपति मुशर्रफ अमेरिका के राष्ट्रपति बुश के आगे रोए-गाए कि अल कायदा से लड़ने में अमेरिका का समर्थन करने के एवज में पाकिस्तानी कपड़े के निर्यात पर प्रतिबंध कम करवा दें। बुश ने हामी भर ली। लेकिन अमेरिकी सांसदों ने राष्ट्रपति को इसके लिए इजाजत नहीं दी कि दक्षिणी राज्यों में हमारे तो वोट चले जाएंगे।

अमेरिका में कपड़ा और तैयारशुदा वस्त्र के आयात पर लगी भारी ड्यूटी के कारण

हम दक्षिण एशियाई देशों को सालाना दो अरब डॉलर का नुकसान हो रहा है। लेकिन इसका अमेरिका को कोई दुख नहीं है। वह यह नहीं चाहता कि हमारे कपड़ा मजदूरों और उत्पादकों को खुशहाल बनाने के लिए वह अपनी कपड़ा मिलें बंद करवाए और मजदूरों को बेरोजगार बनाए। एक मोटा अनुमान यह है कि गरीब देशों के माल के आयात पर तगड़ी ड्यूटी लगाकर और उनके यहां अपने माल का निर्यात सुगम बनवाकर दुनिया के अमीर देश सौ अरब डॉलर का मुनाफा हर साल कमा रहे हैं। नवपूंजीवाद पूरी तरह गरीब को दबाने और अमीर को उठाने के लिए समर्पित है। इसका प्रमाण ड्यूटी और सब्सिडी दोनों के बारे में अमीर देशों की नीतियों से मिलता है। ड्यूटी का ऐसा है कि वह अमीर देशों के माल पर कम लगाई जाती है, गरीब देशों के माल पर ज्यादा। वर्ल्ड बैंक की एक रिपोर्ट के अनुसार सबसे ज्यादा गरीब देशों के माल पर ही सबसे ज्यादा ड्यूटी लगी हुई है। रही सब्सिडी तो उसका भी लाभ हर देश में ही सबसे अमीर किसानों को सबसे ज्यादा मिलता है। जैसे अमेरिका में किसानों को मिलने वाली दो-तिहाई सब्सिडी खेती-बाड़ी और उससे जुड़े उद्योग चलाने वाली कंपनियों की जेब में जा रही है।

ग्लोबव्यापी अर्थव्यवस्था की बात करते हुए अमीर देशों ने बार-बार यह कहा था कि गरीब देशों को आर्थिक सहायता देने से बेहतर यह है कि उन्हें अपना उत्पादन बढ़ाने और निर्यात करने के लिए प्रेरित करें। सीधी आर्थिक सहायता तो भ्रष्ट शासकों की जेब में चली जाती है। पश्चिमी विशेषज्ञों ने एक डॉलर या उससे भी कम की प्रतिव्यक्ति दैनिक आय वाले देशों को 'भयंकर रूप से गरीब' का विशेषण देते हुए कहा था कि अगर अमीर देश उनसे 0.7 प्रतिशत भी माल ज्यादा लेने लगें तो उससे उन्हें उतनी ही आमदनी होगी जितनी कि आज उन्हें आर्थिक सहायता की मद में हो रही है। लेकिन इस तरह के नेक इरादे व्यक्त करते रहने के बावजूद अमीर देश इधर के वर्षों में विकासशील देशों से आयात दस प्रतिशत से ज्यादा घटा चुके हैं। दूसरी ओर, वह अपने यहां के मजदूरों और किसानों के हितों की रक्षा करने के लिए हर तरह के कदम उठाते रहे हैं और खूब सब्सिडी देते रहे हैं।

सन 2000 के आंकड़ों के अनुसार कृषि की मद में पश्चिम ने अपने किसानों की सहायता करने के लिए 245 अरब डॉलर खर्च किए जबकि उस साल उसने विकासशील देशों को सहायता देने की मद में 49 अरब डॉलर ही खर्च किए! अमीर देश सीधी आर्थिक सहायता बढ़ाने की बात सोच ही नहीं सकते क्योंकि उसके लिए टैक्स बढ़ाने की जरूरत पड़ती है। नवपूंजीवाद इस बात की भी इजाजत नहीं देता कि कोई सरकार अपने देश के गरीबों की भलाई के लिए अमीरों पर टैक्सभार बढ़ाए। ऐसे में दूसरे देशों के गरीबों की मदद करने के लिए टैक्स बढ़ाने की बात तो सर्वथा कल्पनातीत है। इसी को देखते हुए कुछ पश्चिमी विशेषज्ञों ने सुझाया था कि गरीब देशों से थोड़ा आयात

बढ़ा लिया जाए, ऐसा करके हम अन्याय और निर्दयता के आरोप से और आतंकवाद के बढ़ते हुए खतरे से बच जाएंगे। लेकिन यह भी नहीं हो सका क्योंकि अमीर देश अपने यहां किसी भी वोटर वर्ग को नाराज नहीं करना चाहते।

अमेरिकी पंडित–पत्रकार रॉबर्ट काप्लान ने कभी लिखा था कि हम पश्चिम के लोग एक शानदार गाड़ी में बैठकर शेष दुनिया की झोपड़पट्टियों के बीच में से गुजर रहे हैं जहां एक हताश हुजूम हमारी गाड़ी को घेरे दौड़ रहा है और वे लोग खिड़की के शीशों पर चेहरा चिपका–चिपका कर हमें घूर रहे हैं। पश्चिम आमतौर से और अमेरिका खास तौर से मनहूस मंगलवार की घटनाओं के बाद गरीबों के हुजूम की हताशा को अपने लिए खतरनाक मानने लगा है। वहां के सयाने लोग यह नेक सलाह दे रहे हैं कि गरीब देशों से ज्यादा माल आयात किया जाए ताकि वहां से गरीब लोगों का अपनी हताशा समेत निर्यात बंद हो। आतंकवाद के लिए अनुकूल वातावरण न बन जाए और आतंकवाद के विरुद्ध हमारी लड़ाई को वेस्ट बनाम रेस्ट (पश्चिम बनाम अन्य) का रूप न मिल जाए। आयात बढ़ाने से चीनी या कपड़ा उद्योग में कुछ मजदूर बेरोजगार हो जाएं तो सरकार उनके लिए वैकल्पिक व्यवस्था करने पर पैसा खर्च कर सकती है और उसे सुरक्षा की मद में हुआ खर्च मान सकती है। अमेरिकी नेता यह सलाह मानने के लिए तैयार नहीं दिखते।

(5 जुलाई, 2004)

शीतयुद्ध खत्म, मुस्लिम युद्ध शुरू

पश्चिमी जानकारों को सहसा यह बोध हुआ है कि अमेरिका-यूरोप शीतयुद्ध से निकलते ही 'मुस्लिम युद्ध' उर्फ जिहाद के दल-दल में फंस गए हैं। सवा सत्यानाश यह कि मुस्लिम युद्ध का दौर शुरू कराने में स्वयं उनका बहुत बड़ा हाथ रहा है। यह दौर दो-ढाई दशक पहले शीतयुद्ध के समांतर शुरू हुआ जिसमें मुस्लिम देश आपस में लड़ते रहे— जैसे इराक और ईरान। एक ही देश के मुसलमान कहीं पाकिस्तान के शिया-सुन्नियों की तरह संप्रदाय के आधार पर तो कहीं सूडान के अरब और अफ्रीकियों की तरह नस्ल के आधार पर आपस में लड़ते रहे हैं। जिन देशों में मुसलमान बहुसंख्यक हैं उनमें उग्रवादी तत्त्व राज्य के इस्लामीकरण के लिए लड़ते रहे हैं और जिनमें वे अल्पसंख्यक हैं उनमें मुस्लिम आबादी पर आधुनिक कायदा-कानून लागू न किए जाने के लिए। अगर किसी धर्मनिरपेक्ष देश का कोई सीमावर्ती भाग मुस्लिम-बहुल है तो वहां वे उसे आजाद कराने के लिए लड़ते रहे हैं जिसका ताजातरीन नमूना थाई देश के मलेशिया से जुड़े इलाके में मिल रहा है।

पश्चिम के लिए सबसे ज्यादा चिंताजनक यह है कि ये उग्र तत्त्व दुनिया के हर कोने में उसके खिलाफ आतंकवादी धर्मयुद्ध छेड़े हुए हैं। वह एक मनहूस घड़ी थी जब अल कायदा ने न्यूयॉर्क और वाशिंगटन को आतंकवाद का निशाना बनाया। इससे अमेरिका समेत सारे पश्चिमी देश, जो ईसाई हैं, 'मुस्लिम आतंकवाद' के खिलाफ संगठित हुए। उससे भी ज्यादा मनहूस घड़ियां वे रहीं जिनमें उस आतंकवाद से निपटने के नाम पर ईसाई पश्चिम ने दो मुस्लिम देशों पर हमला किया। अफगानिस्तान पर संयुक्त राष्ट्र की अनुमति से और इराक पर उसकी अनुमति के बिना ही। इससे तथाकथित मुस्लिम जगत का जनमत आधुनिक ईसाई पश्चिम का और भी बड़ा विरोधी बन गया। ऐसा माना जाता है कि 10 से 15 प्रतिशत मुस्लिम आबादी आतंक-वादियों की घोर समर्थक हो चली है। इससे भी कहीं ज्यादा संख्या ऐसे लोगों की है जो आतंकवादियों से सहानुभूति रखने लगे हैं।

जिहाद की लपेट में खुद आ जाने पर अमेरिकियों को यह बहुत खल रहा है कि इस जिन्न को हमने ही आहूत किया है। खनिज तेल के भंडारों वाले मुस्लिम जगत के प्रति यूरोपीय औपनिवेशिक ताकतों वाला रवैया अपनाकर हमने आधुनिक नेताओं की जगह ऐसे कठपुतली तानाशाहों को शक्तिशाली बनाया जो हमें आर्थिक शोषण की छूट सहर्ष दे सकते थे। शीतयुद्ध के नाम पर हमने समाजवादी और राष्ट्रवादी नजरिया रखने वाले हर शासक को दबाकर मुस्लिम जगत में आधुनिकता और धर्मनिरपेक्षता पनपने ही नहीं दी। भ्रष्ट शासकों का समर्थन करके हमने मुस्लिम जगत की युवा आबादी को अपना भविष्य अंधकारमय होता देख गौरवमय अतीत

की तलाश में कट्टरपंथी इस्लाम से जुड़ जाने के लिए प्रेरित किया। इसी के चलते ईरान में इस्लामी क्रांति हुई।

उस क्रांति के बाद हम अपने लिए सस्ता खनिज तेल उपलब्ध कराने के लिए भ्रष्ट सऊदी अरब राजपरिवार के और भी बड़े समर्थक बन गए और हमने उन्हें और पाकिस्तानी तानाशाहों को शिया ईरान और साम्यवादी अफगानिस्तान दोनों से लोहा लेने के लिए सुन्नियों में जिहादी मानसिकता बढ़ाने को प्रेरित किया। इराक के अल्प-संख्यक सुन्नियों के चहेते और बहुसंख्यक शियाओं तथा अल्पसंख्यक कुर्दों का दमन करने वाले तानाशाह सद्दाम को हमने महाविनाशकारी अस्त्रों से लैस किया कि ईरान पर आक्रमण करके मुस्लिम युद्धों का दौर शुरू करे! अफगानिस्तान में साम्यवाद की कब्र खुदवाने के लिए हमने सऊदी अरब और पाकिस्तान के साथ मिलकर सुन्नी मुजाहिदीनों की एक पूरी फौज खड़ी कर दी और शीतयुद्ध जीतने के बाद हम अफगानिस्तान को कट्टरपंथी इस्लाम के भरोसे छोड़ आए। यहां तक कहा जा सकता है कि हमने सऊदी अरब के पैसे और पाकिस्तानी प्रशिक्षकों को अफगानिस्तान के रूप में एक पूरा देश भेंट कर दिया कि अब यहां बोसनिया से लेकर चेचन्या तक और कश्मीर से लेकर फिलीपींस तक हर कहीं मुसलमानों की ओर से लड़ने वाले मुजाहिदीन तैयार करो।

हमने ही सऊदी राजपरिवार को वहाबी कहलाए जाने वाला इस्लाम का उग्रतम संस्करण अमेरिका समेत सारे संसार में फैलाने दिया। सऊदी राजपरिवार की सोच का नमूना उसकी चलाई एक पाठ्यपुस्तक के इस वाक्य से मिल जाता है, 'हर मुसलमान के लिए अनिवार्य है कि तमाम काफिरों को अपना दुश्मन माने।' इस तरह हमने एक ओर इस्लाम का उग्र संस्करण सर्वत्र फैलने दिया और दूसरी तरफ मध्य-पूर्व में फिलिस्तीनियों की जायज मांग को ठुकराने और उन्हें कुचलकर रख देने वाले उग्र यहूदी नेताओं को पूरा समर्थन दिया। और हमसे सबसे बड़ी भूल यह हुई कि आतंकवाद से अछूते रहे धर्मनिरपेक्ष इराक पर अकारण हमला कर उसे मुस्लिम युद्धों का प्रमुख स्थल बना डाला। वहां हमें तो मारा ही जा रहा है आइंदा वहां के मुसलमान एक-दूसरे को भी मारेंगे।

अमेरिकियों की नींद इससे भी हराम हो रही है कि कहीं मुजाहिदीन अब शक्तिशाली पश्चिम को सैनिक नुकसान पहुंचाने के बजाय पूरा ध्यान उसे आर्थिक नुकसान पहुंचाने पर न लगा दें। इराक में पाइपलाइनों का जलाया जाना और सऊदी अरब में खनिज तेल कंपनियों से जुड़े विदेशी कर्मचारियों का मारा जाना इस नई नीति की बानगी प्रस्तुत करते हुए लगते हैं। अमेरिकी जानकार इस आशय के लेख लिख रहे हैं कि इस्लामी आतंकवाद शीघ्र ही समझ जाएगा कि हमें दहला देने के लिए 'मास डिस्ट्रक्शन' (महाविनाश) के नहीं, 'मास डिसर्प्शन' (महा विच्छेदन) के

अस्त्र चाहिए। सारा काम–काज कंप्यूटरों से होता है और सारी संचार व्यवस्था जुड़ी हुई रहती है। उसका यहां–वहां से विच्छेदन कर देने के परिणाम भयंकर हो सकते हैं। यही स्थिति बिजली की है। इसी तरह पश्चिम के लिए तेल की सप्लाई का विच्छेदन कर देने के भयंकर आर्थिक परिणाम हो सकते हैं। अमेरिका में जिस शेयर बाजार को सेहत का बैरोमीटर माना जाता है उसे बौरा देने के लिए मात्र इतना जरूरी है कि एक के बाद एक कई झटके दूरसंचार, खनिज तेल, विमान सेवा और सैलानी उद्योग को दिए जाते रहे।

तो अमेरिकी जानकारों को अब जाकर यह सूझा है कि उग्र इस्लाम से लड़ने का सही तरीका मुसलमानों को आधुनिक धर्मनिरपेक्ष लोकतंत्र में जीने और औद्योगिक क्रांति का प्रसाद पाने का मौका देना है। इस सिलसिले में वह प्रभु से प्रार्थना कर रहे हैं कि किसी तरह इराक में अब भी संयुक्त राष्ट्र की सहायता से इस तरह का लोकतंत्र स्थापित हो जाए और इराक पहला ऐसा देश बने जो अपनी खनिज तेल से हुई आय का उपयोग औद्योगिक क्रांति लाने में करे। वे समझते हैं कि ऐसा इराक अन्य मुस्लिम देशों के लिए एक आदर्श बन सकेगा। हैरानी है कि इन अमेरिकी विशेषज्ञों का अपनी इस गलती पर ध्यान क्यों नहीं गया कि हमने कभी किसी भी मामले में भारत का कोई समर्थन नहीं किया जबकि संसार में सबसे ज्यादा मुसलमान अगर कहीं आधुनिक धर्मनिरपेक्ष लोकतंत्र में जी रहे हैं तो भारत में। शीतयुद्ध के दौर से लेकर इस नए मुस्लिम युद्धों के दौर तक उसकी नजर में इस्लाम का नाम जपने में पाकिस्तान भारत से अधिक महत्त्वपूर्ण ठहरता आया है। वह इस तथ्य से बेखबर है कि उसके द्वारा प्रायोजित 'सभ्यताओं की टकराहट' इस उपमहाद्वीप में ही भयंकर रूप ले सकती है। आश्चर्य कि हम स्वयं भी इससे बेखबर लगते हैं।

(12 जुलाई, 2004)

ढांग-ढांगदार रीमिक्स समाचार

अमेरिका की तरह हमारे यहां भी मुक्तमंडी अपने द्वारा प्रेरित और पोषित अधैर्यवान और धूमधड़ाकाप्रिय पीढ़ी के लिए अच्छे-भले, मधुर और गंभीर गीतों को चटपटा मसालेदार बना देने के नाम पर रीमिक्स करा रही है, बेतुके और बासी कथानकों वाले धारावाहिकों में जान डालने के लिए उसके हर दृश्य में औसतन तीन बार किसी न किसी पात्र का क्लोजअप लेकर 'ढांग-ढांग-ढांग'-नुमा नेपथ्य संगीत डलवा रही है कि अगले के जी कुछ भयंकर बात आ रही है अब तो कुछ प्रलयंकर होकर ही रहेगा और समाचारों को सूचनाप्रद मनोरंजन उर्फ इनफोटेनमेंट का दर्जा दिला रही है। उनमें भी लोमहर्षक संगीत दागा जा रहा है ढांग-ढांग-ढांग कि हम चारों खाने चित होते रहते हैं। रीमिक्स गानों पर हम अपनी-अपनी फितरत के अनुसार थोड़ा हंस या रो ले सकते हैं कि देखो यह आकर्षक अधनंगी आइटम गर्ल साजन द्वारा घुंघटा उठा लिए जाने पर शिकायत करती हुई कैसे खुद अपने को और हमें भी हिलाकर रख दे रही है। रही धारावाहिकों में नित-निरंतर होती ढांग-ढांग-ढांग तो उससे हम अपनी-अपनी फितरत के अनुसार या तो इस नतीजे पर पहुंचते हैं कि इसे बनाने वालों की रचनात्मकता चुक गई है या इस पर कि हमारा घर-संसार वस्तुतः एक विराट कंपनी होता है और हम सब उसके चालबाज-धोखेबाज-साजिशपसंद शेयरधारी। इनमें से नतीजा नंबर दो हमें नवपूंजीवादी समाज के सफल नागरिक बनने का नुस्खा थमाता है।

तो मुझे इस मीडिया के परोसे रीमिक्स संगीत और मनोरंजन से कोई खास शिकायत नहीं है। लेकिन ढांग-ढांगदार रीमिक्स समाचार प्रस्तुत होते देख मुझे चिंता हो रही है। हर मामले में 'हाइप' उर्फ अतिशयोक्ति उर्फ छोटी बात बड़ा तूल का मूलमंत्र अपनाया जाता है। अब जैसे यह सही है कि आम चुनाव का होना और नई सरकार का बनना पत्रकारिता की दृष्टि से एक खास खबर का दर्जा रखते हैं लेकिन इतने भी नहीं कि महीनों तक ढांग-ढांग-ढांग के साथ *सिंहासन का फाइनल* और *सरकार 2004* जैसे शीर्षकों वाले विशेष खंडों में प्रस्तुत किए जाते रहें। जब-जब मैंने इस तरह के कार्यक्रमों में ढांग-ढांग-ढांग सुनी तब-तब यह उम्मीद की कि अब एक राजनीतिक बूगी-वूगी प्रतियोगिता दिखाई जाएगी जिसमें हमारे 'आइटमी' नेता और नेत्रियां कुर्सी पाने के लिए अपने कूल्हों को यादगार झटके देंगे। चलिए, आम चुनाव तो परंपरा से खास खबर का दर्जा रखता आया है लेकिन कॉलेजों में दाखिले जैसे मामूली समाचार भी रीमिक्स रीति के अंतर्गत ढांग-ढांगदार बनाए जा रहे हैं कि जी हमारा विशेष कार्यक्रम— *दाखिले की दौड़*। अब दिक्कत यह है कि सब चैनलों के विशेष कार्यक्रम एक-से होते हैं और लगभग एक ही समय पर दिखाए जाते रहते

हैं। पिछले दिनों दिल्ली में ओलिंपिक मशाल आने की घटना को 'हाइप' करने के सिलसिले में सभी चैनल उसकी लाइव कवरेज एक साथ दिखाने में होड़ लेते रहे मानो दर्शक फिल्मी सितारों को मशाल लेकर दौड़ते देखने के लिए ही मरा जा रहा है और उसे इससे कोई दिलचस्पी नहीं है कि इस समय दुनिया में और कहां क्या हो रहा है।

'हाइप' का सहारा लेना तो फिर भी क्षम्य है क्योंकि उससे हद से हद यह होता है कि दर्शक के लिए महत्त्वहीन और महत्त्वपूर्ण में भेद मिट जाता है। आज के समाज के लिए शायद यही 'आध्यात्मिक मन:स्थिति' उपयुक्त भी है। लेकिन उससे कुछ ज्यादा परेशान करने वाली प्रवृत्ति है— लगभग जबर्दस्ती कोई 'बड़ी खबर' पैदा कर देना। इसका सबसे आसान उपाय है किसी आदमी से बार-बार वही प्रश्न अलग-अलग तरीके से पूछकर कुछ कहलवा लेना और फिर ऐसा जताना मानो उसने बाकायदा संवाददाता सम्मेलन करके उस आशय का बयान दिया हो। फिर उस बयान पर दूसरों की प्रतिक्रिया लीजिए और एपिसोड को जितना खींच सकते हों, खींचिए। वह चाहे अटल और गुजरात एपिसोड हो या द्रविड़ और विकेट कीपिंग का! बड़ी खबर पैदा करने का एक और तरीका है— चुगलखोर की तरह यहां की वहां लगाकर तू-तू-मैं-मैं करवाना।

इसके चलते पत्रकारों को ऐसे नेता और प्रवक्ता प्रिय हो चले हैं जो बेहिचक दूसरों के बारे में तीखी बातें कहते हों। और कुछ भी न घट रहा हो तो ऐसे दो नेता 'क' और 'ख' पकड़ लीजिए। 'क' से 'ख' की शान में कुछ कहलवाइए और 'ख' की प्रतिक्रिया लीजिए और दौड़े-दौड़े फिर 'क' के दरबार में जाइए! अगर कोई शालीन 'ख' प्रतिक्रिया ही न करे तो आप 'कोई टिप्पणी न करने का मतलब दाल में निश्चय ही कुछ काला होना लगा लीजिए'। कभी-कभी बड़ी खबर मीडिया द्वारा वस्तुत: पैदा की जाती है— खोजी, खुफिया पत्रकारिता के माध्यम से। इसे हमारे नए पत्रकार 'पर्दाफाश' कहने की जगह 'धमाकेदार खुलासा' कहना पसंद करते हैं जबकि खुलासा का मतलब सारसंक्षेप होता है 'खोल के रख देना नहीं'। ये हमारे 'विशेष धमाकेदार खुलासे' अपनी ढांग-ढांग-ढांग के बावजूद कभी-कभी बेबुनियाद भी साबित होते हैं और अक्सर पक्षधर भी। जिसने पर्दाफाश करवाया हो उसका पक्ष तो लिया ही जाएगा न!

हमारे मनोरंजन की खातिर यह नवपत्रकारिता हर मामले में हर व्यक्ति को बड़े लोकतांत्रिक ढंग से यह अवसर देती है कि कैमरे के आगे रोता-गाता और व्यवस्था पर आरोप लगाता रहे। लेकिन उसे इस बात से जरा भी दिलचस्पी नहीं होती कि सचमुच मामले की तह तक जाए, सच्ची बात सामने लाए और न्याय दिलवाने में मदद दे। इससे यही प्रभाव छूटता है कि समाज और व्यवस्था दोनों ही बिल्कुल

गए-गुजरे हैं। तो होशियारी इसी में है कि आदर्श की बात भूलकर अपनी स्वार्थ साधना में जुट जाओ। मनोरंजन की तलाश में अपनाई जाने वाली सबसे खतरनाक प्रवृत्ति यह है कि अब मीडिया किसी भी मामले में तटस्थ विश्लेषण करने या तमाम तथ्य और आंकड़े हमारे निर्णय के लिए प्रस्तुत करने के बजाय हमारे लिए राजनीतिक नेताओं और विभिन्न दलों के पैरोकार बन चुके प्रतिबद्ध बुद्धिजीवियों से बहस करवाता है जिसे शाब्दिक मारामारी कहना अधिक उपयुक्त हो। सच तो यह है कि अमेरिकी चैनलों में होने वाली इस तरह की बहस अब डब्ल्यूडब्ल्यूएफ की कुश्तियों का राजनीतिक संस्करण बन चली है और उसमें दक्षिण और वामपंथ की ओर से उतरने वाले पहलवान हीरो पत्रकारों का दर्जा रखते हैं। हमारे यहां वामपंथी इस तरह की 'बिग फाइटों' से काफी संतुष्ट लगते हैं क्योंकि हमारे यहां इन बहसों में वामपंथ का पलड़ा दो कारणों से हमेशा भारी रहता है। एक तो और देशों की तरह भारत में भी पत्रकारों और बुद्धिजीवियों में दक्षिणपंथ के कुशल प्रवक्ता नहीं के बराबर हैं। दूसरे, हमारे यहां बहस संचालन करने वाले वामपंथ की अपनी पक्षधरता पर पर्दा डालने की कोई कोशिश नहीं करते। शुरू में अमेरिका में भी यही स्थिति थी लेकिन नवपूंजीवाद का दक्षिणपंथ से चोली-दामन का साथ है इसलिए अब वहां 'फॉक्स' जैसा चैनल पूरी तरह दक्षिणपंथ को समर्पित हो गया है तथा अन्य चैनलों में भी वामपंथ के पक्षधर संचालकों पर अंकुश लगा दिया गया है। मनोरंजन के नाम पर की गई यह बहस साधारण लोगों में उग्रता जगाती है और समाज को विभाजित करती है।

(19 जुलाई, 2004)

कब तलक और तलाक-तिनाली ?

कुछ महीने पहले यह विचित्र समाचार पढ़ने को मिला था कि उड़ीसा में किसी शौहर ने नशे में अपनी बीवी पर तलाक-तिनाली दाग दी और अगले दिन होश में आने पर पाया कि यह मामला रफा-दफा नहीं किया जा सकता क्योंकि मौलवी फतवा दे रहे हैं कि तीन बार 'तलाक' कह देने से उसकी शादी खत्म हो चुकी है। मुझे इससे भी विचित्र लगी इस समाचार पर कुछ उदार और प्रगतिशील मुस्लिम नेताओं की प्रतिक्रिया जिन्होंने बस दो ही सवाल उठाए। पहला, जब शराब इस्लाम में हराम है तो उसके नशे में दिया गया तलाक जायज कैसे हो सकता है ? दूसरा, क्या एक ही सांस में तीन बार 'तलाक' उचारकर रिश्ता तोड़ना 'शरिआह' के उस प्रावधान के खिलाफ नहीं जिसमें निर्देश है कि शब्द 'तलाक' एक-एक महीने के अंतराल से उचारा जाए ताकि पुनर्विचार और सुलह-सफाई के लिए समय मिल सके। किसी भी नेता ने यह नहीं पूछा कि इक्कीसवीं सदी के भारतीय मुस्लिम समाज में यह मसला उठ ही क्यों रहा है।

मुझे याद आया कि पिछले साल जब 'ई-मेल' से तलाक-तिनाली दागने वाला पहला भारतीय मर्द समाचार का विषय बना तब मेरे एक हिंदुत्ववादी मित्र ने क्रूर-सी टिप्पणी की थी कि यह हमारे मियां भाइयों के इक्कीसवीं सदी में पहुंच जाने का इकलौता प्रमाण है। विडंबना यह कि इस्लाम स्त्री को पुरुष के समान अधिकार देने के मामले में सातवीं सदी में ही वहां पहुंच चुका था जहां अन्य धर्म बीसवीं सदी में पहुंच सके। उसने स्त्री को तलाक लेने का और पिता की जायदाद में हिस्सा पाने का अधिकार दिया। लेकिन सामंती मानसिकता वाले मुल्लाओं ने इस मामले में इस्लाम की सारी उदारता पर धीरे-धीरे पानी फेर दिया। सबसे ज्यादा दकियानूसी नजरिया रहा हमारे मुस्लिम समाज के मजहबी रहनुमाओं का कि वे तलाक-तिनाली-जैसी उन कुरीतियों को धर्मनिरपेक्ष भारत में इस्लाम की अन्यतम पहचान बनाए रखने पर अड़ गए जो पाकिस्तान समेत कई मुस्लिम देशों में अमान्य करार दी जा चुकी हैं और जो कई मुस्लिम संप्रदायों को कभी स्वीकार्य नहीं हुईं।

तो कुछ वर्ष पहले यह सुनकर बहुत उम्मीद जगी थी कि ऑल इंडिया मुस्लिम पर्सनल लॉ बोर्ड कुछ विदुषी मुस्लिम महिलाओं के तैयार किए हुए मसौदे के आधार पर एक आदर्श निकाहनामा जारी करने वाला है जिससे तमाम कुरीतियां दूर हो जाएंगी और स्त्रियों को शरिआह में दिए गए सारे अधिकार मिल सकेंगे। लेकिन विचार-विमर्श का पहाड़ खोदने के बाद बोर्ड अब यह चूहा-निष्कर्ष निकालकर लाया है कि कुरीतियां कानून बनवाकर दूर नहीं की जा सकतीं, उनके लिए तो समाज सुधार जरूरी होता है। उसने पाया कि हमारे नियम ईश-प्रेरित हैं और उनमें किसी तरह का परिवर्तन नहीं किया जा सकता। 'तलाक-तलाक-तलाक' द्वारा संबंध-विच्छेद उसे इसी श्रेणी का

नियम लगा। लेकिन इसके साथ ही उसने पाया कि स्त्री को ईश-प्रेरणा से ही मिला अपनी पहल से 'खुला' यानी संबंधविच्छेद करने का अधिकार नए निकाहनामा में रखना ठीक न होगा क्योंकि चार वर्ष पहले बोर्ड की मीटिंग में सात सदस्याओं में से पांच ने उसका विरोध किया था। यानी अल्लाह के बनाए कानून में यहां मानवीय हस्तक्षेप चलेगा।

बोर्ड ने इकलौता साहसिक फैसला यह किया कि उत्तर प्रदेश सरकार से जमींदारी उन्मूलन विधेयक में अब तो यह संशोधन करा ही लें कि मुस्लिम बेटियां और माताएं भी विरासत की हकदार समझी जाएं। यहां यह उल्लेखनीय है कि तलाक-तिनाली जैसी कुरीतियों को मुस्लिम पहचान का अभिन्न अंग मानने वाले नेता जमींदारी-उन्मूलन के समय स्त्री को विरासत में हिस्सा दिलाने वाली मुस्लिम-पहचान को पुरुषहित में भुला बैठे थे। बोर्ड के प्रवक्ता का यह तर्क कि 'कानून बनाकर कुरीतियां दूर नहीं की जा सकतीं—अस्पृश्यता-निवारण कानून बने पचास साल से ज्यादा हो गए पर अस्पृश्यता दूर नहीं हुई।'— आंशिक रूप से ही सही है। कानून का होना कुरीति के शिकार को अदालत का दरवाजा खटखटाने का हक देता है। रहा समाज सुधार तो इक्कीसवीं सदी में भी कुरीतियों को 'ईश-प्रेरित' मानने वाले क्या समाज सुधार करा सकेंगे भला? इस तरह की बातें इस भ्रामक विश्वव्यापी धारणा को मजबूत करती हैं कि इस्लाम और आधुनिकता में बुनियादी वैर है।

इसीलिए पाकिस्तानी अर्थशास्त्री के.एम. आजम-जैसे वे मुस्लिम बुद्धिजीवी भी, जो इस्लाम के पालन को ही मुसलमानों के उद्धार का एकमात्र उपाय मानते हैं, कई दशकों से यह कह रहे हैं कि हमें यह समझना चाहिए कि शरिआह में कुरआन शरीफ की कुछ आयतें और हजरत मोहम्मद के कुछ वचन ही शामिल हैं। इसके बाहर जो भी है, न्यायविदों के दिए निर्णय 'फिकह' हैं। इंसानी दिमाग की उस युगानुकूल उपज को ईश-प्रेरित और अटल मानना इस्लाम के अनुसार कुफ्र है। यह वही नजरिया है जिस पर चलते हुए 1939 में ही मौलाना अशरफ थान्वी 'मुस्लिम मैरिज डिसोल्यूशन ऐक्ट' बनवा सके थे। कितना दयनीय है यह कि उसके 65 वर्ष बाद हमारा मुस्लिम पर्सनल लॉ बोर्ड कानून बनवाने की जगह समाज सुधार की मुहिम छेड़ने का लचर-सा संकल्प ले और हम उसे भव्य स्वागत का विषय मानें। तो पाकिस्तान में प्रोफेसर आजम जैसे इस्लामवादी भले ही यह कह रहे हों कि पश्चिम की चुनौती से निपटने के लिए मुस्लिम समाज को अपने लिए शरिआह के अनुसार युगानुकूल नियम बना लेने चाहिए पर हमारे मुस्लिम समाज के रहनुमाओं की सुई कट्टरपंथ में ही अटकी हुई है।

पश्चिम की औपनिवेशिक ताकतों के प्रति विद्रोह करते हुए शासित और शोषित समाजों में अपने धर्म के गौरवमय अतीत की ओर लौटने की बात उठी थी। मुस्लिम समाजों में कुछ ज्यादा जोर से और शायद इसलिए कि इस्लाम का गौरवमय अतीत उतना

ही सुदूर नहीं था और उसमें ईसाई यूरोप के एक बड़े हिस्से का शासक रह चुकना भी शामिल था। इस 'इस्लामवाद' के शुरू से नरम और गरम दो रूप रहे। यह दुर्भाग्य का विषय है कि हमारे यहां मुल्ला बिरादरी पर उसका गरम रूप हावी रहा और हमारी धर्मनिरपेक्ष राजनीति ने भी स्वाधीनता आंदोलन और उसके बाद 'आधुनिक' की जगह 'धार्मिक' मुसलमान का दिल जीतने की कोशिश की। हमारे संविधान में दिए 'यूनिफॉर्म सिविल कोड' बनाने के निर्देशानुसार हिंदुओं के लिए 1955 में ही आधुनिक कानून बना दिए गए थे लेकिन मुसलमानों के संदर्भ में यह कहा गया था कि उनकी ओर से पहल होने पर ही उन पर ऐसा धर्मनिरपेक्ष कानून लागू होगा। आज लगभग आधी सदी बाद और सर्वोच्च न्यायालय के टोकने के बावजूद धर्मनिरपेक्ष ताकतें वही तर्क दुहरा रही हैं और *मुस्लिम पर्सनल लॉ बोर्ड* मुस्लिम समाज की ओर से ठोस पहल करने की जगह गरम इस्लामवादियों की तरह ईश-प्रेरित अटल नियमों की बात कर रहा है। राजनीतिक दृष्टि से यह खतरनाक स्थिति है क्योंकि इससे हिंदुत्ववादियों को धर्मनिरपेक्षता को बदनाम करने का अवसर मिलता है और धर्मनिरपेक्षतावादियों का मुस्लिम-प्रेम भी 'अल्पसंख्यकों की अलग पहचान' का आदर करने के नाम पर सामाजिक पिछड़ेपन को मुसलमान की पहचान मानने वालों की पीठ थपथपाने तक सीमित रह जाता है। इस संदर्भ में मुझे अपने मित्र जावेद अख्तर की संस्था *मुस्लिम्स फॉर सेक्युलर डेमोक्रेसी* की पहल ही थोड़ा आशावान बनाती है।

(26 जुलाई, 2004)

हिस्ट्री और हिस्टीरिया

अब स्कूली बच्चों की इतिहास-पुस्तक का बदलना ही हमारे यहां सरकार बदलने से सब कुछ बदल जाने का अन्यतम प्रमाण माना जाएगा। अब वामपंथी इतिहासकार दसवीं और बारहवीं की एनसीईआरटी की पुस्तकों पर लाली पुतवाने में जुटे हैं। आगे जब दक्षिणपंथी सत्ता में आएंगे तो अपने इतिहासकारों से उन पर फिर भगवा फिरवा देंगे। नया इतिहास रच सकने की उम्मीद न रह जाने पर अब हमारे नेता और बुद्धिजीवी पुरानी हिस्ट्री पर ही हिस्टीरिया पैदा कराती रहेगी। संशोधनवाद जिंदाबाद का यह क्रांतिकारी सिलसिला पूंजीवाद के गढ़ अमेरिका में लगभग तभी शुरू हुआ जब शीतयुद्ध में सोवियत संघ की हार के बाद इतिहास और विचारधारा दोनों की समाप्ति घोषणा हुई। इस पर सारी क्रांतिकारिता 'पॉलिटिकल करैक्टनेस' उर्फ 'पी.सी.' में सिमट आई। वामपंथी बताने लगे कि उपेक्षित और अल्पसंख्यक वर्गों के हितचिंतकों के लिए क्या कहना, मानना और पढ़ाना राजनीतिक दृष्टि से उचित है।

अब जैसे अमेरिका में अश्वेत टीवी सितारे कॉस्बी ने अपनी बिरादरी पर बच्चों के लालनपालन पर ध्यान न देने के लिए लानत भेजी है तो पी.सी. का तकाजा होगा कि कॉस्बी पर श्वेतों के तलुए चाटने के लिए लानत भेजी जाए। इसी तरह, हाल में, भारत में पी.सी. का तकाजा यह हो गया था कि अहमदाबाद पुलिस के हाथों मारी गई अल्पसंख्यक युवती को आतंकवाद से अनजान, आदर्श, मासूम लड़की साबित किया जाए। अमेरिका में पी.सी. प्रेमियों ने उपेक्षित स्त्रियोंसमेत सभी दलित वर्गों और अल्पसंख्यकों के प्रति अन्याय, अत्याचार और अपमान वाली हर बात बोलचाल, सामाजिक विमर्श और पाठ्यक्रम से हटवाने के लिए जी-जान से संघर्ष किया। मानो वास्तविक परिवर्तन की संभावना समाप्त हो जाने के बाद उनकी क्रांतिकारिता प्रतीकात्मक परिवर्तनों के लिए पगला उठी। सबसे पहले उन्होंने परिवर्तन करवाया अपमानजनक जातिवाचक संज्ञाओं में। कभी अमेरिका में अफ्रीकी मूल के लोगों को 'नीग्रो' पुकारा जाता था जिसकी जगह स्वयं उन लोगों ने 'कलर्ड' या 'ब्लैक' चला दिया था। पी.सी. ने उसे भी 'नस्लवादी' संज्ञा बताकर 'अफ्रो-अमेरिकन' शब्द चलवाया।

विकलांगों को विकलांग कहना पी.सी. ने अपमानजनक ठहराया और उनके लिए एक नई श्रेणी निकाल ली— 'चुनौतीप्राप्त'। तो 'अंधा' नहीं, 'चाक्षुष चुनौतीप्राप्त'। 'मूढ़' नहीं, 'मानसिक चुनौतीप्राप्त'। जातिवाचक संज्ञाओं का कल्याण करने के बाद नवक्रांतिकारी बिरादरी भाषा पर सत्तावान मर्दों की बपौती से उत्पन्न चुनौती से रूबरू हुई। उसने कहा कि इंसान के अर्थ में 'मैन' (मर्द) का प्रयोग करना दर्शाता

है कि भाषा 'वूमैन' (औरत) को किसी गिनती में लेती ही नहीं। पी.सी. का तकाजा है कि आइंदा 'इंसान' के अर्थ में 'वूमैन' का प्रयोग किया जाए। यही वजह है कि इंसान के अर्थ में संज्ञा 'मैन' और सर्वनाम 'ही' के आदी सठियाए कानों को आज अमेरिकी विमर्श में 'वूमैन' और 'शी' का प्रयोग होते सुन क्रांतिकारी झटका लगता है। फिर बारी आई 'नानी की कहानियों' की जिन्हें पी.सी.प्रेमियों ने स्त्रीविरोधी ठहराया और उनके नए स्त्रीवादी संस्करण तैयार करने पर जोर दिया।

शिशु साहित्य के बाद श्रेष्ठ साहित्य भी संशोधनवाद की लपेट में लिया गया। पी.सी.प्रेमियों ने पाया, कई श्रेष्ठ कृतियां स्त्रियों, दलितों और अल्पसंख्यकों के लिए पूरी तरह या आंशिक रूप से अपमानजनक हैं। या तो उन्हें पढ़ाया ही न जाए या उनसे आपत्तिजनक अंश निकाल दिए जाएं। इसने धीरे-धीरे हर विज्ञानेतर विषय के पाठ्यक्रम को अपनी लपेट में ले लिया। विज्ञान में भी ऐसी तमाम बातों को पी.सी.प्रेमियों ने आपत्तिजनक घोषित कर दिया जो स्त्री को किसी भी माने में पुरुष से कमतर ठहराती हों या व्यक्ति के विकास में पूर्वजों से मिले 'जीन' की भूमिका लालन-पालन और वातावरण से कहीं अधिक महत्त्वपूर्ण बताती हों। पी.सी.प्रेमियों ने सबसे ज्यादा हल्ला हिस्ट्री की पाठ्यपुस्तकों को लेकर मचाया क्योंकि इतिहास में पक्षधरता की सबसे अधिक आशंका रहती है। हम देख भी रहे हैं कि इराक के समसामयिक इतिहास का एक संस्करण अरब-समर्थक *अल जजीरा* तो उससे ठीक उलट दूसरा संस्करण बुश-समर्थक *फॉक्स* चैनल प्रस्तुत कर रहा है। समसामयिक घटनाओं को लेकर जब दो परस्परविरुद्ध 'सच' धड़ल्ले से चल पाते हों तब सदियों पहले की घटनाओं के 'सच' को लेकर तो विवाद हो ही सकता है।

गनीमत यह हुई कि अमेरिका में स्कूली पाठ्यपुस्तकें तैयार कराने के लिए एनसीईआरटी जैसी कोई सरकारी संस्था नहीं है, इसलिए वहां इतिहास को लेकर ऐतिहासिक उठापटक विश्वविद्यालय के स्तर पर ही हुई। सयाने छात्रों के पल्ले यह बात पड़ सकती है कि इतिहास में कई बातें विवादास्पद हैं या हो सकती हैं। उनके सामने सारे उपलब्ध तथ्य रखे जा सकते हैं कि स्वयं निर्णय करें। लेकिन भारत में तो दोनों ही पक्ष अपनी सारी प्रतिबद्धता स्कूली पाठ्यपुस्तकों के पुनर्लेखन से ही प्रमाणित करने पर तुले हुए हैं। मध्यवर्गी कांग्रेसियों ने अपनी क्रांतिकारिता का सबूत देने का एक सुगम उपाय निकाला था— शिक्षा और संस्कृति के सरकारी ठेके कम्युनिस्टों को सौंपना। मध्यमार्ग की ओर बढ़ती भाजपा ने इसी राह पर चलते हुए अपनी 'भारतीयता' उर्फ 'हिंदुत्व' की साख बनाए रखने के लिए शिक्षा-संस्कृति के ठेके संघियों को सौंपे। कांग्रेस कम्युनिस्टों की मदद से फिर सत्ता में आई तो वामपंथ ने सबसे पहले पाठ्यपुस्तकों की 'शुद्धि' की मांग उठाई।

एक तरह से यह बहुत अच्छा है कि हमारे नेताओं और दरबारी बुद्धिजीवियों

को सबसे ज्यादा चिंता बच्चों को इतिहास और संस्कृति की सही जानकारी देने, उनकी जीवनदृष्टि आदर्श बनाने की रहने लगी है। शायद स्वयं अपने जीवन और दर्शन में, अपनी रीति–नीति में आदर्शवादिता का गायब हो जाना ही उन्हें बच्चों में सही संस्कार डलवाने के लिए तीव्रता से प्रेरित कर रहा हो। उनका सदाशय सिर–आंखों पर लेकिन कुछ सवाल परेशान करते हैं। पहला, क्या बार–बार पाठ्यपुस्तकें बदलने से बच्चों को परेशानी नहीं होती? दूसरा, क्या इससे बच्चों को यह संदेश नहीं मिलता कि तथ्य–सत्य जैसी कोई चीज नहीं है, सब राजनीति का खेल है? यह संदेश अपनी जगह पर सही हो सकता है लेकिन क्या बच्चों को शुरू से ही अनास्थावान बनाना जरूरी है? क्या उनके लिए इतिहास और संस्कृति का ऐसा पाठ तैयार करना बेहतर न होगा जो हर तरह की अतिवादिता और पक्षधरता से अछूता हो और अतीत तथा भविष्य दोनों के प्रति आस्थावान बनाता हो?

तीसरा सवाल यह कि क्या अतिवादियों को इतिहास लिखने देने से समाज में जहर नहीं घुलता? पाकिस्तान में सरकारी पाठ्यपुस्तकों ने जो जिहादी मानसिकता फैलाई वह उसी के लिए चिंता का कारण बन गई है। इसी तरह अमेरिकी अनुभव बताता है कि पाठ्यक्रम में अल्पसंख्यकों का पक्ष लेने और बहुसंख्यकों की पोल–पट्टी खोलने वाली 'पी.सी.' की अति का दौर ही बुश–जैसे उन दक्षिणपंथियों को सत्ता में लाया जो समझते हैं कि बच्चे इसलिए बिगड़ रहे हैं कि उन्हें धार्मिक नहीं, वैज्ञानिक दृष्टि दी जा रही है। चौथा सवाल यह कि क्या 'पी.सी.' मात्र से सदियों पुराने वैर, जातीय स्मृतियां और पूर्वग्रह दूर हो सकते हैं? अगर ऐसा होता तो क्या कम्युनिस्ट रह चुके देशों में आज धर्म और नस्ल के नाम पर जनसंहार होता? और आखिरी सवाल यह कि क्या पी.सी. की प्रतीकात्मकता राजनीतिक ढोंग की जननी नहीं बन रही है? जिस अमेरिकी संसद ने इराक पर अकारण हमला करने के अत्याचार के लिए छूट दी थी वही आज पी.सी. के अंतर्गत रेड इंडियनों से सदियों पहले किए गए अत्याचारों के लिए माफी मांगकर महानता अर्जित कर रही है।

(2 अगस्त, 2004)

नेक बुश: अनेक बद कारनामे!

बाइबिल को छोड़ और किसी किताब पर हाथ न लगाने वाले प्रेसिडेंट बुश इस चुनाव-वर्ष में छपी दार्शनिक पीटर सिंगर की पोथी द *प्रेसिडेंट ऑफ गुड ऐंड ईवल* से खासे परेशान हैं क्योंकि उसमें गुड (नेकी) और ईवल (बदी) की बातें बाइबिल की भाषा में करने वाले बुश को उनके ही पैमानों के अनुसार अनैतिक सिद्ध कर दिखाया गया है। प्रिंसटन विश्वविद्यालय के प्रोफेसर सिंगर जनमत पर गहरा असर डालने वाले इकलौते दार्शनिक माने जाते हैं और उन्हें अमेरिका में पशु-अधिकार--रक्षा और शाकाहार-जैसे आंदोलन बड़े पैमाने पर चलवा देने का श्रेय मिला है। इसलिए बुश उनकी पोथी को नजरअंदाज नहीं कर सकते। फिर कुछ यह भी है कि सिंगर, जो विज्ञान-सम्मत नैतिकता के उतने ही बड़े पैरोकार हैं जितने बुश धार्मिक नैतिकता के, अपने इस आग्रह पर खरे उतरते आए हैं कि इंसान को अपनी नीति का पूरी निष्ठा से पालन करना चाहिए। इसी के चलते वह शाकाहारी हो गए हैं और अपनी आय का 20 प्रतिशत गरीबों को बांटने लगे हैं।

सिंगर डार्विन के सिद्धांत की इस पूंजीवादी व्याख्या को खारिज करते हैं कि सबसे पहले और ज्यादा ध्यान अपने लाभ पर न देना प्रकृति के नियमों के विरुद्ध है। सही व्याख्या यह है कि अपने हित पर ध्यान दो लेकिन सामूहिक हित की अनदेखी न करो। इसलिए सिंगर को नैतिक बुश का अमेरिका के स्वार्थ की खातिर तमाम अंतर्राष्ट्रीय संधियों की अनदेखी करना अनैतिक लगता है। सिंगर नैतिक उस काम को मानते हैं जिसका नतीजा सभी संबद्ध लोगों के लिए अच्छा से अच्छा हो। इस पैमाने से वह गर्भपात, परिवार नियोजन, टेस्ट-ट्यूब भ्रूणों के कोशों का चिकित्सा में उपयोग और भयंकर कष्ट पाते लाइलाज रोगी को उसकी इच्छा पर तथा नारकीय जीवन के लिए अभिशप्त नवजात शिशु को माता-पिता की इच्छा पर जीवनमुक्ति दिलाना नैतिक ठहराते हैं जबकि धार्मिक बुश के लिए ये अनैतिक कार्य हैं। सिंगर चाहते हैं कि लोग नैतिक हों क्योंकि अनैतिकता और नीति-निरपेक्षता मानव-जीवन को अर्थहीन बना देते हैं। लेकिन हर व्यक्ति अपनी नैतिकता को तर्क की कसौटी पर कसे और उस पर पूरी तरह आचरण करे। दोनों ही दृष्टि से सिंगर को बुश की नैतिकता खोटी लगती है। अब जैसे बुश अपने कार्यालय में सच बोले जाने पर इतना जोर देते हैं कि एक मर्तबा जब वाशिंगटन में वह अगले दिन प्रसारित होने वाला अपना भाषण रिकॉर्ड करा रहे थे तब इसलिए खफा हो गए कि स्पीच-राइटर ने लिखा, 'आज मैं कैलिफोर्निया में हूं।' जब उसने सफाई दी कि कल आप कैलिफोर्निया में ही तो होंगे तब वह बोले, 'कल होऊंगा इस समय तो नहीं हूं, मुझसे झूठ क्यों बुलवा रहे हो?' सिंगर कहते हैं कि यहां बुश की 'नैतिक' आपत्ति

तर्क विरुद्ध है और अगर वह सच के इतने ही कायल हैं तो इराक के बारे में बोले गए बड़े-बड़े झूठ कैसे पचा गए।

बुश ने ईसाई होने के नाते भ्रूण कोशों के उपयोग पर पाबंदी लगाते हुए कहा था, 'जीव का अवमूल्यन करने वाली संस्कृति मुझे चिंताजनक लगती है। आपका राष्ट्रपति होने के नाते मेरा कर्तव्य है कि मैं इस देश और सारी दुनिया में जीव के प्रति आदर-भाव जगाऊं।' टेस्ट ट्यूबों में बेकार पड़े भ्रूणों के जीव तक की चिंता करने वाले ने अफगानिस्तान और इराक में बेकसूरों की जान लेने वाला युद्ध क्यों छेड़ा? स्वयं अमेरिकी पादरियों ने 'न्यायोचित युद्ध' के लिए सबसे बड़ी शर्त यह रखी थी कि शांति के सभी विकल्पों के विफल हो जाने पर ही युद्ध छेड़ा जाए। फिर क्यों ईसाई बुश ने अफगानिस्तान और इराक पर हमले में बेसब्री दिखाई जबकि अफगानिस्तान में तालिबान ओसामा को किसी भी मुस्लिम देश को सौंपने के लिए तैयार हो गए थे और सद्दाम संयुक्त राष्ट्र की हर शर्त मानने के लिए।

दोनों ही देशों में अमेरिकी सेनाओं ने अपनी घबराहट, अनाड़ी निशानेबाजी और गलत सूचनाओं के कारण बेकसूर लोगों को मारने के घिनौने रिकॉर्ड कायम किए लेकिन इस बारे में बुश ने सलाहकारों से बात करते हुए भी बस यही कहा कि इस तरह की खबरें छपने पर हमें तुरंत बताना चाहिए कि तालिबान और सद्दाम अपने नागरिकों पर कैसे-कैसे अत्याचार करते थे। उन्हें किसी तरह का कोई नैतिक कष्ट नहीं हुआ। टेक्सास के गवर्नर के रूप में बुश ने अपनी ही पार्टी के सहयोग से पास हुए उस विधेयक को वीटो कर दिया जिसमें मंदबुद्धि हत्यारों को मौत की सजा नहीं देने की व्यवस्था थी। उन्होंने मौत की सजा पाए हर कैदी की 'दया की गुहार' ठुकराने में नैतिक गर्व अनुभव किया। एक कैदी तो ऐसा था जिसे विशेषज्ञों ने बच्चों से भी कम अक्ल वाला बताया था।

गरीबों के प्रति करुणा के अभाव को सिंगर पूंजीवादी व्यवस्था की सबसे बड़ी अनैतिकता मानते हैं इसलिए उन्हें ईसाई बुश का निर्धन-प्रेम प्रशंसनीय लगता है। वह पाते हैं कि बुश की करुणा गरीबों की आय बढ़ाने की नहीं, उन्हें समान अवसर देने की कायल है। पूंजीवादी होने के नाते बुश कहते हैं कि गरीबों की सरकारी एजेंसियों की मार्फत सहायता कराना निकम्मी दफ्तरशाही और निकम्मी गरीबी को सरकारी पैसे से बढ़ावा देना है इसलिए वह सरकारी खैरात धार्मिक संगठनों से बंटवाना चाहते हैं। साथ ही बुश आयकर को 'मेहनत की कमाई लूटना' और उत्तराधिकार कर को 'जीवनभर टैक्स देने वाले से मरने पर भी टैक्स लेना' बताकर पहले में कटौती करते हैं और दूसरा रद्द कर देते हैं। युद्ध पर अनापशनाप खर्च करते हैं। सरकारी बजट जबर्दस्त नफे से जबर्दस्त घाटे पर पहुंच जाता है और घाटा पूरा करने के लिए वह गरीबों की मदद पर सरकारी खर्च कम करते जाते हैं। उनके पास धार्मिक संस्थाओं

से खैरात करने के लिए ज्यादा सरकारी पैसा नहीं रह जाता। तो उनके करुणामय शासन में गरीबों की हालत बदतर होती जाती है और अमीरों की बेहतर।

बुश ने देश के ही नहीं, दुनिया के गरीबों के लिए भी बहुत आंसू बहाए और कहा कि हमारी करुणा यह बर्दाश्त नहीं कर सकती कि आज भी दुनिया की आधी से ज्यादा आबादी दो डॉलर प्रतिदिन से कम की आय पर गुजर-बसर कर रही है। लेकिन इसके बावजूद बुश ने संयुक्त राष्ट्र के सुझाव के अनुसार कुल राष्ट्रीय आय का 0.7 प्रतिशत गरीब देशों की सहायता पर खर्चने की दिशा में कोई पहल नहीं की। जहां डेनमार्क-जैसा देश अपनी आय का एक प्रतिशत से ज्यादा हिस्सा गरीब देशों को दे रहा था, वहां अमेरिका कुल 0.11 प्रतिशत और सो भी गरीबी के आधार पर नहीं, उनके अमेरिकी नीतियां मानने के आधार पर। बुश ने 'एड्स'-निवारण के लिए ज्यादा पैसा देने की बात कही लेकिन अमेरिकी सहायता को बहुराष्ट्रीय दवा कंपनियों के हितों से और इस नैतिक शर्त से जोड़ दिया कि सहायता की रकम निरोध बांटने पर नहीं, विवाह-बंधन से बाहर सेक्सभोग न करने की नेक सलाह देने पर खर्च की जाए। बुश की व्यापार नीतियां भी अमीर अमेरिकी किसानों को खुशहाल और गरीब देशों के किसानों को कंगाल बनाकर ईसाई करुणा के विरुद्ध हैं। सिंगर यह मानने को तैयार नहीं कि बुश आम नेताओं की तरह पाखंडी हैं। लेकिन वह इस आशंका से इंकार नहीं करते कि बुश को एक साजिश के अंतर्गत उन्होंने कठपुतली प्रेसिडेंट बनवाया है जो समझते हैं कि जनता को धार्मिक नैतिकता की अफीम दे सकने वाला सीमित बुद्धि वाला सड़कछाप नेता बुद्धिमान अमीरों का सबसे अधिक हित करा सकता है।

(9 अगस्त, 2004)

जिहाद की जान : नया-नया मुसलमान!

अहमदाबाद में पांच आतंकवादियों के पुलिस के हाथों मारे जाने की खबर देते हुए हमारी मीडिया ने 'बेकसूर मुस्लिम लड़की' पर इतना ज्यादा ध्यान दिया था कि हाल में मुसलमान बना 'बेकसूर मलयाली हिंदू' लगभग नजरअंदाज हो गया था। उधर यूरोप और अमेरिका का मीडिया इधर कुछ वर्षों से नए-नए मुसलमान बने लोगों के आतंकवाद में लिप्त होने की हर खबर को खूब उछालता रहा है और सभी पश्चिम विशेषज्ञ उसे अलकायदा-जैसे संगठनों की एक सोची-समझी नई रणनीति का सबूत ठहराते रहे हैं। उनका कहना है कि जब से अमेरिका ने 'आतंकविरोधी युद्ध' की घोषणा की है तभी से हर कहीं हाल ही मुसलमान बने लोगों के आतंकवादी गतिविधियों में लिप्त पाए जाने की खबरें ज्यादा आने लगी हैं।

नए-नए मुसलमान को मुजाहिदीन बनाने में अनेक लाभ हैं। जैसे यह कि उस पर फौरन शक नहीं जाता, तब तो और भी नहीं जब उसने अपना नाम भी न बदला हो या बदले नाम से पासपोर्ट न बनवाया हो। आस्ट्रेलिया में इस्लाम स्वीकार कर चुके टैक्सी ड्राइवर जैक रोशे ने इस्रायली दूतावास का वीडियो टेप उतारते हुए पकड़े जाने पर जब गार्ड को यह सफाई दी कि मैं वास्तुकला का विद्यार्थी हूं तब गार्ड बोला कि मैं कब कह रहा हूं कि तुम्हारी नीयत दूतावास पर बम गिराने की है। बाद में पता चला कि नीयत यही थी। जूता-बम बनाने वाला इंग्लैंड का रिचर्ड रीड, अनेक आतंकवादी साजिशों से जुड़े फ्रांसीसी भाई डेविड और जेरोम और रेडियोधर्मी 'डर्टी बॉम्ब' बनाने वाला अमेरिकी होसे पादीला सभी पास-पड़ोसियों और निगरानी एजेंसियों को 'अपने' ही लगते रह सके थे क्योंकि उनका नाम-धाम उन्हें ईसाई ठहरा रहा था।

'शत्रु' को अपने धर्म में दीक्षित करके 'शत्रु' के खिलाफ इस्तेमाल करने में दूसरा लाभ यह है कि वह शत्रु के रीति-रिवाजों से, उसके गली-कूचों और शहर-गांवों से अच्छी तरह परिचित होता है इसलिए बाहर से भेजे गए मुजाहिद्दीन की मेजबानी और रहनुमाई बखूबी कर सकता है। स्थानिक पहचान-पत्र और पासपोर्ट होने के कारण ऐसा व्यक्ति बेरोक-टोक सफर कर सकता है। तीसरा लाभ यह है कि मुस्लिम घर में न जन्मे ऐसे इंसान को आसानी से कट्टरपंथी बनाया जा सकता है क्योंकि उसके पास परिवार से मिली इस्लाम की सही समझ नहीं होती। चौथा लाभ यह है कि अनुभव बताता है कि किसी धर्म या पंथ में नया-नया आया हर इंसान उसके बारे में औरों से कहीं ज्यादा उत्साही रहता है और अपनी भक्ति का सबूत देने की पूरी कोशिश करता है। कभी यह कहावत बहुत सुनने को मिलती थी कि नया-नया मुसलमान प्याज ज्यादा खाता है। उसी के वजन पर अब यह कि नया-

नया मुसलमान जिहाद ज्यादा सराहता है।

पश्चिमी विशेषज्ञ इस बात से बहुत ज्यादा चिंतित हैं कि इस्लाम यूरोप में सबसे ज्यादा तेजी से बढ़ते मजहब का दर्जा हासिल कर चुका है। अकेले फ्रांस में ही चालीस–पचास हजार ईसाई इस्लाम स्वीकार कर चुके हैं। उनमें से बहुत–से ऐसे हैं जो किसी से शादी करके मुसलमान बने हैं लेकिन बहुत–से ऐसे भी हैं जो आधुनिक जीवन की भटकन और ऊब से घबराकर इस्लाम की शरण में गए हैं। जैसा कि आतंकवाद के आरोप में गिरफ्तार फ्रांसीसी भाइयों डेविड और जेरोम का कहना है, 'इस्लाम ने हमारी जिंदगी को मतलब दिया, दिशा दी। पिता के मां को तलाक देकर घर से चले जाने के बाद हम बिगड़ते चले गए थे और नशेड़ी बन गए थे। इस्लाम ने हमें उबारा।' कुछ जानकारों ने इस ओर ध्यान दिलाया है कि यूरोप की नई पीढ़ी के लिए इस्लाम अपना लेना पुरानी पीढ़ी के प्रति विद्रोह जताने का जरिया बन गया है। ओसामा मानो उनके लिए आज के चे ग्वारा बन चले हैं।

बुश की नीतियों के चलते मुस्लिम जगत के प्रति बढ़ती स्वाभाविक सहानुभूति और चरमपंथियों का यह प्रचार कि इस्लाम भ्रष्ट, लोभी और ह्रासोन्मुख पश्चिमी पूंजीवादियों से लड़ रहा है, मिलकर गैर मुस्लिम नौजवानों को 'क्रांतिकारी इस्लाम' अपना लेने के लिए प्रेरित कर रहे हैं। अलकायदा–जैसे संगठन इनमें ही अपने लिए नए रंगरूट ढूंढ़ रहे हैं। धर्मपरिवर्तन कराने वाले हजारों में से दो–चार भी मुजाहिद्दीन बनने को तैयार हो जाएं तो आतंकवादियों का काम बहुत आसान हो जाता है। यूरोपीय संघ का पासपोर्ट होने के कारण ऐसे मुजाहिद्दीन सदस्य देशों में बेरोक–टोक घूम सकते हैं और उन्हें अमेरिका जाने के लिए वीजा नहीं लेना पड़ता। स्वयं अमेरिका में अफ्रो–अमेरिकी आबादी द्वारा 'विद्रोह में धर्म परिवर्तन' कराने की परंपरा कई दशकों से चली आ रही है। अब गोरे अमेरिकी भी बतौर विद्रोही मुसलमान बनने लगे हैं।

गौरतलब है कि यूरोप और अमेरिका की जेलें कट्टरपंथियों द्वारा चेले मूड़ने के लिए बड़े पैमाने पर इस्तेमाल की गई हैं। अमेरिकी जेलों में गरीब अफ्रो–अमेरिकी और इस्रायली कैदियों की भरमार होती है। धर्म प्रचारकों को उनमें नैतिक सुधार कराने के लिए आने की छूट रहती है। फ्रांस की जेलों में आधे से ज्यादा गरीब बस्तियों के बिगड़े मुस्लिम युवा हैं। कमोबेश यही स्थिति अन्य यूरोपीय देशों में भी है। पश्चिम के हाथों सजा पाने की कड़ुवाहट उन्हें कट्टरपंथ की शरण में ले जाती है और वे अपने गैर–मुस्लिम साथियों को इस्लाम अपनाने के लिए प्रेरित करते हैं। ईसाइयत की तरह इस्लाम में भी धर्म प्रचारकों की व्यवस्था करने के लिए 75 वर्ष पहले ब्रिटिश भारत में तबलीगी जमात नामक जो संस्था बनी थी उसने इधर सारे संसार में धर्मपरिवर्तन का काम बड़ी लगन से किया है। कट्टरपंथी सुन्नी संगठन इस

जमात के विरोधी रहे हैं लिहाजा अमेरिकी सरकार इसे निरापद ठहराती आई थी मगर अब कहा जा रहा है कि इसके बनाए मुसलमानों में से ही आतंकवादी अपने नए रंगरूट चुन रहे हैं।

ये धर्म-प्रचारक जेलों और उनके बाहर इस्लाम स्वीकार करने वाले गरीबों को सहानुभूति और सहायता देते हैं। उन्हें रिश्तेदारों और दोस्तों का धर्म-परिवर्तन कराने की कोशिश में लगा देते हैं। धर्म-परिवर्तन का यह काम छोटे-से सिंगापुर से लेकर बड़े-से अमेरिका तक हर देश में इधर चलता रहा है। चरमपंथी संगठन नए बने मुसलमानों में से ज्यादा भरोसेमंद लगने वालों को पाकिस्तान-जैसे देशों के मदरसों में वहाबी मत में दीक्षित और मुजाहिद्दीन संगठनों में प्रशिक्षित करवाते हैं। फिलीपींस-जैसे गरीब देशों से आए गैरमुस्लिम युवाओं को धर्म-परिवर्तन के लिए प्रेरित करने का काम मध्य-पूर्व और खाड़ी के देशों में किया जाता रहा। फिलीपींस अधिकारियों के अनुसार देश में इस समय लगभग दो लाख नवपरिवर्तित मुसलमान हैं जिनमें से ज्यादातर मध्य-पूर्व में मजदूरी करने गए थे। इनमें से ही चुने गए कुछ लोगों को इधर आतंकवादी गतिविधियो में झोंका जाता रहा है।

विडंबना यह है कि इनमें से कोई भी बात ऐसी नहीं है जो अमेरिकी सरकार या मीडिया को 'मुस्लिम आतंकवाद' से युद्ध छिड़ने से पहले मालूम न रही हो। लेकिन तब मुजाहिद्दीन साम्यवाद रूपी शैतान से लड़ रहे थे। लोकप्रिय गायक कैट स्टीवेंस का धर्म-परिवर्तन कराके अफगानिस्तान में जिहाद के लिए जाना उस दौर में प्रशंसा का विषय बना था। लेकिन आज जब खुद पर बन आई है तब यह समझ में आ रहा है कि साम्यवादी विचारधारा से लड़ने के लिए जिहाद की जिस मानसिकता को बढ़ावा दिया गया उससे किसी मुस्लिम देश पर हमला करके नहीं निपटा जा सकता। वह एक विश्वव्यापी विचारधारा है जो आपके खिलाफ हर कहीं मोर्चा खोलेगी।

(16 अगस्त, 2004)

अगर आजादी की लड़ाई वकीलों ने न लड़ी होती

हमारी पारिवारिक गाथा का एक परिच्छेद मेरे पिताजी के वकील न बन सकने के मलाल के बारे में है। म्योर सेंट्रल कॉलेज, इलाहाबाद से बी.एससी. करने के बाद वह अपने अल्मोड़वी सहपाठी गोविंद वल्लभ पंत की तरह वकालत पढ़ने की इच्छा रखते थे लेकिन उन्हें सुदूर अजमेर के गवर्नमेंट कॉलेज में मुदर्रिसी करनी पड़ी। वह समझते थे कि अगर वकालत पढ़ी होती तो गोविंद की तरह देश का नेता बना होता, सरकारी नौकरी करते हुए तो बस राय साहब बन सका। इसी मलाल के चलते उन्होंने अपने बड़े बेटे को, जो साहित्य में एम.ए. करके अध्यापक-लेखक बनना चाहता था, जबर्दस्ती वकालत पढ़ाई और उसने वकालत न करके विद्रोह का जो सिलसिला शुरू किया, वह उसकी जिंदगी तबाह कर गया। पिताजी वकालत को नेतागिरी के लिए अनिवार्य योग्यता इसलिए मानते थे कि आजादी की लड़ाई की बागडोर जिन लोगों के हाथ में थी, उनमें वकीलों की बहुतायत पाई जाती थी। अजमेर में तो ज्यादातर नेता उस कचहरी रोड से सटी हुई गलियों में ही रहा करते थे, जिसका नाम आजादी के बाद— जी हां, आप ठीक समझे— महात्मा गांधी रोड कर दिया गया।

इससे याद आया। गांधी जी भी महात्मा बनने से पहले वकील ही थे। वकालत सीखने वह विलायत गए। नेहरू जी भी। जिन्ना भी। कांग्रेसियों में ही नहीं, लीगियों, हिंदू महासभाइयों और कम्युनिस्टों में भी वकीलों की भरमार थी। ऐसा लगता है कि तब या तो जमींदार नेता बन सकते थे या वकील। जमींदारों को तो नेतागिरी गोया विरासत में मिली हुई थी। वकीलों ने अर्जित की। नेतागिरी के लिए वकालत का पेशा इसलिए निरापद था कि उसमें हुक्मरान की नाराजगी की वजह से रोटी-रोजी नहीं छिन सकती थी। खैर, उसका निरापद न होना उतना महत्वपूर्ण न था जितना कि उसका नेतागिरी के लिए उपयुक्त प्रशिक्षण मंच होना। वकालत करते हुए आपको भांति-भांति के लोगों से मिलने का मौका मिलता जिनमें अंग्रेज जज साहेबान भी शामिल रहते। इससे आपकी एक सार्वजनिक छवि बन पाती। मुकदमे लड़ते हुए जोरदार बहस और अच्छी सौदेबाजी कर सकने की तथा प्रभावप्रद भाषण देने की आपकी क्षमताएं विकसित हो पातीं जो नेतागिरी के लिए निहायत जरूरी थीं।

यहां उल्लेखनीय है कि जिसे हम अपना स्वाधीनता संघर्ष मानते हैं, उसे अंग्रेज सामंती भारतीयों को अपने ढंग के संसदीय लोकतंत्र में क्रमशः दीक्षित करने का पुनीत यज्ञ समझते हैं। उस लोकतंत्र में बहस की बड़ी महत्ता थी, लिहाजा उन्होंने हमें आरंभिक राजनीतिक दीक्षा डिबेटिंग क्लबनुमा संस्थाओं के माध्यम से दी। फिर हमें म्युनिसिपेल्टी में आजमाकर देखा और होते-होते प्रांतीय और केंद्रीय विधायिकाओं में पहुंचाया। जब-जब जनता में आजादी के लिए दीवानगी या कोई

दीगर बेचैनी बढ़ी, तब-तब अंग्रेजों ने मेज पर आमने-सामने बैठकर बातचीत के लिए हमारे नेताओं को बुलाया और इस तरह की वार्ताओं में सौदेबाजी की कला बहुत काम की साबित हुई। रही वकालत के पेशे में विकसित होने वाली वक्तृता की कला तो जब-जब अंग्रेजों के साथ हुई वार्ता विफल होने की नौबत आती (और अक्सर ऐसा होता भी था) तब-तब यह जरूरी हो जाता कि कोई जोरदार तकरीर वार्ता मंच से दे दी जाए। और हां, सार्वजनिक सभाओं में तो लेक्चरबाजी का यह हुनर काम का साबित होता ही था।

वकील नेताओं के चलते आजादी की लड़ाई अंग्रेज शासकों द्वारा तैयार कराए गए गोलमेजरूपी मैदानों में लड़ी गई और उनमें अंतिम क्षण तक भयंकर शब्दपात होता रहा। तब जाकर कहीं अगस्त की उस यादगार अधरात हमारा अपनी नियति से संकेत स्थल पर विह्वल मिलन हो सका। ऐसा नहीं कि रक्तपात हुआ ही न हो। वह तो आजादी मिलते समय भी हो रहा था लेकिन वह अंग्रेजों का नहीं, अपने भाइयों का खून बहाने का मामला था। सोचकर अचरज होता है कि जिसे हम स्वाधीनता संघर्ष कहते हैं, उसमें संघर्ष का हिस्सा बहुत कम रहा और अगर कभी कहीं कोई संघर्ष जनता ने खुद ही शुरू कर दिया तो उसे नेताओं से ऐसा समर्थन या निर्देशन नहीं मिल सका कि वह देशव्यापी या दीर्घकालिक सिद्ध हो सकता। इससे हमारी राजनीति में 'संघर्ष' शब्द के अवमूल्यन का ऐसा सिलसिला शुरू हुआ कि आज जब भी पुलिस किसी माफिया डॉन नुमा नेता को पकड़ने आती है, उसके कम-से-कम 420 चमचे गला फाड़-फाड़कर टी.वी. कैमरों के सामने कहते हैं, 'नेताजी संघर्ष करो, हम तुम्हारे साथ हैं।' मानो संघर्ष का अर्थ फौजदारी हो।

यह भी गौरतलब है कि आजादी की लड़ाई लड़ते हुए हमारे नेता सड़ी-गली रूढ़ियों के भी खिलाफ कोई ऐसा प्रभावशाली आंदोलन नहीं छेड़ पाए कि सामाजिक स्तर पर ही कोई छोटी-मोटी क्रांति हो पाती। इस सबका नेताओं के वकील होने से संबंध यों जुड़ता है कि वकालत का पेशा अदालत में बाअदब मि लॉर्ड मि लॉर्ड जपते हुए मुकदमे लड़ना सिखाता है, किसी सत्ता के प्रति विद्रोह करते हुए उसके खिलाफ मैदाने-जंग में कूद जाना नहीं। कानून का आदर करना वकील का पेशेवर धर्म होता है और शासन को उखाड़ फेंकने की कोशिश करने से बड़ा कोई जुर्म नहीं। इसलिए हमारे नरम वकील नेता विद्रोह करना ही गलत समझते थे और बातचीत तथा सौदेबाजी से आजादी पाने के हक में थे। गरम भी जहां तक हो सके विदेशी सत्ता को निहायत कानूनी ढंग से चुनौती देना चाहते थे। उनकी दलील यह हुआ करती थी कि आप अंग्रेज अपने को जिस उदार मानवीय दृष्टि का पैरोकार बताते हैं, वही आपका हम पर राज करना गैरकानूनी ठहराती है तो मि लॉर्ड किसी गैरकानूनी चीज को हटाना तो हमारा कानूनी फर्ज है। नरम हों या गरम, हमारे वकील नेताओं द्वारा किसी भी क्रांतिकारी

गतिविधि या जुझारू जनता द्वारा शुरू किए गए किसी भी हिंसक आंदोलन को कभी समर्थन नहीं मिला। और तो और उन बहादुर नौसैनिकों को भी नहीं जिन्होंने आजादी मिलने से कुछ वर्ष पूर्व बगावत की थी।

तो यद्यपि वकील नेता गदर पार्टी से लेकर आजाद हिंद फौज तक विद्रोह की हर चिंगारी को आजादी की लड़ाई की कहानी में सलमे सितारे की तरह टांकते रहे, वे बुनियादी तौर पर इन्हें गलत भी मानते रहे। आजाद हिंद फौजियों के मुकदमे में वे सब बाकायदा गाउन-वाउन पहनकर बचाव पक्ष की ओर से पेश हुए लेकिन आजादी मिल जाने के बाद उन फौजियों को भारतीय सेना में शामिल करना उन्हें कानून के नजरिये से ठीक नहीं लगा। यह तो हुई अंग्रेजी हुकूमत का तख्ता पलटने की बात। रही देशव्यापी सामाजिक क्रांति तो वह भी वकील नेता करा नहीं पाए। यह नहीं कि वे समाज की समस्याओं से और सड़ी-गली रूढ़ियों को तोड़ने की जरूरत से बेखबर थे। जज और जूरी को अपनी बात का कायल कर सकने वाली उनकी ओजस्वी वाणी और प्रभावप्रद शब्दावली जनता में अपार जोश भरने में सक्षम भी थी। ऐसा भी नहीं कि अंग्रेज-शासकों के डर से जनता उन्हें सुनने को तैयार न थी। सच तो यह है कि उस दौर में हर किसी के पास ऐसा कोई-न-कोई किस्सा होता था कि फलां नेता को सुनने के लिए मैं फलां जगह की हंगामी जनसभा में कितने कष्ट उठाकर पहुंचा था और साहब क्या जोरदार भाषण दिया था उसने!

ये जोरदार भाषण जबर्दस्त जोश जरूर जगाते रहे लेकिन अफसोस कि समाज को कोई स्पष्ट दिशा देने या जनता के सामने कोई ठोस कार्यक्रम रखने से परहेज भी बरतते रहे। मानो वकील नेताओं का सारा गर्जन-तर्जन ताली बजवाने से ताल्लुक रखता था, ईंट-से-ईंट बजवा देने या दकियानूसी की नींव की ईंटें हिलवा देने से नहीं। यह सोचकर ताज्जुब होता है कि इक्कीसवीं सदी के आरंभ में भी हमारा समाज लगभग उतना ही रूढ़िग्रस्त है जितना कि बीसवीं सदी के आरंभ में था— खासकर उस हिंदीभाषी क्षेत्र में जिसने देश को सबसे ज्यादा नेता दिए। और यह भी गौरतलब है कि समाजसुधार से लेकर गरीबी दूर करने तक, राजभाषा से लेकर आधुनिकता और परंपरा के समन्वय तक, हर सवाल पर हमारे मौजूदा नेता स्वाधीनता संग्राम के दौर में दिए गए वकील नेताओं के भाषण ज्यों के त्यों दुहरा रहे हैं और हम सुनकर बदस्तूर जोरदार तालियां बजा रहे हैं। चलिए उनके भाषण कांग्रेसी दुहराएं तो भी बात कुछ समझ में आती है लेकिन यहां तो भाजपाई प्रधानमंत्री तक नेहरूवाणी बोलता है!

इन भाषणों के पाठ में समन्वय के नाम पर कई-कई तेवर एक साथ साधे जाते हैं और कुछ इस तरह कि भाषण से हर सुनने वाला अपने पसंद की बात निकाल ले। अफसोस कि आधुनिकता एक तेवर साधने, एक लक्ष्य रखने और एक ही सत्य सर्वोपरि मानने से संबंध रखती आई थी। तो वकील नेताओं के चलते हम आधुनिक होने से

पहले ही उत्तर–आधुनिक हो चले या शायद यह कहना अधिक उचित हो कि उस हिंदू जीवनदर्शन से जुड़े रहे जिसे उत्तरआधुनिकता का आदि रूप माना जा सकता है। इस तरह के भाषणों की लोकप्रियता का राज ही शायद यह है कि वे जनता को यह सोच–सोचकर खुश होने का अवसर देते हैं कि साहब इंडिया की तो बात ही कुछ और है। आश्चर्य कि इस निरालेपन को अस्वीकार करने वाले कम्युनिस्ट भी भारत में कोई राजनीतिक या सामाजिक क्रांति नहीं करा पाए। हालांकि यहां पार्टी की स्थापना चीन और वीएतनाम से पहले हो चुकी थी, उसने कोई ऐसा माओ या हो चि मिन्ह नहीं दिया जो किसान संघर्षों की बागडोर थामकर सारे देश में हलचल मचवा सकता। कुल मिलाकर उसकी क्रांतिकारिता भी कॉफी हाउसों, अड्डों और बुद्धिजीवी संगठनों की मेजों पर ही मार–काट मचाती रही। यही नहीं, उनके वकील नेता आज तक तय नहीं कर पाए कि कांग्रेस शत्रु है मित्र ?

आपत्ति की जा सकती है कि गांधी जी वकील होते हुए भी कोरी वकालत छांटने वाले नेता नहीं, सच्चे जननायक थे। नैतिक बल्कि कहना चाहिए कि आध्यात्मिक शक्ति का राजनीतिक अस्त्र के रूप में उपयोग करके उन्होंने एक ऐसा अनूठा प्रयोग किया जिसका अन्य देशों में साभार अनुसरण किया गया। उसी शक्ति के कारण वह हमारे लिए महात्मा बन सके। दिक्कत यों पेश आई कि गांधी जी ने उस कांग्रेस को अपनी राजनीति का वाहक बनाया जिसके नरम और गरम, दोनों किस्म के वकील नेताओं को उनकी रणनीति अव्यावहारिक लगती थी। रही साधारण जनता, तो वह भी पुलिस हिंसा की प्रतिक्रिया में हिंसक न होने की गांधीवादी कसौटी पर अक्सर खरी नहीं उतर पाती और गांधी जी इसे अपनी नैतिक हार मानकर आंदोलन रोक देते। सबसे विचित्र स्थिति यह थी कि गांधी जी को अव्यावहारिक मानने वाले कांग्रेसी उन्हें परमपूज्य का पद दिए हुए थे और गांधी जी अपने विचारों का खुला विरोध करने वाले नेहरू को परमप्रिय माने हुए थे। इसके रहते गांधी जी जितने आप्रासंगिक बनाए जाते रहे, उतने ही पूज्य करार दिए जाते रहे।

तो गांधी जी ने जनमानस को उद्वेलित करके अनेक विराट आंदोलन छेड़े लेकिन उनमें से कोई भी तार्किक परिणति तक नहीं पहुंच पाया। हर आंदोलन मानो अंग्रेजों के साथ वकील नेताओं की गोलमेज सौदेबाजियों से पहले हुआ एक 'खेला'–सा बनकर रह गया। सबसे ज्यादा तरस खाने वाला हश्र हुआ 'भारत छोड़ो' आंदोलन का। नेहरू जी वगैरह को जापानी सेनाओं के भारत में घुसने की घड़ी में अंग्रेजों से फौरन भारत छोड़कर जाने के लिए कहना सिरफिरेपन का नमूना लगा, फिर भी उन्होंने 'भारत छोड़ो' प्रस्ताव खुशी से पास किया। अंग्रेजों ने उन्हें जेल में डाल दिया। बिहार आदि कुछ क्षेत्रों में जे.पी. जैसे कुछ समाजवादी नेताओं की रहनुमाई में कुछ दिन तक अंग्रेजों के खिलाफ बगावत होती रही। अंग्रेजों ने उसे सख्ती से कुचल दिया, और बस। अब

उस 'अगस्त क्रांति' की याद बस हमारी कुछ तेज-रफ्तार गाड़ियां ही दिला रही हैं।

गांधी जी अप्रासंगिक जो हुए सो हुए, सत्याग्रह और आमरण अनशन-जैसे गांधीवादी तौर-तरीकों को स्वाधीन भारत में कुछ इस तरह आजमाया गया कि वे हास्य-व्यंग्य के विषय बन गए। खादी-जैसे तमाम गांधीवादी प्रतीकों को ढोंग के नमूने बनाकर ही दम लिया गया। यह गांधीवाद को गांधीवाद की पैरोडी बना दिए जाने का ही नतीजा है कि आज खादी कमीशन फैशन डिजाइनरों का मुहताज है, 'ईश्वर अल्लाह तेरो नाम' सिर्फ गांधी जी की समाधि पर साल में दो बार गूंजता है और ऊबे-ऊबे से शासकगण उसे श्रद्धा से सुनने का अभिनय करते हैं (गाने की जहमत नहीं उठाते!) और गांधी जी की सविनय अवज्ञा को हमारी नेता बिरादरी अब सगर्व अवज्ञा के रूप में अपनाती है कि हम तो जनता की अदालत में रखते हैं आस्था, हमें कानून से क्या काम, हमें अदालतों का क्या डर?

आजादी की लड़ाई लड़ने वालों में वकीलों का बोलबाला होने का एक परिणाम यह भी है कि हमारे नेता अपना विचार बदल लेना सर्वथा तर्कसम्मत पाते और ठहराते हैं। बात यह है कि सफल वकील उसी को समझा जाता है जो किसी भी पक्ष की ओर से जोरदार दलीलें पेश कर सके। जो अपने हर मुवक्किल को सही सिद्ध कर सकता हो, वह अपनी हर पलटी को सही सिद्ध कर ही सकता है। तो जैसे आधुनिक विचारों वाले वकील नेता जिन्ना साहेब कांग्रेसी से लीगी बन जाना तर्कसम्मत ठहरा सके, वैसे हमारे आज के नेता अपनी हर दल-बदल को देश के हित में उठाया गया कदम ठहरा पाते हैं। जैसे आधुनिक जिन्ना और नेहरू यह तर्कसम्मत मान सके कि धर्म के आधार पर विभाजन के बावजूद दो आधुनिक धर्मनिरपेक्ष राष्ट्र बन सकेंगे, वैसे ही हमारे आज के नेता भी तर्कातीत को तर्कसम्मत मानते-मनवाते रह सकते हैं।

अगर आजादी की लड़ाई की कमान वकील नेताओं के हाथ में न रही होती तो आज भारत की राजनीति एक ऐसी बेमतलब और बासी बहस बनकर न रह जाती जिसमें अपनी बात चीखकर कहने और दूसरे की बात अनसुनी करने का रिवाज है। सवाल यह है कि अगर गैर-वकील नेता होते तो क्या होता? इसके दो संभावित जवाब हैं। पहला यह कि मेरा भारत सचमुच महान बन चुका होता और चीन की तरह उसे एशियाई महाशक्ति माना जा रहा होता। दूसरा यह कि शायद उसमें अब भी जबर्दस्त उथलपुथल और खून-खराबे का दौर चल रहा होता। तो हम आजादी की इस 57वीं वर्षगांठ पर अपने उन वकील नेताओं को चाहे तो भारत के आर्थिक-सामाजिक पिछड़ेपन के लिए कोस सकते हैं और चाहे तो उसके चाहे जैसे भी सही स्थायित्व के लिए सराह सकते हैं।

(23 अगस्त, 2004)

विश्व का अवसान समीप है

कट्टरपंथी पादरी टिम लहे और पेशेवर कलमघिस्सू जैरी जेंकिंस की 12 खंडों वाली उपन्यास माला *लेफ्ट बिहाइंड* इधर बीबीसी और *न्यूयॉर्क टाइम्स* तक में गंभीर चर्चा का विषय बनी है। कुछ इसलिए कि उसने लोकप्रियता के सभी रिकॉर्ड तोड़ डाले हैं— अमेरिका में ही उसकी छह करोड़ से ज्यादा प्रतियां बिक चुकी हैं। लेकिन उससे भी ज्यादा इसलिए कि *लेफ्ट बिहाइंड* की लोकप्रियता और बाइबिल भक्त बुश की राजनीतिक सफलता दोनों ही अमेरिकी समाज पर कट्टरपंथी ईसाइयत के हावी होने का संकेत देते हैं।

कट्टरपंथी ईसाई बाइबिल की *बुक ऑफ रिवेलेशंस* में बहुत आस्था रखते हैं और *लेफ्ट बिहाइंड*, जिसका पहला खंड 1995 में और अंतिम इसी वर्ष छपा है, इसी से प्रेरित होकर लिखी गई है। शेष बाइबिल से मेल न खाने वाली इस थोड़ी विवादास्पद 'बुक' में बताया गया है कि ईसा के दुबारा प्रकट होने से पहले भयंकर अराजकता, अनैतिकता, भुखमरी और महामारियां फैलेंगी, मध्य-पूर्व से महायुद्ध शुरू होगा, शैतान अमन और नेकी के फरिश्ते का रूप धरकर सात वर्ष तक सारी दुनिया पर राज करेगा और नया बेबीलोन फरात नदी के किनारे (यानी इराक में) बसाएगा। ईसा को दिल में बसाए जो खरे ईसाई होंगे उन्हें शैतान-राज शुरू होने से पहले खुदा अपने आगोश में ले लेगा। सात साल बाद खुदा शैतान और उसके तमाम अनुयायियों पर बेपनाह कहर ढाएगा। जो इस दौरान ईसा को अपने दिल में बसा लेंगे उन्हें वह यहीं इस दुनिया में हजार वर्ष तक ईसा के राज में स्वर्गभोग करने देगा। उसके बाद विश्व का अवसान हो जाएगा। शैतान-राज शुरू होने से पहले खरे ईसाइयों के बचा लिए जाने की बात सिर्फ अमेरिकी कट्टरपंथी मानते हैं और इसी से *लेफ्ट बिहाइंड* का घटनाक्रम शुरू होता है।

उपन्यास का नायक दिलफेंक और चालू टाइप पायलट रेमंड स्टील लंदन की ओर उड़ान भरते हुए एयर होस्टेस से यह दुखड़ा रोता है कि मेरी पत्नी ने दुनिया का खात्मा करीब मानने वाले कट्टरपंथी ईसाइयों के चक्कर में पड़कर मेरी जिंदगी नरक बना दी है। तभी सहसा कुछ यात्री अपना सामान वहीं छोड़ विमान से गायब हो जाते हैं। स्टील का माथा ठनकता है, 'कहीं यह शैतान-राज शुरू होने से पहले खरे ईसाइयों के खुदा के आगोश में चले जाने की घटना तो न थी?' जब पता चलता है कि करोड़ों ईसाई दुनिया से गायब हो गए हैं तो इस अनुमान की पुष्टि होती है। स्टील अपने एक पत्रकार मित्र के साथ मिलकर शैतान से लड़ने के लिए मोर्चाबंदी करता है। शैतान का रूप धरता है विश्व शांति और निरस्त्रीकरण का पैरोकार और वामपंथ का लाड़ला संयुक्त राष्ट्र का महासचिव रह चुका रूपवान रूमानियाई निकोलाई कार्पथिया जिसे *पीपुल* मैग्जीन ने 'सबसे ज्यादा सेक्सी मर्द' ठहराया है। उसकी हत्या कर दी जाती है लेकिन वह फिर

जी उठता है और मूर्ख लोग उसे ईसा मान लेते हैं। वह इराक में फरात के किनारे अपनी नई विश्व सरकार की राजधानी बनाता है। अमेरिका के गैर ईसाई और खोटे ईसाई अपना देश निकोलाई रूपी शैतान के 'एक विश्व' में मिलवा देते हैं। इस शैतान का सलाहकार है एक कैथलिक बड़ा पादरी जो उसे धार्मिकता का आयाम देता रहता है। स्टील जानता है कि असली माजरा क्या है। वह खरी ईसाइयत फैलाने और ईसा के दूसरे आगमन की तैयारियां करने में जुट जाता है। शैतान के अधर्म और अनैतिकता के राज को मिट्टी में मिलाने के लिए खुदा एक से बढ़कर एक कहर ढाता है।

लेखक जोड़ी ने गैर ईसाइयों और खोटे ईसाई उर्फ कैथलिकों पर खुदा के कहर का वर्णन चटखारे लेकर किया है। वे इसे वहशीपन या नफरत फैलाने का नमूना नहीं मानते। वे कहते हैं कि हमने वही दिखाया है जो बाइबिल में है। लेकिन *न्यूयॉर्क टाइम्स* ने लिखा है यह बाइबिल की कुछ वैसी ही व्याख्या है जैसी अलकायदा वाले कुरआन शरीफ की करते हैं। इराक और अफगानिस्तान में अमेरिकी सैनिकों ने जो अत्याचार किए हैं वे इसी नफरत भरे नजरिये की देन हैं। कई धर्मशास्त्रियों ने ध्यान दिलाया है कि खुद ईसा ने अपने यहूदी पूर्वजों से स्वर्ग मिलने की बात कही है। बाइबिल की सही व्याख्या यह है कि सभी नेक इंसान स्वर्ग के अधिकारी होंगे। *लेफ्ट बिहाइंड* की लेखक-जोड़ी ऐसा कहने वालों को खोटा ईसाई मानती है। इस जोड़ी के अनुसार जब से *बुक ऑफ रिवेलेशंस* की भविष्यवाणी के अनुसार यहूदियों के लिए इस्राइल की स्थापना हुई है, ईसा के लौटने और विश्व का अवसान होने के तमाम लक्षण भी प्रकट हुए हैं। जैसे संयुक्त राष्ट्र द्वारा नेक अमेरिका का विरोध। एड्स और सार्स-जैसी नई महामारियों का फैलना। शैतानभक्त वामपंथियों द्वारा गर्भपात और समलैंगिक विवाह-जैसी अनैतिक बातों की और विधर्मियों के अधिकारों की वकालत करना, ईसाई मजहब का मजाक उड़ाना और न्यायोचित युद्ध तथा आवश्यक हथियारबंदी का विरोध करना। भविष्यवाणी के सही होने का सबसे बड़ा लक्षण है विधर्मी मुसलमानों द्वारा आतंक फैलाया जाना और उससे निपटने के लिए बुश द्वारा ऐसा विश्वव्यापी युद्ध छेड़ा जाना जो मध्य-पूर्व में लड़ा जा रहा है और जिसका केंद्र शैतान का गढ़ इराक है। बाइबिल भक्त बुश की राजनीति के भक्त *लेफ्ट बिहाइंड* के लेखक मानते हैं कि बुश जो कुछ कर रहे हैं, ईसा के दुबारा प्रकट होने का रास्ता साफ करने के लिए कर रहे हैं।

कुछ अजब नहीं जो स्वयं बुश भी ऐसा ही मानते हों। अपने आतंकविरोधी अभियान को वह 'बदी से नेकी की लड़ाई' बताते हैं और अपने कर्मों का बखान भी लगभग बाइबिल की भाषा में करते हैं। फिलिस्तीन के सदर को उन्होंने बताया, 'खुदा ने मुझसे कहा कि अलकायदा पर कहर ढा और मैंने ढाया। उसने कहा कि सद्दाम पर कहर ढा और मैंने उसका हुक्म बजाया। अब उसी के हुक्म पर मैं मध्य-पूर्व का मसला निबटाने में जुट गया हूं।' बुश की राजनीति अमेरिकी पूंजीपतियों की आर्थिक और

कट्टरपंथियों की नैतिक मांगें पूरी करने के इर्दगिर्द घूमती है। अगला चुनाव जीतने के लिए उनकी रणनीति का एक हिस्सा डेमोक्रेट उम्मीदवार सीनेटर केरी को शैतान भक्त साबित करना भी है। उनकी पार्टी ने सीनेट में समलैंगिक विवाह का विरोध करने के लिए संविधान संशोधन का प्रस्ताव रखा ताकि उसके पास न होने पर केरी, जो कैथलिक होने के नाते समलैंगिकता, गर्भनिरोध और गर्भपात जैसी चीजों के व्यक्तिगत स्तर पर विरोधी हैं, खोटे ईसाई लगें। यह कोशिश भी की जा रही है कि कुछ कैथलिक पादरियों से केरी को धर्मभ्रष्ट करार दिलवा दिया जाए। यों भी *लेफ्ट बिहाइंड* के लेखकों जैसे कट्टरपंथियों के लिए केरी कैथलिक होने के नाते खोटे ईसाई ही हैं। बुश की इराक नीति के विरोध में शैतान का समर्थक ठहराते हुए ये खरे ईसाई जगह-जगह लिख रहे हैं, 'केरी ओसामा का आदमी है, बुश हमारा।' वे ऐसा जता रहे हैं मानो मुस्लिम कट्टरपंथी केरी की विजय चाहते हैं जबकि कट्टरपंथी होने के नाते बुश और ओसामा दोनों को एक-दूसरे की जरूरत हैं ताकि न सही विश्व का, सभ्यता का तो अवसान हो ही जाए।

(30 अगस्त, 2004)

राजा वही जो छले प्रजा को

जब यहूदी चिंतक लिओ स्ट्राउस 1938 में नाजी जर्मनी से भागकर अमेरिका पहुंचे थे तब किसे पता था कि इक्कीसवीं सदी के आरंभ में अमेरिका का प्रेसिडेंट उनकी सुझाई नीतियों पर चल रहा होगा। अमेरिकी मीडिया और प्रशासन पर ऐसे दक्षिणपंथी हावी होंगे जो स्ट्राउस का नाम उसी श्रद्धा से लेंगे जिससे वामपंथी एक अन्य जर्मन यहूदी कार्ल मार्क्स का लेते आए थे। इतना तय है कि स्ट्राउस ने ऐसा चाहा जरूर होगा क्योंकि प्राचीन यूनानी दार्शनिक अफलातून उर्फ प्लेटो की तरह स्ट्राउस का भी यह मानना था कि सत्ता-संचालन श्रेष्ठ चिंतकों के हाथ में रहना चाहिए क्योंकि शासन चलाना ऐरे-गैरों के बस की बात नहीं। लेकिन स्ट्राउस भले ही प्राचीन दार्शनिकों के गुण गाते, अफलातून की तरह उन्होंने नैतिकता को श्रेष्ठता की शर्त नहीं बनाया। तो जहां अफलातून ऐसे व्यक्ति को शासक बनता देखना चाहते थे जिसकी नैतिकता उसे सत्ता के दुरुपयोग से बचाए रख सकती हो वहां स्ट्राउस नैतिकता के चक्कर में न पड़ने को भी श्रेष्ठता का सबूत ठहराते थे।

स्ट्राउस की नैतिकता में कोई आस्था न थी। वह तो इस 'प्राकृतिक नियम' के कायल थे कि श्रेष्ठों को निकृष्टों पर शासन करने का अधिकार है। इसलिए श्रेष्ठों को नैतिकता-धार्मिकता के पाखंड से अपने हाथ-पांव नहीं बांध लेने चाहिए। शासक अपना हित देखते हुए जो उचित हो, सो करें और एक अदद अस्तित्वहीन खुदा से न डरें। मगर, हां, मूर्ख प्रजा में खुदा का खौफ बनाए रखें। स्ट्राउस भी मार्क्स की तरह धर्म को 'अवाम के लिए अफीम' मानते थे लेकिन साथ ही यह भी समझते थे कि अवाम को काबू में रखने के लिए इस अफीम का इस्तेमाल निहायत जरूरी है। खुदा का खौफ आम आदमी को खुराफात से दूर रखता है। धर्म ही किसी समाज या राष्ट्र को एक सूत्र में बांधे रख सकता है। तो राजा को हमेशा प्रजा के सामने धर्म और नैतिकता की दुहाई देते रहना चाहिए। आम आदमी के बारे में स्ट्राउस की राय कोई खास अच्छी नहीं थी और लोकतंत्र के पक्षधर होते हुए भी उन्हें लोकतंत्र में मूर्खों द्वारा बुद्धिमानों पर हुक्म चलाए जाने का खतरा नजर आता था।

तो यह देखते हुए कि लोकतंत्र में राजा मूर्ख प्रजा के वोटों से ही चुना जाता है स्ट्राउस ने चिंतकों के अतिरिक्त शासकों की एक और बिरादरी सुझाई— 'जैंटलमैन', यानी ऐसे कुलीन जो श्रेष्ठ चिंतकों की सलाह पर चलते हों और सड़कछाप लोगों से सहज ही नाता जोड़ने की कला जानते हों, धरम की कसम दिलाकर तथा देश के दुश्मनों से सावधान कर-करके जनता में उन्माद पैदा कर सकते हों। इस मान्यता को ध्यान में रखते ही कुछ अमेरिकी वामपंथियों ने यह कहा है कि कुलीन बुद्धू बुश को स्ट्राउस के चेलों ने अमीरों के थैलों से साजिश

करके प्रेसिडेंट के पद पर बैठाया है। यह आरोप भले ही विवादास्पद हो, इसमें कोई संदेह नहीं कि बुश उसी नीति पर चलते रहे हैं जिसकी वकालत स्ट्राउस के चेलों द्वारा 1997 में स्थापित 'प्रोजेक्ट फॉर द न्यू अमेरिकन सेंचुरी' करती आई थी। सो यह कि अमेरिका अपनी अपार सैन्यशक्ति के बल पर इक्कीसवीं सदी को अमेरिकी सदी बनाए। उल्लेखनीय है कि वाइस प्रेसिडेंट चेनी और प्रतिरक्षा मंत्री रम्सफील्ड दोनों इस संस्था से जुड़े रहे।

ये दोनों भले ही चिंतकों की श्रेणी में न आते हों, बुश के सलाहकारों में प्रतिरक्षा उपमंत्री वुल्फोविट्ज-जैसे अनेक स्ट्राउसवादी चिंतक शामिल हैं। वे अपने गुरु की नीतियों का पालन कैसे करा रहे हैं इसका एक अच्छा उदाहरण इराक पर हमला करने का बहाना ढूंढ़ने के संदर्भ में मिला। स्ट्राउस के चेले बरसों पहले इराक को धर दबोचने की वकालत कर चुके थे। लोकतंत्रात्मक अमेरिका का प्रेसिडेंट इराक के महाविनाशकारी अस्त्र-भंडार और सद्दाम-ओसामा गठबंधन के ठोस सबूत दिए बिना संसद से आक्रमण की अनुमति नहीं पा सकता था और उधर अमेरिकी जासूसी एजेंसियां थीं कि कोई भी सबूत ठोस नहीं पा रही थी। तो वुल्फोविट्ज ने अपने स्ट्राउसवादी मित्र अब्राहम शुलस्की को एक नए विभाग का निदेशक बनाकर सबूतों का विश्लेषण करने की जिम्मेदारी सौंपी। शुलस्की 99 में प्रकाशित अपने एक लेख में अमेरिकी जासूस एजेंसियों की इस नादानी पर तरस खा चुके थे कि वे ठोस सबूतों के चक्कर में पड़ती है और इतना भी नहीं जानती कि धोखाधड़ी राजनीति की जान है। क्या अचरज कि शुलस्की ने आनन-फानन ठोस सबूत पेश करके इराक पर आक्रमण की अनुमति मिलने का रास्ता साफ कर दिखाया।

माना ये सबूत झूठ थे पर थे तो बड़े काम के। स्ट्राउस नीति नोबल और भले-भले झूठ बोलना बुद्धिमानी की निशानी मानती है। सबूत झूठे निकल आने पर बुश का अपनी गलती न मानना भी स्ट्राउस नीति का ही नमूना है। अपनी गलती मानना तो प्रजा में अपनी साख घटाना है। जरूरत इस बात की है कि जो आपको 'शत्रु' पर अकारण हमला करने का दोषी ठहरा रहा हो उसे देशद्रोही ठहराया जाए। कोई इसे प्रजा के साथ धोखाधड़ी समझे तो समझा करे क्योंकि स्ट्राउस नीति में राजा का धर्म है कि प्रजा से सदा धोखा करे और सच्चाई के बारे में उसे अंधकार में ही रखे क्योंकि आम आदमी इस सच्चाई को हजम कर ही नहीं सकता कि राजनीति में नीति का कोई मान नहीं है। स्ट्राउसवादियों के अनुसार लोकतंत्र आम आदमी को भी खास आदमी का दर्जा देकर स्वयं अपने को खतरे में डालता रहा है। आम आदमी को धर्म और बिरादरी के बंधनों से मुक्त करना और उसे हर फैसला अपनी मर्जी से करने की छूट देना उसे दिशाहारा बनाता है और उसके भीतर हिंसक अराजकता जगाता है। इससे समाज कमजोर होता है और लोकतंत्र के बाहरी शत्रु उस कमजोरी

का भरपूर लाभ उठा पाते हैं।

लोकतंत्र को शक्तिशाली बनाने का अचूक स्ट्राउसवादी नुस्खा है प्रजा में 'आक्रामक किस्म का राष्ट्रवाद' उभारना। वह तभी उभर सकता है जब बाहरी शत्रुओं का डर उसे निरंतर दिखाया जाए। उसी से प्रजा में पूरा एका हो पाता है। तो भले ही ईजाद करना पड़े, कोई बाहरी शत्रु सदा प्रजा की आंखों के आगे रखे रहना चाहिए। इसी के चलते सोवियत संघ के धराशायी होते ही स्ट्राउस के चेलों ने इस्लाम-प्रेरित आतंकवाद का हौआ खड़ा करना शुरू कर दिया था। ओसामा के हाथ न लगने पर सद्दाम को अमेरिका के लिए खतरनाक शैतान ठहराना भी इसी नीति का हिस्सा था। ऐसे बाहरी शत्रुओं से युद्ध करते रहना भी उचित है क्योंकि युद्ध प्रजा को अनुशासित सैनिक बनाते हैं जबकि शांति उसमें विलासिता फैलाती है। स्ट्राउस के चेले तो 1983 में ही कह चुके थे कि सभी वर्तमान और संभावित शत्रुओं को धर दबाना राष्ट्रीय सुरक्षा का ही नहीं, इस राष्ट्रीय नियति का भी तकाजा है कि सारे विश्व में अमेरिकी श्रेष्ठता का झंडा लहराए।

(6 सितंबर, 2004)

ले गया दिल लेजाऊ जापान का

समाज को प्रभावित करने वाली इक्कीसवीं सदी की पहली बड़ी संचार क्रांति जापान से शुरू हुई— केइताइ क्रांति। केइताइ का शाब्दिक अर्थ है लेजाऊ। जिसे हम अंग्रेजी-भक्त मोबाइल फोन पुकारते हैं, जापानियों ने उसे यह सटीक नाम दिया है। पिछले वर्षों में लेजाऊ का चलन सभी देशों में बढ़ा है लेकिन उतना नहीं जितना जापान में। जितने ज्यादा कामों के लिए वहां उसका उपयोग किया जा रहा है उतना और कहीं नहीं। इस जुलाई से वहां उसे क्रेडिट कार्ड के रूप में भी इस्तेमाल किया जाने लगा है। एक खास तरह के चिप से लैस लेजाऊ आपके पहचानपत्र की हैसियत रखते हैं। कंप्यूटर के स्कैनर से लेजाऊ की मार्फत आपको पहचानकर वे सारे सौदे कर दिए जा सकते हैं जो अब तक प्लास्टिक कार्डों की बदौलत हो रहे थे। नोटों से भरा बटुआ लेकर चलना तो गैरजरूरी हो ही चला था अब जापानियों को क्रेडिट कार्ड और रेल-बस वगैरह के पासों से भरा बटुआ ले जाने की भी जरूरत नहीं है।

लेजाऊ में एसएमएस यानी 160 अक्षरों तक के छोटे संदेश बहुत सस्ती दरों पर भेजने की सुविधा जुड़ जाने से युवा वर्ग के दीवाने हो उठने पर सारे संसार में भाषाविदों और बुजुर्गों ने चिंता व्यक्त की है। भाषाविदों ने इसलिए कि कम से कम अक्षरों में ज्यादा से ज्यादा बात कहने के लिए युवाओं ने एक निराली भाषा गढ़ ली है जिसमें शब्दों में से कुछ अक्षर काटकर उन्हें छोटा रूप दिया गया है और कुछ की जगह तो केवल संकेत-चिह्न इस्तेमाल किए जाने लगे हैं। बुजुर्गों ने इसलिए चिंता व्यक्त की कि एसएमएस की मार्फत जबर्दस्त इश्कबाजी शुरू हो गई है। जो बातें फोन पर बोलते हुए शरम या हिचक होती थी कि कोई सुन लेगा, वही एसएमएस में निस्संकोच कही जाने लगी हैं। भारतीय पत्र-पत्रिकाओं में भी पढ़ने को मिलता है कि नई पीढ़ी सारा प्रेमालाप एसएमएस से करने लगी है। तलाक चाहने वाले दंपति एक-दूसरे के एसएमएस रिकॉर्ड मांग रहे हैं और वकील उनकी कानूनी हैसियत पर गौर कर रहे हैं। इसी तरह सभी देशों से लेजाऊ और एसएमएस का परीक्षाओं में नकल के लिए इस्तेमाल किए जाने की खबरें भी मिलती रही हैं।

जापान में स्कूलों में लगभग 80 और कॉलेजों में 99 प्रतिशत छात्रों के पास लेजाऊ हैं। जापानी बुजुर्ग कहते हैं कि इस केइताइ क्रांति ने जापानियों के विश्वविख्यात संयम और शिष्टाचार का बंटाढार कर दिया है। नई पीढ़ी मंदिरों से लेकर खाना खाते समय तक भी लेजाऊ का दामन नहीं छोड़ती। हर तरफ संगीतमय ट्रिंग-ट्रिंग और लेजाऊ-धारियों की चबड़-चबड़ बातचीत सुनने या एसएमएस भेजते अंगूठों का निरंतर फुदकना देखने को मिलता है। जापानी समाजशास्त्री मिजुको इटो के अनुसार विद्यालय से घर पहुंचे छात्र-छात्रा होमवर्क और दूसरे काम करते हुए तीन घंटे की अवधि में

औसतन तीस बार एसएमएस भेजते हैं। फिर बड़ों से इजाजत लेकर घंटाभर फोन पर बतियाते हैं और उसके बाद सोने तक औसतन 22 एसएमएस और भेजते हैं।

अगर दो दोस्तों या प्रेमियों को मिलना हो तो मिलने की बात तय होने से लेकर मिलने तक एसएमएस दनादन दागे जाते रहते हैं। अगर बात 'सुन तू क्या पहनकर आएगी?' से शुरू हो 'यार तू है कहां?' होती हुई 'अंधी तेरे सामने खड़ी हूं, लेजाऊ से तो निगाह उठा।' पर खत्म होगी। (स्त्रीवादी क्षमा करें लेकिन विशेषज्ञों के अनुसार लड़कियां लेजाऊ और एसएमएस का लड़कों से ज्यादा इस्तेमाल करती हैं— अस्तु यह सहेली-वार्ता।) अगर दो जने एक ही जगह थोड़ी दूर पर बैठे हों और बोल सकना मना हो तो भी एसएमएस का सहारा ले रही है नई पीढ़ी। गोया वहां जो हो रहा हो उसे सुनने से ज्यादा दिलचस्प उसे एक-दूसरे की बातें सुनना लगता है। दूसरे शब्दों में लेजाऊ नई पीढ़ी में बेध्यानी और बेचैनी बेतहाशा बढ़ा रहा है।

जब से फोटो खींचने, भेजने और ग्रहण करने वाले लेजाऊ बनने लगे हैं युवाओं में उनकी लोकप्रियता और भी बढ़ गई है। ऐसे लेजाऊ की पहली ब्रांड 'शा-मेल' जापानी बाजार में आई तो डेढ़-एक साल में 65 लाख से ज्यादा नग बिक गए। हालांकि यह फोन महंगा होता है और उससे फोटो भेजने में शब्दों की अपेक्षा नौ-दस गुना पैसा लगता है तो भी संपन्न जापानी किशोर-किशोरी उसका खूब इस्तेमाल करते हैं। अपनी नई-नई तस्वीरें भेजने के लिए ही नहीं, बल्कि कुछ इस तरह के परामर्श के लिए भी कि यार मैं अपने लिए शर्ट खरीदने आया हूं, मुझे ये तीन पसंद हैं, बता कौन-सी ले लूं? एसएमएस और शॉ-मेल का प्रयोग जापानी युवा पीढ़ी सामाजिक-राजनीतिक सवालों पर महत्त्वपूर्ण सूचनाएं देने, विचार-विमर्श करने, नारेबाजी या हंगामे के लिए कहीं भीड़ जमा करवाने और आंदोलन छेड़ने के लिए भी करती रही है। यह प्रवृत्ति अब अमेरिका और यूरोप में भी जोर पकड़ रही है।

लेजाऊ से जुड़ा इंटरनेट भी जापानी युवा वर्ग को बहुत सुहाता है। यह व्यवस्था केवल जापान में ही हिट हुई है। अन्य देशों के लोगों ने लेजाऊ के छोटे-से पर्दे के ई-मेल और वेब-सर्फिंग में इस्तेमाल के प्रति खास उत्साह नहीं दिखाया लेकिन जापान में लगभग 60 प्रतिशत आबादी उसकी ग्राहक है। युवा और किशोर वर्ग तो इंटरनेट के काम लेजाऊ से ही करते हैं। इसीलिए जापान में इस वर्ग के मतलब की चीजें बनाने वाली कंपनियां लेजाऊ का विज्ञापनबाजी के लिए जमकर प्रयोग करने लगी हैं। इससे विज्ञापनों का स्वरूप ही बदल गया है। विज्ञापनों को छोटा और चटपटा बनाने का चक्कर टीवी ने पहले ही चला दिया, अब लेजाऊ की खातिर यह प्रवृत्ति पराकाष्ठा पर पहुंचा दी गई है। कुछ कंपनियां तो अपने विज्ञापन को वीडियोगेम का स्वरूप देकर आकर्षक इनाम बांट रही हैं। कुछ लेजाऊधारियों को अपनी पसंद-नापसंद की जानकारी देने की एवज में किसी शो के पास-वास या और कोई सुविधा दिलवा रही

हैं। कुछ किशोर-किशोरियों को अपने लेजाऊ के पर्दे पर अपना विज्ञापन बना रहने देने पर पुरस्कृत कर रही हैं।

इस नई विज्ञापन शैली में यह कोशिश की जाती है कि हर ग्राहक के बारे में ज्यादा से ज्यादा जानकारी जुटाकर उसके मतलब के विज्ञापन सीधे उसे संबोधित करते हुए उसके लेजाऊ पर भेजे जाएं। सैटेलाइट से यह पता चलते रहने के कारण कि कौन लेजाऊधारी इस समय कहां है, एक अतिरिक्त सुविधा यह है कि अगर वह आपके स्टोर या रेस्तरां के पास है तो फौरन अपना विज्ञापन और रियायत कूपन उसके नाम से उसके लेजाऊ पर दे भेजें। एसएमएस की वजह से जापान में कूपन और हंगामी सेल के संदेश डाक से भेजने और बधाई कार्डों का धंधा तेजी से चौपट होता जा रहा है। भारत में भी उसमें गिरावट आई है। दीवाली वगैरह पर इतने एसएमएस भेजे जा रहे हैं कि चक्का जाम हो रहा है। कहीं पढ़ा था कि दीवाली पर दिल्ली से 90 लाख एसएमएस भेजे गए।

ग्राहकों को लेजाऊ पर मौसम से लेकर शेयर भाव की सूचनाएं तो पहले से ही मिलती रही हैं लेकिन अब अमेरिका में आपके लिए बहानेबाजी आसान बनाने की सुविधा भी दे रही है एक कंपनी। आप आज्ञा करेंगे तो वह निश्चित समय पर आपको फोन कर देगी या एसएमएस भेज देगी कि आपकी फलां-फलां जगह फलां-फलां कारण से फौरन जरूरत है। लीजिए आपको भाग खड़े होने का बहाना मिल गया। लेजाऊ और एसएमएस एक नए तरह के समाज को जन्म दे रहे हैं जिसमें इंसान अपने आस-पास से बिल्कुल कटा हुआ रहकर अपने चंद मित्रों से निरंतर जुड़ा रहता है, जिसमें मित्रों के लिए लेजाऊ के द्वार (घर के नहीं) सदा खुले रहते हैं और किशोर पीढ़ी पाखाने और बिस्तर में भी लेजाऊ साथ लिए रहती है। यह पीढ़ी शायद उस दौर के लिए तैयार की जा रही है जिसमें एक-दूसरे से तार बस बेतार से ही जुड़ेंगे।

(13 सितंबर, 2004)

उत्तरआधुनिक फ्रेम में प्रेम और विवाह

कुछ लोग आपत्ति कर सकते हैं— एक क्षण स्वयं मुझे भी हुई— कि प्रेम के संदर्भ में केवल स्त्री की बात क्यों ? क्या पुरुष प्रेम नहीं करते या कि क्या उनके बिना भी प्रेम का व्यापार चल सकता है ?

इसके जवाब में खासे दुखी मन से यह स्वीकार करना पड़ता है कि रूमानी प्रेम की जो आधुनिक अवधारणा पश्चिमी साहित्य और सिनेमा द्वारा लोकप्रिय बनाई गई वह इस अर्थ में भयंकर रूप से सामंती थी और है कि उसमें प्रेम करना मुख्य रूप से औरत का काम है वह चाहे प्रेमी से हो, पति से हो या बच्चों से। माना कि देवदास या वेयर्टर जैसे अंत में मर जाने वाले इक्का-दुक्का आत्मघाती अमर प्रेमी हीरो भी आधुनिकता ने हमें दिए हैं लेकिन वे तक हीरोइनों के मुकाबले में खासे उन्नीस पड़ते हैं। प्रेम में मर-मिटना गोया स्त्री को ही सुहाता हो। यहां हमारा ध्यान इस ओर जाता है कि रूमानी प्रेम को जन-जन तक पहुंचाने की जो मुहिम सत्रहवीं सदी के यूरोप में शुरू हुई उसने प्रभु पर तन-मन-धन वारने की पुरानी अवधारणा को ही स्त्री-पुरुष संबंधों में लगभग ज्यों का त्यों उतार दिया था। समाज पुरुष-सत्तात्मक था लिहाजा रूमानी प्रेम में प्रभु की भूमिका पुरुष को ही मिल सकती थी।

तो प्रेमिका ही यह गा सकती थी कि 'तुम ही मेरे मंदिर, तुम ही मेरी पूजा, तुम ही देवता हो।' अगर कोई प्रेमी गाता कि 'तुम ही मेरी मंदिर, तुम ही मेरी पूजा, तुम ही देवी हो।' तो हम उसे हीरो की नहीं, कॉमेडियन की भूमिका निभाता मानते। यह सही है कि शमा स्त्रीलिंग और परवाना पुल्लिग होता है लेकिन सभी का इस मामले में फंडा क्लियर होता है कि जो राख हम देखते हैं सो किसी 'परवानी' की ही होती है और जो शमा इठलाती हुई जल मरने का न्यौता देती रहती है वह बुर्का पहना शम्सुद्दीन होता है। प्रेम पात्र की खातिर त्याग-तपस्या करना आधुनिक रूमानी प्यार में भी स्त्री का धर्म बनाया गया। हजारों ऐसी फिल्में बनीं और कहानियां लिखी गईं जिनमें किसी पत्नी को पति का, प्रेमिका को बेवफा प्रेमी का हृदय जीतने के लिए कुर्बानी पर कुर्बानी करते दिखाकर पुरुषों को संतुष्ट होने का और स्त्रियों को आंसू बहाने का भरपूर अवसर दिया गया। कृपया नोट करें कि मेरे-जैसे जिन पुरुषों की आंखें ऐसे साहित्य या सिनेमा से अब छलछलाईं— तब छलछलाईं होने लगती हैं वे अपने स्त्रैण समझ लिए जाने की आशंका से ग्रस्त हो उठते हैं।

रूमानी प्यार का जनतांत्रीकरण होने से पहले पश्चिमी समाज में भी यह माना जाता था कि प्यार प्रभु से या संतान से किया जाता है। दोनों ही कामों के लिए स्त्रियां बेहतर समझी जाती थीं कि उनकी भावनाएं सुकुमार होती हैं, लाड़-प्यार करना उनका प्राकृतिक गुण होता है और उनमें वह अपार धैर्य होता है जो प्रेम के लिए

बहुत जरूरी है। समाजशास्त्री बताते हैं कि सौ-सवा सौ साल पहले के उस पश्चिमी समाज में कुंआरी और विधवा स्त्रियों की खासी तादाद होती थी। धरम-करम, पूजा-पाठ और बच्चे पालने का जिम्मा अक्सर उन्हें ही सौंपा जाता था। जनतांत्रीकरण के बाद बिन ब्याही औरतों की संख्या तेजी से घटी और प्रेम-विवाह आम हो गया। प्रेम-विवाह का 'प्रेम' वाला पक्ष निभाने की जिम्मेदारी स्त्री को सौंपी गई कि तुझे मां-बाप की तानाशाही से मुक्ति दिलवाई है। जरूरी हुआ कि विवाह के बाद वह आजीवन अपनी पसंद के प्रेमी-पति के प्रति समर्पित रहे और उसके बच्चों का पालन और गिरस्ती का संचालन करे। विवाह की इस नई पद्धति के साथ-साथ आधुनिकता ने परिवार को भी एक नया सीमित आकार दिया। मियां-बीवी और बच्चों वाले परिवार का चलन हुआ। 'हम और हमारी बिरादरी' या 'हम और हमारा कुनबा' की भावनाओं की जगह 'हम दो और हमारा यह अपना घर-संसार' ने ले ली। बाहरी दुनिया में तमाम तरह की हलचल थी, मारामारी और आपाधापी थी जिससे कमाऊ पुरुष दिनभर जूझता था। स्त्री का यह कर्तव्य था कि इस निर्मम दुनिया में उसके घर को, उसके और उसके बच्चों के लिए प्यार, सहानुभूति और ममता का एक द्वीप बनाए रहे।

कुल मिलाकर यह कि रूमानी प्यार की आधुनिक अवधारणा भले ही प्रेम को स्त्री के लिए मुक्ति और पुरुष से बराबरी का रास्ता बनने का दावा करती रही, उसने परिवार में उसका दर्जा पुरुष से नीचे ही रखा। शायद इसी धोखाधड़ी की पर्दादारी करने के लिए आधुनिक प्रेम-कहानियां और उन पर आधारित फिल्में प्रेमी-प्रेमिका के विवाह बंधन में बंधकर हनीमून के लिए निकलने के दृश्य पर खत्म की जाती रही हैं और हम अंतिम दृश्य में जुगल जोड़ी को दूर जाकर ओझल होता हुआ देख यह आशीर्वाद देते हुए उठते रहे हैं कि इनका प्रेम जुग-जुग जीवे! लेकिन आधुनिक सीमित परिवार ने साधारण हैसियत की गृहिणी के लिए घर चलाना और बच्चे पालना और भी ज्यादा उबाऊ और कठिन कार्य बना दिया और जब कुछ पुरुष की बराबरी करने के लिए और कुछ गिरस्ती का खर्च पूरा करने के लिए आधुनिक स्त्री भी घर से बाहर निकलने लगी तो उसका कार्यभार दुगुना हो उठा।

तो उत्तरआधुनिक दौर शुरू होते-होते सारी दुनिया पर यह भेद खुलने लगा कि प्रेमियों की जिस जुगल जोड़ी को हम अंतिम फेडआउट शॉट में अपनी दृष्टि से ओझल होता देखते हैं कि अब यह आजीवन सुखी रहेगी, उसके जीवन से हॉल में रोशनी होने के कुछ ही देर बाद प्यार धीरे-धीरे ओझल होने लगता है। उल्लेखनीय है कि भले ही आधुनिक पश्चिमी समाज में तलाक की सुविधा शुरू से उपलब्ध थी, उसका उपयोग पहले नहीं के बराबर किया गया लेकिन स्त्री के आर्थिक रूप से आत्मनिर्भर होने की गति जैसे ही बढ़ी तलाक तेजी से बढ़ने लगा। आज स्थिति यह

है कि ब्रिटेन और अमेरिका में लगभग आधी शादियां तलाक में खत्म होने लगी हैं। जल्दी शादी कर लेने वाले औसत इंसान दो बार और देर से करने वाले एक बार तलाक ले ही लेते हैं। दूसरी बार चालीस-पैंतालीस की उम्र में और बुढ़ाते जोड़ीदार को बाई-बाई करके नवेली/नवेला ब्याह लेने के लिए। जी हां, आर्थिक रूप से पति से अधिक सफल महिलाएं भी अब बुढ़ापे में नौजवान दूल्हे की खोज करने लगी हैं।

विवाह और प्रेम दोनों का स्वरूप उत्तर-आधुनिक दौर में तेजी से बदल रहा है। विवाह पहले एक ऐसी चीज हुआ करती थी जिसमें बंधकर मर्द-औरत बच्चों के लालन-पालन के लिए एक सामाजिक-आर्थिक इकाई का रूप लेते थे। अब उससे एक ऐसी चीज बनने के लिए कहा जा रहा है जो मर्द-औरत को प्रेम और काम-सुख के स्वर्ग-सी लगे। पिछले कई दशकों में अमेरिका में जितने भी सर्वेक्षण हुए हैं, सभी बताते हैं कि शत-प्रतिशत लोग-लुगाई विवाह के लिए आपसी प्यार जितना ही जरूरी आपसी यौन-संतुष्टि को भी मानते हैं और उनमें से 75 प्रतिशत विवाह के बाद के वर्षों में हमेशा यह कहते मिलते हैं कि हमें तो 'सोलमेट' (जिसके लिए आत्मा तड़पती थी) मिल गया/गई है और हमारा दांपत्य हमें स्वर्गिक सुख दे रहा है। इसके बावजूद तलाक होते रहते हैं, खासकर बच्चे हो जाने के बाद। बच्चों के लालन-पालन के बारे में समाज बदस्तूर कुदरती कानून की दुहाई देकर यह कह रहा है कि स्त्री मातृत्व के लिए बनी है और बच्चे पालना उसका ही काम है। लेकिन वह यह नहीं बता पा रहा है कि अगर ऐसा है तो क्या औरत घर में ही बैठी रहे। मातृत्व के अलावा और कोई महत्त्वाकांक्षा न पाले मन में?

यह भी पूछा जा रहा है कि क्या संयुक्त परिवार वाले सामंती दौर में बच्चे पालने की जिम्मेदारी बहुत-सी औरतों में, जिनमें दासियां और धाएं भी शामिल हुआ करती थीं, बंटी नहीं रहती थी। क्या यह आवश्यक नहीं कि उसी तरह की कोई 'ऑल मदर' (सर्वमाता) उत्तर-आधुनिक पद्धति चलाई जाए? जो औरतें बच्चे पालने को ही अपना पेशा बनाना चाहती हों उन्हें अच्छे वेतन पर शिशु-पालन केंद्रों में नियुक्त न किया जाए? जब मर्द-औरत दोनों कमाते हों तब घर और बच्चों की सारी जिम्मेदारी औरत पर ही क्यों? उसमें ही क्यों अपराधबोध जगाया जाए कि चुड़ैल तू अपने बच्चों का खयाल नहीं रखती? उसे पति से ज्यादा वेतन मिलता हो तब भी बच्चों की खातिर उसी से नौकरी छोड़ने को क्यों कहा जाए? इस गैर-बराबरी के चलते ही विवाह पुरुष द्वारा स्त्रियों को गुलाम बनाए रखने वाली संस्था के रूप में नारी-समाज में बदनाम हो रहा है और उधर पुरुष वैसे ही सहज उपलब्ध यौनसुख की खातिर एक अदद कलहप्रिय स्त्री को घर में पाल लेने को मूर्खता मानने लगे हैं। विवाह को 'टिरैनी ऑफ टू' उर्फ दो जनों की एक-दूसरे पर तानाशाही बताया जा रहा है।

स्त्री और पुरुष दोनों ही अब विलंब से विवाह कर रहे हैं और बगैर विवाह किए साथ रहने का रिवाज जोर पकड़ रहा है। हर कोई कह रहा है कि हम विवाह करने से पहले शत-प्रतिशत आश्वस्त होना चाहते हैं कि हमारा प्रेम अजर-अमर टाइप का और हमारा साथी आदर्श और सर्वगुणसंपन्न टाइप का है। ये दोनों ही दुराशाएं मात्र हैं लेकिन इसके बावजूद आशा नहीं छोड़ते और विवाह करते और गिरस्ती बसाते हैं। यद्यपि ज्यादा आक्रामक किस्म का स्त्रीवाद यह कहता रहा है कि स्त्री को सच्चा प्रेम स्त्री से ही मिल सकता है, अमेरिका में 96 प्रतिशत औरतें मर्दों से ही विवाह रच रही हैं। कुछ स्त्रियां तो बाकायदा कट्टरपंथी ईसाइयों से जुड़कर आधुनिक स्त्री के अपनी परंपरागत भूमिका छोड़ देने को ही सिरे से गलत ठहराने लगी हैं। कई उदार स्त्रियां भी यह शिकायत कर रही हैं कि स्त्रीवाद ने स्त्री को पुरुषवत् बनने की प्रेरणा देकर रोमांस और प्यार को लगभग असंभव बना दिया है। प्यार के मामले में भी औरत अपना औरत होना छिपाना चाहती है कि कहीं मर्द इस कमजोर नस को पकड़कर उसका भावनात्मक शोषण न करे।

रोमांस के साथ यौनसुख परिपूर्ति की शर्त जुड़ जाने से रूमानी प्यार का स्वरूप भी बदल रहा है और अब वह वहीं पहुंच रहा है जहां कभी फ्रांस के राजदरबार में हुआ करता था। हाल में अमेरिका में हुए एक सर्वेक्षण से पता चलता है कि औरतें ऐसा मर्द चाहती हैं जो छैल-छबीला हो, लच्छेदार बातें कर सकता हो, अदबो-आदाब जानता हो और महंगे उपहार देता हो। उधर मर्द ऐसी औरत की तलाश में है जो और तमाम बातों के साथ-साथ कामकला में परम प्रवीणा अप्सरा भी हो। अब दिक्कत यह है कि दरबारी किस्म के मर्द और गणिका किस्म की स्त्री न आपस में विवाह कर सकते हैं और कर भी लें तो उसे निभा नहीं सकते। इसीलिए प्यार की इस नई अवधारणा पर केंद्रित प्रेम-विवाह भयंकर रूप से विफल हो रहे हैं और समाजशास्त्री आश्चर्यचकित हैं कि जो स्त्री-पुरुष हर तरह से 'एक-दूजे के लिए बने' लगते हैं वे तक मारे ऊब के देर-सबेर तलाक लेने लगे हैं। सामंती युग में कहा जाता था कि विवाह कर लेने से स्त्री और पुरुष दोनों का शारीरिक मानसिक स्वास्थ्य सुधरता है, आधुनिक युग में कहा जाने लगा कि उससे पुरुष का स्वास्थ्य सुधरता है, औरत बिचारी का थोड़ा बिगड़ जाता है और अब उत्तर-आधुनिक युग में कहा जा रहा है कि उससे दोनों की ही दुर्गति होती है।

तो क्या अचरज जो पश्चिम के लोकप्रिय और कलात्मक दोनों किस्म के साहित्य और सिनेमा में सुखी दांपत्य की चर्चा अब नहीं होती। रूमानी प्यार का जिक्र भी बहुत कम होता है और होता है भी तो व्यंग्य विडंबना के स्वर में। श्रेष्ठतम कृतियों में भी वासना प्यार पर पूरी तरह हावी रहती है और सच्चा प्यार एक मरीचिका के और दांपत्य नरक के रूप में प्रस्तुत किया जाता है। लेकिन तो भी

बारह से लेकर नब्बे बरस तक के मर्द-औरत आदर्श जीवनसाथी की तलाश में पूरी तत्परता से जुटे हुए हैं। उसे कैसे पाएं, यह बताने वाला साहित्य बड़े पैमाने पर बिक रहा है और जोड़ी बैठाने वाली सेवाएं और विशेषज्ञ तगड़ा पैसा पीट रहे हैं। न्यूयॉर्क की जेनिस स्पिंडल रईस कुंआरों के लिए आदर्श जीवनसाथी ढूंढ़ने की न्यूनतम फीस के रूप में मात्र डॉलर साढ़े सोलह हजार मांग और पा रही हैं।

जनता छाप कुआंरे-कुआंरियों के लिए ऐसे कई बार, कई रेस्तरां हैं जिनका मुख्य धंधा जोड़ीदार दिलवाना है। सान फ्रांस्सिको का एक रेस्तरां सोलह सौ डॉलर लेकर अपने द्वारा गुण-मिलान के बाद बनाए गए तीन-तीन कुआंरे-कुआंरियों को अंधेरे में बैठकर बतियाने और खाने का अवसर देता है। जब मीठा परोसा जाने लगता है तब मोमबत्तियां जला दी जाती हैं कि परस्पर-दृष्टि का सिलसिला शुरू करें। अगर पहली बार कोई पसंद न आए तो उसी पैसे में आप दो बार और किसी अलग दल के साथ भोजन कर सकते हैं। न्यूयॉर्क का एक रेस्तरां चालीस डॉलर लेकर आपको बुफे से ड्रिंक और चबैना उठाकर 25 संभावित जोड़ीदारों से तीन-तीन मिनट मिलने का अवसर देता है। इस प्रक्रिया का नाम? स्पीड मैचिंग! वेब पर जोड़ियां मिलवाने वाली हजारों साइटें मौजूद हैं जिनमें सबसे सफल है 'मैच' जो लगभग 28 डॉलर माहवार लेती है और अपनी दो करोड़ सदस्यों-सदस्याओं में से आपको आपके अनुरूप जीवनसाथी सुझाती है।

ऐसे सभी विशेषज्ञ और सेवाएं आपका जीवनसाथी नितांत वैज्ञानिक ढंग से ढूंढ़ने का दावा करती हैं लेकिन दिल के मामलों में विज्ञान की ज्यादा गति है नहीं। इस तरह से हुई शादियों में भी तलाक प्रतिशत वही है। इसलिए जब कुछ समाज-शास्त्री रूमानी प्यार की जगह 'कंसेंसुअल लव' (आपसी सहमति का प्रेम) और उस पर आधारित सामाजिक-आर्थिक अनुबंध सरीखे के विवाह और दांपत्य की वकालत कर रहे हैं। दोनों पक्ष राजी हों कि बच्चों की खातिर विवाह को निभाएंगे, उनके लालन-पालन में कौन कितना-कैसा योगदान करेगा, इस बारे में स्पष्ट रहेंगे और एक-दूसरे को अपना निजी जीवन अपने ढंग से जीने की, यहां तक कि एकाध चक्कर भी चला लेने की छूट देंगे। टीवी और इंटरनेट के इस दौर में समय से पहले सयाने हुए बच्चों के सामने वे आपसी निर्वाह का एक आदर्श प्रस्तुत करेंगे और उनका जीवन नरक नहीं बनाएंगे। नहीं तो, एक मनोचिकित्सक की तरह उन्हें भी मियां-बीवी मनमुटाव के दौर में अपनी तीन साल की औलाद के मुंह से यह सुनने को मिल सकता है कि मम्मी आप लोग तलाक क्यों नहीं ले लेते।

(20 सितंबर, 2004)

शोर मचाते गूंगों का समाज

चौतरफा भयंकर चिल्लपों मची हुई है आज, लेकिन लोगबाग इस माने में लगभग गूंगे हो चले हैं कि उनके पास अपनी बात कायदे से कह सकने और दूसरे की समझ सकने की भाषा अब नहीं रह गई है। ज्ञान-विज्ञान के क्षेत्र से आए नए शब्दों के कारण शब्दकोश तो मुटा रहे हैं लेकिन औसत पढ़ा-लिखा इंसान तक अब धंधे से बाहर के मुश्किल से दो-ढाई हजार शब्द ही जानता है। उनमें से भी कई शब्द ऐसे होते हैं जिन्हें मीडिया ने 'मजेदार' बताते हुए उछाल दिया हो जैसे 'बिंदास' या 'कूल'। उसके भंडार में ऐसे शब्द नहीं के बराबर होते हैं जिनमें गहन चिंतन या गंभीर विचार-विमर्श किया जा सकता हो। वह व्याकरण नहीं जानता। निबंध के माध्यम से अपने विचार सिलसिलेवार लिखने का अभ्यास उसे स्कूल-कॉलेज में बस नाम मात्र के लिए ही कराया गया होता है। उबाऊ व्याकरण और श्रमसाध्य निबंध-लेखन से नौनिहालों का मन पढ़ाई-लिखाई से विमुख न हो जाए, इस डर से विद्यालयों में परीक्षा के नाम पर सही उत्तर पर सही के निशान लगवाने की पद्धति अपना ली गई है।

अमेरिकी स्कूल-कॉलेजों में तो यह आग्रह भी हुआ है कि सही भाषा सिखाना निहायत गलत-सा काम है क्योंकि जिसे सुसंस्कृत भाषा कहा जाता है वह अमीरों की भाषा है। उसे पढ़ाना गरीब घरों के बच्चों से अन्याय करना है। मानक भाषा में बोलियों से नई जान फूंकना एक अच्छी बात है लेकिन मानक भाषा की जगह बोली को ही चला देना गरीब घरों के बच्चों से न्याय नहीं, अन्याय करना है। स्कूल-कॉलेजों में भाषा सिखाने वाले अध्यापक अब सबसे कम बौद्धिक स्तर के होने लगे हैं क्योंकि भाषा का उच्चतर अध्ययन अब वही करते हैं जिन्हें और कोई विषय पढ़ने को न मिला हो। घर में बच्चा बड़ों को आपस में और अपने से बात करता हुआ सुनकर भाषा सीखता है। लेकिन घरों में अब अव्वल तो बड़ों के नाम पर बस मां-बाप ही होते हैं— कुछ घरों में तो केवल उनमें से कोई एक— और उनके पास भी आपस में या बच्चों से संवाद करने का समय लगभग नहीं के बराबर होता है।

संवादहीनता का मतलब यह नहीं है कि घर में सन्नाटा छाया रहता है। टीवी बोलता रहता है, सीडी-डीवीडी बोलते रहते हैं और कुत्ता भौंकता रहता है। शाम को थके-मांदे घर लौटे लोग आपस में बतियाने की जगह अपना-अपना मनपसंद टीवी कार्यक्रम देखना-सुनना पसंद करते हैं। किसी के घर जाते हैं तो आदर्श स्थिति यह मानी जाती है कि गप्पें मारने की जगह मेजबान-मेहमान मिलकर कोई हिट टीवी प्रोग्राम देखें। भाषा टीवी सिखा रहा है और टीवी में पूंजीपति हर लेखक को सीख दे रहा है 'एम लोअर', कि पुत्तर पंडितों की नहीं, पब्लिक की जबान लिख।

सड़कछाप बनेगा तभी पब्लिक को प्लीज कर सकेगा। कहते हैं कि हॉलीवुड में जब पिछले दिनों किसी पटकथाकार ने ऐसी नसीहत देने वाले अपने प्रोड्यूसर से कहा कि शेक्सपीयर की भाषा सड़कछाप नहीं है लेकिन उसके नाटक भी हिट साबित हुए तब अगला यों बोला कि तेरे शेक्सपीयर के नाटक इन चार सौ सालों में जितने लोगों ने नहीं देखे होंगे उतने से कहीं ज्यादा लोग मेरे हिट धारावाहिक का एक एपिसोड देखते हैं।

टीवी के विचार-विमर्श-प्रधान 'गंभीर' कार्यक्रमों में भी ऐसे ही लोगों को बुलाया जाने लगा है जो विचार की नहीं, प्रहार की भाषा के उस्ताद हों और आपसी बहस को हिंसक-हास्यास्पद, फ्री-स्टाइल जबानी कुश्ती बनाकर पब्लिक से सीटियां बजवा सकते हों। टीवी पर ही नहीं, सारे मीडिया पर सड़कछाप मनोरंजन हावी है। अमेरिकी गीतकारों से कहा जा रहा है कि गली-कूचों के गुंडों की भाषा में लिखो। बॉलीवुड का गीतकार मुंबइया बोली को हिंदी मानने के लिए मजबूर है। पत्रकारिता में भी भाषा को सरल और सड़कछाप बनाने का आग्रह है। पत्रकारों से कहा जा रहा है कि आज वैसे ही पढ़ने से किसी को कोई दिलचस्पी नहीं है। अगर ऐसा लिखोगे जिसे समझने के लिए दिमाग पर जोर डालना पड़े तो उसको खरीदेगा कौन? कभी-कभी ऐसा लगता है मानो शिक्षा विभाग और मीडिया मिलकर इस कोशिश में लगे हों कि आम आदमी का भाषा का स्तर गिरे। मानो जो वह एक मार्क्सवादी कल्पना थी कि शक्तिशाली संचार माध्यमों वाली इस नई दुनिया में आम इंसान को संवाद भेजने और समझने में सक्षम बनाना सबसे बड़ी जरूरत है उसे उलटकर यों कर दिया गया है कि आम इंसान को संचार की बुनियाद यानी भाषा से भी वंचित रखना जरूरी है।

तो आज अमेरिका में यह देखा जा रहा है कि अंग्रेजी भाषा के करीब पंद्रह लाख शब्दों में से जो दो शब्द बातचीत में सबसे ज्यादा इस्तेमाल हो रहे हैं उनमें से एक का अर्थ संभोग है और दूसरे का निष्ठा। इनमें से पहला तो अमेरिकी नेता जॉनसन और निक्सन के जमाने से ही निजी बातचीत में अपने दमदार होने का सबूत देने के लिए इस्तेमाल करने लगे थे। लेकिन अब इतनी प्रगति हो चुकी है कि वाइस प्रेसिडेंट चेनी ने पिछले दिनों संसदीय समिति में अपने आलोचक का इसी शब्द से सार्वजनिक अभिनंदन किया। सड़कछाप गाली का यह इस्तेमाल उनके प्रशंसकों द्वारा उनके जनताछाप जननायक होने का प्रमाण ठहराया गया। इस शब्द का अंग्रेजी और मातृभाषा दोनों में इस्तेमाल करना हमारे भी अनेक नेताओं को आता है लेकिन हमारे ये जनप्रतिनिधि स्वयं अपनी और हमारी व्यथा और राजनीतिक विरोधियों की कुटिलता इतनी भयानक पाने लगे हैं कि व्यथा का वर्णन करने के लिए उन्हें सारा शब्दकोश और कुटिलता को कोसने के लिए सारा गालीकोश नाकाफी लग रहा है।

इसलिए वे संसद और विधानसभाओं में हमारी ओर से शोर मचाते हैं। बहस करना नहीं, बहस न होने देना उन्हें अपना फर्ज नजर आता है।

पिछड़ा भारत हो या अगड़ा अमेरिका, बुद्धिजीवियों की हर गोष्ठी में संवाद की जगह विवाद ही विवाद होता है अब। दूसरे की बात ध्यान से सुनना, उस पर सही टिप्पणी करना या सही सवाल उठाना और किसी सर्वमान्य सर्वहितकारी नतीजे तक पहुंचना हम भूलते जा रहे हैं। प्रतिद्वंद्वी हमसे कुछ भी कहे, हमें लगता है कि सुना रहा है और हम विचार-विमर्श को कहासुनी में बदलकर अपना नाम सुर्खियों में छपवाते हैं। लोकतंत्र के नाम पर बस अब एक विराट मंडी बची है और हमें सिर्फ इतने ही और ऐसे ही शब्द दरकार हैं जो हमें, हमारे माल या हमारे दल को मार्केट में ब्रांड नंबर वन बना दें। मंडी में भावनाएं भड़काने वाले शब्द चाहिए, समझदारी बढ़ाने वाले नहीं। शब्द कौन-से और कैसे इस्तेमाल किए जाएं, यह शिक्षा मीडिया से लेकर राजनीति तक के क्षेत्रों में मार्केटिंग के उस्तादों द्वारा दी जा रही है आज।

शब्दों को दूसरे पर हावी होने के लिए या उसे काबू में करने के लिए इस्तेमाल करने की विद्या अमेरिका में बाकायदा सिखाई जा रही है और इस विषय पर सैकड़ों लोकप्रिय पुस्तकें भी छप रही हैं। भाषा के जानकार वही कहे जाने लगे हैं जो सरलतम शब्दों में ऐसा कुछ लिख दें जिन्हें सुन-पढ़कर ग्राहक या मतदाता रीझे और प्रतिद्वंद्वियों के खिलाफ भड़क उठे। राजनेता इस तरह के जानकारों से अपने भाषण लिखवा रहे हैं और वे उन्हें सिखा रहे हैं कि किस तरह कुछ खास शब्द और फिकरे दोहराकर देश के दुश्मनों और अपने विपक्षियों के प्रति भय और घृणा पैदा करें और अपने को सभी खतरों से अभय दिलाने वाला बहादुर नेता बनाकर प्रस्तुत करें। कैसे भावनाएं इतनी भड़का दें कि जनता ठंडे दिमाग से कुछ सोच ही न सके। दूसरे अब बातचीत शोर है, संगीत शोर है और समझदारी से दूसरे को सुनना या चुपचाप बैठकर कुछ सोचना महाबोर होने की स्थिति बन चली है।

(27 सितंबर, 2004)

लाभप्रद लोभ : हानिप्रद हद तक

पिछले दिनों अमेरिकी देहात से गुजरते हुए एक राजमार्ग पर मुझे बुश के समर्थकों द्वारा लगाए ऐसे पट्ट दिखे जिनमें स्त्री को गर्भपात का अधिकार दिलाने वालों को शिशु-हत्यारे ठहराया गया था। विडंबना कि तभी रेडियो से यह सुनने को मिला कि सैनिकों के लिए बने हथियारों की आम जनता तक पहुंच हो सकने पर रोक लगाने और किसी को भी महीने में एक से ज्यादा बंदूक-पिस्तौल देने के लिए दस वर्ष पहले जो नियम बना था उसकी अवधि बढ़ाने या उसे स्थायी बनाने के लिए न बुश ने कुछ किया है और न उनके समर्थकों से भरी संसद ने। लिहाजा अब एक साथ सौ-दो सौ राउंड दागने वाली बंदूकें और कारतूस आम जनता को बेची जा सकेंगी। जैसा कि कई पुलिस अधिकारियों ने पत्रकारों से कहा, यह आश्चर्यजनक है कि अमेरिकी राष्ट्रपति और सांसद आतंकवाद के दौर में अमेरिका में किसी के लिए भी ऐसे हथियार खरीद सकना आसान बनाना चाहते हैं जो पुलिस तक को उपलब्ध नहीं हैं।

इससे याद आया कि कोई बारह साल पहले बीस हजार की आबादी वाले एक संपन्न कस्बे में कैमरों का शौकीन मेरा मेजबान मुझे सामान गिरवी रखने वाली दुकान में कोई कैमरा लेने के इरादे से ले गया। मैंने देखा कि दुकान में बंदूकें ही बड़ी तादाद में हैं। मेरी निगाह उन पर टिकी देख मेजबान बोला कि कोई पसंद आ रही हो तो ले दूं, हमारे देश में बंदूक खरीदना आलू-प्याज खरीदने जैसा है। जब से यूरोप के गोरे अमेरिका में बसने पहुंचे तब से लेकर अब तक अमेरिकी नागरिक को आत्मरक्षा के लिए हथियार बेरोकटोक खरीदने का अधिकार मिला हुआ है। तब कहा जाता था कि हथियार रखना वहशी और हिंसक मूल निवासियों से अपनी और परिवार की रक्षा के लिए निहायत जरूरी है। उन वहशी और हिंसक मूल निवासियों में से ज्यादातर तो सभ्य गोरों के हाथों मारे गए और जो बचे वे अलग क्षेत्रों में बसा दिए गए कि अपना वहशीपन यहीं दिखाओ। लेकिन इसके बावजूद आत्मरक्षा के लिए बेरोकटोक हथियार खरीदने का अधिकार बना रहा।

अब आत्मरक्षा किससे? बंदूकों से लैस अपने ही बिरादरों से। जितने हिंसक अपराध अमेरिका में होते हैं उतने और किसी तथाकथित सभ्य देश में नहीं। विशेषज्ञ चिल्लाते रहे हैं कि हथियारों की बिक्री से अपराध बढ़ते हैं लेकिन परंपराप्रेमी अमेरिकी कहते हैं कि अपराध तो स्कूलों में बाइबिल न पढ़ाने से बढ़ रहे हैं। हथियारों की बिक्री में सरकारी दखलंदाजी का मतलब शरीफ इंसान को बदमाशों से अपने बचाव करने के हथियार न खरीदने देना और शरीफ दुकानदारों को पुलिस से परेशान कराना है। विशेषज्ञ पूछते हैं कि बदमाशों से निपटने के लिए किसी शरीफ

इंसान का हथियारों से लैस होना क्यों जरूरी है, उससे निपटने का काम पुलिस का है कि आम नागरिक का? ऐसी भी बेरोकटोक बिक्री क्या कि किशोर-किशोरियां स्कूलों में हथियारबंद होकर पहुंचने लगे हैं। विशेषज्ञ यह भी जानना चाहते हैं कि हथियारों की इस तरह बिक्री होने देने से जब हथियार बनाने वाली कंपनियों को छोड़ बाकी सबकी हानि होती है तब समाज के नेता लाइसेंस-पद्धति का विरोध क्यों करते हैं? इसलिए कि ये कंपनियां उनके चुनाव फंड के लिए खूब पैसा देती हैं और नेशनल राइफल एसोसिएशन नामक संस्था की मार्फत दिलवाती हैं। यह संस्था अमेरिकी नागरिक के हथियारबंद रह सकने के अधिकार का समर्थन करने वालों के पक्ष में विज्ञापनबाजी करती है।

नवपूंजीवादी समाज लाभविश्वासी है और मानता है कि लाभ का लोभ करना अक्लमंदी की निशानी है। तो समाज के नेता क्यों न लोभ करें लाभ का? कृपया यह शंका न करें कि जिस लाभ के लोभ से सारे समाज की हानि होने वाली हो उससे चिपके रहना क्या अपने ही पांव पर कुल्हाड़ी मारने-जैसा नहीं, लाभ तो हर हालत में व्यक्ति के लिए भी शुभ होता है और समाज के लिए भी। कोई भी चीज ज्यादा बिकती है तो उससे खुशहाली बढ़ती है और उस खुशहाली का, छोटा-सा ही सही, एक अंश हर किसी तक पहुंचता है। कृपया यह भी न कहें कि जब आज अमेरिकी नागरिक हिंसक पशुओं और असभ्य मूल निवासियों से भरे वन प्रदेशों में नहीं रह रहा है तब हथियारों की बिक्री बढ़ाने में क्या तुक है। परंपरावादी इसके जवाब में कहते हैं कि हमें अपने जवांमर्द पूर्वजों का वह जुझारू तेवर नई पीढ़ी में बरकरार रखना है, नहीं तो वह 'हिप्पी' बन जाएगी। बाइबिलभक्त परंपरावादी से यह भी न पूछें कि जब बंदूक हिंसा की जननी है तब उसे उठाना शांतिदूत ईसा के अनुयायी को कैसे शोभा दे सकता है। वह आपको बाइबिल से उद्धरण दे-देकर बताएगा कि हथियार उठाना धर्मसम्मत है।

मार्केटिंग के जानकार बताते हैं कि औसत अमेरिकी के मन में जंगलों में नई बस्तियां बसाने वाले अपने जुझारू पूर्वजों की छवि बनाए रखना बंदूकों की ही नहीं, अन्य चीजों की बिक्री बढ़ाने की दृष्टि से अच्छा है। जैसे जंगल चलने के लिए उपयुक्त जूते-जुराब और कपड़े, तंबू, बड़े टॉर्च, सूखा चना-चबैना, मछली पकड़ने का साज-सामान, शिकार भूनने के चूल्हे, मच्छर-कीड़े-भगा दवाएं, नक्शे, रास्ता खोजने के आले और ऊबड़खाबड़ रास्तों पर चल सकने वाली गाड़ियां। मर्दाना किस्म के मर्दों को संबोधित करके क्या-क्या चीजें बेची जा सकती हैं, यह जानना हो तो कभी 'कबैलाज' जैसे किसी स्टोर में जाएं जिसमें केवल शिकारियों के लिए सामान बेचा जाता है। तो बंदूकों की बेरोकटोक बिक्री धर्मसम्मत ही नहीं अर्थ-सम्मत भी है। इस तरह के स्टोरों में ग्राहकों की भीड़ देख आप मान जाएंगे कि यह

छूट कामदायिनी है। और यह देखते हुए कि अमेरिका में रोजाना आठ बच्चे ही किसी के या खुद अपनी बंदूक चलाने से प्राण गंवाते हैं, हमें फौरन मान लेना चाहिए कि यह छूट मोक्षदायिनी भी है। प्रसंगवश लाइसेंस-पद्धति के अमेरिकी विरोधियों का यह भी कहना है कि यह नपुंसक किस्म के उदार लोगों का झूठा प्रोपेगेंडा है कि जवांमर्द जुझारू अमेरिकी नागरिक बंदूकों का इस्तेमाल हत्या या आत्महत्या के लिए कर रहा है। सारे आंकड़े गवाह हैं कि वह उनका इस्तेमाल हत्यारे बदमाशों से अपने बचाव में करता आया है। बदमाश की हत्या करना हत्या थोड़े ही है। अगर कोई इस बात के आंकड़े पेश करें कि केनेडी की हत्या के बाद से अब तक बंदूक से हुई हत्या या आत्महत्या में जितने अमेरिकी नागरिक मारे गए उतने तब से अब तक हुए युद्धों में नहीं, तो नेशनल राइफिल एसोसिएशन का प्रवक्ता कहेगा कि जितने बंदूकों से मरे हैं उनसे कहीं ज्यादा कारों से मरे हैं।

क्या आप कारों की बिक्री पर भी अंकुश लगवाएंगे? जी नहीं। भले ही कुछ बाहर वाले कह रहे हों कि अमेरिकियों के कार-प्रेम से वातावरण का कबाड़ा हुआ है और उनकी सस्ता तेल पाने की ललक ने मध्य-पूर्व और मुस्लिम जगत को जिहाद की मानसिकता प्रदान की है, लाभ और स्वार्थ का विरोध नव-पूंजीवाद के लिए अधर्म की बात है। उस दिन गर्भपात के विरोध में लगाए हुए कट्टरपंथियों के बोर्ड पढ़ते हुए जो दूसरी बड़ी खबर कार रेडियो से सुनने को मिली वह यह थी कि अमेरिका की बारह प्रमुख मेडिकल पत्रिकाओं के संपादकों ने इस ओर ध्यान दिलाया है कि दवा कंपनियां अपनी निकाली हुई नई दवाओं की परीक्षा के नतीजे ऐसे सामने रखती हैं कि वे निरापद और असरदार लगें। वे हर ऐसी बात को छिपा जाती हैं जिनसे उनके प्रयोग के खतरे उजागर हो सकते हों। लिहाजा इन कंपनियों को दवा पर हुए शोध कार्यों के सारे नतीजे जनता के सामने रखने की शर्त रखवाई जाए। लेकिन इस अपील को भी अनसुना किया जा रहा है। लाभ की चिंता करो, रोगी के मरने की नहीं।

(4 अक्टूबर, 2004)

किसकी गुड़ियाः किसका मुनाफा

राजधानी दिल्ली के पास के एक गांव में रहने वाली गुड़िया की पहली शादी सैनिक जवान आरिफ से हुई थी जो कारगिल युद्ध के दौरान पहले लापता, फिर युद्धबंदी घोषित कर दिया गया। इस बीच गुड़िया की शादी तौफीक से कर दी गई। युद्धबंदी आरिफ पाकिस्तान के कब्जे से छूटकर अपने गांव लौटा तो उसने गुड़िया की वापसी की मांग की। बड़े बुजुर्गों और उलमा ने इस मांग का समर्थन किया। गुड़िया के गर्भ में तौफीक का आठ महीने का शिशु पल रहा था, वह उस पर अपना अधिकार खोना नहीं चाहती थी। उलमा का फैसला था कि बच्चा तो तौफीक का ही माना जाएगा। गुड़िया के लिए द्वंद्व की स्थिति पैदा हुई और मीडिया के लिए मुनाफा कमाने की। 'किसकी गुड़िया' उर्फ 'कैसा है ये बंधन' शीर्षक से एक बना-बनाया सच्चा ड्रामा पब्लिक को बेचकर पैसा पीटने का सुनहरा अवसर था और शीर्षक 'क' से शुरू होने के कारण एकता कपूर के धारावाहिकों की तरह इसके हिट होने की पूरी संभावना थी। तो जी न्यूज चैनल ने गुड़िया का दुख-द्वंद्व भुनाने के लिए इस मामले में टीवी पंचायत बैठाकर सीध प्रसारण शुरू कर दिया। इस पंचायत का बुलाया जाना गैरजरूरी था क्योंकि शरिअत के हिसाब से उलमा अपना फैसला सुना चुके थे। यों भी ऐसे पेचीदा मामलों का फैसला अदालतें ही कर सकती हैं, कोई टीवी न्यूज चैनल नहीं।

तो भी इस टीवी पंचायत को पूरे सात घंटे घसीटा गया। इस टीवी पंचायत ने भी वही पुराना फैसला दोहराया कि गुड़िया आरिफ के पास लौट जाए और अपने पेट में पलता बच्चा तौफीक का मानकर बाद में उसे लौटा दे। इस ड्रामे के लगभग गूंगे पात्रों की ओर से स्वयं ही चहचहा लेने में सक्षम संचालिका ने गुड़िया से इतना जरूर कहलवा लिया कि मैं उलमा के फैसले का आदर करूंगी। किसी के निजी दुख-द्वंद्व का सार्वजनिक प्रदर्शन कराकर जी न्यूज ने अपनी रेटिंग बढ़ानी शुरू की तो अन्य चैनलों की छाती पर सांप लोट गया। उनकी टोलियां जी न्यूज के स्टूडियो को घेरकर बैठ गईं कि गुड़िया, आरिफ वगैरह बाहर निकलें तो हम घेर ले जाएं। लेकिन जी चैनल वालों ने उनके मंसूबों पर पानी फेरते हुए उन्हें अपने गेस्ट हाउस में टिका दिया। इस पर 'सबसे तेज' माने जाने वाले 'आज तक' चैनल ने गुड़िया-आरिफ वगैरह के अपहरण की रपट लिखा डाली और जवाब में जी न्यूज ने पुलिस का बयान प्रसारित कर दिया कि संबद्ध लोग अपनी मर्जी से जी चैनल की मेहमान-नवाजी का सुख लूट रहे हैं। इस पर तीसरे चैनल एनडीटीवी वाले तौफीक के गांव जा पहुंचे और उसके माता-पिता को पकड़ लाए। उनका प्रसारण शुरू हुआ तो सभी चैनल वाले एनडीटीवी स्टूडियो के आगे धरना दे बैठे।

एनडीटीवी ने अपने मेहमानों को उनके सुपुर्द नहीं किया। रेटिंग में सबसे अव्वल लेकिन इस मामले में सबसे पीछे रह गए चैनल ने फिर यह नीतिगत प्रश्न उठाया कि क्या किसी का निजी मामला सार्वजनिक बनाना मीडिया के लिए उचित है! अगर नीति का नफे से कुछ भी लेना-देना हो तो इसका जवाब एक जोरदार 'जी हां' के सिवा और कुछ नहीं हो सकता। पूंजीवाद के दौर में ऐसी पत्रकारिता को घटिया समझा जाता था और स्वयं मीडिया उस पर बड़े तेज प्रहार करता था। नव-पूंजीवाद के दौर में मीडिया के लिए वही घटिया पत्रकारिता आदर्श और इसलिए सामान्य पत्रकारिता का दर्जा हासिल कर चुकी है। जब मैं पिछली गर्मियों में अमेरिका गया था तब समाचार चैनलों पर एक शहर में किसी पति की प्यारी गर्भवती पत्नी के सहसा गायब हो जाने का किस्सा छाया हुआ था। इस सच्चे सोप ऑपेरा के शुरू के एपिसोडों में पति और पत्नी दोनों के माता-पिता, अन्य रिश्तेदारों और मित्रों को हैरान होता हुआ दिखाया गया कि इतने प्यारे पति को छोड़कर वह गर्भवती महिला चली कहां गई। पति को तो खैर बाकायदा टेसुए बहाते दिखाया जाता रहा। पुलिस वाले और मनोविज्ञान के जानकार भी हैरानी व्यक्त करते रहे और कई तरह की संभावनाओं को इंगित करते रहे। फिर कुछ ऐसा हुआ कि पुलिस ने पति से पूछताछ बढ़ा दी। पत्नी के रिश्तेदार और मित्र पति की खामियां गिनाने लगे। फिर पुलिस पति के घर की तलाशी लेने लगी। अंत में पत्नी की लाश कहीं डूबी हुई मिली। पति के प्रेम का किस्सा सामने आया और अब कानून के विशेषज्ञ टीवी चैनलों पर चोंच भिड़ाने लगे। एक मशहूर फौजदारी वकील ने कहा कि पुलिस के बनाए केस में कोई दम नहीं है।

यहां तक का ड्रामा देखने के बाद मैं लौट आया था। इन गर्मियों में गया तो पता चला कि मुकदमा शुरू हो चुका है और वह मशहूर वकील (टीवी में छाये रहने की खातिर?) बचाव पक्ष की पैरवी करने पहुंच गया है। मैं इस जानकारी को पचा ही रहा था कि टीवी पर देखा कि उसी शहर में एक और पति की प्यारी पत्नी गायब हो गई है। उसका पति भी वैसे ही रो रहा है और पति-पत्नी दोनों के रिश्तेदार, मित्र, पुलिस सभी वैसे ही हैरानी व्यक्त कर रहे हैं। मैंने मन में सोचा कि हो न हो, आइंदा एपिसोडों में यह पति गिरफ्तार कर लिया जाना है। हुआ भी वही। कुछ मशहूर वकील इस बार भी कहते हुए सुने गए कि पुलिस केस में दम नहीं है। इससे मुझे याद आया कि अमेरिकी अपराधविदों ने वर्षों पहले एक फिकरा गढ़ा था, 'कॉपी कैट क्राइम' उर्फ नकलची गुनाह और बताया था कि मीडिया अपराध और अपराधियों का जिस तरह प्रचार करता है उससे दूसरे लोगों को भी सुर्खियों में छाने के लिए कुछ वैसा ही अपराध करने की प्रेरणा मिलती है। अगर ऐसा होता हो तो भी टीवी चैनलों को कोई परेशानी नहीं है। वे आजकल 'रियेलिटी' उर्फ असलियत

के कायल हो चले हैं और असली ड्रामे अपने हर कार्यक्रम में, यहां तक कि समाचारों में भी प्रस्तुत करना चाहते हैं। यह नवपूंजीवाद की विश्वव्यापी पकड़ का प्रमाण है कि हमारे यहां भी वही होने लगा है जो अमेरिका में होता आया है। गुड़िया कांड से पहले मुझे ऑनलाइन भारतीय समाचार पत्र पढ़ते हुए यह देखकर सुखद-दु:खद आश्चर्य हुआ था कि हमारे मीडिया ने कोलकाता में एक हत्यारे बलात्कारी को फांसी की सजा मिलने की घटना पर भी जर्बदस्त रेटिंग युद्ध लड़ा। यही नहीं, इससे पहले एक चैनल ने एक अन्य हत्यारे से यह नम्र निवेदन किया कि महोदय, आपने उस लड़की की हत्या गला घोंटकर किस विधि की, कृपया हमारे दर्शकों को यह बताने का कष्ट करें और उसने सहर्ष दर्शकों का ज्ञानवर्द्धन किया। मैं यह नहीं पता कर पाया कि इस प्रदर्शन के लिए उसने कार्यक्रम के ऐंकर का गला घोंटकर बताया या किसी बेजान पुतले का।

लुत्फ की बात यह है कि नवपूंजीवाद से प्रेरित यह नव-पत्रकारिता किसी वास्तविक ड्रामे के शुरू होने के लिए हाथ पर हाथ धरे बैठे नहीं रहना चाहती बल्कि उसके दुस्साहसिक पत्रकार खुफिया कैमरे लिए हुए उनकी खोज में जुटे भी रहते हैं, भले ही इसके चलते भयंकर भूलें होती रहें। जैसे किसी चैनल ने रांची में एक आदिवासी लड़की के साथ किसी अधिकारी द्वारा बार-बार बलात्कार किए जाने का ड्रामा पेश किया और बाद में पता चला कि वह लड़की आदिवासी नहीं थी और उसके जो माता-पिता दिखाए थे वे भी उसके माता-पिता थे ही नहीं। यह भी उल्लेखनीय है कि अगड़ा अमेरिका हो या पिछड़ा भारत, हर कहीं चैनल इस बात का श्रेय लेना चाहते हैं कि सच्चे ड्रामा दिखाने के मामले में पहल हमने की थी।

संसार को प्रभु की विचित्र लीला के देखने-दिखाने की आध्यात्मिक प्रवृत्ति का मुक्तमंडी के मीडिया ने व्यावसायिक संस्करण कर डाला है। वह हर चीज को तमाशा बनाती है और हर इंसान को स्थायी तमाशाई की भूमिका में ढाल देना चाहती है, जिसे कुछ करना नहीं है बस मजे से बैठ भोग करने वाला रुचिहीन और विवेकहीन उपभोक्ता बने रहना है। इससे सभ्य इंसानों का समाज असभ्य हैवानों का समाज बन जाए तो क्या। नवपूंजीवाद 'लाभः परमो धर्मः' का कायल है।

(11 अक्टूबर, 2004)

खुद खुदा हमारे साथ है

नवंबर के चुनावों में प्रेसीडेंट बुश की हार तयशुदा मानने के अनेक कारण गिनाए जा सकते हैं— जैसे इराक युद्ध का हर तरह से महंगा, बेकार और गैरजरूरी साबित हो जाना, आर्थिक स्थिति का बिगड़ना और बुश की नीतियों से मुट्ठीभर अमीरों की चांदी और बाकी सबकी बर्बादी होना। इसके बावजूद बुश मजदूरों के ओवर टाइम और सरकारी कर्मचारियों की सुविधाओं में कटौती करने तथा दवा कंपनियों को मनमाना मुनाफा कमाने से नहीं रोकने जैसे अलोकप्रिय कदम धड़ल्ले से उठा रहे हैं। अपनी जीत के बारे में वह इसलिए आश्वस्त हैं कि अन्य बॉर्न अगेन ईसाइयों की तरह वह भी यह मानते हैं कि 'खुद खुदा हमारे साथ है! फिर डरने की क्या बात है!' इस कट्टरपंथी बिरादरी के पादरियों ने पिछले चुनावों में बुश को बाइबिल-भक्त अमेरिकियों का वोट दिलवाया था और इसमें भी दिलवाएंगे। धर्मनिरपेक्ष अमेरिका की राजनीति पर कट्टरपंथी ईसाइयों के दूसरे विश्वयुद्ध और उसके बाद से हावी होते चले जाने की कहानी हमारे लिए खासी नसीहतभरी है।

यह सिलसिला शुरू किया था बिली ग्राहम ने जिनका बेटा आज बुश का धर्मगुरु है। बिली ने पहले हिटलर और फिर स्टालिन को शैतान का दर्जा देकर अमेरिकी युवाओं को अपने देश और धर्म की खातिर जिहाद छेड़ने के लिए प्रेरित किया। बिली का कुछ ऐसा बोलबाला हो गया कि प्रेसीडेंट ट्रूमैन ने उन्हें मुलाकात के लिए समय दिया। बिली और उसके साथियों द्वारा व्हाइट हाउस के लॉन में घुटने टेककर प्रार्थना करने का चित्र छपने से ट्रूमैन भले ही नाराज हुए हों, यह किसी से छिपा नहीं रह गया कि जनता में धर्मोन्माद जगा सकने वाले पादरी मतदाताओं पर असर डाल सकते हैं। राजनेता उन्हें आशीर्वाद देने और प्रार्थनाएं करने के लिए अपनी सभाओं में बुलाने लगे।

केनेडी और किसी हद तक क्लिंटन को छोड़ और हर प्रेसीडेंट ने उन्हें पूरा भाव दिया। निक्सन और रीगन ने तो उन्हें उसी तरह सिर-आंखों पर बैठाया जैसे हमारे कुछ धर्मनिरपेक्ष नेता इमामों और शंकराचार्यों को बैठाते रहे हैं। लेकिन कट्टरपंथ को इस बात का मलाल रहा कि उन्होंने भी सरकारी रीति-नीति पर धर्म का प्रभाव नहीं पड़ने दिया। लिहाजा ग्राहम के बाद के कट्टरपंथी स्वयं राजनीतिक शक्ति बनने में जुट गए। उन्होंने अब जिहाद की भावना जगाने के लिए उस उपभोक्ता संस्कृति और मूल्यहीनता को शैतान की देन ठहराया जो दरअसल कट्टरपंथ के समर्थक नवपूंजीवाद की देन थी। कट्टरपंथियों ने व्यक्ति और अभिव्यक्ति की स्वतंत्रता की मांग करने वाले वामपंथियों को इसके लिए जिम्मेदार बताया। गर्भनिरोधक गोली के कारण यौन-क्रांति शुरू हो गई थी। पहले से ज्यादा

स्त्रियां नौकरी करने लगी थीं और तलाक भी ज्यादा होने लगे थे। समलैंगिकता पर पड़ा पर्दा उठने लगा था। स्कूलों में यौन-शिक्षा देने की मुहिम छिड़ी हुई थी। नव-वामपंथ अन्य उपेक्षितों के साथ-साथ स्त्रियों और समलैंगिकों के अधिकारों के लिए भी लड़ रहा था। वह यौन-क्रांति के विरुद्ध नहीं था। उसका बस इतना कहना था कि किशोर-किशोरियों को यौन-शिक्षा दी जाए, तो कट्टरपंथ ने कहा कि वामपंथ पारिवारिकता का दुश्मन और विकृतियों का पैरोकार है। तभी एड्स का रोग फैला जिसे कट्टरपंथियों ने बाइबिल की अवहेलना करने वालों पर खुदा का कहर ठहराया। कट्टरपंथियों ने अपने विरोधियों के लंगोट के कच्चे होने का सबूत ढूंढ़ना और उछालना अपना राजनीतिक हथियार बनाया। हाल में समलैंगिक विवाह के संवैधानिक निषेध पर डेमोक्रेटों का समर्थन न मिलने के बाद उन्होंने न्यूजर्सी के डेमोक्रेट गवर्नर की समलैंगिकता उसके एक इस्राइली सहायक से उजागर करवाई!

नव-वामपंथी विद्रोह खेत-खलिहानों-कारखानों से नहीं, विश्वविद्यालयों से उभरा था। उसके नेता जनता छाप न होकर उच्च मध्यवर्गीय इंटेलेक्चुअल थे। उन्होंने अपनी सारी लड़ाई शिक्षा और संस्कृति के मोर्चे पर लड़नी शुरू की। कट्टरपंथी उनकी हर चूक को तूल देकर पूरे वामपंथ को घिनौना ठहराने में जुट गए। मिसाल के लिए सरकारी सहायता पाए किसी संग्रहालय में 'पेशाब ईसा' नामक पेंटिंग खरीदी गई तो कट्टरपंथियों ने ऐसा जताया मानो वामपंथ मसीहा को मूत्रतुल्य ठहराने वाली कुरुचि का पैरोकार हो। पाठ्यक्रम और पाठ्यपुस्तकें बदलवाने की मुहिम में वामपंथियों से हुई छोटी-से-छोटी चूक का कट्टरपंथियों ने ज्यादा से ज्यादा प्रचार किया और उन्हें देश, धर्म और सुरुचि का दुश्मन ठहराया।

इस तरह कट्टरपंथियों ने परंपरागत नैतिकता के कायल आम अमेरिकी को यह संदेश पहुंचाया कि वामपंथ उन अमीर ऐयाशों का पंथ है जो जमानेभर की 'काबिले-जब्ती' किताबें पढ़े हुए हैं और हमारे बच्चों को भी पढ़ाना चाहते हैं लेकिन जिन्हें उस एक किताब से नफरत है जिसमें हजरत ईसा मसीह ने प्रभु का सच्चा संदेश दिया है। यौन-क्रांति और उपभोक्ता संस्कृति, दोनों से समान रूप से चकराया और ललचाया आम अमेरिकी यह जानकर आश्वस्त हुआ कि उसे अमीर ऐयाश वामपंथी बिगाड़ रहे हैं तो कट्टरपंथी उसे पाप-पंक से उबारकर जन्नत का पासपोर्ट दिलाने के लिए तैयार बैठे हैं।

विडंबना है कि नई पाठ्यपुस्तकों के खिलाफ सबसे पहली लड़ाई सन'70 में गरीब खान मजदूरों के राज्य वेस्ट वर्जीनिया में लड़ी गई, जहां सुझाई गई सहायक पुस्तकों में से धर्म और नीति पर चोट करने वाले या कुरुचिपूर्ण भाषा में लिखी गई साहित्यिक कृतियों के अंश ढूंढ़कर एक कट्टरपंथी पादरी ऐलिस मूर ने ऐसा हंगामा मचाया कि खान मजदूर हड़ताल कर बैठे! ऐसी सांस्कृतिक लड़ाइयां लड़कर बॉर्न

अगेन ईसाई वामपंथ का ठोस वोट दक्षिणपंथ की ओर धकियाते रहे। जब तक मौजूदा प्रेसीडेंट के पिता चुनाव मैदान में उतरे तब तक बॉर्न अगेन बिरादरी का नुमाइंदा पादरी रॉबर्टसन उन्हें चुनौती दे सकने की स्थिति में आ गया। बाप-बुश को फौरन कट्टरपंथियों की शरण में जाना पड़ा कि मेरी उम्मीदवारी को खटाई में मत डलवाइए। बेटा बुश तो बॉर्न अगेन बनकर ही राजनीति में कूदा।

वामपंथ का ठोस वोट दक्षिणपंथ की मुट्ठी में पहुंचने का करिश्मा कट्टरपंथियों की ऐसी सांस्कृतिक लड़ाइयों से ही हुआ है। पूछा जा सकता है कि क्या आम अमेरिकी मतदाता इतना भी नहीं समझ पाता कि उसका आर्थिक हित डेमोक्रेट ही करा सकते हैं। इसका जवाब यह है कि आज हर दल चंदा देने वाली बहुराष्ट्रीय कंपनियों की जेब में है इसलिए सबकी आर्थिक नीतियां एक-सी ही हैं। जैसा कि अरुंधति राय ने अमेरिका में एक भाषण में कहा, 'केरी और बुश उतने ही भिन्न हैं जितने कि एक ही कंपनी के बनाए दो टूथ पेस्ट।'

(18 अक्टूबर, 2004)

अधपेट खाओ और भरपेट जीओ

बचपन में बुजुर्गों से यह नेक सलाह सुनने को मिलती थी कि अगर चार रोटी की भूख है तो तीन ही खा। उनका फॉर्मूला था, कम खाना = स्वस्थ रहना। इसीलिए तब उपवास की भी बड़ी महिमा होती थी और कहा जाता था कि उससे स्वास्थ्य सुधरता और आयु बढ़ती है। बाद में मैंने अपने एक परिचित बुजुर्ग, प्रसिद्ध होम्योपैथ डॉ. जाधोराम गोयल को शतायु होने के इस नुस्खे का पूरी निष्ठा से पालन करते देखा। वह दिन में बहुत थोड़ा-सा भोजन लेते लेकिन उसमें किसी भी चीज से परहेज नहीं बरतते। एक गिलास गाय का दूध पीते और मौसम का फल जरूर खाते। वह 97 वर्ष की आयु तक स्वस्थ और डॉक्टर के रूप में सक्रिय रहे। उनकी मृत्यु किसी बीमारी से नहीं, एनीमा लेते हुए दुर्घटनावश बड़ी आंत छिद जाने से हुई।

हमारे बुजुर्गों की यह सीख आज कई पश्चिमी विशेषज्ञ भी दुहरा रहे हैं कि कम खाना तन को स्वस्थ रखता है और गम खाना यानी शांत रहना मन को। कम खाने को दीर्घायु से जोड़ने वाले प्रयोग सन् '88 के आस-पास कई शोधकर्ताओं ने शुरू किए थे। सबसे बड़ा शोध अमेरिकी वैज्ञानिक डॉक्टर काट्ज ने चूहों की खुराक में 40 प्रतिशत कम की कटौती करके किया। उन्होंने पाया कि इससे आयु में 50 प्रतिशत वृद्धि होती है। अन्य शोधकर्ताओं ने ऐसे ही प्रयोग रेंगने वाले कीड़ों और मक्खियों पर करके देखे और हर मामले में यही साबित हुआ कि खुराक में 40 प्रतिशत कटौती आयु में 50 प्रतिशत वृद्धि करती है। 40 प्रतिशत से ज्यादा कटौती हानिकारक रहती है लेकिन इस सीमा तक जितनी ज्यादा कटौती की जाए स्वास्थ्य सुधरता है और कैंसर, हृदय रोग और अन्य बीमारियां कम होती हैं।

इस हिसाब से इंसान की खुराक 40 प्रतिशत कम करने से उम्र 175 वर्ष तक पहुंच सकती है। किसी शोधकर्ता ने अब तक मनुष्यों पर ऐसा प्रयोग नहीं किया है लेकिन चूहों पर हुए प्रयोगों के नतीजे सामने आते ही अमेरिका में कुछ लोगों ने दीर्घायु होने के लिए खुराक में कटौती शुरू कर दी थी। स्वास्थ्य सुधार और आयु वृद्धि के इस तरीके को 'कैलोरी रेस्ट्रिक्शन' उर्फ सी.आर. कहा जाता है। कैलिफोर्निया में तो एक सी.आर. सोसायटी भी बनी हुई है जिसके लगभग दो हजार सदस्य हैं। इनमें से कुछ तो पंद्रह वर्ष से कैलोरी कटौती किए हुए हैं। कुछ शोधकर्ता उन्हें अपनी प्रयोगशाला का चूहा मानकर उनके स्वास्थ्य की नियमित जांच करते रहे हैं। यह पाया गया है कि कम खाने वाले इन लोगों का रक्तचाप, कॉलेस्ट्रॉल और रक्त में ग्लूकोज सब नाटकीय ढंग से कम हुए हैं। यही नहीं, वे औरों के मुकाबले कम बीमार पड़े हैं। उनकी उम्र में कोई चमत्कारी वृद्धि होगी कि नहीं, इसके संकेत तो 2013 में ही मिल सकेंगे जब पिछले कई वर्षों से सी.आर. किए

हुए बूढ़े वर्तमान दीर्घायु सीमा के आगे पहुंच चुके होंगे।

अब तक का अनुभव बताता है कि खुराक में कटौती जवानी में ही शुरू कर दी जाए तो सबसे ज्यादा स्वास्थ्य-सुधार होता है लेकिन 40-50 की उम्र से भी कर दी जाए तो खासे अच्छे नतीजे निकलते हैं। यह भी पाया गया कि कैलोरी 40 प्रतिशत कम कर देने पर कई लोगों को तरह-तरह की तकलीफों का सामना करना पड़ जाता है— जैसे यह कि उनका मूड उखड़ा-उखड़ा रहने लगता है, उन्हें मारे भूख से जबर्दस्त बेचैनी महसूस होती है, उनकी कामेच्छा खत्म हो जाती है, नींद उड़ जाती है और माहवारी बंद हो जाती है। इसीलिए सी.आर. सोसायटी वालों ने 30 प्रतिशत कटौती का अधिकतम लक्ष्य सुझाया है। इस बात पर जोर दिया गया है कि खुराक जहां तक हो सके शाकाहारी ही रहे। इसी के चलते सी.आर. न करने वालों में भी शाकाहार का चलन इधर तेजी से बढ़ता रहा है। जो लोग खुराक में इतनी ज्यादा कटौती कर सकना असंभव पा रहे हों उन्हें यह सुझाव दिया जा रहा है कि वे भरपेट खाएं लेकिन हर दूसरे दिन और वह भी न हो सके तो हफ्ते में दो बार उपवास रखें।

एक और अच्छा तरीका यह है कि आप दिन में कुल एक बार भोजन करने का व्रत लें। भारी-भरकम शैनन विफ ने ऐसा ही किया जिससे न केवल उनका वजन लगभग 39 किलो घट गया बल्कि उनकी कई बीमारियां भी दूर हो गईं। एक अन्य सदस्या जूली लॉकहार्ट भी विफ की तरह खुराक में 30 प्रतिशत कटौती करके दिन में 1,600 कैलोरी ही ले रही हैं। वह लंच में भुनी हुई सब्जियां, राजमा और एक रोटी ही खाती हैं। डिनर में जितना और ले रहे हों उसका एक-तिहाई अपनी प्लेट में परोसती हैं। उनका कहना है कि मैं अपने को पहले से कहीं ज्यादा चुस्त और फुर्तीला पा रही हूं, मुझे बेहतर नींद आ रही है और मुझे इधर जुकाम तक नहीं हुआ है। मुझे उम्मीद है कि मैं 140 साल तक जीऊंगी और मेरा मैराथन दौड़ने का सिलसिला 90 साल की उम्र तक चलता रह सकेगा।

उल्लेखनीय है कि कुछ विशेषज्ञ, जिनमें सी.आर. पर शोध करने वाला एक व्यक्ति भी शामिल है, चूहों पर हुए प्रयोगों के नतीजों को इंसान के लिए भी सही मान लिए जाने के खिलाफ हैं और आयु बढ़ाने के चक्कर में खुराक में जबर्दस्त कटौती करना खतरनाक ठहराते रहे हैं। उधर सी.आर के पैरोकार इस ओर ध्यान दिलाते हैं कि जानवरों पर हुए प्रयोगों के आधार पर ही तमाम तरह की दवाएं इंसानों पर आजमाई जाती रही हैं। सी.आर. पर शोध करने वाले ज्यादातर व्यक्ति खुद भी अपना आहार कम किए हुए हैं और कह रहे हैं कि इससे हमें बहुत लाभ हुआ है। खुराक में कटौती कर देने से स्वास्थ्य में सुधार क्यों होता है और उम्र क्यों बढ़ती है— यह पहेली वैज्ञानिक अभी पूरी तरह बूझ नहीं पाए हैं। लेकिन इतना वह जान

चुके हैं कि इससे शरीर के कोशों के मरने की गति धीमी हो जाती है।

वैज्ञानिकों का कहना है कि एक 'जीन' ऐसा होता है जो अकाल की स्थिति में सक्रिय होकर जीवकोशों के मरने की रफ्तार पर रोक लगाता है और नष्ट होते कोशों की मरम्मत का सिलसिला तेज करा देता है। ऐसा लगता है कि खुराक में कटौती कर देने से यह जीन धोखे में आ जाता है कि अकाल पड़ गया है और सक्रिय हो उठता है। हम और कुछ नहीं, अपने जीवकोशों के समूहभर हैं इसलिए उनके मरने की गति धीमी और रखरखाव की गति तेज करके सी.आर. आयु बढ़ाता और स्वास्थ्य सुधारता है। प्रसंगवश कुछ सब्जियां और रेडवाइन भी इस जीन को सक्रिय करने की थोड़ी क्षमता रखते हैं। इसीलिए शाकाहार और रेडवाइन पान दीर्घायु होने की दृष्टि से अच्छे रहते हैं। कुछ वैज्ञानिक कहते हैं कि खुराक में कटौती करने से कोशों की पौष्टिक तत्त्वों का बेहतर उपयोग करने की क्षमता बढ़ती है।

कुछ का अनुमान है कि सी.आर. से कोशों की रोगों से लड़ने की क्षमता बढ़ती है और कुछ समझते हैं कि इससे बुढ़ापा लाने वाले 'फ्री रैडिकल' घटते हैं। बहरहाल जहां तक आम आदमी का सवाल है उसे समझाने के लिए उनका कहना है कि जैसे कार में ज्यादा ईंधन जलाते रहने से इंजन जल्दी खराब हो जाता है वैसे ही ज्यादा भोजनरूपी ईंधन जलाने से शरीर जल्दी जवाब देता है। तो बुजुर्गों की नेक सलाह मानिए और भूख से कम खाइए।

(25 अक्टूबर, 2004)

औरत : गांव से ग्लोबल गांव तक

पश्चिम के आधुनिक लोग पिछड़े रूढ़िग्रस्त देशों में स्त्री की दुर्दशा पर बेहद आश्चर्य व्यक्त करते हैं। खुद इन पिछड़े देशों के पढ़े-लिखे शहरी लोग अपने गंवार बिरादरों द्वारा स्त्रियों पर किए जाते अत्याचारों से हैरान होते हैं और शर्मिंदा भी। अब जैसे हम लोग यह पढ़ते हैं कि भारत में अब भी वेश्याओं के गांव हैं, लोग-बाग बेटी को बोझ समझकर बेच देते हैं या दूर-दराज से आए लोगों से पैसे के एवज में ब्याह देते हैं, बेटियां पैदा होते ही मार दी जाती हैं, विधवाओं को जीते-जी नरक भोगना पड़ता है, गोद की बच्चियों की शादी कर दी जाती है, दकियानूस पंचायतों के हुक्म स्त्रियों को मानने पड़ते हैं, तब सिर झुका लेते हैं। कुछ दिन पहले पढ़ा, एक बूढ़े अरब ने 17 साल की हैदराबादी लड़की से शादी करके उससे मुंबई के होटल में वेश्यावृत्ति कराई और फिर उसे छोड़कर भाग गया। मैंने शर्म से सिर झुका लिया। ऐसे ही तब भी झुकाया था जब बरसों पहले किसी सदय एयरहोस्टेस द्वारा एक कमसिन हैदराबादी लड़की को बूढ़े अरब दूल्हे के चंगुल से छुड़ाए जाने की खबर पढ़ी थी।

इसका मतलब यह हुआ कि हम और हमारे नेता स्त्री पर अत्याचार के समाचार सुनने पर रस्मी तौर से ही सिर झुकाते हैं। हम अत्याचार को खत्म करने के लिए कदम भी रस्मी ही उठाते हैं। हैदराबाद वक्फ बोर्ड ने भी रस्मी कदम उठाया। उसने काजियों से कहा है कि अरब दूल्हे के बारे में पूरी जानकारी हासिल करने का मौका देने के बाद ही उसका निकाह पढ़ाएं, नौजवानों से कहा है कि वे लंबा-चौड़ा दहेज मांगना छोड़ दें ताकि गरीब वाल्देन अपनी बेटियां अरब बूढ़ों से ब्याहने को मजबूर न हों। सरकार से कहा है कि वह भी अनमेल ब्याह की रोकथाम के लिए कुछ करे। इस पर काजियों ने कह दिया है कि हम तो शरिअत के हिसाब से काम करते हैं और करते रहेंगे। मेरे खयाल से नौजवान यह कह देंगे कि हम तो दहेज मांगते ही नहीं, हमारे मां-बाप लेते हैं! जहां तक सरकार का सवाल है उसकी जान को तो और लाखों समस्याएं हैं।

स्त्री के प्रति अत्याचार के लगभग एक ही तरह के समाचारों का बार-बार छपते रहना यह दर्शाता है कि भले ही अपने को पढ़ा-लिखा शहरी और आधुनिक कहने वाले लोग उस अत्याचार को आश्चर्यजनक, निंदनीय और लज्जास्पद तीनों बता रहे हों, वे उसे मन में गहरे कहीं सहज और स्वाभाविक मानते हैं। दूसरे शब्दों में, संस्कारों से वे भी 'रूढ़िग्रस्त गंवार' हैं। यह बात अलग है कि वे इस बात को खुद अपने तक से छिपाए रखते हैं! वे यह सुनें कि कोई पत्नी अपने ऐयाश शराबी पति के लौटकर आने की प्रतीक्षा में रात दो बजे तक भूखी बैठी रहती है तो वे पति के

अत्याचारी होने की नहीं, पत्नी के आदर्श होने की चर्चा करते हैं। इससे उलट बात अव्वल तो अनहोनी है लेकिन कहीं हो जाए तो वे पत्नी के इंतजार में भूखे बैठे पति को परम मूर्ख ठहराते हैं और जानना चाहते हैं कि रात दो बजे पीकर घर लौटने वाली पत्नी को धक्के मारकर निकाल क्यों नहीं देता!

गौरतलब है कि अनपढ़ गरीबों में स्त्री के प्रति अत्याचार हमें एक सामाजिक समस्या लगता है लेकिन वही चीज आधुनिक शहरियों में व्यक्तिगत समस्या मालूम होती है। अगर घरेलू नौकरानी हमसे कहती है कि मेरा मर्द मुझे रात को पीटता है तो हम उसके पति को औरत को पांव की जूती मानने वाला जाहिल ठहराते हैं। लेकिन कोई पढ़ा-लिखा मर्द ऐसा करता हो तो हमें लगता है कि यह मियां-बीवी का आपसी मामला है, ऐसी नौबत आने से पहले और भी बहुत कुछ हुआ होगा। कृपया यह न समझें कि मैं महज अनुमान से यह कहे दे रहा हूं। जब पिछले दिनों यह खबर छपी कि अपनी आईएएस पत्नी को पीटने वाला एक आईपीएस अधिकारी पत्नी की शिकायत तक दर्ज नहीं होने दे रहा है तब मैंने एक नमूना सर्वेक्षण करके देखा था। हर उम्र के ज्यादातर स्त्री-पुरुष यही कहते पाए गए कि यह आरोप झूठा भी हो सकता है और अगर सच भी हो तो इसमें कहीं-न-कहीं पत्नी का भी कुछ दोष रहा होगा। पत्नियों की मार-कुटाई का प्रसंग छिड़ा है तो यह भी बता दूं कि पिछले अमेरिका-प्रवास के दौरान जब मैंने वहां मर्दों के हाथों औरतों की पिटाई के आंकड़े पढ़े तब मुझे विश्वास नहीं हुआ! इतना कुछ सुन और पढ़ चुकने के बावजूद अपने हर पश्चिम-प्रवास में मेरा गोरों के गंवारपन के नमूने देखकर चकित होना यह दर्शाता है कि औपनिवेशिक संस्कारवश हम तीसरी दुनिया के पढ़े-लिखे आधुनिक लोग पश्चिम वालों को सबसे अधिक सभ्य और अपने गरीब बिरादरों को सबसे अधिक गंवार मानते हैं।

यह सच है कि पश्चिमी समाज कई मामलों में हमसे अधिक उदार और समतावादी है। यही देखें कि वहां बेटी और बेटे में कोई भेद नहीं किया जाता जबकि कम्युनिस्ट चीन तक में कुल एक बच्चा पैदा करने का हुक्म दे दिए जाने के बाद लड़कियों की संख्या भयंकर रूप से कम हो गई। अर्थात् वहां भी पैदा होते ही बेटी का गला घोंटा गया। बहरहाल, जहां तक स्त्री को पुरुष की संपदा समझकर कमतर दर्जा देने के सामंती संस्कार का सवाल है, पश्चिमी समाज पर उसकी पकड़ ढीली नहीं हुई है बल्कि मुझे लगता है कि मुक्तमंडी की उपभोक्ता संस्कृति ने जो ग्लोबल गांव बनाया है वह सांस्कृतिक स्तर पर तीसरी दुनिया के पिछड़े-से-पिछड़े गांव से भी अधिक गया-गुजरा है। इस ग्लोबल गांव में पुरुष और स्त्री दोनों के दिमाग में यह भरा जाता है कि स्त्री केवल भोग्या है। इसलिए अगर अमीर देशों के मर्द कंबोडिया जैसी गरीब देशों की बच्चियों को भोगने के लिए 'सेक्स टूर' पर लाए

जाते हैं और ऐसी बच्चियां उन्हें स्थायी रूप से भोगने के लिए गोद भी दिलवा दी जाती हैं तो किसी को परेशानी नहीं होती। गरीब देशों की लड़कियां अगर मामूली हैसियत के अरब मर्दों से वाल्देन की ज्यादती के कारण ब्याह दी जाती हैं तो पश्चिमी युवतियां ठाठ से जीने-भोगने के लिए अमीर अरबों से खुद ही शादी कर रही हैं! ग्लोबल गांव में औरतों पर एक 'जिन्स' होने का ठप्पा तो लगा ही दिया गया है, साथ ही, औरत और मर्द की पूरी बराबरी के दौर में बच्चे पैदा करने और प्यारभरे परिवार में पालने के मसले का कोई हल नहीं निकाला गया है। इसीलिए औरत के प्रति अत्याचार कम होने की जगह बढ़ रहा है। इसकी प्रतिक्रिया यह हो रही है कि मर्द ही नहीं, औरतें भी बड़े पैमाने पर धार्मिक कट्टरपंथ की शरण में जा रही है। स्त्री के पुरुष से हर मामले में समानता के दावों का विरोध करने वाले आंदोलनों में अनेक जानी-मानी अमेरिकी स्त्रियां आगे बढ़कर योगदान कर रही हैं। जब पूर्व प्रेसीडेंट कार्टर ने नए दौर में स्त्री-पुरुष संबंध और बच्चों के लालन-पालन की समस्याओं के बारे में राष्ट्रीय नीति सुझाने के लिए एक सम्मेलन बुलाया था तब इन प्रबुद्ध लेकिन प्रतिक्रियावादी स्त्रियों के विरोध के कारण ही स्त्री के पक्ष में कोई फैसले नहीं लिए जा सके थे। बुश के दौर में तो वे और भी बढ़-चढ़कर बोल रही हैं। पश्चिमी देशों में बसे मुस्लिम समाज में भी स्त्री को परंपरागत अर्थात् पुरुष से कमतर दर्जा देने की प्रवृत्ति ही जोर पकड़ रही है। हमारे देश में कट्टरपंथी हिंदू भी यही चाहते हैं। तो मुक्तमंडी और कट्टरपंथ दोनों के संयुक्त और परस्पर पूरक प्रयास से ग्लोबल गांव में स्त्री को वही या शायद उससे भी बदतर दर्जा मिल रहा है जो तीसरी दुनिया के गरीब गांवों में मिला हुआ है।

(1 नवंबर, 2004)

एंटीबायोटिक नहीं, प्रोबायोटिक!

कोई 64 साल पहले जब मेरी नई-नवेली भाभी ने कीटाणुओं के डर से मिट्टी की जगह लाल साबुन की बट्टी से हाथ धोने शुरू किए तब उन्हें विचित्र माना गया। आज कीटाणुओं के पीछे इस तरह हाथ धोकर न पड़े रहने वाला विचित्र ही नहीं, गंवार भी समझा जाएगा। विज्ञापनबाजी के चमत्कार से अब बच्चा-बच्चा जानता है कि हमारे इर्द-गिर्द मार-तमाम खतरनाक बैक्टीरिया उर्फ कीटाणु हमेशा मंडराते रहते हैं लेकिन सौभाग्य से उन्हें मार सकने की सुपरमैन ताकत वाले साबुन-पेस्ट-मलहम दुकानों में भरे पड़े हैं। यही नहीं, अगर कभी बदकिस्मती से उनसे मिले 'सुरक्षा कवच' के बावजूद हम बीमार पड़ जाएं तो डॉक्टर अंकलजी के पास उन्हें मारकर हमें ठीक कर देने वाले मार-तमाम एंटीबायोटिक मिल जाते हैं।

यह सबूत है हमारी दृष्टि के 'वैज्ञानिक' हो जाने का। अफसोस कि अपने को विज्ञान का जुड़वा भाई मानने वाला पूंजीवाद अपनी विज्ञापनबाजी से वैज्ञानिक जानकारी का उतना ही (और अक्सर भ्रामक भी) हिस्सा आम आदमी तक पहुंचाता है जितना कि माल बड़े पैमाने पर बेचने के लिए जरूरी हो। वह ऐसी हर जानकारी को दबाए रखता है जो उसके माल की उपयोगिता के आगे प्रश्नचिह्न लगाती हो। तो आम आदमी इस बात से बेखबर ही रह गया है कि इस पृथ्वी पर कीटाणु मानव से युगों-युगों पहले प्रकट हुए और मानव के लुप्त हो जाने के युगों-युगों बाद तक भी वही इसे आबाद किए रहेंगे।

कीटाणु हमारे आस-पास ही नहीं, जन्म की घड़ी से ही हमारे भीतर भी रहते हैं और अगर लाश दफनाई जाती है तो कीटाणु ही उसे खाकर मिट्टी में मिलाते हैं। हमारे शरीर में अपने जितने कोश होते हैं उनसे दस गुने होते हैं उसके भीतर रहने-पलने वाले कीटाणु! यह सही है कि वे हम पर पलते हैं लेकिन यह भी सही है कि वे हमारा पालन करते हैं, हमें भोजन पचाने और उससे शरीर के पोषण के लिए आवश्यक तत्त्व निकालने में मदद देते हैं। इसीलिए उन्हें प्रो (समर्थक) बायोटिक (जीवन) कहा जाता है।

हमें इससे भी बेखबर रखा गया है कि 'सुरक्षा कवच' प्रदान करने वाली प्रसाधन सामग्री में जो रसायन होते हैं वे वास्तव में खतरनाक कीटाणुओं को मारने में असमर्थ हैं। सच तो यह है कि एंटीबायोटिक्स को छोड़ और कोई ऐसे रसायन नहीं जो सभी तरह के खतरनाक कीटाणुओं को मार सकें। लुत्फ यह है कि स्वयं एंटीबायोटिक कीटाणु और फफूंद वगैरह ही बनाते हैं! पेनिसिलीन की खोज होने के बाद से लेकर अब तक हमें एक से बढ़कर एक एंटीबायोटिक ढूंढ़ लिए जाने की खुशखबरी दी जाती रही है लेकिन यह छिपा लिया गया है कि उन्हें खोजने की जरूरत ही इसलिए पड़ी कि विज्ञापनबाजी के कारण हर नई दवा के हर छोटी-बड़ी बीमारी के लिए अंधाधुंध

इस्तेमाल किए जाने से कीटाणु उसके आदी हो जाते रहे हैं।

यह भी नहीं बताया गया कि एंटीबायोटिक दवाएं हमारे भीतर घुसे खराब कीटाणुओं के साथ-साथ हमारे भीतर रहने वाले भले कीटाणुओं को भी मार देती हैं जिससे हमारा स्वास्थ्य बिगड़ता है। हद से हद इसका एक हल्का-सा इशारा डॉक्टरों से यह कहलवा कर दिलाया गया कि एंटीबायोटिक दवा के साथ विटामिन 'बी' भी लिया करें नहीं तो पेट जरा खराब हो जाता है।

प्रोबायोटिक हमें स्वस्थ-प्रसन्न रखने में महत्त्वपूर्ण भूमिका अपनाते हैं। लेकिन यह पूंजीवाद के फैलाए विज्ञान और कीटाणु-भय का ही कमाल है कि हम एक ओर एंटीबायोटिक खा-खाकर उन्हें मारते रहते हैं और दूसरी ओर इस बात का कोई ध्यान नहीं रखते कि पैदा हुए बच्चे के शरीर में पहली सांस और पहले आहार के साथ प्रोबायोटिक पहुंचें। शिशु-शरीर का आरक्षणहीन डिब्बे वाला हिसाब है कि जो पहले चढ़ जाएं वे बाद वालों को नहीं चढ़ने देते। शुरू में भले कीटाणु सवार हो जाएं तो बुरे कीटाणुओं के लिए जगह पाना मुश्किल हो जाता है और शरीर की रोगों से रक्षा होती है। इसी तरह अगर बच्चा शुरू में मां का दूध पिए तो उसे सबसे बेहतरीन प्रोबायोटिक लेक्टोबेसिलस्जीजी मिलता है जो आंत, मूत्राशय, गुदा और योनि के रोगों से बचाता है। इसके बावजूद हमारी वैज्ञानिकता जंचगी खतरनाक कीटाणुओं से भरे अस्पतालों में कराने की और बच्चे को बोतल का दूध पिलाने के पक्ष में रही है! जबकि आंकड़े गवाह हैं कि अस्पताल में पैदा होने वाले और बोतल का दूध पीने वाले शिशुओं को एलर्जी-जन्य रोग औरों से कहीं ज्यादा होते हैं।

पिछले सौ साल से विज्ञान में 'प्रोबायोटिक' कीटाणुओं की लाभप्रद भूमिका की चर्चा होती रही है और इस बात की भी कि दही-जैसी भले कीटाणुओं से भरी चीजें खाने-पीने वाले लोग औरों के मुकाबले में अधिक स्वस्थ रहते और दीर्घायु होते हैं लेकिन प्रोबायोटिकों की चर्चा अमेरिकी पूंजीवादी मीडिया ने इधर ही शुरू की है। वह भी दो कारणों से। पहला यह कि कनाडा, डेनमार्क और फिनलैंड जैसे कुछ देशों में, जहां मीडिया और मेडिकल कॉलेजों पर पूंजीवाद की पकड़ उतनी मजबूत नहीं है जितनी कि अमेरिका में, प्रोबायोटिकों का दवा के रूप में इस्तेमाल करने के प्रयोग हुए और उनके अच्छे नतीजे प्रकाशित-प्रसारित किए गए। और दूसरा यह कि अमेरिका में 'वैकल्पिक' चिकित्सा-पद्धतियों के ग्राहकों के लिए कुछ कंपनियों ने प्रोबायोटिक बेचने शुरू कर दिए।

यही नहीं, जापान से 'याकुल्त' ब्रांड प्रोबायोटिक के पेट और मूत्राशय के रोगों की और इटली से 'वीएसल-3' ब्रांड प्रोबायोटिक के गुदा रोगों की रोकथाम और उपचार में लाभप्रद पाए जाने की खबरें मिलीं। जाने-माने शोध-संस्थानों में हुए शोधकार्य से यह साबित हो चला है कि प्रोबायोटिक एक नहीं, अनेक छोटे-बड़े रोगों

की रोकथाम और उपचार दोनों सफलतापूर्वक कर सकते हैं। जैसे बच्चों के एक्जीमा आदि एलर्जी-जन्य रोग, योनि रोग, मूत्राशय रोग, बदहजमी, पेट का चलना, समयपूर्व प्रसव और दांत में छेद होने की प्रवृत्ति। यही नहीं, प्रोबायोटिक कॉलेस्टरोल नहीं बढ़ने देते और कैंसर का भी किसी हद तक प्रतिरोध करते हैं। तो पैसापीटू पूंजीवाद को चिंता हुई कि कहीं छोटी कंपनियां इस नए बाजार पर हावी न हो जाएं या लोग-बाग दही-जैसी प्राकृतिक चीजों का दवा के रूप में इस्तेमाल न करने लगें। लिहाजा अब अमेरिकी मीडिया ने यह कहना शुरू किया है कि प्रोबायोटिक शीघ्र ही एंटीबायोटिक्स की जगह ले लेंगे लेकिन ऐरी-गैरी कंपनियों के बनाए प्रोबायोटिक इस्तेमाल न करें। उन पर छपे दावे अवैज्ञानिक हैं। दही पर भी भरोसा न करें क्योंकि उसमें वह प्रोबायोटिक नहीं होता जो मां के दूध से मिल सकता है। तो इंतजार करें बड़ी कंपनियां शीघ्र ही पेटेंट लेकर अपने भरोसेमंद प्रोबायोटिक मंडी में लाने वाली हैं जिनमें वही गुण होंगे जो मां के दूध में!

(8 नवंबर, 2004)

महालक्ष्मी के पूजक महादरिद्र कैसे

दीवाली पर हम धनसंपदा की देवी महालक्ष्मी से यह प्रार्थना करते आए हैं कि हमें जन्मभर दुर्भाग्य और दरिद्रता से बचाए रहे। मुहल्लों में स्पेशल मेला, होटलों में स्पेशल फीस्ट, फार्म हाउसों में हाई स्टेज गैंबलिंग और बाजारों में गिफ्ट्स, ग्रीटिंग काड्र्स, घरेलू साज-सामान और जेवरात और पटाखों-मिठाइयों की बंपर सेल कराती, ध्वनि और वायु प्रदूषण बढ़ाती और ई-मेल तथा एसएमएस का चक्का जाम कराती आज की दीवाली हमें विश्वास दिलाती है कि हमारी वह प्रार्थना सुन ली गई है। हमारे बीच से अलक्ष्मी उर्फ गरीबी सचमुच हट चुकी है। हम तब और भी आश्वस्त होते हैं जब सुनते हैं कि आईएमएफ-जैसी संस्थाओं के अनुसार हम बीस साल में संसार की तीसरी सबसे बड़ी आर्थिक शक्ति बन जाएंगे। किंतु अफसोस कि आंकड़े यही बता रहे हैं कि दरिद्रता इतनी आसानी से हमारा दामन छोड़ने वाली नहीं है।

अंतर्राष्ट्रीय मानकों के अनुसार गरीब वह है जो एक डॉलर से भी कम की दिहाड़ी पर जिंदगी बसर कर रहा हो। इस हिसाब से हमारी 34.7 प्रतिशत आबादी यानी हममें से एक-तिहाई से भी ज्यादा लोग गरीब हैं। फार्म हाउस में हजार रुपया चाल का फल्लास खेलता भारतीय अमीर आपत्ति कर सकता है कि गरीबी का यह पैमाना जबर्दस्त महंगे देशों का तय किया हुआ है। लेकिन उन्हें यह जानकर दुख होगा कि हमने स्वयं जो गरीबी रेखा तय की है हमारी 26.6 प्रतिशत आबादी उससे नीचे आती है। इस पर वे कहेंगे कि हमारे यहां गरीबी भयंकर आबादी के कारण है। लेकिन हमसे भी ज्यादा आबादी वाले देश चीन में अंतर्राष्ट्रीय पैमाने के अनुसार कुल 16.4 प्रतिशत आबादी ही गरीब है। भारत में चीन से कोई पौने दो गुना ज्यादा लोग गरीब हैं! इस पर वे कहेंगे कि हमारे यहां गरीब ज्यादा इसलिए हैं कि तानाशाह चीन ने डंडे के जोर से 'हम दो हमारा एक' की नीति लागू करा दी लेकिन लोकतंत्रात्मक भारत जनता को 'हम दो हमारे दो' के लिए भी राजी नहीं करा सका।

उन्हें यह जानकर अचरज होगा कि अर्थशास्त्री आबादी के बढ़ने और खुशहाली के घटने में कोई सीधा संबंध नहीं देखते। बल्कि उनका तो विचार यह है कि चीन और भारत आर्थिक दृष्टि से शक्तिशाली बन ही इस कारण सकते हैं कि जवान आबादी बहुत है और हर चीज के लिए ढेरों ग्राहक हैं। लेकिन अगर हम यह भी मान लें कि आबादी के बेतहाशा बढ़ने से ही हम गरीबी हटाने के मामले में चीन से पीछे रह गए तो यह सवाल उठता है कि हम आबादी पर काबू पाने के अभियान में जी-जान से क्यों नहीं जुटे रहे। क्या इससे यह संकेत नहीं मिलता कि हमें गरीबी हटाओ का नारा राजनीतिक दृष्टि से जितना आकर्षक लगता है, हमारे

लिए 'गरीबी' सामाजिक दृष्टि से उतनी ही सहज स्वीकार्य है। पश्चिमी पूंजीवादी मानस यह मानता है कि गरीब अपने निठल्लेपन की वजह से गरीब है तो हमारा मानस उसी गरीबी को निठल्लेपन से ही नहीं, पूर्व जन्म के पापों से भी जोड़कर देखता है। हमारी अमीरी को दूसरे की गरीबी से न किसी तरह का कोई कष्ट होता है और न उसे देखकर मन में कोई अपराधबोध होता या करुणा जागती है।

यही वजह है कि 21वीं सदी में भी हम लोग अपना यह और अगला जीवन सुधारने के लिए धार्मिक संस्थानों और अनुष्ठानों में भले ही उदारता से पैसा दे दें, किसी दूसरे का जीवन सुधारने के लिए पैसा देने का हमारे तथाकथित आधुनिक समाज में कोई रिवाज नहीं है। हमारे गरीबों की भलाई के लिए जो देसी-विदेशी संस्थाएं काम कर रही हैं उनमें ज्यादातर पैसा देसी नहीं, विदेशी दाताओं से मिलता रहा है। टाटा को छोड़ हमारे किसी भी पूंजीपति ने निर्धन समाज की भलाई के लिए उतने बड़े पैमाने पर पैसा नहीं दिया है जितना कि अमेरिका, जापान और यूरोप के पूंजीपति देते आए हैं। जब हमें गरीबी से कोई परेशानी नहीं तब उसे दूर करने की कोई लगन हममें हो ही कैसे सकती है? यही वजह है कि गरीबी दूर करने के आधुनिक समाजवादी और उत्तरआधुनिक नवपूंजीवादी दोनों ही तरीके हमने विफलतापूर्वक आजमाए हैं! किसी भी देश में गरीबी हटाने के लिए इतनी ज्यादा सरकारी योजनाएं नहीं बनीं जितनी कि भारत में। और कहीं भी वे उतनी बेअसर नहीं हुईं जितनी कि हमारे यहां। जैसा कि स्वयं राजीव गांधी ने प्रधानमंत्री की हैसियत से कहा था, हमारे यहां गरीबों की भलाई के लिए दिए हर सरकारी रुपये में से कुल 10 पैसा ही गरीब तक पहुंचता रहा। इसमें इतना और जोड़ना जरूरी है कि वह 10 पैसा भी उसी गरीब तक पहुंचा जो सत्ताधारियों के वोट बैंक का हिस्सा हो। यानी जो दस पैसा भ्रष्टाचार की भेंट नहीं चढ़ा वह 'गरीबपरवर माई-बाप' छाप राजनीति चलाने के काम आया।

कांग्रेस की छत्रछाया में हमारे यहां समाजवादी ढंग का एक ऐसा समाज पनपा जिसमें नेता और दफ्तरशाह समाजवाद को भ्रष्टाचार और अकुशलता का पर्याय बनाने में जुटे रहे। फिर नवपूंजीवादी दौर में स्वयं कांग्रेस 'आर्थिक सुधार' की यानी सरकारी फिजूलखर्ची रोकने और देसी-विदेशी पूंजीपतियों को तेजी से पनपने का पूरा मौका देने की नीति अपनाने पर मजबूर हुई। इसी नीति को आगे बढ़ाते हुए 'स्वदेशी-प्रेमी' भाजपा ने हमें कुछ और फील गुड कराया। हमें समझाया गया कि पैसे वालों को और ज्यादा पैसा कमाने की छूट देना सबके लिए अच्छा रहता है क्योंकि उनकी पैदा की हुई खुशहाली 'ट्रिकल डाउन' यानी टपकते-रिसते ठेठ नीचे के गरीबों तक पहुंचती है। लेकिन हमारे यहां नेताओं- दफ्तरशाहों ने आर्थिक सुधार को भी भ्रष्टाचार का पर्याय बनाकर दिखा दिया। चीन में आर्थिक सुधार के दस वर्षों

में ही शंघाई में नया हवाई अड्डा, ऊपर उठी हुई सड़कें, जमीन के नीचे चलती मेट्रो, चुंबकों के बल पटरी से ऊपर उठकर 430 किलोमीटर प्रति घंटा की रफ्तार से दौड़ने वाली रेल, फॉर्मूला वन कारों की दौड़ का मैदान और दलदल को भरकर एक जुड़वां औद्योगिक शहर पूदोंग बनाकर दिखा दिया गया और हमारे यहां दिल्ली में चंद फ्लाई ओवर भी नहीं बन पाए।

इसे देखते हुए हम यह मानने को मजबूर होते हैं कि हमारे यहां आर्थिक सुधार से जो भी खुशहाली ट्रिकल डाउन हुई वह भ्रष्ट लोगों के गुप्त बैंक खातों में ही पहुंची। हमने गरीबी हटाने के समाजवादी तरीके अपनाए या नवपूंजीवादी, उससे कुल मिलाकर सत्ताधारियों की अमीरी ही बढ़ती रही है। जानकार बताते हैं कि भ्रष्टाचार चीन समेत अन्य देशों में भी है लेकिन जितना निकम्मा किस्म का भ्रष्टाचार भारतीय तंत्र में है उतना उन देशों में नहीं जो भ्रष्टाचार के बावजूद आर्थिक प्रगति करते रहे हैं। ज्ञान-विज्ञान के क्षेत्र में बहुत आगे होने के बावजूद हमने अपने को उन भयंकर रूप से पिछड़े हुए अफ्रीकी देशों की श्रेणी में ला गिराया है जिनमें बस भ्रष्टाचार ही है, किसी तरह की कुशलता, कर्मठता और कर्तव्यपरायणता नहीं। भाजपाई फीलगुड के चुनाव में हारने के बाद कम्युनिस्टों के समर्थन से बनी कांग्रेसी सरकार ने 'गरीबी हटाओ' का नारा फिर से बुलंद किया है और इस सिलसिले में बड़ी-बड़ी सरकारी योजनाएं घोषित कर डाली हैं। एक छोटी-सी दिक्कत यह है कि उनके लिए पैसा कहां से लाया जाए। और हां, वह बड़ी-सी दिक्कत तो अपनी जगह बनी ही हुई है कि उस पैसे को गरीब तक कैसे पहुंचाया जाए?

(15 नवंबर, 2004)

अमेरिका : संयुक्त से वियुक्त राज्य

अमेरिकी चुनाव के नतीजों से जितने खुश प्रेसीडेंट बुश हैं उतने ही संतुष्ट हैं हार्वर्ड विश्वविद्यालय के प्रोफेसर हंटिंग्टन जिन्होंने चुनाव से ऐन पहले प्रकाशित अपनी पुस्तक *हू आर वी ?* में यह कहा था कि अपनी राष्ट्रीय पहचान के सवाल को लेकर अमेरिकियों में सांस्कृतिक दरार पड़ चुकी है और राष्ट्रीय अस्मिता का यह संकट राष्ट्रीय अस्तित्व के संकट का रूप ले सकता है। चुनाव के नतीजे उनकी इस स्थापना को सही साबित कर गए क्योंकि मत-विभाजन आर्थिक नहीं, सांस्कृतिक आधार पर हुआ। बुश की कट्टरपंथी ईसाइयत ने 'हमारी तरक्की से जलने वाले आतंकवादी मुस्लिम कट्टरपंथ' का भय दिखाकर उस उत्तर-आधुनिक उदारता को हरा दिया है जो चीजों को न राष्ट्रहित के नजरिये से देखना चाहती है और न बहुसंख्यक हित के। इस तरह हंटिंग्टन को लगातार दूसरी बार समसामयिक स्थिति का सही मूल्यांकन करने का श्रेय प्राप्त हुआ है।

इससे पहले सोवियत सत्ता के ध्वस्त होने पर जब उनके सहयोगी दक्षिणपंथी चिंतक फूकोयामा ने 'इतिहास की इति' की घोषणा करते हुए कहा था कि अब सारा संसार अमेरिकी पूंजीवादी लोकतंत्र अपना लेगा तब हंटिंग्टन ने कहा था कि नहीं अब 'सभ्यताओं की टकराहट' का दौर शुरू होगा जिसमें मुख्य रूप से ईसाइयत और इस्लाम की टक्कर का पुराना इतिहास दुहराया जाएगा। ओसामा और बुश की कृपा से उनकी वह स्थापना कुछ ही वर्षों में सही साबित होती नजर आने लगी थी। और अब ताजा चुनावों के नतीजों से लगता है कि अमेरिका में सांस्कृतिक गृहयुद्ध की-सी स्थिति पैदा हो जाने की पूरी आशंका है। बुश को उनका वोट मिला जो अपेक्षाकृत कम पढ़े-लिखे हैं, अपेक्षाकृत पिछड़े इलाकों के हैं और जिनकी जड़ें गांव-देहात और छोटे कस्बों में हैं। बुश का वोटर नित्य नियम से चर्च जाने वाला है और बाइबिल में उसका अटूट विश्वास है। ढोंग के स्तर पर ही सही, वह परंपरागत नैतिकता का कायल है इसलिए गर्भपात, चिकित्सा के लिए भ्रूणकोशों के उपयोग, अविवाहित मातृत्व, स्कूलों में यौन-शिक्षा और समलैंगिकता-जैसी चीजों के सख्त खिलाफ है। वह स्त्री की मुख्य भूमिका गृहिणी और मां के रूप में देखता है और स्त्री-पुरुष समानता को इस हद तक नहीं ले जाना चाहता है कि 'पारिवारिक जीवन बरबाद हो जाए।'

उधर केरी को उनका वोट मिला जो अगड़े इलाकों में रहते हैं, अपेक्षाकृत अधिक पढ़े-लिखे हैं और जिनकी जड़ें शहरों और कस्बों में हैं। केरी-समर्थक या तो चर्च जाता ही नहीं है और अगर जाता भी है तो बाइबिली नैतिकता सब पर थोप दिए जाने या ईसाइयत को देश का धर्म बना डालने के विरुद्ध है। बुश-समर्थक उन पर लानत भेजते हुए कहता है कि आपको सरकारी संस्थाओं और स्कूलों पर अपने

धर्म की तो छाया पड़ना तक नागवार गुजरता है लेकिन आप हमारे देश में ठाट की जिंदगी बसर करने के लिए आए काफिरों के धार्मिक-सांस्कृतिक अधिकारों की पैरवी करते नहीं थकते। उदाहरण के लिए आप चाहते हैं कि मुसलमानों के लिए हर दफ्तर में नमाज पढ़ने के लिए जगह और छुट्टी देने की व्यवस्था हो। केरी-समर्थक दमित या अल्पसंख्यक वर्गों को उनका हक दिलाने की बात करता है और स्त्रियों और समलैंगिकों को भी इस श्रेणी में शामिल करता है। वह स्त्री-पुरुष को पूरी तरह समान मानता है और आज की परिस्थितियों में समलैंगिक विवाह की या स्त्री-पुरुष के बगैर विवाह किए साथ रहने की छूट देना गलत नहीं मानता।

वह बाइबिली नैतिकता का केवल यौन-शुचिता के मामले में उपयोग किया जाना परले दर्जे का ढोंग मानता है और समझता है कि अपनी निजी जिंदगी में लोग-बाग आपसी रजामंदी से क्या करते हैं, इससे दूसरों को कोई सरोकार नहीं होना चाहिए। केरी-समर्थक दुनिया के दूसरे देशों को साथ लेकर चलने और पर्यावरण तथा अन्य मामलों में अंतर्राष्ट्रीय संधियां मानने के पक्ष में है उधर बुश-समर्थक 'मेरी बाइबिल अकाट्य' के साथ-साथ 'मेरा अमेरिका अन्यतम' में भी विश्वास करता है। उसे यह बहुत अजीब लगा कि केरी इराक युद्ध का महज इसलिए विरोध करने लगे कि कुछ बाहर वाले हमारा साथ नहीं दे रहे हैं। केरी की हार का एक कारण यह भी था कि ब्रिटेन के वामपंथी समाचारपत्र द *गार्जियन* ने अपने पाठकों से कांटे की टक्कर वाले राज्य ओहायो के मतदाताओं को केरी का समर्थन करने के लिए पत्र भिजवाए थे। इसकी प्रतिक्रिया में बुश-समर्थकों ने कहा, 'ब्रिटेन वाले यह न भूलें कि हमने दो सौ साल पहले उन्हें लात मारकर अपने यहां से निकाला था। दुबारा दखलंदाजी और दादागिरी करनी हो तो दुबारा लात खाने के लिए तैयार रहें।'

प्रसंगवश ओहायो ही वह राज्य था जिसका वोट बुश के हक में जाने पर केरी को हार स्वीकार करनी पड़ी। विडंबना है कि इसी राज्य में 'आउटसोर्सिंग' यानी कंप्यूटरों-कॉलसेंटरों वगैरह का काम सस्ते में विदेशों में कराने की नीति से सबसे ज्यादा लोग बेरोजगार हुए हैं और केरी 'आउटसोर्सिंग' के विरोधी हैं। यह इस बात का प्रमाण है कि मतदाताओं को बुश की आर्थिक नीतियों से बढ़ती गरीबी और बेरोजगारी उतनी नहीं खली जितनी कि उदारवादियों की 'बाइबिल विरोधी' सांस्कृतिक नीतियां। जानकार बताते हैं कि इस चुनाव में बुश की आर्थिक नीतियों से खुश लेकिन सांस्कृतिक नीतियों से परेशान खुशहालों ने केरी को वोट दिया और बुश की सांस्कृतिक नीतियों से प्रसन्न खस्ताहालों ने केरी के विरोध में वोट डाला। सांस्कृतिक पक्ष इतना प्रबल था कि स्त्रियों का जो वोट डेमोक्रेट को मिलता आया था इस बार बड़े पैमाने पर 'हमारे बच्चों को आतंकवाद से बचाए रखने और पारिवारिक जीवन को बनाए रखने में सक्षम' बुश को मिला। अधिक चिकित्सा-

सुविधा के लिए आतुर बूढ़ों का वोट केरी को मिलना चाहिए था लेकिन केरी उस फ्लोरिडा राज्य में ही हार गए जहां की लगभग 20 प्रतिशत आबादी 'सीनियर सिटिजन' है। अफ्रो-अमेरिकन वोट भी इस बार बुश को पहले से कहीं ज्यादा मिला क्योंकि अफ्रोअमेरिकन बिरादरी बाइबिल भक्त है और उसमें समलैंगिकता का सबसे अधिक विरोध है।

प्रसंगवश ओहायो समेत ग्यारह राज्यों में इस बार राष्ट्रपति चुनाव के साथ-साथ समलैंगिक विवाह के निषेध के लिए संविधान में संशोधन कराने के प्रस्ताव पर जनमत संग्रह भी कराया गया था और इन सभी राज्यों में इस प्रस्ताव और बुश दोनों के समर्थन में तगड़ा वोट पड़ा। एक्जिट पोल करने वालों का कहना है कि ओहायो जैसे राज्यों में मतदाताओं ने हमें बताया कि हमारे लिए नैतिकता का मसला ही सबसे बड़ा है। टिप्पणीकार ने ठीक ही कहा है कि बुश तो 'गन्स, गेज ऐंड गॉड' (बंदूकों, समलैंगिकों और खुदा) की बात करके चुनाव जीत गए। बुश-समर्थक मानते हैं कि अमेरिकी नागरिक को अपनी और अपने परिवार की रक्षा के लिए बेरोकटोक बंदूकें खरीदने का अधिकार है जबकि केरी-समर्थक और देशों की तरह अमेरिका में भी कड़ी लाइसेंस व्यवस्था लागू कराना चाहते हैं। बुश के शासनकाल के इन चार वर्षों में जनमानस पर कट्टरपंथी ईसाइयत की पकड़ कितनी मजबूत हो गई है कि सबसे उदार राज्य कैलिफोर्निया में भ्रूणकोशों के चिकित्सा-संबंधी शोधकार्य के लिए अनुमति देने के प्रस्ताव पर हुए जनमत संग्रह में आधे से कुछ ही कम मतदाताओं ने विरोध में वोट डाला। और सो भी तब जब वहां के गवर्नर अभिनेता श्वात्सनेजर ने बुश-समर्थक होने के बावजूद इस प्रस्ताव के पक्ष में प्रचार किया था। उदारतम अमेरिकी राज्य में लगभग आधे लोग धार्मिक नैतिकता को वैज्ञानिक आवश्यकता से बड़ा मानते पाए गए।

अमेरिकी आबादी का सांस्कृतिक विभाजन हो चला है। बिना पुलों वाली एक खाई है जिसके इस ओर अत्यंत उदार उत्तर-आधुनिक जनमानस है और उस ओर अत्यंत कट्टरपंथी मध्ययुगीन। दोनों पक्ष एक-दूसरे से नफरत करते हैं। बुश की जीत से उदार अमेरिकी स्तब्ध रह गए हैं और उनमें से बहुत से लगभग रोते हुए कह रहे हैं कि जिस देश के आधे से ज्यादा मतदाता इतने 'डंब' (भोंदू) हों उसमें अब और रहने का जी नहीं करता। कनाडा और न्यूजीलैंड-जैसे देशों में जा बसने की बात की जा रही है। जाहिर है कि बहुमत को भोंदू ठहराने और अन्य देशों को अपने देश से बेहतर ठहराने वालों के बारे में बुश-समर्थकों का कहना है, 'इसी से जाहिर होता है कि कट्टरपंथी हम नहीं, ये हैं और इन्हें अपने देश से जरा भी प्रेम नहीं है।'

हंटिंग्टन कट्टरपंथी ईसाइयत और उत्तर-आधुनिक बहु-संस्कृतिवाद दोनों को राष्ट्र की एकता के लिए खतरनाक मानते हैं। वह पुराने ढंग के दक्षिणपंथी हैं इसलिए

धर्मनिरपेक्षता को अमेरिकी लोकतंत्र की बुनियाद मानते हैं। तो राजनीति और प्रशासन में धर्म घुसाने वाला कट्टरपंथ उनके अनुसार न सबको स्वीकार हो सकता है और न आधुनिक अमेरिका की राष्ट्रीय अस्मिता का आधार बन सकता है। लेकिन 'एक राष्ट्र : अनेक संस्कृतियां' का उत्तरआधुनिक नुस्खा भी राष्ट्र की एकता को नहीं बनाए रख सकता। जो राष्ट्र अपने को कई संस्कृतियों का राजनीतिक समझौता और गठबंधन भर माने उसकी एकता में कोई दम नहीं होता। यह मानना कि इंसानियत के नाते तो अलग-अलग संस्कृतियों के लोग आपस में जुड़े ही रहते हैं एक सुंदर छलावा भर है। अमेरिका जैसे देश के लिए, जिसे बाहर से आए लोगों ने बसाया है और अब भी बसा रहे हैं, यह निहायत जरूरी था और है कि सभी किसी एक सांस्कृतिक धारा में शामिल होते जाएं। सन '60 के आस-पास तक अमेरिका में ऐसा हुआ भी क्योंकि जो भी यहां बाद में आया उसने उस 'वास्प' (व्हाइट एंग्लोसेक्सन प्रोटेस्टेंट) यानी आंग्ल-जर्मन मूल के गोरे प्रोटेस्टेंटों की संस्कृति अपना ली है जिन्होंने यूरोप की सामंतशाही और पोपशाही से मुक्ति पाने के लिए अमेरिका में एक नई दुनिया बसाई थी।

इस संस्कृति की विशेषताएं थीं—धार्मिक और वैचारिक स्वतंत्रता, व्यक्ति व्यक्ति में भेदभाव की समाप्ति, व्यक्ति के अधिकारों और समाज के प्रति कर्तव्यों में संतुलन, मिलकर बनाए कानूनों का आदर, पुरुषार्थ में विश्वास और अपने आचरण और तर्कों से दूसरे को अपनी बात का कायल बनाना। इन लोगों की भाषा थी अंग्रेजी जिसे अन्य यूरोपीय देशों और चीन से आए आप्रवासी भी अपनाते गए। सन '60 के आस-पास कई ऐसी बातें हुईं जिनसे अमेरिका को खुशहाल और ताकतवर बनाए रखने वाली 'वास्प' संस्कृति को चुनौती मिली। एक तो हिप्पी आंदोलन जैसे युवा-विद्रोहों ने 'काउंटर कल्चर' यानी सांस्कृतिक मुख्यधारा से उल्टी दिशा में जाने का फैशन चला दिया। दूसरे गैर-यूरोपीय देशों के लोगों के अमेरिका में आ बसने की राह से कानूनी अड़चनें हट गईं। हवाई यात्राओं और दूरसंचार के सुगम साधनों के इस दौर में उनके लिए अपने मूल देश, भाषा और संस्कृति से जुड़े रहना बहुत आसान था इसलिए वे दोहरी नागरिकता वाली मनः-स्थिति में रह सके और अमेरिका में अपने-अपने उप-राष्ट्र बनाने लगे। उदारवा-दियों ने अल्पसंख्यकों के अधिकार और इंद्रधनुषी संस्कृति के नाम पर उनकी इस प्रवृत्ति को बढ़ावा दिया।

तीसरे नेताओं ने वोटों की खातिर नए आप्रवासियों के इस रवैये का कोई विरोध नहीं किया। उन्होंने यह मांग स्वीकार कर ली जहां भी किसी भाषा को बोलने वाले बच्चों की 30 प्रतिशत संख्या हो वहां उन्हें अपनी भाषा में शिक्षा पाने का अधिकार मिले। इससे कैलिफोर्निया जैसे राज्यों में इस्पहानी को उतना ही महत्त्व मिल गया

जितना कि अंग्रेजी को। अगर अंग्रेजी सबकी भाषा और वास्प संस्कृति सबकी संस्कृति नहीं रही तो अमेरिका अमेरिका नहीं रह जाएगा। भले ही हंटिंग्टन साफ-साफ ऐसा न कह रहे हों, उन्हें कैथलिक संस्कृति मानने और इस्पहानी बोलने की जिद करने वाले अमेरिका की महानता और अखंडता को आंच पहुंचाने वाले लग रहे हैं। इसलिए उनकी पहली पुस्तक की तरह इस पुस्तक की आलोचना करते हुए कहा जा सकता है कि वह सड़कछाप इंसान की गई-गुजरी भावनाओं को बौद्धिक आधार देकर भड़काने वाले खतरनाक चिंतक हैं लेकिन दो बातों से इनकार नहीं किया जा सकता। पहली, यह कि वे गई-गुजरी भावनाएं 21वीं सदी के ग्लोबल गांव में भी बदस्तूर बनी हुई हैं। दूसरी, यह कि साम्यवाद के धराशायी हो जाने के बाद कोई ऐसा विकल्प निकला नहीं है जो सारी मानवता को किसी एक सपने से जोड़ सके। इसलिए इस बात का पूरा खतरा है कि बुश और ओसामा वाले इस दौर में अमेरिका ही नहीं, सारी दुनिया कट्टरपंथ और कबायली संस्कृति की ओर लौटने लगे।

(22 नवंबर, 2004)

ग्लोबल गांव का सांस्कृतिक संकट

पिछले अंक में अमेरिकी दक्षिणपंथी चिंतक हंटिंग्टन की इस स्थापना का जिक्र किया था कि अगर अमेरिका में बाहर से आकर बसने वाले लोग अपनी पुरानी भाषा-संस्कृति भुलाकर आधुनिक अमेरिका के संस्थापकों की अंग्रेजी भाषा और प्रोटेस्टेंट संस्कृति नहीं अपनाते रहे तो अमेरिका खत्म हो जाएगा। इसमें इतना और जोड़ दूं कि ज्यादातर पश्चिमी अमेरिकी प्रोटेस्टेंट संस्कृति को आधुनिकता का जनक बताते हुए उसका सारे संसार में वर्चस्व होना मानवता के सुखद भविष्य के लिए आवश्यक ठहराते हैं। दूसरे विश्वयुद्ध के बाद भाषा और संस्कृति का यह सवाल तीन कारणों से राजनीतिक-सामाजिक बहस के केंद्र में आ गया। पहला यह कि साम्राज्यवाद के पतन के बाद तीसरी दुनिया के लोग अपनी अलग भाषागत और सांस्कृतिक पहचान के बारे में अधिक सजग हो गए। लेकिन इस मामले में उनका जोश उतनी ही तेजी से ठंडा पड़ता चला गया जितनी तेजी से नई प्रौद्योगिकी ने पूरे ग्लोब को एक विराट गांव बना डाला। ग्लोबल गांव बन जाने पर उसे चलाने के लिए किसी अंतर्राष्ट्रीय कायदे-कानून की ही नहीं, सर्वमान्य भाषा-संस्कृति की भी आवश्यकता महसूस हुई। दूसरे विश्वयुद्ध से पहले ब्रिटेन का तथा बाद में अमेरिका का बोलबाला रहने के कारण अंग्रेजी सहज ही विश्वभाषा बनती चली गई। अर्थव्यवस्था में पश्चिम का बोलबाला होने के कारण 'जिसका पैसा उसकी संस्कृति' के सिद्धांत के अनुसार पश्चिमी, खासकर अमेरिकी संस्कृति ग्लोबल गांव पर छाने लगी।

इससे राष्ट्रवादियों को जितना दुख हुआ ग्लोबल गांववादी अमेरिकियों को उतना ही संतोष मिला। उनके लिए अगर भाषा की एकरूपता उड्डयन, संचार और वाणिज्य-व्यापार जैसे काम-काजों के लिए सुविधाजनक है तो सांस्कृतिक एकरूपता पश्चिमी वर्चस्व वाली अंतर्राष्ट्रीय संस्थाओं की रीति-नीतियों की स्वीकृति और अमेरिकी वर्चस्व वाली बहुराष्ट्रीय कंपनियों के माल की खपत की दृष्टि से लाभप्रद। हर भाषा किसी खास संस्कृति से जुड़ी रहती है इसलिए ग्लोबल गांव में अंग्रेजी का बोलबाला होने से अन्य भाषाओं से जुड़ी संस्कृतियां बेजान होती चली गईं। उधर बहुराष्ट्रीय कंपनियों का मीडिया पश्चिमी संस्कृति के प्रचार-प्रसार का अथक प्रयत्न करता रहा। उसके जवाब में सांस्कृतिक कट्टरपंथ शुरू हुआ और तनाव की स्थिति बनी।

अब लें सांस्कृतिक संकट का सबसे बड़ा कारण : तीसरी दुनिया के लोगों का बड़े पैमाने पर अमेरिका और संपन्न यूरोपीय देशों में जा बसने का सिलसिला शुरू हो जाना। इन बाहर वालों को बसने इसलिए दिया गया कि इन अमीर देशों में आबादी घटते चले जाने के कारण तमाम तरह के कामों के लिए समर्थ हाथों की

कमी महसूस हो रही थी। इनमें से कुछ बहुत ज्यादा सफल होने के तो कुछ बेरोजगारी भत्ते पर ऐश करने के कारण मूल-निवासियों की आंखों में खटकने लगे। जब इन लोगों की आबादी मूल-निवासियों से कहीं ज्यादा तेजी से बढ़ने लगी तब इनकी अलग पहचान और उससे जुड़ी इनकी मांगें मूल निवासियों को देश और समाज की एकता के लिए घातक नजर आने लगीं। यह बात जहां हंटिंग्टन जैसे दक्षिणपंथी चिंतकों ने दोटूक शब्दों में कही वहां आर्थर श्लेसिंगर जूनियर जैसे पुराने ढंग के वामपंथियों ने आधुनिकता के तकाजे के रूप में पेश की। इस बात को नस्लवादी कहकर खारिज कर देने से पहले हमें यह देखना होगा कि क्या अलग भाषा और अलग संस्कृति के दावे राष्ट्रीय एकता के लिए सचमुच खतरनाक हैं?

इसमें संदेह नहीं कि भाषा को लेकर भड़काऊ किस्म की अलगाववादी राजनीति की जा सकती है। पाकिस्तान में मुझे बहुत से बुजुर्ग मुसलमानों से यह सुनने को मिला कि अगर यूपी-बिहार के हिंदू उर्दू को मुसलमानों की भाषा बताकर अस्वीकार न करते तो शायद विभाजन की नौबत न आती। तो अगर अमेरिका के आपस में जुड़े हुए कुछ राज्यों में इस्पहानी बोलने वालों की संख्या बहुत ज्यादा बढ़ जाने पर यह चिंता की जाती हो कि आगे कभी वह अलग देश बनाने या ज्यादा से ज्यादा स्वायत्तता पाने की मांग वैसे ही करेंगे जैसे कनाडा के फ्रांसीसीभाषी करते रहे थे तो उसे गलत नहीं ठहराया जा सकता। रही अलग संस्कृति तो अगर उसकी दावेदारी करने वाले लोग थोड़े-से ही हों और किसी एक क्षेत्र तक सीमित हों तो उन्हें उसकी छूट देने में कोई परेशानी नहीं होती। अमेरिका में ही गोरों द्वारा मार दिए जाने के बाद जो थोड़े-से मूल-निवासी बचे थे उन्हें संरक्षित क्षेत्रों में अपनी अलग सांस्कृतिक दुनिया बसाए रखने की छूट दे दी गई थी। यह बात अलग है कि आज उसका उपयोग वे सिगरेट टेक्स-मुक्त करके सस्ते में बेचने और जुआघर चलाने में कर रहे हैं!

लेकिन अगर अल्पसंख्यक समुदाय खासा बड़ा हो और देश में हर कहीं फैल गया हो तो उसकी 'हमारे लिए अलग छुट्टियां हों, हमारे बच्चों को धार्मिक शिक्षा देने की व्यवस्था की जाए, हमें अपने धर्मसम्मत कपड़े पहनने दिए जाएं'- जैसी मांगों के चलते सामाजिक तनाव बढ़ने लगते हैं। खासकर तब जबकि अपनी बढ़ती आबादी और अपनी अलग सांस्कृतिक पहचान की बाढ़ में बहुसंख्यकों की मांग को डुबाती नजर आती है। ब्रिटेन में बहुत से लोग इसीलिए दुखी हैं कि भक्तों के अभाव में बंद हो चुके गिरजों में हिंदुओं ने मंदिर और मुसलमानों ने मस्जिदें बना ली हैं! आप्रवासियों की कुछ सांस्कृतिक मांगें इसलिए भी खलती हैं कि वे आधुनिकता-विरोधी लगती हैं। जैसे ब्रिटेन में इधर अनेक आधुनिक मुस्लिम तरुणियों ने बुर्का पहनना शुरू कर दिया है और उन्हें इस बात पर बहुत आपत्ति है कि बुर्के को सुरक्षा

की दृष्टि से खतरनाक ठहराकर हमसे हर कहीं बुर्का उतारने को कहा जाता है। जब इनमें से एक से बीबीसी के संवाददाता ने पूछा कि आप जिस आधुनिक समाज में रह रही हैं उसके नियमों से तालमेल क्यों नहीं बैठातीं तब वह बोली कि हमसे ही एडजस्ट करने को क्यों कहा जाता है, आप हमसे क्यों नहीं एडजस्ट करते?

स्वाभिमान के इसी स्वर में यह भी पूछा जा सकता है कि क्या आप अपनी पूंजीवादी संस्कृति की पैरवी अपने पुराने साम्राज्यवाद को एक सांस्कृतिक-आर्थिक रूप देकर दुनिया पर थोप देने के लिए नहीं कर रहे हैं? स्वाभिमान और अपनी पहचान की रक्षा निस्संदेह जरूरी है लेकिन क्या पश्चिमी पूंजीवादी संस्कृति का जवाब धार्मिक कट्टरपंथ ही है? हम ब्रिटेन की एक वकील साहिबा से सहमत हो सकते हैं कि पश्चिमी संस्कृति स्त्री को सेक्स का खिलौना बनाकर बेइज्जत करती है। लेकिन क्या स्त्री को सम्मान दिलाने का यही तरीका है कि उनकी तरह बुर्का पहना जाए और मर्दों से किसी ओट में रहकर बात की जाए? प्रसंगवश इन वकील साहिबा ने बुर्का पहनना ओसामा के जिहाद के खिलाफ बुश का क्रूसेड बोलने पर शुरू किया था। ग्लोबल गांव का असली सांस्कृतिक संकट यही है कि उसमें सबकी भागीदारी वाली किसी समतावादी और न्यायोचित संस्कृति के विकास का नहीं, निरंकुश पूंजीवाद और निर्मम धार्मिक कट्टरपंथ का दौर शुरू हो गया है। सांप्रदायिक दंगे संसार के उदारतम देश हॉलैंड तक में हो रहे हैं।

(29 नवंबर, 2004)

रंगदारी का राजनीतिक अर्थशास्त्र

मीडिया गवाह है कि हिंदी में देश–दुनिया के समाचार बड़ी दिलचस्पी से सुनने–पढ़ने वाले सबसे ज्यादा लोग बिहार में हैं। देश–दुनिया के लिए बड़े दिलचस्प, भले ही अक्सर दिलदुखाऊ भी, समाचार जुटाने के मामले में भी बिहार ही अव्वल है। पिछले दिनों से वहां का दिलदुखाऊ ढंग से दिलचस्प यह समाचार मिला कि पटना के प्रख्यात डॉक्टर अग्रवाल की दीवाली के दिन इसलिए हत्या कर दी गई कि उन्होंने जेल में बंद सुरक्षासिंधु बिंदु सिंह को रंगदारी न देकर पुलिस संरक्षण मांगा। इस चेष्टा को इच्छामृत्यु की उत्कंठा का संकेत मानकर बिंदु सिंह और साथियों ने अपने लक्ष्मीपूजन के रंग में भंग डालने वाले डॉक्टर अग्रवाल को गोली से उड़ा देने के बाद रंगदारी में टालमटूल करने वाले अन्य डॉक्टरों से फोन पर कहा कि 'हम डॉक्टर अग्रवाल को मार दिए हैं, आप लोग थोड़ी देर में टीवी न्यूज में देख लीजिएगा।'

आप पूछिएगा कि यह 'रंगदारी' क्या बला है। कोश में तो यह शब्द कहीं मिलता नहीं! तो जान लिया जाए कि कभी 'रंग दिखाने' का मतलब आतंक जमाना भी हुआ करता था इसलिए रंगदारी वह रकम है जो किसी आतंकप्रद व्यक्ति को आप जान–माल की हिफाजत के लिए बतौर बीमा देते रहने को बाध्य हों। अब आप पूछिएगा कि रंगदारी की महामारी की चपेट में बिहार के डॉक्टर ही क्यों आ रहे हैं। तो जान लिया जाए कि तगड़ी रंगदारी दे सकने वाला और जितना भी मारवाड़ी–टारवाड़ी दुकानदार–व्यापारी–ठेकेदार–उद्योगपति था सो इस बीच अपनी दुकान बढ़ाकर बिहार से कूच कर गया है। उनकी दुकानें, उनका धंधा ऐसे लोगों ने संभाल लिया है जिनकी ऊपर तक पहुंच है या जो स्वयं आतंकप्रद व्यक्तित्व के धनी हैं। डॉक्टरों का ऐसा है कि बिहार में तगड़ी कमाई कर रहे हैं इसलिए बिहार छोड़कर कहां जा सकते हैं।

मुझे याद आ रहा है बिहार के किसी पत्रकार से सुना हुआ एक किस्सा। एक बड़े नेता ने मुजफ्फरपुर के मशहूर डॉक्टर को अपनी बेटी के इलाज के लिए पटना बुलवाया। रास्ते में उस डॉक्टर की गाड़ी उसी नेता के एक बूथलूटू भगत ने इसलिए छीन ली कि उसने रंगदारी नहीं दी थी। जब नेता को इस घटना का पता चला तो उसने अपने उस भगत को फौरन अपने दरबार में तलब किया। भगत आया, उसने नेताजी की फटकार चुपचाप सिर झुकाकर सुन ली। लेकिन जब उससे गाड़ी लौटाने को कहा गया तो उसने निगाहें उठाईं और हाथ जोड़कर कहा, 'गाड़ी तो हम इनकी लौटा देंगे सरकार लेकिन पहले जरा हमरी दिहाड़ी दिला दी जाती, नहीं तो हम गरीब के घर के चूल्हे पर आज मुर्गा नहीं चढ़ सकेगा। इनसे नहीं लेते, आपहि दे दीजिए।' नेता ने उसकी पीठ पर प्रेम से धौल जमाया और चमचा इन चीफ से कहा,

'ए जी, ई जोकर को पांच-दस हजार देकर दफा करो। और इससे कहो कि आइंदा डॉक्टर साहब को परेशान न करे।'

क्षमाप्रार्थी हूं कि एक नृशंस हत्याकांड के संदर्भ में टिप्पणी करते हुए मेरी लेखनी हास्य-व्यंग्य की ओर भटक रही है। किंतु इस विडंबना का क्या करें कि हिंदी में गंभीर और विचारोत्तेजक साहित्य तथा पत्र-पत्रिकाएं खरीदकर पढ़ने वाले सबसे ज्यादा लोग जिस बिहार में बसते हैं उसी की नेता-बिरादरी हिंदी हास्य-व्यंग्य के लिए कच्चे खनिज के सबसे बड़े सप्लायर की भूमिका निभाती रही है। हाल के वर्षों में तो बिहार से व्यंग्य का ऐसा कच्चा माल सप्लाई हो रहा है जिसका शोधन कर सकना 'सत्यम्-शिवम्-सुंदरम्, चेकम्-शालम्-श्रीफलम्, बढ़िया पोस्ट, तगड़ी इनकम' भजने वाली हिंदी साहित्यिक बिरादरी के बस का है नहीं। अब जैसे यही लें कि डॉक्टर अग्रवाल की हत्या के बाद भी सुरक्षासिंधु धनाढ्य बंधु बिंदु सिंह जी की ओर से रंगदारी देने की मांग प्रस्तुत की जाती रही। उनके प्रवक्ता अग्रवाल परिवार को फोन करते रहे, 'हम डॉक्टर साहब को मार तो दिए हैं मगर हमरा पैसा तो अब भी फंसा हुआ है। अरे ज्यादा नहीं तो हत्या कराए में हमरा जो खर्च हुआ है वह तो दीजिए न आप।' यह वास्तविकता जिस वीभत्स व्यंग्य की मांग करती है उसकी हमारे यहां कोई परंपरा नहीं है। शायद इसीलिए हमारा मीडिया बिहार की घटनाओं को या तो इस तरह पेश करता है मानो बिहार में हंसते-हंसते लोटपोट करा देने वाला कोई प्रहसन खेला जा रहा हो या ऐसे मानो बिहार बाकी देश से अलग कोई जगह हो।

बिहार को प्रहसन के रूप में प्रस्तुत करना मीडिया को इतना प्रिय है कि उसने लालू यादव को राजनीति में वही दर्जा दे डाला है जो कभी हिंदी फिल्मों में महमूद का होता था। तमाम समाचार चैनल उन्हें अपने खास अंदाज और लहजे में हिंग्लिश में 'अलबत्त' बातें बोलता दिखाकर अपनी रेटिंग बढ़ाने की कोशिश करती हैं। मीडिया ने लालू को एक देहाती किस्म का मसखरा ठहराने की कोशिश की तो लालू ने उसे ही अपनी ब्रांड इमेज बना लिया। अपने दल की सभाओं में तो उन्होंने अपने को उस रूप में और भी ज्यादा पेश किया और साथ ही तमाम पिछड़ों की तरफ से अंग्रेजीदां शहरी अगड़ों पर प्रहार करने वाले ताली-तलब डायलॉग बोलने शुरू किए। तो जैसे बिहारी बाबू शत्रुघ्न सिन्हा की डायलॉग डिलीवरी की भाजपा में बहुत मांग हुई थी वैसे ही लालू की डायलॉग-डिलीवरी की कांग्रेस की जनसभाओं में होने लगी। लालू की शख्सियत एक लोकप्रिय ब्रांड बन चली जिसका सबूत यह है कि मुंबई के एक दिग्दर्शक ने बाकायदा लालू जी का आशीर्वाद लेकर अपनी फिल्म का नाम ही *पद्मश्री लालू प्रसाद यादव* रख छोड़ा है।

अगर बिहार की दर्दनाक घटनाओं को एक प्रहसन मानना खराब है तो बिहार

को एक बीमारू प्रदेश और बिहारियों को जातिवाद, जुगाड़ और हेराफेरी के उस्ताद ठहराना बदतर। बिहारियों की कुछ ऐसी छवि बना दी गई है कि जब छोटी उम्र में विज्ञान की ऊंची परीक्षाएं पास करने वाले तथागत को मेधावी छात्रों के साथ विदेश में भारत का प्रतिनिधित्व करने के लिए चुना गया तब एनसीईआरटी वालों ने नाक-भौं सिकोड़ी और बाद में मीडिया से यह प्रचार कराया कि वह लड़का और उसका बाप दोनों महत्त्वाकांक्षी फ्रॉड हैं। लेकिन कुछ ही महीने पहले मैंने अमेरिकी पत्र-पत्रिकाओं में पढ़ा कि इधर तथागत के जो शोध पत्र छपे हैं उनकी वैज्ञानिक हलकों में बहुत धूम है।

आर्थिक-सामाजिक रूप से तबाह होते बिहार से जो लोग शिक्षा या रोटी-रोजी की तलाश में देश के अन्य क्षेत्रों में पहुंचते रहे हैं वे अपनी कर्मठता और योग्यता के बूते ही आगे बढ़े हैं। न बिहार में कोई खोट है, न बिहारियों में। बात इतनी ही है कि वहां की राजनीति ने और क्षेत्रों से कहीं पहले यह जान लिया था कि इस अर्द्धसामंती देश में आधुनिक मध्यमवर्गीय मुखौटा पहने रहना सत्ता पाने और बने रहने के लिए गैरजरूरी है। जरूरी है जातिवाद, बाहुबल, सरकारी खजाने की लूट और प्रशासन तथा राजनीति का अपराधीकरण। इस रहस्य को समझकर अन्य राज्य भी लालू की प्रतिमूर्तियां पैदा करने लगे हैं। आज से कोई 30 साल पहले मैंने अपने व्यंग्य पात्र *नेता जी* के मुंह से कहलवाया था कि आज पटना जो सोच रहा है कल डेलही सोचबे करेगा। वह भविष्यवाणी सही हो रही है। आखिर लालू और आपराधिक छवि वाले उनके कुछ साथी अब पटना में नहीं, डेलही में विराजमान हैं।

(6 दिसंबर, 2004)

हिंदुत्ववाद : बिना पोप, नो होप!

जिस देश में अपराधी नेता राजनीति के राजमार्ग पर स्वस्थ-मस्त सांड़ों की तरह निर्भय विचरण करने लगे हों उसमें कांचीपीठ के शंकराचार्य को गिरफ्तार करने, उनकी जमानत न होने देने और उन पर मीडिया-मुकदमा चलाने में तमिलनाडु पुलिस ने जो तत्परता दिखाई है वह जितनी विचित्र है, उतना ही दुखद है विहिप के गर्जन-प्रवीण प्रवक्ता तोगड़िया का इस संदर्भ में यह पूछना कि क्या कोई भी सरकार किसी पोप या इमाम को जेल में डाल सकती थी? इस प्रश्न में यह बयान निहित है कि उस स्थिति में तो उनके धर्म से जुड़े लोग बलवा कर बैठते। यह लानत भी निहित है कि धिक्कार है नपुंसक हिंदुओ! कि तुम अपने धर्म का ऐसा अपमान सहन कर रहे हो। दोनों बातों को साथ रखकर देखें तो इसमें यह अफसोस भी निहित है कि हिंदू इन मामलों में ईसाइयों और मुसलमानों जैसे क्यों न हुए।

सुनता हूं कि हिंदुत्व-विरोधी इतिहासकार रोमिला थापर को आशंका थी कि इस गिरफ्तारी पर बलवा होगा और हिंदुत्ववादियों की शक्ति बढ़ेगी। अपने समाज और अपने धर्म के बारे में यह अज्ञान क्षम्य है। लेकिन मेरे लिए यह बड़ी हैरानी का विषय है कि चीखने-चिल्लाने वाले तोगड़िया जी से लेकर तोल-तोलकर बोलने वाले आडवाणी जी तक सभी हिंदुत्ववादी यह आशा करते थे और हैं कि हिंदू समाज कांचीपीठ के शंकराचार्य की गिरफ्तारी को अपने धर्म का अपमान मानेगा। क्या वे इतना भी नहीं जानते कि हिंदू धर्म की विशेषता ही यह है कि उसमें किसी को पोप या इमाम वाला दर्जा मिल नहीं सकता। आध्यात्मिक और सांसारिक मामले उसमें बिल्कुल अलग-अलग रखे जाते हैं। शंकराचार्य बनने वाला संन्यासी होता है और संन्यासी वह होता है जो संसार से नाता तोड़ चुका होता है।

हिंदू परंपरा संन्यासियों और साधु-संतों का आदर करना तो सिखाती है लेकिन साथ ही हर गृहस्थ को वह यह नेक सलाह भी देती है कि इन महानुभावों को यथासंभव भिक्षा देकर मुख्य द्वार से ही सम्मानपूर्वक विदा कर दे। साधु-संतों और संन्यासियों से हिंदू परंपरा यह अपेक्षा रखती है कि वे अपने प्रवचन आध्यात्मिक विषयों तक ही सीमित रखेंगे। इसलिए वे किसी पोप या इमाम की तरह न फतवे दे सकते हैं और न हिंदू समाज उनकी बात मानने के लिए बाध्य समझा जा सकता है। और तो और वे अमेरिका में बुश के हक में वोट डलवाने वाले कट्टरपंथी प्रोटेस्टेंट पादरियों की तरह अपने श्रोताओं के नैतिक-राजनीतिक सोच को भी प्रभावित नहीं कर सकते क्योंकि आध्यात्मिक विमर्श में राजनीति तो दूर, सामुदायिक विमर्श तक के लिए कोई गुंजाइश नहीं बनती।

विहिप-भाजपा अपने शेखचिल्लीपन में एक पीठ विशेष के शंकराचार्य को

हिंदुओं के लिए पोप क्या श्रीराम जितना आराध्य बनाए दे रहे हैं और इस कपोल-कल्पना में खो गए हैं कि इस अपमानजनक मसले को उठाकर हम हिंदू वोट को अपने पक्ष में वैसे ही संगठित कर सकेंगे जैसे कि 'राम मंदिर तोड़कर बनाई बाबरी मस्जिद' का अपमानजनक मसला उठाकर पहले कर पाए थे। लेकिन तब 'एक यवन हमलावर द्वारा हमारे आराध्य श्रीराम की जन्मभूमि में मंदिर को तोड़कर बनी मस्जिद' का ऐसा मसला उठाया गया था जिसको लेकर भावनाएं भड़काना आसान था। लेकिन यहां शंकराचार्य की गिरफ्तारी किसी यवन ने नहीं, उस चौबीस कैरेट ब्राह्मणी जयललिता ने करवाई है जो पिछले चुनावों में भाजपा के साथ रहीं और जिन्होंने इन्हीं शंकराचार्य की सलाह पर धर्म-परिवर्तन के विरुद्ध कानून बनाने का हिंदुत्ववादी संकल्प पूरा किया था।

अगर शंकराचार्य की हिंदुओं में वही हैसियत होती जो कैथलिकों के पोप की तो जयललिता उन्हें गिरफ्तार करवाने का राजनीतिक जोखिम क्यों उठातीं? क्या हिंदुत्ववादी यह मानने लगे हैं कि तमिलनाडु में बहुसंख्यक आबादी हिंदुओं की नहीं है? क्या उनसे यह छिपा हुआ है कि यह गिरफ्तारी जयललिता के लिए कोई राजनीतिक लक्ष्य सिद्ध कर सकती है तो यही कि बिल्कुल पिछड़ी और दलित जातियों का वोट अन्नाद्रमुक को मिल सके? निश्चय ही हिंदुत्ववादी यह तो नहीं सोचते होंगे कि पिछड़ी और दलित जातियां हिंदू हैं ही नहीं! इससे याद आया कि हिंदू समाज में नैतिक-राजनीतिक सोच मठाधीश नहीं, जाति-पंचायतें अलबत्ता प्रभावित करती आई हैं। इसीलिए मंडल कमंडल पर भारी पड़ सका है। स्वयं भाजपा हर जगह किसी जिताऊ जाति-समीकरण की तलाश में रहने लगी है।

भारतीय पुनर्जागरण के दौर के हिंदू-विमर्श में इस बात पर बहुत अफसोस जाहिर किया जाता रहा था कि हम लोग तो जाति के आधार पर बंटे हुए हैं लेकिन मुसलमान और ईसाई धर्म के आधार पर एकजुट हैं। इसीलिए इन अपेक्षाकृत आधुनिक और सामाजिक दृष्टि से समतावादी तथा आडंबरविहीन नए धर्मों की चुनौती मिलने पर तब के हिंदू नेताओं ने यह महसूस किया था कि जातिप्रथा, छुआछूत, कर्मकांड और पाखंड को खत्म किए बगैर हिंदू समाज आगे नहीं बढ़ सकता। इसके साथ ही उन्होंने हिंदू धर्म की उदारता, सहिष्णुता और बहुरंगी संस्कृति की स्वीकृति को सच्ची आधुनिक धर्मनिरपेक्ष जीवन-दृष्टि से जोड़कर देखने और दिखाने का यत्न भी किया। हिंदू धर्म की इस अच्छाई पर जोर देकर उन्होंने समाज को बिल्कुल सही दिशा दी।

शुरू-शुरू में ब्राह्मण नेतृत्व के बावजूद राष्ट्रीय स्वयंसेवक संघ ने भी यही सुधारवादी तेवर अपनाया। लेकिन अंततः उसने हिंदुओं को स्वामी दयानंद के आर्यसमाज या स्वामी विवेकानंद के रामकृष्ण मिशन जैसी कोई संस्था न देकर विश्व

हिंदू परिषद दी जो हिंदू समाज की कमजोरियों से लड़ने की जगह विधर्मियों के विरुद्ध लड़ाई छेड़कर हिंदू समाज को शक्तिशाली बनाना चाहती है। जिसे दुख है कि हमारे यहां कोई ऐसा पोप या इमाम नहीं होता जिससे हम राजनीतिक-सामाजिक फतवे अपने पक्ष में दिलवा सकें। जिसे मलाल है कि हमें सांप्रदायिक राजनीति एक ऐसे धर्म के बूते पर करनी पड़ रही है जिसमें यह संभव ही नहीं कि हम कह सकें या किसी से कहलवा सकें कि जो ऐसा-ऐसा नहीं मानता वह नरक के लिए अभिशप्त शैतान का शागिर्द है और हमारी घृणा तथा शत्रुता का पात्र है।

विहिप हिंदुओं से कह रही है कि मरने-मारने और तोड़ने-रौंदने वाले कट्टरपंथी बनो जबकि बुशों-ओसामाओं से त्रस्त ग्लोबल गांव में आज सहिष्णुता, उदारता और बहुसंस्कृतिवाद अत्यंत आवश्यक और महत्त्वपूर्ण हो चला है। ग्लोबल गांव में दूसरा बड़ा संकट अर्थव्यवस्था पर पश्चिम के वर्चस्व और अमीरों-गरीबों के बीच बढ़ती खाई का है लेकिन यहां भी स्वदेशी का नारा देने वाली आरएसएस ने हमें आर्थिक सुधारवादी भाजपा दी है। कसरत-कवायद और जन्मभूमि की वंदना करने और गांवों-गलियों की धूल फांकने वाले अनुशासित स्वयंसेवकों की जगह उसने पार्टी के लिए चंदा वसूलने और तीसरे पृष्ठ की शोभा बढ़ाने वाले दूसरी पंक्ति के भाजपाई नेता दिए हैं। हिंदू समाज में क्रांतिकारी चेतना फूंक सकने वाले किसी समर्पित नेता की जगह ऐसे तोगड़िया दिए हैं जो टीवी कैमरे के सामने यह सिद्ध करने में जुटे रहते हैं कि गरजने-बरसने में हम किसी ओसामा से कम नहीं। 'गर्व से कहो कि हम हिंदू हैं' का नारा देने वालों ने हिंदू पुनर्जागरण की त्रासद-हास्यास्पद परिणति करा दी है कि शर्म से सिर झुक जाता है।

(13 दिसंबर, 2004)

अथ राजा भोंदूबक्सा संतति

यह देखकर आश्चर्य होता है कि हमारा मीडिया कितनी तेजी से अमेरिकी तेवर अपना रहा है। हमारे यहां भी किशोर और युवा पीढ़ी के लिए अब नए तरह के सोप और अन्य कार्यक्रम बनने लगे हैं जिनके पात्र 'ग्लैमर' के लिए 'क्लैमर' करते हैं और रोमांस में सेक्स का रोमांच जरूरी समझते हैं। एक गेम शो में प्रतियोगी लड़कियों से किसी 'सैलिब्रिटी' मर्द का और लड़कों से स्त्री का दिल जीतने के लिए अपने लटके-झटके दिखाने के लिए कहा जाता है तो एक अन्य शो में प्रतियोगी जवां मर्द आमंत्रित किशोरियों के सामने अपना-अपना जल्वा दिखाते हैं कि मुझे 'मोस्ट डिजायरेबल' मान लें।

और तो और, ज्ञान-विज्ञान और समाचारों के नाम पर भी सेक्स और ग्लैमर परोसा जाने लगा है। मीडया को 'मॉड' बनाने के मामले में पहल करने वाले टाइम्स समूह की नई यूथ चैनल 'जूम' में मैंने एंकरों के एक रसीले जोड़े को 'टंग' उर्फ रसना उर्फ जीभ से प्रेमी अथवा प्रेमिका का स्वाद लेने की विधि बताते हुए सुना। विश्वास करना चाहिए कि शीघ्र ही 'विज्ञान के अंतर्गत' वह सूचना देगा कि क्रिसमस सेल में ऐसा जुड़वा मोबाइल फोन-वाइब्रेटर मिल रहा है जो मोबाइल पर प्रेमी का संदेश आते ही कामोत्तेजक मालिश शुरू कर देता है। इससे याद आया कि हमारे मीडिया ने किसी किशोर छात्र द्वारा अपने कैमरायुक्त मोबाइल से मित्र छात्रा के साथ काम-क्रीड़ा के अश्लील चित्र खींचने और प्रसारित करने की खबर को बहुत उछाला।

जी हां, अब हमारी खबरिया चैनलें भी सेक्स और अपराध पर विशेष ध्यान देने लगी हैं। इधर मुझे दो-दो चैनलों के खुफिया कैमरे से लैस खोजी पत्रकार यह 'सनसनीखेज खुलासा' करते नजर आए कि अमीरजादियां भी जिस्म बेचने के धंधे में आ रही हैं क्योंकि उसमें बिना लागत-मेहनत तगड़ी कमाई होती है और पांचसितारा जीवन का बोनस मिलता है। लुत्फ यह कि अमेरिकी चैनलों की तरह हमारी चैनलों ने भी सेक्स और अपराध को विज्ञापित करने के साथ-साथ बढ़ती अनैतिकता पर घड़ियाली आंसू बहाते रहना भी सीख लिया है। तो नई पीढ़ी के लिए सेक्स और ग्लैमर परोसने वाली हमारी चैनलों ने उस स्कूली छात्र द्वारा अश्लील चित्र मोबाइल से उतारने-भेजने की घटना पर चिंता जताने के लिए परिसंवाद और सर्वेक्षण भी किए। बताया जाता है कि उन छात्र-छात्रा के समेत कइयों की यह प्रतिक्रिया रही कि इस मामले को लेकर इतनी हाय-तौबा क्यों मचाई जा रही है। इनमें से एक में किसी छात्रा को स्कूल में भड़काऊ कपड़ों और मेकअप पर रोक लगाने के सुझाव के संदर्भ में यह कहते सुना, 'दिस वे तो वो नैक्स्ट हमसे यह कहेंगे

कि बालों में ब्राह्मी आंवला ऑयल लगाकर, दो चोटियां डालकर बहन जी टाइप बनकर आया करो।' 'बहनजी टाइप' उस मॉड पीढ़ी का चहीता फिकरा है जिसके लिए अमेरिकी तेवर वाला हमारा मीडिया अपनी परंपरा को परम हास्यास्पद मानना आधुनिक होने की अनिवार्य शर्त बना चुका है। खरी आधुनिकता की सीख तो यह थी कि स्वतंत्र चिंतन करो और रचनात्मक ऊर्जा पर रोक लगाने वाली तथा समाज में गैर-बराबरी को बढ़ावा देने वाली रूढ़ियों को तोड़ो। मीडिया उस खोटी आधुनिकता का पैरोकार बन चला है जो स्वतंत्र चिंतन नहीं, फैशन-प्रेरित भेड़-चाल का कायल बनाती है।

आज हर कहीं बच्चे व्यस्त मां-बाप की नहीं, सतत उपलब्ध मीडिया की गोद में खेलकर बड़े हो रहे हैं। खासकर टीवी की। क्योंकि आधुनिक माता-पिता के लिए बच्चों को बहलाए रखने का उससे ज्यादा सस्ता और सुविधाजनक जरिया और कोई नहीं है। एवजी माता-पिता की भूमिका निबाहने के लिए पैसा मिलता है ग्लोबव्यापी नवपूंजीवाद से। लिहाजा वह अपनी संतति को नवपूंजीवाद का आदर्श ग्राहक और राजनीतिक समर्थक बनाने में जुटे रहते हैं। इस सिलसिले में वह किशोरों की सहज विद्रोही प्रवृत्ति को किसी तरह की क्रांतिकारी आदर्शवादिता की ओर बढ़ने से रोकते और सेक्स और अपराध की तरफ धकेलते हैं। राजा भोंदूबक्सा अपनी संतति को यह नेक सीख देते हैं कि आधुनिकता का मतलब स्वतंत्रता है और वह स्वतंत्रता ही क्या जिसमें अनैतिकता का निषेध हो।

राजा भोंदूबक्सा अपनी संतति को पहले भोग-विलास की छूट देकर बिगाड़ते यानी उपभोक्ता संस्कृति का आदर्श ग्राहक बनाते हैं और फिर बढ़ती हुई अनैतिकता के लिए वामपंथी उदारता को जिम्मेदार ठहराकर नवपूंजीवादी दक्षिणपंथियों के लिए राजनीतिक समर्थन जुटाते हैं। पहले दौर में वह जताते हैं कि आधुनिकता आर्थिक ऊंच-नीच खत्म करने के लिए नहीं, आम इंसान को भी सामंतों की तरह भोग-विलास करने की छूट देने के लिए खड़ी हुई। ऐयाशी के लिए पैसा बहुत जरूरी है इसलिए पैसा कमाने का कोई भी मौका खोना सबसे बड़ा पाप है। शायद इसीलिए जब दिल्ली के ट्रेड फेयर के स्टॉलों में काम करने पहुंची मॉड लड़कियों को यह बताया जाता है कि सबसे ज्यादा दिहाड़ी तब मिलेगी जब घुटन्ना-स्कर्ट पहनोगी तब उनकी आधुनिकता को यह बड़ी वाजिब-सी मांग लगती है। राजा भोंदूबक्सा की सिखाई आधुनिकता के जिस तर्क के अनुसार अच्छी दिहाड़ी की खातिर किसी के कहने पर टांगें उघाड़कर खड़े रहना उचित ठहरता है उसी पर आगे बढ़ते हुए यह भी उचित जान पड़ता है कि तगड़ी रताड़ी की खातिर किसी के साथ सो लिया जाए।

हमारी चैनलों ने अमीरजादियों की जिस्मफरोशी का सनसनीखेज खुलासा डुगडुगी बजाकर मजमा जुटाने वाले स्वर में इस तरह किया मानो मर्दों से कह रही

हों कि इन पढ़ी–लिखी अमीरजादियों के साथ रात बिताने के लिए पैसे का जुगाड़ काहे नहीं करते और स्त्रियों से यह कि इन मॉड बहनों से प्रेरणा लेकर आप भी तत्काल और खुशहाल बनने का सुगमतम उपाय काहे नहीं अपनातीं? 'भोग भला, नैतिकता बुरी बला' की ऐसी नेक सीख देने के बाद बढ़ते यौनाचार, भ्रष्टाचार, अपराध और अनुशासनहीनता का रोना रोने के लिए राजा भोंदूबक्सा पहले दौर में उन विशेषज्ञों को बुलाते हैं जो कहते हैं कि बच्चों के बिगड़ने के लिए उन पर ध्यान न देने वाले माता–पिता, यौन–शिक्षा का अभाव, गलत जीवनमूल्य और अश्लीलता से भरा इंटरनेट दोषी हैं। वे न तो यह कहते हैं कि गलत जीवनमूल्य नवपूंजीवाद के दिए हुए हैं और न उनके प्रचार–प्रसार के लिए राजा भोंदूबक्सा को जिम्मेदार ठहराते हैं। इंटरनेट नवपूंजीवाद का नौकर नहीं है इसलिए उसे कोस दिया जाता है। ये विशेषज्ञ कुल मिलाकर और भी ज्यादा उदार रवैया अपनाए जाने की पैरवी करते हैं, जैसे आजकल भारत में कर रहे हैं। दूसरे दौर में उनके साथ–साथ वे विशेषज्ञ प्रस्तुत किए जाते हैं जो कहते हैं कि इस बढ़ती अनैतिकता के लिए धर्मविरोधी वामपंथ जिम्मेदार है। वे 'यौन–शिक्षा नहीं, धर्म शिक्षा दो' का नारा बुलंद करते हैं। 'यौन शिक्षा बनाम धर्म शिक्षा' की 'बिग फाइट' में हर तरह के अतिवाद से अछूते, सयाने और समतावादी समाज की स्थापना का लक्ष्य भोंदूबक्सा संतति की नजर से ओझल होता है। आर्थिक गैरबराबरी और धार्मिक कट्टरपंथ नवजागरण की नींव हिला डालते हैं।

(20 दिसंबर, 2004)

लागा चुनरी में दाग, छिपाओ काहे

पता तो सबको वर्षों से था लेकिन अब इस बात पर सरकारी मुहर लग चुकी है कि चुनरी के दाग छिपाने या छुड़ाने की कोशिश करना बेकार अपना वक्त बर्बाद करना है। अब अक्लमंदी इसमें है कि आप अपनी चुनरी में दाग दिखाने वालों को कमजोर नजर और बुरी नीयत का दोषी ठहराएं। अगर भगवान न करे आपकी चुनरी पर दाग होने में किसी तरह के संदेह की गुंजाइश छूटे ही नहीं तो आप उस दाग को वही दर्जा दें जो आपके बाप-दादा तमगे को दिया करते थे। भारत की मंत्रिपरिषद में दागी छवि वालों के शामिल किए जाने के खिलाफ सर्वोच्च न्यायालय में दायर एक मुकदमे में केंद्र सरकार की ओर से कह दिया गया है कि संविधान किसी को मंत्री बनाना या न बनाना प्रधानमंत्री के विवेक पर छोड़ता है और दागी छवि वाले को मंत्री बनाने का कोई निषेध नहीं करता। इसका सीधा-सादा मतलब है कि अपनी साफ-सुथरी छवि के लिए मशहूर भारत के प्रधानमंत्री का विवेक भी दागी व्यक्तियों को मंत्री बनाने का निषेध नहीं कर रहा है।

जब भारत सरकार चलाने वाला ही चुनरी के दागों को दाग नहीं, हेप फैशन स्टेटमेंट उर्फ नए राजनीतिक सौंदर्यबोध का प्रमाण मान रहा हो तब कोई भारी बेवकूफ ही यह चिंता व्यक्त करेगा कि लागा चुनरी में दाग छिपाऊं कैसे! कृपया ध्यान दें कि हमारा संविधान बनाने वाले व्यक्ति भी हमारे मौजूदा प्रधानमंत्री की तरह साफ-सुथरी लोकछवि वाले थे। वे 'दुनिया को मुंह दिखाने लायक बने रहने' का आग्रह करने वाली परंपरा और कानून का पूरी तरह पालन अनिवार्य मानने वाली आधुनिकता दोनों के कायल थे। तो संविधान निर्माताओं ने यह कल्पना कहां की होगी कि कभी हमारे जैसा ही एक शरीफ इंसान का विवेक दागी छवि वाले को मंत्री बनाने की अनुमति देगा।

स्वाधीनता मिलने और संविधान बनने के दौर तक हमारा समाज ऊपरी तौर पर आज से कहीं कम आधुनिक था और उसमें सामंती संस्कारों की पकड़ बहुत मजबूत थी। किंतु सबको इस बात का पूरा विश्वास था कि खुशहाली बढ़ने और मध्यवर्ग का विस्तार होने से समाज में आधुनिक जीवनमूल्यों के प्रति आस्था बढ़ती चली जाएगी। किंतु हुआ यह है कि समाज ऊपरी ढंग से भले ही आधुनिक होता चला गया हो उसमें न सामंती आन-बान के प्रति कोई श्रद्धा शेष रही है और न कानून का सम्मान करने वाली आधुनिकता के प्रति। एक अधकचरा अर्द्धसामंती समाज विकसित हुआ है जिसमें भले समझे जाने वाले लोग भी बुराई से न लड़ने और अपनी बढ़ोतरी के लिए बदी का सहारा लेने से परहेज नहीं करते हैं। यह परिवर्तन कितनी तेजी से हुआ है, इसका अंदाजा इसी से लगाया जा सकता है कि वर्तमान

सरकार के जिस मंत्री की चुनरी में सबसे ज्यादा दाग बताए जाते हैं उसे कुछ ही वर्ष पहले देवेगौड़ा ने दागी छवि के कारण ही अपने मंत्रिमंडल से हटा दिया था।

तो मनमोहन सिंह की ऐसी क्या मजबूरी है कि दागी छवि वाले मंत्रियों को नहीं हटा रहे हैं। वह इतना ही कहकर रह गए हैं कि इस बारे में राष्ट्रीय नीति बननी चाहिए मानो उनका विवेक जवाब दे गया हो और वह राष्ट्र से निर्देश चाहते हों! सरकार का समर्थन करने वाले कम्युनिस्टों के एक प्रवक्ता ने अलबत्ता कहा है कि हम दागी छवि वालों को मंत्री पद दिए जाने के विरुद्ध जरूर हैं लेकिन इस मसले पर सरकार गिराकर सांप्रदायिक शक्तियों के हाथ मजबूत करने का हमारा कोई इरादा नहीं है। दूसरे शब्दों में यह कि सांप्रदायिक पापियों से देश को बचाने के लिए धर्मनिरपेक्ष पापियों से यह समझौता करना नीति की ही बात है। माकपा और भाजपा जैसी समर्पित और संगठित काडर वाली पार्टियां अक्सर हमें यह समझाना चाहती हैं कि बड़े शत्रु से निपटने के लिए छोटे शत्रु से सहयोग करना या लेना सिद्धांत-हीनता का नमूना नहीं, रणनीति का तकाजा होता है। अफसोस कि अनुभव बताता है कि ऐसी रणनीति से अंततः सभी शत्रु शक्तिशाली बनते हैं और साथ ही सिद्धांतों पर आधारित राजनीति के प्रति समाज में अनास्था बढ़ती है।

जहां तक कांग्रेस का सवाल है, उसके शत्रु वे सब होते आए हैं जो नेता-नेत्री के अंधसमर्थक न हों। तो उसकी रणनीति के अंतर्गत सोनिया-विरोधी सपा को राजनीतिक अछूत मानना होता है और सोनिया-समर्थक राजद के दागी छवि वाले नुमाइंदे भी मंत्री बनाने पड़ते हैं। जब मनमोहन सरकार को लोकसभा में इतना बहुमत प्राप्त है कि वह धर्मनिरपेक्ष सपा और बसपा की उपेक्षा कर सकती है तब दागी छवि वालों को मंत्रीपद दिया जाना कांग्रेस की राजनीतिक मजबूरी कैसे हो सकती है? सरकार को यह बहुमत कम्युनिस्टों की कृपा से ही मिला हुआ है इसलिए दागी छवि वाले मंत्रियों को हटवाने के लिए जोर न डालना उनकी किसी मजबूरी का नतीजा नहीं माना जा सकता। कुल मिलाकर यह कि इसमें कोई नीति या रणनीति का मामला नहीं है, विशुद्ध राजनीति का मामला है।

इसी राजनीति से प्रेरित होकर भाजपा दागी मंत्रियों की नियुक्ति पर शोर मचा रही है। क्या उसने अपने मंत्रिमंडल में ऐसे लोगों को शामिल नहीं किया जिनके खिलाफ बाबरी मस्जिद गिराए जाने के संबंध में मुकदमा दर्ज हुआ था? 'वह उस तरह का अपराध नहीं था,' कह देने से बात नहीं बन सकती क्योंकि आधुनिक दृष्टि के अनुसार अपराध ऐसा या वैसा, छोटा या बड़ा नहीं होता, अपराध बस अपराध होता है। कानून की उपेक्षा लोकतंत्र में अक्षम्य है। भाजपा के टिकट पर भी दागी छवि वाले चुने जाते रहे हैं। बिहार के संदर्भ में भी उसकी सारी आशाएं रामविलास पासवान पर टिकी हुई हैं जिनके दल के अनेक नेताओं की छवि उतनी ही दागी है जितनी कि उन

दागी मंत्रियों की जिनके विरुद्ध वे शोर मचा रहे हैं। तहलका कांड के संदर्भ में उसने क्या यह जताने की कोशिश नहीं की थी कि हमारा पर्दाफाश करने वाले हमारे शत्रुओं की तरफ से राजनीति कर रहे हैं? क्या खुफिया कैमरे से अपने छत्तीसगढ़ी नेता का पर्दाफाश हो जाने पर उसने तुरंत कांग्रेस के छत्तीसगढ़ी नेता का खुफिया टेप से पर्दाफाश कराकर यह संदेश नहीं देना चाहा था कि राजनीति में सब चोर हैं?

लोकतंत्र की बुनियादी शर्त यह है कि कानून हरेक के लिए समान हो और कानून की कैसी भी अवहेलना अपराध समझी जाए। भारतीय मध्य वर्ग ने इसे भुलाकर नैतिक सापेक्षतावाद का सिद्धांत अपना लिया है जिसके अनुसार मेरी काली करतूतें तेरी काली करतूतों से सदा उजली रहती हैं और बड़े शत्रु के छोटे-छोटे अपराध भी बड़े होते हैं और छोटे शत्रु के बड़े-बड़े अपराध भी छोटे। तो सब एक-दूसरे को चोर बताते हैं और सत्ता मिलने पर दूसरे के खिलाफ मुकदमा चलाते हैं और अपने खिलाफ चले मुकदमे खत्म कराते हैं। मौसेरे भाई होने के नाते एक-दूसरे को बदनाम भले कर लें, सजा नहीं दिलवाते। कहते हैं कि कानून का पालन करने वाले और प्रतिभा, परिश्रम के बूते प्रगति होने में आस्था रखने वाले मध्यम-वर्ग में ही आधुनिक लोकतंत्र के प्राण बसते हैं क्योंकि वही गरीबों को आशा दिला पाता है कि कानून मानने और मेहनत करने से हमारे भी दिन फिरेंगे। और वही अमीरों को मनमानी करके नए सामंत बन जाने से रोकता है। लेकिन हमारा मध्य वर्ग पूरी तरह सत्ता का चमचा बन चुका है और इसके चलते ऐसी स्थिति बनी है कि गरीब इलाकों में माफिया डॉन जनता के लाडले बनकर इतने शक्तिशाली हो गए हैं कि जेल से भी मंत्रियों को आदेश देते रहते हैं।

(27 दिसंबर, 2004)

तेजी से फैलता आत्मा का एड्स: खुशीखोजन रोग

यह सचमुच बहुत 'हैप्पीनेस' की बात है कि हम पिछड़ों ने भी अब अगड़ों की तरह एक-दूसरे को साल में न जाने कितनी बार हैप्पी यह या हैप्पी वह विश करना शुरू कर दिया है। जिस चीज की कामना की जा रही हो वह ऐसी नहीं हो सकती जो मिलती ही रहती हो। हैप्पीनेस दुर्लभ है और किस्मत से ही मिलती है। 'हैप्पी' और 'मुबारक' दोनों का बुनियादी अर्थ 'सौभाग्यशाली' होता है। सभी धर्मों में स्थायी सुख स्वर्ग में ही मिलने की बात कही गई है।

इससे याद आया कि 'सभ्यताओं की टकराहट' के प्रसंग में अमेरिकी विद्वान यह कहते सुने गए थे कि हालांकि बौद्ध मत भी समतावादी और प्रसारविश्वासी था, वह ईसाइयत और इस्लाम की तरह सफल सार्वभौम धर्म नहीं बन पाया। उन्होंने न बौद्ध धर्म की इस विफलता के कारणों पर प्रकाश डाला और न दो अहलेकिताब 'यूनिवर्सल रेलिजंस' की टकराहट की अनिवार्यता पर। मेरी मोटी बुद्धि उन्हें यह सुझाने की हिमाकत करना चाहती है कि दोनों का थोड़ा संबंध 'हैप्पीनेस' से भी है। भगवान बुद्ध ने सब तरह के सुखों से भरपूर किसी स्वर्ग की कोई बात ही नहीं की। मात्र यही कहा कि पुण्य के प्रताप से जन्म-मृत्यु के चक्र से छूटकर निर्वाण पा जाओगे। निर्वाण यानी अस्तित्वहीनता। माना कि 'होना' दुख है लेकिन 'न होना' भी भला कोई सुख है?

उधर ईसाइयत और इस्लाम ने जन्म-जन्मांतर की जगह कुल जमा एक जीवन की बात कही और आश्वासन दिलाया कि उसमें जो हमारे पैगंबर के बताए रास्ते पर चलेंगे उन्हें कयामत के दिन खुदा स्थायी रूप से स्वर्ग भेज देगा जहां उन्हें सब तरह के सुख मिलते रहेंगे। सुख की ललक सार्वभौम है इसलिए ये दो धर्म सार्वभौम बन सके, बौद्ध मत पीछे छूट गया। इन दो अहलेकिताब मजहबों की मौजूदा टकराहट की भी एक वजह यह है कि इस्लाम अब भी यही मान रहा है कि 'हैप्पी-नेस' तो जन्नत में ही मिलेगी और उधर ईसाइयत अपने अधुनातन अमेरिकी संस्करण में हर व्यक्ति को पुरुषार्थ से यहीं स्वर्ग के सुख लूटने को उकसा रही है। इसके चलते टकरा रहे हैं 'पाथ टू पैराडाइज' और 'पर्सूट ऑफ हैप्पीनेस'। अमेरिकी स्वाधीनता के घोषणापत्र में 'पर्सूट ऑफ हैप्पीनेस' को मानव का उतना ही न छीना जा सकने वाला अधिकार बताया गया है जितना कि जिंदा और आजाद रहने को। सुख के पीछे दौड़ने के अधिकार की बात किसी और देश में आज तक नहीं कही गई है। मानवीय सभ्यता के विकास में यह अमेरिका का एक महत्त्वपूर्ण योगदान है। भले ही उस घोषणापत्र के लेखकों ने 'हैप्पीनेस' की कोई परिभाषा न दी हो, उनका 'पर्सूट' शब्द इस्तेमाल करना ही बताता है कि वे भौतिक सुखों की बात कर

रहे हैं। अगर किसी आनंदप्रद मन:स्थिति की बात होती तो 'अटेनमेंट' (प्राप्ति) शब्द इस्तेमाल किया होता। ऐसी मन:स्थिति तो बिना किसी दौड़-धूप के योगी और नशेड़ी दोनों प्राप्त कर लेते हैं। भौतिक सुखों के लिए चाहिए धन-दौलत इसलिए पर्सूट ऑफ हैप्पीनेस से आशय है— 'पर्सूट ऑफ वेल्थ'।

गरीब को गरीब ही बनाए रखने वाली यूरोपीय सामंतशाही और गरीब को खुदा का लाडला, इसलिए स्वर्ग का दावेदार, बताकर भरमाने वाली पोपशाही का विरोध करने वालों ने ही अमेरिका बसाया था। 'पर्सूट ऑफ हैप्पीनेस' को मानवाधिकार बताकर वे यह संदेश दे रहे थे कि हमारे देश में हर किसी को पुरुषार्थ से पैसा कमाने और तदबीर से तकदीर संवारने की पूरी छूट रहेगी। इस संदेश ने ही जन्म दिया 'रैग्स टू रिचेस' (फटेहाल से मालामाल) के बेहद हसीन 'अमेरिकन ड्रीम' को। जिस यूरोप में राजाओं के कदम रंक होने की दिशा में बढ़ने लगे थे उसने दांतों दले अंगुली दबाकर सुने अमेरिका में रंकों के राजाओं से भी कहीं ज्यादा अमीर बन जाने के किस्से। कैसे न्यूयॉर्क के पियक्कड़ गरीब मल्लाह का अनपढ़ बेटा वांडरबिल्ट बड़ी जहाजरानी कंपनियों और रेल सेवाओं का मालिक बन गया! कैसे हेनरी फोर्ड नामक एक अधेड़ मैकेनिक ने, जिसका पिता आयरलैंड के अकाल में भुखमरी से बचने अमेरिका भागकर आया था, मोटरकार बड़े पैमाने पर बनाने वाली पहली और बेहद सफल कंपनी बना डाली है। ये किस्से तब पश्चिम के औसत इंसान के मन में वैसा ही श्रद्धामिश्रित विस्मय और स्वयं भी पैसा कमाने की ललक जगाते रहे जैसे आज औसत भारतीय के मन में धीरूभाई अंबानी या सुनील मित्तल के किस्से जगाते हैं।

वेल्थ रूपी हैप्पीनेस की पर्सूट कभी समाप्त हो नहीं सकती। संतोष को सबसे बड़ा धन मानना धनप्राप्ति की अपार संभावनाओं का संहार करना है। इसीलिए अमेरिकी पूंजीवाद ने 'लालच बुरी बला है' की जगह एक नई सीख दी— 'ग्रीड इज गुड फॉर यू'— लोभ कर और लाभ पा! तो अमेरिकी साहसिक नवसंसार में एक आवारा और नाकारा बाप का बेटा जॉन रॉकफेलर परचून की दुकान खोल लेने और मिट्टी तेल की एजेंसी पा जाने से ही संतुष्ट नहीं हुआ। 'यह दिल मांगे मोर' का नारा लगाते हुए वह हैप्पीनेस के पीछे पड़ा रहा और हर अच्छा-बुरा हथकंडा अपनाकर उसने होते-होते खनिज तेल के खनन, शोधन और वितरण पर एकाधिकार प्राप्त कर लिया। वह तो उससे भी आगे बढ़ता किंतु उस पर सरकार ने अंकुश लगा दिया। सो इसलिए कि सामंतशाही के विरोधी पूंजीवादियों को यह थोड़ा कष्टप्रद लगता था कि हमारे बिरादर खुद सामंतों वाला दर्जा पा जाएं। उनकी अंतरात्मा को थोड़ी-सी परेशानी इससे भी होती थी कि बाइबिल तो गरीबी और सादगी का गुणगान करती है और हम अमीरी के पीछे पिले हुए हैं। इसलिए उन पुराने

पूंजीवादियों ने 'खूब पैसा कमाओ मगर सादा जीवन बिताओ और धर्म के प्रसार तथा गरीबों के उद्धार के लिए ज्यादा से ज्यादा दान करो' का आदर्श सामने रखा। हेरा-फेरी और बेरहमी के लिए सबसे ज्यादा बदनाम हुए पूंजीपति जॉन रॉकफेलर ने व्यक्तिगत जीवन बेहद सादगी से बिताया और लोकहितकारी संस्थाओं और अपने चर्च को बड़े पैमाने पर पैसा बांटा।

तो पर्सूट ऑफ हैप्पीनेस ने उन पूंजीपतियों को ही नहीं, अमेरिकी समाज को भी खुशहाल बनाया। 'रैग्स टू रिचेस' के अमेरिकन ड्रीम से नए-नए राष्ट्र अमेरिका में किशोरों-जैसी स्फूर्ति और गतिशीलता भर गई। उसके समतावादी आग्रह यूरोप की इंटेलेक्चुअलता और परिष्कृत संस्कृति दोनों को ठुकराते गए और एक नई शहरी लोकप्रिय संस्कृति ने जन्म लिया। भले ही यूरोप के ऊंचे लोग अमेरिका को फूहड़, अनपढ़, कंजूस और पोंगापंथी लोगों का देश ठहराते रहे लेकिन सारे संसार के साधारण लोगों को अमेरिकी स्वप्न और अमेरिकी संस्कृति दोनों ही बहुत आकर्षक प्रतीत हुए। ज्यादा से ज्यादा खुशहाली पैदा करते रहने के लिए यह जरूरी था कि खुशहाली ज्यादा से ज्यादा भोगी जाए। इसलिए अमेरिकी पूंजीवाद को सामंती भोग से परहेज स्वयं तो छोड़ना ही पड़ा, इस तरह के भोग के लिए आम इंसान को भी प्रेरित करने की दिशा में भी कदम उठाने पड़े। तो सड़कछाप संस्कृति के साथ-साथ विकास हुआ सड़कछाप सामंती भोग का। अमेरिकी पूंजीवाद ने हैप्पीनेस को धन-संग्रह से आगे बढ़ाकर वस्तु-संग्रह तक पहुंचा दिया। अमेरिकी मनोचिकित्सकों ने शॉपिंग की एक नई मानसिक बीमारी का जिक्र किया जिसमें रोगी इतनी चीजें खरीदता जाता है कि उसका घर गोदाम बन जाता है। जाहिर है इस सबसे अमेरिकन ड्रीम कुछ और भी आकर्षक बन चला।

वस्तु संग्रह से बात आगे बढ़ी तो अनुभव संग्रह पर पहुंची। आज अनुभव बेचना एक बड़ा उद्योग बन चला है। तो अब प्रतियोगिता यहीं तक सीमित नहीं रह गई कि किसके पास कितनी ज्यादा और महंगी, अनूठी और दुर्लभ चीजें हैं, उसमें यह आयाम भी जुड़ गया है कि किसके पास कितने महंगे, अनूठे और दुर्लभ अनुभव हैं। 'बीन देयर डन दैट' 'ये-ये देखा, वो-वो किया' आम इस्तेमाल में आने वाला फिकरा बन गया है। हर तरह का अनुभव बेचा जा रहा है। आप गायक न हों तो भी आपको अपना मनपसंद गाना वाद्यवृंद के साथ गाने और रिकॉर्ड कराने का अवसर दिया जाएगा। पर्वतारोही न हों तो भी आपको एवरेस्ट की चोटी पर पहुंचाया जाएगा। यात्राओं का अब ऐसा है कि पर्सूट ऑफ हैप्पीनेस करते-करते अंतरिक्ष हो आएं तब तो कुछ मजे वाली बात हो। अनुभव संग्रह के अंतर्गत विवाह जैसे संस्कारों को एक 'इवेंट' उर्फ यादगार अवसर बनाया जा रहा है और इवेंट मैनेजमेंट करने वाले इस सिलसिले में अपनी सेवाएं बेच रहे हैं। चूंकि वेडिंग एक इवेंट है इसलिए

अमेरिका में आजकल उसका पहले बाकायदा एक रिहर्सल भी कर लिया जाता है! अगर आप भोग करते-करते, अनुभव बटोरते-बटोरते ऊब जाएं तो आपके लिए आध्यात्मिकता और अपरिग्रह का अनुभव बेचने वाले कई गुरु मौजूद हैं।

सुख-ऐश्वर्य की संभावनाओं से भरपूर और मन की मौज की पूरी छूट देने वाला अमेरिकी ड्रीम इतना आकर्षक सिद्ध हुआ कि देखते ही देखते हर समाज में हैप्पीनेस पर्सूआइटिस उर्फ खुशीखोजन का विषाणु उसी तेजी से फैलने लगा जैसे कि एड्स। एड्स शारीरिक रोग है तो यह आध्यात्मिक। खुशी की चाह तो हरगिज रोग नहीं है लेकिन खुशी को पूरी तरह खुशहाली से जोड़ना और भौतिक सुख-भोग में ही उसकी खोज करना निश्चय ही एक तरह का मनोविकार है। इसमें संदेह नहीं कि इंसान को किसी काल्पनिक स्वर्ग की आशा में चुपचाप अपना नसीब स्वीकार करने की सलाह देने वाली सामंतशाही से कहीं बेहतर है उसे अपने पुरुषार्थ से स्वर्ग का सुख यहीं भोग लेने की प्रेरणा देने वाला पूंजीवाद। लेकिन उसका निजी उद्यम और निरंकुश व्यक्तिवाद का फलसफा हैप्पीनेस पर्सू करते प्राणियों को अपने-अपने प्राइवेट स्वर्गों के निर्माण के लिए प्रेरित करता रहा है जिसके चलते एक सामूहिक नरक की स्थापना हो रही है। सुख खोजने वालों के बीच दुख इतनी तेजी से बढ़ रहा है कि आत्महत्याओं के मामले में सबसे खुशहाल स्वीडन सबसे आगे है तो हत्याओं के मामले में हैप्पीनेस का सबसे बड़ा पुजारी अमेरिका! अगर इस धरा पर सबको सुख मिल सकता है तो अमेरिकन ड्रीम से नहीं, इस मार्क्सवादी मंत्र से ही कि ऐसा समाज बनाओ जिसमें हर व्यक्ति को अपनी संभावनाओं के अनुसार विकास का पूरा अवसर मिला हो, हर व्यक्ति अपने आस-पास से, अपने कामकाज और श्रम के नतीजे से जुड़ाव महसूस कर पाता हो और स्वतंत्रता का अर्थ उच्छृंखलता या लूट की छूट न होता हो।

(10 जनवरी, 2005)

आपदा के आईने में हमारा चेहरा

आधुनिक इंसान के अहंकार का यह हाल है कि जिस विज्ञान को वह अपने प्रकृति विजेता होने का सबूत और साधन मानता है उसी की यह चेतावनी नहीं सुनता कि इस विराट सृष्टि में मानव की हैसियत नगण्य है और उसका भी वैसे ही सफाया हो जा सकता है जैसे कि अन्य कई प्रजातियों का हो चुका है। शायद इसलिए कुदरत बीच-बीच में कोई कहर ढाकर हमें अपनी औकात याद दिलाने की कोशिश करती है। पिछले दिनों भारतीय महासागर के देशों में समुद्र में केंद्रित भूकंप ने जल-प्रलय की एक झांकी प्रस्तुत करके यही किया है। लेकिन इस तरह की घटनाओं से जन्मे विस्मय और वैराग्य की उम्र लंबी नहीं होती है और वह हमें विनम्रता का कोई स्थायी पाठ नहीं पढ़ा पाता।

सच तो यह है कि इंसान में कुछ ऐसा है जो उसे ऐसी भयंकर घटनाओं पर बहुत शोकातुर होने से रोकता है। भोग विश्वासी आधुनिक इंसान में तो यह अंकुश और भी प्रबल हो उठा है। तो थाईलैंड में विदेशी सैलानियों और उनका मनोरंजन करने वाली अधनंगी नर्तकियों ने सुनामी के शिकारों के लिए एक मोमबत्ती जला और चार आंसू बहा लेने के बाद नए साल का जश्न मनाना शुरू कर दिया। स्वीडन, नार्वे, डेनमार्क, फिनलैंड और जर्मनी को छोड़, जिन्होंने अपने मृतक सैलानियों को श्रद्धांजलि देने के लिए राष्ट्रीय शोक मनाया, बाकी सभी देश हैप्पी न्यू ईयर के मूड में रहे। आधुनिक इंसान को वैराग्य से कोई दिलचस्पी न हो, यह तो समझ में आता है किंतु आश्चर्य कि उसे विज्ञान से भी कोई दिलचस्पी नहीं है। वह विज्ञान का लाभ उठाता है लेकिन न उसे समझने की कोशिश करता है और न वैज्ञानिक नजरिया अपनाता है। भूकंप के कारण उठी प्रलयंकर समुद्री लहर के लिए प्रयुक्त जापानी नाम 'सुनामी' उसके लिए अनजाना-सा था। उसके बारे में परोसी जा रही वैज्ञानिक जानकारी वह एक कान से सुनकर दूसरे से निकाल रहा था।

अगर हम अधिक विज्ञान-सजग होते तो सुनामी से जान का इतना नुकसान न हुआ होता। फुकेत द्वीप के एक सागर तट पर मौजूद सैकड़ों सैलानी इसलिए बच गए कि एक दस वर्षीय अंग्रेज बच्ची ने जब देखा कि समुद्र का पानी खदबदाता हुआ सहसा बहुत ही ज्यादा पीछे हट गया है तब उसे याद आया कि यह सुनामी आने का लक्षण होता है और उसने शोर मचा दिया। तमिलनाडु के एक गांव के मछुआरों की जान यों बच गई कि एक ट्रस्ट ने उसके यहां कंप्यूटर और लाउडस्पीकर लगवा दिए थे कि मौसम विभाग से प्राप्त चेतावनियां प्रसारित करते रहें। क्या विडंबना है कि जिस भारत के शिक्षा-संस्थान अमेरिका के लिए वैज्ञानिक तैयार करने के सबसे बड़े कारखाने बन चले हैं और जिसके एक सपूत आंध्र में जन्मे कनाडावासी प्रो. मूर्ति

सुनामी के सबसे बड़े जानकार माने जाते हैं, उसका सारा तंत्र उतनी भी विशेषज्ञता इस अवसर पर नहीं दर्शा सका जितनी कि वह दस वर्षीय छात्रा। वह सर्वत्र वैसी भी चेतावनी व्यवस्था न करा सका जैसी वह ट्रस्ट उस गांव में करा गया था।

हम इससे बेखबर थे कि सुनामी भयंकर कहर ढाती है और हमारे सागर तट पर भी विप्लव मचा सकती है। यह तब जबकि '92 से अब तक सुनामी 13 बार पहले भी कहर ढा चुकी थी और नवंबर '45 में हमारे पश्चिमी सागर तट पर भी उससे काफी नुकसान हुआ था। यही नहीं, इस वर्ष के आरंभ में वैज्ञानिकों के एक अंतर्राष्ट्रीय सम्मेलन द्वारा यह चेतावनी दी गई थी कि विश्व समुदाय को विप्लव-कारी प्राकृतिक आपदाओं से बचने-जूझने की व्यवस्था कर लेनी चाहिए। कुछ ही महीने पहले प्रो. मूर्ति की शिष्या और सुनामी विशेषज्ञों की संस्था की अध्यक्षा एलिजाबेथ यह लिख चुकी थीं कि इंडोनेशिया के आस-पास भूगर्भ में होती हलचल जबर्दस्त भूकंप आने और प्रलयंकर सुनामी उठने की आशंका बढ़ा रही है। प्रो. मूर्ति के अनुसार हमारे इस विलक्षण तंत्र ने सुनामी चेतावनी व्यवस्था के सिलसिले में उनके सुझावों पर कभी ध्यान नहीं दिया। कहते हैं कि विपदा में व्यक्ति का और प्राकृतिक विपदा में समाज का चरित्र उजागर होता है, तो सुनामी के संदर्भ में हमने फिर यह पाया कि हम पर यह 'मर्फी लॉ' लागू होता है कि जितनी भी गलतियां हो सकती होंगी, सब होकर रहेंगी।

जैसे यही देखें कि भले ही हमारी वेधशालाएं सुमात्रा के पास होते सागर-केंद्रित भयंकर भूकंप दर्ज कर रही थीं, हम इस नतीजे पर नहीं पहुंचे कि सुनामी उठ सकती है और उसकी चेतावनी देकर समय रहते सागर तटों से लोगों को हटाया जा सकता है। लेकिन सुनामी के अपना कहर ढा लेने के बाद हमारा गृह मंत्रालय इतना मुस्तैद हो गया कि अमेरिका की किसी गैर सरकारी संस्था के वैज्ञानिकों की जताई आशंका के आधार पर उसने विशेषज्ञों से मशविरा किए बगैर दुबारा सुनामी आने की चेतावनी जारी करके हड़कंप मचवा दिया जिससे राहत कार्य में बाधा पड़ी। हमारे तंत्र की चुस्ती-फुर्ती का यह आलम है कि गुजरात के भूकंप के बाद तालमेल और अनुशासन के साथ तुरंत कार्रवाई करने के लिए जो आपदा प्रबंधन विभाग बनाया गया था वह दोपहर एक बजे हरकत में आया जबकि जानकार सूत्रों के अनुसार भारतीय वायु सेना को कार निकोबार में जल-प्रलय की सूचना सुबह 7.50 पर मिल चुकी थी और मौसम विभाग ने भी 8.45 पर सूचना दे दी थी। यह बात अलग है कि उसने सूचना आपदा-प्रबंधन विभाग या वर्तमान मंत्री सिब्बल को न भेजकर पूर्व मंत्री मुरली मनोहर जोशी को भेजी।

आपदा प्रबंधन विभाग इस बात का गवाह है कि हमें तनाव मोल लेने में नहीं, तनाव पैदा करने में विश्वास है। प्रसंगवश यह आपदा प्रबंधन विभाग गुजरात भूकंप

के बाद इसलिए बनाया गया था कि तब ऐसी मुसीबतों के समय राहत कार्य चलाने और उससे जुड़ी अलग-अलग एजेंसियों में तालमेल रखने वाली किसी केंद्रीय एजेंसी का अभाव बहुत खला था। यह पाया गया था कि कहां, कितना और क्या चाहिए और उसे कौन कहां से लेकर वहां तक कैसे पहुंचाएगा, इसकी न किसी को ठीक-ठीक जानकारी होती है और न किसी की ऐसी जानकारी रखने की जिम्मेदारी ही होती है। तालमेल के अभाव में दुहराव और बरबादी होती है। राहत सामग्री बड़े पैमाने पर आ तो जाती है लेकिन न समय से आती है, न समय से बंट पाती है और उसका वितरण भी सही अनुपात में नहीं हो पाता। बाद में निकम्मेपन के ही नहीं, भ्रष्टाचार के भी नमूने सामने आते हैं। मीडिया 'साल भर बाद भी मुसीबतजदाओं की वही दुर्दशा' मार्का कार्यक्रम प्रसारित कर पाता है। तो हमने आपदा प्रबंधन के लिए आदर्शतम व्यवस्था बना डाली। अब जो सूचनाएं मिल रही हैं उनसे लगता है वह भी व्यवहार में वही ढाक के तीन पात साबित हुई है। उतनी ही सक्षम निकली वह जितनी कि हाई जैकिंग से निपटने के लिए बनी व्यवस्था कुछ वर्ष पहले अमृतसर हवाई अड्डे पर साबित हुई थी।

हमारा समाज हर बात के लिए आदर्शतम व्यवस्था करने और कानून बनाने, लेकिन उसके बावजूद कुछ न कर पाने के लिए मशहूर होता जा रहा है। हादसे के बाद आपदा प्रबंधन विभाग तो कहीं नजर आया नहीं, मंत्री, मुख्यमंत्री, प्रधानमंत्री वगैरह काम की देख-रेख के लिए दौड़ते नजर आए और प्रशासन अपना काम करने की जगह उनकी सेवा में हाजिर होने के लिए। बदइंतजामी न होने देने के लिए गए वीआईपी खुद बदइंतजामी बढ़ाने में सहायक हुए। इस बार भी सुना गया कि स्वयं प्रधानमंत्री राहत कार्य की देख-रेख करेंगे। इस बार भी सेना की महिमा सुनने को मिली। दूसरे शब्दों में, फिर इस बात की पुष्टि हुई कि सामान्य प्रशासन से कोई उम्मीद नहीं की जा सकती। काम तभी होते हैं जब ठेठ टॉप से डंडा चलता है और जी अनुशासन तो बस सेना में ही बचा है। प्रशासन तो अड़ंगे लगाने के लिए ही होता है। जैसे यह कि राहत कार्य के लिए विश्वविख्यात संस्थाओं के स्वयंसेवकों को भी कार निकोबार नहीं जाने दिया जाएगा क्योंकि विदेशियों के लिए वह निषिद्ध क्षेत्र है।

कोई मौका हो, कैसा भी काम रहे, हमारे यहां बताने-सुझाने वाले नेता तो बहुत ज्यादा मिल जाते हैं, करने वाले कार्यकर्ता मुश्किल से नजर आते हैं। और करने वालों को इतनी परस्पर विरुद्ध सलाह दी जाती है, उनसे इतनी टोका-टोकी की जाती है कि वे भी कुछ खास कर-धर नहीं पाते। हम तनाव मोल लेने से कतराते हैं किंतु तनाव पैदा कर देने में हमें बड़ा लुत्फ आता है। हमारी एक और खासियत यह है कि जहां दूसरे आपदा आने से पहले बचाव का जुगाड़ करते हैं हम आपदा आने के बाद। तो हमारी सरकार अब हिंद महासागर के देशों के लिए सुनामी-चेतावनी व्यवस्था

कराने निकली है। प्रशांत महासागर से लगे जिन अमेरिका, जापान और आस्ट्रेलिया ने वहां ऐसी व्यवस्था कराई थी उन्होंने भारत की यह पेशकश तुरंत ठुकरा दी है। समतावादी भी अमीर और गरीब में बदस्तूर भेद कर रहे हैं। अधुनातन आलों से लैस मुख्य अमेरिकी वेधशालाओं ने भूकंप के दर्ज होते ही सुनामी उठने का अनुमान लगा लिया था लेकिन यह सूचना उसने भारत या इंडोनेशिया को नहीं, आस्ट्रेलिया को दी।

यह व्यवस्था बहुत महंगी है और हिंद महासागर से लगे गरीब देशों के लोगों की जानें बहुत सस्ती। सुनामी के शिकार हुए 95 प्रतिशत लोग जीवन बीमा कराने की हैसियत नहीं रखते थे। वे अपने देशवासियों तक के लिए इतने नगण्य थे कि उनका सामूहिक बीमा कराने की कोई सरकारी कोशिश नहीं हुई थी। तो बीमा कंपनियों को जो भी घाटा हुआ, अमीर देशों से आए सैलानियों ने सुनामी के भेंट चढ़ जाने से हुआ। सच तो यह है कि उनकी वजह से ही पश्चिमी मीडिया में इस हादसे की इतनी चर्चा हुई और मुसीबतजदाओं के लिए ऐसी जबर्दस्त सहानुभूति पैदा हुई। भेदभाव के बरकरार रहने की एक दुखद बानगी नागापट्टनम में सड़ती लाशें उठाने के काम के लिए तमिलनाडु के अन्य क्षेत्रों से 70 रुपये की दिहाड़ी पर दलित बुलाए जाने से मिली। ध्यान रहे यह वही तमिलनाडु है जहां 'मनुवाद मुर्दाबाद' का नारा सबसे पहले प्रभावशाली ढंग से लगाया गया था।

मैं अब तक बस खोट निकालता रहा हूं। यह नकारात्मकता भी हमारी विशेषता बनती चली जा रही है। हमें कुछ भी अच्छा होता नहीं दिखता और हम स्वयं कुछ बेहतर करके नहीं दिखाते। आलोचना हमारे लिए एक राजनीति है। तो अंत में यह कहना जरूरी है कि इस हादसे के संदर्भ में हमने इस अस्त्र का नहीं के बराबर ही उपयोग किया। सहयोग की भावना बनी रही। जितनी बड़ी आपदा आई उतने ही बड़े पैमाने पर हमने और अन्य देशों के लोगों ने राहत कार्यों के लिए पैसा दिया, अपनी सेवाएं दीं। जाति, धर्म या वर्ण के आधार पर भेदभाव नहीं किया। श्रीलंका और इंडोनेशिया में तो सरकारी सेवाएं उन्हीं विद्रोहियों को राहत पहुंचाने के लिए आगे बढ़ीं जिनसे वे लड़ती आई थीं। घर लूटने, लाशों से जेवर उतार लेने या मुर्दाघर से लाश दिलवाने के लिए रिश्तेदारों से घूस लेने की चंद घटनाओं को नजरअंदाज कर दें तो यही पता चला कि नवपूंजीवादी संस्कृति द्वारा सर्वत्र स्वार्थ का बोलबाला कर दिए जाने के बावजूद संकटग्रस्त भाइयों की सहायता करने का मानवीय संस्कार बरकरार है। विश्वास करना चाहिए कि हम इस भावना पर चलते हुए विस्थापितों के पुनर्वास के लिए ठोस काम करेंगे और साल भर बाद अपने मीडिया को छाती कूटकर यह कहने का अवसर नहीं देंगे कि ये बिचारे तो वैसे ही बेहाल हैं, उतना सारा पैसा गया कहां?

(17 जनवरी, 2005)

नाबालिग बालिग, बालिग नाबालिग

अपने साथ पढ़ने वाली एक लड़की से अपने बेडरूम में मुख-मैथुन का सुख प्राप्त करने का गुटका वीडियो अपने सेलफोन से उतारने, साथियों को दिखाने और एमएमएस द्वारा उनके सेलफोन में भी दर्ज करवाने के आरोप में गिरफ्तार दिल्ली के 17 वर्षीय स्कूली छात्र को जिन दो दलीलों के आधार पर जमानत मिली वे आधुनिक दृष्टि से सही होते हुए भी उत्तर-आधुनिक परिस्थितियों में निरर्थक और हास्यास्पद हो चली हैं। उनका विवेचन मौजूदा सामाजिक संकट को समझने में सहायक हो सकता है। पहली दलील छात्र नाबालिग है। सामंती दौर में हर समाज और हर वर्ग में ऐसा माना जाता था कि किशोरावस्था में कदम रखने से दो-एक साल पहले ही बेटे को धंधे में और बेटी को घर-गिरस्ती में लगा दिया जाना चाहिए। इसी उम्र में शादियां भी कर दी जाती थीं। आधुनिक दृष्टि से यह सरासर बड़ों की तानाशाही है कि वे इस तरह किसी का अपना धंधा और अपना जीवनसाथी स्वयं चुनने का अधिकार बचपन में ही छीन लें।

इसी के चलते अगड़े आधुनिक देश उन पिछड़े देशों के माल का बहिष्कार करने की मुहिम छेड़ते आए हैं जिनमें बच्चों से मजदूरी कराई जाती हो। आधुनिकता मानती है कि नए दौर में किसी बच्चे को जीवन-संग्राम में कूद सकने लायक बनने के लिए पहले से कहीं अधिक समय चाहिए इसलिए वह किशोरों को भी बच्चा ही मानने के हक में है। तो कानूनन 18 वर्ष से कम के किसी भी अभियुक्त को सयाना मानकर सख्त सजा देना एक मासूम की जिंदगी शुरू में ही तबाह कर देना है। वह मानती है कि नाबालिगों को कानून का सम्मान करने वाला नेक इंसान बनाने की जिम्मेदारी मुख्य रूप से अभिभावकों की ही है।

इसलिए दूसरी दमदार दलील यह दी गई कि छात्र के माता-पिता मध्यवर्गीय हैं और उन्होंने आज तक कोई अपराध नहीं किया है। आधुनिकता में मध्यवर्ग की अपार महिमा है क्योंकि वही आधुनिकता लाया और वही आधुनिक लोकतंत्र की छत्रछाया में फला-फूला। उसी ने यह समझा कि आधुनिक विधि-विधान का पालन करना अपने और समुदाय दोनों के हित में है। यूरोप के जिन प्यूरिटन ईसाइयों को आधुनिकता लाने का श्रेय दिया जाता है वे बाइबिल के निर्देशों का अक्षरशः पालन करने के हक में थे। उनकी लड़ाई उन सामंतों से थी जो 'समरथ को नहिं दोष' के सिद्धांत पर बाइबिल का उल्लंघन करते थे और उन 'निकम्मे गरीबों' से भी जो अपना पाप पेट की खातिर किया हुआ बताते थे। वे नए मध्यवर्ग से अतिनैतिकता की बाइबिली कसौटी पर खरे उतरने की अपेक्षा रखते थे।

संबद्ध छात्र ने, पुलिस के अनुसार, जो कुछ किया उसमें हमें मध्यवर्गीय

नैतिकता के दर्शन कहीं नहीं होते। उसमें विशुद्ध सामंती विलासिता झलकती है और स्त्री के प्रति अनादर का भाव भी। इस वीडियो का प्रचार-प्रसार हो जाने पर संबद्ध स्कूल ने मामले की तहकीकात करने के बाद छात्र-छात्रा दोनों को निकाल दिया था। आइए देखें कि उसके मध्यवर्गीय अभिभावकों की प्रतिक्रिया क्या हुई। ज्यों ही मीडिया ने उस वीडियो को दबे-ढंके ढंग से दिखाते हुए छाती कूटने और रेटिंग लूटने का सिलसिला शुरू किया वह अपने बच्चे को हा-हा हूती दिल्ली से दूर नेपाल ले गए। पुलिस के अनुसार जब तक छात्र पकड़ा गया इस कांड में प्रयुक्त सेलफोन गायब हो चुका था और छात्र के बेडरूम की सजावट भी बदल चुकी थी। वीडियो में केवल छात्रा का ही चेहरा नजर आता था। उसमें दिखते लड़के को बेडरूम की सजावट के सहारे ही छात्र से जोड़ा जा सकता था। इसीलिए बचाव पक्ष कह सका कि पुलिस बिना किसी सबूत के छात्र को दोषी ठहरा रही है।

सवाल यह है कि छात्र के मध्यवर्गीय अभिभावकों ने अपने निर्दोष बेटे के स्कूल से निकाल दिए जाने पर कानून का दरवाजा क्यों नहीं खटखटाया। अगर स्कूल से निकाले जाने तक सबूत थे और अब नहीं हैं तो इस चमत्कार का श्रेय किसे दें! अबोध छात्र को या कानून का आदर करने वाले उसके अभिभावकों को? एक और सवाल यह कि छात्र के स्कूल से निकाले जाने की वजह उसके मध्य-वर्गीय अभिभावक अपराध नहीं, तो और क्या मानते हैं। इसका संकेत देता उसके वकील का यह कथन कि अगर कुछ हुआ भी है तो उसे अपराध नहीं, 'मिस-एडवेंचर'— बदकिस्मती से हुआ हादसा— ही कहा जाएगा। सच तो यह है कि उत्तरआधुनिक परिस्थितियों में आधुनिकता की तमाम स्थापनाएं 'मिसएडवेंचर' का शिकार हो चली हैं। बच्चे पहले से भी अधिक समय तक नाबालिग रहने के बजाय और भी जल्दी बालिग होने लगे हैं। जीवशास्त्री बता रहे हैं कि बेहतर खान-पान और कृषि और दुग्ध उत्पादन में रसायनों का उपयोग बच्चों को शारीरिक दृष्टि से बहुत ही जल्दी बालिग बना रहा है। नवपूंजीवादी संस्कृति के प्रसार में जुटा मीडिया बच्चों को बालिगों की तरह सुखभोग करने और अपने फैसले अपने हाथ में लेने के लिए निरंतर उकसा रहा है और नई प्रौद्योगिकी उनके लिए हर तरह का अच्छा-बुरा ज्ञान बटन दबाते ही सुलभ बना रही है जिसके चलते वे मानसिक दृष्टि से भी बहुत जल्दी बालिग होने लगे हैं।

दूसरी ओर उत्तर-आधुनिक परिस्थितियों में बुजुर्गियत का इतना अवमूल्यन हो चला है कि बुजुर्ग भी 'अभी तो मैं जवान हूं' कहते रहने में ही अपना भला समझने लगे हैं। उन्हें जवान बनाए रखने का उद्यम बहुत विराट रूप ले चुका है। उत्तर-आधुनिक बूढ़े अपने से कहने लगे हैं कि भले ही अमर बनना मेरे हाथ में न हो, मुझे मरते दम तक अपरिपक्व किशोर बने रहने से कौन रोक सकता है। ऐसे बुजुर्ग

किसी भी वर्ग के हों, किशोरों को अनुशासन का पाठ सिखा नहीं सकते। वैसे भी आज कानून का पालन करने वाला मध्यमवर्ग तेजी से सिमट रहा है और समाज 'समरथ को नहिं दोष' कहने वाले अमीरों और पापी पेट की दुहाई देने वाले गरीबों में बंट रहा है।

तो भी इस छात्र के उच्चवर्गीय माता-पिता की तरह हर अमीर अपने को मध्य-वर्गीय बताकर कैरेक्टर सर्टिफिकेट दे रहा है। इसी के चलते सभी जगह जेलें गरीब अपराधियों से भरी पड़ी हैं। आधुनिकता ने अपने दूसरे दौर में स्वयं ही प्यूरिटन जीवनमूल्यों का हनन कर डाला था— यह कहकर कि किसी तरह का भी अंकुश व्यक्ति के सहज विकास में बाधक होता है। यही नहीं, व्यक्ति के हर दोष के लिए परिस्थितियों और उसके भीतर के जैव रसायनों को जिम्मेदार ठहराकर उसने अपराधबोध जैसी कोई चीज रहने ही नहीं दी। ऐसे में अभिभावकों के लिए बच्चों को कानून का पालने करने वाला आदर्श नागरिक बना सकना और कठिन होता चला गया। अनुशासनप्रिय मां-बाप रोने लगे कि बच्चे हमारी नहीं सुनते और बच्चे शिकायत करने लगे कि हमारे मां-बाप हमें वह करने से रोकते हैं जो सभी बच्चे कर रहे हैं। सभी बच्चे उत्तर-आधुनिक परिस्थिति में वही करने लगे हैं जो मीडिया के अनुसार 'डन' या 'इनथिंग' है। आज के ज्यादातर मध्यवर्गीय माता-पिता भी 'डन' और 'इन' के कायल हैं इसलिए बच्चे तो बच्चे बाप रे बाप वाला मामला है।

(24 जनवरी, 2005)

हमारे भी हैं कामरेडां कैसे-कैसे!

अभी उस दिन जब माकपा के चाणक्य जूनियर सीताराम येचुरी ने किसी चेंटू चैनल प्रतिनिधि को यह ध्वनि-चुग्गा डाला कि 'विधानसभा चुनाव में कम्यूनल फोर्सेज को हराने के लिए सभी सेक्युलर पार्टियों को लालूजी का पूरा साथ देना चाहिए' तब मेरे मुंह से घनश्याम अग्रवाल द्वारा नववर्ष के कार्ड पर भेजी गालिब की पैरोडी— 'देख लालू को जो आ जाती है मुंह पे रौनक, वो समझते हैं कि बिहार का हाल अच्छा है'— संशोधित रूप में यों निकली— 'सुन लालू को जो आ जाती है मुंह पे रौनक, वो समझते हैं कि दल वाम का हाल अच्छा है'। सांप्रदायिक शक्तियों से लड़ना कम्युनिस्टों के लिए निस्संदेह प्रमुख कार्य है लेकिन यह किसने सोचा था कि वे इसे अपने बूते न कर सकेंगे और इसके लिए उन्हें जे. पी. और लोहिया-जैसे उन सोशलिस्टों के चेलों के चेलों की पीठ थपथपानी पड़ेगी जिनकी गांधीवादी-राष्ट्रवादी रीति-नीति उन्हें नेहरू के समाजवाद से बदतर लगी थी।

वर्ग-संघर्ष-विश्वासी कम्युनिस्टों की दृष्टि में लोहिया की यह अवधारणा गलत ठहरी थी कि पिछड़ी जातियां संगठित होकर न केवल कांग्रेस द्वारा स्थापित अगड़ी जातियों का वर्चस्व खत्म कर सकती हैं बल्कि समाज में क्रांतिकारी परिवर्तन भी ला सकती हैं। लोहिया की सोच के लालूवादी संस्करण में किसी राज्य की बहुसंख्यक पिछड़ी जाति का नेता सत्ता केवल अपने और अपनों के लिए चाहता है और पिछड़ी जातियों का संगठन बनाना तो दूर अपनी ही जाति के अन्य राज्यों के नेताओं से बैर रखता है। तो यह विचित्र है कि जो भारतीय कम्युनिस्ट अपनी आधुनिकता और अंतर्राष्ट्रीयता के लिए बदनाम किए जाते थे, लालू की दाद दे रहे हैं।

लोहियाजी को कांग्रेसियों का वंशवाद खला था। लालू ने उसे चरमसीमा तक पहुंचाकर चुनाव में ज्यादातर टिकट सगे-संबंधियों में बांटने का रिवाज चलाया है। हालत यह है कि इधर चुनावों के संदर्भ में बिहार से एक राजनीतिक समाचार यह भी आने लगा है कि लालूजी के बिरादर दुखी हैं कि और टिकट बांटते हुए हमसे ज्यादा खयाल ससुराल वालों का रखते हैं। सच तो यह है कि लालूवाद में कांग्रेस की हर कमजोरी को दारुण रूप से हास्यास्पद सीमाओं तक पहुंचा दिया गया है। सर्वोच्च नेता की चाटुकारिता में कांग्रेसी अभी सोनिया मैडम को मदर टेरेसा बताने तक ही पहुंच पाए हैं किंतु लालूभक्त, जो लालू चालीसा-वालीसा तो बरसों पहले लिख चुके थे, अब अपने आराध्य नेताओं-नेत्रियों की सांप्रदायिक-असुर-नेता संहारक रूप में प्रतिमाएं बनाकर सार्वजनिक पंडाल में पूज रहे हैं। राजद का एक टिकटार्थी अपने लालू भोला भंडारी को प्रसन्न करने के लिए कांवड़ी पर राजद की लालटेनें उठाए 150 कि.मी. पांव-पैदल चलकर अपने शहर से पटना पहुंचा तो दूसरे

ने लालू-निवास के आगे बैठकर मधुर स्वर में घंटों तक राबड़ी मैया को समर्पित स्वरचित भजन गाए।

नेहरूजी के जमाने से ही कांग्रेस में सर्वोच्च नेता द्वारा जनसाधारण के प्रति किसी उदार सामंत-सा संरक्षण भाव प्रदर्शित करने का रिवाज चला आया था कि वे खुश हों कि हमारे साथ नाच गए, हमारा टोपा पहन लिया, हमारा भोजन चख गए। लालूवाद में उसकी पराकाष्ठा गरीबों में बाकायदा नोट बांटने-जैसे रिवाजों से हो रही है कि ले रख, मिठाई खिलाना बच्चों को। लालूवाद में सर्वोच्च नेता स्वयं पिछड़ी जाति और निम्न वर्ग में जन्मे होने के कारण संरक्षण का यह नाटक अधिक प्रभावशाली ढंग से कर पाता है। लालूवाद में कांग्रेसियों के अपने समर्थकों में सत्ता के सुख बांटने और प्रशासन को राजनीति के रंग में रंगने का तरीका भी पराकाष्ठा पर पहुंचा दिया गया है। इंदिरा जी ने लोकसभा के लिए अपना चुनाव हाईकोर्ट द्वारा रद्द किए जाने के आदेश की अवहेलना करते हुए 'लोकप्रिय नेता देश के कानून से कहीं बड़ा है' का जो तेवर साधा था वह लालूवाद में कानून की पूर्ण अवहेलना का पर्याय बन चला है। लोगबाग मानने लगे हैं कि कानून-वानून नियम-कायदा वो सब कुछ नहीं होता, जीतने वाला नेता जो चाहेगा, वही होगा। इसलिए जिस भी स्थानिक दादा को उसका संरक्षण प्राप्त हो उसकी शरण में जाओ। स्थानिक अधिकारी तुम्हारे छोटे-मोटे काम तो उसके डर से ही कर देंगे। बड़े काम वह सर्वोच्च नेता से करा लाएगा। इसलिए अक्सर ये स्थानिक दादा ही जनप्रतिनिधियों के रूप में विधायिकाओं में पहुंचने लगे हैं और उनका ऐसा दबदबा है कि उन्हें कानून जेल में भी डाल दे तब भी उनका अपराध का धंधा और भक्तों के काम बनवाने का क्रम निर्बाध चलता रह पाता है। अभी तक पप्पू यादवों जैसे कामरेडों का दर्जा लालू यादवों-जैसे कामरेडों से कमतर है किंतु ऐसा माना जा सकता है कि अगर कानून का लालूवादी अवमूल्यन इसी तरह चलता रहा तो पप्पू जैसे नेता कभी लालू-जैसों पर छा जाएंगे। उल्टी छलांग का सिलसिला शुरू हो चुका है भारतीय राजनीति में। हर कहीं कबाइली समझ और गुंडगर्दी की रणनीति वाले दलों के उभरने की आशंकाएं बढ़ रही हैं। ऐसे में कम्युनिस्टों का, जिन्हें सिद्धांततः सांप्रदायिक शक्तियों जितने ही खराब और खतरनाक वे लोग भी लगने चाहिए जो प्रोलितारियेत (सर्व-हारा) को लुंपेन (संगठित संघर्ष के संस्कारों से हीन और अपने भले-बुरे की समझ न रखने वाला) बना रहे हों, सेक्युलर शक्तियों की जीत के लिए लालूवाद की शरण में जाना विचित्र लगता है।

यहां उल्लेखनीय है कि सेक्युलर ताकतों को शक्तिशाली बनाने के लिए लालूवाद वही करता है जो कांग्रेस करती आई थी और जिसके बावजूद और किसी हद तक जिसके कारण सांप्रदायिक शक्तियां देश में पनपीं— अल्पसंख्यकों में

बहु-संख्यकों से असुरक्षा की भावना जगाकर अपने को उनका एकमात्र सच्चा संरक्षक बताना, उनकी अलग भाषा-संस्कृति, कानून को बचाए रखने का विश्वास दिलाना और उनमें आधुनिक किस्म का नेतृत्व न उभरने देना। इससे भी कुछ हाथ आगे बढ़ते हुए लालूवाद में ऐसे मुस्लिम नेतृत्व को उभारा जा रहा है जो 'गरीबों का मसीहा' किस्म का दादा हो। हमें इस बात को भी नहीं भूलना चाहिए कि सेक्युलर होने का सबसे बड़ा सबूत धर्मनिरपेक्ष और समतावादी आधुनिक कानूनों का पूरी निष्ठा से पालन करना है। लालूवाद इस कसौटी पर खरा नहीं उतरता। देश के सभी दल लालूवाद की लपेट में आ चुके हैं। वह भाजपा भी जिसे अपने सिद्धांत-निष्ठ होने का बहुत गर्व था। एक कम्युनिस्ट ही इससे अछूते हैं अब तक। उन्हें भी लालूवाद की शरण में जाने की जरूरत महसूस होना चिंता का विषय है।

यह सही अवसर है कि वे सोचें कि जब बुलेट की जगह बैलट का मार्ग उन्होंने अपना ही लिया था तब वे सारे देश में शक्तिशाली बन सकने की कोई रणनीति क्यों नहीं तय कर पाए? उनकी तुलना में कभी नगण्य रहा दूसरा काडर वाला संगठन आरएसएस तो देशभर में भाजपा को पहुंचा सका मगर वे क्यों कुल ढाई राज्यों तक सीमित रह गए? उनका कांग्रेसी सरकार में शामिल होने से ही नहीं, अपने नेतृत्व में तीसरा मोर्चा बनाने से भी परहेज करना देश का और उनका क्या हित कर पाया?

(31 जनवरी, 2005)

उत्तरआधुनिक व्यावहारिक वैराग्य

पूरा घूम चुका है कालचक्र। हो रही है वापसी उस वैराग्य की जिसकी सामंती युग में बड़ी महिमा थी। तब लोगों की न इंसान के बारे में अच्छी राय थी, न इंसानी रिश्तों और इंसानी दुनिया के बारे में। वे मानते थे कि इंसान स्वार्थी पशु है। संसार निस्सार है। सच्चा सुख तो स्वर्ग में ही मिल सकता है। और स्वर्ग पाने का एकमात्र उपाय यह समझ लेना है कि भगवान ने तुम्हें अपने सांचे में ढाला है या तुममें अपना अंश डाला है। तुम उसके बताए धर्म-ईमान के रास्ते पर चलो, माया-मोह से बचो, स्वार्थ तजो और प्रभु का नाम भजो- तुम्हारा उद्धार हो जाएगा, कयामत के बाद या अगले जन्म में। वैराग्य की इतनी महिमा होने के बावजूद सामंती दौर में सच्चे वैरागियों की आबादी बहुत कम थी। इससे पता चलता है कि वैराग्य एक आदर्श मात्र था जिसका ढोंग करना अपनी सार्वजनिक छवि सुधारने के लिए अच्छा माना जाता था। आधुनिकता ने वैराग्य का अवमूल्यन करते हुए कहा : वैराग्य की सीख देने वाले ढोंगी धर्मगुरु गरीबी को तुम्हारा नसीब बता तुमसे धोखा करते रहे हैं। उनकी बात पर कान न दो। भगवान प्रकृति-प्रकोप से घबराए इंसान की कल्पना की उपज है। प्राणियों को भगवान ने नहीं, प्रकृति के विकासक्रम ने बनाया है और इंसान उस विकासक्रम का सिरमौर है। इंसान न स्वार्थी पशु है और न वैरागी साधु। उसे आदर्श परिस्थितियां दो तो वह आदर्श प्राणी बन जाएगा। आदर्श परिस्थितियों के लिए पहली आवश्यकता है न्याय और व्यवस्था के ऐसे निष्पक्ष तंत्र की जो बुरों को यहीं सजा दे और भलों को यहीं इनाम। पुरानी रूढ़ियां-बेड़ियां तोड़ो और यह व्रत लो कि इस दुनिया को ही स्वर्ग बनाकर रहूंगा।

भगवान और सामंत दोनों का डर भगाने वाली और आम आदमी के गुण गाने वाली आधुनिकता को जबर्दस्त लोकप्रियता प्राप्त होना स्वाभाविक था। यहां तीन बातें उल्लेखनीय हैं। पहली यह कि भले ही आधुनिकता ने स्वहित साधना को मानव की सहजवृत्ति माना और वर्गहित और राष्ट्रहित की बात कही, उसने भी स्वार्थ का उतना ही विरोध और परमार्थ का उतना ही गुणगान किया जितना कि सामंती दौर के धर्मों ने। दूसरी यह कि आधुनिकता ने अपनी भौतिक विचारधारा की सफलता के लिए किए जाने वाले क्रांतिकारी संघर्ष को आध्यात्मिक साधना-जैसी बुलंदियों पर पहुंचाया और विचारधारा की विजय की खातिर आधुनिकता के झंडाबरदारों ने त्यागीतपस्वी वैरागियों का-सा जीवन जीया। तीसरी यह है कि अगर धर्मगुरु आम इंसान से भविष्य में स्वर्ग मिलने की आस में साधना करने को कह रहे थे तो आधुनिकता भविष्य में सभी को यहीं स्वर्ग दिलाने के लिए बड़ी-से-बड़ी कुर्बानी देने की प्रेरणा दे रही थी। उस दौर के महान साहित्यिक ग्रंथ और

कलाकृतियां ही नहीं, हॉलीवुड की लोकप्रिय फिल्में भी आम दर्शक पर कुछ वैसा ही प्रेरणाप्रद प्रभाव छोड़ जाती थीं जैसा कि सामंती दौर में मिथक-पुराण की कथाओं का वाचन। वे कथाएं वैराग्य जगाती थीं तो यह प्रगतिशील सिनेमा पुरुषार्थ जगाता था और जन-जन को 'तेरी किस्मत तेरे हाथ' का संदेश दे जाता था। वैराग्य के लिए कहीं कोई गुंजाइश छोड़ी नहीं आधुनिकता ने।

आज वैराग्य फिर लौट आया है तो इसलिए कि आधुनिकता इस असार संसार को अपनी विचारधारा के अनुरूप नहीं ढाल पाई है। वह आज उतना ही बल्कि कभी-कभी उससे भी ज्यादा आदर्शहीन लग रहा है आम आदमी को जितना कि सामंती दौर में लगता रहा था। तब स्वर्ग-जैसी किसी जगह के होने के बारे में संदेह पैदा होने से उथल-पुथल मची थी, आज धरती पर स्वर्ग बस सकने की संभावना को लेकर पैदा हुए संदेह को लेकर मच रही है। आधुनिक दौर की शुरुआत में आम आदमी जिस तरह वैराग्य की धारणा से विमुख हुआ था उसी तरह आधुनिकता के अंत में वह क्रांतिकारी विचारधारा से विमुख हो चला है। आज रथ-यात्रा हो या पॉलिटब्यूरो की बैठक, सोनिया दर्शन दरबार हो या मायावती जी की बर्थडे पार्टी, लालूजी का रैला हो या बुश का पदग्रहण समारोह, हर कहीं वैरागी ही नजर आते हैं। गाय का दूध पीने वाले कस्बे के महंत से लेकर स्कॉटलैंड का जीवन जल पीने वाले राजधानी के बुद्धिजीवी तक, स्मैक लेने वाले रिक्शाचालक से लेकर एक्सटेसी लेने वाली सुपर मॉडल तक हर कोई आज वैरागी है।

सामंती दौर के वैरागियों और इन उत्तर-आधुनिक वैरागियों में बस एक जरा-सा अंतर यह है कि वे संसार को असार मानते थे और ये आधुनिकता के तमाम आदर्शों को। इनके लिए यह संसार असार नहीं, वास्तविक है और उनका यह मानना है कि अवास्तविक किस्म के आदर्शों की पालना का दुराग्रह करना अपने पांवों पर कुल्हाड़ी मारने-जैसी मूर्खता है। व्यावहारिक बनो। आगे चलकर कभी कुछ होगा, इस उम्मीद में संघर्ष करने से बेहतर है तात्कालिक लाभ के लिए कल की नहीं, आज की सोच, दूसरों की नहीं, अपनी सोच, का यह व्यावहारिक जीवनदर्शन वैराग्य की वापसी का कारण बना है और यह वैराग्य हर किसी को इतना व्यावहारिक और आकर्षक लग रहा है कि आदर्शों को अब हर कोई असार मान रहा है। राजनीतिक सिद्धांत तो पूरी तरह असार मालूम होने लगे हैं लेकिन राजनीतिक व्यवहार नहीं। स्थिति यह है कि नई पीढ़ी डॉम-पॉल (घरेलू राजनीति) और ऑफ पॉल (दफ्तरी राजनीति) की बात करने लगी है। हर किसी की जबान पर एक फिकरा चढ़ गया है, 'अजी साहब कुछ नहीं, निरी पॉलिटिक्स है।' और तो और, नृशंस दंगों, हृदय-विदारक हादसों तक के संदर्भ में सुनने को मिलता है कि 'विभिन्न दल उसकी आंच में अपनी राजनीतिक रोटी सेंक रहे हैं।'

सैद्धांतिक राजनीति से विरक्त हुए व्यावहारिक स्वार्थ-प्रेरित राजनीतिज्ञों ने आधुनिकता के सिद्धांतनिष्ठ और निष्पक्ष तंत्र को बिल्कुल खोखला बना दिया है। उनकी कोशिश यह होती है कि वे उसे भी अपने रंग में रंग दें ताकि वह हर निर्णय उनके पक्ष में ले। अगर ऐसा नहीं हो पाता तो वे उसके निर्णयों की अवहेलना करते हैं या कहते हैं कि वे प्रतिपक्ष की राजनीति से प्रेरित हैं। जो भी पक्ष सत्ता में आता है वह पहले सत्ता में रहे पक्ष का हर अच्छा-बुरा फैसला राजनीति-प्रेरित बताकर उसे बदल देता है। हर सत्ताधारी अपने विरोधी पक्ष पर गंभीर अभियोग लगाकर कानूनी कार्रवाई शुरू करवाता है और विरोधी पक्ष के सत्ता पर रहते अपने खिलाफ शुरू हुए कानूनी मुकदमे खत्म करवाता है। हर कहीं राजनीति होती है, राजनीतिक साजिश की जाती रहती है— यह बात जन-जन के मन में बैठा दी गई है। अर्जुन सिंह जी ने केंद्रीय स्कूलों में की नियुक्तियों में हिंदुत्ववादी राजनीति दिखा दी तो लालू जी ने एक स्कूली छात्र के अपहरण में अपने विरोधियों की बिहार को बदनाम कराने की साजिश। नेता बिरादरी की बात छोड़िए, आप साहित्यिक बिरादरी की बयानबाजी ही पढ़ लीजिए, आपको लगेगा यहां से वहां तक सिद्धांतहीन राजनीति चल रही है। साजिशें हो रही हैं। मठाधीश शब्द बहुत प्रिय है इस बिरादरी को और मठ तो वैरागियों के ही होते हैं। टीवी धारावाहिक हमें बता रहे हैं कि घर-संसार में प्यार-व्यार नहीं, राजनीतिक साजिश का ही आलम रहता है और अंग्रेजी पत्र-पत्रिकाएं बता रही हैं कि अब भारत में भी प्रबुद्ध लोग-लुगाई अविवाहित रहना पसंद करने लगे हैं। स्वागत करें उत्तरआधुनिक वैरागी का जो हर प्रतिबद्धता, हर सैद्धांतिक रूढ़ि से मुक्त है।

(7 फरवरी, 2005)

हीनभावनाग्रस्तों की धर्मनिरपेक्षता

केंद्र सरकार का आस्ट्रेलियाई धर्म प्रचारिका ग्लेडिस स्टेंस को उड़ीसा में समाज सेवा के लिए पद्मश्री प्रदान करना और कर्नाटक के मुख्यमंत्री द्वारा पेंटिकॉस्टल चर्च के प्रचंड प्रचारक बेनी हिन्न को बेंगलूर में अपनी विराट सभा निर्विघ्न संपन्न करने के लिए न सिर्फ पूरी सहायता देना बल्कि स्वयं भी उसमें उपस्थित रहना फिर यह प्रकट कर गया कि एक देश और समाज के रूप में हमारे लिए पश्चिम का अनुमोदन बेहद महत्त्व रखता है और असलियत से आंखें मूंदकर खुशफहमियों में खोए रहना हमारी विशेषता बन चली है। ये दोनों काम ही इस उम्मीद से किए गए लगते हैं कि इनसे पश्चिम में हमारी आधुनिकता और धर्मनिरपेक्षता पर मुहर लग सकेगी जबकि पश्चिमी मानकों के अनुसार धर्मनिरपेक्षता की सबसे बड़ी आवश्यकता ही यह है कि सरकारी तंत्र, विधि-विधान और राजनीति को धर्म से अलग-थलग रखा जाए। सोमनाथ मंदिर की पुनर्स्थापना से सरकार के जुड़ने का विरोध करने वाले नेहरूजी पश्चिमी दृष्टि से धर्मनिरपेक्ष माने जा सकते थे। किंतु इस मामले में नेहरूजी को औरों का समर्थन न मिलना यह दर्शा गया कि वैसी धर्मनिरपेक्षता हमारे स्वभाव में नहीं है। हमने दावा किया कि हमारी धर्म-निरपेक्षता सभी धर्मों के प्रति आदर के रूप में व्यक्त होती है और हमारे आदर्श गांधी हैं जो दूसरे धर्म की खातिर बड़ी से बड़ी कुर्बानी करने को तैयार रहते थे।

किंतु गांधी का अंततः बहुसंख्यकों और अल्पसंख्यकों द्वारा पूरी तरह अस्वीकृत कर दिया जाना प्रकट कर गया कि उस तरह की धर्मनिरपेक्षता भी हमारे वश की नहीं है। और अब तो यह हमसे ही नहीं छिपा रह गया है कि जिसे हम अपनी अनूठी धर्मनिरपेक्षता समझते हैं वह एक चुनावी हथकंडा रहा है। सांप्रदायिक दंगे हमारे यहां आज भी होते हैं और पश्चिमी मीडिया हमें हिंदू और मुस्लिम दोनों तरह की फासिस्ट ताकतों का गढ़ मानता है। पश्चिम उस देश की धर्मनिरपेक्षता की दाद देने से रहा जिसमें ग्लेडिस स्टेंस के पादरी पति की हत्या की गई और जिसमें मुस्लिम वोट पाने के लिए ओसामा बिन लादेन बने हुए एक व्यक्ति का उपयोग किया जाता है। दो विदेशी ईसाई धर्मप्रचारकों के प्रति श्रद्धा जताकर हम पश्चिम में बुश-जैसे उन नेताओं को ही खुश कर सकते हैं जो स्वयं धर्मनिरपेक्ष नहीं हैं।

रही बात एक आधुनिक राष्ट्र के रूप में हमारी छवि सुधरने की। समता पर जोर देने वाली आधुनिकता किसी भी प्राणी को अपने से कमतर न मानने का आग्रह करती है जबकि धर्मप्रचार में यह निहित है कि दूसरा विधर्मी होने के नाते पतित है और उसे सच्चे धर्म में दीक्षित करने से ही उसका उद्धार होगा। निस्संदेह ईसाई धर्म प्रचारकों द्वारा विषमतम परिस्थितियों में अद्‌भुत जनसेवा किए जाने और इस

सिलसिले में कुर्बानियां दिए जाने का गौरवमय इतिहास है किंतु ये कुर्बानियां मूलत: लोगों की भौतिक काया के लिए नहीं, 'नरक के लिए अभिशप्त' आत्मा के उद्धार के लिए ही दी जाती रही है। इस दृष्टिकोण को किसी भी तरह आधुनिक नहीं माना जा सकता। स्वयं पश्चिमी आधुनिक बिरादरी इस तरह की बातें करने वालों को पोंगापंथी ही नहीं, अमानवीय भी मानती है। पिछले दिनों अमेरिका के आधुनिक और उदार ईसाइयों का सिर यह सुनकर शर्म से झुक गया कि धर्म-प्रचारक सुनामी त्रासदी को धर्मपरिवर्तन का सुअवसर मान रहे हैं।

प्रेसीडेंट बुश के कृपापात्र धर्मप्रचारक ग्राहम ने इंडोनेशिया के सुनामी पीड़ितों की सहायता का अभियान शुरू करते हुए कहा, 'मुसलमान तो अपने बिरादरों की मदद करने से रहे। अगर मैं वहां गया तो मुझे उम्मीद है कि सुनामी पीड़ित भी उस खुदा को मानने लगेंगे जो मेरा खुदा है।' एक अन्य वेबसाइट पर तो साफ ही लिख दिया गया कि सुनामी अनाथों को सच्चे धर्म में दीक्षित करके हम इंडोनेशिया में ईसाइयत के कदम जमा सकते हैं। शायद कर्नाटक के मुख्यमंत्री के लिए यह जानना बहुत रोचक होगा कि अमेरिकी धर्मप्रचारकों के लिए भारत मूढ़ मूर्तिपूजकों का देश है और उन्हें इस बात का विशेष रूप से दुख है कि हिंदीभाषी क्षेत्रों में ईसाइयत का अब तक पर्याप्त प्रचार-प्रसार नहीं हो पाया है। इस तरह की बातों को वह आधुनिकता से तभी जोड़ सकेंगे जब पश्चिमी साम्राज्यवादियों की तरह यह स्वीकार कर लेंगे कि आधुनिकता यूरोपीय-अमेरिकी ईसाइयत की ही विशिष्ट देन है।

मुख्यमंत्री जी को शायद यह भी न पता हो कि अमेरिकी धर्मप्रचारक संस्थाओं को अमेरिका की उन बहुराष्ट्रीय कंपनियों से जबर्दस्त फंडिंग मिलती है जो सारे ग्लोब पर अपना आर्थिक साम्राज्य स्थापित करने का तथा सारे ग्लोब को अमेरिकी संस्कृति के रंग में रंग देने का नेक इरादा रखती हैं। शायद राजनीति में होते हुए भी उन्होंने अब तक किसी अखबार में यह नहीं पढ़ा है कि विश्वचौधरी अमेरिका के प्रेसीडेंट बुश स्वयं कट्टरपंथी ईसाई हैं और उनकी मांगें पूरी करने में जुटे हुए हैं। सीएनएन के एक सर्वेक्षण के अनुसार यह कट्टरपंथी बिरादरी बुश को शैतान के बंदों के खिलाफ लड़ाई में सच्चे खुदा के बंदों की अगुआई करने वाला नेता मानती है और उसके प्रवक्ता कैमरे के सामने भी यह कहने में नहीं हिचकते कि काफिर ही नहीं, वे ईसाई तक नरक जाएंगे जिन्होंने 'दुबारा जन्म' नहीं लिया है। इसीलिए वे परंपरागत ईसाइयों का भी धर्म-परिवर्तन कराने में जुटे हैं और पुराने चर्च उन्हें धर्मच्युत और खतरनाक बता रहे हैं।

दुबारा जन्म का चक्कर यह है कि जहां कैथलिक और परंपरागत प्रोटेस्टेंट पंथों में बच्चे को चर्च में ले जाकर तुरंत ही बप्तिस्मा देकर ईसाई बना दिया जाता है वहां नए अमेरिकी पंथ बालिग होने पर फिर बप्तिस्मा दिए जाने की बात कहते हैं। बेनी

हिन्न जिस पेंटि-कॉस्टल चर्च के प्रतिनिधि हैं वह बालिग द्वारा पानी में डुबकी लगाकर लिए जाने वाले बप्तिस्मा को भी अपर्याप्त ठहराकर ईसा की पवित्र प्रेतात्मा से बप्तिस्मा और स्पर्श मात्र से उपचार करने जैसी चमत्कारी शक्तियां पाने की बात करता है। बेनी हिन्न की सभाओं में कुल मिलाकर वही होता है जो हमारे यहां किसी ओझा के यहां होता है। ओझागीरी को आधुनिकता से वही जोड़ सकते हैं जो हमें 21वीं सदी में मध्ययुग की ओर ले जाना चाहते हैं। और सौ बातों की एक बात यह है कि जिस पश्चिम से प्रमाणपत्र पाने के लिए हमारे सत्ता प्रतिष्ठान ने अपने को ईसाई धर्मप्रचारकों से जोड़ा है उसे इस बात से कोई अंतर नहीं पड़ता कि आप कितने आधुनिक या धर्मनिरपेक्ष हैं। अगर आपके पास अपार प्राकृतिक संपदा हो और आप उसका दोहन पश्चिम को करने दें तो वह आपको भयंकर रूप से पोंगापंथी और सांप्रदायिक होने पर वैसे ही सिर-आंखों पर बिठा सकता है— जैसे कि सऊदी अरब को। दूसरी ओर आपका एक वैज्ञानिक, प्रौद्योगिक, स्वावलंबी आर्थिक शक्ति के रूप में उभर सकना उसे खतरनाक लग सकता है। अमेरिकी गुप्तचर संस्थाएं भारत के आर्थिक शक्ति बन सकने की संभावनाएं पश्चिम को सावधान करने के लिए रेखांकित कर रही हैं, हमें शाबाशी देने के लिए नहीं।

(14 फरवरी, 2005)

सुलभतम शौचालय ग्लोबल

आधुनिकता ने आम आदमी को खास आदमियों-जैसी संपन्नता और सुरुचि देने का व्रत लिया था। आज अपने नवपूंजीवादी संस्करण में वह खास आदमियों की अमीरी आम आदमी में बांटना तो गलत ठहरा रही है लेकिन गरीबों-गंवारों के फूहड़पन को फैशन बताना अपनी समतावादी दृष्टि का सबूत मान रही है। अब जैसे खुले में मल-मूत्र त्याग की बात ही लें। आधुनिकता ने कहा कि ऐसा करना पशुवत है। टट्टियों और मल-मूत्र पात्रों के उपयोग के बारे में उसने टिप्पणी की कि इनसे भी गंदगी बढ़ती है और बीमारियां फैलती हैं। यही नहीं, इसमें मल-मूत्र उठाने के लिए दूसरों को मजबूर किया जाता है जो बेहद अमानवीय है। यह बात अलग है कि आधुनिकता के पैगंबर पश्चिम में तो मालिकों द्वारा दिनभर में भरे गए मल-मूत्र पात्रों को नौकरों से रात को खिड़की से बाहर गली में फिंकवा दिया जाता रहा। जो हो, आधुनिक पश्चिम के साफ-सुथरे फ्लश वाले निजी और सार्वजनिक शौचालय बाकी दुनिया को अपने पिछड़ेपन और गंवरपन की याद दिलाते रहे। अस्पृश्यता की अमानवीय प्रथा के कारण हम भारतीय तो विशेष रूप से हीनभावनाग्रस्त हुए।

इसलिए जब आज से कोई तीस साल पहले कवि-पत्रकार भूपेंद्र अबोध ने पटना में मुझे डॉ. बिंदेश्वरी पाठक के सुलभ शौचालय अभियान से परिचित कराया तब मैंने *साप्ताहिक हिंदुस्तान* में लिखा कि ऐसे शौचालय बनाना भारत को सच्चे मानों में आधुनिक और लोकतंत्रात्मक देश बनाने की दृष्टि से निहायत जरूरी है। अफसोस कि भले ही इस बीच पाठकजी की संस्था सुलभ इंटरनेशनल बन चुकी हो, इस देश का आम इंसान आज भी औपनिवेशिक साहबों की शब्दावली में 'काला आदमी जमीन पर छि: छि: करने वाला' कहलाने के लिए मजबूर है और एक जाति-विशेष के लोग दूसरों का मल-मूत्र ढोने के लिए अभिशप्त हैं। इसलिए विदेशी हम पर लानत भेजते रहे हैं। और हमारी प्रतिक्रिया यह होती रही है कि वे अपनी दौलत का सहारा लेकर हम गरीबों की मजबूरी का मजाक उड़ा रहे हैं।

पिछले साल मेरी एक स्विस मेहमान को मेरे घर से आधा किमी दूर सार्वजनिक पार्क तक जाते हुए चार-चार जगह पेशाब के डाबरों से बचना और नौसादरगंध का सामना करना पड़ा और वह हंसकर बोलीं, 'आपके यहां एवरीव्हेयर टॉयलेटों पर रोक लगाने के लिए कोई कानून नहीं है क्या?' मैंने खफा होकर कहा, 'है क्यों नहीं। आप गोरे बनवा जो गए थे। लेकिन उसे तोड़ना हमारी मजबूरी है।' इसके एक हफ्ते बाद कार से सफर करते हुए स्वयं उन्हें एवरीव्हेयर टॉयलेट इस्तेमाल करना पड़ा क्योंकि घंटों इंतजार करने के बाद आखिरकार जो सार्वजनिक शौचालय मिला उसका प्रयोग करके अपने सौंदर्यबोध और अपनी स्वास्थ्य सजगता को ठेस

पहुंचाने में उन्होंने अपने को असमर्थ पाया। उनकी विवशता पर मुझे जितना संतोष हुआ उतनी ही शर्म भी आई। ऐसी भी क्या गरीबी और मजबूरी कि हम शौच के लिए कम लागत वाली कोई बेहतर व्यवस्था ही न कर पाए आज तक!

गांधी जी ने गहरे गड्ढों पर दो पटरे डालकर पाखाने बनवाने की दिशा में पहल की थी। माओ के चीन में सार्वज़निक स्थलों पर दीवार की ओट में बनी अधढंकी गहरी नालियां बनवा दी गई थीं। अफसोस कि गांधी के बाद के हमारे नेता इस समस्या को वास्तव में हगनी-मूतनी मान चुके हैं और हमारी सुसंस्कृत बिरादरी को इसका उठाया जाना अशिष्ट और अपमानजनक प्रतीत होने लगा है। तो इस बिरादरी को यह जानकर निश्चय ही बड़ी खुशी होगी कि जिस मुल्क बरतानिया के गोरों ने हमें इस मामले में जाहिल ठहराया था उसकी नई पीढ़ी मदिरालय के आस-पास की हर जगह को मूत्रालय का दर्जा देने लगी है। वहां भी सार्वजनिक शौचालयों से वैसे ही सड़ांध उठने लगी है जैसी हमारी यहां के। ऐसा ब्रिटेन में ही नहीं, अमेरिका वगैरह में भी हो रहा है। पाठकजी के सुलभ शौचालय तो पता नहीं कितने इंटर-नेशनल हो पाए हैं, हमारे सुलभतम शौचालय अब जल्दी ही ग्लोबल होने वाले हैं।

इस पर वहां के वामपंथी टिप्पणीकार कह रहे हैं कि देखिए किसी हद तक तो इसे शरारत करने की सहज युवावृत्ति का ही नमूना माना जा सकता है। मौजमस्ती के कुछ खास मौकों पर सार्वजनिक टेलीफोन के खोखों में शौच कर आने का रिवाज तो पहले भी था। सेलफोन के दौर में वे बूथ दुर्लभ हो गए हैं, लिहाजा हमारा यूथ पेड़ों-दीवारों का ही मूत्राभिषेक किए दे रहा है। लेकिन उससे भी बड़ी वजह यह है कि सार्वजनिक शौचालयों के निर्माण और रखरखाव पर उतना खर्च नहीं किया जा रहा है जितना कि किया जाना चाहिए। उधर दक्षिणपंथियों का कहना है कि तीसरी दुनिया के जाहिल-गंवारों को हमारे यहां घुसते चले आने की छूट देने से यह नौबत आई है। आप्रवासी जिन भी मोहल्लों में बसते हैं या जिन भी उद्यान, सागरतट, मॉल वगैरह का उपयोग करते हैं उनमें देखते ही देखते तीसरी दुनिया के देशों की-जैसी गंदगी हो जाती है। इन जाहिलों की सोहबत में हमारे गरीब भी बिगड़ रहे हैं। गरीबों को काहिल और जाहिल मानकर उपेक्षणीय ठहराना नव-पूंजीवादी एजेंडा का अहम हिस्सा है इसलिए उन्नत देशों से यह नहीं पूछा जा सकता कि आपको जिन लोगों के अपने यहां घुस आने से इतनी परेशानी हो रही है उन्हें अपने-अपने देश में भुखमरी और बेरोजगारी से उबारने में आप, अपनी ही भलाई के लिए, थोड़ा हाथ क्यों नहीं बंटाते?

बहरहाल यह तो पूछा ही जा सकता है कि आपके अपने लोग फुटपाथ को शौचालय क्यों बना रहे हैं। इसका असली उत्तर देते हुए वहां के वामपंथी और दक्षिणपंथी दोनों कतरा रहे हैं। वह यह कि खुले में शंकानिवारण करना एक और

दकियानूसी वर्जना को तोड़ने वाला साहसिक कार्य समझा जा रहा है पश्चिमी समाज में। पश्चिम के जिस प्रोटेस्टेंट मानस को आधुनिकता का जन्मदाता माना जाता है वह देह और दैहिक क्रियाओं के मामले में बेहद वर्जनाग्रस्त रहा था और पश्चिम का सारा सांस्कृतिक इतिहास उन वर्जनाओं के एक-एक करके तोड़े जाने का इतिहास रहा है। मल-मूत्र त्याग की चर्चा और खुले में शौच के निषेध तोड़ना अब मॉड होने का लक्षण बनता जा रहा है। पिछले कुछ वर्षों में साहित्य, रंगमंच और फिल्मों में मूत्रालय एक महत्त्वपूर्ण लोकेशन का दर्जा रखने ही लगा है। समानता के अंतर्गत स्त्री-पुरुषों के लिए एक ही शौचालय बनाने की मुहिम छिड़ ही चुकी थी। और अब शौचालय ही अनावश्यक कुंठा-संकोच के प्रतीक बना दिए जा रहे हैं। कुछ उसी तरह जिस तरह परिष्कृत बिरादरी का फूहड़ों की तरह गाली-गलौज की भाषा में न बोलना कुंठाग्रस्त होने का प्रमाण माना जा रहा है अब।

निस्संकोच लूट और शोषण में विश्वास करने वाला नव-पूंजीवाद अपने आर्थिक दुराचार पर किसी भी तरह का अंकुश लगाए जाने की मांग न उठने देने के लिए ऐसी संस्कृति की आवश्यकता अनुभव कर रहा है जिसमें इंसान अपनी इच्छाओं की पूर्ति पशुवत करने में कोई संकोच अनुभव न करे। यम, नियम, संयम तीनों उसे अपने, इसलिए जनता के स्वास्थ्य के लिए खतरनाक लगते हैं। तो आज उसका मीडिया विश्व में एक अदद 'असांस्कृतिक क्रांति' कराने में जुटा है।

(21 फरवरी, 2005)

रंगीले बनें बच्चे-बूढ़े हमारे

कार्ड और गिफ्ट बेचने वाली नुक्कड़ की दुकान नवेली दुल्हन-सी सज उठी, फुटपाथी फूलवाला पश्चिमी संस्कृति में प्रेम-संदेशवाहिका मानी जाने वाली सुर्ख गुलाब की कलियां बेचने लगा और मीडिया संत वेलेन्टाइन की महिमा से महमहा उठा— ऐसे, हे पाठकगण, कंकरीट के जंगल में जाड़ों की बरसात से भीगे कूड़ागारों से उठती भीनी सड़ांध को रामदेवी प्राणायाम से सोखते हुए आपके इस स्तंभकार ने जाना कि बनन में, बागन में बगर्‌यौ बसंत है। संयोग से इस वर्ष वसंत पंचमी और वेलेन्टाइंस डे एक दिन आगे-पीछे पड़े। हमारे अंग्रेजी मीडिया ने तो वसंत पंचमी की बदस्तूर पूरी तरह उपेक्षा की ही, हिंदी मीडिया भी उसके चरण-चिह्नों पर चला। मैं जो हिंदी दैनिक लेता हूं वह राजधानी के दूसरे प्रमुख हिंदी दैनिक की तुलना में कहीं अधिक हिंदुस्तानी है, किंतु उसमें भी वसंत पंचमी पर मुश्किल से आधा कॉलम सामग्री छपी और वेलेन्टाइंस डे की चर्चा करते हुए वह पांच से भी ज्यादा पन्नों में चहचहाया। तो मुक्तमंडी के मीडिया की मेहनत रंग लाई है और पांच-एक साल में ही वेलेन्टाइंस डे इंडिया दैट इज भारत में इंडिया वालों के लिए ही नहीं भारत वालों के लिए भी उनका अपना ही वसंतोत्सव बन चला है।

वसंत पंचमी बनाम वेलेन्टाइंस डे की 'बिग फाइट' में वसंत पंचमी हिंदुत्व-वादियों से जुड़कर पिट चुकी है। यही नहीं, वेलेन्टाइंस डे का विरोध करना धर्म-निरपेक्ष ताकतों से अपना संबंध विच्छेद कर लेने का पर्याय बन चला है। यह भी माना जा चुका है कि वेलेन्टाइंस डे का विरोध करना नारी मुक्ति और सहज मानवीय प्रेम— दोनों का विरोध करना है। इसी प्रसंग में एक अंग्रेजी दैनिक ने मीडिया की लाड़ली नफीसा अली द्वारा शिवसेना प्रमुख बाल ठाकरे के नाम एक खुला पत्र प्रकाशित किया है जिसमें उन्होंने कहा है, 'मुझे पता है कि शिवसेना को वेलेन्टाइंस डे पसंद नहीं है, किंतु क्या यह उचित न होगा कि हम बुजुर्गों की भूमिका में उस प्रेम के विषय में सोचें जिसकी संसार को आवश्यकता है?' नफीसा अली ने इस प्रेम को निःस्वार्थता, बंधुत्व, भक्ति और प्रभु प्रेम से जोड़ दिया है, जिसकी निस्संदेह आज बहुत आवश्यकता है किंतु क्या मीडिया वेलेन्टाइंस डे पर उसका प्रचार कर रहा है?

वह भी छोड़िए। क्या वह ऐसा भी कुछ कर रहा है, जिससे हमारा समाज सामंती सोच से मुक्त हो और युवक-युवतियों को अपना जीवनसाथी चुनने की आजादी मिलने लगे? आज भी शहरों तक में प्रेम-विवाह आम बात नहीं है। यही नहीं, शहरी मॉड समाज में प्रेम और दहेज, डेटिंग और डावरी डेथ दोनों का सहअस्तित्व है। गांवों में तो खैर प्रेम-विवाह करने वाले बाकायदा दंडित किए जाते

हैं आज भी। इसलिए वेलेन्टाइंस डे को नारी मुक्ति से जोड़ना आत्मछलना भर है। रही बात उसे विश्वबंधुत्व से जोड़ने की तो जिस दैनिक ने नफीसा अली का खुला पत्र छापा है, उसी के एक सर्वेक्षण से पता चलता है कि दिल्ली के 16 से 20 वर्ष तक के 67 प्रतिशत उच्चवर्गीय लड़के-लड़कियां किसी से प्रेम करते हैं किंतु अगर उनसे प्रेम और कॅरिअर में से किसी एक को चुनने को कहा जाए तो 71 प्रतिशत कॅरिअर को ही चुनते हैं। किसी से अपनी प्रतिबद्धता से बड़ा अपनी सफलता को मानने वाले स्वार्थी प्रेमी जन हमें कैसे विश्वबंधुत्व की ओर ले जा सकते हैं, इसकी सहज की कल्पना की जा सकती है।

वेलेन्टाइंस डे के प्रचारकों को उस प्रेम से कोई लेना-देना नहीं है जो हमारे संसार से ऊंच-नीच और वैर का भाव मिटा सकता हो। उन्हें तो भूमंडल में प्रेम का रास रचाकर अपना माल बेचना और अपना भोगविश्वासी जीवन-दर्शन बेचना है। इसीलिए मंडी के भोंपू मीडिया ने इस वर्ष भी बताया कि वेलेन्टाइंस डे प्रणय निवेदन का पर्व है और प्रेम कुल मिलाकर एक दर्शनकला है। सारा खेल अपने को सुपात्र के रूप में बेच सकने का है।

हमारे सीमित शब्द-भंडार को ध्यान में रखते हुए उसने हमें बताया कि तैयारशुदा प्रेम संदेश और प्रेम कविताएं इंटरनेट पर कहां मिल सकती हैं। प्रणय की परिपूर्ति पलंग पर होती है और पलंग तक का रास्ता प्रेम पात्रा के हृदय से होकर जाता है। इसीलिए यदि यह आशंका हो कि उसकी नासमझी के कारण आपके प्रेम की अधोगामिनी कुंडिलीनी उसके हृदय में ही अटककर मूलाधार की ओर बढ़ नहीं पाएगी तो आप उसे श्रृंगारिक उर्फ अश्लील संदेश भी भेज सकते हैं जो इंटरनेट और कार्ड-शॉप दोनों में उपलब्ध हैं। याद रखें कि जितना कीमती आपका कार्ड होगा, उतना ही मूल्यवान बन पाएगा आपका प्यार उसे पाने वाले के लिए। प्रेम के प्रमाण स्वरूप इस सुअवसर पर महंगी ट्रीट और महंगा गिफ्ट दोनों ही दें। महंगी ट्रीट की चर्चा करते हुए मीडिया ने हमें बताया कि चॉकलेट और वाइन जैसी खाने-पीने की चीजों की प्रेम के संदर्भ में क्या प्रतीकात्मकता है। गिफ्ट के अंतर्गत तरह-तरह के उपहार सुझाए गए। बताया गया कि हृदय के आकार में तराशे गए हीरे के जेवर का कोई जवाब नहीं। गिफ्ट महंगा होगा तो प्रेम पात्रा 'यह दिल मांगे मोर' के मूड में झूमकर कहेगी कि 'तन-मन मेरा तुम पर अर्पण' प्रोवाइडेड धन तुम मुझ पर अब यूं ही वारते रहो।

मुक्तमंडी के इस अभियान की सफलता का अनुमान इसी से लगाया जा सकता है कि उसी सर्वेक्षण के अनुसार 72 प्रतिशत युवा वेलेन्टाइंस डे पर गिफ्ट पाने की आशा रखते हैं और 64 प्रतिशत गिफ्ट देने पर 500 रुपये से ज्यादा खर्च करने वाले हैं। प्रसंगवश इन युवाओं में से 70 प्रतिशत ने प्रेम को सेक्स सुख-भोग से जोड़ा।

फ्री मार्केट सारी दुनिया में वेलेन्टाइंस डे के नाम पर जो फ्री लव बेच रही है उसे विश्वबंधुत्व से जोड़ना जरा मुश्किल है। खैर तो कामवासना जिनके लिए स्वतः ही काम्य है उन किशोरों को वेलेन्टाइन भक्त बना चुकने के बाद अब हमारे मीडिया को बच्चों-बूढ़ों की चिंता सताने लगी है।

मीडिया ने इस बात पर हैरानी व्यक्त की है कि कुछ स्कूलों में बच्चे-बच्चियों के संत वेलेन्टाइन का पर्व प्रेमपूर्वक मना सकने पर पाबंदी लगा दी गई है। अगर वे स्कूलों में प्रेम का पाठ नहीं पढ़ पाएंगे तो निश्चय ही नफरत और बैर की राजनीति करने वालों के बहकावे में आ जाएंगे। फिर सांप्रदायिक सद्भाव और विश्वबंधुत्व का क्या होगा? बूढ़ों को मीडिया ने प्रिंस चार्ल्स का उदाहरण देकर प्रेरित किया है जिन्होंने अपनी 35 वर्ष पुरानी प्रेमिका केमिला से शादी करने का फैसला इस वेलेन्टाइंस डे से चार दिन पहले घोषित किया। दोनों के प्रेम की महानता का बखान करते हुए हमें बताया गया कि अलग-अलग लोगों से शादी हो जाने के बावजूद उन्होंने एक-दूसरे से पति-पत्नी वाला संबंध बनाए रखा। प्रेमी की पत्नी मर गई, प्रेमिका ने पति को तलाक दे दिया तो दोनों बाकायदा साथ रहने लगे और अब विवाह कर रहे हैं। केमिला के समर्पण भाव की बानगी यह दी गई कि उसने चार्ल्स पर अपना प्रेम यह कहकर उजागर किया कि मेरी परदादी आपके लकड़नाना की रखैल थी— समझे न? चार्ल्स की दीवानगी का आलम हम तक पहुंचाने के लिए मीडिया ने बताया कि फोन पर बात करते हुए चार्ल्स ने केमिला की पतलून में ही बस जाने की कामना व्यक्त की— चाहे चड्डी या रजरकू रूमाल क्यों न बनना पड़े। तो जैसा कि नफीसा अली ने कहा है हम बूढ़े भी सतत आंतरिक विकास के लिए तैयार रहें। प्रेम करना सीखें प्रिंस चार्ल्स से।

(28 फरवरी, 2005)

ग्लोबल गांव का एब्सर्ड थिएटर

शेक्सपीयर कह गए हैं कि सारा संसार एक रंगमंच है। अगर उन्होंने ग्लोबल गांव बन चुके आज के विश्व के व्यापार देखे होते तो संसार को ऊलजलूल का रंगमंच बताते। विचित्र बात यह है कि नवपूंजीवादी संस्कृति के प्रतिबद्ध प्रचारक मीडिया ने उस ऊलजलूल को हमारे लिए सर्वथा सामान्य और अनुकरणीय बना डाला है। अब जैसे यही लें कि पिछले दिनों एक दैनिक ने पाठकों को सूचित किया कि ब्रिटेन की अफ्रो-अमेरिकी सुपर मॉडल नाओमी कैंपबैल ने फैशन संस्था 'पीरेईज' के लिए एक 'हॉट' फोटो खिंचवाया है जिसकी नीलामी से मिली रकम सुनामी हादसे में अनाथ हुए बच्चों की सहायता के लिए दी जाएगी। यह सूचना देने वाला मानकर चला है कि जुबना के उभारों को दिखाकर रसिकों के मन में ऊष्मा उपजाना जरूरी है सुनामी से अनाथ हुए बच्चों के आंसू सुखाने के लिए।

प्रसंगवश इस समाचार के साथ जो चित्र छापा गया है, वह आज के प्रतिमानों के अनुसार इतना 'हॉट' नहीं कि बोली लगाने वालों के तन-मन में धन अर्पण कराने वाली भावना जगाए। तो मैं यही मानना चाहूंगा कि लगभग नग्न मॉडलों के चित्रों वाला कैलेंडर छापने के लिए रसिक-जगत में विख्यात 'पीरेईज' ने नीलामी के लिए नाओमी का कोई 'हॉट' चित्र या चित्र-संकलन प्रस्तुत किया होगा। अगर सचमुच इसी चित्र की नीलामी की जा रही है और इस नीलामी को ग्लोबल गांव के निवासियों के लिए एक महत्त्वपूर्ण समाचार बनाया जा रहा है तो हम यह मानने के लिए बाध्य होते हैं कि 'पीरेईज' सुनामी अनाथों के कंधों पर रखकर अपनी सुपर मॉडल और अपने फैशन कलेक्शन दोनों के प्रचार की बंदूक दाग रहा है। हमें इतना असंवेदनशील बना दिया गया है कि सुपर अभागों के आंसुओं में तैरती चड्ढी-अंगिया पहनी सुपर मॉडल हमें अशोभन की हदें छूती ऊटपटांग हरकत करती हुई नहीं लगती।

बिल्कुल इसी तर्ज पर हमारे 17 टीवी चैनलों ने सुनामी-पीड़ितों की सहायतार्थ फिल्म, फैशन और ग्लैमर की दुनिया से जुड़ी हस्तियों द्वारा प्रस्तुत एक कार्यक्रम 'हेल्प' का प्रसारण किया। इसकी विशेषता यह थी कि इसमें शृंगार और करुणा इन दो परस्परविरोधी रसों का अद्भुत समन्वय किया गया। कामोत्तेजक नाच-गाने और धूम-धड़ाके के बीच सुनामी की विनाशलीला और सुनामी-पीड़ितों की अपार व्यथा के दारुण दृश्य इसमें मातमी संगीत के साथ प्रसारित किए जाते रहे। इस कार्यक्रम के दोनों सूत्रधार, सोनाली बेंद्रे और कबीर बेदी, अपनी भाव-भंगिमा और अपना स्वर चटपट बदल डालने का अद्भुत कौशल प्रदर्शित करते रहे। अभी कलाकारों की प्रशंसा में मुस्कुरा, मटक और चहक रहे हैं और अभी सुनामी के मारों का जिक्र करते हुए सूरत रोनी और स्वर भर्राया बनाए डाल रहे हैं! तड़क-भड़क की दुनिया

की तमाम हस्तियां भी इस कार्यक्रम में रंजन और रुदन का विलक्षण सम्मिश्रण करती रहीं।

जनता जिन लोगों की दीवानी है, उनका उपयोग जनता से किसी भले काम में हाथ बंटाने की अपील करने के लिए किया जाए, यह बात तो समझ में आती है। लेकिन यह समझ सकना कठिन है कि रुदन की पृष्ठभूमि में एक रंगारंग कार्यक्रम प्रस्तुत करना न आयोजकों को विसंगत लगे और न दर्शकों को। यह मानकर चला गया कि केवल सुनामी पीड़ितों की दुर्दशा दिखाने से दर्शक इतना नहीं पसीजेंगे कि उनकी मदद के लिए अपने चहेते सितारों की अपील पर खुले दिल से पैसा दें। वे तो तभी पैसा देंगे जब सितारे उन अभागों का रोना रोते हुए उन सौभाग्यशालियों का मनोरंजन भी करते रहें। यह सही है कि किसी भले काम के लिए पैसा जमा करने के वास्ते कोई भी व्यक्ति वही काम कर सकता है जो उसे आता है— खिलाड़ी खेल सकते हैं, गायक गा सकते हैं और फिल्मी सितारे मंच पर आकर चमक सकते हैं— किंतु क्या यह विसंगत नहीं कि उनके इस पुण्य को एक ऐसे धूम-धड़ाकेदार हंगामी उर्फ मेगा मीडिया इवेंट का रूप देकर आयोजन को प्रयोजन से कहीं अधिक महत्त्वपूर्ण बना दिया जाए? मुसीबत में पड़े लोगों के दुख-दर्द पर हावी कर दी जाए उनकी सहायता के लिए आगे आई मीडिया हस्तियों की जनता का चित्त प्रसन्न करने वाली मौज-मस्ती!

ग्लोबल गांव के वासियों के लिए यह आवश्यक था कि वे सारी वसुधा को वास्तव में अपना कुटुंब मानना सीखें, लेकिन उन्हें अपने पड़ोसी तक के दुख-दर्द से बेखबर रहना सिखाया जाता रहा है। वे अपनों की जान परायों की जान से और अमीरों की जान गरीबों की जान से अधिक कीमती मानने लगे हैं। इसीलिए आज एक औसत अमेरिकी यह मानता है कि आतंकवादियों द्वारा वर्ल्ड ट्रेड सेंटर ध्वस्त करके सैकड़ों बेकसूर लोगों को मार देना नितांत नृशंस और निंदनीय घटना थी जिसका बदला लेने के लिए दो-दो देशों को ध्वस्त कर देना और हजारों बेकसूरों की जान ले लेना न केवल उचित था बल्कि मानवीय जीवनमूल्यों की रक्षा के लिए आवश्यक भी। अव्वल तो यह माना ही नहीं जाता कि अफगानिस्तान या इराक में बेकसूर नागरिक मारे गए। भयंकर बमबारी में तो वे मारे जा ही नहीं सकते थे क्योंकि आधुनिकतम प्रौद्योगिकी की कृपा से चुने हुए सैनिक ठिकाने ही ध्वस्त किए गए। रही आमने-सामने की लड़ाई, तो उसमें जो भी तथाकथित नागरिक मरता है वह नागरिक के भेस में कोई सैनिक या आतंकवादी ही होता है।

जब कभी यह स्वीकार किया भी जाता है कि भूल-चूक से निश्चय ही कुछ बेकसूर लोग भी मारे गए होंगे तब उसे एक भले लक्ष्य की सिद्धि में हो गए नगण्य नुकसान उर्फ 'कोलैटरल डैमेज' की संज्ञा दी जाती है। अफगानिस्तान और इराक को

तबाह कर देना, हजारों बेकसूर लोगों की जान ले लेना और बाकी सारी आबादी को आतंक, अनिश्चय और आर्थिक संकट में जीने के लिए अभिशप्त कर देना एक नगण्य-सा अभिशाप है जो इन दोनों देशों के नागरिकों को वोट का अधिकार दिलाने के महान लक्ष्य की पूर्ति में गलती से हो गया है। ग्लोबल गांव के मीडिया में इधर इस आशय के दर्जनों लेख प्रकाशित और परिसंवाद प्रसारित हुए हैं कि अफगानिस्तान और इराक पर हुए हमले को लेकर बहस करना बंद कीजिए और जरा यह समझने की कोशिश कीजिए कि इन दोनों देशों में लोकतंत्र की स्थापना मुस्लिम समाज और विश्व इतिहास की दृष्टि से कितनी महत्त्वपूर्ण घटना है!

स्वार्थ को परमार्थ के रूप में स्वीकार करने और दिखाने के प्रयोजन से खाने के प्रयोजन की पूरी पर्दादारी कर देना भी ग्लोबल गांव की एक सर्वमान्य प्रथा बना दी गई है। आज औसत अमेरिकी नागरिक यह मानने को तैयार नहीं है कि इराक पर हमला उसके तेल-भंडार अपने हाथ में लेने और युद्ध से ध्वस्त इराक के पुनर्निर्माण के ठेके अमेरिकी बहुराष्ट्रीय कंपनियों को दिलवाने के इरादे से किया गया। इसी तरह यूरोप का औसत नागरिक यह नहीं मानता कि यूरोप ने इराक-युद्ध का विरोध इसलिए किया कि इराक अपने तेल से डॉलर की जगह यूरो कमा रहा था और अपने यहां के ठेके फ्रांस और जर्मनी को दे रहा था। यूरोपीय नागरिक का तो यह मानना है कि हम आधुनिक और सभ्य हैं इसलिए इराक की प्रभुसत्ता का आदर करना आवश्यक समझते हैं। यह एब्सर्ड थिएटर देखते-देखते ग्लोबल-गांव के वासी बेतुकेपन में बहुत बड़ी तुक देखने लगे हैं और वास्तविकता सारे व्यंग्यकारों को बेरोजगार बना रही है।

(7 मार्च, 2005)

मीडिया नहीं चीन्हता निज हीनता

यूरोप–यात्रा पर गए अमेरिकी व्यंग्यकार मार्क ट्वेन ने एसोसिएटेड प्रेस द्वारा अपनी मृत्यु का समाचार प्रसारित कर दिए जाने पर कुल एक पंक्ति का पत्र भेजा था, 'मेरी मृत्यु के समाचार में थोड़ी अतिशयोक्ति हो गई है।' उन्होंने माना था कि जिस हद तक समाचार भी किस्सागोई के एक अंग हैं उस हद तक उनमें बात का कुछ बढ़ा–चढ़ाकर कह दिया जाना क्षम्य है। किंतु इधर यह देखने में आ रहा है कि हर कहीं हाईप उर्फ अतिशयोक्ति का समाचारों में बड़े पैमाने पर प्रयोग किया जा रहा है और ऐसा समझा जा रहा है कि बिना हाईप के उनमें लाइफ नहीं पड़ती।

पिछले दिनों अनजान स्कूली छात्र सौरभ को देखते ही देखते पहले राष्ट्रीय हीरो और फिर नटवरलाल जूनियर बना डालकर हमारे मीडिया ने हाईप का एक दुखद उदाहरण प्रस्तुत किया। वह चाहेगा कि हम इसे एक मनोरंजक प्रकरण मानें किंतु वास्तव में वह हमारे प्रशासन और मीडिया की भयंकर मूढ़ता और दायित्व–हीनता का उदाहरण है। सौरभ सिंह का दावा था कि अमेरिकी अंतरिक्ष संस्थान नासा द्वारा वैज्ञानिक प्रतिभाओं के चयन के लिए आयोजित अंतर्राष्ट्रीय प्रतियोगिता में उसे प्रथम स्थान मिला है। इस परीक्षा का अंतिम दौर ऑक्सफोर्ड विश्वविद्यालय में संपन्न हुआ था। इस उपलक्ष्य में उसे वैमानिकी इंजीनियरिंग में उच्चतर अध्ययन के लिए नासा छात्रवृत्ति देगा। इस परीक्षा को दो भारतीय पहले भी पास कर चुके हैं। एक तो वर्तमान राष्ट्रपति अब्दुल कलाम और दूसरी स्वर्गीया कल्पना चावला। कलाम साहब इसमें सातवें स्थान पर आए थे और कल्पना चावला 21वें।

कृपया ध्यान दें कि दावा करने वाले अनजान स्कूली छात्र ने दो अंतर्राष्ट्रीय ख्यातिप्राप्त संस्थाओं नासा और ऑक्सफोर्ड विश्वविद्यालय और दो जानी–मानी हस्तियों का जिक्र किया था। इसलिए प्रशासन और मीडिया दोनों को इस दावे का सच–झूठ पता करने के लिए इंटरनेट का सहारा लेने का कष्ट करना ही जरूरी था। किंतु इतना भी कष्ट उनसे न हो सका। 'आपको कैसा लग रहा है?' का प्रश्न हर प्रसंग और हर व्यक्ति पर दागने वाले मीडिया से इतना भी न हुआ कि राष्ट्रपति जी से पूछ ले कि माननीय महोदय जिस परीक्षा में आप सातवें आए थे उसमें सौरभ के प्रथम आने पर आपको कैसा लग रहा है। यही नहीं, हमारे लाखों मीडियाकर्मियों में से एक ने भी यह सवाल नहीं उठाया कि नासा कोई विश्वविद्यालय है जो स्कूली छात्रों को अपने यहां उच्चतर अध्ययन के लिए छात्रवृत्ति देता है। और अगर ऐसा है भी तो क्या ब्लेयर–बुश मैत्री के इस दौर में ऑक्सफोर्ड विश्वविद्यालय नासा के उस विश्वविद्यालय के लिए वैज्ञानिक प्रतिभाएं ढूंढ़ने का काम करने लगा है।

आश्चर्य कि प्रशासनिक अधिकारियों के मस्तिष्क में भी यह प्रश्न नहीं उठा

जबकि मान्यता यह है कि बड़े मेधावी और सर्वज्ञ किस्म के लोग ही आईएएस में आ पाते हैं। उससे भी बड़ा आश्चर्य यह कि इन अधिकारियों ने बिना कोई प्रमाण मांगे या पूछताछ किए स्कूली छात्र के दावे पर मुहर लगा दी। कृपया यह न भूलें कि यह वही अफसर बिरादरी है जो हर दावे को संदेह से देखती और हर बात के लिए मूल और सत्यापित प्रतियों की मांग करती है। उन्होंने तय पाया कि हम इस बालक की प्रसिद्धि से अपने जिले, प्रदेश और स्वयं खुद को प्रसिद्ध बना सकते हैं। बलिया के अधिकारियों ने उस बालक को जिले का और उत्तर प्रदेश के अधिकारियों ने राज्य का गौरव घोषित कर डाला। उत्तर प्रदेश सरकार ने उसके लिए चार लाख रुपये का अनुदान प्रस्तावित किया और उसकी रक्षा के लिए एक बंदूकधारी की सेवाएं दीं। क्या पता कहीं कोई बाहुबली इस जीनियस को अगुआ कर ले? फिर प्रचलित दस्तूर के अनुसार सौरभ की पीठ के वीआईपी हथेलियों द्वारा थपथपाए जाने का सिलसिला शुरू हुआ। वैसे ही जैसे कुछ ही पहले टेनिस की किसी अंतर्राष्ट्रीय प्रतियोगिता के तीसरे दौर में पहुंचने वाली पहली भारतीय युवती सानिया का हुआ था। प्रसंगवश, विभिन्न विषयों को उनके मनोरंजक तत्त्व के हिसाब से महत्त्व देने वाले मीडिया ने सानिया की हाईप में सौरभ को लगभग बिसरा दिया था। फिर सानिया का शोर कुछ ठंडा पड़ जाने पर उसे लगा कि विज्ञान कितना भी उबाऊ क्यों न हो, सौरभ की उपलब्धि इतनी भी नगण्य नहीं कि उसे और उसके माता-पिता को कैमरे के सामने आने का अवसर ही न दिया जाए। उसका ध्यान इस ओर भी गया कि इसमें तो 'गुदड़ी के लाल' मार्का 'फीलगुड स्टोरी' का भी भरपूर मसाला है। बलिया जैसे पिछड़े इलाके का एक ग्रामीण पृष्ठभूमि और साधारण आर्थिक हैसियत वाले परिवार में जन्मा, कस्बे के स्कूल में पढ़ा यह बालक वैज्ञानिक प्रतिभाओं की खोज के लिए नासा द्वारा की गई प्रतियोगिता में प्रथम स्थान पाकर सिद्ध कर गया है कि प्रतिभा किसी की मोहताज नहीं होती, कि मेधावी को कोई आगे बढ़ने से रोक नहीं सकता, कि पिछड़े भारत के पिछड़े हिस्से तक 'ब्रेन पावर' के मामले में अगड़ों से तगड़े हैं।

तो सौरभहु की हाईप भई। अध्यापक, अभिभावक, प्रशासनिक अधिकारी सभी यश के प्रकाश में दमकते और उसकी प्रशंसा में चहकते नजर आए टीवी पर। जिस दिन सौरभ राष्ट्रपति जी से मिलने पहुंचा, उसके दावे पर लगभग एक साथ दो प्रहार हुए। नासा ने इस बात का खंडन किया कि वह वैज्ञानिक प्रतिभाओं के चयन के लिए कोई अंतर्राष्ट्रीय प्रतियोगिता करता है या उसने सौरभ सिंह को अपने संस्थान में प्रशिक्षण पाने के लिए चुना है। और राष्ट्रपति भवन की एक विज्ञप्ति में बताया गया कि अब्दुल कलाम ने नासा की किसी प्रतियोगिता में कभी भाग नहीं लिया। बस मीडिया ने फौरन रिवर्स गियर डाल दिया और सौरभ को मक्कार बताकर हमारा

मनोरंजन करने लगा। बलिया के जिलाधिकारी ने सौरभ को दिया गया अंगरक्षक वापस ले लिया। वह सौरभ को परीक्षा में प्रथम आने के लिए मिले प्रमाण पत्र की भ्रष्ट अंग्रेजी की ओर मीडिया का ध्यान दिलाने लगे। उन्होंने कहा कि थैंक गॉड मैं इस लड़के के लिए आयोजित सम्मान समारोह में नहीं जा सका। उधर मूंछों पर ताव दे चुके सौरभ के गांव वालों ने इस तरह मूंछें नीची कर दिए जाने का गुस्सा चक्का जाम कर प्रशासन पर निकाला जिससे स्टोरी की 'एंटरटेनमेंट वैल्यू' और बढ़ गई।

लुत्फ की बात यह कि अंत में मीडिया ने बड़ी गंभीरता और नादानी से पूछा कि आखिर इतना बड़ा झूठ सच कैसे बन सका। उसने पूछा ही, बताया नहीं। उसने अब भी कुछ सवालों के जवाब ढूंढ़ने की जरूरत महसूस नहीं की। जैसे, क्या यह दिलचस्प झूठ उस मेधावी छात्र ने स्वयं गढ़ लिया था या किसी धोखाधड़ी करने वाली संस्था ने उससे पैसा ऐंठकर उसे किसी फ्रॉड परीक्षा में बैठाया और प्रथम आने का प्रमाणपत्र थमाया? क्या मीडिया ने वह माहौल नहीं बनाया है जिसमें पश्चिम से प्रमाणपत्र पाना हमारे लिए अन्यतम उपलब्धि बन गई है? समझदार पढ़े-लिखे लोग तक पश्चिम की किसी फ्रॉड इंटरनेशनल *हूज हू* में सचित्र उल्लेख के लालच में कई सौ डॉलर देते हैं और फिर बताते हैं कि हमें अंतर्राष्ट्रीय हस्ती माना गया है। राष्ट्रपति भवन ने नासा का खंडन आने से पहले विज्ञप्ति क्यों नहीं निकाली? क्या राष्ट्रपति जी ने सौरभ को फटकार सुनाने के लिए समय दिया? सबसे बड़ा सवाल यह कि इस झूठ को मीडिया ने सारे राष्ट्र में क्यों फैलाया। इन सवालों के जवाब मीडिया इसलिए नहीं ढूंढ़ेगा कि मनोरंजन की विकट साधना करते-करते वह समाचार और सनसनी, सच और झूठ में तमीज करना भूल चुका है।

(14 मार्च, 2005)

इंडियन आइडल : आविष्कृत आराध्य

सामूहिक सम्मोहन करने के मामले में टीवी-जैसा कोई नहीं! इस माध्यम के शुरुआती दौर में हर कहीं यह देखा गया कि धारावाहिकों के काल्पनिक पात्र तक दर्शकों के लिए वास्तविक बन चले। *हम लोग* में बड़की की भूमिका करने वाली सीमा भार्गव को बाजार में कुछ स्त्रियों ने घेरकर यह नेक सलाह दी कि डॉक्टर अश्वनी से शादी करने में अब ज्यादा नखरे मत दिखाओ तुम। काल्पनिक पात्रों से इतना गहरा जुड़ाव होता देख मीडिया विशेषज्ञों ने वास्तविक लोगों को लेकर ही कार्यक्रम बनाने की ठानी कि तब तो कमाल ही हो जाएगा! और ऐसा ही हुआ भी। शुरू में गेम-शो यानी इनामी प्रतियोगिताओं वाले कार्यक्रम किए गए। फिर रिएलिटी शो करके देखे गए जिनमें वास्तविक लोगों को आपस में किसी तरह के मुकाबले के लिए छोड़ दिया जाने लगा और उनके आपसी वोट या जनता के वोट या दोनों के ही आधार पर किसी एक को कार्यक्रम से बाहर किया जाता रहा। ये कार्यक्रम दर्शक जुटाने में और भी अधिक सफल हुए। सफलतम सिद्ध हुआ यूरोपीय कंपनी फ्रीमेंटल से जुड़े संगीत उद्योग विशेषज्ञों द्वारा परिकल्पित एक कार्यक्रम *पॉप आइडल*।

इसके कॉपीराइट के पैसे देकर अमेरिका के दक्षिणपंथी चैनल ने अपने युवा वर्ग के दर्शकों की संख्या बढ़ाने के लिए सन 2000 में *अमेरिकन आइडल* शुरू किया। पांच वर्ष बाद जापानी कंपनी सोनी ने अपने भारतीय चैनल की लोकप्रियता बढ़ाने के लिए फ्रीमेंटल की सेवाएं लेकर *इंडियन आइडल* प्रस्तुत किया। *अमेरिकन आइडल* देख चुकने के बाद *इंडियन आइडल* देखते हुए मुझे ऐसा लगा जैसे उसी का भारतीय संस्करण देख रहा होऊं। और तो और, इसका लोगो भी अंडाकार नीली पृष्ठभूमि पर सफेद अक्षरों से बिल्कुल उसी लिखावट में दिया गया और उसके साथ थीम म्यूजिक भी वही बजाया गया। अंतर अगर कुछ था तो यही कि संगीत उद्योग और फ्रीमेंटल से जुड़े विशेषज्ञ साइमन कावल जैसा प्रतियोगियों की आंखों में आंसू ले आने वाला कोई साफ गो जज *इंडियन आइडल में* नहीं था और इसकी कमी अनु मलिक अपनी बेढंगी शायरी से पूरी कर रहे थे।

इंडियन आइडल को भी वैसी ही लोकप्रियता मिली जैसी *अमेरिकन आइडल* को। अपने-अपने प्रिय गायकों को इंडियन आइडल बनते देखना चाहने वालों की संख्या करोड़ों में पहुंच गई और टेलीफोन लाइनें जाम रहने लगीं। युवाओं के साथ-साथ बुजुर्ग भी इस कार्यक्रम के दीवाने हो चले। गत शनिवार शाम सात बजे जब मैं जयपुर के एक अस्पताल की आईसीयू के बाहर अपनी भाभी का हाल जानने के लिए बैठा हुआ था, वहां के बुजुर्ग निदेशक सेल फोन पर किसी रोगी के रिश्तेदार को यह बता रहे थे कि जी टाइम तो सवा नौ का ही तय हुआ था लेकिन उस

एक्सपर्ट ने बदलवाकर साढ़े दस करा लिया है– आज *इंडियन आइडल* का फाइनल एपिसोड है न! बात उन्होंने जिस सहजता से कही उसी सहजता से वह दूसरे छोर पर बैठे व्यक्ति ने मान भी ली। मैं समझता हूं कि वे दोनों स्वयं भी फाइनल एपिसोड को देखना एक अदद न छोड़ी जा सकने वाली चीज मान रहे होंगे। आपके इस बुजुर्ग स्तंभकार ने भी अस्पताल से लौटने पर यह जानना चाहा कि *इंडियन आइडल* कौन बना— बंबइया बादशाह अभिजित सावंत कि वह भिलाई–भूषण अमित साना।

न मुझे एसएमएस करना आता है और न मेरी पत्नी को, लेकिन हम दोनों के मौखिक वोट शुरू से अमित साना को पड़ते रहे थे और हम इस बात से चकित और गद्गद दोनों ही थे कि वह मीडिया के ग्लैमर संबंधी सभी मानकों को मुंह बिराता हुआ प्रतियोगिता के अंतिम दौर में पहुंच गया है। मैं समझता हूं कि अगर वह सचमुच इंडियन आइडल बन जाता तो सोनी चैनल उतना ही दुखी हो उठता जितना कि मेरी पत्नी उसके न बन सकने से हुई। फ्रीमेंटल ने गायन प्रतियोगिता का यह प्रारूप कोई श्रेष्ठ गायक खोजने के लिए नहीं निकाला है। उसका उद्देश्य गायकी और ग्लैमर दोनों के धनी किसी ऐसे लड़के या लड़की को दर्शकों का अपना चुना हुआ आराध्य बना डालना है जिसे अनुबंध के लिए दी गई रकम कार्यक्रम के दौरान प्रत्यक्ष और परोक्ष विज्ञापनों और बाद में उसके भक्तों के चढ़ावे से मुनाफे सहित आनन–फानन वसूल हो सके। फिर उसके बाद कोई दूसरा गायक आराध्य श्रोताओं के मन–मंदिर में प्रतिष्ठित किया जाए और उस पर चढ़ावा बटोरा जाए। नित नई मूर्तियां गढ़ी और पुजवाई जाएं और पुरानी विस्मृति की गंगा में विसर्जित कर दी जाएं!

इसीलिए बार–बार दर्शकों से कहा गया कि सिर्फ गायकी न देखें, हमें तो टोटल पैकेज की तलाश है। सोनी वालों ने निश्चय ही राहत की सांस ली होगी कि ग्लैमरहीन अमित साना नहीं, अभिजित सावंत इंडियन आइडल चुना गया जिसकी सलज्ज मुस्कान किशोर बिरादरी को बहुत क्यूट लगी है और जो गाता भी अच्छा है। अच्छा न भी गाता होता तो कोई बात नहीं क्योंकि संगीत अब एक उद्योग है। रिकॉर्डिंग के कौशल से साधारण गायक भी टेप कैसेट और वीडियो में असाधारण–सा बनाया जा सकता है। किसी गायक को प्रसिद्ध होने के लिए अब न बरसों तक पापड़ बेलने की जरूरत है, न किसी गुरु के चरणों में बैठकर कुछ सीखने की और न अपनी कोई विशिष्ट गायनशैली निकालने की। साइमन कावल जैसे विशेषज्ञ अब किसी को भी तत्काल राष्ट्रीय तथा अंतर्राष्ट्रीय प्रसिद्धि दिलवाने की क्षमता रखते हैं। वे तय करते हैं कि उनके आविष्कृत आराध्य क्या गाएंगे, कैसे गाएंगे, उनकी आवाज को सुधारने के लिए स्टूडियो में क्या कुछ किया जाएगा, क्या पहनकर वे अपने भक्तों को दर्शन दिया करेंगे और उनके प्रचार–प्रसार के लिए क्या कुछ किया जाएगा अथवा स्वयं उनसे करवाया जाएगा। तो प्रसिद्धि अब अर्जित

नहीं करनी होती, वह मीडिया द्वारा पैदा करा दी जाती है।

तो ऐसी है सम्मोहन शक्ति टीवी की और इतना विकसित हो चला है प्रचार विशेषज्ञों का पांडित्य। खेद का विषय है कि हमारा कोई भी चैनल उस शक्ति और उस पांडित्य का उपयोग लोगों को अधिक जानकार और उनकी जिंदगी को बेहतर बनाने के किसी भी कार्यक्रम में नहीं करता। हर कोई ग्लैमर बेचने और पैसा पीटने में जुटा हुआ है। यह असंभव माना जा रहा है कि ज्ञानवर्द्धन भी मनोरंजक हो सकता है। या कि ग्लैमरहीन स्वामी रामदेव जी के योग शिविरों जैसे जनता की बेहतरी के कार्यक्रम भी जबर्दस्त लोकप्रियता हासिल कर सकते हैं। कलात्मकता को समर्पित सरकारी चैनल भारती का यह हाल है कि उसे भरती चैनल कहना अधिक उपयुक्त होगा क्योंकि उसमें कुछ भी भर दिया जाता है। अफसोस-दर-अफसोस यह कि मनोरंजन के कार्यक्रमों के विषय में भी हमारे चैनलों को मौलिक होना स्वीकार्य नहीं। जब फ्रीमेंटल ने दिल्ली में अपना दफ्तर खोला था तब उनका एक प्रतिनिधि मुझसे मिलने आया था और मैंने उसे कहा था कि आपके पास जो प्रारूप हैं वे भारतीय दर्शकों को जमेंगे नहीं। लगभग उन्हीं दिनों मेरी सोनी वालों से बात हुई थी और मैंने उनसे कहा था कि धारावाहिक तो बहुत हो चुके, अब आप गेम-शो और रिएलिटी शो पर ध्यान दें। इस सिलसिले में कुछ प्रस्ताव भी मैंने उन्हें दिए थे। अब उसी सोनी ने फ्रीमेंटल के प्रारूप के लिए पैसे देकर ग्लोबल मंडी में सांस्कृतिक एकरूपता लाने की दिशा में योगदान कर डाला है।

(21 मार्च, 2005)

कांग्रेसी कूच, गांधी जी से गुरुजी तक

बड़े से बड़े व्यंग्यकार की कल्पना वह घटनाक्रम नहीं रच सकती थी जो कांग्रेस ने पिछले दिनों गोवा और झारखंड विधानसभाओं में शक्तिपरीक्षण के सिलसिले में रचा। कांग्रेसी आलाकमान की रची इस नितांत प्रभावप्रद पटकथा पर यदि कोई फिल्म बनाई जाए तो वह एक अदद ऑस्कर के लिए तरसते भारतीय फिल्म उद्योग की बड़ी पुरानी अभिलाषा पूरी कर सकती है। इस पटकथा की पराकाष्ठा तो सर्वथा चमत्कृत करने वाली थी। जरा ध्यान दें, एक ओर झारखंड विधानसभा में गुरुजी कहलाए जाने वाले शिबू सोरेन भारत के सर्वोच्च न्यायालय द्वारा दिए गए निर्देश की अवहेलना करते हुए अपनी अल्पमत सरकार को बचाने की खातिर अपने ही द्वारा नियुक्त अस्थायी अध्यक्ष को विश्वास प्रस्ताव पर वोट लेने से रोकने के लिए हंगामा मचवा रहे थे और दूसरी ओर साबरमती आश्रम में गांधी जी की दांडी मार्च की हीरक जयंती से एक दिन पहले पुराने नेता अपनी खादी की पोशाकें इस्तिरी करवा रहे थे और नए नेता खादी भवन में अपनी नाप का कुर्ता, पाजामा, टोपी तलाश रहे थे।

एक ओर गुरुजी महात्मा गांधी के दिए राजनीतिक अस्त्र सविनय अवज्ञा का अद्भुत कौशल से उपयोग कर रहे थे और दूसरी ओर नेहरू परिवार द्वारा अनौपचारिक रूप से पेटेंट कर लिए गए गांधी ब्रांडनेम की उत्तराधिकारिणी सोनिया जी ऐतिहासिक दांडी मार्च की पुनरावृत्ति के लिए साबरमती आश्रम में एकत्र कांग्रेसी सेवादल के कार्यकर्ताओं से कह रही थीं कि गांधी जी के सत्य, अहिंसा और सांप्रदायिक सद्भाव के आदर्श आज भी प्रासंगिक हैं और कल भी रहेंगे। गांधी जी हमारा अतीत ही नहीं, हमारा भविष्य भी हैं। अर्थात जनता के हित में और जनादेश के नाम पर कानून के प्रति सविनय अवज्ञा का अस्त्र भारतीय राजनीति में आगे भी उपयोग में आता रहेगा। एक ओर सोनिया जी कह रही थीं कि गांधी जी के आदर्शों पर चलकर बड़ी-बड़ी सामाजिक क्रांतियां की जा सकती हैं और दूसरी ओर कांग्रेसी विधायक सर्वोच्च न्यायालय के इस आदेश को क्रांतिकारी चुनौती दे रहे थे कि मुख्यमंत्री सदन में विश्वास मत प्राप्त करके दिखाएं।

उनके अनुसार संविधान अस्थायी अध्यक्ष को विश्वास प्रस्ताव पर मतदान कराने का अधिकार नहीं देता था और उनके प्रबुद्ध पैरोकारों के अनुसार सर्वोच्च न्यायालय ने इस मामले में हस्तक्षेप करके अपने अधिकार क्षेत्र का अतिक्रमण किया था। शिबू सोरेन कुछ उसी तरह न्याय और व्यवस्था के नाम पर किए गए अन्याय के विरोध में सत्याग्रह कर रहे थे जिस तरह गांधी जी ने अंग्रेजों के आम आदमी को नमक न बनाने देने के अन्यायपूर्ण कानून के विरोध में किया था। राज्यपाल महोदय भी अंतर आत्मा के सत्य को आंकड़ों के सत्य से बड़ा मानकर यह बता चुके थे कि गांधीवादी परंपरा आज भी इस देश में जीवित है। किसी भय या प्रलोभन के वश में आए हुए विधायकों

के समर्थन को समर्थन न मानकर उन्होंने आध्यात्मिक साहस का परिचय दिया था। इस घटनाक्रम का श्रेय निश्चय ही कांग्रेसी आलाकमान की अद्‌भुत कल्पनाशीलता को ही दिया जाएगा। जब तक पार्टी छोड़ देने का इरादा न बना ले तब तक हर कांग्रेसी विधायक, और तो और, एक या दो उंगली दिखाए बिना शौच तक के लिए नहीं जाता। तो यह मानकर चला जा सकता है कि झारखंड विधानसभा में हंगामा आलाकमान के आदेश पर ही किया गया।

रहा दांडी हीरक जयंती आयोजन, उसका तो शुभारंभ ही आलाकमान की आलाकमान ने किया। हर आम और खास कांग्रेसी को पता था कि गांधी जी की साबरमती से खंभात की खाड़ी पर स्थित दांडी तक की पदयात्रा दुबारा करके दिखाई जाएगी ताकि उसे एक टेली इवेंट उर्फ 'दूरदर्शनीय घटना' का दर्जा मिल सके। हुआ भी यही। साबरमती आश्रम, आश्रम रोड, बीच का पुल और आयकर भवन के सामने बनी गांधी जी की प्रतिमाएं विशेष रूप से सजाई गईं और उन पर रंग-बिरंगे बल्ब जलाए गए। पुल पर तो 'रेड कारपेट' भी बिछाया गया ताकि हम विश्व को बता सकें कि हम गांधी जी के साथ-साथ उन अंग्रेजों को भी नहीं भूले हैं जिनके शासन से उन्होंने हमें मुक्ति दिलाई थी।

सोनिया जी अगले दिन सुबह छह बजे आश्रम पहुंच गई थीं ताकि ऐतिहासिक दांडी मार्च की तरह इस बार भी ठीक साढ़े छह बजे पदयात्री चल पड़ें। किंतु टेली इवेंट के अंतर्गत आवश्यक समझे गए कार्यक्रमों से यात्रा के शुभारंभ में 15 मिनट का विलंब हो गया। पहले सोनिया जी ने उपस्थित जनसमूह को गांधी जी के सत्य, अहिंसा और सांप्रदायिक सद्‌भाव के आदर्शों के प्रति निष्ठावान रहने की सौगंध दिलवाई। फिर रामधुन गाई गई। उस्ताद अमजद अली खां ने अपने बेटों के साथ 'वैष्णव जन' की धुन प्रस्तुत की और अंत में 'मार्च' के लिए चुने गए 78 पदयात्री सोनिया जी के नेतृत्व में निकल पड़े। सोनिया जी और अन्य कांग्रेसी नेता तीन किलोमीटर दूर आयकर भवन वाली गांधी जी की प्रतिमा तक ही चले। साथ में शोभा यात्रा भी निकली। यह सरासर ज्यादती होती कि किसी भी वर्तमान नेता से आशा की जाती कि वह गांधी जी की तरह 25 दिन में लगभग 400 किलोमीटर चलकर अपने स्वास्थ्य और देश के हितों को संकट में डाले। फिर यह इवेंट मीडिया के लिए इतना मेगा तो हरगिज नहीं हो सकता था कि 25 दिनों तक कैमरा टीम को उसमें उलझाए रखे।

इसलिए निर्देश यह दिया गया था कि बीच के महत्त्वपूर्ण पड़ावों पर कुछ और अंतिम पड़ाव दांडी में सभी वीआईपी अपनी उपस्थिति दर्ज करवाएं। हर पड़ाव पर रंगारंग आयोजनों से मेले-जैसा माहौल बनाया जाए ताकि टीवी वालों को गांधी प्रतिमा के अतिरिक्त भी कुछ दिखाने को मिले। मुझे विश्वास है कि दांडी में अधिक से अधिक ग्लैमरस गांधीवादी जुटाए जाएंगे ताकि इस मेगा इवेंट को अच्छी टीआरपी मिले और

युवा पीढ़ी ब्रांडनेम गांधी की कायल हो। महात्मा गांधी से युवा पीढ़ी के अपरिचय का एक नमूना दांडी मार्च नंबर दो का शुभारंभ देखने आए एक युवक ने यह कहकर दिया कि गांधी जी का 75वां जन्मदिन मनाया जा रहा है। एक छात्रा ने स्वीकार किया कि गांधी जी नाम तो मैंने सुना है लेकिन दांडी मार्च का नहीं। मेगा इवेंट की मेहरबानी से युवा पीढ़ी न केवल दांडी मार्च का नाम सुन लेगी पर दो-एक दिन तक याद भी रख लेगी।

अधिक आवश्यकता इस बात की है कि युवा पीढ़ी गांधी जी के सत्याग्रह और सविनय अवज्ञा का वह नया संस्करण धड़ल्ले से अपनाती रहे जो कांग्रेसियों ने निकाला और जिसे अन्य दलों ने भी पूरे उत्साह से अपनाया। इसके अनुसार यदि कानून और संविधान की कोई धारा अथवा लोकतंत्र की कोई परंपरा आपके या आपके राजनीतिक स्वार्थ के आड़े आती हो तो आप उसे तोड़ दें। यदि वह आपके प्रतिद्वंद्वी का पक्ष निर्बल करती हो तो आप उसके सबसे बड़े पक्षधर बन जाएं। आपकी हमेशा यह कोशिश रहे कि आप दूसरे की हर गलती और हर बुराई को उजागर करें किंतु यदि कोई आपकी गलती या बुराई की ओर इशारा करे तो आप उसकी ओर तरस खाते हुए देखें कि कितनी नासमझी की बात कर रहा है। और हां, आप अपनी आदर्शवादिता का किसी नौटंकी के रूप में प्रदर्शन अवश्य करते रहें। जैसे कि गांधी जी के घोर विरोधी रहे संघियों ने सोनिया गांधी के जाने के बाद साबरमती आश्रम धो-पोंछकर किया। यह दुर्भाग्य है कि हमारे राजनीतिक दलों के इस अनास्थावान रवैये ने आज यह स्थिति पैदा कर दी है कि शीघ्र ही जब तक हर विधायक को मंत्री बनकर पैसा पीटने का अवसर या उसकी एवज में तगड़ी रकम नहीं दी जाएगी तब तक कोई सरकार नहीं चल पाएगी।

(28 मार्च, 2005)

ऑपरेशन डंक से लगता कलंक

संत वैलेन्टाइन दिवस से होली तक के इस मादक मौसम में बालस्वरूप राही की बेहतरीन गजलों के संग्रह *राही को समझाए कौन* के इस शेर पर निगाह टिकी कि 'हमारे वक्त में तो कैद थी तन्हाइयों पर भी मगर अब तो सरे-बाजार हर जुर्रत के दिन आए' तो मुझे अपने हमउम्र शायर से बेहद हमदर्दी हुई। मित्रवर राही मेरी अपेक्षा इस माने में अधिक मॉड कहे जा सकते हैं कि उन्होंने प्रेम विवाह किया किंतु कुल मिलाकर वह भी शायद मेरी पीढ़ी के तमाम और शहरी तथा मध्यवर्गीय लोगों की तरह काम को एक बदनाम-सी चीज मानने वाला पश्चिमी दृष्टिकोण अपनाते रहे होंगे अन्यथा वह आह भरकर यह कहते न सुने जाते कि 'ये महके जिस्म, बहके दिल, बड़ी रंगत के दिन आए, हमारे दिन गए दुनिया में तब जन्नत के दिन आए।' मुझे याद है कि शहरी और मध्यमवर्गीय संस्कारों वाले हम मॉड लड़के वर्जनाओं और छूट दोनों की बाकायदा व्यवस्था किए हुए उस समाज में वर्जनाओं पर तो कसमसाते थे किंतु छूट का लाभ लेते हुए घबराते थे। मुझ-जैसों को कभी पूरी तरह यह विश्वास न हो पाया कि फाग के मौसम में भाभियों वगैरह से भयंकर किस्म की छूट लेने का दुस्साहस किया जा सकता है। मन में यह शंका भी उठती रही कि क्या ऐसा दुस्साहस करना सामंती सोच का नमूना नहीं है। आधुनिक किस्म की 'सिस्टर्स इन लॉ' को भी तब होली का हुड़दंग आपत्तिजनक प्रतीत होने लगा था और हम जैसे आधुनिकों को ग्रामीण पृष्ठभूमि वाली वे स्त्रियां निर्लज्ज लगती थीं जो घर आए हुरियारों की अश्लीलता से घबराती नहीं थीं और उसका कान लाल कर देने वाला जवाब देती थीं।

तो मैं पश्चिम द्वारा काम को बड़े काम की चीज ठहराकर सारे ग्लोब में फाग को बारहमासी बना दिए जाने के दौर में राही की व्यथा समझ सकता हूं। किंतु उनकी सेवा में दो तथ्य प्रस्तुत करना चाहता हूं। पहला तो यह कि नई शहरी आधुनिकता के तहत अगर आपसे कोई चंद्रवदन मृगलोचनी बाबा कहि-कहि जाय तो आप उससे 'हे बेब दैट्स कूल' कहते रहें और उसका हाथ खींचकर कहें कि आजा मेरी गोदी में बैठ जा। याद रखें कि *प्ले बॉय* का संस्थापक संपादक हैफनर आपसे भी पहली पीढ़ी का है और वह सदा आधा दर्जन चुनिंदा युवा गोपियां रासलीला के लिए स्थायी रूप से अपने रंगमहल में रखता है, बाकी आती-जाती रहती हैं। मैं जब पिछली मर्तबा अमेरिका गया था तब मेरे बेटे को मेरे आगमन की खुशी में ली गई चार दिन की छुट्टी इसलिए रद्द करानी पड़ी थी कि उसके साठ-वर्षीय बॉस को अपने 85 वर्षीय विधुर पिता की दो गर्लफ्रेंडों को एक-दूसरे का अस्तित्व पता चल जाने पर बने फौजदारी केस को सुलटाने के लिए छुट्टी लेकर

किसी दूसरे शहर जाना पड़ गया। पहले दोनों ने एक-दूसरे को पीटा, फिर मिलकर बुड्ढे को पीटा और राही जी को जानकर हर्ष होगा कि कुशल मैनेजर सुपुत्र के बीच-बचाव के बाद दोनों ने प्रेमी से इस शर्त पर संधि कर ली कि अब कोई तीसरी कमसिन नहीं ले आएगा।

इस उत्साहवर्द्धक तथ्य के बाद एक थोड़ा हतोत्साह करने वाला तथ्य। वह यह कि जिस दिन मैंने राही जी की उक्त गजल पढ़ी उसी रात यह पता चला कि हमारे टीवी चैनलों ने भी लड़कियों पर लाइन मारने वाले 'लंपटों' का अमेरिकी चैनलों की तरह खुफिया कैमरों से 'सनसनीखेज खुलासा' करने की ठान ली है। मैंने देखा कि अभिनेत्री बनने की आकांक्षा रखने वाली अबोध युवती का अभिनय करती किसी रिपोर्टर को शक्ति कपूर आश्वस्त कर रहे हैं कि पेट थोड़ा बड़ा होने के बावजूद तुम अभिनेत्री बन सकती हो, इसके लिए तुम्हें मेरे साथ सो जाने के अतिरिक्त और कोई कष्ट नहीं करना पड़ेगा। बाकी सब मैं संभाल लूंगा। तुम्हें अभिनय, नृत्य सिखवाऊंगा, जिम भिजवाऊंगा और सबसे बड़ी बात यह कि मेरे साथ सोने लगोगी तो और कोई तुम पर हाथ नहीं डालेगा। राही जी संरक्षण के आश्वासन का यह संवाद सिनेमा जगत में ही नहीं, साहित्य जगत में भी बहुत कारगर हो चुका बताया जाता है तो कृपया नोट कर लें। बस इतना ही ध्यान रखें कि यदि अंकल राही से गजल राइटिंग सीखने की इच्छुक कोई किशोरी गोरी होरी खेलने आए तो इस संवाद को आजमाने से पहले किसी इलेक्ट्रॉनिक विशेषज्ञा से उसकी जामा-तलाशी लिवा लें कि कहीं रंग भीजी अंगिया में ही कोई बटन कैमरा फिट न हो और फिर कई रातों तक इंडिया टीवी के बुलेटिन में कुछ अन्य साठोत्तरी कवियों के साथ-साथ आप भी हरकते नाशायस्ता करते नजर न आएं। एक छोटा-सा सवाल यह रह जाता है कि जब आप उस विशेषज्ञा को पटाने के लिए यह संवाद बोल रहे होंगे तब आपको आशंकामुक्त कौन करेगा।

जो हो, बहुत अधिक घबराने की आवश्यकता भी नहीं है। नेकनामी और बदनामी में अब कोई खास फर्क रह नहीं गया है। और अगर खुदा और खुफिया कैमरे के फजल से ऐसे ही धमाकेदार खुलासे होते रहे तो वह बिल्कुल ही मिट जाएगा। ऐसा ही उस अबोध कहे जाने वाले अमेरिका में हुआ जिसके मीडिया ने 'ऑपरेशन स्टिंग' उर्फ डंक मारू अभियान की परंपरा डाली। राष्ट्रपति क्लिंटन स्वयं तो नहीं लेकिन उन्हें उनके दफ्तर में ही सुख प्रदान करने वाली मोनिका उसकी लपेट में आ गई, खुफिया टेप रिकॉर्डर से लैस एक सखी को रसीले क्लिंटन की कामुकता की कथा दर्ज कराती गई। इसके बावजूद यूरोप के मुकाबले में अति शुचितावादी माने जाने वाले अमेरिका तक में क्लिंटन के राजनीतिक समर्थन में कोई फर्क नहीं आया और तटस्थ विशेषज्ञों का यह मानना है कि अगर अमेरिकी संविधान

अनुमति देता होता तो क्लिंटन तीसरी बार भी राष्ट्रपति पद का चुनाव जीत पाते।

ज्ञानवर्द्धन करने के नाम पर दुनिया के दस्तूर से अच्छी तरह वाकिफ हमारे समाज को मीडिया की खोजी पत्रकारिता ने अमेरिकी मीडिया के पदचिह्नों पर चलते हुए इधर अनेक ऐसे सनसनीखेज रहस्योद्‌घाटन किए हैं जो हमारे अर्द्धसामंती समाज के लिए रहस्य के आवरण से घिरे हुए थे ही नहीं। उदाहरण के लिए यह कि बड़े-बड़े सरकारी सौदों में तगड़े कमीशन लिए जाते हैं और सेक्स के मामले में आम मर्द की बात क्या साधु भी साधु नहीं होता। उसने हमें उस स्वामीनारायण संप्रदाय के साधुओं द्वारा स्त्रियों का भोग किया जाना दिखाया जिसके सदस्य न केवल ब्रह्मचर्य का व्रत लेते हैं बल्कि स्त्री को अस्पृश्र्या का दर्जा देते हैं। जिन नादानों ने यह धमाकेदार खुलासा किया उन्होंने शायद साधुओं द्वारा श्रद्धालु बांझों को पुत्रेष्टि यज्ञ के लिए बुलाए जाने के किस्से कभी न सुने हों और उन्हें यह भी न मालूम हो कि ब्रह्मचर्य का कड़ाई से पालन कराने वाले पंथों में व्यभिचार अनादिकाल से अधिक होता आया है। कैथलिक संप्रदाय के विरोधी उसकी नींव हिलाने के लिए शुरू से ही उसके पादरियों और भिक्षुणियों में व्याप्त व्यभिचार की बात उछालते रहे हैं। इधर अमेरिकी मीडिया कैथलिक पादरियों द्वारा अबोध और श्रद्धालु बालकों से समलैंगिक संबंध बनाए जाने के मामलों का 'धमाकेदार खुलासा' करता आया है।

जब साधुओं का यह हाल है तब शो बिजनेस वालों का क्या पूछना! वह तो शुरू से बदनाम रहे हैं या यों कहना चाहिए कि मनोरंजन के व्यवसाय में जाने वाली हर स्त्री के बारे में यही मानते रहे हैं कि वह नाचने-गाने वाली वेश्याओं की ही वारिस है। इसीलिए भले घर की लड़कियों को सार्वजनिक मनोरंजन के किसी भी व्यवसाय में नहीं जाने दिया जाता था। आज स्थिति यह है कि मीडिया ने ही शो बिजनेस में उपलब्ध पैसे और ग्लैमर का इतना गुणगान किया है कि माता-पिता स्वयं चाहते हैं कि बिटिया मशहूर तारिका बनकर हमें तार दे। इसके चलते शो बिजनेस से जुड़ा अदना से अदना मर्द सदा इस ताक में रहता है कि तारिका बनने की आकांक्षा रखने वाली कोई लड़की दिखाई दे तो उसे काबू में करूं। सच तो यह है कि कोई भी धंधा हो, उसमें प्रवेश पाने के लिए आई लड़कियों को सलाह दी जाती है कि काम चाहो तो कामसुख दो। इधर तो लड़कों को भी यही सलाह मिलने लगी है क्योंकि 'गे' होना अब मीडिया की मेहरबानी से 'इनथिंग' है।

सेक्स को भी इनथिंग बनाने में मीडिया महत्त्वपूर्ण भूमिका अपनाता रहा है। अमेरिका में एचबीओ जैसे प्रतिष्ठित चैनल तक में मैंने किसी विशेषज्ञा को आत्मरति के चोखे नुस्खे स्त्रियों को सिखाते देखा। हमारे यहां भी एक चैनल ने अब देर रात सेक्स संबंधी परामर्श देने का सद्‌कार्य आरंभ किया है। यह भी अबोध अमेरिकी

तेवर है कि एक ओर सेक्स को इस तरह पेश करो कि लगे यह बिल्कुल ही नई खोज है जिसका हर रूप में और पूरी तरह से सुख न लेंगे तो जीवन व्यर्थ जाएगा और दूसरी ओर छाती पीटो कि व्यभिचार इतना बढ़ क्यों रहा है। हमारे अर्द्धसामंती समाज में इस धारणा पर व्यापक सहमति है कि समर्थ को दोष नहीं लगता और संसार की गाड़ी अर्थ और काम के पहियों पर ही चलती है। फिर भी अमेरिकी मीडिया की तरह हमारा मीडिया भी इस तरह के रहस्योद्घाटन करता ही रहेगा ताकि दर्शक जुटें। नीरस समाचार बुलेटिनों में थोड़ी सनसनी, थोड़ा सेक्स इसी बहाने प्रस्तुत करके हर चैनल अपनी टीआरपी सुधारने की कोशिश करेगा। कारण यह कि यह इंसान की सहज प्रवृत्ति है कि दूसरे का अपराध पकड़ा जाना देखकर प्रसन्न होता है। मैं सोचता हूं कि आगे चलकर अमेरिका की तरह यहां भी प्रसिद्ध लोगों के विश्वस्त नौकर उनकी कामलीलाओं के बारे में सामग्री तगड़े पैसे लेकर बेचेंगे। ग्लैमर की दुनिया की हस्तियों की कामक्रीड़ा खुफिया कैमरों से अंकित करके दिखाई जाएगी। कई बार ऐसा भी होगा कि ये हस्तियां अपने ही मनोरंजन के लिए अपनी अश्लील सीडी उतरवाएंगी जो खोजी पत्रकारों द्वारा चुरवा ली जाएगी! प्रसिद्ध लोगों के हमबिस्तर रह चुके लोग-लुगाई अपने सनसनीखेज संस्मरण छपवाएंगे।

हम यह भी मानकर चल सकते हैं कि हमारे यहां रहस्योद्घाटन का कोई भी अभियान इतनी निरंतरता से नहीं चलाया जाएगा कि कोई वास्तविक परिवर्तन हो सके और न हमारी भ्रष्ट व्यवस्था किसी परिवर्तन के लिए तैयार ही होगी। फिर सेक्स और स्त्री-पुरुष संबंध के बारे में तो उपभोक्ता संस्कृति वाला उत्तर-आधुनिक समाज इतने जबर्दस्त संभ्रम में है कि यह निश्चित कर सकना ही कठिन है कि सही दृष्टि क्या होगी। सामंती समाज सेक्स के मामले में इंसान को जानवरों-जैसा ही मानता था। यह समझा जाता था कि अगर स्त्री-पुरुष को एकांत मिल गया तो उनके बीच कुछ होकर रहेगा। नौ-दस साल की उम्र से ही सगे भाई-बहनों तक का अकेले में बहुत ज्यादा रहना संदेह की दृष्टि से देखा जाता था। इसीलिए बाल-विवाह कर दिए जाते थे और रजस्वला होने से पहले ही गौना करा दिया जाता था। हनीमून की जिस यूरोपीय प्रथा को अब सारी दुनिया में अपना लिया गया है उसे शुरू करने के पीछे भी पति के परिवार वालों के दो अंदेशे रहे थे। पहला यह कि कहीं वधू विवाह से पहले तो गर्भवती नहीं है और दूसरा यह कि यहां इतने लोगों के बीच में रहेगी तो कोई दूसरा मर्द इसका गर्भाधान कर देगा। इसलिए शादी होते ही नवविवाहित जोड़े को एक चंद्रमास के लिए कहीं अज्ञातवास करने और उस दौरान वीर्य और रजवर्द्धक शहद खाते रहने के लिए हनीमून पर भेज दिया जाता था।

जाहिर है कि उस समाज की ओर नहीं लौटा जा सकता किंतु इस दुखद सत्य से भी इनकार नहीं किया जा सकता कि वर्तमान व्यवस्था उससे बेहतर नहीं है।

ध्यान दें कि एक ओर विशुद्ध व्यावसायिक कारणों से बॉलीवुड में सेक्स का धमाकेदार खुलासा करने वाले कुछ ऐसा तेवर साधे हुए हैं मानो वह हमारी माताओं-बहनों वाले युग के ही हों और दूसरी ओर खुफिया कैमरे द्वारा पकड़े गए शक्ति कपूर और उनके समर्थक यह पूछ रहे हैं कि क्या उस लड़की ने आध्यात्मिक प्रवचन सुनने के लिए रात के समय किसी पुरुष को अपने कमरे में बुलवाया।

(4 अप्रैल, 2005)

तुझे हम मरने नहीं देंगे टेरी बिटिया

यह एक ऐसी कहानी है जो उत्तर-आधुनिक दौर के अमेरिका में जॉर्ज बुश के राज में ही घट सकती थी। इसकी शुरुआत तब हुई जब फ्लोरिडा राज्य की टेरी शाइवो नामक एक युवती को बुलीमिया हो गया जिसमें रोगी पहले बहुत खा लेता है और फिर मोटापे के भय से उल्टी कर देता है। जब 25 फरवरी, 1990 को वह घर में सहसा बेहोश होकर गिर पड़ी तब डॉक्टरों ने यह कहा कि उल्टियों के कारण बिगड़े पोटेशियम संतुलन से टेरी का दिल कुछ देर के लिए धड़कना बंद हो गया और इस बीच मस्तिष्क को क्षति पहुंच गई। उन्होंने इसी आधार पर उपचार किया। टेरी ने आंखें तो खोल दीं लेकिन उसमें चेतना का कोई अन्य लक्षण प्रकट नहीं हुआ। पुरानी कहानी होती तो यहीं खत्म हो जाती क्योंकि जड़वत हो चुकी टेरी आहार न निगल पाने के कारण दो-तीन हफ्ते में भगवान को प्यारी हो जाती लेकिन कथा तो उत्तरआधुनिक है।

तो डॉक्टरों ने टेरी के गले में एक छेद बनाकर ट्यूब से टेरी को खिलाना-पिलाना शुरू किया। उधर टेरी के दुखी संबंधियों ने यह जानने की कोशिश की कि कहीं हमारी प्यारी टेरी का केस डॉक्टरों की भूल-चूक से ही तो नहीं बिगड़ा। अमेरिका में वकीलों की एक पूरी जमात अब हर बिगड़े केस और मौत पर रोगियों के संबंधियों की सेवा में प्रस्तुत होती है कि कमीशन बेसिस पर हर्जाने का मुकदमा लड़ देंगे। तो पति माइकल ने केस लड़ा। टेरी के डॉक्टर गलत निदान के दोषी पाए गए और नवंबर 92 में अदालत ने माइकल को टेरी के अभिभावक के रूप में उसकी देखभाल के लिए सात लाख डॉलर और अपनी क्षतिपूर्ति के लिए तीन लाख डॉलर दिलवाए। अमेरिकी मानकों से यह कोई बहुत बड़ी रकम न थी लेकिन यहीं से टेरी के माता-पिता के अपने दामाद से चले आए बेहद मधुर संबंधों में खटास पड़ने लगी। तो जुलाई 93 में उन्होंने अर्जी दी कि माइकल को आइंदा गार्जियन न माना जाए और हमारी बिटिया की देख-रेख हमें सौंप दी जाए। उनकी यह अर्जी खारिज कर दी गई।

टेरी के माता-पिता और माइकल कैथलिक चर्च के हैं, धर्मनिष्ठ भी हैं। कैथलिकों में तलाक आसान नहीं है। तो जब माइकल का एक महिला से प्रेम हो गया तब उसने इस ओर टेरी के माता-पिता का ध्यान ज्यादा दिलाना शुरू किया कि आपकी बेटी जड़वत पड़े रोगी के बारे में एक फिल्म देखने के बाद यह कह चुकी थी कि अगर कभी मेरी ऐसी हालत हो जाए तो मुझे मरने ही देना। घरेलू लड़ाई पराकाष्ठा पर पहुंच गई। ज्यों ही मई 1998 में माइकल ने ट्यूब हटवाने के लिए अर्जी लगाई त्यों ही इस घरेलू लड़ाई ने राजनीतिक रंग ले लिया। कट्टरपंथी ईसाइयत

टेरी के माता-पिता के समर्थन में लामबंद हो गई। इसी कट्टरपंथ के कंधों पर सवार होकर उन्हीं दिनों जेब बुश फ्लोरिडा के गवर्नर बने और फिर जॉर्ज बुश अमेरिका के प्रेसीडेंट। 'राइट टू लाइफ' (जीवनाधिकार) ईसाई कट्टरपंथ की एक अहम राजनीतिक मांग रही है और बुश बंधु अपने को प्रो-लाइफ यानी जीवन के पक्षधर बताते रहे हैं।

जीवन की यह पक्षधरता यहीं तक सीमित है कि हर भ्रूण को जन्म लेने का अधिकार मिले और जन्मे इंसान को तब तक जी सकने का, जब तक कि वह खुदा का प्यारा न हो जाए। वह गर्भपात, फालतू भ्रूणों के कोशों के उपयोग और भयंकर कष्ट पाते अथवा जड़वत हो चुके लाइलाज रोगी को मरने देने के खिलाफ है। क्या अचरज जो टेरी के माता-पिता के स्वर में स्वर मिलाकर बुश बंधुओं के समर्थकों ने कहना शुरू किया कि तुझे हम मरने नहीं देंगे टेरी बिटिया। अस्पताल के आगे टेरी के स्वास्थ्यलाभ और दीर्घायु की प्रार्थनाएं करने और संसद तथा न्यायालय के बाहर उसके जीवनाधिकार की रक्षा के लिए प्रदर्शन करने का सिलसिला शुरू हुआ।

बारीक नुक्ते निकाले जाने लगे— टेरी ने पहले कभी कुछ क्यों न कहा हो, बीमार पड़ने के बाद तो कभी यह नहीं कहा कि मुझे शांति से मरने दो, उसे मशीनों के सहारे जीवित रखा जा रहा होता तो बात कुछ समझ में भी आती लेकिन नली से आहार देना तो कृत्रिम ढंग से जिंदा रखना नहीं है, डॉक्टर भले ही कुछ कह रहे हों, टेरी आंखें खोलती है, अपने माता-पिता की ओर देखती है, तब आप कैसे कह सकते हैं कि वह जड़ हो चुकी है, डॉक्टरों के पास इस समय टेरी का कोई इलाज न हो तो भी आगे के वर्षों में किसी नई दवा से या इतने सारे शुभचिंतकों की दुआ से टेरी में चमत्कारी सुधार हो सकने की संभावना से कैसे इनकार किया जा सकता है। अगर माइकल टेरी से प्यार करता होता तो क्या इस बीच अपनी प्रेमिका के बच्चों का बाप बन गया होता?

पांच साल की मुकदमेबाजी के बाद राज्य की हर अदालत में टेरी के माता-पिता की अपील खारिज हुई और अक्टूबर 2003 को डॉक्टरों ने ट्यूब हटा दी। जेब बुश जिन्होंने अपने राज्य में अनाथालय में रहते हुए बलात्कार की शिकार हुई एक मंदबुद्धि बालिका का गर्भपात न होने देकर अपने प्रो-लाइफ होने का प्रमाण दिया था, टेरी की लाइफ ले लिए जाने पर हाथ पर हाथ धरे कैसे बैठे रह सकते थे। इसलिए उन्होंने तुरंत एक कानून बनवाकर अपने को डॉक्टरों को ट्यूब फिर से डालने के लिए बाध्य करने का हक दिलवाया। अफसोस कि मामला राज्य के सुप्रीम कोर्ट में पहुंचा जिसने 'टेरी कानून' को असंवैधानिक ठहरा दिया। फ्लोरिडा सरकार ने देश के सुप्रीम कोर्ट में अपील की। हालांकि रिपब्लिकन दल उसमें अपने पक्षधर जज भर चुका है, इस वर्ष जनवरी में सुप्रीम कोर्ट ने फ्लोरिडा सरकार की अपील खारिज

कर दी और 16 मार्च को फ्लोरिडा अदालत ने ट्यूब हटाने की अनुमति फिर दे दी। 18 मार्च को अमेरिकी सांसदों ने इस अनुमति पर कार्रवाई रुकवाने की एक विफल कोशिश की। फिर बुश के इशारे पर सप्ताहांत में दोनों सदनों की आपातकालीन बैठकें करके एक आपातकालीन बिल पास करवाया गया कि टेरी के मामले की सुनवाई तो फ्लोरिडा स्थित संघीय अदालतों में होनी चाहिए। इस बिल पर राष्ट्रपति ने हस्ताक्षर सोमवार ब्रह्ममुहूर्त में कर दिए और टेरी के माता-पिता उसी दिन फ्लोरिडा की संघीय अदालतों की शरण में गए। वहां के जजों ने सहानुभूति व्यक्त की किंतु शुद्ध कानूनी दृष्टि से मामले में हस्तक्षेप करने में अपने को असमर्थ पाया।

इस मामले का अंत चाहे जैसे भी हो इतना तय है कि राष्ट्रपति बुश ने एक व्यक्ति की जीवनरक्षा के लिए आनन-फानन आपातकालीन कानून बनवाकर अपनी जीवन पक्षधरता का अद्‌भुत सबूत दिया है। अब यह पूछना उत्तर-आधुनिक दौर में अपने पोंगापंथी होने का सबूत देना होगा कि बुश को अफगानिस्तान या इराक के हजारों बेगुनाह नागरिकों के जीवनाधिकार की रक्षा के लिए चिंता क्यों नहीं होती? उनके सैनिक अपनी लाइफ के इतने 'प्रो' और दूसरे की लाइफ के इतने 'एंटी' क्यों हैं कि और तो और मित्र देश के सैनिकों को भी मारे डर के मार देते हैं? यह भी कि जब आप इतने प्रो लाइफ हैं तो लाइफ लेने वाली बंदूकों की बिक्री पर किसी भी तरह की रोक-टोक न लगाए जाने के इतने बड़े पक्षधर कैसे हैं। इसके चलते इधर आप टेरी को बचवा रहे थे उधर एक अमेरिकी किशोर घर में दादा-दादी को मारने के बाद स्कूल में अध्यापकों, सहपाठियों को मारने के बाद खुद की जान ले रहा था। ऐसे निरर्थक हत्याकांड अमेरिका में आम हो चले हैं। और खैर यह तो पूछना बेकार ही होगा कि जीवन के अधिकार को आप अच्छा जीवन जीने का अधिकार क्यों नहीं मानते। जनकल्याण की हर मद में जबर्दस्त कटौती करते रहना आपको क्यों इतना प्रिय है?

(11 अप्रैल, 2005)

चक्कर कट्टरों की टक्करों का

बीसवीं सदी को तर्क का युग 'दी एज ऑफ रीजन' कहा गया था। मसखरे विधाता की माया कि उसने ज्ञान-विज्ञान के बूते शोषण और अत्याचार के मामले में पिछली सभी सदियों को मात तो किया ही, जाते-जाते एक ऐसी इक्कीसवीं सदी को जन्म दे गई जिसके तर्कविरोध का युग 'द एज ऑफ अनरीजन' ठहराए जाने की आशंका दिनोदिन प्रबल होती जा रही है। इसका संकेत मिलता है हर क्षेत्र में विरोधाभासों का बोलबाला हो जाने से। धर्म को ही लें। लोगबाग अपने आचरण में धर्मसम्मत नैतिकता से जितना ही दूर हो रहे हैं उतना ही उनमें धार्मिक ढोंग और उग्रता जोर पकड़ रही है। तंत्र-मंत्र, जादू-टोना, फलित ज्योतिष आदि में जनरुचि बढ़ रही है। धार्मिक पहचान दर्शाने वाले वस्त्र पहनना और परहेज बरतना उत्तर-आधुनिक क्रांतिकारिता का नमूना बन रहा है। ग्लैमरदार गुरुओं की दुकानें, टीवी चैनल धड़ल्ले से चल रहे हैं। धर्म अब राजनीति के भी केंद्र में आ चला है। दक्षिण और वामपंथ में अंतर यह रह गया है कि एक बहुसंख्यकों की कट्टरता को उचित ठहराता है और दूसरा अल्पसंख्यकों की। चाहे-अनचाहे दोनों ही उग्र धार्मिकता को बढ़ावा दे रहे हैं।

भूतपूर्व कम्युनिस्ट देशों में लोकतंत्र के अंतर्गत अधिकतर संघर्ष धर्म के इर्द-गिर्द घूम रहे हैं। इस्लाम और ईसाइयत की टकराहट हो रही है। कम्युनिस्टों के विश्व चौधरी रह चुके रूस में भी न केवल अपना परंपरागत चर्च फिर से फल-फूल रहा है बल्कि वह राष्ट्रवादी उन्मेष का प्रेरणास्रोत भी बन चला है। भारतीय उपमहाद्वीप में मुस्लिम कट्टरपंथी तो जोर पकड़ ही रहे हैं, उनके समांतर उग्र हिंदुत्व भी तेजी से पनप रहा है। तीसरी दुनिया के देशों में कैथलिक और प्रोटेस्टेंट ईसाई धर्मप्रचारकों ने बड़े पैमाने पर धर्मपरिवर्तन कराने का अभियान काफिरों की आत्माओं को बचाने के लिए ही नहीं, ईसाइयत की आत्मा की रक्षा के लिए आधुनिकता से अछूते उग्र और समर्पित साधक जुटाने के लिए भी छेड़ा है। इसी के चलते अफ्रीकी महाद्वीप ईसाई और मुस्लिम कट्टरपंथियों की टकराहट का केंद्र बनता नजर आ रहा है। मतलब यह कि हर कहीं वह चीज बढ़ रही है जिसे मुशर्रफ साहब मजहबी इंतिहागर्दी कहते हैं।

तर्कविरुद्ध युग है, लिहाजा मियां मुश से, जो मियां बुश को इंतिहागर्दी और दहशतगर्दी के खिलाफ रोशनखयाली की लड़ाई में अपने सबसे बड़े साथी नजर आते हैं, हम यह नहीं पूछ सकते कि आपने इंतिहागर्दी को बेनकाब करने वाली फिल्म *खामोश पानी* पर अपने मुल्क में पाबंदी क्यों लगा दी। वह तो इस पर दाद चाहेंगे कि मैंने अपने साहबजादे को इतनी रोशनखयाली बख्शी है कि दिल्ली आने पर उसने

इस 'नॉट मेड फॉर पाकिस्तान' पाकिस्तानी फिल्म का फरमाइशी शो करवाया। अगर मियां मुश पासपोर्टों पर 'दी इस्लामिक रिपब्लिक ऑफ पाकिस्तान' लिखवा रहे हों तो इससे 'मॉडर्न माइंड सेट' वाले मियां बुश को भला क्यों परेशानी हो? उनका बस चले तो वह यूएसए को भी क्रिश्चयन रिपब्लिक घोषित कर दें। आखिर वह उन लोगों के वोट से प्रेसीडेंट चुने गए हैं जो बाइबिल के कथनों पर अक्षरश: विश्वास करते हैं और ईसाइयत को अमेरिका का राजधर्म बनाना चाहते हैं। और तमाम मामलों में उदार पश्चिम यूरोप में भी आप्रवासी मुस्लिम आबादी के बढ़ जाने के बाद से मुसलमानों और ईसाइयों दोनों में कट्टरपंथ जोर पकड़ने लगा है।

एक बड़ी मुश्किल यों है कि धार्मिक कट्टरपंथ के विरोध में खड़ी हुई मुक्तमंडी स्वयं भयंकर रूप से कट्टरपंथी है। वह चाहती है पश्चिमी देशों का स्वार्थ सबका स्वार्थ बन जाए और हर कहीं, हर कोई पश्चिमी रंग में रंग जाए। उसका कट्टरपंथ अपने विरोधी हर देश को कट्टरपंथ से मुक्ति दिलाने के नाम पर मिट्टी में मिला देना चाहता है। धार्मिक कट्टरपंथ के विरुद्ध दूसरा मोर्चा धर्मनिरपेक्षता का है। मुसीबत यह है कि धर्मनिरपेक्ष बिरादरी धर्मनिरपेक्षता की परिभाषा को लेकर बुरी तरह से बंटी हुई है और उसका हर खेमा हर छोटे-बड़े मसले पर दूसरों का कट्टर विरोधी है। बुर्का पहनने का मामला ही लीजिए। पश्चिमी देशों के कुछ स्त्रीवादी आधुनिक मान्यता के अनुसार उसे स्त्री की दासता की निशानी मानते हैं किंतु अनेक स्त्रीवादी खेमे बुर्का अपनाने वाली मुस्लिम आधुनिकाओं के स्वर में स्वर मिलाकर कहते हैं कि 'स्त्री को सेक्स ऑब्जेक्ट बनाने वाली ह्रासोन्मुख पश्चिमी संस्कृति के प्रति मुस्लिम महिला विद्रोह का प्रतीक है बुर्का। वह स्त्री को यह चुनने का अधिकार दिलाता है कि किस पुरुष को अपने को देखने दूं और किसे नहीं।'

विचारधाराओं का प्रभाव जितना ही घट रहा है तथाकथित वैचारिक मतभेद उतने ही उग्र होते जा रहे हैं। असहिष्णुता उतनी ही बढ़ती जा रही है। तमाम तरह के विमर्श हैं जिनको लेकर मारतमाम मतभेद हैं जिनके चलते सदा लोमहर्षक मारामारी चलती रहती है बुद्धिजीवियों में और स्वयंसेवी संस्थाओं के छोटे-छोटे खेमों में। आप अगर हिंदी की घोषित रूप से वामपंथी लघु पत्रिकाएं पढ़ें तो आपको लगेगा कि मार्क्सवादी महाभारत का अपने ही हाथों वंशनाश का अंतिम दौर चल रहा है। व्यक्तिगत मतभेद वैचारिक मतभेदों का मुखौटा पहनने लगे हैं जिसके चलते हर लोकतंत्र में इधर सरकारें बनाना और चलाना कठिन से कठिनतर होता चला जा रहा है। रचनात्मक विचार-विमर्श से किसी आम सहमति तक पहुंच पाना असंभव हो चला है। विधायिकाओं में वाद-विवाद नहीं, हुड़दंग होता है।

अब राजनीतिक व्यापार में तर्क का कोई काम नहीं रहा। कांग्रेस उस गांधी का नाम लेते नहीं थकती जिसका स्वदेशी पर विशेष आग्रह था। भाजपाई और

कम्युनिस्ट काडर स्वदेशी उद्यम के पक्षधर हैं। इसके बावजूद स्वदेशी उद्यम को नुकसान पहुंचाने वाला पेटेंट बिल संसद में पास हो जाता है। इस बीच हम एक दिलचस्प नाटक देखते हैं जिसमें सत्ता में रहते हुए पेटेंट बिल प्रस्तुत करने वाली दक्षिणपंथी भाजपा सत्ता से हट जाने के बाद उसी पेटेंट बिल के कांग्रेस द्वारा प्रस्तुत किए जाने पर विरोध करती है और वामपंथी दल उसे पास होने देते हैं कि भाजपा से उनका वैचारिक वैर है! 20वीं सदी जिस पॉलिटिकल आइडियोलॉजी का दम भरती थी वह भले ही बेअसर होती जा रही हो, पॉलिटिक्स बेहद जोर पकड़ रही है। नई पीढ़ी में 'डॉम-पॉल' उर्फ घरू राजनीति और 'ऑफपॉल' उर्फ दफ्तरू राजनीति जैसे फिकरे चल पड़े हैं। सीरियलों को देखने से भी यही लगता है कि पारिवारिक और कारोबारी जीवन में चौबीसों घंटे चालें ही चली जाती रहती हैं। जिसे देखिए यही शिकायत है कि साहब हमारे यहां बड़ी पॉलिटिक्स है। सारा समाज इस नतीजे पर पहुंच चुका है कि कुछ नहीं साहब, सब पॉलिटिक्स है। तो इस तर्कविरोधी दौर में हर व्यक्ति और समुदाय यह मानने लगा है कि शराफत आफत सरासर है, नम्रता छोड़ो, अपनाओ और पहल करो लूटने-लपकने में, रास्ते से हटाने में और कामयाबी, मंजिल पा जाने में।

(18 अप्रैल, 2005)

विज्ञान-विरोधी धार्मिक कट्टरपंथ

अमेरिका के फ्लोरिडा राज्य के एक अस्पताल में 15 साल से जड़वत पड़ी टेरी शाइवो को जिंदा रखने वाले आहार-ट्यूब के हटाने के आदेश से अमेरिकी समाज और राजनीति में जो विवाद छिड़ा था उसने टेरी की मृत्यु के बाद और जोर पकड़ लिया है। नमूना सर्वेक्षणों में ज्यादातर अमेरिकियों ने टेरी को मरने देना उचित ठहराया है और इस आधार पर उदार समझे जाने वाले *न्यूयॉर्क टाइम्स* ने अपनी संपादकीय टिप्पणी में उन आलोचकों को गलत ठहराया है जो अमेरिका में तर्क और विज्ञान-विरोधी धार्मिक कट्टरपंथ और अमीर-समर्थक आर्थिक दक्षिणपंथ के गठजोड़ का बोलबाला हो जाने की बात कर रहे हैं। 'मेरा अमेरिका महान' के मूड में *न्यूयॉर्क टाइम्स* यह भूल गया है कि फ्लोरिडा के गवर्नर जेब बुश और अमेरिका के प्रेसीडेंट जॉर्ज बुश समेत तमाम ऐसे अमेरिकी नेता और साधारण नागरिक भी हैं जिन्होंने तीन बातें कही हैं— पहली, अगर टेरी ने कभी यह कहा हो कि जड़वत जीने से मैं मर जाना बेहतर समझूंगी तो भी उसकी इच्छा का सम्मान नहीं किया जाना चाहिए, दूसरी, वे डॉक्टर गलत भी हो सकते हैं जो कह रहे हैं टेरी जड़वत हो चुकी है, तीसरी, अदालतें जिस कानून के मारे ट्यूब हटवाने को बाध्य हैं वह आदर करने योग्य नहीं है।

बुश के दाएं हाथ टॉम डी ले ने तो यह तक कह दिया कि जो जज जन-भावनाओं की अनदेखी कर रहे हैं हमें उनका कुछ करना पड़ेगा अब। रोगी की इच्छा यानी व्यक्ति स्वतंत्रता, डॉक्टरों की राय यानी तर्क और विज्ञान का आग्रह और कानून का आदर— जिस देश में आधुनिकता की इन तीनों बुनियादी शर्तों पर धर्म का बुल्डोजर चलवा देने की मांग उठी हो, उसे धार्मिक कट्टरपंथ की गिरफ्त में आ चुका कैसे न माना जाए? बुश-बंधु उन लोगों के वोट से चुने गए हैं जो अपने को प्रो-लाइफ यानी जीवन के पक्षधर कहते हैं। उनकी यह पक्षधरता गर्भनिरोध के हर उपाय के विरुद्ध है। इसीलिए प्रेसीडेंट बुश और तो और, एड्स की रोकथाम तक के लिए कंडोम सुलभ कराए जाने के विरुद्ध हैं। अफ्रीका में एड्स की महामारी पर अंकुश लगाने के लिए वह बस उन्हीं को पैसे दे रहे हैं जो कंडोम बांटने की जगह शादी से पहले सेक्स न करने की और शादी के बाद इधर-उधर मुंह न मारने की नेक सलाह देते हों। अफ्रीका में एड्स रोगियों की सहायता में जुटी एक महिला ने इस ओर ध्यान दिलाया है कि वेश्यागामी पतियों से यह रोग उनकी पत्नियों और बच्चों में फैल रहा है। ऐसी अभागी पत्नियों के लिए बुश का नैतिकता का पाठ एक क्रूर मजाक भर है। विलासी मर्द यों भी कंडोम इस्तेमाल नहीं करना चाहते। बुश उनकी इस इच्छा पर नैतिकता की मुहर लगाने का काम कर रहे हैं।

अमेरिका के कट्टरपंथी ईसाइयों की प्रो-लाइफ मुहिम बुनियादी तौर से तर्कविरोधी और स्त्रीविरोधी दोनों ही है। सुनने पर विश्वास नहीं होता लेकिन 21वीं सदी के अमेरिका में कट्टरपंथ स्वीकार कर चुके डॉक्टर, नर्स और स्वास्थ्य कार्यकर्ता इधर कई वर्षों से गर्भपात कराने आई स्त्रियों की मदद करने से इनकार करते रहे हैं। वे उन्हें भ्रूणहत्या का पाप करने की बात सोचने पर धिक्कारने के बाद शिशु को जन्म देने और पालने का फर्ज निभाने की नेक सलाह देना भी नहीं भूलते। प्रो-लाइफ आंदोलन के स्वयंसेवक गर्भपात कराने वाले डॉक्टरों के खिलाफ आंदोलन भी कर चुके हैं। और तो और, दवा की दुकानों पर काम करने वाले 'सच्चे ईसाइयों' ने भी गर्भनिरोधक सामग्री न बेचने की मुहिम छेड़ रखी है। उनका कहना है कि हमारा दीन हमें ऐसा गुनाह करने की इजाजत नहीं देता। गर्भपात ही नहीं, गर्भनिरोध को भी हत्या ठहराया जा रहा है— विशेष रूप से तथाकथित 'मॉर्निंग आफ्टर' गोली को जिसे सहवास के कुछ घंटे बाद तक भी खा लेने पर गर्भधारण का खतरा टल जाता है। अमेरिकी समाज में ईसाई कट्टरपंथ का इतना आतंक है कि सबसे बड़ी डिपार्टमेंटल स्टोर चेन वालमार्ट ने तो सन 1999 में ही अपनी फार्मेसियों में 'मॉर्निंग आफ्टर पिल' न रखने की घोषणा कर दी थी।

के-मार्ट और वॉलग्रीन जैसी चेनों के भी कट्टरपंथी फार्मेसिस्ट गर्भनिरोध और मॉर्निंग आफ्टर गोलियां न बेचने पर आमादा हैं। वे न केवल गर्भनिरोधक सामग्री नहीं बेचते बल्कि ग्राहक का नुस्खा भी नहीं लौटाते कि वह कहीं और से ले सके। जले पर नमक यह कि नैतिक प्रवचन भी पेल देते हैं। ऐसी एक घटना तीन साल पहले विस्कांसिन विश्वविद्यालय से लगी के-मार्ट में घटी थी जहां नील नामक फार्मेसिस्ट ने एक छात्रा को गर्भनिरोधक गोलियां यह कहकर न बेचीं और न उसका नुस्खा लौटाया कि मेरा दीन मुझे हत्या में खुद भागीदार बनने या किसी और को बनने देने की इजाजत नहीं देता। नील पर मुकदमा चला और उसकी नौकरी गई किंतु उसका यह कथन कट्टरपंथी फार्मेसिस्टों के संगठन का आप्त-वचन बन गया। नील जैसे जीवन के पक्षधरों को बचाने के लिए ही कट्टरपंथी ईसाइयत के कायल नेता 46 राज्यों में 'अंतरात्मा के आग्रह' को सही ठहराने वाला कानून बनवा चुके हैं। उन्हें कोई दुख है तो यही कि इनमें से 34 में केवल गर्भपात में सहायता न करने वालों को ही संरक्षण मिला हुआ है, गर्भनिरोधक सामग्री न बेचने वालों को नहीं। तो अब वे इसी कमी को पूरा करने में जुटे हुए हैं।

कट्टरपंथ अपना चुके अमेरिकियों का यह हाल है कि वह जनजीवन के किसी भी क्षेत्र में हों, ईसाइयत का प्रचार अपना कर्तव्य मानते हैं। हाल में एक पत्रकार अपने डॉक्टर से मिलने गया तो उसने नुस्खा लिख चुकने के बाद उसे अपने चर्च की प्रचार-सामग्री भी थमाई और स्वस्थ रहने के लिए बाइबिल पढ़ते रहने की नेक

सलाह दी। टेरी मामले में भी कट्टरपंथी डॉक्टरों ने विशेषज्ञों की राय को सार्वजनिक रूप से चुनौती दी। एक कट्टरपंथी शोधकर्ता ने अपने हर पर्चे में 'सच्चे खुदा के बेटे' ईसा के प्रति आभार प्रदर्शन की पंक्ति डालने के लिए अन्य वैज्ञानिकों से लड़ाई मोल ली। दूसरी ओर उदारपंथियों की हालत इतनी पतली है कि वे इस समझौते के लिए तैयार हो गए हैं कि अंतरात्मा के आग्रह पर गर्भनिरोधक सामग्री न बेचने का अधिकार बेशक दिया जाए, बस न बेचने वाले के लिए इतना कर दिया जाए कि वह अपनी ही दुकान में किसी और को वह नुस्खा दे दे और वहां कोई और न हो तो पास की किसी और दुकान का पता दे दे। वह कट्टरपंथी होगा तो ऐसा क्यों करेगा भला?

कट्टरपंथ के नेता गर्भाधान और मृत्यु संबंधी प्रकृति के नियमों का पालन इतना जरूरी मानते हैं कि बलात्कार की शिकार को भी 'मॉर्निंग आफ्टर पिल' देना या उसे गर्भपात के लिए मदद देना परमात्मा की रची प्रकृति की अवहेलना का पाप करना ठहराते हैं। किंतु कट्टरपंथ से जुड़े अमेरिकी सांसद और विधायक पर्यावरण संरक्षण के मामले में प्रकृति के नियमों की बात सुनने के लिए कतई तैयार नहीं हैं। वे प्रकृति-संरक्षण के पुराने नियमों में ढील डलवाने और अमेरिका को पर्यावरण संबंधी अंतर्राष्ट्रीय संधियों से मुक्त रखने की मुहिम में सबसे आगे हैं। वे वैज्ञानिकों पर दबाव डालते रहे हैं कि संरक्षण नियमों को अनावश्यक सिद्ध करने वाले नतीजे प्रस्तुत किया करें। बुश के कुछ समर्थकों का तो यहां तक कहना है कि अगर सृष्टि नष्ट भी हो रही है तो क्या? बाइबिल में लिखा है कि ईसा के दुबारा आने से पहले यही सब होगा। और हां, जो अमेरिकी सांसद और विधायक बाइबिल सम्मत नैतिकता की रक्षा के लिए इतने अधिक चिंतित नजर आते रहे हैं वही गैर-बराबरी बढ़ाने वाले आर्थिक उपायों के सबसे बड़े पैरोकार हैं। बाइबिल गरीबों की पक्षधर हो, वे तो अमीरों के प्रवक्ता हैं।

(25 अप्रैल, 2005)

अथ कूपमंडूकाय बृजेशोपदेश

सरसंघचालक सुदर्शनजी ने शेखर गुप्ता के साथ चलबतियाते हुए अटलजी पर जो चक्र चलाया वह उनकी ही श्री ग्रीवा से जा टकराया है। जसवंत सिंह के वित्तमंत्री बनाए जाने के प्रसंग में उनकी तर्जनी पहली बार अटलजी पर चक्र चलाने के लिए चुलबुलाई थी और तब से यह चौथा अवसर था कि सफाई संघ प्रवक्ता को देनी पड़ी, अटलजी को नहीं। अटल खेमे से उनके दक्षिणहस्त बृजेश मिश्र ने इतना कहा कि सुदर्शन तो कूपमंडूक हैं। कूपमंडूकता को हम हिंदुस्तानियों, खासकर हिंदुओं, की सबसे बड़ी कमजोरी के रूप में स्वामी विवेकानंद 1897 में ही रेखांकित कर गए थे और उन्होंने अमेरिका और जापान से हमें अपने कुएं से बाहर निकलने के ललकारभरे उपदेश भेजे थे। उचित होता कि बृजेशजी भी इस प्रसंग में कूपमंडूक-विशेष को विवेकानंदवत उपदेश देते। उनके ऐसा न करने के दो ही कारण हो सकते हैं— पहला यह कि अटलजी के पी.एम. न रहने के बावजूद वह उतने फालतू नहीं हो चले हैं जितना कि उन्हें 'इग्नोर मारती' दिल्ली की पेज थ्री बिरादरी मान बैठी है और दूसरा यह कि उन्हें 'हितोपदेश कर कुएं में डाल' की नीति नहीं सुहाती।

तो बृजेशजी की ओर से मैं, उनका निठल्ला बैठा प्रशंसक, उनकी अनुमति के बिना ही मंडूक-विशेष के हितार्थ यह उपदेश नागपुर के कुएं में डाल रहा हूं। देखिए सरसंघ सर जी, यदि आपको आदर्शवादिता के कूप में मंडूकाचार्य होने मात्र से संतोष न हो और आप अपनी टर्र-टर्र उसके बाहर भी करना चाहते हो तो पहले यह जान लीजिए कि बाहर है राजनीति का महासागर। उसमें वही तैरते रह सकते हैं जो अटलजी की तरह व्यावहारिक हों। कूपमंडूक की वैसे ही राजनीति में कोई गति नहीं, फिर आप तो कायर भी हैं। दो टूक आरोप तक नहीं लगा पाते। गोलमोल ढंग से भी लगाने के बाद अपने किसी चमचे से सफाई दिलवाते हैं कि सरजी का मतलब वह नहीं था। वही तो मैं जानना चाहता हूं कि आप जब अटलजी को मार गिराने के लिए मेरा और उनके दामाद रंजन का निशाना साधते हैं तब सार्वजनिक रूप से वह क्यों नहीं कहते जो निजी तौर पर निश्चय ही कहते होंगे कि मैं और रंजन 'संविधानेतर सत्ताधिकारी' बनकर अटलजी की ओर से भ्रष्टाचार कर रहे हैं। आपके बंगारू लक्ष्मणजी ने तो तहलका वालों के कैमरे के सामने ही घूस-कमीशन लेने के सिलसिले में हम दोनों का नाम ले लिया था। आप भी कहकर देख लेते ना। न अटलजी मेरा इस्तीफा मांगते और न अपनी बेटी को तलाक लेने की सलाह देते। बल्कि मैं तो कहता हूं कि जब आप राजनीति पर उतर ही आए थे तब अटल सरकार को गिराने की कोशिश करते या भाजपा की जगह कोई और पार्टी बनाते। अब भी बना लें। एक तो मंडूक और तिस पर मूढ़। आपसे अधिक अक्लमंद तो वे

कम्युनिस्ट मंडूक हैं जिन्हें कांग्रेस अपनी आदर्शवादिता के कूप में पालती आई है क्योंकि कोई भी कांग्रेसी अपने जीतेजी उसमें फेंक दिए जाने के लिए तैयार नहीं। कम्युनिस्ट इसी से संतुष्ट रहते हैं कि सत्ता में आते ही कांग्रेस शिक्षा-संस्कृति के संस्थानों पर लाल रंग पोत देती है। उन्हें गद्दी और अनुदान दिलाती और उनसे पाठ्यपुस्तकें फिर से लिखवाती है। अटलजी सत्ता में आए तो क्या उन्होंने आपके लाड़ले मुरली मनोहरजी से शिक्षा-संस्कृति का भगवाकरण आपके निर्देशानुसार नहीं करवाया? कभी आपने गिनती की कि अटलजी ने आपके कितने निक्करधारियों को सरकारी संस्थानों में सेट करवाया या अनुदान भूखंड दिलवाए? न की हो तो अर्जुन सिंह जी से पूछ लें, वह गिन-गिनकर निकाल रहे हैं उन्हें।

और यह तो आपकी मूढ़ता की पराकाष्ठा है कि आप संविधानेतर सत्ता-धिकारियों द्वारा सत्ता के दुरुपयोग की बात करते हैं। संविधानसम्मत अधिकारी कोई गधा है कि दुरुपयोग स्वयं करता फिरे? और सत्ता दुरुपयोग के लिए नहीं होती तो क्या अचार डालने के लिए होती है? कभी सत्ता में आकर देखिए, हर समर्थक, हर चंदादाता पूछेगा, 'तेरे नृप होय हमें का प्रॉफिट?' कभी अपने कूप से बाहर कूदकर वर्ल्ड टूर पर निकलिए— उसका पूरा प्रबंध करा देने का दमखम मैं आज भी रखता हूं सर व्हाटएवरजी— और देखिए कि आपके प्रेरणास्रोत हिटलर और उसके शत्रु स्तालिन का युग बीत चुका है और अमेरिका अपने ढंग का लोकतंत्र हर कहीं लागू करवा रहा है। पिछले दो अमेरिकी चुनावों का अनुभव बताता है कि 94 प्रतिशत सीटों पर विजय उस उम्मीदवार की हुई जिसने अपने प्रतिद्वंद्वी से कहीं अधिक चुनाव फंड जुटाया। यह स्थिति अब सारे संसार में है। चुनावों में सारा खेल पैसे का है— हमारे जैसे देश में तो चुनाव के बाद भी क्योंकि पैसे के बूते पर ही विधायक खरीदे जा सकते हैं, और पैसा सर जी पेड़ों पर नहीं उगता, उसे जुटाने के लिए कड़ा भ्रष्टाचार और बड़ी सौदेबाजी करनी पड़ती है।

आज चुनाव खर्च का बजट किसी गोशाला का बजट नहीं रहा कि घर-घर गए और उगाह लाए। आज बहुराष्ट्रीय निगमों का दौर है जिसमें चुनाव के लिए फंड उगाहना और इसके लिए सौदेबाजी करना एक विराट धंधे और विशिष्ट विधा का दर्जा पा चुका है। यह विधा अमेरिका में विकसित हुई। इसका नाम है लॉबीइंग यानी बाहर वालों से मिलने के कमरे लॉबी में जाकर भीतर के लोगों को अपने पक्ष में करना। दूसरे शब्दों में हाई-फाई दलाली। आज अमेरिका में इस धंधे का सालाना बजट 57 गरीब देशों के बजट से ज्यादा है। हाई-फाई दलाली में वेतन और कमीशन के रूप में इतनी कमाई है कि अमेरिका में भूतपूर्व विधायक, उच्च सरकारी अधिकारी और सार्वजनिक संस्थाओं के अध्यक्ष उत्साह से लॉबीइस्ट बन रहे हैं। हमारे यहां भी कई भूतपूर्व सैनिक और प्रशासनिक अधिकारी इस धंधे में लग चुके

हैं। अमेरिका में तो इधर हाई-फाई दलाल राजनीति में ही सक्रिय होने लगे तो उधर नेता अपने किसी चमचे या संबंधी को दलाल बनाकर उससे अपनी हर आर्थिक आवश्यकता पूरा करवाने लगे हैं। अमेरिकी मीडिया अवर सदन में रिपब्लिकन पार्टी के नेता टॉम डी ले के ऐसे ही चमचे अब्रामोफ के किस्से सुनाता रहा है जो काम करवाने, बिगड़वाने और खुद बिगाड़कर ठीक करवाने के पैसे लेने-दिलवाने का विशेषज्ञ है। अमेरिकी स्टाइल लॉबीइंग हर कहीं फैल गई है। यूरोपीय संघ की राजधानी ब्रसल्स में बहुराष्ट्रीय कंपनियों के इतने दलाल टूट पड़े हैं कि घरों-दफ्तरों की कमी पड़ रही है उनके लिए। राजनीति में पैसा लगाने वाला पूरा मुनाफा वसूलता है सर आपका क्या नाम जी। एक अनुमान के अनुसार अमेरिका में 2000 के संसदीय चुनावों में जिन्होंने उम्मीदवारों के फंड में एक अरब तीस करोड़ डॉलर डाला उन्होंने बाद में विजयी उम्मीदवारों से अपने को 125 अरब डॉलर का लाभ पहुंचाने वाले कानून-कायदे बनवाए।

इन हाई-फाई दलालों से निपटने के लिए मुझ जैसे पांचसितारा परिष्कृत लोग चाहिए, न कि आपकी हाफ पैंट छाप हाफ आदर्शवादिता के मारे वे बांगडू जो दिल्ली के अदना सेल्स टैक्स कर्मचारियों की तरह छोटी-सी गड्डी ग्रहण करके दराज में डालते देखे गए। बता चुका हूं कि अब चुनाव फंड के बूते जीते जाते हैं और हमने भी लगभग जितवा ही दिया था इंडिया शाइनिंग करके किंतु अपने पांव कुल्हाड़ी मार ली आपने आम कार्यकर्ता को अटलजी के प्रति निरुत्साह कर। याद रखिए कि सत्ताधारी भाजपा ही आपके संघ की लॉबीइंग करके उसे चंदा और प्रतिष्ठा दिलवा सकती है राष्ट्रीय-अंतर्राष्ट्रीय स्तर पर। हम सत्ता में न होंगे तो आपको नागपुर में भी कोई नहीं पूछेगा।

(2 मई, 2005)

अमेरिका को भारत-चीन से खतरा

अमेरिका में कई टिप्पणीकारों ने कहा है कि अमेरिका को चीन और भारत से जबर्दस्त आर्थिक चुनौती मिलने वाली है। यह चर्चा *न्यूयार्क टाइम्स* के टॉमस फ्रीडमैन की उस पुस्तक को लेकर है जिसमें उन्होंने भारत और चीन में हुई कंप्यूटर क्रांति का निरीक्षण करने के बाद लिखा है : 'जब मैं छोटा था तब मेरे पिता मुझसे कहते थे, खाना बरबाद मत करो टॉम, चीन और भारत में लोग भूखे मरते हैं।' अब कंप्यूटर क्रांति से सपाट बन चुकी दुनिया का दौरा करने के बाद मैं अपनी बेटियों से कहता हूं, 'लड़कियो, अपना वक्त बरबाद मत करो, होमवर्क करो। चीन और भारत के लोग तुम्हारी नौकरियों के भूखे बैठे हैं।' फ्रीडमैन दुनिया को सपाट इसलिए बता रहे हैं कि बेंगलूर में इन्फोसिस के सीईओ ने उनसे कहा था कि ग्लोबव्यापी अर्थव्यवस्था का बौद्धिक कार्य प्राप्त कर सकने के 'खेल का मैदान सपाट बन चला है' अर्थात् सब उसमें बराबरी का हिस्सा ले सकते हैं। फ्रीडमैन के अनुसार दुनिया को सपाट बनाने वाला भूमंडलीकरण का यह तीसरा दौर पश्चिम, खासकर अमेरिका के आर्थिक वर्चस्व को खतरे में डालने वाला सिद्ध हो सकता है।

पहला दौर वह था जिसमें यूरोपीय देशों ने अपनी सैन्य शक्ति के सहारे साम्राज्य का विस्तार किया। दुनिया की दूरियों को कम किया प्रौद्योगिकी से। उपनिवेश बसाए। कच्चा माल प्राप्त किया। दूसरे दौर में उसकी औद्योगिक कंपनियों ने श्रम मंडियों और खनिजों की तलाश में दुनिया को कुछ और छोटा बना डाला। इधर 2000 से जो तीसरा दौर शुरू हुआ है उसमें राष्ट्रों की सैन्यशक्ति या कंपनियों की आर्थिक शक्ति का पहले-जैसा महत्त्व नहीं रह गया है। उसमें सबसे बड़ी पूंजी है बुद्धि। बौद्धिक कार्य के लिए इंटरनेट का विश्वव्यापी वितान उपलब्ध है। इसलिए उन मेधावी व्यक्तियों और व्यक्ति समूहों को पैसा कमाने की अपार शक्ति और स्वतंत्रता मिल गई है जो परस्पर-लाभ के लिए विश्वव्यापी वितान में लामबंद होना जानते हों। अब कोई भी आदमी कहीं भी बैठकर अपने कंप्यूटर और अपनी बुद्धि के सहारे कोई भी सूचना प्राप्त कर सकता है और अपनी सेवाएं समूची विश्वमंडी में बेच सकता है। दुकान चलाने के लिए जरूरत है बस ई-मेल पते और वेबसाइट की।

किसी भी काम को अब कई हिस्सों में बांटकर अलग-अलग जगह और लोगों से कराया जा सकता था और सभी अंशों को जोड़ते भी रहा जा सकता था। बेंगलूर में इन्फोसिस के मुख्यालय के सभाकक्ष की एक दीवार टीवी के पर्दे के रूप में है जिसके सहारे कंपनी के अधिकारी अपने अमेरिकी जजमानों, एशियाई उत्पादकों और विभिन्न देशों में बैठे सॉफ्टवेयर इंजीनियरों से वीडियो कान्फ्रेंसिंग करते हैं। पर्दे के ऊपर लगी घड़ियां अमेरिका के पूर्वी और पश्चिमी तटों, ब्रिटेन, सिंगापुर, जापान,

हांगकांग, आस्ट्रेलिया और भारत का समय बताती रहती हैं। यहां साल के 365 दिन चौबीसों घंटे काम चलता है। इस 'वर्क फ्लो' उर्फ कार्य-प्रवाह प्रणाली के प्रताप से, जिसमें काम को कई हिस्सों में बांटकर, कई लोगों और कई स्थानों में करवाकर फिर एक जगह जोड़कर ग्राहक को भेजा जा सकता है, आज आर्थिक दृष्टि से पिछड़े भारत का नगर बेंगलूर ग्लोबल गांव की आर्थिक गतिविधि का महत्त्वपूर्ण केंद्र बन गया है। वहां के कुछ मेधावी इंजीनियरों की खोली कंपनी इन्फोसिस सारी दुनिया को अपनी मुट्ठी में ले सकी है। जब तथाकथित 'वाईटूके' समस्या के निपटारे के लिए अमेरिका को भारत से हजारों कंप्यूटरैत आयात करने पड़े और बड़े पैमाने पर काम भारतीय कंपनियों को सौंपना पड़ा तब उसे पहली बार अहसास हुआ कि दुनिया बदल गई है और बदली दुनिया में विश्वचौधरी अमेरिका तक के लिए पिछड़े भारत का मुंह जोहने की नौबत आ सकती है।

वर्क-फ्लो के साथ-साथ कई और नई प्रणालियां चल पड़ी हैं इस कंप्यूटर युग में। जैसे ऑफ शोरिंग उर्फ परदेस-भेज उर्फ ऊंची मजदूरी और कुशल कारीगरों के अभाव में आपका कोई कारखाना या संस्थान घाटे में चल रहा हो देश में तो उसे कहीं परदेस में लगवाकर फिर से मुनाफा कमाना। अमेरिका के कई उद्यम इस ऑफ शोरिंग के चलते मेक्सिको या चीन जा पहुंचे हैं। एक और प्रणाली है सप्लाई चेनिंग अर्थात माल की सप्लाई की लाभप्रद और निर्बाध व्यवस्था करना। इसका विकास अमेरिकी कंपनी वॉलमार्ट ने किया है। वह बराबर निगाह रखती है कि कौन-सा माल कहां सबसे सस्ता और अच्छा मिलेगा। अपने विभिन्न स्टोरों में उस माल का जैसे ही नग बिकता है वैसे ही यह व्यवस्था उस माल का एक और नग बनाने-भिजवाने का ऑर्डर दे देती है। वॉलमार्ट में बिकने वाला ज्यादातर माल इस समय चीन में बन रहा है। तो कल मैंने स्थानिक वॉलमार्ट से जो सैंडल खरीदा था उस नाप और ब्रांड का एक और सैंडल तुरंत सप्लाई लाइन में आ गया होगा।

एक और प्रणाली है इनसोर्सिंग अर्थात आप अपनी कंपनी या संस्था के कुछ काम करने के लिए किसी और कंपनी को ठेका दे देते हैं। टाटा कंसल्टेंसी-जैसी कंपनियों की अमेरिकी शाखाओं को इसके चलते अमेरिका में बहुत ठेके मिल रहे हैं। ओपन-सोर्सिंग के अंतर्गत कंप्यूटर विशेषज्ञ मिलकर लाइनैक्स-जैसी पद्धतियों का विकास कर रहे हैं जो सबके लिए निशुल्क उपलब्ध होती हैं। बहरहाल सबसे ज्यादा विवाद है आउटसोर्सिंग को लेकर जिसमें पूछताछ के फोनों के जवाब देने से लेकर सॉफ्टवेयर लिखने तक के सैकड़ों छोटे-बड़े काम विदेशों में स्थित कंपनियों, व्यक्ति-समूहों या व्यक्तियों को दे दिए जाते हैं ताकि कम पैसे में चोखा काम करवाया जा सके। आउट-सोर्सिंग के भारतीय आलोचक इसे अमीर पश्चिम द्वारा गरीब देशों से बौद्धिक कुलीगिरी कराए जाने का नमूना ठहराते आए हैं। उधर फ्रीडमैन के अनुसार यह

आर्थिक दृष्टि से पिछड़े देशों के सपाट दुनिया में बुद्धिबल से नेतागिरी पा जाने का नमूना है। जो अमेरिकी आलोचक आउटसोर्सिंग को बहुराष्ट्रीय कंपनियों द्वारा लाभ के लोभ में अमेरिकी विशेषज्ञों की रोटी–रोजी छीनकर उनका काम अयोग्य विदेशियों से करवाने को देशद्रोही कार्रवाई ठहराते आए हैं उनसे फ्रीडमैन का निवेदन है कि स्थिति ठीक उल्टी है। न केवल उन्नत देशों में आमतौर से, और अमेरिका में खासतौर से, विशेषज्ञों की कमी है बल्कि जो हैं भी वे भारतीय, चीनी, पूर्व यूरोपीय और अन्य सभी विशेषज्ञों की तुलना में कम योग्य हैं और परिश्रमी तो बिल्कुल ही नहीं हैं। बारहवीं की परीक्षाएं सरल बनाकर अपनी प्रगतिशीलता का परिचय देने के लिए आतुर अर्जुन सिंह जी कृपया ध्यान दें कि फ्रीडमैन इस स्थिति के लिए अमेरिकी स्कूलों में कठिन परीक्षा और प्रतियोगिता के अभाव को जिम्मेदार ठहराते हैं। इसके चलते बारहवीं पास अमेरिकी छात्र गणित और विज्ञान में चीनी या भारतीय छात्रों के मुकाबले बेहद फिसड्डी हो चले हैं। उधर चीन और भारत में आबादी इतनी अधिक है और वैज्ञानिक, इंजीनियर, डॉक्टर बनने की होड़ इतनी तीव्र है कि शिक्षा व्यवस्था बेहद पिछड़ी होने के बावजूद इन देशों में अमेरिका से कई गुना ज्यादा वैज्ञानिक और इंजीनियर तैयार हो रहे हैं।

तो फ्रीडमैन चिंतित हैं कि अनुशासन, परिश्रम, प्रतियोगिता और पढ़ाकूपन के संस्कारों से अछूते अमेरिकी आगे बढ़ने के लिए भूखे भारतीयों और चीनियों के हाथों पिटते चले जाएंगे। अब तक चीनी और भारतीय प्रतिभा का आयात करके काम चलाया जाता रहा था लेकिन अब उनके आप्रवास पर रोक लगाने की राजनीति चल रही है जो सपाट संसार में बेकार होगी क्योंकि बाहर की युवा प्रतिभा अब घर बैठे भी अंतर्राष्ट्रीय शोध और उद्यम पर छा सकती है।

(9 मई, 2005)

सर्वत्र छाती जाती उदासी आत्मघाती

शिक्षा मंत्री अर्जुन सिंह वृद्धावस्था में अपने वामपंथी होने का प्रमाण देने के लिए एक ओर अपने अधीन संस्थानों पर भगवा की जगह लाल रंग पुतवा रहे हैं तो दूसरी ओर शिक्षा पद्धति में ऐसे सुधार लागू करवा रहे हैं जो अमेरिका में उदारपंथियों ने पिछली सदी में लागू करवाए थे। अपनी दूसरी मुहिम में उन्होंने छात्र-छात्राओं में बढ़ती आत्महत्या की प्रवृत्ति रोकने के लिए परीक्षाओं को तनावरहित बनाने और आईआईटी-जैसी प्रतिष्ठित संस्थाओं में प्रवेश सुगम बनाने का बीड़ा उठाया है। मुझे उन्हें सूचित करते हुए दुख होता है कि अमेरिका में ऐसे सुधारों से आत्महत्या पर रोक न लग सकी, हां अमेरिकी छात्र-छात्राओं का बौद्धिक स्तर अवश्य गिर गया। जिन वैज्ञानिकों ने अगले पचास वर्षों के बारे में अपने अनुमान प्रकाशित कराए हैं उनमें इस बात पर पूरी सहमति है कि बच्चों में डिप्रेशन उर्फ आत्मघाती उदासी का रोग बढ़ता ही चला जाएगा। आज भी अमेरिकी स्कूलों में पांच प्रतिशत बच्चे इस रोग के शिकार हैं।

विशेषज्ञों का कहना है कि आत्मघाती उदासी एक महामारी के रूप में सन् 50 के आस-पास तब से प्रकट हुई है जबसे विश्वव्यापी विकास ने जोर पकड़ा है। उसकी लपेट में आने वालों की संख्या उसी अनुपात में बढ़ती और उनकी औसत आयु घटती रही है जिसमें नई प्रौद्योगिकियों के प्रताप से खुशहाली बढ़ी और रहन-सहन बदला है। विकसित देशों में पिछली सदी के आखिरी पचास सालों में डिप्रेशन के रोगियों की संख्या ड्योढ़ी हुई है। आज अमेरिका में लगभग 15 प्रतिशत आबादी इस रोग की चपेट में आ चुकी है और वहां पांच-छह साल के बच्चों तक में इसके लक्षण प्रकट होने लगे हैं। किशोर मौत के कारणों में आत्महत्या तीसरे नंबर पर पहुंच चुकी है। पहले दो नंबरों पर हैं— दुर्घटना और हत्या। मनोवैज्ञानिकों के अनुसार इनका भी परोक्ष संबंध उसी रुग्ण मानसिकता से है। आने वाले वर्षों में न केवल प्रौद्योगिकी विकास की रफ्तार को और भी तेज बना देगी बल्कि पिछड़े देशों को भी पूरी तरह प्रगति की गिरफ्त में ले लेगी। इसलिए 2050 तक उदासी की महामारी हर कहीं फैल जाएगी और आत्महत्या एक बड़ी वजह बन जाएगी मृत्यु की।

सुख-सुविधा बढ़ने से दुख-दुविधा क्यों बढ़ रही है भला? इसलिए कि इंसान सुख को संतोष के साथ जोड़ता आया है और प्रगतिविश्वासी आधुनिकता संतोष को अवगुण मानती है। वह हमें सिखाती है कि भौतिक सुख-साधन जुटाने के लिए संघर्ष करते रहें। इस होड़ में विफल होने वाला तो दुखी होता ही है, सफल होने वाला भी उदास रहता है कि मुझे अपने जुटाए साधनों का जी भरकर भोग करने का समय ही नहीं मिल पा रहा है। अगर वह उनका भोग करने के लिए होड़ से हटता

है तो उसे एक अदद महत्त्वहीन 'भूतपूर्व' हो जाने का दुख सताने लगता है। होड़ में रहते हुए उसे बराबर जमाने की यह सीख डराती रहती है कि जो टॉप नहीं सो फ्लॉप है। क्या ऐसी दुविधा पहले न थी? थी, पर अव्वल तो तब गैरबराबरी और किस्मत का इतना सहज स्वीकार था कि इंसान मानकर चलता कि सभी टॉप पर नहीं पहुंच सकते। जो कुछ मिल गया वह उसी के लिए खुदा का शुक्रगुजार होता था। दूसरे तब त्यागी व्यक्ति को भी समाज में बहुत महत्त्व का स्थान दिया जाता था। आज उसे मूर्ख या ढोंगी समझा जाता है।

पहले मेहनती, नेक, ईमानदार आदि होना भी महत्त्वपूर्ण गुण थे, पर अब सारे गुण भौतिक सफलता में सिमट आए हैं। इसलिए आत्मविश्वास और आत्मसम्मान दोनों सदा संकटग्रस्त रहते हैं। पूछा जा सकता है कि गैरबराबरी, अभाव, क्रूरता और बीमारी जैसी बातें तो पहले और भी अधिक थीं तब उदासी की महामारी क्यों फैली? इसलिए कि तब इंसान भाग्यवादी था जबकि आधुनिकता ने हमें अपना भाग्य अपने हाथ मानने का संस्कार दिया है। हम दुखदायी चीजों को स्वीकार नहीं कर सकते, उन पर विजय पाना जरूरी समझते हैं। उधर दुखदायी चीजों का ऐसा है कि वे जितना ही घट रही हैं, उतना ही बल्कि बहुधा उनसे भी ज्यादा बढ़ रही हैं प्रगति के प्रताप से। असंतोष जहां गुण हो वहां अभाव की कसक का बढ़ना स्वाभाविक है। ग्लोबव्यापी नवपूंजीवाद के इस दौर में देश देश और व्यक्ति व्यक्ति के बीच जितनी आर्थिक असमानता आज है वैसी पहले कभी न थी। यही नहीं, इंसान इंसान में जन्मजात गुणों के आधार पर जो असमानता होती है उसका जितना ज्यादा प्रभाव आज पड़ता है उतना पहले कभी नहीं पड़ता था।

असमानता को अस्वीकार करने का आधुनिक संस्कार आज हर नौनिहाल को उद्विग्न करता है कि मैं आईआईटी में क्यों न आ सका या इंडियन आइडल क्यों न बन सका। रही क्रूरता, तो वह प्रौद्योगिकी के प्रताप से इधर कई गुना बढ़ चुकी है। हिरोशिमा से लेकर बगदाद तक अमेरिका ने जो बेरहम बमबारी की है उसके आगे चंगेज खां के अत्याचार बौने लगते हैं। पहले स्कूलों में बच्चे भेजते हुए यही खतरा सताता था कि कहीं कोई बिगड़ा बच्चा गाली-गलौज या मारपीट न कर बैठे। आज उन्नत देशों में बिगड़े बच्चे द्वारा दनादन और अकारण गोलियां चला दिए जाने की आशंका भी रहती है। टीवी के धारावाहिक और समाचार दोनों रात-दिन सेक्स, हिंसा और बर्बरता परोसते रहते हैं और इस अहसास को बढ़ाते हैं कि दुनिया एक बड़ी बेरहम-सी चीज है और इंसान सबसे गंदा जानवर। यह अहसास तनाव और बेबसी बढ़ाता है। और उनसे पैदा होते हैं वे नए रोग जो पुराने रोगों को मिटा चुकी आधुनिकता की अपनी देन हैं। आत्मघाती उदासी इन नए रोगों में प्रमुख है।

शंका की जा सकती है कि जब उदास होना मानव का सहज स्वभाव है और

घोर निराशा में आत्महत्या पहले भी की जाती रही है तब यह नए रोग की बात कहां से आ गई। विज्ञान बताता है कि उदासी एक स्वाभाविक प्रतिक्रिया है किंतु उदासी से उबर न पाना रोग है। यह रोग मस्तिष्क में कुछ रसायनों की कमी से पनपता है किंतु यह आत्मघाती रूप तब लेता है जब व्यक्ति अपने को परिस्थितियों के आगे बिल्कुल लाचार पाता है। आज इंसान को निरंतर ऐसी ही परिस्थितियों का सामना करना पड़ रहा है। और इसके साथ ही उसे ढाढ़स बंधाने वाली परिवार, समुदाय और बचपन की मित्रमंडली–जैसी संस्थाएं और धार्मिक आस्था दोनों ही तेजी से लुप्त हो रही हैं। आज बच्चों को सुख की कामना करने के संस्कार तो दिए जा रहे हैं किंतु दुख का सामना करने के लिए तैयार रहने के नहीं। स्वार्थ का बोलबाला होने से अब यह भरोसा खत्म होता जा रहा है कि दुख से पार पाने में बहुतों का सहारा प्राप्त होगा।

स्थिति के काबू में आ सकने का विश्वास भी खोता जा रहा है क्योंकि चारों ओर अराजकता व्याप गई है। व्यक्ति क्या, राष्ट्र तक अपने को विवश पाने लगे हैं। निराशा, क्रोध और विरोध को रचनात्मक क्रांतिकारी रूप देने और सुखद भविष्य की कल्पना करने के उपाय में कोई दम नजर आता नहीं है। वह भी तनाव और अराजकता बढ़ाने वाली आतंकवादी गतिविधि को ही जन्म दे रहा है। इसका सबसे बुरा असर नई पीढ़ी पर पड़ा है। उसकी आत्मघाती उदासी इंटरनेट के विश्वव्यापी वितान पर छा गई है, जहां कुछ साइटें आत्मघाती युवाओं को भावनात्मक संबल प्रदान कर रही हैं वहां कुछ उन्हें आत्महत्या के अचूक तरीके सुझाने और दूसरों के साथ मिलकर आत्महत्या करने की प्रेरणा देने में जुटी हैं। मिलकर आत्महत्या करने का रिवाज ब्रिटेन से लेकर जापान तक फैल चुका है। तो अर्जुन सिंह को सच में छात्रों की चिंता है तो उन्हें जमाने का रुख बदलने का भगीरथ प्रयत्न करना होगा। परीक्षाएं आसान बनाने जैसे छद्म क्रांतिकारी उपायों से कोई बात नहीं बनेगी।

(16 मई, 2005)

लोकतंत्र : संसद से सड़क तक

कभी दिनकर ने लिखा था, 'सिंहासन खाली करो कि जनता आती है।' हाल का अनुभव बताता है कि इसमें इतना और जोड़ना जरूरी है, 'फिर निराश होने के लिए।' अप्रैल के शुरू में दक्षिण अमेरिकी देश इक्वाडोर में राष्ट्रपति गुतिएरेज ने अपने लिए असुविधाजनक सुप्रीम कोर्ट भंग कर दिया तो जनता अपने बर्तन-भांडे बजाती हुई राजधानी की सड़कों पर उतर आई। राष्ट्रपति को देश छोड़कर भागना पड़ा। वहां पिछले दस वर्षों में यह किसी राष्ट्रपति द्वारा जनता के रोष के आगे घुटने टेकने की तीसरी घटना थी। जब मैं इस प्रदर्शन के बारे में पढ़ रहा था तब मुझे गुजरात-बिहार में जे.पी. आंदोलन के संदर्भ में लिखे गए अपने एक संपादकीय का शीर्षक याद आया, 'थाल बजावत आई होरी।' तब भी छात्रों ने अपने थालों को बजा-बजाकर विप्लवी संगीत सिरजा था। मेरा ध्यान इस दुखद तथ्य की ओर गया कि अगर इक्वाडोर जनता को एक के बाद दूसरा भगा देने लायक राष्ट्रपति मिला है तो हमारे यहां जे.पी. आंदोलन और दूसरी आजादी गुजरात को सांप्रदायिक नरेंद्र मोदी और बिहार को जातिवादी लालू प्रसाद यादव ही विरासत में दे पाए।

जन-प्रदर्शन लोकतंत्रात्मक राजनीति का महत्त्वपूर्ण अंग रहा है किंतु टेलीविजन युग में उसका महत्त्व कई गुना बढ़ गया है। समाचार चैनलों को प्रभावशाली दृश्यों और जोशीले शब्दों की सदा तलाश रहती है इसलिए प्रदर्शन कराना समाचार बन जाने का सुगमतम उपाय है। प्रदर्शन के लिए भीड़ जुटाना, लोगों को विरोध के लिए प्रेरित करना और उत्साह की लहर दौड़ा देना संचार क्रांति ने सरल बना दिया है। एसएमएस, ई-मेल, सेलफोन, मेसेज बोर्ड आदि उपायों का जमकर प्रयोग किया जाने लगा है। मेक्सिको की राजधानी में लेखिका एलिना पोनियाटोव्स्का ने वामपंथी नगरपाल लोपेज ओब्रादोर के समर्थन में 'महारैला' कराने के लिए यूनियनों के साथ इन नए उपायों का भी उपयोग किया। मेक्सिको सिटी की सड़कों पर 12 लाख प्रदर्शनकारी उतर आए। वह इस बात का विरोध कर रहे थे कि ओब्रादोर को अगले वर्ष राष्ट्रपति पद का उम्मीदवार न बनने देने के लिए मौजूदा राष्ट्रपति फॉक्स का दल नीचता पर उतर आया है। हुआ यह था कि संसद में सत्तारूढ़ दल ने ओब्रादोर को कानूनी कार्रवाई से पदेन प्राप्त उन्मुक्ति छीन ली। फिर एटर्नी जनरल ने 2001 में अदालत के स्टे ऑर्डर के बावजूद किसी की निजी जमीन पर सड़क बनाने के मामले में ओब्रादोर पर फौजदारी मुकदमा दायर कर दिया जिसमें सजा हो जाने पर वह चुनाव लड़ने के लिए अयोग्य घोषित किए जा सकते थे। ओब्रादोर और उनके समर्थकों का कहना था कि अस्पताल हेतु सीधी सड़क बनाने के लिए निजी भूमि के उपयोग पर इतनी नैतिक हायतौबा मचाना और करोड़ों-

अरबों डकार चुके भ्रष्ट नेताओं को पदेन प्राप्त उन्मुक्ति का लाभ उठाने देना राष्ट्र-पति और उनके दल की बदनीयती और बेईमानी का नमूना है।

विदेशों में तीव्र आलोचना और इस विराट विरोध प्रदर्शन के बाद राष्ट्रपति फॉक्स ने एटर्नी जनरल का इस्तीफा लेकर यह घोषणा कर दी कि मेरी सरकार अगले चुनाव में किसी को भी राष्ट्रपति पद का उम्मीदवार बनने से रोकेगी नहीं। जन-प्रदर्शन की राजनीति ने एक और सफलता अर्जित की। लेकिन दो सवाल उठते हैं। क्या यह सफलता जनता के लिए हितदायी होगी? और क्या ऐसी सफलताएं लोकतंत्र के लिए अच्छी हैं? यहां यह उल्लेखनीय है कि खुद राष्ट्रपति फॉक्स 2000 के चुनाव में अपनी वामपंथी छवि के कारण दक्षिण-पंथियों का 71 वर्ष से चला आ रहा शासन समाप्त करा सके थे। उन्हें अपने शासन के शुरू में 74 प्रतिशत लोगों का समर्थन प्राप्त था और अब कुल 40 प्रतिशत का ही है। दूसरे शब्दों में यह कि वह भी कोई चमत्कार नहीं कर सके। अगर चुना हुआ व्यक्ति चमत्कार नहीं कर पा रहा है तो नागरिक उसे गद्दी से उतार देने के लिए सड़कों पर उतर आ रहे हैं। बोलिविया में राष्ट्रपति लोजादा को जनविरोध की बाढ़ से घबराकर 2003 में गद्दी छोड़नी पड़ी और इस वर्ष के शुरू में उनकी जगह राष्ट्रपति बने कार्लोस मेसा को भी उतने ही भयंकर जनाक्रोश का सामना करना पड़ा पर किसी तरह उन्होंने गद्दी बचा ली।

मेड फॉर टेलीविजन जन-प्रदर्शन की राजनीति का एक चिंताजनक आयाम यह भी है कि इससे विदेशी हस्तक्षेप का रास्ता खुलता है। आज अमेरिका इस प्रतीक्षा में है कि ईरान में जन-प्रदर्शन हों ताकि वह मुक्तिदाता बन वहां कूद पड़े। सोवियत संघ में रह चुके देशों में रूस का प्रभाव घटाने के लिए वह जन-प्रदर्शनों को बढ़ावा देता रहा है। हाल में यूक्रेन में उसने इस नए राजनीतिक हथियार से रूस समर्थकों को गद्दी से हटवा दिया। अमेरिकी टीवी चैनल उन्हीं देशों के जनाक्रोश का देश-विदेश में प्रसारण करते हैं जहां की सरकारें बदलवाना अमेरिका के हित में हो। मेक्सिको के मौजूदा राष्ट्रपति वामपंथी होते हुए भी अमेरिका के आग्रहों के सामने झुकते रहे हैं इसलिए उनके विरुद्ध प्रदर्शन अमेरिकी चैनलों के लिए महत्त्वपूर्ण न थे। जन-प्रदर्शन की राजनीति का सबसे खतरनाक पहलू हम भारतीयों का बहुत भोगा हुआ है— जनविरोधी नीतियों पर चलते नेता द्वारा जन-प्रदर्शनों के सहारे अपने को कानून से बड़ा सिद्ध करना। इसका चलन इंदिराजी ने किया था और महारैलाबाज लालूजी इसे निखार चुके हैं।

'संघर्ष करो हम तुम्हारे साथ हैं' का अर्थ ही इस तरह के प्रायोजित जन-प्रदर्शनों में यह बना दिया गया है कि कानून के विरुद्ध संघर्ष करो। अमेरिकी सीनेट में रिपब्लिकन दल के नेता डॉक्टर फ्रिस्ट, जिन्हें कट्टरपंथी ईसाई अगले चुनाव में राष्ट्रपति पद के लिए खड़ा करना चाहते हैं, कानून के विरुद्ध संघर्ष का यह उपाय

भारत से आयात करने के मूड में हैं। पिछले दिनों उन्होंने ईसाइयों की धार्मिक भावनाओं को ठेस पहुंचाने वाले कानूनों और उदार जजों के विरोध में टीवी से जुड़े कट्टरपंथियों द्वारा टेली–प्रसारण के लिए जो महारैला आयोजित किया उसे डॉक्टर फ्रिस्ट के आशीर्वाद और वीडियो में दर्ज धुआंधार भाषण दोनों प्राप्त हुए। लोकतंत्र में जबर्दस्ती के लिए कोई गुंजाइश नहीं जबकि जन–प्रदर्शनवाद जबर्दस्ती और फौरन परिवर्तन कराने के लिए कमर कसे रहता है।

लोकतंत्र की सफलता के लिए कई चीजें जरूरी हैं। सबसे पहली यह कि चुनाव निष्पक्ष हों। दूसरी, चुनाव का जो भी नतीजा आए उसे सब शांति से मान लें। तीसरा यह कि सरकार बनाने वाला व्यक्ति या दल यह याद रखे कि चुनाव में बहुतों ने उसका विरोध भी किया था अर्थात वे उसकी रीति–नीति से सहमत नहीं हैं अत: वह हर कदम उठाने से पहले व्यापकतम सहमति के लिए यत्न करे। प्रतिपक्ष याद रखे कि लोकतंत्र में अल्पमत बहुमत पर हावी नहीं हो सकता इसलिए वह सौदों–समझौतों के लिए तैयार रहा करे। दुर्भाग्य से हो यह रहा है कि चुनावों की निष्पक्षता के आगे ही सवालिया निशान लगने लगे हैं। जीतने वाले 'जनादेश' के नाम पर अपने समर्थकों, जो कभी–कभी आबादी के 20 प्रतिशत भी नहीं होते, की इच्छा बाकी सब पर थोपने लगते हैं। प्रतिपक्ष किसी भी मामले में सहयोग के लिए आगे नहीं बढ़ता। उसके लिए मानो संसद ही गैर–जरूरी जगह बन जाती है।

(23 मई, 2005)

बॉलीवुड क्यों न हॉलीवुड बन सका

बुढ़ापे में इंसान उस स्थिति में पहुंच जाता है जिसमें हर बात पहले भी सुनी-देखी लगती है और पिछले अनुभव उसके प्रति बहुत उत्साहित होने की अनुमति नहीं देते। अब जैसे मैं युवा पत्रकारों के स्वर में स्वर मिलाकर कहने में असमर्थ हूं कि *ब्लैक* जैसी 'जरा हटके' टाइप फिल्मों की सफलता बॉलीवुड के हॉलीवुड बन जाने की सूचक है। संजय लीला भंसाली जैसे नए दिग्दर्शक और भारतीय फिल्मों के नए दर्शक हमारे सिनेमा का स्वरूप बदल डालने वाले हैं और जल्दी ही हमारी फिल्मों का सारी दुनिया में डंका बोलने वाला है। इस तरह की बातें मैं पहले भी सुन और देख चुका हूं कि उनके बावजूद बॉलीवुड कभी जॉलीवुड किस्म का हॉलीवुड नहीं बन सका। आश्चर्य होना चाहिए था कि ऐसा क्यों नहीं हुआ जबकि अमेरिका और भारत में यह धंधा लगभग साथ-साथ और एक ही ढंग से शुरू हुआ और दोनों ही जगह परिस्थितियां उसके फलने-फूलने के लिए समान रूप से अनुकूल थीं।

अन्य तमाम आधुनिक विधाएं पश्चिम में विकसित हो जाने के बहुत बाद भारत पहुंचीं लेकिन सिनेमा उर्फ चलचित्र तत्काल ही आ पहुंचा था। पेरिस में लुम्येर बंधुओं ने दिसंबर 1895 में पहली बार चलचित्रों का प्रदर्शन करके यूरोप को चमत्कृत किया था। अगले वर्ष 7 जुलाई को मुंबई में उनके छह लघु चलचित्र दिखाए गए जिनसे प्रेरित होकर सावे दादा भाटवाडेकर ने *कुश्ती* और *बंदर-बंदरिया नाच* पर दो लघुचित्र बना डाले जिनका प्रदर्शन 1899 में हुआ। उसके बाद इस विधा में पश्चिम में जो भी विकास हुआ उसे भारतीय सिनेमा ने लगभग अविलंब अपना लिया। हॉलीवुड में दिग्दर्शक पोर्टर ने पहला कथा चित्र *द ग्रेट ट्रेन रॉबरी* (एक रील) 1903 में बनाया तो भारत में *पुंडलीक* 1912 में बन गया और अगले वर्ष दादा साहब फाल्के ने तीन रील की फिल्म *राजा हरिश्चंद्र* बना डाली। हॉलीवुड में पहली बोलती फिल्म *द जाज सिंगर* 1927 में बनी तो बॉलीवुड में *आलमआरा* 1931 में। अमेरिका और भारत में सिने उद्योग के फलने-फूलने के लिए परिस्थि-तियां अनुकूल थीं। शहरीकरण गरीबों को लोकसंस्कृति के मनोरंजन के साधनों से काट रहा था। उच्चतर संस्कृति से जुड़े साधनों, यथा रंगमंच, से तो वे वंचित थे ही। दोनों ही देशों में मनोरंजन की भूखी विराट आबादी थी और निर्माताओं के लिए सिनेमा से पैसा कमाने की संभावनाएं अपार थीं।

इसी कारण यूरोप की सिने प्रतिभाएं हॉलीवुड के साथ-साथ बॉलीवुड की ओर भी आकर्षित हुईं। हमारे निर्माता-दिग्दर्शकों ने सिने तकनीक यूरोप से सीखी। दादा साहेब फाल्के ने इंग्लैंड से नाता जोड़ा तो हिमांशु राय ने जर्मनी और इंग्लैंड दोनों से। जो लोग भारतीय फिल्मों और फिल्मकारों के अंतर्राष्ट्रीय हो सकने का सपना

आज देख-दिखा रहे हैं वे भूल गए हैं कि इंग्लैंड में बैरिस्टरी पढ़ने गए शौकिया रंगमंच अभिनेता हिमांशु राय ने बुद्ध की जीवनी पर लिखी गई कविता *द लाइट ऑफ एशिया* पर आधारित फिल्म एक जर्मन निर्माता के लिए बनाई थी और उसमें बुद्ध का अभिनय स्वयं किया था। इस फिल्म के दिग्दर्शक फ्रांज ओस्टन से उनकी ऐसी दोस्ती हुई कि अपनी बाद की सभी फिल्मों का निर्देशन उन्होंने उसी से कराया। हिमांशु राय की अगली दो फिल्में *शिराज* (ताजमहल के शिल्पी की कथा) और *अ थ्रो ऑफ डाइस* (महाभारत) म्यूनिख के यू.एफ.ए. स्टूडियो के लिए बनाई गई थीं। तीनों फिल्में मध्य यूरोप में खूब चलीं। फिर 1933 में उन्होंने इंग्लैंड की आईबीपी कंपनी के लिए *कर्म* नाम से अंग्रेजी और हिंदी दो भाषाओं में एक साथ बनी पहली फिल्म बनाई।

विश्वयुद्ध छिड़ जाने पर हिमांशु राय जर्मन दिग्दर्शक फ्रांज ओस्टन और उसके दल को लेकर बॉलीवुड में आ बसे जहां उन्होंने बॉम्बे टॉकीज की स्थापना की। यह दिलचस्प है कि हिंदी न समझने वाले फ्रांज ने *कंगन* तक बॉम्बे टॉकीज की हर फिल्म का निर्देशन किया। यहां दो बातें ध्यान देने योग्य हैं। पहली यह कि विश्वयुद्ध छिड़ जाने के कारण ही हिमांशु-फ्रांज की जोड़ी अंतर्राष्ट्रीय हो पाई। दूसरी यह कि फ्रांज और उसके साथियों के कारण बॉलीवुड के मुहावरे पर गहरा जर्मन प्रभाव पड़ा। वह यथार्थवादी की जगह अभिव्यंजनावादी बना कि दर्शक को चकित-चमत्कृत करे। मुझे याद है कि जब 1960 में मैंने शांताराम की मराठी फिल्म *कुं* (हिंदी : *दुनिया न माने*) देखी तो भाषा ठीक से न समझ पाने के बावजूद मैं भीतर से हिल गया। तो जो संजय लीला भंसाली द्वारा अंधी-गूंगी-बहरी उद्दंड हेलेन केलर के दीक्षित किए जाने पर आधारित फिल्म *द मिरेकल वर्कर* को लगभग टीपकर उसमें कुछ यूरोपीय फिल्मों की रंगों द्वारा मनोभाव की व्यंजना की तकनीक और बुढ़ापे में स्मृतिभ्रंश की कथा जोड़कर *ब्लैक* बना देने को बॉलीवुड के हॉलीवुड बन जाने और इसकी सफलता को दर्शकों की परिपक्वता का सबूत मान रहे हैं वे 1937 की सफल फिल्म *दुनिया न माने* देखने की कृपा करें।

अभिभावकों द्वारा पैसे के लालच में एक बूढ़े वकील से ब्याह दी गई अनाथ लड़की के उस बूढ़े को अपने साथ न सोने देने, अपने कामुक सौतेले बेटे और जल्लाद फुफिया सास से लोहा लेने, अपनी विदुषी सौतेली बेटी के सहयोग से पति से विद्रोह करने और पश्चात्ताप-ग्रस्त पति द्वारा पत्नी को मुक्ति देने के लिए अंततः आत्महत्या कर लेने का उसका कथानक ऐसा है कि संजय लीला भंसाली को उस पर अमिताभ बच्चन और रानी मुखर्जी को लेकर भी फिल्म बनाने के लिए पैसा न मिले। *दुनिया न माने* का प्रस्तुतिकरण तब की श्रेष्ठतम जर्मन फिल्मों की टक्कर का है और दर्शाता है कि शांताराम सिने कला सीखने जर्मनी गए थे। पर शांताराम *दुनिया*

न माने के बाद यथार्थवादी कथानक और अभिव्यंजनावादी तकनीक वाली दो ही और फिल्में *आदमी* और *पड़ोसी* बनाकर क्यों रह गए? उत्तर यही हो सकता है कि बॉलीवुड ने मान लिया कि वह हॉलीवुड नहीं हो सकता। भारतीय दर्शक न यथार्थवादी कथानक सराह सकता है, न अतियथार्थवादी निरूपण। तय पाया गया कि कथानक पुराणों या दंतकथाओं से लिया जाए या फिर आज के कथानकों को भी उसी सांचे में ढाला जाए। ध्यान दें कि हॉलीवुड ने भी बॉलीवुड की तरह ही पौराणिक या दंतकथाजन्य कथानकों से शुरुआत की थी किंतु जहां उसने इन पर नए युग के कथानक खूबसूरती से फिट किए वहां बॉलीवुड ने भौंडे ढंग से। हॉलीवुड ने पौराणिक ढांचे की फॉर्मूला पटकथाओं को प्रभावप्रद सिनेमाई भाषा में प्रस्तुत किया तो बॉलीवुड ने सिनेमाई भाषा को ही आम जनता के लिए बहुत जटिल ठहरा दिया। पौराणिक कथानक और अतियथार्थवादी निरूपण का फॉर्मूला अगर बॉलीवुड ने पकड़ा होता तो वह विशिष्ट भारतीय सिनेमा को जन्म दे सकता था।

चीन का फिल्म उद्योग परंपरागत कथानकों से चिपका रहा और उन्हें निरूपित करने में नई-नई तकनीकें आजमाता रहा, इसीलिए वहां बनी कुछ व्यावसायिक फिल्में हॉलीवुड का भी ध्यान खींच सकीं। हम ऐश्वर्या राय के हॉलीवुड स्टार बनने की संभावना से ही पुलकित होते रहे और चीनी फिल्मोद्योग से आए जैकीचेन वहां छा गए। यही नहीं, चीनी दिग्दर्शक भी हॉलीवुड में सफल हो सके। हमें *लगान* के ऑस्कर के लिए नामांकन से ही संतोष करना पड़ा, चीनी फिल्म *क्राउचिंग टाइगर, हिडन ड्रैगन* ऑस्कर जीत भी गई। तमाम अच्छाइयों के बावजूद *लगान* कथानक में अंग्रेज नायिका और अंग्रेज शासकों-भारतीय किसानों के क्रिकेट मैच को केंद्रीयता प्रदान करके अंतर्राष्ट्रीय बनने की कोशिश करती है जबकि *क्राउचिंग टाइगर, हिडन ड्रैगन* बेहिचक चीनी और देहाती बनी रहती है। जापानी फिल्मों का भी इसलिए नाम हुआ कि वे बेहद जापानी थीं। हॉलीवुड ने जापानी फिल्मों से कथानक उधार लिए। बॉलीवुड की फिल्में सारे देश और दुनिया की हो सकने की कोशिश में अक्सर कहीं की नहीं रह जातीं।

उसमें भी हर्ज न था अगर हम अपनी देहाती लोकरंजन शैली वाले मुहावरे के विकास पर उतना ही ध्यान देते जितना कि नाच-गाने फिल्माने की तकनीक पर दिया। प्रसंगवश उसी ने हॉलीवुड को थोड़ा आकर्षित किया है। हिट फिल्म *मूलें रूज* के दिग्दर्शक ने तो अपना आभार-प्रदर्शन करने के लिए एक नाच-गाने में 'छैयां छैयां' की धुन ही डाल दी। बॉलीवुडी दिग्दर्शकों को अपने धूम-धड़ाके, गर्जन-तर्जन, नाच-गाने, 'हर माल मिलेगा चार-चार आने' मार्का देहाती मुहावरे में भी पूरी आस्था नहीं है जबकि वही हमारी विशेषता है। शेखर कपूर इसे समझे और उन्होंने अंग्रेजी फिल्म *एलिजाबेथ* इस अंदाज से बनाई मानो *रजिया सुल्तान* बना रहे हों।

इसीलिए वह ऑस्कर के लिए नामांकित हुए। हमारी फिल्मों के कहीं के न रह जाने का एक और कारण यह है कि कथानक में बॉलीवुड को यथार्थवादी और पौराणिक दोनों तेवरों से समान परहेज रहा है। यों तो हॉलीवुड की तरह बॉलीवुड में भी शुरू से एक यथार्थवादी धारा भी बहती रही है और उसके कायल वामपंथियों का भी खासा जमावड़ा रहा। इसके बावजूद हॉलीवुड-जैसी वामपंथी तेवर वाली यथार्थवादी फिल्में बॉलीवुड में नहीं बनती रह सकीं।

जब 1952 में मुंबई में पहले भारतीय फिल्म महोत्सव में इटली की नव-यथार्थवादी फिल्म *बाइसिकल थीफ* दिखाई गई तब बॉलीवुड में बहुत हलचल मची। बिमल राय की *दो बीघा जमीन* को बॉलीवुड में नवयथार्थवाद के उदय का प्रतीक ठहराया गया। लेकिन दुखद सत्य यह है कि महबूब की *औरत* और *रोटी* से लेकर जिया सरहदी की *फुटपाथ* और *हम लोग* तक वामपंथी तेवर वाली कई प्रभावशाली फिल्में बनीं जरूर पर कुल मिलाकर बॉलीवुडी वामपंथ ख्वाजा अहमद अब्बास-राजकपूर मार्का भावुकता तक सीमित रह गया। उधर पौराणिक शैली भी मनमोहन देसाई मार्का 'अंधी भक्तन की आंखों में शिवजी की मूर्ति से निकली ज्योति जा समाई'-नुमा लटकों में लिप्त रहने के बावजूद अपने को यथार्थवादी ही मानते रहने के मोह से मुक्त न हो पाई। उसने कभी माना ही नहीं कि यह या तो जादुई यथार्थवाद है या फिर बेसिरपैर का कथानक। तो बॉलीवुड में यथार्थवादी और पौराणिक दोनों ही शैलियों वाली फिल्मों के कथानक लचर होते चले गए। यहां तो यही चलेगा का दुराग्रह जोर पकड़ता गया और बॉलीवुड को अपनी कूपमंडूकता में आनंद आने लगा।

फिल्म फाइनेंस कार्पोरेशन और फिल्म इंस्टीट्यूट-जैसी संस्थाएं खुलने और फिल्म सोसाइटी आंदोलन के चल निकलने से 60 के दशक में यह आशा जगी कि बॉलीवुड अपनी कूपमंडूकता से बाहर आ सकेगा। लेकिन हुआ कुल मिलाकर यह कि टॉलीवुड के दो दिग्दर्शक सत्यजित राय और ऋत्विक घटक अंतर्राष्ट्रीय ख्याति प्राप्त कर सके। समांतर सिनेमा का कुछ वर्षों तक हल्ला रहा। सरकारी प्रतियोगिता में अधिकतर पुरस्कार गैरमुंबइया फिल्मकारों-कलाकारों को मिलते रहने से दुखी बॉलीवुड ने लोकप्रिय सिनेमा को पुरस्कृत किए जाने का सफल दुराग्रह किया। यह भी सुना गया कि बॉलीवुड के बासु चटर्जी और हृषिकेश मुखर्जी जैसे दिग्दर्शकों ने समांतर सिनेमा को मुख्यधारा में ही मिला दिया है। सुभाष घई जैसी फिल्म इंस्टीट्यूट में पढ़ चुकी फिल्मी हस्तियां श्रेष्ठ सिनेमा और विश्व सिनेमा के बारे में पहले वालों से कहीं अधिक जानकारी रखेंगीं। लेकिन उनका मुहावरा वही चूं-चूं का मुरब्बा बना रहा। धीरे-धीरे श्रेष्ठ सिनेमा और उससे जुड़े संस्थानों-आयोजनों के प्रति उत्साह ही खत्म हो गया। आज स्थिति यह है कि अगर संजय लीला भंसाली

ऐश्वर्या राय को लेकर कान महोत्सव में पहुंच जाएं तो चर्चा होती है लेकिन दक्षिण या पूर्व भारत का कोई अनाम दिग्दर्शक वहां सम्मानित किया जाए तो मीडिया ध्यान ही नहीं देता।

जब श्रेष्ठ सिनेमा के लिए उत्साह ही नहीं बचा तब वह बनेगा कैसे? कोलकाता तक में अब बॉलीवुड फिल्मों की नकलें बनने लगी हैं और बॉलीवुड में हॉलीवुड की फिल्मों की नकलें बनाने का रिवाज जोर पकड़ता जा रहा है। लुत्फ यह कि कभी वहां की फिल्म ज्यों-की-त्यों टीप लिए जाने के कारण भारत में नहीं चल पातीं और बाहर के काम की नहीं रह जातीं। कभी आधे-अधूरे ढंग से टीपे जाने के कारण वह दोनों ही जगह फेल हो जाती है। महेश भट्ट बॉलीवुड के सबसे विद्वान दिग्दर्शक हैं इसलिए मुझे आश्चर्य हुआ कि उन्होंने मुझसे एक फ्रांसीसी फिल्म टीप देने को कहा। मैंने उसका भारतीय रूपांतरण करते हुए अलग पटकथा लिख डाली जो उन्हें तब पसंद भी आई किंतु सेशल्स द्वीप में शूट करने के बाद उन्होंने जो *पापा कहते हैं* रिलीज की वह उसी आधे-अधूरे ढंग से टीपी हुई फिल्म थी। उसमें मेरा लिखा हुआ कुछ भी न बचा था। दरअसल, बॉलीवुड की सबसे बड़ी कमजोरी है अच्छे लेखकों की कमी और दिग्दर्शकों द्वारा लेखक को व्यावहारिक स्तर पर महत्त्व न देना। कमल हासन फिल्म निर्माण के सभी पक्षों और साहित्य तथा संगीत का इतना ज्ञान रखते हैं कि मेरे जैसे प्रशंसक दंग रह जाते हैं। किंतु जब *हे राम* और *अभय* में मैं उनसे सहयोग करने गया तब मुझे दुखद आश्चर्य हुआ कि अपनी ही सोची हुई बढ़िया कथा-पटकथा को चूं-चूं का मुरब्बा बना देने से उन्हें भी कोई परहेज नहीं है।

कहानी के स्तर पर मौलिकता का अभाव है। एक साथ कई-कई देसी-विदेशी फिल्मों के सीन टीप कर खिचड़ी पकाई जा रही है। स्टूडियो सिस्टम या पैकेजिंग सिस्टम जैसी कोई हॉलीवुडी प्रथा अब भी नहीं चली है कि एक ही फिल्म में सब रंग डालने की जगह कई रंग की फिल्में हमारे निर्माता बनाएं। धंधा अब भी पारिवारिक किस्म का है। फाइनेंसर भी अक्सर 'भाई लोग' होते हैं। यह ठीक है कि कुछ पब्लिक लिमिटेड कंपनियां बनने लगी हैं। यह भी कि मनोरंजन से जुड़ी बहुराष्ट्रीय कंपनियां भी भारतीय फिल्मों में पैसा लगाने के लिए तैयार बैठी हैं। पर टेलीविजन का अनुभव बताता है कि इस तरह की कंपनियों में ऐसे लोगों की भरमार हो जाती है जो सर्वथा पश्चिमी रंग में रंगे होते हैं और जिनका भारत की भाषा-संस्कृति का अज्ञान विस्मयकारी होता है। वे हॉलीवुड की नकल ही बनवा सकते हैं, उसे मात करने वाली कोई देसी चीज नहीं। एक ही परिवर्तन ऐसा है जो कुछ आशा जगाता है। वह यह कि भारतीय महानगरों में ऐसी युवा पीढ़ी उभरी है जो मल्टीप्लेक्सों में 'हटके' श्रेणी की हिंदी फिल्म देख लेती है और ब्रिटेन तथा

अमेरिका में बसे भारतीय उपमहाद्वीप के लोग भी इस तरह की फिल्मों के लिए बड़ा दर्शक वर्ग प्रस्तुत कर रहे हैं। देखना यह है कि क्या उनके लिए ऐसी फिल्में बनाई जाएंगी जो 'हटके', 'भारतीय' और 'मौलिक' तीनों ही हों कि अंतर्राष्ट्रीय मंच पर उनकी धाक जम सके।

(30 मई, 2005)

उपभोक्ता संस्कृति : कचरा ही कचरा

बूढ़े तो उपभोक्ता संस्कृति को ही कचरा मानते हैं। युवा पीढ़ी को भी यह मानना पड़ रहा है कि वह मार तमाम कचरा जनती है। प्रगति और पर्यटन उसे संसार के कोने-कोने में पहुंचा रहे हैं। अज्ञेय को अत्यंत प्रिय रहे नौकुचिया ताल में जब कचरों के ढेर दिखे तब मैंने यही सोचा कि यह सुगम्य स्थल कैसे बच सकता था जबकि एवरेस्ट शिखर के आस-पास तक कचरे की समस्या पैदा हो चुकी है। उपभोक्ता संस्कृति चाहती है कि ग्राहक हैसियत और जरूरत दोनों से ज्यादा खरीदे और नए ब्रांड, नए फैशन का लेने के लिए पुराना कचरे में डाल दे। उसने हमें पुराने और बासी से घिनाना-घबराना सिखाया है। फटा कपड़ा सीकर पहनना या दूसरे का इस्तेमाल किया कपड़ा पहन लेना मेरे बचपन तक अच्छी हैसियत वालों में भी आम था; आज मामूली हैसियत वाले भी उसे शर्मनाक मानते हैं। पहले लोगों के पास चार-छह जोड़े कपड़े और एक जोड़ा जूता होता था। अब घरों में कपड़े-जूते रखने के लिए जगह कम पड़ती है। आज के औसत आदमी का रहन-सहन सौ साल पहले के अमीर आदमी की टक्कर का हो चला है उपभोक्ता संस्कृति की कृपा से। यह संस्कृति न केवल माल कचरा किए जाने के लिए बेचती है बल्कि उसकी आकर्षक पैकिंग से भी कचरा बढ़ाती है। वह जमाने लद गए जब आप एक थैला लेकर बाजार जाते थे, अब तो आप खरीदारी करने के बाद वहां से दुकानदारों के दिए दर्जनों थैले, पैकेट आदि लेकर लौटते हैं। अमीर देशों में प्रति व्यक्ति प्रतिदिन एक किलो कचरा फेंका जा रहा है। पर्यावरणवादी की नींद हराम है कि जब भारत-जैसे देशों की करोड़-डेढ़ करोड़ की आबादी वाले महानगरों में ऐसा उपभोग होने लगेगा तब क्या होगा!

पहले ज्यादातर कचरा ऐसा होता था जो धीरे-धीरे मिट्टी ही हो जाता था। अब अधिकतर कचरा प्लास्टिक का है जो अपना अस्तित्व बनाए रखता है। हम कचरे को छिपाकर उसके बीच जीने की मजबूरी से बचना चाहते हैं। छिपाने का सबसे अच्छा तरीका है उसे कुदरती या खुदाई से बने गहरे-चौड़े खड्डों में भर देना। न्यूयॉर्क जैसे महानगरों में कचरे के लिए गड्ढों की कमी पड़ने लगी है और उसे पास के अपेक्षाकृत गरीब राज्यों में भिजवा देने का धंधा चल निकला है। सामान्य कचरे को भी खड्डों में दबा देने से आस-पास की जमीन के भीतर का पानी प्रदूषित होने का खतरा रहता है। अस्पतालों का कचरा, रेडियोधर्मी कचरा, खतरनाक रसायनों वाला कचरा तो ऐसा है कि उसे खड्डों में भरने से आस-पास के लोगों का स्वास्थ्य संकट में पड़ सकता है। इसलिए कचरे को जला देने का ही उपाय बचता है। कचरा जलाने से वातावरण प्रदूषित होता है। वातावरण का प्रदूषण कम करने के उपाय किए जाएं तो खर्च तो बढ़ता ही है, साथ ही जो खतरनाक तत्त्व हवा में पहुंचने से रोक दिए जाते हैं वे जमीन के भीतर

देर-सबेर पहुंच जाते हैं। कचरा जलाकर व्यावसायिक उपयोग के लिए ताप पैदा करने का उपाय यूरोप और जापान में अपनाया जा रहा है किंतु वह यूरोप में लगभग विफल हो चुका है और जापान भी उसे छोड़ना चाहता है। यह बात अलग है कि अमीर देश अपने यहां पिट चुकी यह प्रौद्योगिकी गरीब देशों को भिड़ा देने के लिए लालायित रहते आए हैं। सन 1984 में हॉलैंड वालों ने दिल्ली में कचरा-जलाऊ संयंत्र लगाया था जो हफ्तेभर बाद ही बेकार करार दे दिया गया। कचरा न खड्डों में भरें और न जलाएं तो क्या करें? उत्तर है जिन चीजों को फिर से इस्तेमाल किया जा सकता हो उन्हें कचरे में डालें ही नहीं। प्लास्टिक, कांच, कागजगत्ता, धातु वगैरह की ठोस चीजें कचरे से अलग करके 'रीसाइकिलिंग' के लिए डाल दी जाएं। और रसोई का कचरा उर्फ गीला कचरा भी कंपोस्ट बनाने के लिए अलग कर दिया जाए। भारत-जैसे गरीब देशों में कबाड़ी आज भी हैं और उच्च मध्यमवर्गीय लोग तक कबाड़ बेचकर पैसा कमाने से परहेज नहीं करते। अगर वे ऐसा कबाड़ कचरे में फेंक भी दें तो कूड़ेदान से उन्हें चुनकर पेट पालने वाले गरीबों की कोई कमी नहीं। अमीर देशों में न कबाड़ी हैं और न कचरा चुनने वाले। नागरिकों को ही मजबूर करना पड़ता है कि वे अपने घर का कचरा अलग-अलग हिस्सों में बांटकर घर के बाहर निश्चित दिनों पर सप्ताह में एक बार रखें।

अमेरिका में कूड़े के लिए खड्डों की फिलहाल कमी नहीं इसलिए कूड़े को कुल तीन श्रेणियों में ही बांटना होता है : सामान्य, बगीचे का, प्लास्टिक-कागज-गत्ता-कांच। एक घर से कितना कचरा उठाया जाएगा, इसकी भी सीमा है। उससे ज्यादा कचरा हो तो कचरा खड्डे तक उसे स्वयं ले जाना होता है। ज्यों-ज्यों महानगरों में अराजकता बढ़ रही है, कचरा संबंधी नियमों के पालन में लापरवाही और बेईमानी भी बढ़ रही है। यूरोप और जापान में कचरे का और भी अधिक ब्यौरेवार विभाजन कराया जाता है। आदर्श कानून बनाने के मामले में अव्वल भारत ने भी कचरे के विभाजन का कानून बहुत पहले बना दिया था और सुप्रीम कोर्ट के एक निर्देश के अनुसार हर नगर-पालिका को दिसंबर 2003 तक उसके पालन की व्यवस्था कर लेनी थी। बस आंध्र के एक लाख की आबादी वाले कस्बे सूर्यापेट में कर्तव्यनिष्ठ नगरपाल कादेर साहब ही सुप्रीम कोर्ट के आदेश की लाज रख पाए। जापान में अब हर कहीं और यूरोप के कुछ नगरों में कूड़े के तीन हिस्से करने होते हैं— 'जलाऊ', 'खाद बनाऊ' और 'दुबारा इस्तेमाल कराऊ'। फिर अंतिम वर्ग के कचरे को कुछ और हिस्सों में बांटना होता है। जापान के योकोहामा नगर में पिछले दिनों के कचरे के वर्ग पांच की जगह दस कर दिए गए और नागरिकों को 27 पृष्ठ की एक पुस्तिका दी गई जिसमें बताया गया है कि आम इस्तेमाल की 518 चीजों में से कौन किस ढेर में जाएगी। लिपस्टिक को ट्यूब से निकालकर 'जलाऊ' में रखें लेकिन उसके ट्यूब को प्लास्टिक का हो तो प्लास्टिक में और धातु का हो तो 'छोटी धातु वस्तु' में। कपड़ा फटा न हो तो धो-सुखाकर 'पुराना

कपड़ा' में रखें, फटा हो तो 'जलाऊ' में। केतली की गोलाई बारह इंच से कम हो तो 'छोटी धातु वस्तु' में रखें नहीं तो 'भारी कचरा' में डाल दें। जानकारों का कहना है कि समस्या तो तब हल होगी जब सवा दो हजार की आबादी वाले जापानी गांव कामिकात्सु की तरह नागरिक कचरे को 44 हिस्सों में बांटने लगेंगे। यह भी कहा जा रहा है कि बात तब बनेगी जब ज्यूरिख की तरह नागरिकों के लिए कचरा फेंकना इतना महंगा बना दिया जाएगा कि वे संयम बरतने पर मजबूर होंगे।

ऐसे नियमों का पालन अनुशासित समाजों तक में नागरिक तभी करते हैं जब हर मोहल्ले में स्वयंसेवक उन पर कड़ी नजर रखें। हमारे-जैसे अनुशासनहीन समाज में तो लोग कूड़ेदान तक जाने के कष्ट से बचने के लिए पड़ोसी के घर के आगे कचरा फेंक आते हैं और लड़ने को भी तैयार रहते हैं। बहरहाल, समस्या नागरिकों की अनुशासन-हीनता की उतनी नहीं है जितनी पूंजीवादी लोभ और निरंकुशता की। उपभोक्ता संस्कृति मीडिया में इस आशय के लेख छपवाती रहती है कि 'रीसाइकिलिंग' एक खर्चीला खब्त भर है और पर्यावरणवादी आशंकाएं निराधार हैं। सभी सरकारें पूंजीवाद के हाथों बिकी हुई हैं। हर भारत सरकार कंपोस्ट के गुण गाती आई है लेकिन कचरे से कंपोस्ट बनवाने से कहीं ज्यादा उत्साह रासायनिक खाद के निर्माताओं की आर्थिक मदद करने में दिखाती रही है। पूरी तरह लोभ से प्रेरित पूंजीवाद के पास कचरे की समस्या से निपटने का एक बहुत ही सरल उपाय है। अमीर देश और क्षेत्र अपना कचरा, खासकर खतरनाक कचरा, गरीब देशों और क्षेत्रों को निर्यात कर दें। इस पर रोक लगाने के लिए अंतर्राष्ट्रीय कानून बनाए गए हैं किंतु यह व्यापार धड़ल्ले से चल रहा है।

(6 जून, 2005)

चीन ने चारों खाने कर दिया चित

दो दिलचस्प तथ्य; पहला : भारतीय अखबारों में चीनी प्रधानमंत्री के दौरे की उतनी चर्चा नहीं हुई जितनी पाकिस्तानी प्रेसीडेंट के क्रिकेट मैच देखने के लिए आने की; दूसरा : चीनी प्रधानमंत्री के इस कूटनीतिक अभियान पर हमसे ज्यादा ध्यान अमेरिका ने दिया। दोनों तथ्य एक ही बात को रेखांकित करते हैं कि आज की तारीख में इधर भारत बस इसी लायक रह गया है कि पाकिस्तान से प्रतिद्वंद्विता करे और उधर चीन इस स्थिति में पहुंच गया है कि अमेरिका उसे अपना भावी प्रतिद्वंद्वी माने। पिछले पंद्रह वर्षों में अमेरिका को चीन से निर्यात में 1,600 प्रतिशत की वृद्धि हुई है जबकि अमेरिका से चीन को निर्यात में कुल 415 प्रतिशत की। नतीजा यह कि चीन के पास डॉलरों का बहुत भंडार जमा होता जा रहा है। चीन चाहे तो इस भंडार से अमेरिकी मुद्रा को जबर्दस्त झटका दे सकता है। वह ऐसा नहीं कर रहा है क्योंकि डॉलर का अहित करके वह अपना भी अहित करेगा किंतु इसका एक पहलू यह भी है कि अमेरिका भी चीन का अहित करने से पहले चार बार सोचेगा।

बुश के राज में औसत अमेरिकी ग्राहक के लिए सस्ता, सुंदर माल तैयार करने का सबसे बड़ा केंद्र चीन बन चला है। अमेरिकी ग्राहकों की लाड़ली वालमार्ट स्टोर शृंखला को माल सप्लाई करने वाली 80 प्रतिशत कंपनियां चीन में हैं जिनसे 2004 में उसने लगभग दो अरब डॉलर का माल आयात किया। तो अमेरिकी उपभोक्ता को संतुष्ट रखने के लिए चीन बहुत जरूरी हो चला है। अमेरिका की निर्माता कंपनियों के लिए सवा अरब से अधिक आबादी वाला चीन, जिसकी अर्थ-व्यवस्था पिछले 25 वर्षों में 9 प्रतिशत के औसत से विकसित होती रही है और जहां इस अवधि में प्रति व्यक्ति औसत आय चौगुनी हो चली है, इतना अधिक महत्त्वपूर्ण बन गया है कि वे उसकी ओर से मुंह मोड़ने की बात सोच ही नहीं सकतीं। सच तो यह है कि आज चीन मंडी उन बहुराष्ट्रीय कंपनियों के लिए परम महत्त्वपूर्ण बन चली है जिनके इशारे पर ग्लोब-गांव की राजनीति नाचती है। आज चीन सीमेंट और इस्पात के उत्पादन में सबसे आगे निकल चुका है और भवन निर्माण कार्य जितने बड़े पैमाने पर वहां चल रहा है और कहीं नहीं। ऊर्जा के उपभोग के मामले में अमेरिका के बाद अब उसी का नंबर आता है और सबसे ज्यादा खनिज तेल आयात करने वालों में वह तीसरे नंबर पर पहुंच गया है। खनिज तेल के लिए उसकी बढ़ती भूख तेल के दाम बढ़ा रही है और सस्ते तेल के आदी अमेरिकियों को परेशानी में डाल रही है।

वैज्ञानिक, इंजीनियर और कुशल कारीगर तैयार करने के मामले में चीन अमेरिका को शीघ्र ही बहुत पीछे छोड़ जाएगा। और हां, सैन्यबल के क्षेत्र में भी

चीन एक महाशक्ति के रूप में उभर रहा है। उसकी सेना संसार में सबसे बड़ी है और प्रतिरक्षा पर व्यय के मामले में वह संसार का चौथे नंबर का देश बन चला है। तो अमेरिकी सैन्य विशेषज्ञ अब चीन की चुनौती से निपटने के लिए जापान को फिर सैन्य शक्ति बनने देने की बात कर रहे हैं। भारत को शक्तिशाली बनाने की बात भी की जा रही है किंतु बहुत जोरों से नहीं क्योंकि अमेरिका पाकिस्तान को प्रसन्न रखना उससे भी अधिक आवश्यक समझता है। दूसरे शब्दों में, अमेरिका भी हमें पाकिस्तान के प्रतिद्वंद्वी के रूप में ही देख रहा है, चीन के प्रतिद्वंद्वी के रूप में नहीं। भारत अगर 1947 में स्वाधीन हुआ तो चीन में कम्युनिस्ट शासन स्थापित हुआ अक्टूबर 1949 में। चीन की तरह भारत न दूसरे विश्वयुद्ध में ध्वस्त हुआ और न स्वाधीनता से पहले उसे गृहयुद्ध से गुजरना पड़ा। आर्थिक दृष्टि से भारत 1947 में उससे बहुत आगे था। फिर माओ की ग्राम–केंद्रित और अमीरी विरोधी गांधीवादी नीतियां आर्थिक विकास की दृष्टि से नेहरूजी की 'समाजवादी ढंग के समाज' की नीतियों से भी बदतर साबित होती रहीं।

इसीलिए जब 1978 में हम कुछ भारतीय पत्रकार विदेश मंत्री अटल बिहारी वाजपेयी के साथ चीन गए थे, हमने यह तय पाया था कि भले ही '62 में चीन ने सीमा युद्ध में हमें पराजित करके नेहरूजी की अव्यावहारिक नीतियों और हमारे राष्ट्रीय स्वाभिमान को धूल चटा दी हो, आर्थिक दृष्टि से वह हमसे बहुत पिछड़ा हुआ है। राजधानी बेइजिंग और औद्योगिक केंद्र शंघाई का बढ़िया से बढ़िया होटल भी तब भारत के तीनसितारा होटल से भी गया–गुजरा था। कारें नहीं के बराबर थीं, साईकिल मुख्य सवारी थी। माओ की चलाई 'सांस्कृतिक क्रांति' के कारण चीन में शिक्षा–संस्कृति भी चौपट हो चुकी थी। सिनेमा स्टूडियो हो या विश्वविद्यालय, हर कहीं कव्वे बोल रहे थे। यही नहीं, चीन के अपनी मित्र महाशक्ति सोवियत संघ से संबंध बिल्कुल बिगड़ चुके थे और भयंकर शत्रु रह चुकी महाशक्ति अमेरिका से उसे मान्यता मिलना अभी शुरू ही हुआ था। तो हम कल्पना भी नहीं कर सकते थे कि यही चीन ढाई दशक बाद अमेरिका को अपनी प्रतिद्वंद्वी महाशक्ति बनता नजर आने लगेगा।

इस चमत्कार के लिए बीजमंत्र भी उसी 1978 के दिसंबर माह में माओ के उत्तराधिकारी देंग जिआओ पिंग ने चीनी कम्युनिस्ट पार्टी की केंद्रीय समिति से यह कहकर दिया था कि काली हो या धौली, जो पकड़े चूहा, वही बिल्ली चोखी। अर्थात सिद्धांतों का क्या करना है, जिससे उद्देश्य सिद्ध हो वही करना चाहिए। ऐसी दृष्टि हमारी राजनीति में तो और भी पहले आ चुकी थी किंतु जहां हमारे यहां इसका उपयोग व्यक्तिगत और दलगत स्वार्थों की पूर्ति के लिए किया गया वहां चीन में राष्ट्रीय विकास के लिए। तो भी ज्योतिषियों से लेकर आर्थिक विशेषज्ञों तक कई

लोग यह सपना देखते-दिखाते रहे हैं कि सन 2025 तक चीन नहीं, भारत एशियाई महाशक्ति बन जाएगा। चीन के आर्थिक विकास के बुलबुले के फूट जाने और चीनी समाज तथा नेतृत्व के भ्रष्ट हो जाने की बात भी दुहराई जाती रही है। कुल मिलाकर यह खयाल दिल के बहलाने को ही अच्छा है। हम एशियाई और दुनिया के मैदान में चीन के मुकाबले उतरने योग्य पता नहीं कब बन पाएंगे, वह दक्षिण एशियाई प्रांगण तक में हमारा सफल प्रतिद्वंद्वी बन चला है। पाकिस्तान और बांग्लादेश तो छोड़िए, नेपाल तक में वह भारत पर भारी पड़ता रहा है। कुछ लोग ऐसा समझते हैं कि चीन इसलिए आगे निकल सका कि वहां लोकतंत्र नहीं है। किंतु लोकतंत्र तो पाकिस्तान और उत्तर कोरिया में भी नहीं है। वे तो महाशक्ति नहीं बन सके। मैं समझता हूं कि सामाजिक-आर्थिक विकास की असमानताओं के बावजूद चीन में जबर्दस्त सांस्कृतिक, भाषागत और जातीय एकता है। चीन में हमारे यहां की तरह गौरवशाली अतीत और सांस्कृतिक महानता की बातें भर नहीं की जातीं। आम आदमी तक यह मानता है कि वह गौरव और महानता आज भी बरकरार है। माओ समेत सभी साम्यवादी शासक चीन के प्राचीन आचार्यों के मुहावरे में और गांवों में प्रचलित लोकोक्तियों में अपनी नीतियां प्रस्तुत करते रहे हैं। परंपरागत ढंग की सामुदायिक भावना और सामाजिक अनुशासन को बनाए रखा गया है। लोग आज भी जूते पहनकर घर में नहीं घुसते और किसी को कोरा पानी नहीं देते, कुछ मीठा साथ में रखते हैं। अंग्रेजी चीन में बड़े पैमाने पर सिखाई जा रही है किंतु अपनी भाषा का महत्त्व बनाए रखा जा रहा है। अमेरिका में कहा जा रहा है कि धंधा करने के लिए चीनी सीखनी चाहिए। हम ऊपरी तौर पर आधुनिक बनकर राजनीतिक स्तर पर अपनी तमाम पुरानी सामाजिक कमजोरियों से जुड़े हुए हैं। चीन अपनी पुरानी सामाजिक विशेषताओं की नींव पर अपना आधुनिक तंत्र खड़ा कर रहा है।

(13 जून, 2005)

पानी : परेशानी और बेईमानी

जब भी हम पति-पत्नी बड़े बेटों के साथ समय बिताने अमेरिका जाने लगते हैं पत्नी यही दुहराती जाती है कि छोटे बेटा-बहू को पानी की बड़ी परेशानी हो जाएगी। हमारे मोहल्ले को दिन में कुल दो बार आध-आध घंटे के लिए पानी दिया जाता है जिसका प्रेशर हमारे ब्लॉक तक आते-आते इतना कम हो जाता है कि शक्तिशाली पंप से न खींचा जाए तो वह पहली मंजिल तक नहीं चढ़ता। देर से अपनी-अपनी नौकरी से लौटने वाले बेटा-बहू शाम का पानी दिए जाते समय तक घर नहीं लौटे होते हैं और सुबह का पानी दिए जाते समय तक उठ नहीं पाते। पंप ऑन नहीं हो पाता। इन गर्मियों में पानी कुल एक बार और सो भी दस मिनट के लिए दिया जाने लगा और इतने कम प्रेशर से कि पंप ऑन करने पर भी नहीं चढ़ा। विडंबना कि उनका ई-मेल से प्रेषित दुखड़ा मैंने तब पढ़ा जब मैं गुनगुने पानी से भरे टब में स्नान करके आया था।

दिल्ली में हमारे फ्लैट में जो गिनती के दस-बारह गमले हैं उनमें गर्मियों भर पानी नहीं दिया जा पाता। यहां अमेरिका के रेगिस्तानी राज्य एरिजोना की फीनिक्स नगरी तक में मैंने होम लॉन और बाग बगीचे, टब और पूल भर-भरकर नहाने के लिए पानी की कोई कमी नहीं पाई। फीनिक्स में सालभर में कुल सात इंच पानी बरसता है फिर भी औसत घर में पानी की दैनिक खपत सात सौ गैलन है। आधुनिक इंसान के बारे में एक आम खुशफहमी यह है कि वह मानवीयता और वैज्ञानिकता का पुतला होता है। अफसोस कि पानी के ग्लोबव्यापी संकट की कहानी उसकी नादानी, बेईमानी और बेरहमी की कहानी है। विज्ञान बताता है कि जिस जल के कारण हमारी पृथ्वी पर जीवन संभव हुआ है उसकी मात्रा सीमित है। गणित बताता है कि पानी का सबसे अधिक उपयोग करने वाले जानवर यानी इंसान की आबादी जितनी ही बढ़ती जाएगी प्रतिव्यक्ति पानी की उपलब्धि उतनी ही कम होती जाएगी। लेकिन हो यह रहा है कि आबादी से कहीं ज्यादा बढ़ रही है पानी की खपत।

बीसवीं सदी के अंतिम 50 वर्षों में दुनिया की आबादी दोगुनी हुई और पानी की खपत छह गुनी। इसका मतलब यह है कि प्रतिव्यक्ति उपलब्ध पानी इस अवधि में 58 प्रतिशत कम हो चुका है और ऐसा समझा जाता है कि 2050 तक वह 81 प्रतिशत कम हो चुका होगा। संसार का कुल ढाई-तीन प्रतिशत पानी ही मीठा है। उसमें से भी दो-तिहाई या तो ध्रुव प्रदेशों और हिमनदों में जमा हुआ है या फिर जमीन में इतने गहरे दबा है कि वहां से उसे निकालना कठिन है। जो एक-तिहाई उपलब्ध है उसका भंडार अमीर व्यक्ति और देश-प्रदेश बड़ी तेजी से खत्म करते जा रहे हैं। कुल एक बटा सौ प्रतिशत पेय जल भंडार ही ऐसा है जो वर्षा से फिर-फिर भरता रहता है, शेष खत्म होता रहता है। तो पानी अंधाधुंध बर्बाद करने वाली आधुनिक बिरादरी चिंतित क्यों

नहीं है। इसलिए कि उसकी 'वैज्ञानिक समझ' यह कहती है कि विज्ञान कोई न कोई हल निकाल ही लेगा। जैसे यह कि सागर के खारे जल को मीठा बनाते रहने का या ध्रुववर्ती प्रदेशों की बर्फ पिघलाने का कोई उपाय खोज निकालेगा। उपाय महंगा होगा तो होता रहे। पर्यावरण संतुलन बिगड़ेगा तो बिगड़ता रहे।

जब नदियों पर ऊंचे-ऊंचे बांध बनाए जा रहे थे तब भी पर्यावरणविदों ने चिंताएं व्यक्त की थीं। किंतु बांध बने। रेगिस्तान नखलिस्तानों में बदले जा सके। जगह-जगह हरित क्रांति हुई। अब यह बात अलग है कि जिन नदियों पर बांध बनाए गए हैं उनमें अपने मुहानों तक पहुंचते-पहुंचते जल अक्सर नाममात्र को भी नहीं रह जाता। इससे उनके मुहानों के जीव-जंतु नष्ट हुए हैं। मिट्टी जमते चले जाने से बांध अनुपयोगी होते गए हैं और बांधों में खड़े जल में रोग फैलाने वाले परजीवी तेजी से पनप सके हैं। यही नहीं, जो नदियां किसी झील में जाकर गिरती हैं उनमें पानी कम हो जाने से वे झीलें सूखने लगी हैं। अमु और सीर दरिया पर बांध बनने से आसपास के रेगिस्तान में कपास की खेती से जितना लाभ हुआ अराल सागर के सूखते जाने से उससे ज्यादा नुकसान। हिम प्रदेशों का पानी पिघलने या समुद्र का पानी बड़े पैमाने पर पीने योग्य बनाने के परिणाम तो और भी भयंकर हो सकते हैं और उससे भी बड़ी बात यह कि ऐसे उपाय अगड़े अमीर देश ही अपना सकेंगे, पिछड़े और गरीब तो प्यासे मरेंगे।

पिछड़े गरीब तो आज भी सचमुच प्यासे मर रहे हैं। संसार के एक अरब दस करोड़ लोगों को पीने का साफ पानी उपलब्ध नहीं है और इसके चलते हर साल कम से कम 50 लाख लोग जल-जन्य रोगों से मरते हैं। डेढ़ अरब लोगों के पेट में कीड़े पैदा होते हैं जिनमें से एक लाख की मौत हो जाती है। और तो और, यूरोप के पिछड़े देशों में भी बारह करोड़ गरीबों के लिए पीने के साफ पानी का संकट प्रस्तुत है। जानकारों का अनुमान है कि सन् 2025 तक कोई पौने तीन अरब गरीबों के लिए पानी का भयंकरतम संकट हो जाएगा और ढाई अरब और लोगों को भी न्यूनतम आवश्यकता से कुछ कम जल ही मिल सकेगा। यह मानकर चला जा सकता है कि पानी की कमी जितनी ही बढ़ेगी उसे लेकर आपसी झगड़े भी उतने ही बढ़ेंगे— गंदी बस्ती के सार्वजनिक नल पर ही नहीं, संयुक्त राष्ट्र और विश्व न्यायालय में भी। पानी को लेकर युद्ध लड़े जाएंगे। संसार की 261 नदियां दो या अधिक देशों से होकर गुजरती हैं और हर कहीं उनके पानी के बंटवारे को लेकर झगड़ा हो रहा है। हर देश में विभिन्न राज्य उनमें से होकर गुजरने वाले पानी को लेकर लड़ रहे हैं। इस लड़ाई में आधुनिक इंसान का 'वैज्ञानिक' तर्क यही रहा है कि नदी पहले हमारे यहां पहुंचती है और इसलिए पानी पर पहले अधिकार हमारा है।

हमारी वैज्ञानिकता का एक और नमूना यह है कि हम जमीन के भीतर के हजारों वर्ष पुराने भंडारों से पानी यह जानते हुए भी पंप किए चले जा रहे हैं कि दुबारा भरने

वाले नहीं हैं। भारत और चीन-जैसे घनी आबादी वाले देशों को तो छोड़िए, विरल आबादी वाले अमेरिका तक में यही हो रहा है। कैलिफोर्निया में फल-सब्जी और दक्षिणी राज्यों में कपास-अनाज उगाने वाले निगमों को भूमिगत भंडार उलीचते चले जाने की छूट दे दी गई है। इन अमीर निगमों को हर तरह की सुख-सुविधा इसलिए दी जा रही है कि वे गरीब देशों के किसानों की रोटी-रोजी छीन सकें। सच तो यह है कि हर देश में गरीब किसानों की दुहाई देकर अमीर किसानों की भलाई के लिए पानी की राजनीति की जा रही है। वे गरीब किसानों को विस्थापित करके महानगरों में जाने के लिए मजबूर कर रहे हैं और महानगरों की बढ़ती आबादी 'पानी किसका : किसान का कि शहरी का?' के झगड़े को प्रखर बना रही है।

वैज्ञानिकता का तकाजा है कि पानी के संरक्षण के कुआं-बावड़ी-पोखर जैसे तमाम पुराने उपाय फिर आजमाए जाएं, ड्रिप (पानी बूंद-बूंद टपकाने वाली) सिंचाई करके कम पानी से ज्यादा पैदावार की जाए और घरों में पानी का इस्तेमाल बहुत किफायत से किया जाए। अफसोस कि आधुनिक इंसान उसे बेची जा सकने वाली जिंस मानता है। जब गरीब बोलिविया को चरमराती जलापूर्ति व्यवस्था सुधारने के लिए वर्ल्ड बैंक ने कर्ज दिया तब शर्त यह रखी कि अब इस काम को निजी क्षेत्र में दे दो। ठेका अमेरिकी कंपनी ब्रेख्टल को मिला जिसने तुरंत पानी की दर 200 प्रतिशत बढ़ाकर गरीबों को प्यासा मार दिया।

(20 जून, 2005)

हर रोज काम का बड़ा बोझ

हर समाज अपने कुछ खास फिकरे चलाता है। औद्योगिक समाज ने एक फिकरा दिया था— 'ओवर टाइम'। श्रमिक कानूनों ने मालिकों को मजबूर किया कि वे मजदूरों से निर्धारित घंटे ही काम लें, हफ्ते में एक छुट्टी जरूर दें और अगर ऐसा न कर सकें तो अतिरिक्त काम के लिए ओवर टाइम यानी और भी अधिक दरों से मजदूरी दें। यह तब की बात है जब नीचे वालों से कसकर काम लिया जाता था और ऊपर वाले आराम फरमाते थे। उत्तर-औद्योगिक दौर में खटते रहना सफेदपोश कर्मचारियों के लिए सफलता की अनिवार्य शर्त बन चली है। जो देश जितना उन्नत है उसमें इंसान को सफलता के लिए स्वेच्छा से उतना ही अधिक ओवरटाइम करना पड़ता है। जापानी सफेदपोश कर्मचारी अपने भारतीय बिरादरों के मुकाबले में दफ्तर में ज्यादा समय बिताते हैं।

अमेरिका में मेरा मंझला बेटा आयोवा के एक मंझोले निगम में वित्त-विश्लेषक है। उसका सुबह सात बजे जाकर शाम आठ बजे घर लौटना हमें खलता है। उसका मित्र न्यूयॉर्क में एक चोटी के निगम में काम करता है और वह दस बजे से पहले घर नहीं लौट पाता। जहां वह काम करता है वहां तीस साल पहले तक वरिष्ठ अधिकारियों को लोकल पकड़ने के लिए स्टेशन पहुंचाने के वास्ते शाम साढ़े चार बजे गाड़ियां लगा दी जाती थीं। आज वही गाड़ियां रात नौ बजे लगवाई जाती हैं। अंतर यही है कि अब अधिकारियों को घर तक छोड़ आने की व्यवस्था है। कर्मचारी चाहें तो दफ्तर में ही सो सकते हैं। उनके नहाने-धोने, खाने-पीने, पढ़ने-लिखने और मन बहलाने का पूरा इंतजाम दफ्तर में है। कर्मचारियों के घर के छोटे-बड़े काम भी वह स्वयं करवाने में लगा है। छोटे बच्चों को दफ्तर ले आने और उसके अपने शिशु केंद्र में छोड़ देने की सुविधा देता है। अगर वह कुछ नहीं देता या देना चाहता है तो दफ्तर के काम से छुट्टी। इसलिए 'ओवर टाइम' की चर्चा औद्योगिक युग के साथ ही खत्म हो गई है और उत्तर-औद्योगिक युग ने हमें दो नए फिकरे दिए हैं : 'वर्क रिलेटेड स्ट्रेस' और 'क्वालिटी ऑफ लाइफ'।

'वर्क रिलेटेड स्ट्रेस' यानी काम के बोझ से टूटता स्वास्थ्य। मुझे याद है कि एक जमाने में पत्रकारों पर बड़ा तरस खाया जाता था कि बिचारों को रात काली करनी पड़ जाती है। सुखनिद्रा पूरी न कर सकने से बड़ा तब कोई अभिशाप न था। आकाशवाणी के समाचार विभाग में सुबह चार से साढ़े आठ बजे तक की छोटी ड्यूटी कोई नहीं लेना चाहता था कि नींद पूरी नहीं हो पाती। मेरे सहयोगी चिरौरी कर और टोस्ट, आमलेट कॉफी की घूस देकर अपनी वह ड्यूटी लेने के लिए प्यारे भाई जोशी को राजी करा लेते थे। आज यह आलम है कि कम सो पाना और नींद न आ सकना दोनों

सफलता की निशानियां बन चले हैं। जब मैं छोटा था तब कहा जाता था कि अगर दिनभर घर–दफ्तर–दुकान में रहे हो तो गोधूलि बाहर निकल आओ और अगर दिनभर खेतों में रहे हो तो भीतर चले आओ, ऐसा न करने से स्वास्थ्य बिगड़ेगा। अब दफ्तरों में कंप्यूटरों के आगे बैठे लोगों को पता ही नहीं चलता कि कब सूरज डूबा और कब अंधेरा छाया। नींद की न्यूनता, काम की निरंतरता कि दफ्तर में पूरा न हो तो घर ले जाओ और मनोरंजन तथा पारिवारिक सुख का अभाव मिलकर शारीरिक और मानसिक रोगों को जन्म दे रहे हैं।

'स्ट्रेस' की चर्चा है तो 'रिलैक्सेशन' की भी। काम का तनाव दूर करने के नुस्खे बिक रहे हैं। चित्त को शांत करने वाली दवाएं खूब आजमाई जा रही हैं। 'योगा', 'ध्याना' और 'प्राणायामा' सिखाने वालों को कई निगम अपने कर्मचारियों को तनावमुक्ति की ये समयसिद्ध विधियां सिखाने के लिए नियुक्त कर रहे हैं लेकिन सवाल वही है कि वे इसके लिए समय कहां से निकालें। समय निकालने या न निकाल पाने का तनाव भी मोल लें। तो 'क्वालिटी ऑफ लाइफ' यानी जीवन की गुणवत्ता का सवाल उठता है। सफल इंसान अलार्म की घंटी बंद करते हुए सोचता है कि मेरी जिंदगी भी कोई जिंदगी है अपने को खाक हो चुका अनुभव करने वाले व्यक्तियों द्वारा आत्महत्या करने की घटनाएं जापान में बहुत होती रही हैं। एक मशहूर मामला था विज्ञापन लेखक इचिरू ओशीना का जिसने 1991 में बगैर साप्ताहिक या अन्य छुट्टी लिए लगातार 17 महीने तक एक नई ब्रांड के प्रचार के लिए दफ्तर में इतना समय बिताया कि घर लौटकर घंटाभर भी न सो पाया। उसे तरक्की मिली पर उसने यह सोचकर खुदकुशी कर ली कि जिम्मेदारी बढ़ जाएगी। उसके माता–पिता ने कंपनी पर मुकदमा किया और अदालत ने एक ऐतिहासिक निर्णय में उन्हें लगभग चार करोड़ रुपया मुआवजे में दिलवाया।

ऐसे कर्मचारियों की संख्या बहुत ज्यादा है जो शारीरिक या मानसिक रूप से बीमार पड़ गए हैं। वे उतना अधिक और अच्छा काम नहीं कर पाते जितना कि उन्हें तगड़ा वेतन देने वाले निगमों को अपेक्षित है। इसलिए अब इन निगमों को ही कर्मचारियों की 'क्वालिटी ऑफ लाइफ' की चिंता होने लगी है। वे दफ्तर को ही घर बना देने की कोशिश कर ही रहे हैं, साथ ही कंप्यूटरों के इस युग में दफ्तर घर ही में ले जाने की सुविधा भी दे रहे हैं। दूसरी सुविधा : अपने काम के घंटे खुद तय कर लीजिए कि मैं सुबह बहुत जल्दी आ जाया करूंगा या देर से आऊंगा पर देर तक बैठ जाऊंगा। तीसरी : मैं केवल इतने ही घंटे काम करूंगा मेरा वेतन उसी अनुपात से कम कर दें। वैसे, कमाई से कामयाबी नापने वाले इस युग में तीसरी सुविधा छोटे बच्चों की माताएं ही लेती हैं। हाल में *न्यूयॉर्क टाइम्स* के एक स्तंभकार ने अपनी बेहद सफल पत्नी द्वारा बच्चों की खातिर ऐसा त्याग करने का जयघोष करते हुए सही सवाल उठाया कि यह कैसा समाज है जो बच्चों के उचित लालनपालन–जैसी बुनियादी जरूरत से

बेखबर रहना चाहता है। 'क्वालिटी ऑफ लाइफ' की खातिर कई लोग 'बर्न आउट' (खाक होने) से पहले ही नौकरी धंधा छोड़ रहे हैं। किंतु उनमें से बहुत से यह पाते हैं कि तुरंत किसी और, भले ही खैराती, काम में अपने को न खपाने लगें तो समय कट नहीं पाता, उल्टा काटने को दौड़ता है। यही नहीं, जिसके पास कोई काम न हो उसकी आज के समाज में कोई पहचान, कोई कद्र रह नहीं जाती। साथ ही, अब औसत आयु इतनी अधिक हो चली है कि 40-45 की उम्र तक कमाए पैसे पर बचा हुआ जीवन बिताने में कठिनाई आ सकती है। सबसे बड़ी बात है कि जब व्यवस्था पहले धंधे-रोजगार के योग्य बनने, फिर उसे करने में ज्यादा से ज्यादा समय होम कर देने का आग्रह करती हो तो लोगों के पढ़ाई या नौकरी जल्दी छोड़ देने से बंटाढार ही हो सकता है।

अमेरिका में इस बात का रोना शुरू हो चुका है कि हमारे किशोर व्यावसायिक शिक्षा नहीं ले रहे हैं और अधेड़ क्वालिटी ऑफ लाइफ के चक्कर में नौकरी छोड़ रहे हैं। यही रफ्तार रही तो बहुराष्ट्रीय निगमों में भारत, चीन और यूरोप तथा रूस के लोगों की भरमार हो जाएगी और वही शीर्ष स्थानों पर भी पहुंच जाएंगे। खटने के आदी गरीब लोगों को उत्तर-औद्योगिक व्यवस्था में खटना उतना नहीं खलता। तो इतिहास में पहली बार ऐसा समाज विकसित हो रहा है जिसमें साधारण हैसियत के लोगों तक को ऐसे सुख-साधन मिल रहे हैं जैसे पचास साल पहले तक सिर्फ अमीरों को नसीब थे। अमीरों की अमीरी तूफानी रफ्तार से बढ़ती भी जा रही है। अमेरिका की सबसे ऊपर की एक प्रतिशत आबादी की वार्षिक आय 1979 से 2001 तक 139 प्रतिशत बढ़ गई लेकिन वे जमाने लद गए जब अमीर फुर्सत के भी धनी हुआ करते थे।

(27 जून, 2005)

गुर जांबाज जबानलड़ैया बनने के

अमेरिका ने संसार को जो बहुत-सी नई चीजें दी हैं उनमें से एक यह विश्वास भी है कि हर विद्या किसी पाठ्यक्रम द्वारा सीखी-सिखाई जा सकती है। इसीलिए पहले वहां पत्रकारिता के पाठ्यक्रम शुरू हुए और फिर जब खबरिया चैनल अखबारों पर भारी पड़ने लगे तो टीवी पत्रकारिता की डिग्री-डिप्लोमा देने वाले विभाग शिक्षा संस्थाओं में धड़ाधड़ खुलने लगे। भारत में भले ही विश्वविद्यालयों ने इस दिशा में कोई पहल न की हो लेकिन छोटे-छोटे प्राइवेट संस्थान मोटी-मोटी फीसें लेकर टीवी पत्रकारिता के पाठ्यक्रम के लिए छात्र-छात्राएं भरती करने लगे हैं। इनमें अयोग्य अनुभवहीन गुरु अन्य किसी भी बढ़िया कोर्स में प्रवेश न पा सके शिष्यों को सिखाते क्या हैं, यह तो राम जाने किंतु इनमें प्रवेश लेने वाला हर व्यक्ति जानता है कि टीवी में सिनेमा का-सा ही ग्लैमर है, तगड़ा पैसा है और लोगों द्वारा भीड़ में पहचान लिए जाने का सुख है। आज भारत में भी वही अमेरिका वाली स्थिति है कि बड़े-बड़े अखबारों के संपादक तक गुमनामी में खो जाते हैं और टीवी समाचारों के अदना रिपोर्टर तक नामी-गिरामी हो जाते हैं।

खैर अभी तक भारत में किसी ने पत्रकारों को छोड़ और किसी को खबरिया चैनलों पर रंग जमाने की विद्या सिखाने की बात नहीं सोची है जबकि अमेरिका में 60 के दशक से ही यह सिलसिला शुरू हो चुका था। राजनीतिक प्रभाव बढ़ाने के लिए टीवी की असंदिग्ध महत्ता उजागर होते ही वहां नेताओं को उनके जनसंपर्क सलाहकारों ने टीवी के विशेषज्ञों की सेवाएं लेते रहने की नेक सलाह दे डाली थी। फिर जब टीवी समाचारों में बिजनेस समाचार के अलग ही चैनल चल पड़े तब नेताओं के साथ-साथ उद्योगपति और उद्यमी भी टीवी विशेषज्ञों की सेवाएं लेने की आवश्यकता अनुभव करने लगे। इन हस्तियों को घर जाकर या प्रशिक्षण स्टूडियो में बुलाकर कम से कम समय में टीवी पर प्रभावप्रद दिखाई-सुनाई पड़ने के अधिक से अधिक गुर सिखाने वाले गुरुओं की चांदी होने लगी। वे अपने जजमानों को यह बताने लगे कि टीवी कैमरे के आगे आप किन कपड़ों और कैसे मेकअप में अच्छे लगेंगे। सिखाने लगे कि टीवी कैमरे का सामना तनावमुक्त होकर कैसे किया जाता है और उसकी आंखों में आंखें डालकर कैसे बोला जाता है। समझाने लगे कि अपने सिर-हाथ को जरूरत से ज्यादा न हिलाएं, कैमरे को ही देखें, इधर-उधर नहीं, और सीट पर कम से कम हिलें-डुलें किंतु साथ ही, इतने स्थिर भी न हो जाएं कि दर्शक समझें आपकी सिट्टी-पिट्टी गुम हो गई है।

उस दौर के हर गुरु ने नेताओं-उद्योगपतियों को यह नेक सलाह दी कि कैमरा ऑन होते ही अपनी सारी अकड़-फूं भूल जाएं और बड़े प्यार से बोलें तथा

शालीनता से पेश आएं। अपनी बात पर दृढ़ रहें किंतु ऐसा भी न जताएं कि आप अपने प्रतिद्वंद्वी की बात सुनने लायक तक नहीं समझते। अफसोस कि तमाम और चीजों की तरह तेजी से बदलते परिदृश्य में यह नेक सलाह भी सख्त आउट ऑफ डेट हो चली है। अब टीवी भेंटवार्ताओं, परिचर्चाओं और विवादों में सयाना लगने से अधिक आवश्यक है मर्दाना लगना, शालीन लगने से ज्यादा जरूरी है आक्रामक लगना। हुआ यह कि खबरिया चैनलों ने पाया कि दर्शक समाचार पहले ही देखकर 'प्राइम टाइम' पर विचार और विश्लेषण प्रधान 'टॉक शो' देखने के बजाय अन्य चैनलों के मनोरंजक कार्यक्रम देखने लगे। सवाल पेश हुआ 'विचार प्रधान' को मनोरंजक बनाने का। हल निकाला गया कि ऐसे हर कार्यक्रम को दूसरे की बोलती बंद करने पर तुले हुए वाक्युद्ध का रूप दे दिया जाए। ऐसे पत्रकार नियुक्त किए जाने लगे जो भेंटवार्ता के लिए आए व्यक्ति को धूल चटाने में कोई कसर न उठा रखें। दो अलग-अलग विचारधाराओं वाले अशिष्टता की हद तक आक्रामक पत्रकारों को नियुक्त करके उनकी आपसी चोंच-लड़ंत रोजाना दिखाई जाने लगीं और परिसंवाद यह नारा लगाते हुए कराए जाने लगे कि शराफत में आफत सरासर है। जाहिर है कि खबरिया चैनलों का यह बदला हुआ तेवर एक अदद नए गुरु और नए पाठ्यक्रम की मांग कर रहा था।

यह कमी कुछ महीने पहले पूरी की वाशिंगटन की एक जनसंपर्क संस्था के मीडिया विशेषज्ञ 42 वर्षीय रिच मास्टर्स ने। वह टीवी संवाददाता भी रह चुके हैं और एक सीनेट सदस्य के सचिव भी। सबसे बड़ी बात यह कि पिछले चुनावों में अनेक चैनलों पर कैरी के प्रवक्ता के रूप में उन्होंने अपने को जबर्दस्त जबान-लड़ैया सिद्ध कर दिखाया था। तो ज्यों ही उन्होंने वाशिंगटन में 'टॉक शो' का-सा एक स्टूडियो खड़ा करके अपने नए पाठ्यक्रम की घोषणा की त्यों ही नवोदित पत्रकारों से लेकर खुर्राट नेता तक तगड़ी दक्षिणा देकर उनकी शिष्यता के लिए प्रस्तुत होने लगे। मास्टर्स आक्रामकता सीखने के तीन सोपान मानते हैं। पहला यह कि कार्यक्रम में आप कहीं तो अपनी बात कह सकने का अवसर कैसे पाएं। दूसरा यह कि आप उसे आग्रह, या कहिए दुराग्रह, के साथ कैसे प्रस्तुत करते रह सकें। और तीसरा यह कि आप कैसे सामने वाले को बोलने ही न दें। प्रभावप्रद वाक्योद्धा वही होता है जो तीसरे सोपान पर पहुंच चुका हो। मास्टर्स की सलाह है कि वाक्युद्ध के लिए जाने से पहले हर संबद्ध विषय पर कई 'साउंड बाइट्स' अर्थात चुटीले फिकरे और उनकी व्याख्या कर सकने वाले किस्से-कहानी रटकर जाएं। ज्योंही बोलने की बारी आए अपनी बात एक चुटीले फिकरे से शुरू करें, फिर किस्सा सुनाकर और दूसरे चुटीले फिकरे से पूरी करें।

आप तकल्लुफ ताक पर रखकर ज्यादा से ज्यादा बोलें ताकि अगला कम से

कम बोल पाए। अगर किसी मुद्दे पर अगले का पलड़ा भारी पड़ रहा हो और 'ब्रेक' से पहले उसे आपको जवाब देने का अवसर मिलने वाला हो तो आप मेजबान के टोकने पर भी बोलते ही चले जाइए कि अगले को अवसर ही न मिले आपको जवाब दे सकने का। जहां कोई कुशल वाक्योद्धा आपको बोलने का अवसर न दे रहा हो आप इतनी तरह से मुंह बिराएं कि कैमरा आप ही पर रखा जाए और अगर कहीं वह सांस लेने के लिए रुके तो आप शुरू हो जाएं। न रुकता हो तो बीच में ही उससे भी जोर से बोलने लगें। लेकिन चीखें-चिल्लाएं नहीं। प्रभावप्रद ढंग से आक्रामक होने का अर्थ है, अगले को या तो बोलने ही न देना या हास्यापद बनाकर रख देना, हैरान-परेशान करके चीखने-चिल्लाने या कुछ असंयत कह डालने पर मजबूर करना। अगर दंगल में आपके सामने दो विरोधी हों तो उनमें से एक का मखौल न उड़ाकर और उसकी किसी बात के लिए तारीफ करके उसे पटा लें। एक भी हो किंतु शराफत और निष्पक्षता का मारा हो तो उसकी निष्पक्षता की प्रशंसा करके उससे 'हां हमसे भी कुछ चूक हुई'- जैसी कोई बात कहलवा लें और फिर चढ़ जाएं उस पर।

जब तथ्य आपके विरुद्ध पड़ रहे हों तब आप विषय को और व्यापक या संकीर्ण बनाकर अपने पक्ष की कोई बात ढूंढ़ निकालें, या 'हो सकता है पर...', 'ऐसा पूछने से पहले जरा आप यह तो बताइए...', 'जरा अपने गिरेबान में तो झांकिए...' जैसे वाक्युद्ध के सनातन दांव आजमाकर अगले को क्रुद्ध कर दें। जिस तेजी से सब कुछ सड़कछाप होता जा रहा है, उसे देखते हुए मैं भविष्यवाणी करना चाहता हूं कि दस वर्ष बाद मास्टर्स को अपने पाठ्यक्रम में हाथापाई, जूता फेंकाई जैसे विषय भी रखने होंगे और विशेषज्ञों के रूप में हमारे अभूतपूर्व विधायक बुलाने पड़ेंगे।

(4 जुलाई, 2005)

मियां मुशर्रफ और मुख्तारन माई

इंटरनेट ने न्यायप्रिय लोगों की एक ग्लोबल बिरादरी बना डाली है जो किसी दूर-दराज गांव के लाचार से लाचार इंसान तक की आह सारे संसार में गुंजाकर अक्सर सत्तावान व्यक्तियों को भयंकर धर्मसंकट में डाल देती है। इसका एक नमूना है मुख्तारन माई मामला जिसने मियां मुशर्रफ की कूटनीतिक नाक में दम किए रखा है इधर। यह मामला जून 2002 में पाकिस्तानी गांव मीरवाला में तब शुरू हुआ जब एक ऊंचे कबीले के दो मर्दों ने निचले कबीले के बारह वर्षीय शकूर को अपनी हवस का शिकार बनाया। उसने इसकी शिकायत की तो उन्होंने उल्टे उस पर ऊंचे कबीले की एक लड़की से बलात्कार का आरोप लगा दिया। जिरगा उर्फ पंचायत बैठी। उसने लड़के के घर वालों से कहा कि अगर इसकी बहन इसकी ओर से माफी मांगे तो इसे बख्श दिया जाएगा। तो 36 वर्षीया मुख्तारन माई हाजिर की गई। अब जिरगा ने कहा कि लड़के को बख्शने की एवज में हमारे कबीले के चार मर्द इसकी बहन को भोगेंगे। मुख्तारन से सामूहिक बलात्कार किया गया और उसे नंगी घर वापस भेजा गया। ऐसे में औरतों को खुदकुशी कर लेने की नेक सलाह दी जाती है। लेकिन मुख्तारन ने एक सामाजिक कार्यकर्ता की मदद ली और बलात्कार की रपट लिखवाई।

पाकिस्तान मानवाधिकार आयोग की अध्यक्षा असमा जहांगीर ने मुख्तारन मामले को उठाया। हजारों ब्लागरों ने इंटरनेट पर उस पर अपना विरोध दर्ज किया। पश्चिम में अपने को आधुनिकतम मुस्लिम शासक बताने वाले सदर मुशर्रफ के लिए जरूरी हुआ कि मामले को तुरंत रफा-दफा करा दें। लिहाजा मुख्तारन से बलात्कार के आरोप में बहुत से लोग आतंकवाद-विरोधी कानून के तहत धर लिए गए। विशेष अदालत ने उनमें से 6 को बलात्कार का दोषी पाकर मौत की सजा सुना दी और बाकी को रिहा कर दिया। मुख्तारन को मुआवजा भी दिलवाया गया। स्वयं मुशर्रफ ने उसे साढ़े तीन लाख रुपया दिया। उसके पुलिस संरक्षण की व्यवस्था की और जब उसने बताया कि मैं इन पैसों से गांव में एक लड़कों का और एक लड़कियों का स्कूल खोलूंगी तब उन्होंने उसे शाबाशी दी और स्कूल चलाने का खर्च दिलाने का वादा किया। मीडिया में वाहवाही हुई। यहां तक तो सब ठीक था। लेकिन मुख्तारन माई ने समाज सुधार का भी बीड़ा उठा लिया और गंवई-गांव की सितमजदा औरतों के मामले उठाने लगी। चुनौती देने लगी उन मजहबी कट्टर-पंथियों को जिनका समर्थन मॉडर्न मुशर्रफ के लिए भी जरूरी है। तो सरकार ने पूरी तरह से पल्ला झाड़ लिया मुख्तारन से।

लेकिन मुशर्रफ का दुर्भाग्य कि आतंकवाद-विरोधी अभियान में महत्त्वपूर्ण योगदान के लिए उनका यशोगान करते रहने वाले *न्यूयॉर्क टाइम्स* के प्रभावशाली स्तंभकार निकोलस डी. क्रिस्टोफ को पिछले साल सितंबर में पाकिस्तान का दौरा करते

हुए मुख्तारन माई के बारे में पता चल गया। निकोलस उससे मिले और अपने स्तंभ में मुख्तारन की महिमा बघारते हुए मॉडर्न मुशर्रफ के दकियानूसी पाकिस्तान की बखिया उधेड़ी। उन्होंने बताया कि पाकिस्तान में हर दो घंटे में एक औरत बलात्कार की शिकार होती है, रोजाना दो औरतें खानदान की इज्जत बचाने के नाम पर कत्ल कर दी जाती हैं, मुख्तारनजैसी बलात्कार की शिकार औरतों का आत्महत्या कर लेना ही उचित समझा जाता है और हुदूद के तहत अगर बलात्कार की शिकार औरत चार मर्द गवाह न जुटा सके तो उल्टे उसे बदचलन होने के आरोप में सजा दे दी जाती है। निकोलस ने पाठकों को सूचित किया कि मुख्तारन और उसके परिवार को अब भी जान का खतरा है, उसकी रक्षा के लिए जो पुलिस सिपाही दिए गए हैं, उन्हें खाना उसे अपने पैसों से खिलाना पड़ता है और सरकार ने उसके स्कूल चलाने का खर्च देने का वादा नहीं निभाया है इसलिए उनके बंद होने की नौबत आ गई है।

यह लेख छपते ही मुख्तारन के लिए हमदर्दी का सैलाब उमड़ पड़ा। निकोलस को पाठकों से मुख्तारन के लिए एक लाख तैंतीस हजार डॉलर मिले। इस रकम से मुख्तारन ने दोनों स्कूलों का विस्तार कराया, सितमजदा औरतों के लिए पनाहगाह खोला और एक एंबुलेंस खरीदी। फिर तो कट्टरपंथियों के लिए ही नहीं, पाकिस्तान सरकार के लिए भी मुख्तारन देश, समाज और धर्म से बैर रखने वाली बेहया औरत बन गई। सरकार ने निकोलस को पाकिस्तानी वीजा देने से इनकार कर दिया ताकि वह आइंदा मुल्क को बदनाम न कर सके। जिन 6 अभियुक्तों को मुख्तारन के मामले में मौत की सजा सुनाई गई थी उनमें से 5 लाहौर हाईकोर्ट की मुल्तान बेंच ने मार्च में बरी कर दिए और छठे की सजा घटाकर आजीवन कारावास कर दी। जब पाकिस्तानी अमेरिकियों की एक संस्था ए.एन.ए.ए. ने मुख्तारन माई को 18 जून को अमेरिका का दौरा करने बुलाया तब सरकार ने इस जुझारू स्त्री का नाम उन लोगों की सूची में डाल दिया जिन्हें विदेश–यात्रा करना मना है। साथ ही, उन्होंने मुख्तारन को घर में नजरबंद कर दिया और अगले दिन बरी अभियुक्तों को जेल से रिहा कर दिया ताकि मुख्तारन आतंकित हो उठे। मुख्तारन की फोन लाइन काट दी गई थी किंतु वह अपने सेल फोन से निकोलस समेत कई देसी–विदेशी हमदर्दों से संपर्क साध सकी। इस पर उसे पकड़कर अज्ञातवास पर भेज दिया गया।

निकोलस ने पाठकों को इसकी सूचना दी और टिप्पणी की कि मुशर्रफ बौरा गए हैं। इस पर पाकिस्तानी मीडिया में बावेला मचा। कुछ ने इसे सही बताया लेकिन बहुतों ने देश के लिए अपमानजनक ठहराया। उधर निकोलस जैसे पश्चिमी पत्रकारों ने अमेरिका सरकार पर लानत भेजी कि अपने देश के प्रबुद्ध मुसलमानों द्वारा आमंत्रित एक साहसी मुस्लिम महिला की अमेरिका यात्रा पर अड़ंगा लगाने वाले मुशर्रफ की घोर निंदा न करके वह बहुत गलत संदेश दे रही है। कूटनीतिक कड़ुवाहट पैदा होने

लगी। मुख्तारन को रिहा कर अपने गांव पहुंचा दिया। पाकिस्तान सरकार ने झूठ बोला कि मुख्तारन ने अपनी मां की बीमारी की वजह से अमेरिका यात्रा रद्द कर दी थी। फिर कहा कि सरकार उसे स्वयं ही अमेरिका यात्रा करवाने को तैयार है। यह भी जताया गया कि यह सारी कार्रवाई प्रेसीडेंट मुशर्रफ के मूर्ख या कट्टरपंथी सहयोगियों ने उनकी विदेश यात्रा के दौरान कर डाली है लेकिन निकोलस ने पाठकों को बताया कि मुशर्रफ ने कूटनीतिक धर्मसंकट से बचने के लिए ही मुख्तारन के सामने सरकारी देख-रेख में अमेरिका यात्रा का प्रस्ताव रखवाया जिसे उसने ठुकरा दिया है। उसका पासपोर्ट अब भी जब्त है और उसे डराया-धमकाया गया है। इस पर फिर ग्लोबल गांव में रोष फैला और न्यूजीलैंड यात्रा पर गए प्रेसीडेंट मुशर्रफ ने संवाददाता सम्मेलन में मुख्तारन मामले से जुड़े प्रश्नों से चिढ़कर यह स्वीकार किया कि मैंने ही उसे विदेश जाने से रोकने के लिए कहा था क्योंकि आज की दुनिया में लोकछवि बहुत जरूरी है और वह पाकिस्तान की लोकछवि बिगाड़ने जा रही थी।

मियां मुशर्रफ ने मानव अधिकारों के लिए लड़ने वाली संस्थाओं से जुड़े लोगों के बारे में अपने गृह उप मंत्री शहजाद वसीम की तरह यह तो नहीं कहा कि वह तो जानी वॉकर की एक बोतल के लिए मुल्क के खिलाफ कुछ भी बकवास कर सकते हैं पर यह टिप्पणी जरूर की कि सहायता देने वाली स्वयंसेवी संस्थाएं इस्लामी आतंकवादी संगठनों जितनी ही खराब हैं। तो अब मुख्तारन को देशभक्त न होने के लिए कोसा जा रहा है और हमदर्दों को देशद्रोह भड़काने के लिए। आज अपने देश में होते या अपने देश द्वारा किए जाते अन्याय पर उंगली उठाने वालों पर अगड़े अमेरिका से लेकर पिछड़े पाकिस्तान तक यही आरोप लगाया जाता है।

(11 जुलाई, 2005)

क्या इंडिया में भी शरिअः लागू है?

मैं पाकिस्तान की मुख्तारन माई के बारे में अपना लेख इंटरनेट से *आउटलुक साप्ताहिक* को भेजने के बाद एक स्विस नागरिक से चैट करने लगा तो उसने पहला सवाल ही यह पूछा कि क्या इंडिया में भी शरिअः लागू है? संदर्भ था अफसोस-नाक किस्सा इमराना बीबी। मैंने उससे तो कह दिया, नहीं, लेकिन फिर यहां अमेरिका में बैठे हुए सैटेलाइट से एक भारतीय चैनल के हिंदी समाचार सुनने लगा तो मुझे लगा कि मेरा जवाब होना चाहिए था— शायद। जरा गौर फरमाएं : एक बाल-बच्चेदार औरत से उसका ससुर बलात्कार करता है। गांव के पंच कहते हैं कि तू आइंदा अपने ससुर को अपना खसम और अपने खसम को अपना बेटा मान क्योंकि यही मजहब का हुक्म है। ऐसे विचित्र और क्रूर फैसले हिंदू पंचायतें भी सुनाती रही हैं। इसे हम सामाजिक पिछड़ेपन की निशानी मान सकते हैं किंतु जब फैसले को शरिअः से जोड़ा जाता है, उस पर फतवे की मुहर लगवाई जाती है तब स्वाभाविक रूप से यह प्रश्न उठता है कि क्या भारत में शरिअः लागू है। इसलिए तो और भी कि जिस राज्य में यह सब हुआ उसका धर्मनिरपेक्ष मुख्यमंत्री कहता है कि फतवा देने वाले आलिम फाजिल हैं, मुस्लिम समाज और उसकी भावनाओं को बेहतर समझते हैं, उन्होंने जो भी कहा होगा, सोच-समझकर कहा होगा।

धर्मनिरपेक्ष कांग्रेस मुख्यमंत्री पर तो निशाना साधती है लेकिन फतवे के खिलाफ बोलने में पहले थोड़ा हिचकती है और जब बोलती भी है तब हिंदुत्ववादी भाजपा को सावधान करते हुए कि इमराना को शाहबानो से जोड़कर और समान नागरिक संहिता का सवाल उठाकर वोट की राजनीति न करे। यह तो दो नावों में पांव रखने वाली बात हुई। या तो आप मौलाना मुलायम की तरह मान लें कि भारत में भी मुस्लिम समाज शरिअः की कट्टरपंथी व्याख्याओं से बंधा है या फिर समान नागरिक संहिता की बात करें। धर्मनिरपेक्षता की पहली शर्त ही यह है कि देश के नागरिकों पर उनके चुने हुए प्रतिनिधियों का बनाया विधान लागू हो, किसी धर्मविशेष की संहिताएं नहीं। इसलिए समान नागरिक संहिता की मांग को सदा के लिए हिंदुत्ववादी राजनीति से जोड़ देना आधुनिक धर्मनिरपेक्षता का नमूना नहीं माना जा सकता।

दो नावों में पांव वाली धर्मनिरपेक्ष मनःस्थिति में हम पाते हैं कि ऑल इंडिया मुस्लिम पर्सनल लॉ बोर्ड, जो भारत के सभी नागरिकों का छोड़िए, सभी मुसलमानों का चुना मंडल भी नहीं है और जिसका गठन भी उनकी चुनी हुई किसी केंद्र सरकार ने नहीं किया है, समाज और सरकार के लिए शरिअः की व्याख्या करता डोलता है। इमराना कांड के प्रसंग में इस बोर्ड के एक सदस्य यह कहते सुने गए टीवी पर

कि जिस शादीशुदा औरत से उसके किसी रक्तसंबंधी ने बलात्कार किया हो उसका अपने शौहर से नाता टूट गया मान लिया जाता है। जरूरी नहीं कि इमराना अपने ससुर से निकाह करे, किसी और से भी कर सकती है। उसके बच्चे उसका शौहर ही पालेगा। रहा उसका ससुर तो शरिअः में जिना (विवाहेतर संभोग) और जिना-ब'इल-जब्र (बलात्कार) दोनों में रज्म की सजा देने को कहा गया है लेकिन मुल्क का कानून इसकी इजाजत नहीं देता कि गुनहगार की पत्थर मार-मारकर जान ले ली जाए। यों कुछ हजरात ने रेप के लिए डेथ पेनल्टी की बात की भी थी, वह हो जाती तो...। गोया इस प्रसंग में कोई अन्याय हो रहा है तो इसीलिए कि भारत का कानून रज्म की इजाजत नहीं देता।

बुश और ओसामा के इस युग में इस्लाम की ऐसी कट्टरपंथी व्याख्याएं और उनके आधार पर मुस्लिम समाज को आधुनिक सामाजिक व्यवस्था से अलग रखने का दुराग्रह ग्लोबल गांव में नफरत और दहशत फैलाता रहा है। मीडिया में, इंटरनेट पर इस्लाम को असहिष्णुता, आक्रामकता और स्त्री के प्रति क्रूरता से जोड़ने वाले समाचार और लेख छाए रहते हैं। इस समय इमराना कांड पर टीका-टिप्पणी चल रही है। जब कुछ वर्ष पूर्व नाइजीरिया के मुस्लिम-बहुल उत्तरी राज्यों ने शरिअः लागू कर दिया तब देश के बहुसंख्य ईसाइयों में ही नहीं, पश्चिमी मीडिया में भी तीखी प्रतिक्रिया हुई। शरिअः लागू होते ही सफिया नामक एक युवती को जिना के लिए सजा-ए-रज्म सुना दी गई। अपील अदालत ने भी उसे इस सजा से इस बिना पर बरी किया कि जब जुर्म हुआ था तब शरिअः लागू नहीं था। फिर 2002 में अमीना नामक स्त्री को यह सजा इसलिए सुनाई गई कि उसे तलाक से 9 महीने बाद एक बच्ची हुई और जिस मर्द को उसने इस बच्ची का बाप बताया उसने इस आरोप से इनकार किया। नाइजीरियाई स्त्री संगठन उसका मामला अपील अदालत में ले गए लेकिन उसने भी सजा बहाल रखी। बस इतनी कृपा की कि बच्ची की परवरिश के लिए मां को दो साल की मोहलत दे दी। अंतर्राष्ट्रीय स्तर पर हो-हल्ला मचा तो उच्चतर अदालत ने गत वर्ष अमीना को इस बिना पर छोड़ दिया कि अमीना का जुर्म शरिअः में दिए ढंग से साबित नहीं किया गया था।

इस तरह की घटनाओं को लेकर जब इस्लाम को बदनाम किया जाता है तब मुस्लिम जगत में दो तरह की प्रतिक्रियाएं होती हैं— सुधारवादी और कट्टरपंथी। कट्टरपंथियों का पलड़ा भारी रहता है। वह कहते हैं कि इस्लाम जितना न्यायप्रिय और समतावादी कोई धर्म है ही नहीं लिहाजा हमें शरिअः के बारे में कोई सफाई देने की जरूरत ही नहीं, खासकर उस पश्चिमी समाज को जिसने औरत को मर्द के लिए 'सेक्स ऑब्जेक्ट' बना डाला है। मानो मर्द के पांव की जूती होना 'सेक्स ऑब्जेक्ट' होने से बेहतर हो और आधुनिक पूंजीवाद के कारण आई विसंगतियों से

लड़ने का एक मात्र उपाय कट्टरपंथी इस्लाम ही हो। यों सुधारवादी मानते हैं कि इस्लाम आदर्श धर्म है लेकिन वह कहते हैं कि कट्टरपंथी बिरादरी शरिअः की गलत व्याख्या करती रही है। वे चाहते हैं कि कुरआन शरीफ की मूल भावना के अनुसार शरिअः पर गौर किया जाए, उसमें से बाद में जोड़ी गई तमाम ऐसी बातें हटा दी जाएं जो आज की परिस्थितियों के अनुरूप नहीं हैं, विभिन्न परस्परविरोधी व्याख्याओं में नवयुग के अनुकूल सामंजस्य बैठाया जाए ताकि मुस्लिम जगत में एकता बढ़े और चूंकि आज की दुनिया में विभिन्न धर्मों को मानने वाले हर कहीं साथ-साथ रहते हैं इसलिए यह भी सोचा जाए कि किस तरह शरिअः के बावजूद सांप्रदायिक संबंधों में तनाव की नौबत न आए।

प्रसंगवश नाइजीरिया और सूडान में इस तरह का तनाव बढ़ा है और पश्चिमी मीडिया में उसे बहुत उछाला भी गया है क्योंकि दोनों ही देशों में दूसरा संप्रदाय ईसाइयों का है। पिछले दिनों सूडान में एक ईसाई महिला को बगैर सिर ढंके सड़क पर निकल आने के आरोप में कोड़े मारे गए तो कट्टरपंथी ईसाई वेबसाइटों की बन आई। तो सवाल यह है कि जाति, प्रदेश और धर्म की राजनीति करने वाले हमारे उत्तर-आधुनिक धर्मनिरपेक्षों की ऐसी भी क्या मजबूरी है कि वे मुस्लिम समाज की अलग सांस्कृतिक पहचान को इस्लाम और शरिअः की कट्टरपंथी व्याख्या से जोड़ते हैं। क्या वे यह समझते हैं कि आधुनिकता अपनाने से मुस्लिम समाज खत्म हो जाएगा। क्या भारतीय मुस्लिम समाज को हिंदुत्ववादियों से बचाने के लिए बस मौलाना मुलायम बचे हैं? सैयद शहाबुद्दीन के बारे में उनका क्या विचार है जिन्होंने 2001 में नाइजीरिया में हुए सफिया और अमीना कांडों के बाद अपने एक लेख में शरिअः में सुधार की पुरजोर वकालत की थी। उत्तर-आधुनिक धर्मनिरपेक्ष बिरादरी को शहाबुद्दीन साहब-जैसे लोगों को लेकर विधिवत ऑल इंडिया मुस्लिम पर्सनल लॉ बोर्ड बना देने की क्यों नहीं सूझती?

(18 जुलाई, 2005)

प्रबल पूंजीवाद साम्यवादी चीन का

जिस समय भारत में उड़ीसा सरकार द्वारा दक्षिण कोरियाई निगम पोस्को से करार कर लिए जाने पर देशभक्त बिरादरी हाहाकार मचा रही थी, अमेरिकी देशभक्त बिरादरी वैसा ही हाहाकार चीन के ओ.एन.जी.सी. नुमा सरकारी तेल निगम सी.एन.ओ.ओ.सी. द्वारा अमेरिकी निगम अनोकाल को खरीदने की पेशकश पर मचा रही थी। अनोकाल को एक अन्य अमेरिकी निगम शेवरॉन 16.4 अरब डॉलर में खरीदने का सौदा कर चुका था। चीनी निगम ने अनोकाल से कहा कि हम 1.6 अरब डॉलर अतिरिक्त दे देंगे और सौदे से मुकरने का आधा अरब डॉलर जुर्माना भी खुद भर देंगे। इस प्रस्ताव से अनोकाल के शेयरधारकों का आकर्षित होना कई नेताओं को देशद्रोह का नमूना लगा। अपने सिवा किसी की खबर न रखने वाले आम अमेरिकी को अनोकाल कांड से ही यह पता चला कि चीनी निगम हाएर ग्रुप घरेलू साज-सामान बनाने वाले अमेरिकी निगम मेटैग को खरीदने में जुटा हुआ है और आई.बी.एम. का घरेलू कंप्यूटर बनाने का तथा फ्रांसीसी निगम टॉमस का आर.सी.ए. ब्रांड टीवी सेट बनाने का धंधा खरीद चुका है।

देशभक्त अमेरिकियों ने सरकार से कहा कि साम्यवादी चीन को अमेरिकी पूंजीवादी निगम खरीदने न दे और चीन को आर्थिक दृष्टि से कसने के लिए कड़े कदम उठाए। उन्होंने पाया कि सरकार कोई विशेष उत्साह दिखा नहीं रही है। वे हैरान होने लगे। उनकी हैरानी तब और भी बढ़ गई जब उन्होंने सुना कि स्वयं अमेरिकी पूंजीवादी कह रहे हैं कि चीन को आर्थिक दृष्टि से कसना अमेरिका के लिए अपने ही पांवों पर कुल्हाड़ी मारना होगा। बहुत संभव है कि बुश सरकार अनोकाल की बिक्री न होने दे किंतु वह किसी जादुई छड़ी से डॉलरों का वह विराट भंडार छू मंतर नहीं कर सकती जो चीन के पास जमा हो चुका है। पिछले वर्ष ही चीन ने अमेरिका से व्यापार में 162 अरब डॉलर जोड़े। अगर चीन को आर्थिक दृष्टि से कसने की कोशिश की गई तो वह अपने इस डॉलर भंडार का विनिवेश अमेरिका में न करके अन्य देशों में करने लगेगा। उससे डॉलर की अंतर्राष्ट्रीय साख और भी घट जाएगी। चीन अपने डॉलरों से अब तक अमेरिका के सरकारी बांड खरीदता आया है। इसके चलते बुश चौपट अर्थव्यवस्था के बाद न केवल टैक्सों में कटौती कर सके हैं बल्कि ब्याज दरें भी कम रख पाए हैं। ब्याज दरें कम होने के कारण अमेरिका में नई बस्तियां बसाने और मकान बनाने के धंधे में तेजी आई है और यह तेजी ही अर्थव्यवस्था को भयंकर मंदी से बचाए हुए है। दूसरे शब्दों में आर्थिक दृष्टि से चीन भले ही अमेरिका को कस दे, अमेरिका कस सकने की स्थिति में नहीं है। अमेरिकी बहुराष्ट्रीय निगम चीन की विराट मंडी, सस्ती श्रमशक्ति, बढ़िया कारीगरी और वैज्ञानिक क्षमता को अपने लिए इतना लाभप्रद मानते हैं कि स्वयं

उन्हें चीन के आर्थिक विकास में भागीदार बने रहने की जबर्दस्त जरूरत है। अगर अमेरिका ने चीन से पंगा लिया तो चीनी मंडी में जापान और यूरोप की बन आएगी।

अमेरिकी नागरिक हैरान होकर सुन रहे हैं कि चीन का कम से कम समय में अधिक से अधिक आर्थिक विकास कर डालने का अभियान ही इस समय अंतर्राष्ट्रीय अर्थव्यवस्था में जान डाले हुए है। चीन को ऊर्जा, इस्पात, सीमेंट, खनिज हर चीज की इतने बड़े पैमाने पर आवश्यकता है कि उसकी मांग की पूर्ति करने से बहुराष्ट्रीय निगमों की चांदी हो रही है। पोस्को ने उड़ीसा में खनिज लोहा निकालने और इस्पात बनाने का कारखाना बनाने का अनुबंध किया है तो चीन में दोनों चीजों की बढ़ती मांग से प्रेरित होकर ही। तो चीन के आर्थिक शक्ति के रूप में उभरने पर ब्रेक लगाने की अमेरिकी कोशिश अंतर्राष्ट्रीय मंदी का कारण बन सकती है। अपने देश को सर्व-शक्तिमान और अपनी पूंजीवादी व्यवस्था को सर्वोत्तम मानते हुए अमेरिकियों के लिए यह स्वीकार कर पाना कठिन हो रहा है कि जिस चीन की आर्थिक प्रगति का रास्ता खुद उन्होंने उसे व्यापार संबंधी सुविधाएं देकर अभी कुछ दशक पहले ही खोला था वह उनके लिए आर्थिक चुनौती बन गया है और वे उसका कुछ भी नहीं बिगाड़ सकते। उन्हें तो बताया गया था कि कोई भी साम्यवादी देश उनकी जैसी आर्थिक प्रगति कर ही नहीं सकता और खुली प्रतियोगिता में सरकारी उद्यम निजी उद्यम के आगे टिक नहीं सकते, फिर यह कैसे कि निजी उद्यम का प्रतीक शेवरॉन चीन के सरकारी उद्यम के आगे चीं बोल रहा है ? दुर्भाग्य से यह प्रश्न एक ऐसे दौर में उठा है जिसमें अमेरिकी निगम अपने भ्रष्टाचार और कुप्रबंधन के लिए बदनाम होते रहे हैं।

औसत अमेरिकी अब अपने भ्रष्ट, देशद्रोही और निकम्मे बहुराष्ट्रीय निगमों को कोसने लगा है। अमेरिकी नेताओं के लिए यह कल्पनातीत स्थिति है। जब अमेरिका ने चीन को व्यापार संबंधी सुविधाएं देकर पटाना शुरू किया था तब उसे विश्वास था कि वह चीन को अपने प्रभावक्षेत्र में ले सकेगा और वहां से साम्यवाद को उखाड़ फेंकेगा। किंतु देखते ही देखते चीन हर क्षेत्र में उसका प्रमुख प्रतिद्वंद्वी बन गया है और अब भी कम्युनिस्ट ही है। वह परमाणु और हाइड्रोजन बमों और मिसाइलों से लैस सैनिक महाशक्ति तो पहले ही था अगले पंद्रह वर्षों में अमेरिका के बाद सबसे बड़ी आर्थिक शक्ति भी बन जाने वाला है। डॉलरों के भंडार सऊदी अरब और जापान-जैसे देशों के पास भी थे किंतु वे अपनी प्रतिरक्षा के लिए अमेरिका पर निर्भर थे, चीन नहीं है। सऊदी अरब ने उस भंडार से अमेरिका के लिए कभी कोई आर्थिक चुनौती प्रस्तुत नहीं की। जापान ने एक बार की थी तो उसे झुकना पड़ा क्योंकि जापान को अपने माल के लिए अमेरिकी मंडी की जरूरत थी, अमेरिका को जापानी मंडी की नहीं। जापान को अमेरिका इतना ज्यादा झुका पाया कि वह आर्थिक मंदी की गिरफ्त में आ गया। अमेरिकी निगमों और जापानी निगमों के भयंकर बैर के चलते जापान

अपने डॉलर भंडार से अमेरिका में हॉलीवुड के स्टूडियो, गोल्फ कोर्स और रॉकफेलर सेंटर जैसे प्रतीक चिह्न ही खरीद पाया जबकि चीन की नीयत ऐसे अमेरिकी निगम खरीदने की है जो उसके आर्थिक विकास के लिए लाभप्रद हो सकते हों। अमेरिकी बहुराष्ट्रीय निगम उसका विरोध नहीं कर रहे हैं क्योंकि वे स्वयं अपने लाभ के लिए चीन पर निर्भर हैं। एक तरह से वे चीन के बिजनेस पार्टनर बन चुके हैं।

वॉलमार्ट को ही लीजिए जो चीनी माल बड़े पैमाने पर अमेरिका में बेचता है। उसके लिए चीन सस्ता माल तैयार करने की फैक्ट्री है। वही चीनियों को बताता है कि क्या बनाओ अमेरिका में बेचने के लिए। उसी ने हाएर ग्रुप को छोटे आकार के सस्ते फ्रिज, ओवन वगैरह बनाने के लिए प्रेरित किया जो अमेरिकी छात्रों और गरीबों में बेहद लोकप्रिय हुए। उधर वॉलमार्ट भी चीन में अपने स्टोर खोलने की अनुमति पाकर प्रसन्न है क्योंकि सस्ता माल खरीदने वाले जितने ग्राहक उसे चीन में मिल सकते हैं उतने अमेरिका में नहीं। चीन ने अमेरिकी बहुराष्ट्रीय पूंजीवाद को अपना बिजनेस पार्टनर बना लिया है। किंतु अमेरिका को अपना प्रतिद्वंद्वी मानना नहीं छोड़ा है। उसने अपने समाज को सांस्कृतिक दृष्टि से अमेरिकी नहीं होने दिया है। लोगों को धंधे-व्यापार के लिए अंग्रेजी सिखा दी है लेकिन साथ ही चीनी भाषा का अंतर्राष्ट्रीय महत्त्व बढ़ाने में कोई कसर नहीं उठा रखी है। अमेरिकी निगम अपने कर्मचारियों से चीनी सीखने को कह रहे हैं।

(25 जुलाई, 2005)

मुक्तमंडी के प्रतिबद्ध मुजाहिदीन

कोलोराडो स्प्रिंग्स नामक एक अमेरिकी कस्बा, जो कभी केवल अमेरिकी वायुसेना की अकेडमी और योगा-भोगा-टाइप विद्रोही युवा पीढ़ी के गढ़ के रूप में जाना जाता था, आज कट्टरपंथी ईसाइयत के विश्वव्यापी आंदोलन से जुड़े चर्चों की संस्था के मुख्यालय के रूप में चर्चा में है और यह मात्र संयोग नहीं कि इस संस्था के अध्यक्ष पादरी टेड हाग्गर्ड ने अपना विराट चर्च और उससे जुड़े भवन वायुसेना अकेडमी के ठीक सामने खड़े किए हैं और उन्हें अमेरिकी वायुसेना के प्रतीक रंगों नीले और रुपहले से रंगवाया है। यह भी संयोग नहीं कि पिछले कुछ वर्षों में इस अकेडमी और अमेरिकी थल और नौसेनाओं की अकेडमियों में कट्टरपंथी ईसाई पादरियों का बोलबाला हो गया है। वे पुरानी परंपरा की अवहेलना करते हुए सभी धर्मों और पंथों के लोगों को कट्टरपंथ में दीक्षित करने में जुटे रहने लगे हैं। हाल में जब वायुसेना के एक अवकाशप्राप्त यहूदी जनरल ने कोलोराडो स्प्रिंग्स की अकेडमी में अपने पुत्र को कट्टरपंथियों का प्रलाप सुनने के लिए बाध्य होते देखा तब उन्होंने उसका नाम वहां से कटवा लिया और प्रेसीडेंट बुश को विरोध पत्र लिखा लेकिन इससे कोई फर्क नहीं पड़ा।

सो इसलिए कि पादरी टेड जैसे कट्टरपंथियों ने ही बुश को प्रेसीडेंट पद दिलवाया है। टेड कहते हैं कि हमने यहां कोलोराडो स्प्रिंग्स से बुश के लिए अजेय आध्यात्मिक ऊर्जा का प्रवाह किया। टेड का दावा है कि हर सोमवार सुबह-सुबह मैं प्रेसीडेंट को फोन करता हूं अमेरिका के तीन करोड़ सच्चे ईसाइयों के प्रतिनिधि की हैसियत से और वह मेरी बात सुनते हैं। सच्ची से उनका अर्थ है वह ईवेंजेलिकल ईसाइयत जो बाइबिल को अक्षरश: सत्य मानती है और कहती है कि ईसा मसीह द्वारा इंसान को खुदा की माफी दिला सकने की क्षमता में अटूट आस्था रखना ही आत्मा के उद्धार का एकमात्र उपाय है। ऐसा मानने वाले ईसाइयों के लिए जीवन और कुछ नहीं अपने भीतर और बाहर सक्रिय शैतान के विरुद्ध एक सतत संघर्ष है। बाहरी संघर्ष के अंतर्गत पादरी टेड और उसके समर्थकों ने कोलोराडो स्प्रिंग्स में बसी गांजा-चरस पीने, समलैंगिकता और उन्मुक्त संभोग में विश्वास करने और योगा-जैसी विधर्मी विधियां अपनाने वाली बिरादरी को 'प्रार्थना शक्ति' से या तो खदेड़ बाहर कर दिया या फिर उसे सच्ची ईसाइयत का कायल बना डाला। यह प्रार्थना शक्ति कुल मिलाकर धरना और घेराव शक्ति ही है कि घेरे रखो पापियों को और उनके उद्धार के लिए ऊंचे स्वर में प्रार्थना करते जाओ। इधर अमेरिका में कट्टरपंथी ईसाई हर कहीं इस अस्त्र का प्रयोग जरूर कर रहे हैं।

हाल में बच्चों के बेहद लोकप्रिय नायक हैरी पॉटर से जुड़े नए उपन्यास की

बिक्री शुरू होने पर कट्टरपंथियों ने फतवा दिया कि यह उपन्यास शृंखला शैतान लिखवाता रहा है ताकि हमारी नई पीढ़ी सच्चे मसीहा को भुलाकर जादू-टोने में विश्वास करने लगे। इसके बाद उन्होंने जगह-जगह इस उपन्यास की प्रतियां जलाने और पुस्तकालयों से हैरी पॉटर शृंखला हटवा देने के अभियान छेड़े। गौरतलब है कि कट्टरपंथी ईसाई सारे अमेरिका में सरकारी स्कूलों में बाइबिल पढ़ाने और विज्ञान के नाम पर कोई भी बाइबिल-विरोधी बात न सिखाने का भी आग्रह करते रहे हैं। आधुनिक उदार संस्कृति के विरोध में ये अमेरिकी कट्टरपंथी ईसाई यूरोप में बसे कट्टरपंथी मुसलमानों से दो हाथ आगे ही हैं। उदारता में आस्था रखने वाले सभी लोग उनके लिए शैतान के बस में आ चुके अभागे हैं। अमेरिका के कट्टरपंथी रेडियो स्टेशनों की राष्ट्रीय संस्था के अध्यक्ष फ्रैंक राइट के शब्दों में, 'विविधता और अनेकरंगी संस्कृति की पैरवी और कुछ नहीं, ईसाई सत्यों को उजागर करने वालों को रोकने की कोशिश है।' कट्टरपंथी ईसाई मीडिया के लिए घृणा के सबसे बड़े पात्र हैं वे लोग जो समलैंगिकता का समर्थन, गैर-ईसाई-संस्कृतियों का सम्मान, धर्मविरुद्ध वैज्ञानिक शोध की पैरवी और स्त्री तथा बच्चों के अधिकारों की मांग करते हैं।

स्त्री के प्रति कट्टरपंथी दृष्टि पादरी टेड द्वारा अपने बेटे की शादी पर दिए गए इस प्रवचन से उजागर होती है : 'जैसे इंसान का फर्ज खुदा की मर्जी पूरी करना है, वैसे औरत का मर्द की। मर्द मसीहा है और औरत उसका चर्च। वे दोनों मिलकर बनाते हैं खुदा की वह सल्तनत जो शैतान से मोर्चा लेती है।' मनोविज्ञान के प्रोफेसर रह चुके पादरी जेम्स डॉब्सन द्वारा चलाया गया 'फोकस ऑन द फैमिली' आंदोलन तो चाहता है कि पारिवारिक जीवन बाइबिल के निर्देशानुसार ही बिताया जाए। पादरी जेम्स को पहलेपहल प्रसिद्धि तब मिली थी जब उन्होंने यह लिखा था कि उदारता हमारे बच्चों को शैतान की झोली में डालती रही है। बच्चों को कठोर अनुशासन में रखा जाए और पाप करने पर इतनी जोर से पीटा जाए कि वे झूठमूठ में नहीं, सचमुच बिलबिला उठें। सारे कट्टरपंथी पादरी गर्भनिरोध और गर्भपात के विरुद्ध हैं और चाहते हैं कि हर ईसाई परिवार ज्यादा से ज्यादा बच्चे पैदा करे। पादरी टेड के शब्दों में, 'हमें भय है कि मुसलमान अपनी आबादी बढ़ाकर और हमारी उदारता तथा सहिष्णुता का लाभ उठाकर एक दिन हम पर शासन करने लगेंगे।' कट्टर-पंथियों के लिए सच्ची ईसाइयत के सबसे बड़े शत्रु मुजाहिदीन मुसलमान ही हैं। तो टेड के अनुसार उनके विरुद्ध आध्यात्मिक के साथ-साथ सैनिक शक्ति का भी उपयोग करना सर्वथा बाइबिलसम्मत है।

सुनामी प्रकोप के बाद टेड ने अपने प्रवचन में कहा : 'इन लहरों का उग्र इस्लाम के निर्यातकर्ता नंबर वन इंडोनेशिया पर कहर ढाना खुदा का इंसाफ नहीं, खुदा का दिया सुनहरा मौका है। अर्थात हमें वहां जाकर बचे लोगों को सच्चे धर्म

का संदेश देना चाहिए।' कहना न होगा कि अमेरिकी कट्टरपंथी ईसाइयों के मीडिया में सबसे अधिक घृणा मुसलमानों के प्रति व्यक्त की जाती रही है। लुत्फ की बात यह है कि इन कट्टरपंथी ईसाइयों के सांस्कृतिक लक्ष्य सर्वथा कट्टरपंथी मुसलमानों जैसे हैं। वे भी चाहते हैं कि शासन हमारे धर्मविशेष पर आधारित हो, समलैंगिकता, जादू-टोना, कुफ्र और अपना दीन छोड़ने जैसे अपराधों पर मृत्युदंड दिया जाए, औरतें दबी-ढंकी रहें, समाज चर्च के इर्द-गिर्द घूमे और शासन ईसाइयों के ही हाथ में रहे।

जो लोग ईवेंजेलिकल ईसाइयत और पूंजीवाद के चोली-दामन के साथ से अपरिचित हैं उन्हें यह बहुत अजीब लगता है कि भूमंडलीकरण की ओर कदम बढ़ा चुका नवपूंजीवाद इन ईसाई कट्टरपंथियों को खूब पैसा लुटा रहा है। सच तो यह है कि ईवेंजेलिकलों ने ही उन्नीसवीं सदी के इंग्लैंड में पूंजीवादी शोषण पर नैतिकता की मुहर लगाई थी। उन्होंने 1834 में पूअर लॉ में संशोधन करवाके चर्चों के माध्यम से बेसहारा, बूढ़े, अनाथ और अशक्त लोगों में सरकारी खैरात का बंटवाया जाना यह कहकर रुकवाया था कि गरीबी और पीड़ा प्रभु द्वारा ली जाती परीक्षाएं हैं और खैरात इस परीक्षा में खुदा के बंदे को फेल कराने का उपाय। तो गरीबों से कहो रोटी-रोजी कमाएं कारखानों में मजूरी करके। आज भी टेड जैसों की मान्यता यही है कि पूंजीवाद और मुक्तमंडी ही पूरी तरह बाइबिल सम्मत हैं। टेड तो कहते हैं कि फ्री मार्केट और प्रोटेस्टेंट ईसाइयत समानधर्मी हैं इसलिए मुक्तमंडी का भूमंडलीकरण और कुछ नहीं हमारी ब्रांड की ईसाइयत का भूमंडली करण ही है। इस पर यही कहा जा सकता है कि खुदा बचाए भूमंडल को।

(1 अगस्त, 2005)

स्वयं-सत्य-सिद्ध भविष्यवाणी

अमेरिकी विद्वान प्रो. हंटिंग्टन ने जब शीत युद्ध की समाप्ति के बाद यह भविष्यवाणी की थी कि अब ईसाई और मुस्लिम सभ्यताओं में टकराहट होगी तब वह यह जोड़ना भूल गए थे कि इस भविष्यवाणी को सत्य सिद्ध करने की भूमिका अमेरिका शीत युद्ध के अंतिम दौर में जिहाद का साम्यवाद के विरुद्ध उपयोग करके बांध चुका था। ज्यों ही आप किसी धर्म को देश-प्रदेश-राष्ट्र की सीमाएं पार करने वाली किसी सभ्यता-संस्कृति विशेष से जोड़ देते हैं त्यों ही वह साम्राज्यवादी रूप ले लेता है और सभ्यताओं की टकराहट अनिवार्य हो जाती है। अगर आधुनिकता यूरोपीय ईसाइयत की ही बपौती है और सच्चा इस्लाम उस संस्कृति से ही जुड़ा है जो सदियों पहले अरब कबीलों की हुआ करती थी तो इस्लाम और ईसाइयत की सदियों पहले हो चुकी टकराहट का इक्कीसवीं सदी में नया संस्करण होना कौन रोक सकता है? बुश और ओसामा जैसे प्रतिनिधि नेता अपनी-अपनी संस्कृति को श्रेष्ठतम समझने के मामले में भले ही एक ही थैली के चट्टे-बट्टे हों, भाई-भाई कभी नहीं हो सकते।

यह अद्‌भुत संयोग था कि अयोध्या और लंदन में हुए आतंकवादी हमलों से ठीक पहले मैंने अमेरिकी विशेषज्ञ रिचर्ड क्लार्क का एक लेख पढ़ा जो न्यूयॉर्क और वाशिंगटन पर 2001 में हुए आतंकवादी हमले की दसवीं वर्षगांठ पर दिए गए भाषण के रूप में लिखा गया है। भाषणकर्ता कहता है : 2004 तक अमेरिका सुरक्षित रहा, भले ही मुस्लिम देश, यूरोप और एशिया आतंकवाद की चपेट में आते रहे। इस बीच अमेरिका ने अफगानिस्तान पर हमला करने की अक्लमंदी की तो नागरिक स्वतंत्रताएं सीमित करने वाला पैट्रियॉट ऐक्ट बनाने और इराक पर हमला करने की मूर्खताएं भी। फिर 29 जून, 2005 को आतंकवादियों ने सैलानियों में घुल-मिलकर लास वेगास और डिज्नीलैंड जैसे कई स्थलों में मानव बमों का सफल प्रयोग किया। दिसंबर में विराट मॉलों में विस्फोट हुए और 2006 में मेट्रो, रेलगाड़ियां और बसें आतंकवादियों का निशाना बनीं। पैट्रियॉट ऐक्ट-2 पास हुआ, अमेरिकी मुसलमानों पर कड़ी निगरानी रखी जाने लगी। ईरान के परमाणु अस्त्रों को नष्ट करने के लिए 2007 में अमेरिका ने हवाई हमले किए जिनके जवाब में ईरान ने सऊदी अरब के तेलशोधक कारखाने जला दिए क्योंकि वहीं के हवाई अड्डों से अमेरिकी विमान उड़े थे। स्वयं सऊदी अरब में कट्टरपंथियों ने अमेरिका-समर्थक शासकों का तख्ता पलट दिया। तेल की कीमतें आसमान छूने लगीं। अमेरिका में यात्री विमानों को नष्ट करने की घटनाएं घटीं और नागरिक स्वतंत्रताएं और कम करने वाला पैट्रियॉट ऐक्ट-3 पास कर दिया। अगले वर्ष आतंकवादियों ने अमेरिकी कंप्यूटर व्यवस्था ठप्प कर दिखाई और 2010 में क्लोरीन गैस के भंडारों से छोटे विमान टकराकर वातावरण

को विषाक्त कर दिया और परमाणु अस्त्रों से हमले की धमकी दी। सभी अमेरिकी मुसलमान पूरी तरह संदेह के घेरे में आ गए, अर्थव्यवस्था चौपट होने लगी और गैर मुस्लिम अमेरिकियों में भी स्थिति से निपटने के सही उपायों को लेकर भयंकर शत्रुता पैदा हो गई।

इस लेख की भविष्यवाणियां भी सही सिद्ध हो जाएं तो कोई अचरज नहीं। आतंक सस्ता होता है, आतंक से सुरक्षा भयंकर रूप से महंगी। आतंक का उद्देश्य लोगों में डर और घबराहट फैलाना होता है और सुरक्षा व्यवस्था एक तरह से उसकी पुष्टि ही करती है। आतंकवाद से निपटने का नकारात्मक उपाय है, युद्ध करो और अपनी सुरक्षा व्यवस्था मजबूत बनाओ। युद्ध किससे करो या यों कहें किस-किस से करो? उन सभी देशों से जिनमें आतंकवादी बसते हैं? इस दृष्टि से तो बुश को ब्रिटेन पर भी हमला करना होगा क्योंकि उदारतम ब्रितानी अखबार *द गार्जियन* के अनुसार ब्रिटेन के 80 प्रतिशत मुसलमान आतंकवाद-विरोधी आंग्ल-अमेरिकी अभियान को इस्लाम-विरोधी अभियान मानते हैं। लंदन के बम विस्फोटों के बाद अमेरिकी मीडिया इस तथ्य को रेखांकित करता रहा है कि उदार यूरोपीय देश, खासकर ब्रिटेन, आतंकवादियों के अभय स्थल बने हुए हैं। इंग्लैंड में उनके करीब पंद्रह हजार कट्टर समर्थक हैं जिनमें पांच-एक सौ पाकिस्तान-अफगानिस्तान के अल कायदा शिविरों में रह चुके हैं। इसलिए अब ब्रिटेन, जर्मनी, फ्रांस आदि के नागरिकों को बगैर वीजा लिए अमेरिका आने की छूट खत्म की जानी चाहिए।

युद्ध कितना महंगा उपाय है इसका अनुमान लगाने के लिए यही आंकड़ा काफी है कि आज भी अमेरिका को इराक में प्रति घंटा कोई 70 लाख डॉलर खर्च करने पड़ रहे हैं। युद्ध का उपाय महंगा ही नहीं, उल्टा असर डालने वाला भी है। व्यंग्य-कार कह रहे हैं कि इराक पर हमला और कब्जा करके बुश ने ओसामा के लिए बड़े पैमाने पर मुजाहिदीन तैयार करने की मेहरबानी की है। आंतरिक सुरक्षा व्यवस्था भी महंगी और बेअसर सिद्ध होती है। हर सार्वजनिक स्थल और यातायात के हर साधन की चौबीसों घंटे सुरक्षा करने लायक बजट और अमला जुटाना किसी भी देश के बस का नहीं। आतंकवादी के लिए कहीं-न-कहीं, कोई गुंजाइश निकल ही आएगी। अमेरिकी हवाई अड्डों में ढील का लाभ उठाकर आतंकवादी '9/11' का हौआ अमेरिका पर बैठा सके। नतीजा यातायात सुरक्षा के 5.3 अरब डॉलर के बजट का 80 प्रतिशत यात्रियों की बहुत कड़ी जांच पर खर्च किया जाने लगा। मानो आतंक फैलाने का एकमात्र तरीका यात्री विमानों पर काबिज होकर उन्हें ऊंची इमारतों से टकरा देना ही हो। रोजमर्रा की औपचारिकताओं में खोई सुरक्षा-व्यवस्था यात्रियों की परेशानी का कारण तो बन सकती है, किसी आतंकवादी के पकड़े जाने का नहीं।

सुरक्षा के अंतर्गत नागरिक स्वतंत्रता का हनन करने वाले कानून बनाए जाते हैं

जिनका उपयोग, जाहिर है, उस समुदाय के विरुद्ध ही अधिक किया जाता है जिससे आतंकवादी जुड़े हों। इससे यह धारणा और भी पक्की होती है कि युद्ध आतंक-वादियों से नहीं, सभी मुसलमानों से किया जा रहा है। सुरक्षा व्यवस्था स्वयं आतंकवादी बनकर सामाजिक दृष्टि से भी महंगी पड़ती है। अब बात करें सकारा-त्मक उपायों की। जैसे यह कि मुस्लिम अवाम की गरीबी और बेरोजगारी दूर करने के उपाय किए जाएं। या यह कि फिलिस्तीन वगैरह में मुसलमानों के प्रति हुआ अन्याय दूर कराया जाए। या यह कि तेल अथवा कूटनीतिक समर्थन के कारण भ्रष्ट और जनविरोधी मुस्लिम शासकों का समर्थन न किया जाए। व्यावहारिक बिरादरी इन्हें जोखिम भरे उपाय मानती है और पूछती है कि गरीबी, बेरोजगारी दूर करने में पहल स्वयं मुस्लिम जगत क्यों नहीं कर रहा है। पश्चिम में पले-बढ़े खुशहाल और पढ़े-लिखे मुसलमान आतंकवादियों का नेतृत्व क्यों करते रहे हैं? जिनसे तेल या समर्थन मिल रहा हो उन्हें हटाकर और कट्टरपंथियों को गद्दी पर बैठने देकर आतंकवाद कम हो जाएगा क्या? और हां, इस बात की क्या गारंटी है कि अन्याय की कोई नई शिकायत नहीं ढूंढ़ ली जाएगी? दूसरे शब्दों में यह कि सभ्यताओं की टकराहट का मामला है। यूरोप और अमेरिका की तो वहां वाले जानें किंतु भारतीय उपमहाद्वीप के तीनों देशों और सभी संप्रदायों के लिए, जिन्हें सभ्यताओं के संगम और सभ्यताओं के संघर्ष के दो इतिहास विरासत में मिले हैं, कठोर आत्मचिंतन का क्षण प्रस्तुत हो चुका है। यदि उन्होंने अलगाव और आतंक को पनपने दिया तो 2011 से पहले पश्चिम का आतंकविरोधी आतंक हमारे घर-आंगन पर कहर ढहा चुका होगा।

(8 अगस्त, 2005)

क्या अब आबादी युद्ध होंगे ?

यह मात्र संयोग नहीं था कि जिस समय भारत में सर्वोच्च न्यायालय के एक निर्णय के कारण बांग्लादेशियों का मामला फिर से राजनीति के केंद्र में आया उसी समय अमेरिका में मध्य और दक्षिण अमेरिकी देशों के आप्रवासियों का और ब्रिटेन में पाकिस्तानियों का सवाल गरमाया। सारे ग्लोब-गांव में सभ्यताओं की टकराहट के साथ-साथ आबादी-युद्ध की बात भी अब जोरों से चल पड़ी है। यही नहीं, ये चर्चाएं 'दूसरे' के 'हम' पर हावी हो जाने की एक ही डरावनी आशंका की दो धाराएं बन गई हैं। इस तरह की आशंका हर कहीं और हमेशा से रही है और उसी के चलते समुदायों में टकराहट और देशों में युद्ध होते रहे हैं। लेकिन पिछले करीब चालीस साल से 'दूसरे' की आबादी बढ़ जाने से 'हमारा' वर्चस्व खत्म हो जाने की आशंका प्रखर हुई है और एक नया फिकरा 'डेमोग्राफिक वार' उर्फ आबादी-युद्ध सुनने में आया है। इसके दो कारण हैं— पहला यह कि गर्भनिरोध का बोलबाला होने के बाद सभी देशों, वर्गों और समुदायों में आबादी बढ़ने की रफ्तार एक-जैसी नहीं रह गई है, दूसरा यह कि रोजी-रोटी की तलाश में गरीब देशों-प्रदेशों के पिया के अमीर परदेस में चले जाने की पुरानी रीत न केवल जोर पकड़ रही है बल्कि परदेस गए पिया अपना पूरा परिवार वहीं बुलवाकर बसने लगे हैं।

बच्चे पैदा करने की दर अलग-अलग होना भयंकर तनावों का कारण बन सकता है, और बन रहा है। इसका एक पक्ष यह है कि गरीब अमीरों से ज्यादा बच्चे पैदा करते हैं और भले ही कम बच्चे पैदा करने वाले अमीरों को अपनी सेवा के लिए गरीबों की पलटन खलती न हो, अपने चारों ओर उनकी मौजूदगी बहुत खटकती है। बच्चे पैदा करने की दरों में भयंकर भिन्नता से पैदा होने वाले तनाव का दूसरा पक्ष सांप्रदायिक है। कुछ संप्रदाय धार्मिक कारणों से गर्भनिरोध का विरोध करते हैं इसलिए उनकी आबादी ज्यादा तेजी से बढ़ रही है। इसलिए जहां भी गर्भनिरोध अपनाने वाला बहुसंख्यक संप्रदाय किसी गर्भनिरोध-विरोधी अल्पसंख्यक संप्रदाय के साथ बसा हुआ है वहां बहुसंख्यकों में अल्पसंख्यकों के सांस्कृतिक और राजनीतिक दोनों दृष्टियों से हावी हो जाने का भय पैदा हो रहा है। इस मुद्दे की चर्चा पहले सार्वजनिक मंच से कुछ अतिवादी ही किया करते थे, अब मुख्यधारा का मीडिया भी कर रहा है। गर्भनिरोध-विरोधी संप्रदायों में कैथलिक ईसाई और मुसलमान प्रमुख हैं इसलिए 'आबादी-युद्ध' और 'सभ्यताओं की टकराहट' एक ही सिक्के के दो पहलू बनते जा रहे हैं।

अब जैसे इस्रायल में यहूदियों को यह चिंता है कि इतनी कठिनाई से हमने अपना जो एक देश पाया है वह स्थानिक मुसलमानों के हमसे ज्यादा बच्चे पैदा करने

के कारण हमारे हाथ से निकल जाएगा। तो आजकल वहां हर साल कम से कम 70 हजार यहूदी बाहर से लाकर बसाने का अभियान छिड़ा हुआ है। सुनता हूं कि पूर्वोत्तर भारत की कुछ जनजातियों को भी खोई हुई यहूदी जातियों के रूप में मान्यता देकर अब वहां बसाया जा रहा है। अमेरिका में कट्टरपंथी प्रोटेस्टेंटों को यह चिंता है कि मध्य और दक्षिण अमेरिकी देशों से आए लोग हमारा देश उस पोपशाही को सौंप देंगे जिसके कारण हमारे पूर्वजों ने यूरोप छोड़ा था। तो वे उन्हें प्रोटेस्टेंट बनाने में जुटे हैं। यहां उल्लेखनीय है कि इस्लाम और कैथलिक ईसाइयत से जुड़े ज्यादातर देश गरीब हैं और गरीब देशों के लोग ही बेहतर जीवन की तलाश में अमीर देशों में जाकर बस रहे हैं। बाहर से आए इन 'दूसरों' की आबादी का 'हमारी आबादी' से कहीं ज्यादा तेजी से बढ़ना वहां के लोगों को स्वाभाविक रूप से और भी ज्यादा खलता है। गौण रूप से इसलिए कि 'वे' कम मजूरी पर ज्यादा काम करके 'हमारे' गरीबों की रोजी-रोटी छीनते हैं और हमारी समाज-कल्याण-व्यवस्था का लाभ उठाकर हम पर आर्थिक बोझ बनते हैं किंतु मुख्य रूप से इसलिए कि लोकतंत्र की कृपा से 'उनके' एक दिन 'हमारे' शासक बन बैठने की आशंका है।

मेक्सिको में बहुत से लोग कहते सुने जाते हैं कि अमेरिका वालों ने जो क्षेत्र हमसे कभी छीन लिया था, आप्रवासी आबादी बढ़ने से उस पर फिर हमारा शासन हो जाएगा। बांग्लादेश में कुछ लोग बंगाल-असम के भी बृहत्तर बंगभूमि में समा जाने का सपना देखते हैं। ईसाई कट्टरपंथियों की वेबसाइटों में यूरोप और अमेरिका में सत्ता मुसलमानों को मिल जाने का खतरा दिखाया जा रहा है तो मुस्लिम कट्टर-पंथियों की वेबसाइटों पर इस संभावना पर खुशी जताई जा रही है। बाहर से आ बसे इस 'दूसरे' के आतंकवादी होने की आशंका घृणा की आग में घी का काम कर रही है। अमेरिका में इस्पहानी भाषी पड़ोसी देशों से गरीबों के घुस आने के खिलाफ आम आदमी का गुस्सा यह जानकर और बढ़ गया है कि मेक्सिको की सीमा पार करके आने वाले इन लोगों में जो मेक्सिको के नहीं होते उन्हें वापस नहीं खदेड़ा जा सकता। कानून के अनुसार उन्हें उनके देश लौटाने की कार्रवाई करनी होती है। बंदी रखने के लिए जगह न होने के कारण उन्हें तीन महीने बाद अदालत में पेश होने का सम्मन देकर छोड़ दिया जाता है। इसका लाभ उठाकर हाल के वर्षों में कोई पौने पांच लाख गैरकानूनी आप्रवासी, जिनमें से कुछ 'चिंताजनक' (यानी मुस्लिम) देशों से भी थे, सम्मन लेकर गायब हो गए हैं।

तो इधर जिन अमेरिकियों की भूमि सीमा से लगी है उन्होंने बंदूकधारी खड़े कर दिए हैं कि अनधिकृत प्रवेश करने वाले को आत्मरक्षा में मार सकने की वैधानिक छूट का उपयोग करो। अमेरिका में कई छोटे कस्बों में लोगों ने आप्रवासियों को रोजगार या किराए पर मकान देने वालों के विरुद्ध बहिष्कार का

आंदोलन छेड़ दिया है और कई स्थानिक निकायों ने गैरकानूनी आप्रवासियों और उन्हें संरक्षण देने वालों पर जुर्माना ठोकना शुरू कर दिया है। दूसरी ओर वोट बैंक के लिए नेता और सस्ते मजदूरों के लिए उद्यमी आप्रवासियों को संरक्षण दे रहे हैं और चंद अति उदारवादी लोग सीमावर्ती रेगिस्तान में पानी–भोजन और नक्शे रख आ रहे हैं कि रोजी–रोटी की तलाश में आते गरीब भटकें या भूखे–प्यासे मरें नहीं।

दूसरे के प्रति ऐसा मानवीय और उदार बर्ताव अब ब्रिटेन में भी लोगों को खलने लगा है। ब्रिटेन में लोग यह जानकर दंग हुए हैं कि आतंकवादियों में कुछ ऐसे भी हैं जो बेरोजगारी भत्ता पा और मुफ्त के मकान में रह रहे हैं या जिन्होंने राजनीतिक शरण मांगी थी। आश्चर्य आक्रोश में बदल रहा है कि क्या इन्होंने अपने देश में होते दमन से बचने के लिए हमसे शरण इसलिए ली थी कि हमारे खिलाफ नफरत फैलाने की छूट मिल सके। तो उस बहुसंस्कृति पर प्रहार किया जा रहा है जो 'दूसरे' को अपनी अलग सांस्कृतिक खिचड़ी पकाने की छूट ही नहीं देता रहा है बल्कि इसके लिए सरकारी पैसा भी देता रहा है। उन उदार लोगों को कोसा जा रहा है जो ये मानने को तैयार नहीं कि दूसरे हमारी विदेश नीति के नहीं, हमारे ही दुश्मन हैं और हम पर हमारे ही देश में शासन करने का इरादा रखते हैं। ब्रिटेन में मध्यमार्गी टिप्पणीकार भी आप्रवासियों के संदर्भ में वह सब कहने लगे हैं जो कभी हिटलर के चेले समझे जाने वाले एनोक पॉवेल कहते थे। दूसरों की आबादी सहसा घृणा और चिंता का विषय बन चली है। घृणा और चिंता युद्धों को ही जन्म देती हैं।

(15 अगस्त, 2005)

जितने स्वाधीन उतने ही पराधीन

एक बार 'छायावादी काव्य में नारी का चित्रण' पर रेडियो परिचर्चा में पहले वक्ता ने यह प्रश्न उठाया कि छायावाद से आपका क्या अभिप्राय है। सुनकर रघुवीर सहाय ने मुझसे कहा कि इसके बाद ये लोग 'काव्य', 'नारी' और 'चित्रण' को लेकर उलझेंगे और अगर फिर भी वक्त बचा तो 'में' और 'का' पर भी शास्त्रार्थ कर लेंगे। यह घटना दो कारणों से याद आ रही है। पहला यह कि अपने देश की आजादी के सठिया जाने में कुल दो साल बाकी रह जाने के अवसर पर 'हम कितने आजाद हैं?' पूछना यह दर्शाता है कि 'इंडिया' का 'आउटलुक' इक्कीसवीं सदी में भी शास्त्रार्थ-प्रेमी है। दूसरा यह कि इंडियन होने के नाते मैं भी सबसे पहले यही पूछना आवश्यक समझ रहा हूं कि 'हम' से आपका अभिप्राय क्या है। 'भारत की विविधता में एकता' की बात अक्सर दुहराई जाती है लेकिन ऐसी विविधता में एकता ढूंढ़ सकना दुष्कर है जो एक देश में अनेक देश बसे होने का आभास कराती हो और सो भी ऐसे देश जो अलग-अलग युगों में जी रहे हों। इसलिए मुझे यही मानकर चलना होगा कि जैसे अमेरिका में 'हम' व्यवहार में बहुसंख्यक आंग्ल सेक्सन प्रोटेस्टेंटों का पर्याय मान लिया जाता है वैसे ही यहां भी प्रश्नकर्ता के अवचेतन में 'हम' बहुसंख्यक हिंदुओं से ही जुड़ा हुआ होगा और सो भी हिंदीभाषी हिंदुओं से।

मेरा यह अनुमान गलत हो तो भी इससे इनकार कर सकना कठिन है कि भारतीय स्वभाव और सोच बहुत हद तक हिंदू ही है। अजमेर की दरगाह में खादिमों का हिंदुओं की कलाई पर रक्षा बांधना या कुमाऊं में देवी-देवताओं का आह्वान करने वाले गायक-नर्तकों द्वारा मुसलमानों के लिए 'महमूदिया जागर' लगाना इसी तथ्य को उजागर करते हैं। हिंदू धर्म आधुनिक समझे जाने वाले अहले-किताब मजहबों से पहले का है। यहूदी मत से लेकर साम्यवाद तक सभी आधुनिक धर्म किसी पोथी-विशेष से पूरी प्रतिबद्धता की मांग करते हैं जबकि प्राचीन धर्म पूरी छूट देते हैं कि चाहे जिसे और जैसे पूजो और न चाहो तो न पूजो। 'सत्य पर किसी की बपौती नहीं' का जो आग्रह उत्तर-आधुनिकता कर रही है वह प्राचीन धर्मों में विद्यमान है। तो स्वभाव से ही हममें प्रतिबद्धता का अभाव है। प्रतिबद्धता का अभाव स्वच्छंदता को जन्म देता है और स्वच्छंदता स्वाधीनता का दूसरा नाम है। इसलिए हम अपने संस्कारों से प्राक्-आधुनिक स्वच्छंदता से जुड़े हुए हैं और प्रभु तथा कंपू-कृपा से एक लंबी छलांग लगाकर उत्तर-आधुनिक स्वच्छंदता के युग में जा पहुंचे हैं।

हर आधुनिक धर्म और आंदोलन की एक बुनियादी मांग यह रही थी कि किसी एक सुनिश्चित विचारधारा को लेकर किसी एक पैगंबर या नेता के इर्द-गिर्द सबको संगठित किया जाए। पैगंबर या नेता के प्रति पूर्ण समर्पण का भाव हो और विचारधारा

बाप-भैया-रुपैया सबसे बड़ी मानी जाए। यह सब स्वभावत: हमें स्वीकार नहीं। हम किसी शक्तिशाली व्यक्ति के चटोरे चमचे बन सकते हैं लेकिन उसके विचारों के लिए कठिन संघर्ष करना या प्राण दे डालना हमारे बस का है ही नहीं। इसीलिए हमारे यहां नारा लगता है, 'अमुक जी संघर्ष करो, हम तुम्हारे साथ हैं।' साथ से अर्थ यह है कि पीछे झाड़ियों की ओट में कि आप जीत जाएं तो आपके गुण गाएं, नहीं तो आपके प्रतिद्वंद्वी के पीछे हो लें। गौरतलब है कि यह 'संघर्ष' भी ज्यादातर शब्दों के स्तर पर ही होता है। हम किसी संत-महंत के चरणों में शीश सहर्ष नवा सकते हैं किंतु न उसके लिए अपना शीश कटवाने में हमें कोई आस्था रही है और न उसके आदेशों-निर्देशों का पालन करने में। इसी के चलते विहिप को हमारे यहां पोप या मुल्ला-मुफ्ती जैसी किसी हस्ती का अभाव बहुत खटकता रहा है। उसके लिए अपार संतोष का विषय होता यदि वह भी पश्चिम में बसे हुए भारतीयों के लिए इस्लाम ऑनलाइन जैसी अपनी कोई वेबसाइट बनाकर धर्मादेश दिला सकती। दिला सकती होती तो भी शायद ही कोई 'निक्कर पहनकर बास्केटबॉल मत खेलो क्योंकि जांघें दिखाना हराम है'-नुमा कोई फतवा मानता।

इसका अर्थ यह नहीं कि हिंदू स्वभावत: बहुत उदार होते हैं। हिंदुओं को यह भी मान लेने में कोई परेशानी न होगी कि जांघें दिखाना अशिष्ट है। बल्कि यों कहना चाहिए कि हिंदुओं को कुछ भी मान लेने में परेशानी नहीं होगी। किंतु मान लेना एक बात है और मानना दूसरी। हमें किसी भी चीज पर अविश्वास इसलिए नहीं है कि हमें किसी भी चीज पर पूरा विश्वास नहीं है। तो फलित ज्योतिष पर विश्वास न होने की बात कहने और हर पत्रिका में साप्ताहिक भविष्यफल सबसे पहले ढूंढ़ने में हमें कोई विरोधाभास नहीं लगता। विरोधाभास हजम कर जाने की अद्‌भुत क्षमता ने हमें एक अनूठा देश और समाज बना दिया। यह हमारे बस का ही था कि अंग्रेजों की बनाई हुई कांग्रेस को अंग्रेजों के शासन से मुक्ति पाने की संस्था बना डालें और सो भी ऐसी जिसमें हिंदू महासभाइयों से लेकर मुस्लिम लीगियों और पूंजीवादियों से लेकर समाजवादियों तक सबके लिए स्थान हो! राष्ट्रीय स्वाधीनता के लिए संघर्ष करती इस कांग्रेस की विचारधारा के स्तर पर यह स्थिति रही कि उसमें न मार्क्सवादी नेहरू को महात्मा गांधी का चेला बनना अस्वाभाविक लगा और न महात्मा गांधी को अपने से सर्वथा भिन्न विचारधारा वाले नेहरू को स्वाधीन भारत का पहला प्रधानमंत्री बनाने में। आधुनिक लोगों को यह सारा व्यापार हमारी सिद्धांतहीनता का सबूत लग सकता है किंतु यह तो नमूना है हमारे नेति-नेति-वाद का।

हमारी इस संस्कारजन्य उत्तरआधुनिक मन:स्थिति के चलते इस देश में सब कुछ चलता है पर चलती किसी की नहीं है। वैचारिक स्तर पर अपनी आजादी के प्रति हमारे अगाध प्रेम का ही यह प्रताप था कि ब्राह्मो समाज से लेकर साम्यवाद तक आधुनिकता

से जुड़ा हर आंदोलन सामाजिक रूढ़ियां तोड़ सकने और कुरीतियां दूर कर सकने में लगभग विफल ही रहा। हमने आधुनिकता को अपनाया जरूर किंतु आधुनिकता से बंध जाना हमें मंजूर न हुआ। हम न केवल बंधे रहे जात-पांत और ऊंच-नीच की रूढ़ियों से बल्कि आधुनिकता का नाम लेकर हमने अपना 'विलायती' और 'देसी' में भी विभाजन कर डाला। रूढ़ियों से बंधे होने के मामले में हमारे जितने पराधीन समाज और भी हैं किंतु हमें उनसे अलग करने वाली बात यह है कि हम कई सदियों से उन रूढ़ियों को अपने लिए अभिशापवत बताते आ रहे हैं। अभिशाप का बोध तो है पर उसे दूर करने की ऐसी कोई जल्दी भी नहीं है। या हद से हद यह है कि मैं अकेला इसे कैसे दूर कर सकता हूं भला! तमाम वैचारिक स्वच्छंदता के बावजूद सामाजिक रूढ़ियों से हमारी प्रतिबद्धता परम विस्मयकारी है। जब तक समता के आधुनिक विमर्श का मुहावरा चला हुआ था तब तक इन रूढ़ियों को लेकर बीच-बीच में चिंता व्यक्त करने का राजनीतिक रिवाज था हमारे यहां। जबसे जातिगत विभाजन को वर्ग-विभाजन का और शोषित जातियों-नस्लों और स्त्रियों की ओर से पलटवार को क्रांतिकारिता का पर्याय मानने वाले उत्तर-आधुनिक विमर्श का मुहावरा चल पड़ा है, वह रिवाज भी भुला दिया गया है।

अन्य प्राचीन धर्मों की तरह हिंदू धर्म में भी सामाजिक संहिता और सामुदायिकता का बहुत महत्त्व रहा था। इस संहिता में जो भी खराब बातें थीं उन्हें छोड़ सकने में तो हमने अपने को विवश पाया किंतु जो अच्छी बातें थीं उन्हें आधुनिकता के नाम पर छोड़ देने में हमें तनिक भी हिचक नहीं हुई। आधुनिकता का नारा है, 'डू योर ओन थिंग' अर्थात् 'वही कर जो तेरे मन भाए।' आचार संहिता के पालन के लिए बाध्य न हों तो फिर अपने मन की कैसे करें और मन की न कर सकें तो अपने को आधुनिक किस मुंह से कहें? इसी तरह सामुदायिकता में आस्था भी 'ओन थिंग' करने में बाधक है। समुदाय की थिंग कीजिएगा तो अपनी थिंग न कर पाइएगा। यह सब सोचकर हमारी आधुनिकता ने परंपरागत सामाजिक सदाचार और सामुदायिकता दोनों से नाता तोड़ लिया। हिंदीभाषी भारत में, जो समाज सुधार की दृष्टि से सबसे पिछड़ा हुआ भी है, इस तरह की व्यक्ति स्वतंत्रता उर्फ उद्दंडता और अशिष्टता सबसे अधिक दिखाई पड़ती है। इस क्षेत्र के लोग, और तो और, धार्मिक-सांस्कृतिक कार्यों के लिए भी एकजुट नहीं हो पाते। अमेरिका में हिंदीभाषी प्रवासी लोगों के मुंह से यही शिकायत सुनने को मिलती है कि अपनी तरफ के तो अगर कहीं कुल दो लोग ही हों तो भी दो संस्थाएं और दो मंदिर बनाने की बात चल पड़ती है। मैंने देखा है कि अमेरिका में न केवल अधिकतर मंदिर दक्षिण भारतीयों के बनवाए हुए हैं बल्कि औरों के बनवाए हुए मंदिरों में भी कारसेवकों के रूप में वही नियमित रूप से आते हैं। सामुदायिकता और परंपरागत सामाजिक संहिता की यह अवहेलना हम आधुनिक भारतीयों को चीन और जापान के लोगों से भिन्न बना देती है।

उन्होंने व्यक्तिगत स्वतंत्रता की नई अवधारणा के कई प्रेम-विवाह जैसे पहलू हमसे कहीं बड़े पैमाने पर अपनाए हैं फिर भी आचार- व्यवहार के कारण वे हमें बुरी तरह अतीत से बंधे हुए लगते हैं।

विडंबना यह है कि लोक-मानस पर परंपरा की यह मजबूत पकड़ ही चीन और जापान को आधुनिक विश्व में भी आर्थिक महाशक्तियों का स्थान दिला सकी है। परिश्रम, अनुशासन, शिष्टाचार, नियमों का पालन, बड़ों का आदर और अपनी बिरादरी के हित में मिलकर काम करने की भावना जैसी परंपरागत खूबियां जिस समाज में बरकरार हों उसे किसी भी दिशा में योजनाबद्ध ढंग से आगे बढ़ा ले जाना कठिन नहीं होता। आधुनिक चीन का इतिहास इसका गवाह है जहां परंपरागत मूल्यों के सहारे साम्यवादी क्रांति हो सकी और अब साम्यवाद के आंचल में पूंजीवाद आश्चर्यजनक गति से पनप रहा है। भारत में हम सामुदायिकता से मुक्त होकर स्वार्थी और आचार-संहिता से मुक्त होकर सुविधाप्रेमी बने हैं जबकि आधुनिकता का तकाजा यह है कि व्यक्ति स्वावलंबी बने और परंपरागत आचार संहिता की जगह अपने चुने हुए प्रतिनिधियों के बनाए हुए विधान-संविधान का पालन करे। हमें न पुरानी आचार संहिता में पूरी तरह आस्था है और न आधुनिक कानून में। तो आधुनिक कानून के बारे में हमारी धारणा यह बनती है कि उसका पालन हमसे नहीं, हमारे शत्रुओं-प्रतिद्वंद्वियों से करवाया जाना चाहिए। पुरानी आचार संहिता से हम कब किस बात का पालन करना-कराना चाहेंगे यह इस पर निर्भर करता है कि हमें कब किससे लाभ हो रहा है। उदाहरण के लिए दहेज देने के विषय में लड़केवाले होने की स्थिति में हम परंपरा पालन आवश्यक समझते हैं पर लड़कीवाले होने की स्थिति में नहीं।

हमारी सुविधाप्रियता का एक और नमूना 'डूइंग योर ओन थिंग' के संदर्भ में दिखाई देता है। आधुनिक समाजों में किशोरों को न केवल स्वावलंबी होना सिखाया जाता रहा है बल्कि वे भी 'ओन थिंग' शुरू करते ही अपना रास्ता अलग नापने के लिए माता-पिता का पल्ला छोड़ देते रहे हैं। हमारे यहां सारा युवा विद्रोह का नाटक घर की चहारदीवारी में बैठकर रोटी और खटिया तोड़ते हुए किया जाता है। ऐसे स्वार्थी और सुविधाप्रेमी लोगों के देश में सामुदायिक स्तर पर न किसी चुनौती का सामना किया जा सकता है और न कोई लक्ष्य सिद्ध। इस मामले में हमारी स्थिति कितनी दयनीय है इसका अनुमान आप मेरे मोहल्ले में रेजिडेंट्स वेलफेयर सोसाइटी में मचते रहते घमासान के अनुपात में ही फैली रहती गंदगी देखकर लगा सकते हैं। कृपया आप मुझसे यह न पूछें कि इस संबंध में मैं क्या कर रहा हूं। मेरे-जैसे लोगों के 'हम' नामक समूह का कहना यह है कि किसी भी समस्या का समाधान समुदाय के वश का है नहीं, सरकार ही करा सकती है। ऐसा कहते हुए हम यह भूल जाना उचित समझते हैं कि सरकारें भी हमने ही उसी तरह चुनी हैं जिस तरह अपने मोहल्ले

का वेलफेयर एसोसिएशन। इसलिए अब हमारी सरकारें भी कहने लगी हैं कि हमारे बस का है नहीं, हम अपने काम प्राइवेट कंपनियों को सौंप देना चाहती हैं। न स्वाधीन व्यक्ति विवशता के मारे हुए होते हैं और न उनकी चुनी हुई सरकारें। स्वाधीन लोग इस बारे में कभी शास्त्रार्थ नहीं करते कि हम कितने आजाद हैं, वे जानते हैं कि हमें अपना, अपने समुदाय और देश का भला करने की पूरी आजादी है।

(22 अगस्त, 2005)

कातिल हसीना छुड़ाती पसीना

अपने बोलबाले वाले समाज में मर्दों के लिए शुरू से यह सुखी-दुखी होने का विषय रहता आया है कि पलंग समेत किसी भी मोर्चे पर औरत हिंसक या हमलावर हो नहीं सकती। सुखद इसलिए कि इसके चलते वह औरत की ओर से बेफिक्र रह सकता था। दुखद इसलिए कि ऐसी औरत उसे ठंडा गोश्त लगती थी। इसीलिए हर देश और समाज के पुरुष एक अदद 'फाम फताल' उर्फ कातिल हसीना नाम की अभद्र और आक्रामक स्त्री की कामोत्तेजक कल्पना करते आए थे। यह बात अलग है कि वह उसे अपनी कोठी में नहीं, किसी कोठे की शोभा के रूप में देखते थे। यह कातिल हसीना नजरिया के बाण-नुमा प्रतीकात्मक अस्त्रों का ही प्रयोग करती और उसकी इस सादगी पर कुर्बान होते हुए मर्द कह पाते कि क्या खूब! लड़ते हैं मगर हाथ में तलवार भी नहीं। किसी औरत की आक्रामकता के इससे आगे बढ़ने अर्थात् किसी कातिल हसीना उर्फ छप्पन छुरी का एक अदद छुरी सचमुच जिगर में घोंप देने की बात मर्दों ने कभी सपने में भी नहीं सोची। जोन ऑफ ऑर्क या डाकू पुतलीबाई जैसी शस्त्र उठाने वाली वीरांगनाएं या दस्यु स्त्रियां इतनी दुर्लभ हुआ करती थीं कि लोकगाथाओं का विषय बन जाती थीं।

अभी कुछ वर्ष पहले तक नारीमुक्ति का नारा दे चुके पश्चिम में भी यह माना जाता रहा था कि भले घरों की बहू-बेटियां वास्तविक तो दूर, शाब्दिक हिंसा भी नहीं कर पातीं। फूहड़ औरतें भले ही मर्दों की तरह गाली-गलौज कर लें वास्तविक हिंसा के नाम पर वे भी एक-दूसरे को धक्का देने, नोच लेने या झोटा पकड़ लेने की हद तक ही जा पाती हैं। उनकी हाथापाई वाली यह लड़ाई इतनी दुर्लभ और रंजक समझी जाती थी कि आते-जाते लोग देखने के लिए रुक जाते। कहा जाता था कि औरतों का सौम्य स्वभाव और सुकुमार देह दोनों ही गुस्सा जाहिर करने या बदला लेने के लिए शारीरिक हिंसा की अनुमति नहीं देते। बैरी से निपटने के लिए औरतों ने इसीलिए अपने ही कुटिल उपाय निकाले हैं— बदनाम करवा देना, फूट डलवाना, नुकसान पहुंचवाना और जादू-टोना करवाना। अभी तीन वर्ष पहले ही एक स्त्रीवादी अमेरिकी समाजशास्त्री ने स्कूली लड़कियों द्वारा इन पुराने हथियारों का बहुत ही घिनौने ढंग से प्रयोग किए जाने की सूचना देते हुए टिप्पणी की थी कि अगर लड़कियों में मारपीट करके मनमुटाव दूर करने का रिवाज रहा होता तो यह नौबत न आती। अफसोस कि उसे पता ही न था कि यह कमी कभी की दूर हो चुकी है।

सहशिक्षा वाले स्कूलों के अध्यापक पिछले बीस वर्षों में यह देखते आए थे कि लड़कियों को भला और लड़कों को खुराफाती मानना मर्द-औरत की बराबरी के इस दौर में गलत साबित होता जा रहा है। कई स्कूलों में तो गुंडागर्दी के मामले

में भी छात्र-छात्राओं में पूरी समानता स्थापित हो चुकी है। एफबीआई के आंकड़े भी यह बताते हैं। हिंसक अपराधों के क्षेत्र में लड़कियों की संख्या तेजी से बढ़ रही है और लड़कों की थोड़ी घट रही है। भले ही दोनों की संख्या बराबर-बराबर अभी न हुई हो— फिलहाल अनुपात 1:2 का है— लेकिन निकट भविष्य में हो जाए तो कोई आश्चर्य नहीं। अमेरिका में नाबालिगों की जेलों में लड़कियों की संख्या एक दशक पहले कुल 5 प्रतिशत थी, आज 20 प्रतिशत हो चली है। अब कोई अपराध ऐसा नहीं जिसमें लड़कियां हिस्सा न ले रही हों। और तो और बलात्कार में भी। 'डेट रेप' उर्फ मिलने के लिए बुलाकर बलात्कार के आरोप अब स्कूल-कॉलेजों में शरीफ लड़के बदमाश लड़कियों पर लगाते पाए जा रहे हैं।

महानगरों से लेकर कस्बों तक, हर कहीं स्कूल में लड़कियां भी उद्दंड लड़कों की तरह हथियार लेकर आने लगी हैं। सभी स्कूलों में लड़कियों की आपसी मारपीट की घटनाओं की संख्या लड़कों की आपसी मारपीट की घटनाओं की संख्या को बहुत पीछे छोड़ चली है। ऐसा अमेरिका में ही नहीं, सभी पश्चिमी देशों में हो रहा है। और जब यह सुनने में आता है कि किशोरियां तो किशोरियां, बच्चियां तक हिंसा कर रही हैं तब सब अवाक् रह जाते हैं। इसी जून में न्यूयॉर्क में ऐसा तब हुआ जब गेंद को लेकर झगड़ा होने पर 9 साल की एक बच्ची ने अपनी 11 साल की सहेली की मांस काटने वाले चाकू से हत्या कर दी। तो मीडिया में विशेषज्ञ अभिभावकों को नेक सलाह दे रहे हैं कि अपने बच्चों को सिखाएं कि अपने से छोटा हो या बड़ा, किसी से झगड़ा मोल न लें, किसी की चुगली न करें और किसी को ललकारें तो हर्गिज नहीं। इस समाचार से नसीहत लें कि बॉयफ्रेंड को लेकर झगड़ती दो किशोरियों में से जब एक के यह कहने पर कि मेरे प्रेमी से परे हट नहीं तो यह बोतल दे मारूंगी सिर पर, दूसरी बोली मार के तो दिखा, तो अगली ने मारकर उसे लहूलुहान कर दिया।

जब बच्चियों का यह हाल है तब औरतों का क्या कहना! कातिल हसीना की कल्पना करने वाले मर्दों का पसीना छूटने लगा है। नई नारी के हाथों रोटी-रोजी और पलंग के मोर्चों पर हुई पिटाई के कारण वे मुंह लटकाए तो पहले ही घूम रहे थे अब सचमुच की पिटाई होने के कारण सिर भी झुकाए हुए हैं। कई वेबसाइटों पर पश्चिमी पति रो रहे हैं कि पत्नियां हमें पीटती हैं तो कोई मानता नहीं, जवाब में हम पीटने की धमकी भी दे दें तो वे पुलिस बुला लेती हैं। ये पिटे पति इस ओर ध्यान दिलाते हैं कि अनेक समाजशास्त्रियों के अनुसार अब पत्नियां भी पतियों को उतना ही पीटने लगी हैं जितना पति पत्नियों को। एफबीआई के अनुसार पति-पिटाई में इधर 12.4 प्रतिशत की वृद्धि हुई है और पत्नी-पिटाई में 12.2 प्रतिशत की। जाहिर है, दक्षिणपंथी उग्रवादी स्त्री की इस उग्रता के लिए उन वामपंथियों को

जिम्मेदार ठहरा रहे हैं जिन्होंने धार्मिक जीवनमूल्यों पर प्रहार किया और स्त्रीवादी आंदोलन को बढ़ावा दिया। बुश के ये समर्थक पूछ रहे हैं कि यह स्त्री को मां और गृहिणी की अपनी मुख्य भूमिका तजने और हर मामले में पुरुषों से प्रतिद्वंद्विता करने के लिए उकसाए जाने का नतीजा नहीं तो और क्या है। जब औरत के सीने में मां का दिल ही न हो तब वह ममतामयी, करुणामयी कैसे हो सकती है भला?

उदार बिरादरी का कहना है कि स्त्री हिंसा में वृद्धि के ये आंकड़े कुछ तो इसलिए भ्रामक हैं कि समानता के इस दौर में पुरुष स्त्रियों के विरुद्ध केस अधिक दर्ज कराने लगे हैं और मर्दों से भरी हुई पुलिस को छोटी-से-छोटी बात पर स्त्रियों के विरुद्ध केस दर्ज करने में बड़ा सुख मिलता है। औरत और मर्द दोनों ही इंसान हैं, यह तो मर्दों ने उसे दबाए रखने के लिए यह बात चला दी थी कि लड़कों को आक्रामक और लड़कियों को संकोची तथा डरपोक होना चाहिए। और अगर यह मान भी लें कि स्त्रियां भिन्न होती हैं तो आप ऐसा समाज क्यों नहीं बनाते जिसमें ममता, करुणा, सहकार आदि तथाकथित स्त्रियोचित गुण लाभप्रद सिद्ध हो सकते हों? आपने ही ऐसा आर्थिक और सामाजिक जगत रचा है जिसमें शराफत में आफत सरासर है। उल्लेखनीय है कि पुरुष हिंसा हो या स्त्री हिंसा, वह निराश गरीबों में ही बढ़ी है और उसी दौर में बढ़ी है जिसमें गैरबराबरी बढ़ी और गरीबों की मदद करने की भावना घटी है। यही नहीं, जो दक्षिणपंथी वामपंथ को कोस रहे हैं वही हिंसा, निर्लज्जता और मूल्यहीनता का गुणगान करने वाले मीडिया के मालिक हैं।

(29 अगस्त, 2005)

प्रेम और विवाह में प्रेम नहीं है!

कैसी विडंबना है कि हर समाज में प्रेम-विवाह और तलाक दोनों का प्रचलन एक साथ और एक-सी तेजी से बढ़ता रहा है। रूमानी साहित्य और सिनेमा में यह आभास दिया जाता रहा कि प्रेमी-प्रेमिका विवाह सूत्र में बंधकर अब आजीवन सुखपूर्वक साथ-साथ रहेंगे किंतु अनुभव यह दर्शाता रहा कि ऐसे जोड़े तभी तक साथ रहते हैं जब तक उनमें से किसी एक को कोई बेहतर प्रेमी अथवा प्रेमिका मिल नहीं जाता या जाती। अमेरिका में पिछली जनगणना के आंकड़े बताते हैं कि आधे से कुछ ज्यादा विवाह आठ साल भी नहीं चल पा रहे हैं और सो भी तब जब युवक-युवतियां गठबंधन करने से पहले कुछ वर्ष साथ रहकर एक-दूसरे को पहले आजमा ले रहे हैं। बीस वर्ष तक चलने वाली शादियों का प्रतिशत 81 से घटकर 56 रह गया है। जाहिर है तलाक के बढ़ते चलन से बच्चों के लालन-पालन पर बुरा असर पड़ रहा है और इसके चलते दक्षिणपंथियों को 'पारिवारिक जीवनमूल्यों की रक्षा' का एक बड़ा राजनीतिक मुद्दा मिल गया है।

अमेरिका में बुश-समर्थक कहने लगे हैं कि वामपंथियों ने धर्म का आधार हटाकर विवाह और पारिवारिकता को ध्वस्त कर डाला है। इसलिए वे 'कान्वेनेंट मैरिज' का आंदोलन चला रहे हैं जो पति-पत्नी को याद दिला रहा है कि आपने खुदा के सामने कसम खाई थी कि हर हाल में मरते दम तक साथ निभाएंगे। कुछ राज्यों में बुश समर्थकों ने कानून में यह भी व्यवस्था करा दी है कि पति-पत्नी इस कसम को निभाने के लिए अनुबंध कर सकें। गत वर्ष एक ऐसे ही राज्य अर्कन्सॉस के गवर्नर ने वेलेन्टाइंस डे पर विवाह-वंदना का उत्सव आयोजित किया और उसमें विवाह को धार्मिक अनुबंध मानने की वकालत करते हुए उन उदारपंथियों को जमकर कोसा जिन्होंने 'विवाह-बंधन तोड़ना सेकेंड हैंड गाड़ी खरीदने का करार तोड़ने से भी ज्यादा आसान बना डाला है'। उधर फैशनपरस्त वामपंथियों के लिए व्यक्ति के अधिकार इतनी बड़ी चीज हो चले हैं कि उन्हें उसके सामाजिक दायित्वों की बात उठाना ही प्रतिक्रियावाद से जुड़ जाना लगता है।

ऐसे में घोषित वामपंथी विदुषी प्रोफेसर स्टेफनी कूंट्ज ने अपनी पुस्तक *मैरिज अ हिस्ट्री* में दक्षिणपंथियों के आक्षेप का सटीक और संतुलित उत्तर देकर बहुत बड़ी कमी पूरी कर दी है। उन्होंने इस ओर ध्यान दिलाया है कि अमेरिका के जिन राज्यों में कट्टरपंथी ईसाइयत का सबसे अधिक जोर है उनमें ही तलाक की दर सबसे अधिक है और जो मैशेशुशैट्स राज्य समलैंगिक विवाह को स्वीकृति देकर कट्टरपंथियों के अनुसार शैतान का गढ़ बन गया है, उसमें सबसे कम। इसलिए परिवारों के टूटने का सारा दोष धार्मिकता के अभाव और उदारता के प्रभाव के माथे मढ़ना गलत है। फिर पाषाण युग से लेकर आज तक विवाह के विकास का इतिहास प्रस्तुत करते हुए वह

कुछ तथ्य उजागर करती है। पहला यह कि संसार में सैकड़ों तरह की विवाह पद्धतियां प्रचलित रही हैं और समलैंगिक विवाह समेत कोई ऐसी बात नहीं है जो कहीं-न-कहीं कभी-न-कभी अपनाई न गई हों। जैसे इसी नई अवधारणा को लें कि मां बनने के लिए विवाह की क्या आवश्यकता है तो दक्षिण पूर्वी चीन की 'ना' जनजाति में स्त्रियां किसी भी गैर रिश्तेदार से बच्चे पैदा कर लेने के लिए स्वतंत्र रही हैं। वे उन्हें अपने भाइयों की मदद से पालती आई हैं। दूसरा तथ्य यह है कि मां द्वारा बच्चों के पाले जाने की बात आधुनिक प्रोटेस्टेंट समाज की चलाई हुई है। कैथलिक और अन्य धर्म समुदायों के बच्चों के लालन-पालन का जिम्मा संयुक्त और विस्तृत परिवार का हुआ करता था।

तीसरा तथ्य यह कि इंसान भले ही प्रेम की बात हजारों साल से करता आया था उसने विवाह-जैसी महत्त्वपूर्ण संस्था को दिमाग की जगह दिल के भरोसे छोड़ना खतरनाक ही समझा। शादी दो परिवारों में आर्थिक-राजनीतिक संबंध जोड़ने के लिए ही की जाती रही सदा। यह एक इतनी बड़ी जरूरत मानी गई थी कि कुछ जनजातियों में निस्संतान मां-बाप के लिए अपने किसी पशु या पेड़ की ही किसी दूसरे परिवार में शादी करा सकने की छूट रखी गई। तो तलाश मनपसंद वर-वधू की नहीं, फायदेमंद सास-ससुर की ही रहा करती थी शादी के सिलसिले में। प्रेम को विवाह से जोड़ने का सिलसिला डेढ़ सौ साल पहले औद्योगिक युग शुरू होने पर उत्तरी यूरोप के प्रोटेस्टेंट समाज ने छेड़ा। तब युवा पीढ़ी को अपनी बिरादरी और जमीन से कट कर शहरों में मजदूर बनने और माता-पिता से अलग गिरस्ती बसाने का अवसर मिलना शुरू हुआ। व्यक्ति की स्वतंत्रता के नए फलसफे पर चलते हुए उन्होंने शादी अपनी मर्जी से करने की राह पकड़ ली। फिर विवाह में प्रेम का महत्त्व बढ़ाने में ज्यों-ज्यों प्रगति हुई त्यों-त्यों पारिवारिकता की नींव हिलती गई।

हर दौर में यही सुनाई पड़ा कि समाज के लिए भयंकर संकट पैदा हो गया है लेकिन प्रेम-विवाह और व्यक्ति स्वतंत्रता में अटूट विश्वास करने वाला प्रोटेस्टेंट समाज इस आक्षेप को सामंती सोच से जोड़कर खारिज करता गया। तो फिर आज वह खुद क्यों विवाह की पवित्रता और पारिवारिक जीवन के लिए संकट पैदा करने के आक्षेप लगा रहा है प्रगतिशीलों पर? इसलिए कि उसने यह कल्पना न की थी कि स्त्री की पुरुष पर निर्भरता कभी समाप्त हो जाएगी और उस संरक्षण की एवज में पुरुष की चरणदासी बनने का सौदा नामंजूर हो जाएगा। दूसरे शब्दों में यह कि स्त्री पति को प्रेमी के रूप में देखने लगेगी, परमेश्वर के नहीं या कि वह विवाह को ही अनावश्यक मान बैठेगी। प्रेम की यह पूर्ण विजय पहले तीस वर्षों की ही देन है जिनमें स्त्री की आर्थिक आत्म-निर्भरता, गर्भनिरोध और कृत्रिम गर्भाधान की सुविधा, यौन क्रांति और भोग-उपभोग विश्वासी संस्कृति के विकास जैसे अनेक कारणों से सामाजिक जीवन में इतना बड़ा

परिवर्तन हो गया है जितना इससे पहले के तीन हजार वर्षों में न हुआ था।

स्टेफनी दक्षिणपंथियों से सहमत होती हैं कि विवाह और परिवार नामक संस्थाओं के लिए भयंकर संकट प्रस्तुत हो गया है किंतु वह उसे समूचे सामाजिक-आर्थिक जीवन के संकट से जोड़कर देखने की आवश्यकता पर जोर देती हैं। सारे संकट की जड़ स्त्री की स्वतंत्रता को मानने वाले दक्षिणपंथियों से वह पूछती है कि आपने पैसा पूजने वाला और 'जो जीते सो सब कुछ ले जाए' के फलसफे पर चलने वाला जो समाज रचा है उसकी बुराइयों के लिए क्या स्त्रियां दोषी हैं? वह यह भी कहती हैं कि समय की धारा उल्टी नहीं बहाई जा सकती। जिस तरह सदियों पुराना आर्थिक जीवन नहीं लौटाकर लाया जा सकता वैसे ही सदियों पुराना पारिवारिक जीवन भी। तो यह मानकर चलना होगा कि प्रेम और तलाक दोनों चलेंगे क्योंकि आधुनिक व्यक्ति सुखद दांपत्य ही चाहेंगे भले ही वह अस्थायी सिद्ध हो। यही नहीं, हमें सभी तरह के विवाहों और परिवारों को भी मान्यता देनी होगी। पर साथ ही वह उन स्त्रीवादियों से भी सहमत नहीं होतीं जो समझती हैं कि विवाह नामक संस्था स्त्री को बांध कर रखने के लिए बनाई गई थी इसलिए उसका खत्म होना नारी मुक्ति का प्रमाण होगा। वह समझती हैं कि बच्चों के लालन-पालन की समस्या को अनदेखा नहीं किया जा सकता। इसके लिए समाज और सरकार दोनों को आज की असलियत को देखते हुए ऐसी व्यवस्था करनी होगी जो स्त्री के लिए बिना कोई आर्थिक नुकसान उठाए मां की भूमिका निभा सकने का अवसर प्रदान करती हो। मां और बाप को अपनी परंपरागत भूमिका भुलाकर बच्चों के लालन-पालन में बराबर का हिस्सा लेना पड़ेगा।

(5 सितंबर, 2005)

लाल स्याही नहीं चलेगी

जब मैंने सुना कि अनेक अमेरिकी स्कूलों में लाल स्याही से कापियां जांचने पर इसलिए प्रतिबंध लगा दिया गया है कि लाल स्याही और 'कट्टम' का निशान दोनों मनोवैज्ञानिकों द्वारा बच्चे के आत्मसम्मान पर आघात पहुंचाने वाले ठहरा दिए गए हैं तब मुझे विश्वास नहीं हुआ। लेकिन यह सच है कि अमेरिकी अध्यापक अब बैंगनी स्याही इस्तेमाल करते हैं और 'कट्टम' का निशान न लगाकर हर छात्र को बाद में अलग से प्यार से बता देते हैं कि आपसे थोड़ी-सी यह भूल हो गई। फेल-पास-जैसी चीज तो अमेरिकी स्कूलों में एक अर्से से न थी। अब कोशिश यह है कि छोटे बच्चों के लिए खेल के मैदान में भी हार-जीत या प्रथम-अंतिम जैसी कोई चीज न रखी जाए। ऐसे नए खेल सुझाए गए हैं जिनमें कोई 'आउट' नहीं होता और जो प्रतियोगिता की जगह सहकार की भावना को बढ़ावा देते हैं। अध्यापकों और कोचों से कह दिया गया है कि बच्चों की सदा प्रशंसा करें, आलोचना नहीं, क्योंकि हीनभावना तमाम तरह के मनोरोगों को जन्म देती है।

अपने स्कूल की टीम को लगातार कई वर्षों से चैंपियन बनवाते आए एक मशहूर बास्केट बॉल कोच गत वर्ष इसलिए निकाल दिए गए कि वह भूल-चूक करने वाले खिलाड़ियों को गधा आदि पुकारकर उनका आत्मसम्मान आहत करते रहे थे। अभिभावकों और अध्यापकों को मनोविज्ञान की नेक सलाह यह है कि आप 'जजमेंटल' न हों अर्थात् 'तू ऐसा है, तू वैसा है'-नुमा फतवे न दें। बच्चे से बस यह कहें कि तू किसी से कम नहीं। आप जिसे बुराई या कमी समझते हैं वह तो वस्तुतः एक मानसिक बीमारी होती है जिस पर बच्चे बिचारे का कोई बस नहीं चलता। तो सजा न दें, दवा दिलवाएं। फर्ज कीजिए, कोई उद्दंड छात्र कक्षा में पढ़ाई न होने देता हो तो आप उसके अभिभावकों से कहें कि आपका बच्चा और सब तरह से बहुत लायक है बस बेचारा थोड़ा 'डिफायेंस डिस्ऑर्डर' का मारा हुआ है। आप इसका किसी मनोचिकित्सक से इलाज करवा लें। वह कोई गोली दे देगा और बच्चा ठीक हो जाएगा। फ्रायड के मनो-विश्लेषण सिद्धांत अमेरिका में लोकप्रिय रहे हैं और औसत अमेरिकी को मनोचिकित्सक के पास जाने से परहेज नहीं रहा है। इसलिए उद्दंड बच्चे को सुधारने की जगह मनोचिकित्सक के पास ले जाने की बात उसे ठीक जंचती है। फ्रायड के सिद्धांत अमेरिकियों को आत्मविश्वास में सहायक लगते हैं। फिर यह भी है कि फ्रायड का मनोविज्ञान व्यक्ति को अपनी कमियों के लिए दूसरों को दोषी ठहरा सकने का जो अवसर देता है वह आत्ममुग्ध व्यक्तिवादी के लिए प्रीतिकर सिद्ध होता है। अमेरिका में एक अनुमान के अनुसार 77 प्रतिशत अमेरिकी किसी न किसी मनोवैज्ञानिक की शरण में जाते देखे जा रहे हैं।

भांति-भांति के विशेषज्ञ उपलब्ध हैं। यदि आप अपना मन खोलकर रख देने में घबराते-शरमाते हों तो 'वेंटिलेशनस्टि' के पास जाएं। एक मशहूर वेंटिलेशनिस्ट तो आपको मात्र अठारह सौ डॉलर लेकर बस पांच दिन में अपना दुख, क्रोध, प्रेम, वासना आदि व्यक्त करने में पारंगत बनाने को तैयार बैठा है। ग्रीफ काउंसलर (शोक घड़ी सलाहकार) और 'ट्रॉमेटोलॉजिस्ट' (आघात विशेषज्ञ) अब सभी अमेरिकी अस्पतालों में होने लगे हैं और हर दुर्घटनास्थल पर पहुंचने लगे हैं। जब लंदन में हाल के आतंकवादी हमलों के बाद डॉक्टरों के साथ 'ग्रीफ काउंसलर' और 'ट्रॉमेटोलॉजिस्ट' भी घटनास्थलों की ओर दौड़ाए गए तब एक स्तंभकार ने इस अमेरिकी बीमारी के ब्रिटेन में भी आयात कर लिए जाने पर दुख व्यक्त किया। 'स्टिफ अपर लिप' अर्थात् भावनाएं न व्यक्त करने के लिए मशहूर पुरानी पीढ़ी के अंग्रेजों को यह बहुत अजीब लगा कि अजनबी मनोवैज्ञानिक झप्पी डालकर उनसे कह रहे हैं कि अपना दुख-दर्द-डर फौरन कह डालो और पेशेवर संवेदना से छलछलाती हमारी छाती में मुंह छिपाकर रो लो, जी भरके। इन अंग्रेजों द्वारा अपनी सेवाएं ठुकरा दिया जाना उन मनोवैज्ञानिकों को चिंता का विषय लगा होगा क्योंकि उनके अनुसार जो व्यक्ति स्वभाव या संस्कारवश अपना शोक और भय व्यक्त नहीं कर पाते वे आगे चलकर मानसिक रूप से अस्वस्थ हो जाते हैं।

तो दुर्घटनास्थलों पर वे घायल या मात्र स्तब्ध लोगों को और अस्पतालों में रोगियों और उनके रिश्तेदारों को दुख-विपदा-भय से निपटने में सहायता देना आवश्यक मानते हैं। जिनके रिश्तेदार मर गए हों उन्हें तो वह लंबी 'ग्रीफ काउंसलिंग' देना चाहते हैं। खतरनाक बीमारियों से उबरकर घर पहुंचे रोगी को ढाढ़स बंधाते रहना भी वे अपना कर्तव्य समझते हैं। यह बात अलग है कि बहुत से डॉक्टरों और सर्वेक्षणकर्ताओं का यह कहना है कि इन लोगों की हमदर्दी का उल्टा असर पड़ता है क्योंकि ये रोगियों को अपनी स्थिति के बारे में और भी अधिक सजग बना देते हैं। डर दूर करने के नाम पर और भी ज्यादा डरा देते हैं। मनोवैज्ञानिकों को यह आरोप स्वीकार नहीं। उन्हें यह आलोचना भी स्वीकार नहीं कि वे इंसान के मन की शक्ति का अवमूल्यन करते हैं और आघात या शोक से मनोरोग हो सकने के खतरे को बढ़ा-चढ़ाकर पेश करते हैं। तो उनसे यह न पूछें कि युद्धभूमि में पहुंचे आघात से किसी-किसी सैनिक को मनोरोग हो जाने की बात आप मौत का मुंह देख चुके हर व्यक्ति पर क्यों लागू करने लगे हैं? बच्चे से प्यार से पेश आने की नेक सलाह को आप इस हास्यास्पद सीमा तक क्यों ले गए कि बच्चे की झूठी प्रशंसा न करते रहना और उसे अनुशासित करना उसके मानसिक स्वास्थ्य के लिए हानिकर माना जाने लगा है?

इस तरह की शंकाएं करने वालों को वे नासमझ मानते हैं। अनुशासन से बच्चा सुधरता है और दुख सबको मांजता है-जैसी पुरानी मान्यताओं को ठुकराते हुए वे कहते

हैं कि दुख का प्रभाव और दुलार का अभाव तो मन को अस्वस्थ और जीवन को नरक बनाता है। सहनशक्ति, भावनात्मक संयम और भलाई–बुराई के ज्ञान के गुणगान को सामंती सोच का प्रमाण ठहराकर वे मनोवैज्ञानिक अपने को प्रगतिशील और समतावादी सोच से जोड़ते रहे हैं और दुर्भाग्य से फैशनपरस्त चोंचलेबाज नववामपंथी भी उनकी दाद देते रहे हैं। इसके चलते एक विचित्र स्थिति पैदा हुई है। एक ओर तो अधिकतर आबादी के लिए मनोचिकित्सा जरूरी बताकर ये मनोवैज्ञानिक उन बहुराष्ट्रीय कंपनियों को मालामाल कर रहे हैं जो मन पर प्रभाव डालने वाली पेटेंट दवाएं बनाती हैं और दूसरी ओर उन्हीं कंपनियों के पाले हुए दक्षिणपंथी पंडितों को समूचे प्रगतिशील सोच को सिरफिरा और समाज के लिए अहितकारी ठहरा देने का अवसर भी प्रदान कर रहे हैं। वे कह पा रहे हैं कि धर्म और नीतिशास्त्र की जगह मनोविज्ञान का बोलबाला कराने वाले वामपंथियों ने बच्चों को सयाना बनाने वाले समाज को सयानों को बचकाना बनाने वाले समाज में बदल डाला है। आत्मलिप्त, अराजक और अनैतिक बनाकर रख दिया है नई पीढ़ी को। अफसोस कि पूंजीवाद किस तरह इंसान को अलगाव की स्थिति में डाल कर उसका आत्मसम्मान छीनता है, इस बारे में मार्क्स के विचार भुलाकर कुछ वामपंथी उन लोगों की दाद दे रहे हैं जो आत्मसम्मान की रक्षा के बचकाने नुस्खे सुझाते हैं। जैसे यह कि फेल होने वाले छात्र 'सफलता–स्थगित' और रिसेप्शनिस्ट को 'प्रथम प्रभाव निदेशक' पुकारा जाए।

(12 सितंबर, 2005)

बुरा मनोरंजन बुद्धि के लिए बेहतर है

आज सभी वर्गों और देशों के लोगों का यह मानना है कि मनोरंजन के नए साधन टीवी, वीडियो गेम्स और इंटरनेट नई पीढ़ी को सांस्कृतिक दृष्टि से जंगली तथा बौद्धिक दृष्टि से गंवार बना रहे हैं। विचित्र किंतु सत्य कि यही लोग बार-बार यह कहते हुए भी सुनाई देते हैं कि आजकल के बच्चे तो साहब बहुत तेज और चंट होते हैं। वे अपने बच्चों की पाठ्यपुस्तकें उठाकर पलटते हैं तो टिप्पणी करते हैं कि आजकल तो 'सब्जेक्ट' बहुत बढ़ गए हैं और जो 'कोर्स' हमने कॉलेज में किया था वह हाईस्कूल में कराया जाने लगा है। इस विरोधाभास को रेखांकित करते हुए अमेरिकी सामाजिक टिप्पणीकार स्टीवन जॉनसन ने अपनी नई पुस्तक *एवरीथिंग बैड इज गुड फॉर यू* में दावा किया है कि तथाकथित बुरा मनोरंजन हमें बौद्धिक दृष्टि से बेहतर बनाता रहा है। स्टीवन ने यह बात महज चौंकाने के लिए कही होती तो बुद्धिजीवियों के लिए हास-परिहास का विषय बनकर रह जाती लेकिन उसने अपनी स्थापना के समर्थन में प्रभावप्रद आंकड़े और तर्क प्रस्तुत किए हैं। उन्होंने इस ओर ध्यान दिलाया है कि 'मीडिया के मारे बढ़ती जाती मूढ़ता' का रोना रोने वाले पंडित इस तथ्य को नजरअंदाज करते रहे हैं कि बुद्धि का माप करने वाले आई.क्यू टेस्टों के परिणाम बताते हैं कि मीडिया के बढ़ते प्रसार और प्रभाव के दौर में इंसान अधिक कुशाग्र बुद्धि होता चला गया है। रोंदू पंडितों के अनुसार आई. क्यू. में चमत्कारी सुधार मेधावी बच्चों में हुआ है, औसत बच्चों में नहीं और मेधावी बच्चों में भी केवल उनमें जो बड़े घरों के हैं। लेकिन सच्चाई यह है कि हर वर्ग के सभी बच्चों का आई.क्यू. सुधरा है।

स्टीवन इस ओर ध्यान दिलाते हैं कि जब-जब कोई नया माध्यम विकसित हुआ उसके कुप्रभाव का रोना बुद्धिजीवी बिरादरी ने इसी तरह रोया जबकि हर नया माध्यम आम इंसान को पहले से अधिक चतुर सुजान बनाता रहा। टीवी के बुरे असर पर छाती कूटने वालों की पैरोडी करते हुए उन्होंने कहा है कि अगर पुस्तकों की छपाई का सिलसिला शुरू होते समय उन्हें बेचने के लिए आज की-सी ग्लोबव्यापी विज्ञापनबाजी की जा रही होती तो कहा जाता कि कोरे कागज पर किसी और के परोसे हुए शब्द केवल आंखों से पढ़ते चले जाने से बच्चों की अन्य ज्ञानेंद्रियां सूखती चली जाती हैं और उनकी कल्पनाशक्ति तथा वर्णन-कौशल का ह्रास होता है। यही नहीं, पुस्तकें अकेले बैठकर पढ़ी जाती हैं इसलिए बच्चे अपने आस-पास से और सामुदायिक गतिविधियों से कटते चले जाते हैं। बच्चों को पुस्तकें न पढ़ने दें, उन्हें खेल खिलाएं और कहानियां स्वयं सुनाएं। स्टीवन के अनुसार बात यहीं तक सीमित नहीं है कि नए माध्यमों ने दुनियाभर की जानकारी जन-जन तक पहुंचाकर उन्हें

लल्लूपन से ऊपर उठा दिया है। इससे आगे यह भी कि नए माध्यम अपने ग्राहकों को अधिक दिमाग लड़ाने और कुशाग्र बनने के लिए बाध्य कर रहे हैं।

यहां यह स्पष्ट करना आवश्यक है कि स्टीवन जिस 'अब' की बात कर रहे हैं उसके दर्शन अभी हमारे टीवी में नहीं हुए हैं। हम उनके हिसाब से 'तब' में ही चल रहे हैं। अर्थात् उस दौर में जिसमें टीवी के कार्यक्रम नाटक और मजमेबाजी के सांचे में ढले रहा करते थे। लेखकों से कहा जाता था कि टीवी के पर्दे पर किसी की निगाह निरंतर टिकी नहीं रह सकती और न हर कोई हर एपिसोड देख पाता है, इसलिए एक एपिसोड में न बहुत ज्यादा पात्र रखो और न बहुत अधिक कथासूत्र। यही नहीं, पीछे के एपिसोडों की महत्त्वपूर्ण घटनाओं का किसी न किसी संवाद में उल्लेख करते जाया करो ताकि धारावाहिक के बीच के कई एपिसोड न देखा हुआ व्यक्ति भी कहानी समझ जाए। रही मजमेबाजी तो वह विशुद्ध मनोरंजन के लिए की जाती थी, उसमें दिमाग पर जोर डलवाने का प्रश्न ही नहीं उठता था।

अब धारावाहिक ऐसे लिखवाए जा रहे हैं जिनमें हर एपिसोड में अनेक पात्र और अनेक कथासूत्रों से दर्शकों का पाला पड़ता है। मुस्लिम आतंकवादियों पर बने धारावाहिक '24' के एपिसोडों में तो 21 अलग-अलग कथा-सूत्रों से जुड़े पात्र साथ दिखाएगा। पिछले एपिसोडों में घट चुकी घटनाओं का अता-पता देने वाले संवाद भी नहीं डाले जाते। संवाद छोटे और इतनी तेजी से बुलवाए जाते हैं कि ध्यान से न सुनो तो कुछ पल्ले न पड़े। सवा सत्यानास यह कि बेहतर समझे जाने वाले सोप और कॉमेडी धारावाहिकों के दर्शकों के लिए यह आवश्यक हो जाता है कि वे आज के सांस्कृतिक-राजनीतिक परिदृश्य से परिचित हों क्योंकि संवादों में अक्सर उनकी ओर इशारा किया जाता है या उनकी पैरोडी की जा रही होती है। कहने का मतलब यह है कि धारावाहिक का आनंद लेने के लिए दर्शकों से दिमाग पर बहुत जोर डलवाया जा रहा है इन दिनों। सो इसलिए नहीं कि टीवी वालों ने जनता का आई.क्यू. बढ़ाने का व्रत ले लिया है बल्कि इसलिए कि वे चाहते हैं कि दर्शक हमारे धारावाहिक का हर एपिसोड पूरा ध्यान लगाकर देखें, दुबारा देखने के लिए उसे रिकॉर्ड करें और बाद में धारावाहिक का डीवीडी भी खरीदें। आपस में बात करें कि भई वो क्या चक्कर था जरा समझाना मुझे।

स्टीवन का कहना है कि टीवी कार्यक्रम साहित्य के प्रभाव से मुक्त होकर वीडियो गेम्स के प्रभाव में आ गए हैं क्योंकि नई पीढ़ी उनकी मुरीद है। और स्वयं वीडियो गेम्स अब इतने जटिल बना दिए गए हैं कि उन्हें खेलने के लिए बड़ा दिमाग लड़ाना पड़ता है। उनमें से हर-एक का अपना संसार है। अपने ऐसे नियम हैं जिनकी जानकारी तजुर्बे से ही हासिल होती है। 'ग्रैंड थेफ्ट ऑटो थर्ड' जैसे वीडियो खेलों के शौकीनों के लिए मोटी-मोटी गाइडें बाजार में बिक रही हैं। स्टीवन इस ओर भी

ध्यान दिलाते हैं कि आजकल टीवी में जो रिएलिटी शो चले हैं वे उनमें हिस्सा लेने वालों के लिए नित बदलती चुनौतियों, शर्तों और नियमावलियों वाले एक सामाजिक खेल–जैसे होते हैं। दर्शक उन्हें कुछ उसी अंदाज से देखते हैं जिससे मैदान पर होते किसी खेल को— उसमें पूरी तरह डूबकर खिलाड़ियों की एक–एक हरकत पर पूरा ध्यान रखकर और 'मैं होता तो ऐसा करता' सोचते रहते हुए। स्टीवन के अनुसार नए मनोरंजन को कोसा इसलिए जा रहा है कि वह 'साहित्य' की श्रेणी से हटकर 'क्रीड़ा' की श्रेणी में जा रहा है लेकिन कोसने वाले भूल रहे हैं कि इस क्रीड़ा को समझने के लिए इतना अधिक दिमाग लड़ाना पड़ता है कि उससे बोध–कौशल विकसित होता है।

स्टीवन कहते हैं कि बुरा मनोरंजन भले ही कोई सीख न देता हो, आज की परिस्थितियों में जीना अवश्य सिखाता है। जीवन अब पेचीदा खेल–जैसा हो चला है और उसका उन नैतिक आदर्शों से कुछ लेना–देना नहीं रह गया है जो साहित्य को बहुत प्रिय थे। स्टीवन का कहना है कि माता–पिता बुरे मनोरंजन के अच्छे पक्ष से परिचित हों और बच्चों को ऐसे टीवी कार्यक्रम देखने और वीडियो गेम खेलने दें जो दिमाग पर सबसे अधिक जोर डालते हों। स्टीवन की और तमाम बातें ठीक हैं पर वह यह भूल गए हैं कि ज्ञान और चतुराई में अंतर होता है। यह भी कि बुरे मनोरंजन के प्रभाव से लोगों में बातें पढ़ और समझ सकने की और अपनी बात विस्तार से दूसरे तक पहुंचा सकने की क्षमता घटती चली जा रही है और अनैतिकता के साथ–साथ समाज में अज्ञान भी बढ़ रहा है। केवल चतुराई काफी नहीं। ज्ञान और नैतिक बोध भी आवश्यक है समाज के लिए।

(19 सितंबर, 2005)

हर माल मिलेगा मुफ्त-मुफ्त

फोकट का आकर्षण विकट है। नीति और आत्मसम्मान ही मुफ्तखोरी की राह में रोड़े बनते आए थे। नवपूंजीवादी दौर में नीतिनिरपेक्षता का बोलबाला हो चुका है और आत्मसम्मान की धारणा आत्म-हत्या कर चुकी है। ऐसे में हर कहीं समाज के नेता मुफ्तखोरी स्वयं तो कर ही रहे हैं, यह भी मानकर चल रहे हैं कि लोकप्रियता पाने का अचूक उपाय एक ही है कि औरों को भी मुफ्तखोरी का सुख दिलाने का वादा किया जाए। अब जैसे हमारे यहां नेता बिरादरी भारतमाता ग्रामवासिनी के गरीब किसानों को बिजली मुफ्त दिलाना चुनाव जीतने के लिए निहायत जरूरी समझने लगी है। पिछले दिनों पंजाब के मुख्यमंत्री ने भी ऐसा ऐलान किया। गरीब किसानों के प्रति हमदर्दी के इस ढोल की पोल यह है कि कल-कारखानों के युग में खेत-खलिहानों पर भी बड़े जमींदार और पूंजीपति काबिज होते जा रहे हैं। कृषि आय पर टैक्स न होने और गरीब किसानों के नाम पर मिलने वाली सुविधाओं का लाभ वह उठा रहे हैं। अमेरिका में तो स्थिति यह है कि खेती-बाड़ी वे विराट कृषि कंपनियां कर रही हैं जो गरीब किसानों के नाम पर दी गई सुविधाओं का भरपूर लाभ उठाकर अंतर्राष्ट्रीय मंडी में गरीब देशों के गरीब किसानों की उपज की खपत खत्म कर रही हैं।

गांवों के गरीब किसान और खेतिहर मजदूर रोटी-रोजी की तलाश में शहर आते हैं जहां नेता-बिरादरी उन्हें वोट की एवज में खाली जमीनों पर झोंपड़पट्टियां डालने और अनधिकृत मोहल्ले बसाने की छूट दिलाती है। इन गरीबों के लिए बिजली-पानी-सड़क-नाली-शौचालय किसी भी चीज की व्यवस्था करना उसकी मानवीय करुणा के दायरे में नहीं आता। हां, वह कांटा डालकर बिजली ले लेने जैसे उपायों को बढ़ावा जरूर देती है। लुत्फ यह है कि अनधिकृत बस्ती बसा लेने और बिजली चुराने का सुख अमीर भी लूटते हैं। भले ही बिजली-चोरों के रूप में झुग्गी-झोंपड़ियों वाले ही बदनाम किए जाते हों हकीकत यह है कि उनसे कहीं अधिक बिजली शहरी अमीर अपने आलीशान घरों और उद्योगों के लिए चुराते हैं। यह भी देखा गया है कि वे झोंपड़पट्टियों और अनधिकृत बस्तियों में छोटे-मोटे उद्योग भी चलाते हैं चोरी की बिजली से। अनधिकृत बस्तियों में बिना बुनियादी सुख-सुविधाओं के जीते और बस्ती पर बुल्डोजर चला दिए जाने की आशंका से तनावग्रस्त वोटरों के प्रति जब नेताओं की मानवीय करुणा जागती है तब अनधिकृत को अधिकृत बनवाकर वोट बैंक पक्का करने की राजनीति शुरू होती है। भूमि उपयोग और भवन निर्माण के हर कानून का उल्लंघन क्षम्य बना दिया जाता है। इस करुणा का भी सबसे अधिक लाभ भू-माफिया और भवन निर्माण कंपनियां उठाती हैं। यही करुणा झोंपड़पट्टीवासियों को वोट की

एवज में यह वचन देती है कि आपका राशन कार्ड और फोटो पास बनवा दिया जाएगा और इस बस्ती से आपको तभी हटाया जाएगा जब आपके रहने के लिए कोई और व्यवस्था हो चुकी हो। ये राशन कार्ड और फोटो पास नेतानुमा दलालों और दलालनुमा नेताओं की मेहरबानी से ही मिल पाते हैं।

मुंबई में गंदी बस्तियों में पशुवत जीते गरीबों के प्रति करुणा की यह राजनीति तब से बेहद दिलचस्प और दिलदुखाऊ दोनों हो चली है जब से इनके निवासियों का वोट-बैंक कांग्रेस के हाथ से छीनने के लिए शिवसेना-भाजपा सरकार ने '95 में यह वचन दिया कि गंदी बस्तियों में इस एक जनवरी से पहले से बसे गरीबों को बेदखली की स्थिति में सरकार मुफ्त मकान देगी। गरीबी के प्रमाण पत्र दिलाने का धंधा चल निकला। फिर कांग्रेस ने चुनाव जीतने के लिए यह वचन दिया कि हम सन् 2000 तक के गरीब झोंपड़पट्टियों को मुफ्त मकान देंगे। कांग्रेस चुनाव जीत गई। उसके लिए दो दिक्कतें पेश आईं। पहली यह कि कांग्रेस ने मुंबई को सिंगापुर अर्थात ग्लोबल वित्त और व्यापार का प्रमुख केंद्र बनाने का स्वप्न भी देखा-दिखाया था। तो बुल्डोजर चलाकर झोंपड़पट्टियों के तीन लाख लोग बेघर कर दिए गए। गरीबों के मौजूदा मसीहाओं की परेशानी यह है कि वे जिस आसमानी बाप के बेटे हैं उसका नाम बहुराष्ट्रीय नवपूंजीवाद है। खैर हाहाकार मचने और वोट बैंक खिसकता दिखने पर करुणामयी कांग्रेस ने फिलहाल मुंबई को ऐसा ही सिंगापुर रहने दिया जिसमें आधी से ज्यादा आबादी फुटपाथों और गंदी बस्तियों में रहती है।

दूसरी दिक्कत यह पेश आई कि जब पिछली सरकार ने गंदी बस्तियों से बेदखल लोगों को बसाने के लिए खुशहालों की एक अधिकृत बस्ती में खेल के मैदान के लिए रखी गई जमीन लेनी चाही थी तब वे अदालत में पहुंचे थे और सरकार ने वचन दे दिया था कि यह सुविधा बस 1995 तक बसे लोगों के लिए ही होगी। कांग्रेस सरकार ने 2000 तक बसे लोगों के लिए यह सुविधा देने की छूट मांगी और अदालत ने उससे वही पूछा जो पिछली सरकार से पूछा था— आपके पास इस समस्या के समाधान की कोई ठोस योजना है भी? इस सवाल का उनके पास क्या जवाब हो सकता है जिनकी करुणा चुनाव के मौसम में बस चंद दिनों के लिए फूलती है और जिनकी एकमात्र ठोस योजना सरकारी खजाना लूटने-लुटवाने की होती है। ये तो गरीबों के ऐसे मसीहा हैं कि बाढ़-राहत कोष का करोड़ों रुपया डकार जाएं और राहत न मिलने पर त्राहि-त्राहि करते बाढ़-पीढ़ितों को दंगा करने के आरोप में धर लें। ऐसी लूट भारत-जैसे विकासशील ही नहीं, अमेरिका-जैसे विकसित देशों में भी होने लगी है। एक रिपोर्ट में बताया गया है कि पिछले साल संघ सरकार ने फ्लोरिडा के तूफान-पीड़ित गरीबों के मकान दुबारा बनवाने के लिए जो पैसा दिया था उसका एक बड़ा हिस्सा खुशहाल लोगों की जेबों में जा पहुंचा।

अमेरिका में संघ सरकार के किसी भी कार्यक्रम को तब तक मंजूरी नहीं मिल पाती जब तक दोनों दलों के महत्त्वपूर्ण सांसद अपनी और अपने क्षेत्रीय समर्थकों की चांदी कराने वाली गैर-जरूरी योजनाएं उसमें न डलवा लें। जाहिर है, इससे जनहित में जरूरी योजनाओं के लिए पैसा कम हो जाता है।

गरीब के प्रति हमदर्दी को इस तरह हरामखोरी का पर्याय बना चुके लोग फिर यह कहते हैं कि बुनियादी जरूरतें पूरी करने का काम निजी क्षेत्र को दे दिया जाए और निकम्मे गरीबों पर पैसा बरबाद न करके उद्यमी पूंजीपतियों पर टैक्स कम किए जाएं ताकि वे अपने साथ-साथ गरीबों को भी खुशहाल बना सकें। हमारे यहां भी जहां एक ओर बिजली मुफ्त देने का सिलसिला चल ही रहा है वहां दूसरी ओर बिजली के क्षेत्र में निजी कंपनियां लाई जा रही हैं जो बिजली की दरें बढ़ा रही हैं। जब जनता के चुने प्रतिनिधियों की ही करुणा सतही होती है तब अधिक से अधिक मुनाफे के लिए यत्नशील निजी क्षेत्र से करुणा की उम्मीद की ही नहीं जा सकती। इसके चलते लोकतंत्र में भी बहुसंख्यक गरीबों का दर्द कितना अनदेखा किया जा सकता है इसका अच्छा उदाहरण विश्व की आर्थिक-सैनिक शक्ति नंबर वन अमेरिका में न्यू ओर्लीन्स के तूफान और बाढ़ पीड़ित गरीबों को पांच दिन तक खाना-पानी मुहैया न कराकर दिया जा चुका है। हर देश में गरीबों के लिए आज एक ही संदेश है— अपने वोट और अपनी लाठी से मुफ्तखोर नेताओं की सेवा करो तो तुम्हें भी थोड़ी-बहुत मुफ्तखोरी का अवसर मिलेगा। बहुत समय से 'हर माल मिलेगा मुफ्त-मुफ्त' की बहुत लुभावनी घोषणा से बहुत बेवकूफ बनाए जाते रहे दुनिया के गरीब अब हर कहीं उग्र दक्षिण या वामपंथ की शरण में जा रहे हैं। आतंक और अराजकता बढ़ते जाने के पूरे आसार हैं।

(26 सितंबर, 2005)

हैप्पी हिंदी डे भारत मम्मी!

चीन में चीनी दिवस नहीं मनाया जाता लेकिन हिंद में हिंदी दिवस बल्कि हिंदी पखवाड़ा मनाने का रिवाज है। इस वर्ष भी यह अनुष्ठान परंपरागत विधि से पूरा किया गया। हर सरकारी विभाग और निगम के मुख्य द्वारा पर हिंदी पखवाड़ा मनाए जाने की सूचना देने वाली ध्वजा लटकाई गई। कर्मचारियों के लिए अनेक प्रतियोगिताएं आयोजित की गईं। और उनके विजेताओं में पुरस्कार बांटने के लिए सत्तारूढ़ दल का कोई नेता इस वार्षिक यज्ञ में ब्रह्मा उर्फ अध्यक्ष का आसन लेने कोई हिंदी सेवक आमंत्रित किया गया। हिंदी सेवक को दिया गया सुख— बड़े नेता और बड़े अधिकारी की बगल में बैठने का, पुष्प गुच्छ, स्मृति चिह्न, पैड-पेंसिल-पेन-पाव किलो रद्दी से युक्त सुंदर झोला और हजार-पांच सौ की दक्षिणा पाने का और पहले मिनरल वाटर और कॉपी के साथ दो तरह के बिस्कुट टूंगने और बाद में लंच अथवा हाई टी खाने का राजधानी का उत्साही हिंदी सेवक इस वर्ष इस पर्व पर औसतन तीन हजार रुपया कमा सका।

हमारे यहां अधिकतर दिवस किसी गुजरी हुई हस्ती को याद करने के लिए मनाए जाते हैं। राजभाषा के रूप में हिंदी उसी दिन स्मृतिशेष हो गई थी जिस दिन यह निर्णय किया गया कि वह पूरी तरह अंग्रेजी का स्थान तभी लेगी जब सभी राज्य ऐसा चाहेंगे। नौ मन तेल के अभाव में राधा का नाच सदा स्थगित ही रहने वाला था। तो हिंदी दिवस ही नहीं, हिंदी के हित में किया गया हर सरकारी उद्यम हिंदी सेवक नामक प्राणी-विशेष को सांत्वना पुरस्कार देते रहने का एक सुगम उपाय भर है। सांत्वना पुरस्कार बूंद समान ही क्यों न हो, उत्साही हिंदी सेवक उससे अपना घट भर ले सकता है। हिंदी सेवक से बस इतनी-सी ही अपेक्षा की जाती है कि इस दान-दक्षिणा की एवज में वह सरकार के हिंदी प्रेम की सराहना करे और पूरे विश्वास के साथ यह घोषणा करे कि राष्ट्र क्या विश्व भाषा के रूप में भी हिंदी का भविष्य नितांत उज्ज्वल है। घर में बच्चों के मुख से बा-बा ब्लैक शीप सुनकर अपार सुख अनुभव करने वाला भला ऐसा कौन ब्लैक शीप हिंदी सेवक या हिंदी प्रेमी नेता होगा जो हिंदी का भविष्य अंधकारमय बताएगा?

हमारे मानव संसाधन विकास मंत्री जाने-माने हिंदीप्रेमी हैं। अगर अपने मंत्रालय द्वारा अंग्रेजी पहली कक्षा से पढ़ाए जाने की सिफारिश किए जाने के कुछ ही दिन बाद उन्होंने भी कहीं हिंदी दिवस पर अपने भाषण या संदेश में हिंदी का भविष्य उज्ज्वल बताया हो तो हमें न आश्चर्य करना चाहिए और न उनकी कथनी-करनी में विरोधाभास देखना-दिखाना चाहिए। बात यह है कि हिंदी का भविष्य उज्ज्वल है और अंग्रेजी का वर्तमान। हिंदी को एक हिंदी सेवक के अनुसार

इक्कीसवीं सदी में विश्व की सबसे महत्त्वपूर्ण भाषा का दर्जा मिलकर रहेगा लेकिन अंग्रेजी को तो वह बीसवीं सदी में ही मिल चुका था। यही नहीं, आजादी के बाद हमारे नेता अपने ही शुरू किए-कराए 'हिंदी बनाम अन्य भारतीय भाषाएं' विवाद की आड़ में अंग्रेजी को भारत की राष्ट्रभाषा के रूप में प्रतिष्ठित कर चुके थे। हिंदी वाले तो खैर अंग्रेजी को भाषा नंबर वन का दर्जा स्वयं ही देते आए थे, बदली हुई राष्ट्रीय और अंतर्राष्ट्रीय परिस्थितियों में अपनी भाषा पर बहुत नाज करने वाले बंगालियों में भी मातृभाषा के प्रति मोहभंग की स्थिति पैदा होने लगी है। सो इसलिए कि हर किसी पर यह उजागर हो गया कि सामाजिक-आर्थिक दृष्टि से अंग्रेजी माध्यम वाले अगड़े और मातृभाषा माध्यम वाले पिछड़े वर्ग में आते हैं।

हर राज्य में मातृभाषा के माध्यम से पढ़ने-पढ़ाने वाले रोजगार पाने के मामले में अंग्रेजी माध्यम से पढ़ने-पढ़ाने वालों से मार खा रहे हैं। आम आदमी यह जान गया कि गिटपिट इंग्लिश बोल सकने की क्षमता के बिना न तो इस देश में आगे बढ़ा जा सकता है और न विदेश में जाकर जिंदगी बनाने का मौका मिल सकता है। इसके चलते देश-विदेश के अंग्रेजी चैनलों को भारत में छोटे-छोटे कस्बों तक में गली-गली खुल चुके अंग्रेजी पढ़ना-बोलना सिखाने वाले केंद्रों पर रोचक रपट प्रस्तुत करने का सुख मिला। दुनिया ने देखा कि पंजाब और केरल में ग्रामीण पृष्ठभूमि वाले लोग अपने को 'एक्सपोर्ट क्वालिटी' बनाने के लिए न केवल अंग्रेजी सीख रहे हैं बल्कि इस बात का भी ध्यान रख रहे हैं कि जिस देश को अपना निर्यात करना है उसके निवासियों के ही लहजे में अंग्रेजी बोलना सीखें। एक सरदारजी दिखाए गए जो स्वयं कभी विदेश में नहीं रहे हैं किंतु इंग्लैंड, अमेरिका और आस्ट्रेलिया वालों के लहजे में अंग्रेजी बोलना सिखा सकते हैं। संक्षेप में यह कि जिस इक्कीसवीं सदी में हिंदी सेवकों के अनुसार हिंदी विश्व भाषा बनने वाली है उसके आरंभ में भारत का आम आदमी यह मान रहा है कि खास आदमी मुझ पर राज करने के लिए ही मुझे अंग्रेजी से वंचित रखे हुए है।

तो पश्चिम बंगाल के जिन कम्युनिस्टों ने कभी अंग्रेजी की पढ़ाई पांचवीं कक्षा से ही शुरू करना गरीबों के प्रति हमदर्दी का नमूना माना था उन्होंने अब पहली कक्षा से अंग्रेजी पढ़ाना गरीबों के लिए हितकारी मान लिया है। प्राथमिक पाठशालाओं के अध्यापकों को अंग्रेजी पढ़ाने योग्य बनाने के लिए वहां की वामपंथी सरकार ब्रिटिश काउंसिल की मदद ले रही है। अब केंद्र सरकार ने भी अंग्रेजी पहली कक्षा से पढ़ाने की सिफारिश करके अपनी प्रगतिशीलता और सर्वहारा-प्रेम का परिचय दे डाला। जताया यह गया है कि अंग्रेजी को मातृभाषा जितनी ही महत्त्वपूर्ण दूसरी भाषा माना जाएगा लेकिन यह किसी से छिपा नहीं कि नागरिक नंबर वन वे बनेंगे जो पहली कक्षा से ही अंग्रेजी को लेंगुएज नंबर वन के रूप में अपनाएंगे। आज के समाज में

हर क्षेत्र में बाजार का बोलबाला है और जब बाजार में अंग्रेजी का भाव हमारी मातृभाषाओं से बहुत ऊंचा है तब अंग्रेजी का दर्जा दोयम क्यों मानेगा बोर्ड?

यों बाजार इस बात को पहचानता है कि हिंदी बोलने वाले ग्राहकों की संख्या बहुत बड़ी है। इसीलिए वह मनोरंजन और सूचना प्रसारण के क्षेत्र में हिंदी को अंग्रेजी से अधिक महत्त्व देने भी लगा है। अफसोस कि हिंदी वाले अंग्रेजी से इतने आतंकित और अपनी भाषा के मुहावरे और व्याकरण के प्रति इतने उदासीन हैं कि बाजार बड़े जोर-शोर से हिंग्लिश को भारत की राष्ट्रभाषा का दर्जा दिलाने में जुट गया है। बाजार से जुड़े विशेषज्ञ हिंग्लिश के प्रादुर्भाव को स्वागतयोग्य ठहरा रहे हैं। चीनी बोलने वालों की बिरादरी भी बहुत बड़ी है किंतु चीन में बाजार का बोलबाला हो चुकने के बावजूद न अंग्रेजी भाषा नंबर वन बनी है और न चिंग्लिश का विकास हुआ है। चीन सरकार पिछले 27 वर्ष से आम आदमी को विश्व बाजार की खास भाषा अंग्रेजी के भाव सिखाने में जुटी रही है ताकि चीन ग्लोब मंडी में धंधा-व्यापार कर सके लेकिन चीन में धंधा करने आईं बहुराष्ट्रीय कंपनियों पर उसने स्पष्ट कर दिया है कि हमारे यहां अंग्रेजी नहीं चलती। यही नहीं, चीन ने सैनिक और आर्थिक शक्ति बन चुकने के बाद अब सांस्कृतिक शक्ति बनने की मुहिम छेड़ दी है और वह अगड़े देशों में अपने विशाल सांस्कृतिक केंद्र खोल रहा है। अगड़े देश चीन के बाजार का महत्त्व देखकर स्वयं भी चीनी भाषा और संस्कृति सीखने में जुट रहे हैं। हमारे यहां बच्चों को अंग्रेजी दूसरी भाषा के रूप में पढ़ाई जा रही है और अगड़े देशों में बच्चों से दूसरी भाषा के रूप में चीनी सीखने को कहा जा रहा है।

(3 अक्टूबर, 2005)

असली को ढंकते नकली संकट

रात के खाने के वक्त मेरे लिए हर देसी खबर-चैनल ने भारतीय क्रिकेट संकट के दो नए मोड़ गरमागरम परोसे : कप्तान गांगुली और कोच चैपल की सुलह-सफाई हवाई साबित हुई और दो सौ करोड़ रुपया सालाना कमाने वाले भारतीय क्रिकेट कंट्रोल पर कुंडली मारे बैठे डालमिया गुट और उसे हटाने चले पवार गुट में कोर्ट-कचहरी के बाद सुलह-सफाई की पेशकश हुई। सुबह मेरी नींद एक निहायत ही डरावना सपना देखते हुए टूटी। भारत बांग्लादेश से एक पारी से हार गया है— भारतीय टीम में डालमिया और पवार के अतिरिक्त उनके गुटों से जुड़े प्रमुख नेता, सांसद, भूतपूर्व आईएएस अधिकारी और भूतपूर्व जज शामिल हैं। टीम के कप्तान हैं राजीव शुक्ल, मैनेजर अरुण जेटली और कोच लालू प्रसाद यादव। तो चाय पीते हुए मैंने समाचारों के लिए टीवी न लगाकर अखबार खोले और पाया कि उनमें भी क्रिकेट से जुड़ी उन्हीं दो खबरों को प्रमुखता दी गई थी। एक अंग्रेजी दैनिक में तो इन दो खबरों के ऊपर छह कॉलम चौड़ी सिर्फ एक शब्द की सुर्खी फहरा रखी थी : *स्टम्पड्*। यह देखकर मैं तो स्टंपड् यानी स्तब्ध रह गया कि हमारे मीडिया को क्रिकेट पर छाया संकट देश और समाज के और किसी भी समसामयिक संकट से अधिक महत्त्वपूर्ण लगा।

मैं जानता हूं कि हम लोग क्रिकेट के दीवाने हैं और व्यावसायिक मीडिया का इस दीवानगी को अपने मुनाफे के लिए भुनवाना स्वाभाविक है— औरों को क्यों कोसूं, कभी खुद मैंने ग्राहक संख्या बढ़ाने के लिए क्रिकेट विशेषांक निकालने का रिवाज शुरू किया था। तो भी मेरे लिए यह मान सकना असंभव है कि आज हमारे समाज के सामने सबसे ज्वलंत प्रश्न यह है कि क्या गांगुली को कप्तान के पद पर बनाए रहना चाहिए। इस ज्वलंत प्रश्न पर हर चैनल ने दर्शकों से एसएमएस द्वारा अपनी राय भेजने के लिए कहा और सड़कों-बाजारों में अपने रिपोर्टर भेजे कि लोगों की राय लो। वर्ल्ड बैंक की हाल की एक रिपोर्ट में भारत को पैसा लगाने की दृष्टि से बांग्लादेश से भी गया-गुजरा ठहराया गया तब मीडिया में ऐसी हलचल क्यों नहीं मची? यह भी माना कि हम लोग शोबिज के दीवाने हैं लेकिन क्या इतने कि हमें गांगुली की कप्तानी के बाद सबसे अधिक चिंता करिश्मा कपूर के वैवाहिक जीवन में आए संकट की है? मीडिया की मानें तो क्रिकेट और शोबिज के बाद अपराध से जुड़ी खबरें हमारे समाज को अत्यंत महत्त्वपूर्ण लगती हैं। इसलिए अगर इन तीनों का या इनमें से दो का संगम हो जाता है तो मीडिया की मुस्तैदी देखते ही बनती है।

याद कीजिए, क्रिकेट के मैच फिक्स कराने वाले सटोरियों से मुंबई की किसी मधुशालाबाला तरन्नुम की निकटता रही है और उसकी मधुशाला में छुटभैया फिल्म

स्टार आदित्य पंचोली बड़भैया क्रिकेट स्टार मुरलीधरन को लेकर गए थे, इस बात का मीडिया ने हमारे रुझान पर कुर्बान होते हुए कितना भारी बतंगड़ बनाया। जरा दाद दीजिए कि वह सिने तारिका प्रीति जैन, दिग्दर्शक मधुर भंडारकर और माफिया डॉन अरुण गवाली के आपसी रिश्ते उजागर करने के लिए हमारी खातिर कितनी दौड़-धूप कर रहा है। हमें मीडिया का इसलिए भी आभारी होना चाहिए कि हमारी रुचि और रुझान को ध्यान में रखते हुए वह सेक्स से जुड़े संकटों पर भी ध्यान देने लगा है। और कुछ नहीं होता तो वह एक नमूना सर्वेक्षण कराकर हमें बताता रहता है कि कितने प्रतिशत लोग-लुगाई अब क्या-क्या करने लगे हैं। भले ही देश का आम इंसान सैकड़ों कमरतोड़ संकट झेल रहा हो, हमारे मीडिया के लिए संकटों का इतना जबर्दस्त टोटा है कि उसे हमें प्रसन्न रखने के लिए संकट पैदा करने पड़ जाते हैं।

उदाहरण के लिए हाल में एक चैनल सुबह से शाम तक 'बार से बिहार तक' के शीर्षक तले एक भयंकर नैतिक-राजनीतिक संकट से हमारा साक्षात कराता रहा। उसका दावा था कि मुंबई में बेरोजगार कर दी गईं बार-नर्तकियां बिहार लाई जा रही हैं जहां वोटरों को रिझाने के लिए उन्हें नंगा नचाया जा रहा है। इसके प्रमाण में एक वीडियो दिखाया गया जिसमें नर्तकियां पहले अंगिया उतारकर नाचीं और फिर बार-बार नीचे लपेटी हुई लुंगी दोनों सिरों से पकड़कर खोलती-बंद करती रहीं। यह नाच किसने, कब, कहां कराया, इसकी चैनल ने कोई जानकारी नहीं दी। हां, यह जरूर बताया कि यह वीडियो बाजार में और इंटरनेट पर उपलब्ध है। अर्थात् चैनल उसे खरीदकर दर्शक जुटाने के लिए वैसे ही दिखवाता रहा जैसे उसके अनुसार बिहार के किसी सामंती नेता ने वोटर जुटाने के लिए उस वीडियो में दर्ज नंगा नाच करवाया था। अगर किसी सामंती नजरिये वाले नेता ने वह नाच करवाया था तो उसमें और आधुनिक नजरिये वाले चैनल में बस इतना ही फर्क रहा कि नेता ने महफिल को दर्शनम् पाप नाशनम् की पूरी सुविधा दी जबकि मीडिया ने नर्तकियों की नग्नता को आधे-अधूरे ढंग से ढंककर हमारी पापमुक्ति अधूरी ही छोड़ दी। अपनी खोजी पत्रकारिता की बानगी पेश करते हुए चैनल ने यह रहस्योद्घाटन किया कि बिहारी सामंतों में खुशी के मौकों पर तवायफें नचवाने या लड़की बने लड़कों का नाच कराने की परंपरा रही है अर्थात् वीडियो में अंकित नृत्य उस खराब परंपरा की नई कड़ी है। हम चैनल से यह नहीं पूछ सकते कि ये नर्तकियां पहले बारों में जो लीला रचती रही थीं वह आधुनिक मुंबई की किस अच्छी परंपरा की कड़ी थी।

खोजी पत्रकारिता के नाम पर मीडिया का ऐसे सनसनीखेज रहस्योद्घाटन करना और घटनाक्रम की ऐसी सतही विवेचना करना, दोनों यह दर्शाते हैं कि संकटमोचक होने का स्वांग करता मीडिया स्वयं उस संकट का एक हिस्सा बन चला है जो बहुराष्ट्रीय पूंजीवाद के जीवनमूल्यों के कारण हर देश और हर समाज

को ग्रस चुका है। आज मीडिया के मालिक ऐसे व्यक्ति हैं जो विशेषण 'मुगल' अपने नाम के साथ जुड़ा देखना चाहते हैं, ऐसे निगम हैं जिन्हें 'जायंट' उर्फ 'दैत्य' कहलाना पसंद है। ये मुगल, ये दैत्य केवल लाभ के लोभ को सबसे बड़ी चीज मानने वाले विज्ञापनदाताओं पर इतना अधिक आश्रित हैं कि अब वे विज्ञापनों को ही अत्यंत महत्त्वपूर्ण समाचारों का दर्जा देने के लिए तैयार रहते हैं। पिछले दिनों हमारा मीडिया हमें बताता रहा कि कैसे शाहरुख खान ने अब तक अभिनेत्रियों द्वारा विज्ञापित किए जाते रहे एक साबुन के विज्ञापन के लिए अभिनेत्रियों की तरह ही टब-स्नान करते फोटो-वीडियो खिंचवाकर एक अनूठी पहल की है। विज्ञापन-दाताओं पर आश्रित मीडिया मुगल और दैत्य उनके जीवनमूल्यों पर स्वयं चलते हैं और सारी दुनिया को चलाना चाहते हैं।

तो वे दो बातें करते हैं। एक यह कि लोभप्रेरित जीवन-मूल्यों से पैदा हुए असली संकटों से ध्यान हटाने के लिए नकली संकटों को तूल देते हैं। दूसरी यह कि इन जीवनमूल्यों को समाज में व्यापकतम स्वीकृति दिलाने की जीतोड़ कोशिश करते हैं। पहली मुहिम के अंतर्गत उन्होंने समाचार-विचारप्रधान प्रस्तुतियों को आदमी के सरोकारों से काटकर बॉलीवुड की मसाला फिल्मों-सा मनोरंजक बना डाला है। दूसरी तरफ उन्होंने अनैतिकता का पर्दाफाश करने की ऐसी विधि विकसित की है जिसमें छाती कूटना और चटखारे लेना, दोनों एक साथ हो पाते हैं कि हे राम कैसी अनीति है लेकिन हाय इन अनैतिक लोगों को कितना मालमत्ता मिल रहा है। इसी विधि पर चलते हुए पिछले दिनों एक चैनल ने खाते-पीते घरों की लड़कियों के वेश्यावृत्ति अपनाने पर दुख व्यक्त करते हुए बताया कि वे एक रात के लिए पांच सितारा सुख-सुविधाओं के साथ-साथ 15-80 हजार रुपया पा जाती हैं।

(10 अक्टूबर, 2005)

एक शो है अब तो रिएलिटी भी!

यह बात है हाल में ब्राइटन में हुए बर्तानिया की लेबर पार्टी के आम जलसे के मंच से विदेश मंत्री जैक स्ट्रॉ की। वह सरकार की इराक नीति की सफलता उजागर कर रहे थे और श्रोताओं के बीच यहां-वहां तैनात किए गए उत्साही कार्यकर्ता बार-बार खड़े होकर तालियां बजवा रहे थे। मंच के आस-पास खड़े कुछ अन्य कार्यकर्ता श्रोताओं पर ध्यान रखे हुए थे। तब एक बुजुर्ग श्रोता ने बुलंद आवाज में कहा 'नॉनसेंस' (बकवास)। मंच के पास खड़े कार्यकर्ता विदेश मंत्री की बात को बकवास ठहराने वाले श्रोता की ओर बढ़े और उसे पकड़कर घसीटते हुए बाहर ले गए। जब उसने दुबारा घुसने की कोशिश की तब पुलिस ने उसे आतंकविरोधी नए कानून के अंतर्गत ऐसा नहीं करने दिया। आयोजकों के दुर्भाग्य से यह बुजुर्ग व्यक्ति लेबर पार्टी की ओर से संसद का चुनाव लड़ चुका 82 वर्ष का वॉल्टर वोल्फ गांग था जिसने कभी हिटलर के अत्याचारों से बचने के लिए ब्रिटेन में शरण ली थी। इसलिए प्रधानमंत्री ब्लेयर को इस घटना पर अफसोस जाहिर करना पड़ गया।

इस घटना का परोक्ष संबंध है उस नई विधा से जो टीवी ने 21वीं सदी में हमें दी है— रिएलिट शो! जिन अंकलजी और आंटीजी को हिंदी में अंग्रेजी शब्दों का प्रयोग आज भी गलत लगता हो उनके लिए इस विधा को 'यथार्थ लीला' का नाम दिया जा सकता है। इस विधा का आविष्कार तब हुआ जब अधिक से अधिक दर्शक जुटाने की होड़ में लगे चैनलों को क्रमशः दो बातों का बोध हुआ। पहली यह कि किसी लोकप्रिय खेल के आंखों देखे हाल को छोड़ यथार्थ प्रदर्शित करने वाले सभी कार्यक्रमों से आम इंसान को कोफ्त होने लगती है कि टीवी ने तो गुरु बनकर मेरी बैठक को पाठशाला में बदल दिया है। गुरु ही लोक-परलोक सुधारने का कोई सरल नया नुस्खा सुझाता रहे— जैसे यह कि हाथ के नाखूनों को आपस में रगड़ने से न सिर्फ बालों का झड़ना और सफेद होना रुक जाता है बल्कि नए और काले बाल भी उगने लगते हैं— तो जरूर वह कुछ समय तक गुरु का उत्साही शिष्य बना रहता है। लेकिन शीघ्र ही वह बेसब्रा टीवी-गुरु के नुस्खे सुनने और आजमाने को वक्त की बर्बादी मानने लगता है। इसी तरह समाचारों से आम इंसान को जो थोड़ी-बहुत दिलचस्पी होती सो सातों दिन, चौबीसों घंटे समाचार देते रहने वाले चैनलों के प्रताप से बहुत तेजी से खत्म होने लगती है।

दूसरी बात यह कि भले ही कल्पनाजन्य मनोरंजनप्रधान कार्यक्रम यथार्थ प्रस्तुत करने वाले सूचनाप्रधान कार्यक्रमों से कहीं अधिक दर्शक जुटा पाते हैं, दर्शकों को आकर्षित करने के लिए उन्हें उत्तरोत्तर सड़कछाप बनाते रहना पड़ता है। होते-होते यह स्थिति आती है कि कार्यक्रमों को सड़कछाप बना देने के बावजूद दर्शक उनसे ऊबने लगते हैं। टीवी का माध्यम ही ऐसा है कि उसमें दर्शक कुछ ऐसा देखना चाहता

है जो वास्तव में कहीं घट रहा हो। कपोल-काल्पनिक सास-बहुओं के झगड़े में आप चाहे जितनी तड़क-भड़क डाल दें वे दर्शक को उस तरह बांधे नहीं रख सकते जिस तरह पड़ोस में होता सास-बहू का झगड़ा। इन बातों का पता चलने पर टीवी चैनलों ने रिएलिटी शो उर्फ यथार्थ लीला नामक एक नई संकर विधा को जन्म दिया जो दर्शकों को आश्वस्त करती है कि हम जो दिखा रहे हैं वह वास्तविक व्यक्तियों के बीच कैमरे की आंख के सामने वास्तव में घट रहा है। यह असली जिंदगी है इसमें किसी तरह का कोई साहित्यिक या संपादकीय हस्तक्षेप नहीं हुआ है।

इस विधा के अपनाए जाने के बाद तमाम मनोरंजनप्रधान कार्यक्रमों को यथार्थ से जोड़ दिया गया। नाच-गाने के सामान्य कार्यक्रमों का स्थान नए नर्तकों और गायकों की खोज के कार्यक्रम लेने लगे जिनमें ज्यादा से ज्यादा नाटकबाजी की और कराई गई। काल्पनिक धारावाहिकों का स्थान वास्तविक पात्रों के आपसी व्यापारों को प्रदर्शित करने वाले धारावाहिकों ने ले लिया। दूसरी ओर यथार्थ पर आधारित कार्यक्रमों, और तो और, समाचार बुलेटिनों तक को 'लीला' का रूप देने का प्रयास शुरू हो गया। यथार्थ को लीला यानी टेलीविजन कैमरे के सामने किए गए तमाशे का रूप देने के इस अभियान का राजनीति और जनमानस पर जबर्दस्त प्रभाव पड़ा है। न केवल टीवी कैमरा हर जगह पहुंचा रहता है बल्कि हर कोई चाहता है कि उससे नजर मिलाकर अपना चेहरा और अपनी बात दुनिया के सामने प्रस्तुत करे। जहां तक नेता-बिरादरी का सवाल है वह समझ गई है कि हमें अपने आयोजन इस तरह करने चाहिए कि उनका यथार्थ टीवी के दर्शकों के लिए लीलावत मनोरंजक सिद्ध हो।

नेता बिरादरी से यह छिपा नहीं है कि टीवी के रिएलिटी शो उनके निर्माताओं के दिशा-निर्देश से ही मनोरंजक बन पाते हैं। टीवी वाले, और तो और, तालियां बजाने और अट्टहास लगाने के लिए आमंत्रित श्रोताओं को तख्ती पर लिखकर संकेत देते हैं! मतलब यह कि यथार्थ को दिलचस्प आकार देने के लिए पहले से तैयारी करके रखनी होती है। इसीलिए पश्चिम में शादी-ब्याह से लेकर राजनीतिक सम्मेलन तक तमाम तरह के निजी और सार्वजनिक आयोजनों को दिलचस्प बना सकने वाले ईवेंट्स मैनेजरों की दुकानें चल निकलीं। उनके चलते अमेरिका में विवाह और उसके बाद की पार्टी का पहले रिहर्सल कर लेने का रिवाज आम हो गया है। कौन क्या बोलेगा यह भी रटाया जाने लगा है! हर बड़े नेता के पास सार्वजनिक अवसरों के लिए तैयारी कराने वाले सलाहकारों की एक टीम रहने लगी है और हर पार्टी अपने सम्मेलन किसी नामी ईवेंट्स मैनेजर के निर्देशानुसार मंचित करने लगी है! वक्ताओं का क्रम क्या रखा जाए, तालियां बजाने वाले कहां बैठाए जाएं, आलोचना करने वालों का स्वर कैसे दबाया जाए, किस व्यक्ति से क्या कहलवाया जाए, लोकप्रिय सितारों को कैसे जुटाया जाए और कौन नेता अपनी छवि सुधारने के लिए क्या करे, यह सब वही तय करते हैं।

यथार्थ को लीला में बदल सकने की एक विशेषज्ञ की सलाह पर ही राष्ट्रपति पद के बुश से कहीं अधिक योग्य किंतु नीरस समझे जाने वाले उम्मीदवार अलगोर ने डेमोक्रेटिक पार्टी के सम्मेलन के मंच पर अपनी पत्नी को बांहों में कसकर देर तक चूमा था। यथार्थ को लीला बनाने की इन कोशिशों के चलते अब यथार्थ और लीला में भेद करना कठिन होता जा रहा है। जब इराक युद्ध में मारे गए एक सैनिक की मां ने राष्ट्रपति बुश के टैक्सास स्थित फार्म के आगे धरना दिया तब हम उसे एक त्रासद यथार्थ घटना मान सकते थे। किंतु उसके बाद शुरू हुई एक निजी त्रासदी को सार्वजनिक तमाशा बनाने की लीला। पहले महिला के समर्थकों की भीड़ जुटी। फिर बुश के पड़ोस में रहने वालों ने अपने रास्ते में रुकावट डालने के लिए महिला के विरुद्ध प्रदर्शन किया। अंत में कुछ ऐसी माताएं वहां लाई गईं जिनके बेटे इराक-युद्ध में शहीद हुए थे किंतु जो युद्ध का समर्थन करती थीं। तो टीवी युग के सयानों की कृपा से अब यथार्थ सिद्ध पुरुषों के लिए ही नहीं, जन-जन के लिए भी मात्र प्रभु की लीला होकर रह गया है। इराक में बम विस्फोट से पांच लोगों के मरने का समाचार देखते-सुनते हुए अब किसी को भी उसमें निहित निजी और राजनीतिक त्रासदी का आभास नहीं होता। प्रतिक्रिया में वह यही कहता है— अच्छा आज पांच ही मरे, कल तो पचास मरे थे।

(17 अक्टूबर, 2005)

मनचाही मौत के लिए भारत पधारें

बहुत ज्यादा समाचार पढ़ने-सुनने से हुए दिमागी अपच के कारण नींद नहीं आ रही थी कि मुझे बहुत दूर की सूझी। क्यों न हमारा पर्यटन विभाग विदेशी सैलानियों को आकर्षित करने के लिए शुरू की गई अपनी 'इनक्रेडिबल इंडिया' विज्ञापन मुहिम में इंडिया के इनक्रेडिबल अर्थात् अविश्वसनीय रूप से अद्‌भुत होने का यह पक्ष भी रखे कि यहां अकाल मृत्यु के शौकीनों को मौत अपने मनचाहे रूप में मिल सकती है। आज्ञा करें कि असमय और अबाध स्वर्ग सिधारने के लिए कैसे मरना चाहते हैं। सर्दी से कि गर्मी से, गुंडे के हाथों कि पुलिस के, बाढ़ से कि सूखे से, मेन होल में गिरकर कि छत सिर पर गिरने से, जहरीली शराब पीकर या नकली दवा खाकर, सांप्रदायिक दंगों में कि पुलिस फायरिंग में, रेल दुर्घटना में या भीड़ में कुचलकर? महोदय यदि आप अकाल मृत्यु अकाल में ही चाहते हों तो निश्चिन्त रहें कि इंडिया में कहीं न कहीं अकाल पड़ा ही रहता है। अगर आपका रुझान आत्महत्या की ओर हो तो हम आपके लिए ऐसे इनक्रेडिबल कारण जुटाने के लिए तैयार हैं जो आपको कहीं और मिल नहीं पाएंगे। फर्ज कीजिए, आपको जिद हो कि खुदकुशी तभी करूंगा जब देश-दुनिया में बदनाम कर दिया जाऊंगा तो हम आपको बलात्कारी ठहराने वाला आरोप अपने चैनलों से बार-बार इस तरह प्रसारित करवा देंगे कि लगे कि आपको अदालत बलात्कारी ठहरा चुकी है।

कृपया ध्यान रखें कि हमारे यहां आपको अकाल मृत्यु इस गारंटी के साथ दिलवाई जाएगी कि उसके बाद आपके प्रियजन बस रोते ही रह जाएंगे। उन्हें न कहीं से तगड़ा मुआवजा मिलेगा और न सांत्वना ही कि किसी को आपकी मौत के लिए दोषी ठहराकर सजा दे दी जाए। हमारे यहां पराई जान और पराए माल को मूल्यवान न समझने की स्वस्थ परंपरा है। सनातन रहस्यों के इस देश में किसी भी मामले की तह तक जाने के लिए बैठाया गया कोई भी आयोग या तो स्वयं ही अंतिम सत्य तक पहुंचने में अपने को असमर्थ पाता है या उसका खोजा सत्य अपूर्ण ठहरा दिया जाता है। इसलिए आपकी मौत के लिए किसी को सजा और आपके स्वजनों को तगड़ी रकम मिलने की आशंका यहां कतई नहीं है। जिन चैनलों द्वारा बदनाम कर दिए जाने पर आपने खुदकुशी की हो उनसे आपके प्रियजनों को सांत्वना-स्वरूप हद से हद यह सुनने का सुख मिल सकता है कि आखिर इस मौत का जिम्मेदार कौन है! तो मौत को गले लगाने के लिए आकुल पर्यटको! इंडिया आपके लिए इनक्रेडिबल डेस्टिनेशन है— सी इंडिया एंड क्विट द वर्ल्ड।

कुछ लोगों को आपत्ति हो सकती है कि यह बहुत वीभत्स किस्म का व्यंग्य है। उनसे निवेदन है कि वस्तुस्थिति ही वीभत्स है। हमारे यहां जब एक प्रमुख

प्राइवेट इंजीनियरिंग कॉलेज का छात्र आत्महत्या करने से पहले यह लिखकर छोड़ जाता है कि जिस पर्चे में मुझे 66 नंबर मिले थे उसमें गैरहाजिरी दिखाकर फेल कर दिया गया है और कॉलेज वाले भूल-सुधार करने की जगह पर्चा दुबारा देने के लिए कहते जा रहे हैं तो कॉलेज बस यही कहता है कि मामले की तह तक जाने के लिए एक जांच समिति बैठा दी गई है। न संवेदना का एक शब्द और न यह कि हम अभी अपना रिकॉर्ड देखकर बताते हैं कि छात्र का आरोप सही है कि नहीं और यदि सही है तो हम दोषी को सजा दिलवाएंगे और छात्र के पिता को मुआवजा अवश्य देंगे। बस वही फॉर्मूला कि रहस्यमय सत्य कभी हाथ लग गया तो बताएंगे, नहीं तो आप भी भूल जाएंगे, हम भी भूल जाएंगे।

हमारे समाज को यह संवेदनहीनता और निर्लज्जता अपने नेताओं से मिली है। उन्होंने हमें जनहित नहीं, स्वहित का वकील और पैरोकार बन जाने की दीक्षा दे डाली है। सिखा दिया है कि सत्य वही होता है जो अपने लिए सुविधाजनक हो। बता दिया है कि महत्व नीति और विधान का नहीं, सत्तावान बन जाने का है। जैसा कि लालू जी ने बिहार विधानसभा के विघटन को सुप्रीम कोर्ट द्वारा असंवैधानिक ठहराए जाने पर कहा, 'नीतीश जीते हैं कोर्ट में, हम जीतेंगे वोट में।' अत्यंत नीतिवान समझे जाने वाले हमारे प्रधानमंत्री ने भले ही इतनी साफगोई से काम न लिया हो, हमारी राजनीति को प्रिय रहस्यवादिता पर दृढ़ता से बने रहकर यही कहा कि कोर्ट का विस्तृत फैसला आ जाने पर उसका अध्ययन करने के बाद ही कुछ कहा जा सकेगा। मानो विधानसभा भंग करने में जो भी असंवैधानिकता हुई उसके लिए न राज्यपाल जिम्मेदार हो और न केंद्रीय मंत्रिमंडल। हमारी यह किसी को भी दंडित-निंदित न करने वाली न्यायप्रियता भी भारत को विदेशी सैलानियों के लिए एक ठो इनक्रेडिबल डेस्टिनेशन बना सकती है क्योंकि वहां इससे ठीक उलट किस्म का अतिवाद मचा हुआ है। वहां सारी वकालत किसी को दोषी ठहराकर उससे जबर्दस्त मुआवजा वसूल लेने की खातिर ठानी जा रही है। अमेरिका में एक औरत किसी स्टोर के तंग गलियारे में सामान चुनते हुए अपने बच्चे से उलझकर गिर पड़ी और मां-बच्चे को काफी चोट आई। उसने सामान की अलमारियों के बीच जगह कम रखने के लिए स्टोर मालिक पर मुकदमा किया और अच्छा मुआवजा पा गई। पिछले साल इंग्लैंड में एक किशोरी भीतर से सड़क पर आते ही एक टैक्सी के आगे आ गई और दुर्घटना में उसकी जान चली गई। आप सोचेंगे कि इस पर मुकदमा उसके मां-बाप ने टैक्सी ड्राइवर पर किया होगा। जी नहीं, मुकदमा टैक्सी ड्राइवर ने किया कि लड़की के अचानक सड़क पर कदम रख देने से मुझसे जो हादसा हुआ उससे मैं भीतर से बुरी तरह हिल गया। लड़की के माता-पिता को अदालत के बाहर समझौता करना पड़ा। टैक्सी वाले वकील का कहना था कि हमें लड़की के मां-बाप से पूरी सहानुभूति है लेकिन पुलिस जांच के अनुसार इस

दुर्घटना में कसूर लड़की का था और मेरा बेकसूर मुवक्किल जिंदगीभर के लिए मानसिक आघात मोल ले बैठा है। विदेशों में कई वकील तगड़ा मुआवजा दिलवाने का ही धंधा करते हैं। इन वकीलों का इतना आतंक है कि ब्रिटेन में पिछले दिनों एक नगर परिषद से पट्टे पर ली गई जमीन पर बच्चों के लिए स्विमिंग पूल बनाया गया तो नगर परिषद जाकर वहां तख्ती लगा आई कि इस पूल में हुई किसी भी दुर्घटना के लिए हम जिम्मेदार न होंगे। तो क्या आश्चर्य कि विदेशी दवा कंपनियों को भारत एक इनक्रेडिबल डेस्टिनेशन बहुत पहले से प्रतीत होने लगा है। उनकी जो दवाएं विदेशों में निषिद्ध हैं और जिनके उपयोग से मरे व्यक्तियों के स्वजनों को उन्हें करोड़ों डॉलर मुआवजे में देने पड़े हैं उन्हें वे भारत में निशंक बेच पा रहे हैं।

तो सैलानी विभाग का विज्ञापन कुछ इस प्रकार हो सकता है कि मनचाही मौत के लिए भारत पधारें और मनमानी करने के लिए भारत में बस जाएं। यहां बसकर आप बहुत सुखी रहेंगे। एक ताजा सर्वेक्षण के अनुसार मानवीय विकास की दृष्टि से संसार में भारत का नंबर भले ही 127वां हो, एक अन्य सर्वेक्षण के अनुसार भारतीय समाज संसार का चौथा सबसे सुखी समाज है। इसका एक ही कारण हो सकता है कि यहां न किसी को दूसरे का कोई दुख दिखता है, न अपना कोई दोष। यह वह देश है जिसमें सुप्रीम कोर्ट को पूछना पड़ता है कि जब एक ओर सरकारी गोदामों में अनाज के सड़ने की नौबत आ रही है तब दूसरी ओर भारत के छह राज्यों में भुखमरी की नौबत क्यों आती रहती है। इसके बावजूद भुखमरी भी होती रहती है और पूरा तथा पौष्टिक आहार न पाने वालों की संख्या चालीस करोड़ के आसपास पहुंच जाती है।

(24 अक्टूबर, 2005)

बच्चों के भविष्य से खिलवाड़

यह एक विचित्र विडंबना थी कि जिस समय अमेरिका में स्कूली बच्चों के लिए पास और फेल का भेद मिटा देने वाली प्रगतिशीलता के आगे स्वयं प्रबुद्ध अमेरिकी वामपंथी भी सवालिया निशान जड़ने लगे थे ठीक उसी समय एनसीईआरटी द्वारा प्रोफेसर यशपाल की अध्यक्षता में गठित समिति हमारे हाईस्कूली छात्र-छात्राओं के लिए परीक्षाओं का प्रकोप समाप्त करने की सिफारिशें कर रही थी। विडंबना-दर-विडंबना कि इन सिफारिशों में भाषा, गणित और विज्ञान, फेल कराने वाले इन तीन विषयों का महत्त्व घटाने की बात भी शामिल थी जबकि इन गर्मियों में अमेरिका में प्रोफेसर यशपाल जैसे चोटी के वैज्ञानिक और प्राध्यापक अमेरिकी सांसदों को आगाह कर चुके थे कि अगर हमारे यहां स्कूली स्तर पर गणित, विज्ञान और भाषा की इसी तरह उपेक्षा की जाती रही और वैज्ञानिक शोध के लिए अधिक पैसा न दिया गया तो वह दिन दूर नहीं कि अमेरिका संसार की सबसे बड़ी वैज्ञानिक, इसलिए आर्थिक, शक्ति होने के गौरव से भी वंचित हो जाएगा। फिलहाल भी हमारा काम इसलिए चल पा रहा है कि चीन और भारत जैसे उन देशों में पढ़े हुए मेधावी छात्र थोक के भाव मिल पा रहे हैं जिनमें गणित, विज्ञान और भाषा तीनों पर स्कूलों में बहुत जोर दिया जाता है। अगर चीन और भारत ने अपने मेधावी छात्र हमें निर्यात करना बंद कर दिया तो हमारा क्या होगा।

यह हमारे समाज का दुर्भाग्य है कि हमारे सत्ता प्रतिष्ठान को पश्चिम का पिछलग्गू बनना बहुत पसंद है। कभी हम हर बात में विलायत की नकल करना चाहते थे और अब अमेरिका की। यही हाल एनसीईआरटी उर्फ राष्ट्रीय शिक्षा अनुसंधान एवं प्रशिक्षण परिषद् का है। उसने सदा अंतर्राष्ट्रीय होने की कोशिश की है और इस कोशिश में उससे जुड़े प्रबुद्ध वामपंथी अमेरिका की नकल करते रहे हैं। अमेरिकी वामपंथियों की तरह वे भी मानकर चले हैं कि समाज में परिवर्तन कराने का सबसे कारगर उपाय पाठ्यपुस्तकों का परिवर्तन कराना है और अब वामपंथी प्रोफेसर यशपाल की अध्यक्षता में वे कहना चाहते हैं कि स्कूली स्तर से ही अगड़े-पिछड़ों का भेद मिटाने वाली सामाजिक क्रांति कर डालने के लिए परीक्षाओं का आतंक समाप्त कर देना ही पर्याप्त है। आश्चर्य कि नकल में इतनी आस्था रखने वाली एनसीईआरटी को परीक्षाओं का आतंक खत्म करने का सबसे अच्छा उपाय अर्थात नकल करने देने की पूरी छूट देना क्यों नहीं सूझा।

यहां उल्लेखनीय है कि भारी-भरकम स्कूली पाठ्यक्रम और परीक्षा के आतंक का सिलसिला तब से शुरू हुआ जब सोवियत संघ द्वारा स्पूतनिक छोड़ दिए जाने से अमेरिका स्तब्ध रह गया। उसे पता चला कि आज के संसार में महाशक्ति बनने के लिए रूस के कम्युनिस्टों ने छोटी कक्षाओं के स्तर से ही मेधावी और साधारण छात्रों

को अलग-अलग कर देने तथा मेधावी छात्रों को उनके रुझान के अनुसार छठी कक्षा से ही अलग-अलग विशेषज्ञताओं के स्कूलों में डाल देने का उपाय अपनाया था। उन स्कूलों के दसवीं पास छात्रों को जितनी अधिक जानकारी होती है उतनी अमेरिकी विश्वविद्यालयों के स्नातकों तक को नहीं होती। इससे जब हड़कंप मचा तब अमेरिका में स्कूली पाठ्यक्रम बदले गए और सभी विषयों का गूढ़ और बुनियादी ज्ञान देने वाली पाठ्यपुस्तकें महापंडितों से लिखवाई गईं। उसी के बाद एनसीईआरटी को भी नए पाठ्यक्रम अपनाने और विशेषज्ञों से नई पाठ्यपुस्तकें लिखवाने की सूझी। प्रसंगवश तब एनसीईआरटी की भौतिकशास्त्र की नई पाठ्यपुस्तक का हिंदी अनुवाद जांचते हुए मुझे पता चला कि वह नकल करते हुए अक्ल खर्च करने के मामले में कितनी कंजूस है। अमेरिकी शिक्षाविदों के सुर में सुर मिलाकर पुस्तक की प्रस्तावना में यह कहा गया था कि बच्चों को भौतिकशास्त्र की गूढ़ अवधारणाएं समझाने के लिए हमने ऐसे रोचक उदाहरण ढूंढ़े हैं जो उनके अपने जीवन-अनुभव से जुड़े हुए हों लेकिन अमेरिकी पाठ्यपुस्तक में दिए गए बेसबॉल की गेंद की वक्र गति जैसे कुछ उदाहरण इसमें ज्यों के त्यों टीप दिए गए थे!

सोवियत अनुभव ने ज्ञान-विज्ञान को महाशक्ति बनने की दृष्टि से जो महत्त्व प्रदान कर दिया था उस पर ग्लोबव्यापी नए पूंजीवाद ने अब अपनी मुहर लगा दी है। इतिहास में पहली बार देशों और वर्गों को अगड़ों और पिछड़ों में बांटने में बुद्धि और उच्च शिक्षा की निर्णायक भूमिका हो चली है। विडंबना यह है कि जब अमेरिका में इधर ज्ञान-विज्ञान पर केंद्रित भूमंडलव्यापी नए पूंजीवाद का उदय हो रहा था तब उधर वहां की वामपंथी बिरादरी समतावादी समाज की स्थापना के लिए पढ़ाई और परीक्षा का आतंक समाप्त करने में जुटी हुई थी। उधर दक्षिणपंथी बिरादरी सरकारी खर्च में कटौती करने के नाम पर सरकारी स्कूलों और गरीब छात्रों पर होने वाला खर्च घटवा रही थी। उसी दौर में इधर वामपंथी बिरादरी व्यक्ति स्वतंत्रता के नाम पर हर तरह के अंकुश और अनुशासन का विरोध कर रही थी और दक्षिणपंथी बिरादरी अपने शक्तिशाली मीडिया से समाज में भोग-विलास की ललक बढ़ाती जा रही थी। वामपंथियों और दक्षिणपंथियों के इन अभियानों का कुल मिलाकर नतीजा यह हुआ कि पिछड़े और पिछड़ते चले गए। उच्च शिक्षा पाने वाले गरीबों की संख्या घटने लगी।

ऊपर से देखने में ऐसा लगता है कि परीक्षाओं का आतंक समाप्त करा देने का गरीब छात्रों के उच्च शिक्षा न पा सकने से कोई संबंध नहीं है लेकिन अमेरिका का अनुभव बताता है कि दोनों में सीधा संबंध है। अगर अध्यापकों के लिए बच्चों को न अनुशासन में रखने की छूट हो और न उन्हें परीक्षाओं में अच्छे नंबरों से पास करवाने की कोई जिम्मेदारी तब खस्ताहाल सरकारी स्कूलों से हाईस्कूल पास किए छात्र-छात्राएं लगभग अनपढ़ रह जाते हैं। खासकर इसलिए कि उनके मां-बाप भी न उन्हें

पढ़ा-लिखा सकने की स्थिति में होते हैं और न उन्हें उच्च शिक्षा संस्थानों में पहुंचने के लिए तैयारी कराने की। उच्च शिक्षा की सभी संस्थाएं अपने यहां प्रवेश किसी एक और कभी-कभी अनेक कठिन परीक्षाएं लेने के बाद ही देती हैं। गरीब घरों के छात्र इन परीक्षाओं में फेल होते हैं। पास भी हो जाएं तो उन्हें बढ़िया संस्थानों में प्रवेश नहीं मिल पाता। साधारण संस्थानों में भी उनमें से लगभग एक-तिहाई स्नातक परीक्षा पास करने में विफल रह जाते हैं।

किसी बढ़िया संस्थान में ऊंची शिक्षा पाए युवाओं को मिलने वाला वेतन ज्ञान-विज्ञान केंद्रित नई व्यवस्था में आसमान छूने लगा है तो हाईस्कूल पास करके भी लगभग अनपढ़ रह गए युवाओं को मिलने वाला वेतन बढ़ ही नहीं रहा है या कहीं-कहीं तो घट रहा है। यही नहीं, ग्लोबव्यापी पूंजीवाद के दौर में इन लगभग अनपढ़ रह गए हाईस्कूल पास गरीबों की रोटी-रोजी छीनने के लिए तीसरी दुनिया के उनसे कहीं अधिक मेधावी छात्रों की पूरी फौज खड़ी हुई है। स्थिति ऐसी आ गई है कि *न्यूयॉर्क टाइम्स* में डेविड ब्रुक्स ने टिप्पणी की कि अगर कार्ल मार्क्स होते तो वह लिखते कि वर्ग-संघर्ष सुशिक्षित विशिष्ट वर्ग और अल्पशिक्षित सर्वहारा में हो रहा है। इस वर्ग-संघर्ष में हमारे वामपंथी अगर गरीब छात्रों को बढ़िया से बढ़िया शिक्षा दिलाने की कोई मुहिम छेड़ते तो मार्क्स की आत्मा को सुख मिलता मगर दिक्कत क्या है कि आज के समाज में सत्ता से जुड़कर सुविधाभोग करने वाले वाचाल वामपंथी भी एजेंडा पूरा करवाते हैं।

(31 अक्टूबर, 2005)

कोटा है पर न्याय में टोटा है

इधर कई ऐसी बातें हुई हैं जिन्होंने हमारा ध्यान आरक्षण की समस्या की ओर खींचा है। जैसे यह कि पिछली सरकार द्वारा नियुक्त राष्ट्रीय अनुसूचित जाति आयोग के अध्यक्ष सूरजभान का यह सुझाव देना कि संविधान की धारा 17 में जहां यह है कि 'अस्पृश्यता समाप्त की जा रही है और किसी भी रूप में उस पर व्यवहार निषिद्ध किया जा रहा है' वहां कर दिया जाए 'जाति व्यवस्था और अस्पृश्यता समाप्त की जा रही हैं'। अध्यक्ष महोदय यह भी कह रहे हैं कि आरक्षण समाप्त कर दिया जाए क्योंकि उसका असली दलितों की जगह नकली दलित बड़े पैमाने पर लाभ उठा रहे हैं। उन्होंने इस ओर भी ध्यान दिलाया है कि धारा 17 से प्रेरणा लेकर बनाए गए कानूनों के बावजूद दलितों के प्रति अत्याचार में कोई खास कमी नहीं आई है। जब तक वर्णव्यवस्था है तब तक यह अत्याचार रुकने वाला नहीं है। इसी तरह उत्तर प्रदेश के उच्च न्यायालय ने भी हाल में दो ऐसे निर्णय दिए हैं जो आरक्षण की राजनीति के विरुद्ध गए हैं। एक में तो अलीगढ़ विश्वविद्यालय को 50 प्रतिशत सीटें मुसलमानों के लिए आरक्षित करने देने की केंद्र सरकार द्वारा दी गई छूट को असंवैधानिक ठहराया गया था। दूसरे में यह कहा गया है कि जिन लोगों के लिए कोटा बंधा हुआ है वे अपने कोटे की सीटों के ही हकदार होंगे, यह नहीं कि योग्यता के आधार पर वे अनारक्षित स्थान भी पा जाएं।

दूसरी ओर आरक्षण की राजनीति भी बदस्तूर चलती रही है क्योंकि हमारे नेताओं के अनुसार सामाजिक दृष्टि से दलितों और पिछड़ों को आर्थिक और सामाजिक न्याय दिलवाने का एकमात्र अचूक उपाय आरक्षण है। इसीलिए वर्तमान सरकार के न्यूनतम साझा कार्यक्रम में आरक्षण को निजी क्षेत्र में भी लागू करवाने की बात कही गई थी। इस दिशा में पहला कदम उठाते हुए सरकार ने अब निजी शिक्षण संस्थाओं में दलितों और पिछड़ी जातियों के लिए 25 प्रतिशत आरक्षण करवाने का विधेयक तैयार कर डाला है। जब से नेताओं की समझ में यह आया है कि इस देश में आर्थिक दृष्टि से पिछड़ी आबादी में मुसलमान भी बड़ी तादाद में मौजूद हैं तब से उन्हें आरक्षण देने की बात चल निकली है। पिछड़ी जातियों को आरक्षण दिलवाने के बाद से अब तक जिस तरह की राजनीति हमारे यहां होती रही है उससे यही संकेत मिलता है कि हमारे नेताओं के लिए आरक्षण सामाजिक अन्याय से लड़ने से कहीं ज्यादा वोट बैंक जुटाने का उपाय है।

दिलचस्प मगर दिलदुखाऊ बात यह है कि संघ परिवार से जुड़े सूरजभान हों या अपने को वामपंथी कहने वाले नेता और बुद्धिजीवी, सभी यह मानते हैं कि सामाजिक अन्याय से लड़ने के लिए विधान-संविधान में कोई व्यवस्था कर देनाभर

ही पर्याप्त है। समाज किसी आंतरिक संघर्ष या उद्वेलन से नहीं बदलते, उन्हें परिवर्तन के लिए सरकारी आदेशों की प्रतीक्षा रहती है। सूरजभान का यह कहना बिल्कुल सही है कि कानून बन जाने के बावजूद दलितों के प्रति अन्याय और अत्याचार समाप्त नहीं हुआ है। हाल में हमने बिजनौर में पंचायती चुनावों का बहिष्कार करने वाले दलितों की सवर्णों और पुलिस दल द्वारा पिटाई किए जाने और उनके घर जला दिए जाने के दृश्य टीवी पर देखे। लेकिन सवाल यह है कि जो अत्याचार कानून बना देने पर भी नहीं रुके हैं क्या वे संविधान में अस्पृश्यता के साथ-साथ जातीय व्यवस्था की समाप्ति भी घोषित कर दिए जाने से समाप्त हो जाएंगे? कानून का ठीक से उपयोग नहीं हो रहा है तो उसमें कानून का नहीं, शासकों का दोष है।

जैसे संविधान में लिख देने मात्र से अस्पृश्यता समाप्त नहीं हो गई वैसे ही संविधान द्वारा जाति-व्यवस्था का निषेध कर देने से हिंदू अपने इस कलंक से मुक्त नहीं हो जाएगा। इसके लिए तो आवश्यक है कि सूरजभान जिस संघ परिवार से जुड़े हुए बताए जाते हैं वह मंदिर-मस्जिद के झमेलों में पड़ने के बजाय हिंदुओं में समाज-सुधार करने का कोई व्यापक और प्रभावशाली आंदोलन छेड़े। इसी तरह इसमें भी संदेह नहीं कि दलितों के लिए आरक्षण का लाभ झूठे प्रमाण पत्र बनवाए सवर्णों द्वारा उठाए जाने के मामले बराबर सामने आते रहे हैं। यह भी जगजाहिर है कि आरक्षण का लगभग पूरा लाभ अपेक्षाकृत संपन्न और सत्तावान दलित तथा पिछड़े उठाते रहे हैं। किंतु आरक्षण समाप्त कर दिए जाने से तो उन गरीब दलितों और पिछड़ों का कोई लाभ नहीं होने वाला है जो वास्तव में आरक्षण के अधिकारी हैं। उन्हें लाभ तभी पहुंचेगा जब हम उनकी दशा सुधारने का और उनके बच्चों को उच्च शिक्षा पाने और प्रतियोगी परीक्षाओं में सफल होने के लिए तैयार करने का बीड़ा उठाएंगे। बिहार में हम देख चुके हैं कि मुट्ठीभर लोगों की पहल से कई गरीब घरों के छात्र आईआईटी जैसे संस्थानों में प्रवेश पा सके।

सूरजभान संभ्रम में पड़े हैं तो हमारी प्रगतिशील धर्मनिरपेक्ष ताकतों की स्थिति भी इस मामले में कुछ भिन्न नहीं है। गांधीवादी समाज सुधार और माओवादी क्रांति दोनों से पूरा परहेज बरतते हुए उन्होंने यह मान लिया है कि अब तमाम क्रांतियां सरकारी कानूनों और पाठ्यपुस्तकों के माध्यम से हुआ करेंगी। ऐसी बात कहने पर वामपंथी मित्रों को शिकायत होती है कि आप उन घोर दक्षिणपंथियों में से हैं जो चाहते हैं कि दलितों और पिछड़ों के लिए इस स्तर पर भी लड़ाई न लड़ी जाए। मेरा यह कहना है कि इस स्तर पर अवश्य लड़ी जाए किंतु मात्र इसी स्तर पर नहीं। केवल इसी स्तर पर संघर्ष करने का अर्थ है सामाजिक वास्तविकताओं से मुंह चुराना। अन्यायपूर्ण जाति-व्यवस्था की समस्या बहुत जटिल है और उसके समाधान के लिए

केवल आरक्षण की बात करना अतिसरलीकरण का नमूना है। दलितों और पिछड़ों दोनों के नेता आरक्षण के पक्ष में और सामाजिक न्याय के लिए प्रतिबद्ध हैं किंतु देहात के स्तर पर पिछड़ों द्वारा भी दलितों पर अन्याय की घटनाएं होती ही रहती हैं।

इसी तरह आर्थिक विषमता का सवाल भी बहुत पेचीदा है और उसे केवल जाति-व्यवस्था से जोड़कर देखना भ्रांतिपूर्ण है। विश्वव्यापी नवपूंजीवाद आर्थिक विषमता के प्रश्न को और भी जटिल बनाता जा रहा है क्योंकि उसमें सामाजिक दृष्टि से अगड़े मेधावी व्यक्ति ही सारी मलाई चट कर पाते हैं। कितना भयंकर विरोधाभास है कि आरक्षण व्यवस्था को अपने समताप्रेम का प्रमाण मानने वाली हमारी राजनीति बड़े प्रेम से इसी नवपूंजीवादी अर्थव्यवस्था को स्वीकार कर रही है। इस अर्थव्यवस्था में आरक्षण चल नहीं सकता और आरक्षण से वह स्वयं चल नहीं सकती। अमेरिका में आरक्षण नहीं, अफर्मेटिव ऐक्शन जैसी एक चीज अश्वेतों के हित में की गई थी। वह स्वयं इस अर्थ में विफल रही कि उसका लाभ अधिकतर संपन्न अश्वेतों को ही पहुंचा और नवपूंजीवाद का बोलबाला होते ही लोग-बाग उसके विरोध में अदालतों में पहुंचने लगे और अदालतें उसे असंवैधानिक ठहराने लगीं। हमारे यहां भी यह सिलसिला शुरू हो चुका है। तो हमें इस समस्या से दो स्तरों पर जूझना होगा, एक समाज सुधार के और दूसरे दलितों और पिछड़ों के आर्थिक सशक्तीकरण के। कोटा ही दिलाना हो तो क्यों न दलितों को बड़े उद्यमी बन सकने में सहायता देने की वैसी व्यवस्था कराई जाए जैसी एक बार अमेरिका में अश्वेतों के लिए की गई थी और जिसके नतीजे ठोस निकले थे।

(7 नवंबर, 2005)

लुम्पेन राजनीति और मध्यवर्गीय मूल्य

मध्यवर्ग आधुनिकता की देन है और आधुनिकता के स्वास्थ्य के लिए समाज में उन जीवनमूल्यों का बना रहना बहुत आवश्यक है जिन्हें मध्यवर्गीय कहा जाता है। ये जीवनमूल्य लोगों को विधान-संविधान का वैसा ही आदर करना सिखाते हैं जैसा कभी धर्मशास्त्र का किया जाता था। वे आश्वस्त करते हैं कि लोकतांत्रिक विधान-संविधान वाले समाज में थोड़ी अमीरी-गरीबी भले ही हो किंतु न्याय की दृष्टि से अमीर-गरीब सब बराबर हैं। वे विश्वास जगाते हैं कि परिश्रम और प्रतिभा के सहारे गरीब से गरीब व्यक्ति भी अमीर बन सकता है। इधर कुछ वर्षों से अगड़ा अमेरिका हो या पिछड़ा भारत, मध्यवर्ग और उसके जीवनमूल्य दोनों का ही अस्तित्व संकट में पड़ गया है। इस संकट की जड़ में है एक ऐसी राजनीति जो रात-दिन आम आदमी की बात करती है लेकिन नेताओं और उन्हें चंदा देने वाले पूंजीपतियों का ही खास भला करना चाहती है। इस राजनीति को भ्रष्टाचार बहुत प्रिय है और वह ऐसे बुद्धिजीवियों, दफ्तरशाहों और न्यायाधीशों को तेजी से आगे बढ़ाती है जो आंख मूंदकर सत्तारूढ़ दल और उसके समर्थक पूंजीपतियों के भ्रष्टाचार को भ्रष्टाचार मानने से इनकार करते हों।

इस भ्रष्टाचार के चलते एक ओर मध्यवर्गीय जीवनमूल्य समाज में मूर्खता के पर्याय बनते जा रहे हैं और दूसरी ओर मध्यवर्ग ही खत्म हुआ जा रहा है क्योंकि अमीर और गरीब के बीच भयंकर खाई पैदा हो रही है और समाज में नवसामंतवाद पनप रहा है। भ्रष्ट सत्ता का साथ देने वाले सभी क्षेत्रों के लोग देखते ही देखते अपने जैसे और लोगों के मुकाबले कहीं अधिक संपन्न और शक्तिशाली होते जा रहे हैं। इन नए सामंतों को मध्यवर्गीय अर्थात आधुनिक जीवनमूल्यों का संरक्षण करने वाले व्यक्तियों और मीडिया तथा न्यायालय जैसे संस्थानों से बहुत परेशानी होने लगी है और वे उन पर पक्षपातपूर्ण अनधिकार चेष्टाएं करने और बात का बतंगड़ बनाने के आरोप लगाने लगे हैं। पिछले दिनों हमने देखा कि जब एक केंद्रीय मंत्री बिहार में मतदान के दौरान गैरकानूनी काम करते हुए पकड़े गए अपने प्रत्याशी भाई को हिरासत से छुड़वा लाए और उनके लिए गैर जमानती वारंट जारी किया गया तब उन्होंने कहा कि मेरे भाई के गोली लगी है, ऐसा सुनकर मैं उससे मिलने के लिए थाने गया, इसमें अपराध की क्या बात है।

अमेरिका मध्यवर्गीय जीवनमूल्यों का जन्मदाता है। इन मूल्यों की पकड़ वहां इतनी गहरी है कि एक सीमा के बाद नेता बिरादरी की नवसामंती मनमानी आज भी चल नहीं पा रही है। इसीलिए अमेरिका को बिहार बनाने पर तुले हुए बुश और उनके साथी इधर थोड़े परेशानहाल नजर आ रहे हैं। बुश के लिए कट्टरपंथी ईसाइयों के वोट जुटाने वाले और जायज-नाजायज तरीकों से चुनाव फंड वसूल करने वाले सांसद टॉम

डि ले संसदीय समिति द्वारा अपनी हेराफेरियां पकड़ लिए जाने के कारण राजनीतिक दृष्टि से पिट गए हैं। बुश के चाणक्य कार्ल रोव और लिब्बी, जो बुश के विरोधियों और प्रतिद्वंद्वियों को बदनाम करवाकर बुश की गुड्डी आसमान चढ़वाने की अपनी विद्या के लिए विख्यात रहे हैं, अब बुश की इराक नीति के एक आलोचक को बदनाम कराने के सिलसिले में उसकी पत्नी के सीआईए की गुप्तचर होने की बात चहेते पत्रकारों के माध्यम से उजागर कराकर सीआईए को संकट में डालने के कारण मुसीबत में पड़ गए हैं। लिब्बी को इस्तीफा देना पड़ा है और रोव तथा इस कांड़ से जुड़े पत्रकारों की साख पूरी तरह मिट्टी में मिल गई है।

बुश अमेरिका को बिहार बनाने में भले ही विफल हो जाएं, हमारे नवसामंत भारत को सांस्कृतिक दृष्टि से अमेरिका और राजनीतिक-सामाजिक दृष्टि से बिहार बनाने में निश्चय ही सफल हो पाएंगे। सो इसलिए कि हमारे समाज पर मध्यवर्गीय मूल्यों की पकड़ बहुत ढीली है। भारत में अंग्रेज शासकों ने अपना काम-काज चलाने के लिए मध्यवर्ग का विकास जरूर किया किंतु सामंती ढांचे को बहुत ज्यादा छेड़ा नहीं। उसने विधायिका, कार्यपालिका और न्यायपालिका जैसी जो आधुनिक संस्थाएं हमें दीं वे आजादी की लड़ाई के दौरान हमारे लिए श्रद्धा से अधिक शंका की पात्राएं रहीं। तो आजादी मिलते समय हमारा समाज अर्द्धसामंती था और आजादी के बाद के वर्षों में तमाम तरह के क्रांतिकारी कानून बनने के बावजूद वह अर्द्धसामंती के साथ-साथ नवसामंती भी बन चला है। इस विचित्र समाज के नेता, नेता कम और माफिया सरगना अधिक हैं। उन्होंने राजनीति का अपराधीकरण किया है तो समूची व्यवस्था का राजनीतिकरण भी। आज ऐसी स्थिति पैदा हो गई है कि और तो और, राज्यों की न्यायपालिकाएं तक सत्तारूढ़ दल से प्रभावित पाई जा रही हैं।

सुप्रीम कोर्ट को बेस्ट बेकरी मामले की सुनवाई गुजरात से महाराष्ट्र भेजनी पड़ी और जयेंद्र सरस्वती मामले की तमिलनाडु से पांडिचेरी। जयेंद्र सरस्वती मामले में सुप्रीम कोर्ट ने यह टिप्पणी की कि ऐसा तो अंग्रेजों के शासन में भी कभी नहीं हुआ कि सारे प्रशासन ने किसी आरोपी को ही नहीं बल्कि उसके वकीलों को भी हर तरह से परेशान कर डालने में कोई कसर न उठा रखी हो। सुप्रीम कोर्ट और चुनाव आयोग जैसी संस्थाओं की इस तरह की टिप्पणियां हमारे सभी राजनीतिक दलों को सख्त नागवार गुजरती रही हैं। उन्हें विश्वास ही नहीं हो पाता कि आज भी कुछ लोग नवसामंतों से जुड़कर अपार सुख-भोग की संभावनाएं तलाशने की जगह मध्यवर्गीय जीवनमूल्यों के परिपालन का दुराग्रह हमसे कर रहे हैं। उनकी आंखों में वे लोग भी बहुत खटकते हैं जो मध्यवर्गीय जीवनमूल्यों पर चलते हुए अपने परिश्रम और प्रतिभा के बूते बड़े-बड़े उद्यम खड़े कर सकें। इसीलिए पिछले दिनों भारतीय प्रधानमंत्रियों में अयोग्यतम रहे देवेगौड़ा ने भारत के सफलतम मध्यवर्गीय जीवनदृष्टि वाले उद्यमी

नारायण मूर्ति की निराधार निंदा की। नारायण मूर्ति ने जिस बेंगलूर को साइबरिस्तान के रूप में संसार के नक्शे में प्रतिष्ठित करवाया है उसकी देवेगौड़ा जैसे नेताओं ने हालत इतनी खस्ता कर दी है कि मूसलाधार बरसात होने पर वह शर्म से पानी में डूब गया। मध्यवर्गीय और नवसामंती जीवनमूल्यों के बीच पानीपत की लड़ाई छिड़ी हुई है और सबसे ज्यादा विस्मय और दुख का विषय यह है कि स्वयं हमारे मध्यवर्गीय लोग नवसामंतों को प्रत्यक्ष या परोक्ष समर्थन दे रहे हैं। जेएनयू में मार्क्सवाद का घोटा लगा चुके लोग तक बिहार के माफिया सरगनाओं में जनवाद देख और दिखा रहे हैं।

(14 नवंबर, 2005)

एक ठो आतंकप्रद उदासीनता

दिल्ली में अज्ञात मुजाहिदीनों का दीवाली से पहले धमाके करना उतना आतंकप्रद न था जितना उन धमाकों से हमारे समाज और सरकार के कान पर जूं तक न रेंगना। इसे हमारे मीडिया ने दिल्ली वालों की दिलेरी का नमूना उसी तर्ज पर ठहराया जिस तर्ज पर 9/11 के बाद न्यूयॉर्कवासियों के रोजमर्रा की तरह जिंदगी जीते रहने को अमेरिकी मीडिया ने ठहराया था। वहीं का मुहावरा उधार लेते हुए हमारे मीडिया ने भी कहा कि 'लाइफ गोज ऑन' अर्थात् धमाके कर नहीं सकते कभी आतंकित हमें। किंतु वहां और यहां में एक बड़ा फर्क था, सो यह कि धमाकों के बावजूद वहां के लोग इसलिए फिर से अपने धंधों में लग लिए कि वे आश्वस्त थे कि हमारी सरकार ने आतंक के खिलाफ एक बड़ी जंग छेड़ दी है। यहां इसलिए कि वे जानते हैं कि ऐसे धमाके पहले भी हुए हैं और आगे भी होते रहेंगे। वे समझते हैं कि जिसकी मौत आ गई हो उसे कोई बचा नहीं सकता। देखिए न, उसी दिन आंध्र में रेलगाड़ी के पटरी से उतर जाने से भी बड़ी तादाद में लोग मारे गए, चलो कोई बात नहीं, अपन तो जिंदा हैं, अपन तो जिंदगी का जश्न मनाएं। इसीलिए आम आदमी अगले दिन धनतेरस की खरीदारी पर निकल पड़ा और खास आदमी उर्फ पेज थ्री पर्सनैलिटी उसी रात पेरिस की प्रसिद्ध इत्र कंपनी शैनल द्वारा आयोजित फैशन शो में दोनों गालों पर चुंबन लेने-देने और ऊ ला ला ला कहकर दाद देने का फ्रांसीसी सुख लूट आया।

समाज के ही नहीं, सरकार के स्तर पर भी सब कुछ सामान्य है, इसका सबूत देने के लिए दिल्ली और केंद्र के सत्तारूढ़ कांग्रेसी नेता पहले तो यही मालूम करने में व्यस्त रहे कि मैडम ने इस बारे में क्या बोलने को कहा है, फिर वे मीडिया के सामने कहने आए कि इस समय हमारी प्राथमिकता धमाकों से प्रभावित लोगों को राहत पहुंचाने की है इसलिए हमसे यह न पूछिए कि धमाके कैसे हो गए, किसने किए और इनका हो सकना क्या किसी की लापरवाही का नमूना था। उन्होंने यह नेक सलाह दी कि अफवाहों पर कान न दें, सावधानी बरतें किंतु आतंकित न हों। उन्होंने मीडिया को आश्वस्त किया कि हमें ठोस सुराग मिल चुके हैं, पुलिस अपना काम कर रही है किंतु आप इस बारे में न हमसे कुछ पूछिए और न पुलिस से क्योंकि दोषियों को धरपकड़ने के लिए जरूरी है कि हमारी जांच-पड़ताल का ब्यौरा उन तक न पहुंचे। आगे चलकर इन धमाकों में पाकिस्तानी संगठनों का हाथ होने की बात कही गई और पाकिस्तान ने, जिसे अमेरिका अपने आतंक के खिलाफ जंग में अपना अहम साथी मानता है, कहा कि अगर भारत इस बारे में कोई ठोस सबूत देगा तो हम निश्चय ही गुनहगारों को पकड़ने में उसका साथ देंगे।

हमारे मीडिया के लिए भी सब कुछ सामान्य ही रहा क्योंकि उसने चंद दिनों में

इन धमाकों को भुला दिया और वोल्कर रिपोर्ट में विदेश मंत्री नटवर सिंह और कांग्रेस पार्टी पर किए गए धमाकों पर ध्यान देने लगा। पश्चिम में लोगों को अपनी जान प्यारी है। नेता भी समझते हैं कि अगर जनता को सुरक्षा प्रदान नहीं की गई तो हम चुनाव हार जाएंगे। यही नहीं, अगर आतंक फैलाने वालों को मुंहतोड़ जवाब न दिया गया तो सरकार की साख मिट्टी में मिल जाएगी। वहां सरकारें कठोर कदम उठाती हैं और आतंक से राष्ट्रीय और अंतर्राष्ट्रीय स्तर पर निपटने के लिए अपनी रणनीति तय करती हैं। मीडिया 'आतंकविरोधी जंग' को बराबर सुर्खियों में बनाए रखता है। हमारा मीडिया जानता है कि हम हर तरह के आतंक के आदी हैं— वह सामंतों का हो, डकैतों का हो, पुलिस का हो, अलगाववाद का हो, क्षेत्रीय और सांप्रदायिक उन्माद का हो या फिर माफिया सरगनानुमा हमारे नेताओं का हो। मीडिया से यह भी छिपा नहीं है कि हम स्वार्थ को छोड़ और किसी बात के लिए बहुत चिंतित रहना या पराई पीर सचमुच अपनी समझ बैठना मूर्खता मानने लगे हैं। इसीलिए कोई भी समस्या हमारे लिए दो-एक दिन से ज्यादा सुर्खियों में नहीं रहती और हम मानकर चलते हैं कि हमारी हर समस्या समाधान से परे है।

यह भारतीय समाज में ही संभव है कि जनता के चुने हुए नेता पुलिस बल को निस्संकोच मुख्य रूप से अपनी और अपनों की सुरक्षा में लगाएं और जनता को अपने हाल पर छोड़ दें। यही नहीं, पुलिस बल को इतना क्रूर और भ्रष्ट बना दें कि वह प्रदर्शनकारियों पर गोलियां चला सके, दोषी और निर्दोष हर किसी को आतंकित करके घूस वसूल सके। जिस समाज में हृदयहीनता इस हद तक पहुंच चुकी हो कि पुलिस का सब-इंस्पेक्टर आत्महत्या के मामले में परिवार वालों से शव लौटाने की घूस मांगे उसमें अगर मीडिया और हमारे नेताओं ने हमारी दीवाली बेमजा न करने की खातिर हमले के शिकारों का दुख आया-गया कर दिया हो तो क्या आश्चर्य। कहा जा सकता है कि आतंक को आतंक न मानना सही रणनीति है। यदि हम आतंकित नहीं होते हैं तो आतंकवादियों का उद्देश्य विफल हो जाता है और उनका मनोबल टूटता है। सच्चाई यह है कि हर किस्म के आतंकवादी भारत को अपनी प्रमुख प्रयोगशाला बनाए हुए हैं। भारत ही है जिसके संसद भवन तक को आतंकवादी निशाना बना सके। अमेरिकी गुप्तचर संस्था सीआईए के अनुसार भारत में जितनी आतंकवादी घटनाएं हुई हैं उतनी दुनिया के किसी देश में नहीं।

आतंक के खिलाफ जंग भले ही छेड़ी अमेरिका ने हो, उसका बुरा असर भारतीय उपमहाद्वीप पर पड़ने वाला है। यह हमारा दुर्भाग्य है कि सत्ता पाने की होड़ में लगा हमारा कोई भी दल न इस बात को समझ रहा है और न आतंक से निपटने की राजनीतिक संकल्पशक्ति दिखा पा रहा है। हमारी सेक्युलर ताकतों का यह हाल है कि उन्होंने तत्कालीन गृहमंत्री मुफ्ती मुहम्मद सईद की अगवा कर ली गई बेटी को छुड़वाने के

लिए आतंकवादियों के आगे घुटने टेककर कश्मीर में पाकिस्तान प्रेरित आतंकवादियों का उत्साह बढ़ाया। उनका सेक्युलरिज्म समझता है कि भारतीय मुसलमान ओसामा बिन लादेन के अनन्य भक्त हैं इसीलिए बिहार में ओसामा बिन लादेन का रूप बनाए एक व्यक्ति विशेष की सेवाएं पिछले चुनाव में सेक्युलर रामविलास पासवान ने लीं और इस बार सेक्युलर लालू प्रसाद ले रहे हैं। आर-पार की लड़ाई की बात कहने वाली हिंदुत्ववादी ताकतें उनसे पीछे नहीं। उन्होंने तो अगवा कर लिए गए एक भारतीय यात्री विमान को छुड़वाने के लिए अपनी कैद से चोटी के आतंकवादी ससम्मान अफगानिस्तान पहुंचवा दिए जहां से पाकिस्तान जाकर उन्होंने भारत के खिलाफ आतंकवादी मुहिम और तेज कर दी। आतंकवाद के प्रति इस आतंकप्रद उदासीनता को अगर हमने नहीं छोड़ा तो वह हमें और हमारे धर्मनिरपेक्ष लोकतंत्र को कहीं का नहीं छोड़ेगा। हम इस तथ्य से आंखें नहीं चुरा सकते कि पश्चिम की गलतियों से ही सही, इस्लाम के नाम पर जो पश्चिम विरोधी आतंकवादी मुहिम छिड़ी हुई है वह सारी दुनिया पर इस्लाम का परचम फहराने का सपना देख और दिखा रही है। उसके निशाने पर पश्चिम ही नहीं, भारत का धर्मनिरपेक्ष लोकतंत्र भी है। मुजाहिदीन की आंखों में इस्लामी धर्म राज्य का जो सपना है उसका जन्म भारत के स्वाधीनता संघर्ष के दौरान हुआ था और उसी के परिणामस्वरूप उस पाकिस्तान का जन्म हुआ था जो आतंकवाद को हमारे खिलाफ एक सस्ते हथियार के रूप में इस्तेमाल करता आया है। हमें यह भी याद रखना होगा कि इस समय पाकिस्तान आतंक के खिलाफ जंग में अमेरिका का साथ दे रहा है इसलिए अमेरिका उसे हमारे खिलाफ आतंकवादी कार्रवाई से रोकेगा नहीं। हमें उससे निपटने के लिए स्वयं ही राष्ट्रव्यापी सहमति से कुछ करना होगा।

(21 नवंबर, 2005)

मनुवाद, मुल्लावाद मुर्दाबाद

भुवनेश्वर के लिंगराज मंदिर में हिंदू से विवाहित और आर्य समाज में धर्म परिवर्तन करा चुकी किसी अमेरिकी महिला को न घुसने दिए जाने पर विहिप के आचार्य गिरिराज किशोर उवाचे : सभी धार्मिक स्थलों के अपने नियम होते हैं और यह प्रशंसा का विषय है कि पुरी के जगन्नाथ और भुवनेश्वर के लिंगराज मंदिर अपने नियम किसी के लिए भी नहीं तोड़ते। जगन्नाथ मंदिर में तो एक बार प्रधानमंत्री इंदिरा गांधी को इसलिए रोक दिया गया था कि उनके पति पारसी थे। इतना जरूर है कि बदलते समय के आग्रहों के अनुसार नियमों में बदलाव करने की बात सोची जानी चाहिए। मध्य भारत की एक मुस्लिम महिला द्वारा अदालत में जाकर तलाक ले लेने और दूसरी शादी कर लेने पर वहां के मुफ्ती साहब फरमाए कि तलाक मंजूर करने वाला मजिस्ट्रेट गैर-मुस्लिम था, लिहाजा उसका मंजूरशुदा तलाक और औरत का दूसरा निकाह दोनों हराम हैं। ये दोनों घटनाएं और टिप्पणियां दर्शाती हैं कि इस देश में हिंदुओं और मुसलमानों के रहनुमाओं का नजरिया उतना भी आधुनिक नहीं रह गया है जितना कि भारतीय पुनर्जागरण के समय था। फिर स्वाधीनता के लंबे संघर्ष के दौरान दोनों ही समुदायों का नेतृत्व ऐसे लोगों ने संभाला था जो आधुनिकता के कायल थे। उस सबके बावजूद यदि देश का विभाजन होकर रहा तो इस 'सभ्यताओं की टकराहट' के दौर में जो न हो, सो कम। पुनर्जागरण के दौर में जो लोग हिंदुत्ववादी थे वे तक यह मानते थे कि विधर्मी चुनौती का सामना करने के लिए सबसे बड़ी जरूरत स्वधर्म का सुधार है।

इस सिलसिले में वे वर्णव्यवस्था और जात-पात के दुराग्रह कम करने या खत्म कर देने की बात करते थे। वह संसार को बताना चाहते थे कि हिंदुत्व विश्व का सबसे अधिक सहिष्णु धर्म है। वे एक ओर वर्णव्यवस्था खत्म करके हिंदुओं के लिए धर्म परिवर्तन को अनाकर्षक बनाना चाहते थे वहीं दूसरी ओर वे विधर्मियों को हिंदू बनाने की व्यवस्था करना चाहते थे। आर्य समाज का शुद्धि आंदोलन इसका एक उदाहरण है। यद्यपि आरएसएस ब्राह्मण वर्चस्व वाला संगठन रहा था तथापि अपने जात-पात के नजरिये के कारण वह आर्य समाज के बहुत निकट था और कट्टर सनातनी उससे नफरत करते थे। विहिप संघ परिवार का एक हिस्सा है और उस पर सारे विश्व में हिंदुओं को संगठित करने और हिंदू धर्म का डंका बजाने की जिम्मेदारी सौंपी गई है। अगर विहिप का कोई प्रवक्ता किसी हिंदू मंदिर द्वारा अपने नियमों के कठोर पालन के लिए हिंदू धर्म की तथाकथित उदारता की अवहेलना करना प्रशंसनीय ठहराता है तो कौन भकुआ यह मानेगा कि हिंदू बहुत सहिष्णु होते हैं!

जिस धर्म में देश की हिंदू प्रधानमंत्री तक को जगन्नाथ मंदिर में इसलिए नहीं

घुसने दिया जाता है कि उसका विवाह गैर-हिंदू से हुआ था और हिंदू से विवाह कर चुकी गैर-हिंदू स्त्री के लिए भी मंदिर में प्रवेश निषिद्ध माना जाता है, उसके प्रति आज के विश्व में कौन आकर्षित होगा। अगर आरएसएस के नेताओं को भाजपा में गए अपने स्वयंसेवकों की सिद्धांतहीन राजनीति आपत्तिजनक लग रही है तो विहिप में गए अपने स्वयंसेवकों का मनुवादी हिंदुत्व क्यों आपत्तिजनक नहीं लग रहा है? विहिप के संत-महात्माओं, पंडा-पुरोहितों और शंकराचार्यों के चक्कर में पड़ने पर उसे आपत्ति क्यों नहीं हुई है? यदि विधिवत हिंदू बन चुके व्यक्ति तक हिंदुओं के मंदिर में प्रवेश नहीं कर सकते तो फिर आरएसएस किस मुंह से कहता है कि हिंदू की हमारी अवधारणा में भारत का हमारा मुस्लिम समुदाय भी शामिल है। कूटनीति-कौशल का परिचय देते हुए आचार्य गिरिराज किशोर ने बदले समय के अनुसार नियमों में परिवर्तन करने की बात अवश्य की किंतु यह काम संबद्ध मंदिरों के व्यवस्थापकों पर ही छोड़ दिया। दूसरे शब्दों में यह कि उन्होंने ऐसे किसी परिवर्तन के लिए कोई पहल करना या व्यापक आंदोलन छेड़ना विहिप की जिम्मेदारी नहीं मानी। विहिप की जिम्मेदारी तो बस मुस्लिम विरोध तक सीमित है। अपना हिंदुत्व सिद्ध करने के लिए वह हद से हद दंगों में मुस्लिम समुदाय को जान और माल का नुकसान पहुंचा सकती है।

सेक्युलर ताकतों का आज हिंदू समुदाय के संदर्भ में योगदान इतना भर है कि वे जाति और क्षेत्रीय राजनीति को प्रगतिशीलता के प्रमाणपत्र बांटती फिरें। हमारे सभी किस्म के नेताओं का नजरिया जितना प्रतिक्रियावादी हिंदू समुदाय के संदर्भ में है, उतना ही मुस्लिम समुदाय के भी। इस प्रतिक्रियावाद के प्रताप से ही देश की किसी अदालत का कोई फैसला किसी मुफ्ती द्वारा इस आधार पर अमान्य ठहरा दिया जाना संभव है कि जज गैर-मुस्लिम था। जब मुस्लिम पुनर्जागरण के नेताओं ने इस्लाम के गौरवमय अतीत को लौटा लाने की बात की थी तब वह यह मानकर चले थे कि पश्चिम से टक्कर लेने के लिए मुसलमानों को आधुनिक शिक्षा और नजरिया दोनों अपनाने होंगे और आपसी भेदभाव मिटा देने होंगे।

आज इस्लाम के गौरवमय अतीत की ओर लौटने की बात जो लोग कह रहे हैं वे इस्लाम के अभ्युदय के दौर की अरब धार्मिक दृष्टि और जीवनपद्धति सारे संसार में स्थापित कर देने का संकल्प लेकर चले हैं। उनके मन में विधर्मी तो दूर, गैर-सुन्नी मुसलमानों तक के लिए कोई सहानुभूति नहीं है और सुन्नियों में भी उन्हें वही असली मुसलमान लगते हैं जो कट्टरपंथी वहाबी मत को मानते हों। उनका आतंकवाद अपने से अलग राय रखने वाले मुसलमानों को भी अपना निशाना बनाता है। सबसे विडंबनापूर्ण स्थिति यह है कि पश्चिमी साम्राज्यवाद और पश्चिमी संस्कृति के विरोध में खड़ा हुआ यह विश्वव्यापी मुस्लिम अभियान स्वयं पश्चिम

के सबसे बड़े पिछलग्गू सऊदी अरब के पैसे और पश्चिमी साम्राज्यवाद के आशीर्वाद की देन है। हमारे यहां के मुफ्ती-मुल्ला तो इस अभियान के समर्थक हैं ही, सेक्युलर ताकतें भी उसके विरोध में ऊंचा स्वर उठाने से हिचकती हैं कि कहीं हिंदुत्ववादी न समझ ली जाएं और मुस्लिम वोटर को नाराज न कर दें।

हमारे मुस्लिम नेताओं और बुद्धिजीवियों में भी ऐसे लोग गिने-चुने ही हैं जो आधुनिकता को इस्लाम विरोधी माने जाने का और इस्लाम के नाम पर आतंकवादी हमले किए जाने का मुखर विरोध करते हों या जो यह मानने को तैयार हों कि आधुनिक विमर्श में धर्म की कोई चर्चा नहीं होनी चाहिए। वे अक्सर या तो यह बताने लगते हैं कि इस्लाम मूलतः सहिष्णु, समतावादी और आतंक विरोधी मजहब है या फिर वे उन बातों की ओर ध्यान दिलाने लगते हैं जिनकी वजह से मुस्लिम समुदाय में निराशा और नाराजगी फैली है और आतंकवादियों को रंगरूट इकट्ठा करने का अवसर मिल सका है। उन्हें आपत्ति होती है कि सभी मुसलमानों को कट्टरपंथी और आतंकवादी होने के शक के दायरे में क्यों लिया जाता है? उनकी यह सफाई और आपत्ति दोनों ही बस एक हद तक ही सही हैं। उन्हें यह समझना होगा कि मुजाहिदीन इस्लाम की ठीक वही व्याख्या कर रहे हैं जो उसके घोरतम विरोधी करते आए हैं। स्वयं उनकी यही कोशिश है कि मुसलमान और विधर्मी एक-दूसरे को शत्रु मानें और शक की निगाह से देखें। यदि मुसलमानों के सभी सेक्युलर हितैषी जिहाद के खिलाफ जिहाद नहीं छेड़ते और हिंदुत्ववादी मुस्लिम विरोध का अपना इकलौता एजेंडा छोड़ते नहीं तो आगामी दशकों में भारतीय समाज की क्या स्थिति होगी इसकी सहज ही कल्पना की जा सकती है। मनुवाद, मुल्लावाद दोनों का राष्ट्रव्यापी विरोध ही इस उपमहाद्वीप को दुर्दशा से बचा सकता है।

(28 नवंबर, 2005)

नारीमुक्ति और बाजार

इधर मीडिया हमें बताता रहा है कि भारतीय स्त्री 'असर्टिव' हो रही है अर्थात् अपने को, अपने पक्ष को आग्रहपूर्वक प्रस्तुत कर रही है और अपने अधिकारों के लिए लड़ रही है। इसमें संदेह नहीं कि हमारे समाज में स्त्री की स्थिति बदल रही है और उसका स्वाग्रह जोर पकड़ रहा है। लेकिन हमारा ध्यान दो बातों की ओर जाता है। पहली यह कि स्त्री के स्वाग्रह की हमारे समाज में स्वीकृति व्यापक नहीं है। बल्कि यों कहना चाहिए कि समाज उसके बारे में पूरी तरह दोचित्ता है। हमारे मध्यवर्ग को बेटियों का स्वाग्रह स्वीकार्य है किंतु बहुओं का नहीं। और जहां तक देहाती और गरीब तबकों का सवाल है, उनमें तो बेटियों का स्वाग्रह भी अब तक अमान्य है। हमारे अधिकतर राजनीतिक दलों का नजरिया भी इस बारे में व्यावहारिक स्तर पर पूरी तरह परंपरावादी है। दूसरी, और इससे भी अधिक दिलदुखाऊ बात यह है कि हमारा मीडिया पश्चिमी पूंजीवादी मीडिया की नकल करते हुए स्त्री की जिस असर्टिवनेस का गुणगान करता है वह उसके एक खास तरह के कपड़े पहनने और उन्मुक्त भोग की जीवनशैली अपना लेने से संबंध रखती है।

मीडिया में शहरों और कस्बों की उस मध्यवर्गीय स्त्री का खास जिक्र नहीं होता जो घर में और बाहर अपनी एक नई और आधुनिक पहचान बनाने के लिए संघर्ष कर रही है। जो अतिवाद और समझौतापरस्ती दोनों से बचना चाहती है और इसके चलते कभी-कभी दोहरा कष्ट भी पाती है। इसी तरह मीडिया उन देहाती बहनों के स्वाग्रह को भी अक्सर नजरअंदाज करता है जिन्होंने दूर-दराज के पिछड़े क्षेत्रों में स्त्री की दशा सुधारने के लिए सफल अभियान चलाए हैं। मुझ अधकचरे शहरी आधुनिक को कुछ वर्ष पूर्व उत्तरांचल में दो ऐसी स्त्रियों से मिलने का सौभाग्य प्राप्त हुआ जो स्त्री विमर्श और स्त्री स्वाग्रह जैसे फिकरों से सर्वथा अनजान होते हुए भी अपने-अपने देहाती इलाके में स्त्रियों को सशक्त बनाने के सफल अभियान चलाती रही हैं और इस सिलसिले में उदासीन प्रशासन और अवरोधक पुरुष समाज दोनों से लोहा लेती रही हैं। इनमें एक थीं कौसानी की दुर्गा बहन और दूसरी द्वाराहाट की भगवती। आश्चर्य कि उनके बारे में, और तो और, क्षेत्रीय अखबारों तक में कभी कुछ नहीं छपा। मीडिया उसी असर्टिवनेस का कायल है जो पेज थ्री पर्सनेलिटी की हो!

ऐसी सीधी-सादी देहाती स्त्रियां सामाजिक परिवर्तन में कितनी प्रभावशाली भूमिका अपना रही हैं यह इसी से जाहिर है कि *आउटलुक* ने अपने दस वर्ष पूरे होने पर जिन लोगों को सामाजिक क्षेत्र में उल्लेखनीय योगदान के लिए पुरस्कृत किया था उनमें एक पुरुष और एक कस्बाई लड़की को छोड़ बाकी सब ग्रामीण

महिलाएं थीं। दिल्ली के पांच सितारा होटल में आयोजित जिस समारोह में उन्हें पुरस्कार दिए गए उसमें आमंत्रित 'पेज थ्री क्राउड' में वे बेचारी बेमेल लग रही थीं। मीडिया जिन विज्ञापनदाताओं पर आश्रित है उनके मार्केटिंग विशेषज्ञों की दृष्टि से वे देहाती स्त्रियां किसी काम की न थीं। न तो उन्हें मॉडल बनाकर माल बेचा जा सकता था और न वे कभी भोग-उपभोग की महंगी सामग्री की ग्राहक बन सकती थीं। वे सिर्फ इस लायक थीं कि एक दिन उनको दिल्ली बुलाकर सोनिया जी से पुरस्कार दिलवा दिया जाए ताकि सभी उपस्थित पेज थ्री पर्सनेलिटी एक ठो पुण्य कर लेने का सुख पा सकें। मार्केटिंग विशेषज्ञ चाहते हैं कि स्त्री के उस स्वाग्रह का ही गुणगान किया जाए जो बाजारू हो और बाजार में तेजी ला सकता हो।

उन्होंने मीडिया को यह मूलमंत्र दिया कि यौन-भोग और प्रदर्शन को नारीमुक्ति का पर्याय बनाओ और उन्मुक्त भोग-उपभोग को आधुनिक की अन्यतम उपलब्धि ठहराओ, इसी में सबका कल्याण है। इस स्थापना का विरोध करने वालों को व्यक्ति स्वतंत्रता और आधुनिकता दोनों का दुश्मन ठहरा दो। पिछले दिनों मुंबई की किसी महिला ने एक प्रमुख दैनिक द्वारा प्रकाशित सेक्स सर्वे और उसके साथ दिए गए चित्रों को लेकर पुलिस में शिकायत दर्ज करा दी तो मीडिया की प्रतिक्रिया यह रही कि यह प्रेस की स्वतंत्रता पर और आधुनिक समाज पर पोंगापंथियों का किया गया फासीवादी प्रहार है। संबद्ध महिला फासीवादी या पोंगापंथी हो सकती है किंतु उसका यह प्रश्न न फासीवादी था, न पोंगापंथी कि इस तरह के सेक्स सर्वे की प्रामाणिकता क्या है। और उसके साथ चित्र छापने का औचित्य क्या है? पश्चिम में प्रामाणिक सेक्स सर्वेक्षण भी छपते हैं और यौन-व्यापार चित्रावलियां भी किंतु ऐसा नहीं होता कि कोई प्रमुख दैनिक गंभीर सामाजिक विश्लेषण के नाम पर दोनों चीजें एक साथ छापे!

इस सिलसिले में छिड़े मीडिया महायुद्ध में मेरे मित्र महेश भट्ट ने एक सवाल यह उठाया कि भ्रूणावस्था में ही बच्चियों को मार दिए जाने जैसी तमाम कुरीतियों के रहते हुए भी उस महिला ने कुछ चित्रों के प्रकाशन पर इतना बवाल क्यों उठाया? दूसरे शब्दों में यह कि या तो मार्केटिंग विशेषज्ञों के मूलमंत्र का समर्थन कीजिए और नहीं तो यह मान लीजिए कि आप भी बच्चियों की भ्रूण हत्या के समर्थक हैं। मीडिया से यह पूछने की हिम्मत नहीं होती कि आप बच्चियों की भ्रूणहत्या के विरुद्ध अभियान छेड़ने के मामले में उतने ही उदासीन क्यों हैं जितने कि यौन-मुक्ति का अभियान छेड़ने के प्रति उत्साहित। जहां तक नारी का संबंध है, क्या आपके मार्केटिंग विशेषज्ञों का नजरिया बुनियादी तौर से पोंगापंथी फासीवादियों से भिन्न है? क्या वे भी रूढ़िवादियों की तरह यही नहीं मानते हैं कि स्त्री को देखते ही पुरुष को कुल एक बात सूझती है और वह उसी अनुपात में सूझती है जिस अनुपात में

स्त्री की देह उघड़ी हुई हो? फर्क कुल इतना है कि रूढ़िवादियों का धर्म स्त्रियों को पर्दा करने के लिए बाध्य करता है और मार्केटिंग विशेषज्ञों का धर्म उसे नग्न होने के लिए प्रेरित।

इन विशेषज्ञों की सलाह पर ही दिल्ली के व्यापार मेले के स्टॉलों पर काम करने के लिए चुनी गई लड़कियों को दिहाड़ी उस अनुपात में दी गई जिस अनुपात में वे अपना बदन उघाड़ने को तैयार हुईं। साड़ी पहननेवालियों को मात्र तीन सौ रुपये मिला तो मिनी स्कर्ट में आधी जांघें दिखाने को तैयार लड़कियों को तीन हजार। गौरतलब है कि इस खबर पर मीडिया और उससे जुड़े पंडितों ने आक्रोशभरी तो दूर, कोई व्यंग्य-विनोदपूर्ण टिप्पणी भी नहीं की। सच तो यह है कि हमारा मीडिया साड़ी पहनी स्त्री को बहनजी टाइप और मिनी स्कर्ट पहनी स्त्री को स्वतंत्र और स्वाग्रही आधुनिका ठहराने के अभियान में जुटा रहा है। उसके तथाकथित सेक्स सर्वे और फैशन तथा ग्लैमर के पृष्ठ समाज के लिए आधुनिकता की बाजारू परिभाषा करते रहे हैं। उस पर होने वाले महा वाक्‌युद्ध हमें समझा रहे हैं कि बाजार की शक्तियों के दुराग्रह का विरोध करना आधुनिक स्त्री के स्वाग्रह का विरोध करना है। बाजार की मनमानी के खिलाफ आवाज उठाना स्त्री पर पुरुष की मनमानी का समर्थन करना है। अफसोस कि जितनी परवश चहारदीवारी में कैद स्त्री थी लगभग उतनी ही परवश मीडिया से स्वतंत्रता का पाठ पढ़ी हुई पेज थ्री के ग्लैमर में कैद स्त्री होती जा रही है। जैसे उस स्त्री को अपनी पराधीनता से बेखबर रखा जाता है वैसे ही उसे भी रखा जा रहा है।

(5 दिसंबर, 2005)

बिना आलू का समोसा चल सकेगा ?

जिस उत्साह से मीडिया और जनता ने बिहार के चुनावों में नीतीश जी की विजय का या कहें लालू जी की पराजय का स्वागत किया है उसे देखते हुए कोई आश्चर्य नहीं जो इस चुनाव परिणाम को तीसरी आजादी ठहरा दिया जाए। दूसरी आजादी, आपको याद होगा, बिहार के ही जेपी ने हमें दिलवाई थी और उनके आंदोलन से ही 'दोनों' को राजनीतिक दीक्षा मिली थी। नीतीश जी और लालू जी में उस आंदोलन के दौरान बड़ी घनिष्ठता स्थापित हुई और आज भी वे एक-दूसरे को भाई पुकारते हैं। उम्मीद की जाती थी कि दूसरी आजादी के आंदोलन से मिले ये दो नेता बिहार में एक सामाजिक क्रांति करा देंगे। अफसोस कि ऐसा कुछ नहीं हुआ। सवाल यह है कि क्या तीसरी आजादी बिहार का उद्धार कर पाएगी ? क्या बिहार बिना लालू के चल पाएगा ? क्या समोसा बिना आलू के बन पाएगा ? इसका उत्तर खोजने के लिए आपका ध्यान ऐसी चार चीजों की ओर दिलाना चाहूंगा जो इस चुनाव के दौरान देखने-सुनने को मिलीं।

पहली थी, नीतीश के परिवार की छवियां जो यह बताने के लिए दिखाई गईं कि केंद्र में मंत्री रह चुके इस बड़े नेता का परिवार आज भी साधारण हैसियत वालों का जीवन व्यतीत कर रहा है। परिवार में किसी ने भी न एमएलए-एमपी बनने की कोशिश की है और न नीतीश जी की राजनीतिक सत्ता से कोई लाभ उठाया है। सत्ता का दुरुपयोग हमारे लिए इतना सामान्य और सहज स्वीकार्य हो चला है कि मीडिया ने नीतीश जी को और उनके परिवार को एक अजूबे के रूप में हमारे सामने रखा। मीडिया ने हमें यह भी बताया कि नीतीश जी अपने राजनीतिक परिवार में इतने व्यस्त रहते हैं कि वह अपने असली परिवार के लिए नहीं के बराबर समय निकाल पाते हैं। बाकी तीनों चीजें नीतीश जी के इसी राजनीतिक परिवार से संबंध रखती थीं।

उनकी अपनी पार्टी के नेता दिग्विजय सिंह को हमने मतगणना की पूर्व संध्या पर यह कहते सुना कि इस बार क्या नतीजा निकलेगा, यह कह सकना बहुत कठिन है क्योंकि बिहार में पहली बार निष्पक्ष चुनाव कराए जा सके हैं। केंद्र में मंत्री रह चुके इस नेता ने यह स्वीकार किया कि 'न वह चुनाव निष्पक्ष हुआ था जिसमें मैं जीता था और न वह जिसमें मैं हारा था।' इसका मतलब यह हुआ कि अगर बड़े पैमाने पर केंद्रीय सुरक्षा बल न तैनात किए जाएं और चुनाव आयोग का पर्यवेक्षक पूरी सख्ती न बरते तो निष्पक्ष मतदान हो ही नहीं सकता। नीतीश जी के राजनीतिक परिवार की इस सख्ती के बारे में क्या राय है, उनके समाजवादी भाई लालू जी और कांग्रेस के बिहार चुनाव प्रभारी ने यह कहकर मत जाहिर किया कि चुनाव आयोग सख्ती के नाम पर ज्यादती और निष्पक्षता के नाम पर पक्षपात कर रहा है।

इन ज्यादतियों के नमूने थे मतदाता सूची में से फर्जी नाम काटना, बाहुबलियों को मतदान में गड़बड़ी न करने देना और गड़बड़ी करने के आरोप में गिरफ्तार एक उम्मीदवार को उसके केंद्रीय मंत्री भाई द्वारा छुड़वा लिए जाने को अपराध ठहराना। दूसरे शब्दों में यह कि समर्थ के सौ खून माफ न करना सरासर ज्यादती है। उनके लिए और उनके समर्थकों के लिए सत्ता का एक ही अर्थ रह गया है— लूट की छूट। इसलिए लोकतंत्र में सत्ता पाने के लिए बूथ लूटना कैसे गुनाह माना जा सकता है! ऐसी स्थिति में हमारी राजनीति सामाजिक न्याय का नाम लेकर किए गए क्रांतिकारी अपराधों का पर्याय बन गई है। लोकप्रिय नेता बाहुबल का सहारा ले रहे हैं और बाहुबली लोकप्रिय नेता बनते जा रहे हैं। अपने को राष्ट्रवादी या क्रांतिकारी बताने वाले दल भी अलग-अलग नेताओं के गिरोहों के गठबंधनों की शक्ल ले चुके हैं। तो बिहार चुनाव से जुड़ी हुई आखिरी यादगार छवि थी— उप-मुख्यमंत्री पद के लिए सुशील कुमार मोदी का नाम तय होते ही अश्विनी कुमार चौबे के निराश समर्थकों द्वारा टीवी कैमरों के आगे तांडव कर उठना।

मोदी और चौबे दोनों एक ही दल के नेता हैं। मोदी के उप-मुख्यमंत्री बना दिए जाने पर चौबे के समर्थकों की निराशा और नाराजगी की वजह यही है न कि उन्हें लगा कि सत्ता का दुरुपयोग अब हम नहीं करवा पाएंगे, मोदी के समर्थक करवा पाएंगे। पिछड़ी जातियां कर सकेंगी, हम सवर्ण नहीं कर सकेंगे। अगर उन्हें अपने ही दल का उप-मुख्यमंत्री पिछड़ी जाति का होने के कारण अपने 'किसी काम' का नहीं लगता तो किसी अन्य दल के पिछड़ी जाति के मुख्यमंत्री को भला वे कैसे और कब तक अपने काम का मानते रह पाएंगे? पहली आजादी से लेकर तीसरी आजादी तक आम भारतीय मतदाता ने एक ही इच्छा व्यक्त की है कि उसे अच्छा प्रशासन मिले, न्याय मिले और बेहतरी के अवसर मिलें। किंतु हमारी राजनीतिक बिरादरी ने इस जनादेश को सत्ता पाते ही हमेशा भुला दिया। उसने भावुक किस्म की क्रांतिकारी अथवा धार्मिक, जातीय या क्षेत्रीय नारेबाजी की है और उसकी चापलूस बौद्धिक बिरादरी उसकी उस खोखली नारेबाजी में सैद्धांतिकता का भूसा भर-भरकर अपना घर भरती रही है।

सत्ता से जुड़े इन लुटेरे नेताओं और बुद्धिजीवियों के चलते ही इस देश में क्रांतिकारिता और सामाजिक न्याय का शोर जितना ही बढ़ रहा है 'गुड गवर्नेंस' उर्फ सुशासन और 'डवलपमेंट' उर्फ विकास की बात उतनी ही महत्त्वहीन होती चली जा रही है। 'ग्रासरूट लेवल' से जुड़े लालू जी और उनके साथियों ने बिल्कुल सही फरमाया कि चुनाव में इस तरह के मुद्दों का कोई मतलब नहीं होता। मतदाता ने भले ही उन्हें गलत सिद्ध कर दिया हो, राजनीतिक बिरादरी में लालू जी के दुश्मन तक इस मामले में उनके हमखयाल हैं। अगर ऐसा न होता तो मध्य प्रदेश और

राजस्थान में सुशासन और विकास के नाम पर चुनाव जीते 'शाइनिंग इंडिया' मार्का भाजपाई नेता आपसी लड़ाइयों से ही अपना नाम रोशन न कर रहे होते। इसके चलते यह कहा जा सकता है कि सत्तालूट-सुख के समोसे के लिए लालूनीत आलूवत अनिवार्य रहेगी। यह सही है कि लोकतांत्रिक उर्फ मध्यवर्गीय मूल्यों से चिपके नीतीश जी जैसे कुछ नेता, बिहार के मुख्य सचिव कंग जैसे कुछ दफ्तरशाह और चुनाव आयोग तथा सुप्रीम कोर्ट जैसे कुछ संस्थान अब भी हमारे बीच हैं और सच्चा राजनीतिक संकल्प हो तो आम आदमी की स्थिति-परिस्थिति में थोड़ा-बहुत सुधार कर दिखाया जा सकता है। किंतु ऐसा संकल्प आज क्या, आजादी मिलते समय भी हमारी राजनीतिक बिरादरी में था नहीं। बिहार चुनाव के दौरान जहानाबाद में हुए नक्सलवादी हमले के बाद जब यह सुनने को मिला कि आर्थिक दृष्टि से सबसे पिछड़े लोगों यानी आदिवासियों और खेतिहर मजदूरों की स्थिति आज आजादी के समय से भी बदतर है तब किसी ने भी राजनीतिक संकल्प के अभाव की चिंता व्यक्त नहीं की। आजादी के तुरंत बाद के दौर में भारतीय कम्युनिस्ट पार्टी इसी सितमजदा तबके को संगठित करके क्रांति कराने वाली थी। इतने वर्षों में कोई अंतर आया तो यही कि कम्युनिस्ट पार्टी का एक धड़ा सर्वहारा के दिन बदलवाने के लिए लालू जी से जुड़ गया और दूसरा पासवान जी से और दोनों ही उस कांग्रेस का भी समर्थन कर रहे हैं जिसने जमींदारी उन्मूलन बिल और भूदान आंदोलन के बावजूद वास्तविक भूमि सुधार नहीं किया। और हां, यह भी कि जो नक्सली सशस्त्र क्रांति की बात कर रहे हैं उन्हें कम्युनिस्ट पार्टी अव्यावहारिक और रोमानी ठहरा रही है। जब क्रांतिकारी ही क्रांतिकारी परिवर्तन को अव्यावहारिक मानने लगे हों तब अकेले नीतीश क्या कर सकेंगे।

(12 दिसंबर, 2005)

भजना भाजपा का स्यूइसाइड मंत्र

मध्य प्रदेश को जिस दिन भाजपा दो वर्षों में तीसरा और पहले दो से भी अधिक अनुभवहीन मुख्यमंत्री दे रही थी उस दिन वहां के एक प्रमुख दैनिक में इस आशय का समाचार छपा कि उमा भारती दुबारा मुख्यमंत्री न बनाए जाने से इतनी दुखी हुईं कि उन्होंने आत्महत्या करने की धमकी दे डाली और अपना स्यूइसाइड नोट पार्टी के मध्य प्रदेश प्रभारी अरुण जेटली को भेज दिया। उमा भारती ने इस खबर का खंडन करते हुए चुनौती दी कि अरुण जेटली स्यूइसाइड नोट दिखाएं। संवाददाताओं ने इस बारे में अरुण जेटली को घेरा तो उन्होंने उनके प्रश्न को अनसुना कर दिया और अगले दिन बड़े संयत स्वर में यह फरमाया कि 'बिग पिक्चर' यह है कि उमा भारती एक खिसियानी बिल्ली हैं जो स्यूइसाइड नोट को लेकर खंभा नोंचने में लगी हुई हैं। जेटली साहब को अपने चश्मे का नंबर बदलवाना चाहिए क्योंकि बिग पिक्चर तो यह है कि भाजपा ने मध्य प्रदेश में अपना स्यूइसाइड नोट लिख डाला है।

प्रमोद महाजन, सुषमा स्वराज और उमा भारती के साथ-साथ अरुण जेटली भी भाजपा की अगली पीढ़ी के नेताओं के रूप में हमारे सामने प्रस्तुत किए जाते रहे हैं और उमा भारती के मध्य प्रदेश के मुख्यमंत्री बनने से लेकर अब तक ऑफ रिकॉर्ड और ऑन रिकॉर्ड यह प्रमाणित कर चुके हैं कि उनमें अटल-आडवाणी की जगह लेने के लिए जबर्दस्त होड़ मची हुई है और जेटली, महाजन और सुषमा स्वराज तीनों आपस में निपटने से पहले मिलकर उमा भारती को इस दौड़ से बाहर करना चाहते हैं। उनका यह मंसूबा इन पंक्तियों के छपने तक पूरा हो चुका होगा। मध्य प्रदेश में भाजपा का वही हाल होगा जो उत्तर प्रदेश में कल्याण सिंह को निकालने से हुआ था। उस पार्टी का क्या भविष्य हो सकता है जिसके भावी नेता पुराने नेताओं के जिंदा रहते हुए ही गद्दी के लिए लड़ना शुरू कर देते हैं। जिसके अगड़ी जातियों के तीनों भावी नेता पिछड़ी जाति की अपनी एकमात्र प्रतिद्वंद्वी का पत्ता साफ करने के लिए एकजुट हो जाते हैं। जिसके पुराने सवर्ण नेता अटल-आडवाणी-जोशी शहरी दुकानदारों की पार्टी समझी जाने वाली भाजपा को कमंडल में मंडल रखकर व्यापक जनाधार दिलाने की अपनी सोची-समझी रणनीति को भुलाकर उन जनाधारहीन चेलों का साथ देते हैं जिन्होंने उन्हें 'फील गुड' करा-कराकर अपनी शक्ति बढ़ाई।

उस पार्टी का क्या भविष्य हो सकता है जिसे वोट दिलवाने वालों से ज्यादा आस्था नोट दिलवाने वालों में हो और जो वकालत छांटने वालों को सिद्धांतों की बात करने वालों से बेहतर समझती हो? अरुण जेटली एक कुशल वकील हैं और प्रमोद महाजन पार्टी का बहुत ही संयत और सुलझा चेहरा मीडिया के सामने प्रस्तुत

करने वाले प्रवीण प्रवक्ता। लेकिन उन दोनों ने ही इस बात का कोई सीधा उत्तर नहीं दिया कि बगैर मतदान किए आपको कैसे पता चल गया कि विधायक दल किसे अपना नेता चुनना चाहता है। अगर बिग पिक्चर यही थी कि उमा भारती को बहुमत प्राप्त न था और किसी कारण से आप स्वयं या आपका संसदीय मंडल उमा भारती को मुख्यमंत्री की गद्दी के योग्य नहीं समझता था तो आप मतदान से कतराए क्यों ? महाजन का तर्क यह था कि विधायक दल के संविधान से भाजपा का केंद्रीय संविधान बड़ा होता है और उसमें कहा गया है कि संसदीय बोर्ड को मंत्रिमंडल में मार्गदर्शन का भी हक है। इसी के तहत उसने विधायक दल के नेता के लिए नाम चुनकर भेजा है। मानो मार्गदर्शन में ऊपर से मुख्यमंत्री थोप देना भी शामिल हो!

सत्ता का खून मुंह में लग जाने के बाद नीति और सिद्धांतों की दुहाई देने वाली भाजपा के पूरी तरह से अनैतिक और अभद्र हो जाने का इससे बड़ा क्या प्रमाण हो सकता है कि उसे यह जानने में जरा भी दिलचस्पी नहीं कि उमा भारती के स्यूइ-साइड नोट का समाचार किसने और क्यों छपवाया। जाहिर है कि उमा भारती ने तो छपवाया नहीं। वह इस समाचार का खंडन कर चुकी हैं। अरुण जेटली क्यों नहीं कर रहे हैं। अगर इसलिए कि अत्यंत संवेदनशील समझी जाने वालीं उमा भारती ने सचमुच ही कोई ऐसी बात की थी तो भोली-भाली भद्र छवि प्रस्तुत करने वाले और मुंह में रसगुल्ले भरकर बोलने वाले अरुण जेटली ने उसे लीक होने देकर बेहद कुरुचि दिखाई। अगर झूठ थी तब तो उनका आचरण और भी अधिक कुरुचिपूर्ण कहा जाएगा। हमें मानना होगा कि यह खबर उमा जी को हास्यास्पद ठहराने की नीयत से उड़ाई गई। बाद में प्रमोद महाजन ने अनुशासनहीनता का आरोप लगने पर उमा जी द्वारा गैरकूटनीतिक आवाज और अंदाज में उठाए गए किंतु बिल्कुल सही सवालों को हंसी में उड़ाकर इस अनुमान की पुष्टि की।

उमा जी के साथ जो किया गया उसमें कोई भी व्यक्ति भावावेश में आ सकता था और वह तो भावुकता के लिए बदनाम हैं। यह सही है कि अति-संवेदनशीलता राजनीति में बाधक होती है किंतु यह भी सही है कि भावावेश में आने वाले व्यक्ति ही मतदाता में भावावेश जगा पाते हैं। भावावेश में वही व्यक्ति आता है जो बुनियादी तौर पर सरल और निष्कपट हो। तो आत्महत्या की धमकी का समाचार छप जाने को आया-गया करके और उमा जी के सवालों को हंसी में उड़ाकर भाजपा ने मतदाताओं की नजरों में खुद को गिराया है। उमा जी ने पार्टी द्वारा घोषित सिद्धांतों से हट जाने की बात करते हुए खुद को उन पर दृढ़ रहने के अर्थ में असली भाजपा बताया तो चुटकी ली गई कि कल वह खुद को भारतमाता भी कह सकती हैं। अर्थात् किसी पगली की बातों पर क्यों ध्यान दिया जाए।

भाजपा की सिद्धांतहीनता अब मतदाताओं से छिपी नहीं रह गई है। इसलिए

सिद्धांतहीनता का प्रश्न उठाने वाले को पागल बताना आत्मघाती पागलपन का नमूना ही कहा जा सकता है। यह देश का दुर्भाग्य है कि कांग्रेस का विकल्प बन सकने का सपना देखने-दिखाने वाली भाजपा स्वयं घासलेटी कांग्रेस बनकर रह गई है। कांग्रेस में कई तरह की विचारधाराओं के मौजूद रहने के कारण सिद्धांतहीनता का संकट रहता आया है लेकिन मोटा-मोटी वह सदा थोड़ी-सी वामपंथी रही है। भाजपा मध्यमार्गी बनने का नाटक करते हुए छोटे परचूनियों की पार्टी से प्रचंड पूंजीवादियों की पार्टी बन चुकी है और उसने राम और रोटी का अपना मतदाता-रिझाऊ नारा भुला दिया है। कांग्रेस की तरह भाजपा भी आंतरिक लोकतंत्र को धता बताकर ऊपर से निर्णय थोपने लगी है। अंतर यह है कि कांग्रेस में किसी एक व्यक्ति को आलाकमान मान लेने की परंपरा रही है किंतु भाजपा में नहीं। इसलिए उसमें हर ऊपर से थोपा निर्णय भयंकर संकट का कारण बनता आया है। वह भारी बहुमत से चुनाव जीतने के बावजूद बार-बार मुख्यमंत्री बदलने के लिए अभिशप्त हो चली है। भाजपा को लोकप्रिय नेताओं को न पनपने देने का कांग्रेसी रोग भी लग गया है। कांग्रेस की तरह वह भी पांचसितारा होटलों में पूंजीपतियों के साथ उठने-बैठने वाले कुशल दलालों को कार्यकर्ताओं के साथ धूल फांकने वाले नेताओं से अधिक महत्त्व देने लगी है। जिन कमजोरियों के चलते आलाकमान की अंधभक्ति की परंपरा के बावजूद कांग्रेस का वर्षों से चला आया राजनीतिक वर्चस्व देखते ही देखते खत्म हो गया उन्हें अपनाकर भाजपा मध्य प्रदेश, राजस्थान, और गुजरात जैसे चंद गढ़ों में भी अपना सफाया करा बैठेगी।

(19 दिसंबर, 2005)

यह कोर्स बहुत है बोर-बोर

बोर होना एक आधुनिक मन:स्थिति है। अपनी पीढ़ी में आधुनिकता का दावेदार बनकर मैंने 'बोर हो गए' को अपना तकियाकलाम बना लिया। जिस पर घर में मेरा नाम ही बोर साहब पड़ गया। जितनी ही हमारे समाज में आधुनिकता बढ़ रही है उतनी ही बोरियत की बीमारी भी। और यह भी गौरतलब है कि बोरियत का अहसास कर सकने की उम्र भी तेजी से घट रही है। आलम यह है कि अभी उस दिन मैंने अपनी तीन साल की पोती को यह कहते सुना कि मैं बोर हो गई हूं। बोर हो जाने की इस नई मन:स्थिति के लिए इधर नई पीढ़ी को 'झिल गए' और 'पक गए' जैसे नए मुहावरे चलाने पड़े हैं। आज यह बोर विषय उठाने की वजह यह है कि हमारे प्रगतिकामी शिक्षाविदों ने कोर्स बदलवाने और नई पाठ्यपुस्तकें लिखवाने की जो कवायद शुरू की है उसमें बच्चों को प्रगतिशील संस्कार और दृष्टि देने के राजनीतिक उद्देश्य के साथ-साथ उनकी पढ़ाई-लिखाई उनके लिए प्रासंगिक और रोचक बना सकने का सामाजिक-मनोवैज्ञानिक उद्देश्य भी जोड़ दिया है।

कोर्स और पाठ्यपुस्तकों को रोचक और प्रासंगिक बनाने की यह कोशिश इस सोच से उपजी है कि बच्चों का मन पढ़ाई में न लगने का प्रमुख कारण यह है कि मौजूदा कोर्स महाबोर हैं और किताबों में बच्चों को जो कुछ भी पढ़ाया जाता है उसका उनके रोजमर्रा के अनुभव से कोई लेना-देना नहीं रहता है। उसे पढ़कर न उनके लिए जिंदगी सुधारने के रास्ते खुलते हैं और न वे जिंदगी की चुनौतियों का सामना करने लायक बन पाते हैं। इस तरह की बातें करने वाले लोग बच्चों को क्लासिकी भाषाएं और क्लासिकी साहित्य पढ़ाए जाने के विशेष रूप से विरुद्ध रहे हैं। वे चाहते हैं कि बच्चों को आज की बोलचाल की जबान सिखाई जाए और आज का लोकप्रिय साहित्य परोसा जाए। उनका यह भी खयाल है कि बच्चों को कभी की मर-खप चुकी बड़ी हस्तियों के जीवनप्रसंग पढ़ाकर बोर करने के बजाय उन्हें नई पीढ़ी के चहीते खिलाड़ियों और सितारों के जीवन से प्रेरित किया जाए। इसी के चलते एनसीईआरटी अब बच्चों को सानिया और सचिन जैसे इंडियन आइडल्स के जीवनचरित् की घुट्टी पिलाने वाली है। विज्ञापनदाताओं के एक अन्य चहीते अमिताभ का जीवनचरित् शायद उन्हीं कारणों से शामिल नहीं किया गया हो जिनसे उन्हें गोवा फिल्मोत्सव के शुभारंभ का निमंत्रण वापस ले लिया था।

बहरहाल, शो बिजनेस की पूरी तरह उपेक्षा नहीं की जाने वाली है। बताया गया है कि लोकप्रिय धारावाहिक *रजनी* की कोई पटकथा और फिल्म *नया दौर* के लिए लिखा गया साहिर लुधियानवी का गीत 'साथी हाथ बढ़ाना...' छठी कक्षा की पाठ्यपुस्तक में शामिल किए जाने वाले हैं। अन्य कक्षाओं की पाठ्यपुस्तकों में भी

कुछ न कुछ फिल्मी होगा ही। सवाल यह है कि क्या सचिन और सानिया के बारे में लिखा गया पाठ पढ़ने में बच्चों का खूब मन लगेगा। कहीं ऐसा तो नहीं कि सचिन और सानिया के बारे में मीडिया उन्हें इतना बता चुका होगा कि दोनों से वे पहले ही बोर हुए पड़े हों? एक खतरा यह भी है कि जब तक सचिन और सानिया के बारे में पाठ पढ़ाना शुरू हो तब तक उनका जल्वा खत्म हो चुका हो और बच्चों की उनमें कोई दिलचस्पी न रही गई हो। क्या इस बात की व्यवस्था की जाएगी कि जैसे ही किसी का जल्वा खत्म हो, उसकी जगह नए सितारे पर पाठ तैयार करके कोर्स में लगा दिया जाए?

थोड़ी-सी दिक्कत यों भी पेश आ सकती है कि पाठ्यक्रम बदलवाने वाले खुद उम्रदार होते हैं इसलिए उन्हें प्रासंगिक और रोचक लगने वाली बातें बच्चों को अप्रासंगिक और अघाने वाली लग सकती हैं। फिल्म *नया दौर* और उसके लिए लिखा हुआ साहिर का गीत, दोनों ही बच्चों के लिए बेहद पुराने दौर की चीजें हैं, 'कजरारे-कजरारे' या 'आशिक बनाया आपने' रखते तो कुछ बात बनती। आज के दौर में हर नई चीज इतनी जल्दी बासी और उबाऊ हो जाती है कि प्रासंगिकता को समसामयिकता के रूप में देखना मुसीबत में डाल सकता है। अगर प्रासंगिकता का अर्थ यह लगाया जा रहा हो कि कुछ ऐसा पढ़ाया जाए जो बच्चों को जीवन की आगामी चुनौतियों के लिए तैयार कर सके तो उन्हें फिल्मी गीत या टीवी स्क्रिप्ट पढ़ाने की जगह शो बिजनेस के लिए सफल लेखन करने के बारे में पाठ क्यों न पढ़ाया जाए? उन्हें 'साथी हाथ बढ़ाना, एक अकेला थक जाएगा मिलकर बोझ उठाना' मार्का नीति सिखाने की जगह 'जो सबको टंगड़ी दे देगा वही सब कुछ पा जाएगा' मार्का नीति-निरपेक्षता सिखाने वाले रिएलिटी शो क्यों न दिखवाए जाएं?

पाठ दिलचस्प हों; बच्चों को इस ढंग से पढ़ाया जाए कि विषय में उनकी दिलचस्पी जागे; यह तो समझ में आता है। किंतु यह समझ सकना कठिन है कि बच्चों को इसलिए पढ़ाया जाए कि उनका मनोरंजन होता रहे। बाल और किशोर मन वैसे ही चंचल होता है और आज प्रौद्योगिकी और पूंजीवादी संस्कृति, दोनों उस चंचलता को कई गुना बढ़ा चुके हैं। बच्चों का मन पढ़ाई में कभी भी नहीं लगता था। अब तो वह और भी मुश्किल को चुका है। इसलिए सारा दोष कोर्स के बोर होने के मत्थे नहीं मढ़ा जा सकता। प्रगतिशील पाठ्यक्रम और शिक्षा-पद्धति अपना चुके अमेरिकी स्कूलों का अनुभव बताता है कि बच्चे पढ़ने-लिखने में उतना भी मन नहीं लगाते जितना कि परंपरागत स्कूलों में लगाया करते थे। विचित्र किंतु सत्य कि पाठ्यक्रम और शिक्षा-पद्धति में जितना ही अधिक सुधार वहां किया गया है, बच्चों का पढ़ाई में मन लगना उतना ही अधिक कम हुआ है। स्कूली बच्चों में ध्यान की कमी 'अटेंशन डेफिसिट डिसऑर्डर' महामारी के रूप में फैल गई है। पश्चिम

का अनुभव यह भी बता रहा है कि तथाकथित रोचक पाठ्यक्रम तक बच्चों-किशोरों को महाबोर लगता है। यह भी कि उनके लिए कोई विषय और कोई परीक्षा कितनी भी आसान बना दी जाए वह उनके लिए उतनी ही की कठिन रहती है— यथा उच्चतर गणित की जगह साधारण गणित ले लेने की छूट दे दी जाए तो ज्यादातर बच्चे साधारण गणित ही लेते हैं और उसमें भी फेल प्रतिशत वही रहता है।

हमारे यहां भी गणित का कोर्स आसान बनाने की मुहिम शुरू हो चुकी है। वह तब जबकि आज गणित ही ज्ञान-विज्ञान और प्रौद्योगिकी की कुंजी है। मैंने कहा बोर होना एक आधुनिक मन:स्थिति है लेकिन आधुनिकता की एक शर्त यह भी है कि बोरियत ऐसे असंतोष की शक्ल में हो जो आपको अपनी और अपने समाज की बेहतरी की प्रेरणा देती हो। नई पूंजीवादी संस्कृति जीवन को सतत मनोरंजन का पर्याय बनाकर बच्चों की निगाह से यह छिपाना चाहती है कि बुनियादी स्तर पर जिंदगी बड़े मनोयोग से संघर्ष करने का नाम है और इस अर्थ में वह स्वयं एक महाबोर चीज है। इसीलिए परंपरागत धारणा यह थी कि बच्चों को धैर्य, अनुशासन और परिश्रम का पाठ पढ़ाना निहायत जरूरी है। गलाकाट प्रतियोगिता के इस दौर में यह गुण पैदा करना और भी जरूरी है। बच्चों के कच्चे मन-मस्तिष्क को पाठशाला में पकाने की पुरानी सलाह ठुकराकर उन्हें पका देने उर्फ बोर करने से बाज आने की इस नई सलाह पर हमारे यहां कोई बिग फाइट का न होना लेकिन कोर्स बदलने के राजनीतिक पहलू पर हल्ला मचना बताता है कि हमारे समाज की सारी दिलचस्पी राजनीति में है और शिक्षा से वह बोर हुआ पड़ा है।

(26 दिसंबर, 2005)

बुरी खबर अच्छी, बुरे लोग भले

आधुनिक पत्रकारिता शुरू से यह मानती आई है कि बुरी खबर अच्छी होती है। इसमें संदेह नहीं कि हर देश-काल में भयंकर हादसे की खबर लोगों का ध्यान सबसे ज्यादा खींचती आई है और खींचती भी रहेगी। अफसोस कि इधर मुक्तमंडी के मीडिया ने यह भी मान लिया है कि लोगों को खोट की खबर खूबी की खबर से, विफलता की खबर उपलब्धि की खबर से और बैर की खबर प्रेम की खबर से अधिक रिझाती है। गोया बुरे लोगों और बुराइयों का प्रचार व्यवसाय की दृष्टि से भला है। दुनिया में पहले भी बुरे लोग थे और बुराइयां थीं लेकिन रात-दिन बड़े उत्साह से उनका ही नाम नहीं भजा जाता था। भजन अच्छे लोगों का किया जाता था। मीडिया में अच्छे लोगों और अच्छे कामों की खबर नहीं के बराबर छपती है। बहुधा वह भी किसी हादसे के संदर्भ में छपती है कि सहायता कार्य में कुछ भले प्रशासक या निष्ठावान स्वयंसेवक भी नजर आए। लेकिन वहां भी मीडिया अंत में यही बताता है कि मानवीय करुणा पर सहायता फंड खा जाने वाली चार सौ बीसी पूरी तरह हावी रही।

अगर खबर की परिभाषा यह है कि जो असामान्य है वही खबर है तो भ्रष्टाचारियों से भरे आज के समाज में आदर्शवादी व्यक्ति समाचार के विषय बनने चाहिए। लेकिन हो यह रहा है कि आदर्शवादिता के लोप पर विलाप करने वाला मीडिया आदर्शवादी व्यक्तियों की पूरी तरह उपेक्षा कर रहा है। अब जैसे यही ले लीजिए कि मीडिया ने मेरे मन में यह धारणा बनाई कि उत्तरांचल में समाजसेवी संस्थाएं कुछ कर-धर नहीं रही हैं, देश-विदेश से मिलने वाला फंड लूट रही हैं। लेकिन खुद जाकर देखने पर पता चला कि स्थिति इतनी भयंकर नहीं है। यह सही है कि दफ्तरशाहों और नेताओं की कृपा से सैकड़ों भ्रष्ट एनजीओ फल-फूल रहे हैं किंतु दूसरी ओर सैकड़ों ऐसे व्यक्ति भी हैं जो छोटी-मोटी धनराशि से बड़े-बड़े काम करके दिखा रहे हैं। मिसाल के लिए मुझे कुमाऊं में एक बड़ा शहर छोड़कर अपने पुश्तैनी गांव में रहने आए एक अध्यापक कांडपाल जी मिले जिनकी संस्था ने वन विभाग के इस दावे को झुठला दिया है कि उस गांव में चीड़ ही उग सकता है, बांज नहीं। कांडपाल जी का लगाया बांज-वन तेजी से पनप रहा है। पहाड़ी ढालों से गिर जाने वाले पानी को खड्डा खोदकर जमा कर लेने की उनकी विधि पानी के संकट को दूर कर रही है और उनके निर्देशन में गांव की औरतें बालवाड़ियां और महिला मंगल केंद्र सफलतापूर्वक चला रही हैं।

इस अध्यापक जैसे लाखों-लाखों निष्ठावान, आदर्शवादी, करुणामय और परोपकारी लोग हमारे देश में सक्रिय हैं किंतु मीडिया उनका व्यक्तित्व और कृतित्व हमारे लिए उजागर करना अपना कर्तव्य नहीं समझता। उधर इस तरह के ज्यादातर आदर्शवादी लोग अपना काम नाम कमाने के उद्देश्य से नहीं कर रहे होते हैं इसलिए

उन्हें स्वयं अपना प्रचार कराने से थोड़ा परहेज रहता है। लेकिन मीडिया चाहे तो उन्हें खोज-खोजकर समाज के लिए प्रेरणाप्रद व्यक्तियों के रूप में प्रस्तुत कर सकता है। पत्र-पत्रिकाओं में ऐसी पहल होती भी है तो बगैर किसी उत्साह के। और टीवी ने तो भले लोगों और भले कामों को अपनी रेटिंग्स के लिए बहुत बुरा मान लिया है। हमारे खबरिया चैनल दर्शकों से यह तो कहते हैं कि यदि आप किसी चार सौ बीसी का पर्दाफाश करवाना चाहते हैं तो हमसे संपर्क कीजिए लेकिन यह नहीं कि अगर आप किसी नेक इंसान और नेक काम का प्रचार चाहते हों तो हमें बताएं।

मीडिया द्वारा उपेक्षित आदर्शवादी लोगों के प्रचार-प्रसार की दिशा में इंटरनेट ने अच्छी पहल की है। कई लोग तो बाकायदा एक पूरी वेबसाइट इसी काम के लिए बनाकर उसमें भले काम करने वाले भले लोगों की खबरें दे रहे हैं और इस सिलसिले में अपना पैसा और समय लगा रहे हैं। भारत में इस तरह का सबसे बड़ा काम डी.वी. शेरेडियन नामक एक अवकाशप्राप्त मर्चेंट नेवी इंजीनियर कर रहे हैं। एक लंबे अरसे तक बाहर रहने के बाद जब वह भारत लौटे तब अखबार पढ़ने के बाद उनके मन में यह प्रश्न उठा कि क्या अब मेरे देश में बुरा ही बुरा हो रहा है और सब लोग नेकी को छोड़, बदी के रास्ते पर निकल पड़े हैं। लिहाजा अपना ही पैसा खर्च करके देशाटन पर निकल पड़े और जहां-जहां उन्हें जो कुछ अच्छा होता दिखा और जो भी अच्छे लोग मिले उनके बारे में अपनी वेबसाइट गुडन्यूजइंडिया.कॉम में लिखने लगे। इस तरह की कुछ और भी भारतीय साइटें हैं जिनमें आपको अनेक प्रेरणाप्रद परोपकारी लोगों का परिचय मिल सकता है। ऐसे डॉक्टरों का जो अमेरिका में अपनी बड़ी प्रैक्टिस छोड़कर भारत के गांव-देहात में लोगों का मुफ्त इलाज करने के लिए आ गए हैं अथवा आते रहते हैं। ऐसे वैज्ञानिकों और इंजीनियरों का जो गरीब लोगों की समस्याओं के समाधान के लिए कम पूंजी मांगने वाली प्रौद्योगिकी जुटाते हैं।

आपको इन वेबसाइटों पर बहुत से ऐसे लोग भी मिलेंगे जो अपने-अपने धंधे-रोजगार में व्यस्त होते हुए भी जनसेवा के लिए समय निकालते हैं। मिसाल के लिए बेंगलूर की किसी मझोली आईटी कंपनी का एक वरिष्ठ अधिकारी गरीब बच्चों को अपनी जेब से और मित्रों में चंदा करके पचास हजार रुपये के वजीफे देता है और शनि, रवि को उन्हें स्वयं अंग्रेजी पढ़ाता है। नि:स्वार्थ जनसेवा का बीड़ा उठाने वालों में शहरी मध्यवर्ग के लोग ही नहीं, गांव-देहात के फटेहाल लोग भी हैं। केरल की मइलम्मा ने शीतल पेय के खतरों से गांव के लोगों को जागरूक किया और वे 'कोकाकोला विरुद्ध समिति' बनाकर करीब साढ़े तीन साल से कोकाकोला कारखाने के बाहर सत्याग्रह कर रही हैं। परम आश्चर्य कि इन जनसेवकों में कुछ ऐसे भी हैं जिनकी पृष्ठभूमि पेज-थ्री वाली है। एक राजदूत की बेटी और एक सफल व्यवसायी की पत्नी अनुराधा बख्शी, जिनका बहुत समय विदेशों में बीता है और जो इंदिरा गांधी

और राजीव गांधी के लिए फ्रांसीसी द्विभाषिये का काम कर चुकी हैं, एक अरसे से दिल्ली की गिरि नगर झोंपड़पट्टी के पांच सौ बच्चों की संरक्षिका बनी हुई हैं।

मुझे पूरा विश्वास है कि अगर मैं खोजने बैठूं तो इन वेबसाइटों में कहीं-न-कहीं कोई ऐसी मां-बेटी भी मिल जाएंगी जो दोनों मिलकर कोई भला काम कर रही हों। मैं यह मानकर भी चल सकता हूं कि ऐसी मां-बेटी का मुझे मीडिया में कहीं उल्लेख नहीं मिलेगा। उधर यदि कोई ऐसी मां-बेटी हों जो एक ही मर्द से फंसी हों तो उनका उल्लेख मीडिया जरूर करेगा। दो साल पहले अमेरिका के टीवी में ऐसी मां-बेटियों की तू-तू मैं-मैं सुनने को मिली थी। ऐसी मां-बेटी की जोड़ी हमारे यहां अपनी जुगलबंदी सार्वजनिक करने को तैयार न हो रही हों तो क्या, हमारा मीडिया उनके गुणगान में जुट गया है। पिछले दिनों *हिंदुस्तान टाइम्स* ने हमें सूचित किया कि एक ही युवक से प्रेम करने वाली कई मां-बेटियां हैं और एक मनोचिकित्सक के अनुसार यह प्रगति का सूचक है कि पीढ़ियों की दूरी मिट रही है और मां-बेटी का रिश्ता सहेलियों वाला होता जा रहा है। सवाल यह है कि नीति-निरपेक्षता, विलासिता और स्वार्थ को प्रगति का मापदंड बनाने वाला मीडिया समाज को आदर्श बनाने निकला है कि मुक्तमंडी के लिए आदर्श समाज रचने।

(9 जनवरी, 2006)

अति के पीछे दौड़ती सबकी मति

ब्रितानी इतिहासकार एरिक हॉब्सबॉम ने बीसवीं सदी को 'द एज ऑफ एक्सट्रीम्स' यानी अतिवादिता का युग ठहराया था। अब इक्कीसवीं सदी में तो अतिवादिता के मामले में भी भयंकर अति होने लगी है! अतिवादिता के युग में यह देखने में भी आया था कि हर पक्ष को दूसरे की अति नजर आती है किंतु अपनी अति नहीं। या फिर वह उसे दूसरे पक्ष की अति से उत्पन्न मानता है। स्वयं एरिक हॉब्सबॉम वामपंथी होने के नाते पूंजीवाद की अतियों पर तो जबर्दस्त प्रहार कर गए लेकिन कम्युनिस्ट स्तालिन की अतियों को नगण्य और क्षम्य ठहरा गए। 21वीं सदी में स्थिति यह है कि अब पक्षधरों को दूसरे का पक्ष इस योग्य भी नहीं लगता कि वे उससे किसी तरह का संवाद या शास्त्रार्थ करने की कोई आवश्यकता अनुभव करें। कहा जा सकता है कि वे उसके अस्तित्व को नकार देना या मिटा देना चाहते हैं। इसके चलते किसी भी प्रकार के समझौते की संभावना नहीं रहती और सदा ले-दे चलती रहती है। एक ऐसी ले-दे जो ले-देकर मीडिया को हमारा मनोरंजन करके मुनाफा कमाने का अवसर देने के काम की ही सिद्ध होती है। उससे समाज का कोई भला नहीं होता।

दिलचस्प बात यह है कि अतिवादिता कमजोरियों के मामले में हो रही है, आदर्शों के मामले में नहीं। अब जैसे इंसानी कमजोरी लोभ को ही लीजिए। उसकी इतनी अति हो रही है कि अगड़े-पिछड़े सब देशों में जनता के चुने हुए सांसद जनता के हित में नहीं, तगड़ी घूस खिलाने वालों के हित में संसद में बोल रहे हैं। हमारे सांसदों को भी इस अतिवादिता का डंक लग चुका है और हमारा मीडिया डंकमारू अभियान चलाकर उनका पर्दाफाश करके मुनाफा कमाने लगा है। लुत्फ यह कि पिछले दिनों उसके डंकमारू अभियान को लेकर जो विवाद उठा उसमें दोनों ही पक्ष अतिवादी स्थापनाएं करते रहे। एक तरफ से कहा गया कि मीडिया भ्रष्टाचार मिटाने के लिए जनहित में निस्वार्थ ऐसे अभियान छेड़ता है तो दूसरी तरफ से यह कि मीडिया व्यर्थ की सनसनी फैलाकर अपनी रेटिंग्स बढ़ाने के लिए ऐसे अभियान छेड़ता है। उसका पत्रकारों की जगह खुफिया कैमरों और रिकॉर्डरों से लैस प्राइवेट जासूस या अभिनेता भिजवाना और पैसे का लालच देकर किसी को फंसाना स्वयं भयंकर भ्रष्टाचार और अनीति का नमूना है। पिछड़ी और दलित जातियों के अपेक्षाकृत गरीब और भोले-भाले सांसद फंसाए गए। उन्हें अपने संसदीय क्षेत्र से आने वालों का चाय-पानी का खर्च पूरा करा सकने लायक भ्रष्टाचार के लिए बदनाम और बेइज्जत कराया गया जबकि स्विस बैंक में खाते खुलवाने योग्य भ्रष्टाचार करने वाले सवर्ण नेता पूजनीय ही बनाए रखे गए। आप गौर करेंगे कि दोनों ही पक्षों के

कथन में आंशिक सत्य भी था किंतु दोनों ही पक्ष अपने आंशिक सत्य को पूर्ण सत्य का और दूसरे के आंशिक सत्य को पूर्ण मिथ्या का दर्जा देते रहे।

इसमें संदेह नहीं कि जिनका पर्दाफाश किया गया उनका सामाजिक-राजनीतिक दर्जा छुटभैयों वाला ही था। यह भी सही है कि मीडिया ने अब तक किसी उच्च सामाजिक और राजनीतिक हैसियत वाले नेता पर डंक मारकर नहीं दिखाया लेकिन यह कहां का तर्क है कि इस आधार पर मीडिया को दोषी और प्रश्न पूछने के लिए पैसे लेने वाले सांसदों को निर्दोष माना जाए। अधिकतर पकड़े गए सांसद भाजपाई थे लिहाजा भाजपा ने अतिवादी किस्म की वकालत छांटते हुए कहा कि संबद्ध सांसदों को अपने कानूनी बचाव का पूरा अवसर दिए बिना संसद से निकाल देना विधि-सम्मत नहीं था। सवाल यह है कि क्या जनता का प्रतिनिधित्व करने के जिस काम के लिए वे सांसद चुने गए थे उसी के लिए पैसे मांगते हुए पकड़े जाने पर उनका तुरंत त्यागपत्र न दे देना क्या नीति-सम्मत था।

पक्षधरता को नीति के तकाजों पर पूरी तरह हावी होने देने और अति के पीछे मति दौड़ाने की यह रीति हमने पिछले कुछ दशकों में अमेरिका से बड़े पैमाने पर आयात कर डाली है। इसके चलते नीति-अनीति की यही सर्वमान्य परिभाषा रह जाती है कि हम जो कर रहे हैं सो नीति है, दूसरा जो कर रहा है सो अनीति। गौण बातों को प्रमुखता मिलती है, जनसाधारण की प्रमुख समस्याएं गौण बना दी जाती हैं। अब जैसे हमारे हिंदुत्ववादियों के लिए प्रमुख समस्या यह नहीं है कि कैसे हिंदू समाज में भेदभाव और ऊंच-नीच मिटाएं और कैसे उसे विश्वमंच पर प्रभावप्रद भूमिका पाने योग्य राजनीतिक-आर्थिक शक्ति बनाएं। उसके लिए प्रमुख समस्या यह है कि अयोध्या में राम मंदिर बना दिया जाए और मुसलमानों से हिंदू संस्कृति स्वीकार करा ली जाए। पिछले दिनों मैं यह जानकर विस्मित हुआ कि आज की परिस्थितियों में भी आरएसएस के वयोवृद्ध प्रचारक यह माने बैठे हैं कि राम मंदिर का निर्माण हिंदुओं को संगठित करने के लिए आवश्यक है, यदि धर्मनिरपेक्षतावादी लोग फूट न डालते रहें तो भारतीय मुसलमान हिंदू संस्कृति अपना लेंगे, राम मंदिर बनने देंगे और भारत राष्ट्र एक बड़ी शक्ति के रूप में उभर सकेगा।

इसी तरह पुराने किस्म की अतिवादिता के मारे हुए इस्लामवादी भी भारतीय मुस्लिम समाज के उत्थान के लिए उसका अरब संस्कृति और अंतर्राष्ट्रीय मुस्लिम बिरादरी से जुड़े रहना ही परम आवश्यक ठहरा रहे हैं। दक्षिणपंथी तो दक्षिणपंथी, वामपंथी बाप रे बाप। वे आधुनिक के साथ-साथ उत्तर-आधुनिक अतिवादिता भी अपना बैठे हैं। माकपा के प्रबुद्ध प्रवक्ता कॉमरेड येचुरी को, जो यूनेस्को की महासभा में अमेरिकी सांस्कृतिक साम्राज्यवाद के प्रसार पर चिंता व्यक्त कर आए हैं, हमारे कॉमरेडों के अमेरिकी रंग में रंग जाने पर भी चिंतित होना चाहिए। अभी

रामानंद सागर के निधन पर एक तरुण वामपंथी पत्रकार ने मुझसे यही पूछा कि क्या *रामायण* का प्रसारण हिंदुत्ववाद के हित में न था।

पिछले दिनों मैं तब चारों खाने चित्त हो गया जब एक वामपंथी साहित्यकार ने समलैंगिकता को अपराध ठहराने वाली धारा 377 के विरुद्ध छिड़े अभियान में सहयोग देने के लिए मुझे कुछ उसी स्वर में अनुरोध किया जिस स्वर में कभी वियतनाम युद्ध विरोधी सभा में शामिल होने के लिए किया जाता था। कुछ तरह के मैथुन को अपराध ठहराने वाली यह धारा निश्चय ही मूर्खतापूर्ण और निरस्त कराने योग्य है किंतु मेरे लिए यह विस्मय का विषय था कि हमारे बुद्धिजीवी अपनी प्रगतिशीलता का परिचय देने के लिए अब 'समलैंगिक अधिकार' आंदोलन से जुड़ना जरूरी समझ रहे हैं। वे भी अपने पश्चिमी भाइयों की तरह समलैंगिकों को एक दलित-शोषित वर्ग ठहराने वाली मन:स्थिति में आ चुके हैं। शीघ्र ही वह समलैंगिकों के आपस में विधिवत विवाह कर सकने के अधिकारों का मसला उतना ही बड़ा बना देंगे जितना कि दलितों के उत्थान का। गौण मसला प्रमुख बनाने और नीति-अनीति का भेद मिटाने के साथ-साथ उत्तरआधुनिक अतिवादिता दूसरे के पक्ष को पूरी तरह अनदेखा करना भी हमें सिखाती है। अभी किसी ने अनुरोध किया कि *मनुस्मृति* में स्त्री के खिलाफ क्या-क्या कहा गया है सो ढूंढ़कर दीजिए और जब उन्हें बताया गया कि उसमें स्त्री के पक्ष में भी कुछ कहा गया है तब वह बोले उसमें मुझे कोई दिलचस्पी नहीं है। इक्कीसवीं सदी में उभरी समर्थ लोगों की यह अतिवादिता आम आदमी को दिग्भ्रमित, उद्वेलित और उत्तेजित करती है, समर्थ लोग उसकी इस मन:स्थिति का लाभ उठाकर राजनीतिक-आर्थिक शक्ति अर्जित करते हैं।

(16 जनवरी, 2006)

हम हैं ना— आपकी घंटी बजाने को

बात शुरू हुई अभियान 'घर-घर बेचन जाओ' से। द्वारघंटी बजने पर आप लंच खैया ऊंघ तजकर चिटकनी खोलने लपकने लगे कि यह कौन आज आया तीसरे पहरे, और पाने लगे कि किसी कंपनी का सेल्समैन या सर्वेक्षक विनम्र और हार्दिक स्वरों में आपको आपके लाभ का सौदा सुझा रहा है। फिर वह दौर आया कि घंटी बजने पर आप द्वार के उस पार पाने लगे कूरियर नामक एक प्राणी को जो आपसे दो जगह दस्तखत करने और फोन नंबर लिखने या कंपनी की मुहर लगाने की विनती करने लगा। यह प्राणी बहुधा किसी बड़ी कंपनी का ही मेघदूत सिद्ध होता और कभी-कभी कोई 'महत्त्वपूर्ण दस्तावेज' देने के लिए आपके पहचानपत्र की मांग भी कर बैठता। और फिर आया दौर दूरबिक्री उर्फ टेली मार्केटिंग का जिसमें द्वारघंटी के साथ-साथ आपकी फोन-घंटी भी बार-बार बजने लगी। कभी-कभी तो दोनों ही घंटियां एक साथ बजकर आपके चरणों को दुविधा में डालने लगीं कि इत जाऊं कि उत जाऊं। कभी-कभी यों भी होने लगा कि आपके कूरियर से रूबरू होते ही फोन घनघनाया या आपके फोन उठाकर हेलो करते ही कूरियर ने घंटी बजाई।

संक्षेप में यह कि हा-हा हू ती शहरों के मध्य स्थित होते हुए भी सूर्योदय के कुछ घंटों बाद से लेकर सूर्यास्त के कुछ घंटों बाद तक कटखने सन्नाटे से ग्रस्त रहने वाले गृह-मंदिरों की घंटियां बजाते रहने का पुण्य-कार्य बड़ी-बड़ी कंपनियों ने अब अपने पुष्ट कंधों पर उठा लिया है। आईसीआईसीआई के बहुविज्ञापित आश्वासन 'हम हैं ना' की तर्ज पर सभी कंपनियां आज बूढ़ों को संबोधित एक पूरा विज्ञापन-अभियान इस नारे के इर्द-गिर्द बुन सकने की स्थिति में हैं कि 'हम हैं ना-आपकी घंटी बजाने को'। यह मान सकना असंभव है कि इन कंपनियों के मार्केटिंग विशेषज्ञों ने गृह-मंदिरों की घंटियां बजाते रहने का यह सिलसिला मुझ-जैसे उन बूढ़ों के हित में नहीं छेड़ा है जो आज के समाज में घर की चहारदीवारी में एकांतवास और अज्ञातवास करने के लिए अभिशप्त हैं। एकांतवास इसलिए कि कमाने-खाने वाले बच्चों को नौकरी-धंधे के सिलसिले में बारह-बारह घंटे घर से बाहर रहना पड़ता है। पढ़ने वाले बच्चों का भी ऐसा है कि स्कूल, ट्यूशन, कोचिंग, किसी खेल, कला के प्रशिक्षण और दोस्तों के साथ मौज-मस्ती के चक्कर में वे भी ज्यादातर घर से बाहर ही रहते हैं।

अज्ञातवास इसलिए कि उनके तमाम पुराने चेले-चमचे उनका घर-ठिकाना भूल ही चुके होते हैं। तो उन चंद अवकाशप्राप्त बूढ़ों को छोड़कर जिनके तजुर्बे या तगड़े रसूख से लाभ उठाने के लिए किसी सहाराश्री ने गाड़ी और दफ्तर का जुगाड़ न करा दिया हो, बाकी सब घर में अकेले बैठे-बैठे यही भुनभुनाते रहने को अभिशप्त होते

हैं कि न हमसे अब कोई मिलने आता है और न फोन करता है। ऐसे में बड़ी कंपनियां उन्हें एक सुखद आश्वासन दे रही हैं— हम हैं ना आपकी घंटी बजाने को। वे जानती हैं कि घर बैठे बूढ़े 'ऋण लेकर घी पीओ' मार्का प्रस्तावों से आकर्षित होने की न हैसियत रखते हैं और न तबीयत, फिर भी वह उन्हें घंटियाते रहते हैं कि हम हैं ना आपकी सुध लेने को। जिन बूढ़ों को उनके बच्चों ने जिद करके सेलफोन दिलवा दिए हैं उन्हें तो इनकमिंग फ्री हो जाने के बाद से सुबह सैर करते हुए भी यह सुखद आश्वासन कंपनियों की ओर से मिलने लगा है। आत्महत्या के लिए आमादा करती तन्हाई और ऊब से उबार लेने वाले इन दूरबेचुओं के प्रति शुरू-शुरू में मैंने थोड़ा आभार अनुभव किया था किंतु अब घंटी बजते ही दूरबेचू की हत्या कर देने की सूझती है। मेरे चिंघाड़ते क्रोध से अब तक वे सब परिचित हो चुके हैं किंतु फोन करते रहने का अपना कर्तव्य बदस्तूर निभाते जा रहे हैं।

कभी-कभी तो यह लगता है कि दूसरे सिरे पर बैठे उन युवाओं को हम बूढ़ों को गुस्सा दिलाने में मजा आता है। टाटा एआईजी की ओर से कार का बीमा रिन्यू कराने के लिए बार-बार फोन करने वाले व्यक्ति से जब मैंने गुस्से से कहा कि कितनी बार यह बताएं कि हम रिन्यू करा चुके हैं तब वह बोला कि यही बात प्यार से कह देते ना अंकल जी। मैंने क्रुद्ध होकर कहा कि कितनी बार कहना पड़ेगा प्यार से? वह बोला जितने एजेंट हैं सबसे ही कहना पड़ेगा। मैंने जैसे ही फोन रखा कि फिर घंटी बजी। इस बार एक घबराई-सी लड़की बोल रही थी और पीछे से वही लड़का उसे बता रहा था कि कार का बीमा रिन्यू कराने को कह। नामी-गिरामी कंपनियों ने हमारे यहां अपना इस तरह का बहुत-सा काम ठेके पर दूसरों को दे रखा है जिन्हें ग्राहक की नाराजगी से कोई फर्क नहीं पड़ता। टाटा इंडिकॉम का फोन लगाने के बाद मुझे बहुत हैरानी हुई कि इतनी बड़ी कंपनी घर में बिल भेजने से पहले ही यह फोन करने लगती है कि आप पर इतना बकाया है, जमा करा दीजिए और फिर लगातार इस आशय का फोन करती ही जाती है, अक्सर तो बिल चुका दिए जाने के बाद भी। बाद में पता चला कि वसूली का काम किसी को ठेके पर दिया हुआ है।

इसी तरह आईसीआईसीआई की तरफ से क्रेडिट, डेबिट कार्ड, लोन की टेली बिक्री करने वालों की सेहत पर भी मेरे क्रोध का कोई असर आज तक नहीं पड़ा है। लेकिन सुनता हूं कि अगर मैं कर्ज ले लूं और फिर चुका न सकूं तो इस तरह की कंपनियों के वसूली एजेंटों के क्रोध से मेरा अस्तित्व ही खतरे में पड़ जाएगा। टेली मार्केटिंग से तंग आ चुके मेरे-जैसे किसी व्यक्ति ने पिछले वर्ष फरवरी में सुप्रीम कोर्ट में जनहित याचिका दायर की थी कि अमेरिका की तरह हमारे यहां भी इस पर रोक लगा सकने का अधिकार दिलाने वाला कानून बनाया जाए। सुप्रीम कोर्ट ने इस पर सरकार का ध्यान खींचा, भारतीय टेलीफोन नियमन प्राधिकरण की रपट

पेश की, आरबीआई ने बैंकों को अभी हाल में क्रेडिट-डेबिट कार्डों की मार्केटिंग के बारे में कुछ निर्देश दिए किंतु टेली मार्केटिंग की अमेरिका से चली महामारी को रोकने के लिए अगर हमारे यहां अमेरिका-जैसा कोई कानून बना भी दिया जाए तो उससे हमारे सूने गृह-मंदिर की घंटी का बजते रहना पूरी तरह से रुक नहीं जाएगा। कारण यह है कि बड़ी कंपनियां टेली मार्केटिंग को अपने लिए लाभप्रद समझती हैं और सभी राजनीतिक दल बड़ी कंपनियों से चुनाव-फंड पाते हैं।

दूरबिक्री के पक्ष में अमेरिकी कंपनियों का कहना था कि हमारी ओर से प्रति वर्ष चौबीस अरब कॉलें की जाती हैं जिनमें से अट्ठारह करोड़ हमारे लिए ग्राहक जुटाने वाली सिद्ध होती हैं जिससे हम छह खरब इकसठ अरब डॉलर का धंधा कर पाते हैं। अभिव्यक्ति की स्वतंत्रता हमें अधिकार देती है कि हम टेलीफोन करके अपने संभावित ग्राहकों से बात करें। इस दलील को ध्यान में रखते हुए वहां के राजनेताओं ने '91 से लेकर 2003 तक जितने भी कानून बनाए सबमें उनके लिए और अपने लिए पूरी छूट रखी। अनचाही कॉल करने वाले पर फाइन की व्यवस्था तो कर दी गई किंतु उससे चंदा मांगने वाली राजनीतिक पार्टियों और खैराती संस्थाओं के साथ-साथ बैंक, विमान सेवाएं और फोन कंपनियां भी मुक्त रखी गईं। सर्वेक्षणकर्ता भी मुक्त रखे गए ताकि सर्वेक्षण की आड़ में टेली मार्केटिंग हो सके। जिससे भी आपने माल खरीदा हो, उसे उसके सिलसिले में डेढ़ साल तक और जिससे आपने कोई पूछताछ की हो उसे तीन महीने तक कॉल करते रह सकने का अधिकार दिया गया। और ग्लोबल दौर में ऐसा है कि अमेरिकी कंपनियां टेली मार्केटिंग विदेश से भी करा सकती हैं।

(23 जनवरी, 2006)

जोर पकड़ता तूफाने बदतमीजी

आज से कोई सत्तर साल पहले एक फिकरा बहुत सुनाई देता था— तूफाने बदतमीजी। सो इसलिए कि पुराने सामंती आचार-व्यवहार के आदी बुजुर्गों को रूढ़िबंधन तोड़ने की सीख देने वाली आधुनिकता का अपनाया जाना बेहद खल रहा था। यह विचित्र विडंबना है कि जिस पश्चिमी समाज से हमने तब आधुनिकता आयात की थी, अब उसी में इस बात का रोना रोया जा रहा है कि समाज में तूफाने बदतमीजी तेजी से जोर पकड़ रहा है। इस स्यापे में पिछले दिनों ब्रिटेन के प्रधानमंत्री ब्लेयर भी शामिल हो गए। उन्होंने कहा कि अभद्रता पर अंकुश लगाने के लिए हम पुलिस को असामाजिक आचरण करने वालों पर फौरन जुर्माना ठोकने के और पड़ोसियों की सुख-शांति की जरा भी परवाह न करने वाले लोगों को मुहल्लों से बेदखल करने के अधिकार दिलाएंगे। स्कूलों में शिष्टाचार की शिक्षा दी जाएगी। अनुशासन भंग करने वाले बच्चों को कसा जाएगा और उनके अभिभावकों को बच्चों का स्वभाव सुधारने के उपाय सुझाए जाएंगे।

ब्लेयर की चिंता स्वाभाविक है क्योंकि जो अंग्रेज कभी इस बात के लिए प्रसिद्ध थे कि उनके साम्राज्य में सूरज कभी नहीं डूबता, आज दारू पीकर मार-पीट करने के लिए ही मशहूर रह गए हैं। अमेरिका में तो बढ़ती हुई अशिष्टता पर और भी पहले से चिंता व्यक्त की जाती रही है। इस विषय पर चर्चा क्लिंटन के दौर से शुरू हुई थी और बुश के दौर में पराकाष्ठा पर पहुंच चुकी है। दक्षिण और वामपंथी दोनों किस्म के चिंतकों ने इस विषय पर दर्जनों किताबें लिख मारी हैं। कहा जा रहा है कि पत्रकारिता हो या राजनीति, घर-संसार हो या दफ्तर-बाजार, खेल-कूद हो या कला-संस्कृति, आज जनजीवन के हर क्षेत्र में ही अभद्रता और अश्लीलता की आंधी आई हुई है। हर कोई दूसरे पर हावी होना चाहता है। प्रतिद्वंद्वी को बदनाम करके सत्ता हथियाने के लिए घटिया से घटिया तरीके अपनाए जाते हैं। संवाद किसी समझौते पर पहुंचने के लिए नहीं, दूसरे को नीचा दिखाने के लिए किया जाता है। जो सौ फीसदी हां में हां न मिला रहा हो उसे विरोधी और शत्रु का दर्जा दिया जाता है। हर इंसान अपनी जय, दूसरे की लू-लू बोलने के लिए हर क्षण कमर कसे रहता है।

पश्चिमी देशों में तूफाने बदतमीजी की बात चल निकलने का एक गौण कारण तो यह है कि वहां तीसरी दुनिया के ऐसे गरीब बड़े पैमाने पर जा बसे हैं जिन्हें रहन-सहन और आचारव्यवहार के पश्चिमी तौर-तरीके नहीं आते। उनमें बिरादरी के नियमों का पालन करने के संस्कार तो होते हैं, विधायिका द्वारा बनाए कानूनों का पालन करने के नहीं। दूसरा और कहीं अधिक महत्त्वपूर्ण कारण यह कि स्वयं पश्चिमी लोगों ने आधुनिक कायदे-कानून का हृदय से आदर करना छोड़ दिया है।

वे कानून को पालन करने का विषय नहीं, वकीलों की बहस का विषय मानने लगे हैं। कानून से अधिक दिलचस्पी उन्हें उसकी गिरफ्त से बच निकलने के उपायों में रहने लगी है। वे स्वयं आधुनिकता को पलीता लगाने में जुटे हुए हैं, या यों कहना चाहिए कि आधुनिकता, जो व्यक्ति-स्वतंत्रता का आग्रह करती रही थी, उसने आधुनिकता को ही पलीता लगा दिया है। आधुनिकता इंसान को बंधन तोड़ने और उन्मुक्त होने का पाठ पढ़ाती है। दिक्कत यह है कि इस तरह का पाठ पढ़े व्यक्ति को विधायिका के बनाए हुए कानून भी उतने ही बड़े बंधन लगने लगते हैं जितने कि अपने धर्म या बिरादरी के बनाए हुए पुराने कानून लगते रहे थे। धर्म के नियम तोड़ते हुए नरक जाने, और बिरादरी के कानून तोड़ते हुए जात-बाहर कर दिए जाने का भय रहता था लेकिन विधायिका के कानून तोड़ते हुए उन्हें ऐसा कोई भय नहीं।

व्यक्ति की स्वतंत्रता और समानता पर जोर देने वाली आधुनिकता यह सोच नहीं पाई कि अपने को हर तरह से आजाद और दूसरे से किसी भी तरह कम न मानने वाले लोग एक अनुशासित और सुसंस्कृत समाज कैसे बना सकेंगे। हर कोई अपनी मर्जी करना चाहेगा तो अनुशासन कैसे रह सकेगा? कोई भी छोटा-बड़ा न होगा तो हुक्म किसका चलेगा? हर कोई 'पहले मैं' के मूड में रहेगा तो वह तहजीब कहां से आएगी जो 'पहले आप' कहना सिखाती है। हालत यह है कि पश्चिमी समाज में पहले आपनुमा शिष्टाचार इधर हास्यास्पद के साथ-साथ अब अपमान-जनक भी माना जाने लगा है, खासकर तब जब वह किसी अमीर द्वारा गरीब के और पुरुष द्वारा स्त्री के प्रति बरता जा रहा हो। पुराने समाज में अशिष्ट और उद्दंड बच्चों के बारे में कहा जाता था कि मां-बाप के लाड़-प्यार ने उन्हें बिगाड़ दिया है। आधुनिक पश्चिमी समाज में हर बच्चे से यही कहते रहना जरूरी ठहरा दिया गया है कि तुझ-सा नहीं देखा। साथ ही, उसे यह समझाना भी कि जैसे भी हो बाजी मारकर दिखा। एक अमेरिकी टिप्पणीकार ने ठीक ही कहा है कि आधुनिक समाज बिगड़े बच्चों का समाज है।

हुआ यह है कि आधुनिक विमर्श में व्यक्ति की स्वतंत्रता की बात पर उत्तरोत्तर अधिक जोर दिया जाता रहा और समुदाय के प्रति व्यक्ति के कर्तव्यों पर जोर देना छोड़ा जाता रहा। पिछली सदी के आखिरी दशकों में दक्षिणपंथी नेता व्यक्ति की मुनाफा कमाने की स्वतंत्रता की और वामपंथी नेता व्यक्ति की आचरणगत स्वतंत्रता की पैरवी जोरदार ढंग से करते रहे। भले ही उन्होंने एक-दूसरे की मुहिम को समाज में अनैतिकता बढ़ाने वाली ठहराया हो, उनमें से किसी ने भी बिरादरी के प्रति इंसान के फर्ज पर कभी जोर नहीं दिया। इसके चलते अपने अधिकार, अपने स्वार्थ और अपनी समृद्धि की बात सोचना हर किसी का एकमात्र धर्म बन चुका है। लोगबाग, और तो और, सड़क पर गाड़ी भी ऐसे चलाने लगे हैं मानो वह केवल उनके उपयोग

के लिए बनाई गई हो। फ्रांसीसी समाजशास्त्री एमिली दुर्हीम ने बहुत पहले यह आशंका व्यक्त कर दी थी कि अगर समुदाय की व्यक्ति से बड़ी कोई सत्ता न रही और व्यक्तियों को आपस में जोड़ने वाले कोई सामाजिक मूल्य न रहे तो समाज और व्यक्ति दोनों ही अराजकता और आत्मघात की दिशा में बढ़ने लगेंगे। आज हम वैसा ही होता हुआ देख रहे हैं। आर्थिक और सामाजिक विषमताएं बढ़ रही हैं। एक ओर जहां दुनिया तेजी से सिमट रही है वहां दूसरी ओर इंसान और इंसान के बीच आर्थिक-सामाजिक फासले बढ़ रहे हैं और दूसरे के प्रति आदर क्या, करुणा भी खत्म होती जा रही है। जहां देखिए मामूली से मामूली बात पर छोटे-मोटे महाभारत मचते रहते हैं और मानवीय सरोकारों को भुला दिया जाता है। यह तूफाने बदतमीजी नया कानून बनाने या पुलिस को ज्यादा अधिकार दिलाने से थम नहीं सकता। यह तो आधुनिकता की उस पूंजीवादी व्याख्या को तिलांजलि देने पर ही थम सकता है जिसकी आलोचना मार्क्स ने इन शब्दों में की थी कि आधुनिकता इंसान को और हर तरह के बोध से काटकर स्वामित्व के बोध से जोड़ देती है। वह चीजों को तभी अपना समझ पाता है जब कि वह उसकी अपनी पूंजी हो। वही उन्हें पीता, खाता और बरतता रह सके, दूसरे नहीं। आधुनिकता की यह पूंजीवादी व्याख्या इंसान को इंसान से जोड़ नहीं सकती। वह तो हर इंसान में अलगाव का भाव ही पैदा कर सकती है। तो आज स्थिति यह है कि जिस रफ्तार से अमीरी बढ़ रही है उससे कहीं अधिक रफ्तार से इंसान में ओछापन बढ़ रहा है। ओछेपन में शिष्टाचार की गुंजाइश कहां?

(30 जनवरी, 2006)

दो करोड़ बेघर, सौ करोड़ बेदर्द

हम एक हंगामाखेज दौर में जी रहे हैं जिसमें हर छोटी-बड़ी बात को लेकर जबर्दस्त हो-हल्ला मचता है और इसी हो-हल्ले के सहारे आगे बढ़ती है सत्ता की राजनीति, आधुनिकता की मुहिम और मीडिया की रेटिंग। हमारी विधायिकाओं में भी हंगामों का बोलबाला है और सार्वजनिक विमर्श में भी। पिछले दिनों हमने संघ परिवार को कांग्रेस के आला परिवार के इतालवी आयाम पर हंगामा मचाते हुए देखा तो आधुनिकों को लखनऊ पुलिस द्वारा कुछ समलैंगिकों की गिरफ्तारी पर। लखनऊ वाले हंगामे में हाय-हाय करती एक युवती इस आशय की तख्ती उठाए खड़ी दिखाई गई कि समलैंगिक युवतियों को आत्महत्या के लिए बाध्य मत करो। इस तख्ती को पढ़ते-पढ़ते मुझे ऊंघ आ गई और फिर मैंने देखा कि हमारी संसद की कार्रवाई आए दिन ठप करने वाले हंगामाखेज नेता और पेज थ्री की शोभा बढ़ाने के लिए आतुर हंगामाखेज आधुनिक युवा मीडिया के कैमरों के सामने हंगामा करते हुए इस आशय की तख्तियां उठाए हुए हैं कि बेघरों को जाड़े में मरने के लिए मजबूर मत करो। चश्मा नाक से गिर जाने से मेरी ऊंघ टूटी और मैंने अपने को याद दिलाया कि आज के समाज में इस तरह की करुणा बस सपनों में ही देखी जा सकती है।

भारत की एक सौ दो करोड़ की आबादी में से दो करोड़ लोग सरकारी आंकड़ों के अनुसार बेघर हैं। तो हम यह मानने को मजबूर होते हैं कि भारत के शेष सौ करोड़ लोगों के मन में कभी यह विचार नहीं उठता कि खुले में सोने के लिए मजबूर लोगों का कष्ट कम करने के लिए हम खुद तो कुछ करें ही साथ में सरकार पर भी आवश्यक कदम उठाने के लिए जोर डालें। जरा इस ओर भी ध्यान दें कि हमारे यहां सत्रह करोड़ लोग ऐसे हैं जिन्हें पीने के लिए साफ पानी नहीं मिल पाता। उनहत्तर करोड़ लोग ऐसे हैं जो घोर गंदगी में जीने के लिए मजबूर हैं लेकिन उनका दर्द हमें व्यापता नहीं है। और सबसे आश्चर्य की बात यह है कि जिन सरकारी संस्थाओं पर इस दारुण स्थिति से निपटने की जिम्मेदारी है, स्वयं वे पूरी तरह से बेदर्द हो चली हैं। उनकी तमाम योजनाएं कागजी और बेअसर साबित होती रहती हैं। शुरू से हर सरकार रोटी, कपड़ा और मकान का नारा देती रही है लेकिन महानगरों में बड़ी तेजी से बढ़ती बेघरों की आबादी की ओर हमारी सरकार का ध्यान आजादी के 38 वर्ष बाद गया जब यह निर्णय हुआ कि महानगरों में बेघरों के लिए रैन-बसेरे बनाए जाएंगे। तब से अब तक कुल 99 रैन-बसेरे बन सके हैं। राजधानी दिल्ली में तो यह आलम है कि लगभग डेढ़ लाख बेघरों के लिए कुल 12 रैन-बसेरे हैं जिनमें हद से हद 2,500 लोगों को ठूंसा जा सकता है।

आश्रय बनाना कोई घाटे का सौदा भी नहीं क्योंकि उसमें रहने देने के लिए पैसे

वसूले जाते हैं। तो भी हमारी नगर-पालिकाओं को नए रैन-बसेरे खोलने के प्रति तनिक भी उत्साह नहीं है। उलटे उनका वश चले तो, जो हैं उन्हें भी बंद करवा दे। इन जाड़ों में केवल स्त्रियों के लिए बने एक आश्रय में रहनेवालियों को एमसीडी ने निकाल दिया। जब उन्होंने बाहर ही तंबू तानकर धरना दे दिया तो तंबू उखाड़ फेंके। केंद्र सरकार और सभी राज्य सरकारों को यह घोषणा किए हुए सात वर्ष होने को आए कि सबको मकान उपलब्ध कराना हमारा लक्ष्य है किंतु जब तक वह सिद्ध नहीं हो जाता तब तक हम किसी भी बेघर को खुले में सोने के लिए मजबूर नहीं होने देंगे। लेकिन वह मजबूरी बरकरार है और हर शीत लहर के साथ एक मौसमी खबर यह भी आती है कि इसमें इतने-इतने सौ लोग ठिठुर-ठिठुरकर मर गए। सरकार इतना भी नहीं करती कि ऐसे मौसम में बेघर लोगों को किन्हीं सार्वजनिक इमारतों में सिर छिपाने की अनुमति दे दे। हम भी व्यक्तिगत हैसियत से या फिर अपनी धर्मार्थ संस्थाओं के माध्यम से इस दिशा में कोई बड़ी पहल नहीं करते। दिल्ली का अनुभव बताता है कि ईसाइयों, मुसलमानों और सिखों की कुछ संस्थाओं ने ठंडी रातों में बेघरों को शरण देने का काम किया लेकिन बहुसंख्यक हिंदुओं की कोई भी संस्था इस काम के लिए आगे नहीं बढ़ी।

रोटी-रोजी की तलाश में महानगरों में आकर झुग्गी-झोंपड़ियां और फुटपाथ आबाद करने वाले लोगों की गरीबी और गंवारपन से घिनाते हुए हमारी और हमारी सरकारों की यही प्रतिक्रिया होती है कि इन्हें यहां से दफा करो। इसके चलते झोंपड़पट्टियों में सुधार के कार्यक्रम तो धरे रह जाते हैं लेकिन उन पर बुल्डोजर चलवा देने में नगरपालिकाएं बड़ी फुर्ती दिखाती हैं। इन्हीं नगरपालिकाओं को अदालती आदेश पर भी बड़े-बड़े नेताओं, बिल्डरों और उच्चवर्गीय लोगों द्वारा किए गए अवैध निर्माण और सरकारी भूमि पर कब्जे हटाते हुए सांप सूंघ जाता है। जिस तरह से आज दिल्ली में हमारे सभी दलों के नेता अवैध निर्माण तुड़वाने के अदालती आदेश के विरुद्ध लामबंद हुए हैं उस तरह कभी बेघरों के लिए रैन-बसेरे बनवाने के लिए लामबंद होंगे क्या? ऐसा कभी नहीं होगा क्योंकि आज के समाज में नेताओं के लिए गरीब आदमी का वोट जितना जरूरी है उससे कहीं ज्यादा जरूरी है अमीरों से मिलने वाला नोट। कहा जाता है कि लोकतंत्र में सब इंसान बराबर होते हैं और हर इंसान का कुल एक वोट होता है किंतु आज के पूंजीवाद में वस्तुत: किसी भी इंसान के उतने ही वोट होते हैं जितने कि उसके पास नोट होते हैं। इन नोटों की एवज में ही उसे मनमानी करने की छूट दी जाती है।

हमारे शाइनिंग इंडिया में आधुनिकता इसी हद तक आई है कि हमने सामंतों की तरह धर्मार्थ दान-पुण्य करना और व्यक्तिगत स्तर पर दया करना तज दिया है। सत्ता का व्यक्तिगत लाभ के लिए उपयोग निषिद्ध बताने वाली आधुनिकता से तो

हम अनजान ही रहे किंतु अमेरिकी पूंजीवादी उत्तर-आधुनिकता का यह मंत्र हमने ग्रहण कर डाला कि लो ही लो, दो मत। करुणा करने में कोई भी आर्थिक समझदारी नहीं है। जहां सामंत गरीबों को बदनसीब, इसलिए भीख का पात्र समझते थे वहां नवपूंजीवादी उन्हें बदनसीब नहीं, मात्र बद ठहराते हैं और उनके प्रति दया दिखाना दुनिया में बदी बढ़ाने वाला मानते हैं। हिंदुओं की सामंती सोच तो यह कहती थी कि गरीब के पिछले जन्म के कर्म बुरे रहे होंगे, नवपूंजीवादी सोच कहती है कि इसके इस जन्म के कर्म बड़े खराब हैं। आधुनिक व्यक्ति गरीबों को सरकारी सहायता का पात्र मानता था और उन पर खर्च करने के लिए टैक्स देता था, नव-पूंजीवादी व्यक्ति गरीबों की बेहतरी के लिए टैक्सों और जनकल्याण कार्यक्रमों में कटौती निहायत जरूरी समझता है। तो क्या आश्चर्य कि अगड़े देश हों या पिछड़े, बेघरों की संख्या भी बढ़ रही है और उनके प्रति बेदर्दी भी ?अमेरिका में पिछले वर्ष एक नगर में रैन-बसेरों के विकास के लिए दी गई रकम संबद्ध अधिकारी ने अपने घर के विकास पर खर्च कर दी। एक अन्य नगर में रातें अपनी कार में गुजारने वाली एक अपंग महिला पर गलत पार्किंग के आरोप में चार सौ डॉलर का जुर्माना ठोका गया और उसकी कार उठा ले जाई गई। चार ठंडी रातों के बाद उसकी लाश सड़क पर मिली। गरीबों को तकलीफ कितनी भी हो हर व्यक्ति को पूंजीवाद ने समझा दिया है कि करुणा में तकलीफ सरासर है।

(6 फरवरी, 2006)

बधाई, बदल चुका है हिंदुस्तान

आज से कोई पंद्रह साल पहले *टाइम्स ऑफ इंडिया* प्रकाशन समूह के रमेश चंद्र मुझे अपने मालिकों की नई पीढ़ी से मिलाने ले गए कि वे आपको कोई संपादकीय पद देना चाहते हैं। उनके श्रीमुख से ब्रांड और रीडरशिप प्रोफाइल जैसे शब्द सुनकर मेरा माथा चकराया। मेरी योग्यता का मूल्यांकन करने के लिए उन्होंने मुझसे हिंदी ब्रांडों को अप मार्केट बनाने के सुझाव लिखकर देने को कहा। वहां से निकलकर रमेश चंद्र मुझे एक पांचसितारा होटल के बार में ले गए ताकि जान सकें कि मैं क्या रणनीति सुझाने वाला हूं। मैंने कहा कि मेरा पहला सुझाव होगा कि *धर्मयुग* जैसे पोंगापंथी ब्रांड नामों को तिलांजलि दे डालें। और कुछ न हो सके तो *धर्मयुग* को धर्मायुगा ही कर दें और 'युगा' रोमन में छापें। दूसरे, पत्र-पत्रिकाओं की भाषा हिंदी की जगह हिंग्लिश कर दें। तीसरे, उनमें फैशन, ग्लैमर, सेक्स, सिनेमा और भोग-उपभोग से जुड़ी सामग्री भर दें। आपके तरुण मालिकों को दुख ही इस बात का है कि *नवभारत टाइम्स* ब्रांड की ग्राहक संख्या बहुत बड़ी होते हुए भी रीडरशिप प्रोफाइल ऐसी नहीं है जो विज्ञापनदाताओं को आकर्षित कर सके। बड़े शहरों में तो उसे घर की बुढ़ियाएं और नौकर पढ़ते हैं और छोटे शहरों में वे लोग जिनकी भोग-उपभोग कर सकने की न हैसियत होती है और न फितरत। तो ब्रांड सुधार के लिए आवश्यक है कि आप ऐसी सामग्री दें जिससे सिद्ध हो कि आपका भी ग्राहक वही है जो भोग-विलास की सामग्री का ग्राहक है। यही नहीं, आप सारी युवा पीढ़ी को भोग-उपभोग का पाठ पढ़ाते रहने का काम भी साथ-साथ करते रहें।

मैं यह सब कह रहा था और रमेश जी मंद-मंद मुस्कराते हुए सुन रहे थे। हम लोग पी रहे थे इसलिए मैंने बात को आगे बढ़ाते हुए कहा कि मेरा सुझाव होगा कि हिंदी पत्र-पत्रिकाओं में एक स्तंभ सुरापान के बारे में भी डाला जाए जिसमें हिंदीभाषी गृहिणियों को समझाया जाए कि वाइन कितने प्रकार की होती है ? ब्लेंडेड स्कॉच और सिंगल मॉल्ट स्कॉच में क्या अंतर होता है ? फैशन स्तंभ में बताएं कि घाघरा- चोली को मॉड बनाने के लिए घाघरे में एक तरफ से चौड़ी पट्टी काटकर फेंक दें ताकि पिंडली दिखे। रमेश जी हंसकर बोले कि ऐसा अखबार तो हमारे परिवारों की औरतें फाड़कर फेंक देंगी। तभी एक हिंदीभाषी सज्जन दो स्त्रियों के साथ आए। बातचीत से पता चला कि एक उनकी पत्नी है और दूसरी साली। वे सब किसी शादी के सिलसिले में होटल आए हुए हैं। पत्नी को वह पहले ही बीयर पीना सिखा चुके थे, साली को दीक्षित करने आए थे। जीजी-जीजा के आश्वासन के बावजूद साली घबरा रही थी तो जीजा जी ने बीयर में सोडा मिला दिया कि अब नहीं चढ़ेगी। वह चरणामृत लेकर चली गई और एक अन्य साली प्रकट हो गई। यह सिलसिला तब तक चलता रहा जब तक एक साली

अपने गोद के बच्चे को लेकर नहीं आ गई और बार के मैनेजर ने जीजा जी से निवेदन किया कि बार में बच्चों का प्रवेश निषिद्ध है आप कोई कमरा ले लें।

मैंने रमेश जी से कहा कि आपने देख लिए न नई *नवभारत टाइम्स* ब्रांड के ग्राहक! मेरा तो सुझाव यह है कि जीजा जी को ही संपादक बनवा दीजिए! रमेश जी हंसे और शायद इस नतीजे पर पहुंचे कि इस तरह हंसी-ठट्ठा करने वाले को संपादक बनाने की सिफारिश करना बेकार है। आश्चर्य कि कुछ ही वर्षों में *नवभारत टाइम्स* ब्रांड ने अप मार्केट रीडरशिप प्रोफाइल बनाने के लिए उन्हीं सुझावों को अपनाया! और अब तो जैनों की नई पीढ़ी की तरह बिड़लाओं की नई पीढ़ी ने भी बदल रहा है हिंदुस्तान की उद्घोषणा करके अपने हिंदी दैनिक का स्वरूप बदल डाला है। मुझे विशेष संतोष यह देखकर हुआ कि उसमें वाइन पीने के बारे में एक ज्ञानप्रद लेख छप चुका है। स्कॉच के बारे में भी छपता ही होगा। मीडिया के इस बदलते तेवर को तेजी से होते सामाजिक परिवर्तन से जोड़कर दिखाया जा सकता है। यह भी कहा जा सकता है कि सारे ग्लोब में एक नई युवा संस्कृति पनप रही है और उसका हमारी नई पीढ़ी द्वारा अपनाया जाना प्रगति का परिचायक है। लेकिन ये कथन अर्द्धसत्य पर आधारित हैं और इनमें जो आधा झूठ है वह पूरी तरह विज्ञापनदाताओं के लिए आदर्श ग्राहक तैयार करने की मुहिम को समर्पित है।

हिंग्लिश की ही बात लें। आज विज्ञान, व्यापार और इंटरनेट की भाषा बन चुकी अंग्रेजी का विश्वव्यापी बोलबाला हो जाने के बाद हर कहीं इस तरह की खिचड़ी भाषा चल पड़ी है किंतु और कहीं न तो उसे पत्रकारिता की भाषा बना दिया जा रहा है और न उसमें अंग्रेजी के शब्द ज्यों के त्यों ले लिए जा रहे हैं। हर कहीं उन शब्दों को स्थानिक रूप दिया जा रहा है। हमारे यहां भी अस्पताल, रपट जैसे शब्द चलाने वाले देहातियों और नर्वसाय गए, फुनिया देना जैसे मुहावरे चलाने वाले शहरियों ने कभी ऐसा ही किया था। हमारा मीडिया तो उलटे अस्पताल को फिर हॉस्पिटल कर देने में जुटा हुआ है। वह हिंदी में अंग्रेजी शब्द यह जताने के लिए ठूंसना चाहता है कि हमारे ग्राहक भी अंग्रेजीदां हैं और भोग-विलास की आधुनिक सामग्री के ग्राहक हैं। वह अपने को ताल ठोंक कर यह कहने की स्थिति में नहीं पाता कि हिंदीभाषी मंडी बहुत बड़ी है। और वह तब जबकि उस मंडी का महत्त्व समझते हुए स्वयं बहुराष्ट्रीय कंपनियां अपने विज्ञापनों में हिंदी का पहले से कहीं अधिक प्रयोग करने लगी हैं। तो हमारे मीडिया की हिंग्लिश और कुछ नहीं, ग्राहकों को यह समझाने की कोशिश है कि हिंदी आर्थिक-सामाजिक पिछड़ेपन की भाषा है।

अब इस बात को लें कि जो भी परिवर्तन मीडिया में हो रहा है वह देश में होते परिवर्तन का ही प्रतिबिंब है। ऐसा दावा करने वाले तीन बातें छिपा जाते हैं। पहली यह कि मीडिया इस परिवर्तन को बहुत बढ़ा-चढ़ाकर प्रस्तुत करता है। दूसरी यह कि इस

परिवर्तन में मुख्य भूमिका स्वयं मीडिया की रहती है। तीसरी यह कि भले ही वह अपने इस योगदान को समाज के रूढ़िमुक्त होने के अभियान से जोड़ता हो, उसकी मंशा बस उपभोक्ता सामग्री के लिए आदर्श ग्राहक तैयार कराने की रहती है। यदि वह युवा पीढ़ी को प्रेम में पड़ने का संदेश देता है तो इसलिए नहीं कि युवक-युवतियां अपनी पसंद से विवाह करें, जात-पांत के रूढ़िबंधन तोड़ें और दहेज लेना-देना छोड़ दें, वह तो सिर्फ यह चाहता है कि वे वेलेन्टाइंस डे कार्ड और गिफ्ट खरीदें। यही कारण है कि एक ओर मीडिया हमें हिंदुस्तान के बदल चुकने पर बधाई देता है और दूसरी ओर हम पाते हैं कि हमारा समाज इस सतही परिवर्तन के बावजूद बुनियादी तौर से वैसा का वैसा ही रह गया है। तो भले ही हिंदी दैनिक समाज में प्रेम और भाईचारा बढ़ाने के लिए 'चाहा है तुमको चाहत से ज्यादा, समझा है तुमको मुहब्बत से ज्यादा'-नुमा संदेश डीयर पारुलों के नाम निशुल्क छापने लगे हों, एक ताजा सर्वेक्षण बताता है कि देश की 70 प्रतिशत युवा पीढ़ी माता-पिता की मर्जी के अनुसार विवाह करने के पक्ष में है। और भाईचारे का तो यह आलम है कि एक निराश व्यक्ति सार्वजनिक रूप से आत्मदाह करता है और कैमरे लेकर पहुंचा मीडिया अपनी रेटिंग बढ़ाने के चक्कर में उसे बचाना जरूरी नहीं समझता।

(13 फरवरी, 2006)

विश्वव्यापी उम्मत की त्रासदी

बराबरी और भाईचारे पर जोर देने वाले मजहब इस्लाम में अपने अनुयायियों की देश–प्रदेश की सीमाओं से मुक्त विश्वव्यापी बिरादरी उम्मत की भी बात की जाती रही है। यह विराट बिरादरी भला क्या नहीं कर सकती! मगर अफसोस कि जो उम्मत नौवीं से तेरहवीं सदी तक ज्ञान–विज्ञान में अग्रणी होकर महाशक्ति का रूप ले सकी थी, आज औपनिवेशिक शक्तियों से मुक्ति पा लेने और अकूत तेल भंडारों की मालकिन होने के बावजूद हर लिहाज से पिछड़ी हुई है। वजह यह कि ज्यादातर मुस्लिम नेता उस संस्कृति से जुड़ने की बात नहीं कर रहे हैं जिसने इस्लाम का परचम सारी दुनिया में फैलाया था, वे 1400 साल पहले की उस अरब संस्कृति से जुड़ने पर जोर दे रहे हैं जो इस्लाम के आविर्भाव के समय थी। मुस्लिम जगत में कट्टरपंथ का यह उदय उस पश्चिम के लिए बहुत सुविधाजनक रहा है जिससे टक्कर लेने की बात कट्टरपंथ करता आया है। कट्टरपंथ की कृपा से वह मुस्लिम देशों को आपस में लड़ा सका है, साम्यवाद को हरा सका है और आश्वस्त रह सका है कि पेट्रो डॉलरों के सहारे मुस्लिम जगत शक्तिशाली नहीं बन पाएगा।

जब से इस कट्टरपंथ ने स्वयं पश्चिम को अपने निशाने पर ले लिया है और पश्चिमी देशों में आ बसे मुसलमान अपनी अलग पहचान का आग्रह करने लगे हैं, तब से पश्चिम ने सभ्यताओं की टकराहट की बात शुरू कर दी है। इससे एक विचित्र स्थिति पैदा हुई है जिसमें पश्चिम कह रहा है कि इस्लाम आधुनिक जीवन–मूल्यों का विरोधी है और इस्लाम के प्रवक्ता बने कट्टरपंथी उससे सहमत होते हुए कह रहे हैं कि पश्चिम और आधुनिकता दोनों इस्लाम के शत्रु हैं और हम उन्हें खत्म करके ही दम लेंगे। इस तेवर के चलते ही आज यह हो रहा है कि उम्मत अपने मजहब के अपमान के नाम पर तो एक हो पाती है किंतु मुस्लिम जगत को शक्तिशाली बनाने और मुसलमानों की खुशहाली बढ़ाने के नाम पर नहीं। डेनमार्क के दैनिक *जाइलैंड्स पोस्टेन* के खिलाफ मुस्लिम बिरादरी का अभियान इसका एक अच्छा उदाहरण है। इस दैनिक ने गतवर्ष दक्षिणपंथी लेखक कारे ब्लुइट्ज का यह बयान छापा कि पैगंबर हजरत मोहम्मद पर लिखी गई मेरी बाल–पुस्तक के लिए कोई भी रेखांकन करने को इस भय से तैयार नहीं हुआ कि कट्टरपंथी मुसलमान मुझे मार देंगे कि तुमने रसूले अल्लाह का चित्र बनाकर कुफ्र किया है। दैनिक ने चित्रकारों को आमंत्रित किया कि हजरत मोहम्मद के विषय में कार्टून बनाकर भेजें। अभिव्यक्ति की स्वतंत्रता का यह तकाजा है कि जब हम अन्य धर्मों और पैगंबरों को लेकर कार्टून बनाते हैं और छापते हैं तो हजरत मोहम्मद पर बनाने–छापने से डरें नहीं।

इस न्योते के जवाब में आए कार्टूनों में से 12 कार्टून सितंबर माह में छाप दिए गए। इनमें दो कार्टून ऐसे थे जो इस आयोजन के ही विरोध के लिए बनाए गए थे। एक में दैनिक की खिल्ली उड़ाई गई थी और दूसरे में डेनमार्क में मुसलमानों को बसने देने का विरोध करने वाले प्रमुख नेता की। शेष 10 कार्टूनों में हजरत मोहम्मद का परिहास किया गया था। यूरोप के सभी उदारपंथियों ने इसकी भर्त्सना की। इससे ज्यादा कुछ हो नहीं सकता था क्योंकि यह वह यूरोप है जिसमें हॉलैंड में सरकारी वजीफा प्राप्त किसी मुस्लिम कलाकार द्वारा मरियम का नग्न चित्र बना दिए जाने पर चंद कट्टरपंथियों को छोड़ किसी ने कुछ नहीं कहा। किंतु इन कार्टूनों के प्रकाशन को 'इस्लाम के विरुद्ध अपमानजनक षड्यंत्र' ठहराकर सारा मुस्लिम जगत लामबंद कर दिया गया। अरब देशों के शासकों ने डेनमार्क पर दबाव डाला कि इस दैनिक से माफी मंगवाएं। दक्षिणपंथी प्रधानमंत्री ने अभिव्यक्ति की स्वतंत्रता के मामले में हस्तक्षेप करने से इनकार कर दिया। इस पर सऊदी अरब और लीबिया ने डेनमार्क से अपने राजदूत वापस बुला लिए और मध्य-पूर्व में डेनमार्क के माल का बहिष्कार किया जाने लगा। डेनमार्क की कंपनी आर्ला फूड्स की मध्य-पूर्व मंडी से रोजाना की 15 लाख डॉलर की जो आमदनी थी, वह बंद हो गई और मध्य-पूर्व के देशों से डेनमार्क का एक अरब डॉलर प्रतिवर्ष का व्यापार संकट में पड़ गया। ऐसे में दैनिक पर फिर दबाव डाला गया। उसने अरब देशों के नाम एक संदेश भिजवाया जिसमें कहा गया कि इन कार्टूनों के प्रकाशन से निस्संदेह बहुत से मुसलमानों ने अपने को अपमानित महसूस किया है, उनसे हम क्षमा-प्रार्थना करेंगे।

विवाद थमा नहीं। दैनिक का कार्यालय बम से उड़ा देने और कार्टून बनाने वालों की हत्या कर देने की धमकी दे दी गई। हॉलैंड में थियो वान खॉख की मुस्लिम स्त्रियों की दुर्दशा पर एक मुस्लिम संसद सदस्या की पटकथा पर आधारित फिल्म बनाने पर हत्या कर दी गई थी, इसलिए इस धमकी की तीखी प्रतिक्रिया हुई और कई अन्य यूरोपीय देशों के दैनिकों ने भी इन कार्टूनों को छाप दिया कि अभिव्यक्ति की स्वतंत्रता का आधुनिक सिद्धांत पश्चिम के लिए किसी के भी धार्मिक कट्टरपंथ से ऊपर है। इस पर डेनमार्क के साथ-साथ अन्य यूरोपीय देशों का भी आर्थिक बहिष्कार करने की मांग उठा दी गई और उनके दूतावासों में आग लगाई जाने लगी। विडंबना कि सबसे ज्यादा बवाल उस फिलिस्तीन में मचा है जिसमें आतंकविश्वासी हमास की विजय के बाद पश्चिमी देशों से मिलने वाली आर्थिक सहायता के बंद हो जाने की आशंका से भयंकर संकट होने वाला है। गौरतलब है कि फिलिस्तीनी जनता पर मंडराते इस संकट के बारे में उम्मत अब तक चुप्पी साधे हुए है!

काश कि फिलिस्तीन के मामले में मुस्लिम जगत ने एकजुट होकर ऐसी

कार्रवाई की होती जैसी कि कार्टून कांड को लेकर की है। इस्राइल के खिलाफ वे कभी एकजुट होकर नहीं लड़े। उन्होंने वर्चस्व के लिए अपनी आपसी लड़ाइयों पर ज्यादा ध्यान दिया। फिलिस्तीन के संदर्भ में पश्चिम को उन्होंने आर्थिक बहिष्कार की धमकी नहीं दी। तेल देने पर रोक कुल एक बार लगाई और सो भी चंद दिनों के लिए। ज्ञान-विज्ञान के बिना आर्थिक शक्ति नहीं बना जा सकता और आधुनिक जीवनमूल्यों के अभाव में ज्ञान-विज्ञान पनप नहीं सकता। यदि इस्लाम का खोया गौरव लौटाने के लिए स्थापित पाकिस्तान में कानून बनाकर नोबेल पुरस्कार प्राप्त भौतिकशास्त्री प्रो. अब्दुस सलाम को अहमदिया होने के कारण कानूनन गैर-मुस्लिम ठहरा दिया जाता है तो यह मानकर चला जा सकता है कि मुस्लिम जगत विज्ञानहीन रहेगा। पश्चिम पर विजय के लिए आतंक और अनुदारता को अस्त्र बनाने वाले पश्चिम को सभ्यताओं की टकराहट के नाम पर अपना उल्लू सीधा करने का अवसर दे रहे हैं। अमेरिका पर हुए आतंकवादी हमले के जवाब में अफगानिस्तान के बाद बड़े तेल उत्पादक इराक पर पश्चिम कब्जा कर चुका है और उतने ही बड़े तेल उत्पादक ईरान में दखलंदाजी करने की सोच रहा है। पाकिस्तान के प्रेसीडेंट मुशर्रफ को भले ही वह आतंकविरोधी लड़ाई में अपना साथी मान रहा हो पाकिस्तान के परमाणु अस्त्रों के आतंकवादियों के हाथ पड़ जाने के भय से कभी भी कुछ भी करने को तैयार बैठा हुआ है। सबसे बड़ी त्रासदी यह कि आतंकवाद का शिकार स्वयं मुस्लिम समुदाय बन रहा है।

(20 फरवरी, 2006)

चढ़े शेयर बाजार, घटे गणित-भार

बहुत दिन नहीं हुए दक्षिणपंथी भाजपा इस बात पर फील गुड कर-करा रही थी कि इंडिया शेयर बाजार में शाइन कर रहा है और व्हाइन करने की आदत के आदी लोग उसे कोस रहे थे कि देश में बढ़ती गरीबी और गैर-बराबरी पर फील बैड करने की जगह वह उसे इग्नोर मार रही है। तो गरीबी और गैर-बराबरी को हाईलाइट करके कांग्रेस ने चुनाव में भाजपा को उम्मीद से कहीं ज्यादा टफ फाइट दी और कम्युनिस्टों के समर्थन से केंद्र में सरकार बनाई। दो वर्ष बाद उस सरकार की सबसे बड़ी उपलब्धि यह है कि शेयर बाजार दस हजार का आंकड़ा पार कर गया है और कंगालों के इस देश में करोड़पति खरीदारों की संख्या इतनी हो चली है कि महंगी विलास सामग्री निर्माता भारत में अपनी दुकान जमाने में लग गए हैं। व्हाइन करने वाले दिलेनादान टाइप कबीरा रो-रोकर पूछ रहे हैं कि क्रांतिकारी कम्युनिस्टों के सहयोग से चलती समाजवादी ढंग के समाज में विश्वास करने वाली कांग्रेस के राज में यह क्या हो रहा है। वे शायद भूल गए हैं कि इंदिरायुग तक में अपनी प्रगतिशीलता पर कम्युनिस्टों से मुहर लगवाने के इच्छुक कांग्रेसियों का समाजवाद और कांग्रेसियों के समर्थन से शिक्षा-संस्कृति और विदेश-नीति के क्षेत्रों में वर्चस्व पाने के इच्छुक कम्युनिस्टों की क्रांतिकारिता सुंदर छलावाभर रहे थे। आज सोनिया युग की अंतर्राष्ट्रीय परिस्थितियों में तो वे एक दिखावे से ज्यादा कुछ हो ही नहीं सकते क्योंकि यह वह दौर है जिसमें सरकारें बाजार को नियंत्रित नहीं कर रही हैं, बाजार सरकारों को हांक रहे हैं।

इस दौर में, और तो और, तथाकथित सामाजिक क्रांतियां भी बाजार करा रहा है जिसकी एक बानगी हमें अपने देश में वेलेन्टाइंस डे की बढ़ती धूम से मिल रही है। गौरतलब है कि वामपंथ और दक्षिणपंथ की लड़ाई का आज वही सबसे चर्चित मुद्दा है! तो आज की तारीख में किसी भी समाज के लिए दो ही विकल्प हैं, या तो बाजार के अस्तित्व से ही इनकार कर दे और एक बड़ी लंबी गांधीवादी अथवा माओवादी लड़ाई उससे लड़े या फिर बाजार को इस तरह पटाए कि राष्ट्रहित सिद्ध हो और आर्थिक शक्ति अपने हाथ में आ सके। कम्युनिस्ट चीन तक ने दूसरा विकल्प चुनकर पिछले कुछ दशकों में आश्चर्यजनक प्रगति कर डाली है किंतु हमारे कांग्रेसी और कम्युनिस्ट नेता बदस्तूर सांकेतिक क्रांतिकारिता पर जोर दिए चले जा रहे हैं। इसके चलते कम्युनिस्टों ने दिल्ली और मुंबई हवाई अड्डों के निजीकरण के विरोध में हड़ताल कराई कांग्रेस से महज यह आश्वासन पाने के लिए कि प्राइवेट कंपनी अकुशल या अनावश्यक कर्मचारियों की भी छंटनी नहीं कर सकेगी। उधर चीन में, जिसके हवाई अड्डे और भी गए-गुजरे थे, हवाई अड्डों के आधुनिकीकरण

की कुल एक शर्त रखी कि काम चोखा होना और हवाई अड्डा बढ़िया चलना चाहिए। हमारे कम्युनिस्ट बदस्तूर उन संगठित मजदूरों के हितचिंतक बने रहे जो देश के वास्तविक गरीबों में शामिल नहीं हैं जबकि चीनी कम्युनिस्ट यह आश्वासन देते रहे कि मजदूर न हड़ताल करेंगे, न कामचोरी।

कांग्रेसियों की सांकेतिक प्रगतिशीलता के शुरू से तीन आयाम रहे हैं। पहला, गुटनिरपेक्षता के नाम पर अमेरिका का विरोध और कम्युनिस्ट देशों का समर्थन करना। दुर्भाग्य कि सोवियत संघ के ढह जाने के बाद यह संभव नहीं रहा है। दूसरा, गरीबी हटाने के नाम पर कोई नया आयोजन धूमधाम से शुरू करना। इस सरकार ने भी देहात में बेरोजगारी दूर कराने के लिए ऐसा आयोजन कर डाला है। यह स्वयं राजीव गांधी से छिपा नहीं रह गया था कि इस तरह के आयोजन छुटभैया नेताओं और दफ्तरशाहों को सरकारी खजाना लूटने का सुख दिलाते हैं। इसलिए वर्तमान सरकार ने 'मॉनिटरिंग' के पुख्ता इंतजाम का भरोसा दिलाया है। सरकारी मॉनिटरिंग क्या गुल खिलाती है, यह मुंबई हाईकोर्ट द्वारा सिद्धि विनायक मंदिर के चढ़ावे की रकम के वितरण के बारे में कराई गई एक जांच की रिपोर्ट से प्रकट होता है। इसमें बताया गया है कि जब से ट्रस्ट द्वारा किए जाने वाले वितरण पर निगाह रखने के लिए राज्य सरकार ने विशेष व्यवस्था की तब से पैसा नेताओं के रिश्तेदारों के संस्थानों में बड़े पैमाने पर बंटने लगा। रेवड़ी हर हाल में अपनों में ही बांटने वाला स्वार्थ से अंधा तंत्र अपने सिवाय किसी की भी गरीबी हटा नहीं सकता।

कांग्रेस की सांकेतिक प्रगतिशीलता का तीसरा आयाम है वामपंथी वीर शिशुओं को शिक्षा और संस्कृति के क्षेत्र में वर्चस्व का झुनझुना थमा देना। इसके अंतर्गत अब हमारे यहां शिक्षा और परीक्षा दोनों को आसान बनाकर समाज में समता बढ़ाने का अमेरिकी नववामपंथी नुस्खा आजमाया जा रहा है। अमेरिका में एक अरसे से 'मैथ्स वॉर' उर्फ गणित–घमासान चला हुआ है। उसे अपने यहां भी शुरू कर देने के लिए पिछले दिनों स्कूली छात्रों पर गणित का भार हटाने का क्रांतिकारी कदम उठाया गया। अमेरिका की तरह यहां भी इस 'मैथ्स वॉर' में तरह–तरह की बातें कही और की जाएंगी। कभी यह कि सवाल हल करना सिखाने से अधिक जरूरी है गणित की बुनियादी समझ प्रदान करना। कभी यह कि जिस गणित का अधिकतर छात्रों को जीवन में आगे कोई उपयोग ही नहीं करना है, उसकी बुनियादी समझ के लिए क्यों सबसे सिर खपाने को कहा जाए, हिसाब लगाना सिखाइए। कभी यह कि गणित का दूसरा नाम तर्क है। जिस छात्र को गणित की बुनियादी समझ नहीं होगी वह जीवन में तार्किक हो ही नहीं सकेगा। और वैसे भी कैलकुलेटरों के इस दौर में हिसाब लगाना सिखाने की क्या जरूरत है, उसके पीछे का तर्क समझाइए।

विडंबना यह कि स्कूली छात्रों पर गणित का भार कम करने का यह समतावादी

अमेरिकी नुस्खा हमारे यहां तब अपनाया जा रहा है जब अमेरिका के गणित घमासान में यह कहा जाने लगा है कि आज विज्ञान और प्रौद्योगिकी पूरी तरह गणित-केंद्रित है और ऐसे में अमेरिका का गणित-मूढ़ों का देश बन जाना हमारे भविष्य को अंधकारमय कर रहा है। औसत छात्र मुंहजबानी साधारण गुणा-भाग नहीं कर पाता और मेधावी छात्र भी विज्ञान और इंजीनियरिंग की उच्चतर शिक्षा में सफल नहीं हो पाते। गणित की कठिन शिक्षा-परीक्षा पर जोर देने वाले एशियाई देश, खासकर चीन और भारत, हमसे बाजी मार ले जाएंगे। यदि अमेरिकी विश्वविद्यालयों में उच्चतर विज्ञान और इंजीनियरी पढ़ने-पढ़ाने के लिए चीनियों और भारतीयों का आना रुक गया या वे स्वदेश लौटने लगे तो अमेरिकी अर्थव्यवस्था पिट जाएगी। चीन ने तो आर्थिक महाशक्ति बनने के लिए अपने विश्वविद्यालयों को संसार के सर्वश्रेष्ठ विश्वविद्यालयों की टक्कर का बना डालने का अभियान शुरू भी कर दिया है किंतु भारत में यूजीसी के नए अध्यक्ष उच्चतर शिक्षा को सर्वसुलभ बनाने का समतावादी संकल्प ले रहे हैं मानो बौद्धिक विषमता से इनकार कर देना ही आर्थिक-सामाजिक विषमता का पर्याय हो। स्तालिन के सोवियत संघ में उच्चतर शिक्षा अत्यंत मेधावी छात्रों को ही मिल पाती थी और साधारण छात्रों को हाईस्कूल करते ही काम में लगा दिया जाता था और फिर उन्हें अपने धंधे की पढ़ाई काम के साथ-साथ करनी होती थी। समता के लिए यह था कि ऐसे अनुभवी मजदूर और नए-नए लगे इंजीनियर के वेतन में कोई विशेष अंतर न था। ऐसी समता लाने में असमर्थ कम्युनिस्टों-कांग्रेसियों की जोड़ी बाएं देखते हुए देश की अर्थव्यवस्था को दाएं मोड़ने की जो कोशिश कर रही है उसमें हमारे लड़खड़ा जाने का पूरा खतरा है।

(27 फरवरी, 2006)

सैम चाचा के साम्राज्य की समस्याएं

दुनिया बदलती है, इंसान नहीं बदलता। उसकी तमाम मानवीय आदर्शवादिता के बावजूद उसका स्वार्थ पर सबसे पहले ध्यान देने का स्वभाव और लोगों को हम और वे, अपने और पराए में बांटने वाली सोच नहीं बदलती। परायों को अपनों के अधीन कर लेने की महत्त्वाकांक्षा नहीं बदलती। इसीलिए शुरू से सम्राट होते आए हैं और साम्राज्य होते आए हैं। आधुनिक साम्राज्यवाद का झंडा इस समय उस अमेरिका के हाथ में है जिसके राष्ट्रपति बुश पाकिस्तान और भारत पधारने वाले हैं। अमेरिका अपने को विश्व सम्राट भले ही न कहता हो, विश्व चौधरी तो मानता ही है और अंतर्राष्ट्रीय मामलों में बुश को सलाह देने वाले बुद्धिजीवियों के अनुसार विश्व की एकमात्र महाशक्ति के रूप में अमेरिका का यह कर्तव्य हो जाता है कि वह अपने हितों की रक्षा और दुनिया की भलाई के लिए चौधराहट करता रहे। आधुनिक पश्चिमी साम्राज्यवाद की पृष्ठभूमि सन 1492 में तब तैयार हुई जब स्पेन के राजा ने अपने देश में 700 वर्षों से चला आया मुस्लिम शासन पूरी तरह समाप्त कर दिया और कोलंबस के भारत-खोज अभियान को अपना आशीर्वाद प्रदान किया। कोलंबस प्राचीन विश्व के सोनपाखी भारत की भले ही खोज न कर पाया हो, नए विश्व का सोनपाखी अमेरिका उसने खोज निकाला। इसके शीघ्र बाद ही पुर्तगाल के राजा का आशीर्वाद लेकर वास्कोडिगामा भारत की खोज पर निकला और 1498 में कालीकट जा पहुंचा। इसी के साथ स्पेन और पुर्तगाल में औपनिवेशिक शक्ति बनने की होड़ शुरू हुई जिसमें बाद में हॉलैंड और ब्रिटेन भी शामिल हुए और अंततः ब्रिटेन एक ऐसा साम्राज्य स्थापित कर सका जिसमें सूरज कभी नहीं डूबता था।

दूसरा विश्वयुद्ध इसलिए लड़ा गया कि जर्मनी और जापान भी औपनिवेशिक शक्तियां बनने के सपने देखने लगे थे। उस युद्ध में जर्मनी हार गया किंतु औपनिवेशिक शक्ति के रूप में ब्रिटेन की भूमिका भी खत्म हो गई। दो नई महाशक्तियों का उदय हुआ। पहली पूंजीवादी अमेरिका और दूसरी साम्यवादी सोवियत संघ। दोनों ही अपनी-अपनी विचारधारा के सहारे विश्वविजय कर लेने के संकल्प पर चलने लगे। एक विराट शीतयुद्ध चलता रहा और उसके अंतर्गत कई छोटे-मोटे युद्ध भी लड़े जाते रहे। इनमें से अंतिम अफगानिस्तान के मोर्चे पर लड़ा गया जिसके बाद महाशक्ति के रूप में सोवियत संघ का अवसान हो गया और अमेरिका विश्व की एकमात्र महाशक्ति के रूप में प्रतिष्ठित हो गया। आज वही रास थामे है 500 वर्ष से चले आए पश्चिम के प्रभुत्व की। उसकी सैन्यशक्ति इतनी है जितनी कि शेष सारे संसार की मिलाकर नहीं। यही नहीं, वह आर्थिक महाशक्ति नंबर वन भी है। अर्थव्यवस्था के भूमंडलीकरण से भी वह अब तक चिंतित नहीं है क्योंकि अधिकतर बड़ी बहुराष्ट्रीय कंपनियां उसकी अपनी हैं। वह स्वयं सबसे

बड़ा उपभोक्ता तो है ही, अपनी उपभोक्ता संस्कृति का प्रचार-प्रसार करने में उसे पिछले दशकों में जबर्दस्त सफलता मिली है। हर साम्राज्यवादी शक्ति दूसरे देशों को आर्थिक ही नहीं, सांस्कृतिक उपनिवेश भी बनाती आई है। तो हम यह कह सकते हैं कि आज अमेरिका और तमाम देशों के साथ-साथ उस ब्रिटेन को भी अपना सांस्कृतिक उपनिवेश बना चुका है जो कभी अमेरिका का शासक हुआ करता था।

विचारधारा के स्तर पर अमेरिका को चुनौती देने के लिए फिलहाल बस वह आतंकविश्वासी इस्लामी कट्टरपंथ ही बचा है जिसे उसने स्वयं ही साम्यवादियों के विरुद्ध इस्तेमाल करने के लिए कभी पाला-पोसा था। यह आतंकवाद अमेरिका को किसी भी प्रकार की सैनिक चुनौती देने की स्थिति में नहीं है। यही नहीं, भले ही अमेरिका में मुस्लिम आबादी पहले से अधिक हो चली हो, वह कुछ यूरोपीय देशों की तरह इतनी अधिक भी नहीं है कि उसके बीच आतंकवाद पनपने से आगे कोई बड़ी समस्या पेश आ सकती है। अमेरिका को अगर किसी बात का डर है तो यही कि आतंकवादियों को कहीं से एटमी हथियार न मिल जाएं। इसलिए वह ईरान को परमाणु शक्ति का विकास करने से रोकने के लिए कुछ भी करने को तैयार है। कभी स्वयं अपने निर्देशन में आतंकवाद प्रशिक्षण शिविर बनाए गए पाकिस्तान को वह इसीलिए पूरी तरह चांपे और ताड़े हुए है कि कहीं उसके एटमी हथियार आतंकियों के हाथ न पड़ जाएं। आतंकवाद से चिंतित होने का अमेरिका के लिए इससे भी बड़ा कारण यह है कि विराट तेल भंडार मुस्लिम देशों में ही हैं। याद दिला दूं कि इस समय दुनिया के एक-चौथाई तेल-उत्पादन का उपभोग अकेला अमेरिका कर रहा है।

आज तक तमाम साम्राज्यवादी लड़ाइयां संसाधनों को लेकर लड़ी गई हैं। कभी सोना, चांदी, मसालों और गुलामों को लेकर लड़ी जाती थीं, आज खनिज तेल, प्राकृतिक गैस और कच्चे खनिजों को लेकर लड़ी जा रही हैं। इसलिए अमेरिका नहीं चाहता कि फारस की खाड़ी और कैस्पियन सागर के मुस्लिम देशों के तेल भंडार उसे उपलब्ध न रहें। वह जानता है कि आर्थिक महाशक्ति बनने का सपना देख रहे चीन में तेल का उपभोग ज्यों-ज्यों बढ़ेगा त्यों-त्यों विश्व में तेल का संकट गहराएगा। सैनिक महाशक्ति नंबर दो बन चुके साम्यवादी चीन का आर्थिक महाशक्ति बनने के लिए पूंजीवादी तरीके अपनाना भी अब अमेरिका के लिए संतोष से कहीं अधिक चिंता का कारण बन चला है। वह जानता है कि इसके चलते संसाधनों के लिए होड़ कुछ और भी तीखी हो जाएगी। प्रसंगवश इनमें कुशल और प्रतिभाशाली वैज्ञानिक और इंजीनियर समुदाय भी शामिल हैं जो नई अर्थव्यवस्था में परम आवश्यक संसाधन का दर्जा रखने लगा है और जिसका अमेरिका इधर चीन से आयात करता रहा है। वह यह भी समझ रहा है कि चीन की विराट उपभोक्ता मंडी से आकर्षित बहुराष्ट्रीय कंपनियां चीन का हुक्म बजाने लगेंगी। गूगल, याहू आदि इंटरनेट कंपनियों के ऐसा कर डालने से अमेरिका

को जबर्दस्त झटका लगा है।

ग्लोबव्यापी पूंजीवाद अमेरिका की देन है लेकिन इधर उसे यह चिंता सताने लगी है कि कहीं कंपनियों के बहुराष्ट्रीय हो जाने के कारण उसके अपने आर्थिक-राजनीतिक हित को हानि न पहुंचने लगे। वह यह भी चाहता है कि वाणिज्य-व्यापार की विश्व-व्यवस्था पर उसका वर्चस्व बना रहे। ऐसा न हो कि वह केवल सैनिक महाशक्ति होकर रह जाए और अपनी बात मनवाने के लिए उसे जगह-जगह सीधा सैनिक हस्तक्षेप करके अपनी आर्थिक स्थिति और भी चौपट करनी पड़ जाए। राष्ट्रपति बुश विश्व-चौधरी के इन तमाम सिरदर्दों के मारे ही पाकिस्तान और भारत पधार रहे हैं। वह आतंकवाद और चीन दोनों से निपटने में भारत को अपना सहयोगी बनाना चाहेंगे और कहेंगे कि इस सिलसिले में हम बहुत कुछ देंगे बशर्ते आप भारतीय मंडी में अमेरिकी माल और पूंजी के लिए और अधिक गुंजाइश बनाएं। ग्लोबल गांव में भी स्वार्थों में सौदेबाजी चल रही है। अब तक का अनुभव बताता है कि इस तरह की सौदेबाजी में हमारी विदेश नीति खासी निकम्मी रही है।

(6 मार्च, 2006)

सत्ताधारियों का जादुई यथार्थवाद

इस बार साहित्य अकादमी ने अपने वार्षिक महोत्सव के अवसर पर आयोजित अंतर्राष्ट्रीय विचार-गोष्ठी का विषय रखा— लातिनी अमेरिकी और भारतीय साहित्य में जादुई यथार्थवाद। जैसा कि आप जानते ही हैं, लातिनी अमेरिका की लेखकों की एक पीढ़ी ने सन 60 के आसपास यूरोपीय ढंग के यथार्थवाद से मुंह मोड़कर अपने समय, स्थान और समाज का चित्रण दंतकथाओं और मिथक पुराणों वाली शैली में करना शुरू किया था। उनकी शैली को जादुई यथार्थवाद कहा गया क्योंकि उसमें कल्पना और इतिहास तथा अविश्वसनीय और सामान्य के बीच की सीमारेखा मिटा दी गई थी। जादू यथार्थ हो गया था और यथार्थ जादुई। इस तरह का कोई आंदोलन हमारे यहां नहीं हुआ, भले ही जादुई यथार्थवाद के पुरोधा होर्जे लुई बोर्हेस ने पूर्वी देशों के प्राचीन साहित्य से और खासकर हमारे *कथासरित्सागर* से ही प्रेरणा ली थी। तो इस विचारगोष्ठी में भारतीय प्रतिनिधि या तो यह कहते सुने गए कि हमारे लिए तो जादुई यथार्थवाद सदियों पुरानी चीज है या फिर वे इधर की उन चंद कृतियों की चर्चा करते रहे जिनमें थोड़ा-बहुत जादुई यथार्थवाद देखा-दिखाया जा सकता है। मैं समझता हूं कि गोष्ठी में हम लोगों को कहना यह चाहिए था कि जादुई यथार्थवाद हमारे लिए रोजमर्रा के अनुभव की नितांत सामान्य-सी चीज है जो पत्रकारिता में स्थान पा सकती है, श्रेष्ठ साहित्य में नहीं! यह कलयुगी जादुई यथार्थवाद है जिसमें अदृश्य शक्तियां सत्तावान खलनायकों के पक्ष में और सत्ताहीन नायकों के विरोध में चमत्कारी हस्तक्षेप करती हैं। भलों का भला और बुरों का बुरा करना वे भुला बैठी हैं। हम कह सकते थे कि जिस जादुई यथार्थवाद से हम बोर हुए पड़े हैं उसका एक अच्छा उदाहरण है जेसिका लाल हत्याकांड जिस पर अदालत का फैसला गोष्ठी शुरू होने से एक ही दिन पहले आया था।

यह हत्याकांड दिल्ली की एक पेज थ्री सुंदरी के होटल में बगैर लाइसेंस चलती दारू पार्टी में सैकड़ों प्राणियों की उपस्थिति में हुआ। दैवीय चमत्कार से हत्यारी गोली चलते समय सबकी पेज थ्री आंखें लगभग बंद हो गईं। प्रमुख चश्मदीद गवाह और एफआईआर दर्ज कराने वाले मॉडल शायन मुंशी ने पुलिस को बताया कि कांग्रेसी नेता और छोटे-मोटे उद्योगपति विनोद शर्मा के कुलदीपक मनु शर्मा ने जेसिका से झगड़ा होने पर पहले एक गोली हवा में चलाई और फिर दूसरी उसी पर। अदालत में सुनवाई के दौरान अदृश्य शक्तियों ने हस्तक्षेप किया और मिस्टर मुंशी यह कहते सुने गए कि मनु शर्मा नहीं, दो अन्य अज्ञात लोगों ने अपनी-अपनी पिस्तौलों से गोलियां चलाईं। पता नहीं, पुलिस ने हिंदी में क्या एफआईआर दर्ज की, मैं तो हिंदी में सिफर हूं। हिंदी न जानने का मिस्टर मुंशी को इतना मलाल हुआ कि वह हिंदी फिल्मों में अभिनय करने मुंबई चल दिए। श्याणे शायन को सन्मति देने के बाद अदृश्य शक्तियों ने पुलिस

को सन्मति प्रदान की। वह हत्या में इस्तेमाल पिस्तौल ढूंढ़ नहीं पाई और घटनास्थल से बरामद जो दो गोलियां वैज्ञानिक जांच के लिए भेजीं वे दो अलग-अलग पिस्तौलों से चली हुई साबित हुईं।

जाहिर है कि जब अदालत के अनुसार पुलिस मनु को हत्यारा साबित करने वाला केस बना ही नहीं पाई थी तब मनु को घटनास्थल से बच निकलने और गवाही नष्ट करने में मदद देने वाले अन्य अभियुक्त तो बरी किए ही जाने थे। प्रसंगवश उनमें राज्यसभा सदस्य डी.पी. यादव के बेटे विकास यादव भी थे जो बाद में नीतीश कटारा हत्याकांड में भी अभियुक्त बने। यह भी दैवीय हस्तक्षेप का प्रताप रहा होगा कि जिस देश में गरीब अभियुक्तों को बिना मुकदमे के बरसों तक जेल में सड़ाए जाने के मामले होते ही रहते हैं उसमें हत्या के आरोपी मनु शर्मा को जमानत मिल सकी। उल्लेख-नीय है कि मामला दायर होने के शीघ्र बाद ही पुलिस के आला अधिकारियों को भनक लग गई कि जादुई यथार्थवाद के चलते तफ्तीश करने वालों ने अपने और अभियुक्त के बीच की सीमारेखा मिटा दी है किंतु उन्होंने उनके खिलाफ कोई कार्रवाई करना उचित न समझा। इन सयानों से यह कहां छिपा था कि सत्ताभोग और कानून के उल्लंघन की सीमारेखा हमारे यहां बड़े चमत्कारी ढंग से मिट चुकी है और पुलिस सत्ता-प्रतिष्ठान का ही अंग है और उसके संरक्षण के लिए ही बनी है। इसी के चलते आला पुलिस अधिकारी जे.पी. सिंह के सुपुत्र संतोष कुमार को प्रियदर्शिनी मट्टो की हत्या के आरोप से बरी करते हुए अतिरिक्त सेशन जज थरेजा को कहना पड़ा था कि मुझे पता है कि अभियुक्त गुनहगार है लेकिन मेरे हाथ बंधे हुए हैं। जज की हैसियत से मैं पुलिस द्वारा प्रस्तुत केस के आधार पर ही फैसला सुना सकता हूं।

जादुई यथार्थवाद का हमारे यहां कितनी तेजी से विकास हो रहा है यह इसी से पता चलता है कि जहां कुछ वर्ष पहले जज थरेजा ने पुलिस को कमजोर केस बनाने के लिए कोसा था वहां अब जज भयाना ने, जो प्रसंगवश अभियुक्त के राज्य के ही थे, ने पुलिस को झूठा केस बनाने के और एक जबर्दस्ती इकबालिया बयान लिखने के लिए कोसा। लातिनी अमेरिकी जादुई यथार्थवाद का जयकार करने वालों को मेरी चुनौती है कि आप इस फैसले के टक्कर की कोई कृति मुझे दिखा दें। जरा बताइए कि जादुई यथार्थवाद के लिए नोबेल पुरस्कार जीत चुके मार्क्वेज के साहित्य में कहीं किसी कार के ट्रक बन जाने का जिक्र है क्या। दिल्ली में अपनी बीएमडब्ल्यू गाड़ी से फुटपाथ पर बैठे छह लोगों को मार देने और एक को घायल करने के आरोप में एडमिरल नंदा के पोते पर चले मुकदमे में दुर्घटना में घायल मनोज मलिक ने अदालत में गवाही देते हुए पाया कि मुझे कार ने नहीं ट्रक ने कुचला है। मार्क्वेज साहित्य में कहीं ऐसा है क्या कि एक पार्टी-विशेष के नेताओं की उपस्थिति में कोई ऐतिहासिक मस्जिद ढहा दी जाए लेकिन उस घटना का और उनके मुंह पर तत्काल आए संतुष्टि भाव का आपस

में कोई संबंध न जुड़े ? उसमें ऐसी कोई सरकार दिखाई गई है जो सत्तारूढ़ पार्टी की नेत्री के निकट समझे जाने वाले भगोड़े विदेशी अभियुक्त के खिलाफ अंतर्राष्ट्रीय वारंट निकलवाने और उसके बैंक खाते सील करवा देने के बाद दैवीय प्रेरणावश लिख भेजे कि उस गरीब को बैंक से पैसे निकालने दिए जाएं।

मार्कीज का जादुई यथार्थवाद किसी नगर में सत्तावानों द्वारा किए गए ऐसे सयाने अवैध निर्माणों की कभी कल्पना नहीं कर पाया जो अदालत के कड़े आदेशों पर चल निकले नगरपालिका के बुल्डोजरों के आगे से छूमंतर हो जाते थे और बुल्डोजर के आगे निकलते ही फिर प्रकट हो जाते थे। तो हमारे समझदार साहित्यकारों ने जादुई यथार्थवाद से उसी कारण परहेज किया है, जिस कारण व्यंग्य से। वह हमारे रोजमर्रा के अनुभव का अंग बन चुका है। उससे होड़ लेना, यथास्थिति से टकराना मूढ़ता है। बुद्धिमानी इसी में है कि कला-वला, विमर्श-टिमर्श करते हुए आदर्शवादिता पर कायम रहा जाए और पाठकों के लिए आशा-विश्वास के दीपस्तंभ बना जाए। जादुई यथार्थवाद सिरजने में क्या धरा है, उसका भरपूर सुख लूटा जाए।

(13 मार्च, 2006)

ब्रांड होली त्योहार छवि में करें सुधार

मेरे लिए यह सुखद विस्मय का विषय है कि संपादक जी होली पर केंद्रित विशेषांक निकालने के मूड में हैं। आज से तीस साल पहले ही पत्रकारिता जगत में यह भाव आ चुका था कि होली-वोली काफी हो ली इसलिए फागुन के बारे में किसी कुबेरनाथ राय या विद्यानिवास मिश्र का एक निबंध छापकर शेष होली विशेषांक व्यंग्य-विनोद की सामग्री से भर दिया जाए। सभी त्योहारों के विषय में पाठक-समाज में स्थिति यही थी कि जो जानते थे वे बोर हुए पड़े थे और जो नहीं जानते थे उन्हें जानने की कोई विशेष इच्छा न थी। और हां, जो जानते थे सो विज्ञापनदाताओं की दृष्टि से खासे डाउनमार्केट थे अर्थात उनमें से थे जो कीमती उपभोक्ता सामग्री या तो खरीदते ही नहीं या नया मॉडल आ जाने पर बदलते नहीं। तो तीस-चालीस साल पहले के जिस दौर में मैं एक साप्ताहिक का संपादन करता था, विज्ञापन और प्रसार विभाग वाले पर्व विशेषांकों से कहीं ज्यादा सुखी क्रिकेट, सिनेमा या रहस्य-रोमांच विशेषांक की बात सुनकर होने लगे थे। अब तो खैर देसी त्योहार उनके लिए पूरी तरह डाउनमार्केट हो चले हैं। उनकी दिलचस्पी अब क्रिकेट, सिनेमा और रहस्य-रोमांच के साथ-साथ सेक्स, फैशन, स्वास्थ्य-सौंदर्य और शेयर बाजार जैसे विषयों पर विशेष सामग्री छापने में है। जहां तक त्योहारों का ताल्लुक है, उन्हें वैलेन्टाइंस डे, क्रिसमस और न्यू ईयर जैसे पर्व ही विशेषांक निकालने के लिए उपयुक्त जंचते हैं क्योंकि उनकी ब्रांड अंतर्राष्ट्रीय होने के कारण अपमार्केट है।

मुझे पता नहीं संपादक जी किस खुशी में होली पर विशेष सामग्री छाप रहे हैं। यों यह भी संभव है कि किसी बात से दुखी होकर छाप रहे हों। जैसे यह कि ब्रज में लोग-बाग आज भी कीचड़ और गोबर से होली खेलने का डर्टी काम करते हैं। शहरों के युवावर्ग स्वास्थ्य के लिए हानिकारक रंग इस्तेमाल करते हैं। होली में लोग-बाग नशा करके अपना स्वास्थ्य और दूसरों का सम्मान खतरे में डालते हैं। होली के हुल्लड़ के बहाने मनचले युवकों का शरीफ लड़कियों को छेड़ना, लोगों का अपने विरोधियों के बारे में कुरुचिपूर्ण और अपमानजनक बातें कहना-छापना सामाजिक स्वास्थ्य की दृष्टि से हानिकारक है। होली के हुल्लड़ से छात्रों की परीक्षा की तैयारियों में विघ्न-बाधा पड़ती है, आदि-आदि। देसी त्योहारों में खोट निकालना अपमार्केट को संबोधित पत्रकारिता में बहुत आम हो चला है। देसी त्योहारों को कोसने से समाज-सुधारक होने का सुख मिलता है और पश्चिमी त्योहारों को आकर्षक ढंग से प्रस्तुत करने में समाज को आधुनिक बनाने का। जो हो, मंडी की यह मान्यता लगभग सही है कि आधुनिक शहरी लोगों के लिए परंपरागत त्योहार कोई विशेष अर्थ रखते नहीं। वे खेतिहर सामंती समाज की देन हैं जिनके लंबे-चौड़े कर्मकांड के लिए बहुत समय

चाहिए और धनी संरक्षक भी। आज के आपाधापी वाले जीवन में उनके प्रति किसी में कोई उत्साह बचा नहीं है। पश्चिम में भी परंपरागत त्योहार अपना महत्व खोने लगे थे। मंडी ने उन्हें खरीदारी और मनोरंजन पर जी खोलकर पैसा खर्च करने के पर्वों के रूप में प्रतिष्ठित करके समाज में फिर केंद्रीय महत्त्व दिलवाया। धार्मिक पर्वों के व्यावसायिक बना दिए जाने से परंपरावादी लोग भले ही दुखी हुए हों किंतु उपभोक्ता और मंडी दोनों ही प्रसन्न हुए।

मंडी की शब्दावली में कहें तो पश्चिम में परंपरागत त्योहारों की ब्रांड छवि में सुधार किया गया। पश्चिमी देशों का कार्निवाल हमारी होली के जैसा त्योहार है। इसे मंडी ने उपभोग में खूब व्यय करने और सैलानियों को आकर्षित करने के त्योहार के रूप में चलाया। हमारे यहां होली को सैलानियों का आकर्षण बनाने का थोड़ा यत्न इधर हुआ है लेकिन ब्रांड छवि सुधार का कोई प्रयास नहीं। उधर परंपरागत होली मनाना हमारे लिए अधिकाधिक कठिन और अनावश्यक होता जा रहा है। परंपरागत होली और कार्निवाल का आकर्षण यह था कि उनसे एक लंबे अरसे तक गाने-बजाने और स्वांग भरने का अवसर मिलता था और पर्व के अंतिम दिन मौज-मस्ती का पराकाष्ठा पर पहुंचा देने की छूट रहती थी। कार्निवाल और होली दोनों सामंत और साधारण जन को एक स्तर पर ले आते थे और सबको सबसे सब कुछ कह देने की छूट देते थे। जैसे वहां मौज-मस्ती गाना-बजाना और खाना-पीना स्थानिक सामंतों के संरक्षण से होता रहा और उसे धर्म से जोड़ा जाता रहा, वैसे ही हमारे यहां भी। अब किसके पास इतनी फुरसत है कि कई-कई रातें गाने-बजाने की बैठकों में बिताए और दुल्हेंडी पर हुलियारों की टोली के साथ दिनभर गाता-बजाता डोले? अब वे संरक्षक कहां हैं जो होली की बैठक अपने यहां नियमित रूप से कराएं?

आज की दुनिया में बराबरी कोई ऐसी चीज नहीं रह गई है जो तथाकथित बड़ों की मेहरबानी से साल में एक बार मिल जाए तो अपने को धन्य भाग समझा जाए। सामाजिक बराबरी संविधान में निहित है। उसमें जो भी कमी रह जाती है उसे लेकर राजनीतिक लड़ाइयां लड़ी जाती हैं। होली या कार्निवाल जिन चीजों की छूट देते हैं उनकी छूट अब हर किसी को साल में तीन सौ पैंसठ दिन मिली हुई है। जिस समाज में नशा करना अच्छा न माना जाता हो उसी में नशा करने की अनुमति देने वाले त्योहार का आकर्षण हो सकता था। बचपन की एक स्मृति यह है कि जहां मुझे अपने नियमित नशा करने वाले पिता होली के दिन पूरे होश में नजर आते थे वहीं अनेक संस्कारी प्राणी भांग या गांजे के नशे में धुत। आज नशा करना एक आम-सी चीज है। होली के दिन औरतों का मर्दों से निर्लज्ज व्यवहार करना और पिछड़ों का अगड़ों की शान के खिलाफ हंसी-हंसी में कुछ बोल जाना उस सामंती समाज के लिए अनहोनी इसलिए आकर्षक-सी चीज थी। समतावादी समाज में उसका क्या

आकर्षण ? इसी तरह तब कामुकता का सार्वजनिक प्रदर्शन वर्जित मानने वाले समाज में होली के हुल्लड़ का विशिष्ट आकर्षण हो सकता था। तीस साल पहले तक हर प्रेस में कर्मचारी बहुत उत्साह से छोटी-सी अश्लील पत्रिका होली पर छापा करते थे। आज जब उस तरह की सामग्री वर्षभर और सर्वत्र उपलब्ध है तब इसकी क्या जरूरत ? संक्षेप में यह कि बहुत दबे-ढंके सामंती समाज में ही होली-जैसे छूट के त्योहार का कोई अर्थ हो सकता था।

हमें यह भी नहीं भूलना चाहिए कि परंपरागत त्योहारों में से ज्यादातर ऐसे थे जो हर देश-प्रदेश और समुदाय द्वारा नहीं मनाए जाते थे। यदि मनाए भी जाते थे तो सभी में एक ढंग से नहीं। एक तरह से आवश्यक था कि आप उन त्योहारों का आनंद लेने के लिए अपने क्षेत्र में और अपनी बिरादरी के बीच मौजूद हों। अब जब रोजी-रोटी की तलाश में बहुत से लोग अपने पुश्तैनी गांव-घर छोड़कर शहरों में चले गए हैं जहां उनकी बिरादरी के लोग या तो बहुत ही सीमित संख्या में हैं या बड़ी संख्या में हैं तो बहुत दूर-दूर बिखरे हुए हैं, परंपरागत ढंग से त्योहार मना सकना असंभव होता जा रहा है। जब तक दिल्ली में कुमाउंनी लोगों की बिरादरी गोल मार्केट से लेकर सरोजिनी नगर तक के सरकारी क्वार्टरों में सीमित थी, वे अपनी होली परंपरागत ढंग से मना पाते थे, अब नहीं। दिल्ली और मुंबई में बसे बिहारी अपना विशेष पर्व छठ मनाने के लिए अपने गांव-घर लौटने को ललकते हैं और भारतीय रेल को उनके लिए विशेष गाड़ियां चलानी पड़ती हैं। तो लोगों के अपने क्षेत्र और अपनी बिरादरी से कट जाने तथा हर नगर, हर मोहल्ले में अनेक क्षेत्रों और बिरादरियों के लोगों के बस जाने के बाद हम अपने त्योहार परंपरागत ढंग से मनाने की और उनका अर्थ और संदर्भ बनाए रखने की स्थिति में रह नहीं गए हैं। फिर हमारी तथाकथित आधुनिकता ने हमारे लिए त्योहारों समेत हर परंपरागत चीज को पूरी तरह पिछड़ेपन से जोड़ दिया है। होली तो वैसे भी सामंतों के संरक्षण में होने वाला समाज के तथाकथित पिछड़े वर्गों का त्योहार माना जाता था। तो आज महानगरों में होली का उत्साह कहीं नजर आता भी है तो झोंपड़पट्टियों में ही। अपने मध्यवर्गीय मोहल्ले में मैंने इधर होली का रंग वर्ष प्रतिवर्ष और अधिक फीका होता हुआ पाया है।

यह आशंका करना तो निराधार होगा कि गंगा दशहरा जैसे छोटे-मोटे त्योहारों की तरह एक दिन होली-जैसे त्योहारों का भी लोप हो जाएगा किंतु हम यह मानकर चल सकते हैं कि होली-जैसा त्योहार भी निरंतर 'डाउन मार्केट' होते जाते रहने के कारण अपना महत्त्व पूरी तरह खो बैठेगा। आज मंडी ही संस्कृति की नियामक और संरक्षक दोनों की भूमिका अपनाए हुए है। यदि मंडी को अपना माल बेचने की दृष्टि से होली का त्योहार महत्त्वहीन प्रतीत होगा तो वह न केवल उसकी उपेक्षा करेगी बल्कि उसे फूहड़ और खतरनाक त्योहार ठहराकर समाज को भी उसकी उपेक्षा के

लिए प्रेरित करेगी। तो आवश्यकता इस बात की है कि होली ब्रांड में सुधार किया जाए और उसे मार्केट में दुबारा उतारा जाए। यह काम मंडी स्वयं भी कर सकती है बशर्ते हम सिद्ध करें कि भारतीय खरीदार वैलेन्टाइंस डे नुमा विदेशी त्योहार अपना नहीं रहा है और उसका सारा उत्साह अपने परंपरागत त्योहारों के प्रति है। मंडी और मीडिया दोनों ही फिलहाल ऐसा नहीं मानते। तो होली का मंडी-लुभाऊ संस्करण समाज को ही प्रस्तुत करना होगा। सबसे पहले तो हमें यह सिद्ध करना होगा कि होली हर नगर और मोहल्ले में बहुत धूम से मनाई जाती है। पर्व मनाने के लिए हमें अपने-अपने मोहल्लों को ही एक बिरादरी का रूप देने का यत्न सच्चे मन से करना होगा। जिस तरह गुजरातियों की नवरात्रि का डांडिया हर कहीं चला दिया गया है उसी तरह होली को भी युवा उमंगों के उत्सव के रूप में उन क्षेत्रों और समुदायों में भी चलवा देना होगा जिनमें उसका रिवाज नहीं है। परंपरा से होली भाईचारे और प्रेम का उत्सव है, राधा-कृष्ण की लीलाओं से जुड़ा हुआ है इसलिए हमें उसे भारतीय वैलेन्टाइंस डे और कार्निवाल दोनों को अपने में समेटे हुए उत्सव के रूप में प्रस्तुत करना होगा। होली पर नए कपड़े बनवाए जाने का पुराना रिवाज नए सिरे से चलाना होगा और होली के अवसर पर प्रेमोपहार देने की नई रीत चला देनी होगी। आज भी कुछ पेज थ्री टाइप प्राणी फार्म हाउसों में रंग खेलने की पार्टी रखते हैं या होली के मौसम में अपने यहां संगीत की महफिल जमाते हैं। इस काम को और भी बड़े पैमाने पर उन लोगों को करवाना होगा जिन्हें भारतीय संस्कृति पर विदेशी संस्कृति के हावी होने की बहुत चिंता रहती है। होली ब्रांड में सुधार की दिशा में समाज जरा-सी भी पहल करेगा तो मार्केट और मीडिया उसे हाथोंहाथ लेंगे।

(20 मार्च, 2006)

फूट डालो राज करो, मौज करो

किसी खबर-चैनल से प्रसारित इस वाक्य ने मेरा ध्यान खींचा कि होली से पहले वाराणसी में हुए विस्फोटों ने दीवाली से पहले दिल्ली में हुए विस्फोटों की याद ताजा करा दी है। इसका अर्थ यह हुआ कि हम ऐसे समाज में जी रहे हैं जो दीवाली की घटनाएं होली तक भूल जाता है। हमारी स्मृति कमजोर है तो जाहिर है कि हमारा इतिहासबोध भी सिफर है। ऐसी घटनाएं हमारे यहां पहले भी हुई हैं, आगे भी होती रहेंगी और विश्वास किया जाना चाहिए कि एक समाज के रूप में हम उनके इतने अभ्यस्त हो चलेंगे कि दीवाली पर हुई घटना भाईदूज तक भी याद रखने योग्य नहीं मानेंगे। हमारा प्रशासन आतंक से निपटने की कोई सुचिंतित दीर्घकालिक योजना न बनाएगा और न दृढ़ता से चलाएगा। प्रशासन और राजनीतिक दल दोनों यह कभी स्वीकार न करेंगे कि सभ्यताओं की टकराहट जैसी एक चीज विश्व मंच पर शुरू हो चुकी है जिसमें एक पक्ष अधुनातन हथियारों और पश्चिम महिमा के विचारों से लैस है तो दूसरा आतंकवाद, अलगाववाद और कट्टरपंथ के हथियारों से। हम इस सच्चाई से भी आंख चुराते रहेंगे कि हमारे पड़ोसी देशों में ऐसी मानसिकता जोर पकड़ रही है जिसे हमारी धर्मनिरपेक्षता ढकोसलाभर लगती है और जो मुसलमानों की विश्वव्यापी बिरादरी का अन्य सभ्यता से आमतौर से और पश्चिमी सभ्यताओं से खासतौर से संघर्ष होता देख-दिखा रही है। मुजाहिदीन के लिए भारत भी इस संघर्ष का एक प्रमुख स्थल है इसीलिए आवश्यक है कि हम ऐसा कुछ भी न होने दें जिससे किसी को भी विभिन्न संप्रदायों के बीच अलगाव पैदा करने का अवसर मिले। हम बहुसंख्यक और अल्प-संख्यक दोनों संप्रदायों के आधुनिकता विरोधी कट्टरपंथ को आधुनिक भारत के लिए समान रूप से खतरनाक मानें और उसे दृढ़ता से कुचलें।

अफसोस कि हमारा समाज कड़वी सच्चाइयों का सामना करने से कतराता है। हम लीपापोती में माहिर हैं। हर स्थिति में क्या कहा और किया जाता है इसका हमारे पास एक पिटा-पिटाया कर्मकांड है जिसे पूरा करके हम निश्चिन्त हो जाते हैं। इस कर्मकांड का सीधा-सीधा संबंध सत्ताभोग की राजनीति से है। उस राजनीति ने हमें फूट डालकर राज करने की अंग्रेजों की नीति का कायल बनाया है। इसलिए आतंकवादी घटनाएं भी हमारे लिए राष्ट्रीय नहीं, शुद्ध दलगत राजनीति की चिंता का विषय बनती आई हैं। सामाजिक एकता पर होती हर चोट का उपयोग हमारे राजनीतिक दल अपना-अपना वोट बैंक बढ़ाने में करते आए हैं। इस बार भी हमने देखा कि इन विस्फोटों पर प्रतिक्रिया व्यक्त करते हुए सभी दलों ने सारे समाज का नहीं, अपना-अपना राजनीतिक हित ध्यान में रखा। भाजपा ने इसे सीधे-सीधे धर्मनिरपेक्ष दलों के मुस्लिम तुष्टीकरण से जोड़ा, उसने राष्ट्रीय एकता के लिए दो-दो रथ यात्राएं निकालने की घोषणा की

लाहकारों से अपना मतभेद प्रकट करते हुए फुकुयामा सबसे ी कहते हैं कि जब नवरूढ़िवाद समाज को बदलने के लिए ी नीतियों के विरुद्ध रहा था तब उसे दुनिया को बदलने के लिए सैनिक हस्तक्षेप के भी विरुद्ध होना चाहिए था।

ते हैं कि जब नवरूढ़िवादी यह देख-दिखा चुके थे कि गरीबों के लिए बनाई गई सरकारी नीतियों से अक्सर उनकी हालत उलटे है तब वे यह क्यों नहीं देख पाए कि आतंकवाद से लड़ने के सीधा सैनिक हस्तक्षेप उलटे आतंकवाद को बढ़ावा दे सकता है को अमेरिका के विरुद्ध कर सकता है। शीतयुद्ध में अमेरिका ने, मित्र देशों तक की नेक सलाह की परवाह किए बिना रूस को भी उपाय आजमाने में संकोच नहीं किया था और इसके बावजूद उसकी साख को कोई आंच नहीं पहुंची थी। इस आधार पर बुश राक युद्ध से पहले यह घोषणा कर डाली कि अमेरिकी विदेश रूप से आदर्शवादी और नैतिकता विश्वासी रही है इसलिए ी अपार शक्ति का उपयोग अन्य राष्ट्रों को आशंकाप्रद नहीं ह तो मानते हैं कि अमेरिका परोपकारी किस्म का विश्वचौधरी अपने अन्य नवरूढ़िवादी बिरादरों की तरह यह मानने को तैयार और आर्थिक मामलों में अमेरिका द्वारा अपनी बात बलपूर्वक य देश स्वागत कर सकते हैं। वह इस ओर ध्यान दिलाते हैं कि दौर में अमेरिकी आर्थिक चौधराहट का विरोध यूरोप में उसके लगे थे और इराक युद्ध के बाद से तो उन्हें अमेरिका के दुनिया न करने वाले तेवर से बहुत अधिक आपत्ति होने लगी है।

ओर भी ध्यान दिलाते हैं कि नैतिकताविश्वासी विश्वचौधरी की करें तो ठीक किंतु दूसरे करें तो गलत' का तर्क देने लगे तो बहुत विश्वसनीय हो नहीं सकती। अगर अमेरिका बुश सिद्धांत ए खतरा बन सकने वाले किसी भी देश पर हमला करना नैतिक ो छूट दूसरे देशों को नहीं देना चाहता और अपने आचरण पर अदालत में मुकदमा चलाए जाने का अधिकार नहीं देता तो से मानेगी। यह दावा करना कि अमेरिका ही परोपकारी शक्ति ह अधिकार लेना सर्वथा नैतिक है, किसी के गले उतर नहीं को इस बात का भी दुख है कि विश्वचौधरी की भूमिका में तिकता के साथ-साथ अनाड़ीपन का भी सबूत दिया है। इराक न तो कोई उचित कारण वह दुनिया को बता सका और न ही

और संसद में हर-हर महादेव के नारे लगाए। भाजपा यह भूल ही गई कि ऐसी आतंकवादी घटनाएं तब भी होती रहीं जब वह स्वयं आडवाणी गृह मंत्री थे। हर-हर महादेव के नारे लगाने से और आधुनिक वाहन को रथ का नाम देने से पूरी तरह जातिगत और क्षेत्रीय राजनीति की गिरफ्त में आ चुका हिंदू समुदाय का ही एक हो पाना लगभग असंभव है। फिर इस नारे से बहुसंख्यक और अल्पसंख्यक समुदाय कैसे एकता के सूत्र में बंध जाएंगे यह बस भाजपा वाले ही जानते हैं। इससे हद से हद कुछ राज्यों में भाजपा को हिंदुत्ववादियों का वोट फिर पा सकने में मदद मिलेगी। भाजपा के लिए सोने पर सुहागा वाली स्थिति तो तब होगी जब धर्मनिरपेक्ष ताकतें हिंदुत्व का रथ रोकने का प्रयास करें और सांप्रदायिक हिंसा भड़के।

लुत्फ यह कि उस स्थिति में धर्मनिरपेक्ष ताकतें भी दुखी नहीं होंगी। वे इधर यह मानकर चलती रही हैं कि ऐसे माहौल में उनका मुस्लिम वोट बैंक पक्का होता है। स्थिति इतनी अद्भुत हो चली है कि हमारे कम्युनिस्ट नेता अपने अमेरिका-विरोध के, जो कभी अंतर्राष्ट्रीय साम्यवाद से जुड़ा रहता था, अब अंतर्राष्ट्रीय इस्लाम से जुड़ जाने की आशंका से जरा भी परेशान नहीं है। दिल्ली में उनकी बुश विरोध रैली में बड़ी संख्या में ऐसे लोग नजर आए जो पैगंबर हजरत मुहम्मद की शान के खिलाफ कार्टून बनाने वाले का सिर कलम कर देने लिए 51 करोड़ रुपये के इनाम की घोषणा करने वाले उत्तर प्रदेश के समाजवादी मंत्री याकूब कुरैशी के चेले मालूम होते थे। क्या इससे यह माना जाए कि अब मुलायम सिंह की तरह मार्क्सवादी कम्युनिस्टों के लिए भी मुस्लिम वोट इतना महत्त्वपूर्ण हो चला है कि वे उनके कट्टरपंथ को क्षम्य मानने लगे हैं? प्रसंगवश देश के कानून का स्पष्ट उल्लंघन करने वाले इस मंत्री को न पद से हटाया गया और न उसके विरुद्ध कोई कार्रवाई की गई, उल्टे उत्तर प्रदेश के गृहसचिव ने हमें आश्वस्त किया कि कानून का कोई उल्लंघन हुआ ही नहीं है। केंद्र की कांग्रेस सरकार ने भी इस विषय में मौन रहना उचित समझा। भाजपा इस तरह की बातों को मुस्लिम तुष्टीकरण कहती है हालांकि यह समझना कठिन है कि इस तरह की फतवेबाजी की छूट देने से मुस्लिम समुदाय की आर्थिक-सामाजिक स्थिति में क्या सुधार हो जाएगा? तो कुरैशी साहब को पद से न हटाने का अर्थ हमें यही लगाना पड़ता है कि तथाकथित धर्मनिरपेक्ष ताकतें भी हिंदुत्ववादियों की तरह यह मानकर चलती हैं कि मुस्लिम मतदाता के लिए इस्लाम का सवाल सबसे बड़ा सवाल है और वह उसकी कट्टरपंथी व्याख्या का ही कायल है। इसलिए ऐसा कुछ न किया जाए जो कट्टर-पंथियों को बुरा लगे और उनकी नाराजगी से मुस्लिम वोट हाथ से निकल जाए।

वाराणसी के विस्फोटों के बाद धर्मनिरपेक्ष दलों की प्रतिक्रियाएं पूरी तरह सत्ता की राजनीति से जुड़ी हुई थीं। कांग्रेस और बसपा ने, जो उत्तर प्रदेश में मौलाना कहे जाने वाले मुलायम सिंह यादव के राज से दुखी हैं, वाराणसी विस्फोटों को पूरी तरह से उत्तर

प्रदेश में बढ़ती अराजकता से जोड़ा और सरकार की बर्खास्तगी की मांग की। कांग्रेसियों ने यह नहीं बताया कि दिल्ली के विस्फोटों को शीला दीक्षित के कुशासन का नमूना क्यों नहीं माना गया। इसी तरह मायावती ने यह बताना जरूरी नहीं माना कि अपराधियों को विधायक और मंत्री बनाने के मामले में वह मुलायम सिंह से उन्नीस रहीं या इक्कीस। उधर मौलाना मुलायम ने फरमाया कि यह काम पाकिस्तानियों का है। अब इसका अर्थ आप चाहे यह लगा लीजिए कि पाकिस्तानियों का उनके राज में कुछ भी करना जायज है या फिर यह कि पाकिस्तानियों को रोकना राज्य सरकार का नहीं, केंद्र सरकार का काम है। और हां, सभी धर्मनिरपेक्ष दलों ने हमें यह नेक सलाह भी दी कि इन विस्फोटों को मात्र एक अपराध समझा जाए और किसी तरह का सांप्रदायिक रंग न दिया जाए। यह भी कि हम संसार को बता दें कि हम भारतीय एक हैं। बकौल टिप्पणीकार, 'वाराणसी इज अस'–हम सब वाराणसी हैं। प्रसंगवश एक चैनल ने इस अवसर पर वाराणसी से सूफियाना कलाम और भक्ति संगीत का मिला–जुला कार्यक्रम करके हमें स्मरण कराया कि वाराणसी सांझा संस्कृति की नगरी है। मानो हमारी सांझा संस्कृति और आधारभूत एकता से लोगों के बेखबर रह जाने के कारण ही इस तरह के विस्फोट होते रहे हैं। यह तो कोई नहीं कहेगा कि आतंकवादी घटनाओं को तूल देकर समाज में सांप्रदायिक विष घोल दिया जाए किंतु इस ओर तो ध्यान दिलाना ही होगा कि जटिल स्थितियों को अनदेखा करना और उनसे निपटने के लिए वही पुराने सरल नुस्खे अपनाना आत्म–प्रवंचना का नमूना है, आत्मविश्वास का नहीं।

(27 मार्च, 2006)

इतिहास :

जापानी मूल के अमेरिकी विद्वा
शीतयुद्ध में अमेरिका की जीत
चला है कि अब हर कहीं पश्चिम
अब इराक पर अमेरिकी हमले
कहा कि अमेरिका चौराहे पर ख
हों किंतु विश्वचौधरी के चौराहे
का अंत हुआ नहीं है। चौराहा
कि 'सभ्यताओं की टकराहट'
अपार सैन्यशक्ति के बावजूद
खड़ा अमेरिका तय नहीं कर पा
बाद वामपंथी ही नहीं, परंपरावा
से हाथ खींच लेने की सलाह दे
अपने ढंग का लोकतंत्र लादने
पहले ही अमेरिका की मध्य–
जनमत भी करने लगा है। हाल
यह मांग करने लगा है कि सर
की फिक्र करे। उसकी मन:स्थि
खिंचते जाने पर हुई थी।

नवरूढ़िवादी फुकुयामा
ही विकल्प चिंताप्रद प्रतीत हो
मध्य–पूर्व से अपना हाथ खींच
उद्देश्य सिद्ध करने में जुटा रहे
जाएगा। नवरूढ़िवादी बिरादरी
के विश्वचौधरी की भूमिका
के लोगों की भलाई के लिए
तरह के हस्तक्षेप के प्रताप से
था और पूर्वी यूरोप के देशों
सारे विश्व में एक ऐसा लोकतं
मुक्तमंडी के भरोसे छोड़ दिय
अपना पैसा बर्बाद करे और
थोपे। तो इराक अभियान की

के नवरूढ़िवादी
पहली बात तो य
सरकारी हस्तक्षेप
अमेरिका के सीधे

फुकुयामा पू
की हालत सुधारने
खराब होने लगती
लिए अमेरिका का
और विश्व जनमत
और तो और, अप
हराने के लिए कोई
उसके दबदबे और
के सलाहकारों ने
नीति आश्चर्यजन
अमेरिका द्वारा अ
लगता। फुकुयामा
हो सकता है किंतु
नहीं कि सामाजिक
मनवाए जाने का अ
शीतयुद्ध के बाद वे
मित्र देश तक करने
की कोई परवाह ह

फुकुयामा इस
नैतिकता 'अगर ह
वह संसार के लिए
के अनुसार अपने
समझता है किंतु य
किसी भी अंतर्राष्ट्री
उसे दुनिया नैतिक
है इसलिए उसका
सकता। फुकुयामा
अमेरिका ने इधर अ
पर हमला करने क

यह देख सका कि इराक में सैनिक बल के सहारे लोकतंत्र लादने का परिणाम क्या निकलने वाला है। अनाड़ीपन का एक और प्रमाण यह है कि अमेरिका सैन्यशक्ति के सहारे दूसरे देशों पर लोकतंत्र लादना चाहता है और यह समझता है कि लोकतंत्र की स्थापना होते ही मध्य-पूर्व की जनता अमेरिका की जय वैसे ही बोलने लगेगी जैसे कुछ वर्ष पहले पूर्वी यूरोप की जनता बोली थी जबकि मध्य-पूर्वी लोगों को स्वयं अमेरिका साम्राज्यवादी लग रहा है। अनाड़ीपन का एक और पहलू यह है कि अमेरिका यह मानकर चला है कि लोकतंत्र की स्थापना से कट्टरपंथ खत्म हो जाएगा। इराक में लोकतंत्र की स्थापना का प्रयास उन शियाओं को राजनीतिक सत्ता दिला गया है जिन्हें ईरानी कट्टरपंथियों का वरदहस्त प्राप्त है। फिलिस्तीन में लोकतांत्रिक चुनाव में कट्टरपंथी हमास की विजय हुई है। इतिहास के अंत की बात करते हुए फुकुयामा ने हर कहीं पश्चिमी ढंग का लोकतंत्र स्थापित हो जाने की संभावना देखी-दिखाई थी। अब स्पष्टीकरण में वह कहते हैं कि मैंने लोकतंत्र की नहीं, सारी दुनिया की आधुनिक खुशहाली के लिए ललक उठने की बात की थी। पहले हर कहीं आधुनिक औद्योगिक क्रांति होगी और उसमें से लोकतंत्र का उदय होगा। बिना आधुनिकता के लोकतंत्र का कोई मतलब नहीं है। और लोकतंत्र में रह लेने मात्र से व्यक्ति आधुनिक हो जाते हों, यह भी जरूरी नहीं है। इधर के अनेक प्रमुख आतंकवादी पश्चिम में पले-बढ़े या पढ़े-लिखे रहे हैं। तो मुजाहिदीन की चुनौती से जूझने के लिए सैन्यबल से स्थापित लोकतंत्र की आवश्यकता नहीं है। आवश्यकता है सारे संसार में आम मुसलमानों को आधुनिकता का कायल बनाने के एक विराट अभियान की।

(3 अप्रैल, 2006)

• • •

और संसद में हर-हर महादेव के नारे लगाए। भाजपा यह भूल ही गई कि ऐसी आतंकवादी घटनाएं तब भी होती रहीं जब वह स्वयं आडवाणी गृह मंत्री थे। हर-हर महादेव के नारे लगाने से और आधुनिक वाहन को रथ का नाम देने से पूरी तरह जातिगत और क्षेत्रीय राजनीति की गिरफ्त में आ चुका हिंदू समुदाय का ही एक हो पाना लगभग असंभव है। फिर इस नारे से बहुसंख्यक और अल्पसंख्यक समुदाय कैसे एकता के सूत्र में बंध जाएंगे यह बस भाजपा वाले ही जानते हैं। इससे हद से हद कुछ राज्यों में भाजपा को हिंदुत्ववादियों का वोट फिर पा सकने में मदद मिलेगी। भाजपा के लिए सोने पर सुहागा वाली स्थिति तो तब होगी जब धर्मनिरपेक्ष ताकतें हिंदुत्व का रथ रोकने का प्रयास करें और सांप्रदायिक हिंसा भड़के।

लुत्फ यह कि उस स्थिति में धर्मनिरपेक्ष ताकतें भी दुखी नहीं होंगी। वे इधर यह मानकर चलती रही हैं कि ऐसे माहौल में उनका मुस्लिम वोट बैंक पक्का होता है। स्थिति इतनी अद्‌भुत हो चली है कि हमारे कम्युनिस्ट नेता अपने अमेरिका-विरोध के, जो कभी अंतर्राष्ट्रीय साम्यवाद से जुड़ा रहता था, अब अंतर्राष्ट्रीय इस्लाम से जुड़ जाने की आशंका से जरा भी परेशान नहीं है। दिल्ली में उनकी बुश विरोध रैली में बड़ी संख्या में ऐसे लोग नजर आए जो पैगंबर हजरत मुहम्मद की शान के खिलाफ कार्टून बनाने वाले का सिर कलम कर देने लिए 51 करोड़ रुपये के इनाम की घोषणा करने वाले उत्तर प्रदेश के समाजवादी मंत्री याकूब कुरैशी के चेले मालूम होते थे। क्या इससे यह माना जाए कि अब मुलायम सिंह की तरह मार्क्सवादी कम्युनिस्टों के लिए भी मुस्लिम वोट इतना महत्त्वपूर्ण हो चला है कि वे उनके कट्टरपंथ को क्षम्य मानने लगे हैं? प्रसंगवश देश के कानून का स्पष्ट उल्लंघन करने वाले इस मंत्री को न पद से हटाया गया और न उसके विरुद्ध कोई कार्रवाई की गई, उल्टे उत्तर प्रदेश के गृहसचिव ने हमें आश्वस्त किया कि कानून का कोई उल्लंघन हुआ ही नहीं है। केंद्र की कांग्रेस सरकार ने भी इस विषय में मौन रहना उचित समझा। भाजपा इस तरह की बातों को मुस्लिम तुष्टीकरण कहती है हालांकि यह समझना कठिन है कि इस तरह की फतवेबाजी की छूट देने से मुस्लिम समुदाय की आर्थिक-सामाजिक स्थिति में क्या सुधार हो जाएगा? तो कुरैशी साहब को पद से न हटाने का अर्थ हमें यही लगाना पड़ता है कि तथाकथित धर्मनिरपेक्ष ताकतें भी हिंदुत्ववादियों की तरह यह मानकर चलती हैं कि मुस्लिम मतदाता के लिए इस्लाम का सवाल सबसे बड़ा सवाल है और वह उसकी कट्टरपंथी व्याख्या का ही कायल है। इसलिए ऐसा कुछ न किया जाए जो कट्टर-पंथियों को बुरा लगे और उनकी नाराजगी से मुस्लिम वोट हाथ से निकल जाए।

वाराणसी के विस्फोटों के बाद धर्मनिरपेक्ष दलों की प्रतिक्रियाएं पूरी तरह सत्ता की राजनीति से जुड़ी हुई थीं। कांग्रेस और बसपा ने, जो उत्तर प्रदेश में मौलाना कहे जाने वाले मुलायम सिंह यादव के राज से दुखी हैं, वाराणसी विस्फोटों को पूरी तरह से उत्तर

प्रदेश में बढ़ती अराजकता से जोड़ा और सरकार की बर्खास्तगी की मांग की। कांग्रेसियों ने यह नहीं बताया कि दिल्ली के विस्फोटों को शीला दीक्षित के कुशासन का नमूना क्यों नहीं माना गया। इसी तरह मायावती ने यह बताना जरूरी नहीं माना कि अपराधियों को विधायक और मंत्री बनाने के मामले में वह मुलायम सिंह से उन्नीस रहीं या इक्कीस। उधर मौलाना मुलायम ने फरमाया कि यह काम पाकिस्तानियों का है। अब इसका अर्थ आप चाहे यह लगा लीजिए कि पाकिस्तानियों का उनके राज में कुछ भी करना जायज है या फिर यह कि पाकिस्तानियों को रोकना राज्य सरकार का नहीं, केंद्र सरकार का काम है। और हां, सभी धर्मनिरपेक्ष दलों ने हमें यह नेक सलाह भी दी कि इन विस्फोटों को मात्र एक अपराध समझा जाए और किसी तरह का सांप्रदायिक रंग न दिया जाए। यह भी कि हम संसार को बता दें कि हम भारतीय एक हैं। बकौल टिप्पणीकार, 'वाराणसी इज अस'-हम सब वाराणसी हैं। प्रसंगवश एक चैनल ने इस अवसर पर वाराणसी से सूफियाना कलाम और भक्ति संगीत का मिला-जुला कार्यक्रम करके हमें स्मरण कराया कि वाराणसी सांझा संस्कृति की नगरी है। मानो हमारी सांझा संस्कृति और आधारभूत एकता से लोगों के बेखबर रह जाने के कारण ही इस तरह के विस्फोट होते रहे हैं। यह तो कोई नहीं कहेगा कि आतंकवादी घटनाओं को तूल देकर समाज में सांप्रदायिक विष घोल दिया जाए किंतु इस ओर तो ध्यान दिलाना ही होगा कि जटिल स्थितियों को अनदेखा करना और उनसे निपटने के लिए वही पुराने सरल नुस्खे अपनाना आत्म-प्रवंचना का नमूना है, आत्मविश्वास का नहीं।

(27 मार्च, 2006)

इतिहास : अंत ही बना आरंभ

जापानी मूल के अमेरिकी विद्वान फ्रांसिस फुकुयामा ने '92 में यह कहा था कि शीतयुद्ध में अमेरिका की जीत हो जाने के बाद इतिहास का इस अर्थ में अंत हो चला है कि अब हर कहीं पश्चिमी जीवनदृष्टि और शासनपद्धति अपना ली जाएगी। अब इराक पर अमेरिकी हमले की तीसरी वर्षगांठ से ठीक एक महीने पहले उन्होंने कहा कि अमेरिका चौराहे पर खड़ा है। फुकुयामा भले ही यह स्वीकार न कर रहे हों किंतु विश्वचौधरी के चौराहे पर खड़े होने का मतलब ही यह है कि इतिहास का अंत हुआ नहीं है। चौराहा कोई मंजिल तो नहीं। फुकुयामा यह देख पा रहे हैं कि 'सभ्यताओं की टकराहट' और 'आतंकवाद से युद्ध' में अमेरिका को अपनी अपार सैन्यशक्ति के बावजूद कोई निर्णायक विजय मिल नहीं रही है। चौराहे पर खड़ा अमेरिका तय नहीं कर पा रहा है कि कौन-सा पथ है। इराक के अनुभव के बाद वामपंथी ही नहीं, परंपरावादी दक्षिणपंथी नेता भी इराक समेत सारे मध्य-पूर्व से हाथ खींच लेने की सलाह दे रहे हैं और कह रहे हैं कि अमेरिका को दूसरों पर अपने ढंग का लोकतंत्र लादने की कोशिश छोड़ देनी चाहिए। विश्व जनमत तो पहले ही अमेरिका की मध्य-पूर्व नीति का विरोध कर रहा था, अब अमेरिकी जनमत भी करने लगा है। हाल के एक सर्वेक्षण से पता चला है कि आम अमेरिकी यह मांग करने लगा है कि सरकार दुनिया की फिक्र करना छोड़े और अपने देश की फिक्र करे। उसकी मन:स्थिति ठीक वैसी हो गई है जैसी वियतनाम युद्ध लंबा खिंचते जाने पर हुई थी।

नवरूढ़िवादी फुकुयामा को अपने देश और दुनिया के भविष्य के लिए दोनों ही विकल्प चिंताप्रद प्रतीत हो रहे हैं। अगर अमेरिका जनमत के दबाव में अब मध्य-पूर्व से अपना हाथ खींच लेगा या इसी तरह वहां सैन्यशक्ति के बूते अपना उद्देश्य सिद्ध करने में जुटा रहेगा तो इतिहास का अंत ही इतिहास का आरंभ बन जाएगा। नवरूढ़िवादी बिरादरी यह मानती आई है कि अमेरिका का परोपकारी किस्म के विश्वचौधरी की भूमिका अपनाए रखना और अपने हितों की रक्षा तथा दुनिया के लोगों की भलाई के लिए प्रभावप्रद हस्तक्षेप करते रहना बहुत जरूरी है। इस तरह के हस्तक्षेप के प्रताप से ही दुष्ट सोवियत साम्राज्य को उखाड़ फेंका जा सका था और पूर्वी यूरोप के देशों को मुक्ति दिलाई जा सकी थी। नवरूढ़िवादी बिरादरी सारे विश्व में एक ऐसा लोकतंत्र स्थापित कराने की पक्षधर रही है जिसमें सब कुछ मुक्तमंडी के भरोसे छोड़ दिया जाए और सरकार न जनता की भलाई के नाम पर अपना पैसा बर्बाद करे और न गैरबराबरी दूर करने के लिए ऊपर से कोई कानून थोपे। तो इराक अभियान की विफलता की तीसरी वर्षगांठ से पहले राष्ट्रपति बुश

के नवरूढ़िवादी सलाहकारों से अपना मतभेद प्रकट करते हुए फुकुयामा सबसे पहली बात तो यही कहते हैं कि जब नवरूढ़िवाद समाज को बदलने के लिए सरकारी हस्तक्षेप की नीतियों के विरुद्ध रहा था तब उसे दुनिया को बदलने के लिए अमेरिका के सीधे सैनिक हस्तक्षेप के भी विरुद्ध होना चाहिए था।

फुकुयामा पूछते हैं कि जब नवरूढ़िवादी यह देख-दिखा चुके थे कि गरीबों की हालत सुधारने के लिए बनाई गई सरकारी नीतियों से अक्सर उनकी हालत उलटे खराब होने लगती है तब वे यह क्यों नहीं देख पाए कि आतंकवाद से लड़ने के लिए अमेरिका का सीधा सैनिक हस्तक्षेप उलटे आतंकवाद को बढ़ावा दे सकता है और विश्व जनमत को अमेरिका के विरुद्ध कर सकता है। शीतयुद्ध में अमेरिका ने, और तो और, अपने मित्र देशों तक की नेक सलाह की परवाह किए बिना रूस को हराने के लिए कोई भी उपाय आजमाने में संकोच नहीं किया था और इसके बावजूद उसके दबदबे और उसकी साख को कोई आंच नहीं पहुंची थी। इस आधार पर बुश के सलाहकारों ने इराक युद्ध से पहले यह घोषणा कर डाली कि अमेरिकी विदेश नीति आश्चर्यजनक रूप से आदर्शवादी और नैतिकता विश्वासी रही है इसलिए अमेरिका द्वारा अपनी अपार शक्ति का उपयोग अन्य राष्ट्रों को आशंकाप्रद नहीं लगता। फुकुयामा यह तो मानते हैं कि अमेरिका परोपकारी किस्म का विश्वचौधरी हो सकता है किंतु अपने अन्य नवरूढ़िवादी बिरादरों की तरह यह मानने को तैयार नहीं कि सामाजिक और आर्थिक मामलों में अमेरिका द्वारा अपनी बात बलपूर्वक मनवाए जाने का अन्य देश स्वागत कर सकते हैं। वह इस ओर ध्यान दिलाते हैं कि शीतयुद्ध के बाद के दौर में अमेरिकी आर्थिक चौधराहट का विरोध यूरोप में उसके मित्र देश तक करने लगे थे और इराक युद्ध के बाद से तो उन्हें अमेरिका के दुनिया की कोई परवाह ही न करने वाले तेवर से बहुत अधिक आपत्ति होने लगी है।

फुकुयामा इस ओर भी ध्यान दिलाते हैं कि नैतिकताविश्वासी विश्वचौधरी की नैतिकता 'अगर हम करें तो ठीक किंतु दूसरे करें तो गलत' का तर्क देने लगे तो वह संसार के लिए बहुत विश्वसनीय हो नहीं सकती। अगर अमेरिका बुश सिद्धांत के अनुसार अपने लिए खतरा बन सकने वाले किसी भी देश पर हमला करना नैतिक समझता है किंतु यही छूट दूसरे देशों को नहीं देना चाहता और अपने आचरण पर किसी भी अंतर्राष्ट्रीय अदालत में मुकदमा चलाए जाने का अधिकार नहीं देता तो उसे दुनिया नैतिक कैसे मानेगी। यह दावा करना कि अमेरिका ही परोपकारी शक्ति है इसलिए उसका यह अधिकार लेना सर्वथा नैतिक है, किसी के गले उतर नहीं सकता। फुकुयामा को इस बात का भी दुख है कि विश्वचौधरी की भूमिका में अमेरिका ने इधर अनैतिकता के साथ-साथ अनाड़ीपन का भी सबूत दिया है। इराक पर हमला करने का न तो कोई उचित कारण वह दुनिया को बता सका और न ही

यह देख सका कि इराक में सैनिक बल के सहारे लोकतंत्र लादने का परिणाम क्या निकलने वाला है। अनाड़ीपन का एक और प्रमाण यह है कि अमेरिका सैन्यशक्ति के सहारे दूसरे देशों पर लोकतंत्र लादना चाहता है और यह समझता है कि लोकतंत्र की स्थापना होते ही मध्य-पूर्व की जनता अमेरिका की जय वैसे ही बोलने लगेगी जैसे कुछ वर्ष पहले पूर्वी यूरोप की जनता बोली थी जबकि मध्य-पूर्वी लोगों को स्वयं अमेरिका साम्राज्यवादी लग रहा है। अनाड़ीपन का एक और पहलू यह है कि अमेरिका यह मानकर चला है कि लोकतंत्र की स्थापना से कट्टरपंथ खत्म हो जाएगा। इराक में लोकतंत्र की स्थापना का प्रयास उन शियाओं को राजनीतिक सत्ता दिला गया है जिन्हें ईरानी कट्टरपंथियों का वरदहस्त प्राप्त है। फिलिस्तीन में लोकतांत्रिक चुनाव में कट्टरपंथी हमास की विजय हुई है। इतिहास के अंत की बात करते हुए फुकुयामा ने हर कहीं पश्चिमी ढंग का लोकतंत्र स्थापित हो जाने की संभावना देखी-दिखाई थी। अब स्पष्टीकरण में वह कहते हैं कि मैंने लोकतंत्र की नहीं, सारी दुनिया की आधुनिक खुशहाली के लिए ललक उठने की बात की थी। पहले हर कहीं आधुनिक औद्योगिक क्रांति होगी और उसमें से लोकतंत्र का उदय होगा। बिना आधुनिकता के लोकतंत्र का कोई मतलब नहीं है। और लोकतंत्र में रह लेने मात्र से व्यक्ति आधुनिक हो जाते हों, यह भी जरूरी नहीं है। इधर के अनेक प्रमुख आतंकवादी पश्चिम में पले-बढ़े या पढ़े-लिखे रहे हैं। तो मुजाहिदीन की चुनौती से जूझने के लिए सैन्यबल से स्थापित लोकतंत्र की आवश्यकता नहीं है। आवश्यकता है सारे संसार में आम मुसलमानों को आधुनिकता का कायल बनाने के एक विराट अभियान की।

(3 अप्रैल, 2006)

• • •